新日本古典文学大系 78

けいせい色三味線
けいせい伝受紙子
世間娘気質

長谷川強 校注

岩波書店刊行

目次

けいせい伝受紙子

世間娘気質

付図

凡例

一　本巻には江島其磧作の『けいせい色三味線』『けいせい伝受紙子』『世間娘気質』を収めた。

二　『けいせい色三味線』は本文を国会図書館蔵の元禄十四年八月刊記を有する初印本(ただし湊之巻は後印)により、挿絵は多くに部分的に後人の手彩色箇所があるので、早稲田大学図書館蔵の同十五年二月刊記の後修本によった。『けいせい伝受紙子』は本文四之巻までを国会図書館蔵の初印本、五之巻および奥付をケンブリッジ大学蔵の初印本、挿絵は国会図書館本は綴じが深いのでケンブリッジ大学本により、一面の欠落を東洋文庫蔵初印本で補った。『世間娘気質』は広島大学文学部国文学研究室蔵初印本、広告一面分を南山大学図書館蔵初印本により、以上それぞれ写真によって本文を起し挿絵を作製した。

使用を許された各位に厚く御礼申上げる。

三　本文のほか挿絵のすべてと予告・広告を収め、原本の姿を伝えることに努めた。

四　本文には適宜段落を設け、会話部分を「　」、その内の引用部分を『　』で囲んだ。句読点は原本に従い、僅かに句点を補った。なお目録には全く句読点を欠くので適宜補った。中黒点は用いない。

五　名詞を主に、当時の辞書所載の語、同時代に用例の採取できるものについて漢字を当て、原形を右傍に〔　〕に入れて示した。女郎名などは強いて漢字を当てず、全体に当て漢字は一篇中の統一をはかる程度にとどめた。三作品それぞれに用字に差のある場合(慫・慥、口鼻・嗅、虚・偽・虚言・嘘等)は通じての統一はしない。

また補った振仮名には( )を付し、歴史的仮名遣いによった。其方は「そのはう」「そなた」二様に読むと思う。「そなた」と読むべきと思う箇所に気付いた限りで振仮名を付したが、必ずしも尽しているとはいえぬ。

六　字体は通行の字体に改めたが、一部特殊のものを残した。

(例)　躰　皃　睟　筥

七　略体・合字などは通行のものに改めた。

(例)　ゟ(より)　[illegible](さま)　乚(也)　ア(部)　ヿ(こと)

八　誤字また当時慣用の字は脚注によって処理した。

九　漢字に濁点が付されたものは振仮名の形で右傍に( )に入れて示す。

(例)　子→子《(ご)》

十　振仮名を重複して振っているもの、たとえば「泊《とまる》ル」という場合、脚注に「泊ル(とまる)」の形で示す。

十一　清濁は校注者の判断により、「かかやく(輝)」「こうりよく(合力)」「せんしよう(僭上)」等現今と異るものもいちいち注しない。「けふり」「さふらひ」「たはふれ」「とふらふ」の類の語の処理はなお問題が存すると思われるので原本のままとした。「かたふく」は原本に濁点を付した箇所のみ濁点を付した。

十二　名寄は句読を補い、若干の漢字を当て、また広告は若干の読みと濁点を付けた他は、原姿を示すことに努めたので、以上の方針と異なる点がある。

十三　脚注は語釈のほか人名・地名・風俗語と文意のとりにくい箇所などに付し、修辞上、二義を掛けた語、縁のある語で綴られている箇所を指摘した。また西鶴を主として先行作の剽窃・模倣箇所について指摘した。その場合一部の作を除いて左の略称を用いた。

一代男(好色一代男)　二代男(好色二代男)　五人女(好色五人女)　一代女(好色一代女)　椀久一世(椀久一世の物語)　二十不孝(本朝二十不孝)　永代蔵(日本永代蔵)　武家義理(武家義理物語)　嵐無常(嵐は無常物語)　三所世帯(色里三所世帯)　栄花一代男(浮世栄花一代男)　胸算用(世間胸算用)　置土産(西鶴置土産)　織留(西鶴織留)　俗つれ〴〵(西鶴俗つれ〴〵)　文反古(万の文反古)

『伝受紙子』の歌舞伎・浄瑠璃の趣向取りの箇所は解説にしるして脚注には触れなかった。

十四　反復記号は原本のままとするが、仮名書きで品詞を異にする場合は仮名に改めて反復記号を〔　〕に入れ右傍に示す。反復箇所が長文でまぎらわしい場合も傍記した。

十五　『色三味線』の各巻頭の名寄部分は分量の関係で本文と組み方を異にしているが、原本では二段にしるした女郎名を三段に組んだ箇所がある。原本の女郎名の排列は右より左へ各段ごとに読むべきかと思われる部分と、各行を縦に読み下すと思われる箇所がある。便宜後者に統一して組んだ。大坂之巻元禄十五年二月の後修本の修訂は、便宜的で序列にこだわるものとは思えぬが、名寄を序列を考えて利用しようとされる場合は右の点を留意されたい。また名寄部分のみ略注を末尾に一括して付した。

十六　『色道大鏡』所載図をもとに書き起した島原・吉原(本巻の時期にあうように修正した)・新町の廓内図を巻末に付した。

けいせい色三味線

本書は、京・江戸・大坂・鄙・湊の五巻で構成され、各巻頭にそれぞれの廓の遊女の詳しい名簿(名寄《なよせ》)をおく。好色本全盛の当時、この名寄は正しく現代を感じさせるものであったのであろう。本文の冒頭には「傾城買《けいせいかい》の心《こころ》玉《だま》」という、廓遊びに夢中にさせる憑き物が出てくる。これに取りつかれた人人の悲喜劇が全国の遊里を舞台に描かれ、最終章では、この心玉が異境に去る、という趣向をとっている。

当時の評では、当時実際に見世物に出た磯螺《いそら》という異人に似た醜い大尽に、太鼓持ちが餓鬼踊りをさせ祝儀を強要する話(大坂の二)や、下関稲荷町の女郎歌舞伎に情夫を忍ばせたのを、富樫ならぬ小倉の大尽が見つける話(湊の三)などが絶賛されている。当代を感じさせ、それをひとひねりした話が歓迎されたようである。

各話には西鶴が縦横に利用されている。脚注でも指摘してあるが、例えば、京の二で、半六の遊興中に親父が酒樽に入って登場する場面は、『俗つれ〴〵』(一の四)の、親父のもとに酒樽で息子の死体が届けられるのを転じている。半六が勘当されて揚屋の扱いが一変するのは『五人女』(一の一)によっており、以後の女郎の行動は『五人女』を少し変え、勘当を許す使は『二代男』(一の四)、二人の男が一人の女郎を愛することは『一代男』(六の七)によっている。また鄙の三は、『一代男』(二の四)、『置土産』(三の三)を使って書き始め、呑助の人物造形は『置土産』(三の三)、その住所は『俗つれ〴〵』(三の四)によっている。呑助が放浪して門付けする部分には『好色盛衰記』(一の四)、呑助がいよいよ零落して辻芸を行なうところには『俗つれ〴〵』(五の三・三の二)、『好色盛衰記』(三の二・三の五)の剽窃が見られる。

いずれの場合も、西鶴作品を綴りあわせながらも異なった展開をはかり、別趣の話に仕立てている。平明な文章で登場人物の言動・状況などを十分に述べ、話の筋も抵抗なく運んだ、出来のよい通俗小説といえよう。

なお巻頭の名寄は、元禄末の女郎名、廓の状況、揚代から遊びの具体的な方法を伝える好資料で、利用価値が高い。

横本五巻五冊。西川祐信画(推定)。
元禄十四年(一七〇一)八月、八文字屋八左衛門刊。
同十五年二月後修本刊。

けいせい色三味線《いろじゃみせん》

序

世に聞馴《きゝなれ》たる鶯《うぐひす》[一]の花に啼《なく》も、さのみ身をうつ[二]程《(ほど)》にも面白《おもしろ》からず。只《(ただ)》いつ聞《きい》ても魂《たましゐ》にこたへて感《かん》じまいらすは、島原[三]の投節《なげぶし》[四]、吉原[五]の次節《〔つぎぶし〕》[六]、新町[七]の籬節《〔まがきぶし〕》[八]なり。艶顔《えんがん》をすこしそむけて紅舌《こうぜつ》のうごく有様《〔さま〕》、月雪花[九]紅葉《もみぢ》にかへられたものでなし。誠に生《しやう》[一〇]あつて始終《しじう》やむまじきは此《(この)》分里《わけざと》[一一]の契縁《けいゑん》[一二]、何か此外に又楽《たのし》みのあるべきや。江戸の散茶《さんちや》[一三]に恋[一四]の寄太鼓《よせだいこ》、京の引舟《(ひきふね)》[一五]難波《(なには)》の鹿《しか》[一六]、歌にあはせて鳴《なら》す色糸《いろいと》[一七]、ひく手[一八]になびく勤女《つとめ》の、品《しな》〳〵かわりし諸《しよ》[一九]分《わけ》を、[二〇]のせて色三味線と是《(これ)》を、名づけぬ。

一 鶯が梅の花の間で鳴く。風流で好ましいもの。
二 耽溺する。
三 京都の西南郊西新屋敷所在の公許の廓。現下京区内。寛永十七年(一六四〇)六条三筋町より移転。
四 島原で歌いはじめられて流行した歌謡。寛文延宝(一六六一―八一)ごろ大坂屋抱えの河内が名手であった。
五 江戸の東北郊千束所在の公許の廓。現台東区内。明暦三年(一六五七)元吉原より移転。新吉原。
六 元禄(一六八八―一七〇四)ごろ吉原で流行の歌謡。土手節とも。
七 大坂の、西横堀川・立売堀川・長堀川に囲まれた地にあった公許の廓。現西区内。近世初諸方の遊所をここに集め、明暦三年に完成。
八 元禄宝永ごろ新町で流行の歌謡。
九 風流なものの代表。
一〇 生きている限りはやめられぬ。
一一 遊里。 一二 遊女と契る縁。
一三 太夫・格子に次ぐ格の女郎。
一四 三味線。客の心を引くゆえの称。
一五 太夫に付添い座を取持つ囲《(かこい)》女郎。囲は太夫・天神に次ぐ。
一六 囲女郎をいう。新町で歌舞音曲で座興を添える太鼓女郎は囲の位。
一七 三味線。
一八 ひく手は色糸(三味線)の縁。手を引いて挑発する男の意に従う遊女。「引手になびく狸祖母」(織留・三の一)によるか。
一九 遊里での手練・駆引。
二〇 掲載する。三味線の縁でいう。

けいせい色三味線《いろじやみせん》

目　録

京之巻

一　遊女の腰巻。鼻の下が長いに掛ける。以下本巻章題を「花」で始まる短文で揃える。
二　男女の縁を結ぶ神。
三　女郎の名に、逢うを掛ける。
四　遊女が金でつぐなわれて廓を出ること。
五　つらい廓住いも身請されて今日一日のことと思うと名残が惜しい。
六　当時島原で歌われていた流行歌の歌詞。朱雀の細道は丹波口(大宮通りの六条辺を西へ入る辺の称)より島原の大門に至る間の野道。
七　上文の細道の細と対になる語を置いた。大臣は遊里で豪遊する人。大尽とも書く。
八　衣紋の縁でいう。
九　求める人の多いこと。はやるの縁。
一〇　当時独楽の流行のこと、本文二三頁参照。
一一　鼓を打ったり舞を舞ったり。一人でいろいろのことを同時に行なうさま。打つは太鼓の縁。
一二　→三頁注一六。
一三　遊里で豪遊する。上文の引舟の縁。
一四　誠実に恋を貫く心。黄金をまきちらすと掛ける。
一五　花崎を花咲きにとり結実すると続けた。のるは玉の輿の縁。
一六　張合は一人の女郎をせり合うこと。そのような気持を起すように仕むけられてそのわなにはまる。
一七　尾は蹄の縁。しっぽを出す。ぼろを出す。

第四　花は散《ちれ》ど名は九重《ここのへ》[二二]に残る女

恋[二三]の手習《てならひ》[二四]かきぞめの犢鼻褌《(ふんどし)》、結《むす》[二五]びめのかたい男について廻《まは》[二六]る巴《ともへ》[二七]、兄弟一所に身請の沙汰《さた》、菊《きく》川にはまる[二八]大臣。

第五　花にも負《まけ》ぬ三五[二九]の月

うつり替《かは》る浮世《うきよ》遊び、見すかして粋中間《すいなかま》の先《さき》[三〇]ぐり、しやれた月の見所《(けんしよ)》[三一]、一しほながめも色《いろ》ぶかい八《や》[三二]塩《しほ》の紅葉《もみぢ》。

一八 借金をのがれるために夜中に家をあけて姿をくらますこと。
一九 太鼓持。鳴はその縁。大臣に逃げられ元気を失う。
二〇 鞘におさめると落着いた分別と上下に掛けていう。
二一 独占物にする。曇・月・池と縁のある語を連ねる。
二二 都。
二三 恋の稽古。
二四 男子七、八歳の時はじめてふんどしをする祝。書初と同音なので手習の語に続ける。
二五 約束のかたい。結びめは犢鼻褌の縁。
二六 相手の思うように従い行動する。
二七 女郎名。廻るの縁。
二八 女におぼれる。夢中になる。川の縁。
二九 十五夜の月。女郎名三五に掛ける。
三〇 かんぐり。邪推。
三一 見物の場所。
三二 濃く色のよい紅葉。八塩は女郎名を掛け、一しほと縁のある語。

島原女郎惣名《そうな》寄《よせ》

▲中の町[1]　一文字屋七郎兵衛内《うち》
一　太夫[2]　夕ぎり　　引舟　あやめ
一　太夫　かしわぎ　　同　つがわ
一　太夫　小ぐら　　同　まつ山
一　太夫　きり山　　同　おとわ
一　太夫　からはし　　同　もなか
▲一天神　井　筒　　一天神　うきはし　　一同　やしほ
一同　しづか　　一同　つしま　　一同　わしう
一同　ともゑ　　一同　と　さ　　一同　玉　川
一同　ゐこく　　一同　しがざき　　一同　みよしの
一同　まつゑ　　一同　きてう　　一同　きく川
一同　朝ぎり
▲一かこいあやめ　　一かこいうねめ　　一同　ながしま
一同　つがわ　　一同　まつ山　　一同　とざわ
一同　みはし　　一同　おとは　　一同　あづま
一同　つまぎ　　一同　いくた　　一同　しづま
一同　わかさ　　一同　せんよ　　一同　やへがき
一同　もしほ
▲中の町　一文字屋次郎右衛門内
▲一天神　よしう　　一天神　わこく　　一同　いづみ
▲一かこい小ふじ　　一かこいよし田　　一同　たむら
一同　かく山　　一同　ゑちご　　一同　かしう
▲上の町　きゝやう屋八右衛門内
一　太夫　さんご　　引舟　こてふ
▲一天神　やくも　　一天神　山の井　　一同　はんぢよ
一同　やへぎり　　一同　ちよはし　　一同　かくやま
一同　せきふね　　一同　よしおか
▲一かこいくも井　　一かこいこてふ　　一同　いわき
一同　やつはし　　一同　す　ま
▲中どうじ　大坂屋伝左衛門内
▲一天神　やちよ　　一天神　かせん　　一同　ゑんしう
一同　ことうら　　一同　小いづゝ
▲一かこい山ざき　　一かこいみやこぢ　　一同　やしう
一同　ちくぜん
▲あげ屋町角　大坂屋太郎兵衛内
一　太夫　ながと　　盆前身請墎《くるわ》ヲ出。
一　太夫　高はし　　引舟　玉の尾
一　太夫　若むら　　引舟　つまぎ
一　太夫　野かぜ　　引舟　かづさ
▲一天神　あげまき　　一天神　大はま　　一同　大いそ
一同　すがはら　　一同　みふね　　一同　ありわら

一同　あふゑ　一同　玉がしは　一同　かよひぢ
一同　たかま　一同　あふさか
▲一かこいだいふ　一かこい大しま　一同　玉の尾
一同　つまぎ　一同　かづさ　一同　おぎの
一同　さこん　一同　さわだ　一同　みつせ
一同　滝の尾　一同　中川　一同　たき川
▲下の町　きゝやう屋喜兵衛内
一太夫　花さき　引舟　とやま
一太夫　大はし　同　はなの
一太夫　みちしば　同　わか山
▲一天神　はつざき　一天神　やまと　一同　花ぎく
一同　若くさ　一同　みちのく　一同　はせ川
一同　いくの　一同　たちへ　一同　いま川
一同　まつがゑ　一同　とこよ　一同　ゑぐち
▲一かこいとやま　一かこい松しま　一同　はなの
一同　かつの　一同　高さき　一同　のあき
一同　せんじゆ　一同　かよひぢ　一同　わか山
一同　若まつ
▲下の町　かしわや又十郎内
▲一天神　大さき　一天神　むらさめ
▲一かこいさかた

太夫　合《(あはせて)》拾三人　一天神合　五十七人
一鹿恋《(かこひ)》合　五十四人

▲是より端《はし》女郎の分
▲中の町　ふしみや三郎兵衛内
一まつかぜ　一たむら　一いくよ
▲同町　一文字や次郎右衛門内
一たのも　一とやま　一ちくご
一あわぢ　一はやま
▲同町　ふしみや次兵衛内
一みづき　一さんか　一よしざき
一たか尾　一かせん　一あらし
▲同町　いづみや市右衛門内
一玉を　一いくの　一かわち
一おとわ
▲同町　わちがいや八郎右衛門内
一こにし　一みづえ　一若くさ
一まんこ　一わか木　一ゑもん
一あらし
▲同町　いづゝ屋藤左衛門内
一もしほ　一もんど　一わかな
一あふよ　一大しま　一しぼぢ

▲上の町　江戸屋利左衛門内
一なでしこ　一まつ山　一ともゑ
一さらしな　一かうばい　一山ぶき
一のしう　一ながと
▲同町　かしはや平左衛門内
一おのへ　一せきしう　一まつかぜ
一高さき　一よしたか　一かもん
一みさん　一こたか　一むら井
一のかぜ　一かづさ
▲同町　まつばや弥右衛門内
一かつやま　一いせき　一まんよ
一ちくぜん　一うきはし
▲同町　ひしやじゆてい内
一玉の井　一とのへ　一みさほ
一よし川　一あさぎり　一はつざき
一ゑちご　一しが　一からさき
▲西の同院《とういん》　大坂や利左衛門内
一しゆぜん　一たむら　一さくら木
一玉の井　一高しま　一ちくご
▲同町　大坂屋庄左衛門内
一ほのか　一たまの　一しほがま
一かつの　一よしおか　一まつゑ
一ふぢと　一玉がき　一しのだ
一まさご　一しら玉
▲同町　ますや平左衛門内
一くも井　一みよし
▲同町　たんばや弥兵衛内
一せんじゆ　一みかさ　一つま川
一一はし　一よしだ　一をとわ
▲同町　三文字や又左衛門内
一玉川　一きてう　一よしまつ
一きぬゑ　一とやま　一さもん
一いちはし　一和しう　一よしう
一市川　一かしう
▲同町　もつかうや九郎兵衛内
一そめ川　一とやま　一よし川
一玉はし
▲中どうじ　大和屋重兵衛内
一わしう　一きよはし　一ましほ
一とざわ　一とやま
▲同町　はりまや安兵衛内
一いおり　一玉かづら　一うねめ
一きく川　一たまがき　一おか山
一おとわ

▲同町　大坂屋伝左衛門内
一あかし　一はしば　一よしざき
一はつの　一げ　き　一やまぢ
一かづさ
▲同町　住吉屋半左衛門内
一かせん　一今　川
▲同町　かしはや喜右衛門内
一たか尾　一と　さ　一はや川
一よし川　一いづゝ　一ゐちご
▲同町　うろこがたや内
一高さき　一ちとせ　一いちはし
一いく世
▲同町　大和屋左兵衛内
一しのぶ　一はつね　一玉ぎく
一かづま　一きんご　一あをやぎ
一とよ島　一かつの　一小ざらし
一あさか　一さゝき　一つねよ
▲同町　たんばや徳兵衛内
一玉の介　一おきつ　一みのり
▲同町　ふぢや浄和内
一たかね　一ちやうざん　一むめがゐ
一ちさと　一かしう　一みくら
一大くら
▲下の町　ふぢや十郎兵衛内
一てうざん　一さんしう　一きてう
一和さん　一くわさん　一大くら
一はつ花　一三さん　一小てう
一みうら
▲同町　かしわや宇兵衛内
一おのへ　一しづか　一よしたか
▲同町　かしわや三右衛門内
一たか津　一高しま　一あやめ
一さかた　一せんよ
▲同町　かしわや又十郎内
一玉　川　一よしざき　一小ふぢ
一たかさき
▲同町　かしわや次郎兵衛内
一きてう　一やしほ　一はつね
一よしや　一ちよに
端《はし》女郎合　百八十四人
女郎惣数合　三百八人　　以上　但シ[3]北向《むき》は書《かき》のせず。
▲　あげ屋町廿四間の揚《あげ》[4]屋
▲上は東がわの分　　▲下は西がわの分

北より
一　松屋半兵衛
一　玉屋久右衛門
一　二文字屋惣兵衛
一　桔梗屋五郎左衛門
一　橘屋太郎左衛門
一　篠屋源左衛門
一　ひしや六郎兵衛
一　三文字や平右衛門
一　かぎや重右衛門
一　かたばみや惣左衛門
一　井筒屋甚左衛門
一　いづゝや半右衛門
一　丸田屋新兵衛
一　柏屋権右衛門

北より
一　すみや徳右衛門
一　ますや伝兵衛
一　扇屋長左衛門
一　山形屋栄山
一　八文字や喜右衛門
一　ふろや作左衛門
一　三文字や治兵衛
一　花びしや伊兵衛後家
一　ふぢや伝三郎
一　ふぢや又左衛門
一　東がわ十四間也。
一　西がわ十間也。

以上

▲出口の茶屋の分[5]
一　升屋庄右衛門
一　きくや太右衛門
一　二もんじや吉兵衛
一　近江屋孫右衛門
一　亀屋忠右衛門
一　平野屋七兵衛
一　柏屋四郎兵衛
一　丸屋五郎右衛門
一　一文字や庄左衛門
一　ふぢや庄右衛門
一　池田屋六兵衛
一　ゑびや嘉兵衛
一　大和屋後家さん
一　笹屋仁兵衛

合十四間

▲北の茶屋の分[6]
一　大和屋太兵衛
一　万屋庄兵衛
一　たち花や六左衛門
一　八文字屋長兵衛
一　大一屋次郎兵衛
一　津ノ国屋小兵衛

合六間　茶屋数合廿間也。

▲太夫　七十六匁《もんめ》、引舟女郎共ニ。[7]揚屋《あげや》ノ取《とり》　廿三匁。

▲天神　三十匁、揚屋《あげや》の取　拾匁。

▲鹿恋《かこい》　十八匁、揚屋《あげや》の取　八匁。

▲端女郎《はし》　[8]揚屋《あげや》へ行《ゆけ》ば鹿恋《かこい》同前《どうぜん》。[9]半夜《はんや》ニ入《いれ》ば十二匁、揚屋《あげや》の取六匁也。

▲端《はし》女郎出口の茶屋遊、北の茶屋も同前也。[10]昼《ひる》斗《ばかり》十弐匁内宿《やど》へ六匁取《とる》。夜ルは茶屋《や》でならず、[11]半夜揚屋《あげや》へ行《ゆく》。正月節句、[12]紋日《もん》は十六匁、宿の取同前。

▲太夫　正月節句、[13]庭《には》銭《せん》十三貫文。[14]祝義は太夫へ[15]壱角《かく》ヲ廿卅粒《つぶ》、[16]宿へ三歩《ぶ》或は[17]一ぱい、[18]遣手《やり》へ弐角《かく》、出口茶屋、[19]丹波口《たんばぐち》茶屋、料《れう》理《り》人、[20]おろせへ壱角《かく》づゝ、宿ノ男女へ金一ぱい。

▲天神　正月節句、庭銭六貫五百文。祝義壱角《かく》ヲ十十五程。其外《その》ノ衆中へ[21]少《すこし》づゝよはし。

▲鹿恋《かこい》　正月節句、庭銭四貫文。祝義壱角《かく》ヲ七つ十程。其外ノ衆中へ天神より少しづゝ。あらまし如此《かくのごとし》。家々にて庭銭も不同《おなじからず》。是[22]先《まづ》中也。

▲[23]新枕《ざう》出る時は、姉《あね》女郎共に、太夫でも天神でも両人を三日が間[24]揚詰《あげづめ》。祝義新枕へ斗、太夫へなし。庭銭もなし。其外遣《やり》手、揚屋《あげや》、茶屋《や》、おろせ皆〻有《あり》。

▲端《はし》女郎　茶屋にて正月節句する。女郎へ祝義二三角《かく》、宿へ壱角《かく》、遣手《やりて》、おろせ、宿ノ下女へ銀壱弐匁づゝ。

▲女郎を[25]もらふは、宿へ取《とる》銀《かね》をもらふ方より出す也。　以上

1 中の町　島原廓内は中央に胴筋が東西に通り、その左右に三筋ずつ通りが入る。北側東より中之町・中堂寺町・下之町、南側東より上之町・西洞院・揚屋町。

2 太夫　女郎の位は太夫・天神・囲い(鹿恋)・端女郎・北向。引舟は太夫に付く囲い。

3 北向　中堂寺町北横丁にいた島原での最下級の女郎。

4 揚屋　上級女郎を呼んで遊ぶ家。

5 出口の茶屋　東一箇所の出入口を出口といい、これを入った所にあった茶屋。端女郎を揚げる時はここを使う。

6 北の茶屋　中之町北横丁にあった茶屋。端女郎を揚げる。

7 揚屋ノ取　揚代七十六匁のうち揚屋が二十三匁取る。

8 揚屋へ行ば…　揚屋へ行くと鹿恋と同じ揚代。

9 半夜ニ入ば…　半夜は鹿恋女郎で昼夜に分けて客を取った者。ここは端女郎が半夜と同じ時間区分で揚げられた時の価。

10 昼斗…　茶屋遊びは昼に限り、茶屋で十二匁のうち六匁取る。

11 半夜揚屋へ行　端女郎と夜遊ぶ時は半夜格で揚屋で遊ぶ。

12 紋日は十六匁　正月・節句・紋日(特定の売り日)には平常十二匁が十六匁になり、茶屋の取り分は平常通り六匁。

13 庭銭　客の出費で女郎が女郎屋・揚屋一同に与える祝儀。

14 祝義　以下客が庭銭以外に出す祝儀。

15 壱角　一両の四分の一の金一歩のこと。

16 宿　揚屋。

17 一ぱい　金一両。

18 遣手　女郎を取締り、客の応対に当る老女。

19 丹波口茶屋　大宮通を西へ島原の方に入った丹波海道町の茶屋。客の送り迎えをする。

20 おろせ　遊里通いの駕籠屋。

21 少づゝよはし　太夫の場合より少しずつ減額する。

22 中　中程度。

23 新枕出る時　初めて客を取る女郎を披露する時。

24 揚詰　女郎を連日揚げ続けること。

25 もらふ　他の客に揚げられている女郎を先方の了解の上自分の方にゆずってもらうこと。

第一　花の下紐《したひも》ながと短《みじか》と
[一]身はかり物、魂《たましい》は彼里《かのさと》に[二]至《いた》り大臣

[三]せちべんなる心から、「[四]傾城《けいせい》と土《つち》風にはあはぬが秘密《ひみつ》」と、いひ出せし者《もの》の[五]頬《つら》が見たし。[六]物のあわれも是《(これ)》よりぞ知《し》る、[七]恋の只中《(ただなか)》[八]少しの内も浮世《うきよ》の隙《ひま》さへあらば、此《(この)》[九]美君《びくん》をながめまいらせ、[一〇]揚屋酒《あげやざけ》に気《き》をのばす事、[一一]仙家《せんか》の不老不死《ふらうふし》の妙薬《めうやく》よりは増《まさ》りて、[一二]命の洗《せん》濯《だく》、[一三]水あそびの[一四]上《うは》もり、何か此外に世界《せかい》の娯《たのし》み又有《(ある)》べきや。[一五]人世《じんせい》七十古来稀《こらいまれ》なる世《よ》に、[一六]始末《しまつ》の二字にくゝられ、まうけ溜《ため》てつかはぬ、人の心が知《(しり)》たし。[一七]今でも冥途《めいど》から使が来れば、ゆかねばならぬ身を持《(もち)》ながら、ある金《かね》を我楽《わがたの》しみにはつかいもせで、来年の何月迄《(まで)》と[一八]切リきつて、[一九]金借《か》す人程大胆《だいたん》なるものはなし。今宵《こよひ》も知れぬは命なりと、一生[二〇]やくたいもなふ身を[二一]浮雲《うき》の天水《てんすい》といふ男、昼酒《ひるざけ》の酔醒《あいさま》しに[二二]東辺《ひがしへん》へ出《で》かけぬるに、むかふから来《く》る男を見れば、当流の[二三]跡あがりの天窓《あたま》はやる時[二四]厚鬢《あつびん》にして、然《しか》も[二五]髻《もとゆひ》を巻《まき》立て、[二六]神主《かんぬし》かと思へば赤地《(あかぢ)》の裏《うら》を羽織《はをり》につけたり。又大臣かと見ればつゞく太鼓《たいこ》もなし。[二七]芝居《しばい》役者には色黒《くろ》し。いかさま一《(ひ)》ト癖《くせ》ある奴《やつ》と、ちかよつて見れば、是は〳〵、古《「いにしへ」》へ目をかけてとらせし、おとしの咄《はなし》をよう[二八]夕がほの、五条あたりに住《すみ》し、[二九]表辻《おもてつじ》伊勢之助といひて、[三〇]浦辻

一　人間は浮世に仮に姿をあらわしている物の意であるが、ここは肉身は仮の物で魂は廓にありという。
二　粋の至上の境地に達した大臣。彼里に至ると掛ける。
三　けちな。
四　遊女と土ぼこりを吹き上げる風は出あうと巻きこまれるから、出あわぬようにするのが安全を保つ良法。
五　どういう気でいうのか理解できぬ。
六　「恋せずは人はこゝろもなからましもののあはれも是よりぞしる」（長秋詠藻・中）。
七　「（傾城は）是よりぞ知る」とよまれた恋の中心。
八　以下「増りて」辺まで置土産・三の二より剽窃、変改あり。
九　傾城。
一〇　揚屋で飲む酒。
一一　仙人の世界。仙界。
一二　寿命がのびるほどの保養。
一三　遊女遊び。
一四　最上。
一五　「人生七十古来稀」（杜甫・曲江詩）。
一六　倹約大切の考えに拘束され。
一七　いつ来るかわからぬ死をのがれられぬ身。
一八　当時「借」字をかす・かるに両用。
一九　期限を定めて。
二〇　でたらめに。
二一　（身持が）浮雲のようにふらふらした。天水は雨のこと、浮雲の縁。
二二　四条辺中心の賀茂川東。男色・女色の遊所が多い。
二三　月代《(さかやき)》を浅く剃り、もとどりを高く、まげの後部を上り気味に結った髪風。
二四　月代を小さく、鬢をふっくらとさせた神主などの上品な髪の風。
二五　もとどりを結び束ねる紙の紐。

まさりと[三一]僭上《せんしやう》いひし、安《やす》筆屋の浮気《うわき》者《もの》也。

「扨《さて》今程はいづくに居《ゐ》るぞ」ととへば、「[三二]筆の命《いのち》毛《げ》あれば又御目にかゝる」と、ま[三三]だいひかけの口合《あい》はやまず。「京も住《すみ》うく、多《おほ》くの借銭《しやくせん》も[三四]寝《ね》て[三五]伏《ふし》見の里《さと》に、今は謡《うたひ》の師《し》をして[三六]三人口ゆるりと見事な暮《くら》し。されど此身に成ッても、まだやまぬは御存《ぞん》じの[三七]悪性《あくしやう》。是も大かたならぬ因果《いんぐわ》。[三八]鐘木《しゆもく》町の亀屋の井筒にふかき中、ちと賢覧《けんらん》にそなへたし。[三九]自然《しぜん》大坂へ御下りあらば、かならず御立寄待入《まちいる》也。[四〇]扨今日の出京《しゆつきやう》は、[四一]余慶《よけい》のない謡を教《おしへ》つくして、[四二]外百番を毎日[四三]上京《かみぎやう》迄、一番づゝ習《なら》ひに参《まい》つて、又それを其《その》日にをしゆるいそがしさ。さのみ是は苦労《くらう》にも存ぜぬが、折ふし[四四]御屋敷方《がた》の御留守居《るすゐ》より、囃《はや》子《し》のある時分《じぶん》召出さるゝにはこまりはつるなり。[四五]拍子《ひやうし》はかいもくの拙者《せつしや》め、[四六]鳴《なり》物が邪魔《じやま》になつて、さりとは謡《うたひ》にくし」といひさして、互《たがい》に大笑ひしばらくなりしが、何やら[四七]上《かみ》から声高《こわだか》に、[四八]鉦太鼓《かねたいこ》をうちならし、おかしげなる人形《ひとがた》をつくり、[四九]焼印《やきゐん》の編笠《あみがさ》をきせて、大勢色紙《おほぜいいろがみ》の[五〇]采《ざい》をもつて、「[五一]傾城買《けいせいかい》を送《をく》るは、おくるは〳〵」と、声ゝ《こゑ〴〵》にわめいて来《く》る。

「[五二]是はしたり。昔《むかし》より[五三]風《かぜ》の神を送るといふ事はあれど、傾城《けいせい》買《かい》をおくるといふこと、いまだ[五四]年代記にも見あたらず。さりとはかはつた思ひ付《つき》。いかさまいわれあるべし」と、跡にさがりし采《ざい》もつ親仁《おやぢ》に尋《たづ》ぬれば、「[五五]我らがあたりは、近年老若《きんねんらうにやく》共に、家業《かげう》にうとく、[五六]島原狂《ぐる》ひにかしこくなつて、おほくの金銀を蒔《まき》ちらす事[五七]砂《すな》のごとし。それも我《わが》物あつて

二六 羽織の裏が派手なので神主ではない。 二七 歌舞伎俳優。
二八 落し咄をよく言うに掛ける。光源氏の愛人夕顔は五条辺に住んでいた(源氏物語・夕顔)。「五条あたりの夕顔の。露の宿は」(謡曲・賀茂物狂)。
二九 次の裏辻諸家を裏返した仮構名。
三〇 京都の筆師に、裏辻和泉・出雲・筑後・因幡・大和があった。その裏辻に勝った表辻だと。
三一 分に過ぎた大言を言った。
三二 筆の穂先の長い毛。「命があったので」を筆屋なのでこのように言う。
三三 掛け詞になった洒落。遊里に出入していた時に言いつけていた癖がまだ残っているという。
三四 借金を返さぬ。伏見の伏の縁。
三五 京都の南方に位置する伏見町。現京都市伏見区内。大坂との船の発着点京橋辺以外は活気がなかった。
三六 三人家族。 三七 浮気。不身持。
三八 撞木町。墨染の西、京町十丁目の西北にあった廓。現京都市伏見区内。慶長元年(一五九六)開設。亀屋・井筒は鄙之巻名寄に見える。
三九 もし大坂にお下りの時。京橋よりの船を利用するなら途中立寄れる。
四〇 以下「いそがしさ」辺まで織留・一の二より剽窃、変改あり。
四一 余分に習っていない謡。
四二 内百番の選外に選ばれた百番。
四三 京都の町を二条通辺を境に二分した北半部の称。上層町人が多い。
四四 京都にくらべて少数ながら、伏見にも屋敷を構え、留守居役を置く

つかへばまだしも也。[一]三月延《のべ》の借《か》り米《〔ごめ〕》、[二]なしくづしの借《かり》銭、[三]買置《〔かひおき〕》して売損《ぞん》の銀《かね》まはし。[四]又は家質《いゑじち》あるひは[五]連判銀《れんばんがね》にて[六]紋日《もんび》を勤《つとめ》て、[七]面〻《めん〱》「[八]杉焼《すぎやき》も鯛青鷺《たいあをさぎ》ならでは喰《くは》れず」と、[九]宿《やど》では[一〇]大唐米《だいたう》に、[一一]五斗味噌《ごとみそ》そへてくふなりして、「[一二]伽羅《きやら》も塩釜《しほがま》は[一三]したるき所あつてわろし」と、[一四]黒《くろ》木[一五]焼身袋《たくしんだい》にて、無用の[一六]盛《ぜい》をやつて、我家の[一七]取葺屋根《〔とりぶきやね〕》のざゞぬけを葺《ふき》かへる力《〔ちから〕》もなくて、[一八]揚屋《〔あげや〕》の座敷《〔ざしき〕》が、ひろふてのせばふてのとの穿鑿《〔せんさく〕》、皆気ちがいの沙汰《さた》也。北隣《〔どなり〕》には「息子《〔むす〕》を[一九]勘当《〔かんだう〕》する」とひしめく。南隣《となり》には主人へ大分の損《そん》をかけて、今日《〔けふ〕》[二〇]請人《〔うけにん〕》へ[二一]手代をあづける相談《さうだん》。筋向《〔すぢむかひ〕》には「世悴《せがれ》が傾城《〔けいせい〕》狂《ぐる》ひゆへ、三代つゞきし家を人の手にわたす」と、母親《〔おや〕》涙をながし、馴染《〔なじみ〕》の町を立《〔たち〕》のかるゝ。其《〔その〕》隣《〔となり〕》はよい年をして、白髪《しらが》ぬくを仕事《しごと》にして[二二]あほうをつくし、「子共には[二三]古布子《ふるぬのこ》さへして着《〔き〕》せずに、太夫が所へ[二四]小袖《〔こそで〕》してやるもくろみ。やくたいなしと申さふか、[二五]あいだれといはふか」と、女房[二六]嗔恚《〔しんい〕》をもやして、茶碗《〔ちやわん〕》茶釜《ちやがま》[二七]摺粉鉢《〔すりこばち〕》迄打わつての[二八]女夫《めうと》いさかい。すべて町中四十二軒《けん》の内、売家三十七軒、残り五軒《けん》も

大名があった。土地柄謡の上手がいないので未熟な者も召出される。
四五 リズム感皆無。
四六 大鼓・太鼓・小鼓・笛。わざと自嘲して相手の笑いを誘う。 四七 北方。
四八 たたきがねや太鼓。以下「人形をつくり」までと、風の神送りのこと二代男・七の二による。
四九 島原通いの客に編笠茶屋で貸した編笠。 五〇 采配。→挿絵。
五一 風の神送りのはやし言葉をもじる。 五二 これは驚いた。
五三 風邪のはやる時、藁人形の風の神を作り、はやしたてて川などに流す呪。 五四 歴史的な事件や天変地異などを年代順に記した書物。
五五 一人称。私。
五六 島原遊び。
五七 大量に粗末に扱うこと。

一 現米を借り入れ代金支払を三箇月後にしてもらうこと。利息を含め高い代金を払わねばならぬが、米をすぐ売払い当座の融通が可能。遊興費調達法として行われた。以下「連判銀」まで好色盛衰記・二の四剽窃。
二 はじめに利息を天引され、あと一定額を少しずつ払う高利の金融。
三 値の上った時に売って儲ける積りで買いためた品物を、値上りを待てず損を覚悟で売ってやりくりする。
四 家を担保とした借金。
五 数名が連判して借金すること。
六 祝儀その他余分の費用のかかる特定の売り日。その日の客になること

家質《いゑじち》に入てあれば、是《(これ)》とても我《(わが)》物ならず。近所《きんじよ》はいひ合《(あはせ)》しやうに、[二九]将棋《しやうぎ》だをれと云《(いふ)》ものに[三〇]かたひしにたおるゝ事、「皆是傾城《〔けいせい〕》狂ひより事おこるなれば、片時《へんし》もはやく此《(この)》傾城《〔けいせい〕》買の心玉《だま》を、人形《(ひと)がた》にう[三一]つし町《(ちやう)》送りにして、[三二]丹波《たんば》越《ごへ》さすべし」と、才覚《さいかく》なお[三三]宿老《しゆくらう》殿の仰《(おほせ)》にしたがい、おくるは〳〵」と、よい年してわめいてゆくを、伊勢之助取《(とり)》つき、「[三四]近比《(ちかごろ)》それは素人《しろと》なる了簡《りやうけん》。[三五]今時《(いまどき)》の悪性者《(あくしやう)もの》、[三六]仕《し》過《すご》してもいかな〳〵丹波越《ごへ》などする事にあらず。京の者《もの》は江戸へ〳〵と下り、江戸のものは上方《かみ〔がた〕》へのぼつて、当所《あてどころ》なしに相応《さうおう》に[三七]請人屋《(うけにんや)》あつて、悪性ものを請《(うけ)》こむ家あれば、立身《りつしん》して重《かさね》て又おの〳〵の町へ、[三八]つかいくづしに立《(たち)》かへるまじきものでなし。爰《こゝ》が大事の[三九]思案《〔しあん〕》所、同じくは雨ふりつゞく水の[四〇]出ばなに、川へさらりとながしたし。[四一]是水《すい》は川へはまるの道理也」と、口拍子《びやうし》にのつていへば、親仁《〔おやぢ〕》[四二]横手《〔よこ〕》を打て、「智恵《〔ちゑ〕》かな〳〵、成程《(なるほど)》そなたの[四三]異見《〔ゐけん〕》にまかせ、[四四]五条の橋《はし》より下へながすべし。いづれも若い衆、是から五条の橋へむけて送らるべし」と[四五]下知《〔げぢ〕》すれば、伊勢之助又親仁《〔おやぢ〕》をま

を紋日を勧めるという。
七 めいめい。各人。
八 杉箱に魚肉等を入れ調味した味噌を詰めて焼く、または杉板の上に魚鳥をのせて焼く料理。鯛・青鷺に限るは文反古・一の四によるか。
九 家。自家。
一〇 赤米。安価なれど不味。
一一 大豆・糠・麹・塩・酒糟各一斗で作った味噌。
一二 香木の沈香《(じんこう)》。塩釜は香銘。
一三 甘ったるい。
一四 生木をかまで黒くくすべた薪。
一五 身代。暮し向き。 一六 贅。見栄。
一七 そぎ板を重ね並べ竹や石で押えた粗末な屋根。ざゞぬけはひどい雨漏り。「力もなくて」辺まで置土産・四の三剽窃。
一八 上級の遊女を呼んで遊ぶ家。
一九 親子の縁を切って追出すこと。
二〇 保証人。
二一 商家の奉公人で番頭の下の者。
二二 愚行をやりたい放題にやる。
二三 布子は木綿の綿入。
二四 絹の綿入。 二五 女に甘い者。
二六 はげしくいかる。 二七 すり鉢。
二八 夫婦喧嘩。
二九 次次と連鎖的に倒れること。
三〇 片っ端から。
三一 町から町へリレー式に送ること。
三二 京都でかけ落ちすることをいう。ここは文字通り丹波口から丹波の方へ送ること。
三三 宿老は町役人の長の年寄の俗称。
三四 はなはだ。

ねいて、「何と其《(その)》人形《〔がた〕》に、おの〱家《いへ》ゝより[一]十二灯《とう》を一つづゝそへて、我らへ渡されまじきや。さもあらば[二]御町《(おちやう)》へ[三]道切《(みちきり)》の咒《まじない》して参らせん」といふ。もとより愚《おろか》につくつたる親《〔おや》仁《ち〕》、「是忝《(これかたじけな)》し」と、町中の若い物共をかたはしより、[四]頭割《〔あたまはり〕》に十二文づゝ出させ、「子《し》ゝ孫《そん》ゝ《ぐ》迄傾城買《〔けいせい〕かい》は申《(まうす)》におよばず、[五]茶《ちや》屋狂ひ[六]小宿《こやど》狂ひもせぬやうに、御祈念《〔きねん〕》頼む」と、伊勢之助に人形《〔がた〕》共に渡して帰りぬ。

[七]天水我《てんすいが》をおつて伊勢之介にむかひ、「汝それを引うけて何にかする」といへば、「されば是にはふかき[八]存《ぞんじ》入《(いれ)》あつての事。私などに此《(この)》人形《〔がた〕》が取ついて、おかげでつかひくづす程の身になれば満足なり。[九]悪《わるい》女房持て田舎商《いなかあきない》すると、[一〇]独《ひとり》法師の出歩行《でありく》とは、留守《るす》に間《〔ま》男《おとこ〕》と、盗《〔ぬす〕》人の気遣《〔づかい〕》のなきやうなものにて、我らに傾城《〔けいせい〕》買の生霊《いきりやう》取ついた分《ぶん》では、何も[一一]つかはふ種《たね》がないゆへ、此人形《がた》を煎《せん》じてすふても気遣《〔づかい〕》なし。扨《(さて)》是をもらひしは、以前《〔いぜん〕》私五条に借《しやく》屋して居《を》りし筋向《〔すぢむかい〕》に、鎌倉屋《かまくらや》の源《(げん)》と申《(まうし)》て、江戸大坂に店《たな》あつて、手びろく商《あきない》せし[一二]分限者《ぶんげんしや》ありしが、其身[一三]若《わか》ふしてしかも二親《ふたおや》なく、自由《じゆう》なる身を持《(もち)》ながら、色事《いろごと》に一《(い)》ッ銭《せん》もつかはず。生《むま》れついてしわい奴《やつ》にて、[一四]じゆつながる銀《かね》共を[一五]箱《はこ》へをし入《(いれ)》〱、[一六]内蔵《うちぐら》につめるを楽《〔たのし〕》みにして、[一七]一代絹《きぬ》の下帯《したおび》かゝず、口に魚鳥《ぎよてう》の味《あぢ》をしらず。色狂《いろ〔ぐる〕》ひするものをたわけとぬかして、[一八]拙者が身持など見ては、おのれが[一九]苦《く》にもならぬ事じやに、「向《〔むか〕》いの筆屋とつきあふな。あいつ今の間《ま》に[二〇]身代《しんだい》つぶす仕果《しはて》也」と、物にくさふに手代

三五　以下「請人屋あつて」辺まで好色盛衰記・五の一により、変改あり。
三六　色遊びが度を過ぎて窮すること。
三七　奉公人周旋業者。保証人のない者の保証に立って奉公させる。
三八　乱費して財を失うこと。
三九　思案を要する肝心の場合。
四〇　出水のはじめの勢い盛んな時。長雨に増水しているのをよい機会に川に流したい。
四一　老巧な者がかえって失敗するたとえ。ここは文字通りに傾城買の粋が川にはまることになるのだという。
四二　感心した時の動作。
四三　意見。忠告。
四四　五条通東端の賀茂川にかかる橋。
四五　指図。命令。

一　神仏に供える銭十二文の灯明料。
二　公許の遊里。ここは島原。
三　疫病の侵入などを防ぐまじない。
四　人数に応じて均等に割当てること。
五　色茶屋遊び。
六　奉公人宿で密会すること。
七　あきれて。　八　考え。
九　醜い。　一〇　ひとり身の坊主。
一一　使うもとになるもの、即ち金。
一二　金持。　一三　色遊びの好条件。
一四　せつながる。本来の流通の役に立たず、窮屈な箱に入れられるゆえ。
一五　銀十貫目入りの箱。
一六　母屋続きに建てた金銀や貴重品を入れる蔵。
一七　「味をしらず」まで椀久一世・上の一より剽窃。

共へ異見《ゐけん》の[二一]引事《ひき》、聞度《きくたび》に無念《むねん》かさなれ共《ども》、そいつがいふにちがいもなく、二番めの手代も我らが[二二]引導《いんだう》にて、[二三]きゝやう屋の雲井《くもゐ》に[二四]のぼりつめさせ、一年たゝぬ内に、親方《おやかた》の手前《まへ》不首尾《ぶしゆび》にさせぬれば、いふも道理とは思ひながら、畢竟《ひつきやう》さそふ者《もの》に咎《とが》はなし。其身[二五]器用《きよう》はだにて深《ふか》入して、おのれとしそこなふなれば、外《ほか》に恨《うらみ》はないはづなるに、[二六]二日寄《ふつかより》合《あい》の次而《ついで》に[二七]会所《くわいしよ》にて此噂《うわさ》、ばつと[二八]尾鰭《おひれ》をつけて申せしゆへ、律気《りちぎ》な[二九]家主にて、色狂《ぐる》いするものは[三〇]切死丹《きりしたん》の頭取《とうどり》程にこはがり、しわい心から半年余の[三一]宿代《しゆくだい》の滞《とどこほり》堪忍《かんにん》して、宿《やど》をかへさせし恨《うらみ》、ひとへに此鎌倉屋《かまくらや》の源が、頼《たのま》ぬ口をきゝしゆへなれば、此人形《がた》をきやつが門《かど》にすて置《おき》、ものの見《こ》事な傾城《けいせい》買になして、身袋《しんだい》もみつぶして、見てなぐさまんために、人形《がた》をもらいし也。まはりどをき事ながら、是かや[三二]厄病《やくびやう》の神にて、敵《かたき》取《とる》思案《しあん》」と始終《しじう》をかたり、「只今是からすぐに参る」と、暇乞《いとまごい》して立別《わかれ》、それより昔《むかし》住《すみ》なれし五条あたりの、かの鎌倉屋《や》の見世《せ》へなげこみ、跡をも見ずに伏見の里へにげて帰りぬ。

抑《そもく》此鎌倉屋《かまくらや》の源と申《まうす》は、親《おや》より家蔵諸道具の外に、八百貫目《くわんめ》の[三三]譲《ゆづ》りを請《うけ》てより此かた、仮《かり》にも遊楽《ゆうらく》の道に心をよせず、[三四]世渡《よわた》りにかしこく、朝暮《てうぼ》小判を溜《ため》る思案《しあん》をのみめぐらし、何によらず江戸大坂に[三五]きくべき物を、見立《みたて》聞《きき》立《たて》[三六]買廻《まは》しよく店《たな》にくだし、其身三十一才《さい》になる時、弐《に》千貫目余《よ》に元手《もとで》をふやし、[三七]溜《ため》ては箱にをし入《いれ》、釘付《くぎづけ》にして蔵《くら》につめ置《おき》、つゐに揚屋《あげや》の手にも渡さず、まして[三八]野郎宿《やらうやど》の花にもならず、[三九]一生男を持《もた》ずに朽《くち》は

一八 言いやがって。
一九 気にかける必要もない。
二〇 破産という結果になる。
二一 引用。例示。
二二 導いて仏道に入らせること。わざとしゃれて言った。
二三 名寄に、下の町きゝやう屋喜兵衛抱え囲女郎の名として出。
二四 すっかり夢中にさせる。のぼるは雲井の縁でいう。
二五 色遊びに器用な素質。
二六 京坂で、町内の者が毎月二日に集り、式目を読むのを聞き、宗旨人別帳に印を押し、町内の事を相談した会合。
二七 町の集会所。町役人が執務し、また町内の会合を開く。
二八 誇張して。 二九 借家の持主。
三〇 キリスト教徒の頭。
三一 家賃の滞納を棒引にする。吝嗇者の家主がそうしたのは余程のこと。
三二 自分から手を下さずとも意外の好機にあい目的を達するたとえ。
三三 遺産。
三四 「思案をのみ」辺まで好色盛衰記・三の二。なお同章の堅実の商人より急に色遊びを志す三人の一人は鎌倉屋の左。鎌倉屋の源の由来するところであろう。
三五 よい利を生んで売れる物。
三六 手回しよく買う。
三七 「娘のごとく」まで俗つれ〲・五の一より剽窃、変改あり。
三八 野郎屋(色を売る少年を抱えている家)の祝儀にもならず。 三九 夫。

つる美《び》なる娘のごとく、よい目《[め]》にもあはずに、あたら金銀埋《うづも》れゐるこそかなしけれ。然るに源州《(げん)しう》[一]ふと暮《くれ》かたより無常心《むじやう》になつて、「つら〳〵思ふに今[二]もしれぬは人の身、いつ迄欲《よく》に身[三]をこらすべき。心に叶《かな》ふ楽《たのしみ》をせんがために、金銀ほしき願《ねが》ひ也。其《(その)》望なくしては、石瓦《かはら》も同前《(どうぜん)》。分別《[ふんべつ]》する程分《わけ》もなき今迄の覚悟《かくご》、さらりとあらため思ひ切たる色遊《いろ[あそ]》びして、世を心のまゝにさはぐべし」と、始末《しまつ》[四]せし身をわすれて、俄《にはか》に男作《つく》[五]り、今迄は夢に見し事もなき、島原に通ひ出し、物の見事な色狂《[ぐる]》い。もとより銀子《[ゐんつう]》[六]持《(もち)》あまつて遣《つか》ひすつるに分別極《ふんべつきはめ》たる大臣。親はなし、女房持《(もた)》ねば子もなし。浮世《うきよ》は隙《ひま》也。異見《いけん》すべき[七]重手代《[おも]》は、近キ比《(ころ)》頓死《とんし》する。世界我物《わが》[八]といふ男。奥州《おうしう》をおもしろがつて、朝暮かよひしが、上京《(かみぎやう)》の大銀《おほがね》持《(もち)》何程といふ銀の員数《いんじゆ》、斗《はかり》がたしとて、斗方《とほう》なしといふ大臣とはりあい、無性《[むしやう]》につのつて、急《きう》に取出す[九]談合《(だんかふ)》[一〇]せし内、毎日の戦《たゝかい》に淋病《りんびやう》をわづらひ出し、里《さと》[一一]がよひをやめて、四五日養生《やうじやう》せし間に、はや奥州《おうしう》は斗方《とほう》なしが根《ね》[一二]から引《(ひき)》ぬき、庭前《ていぜん》[一三]の花とながめ、我物《(わがもの)》にしての楽《たの》しみ。「さりとはきやつにだしぬかれ、扨《(さて)》も無念《[むねん]》〳〵」と、[一四]歯切《は(ぎり)》をして残念《ざんねん》がれ共、今は人の物になれば是非《[ぜひ]》なし。

「もはや此《(この)》里もおもしろからず」と、[一五]色川原《いろ(がはら)》の野郎《やらう》遊びに、模様《[もやう]》[一六]かゆる思案《[しあん]》せし時、色友達《(いろ)ともだち》の、松原[一七]の闇《やみ》[一八]の夜といふ、跡先しらぬ瓢簞《[ひやうたん]》[一九]の川ながれ浮《うき》にうく男が、源《みなもと》をすゝめて、「奥州《[おうしう]》がゐぬとて、外《(ほか)》にも恋はある物。仕掛《しかけ》し女郎狂《[ぐる]》ひをやめて、野郎狂ひにせ

一 人を表わす語に付けて丁寧または親愛の気持を表わす接尾語。
二 以下「身をわすれて」辺まで、好色盛衰記・三の二より剽窃、中間付加。
三 あくせくして自分の身を苦しめる。
四 倹約。　五 男ぶりよく整える。
六 金銀。金子。以下「浮世は隙」まで一代男・六の七により、付加あり。
七 手代のうちの頭立った者。番頭。
八 世の中の事は万事思いのまま。
九 身請をする。
一〇 相談。話し合い。
一一 色里通い。　一二 身請。身請のことを根引ともいう。
一三 自家の寵愛すべきもの。根から引ぬきの縁。
一四 歯ぎしり。
一五 四条河原。芝居小屋多く、野郎屋も多く男色遊びの中心地。
一六 趣向をかえる。遊び方をかえる。
一七 松原通。五条通の二筋北の東西の通り。
一八 千生瓢簞の細腰で上下が同大(跡先知らず)の物の称。それより前後を顧みぬ(跡先しらぬ)無分別者のあだ名とした。闇の夜・跡先しらぬ・瓢簞と縁語仕立。
一九 うきうきして落ち着かぬたとえ。
二〇 締め括りのないことのたとえ。尻は野郎の縁。糸の縁で針と続ける。
二一 みゝずは針の穴。自分の狭い見識を規準に広大な事に勝手な推測を下すことのたとえ。
二二 体験を比較してみよ。渡るは橋の縁。

んとは、尻《しり》[二〇]もむすばぬ糸なり。針《はり》[二一]のみゝずより天のぞくとは汝が心せばし〳〵。かの太夫にうつくしさ増《まさ》つて、智恵《ちゑ》あつて功者《こうしや》で、一座がおもしろふて、まだ床《とこ》によい所があつて、古今無類《こゝんむるい》の太夫職《しよく》、是《これ》に情《なさけ》の橋をかけて、今迄の女郎と[二二]わたりくらべて見よ」といふ。「お名は」ととへば、「露[二三]とこたへてきゆる程の君」。「それは長門《ながと》[二四]の萩焼《はぎやき》、お茶[二五]ののめるのか」。「それよ〳〵その君、すぐれてうるはしきに何とて出《で》かねけるぞ。日本国の末社《まつしや》、かたのごとく取持《とりもち》けるに、今[二六]に此女郎に廓《くるわ》のすまゐさせ給ふは、いか成《なる》貧乏《びんぼう》神の仕業《しわざ》ぞ。汝福《ふく》の神となつて根引《ねびき》[二七]にせよ」といへば、「我も其君には恋有《あり》。成程《なるほど》抓《つか》[二八]んで、斗方《とほう》なしにも廿方《ほう》[二九]にも、おそらくまけぬ名を取《とる》べし」と、それより又色を替《かへ》て、長《なが》[三〇]門舟《とぶね》にのりかゝつて、とめどのない大騒《さわ》ぎに、年《ねん》〳〵[三一]うめきし銀箱《かねばこ》、明暮《あけくれ》の付届《つけとゞ》[三二]けに、いつともなふ皆[三三]になつて、家蔵斗《ばかり》残りし時、源が懐《ふところ》より、かの傾城《けいせい》買の生霊《いきりやう》、揚屋《あげや》酒《ざけ》に酔《ゑふ》て、赤色《しやくしき》の玉と成リ、昼中《ひるなか》に飛出《とび》、丹波[三四]の方へ欠落《かけおち》しぬ。

其時源は正気《しやうき》になつて、今迄の遊びを夢のやうにおぼへ、「さりとは我ながら合点《がてん》のゆかぬ事」と、内蔵《うちぐら》へ入て見[三五]わたせば、銀《ぎん》も小判もなかりけり。浦《うら》の苫屋《とまや》の明箱《あきばこ》斗《ばかり》二三百、鼠《ねずみ》の下屋敷《しもやしき》[三六]となつて、いかな〳〵包紙《つゝみがみ》[三七]も残らず。是はとけふ[三八]もあすもさめはて、足摺《あしずり》してないてもかへらず。とかく思案《しあん》におちぬ所へ、御意《ぎよい》[三九]に入《いり》の末社《まつしや》、花笠《がさ》左七、按《あん》擵《ま》取《とり》の道安《だうあん》御見まひ申《まうし》て、いつもの調子《てうし》に、「是《これ》旦那《だんな》、[四〇]君よりの御書簡《しよかん》到来。さだめて

二三 「白玉か何ぞと人のとひしとき露と答へてけなましものを」(伊勢物語・六段)。
二四 長門国(山口県)萩で近世初より焼かれた焼き物。茶碗が殊に有名なので、お茶云々と続ける。長門は名寄に揚屋町大坂屋太郎兵衛抱えの太夫として掲出。
二五 遊里語で女陰また情交の趣のよいことをお茶がよいという。ここは茶碗の縁でのめる(うまく飲める)といった。
二六 名寄に「盆前身請」とある。当時の世評などによる当込みであろう。
二七 身請せよ。　二八 身請して。
二九 斗方を十方ととり倍の二十という。
三〇 大坂から長門に通う船。女性を舟にたとえるので太夫長門をかくいう。
三一 窮屈に詰込まれ退蔵されてうめき声を発する。
三二 太夫や揚屋への。
三三 すっかりなくなる。
三四 丹波越の語があるのでかくいう。
三五 「見わたせば花ももみぢもなかりけり浦のとまやの秋の夕暮」(新古今集・秋上・藤原定家)。
三六 控え屋敷。別邸。
三七 小判や銀貨を一定の単位にまとめて包んだ包紙。
三八 興を今日と掛け明日と続ける。全く興ざめ。
三九 お気に入り。
四〇 長門を指す。

身請の御事ならん。まづ是《(これ)》は何としての御延引《ゑんにん》。又奥州さまのやうに、だしぬかれ給ひて、跡での御後悔《ごこうくはい》見るやうな。なんと道安さうではないか」、「中《(なか)》[一]〱あのやうな御心底《(しんてい)》の真《まこと》なる太夫さまは、日本ひろしと申せ共《(ども)》、[二]まひとりあらばいふてござれ。此《(この)》くび水[三]もたまらず進上いたす。我らよい[四]身でござれば、後共《(のちとも)》いはずに抓《つか》む事じやに、何とて旦《だん》那《な》は[五]寿命《じゆみやう》の洗濯《せんだく》に、日和《ひより》見てござあるぞ。はやう[六]奥《おく》さまにして、お中《なか》のよいを見ましたい」と、そやしたてて《(こ)》かさ高《だか》な文《(ふみ)》御前にさしおけど、源は悪性《(あくしやう)》の生霊去《いきりやうさつ》て、正気最中《しやうきさいちう》の時なれば、太夫が文も満足がらず。にが〱しき顔して道安にむかい、「[七]御自分《ごじぶん》には[八]拙者共よりはお年《とし》かさと申《(まうし)》、殊に御法躰《ほつたい》[九]の御身として、日比《(ひごろ)》[一〇]入魂《じゆつこん》に申《(まうし)》談《だん》ずる甲斐《かい》には、不行跡《ふぎやうせき》にもござらば、御異見《(ゐけん)》でもなされて下されふこなたが、傾城《(けいせい)》白拍子等《しらびやうしとう》の、いやしきものを請出し、[一一]婦妻《ふさい》にいたせなどとは《(ゝ)》、近比《(ちかごろ)》本意を背《そむい》たおすゝめ、お恨《うらみ》に存《(ぞんず)》る」と、常《つね》とかわつた挨拶《(あいさつ)》すれど、両人の[一二]飛《とび》あがり共まだ気がつかず。「扨《(さて)》は旦那《だんな》はしやれて堅《かた》い御口上。[一三]神《しん》ぞ孔子《こうし》も[一四]はだし。[一五]諸客床《しよぎやくとこ》に入《いる》の門《もん》に入レて、[一六]朝《あした》に曲《きよく》をして、夕べにしにます〱の御感《ぎよかん》をきかではおもしろからず。いざ御出《(おいで)》」とすゝむれば、大臣[一七]眼《まなこ》すはつて、「お身たちは人を馬鹿《ばか》にめさるか。[一八]神《しん》八《(はち)》幡《(まん)》堪忍《かんにん》ならぬといふては、ま[一九]一《(いち)》言《ごん》きかぬ男」と、脇指《(わきざし)》取《(とり)》まはすを見て、両人驚《をどろき》、「こりやならずの[二〇]森《もり》のほとゝぎす」と、[二一]虚空《(こくう)》に飛《とん》で逃《にげ》て行キけり。

一　いかにも。
二　もう一人。
三　見事に切って。
四　金持。
五　寿命の洗濯をするのに天気を見はからっている。身請をためらっていることをいった。
六　上流町人の妻の敬称。
七　あなた。以下改まった切口上となる。
八　「共」はへりくだった意を添える。
九　あんまであるので頭を剃っている。
一〇　親密に交わっている。
一一　妻。
一二　陽気で無分別な者。
一三　自誓の詞。まことに。
一四　及ばぬほど見事だ。
一五　「子程子曰、大学孔子之遺書、而初学入レ徳之門也」（大学章句）。
一六　「子曰、朝聞レ道、夕死可矣」（論語・里仁）。曲は閨房の技巧、死にますは絶頂時の歓声。
一七　怒りの表情。
一八　自誓の詞。神かけて。
一九　（相手に）もう一言口をきかせない（討って捨てる覚悟の）男。
二〇　どうにもならぬの意の秀句。
二一　やみくもに。やたらに。虚空に飛ぶはほととぎすの縁。

其後《そののち》源は遣《つか》ひ捨《すて》し銀《かね》のかへらぬ事をくやみ、手代共を寄《よせ》て勘定《かんぢやう》して見るに、現銀《げんぎん》弐千貫目、五年半に[二二]うつくしう皆になるのみならず、揚《あげ》屋に五貫七百目の払《はらい》残り有《あり》。其外伽羅《きやら》屋呉服屋《ごふくや》[二三]両替屋《りやうがへや》より[二四]当座借《が》りの金銀、合《あはせて》 三十弐貫六百廿壱匁《もんめ》三分《ぶん》九厘《リン》の[二五]負銀《おいぎん》。有物《ありもの》とては居宅《ゐたく》諸道具弐十貫目が物は[二六]ありなし也。「然れば是をわたしては、[二七]手と身とにて退《の》くといふもの。何とぞ家蔵此まゝにて、人手にわたさずつゞけてゆきたし」と、さまぐ\分別《ふんべつ》して見れ共、とかく[二八]分散《ぶんさん》にせねばすまぬに究《きわま》る時、源智恵《ちゑ》を出し、我をそだてし乳母《うば》が亭主《ていしゆ》、[二九]南都《なんと》手貝《てがい》といふ所にゐるを、よびのぼせ、思案《しあん》を申《まうし》きかせしは、「其方《そのはう》年《とし》かつかう[三〇]人物《じんぶつ》よければ、今日《けふ》より我らが実《じつ》の親《おや》と頼む」とあれば、「是は迷惑《めいわく》千万」と、畳《たゝみ》へ[三一]天窓《あたま》をすりこむ。「いや是が身共《みども》が[三二]仕出《しだ》し也。もと此借《しやく》銀、色狂ひより出来《でき》し事、たれしらぬものはなし。去《さる》によって[三三]負《おほ》せ方を残らず呼《よび》よせ、其中《なか》にして其方我らが親源右衛門と名のつて、「久《ひさ》ゝ《びさ》[三四]江戸の店《たな》に罷《まかり》ある留守《るす》の中《うち》に、世悴《せがれ》め大分の金銀をつかいうしな

二二 さっぱりとなくなる。
二三 金・銀・銭貨の交換を業とする店。大きい店は貸付をもする。
二四 証文なしの高利の短期小額の借金。
二五 借金。
二六 あるかないか。
二七 身体一つで。無一物で。
二八 破産。全財産を債権者に任せ処分額を債権者に分配する。
二九 奈良、東大寺北西門の転害門より北の地。京街道に沿い京都に出る便のある地。
三〇 人柄。人品。
三一 頭を畳をこするほど下げて恐縮のさま。
三二 新案。新工夫。
三三 債権者。
三四 江戸店。江戸の支店。

い、あまつさへおの〳〵がた迄、[一]かりこと申《(まうし)》、存じもよらぬ[二]引《(ひき)》負《おい》をいたす事、前代未《〔ぜんだいみ》聞《もん〕》のたはけもの、則《(すなはち)》只今勘当《かんだう》いたす。きやつを斬《きり》て成共《(なりとも)》、ついて成共取ッて給はれ。すますあてがあればこそ、おの〳〵より借《か》りも買《(かひ)》もしたでござらふ。もはや拙者も[三]法躰《ほつたい》いたし、あいつに諸事をわたし隠居《いんきよ》もいたし、らく〳〵と後生《(ごしやう)》をもねがはふと存《(ぞんじ)》た所に、さりとは〳〵情ない事でござる。見れば嗔恚《〔しんい〕》のほむらの種じや」と、此《(この)》脇指《〔わきざし〕》をぬいて、我らを追《おい》はしらかし給ふべし。時に手代共左右《さゆう》より取付《(とりつき)》、[四]御尤《(ごもつとも)》〳〵じまいにして、此借《しやく》銀を[五]舞《まい》おさめん。[六]負方《おいかた》の中でむつかしういはんものは、両替屋の[七]こまかい手代共より外はなし。其《(その)》外は呉服屋《〔ごふくや〕》伽羅屋《〔きやらや〕》、[八]色《(いろ)》宿《やど》は、今迄払《はらい》し[九]尻《〔しり〕》残リなれば、勘当《かんだう》せらるゝうへは役《〔やく〕》に立《(たた)》ぬと、粋《すい》どもなれば二《に》言《ごん》と云《(いふ)》まじ。然《(しから)》ば我らは江戸店《だな》へ下り、一かせぎすべし。京都は其方手代共心を合《(あはせ)》、随分《〔ずいぶん〕》始《し》末《まつ》し銀《かね》を溜《ため》らるべし」と、此[一〇]手にて借《しやく》銀を云《(いひ)》のばし、それより五年たつて後、大分金銀を[一一]仕《し》出し、江戸より都へ立帰り、借《しやく》銀残らず[一二]皆済《かいせい》し、二度《ふたたび》富貴《ふつき》の家と栄《さか》へ、島原よりふく風は、魚《うを》屋の[一三]南風《ようず》をいやがる程におそれ、太鼓《こ》を見ては、[一四]神鳴《かみなり》よりはおぢおそれける。

一 うそ。
二 つかい込み。
三 隠居して剃髪すること。
四 仰しゃることは御尤と言ってその場を納める。
五 事をうまく納める。
六 自分が借金をしている者。
七 勘定高い。けちな。
八 揚屋。
九 支払い残し。
一〇 手だて。手段。
一一 しでかす。儲けだす。
一二 すっかり払う。
一三 春に吹く生ぬるい雨もよいの南風で物を腐らせる。
一四 雷鳴は雷神が太鼓を打つ音と考えられていた。太鼓持を敬遠することはなはだしいという。

第二　花を繕《つくろ》ふ柏木《かしはぎ》の衣紋《ゑもん》

身は隠《かく》し物、姿は、酒樽《さかだる》に[一五]入《いり》まいのよい親父《おやぢ》

「昔《むかし》より今は商《あきない》がない〳〵」と、独《ひとり》して[一六]気《き》をやむ親父《おやぢ》あつて、子共の行末の事迄、無用《むよう》の[一七]思ひ置《おき》、是《これ》其身愚《おろか》にして商売《しやうばい》の道に疎《うと》く、[一八]身過《みすぎ》の種《たね》を工夫《くふう》して、[一九]金《こがね》の花咲《さく》春を、しらぬからおこつての[二〇]案《あん》じ過《すご》し也。されば都のひろき事、ちいさい心からはかりがたし。頃日《このごろ》九州より[二一]独楽廻《こままわ》しの小人《せうじん》のぼりて、[二二]四条川原の[二三]小芝居《こしばい》にて、さま〴〵の[二四]曲独楽《きよくごま》をまはし、数《す》万の[二五]入《いり》を取て、[二六]歴〻《れき〳〵》の大芝居を[二七]すがらせけるが、なを盛《さかん》になつて、町〳〵に此独楽《こま》をもとめて、家〳〵に翫《もてあそ》びし。後は隠居《いんきよ》の親父《おやぢ》共迄、[二八]念仏講《かう》に参り、持仏堂《ぢぶつだう》に御明《みあかし》はともしながら、[二九]鐘木《しゆもく》の先《さき》にて曲狛《きよくごま》、それよりは[三〇]たゝき鉦《がね》の真中《まんなか》にて廻《ま》ふ音《をと》、そのまゝ蝉《せみ》の声《こゑ》に似《に》て[三一]心のすゞしさ、いづれ余念《よねん》はなかりき。なまなか心に利欲《よく》の考《かんが》へして、口にて念仏申さふよりは遥《はるか》に増《まし》と、仏も時のはやり物に[三二]気をうつして、是斗《ばかり》はしからせ給ふまじ。去程《さるほど》に家〳〵に狛《こま》五つ六つ、或《あるい》は十廿買もとめしを、[三三]をしならし一町に弐百宛《づゝ》と[三四]つもりて、狛《こま》壱つ十二文づゝにして、此代《だい》弐貫五百文。凡《およそ》京中三千町にて、狛の銭高七千五百貫、[三五]銀になをして百五貫目余也。然れば商がないとは[三六]いはれぬいひ過《すご》し也。爰《ここ》に人の[三七]異見《いけん》きかぬ気の大臣有リ。銀《かね》づまりにてぜひなく、[三八]彼《かの》里まづは[三九]やめぶんにて、

一五 老の入前。老後の生活費。酒樽に入ると掛ける。
一六 心配する。
一七 将来の事を心配すること。
一八 生計の法。
一九 多くの金を儲ける繁栄の時。
二〇 思い過し。
二一 元禄十三年(一七〇〇)春、九州博多から初太郎という少年が上洛、四条河原で曲独楽を興行、人気を得た。
二二 四条の賀茂河原。多くの見世物小屋・食物見世・大道芸でにぎわった。
二三 見世物のための一時の小屋。
二四 独楽の曲芸。
二五 入場者を得て。
二六 れっきとした官許の大劇場。
二七 衰退させる。
二八 念仏宗徒の講。当番の家に集り念仏、親睦をはかる。
二九 たたき鉦をたたく棒。
三〇 平らに置いて、念仏時にたたき鳴らすかね。
三一 念仏を唱えるよりも心がすがすがしい。
三二 心を向ける。気持をかえる。
三三 平均して。
三四 見積る。おおよその計算をする。
三五 金・銀・銭貨の相場は常に変動がある。ここは銭一貫文(千文)が銀十四匁弱の計算。
三六 いわれのない。
三七 意見を聞かぬときかん気なとを掛ける。
三八 廓。島原。
三九 やめるという状態。

おもしろからぬ[一]無《む》色《しき》の酒のふで居らるゝ所へ、日比《(ひごろ)》御目かけらるゝ末社《まつしや》ども四五人、かざりたてて《〔ゝ〕》参る。「是《(これ)》はいづくへ」と、とはせらるれば、「今日は[二]東山へ独楽《こま》の会《くわい》に参る」の由《〔よし〕》申ス。「然らば下稽古《(したげいこ)》に廻《まは》して見よ」との仰《(おほせ)》、承《(うけたまは)》つていづれも上手顔して、懐中《くわいちう》せし独楽《〔こま〕》取出し、やつて見れど、いかな〳〵おもふやうにまわず。「是は我らが手にあわぬ」とて、さま〴〵独楽《〔こま〕》に難《なん》をつけて、[三]地《ぢ》がかたぶいてまはぬこそ不興《ぶけう》なれ。大臣おかしく、「上手に成《(なり)》たくば[四]文《》庫《こ》もつて御出なされ。一曲[五]一角《(いつかく)》づゝで秘伝《ひでん》をおしゆる事じや」とあれば、「然らば旦那《だんな》の[六]お手前見たし」と申ス。「それこそやすき事」と、九州の子共もはづる程に、さま〴〵の曲独楽《〔ごま〕》。いづれも我《が》をおり、「[七]あつたらお手が旦那《だんな》にある事。すでに我〳〵があのごとくまはせば、さつそく金《かね》になる事じや」とうらやむ。「それは平生《(へいぜい)》の所作《しよさ》を恨《うら》むべし。大臣は銀《〔かね〕》を蒔《まい》て、[八]まはす事を得給ふ。末社《まつしや》はまわる役めにして、つゐに人を廻《まは》して見たことなし。[九]草木心なしとは申せ共、此《(この)》断《(ことはり)》を独楽《〔こま〕》も合《〔が》点《てん〕》して、末社《まつしや》の手にあふては、まはりがわるさふな。もし汝らにまはさるゝ独楽《〔こま〕》ならば、よもや大臣独楽《〔ごま〕》ではあるまい」といへば、「独楽《こま》は根本《(こんぽん)》の廻《まは》し手からが、小人《せうじん》じや」と、[一〇]笑ひ立《(だち)》にして東山へ参りぬ。

　されば[一一]道〳〵によつてさかしき世とは今なるべし。[一二]宮川町の[一三]子共屋《(こども)(や)》の主《あるじ》、不《ふ》断《だん》[一四]常香《じやうかう》盤《ばん》もる、[一五]舞《ぶ》台芸《たいげい》不《ぶ》器《き》用《よう》で、隙日《(ひまび)》のおほい[一六]若衆《(わかしゆう)》に、[一七]枕返《(まくらがへ)》し[一八]扇の曲《きよく》、「参る〳〵」の[一九]仇《あだ》口《(くち)》や

一　色気のない。相手に遊女のいない。
二　東山には座敷を貸す時宗の寺などがある。独楽の会は誇張。
三　何かと理由をつけて事をせぬことを地が傾いて舞が舞われぬという。
四　本・紙などを入れておく手箱。与える秘伝の巻を入れる用意。
五　金一歩(一両の四分の一)。
六　腕前。
七　惜しい腕前が。
八　思うままに人を使う。
九　以下「合点して」まで好色盛衰記・一の三により、変改あり。なお「それ草木心なしとは申せども」(謡曲・高砂)。
一〇　笑いをしおにして立去ること。
一一　その道その道。各自専門の職。
一二　賀茂川東岸、四条下ル石垣町の南より松原通に至る地。
一三　野郎屋。
一四　客席に出た時間をはかる線香をともす台。自分に客なく仲間の時間測定にもっぱら。
一五　歌舞伎出演の一方で売色。
一六　歌舞伎若衆。野郎。
一七　木枕の曲取り。木枕を多く重ね持ち自由に返して見せる芸。
一八　扇子の曲取りか。
一九　むだ口。曲取り時のせりふか。

めて、「おなじ慰《なぐさみ》ならば、独楽廻《(こままは)》しこそおもしろけれ」と、親方ゆるして、黒塗《くろぬり》の狛《こま》をかふてあてがいけるに、[二〇]渡りに舟と悦び、其身《(そのみ)》の[二一]腰元《(こしもと)》役《やく》をしまふて、楽《がく》屋に入ても一心不乱《ふらん》に、狛《こま》をまはしてなぐさみけるが、下地《(したぢ)》螺《ばい》[二二]まはしの手きゝなれば、其格《かく》をもつて早《さつ》速《そく》上手になつて、[二三]初太郎も恥《はぢ》るほどなりしかば、大臣の御機嫌《(きげん)》取《(とり)》に参りし役者共が噂《うはさ》して、[二四]若衆はかつて思ひつきなく、狛の曲《(きよく)》見ん斗《(ばかり)》に、諸方より招《まねき》て、[二五]はきゝの[二六]太夫子《(たいふご)》よりは、各別《(かくべつ)》はやつて其名高し。「我らも去《(さる)》隙《ひま》な女郎に、二三度も[二七]御情にあづかりし事あり。其恩謝《をんしや》に此狛《こま》の[二八]思ひ付《(つき)》をさせて、[二九]くわつとはやらし、いよ〳〵[三〇]人しらぬよい事にあふべし」と、[三一]鳥箒《とりばうき》の忠内と申《(まうす)》太鼓《こ》が、笑《ゑみ》をふくむ。是大きなる了簡《りやうけん》ちがひ也。太夫達《たち》「狛《こま》の曲《きよく》見たき」との願《ねが》ひなれば、何時《(なんどき)》にても大臣うなづき、早速《さつそく》九州より来る、根本《こんぽん》の廻《(まは)》し手を、金にあかして呼寄《よびよせ》、居ながら自由《じゆう》に見せらるれば、今から取《(とり)》ついて情根《せいこん》つくして、廻《まは》しならふが損《そん》ぞかし。

惣《(そう)》じて色里の事は、何によらず、[三二]ひすらこげなく大《(おほ)》やう成《(なる)》がよし。[三三]過《(すぎ)》し比《(ころ)》迄毎年定《さだまつ》て正月十六日に[三四]人形《にんぎやう》見世《(せ)》出して、揚屋《(あげや)》の門《かど》〳〵をしわけがたく、いか成《(なる)》太夫も、其日の大臣の迷惑《(めいわく)》かへり見ず、我物《(わがもの)》いらぬくせに、価《あた》ひにかまはず、十両廿両が翫《もてあそ》びを調《とゝの》へ、暫時《ざんじ》の慰《(なぐさ)》みに、人形屋数《す》千両の商《(あきなひ)》をして悦びけるが、墎《(くるわ)》の中に[三五]世知賢《せちかしこ》き男あつて、前《まへ》日《(ひ)》に人形屋手前より、多《おほく》の人形を買切《(かひき)》リ、墎中《くるわぢう》に店《たな》を出し、[三六]壱匁《(もんめ)》の物を百目《(め)》といふて

二〇 望ましい状態が丁度都合よくそろうことのたとえ。
二一 下手役者のやる端役。
二二 螺独楽をまわし相手の独楽をはじきとばした者を勝ちとする子供の遊び。
二三 前出の博多独楽の名手の少年。
二四 男色の相手としては問題にせず。
二五 羽振りのよい。
二六 将来立女形《(たておやま)》になる素質のある歌舞伎若衆。
二七 ひそかに情交を許される。
二八 工夫。趣向。
二九 急に勢いづくさま。
三〇 前の御情にあづかる事をいう。
三一 鳥箒は鳥の羽に柄をつけた小箒。小さい色事をあさる意のあだ名。
三二 ずるくなくて。
三三 「翫びを調へ」まで一代男・四の六より剽窃、変改あり。
三四 島原の人形見世は延宝・天和(一六七三—八四)ごろまでの風俗。
三五 勘定高い。抜目のない。
三六 銀一匁の価値のもの。

も、ねぎり手のない商《あきない》、只取《(ただとり)》とは是《(これ)》なるべし。是憎《にく》きしわざと、其比《(そのころ)》の大臣いひ合《(あはせ)》て、又来《く》る春を待て面〻《めん〳〵》[一]手よりの人形屋をよびよせ、美《び》をつくしたる人形を、五両七両がづゝ[二]前かたに求置《もとめ(おき)》、大臣一人に人形屋一人宛《づゝ》召《(めし)》つれ、十六日の昼《ひる》から揚屋《(あげや)》に来りて、太夫禿《かぶろ》の望次第《(のぞみしだい)》の人形、「抓取《つかみ(どり)》じやが」と、座敷中《ざしきうち》に蒔《まき》ちらせば、金銀の箔《はく》の光《〔ひかり〕》家内《やない》をてらし、錦《にしき》の衣裳着《いしやうぎ》、そこらきらめき、紅《〔くれない〕》の「[三]ばつとしたる慰《〔なぐさみ〕》、又此外《(このほか)》に有《(ある)》べきや」とさわぎあいて、世知《〔せ〕ち》な男のまはしもの〔ゝ〕の人形店《だな》

には、誰《たれ》がひとりかふものもなく、おほくの[四]仕込《しこみ》其まゝにすたりて、大分の損《そん》となつて、是より人形見世《〔せ〕》かざる力もなくて、今の[五]十六日遊びさりとはおかしからず。とかく色里は、内《うち》には[六]つかむ心あり共《(とも)》、表向《をもてむき》は大やうにして、大臣をのぼらせ、[七]そだてて〔ゝ〕取《(とる)》が肝要《かんやう》也。又大臣も世知《〔せ〕ち》がしこくまはつて、金銀すくなふ出して、よい事せふと思ふ気からは、神《しん》ぞ傾城《〔けいせい〕》かはるゝ筈《はづ》はなし。それよりは[八]諸道具の取売《(とりうり)》にかゝつて、堀《ほり》出しして遊ぶかたがましなるべし。

一 縁故の。

二 以前に。

三 人形の衣裳の紅がぱっと派手なことと、目を驚かすぱっとした慰みと上下に掛かる。

四 売出商品の準備。仕入れ。

五 正月十六日の島原の物日をいう。

六 欲ばる心。むさぼる心。

七 おだてて金を取る。

八 古道具の売買。

惣《(そう)》じて今時の悪《わる》がしこき大尽《(だい)じん》、「大鼓《(たい)〔こ〕》と云《(いふ)》もの[九]費《つひへ》の至り、さらに身の為にも、女郎のためにもならず。きやつにとらする物を溜《ため》て、ひそかに太夫にやつたがまし」と、[一〇]ひすい了簡《りやうけん》。こんな気で太夫にも、見事に物やるものにてなし。殊更《(ことさら)》色《いろ》町は男付《〔つ〕》きにも[一一]座《ざ》配《はい》にもかぎらず、金《かね》で万《よろづ》がすむ所なれば、男作《つく》るは[一二]前方成《(まへかたなる)》詮義《〔せんぎ〕》と、[一三]木《も》綿《めん》の仕《し》立着《たてぎる》物《(もの)》で出《で》かけぬる人あり。此心で太夫にあはふよりは、下帯のふるきに遠慮《ゑんりよ》なく、面ゝ《〔めん〳〵〕》の女房に、[一四]思ひ出さして慰《なぐさむ》が[一五]両為《(りやうだめ)》也。女郎狂ひといふは、男も[一六]衣裳好《いしやうごのみ》して色作《つく》り、伽羅《きやら》もおしまず焼《たき》すて、[一七]引舟《(ひきふね)》に小歌のぞみて、それには耳《みゝ》もかたふけず、末社《(まつしや)》相《〔あい〕》手に[一八]至り咄《〔ばな〕》しして、金《かね》も手づからはやらず、太鼓《(たい)こ》に[一九]さばかせ、万事[二〇]大名気《(だいみやうぎ)》になつてこそ、御女郎買《かい》の甲斐《かい》はあれ。百貫目の銀を始《し》末《まつ》して、五年につかふてあそばふより、半年ほどに蒔《まき》ちらして、名を色里にばつと残し、しやんとはやくつかいやむこそ、此道の粋《すい》とはいはめ。女郎も[二一]宿《やど》もよろこばぬ[二二]小道《(こみち)》な遊《〔あそ〕》びして、隠居《〔ゐんきよ〕》の婆《ば》さまの[二三]苧《お》屑《くず》そろやるやうに、[二四]まだら〳〵と銀《かね》をほそ

九 失費の第一。
一〇 ずるい。こすい。
一一 一座の取持ち。
一二 未熟な。初心な。
一三 「色作り」まで置土産・四の三より剽窃、敷衍。
一四 無上の楽しみ。
一五 両方の利益になること。
一六 自分の趣味・嗜好にあう衣服をえりごのみして。
一七 以下「至り咄し」辺まで一代女・一の四剽窃。
一八 風流至極な話。
一九 うまく処理させ。
二〇 大様・寛濶なこと。
二一 揚屋。
二二 けちくさい。
二三 苧はからむしの茎の皮の繊維から作った糸。その作業で出た屑。
二四 だらだらと、しまりなく。

ながら遣《つか》ふ人の心が知《しり》たし。とかく女郎狂《ぐる》ひの始《し》末《まつ》必《かならず》無《む》用《やう》也。其銀《(その)かね》とて残る物にはあらず。只うれしがる物やらいではおかしからぬ所也。なんぼ高《たか》ふのぼつて位《くらい》[一]を取《(とり)》給ふ、歴ゝ《れき〳〵》の太夫達《たち》でも、つまる所が金《かね》次第で、[二]まはりのよい事水車《ぐるま》のごとし。淀鯉《よどごい》[三]といふ男、此《(この)》[四]里の水をのんで、粋《すい》共いはれし身なりしが、今少しの事を[五]わしりて、[六]きゝやう屋の天職《(てん)しよく》[七]を、親方《かた》に断《ことはり》いふて、年符《ねんぶ》[八]にしては請《(うけ)》られしぞ、さらにおかしかるまじき事と思へど、「当所《あてど》のない金《かね》つかふて、揚《あげ》[九]屋の手前不埒《ふらち》にしてしまふ人より、はるかにまし」とわらひぬ。

爰《(ここ)》に信濃《しなのゝ》国《(くに)》の住人《ぢうにん》麻生《あそふ》[一〇]殿の御内《(みうち)》に、下《げ》六藤六《ろくとうろく》とて兄弟の楽《らく》[一一]助《(すけ)》有《(あり)》しが、金《かね》はありても遠国《をんごく》の不自由《ふじゆう》さ、つかひすつる遊山所[一二]なくて、身を病《やまひ》[一三]ものにつくりて、兄弟共に都にのぼり、四条の西に住所《ぢうしよ》さだめ、さま〴〵の遊興、金《かね》ありあまりて蒔《まく》事に苦《く》のない大臣。わけて舎弟《しやてい》の藤六は、生《むま》れついての分《わけ》[一四]しり、京着《ちやく》其まゝ、三一と替《かへ》[一五]名して、柏木《はくぼく》[一六]に比《ひ》[一七]目《ぼく》の枕をならべ、毎日の大騒《(さわ)》ぎ。役日《やく(び)》[一八]も常《つね》も外へやらず、前よりあひなれし、都男をさびしがらせける中に、半六といふ大臣、久しく逢馴《あひなれ》て、互《たがい》に命ぎり[一九]といひかはし、浮気《うわ(き)》を去《さつ》て実《じつ》なる中なりしが、いつぞの比《(ころ)》より、藤六といふ大大臣にへだてられ、幾《いく》日も〳〵さしあひ、そう〳〵借《かる》[二〇]も品《しな》わろくて、宿[二一]屋夫婦を頼み、やう〳〵暮《くれ》よりもら[二二]ひて、藤六にまけぬ大気《(たいき)》[二三]を出して、万大場《おほば》[二四]にさばき、揚屋《(あげや)》一ッ家《け》に満[二五]足がる物とらして、めつ

一 気位を高く構える。もったいぶる。
二 客の自由になる。水車の縁でいう。
三 山城国淀(現伏見区内)の城の下の水車や小橋下辺でとれる鯉を淀鯉といい名物であった。淀の住人か職業に由来する替え名であろうが、以下の事実未詳。水車・水をのむと縁のある語を連ねる。
四 島原に馴染むことをいう。
五 金を有利に運用しようとすること。
六 名寄に八右衛門・喜兵衛の二軒出。
七 天神。
八 年賦。
九 揚屋に対し損をさせてしまう。
一〇 狂言記所収「ゑほしをり」に、あそうどの・下六・藤六の名あり。下六藤六踊(落葉集・四・古来中興踊歌)に下六・藤六が樽を持って聟への祝儀に来ることがあり、以下はこれによる。
一一 気楽な者。
一二 遊楽の場所。
一三 病気保養を名目に上洛。
一四 粋人。
一五 遊里で本名のかわりに呼ぶ名。
一六 名寄一文字屋七郎兵衛抱えの太夫にかしわぎあり。
一七 男女共寝をすること。
一八 物日。紋日。
一九 命のある限り。
二〇 他の客に揚げられている遊女を了解の上一時自分の方に来させること。
二一 揚屋。
二二 他客と約束のある遊女を自分の

たに[二六]つのつて出、人のそしり世の[二七]取沙汰《(とりざた)》なんとも思わず。名高い末社《まつしや》を数《す》十人あつめ、「天職《(てん)しよく》かこい女郎、[二八]めつたづかみにつかんでこい」と、太夫手前の[二九]ぜいに、一度《ど》に費《つい》への銀《〔かね〕》をまき、夢中になつて遊ぶ所へ、紺《こん》の単物《ひとへ(もの)》着《き》たる[三〇]六尺《(ろくしやく)》、五六人して壱石斗入《(いつこくばかりいる)》、酒樽《(さかだる)》を荷《にな》ひ来《き》て、「是《(これ)》は半《なかば》さまのお口にあふ、[三一]伊丹《いたみ》の蘭菊《らんぎく》と申《(まうす)》名酒、去方《(さるかた)》さまより進上《(しんじやう)》」と、台所《だいどころ》にどつかとおろせば、一ッ家《け》悦び、「大臣さまのおかげで、結構《〔けつかう〕》な名酒をたくさんに[三二]たべん」と、皆〳〵手をかけ、座敷の真中《まんなか》になをし、才覚《さいかく》な大鼓《(たい)〔こ〕》が、[三三]紅裏《もみ〔うら〕》の着物《〔きる〕》うらがへして着《ちやく》し、大盃《さかづき》を手に持《(もち)》、[三四]「よもつきじ〳〵、万代《(よろづよ)》迄の酒の大臣」と、[三五]猩〻《しやうぐ》のあしもとして大臣をいわへば、半《なかば》さらに[三六]其意《い》を得ず。「先来《(まづ)き》た所の[三七]先《さき》はどこじや」といはるゝ時、樽の内に声《〔こゑ〕》あつて、「来所《き(どころ)》は気遣《〔きづかい〕》すな。先《さき》は慥《(たしか)》な身共《(みども)》じや」と、内より[三八]樽のかゞみを取て、出たる物をよく見れば、半が親仁《おやぢ》にが〳〵敷《(しき)》顔して、息子《〔むす〕》をにらみ、「数度《すど》の異見《いけん》を[三九]尻《しり》にきかし、野郎《やらう》狂ひに大分の金《かね》をついやしける時、勘当《かんだう》すべき所を、[四〇]町衆《(ちやうしゆ)》の侘言《わびごと》ゆへ胸《〔むね〕》をさすつて堪忍《〔かんにん〕》すれば、又品《しな》を替《かへ》て此里狂《ぐる》ひに金《かね》をあけ[四一]おる[四二]やくたいなし。[四三]宿《やど》にて勘当《〔かんだう〕》せんと思へど、又〳〵親類《しんるい》町中の[四四]あつかいやかまし。去《(さる)》によつて此所にて恥《はぢ》をあたへ追《おい》うしなはんと、此比爰《(ここ)》に尋来れ共、宿屋《やど》がさとくて[四五]風をくい、ついにおのれに合《(あは)》せぬゆへ、此方便《てだて》にて[四六]今月今日、あふが親子の縁《えん》のきれめ、未来《みらい》をかけて勘当《〔かんだう〕》也。[四七]手ぶりで傾城《〔けいせい〕》買《かは》れふならば、万年も爰に居《い》て、したい事して遊ぶべし。

方にゆずってもらう。
二三 気の大きいことを示す。
二四 おおように。
二五 十分な祝儀。
二六 勢いづいて。
二七 うわさ。
二八 手当り次第に呼べ。
二九 見栄。
三〇 力わざで奉公する者。ここは酒屋の下男を想定。
三一 摂津国川辺郡伊丹村(兵庫県伊丹市)は当時の代表的な酒造地。蘭菊は「狐蔵〻蘭菊叢〻」(白居易・凶宅詩)より狐と結んで用いられる語なので、以下のトリックを暗示する名。
三二 飲む場合にもいう。
三三 能の「猩々」のシテ姿の真似。
三四 「よも尽きじ。万代までの竹の葉の酒」(謡曲・猩々)。
三五 「足元はよろ〳〵と」(同)。
三六 納得できぬ。わけがわからぬ。
三七 先方。相手。
三八 酒樽の蓋。酒樽より意外の人出現は俗つれ〳〵・一の四による。
三九 よい加減に聞く。
四〇 町役人。
四一 遣ってなくしやがる。「おる」は罵る気持を表わす。
四二 しまりのない者。
四三 自分の家。
四四 調停。とりなしが面倒。
四五 いち早く感知する。
四六 今日が運命的な日であると強調していう。
四七 手ぶら。

揚屋《あげや》の親仁《おやぢ》も金《かね》とらずに客《きやく》に[一]しやらば、それは[二]そちの勝手《かつて》次第。勘当《かんだう》するからは[三]向後《けうかう》いかほどの[四]出入《でいり》あつても、身共はかならずしらぬぞや」と、跡《あと》の跡迄念を入《いれ》て、座敷をにらんでかへられける。[五]太夫をはじめ座中の女郎泣《なき》出して、[六]わけもなふなりける。

太鼓《こ》持の中に、手まりの才助と云《いふ》[七]頓瓢《とひやう》者《もの》おどろかず、大臣に力をつけて、「是《これ》旦那、男は[八]裸《はだか》百貫と申《まうす》、[九]気おちなされな。親仁《おやぢ》さまも[一〇]棺桶《くわんおけ》の試《こゝろみ》に、酒《さか》桶《おけ》へ入ッてござつた。追付《おつつけ》[一一]めでたい御往生の瑞相《ずいさう》。さりとは爰《ここ》が揚屋《あげや》でなふて、寺でもあらば、「一度桶に入てござつた親仁《おやぢ》なれば、かへさぬ法じや」と、こりや見事に、生《いき》ながら土葬《どさう》にする事じやに、大臣の御[一二]肩《かた》がわるふて、寺でなかつた斗《ばかり》に、此《この》理屈《りくつ》がいはれぬ」と、天窓《あたま》をかいてくやめば、いづれも泪《なみだ》片手にわらひ出し、是を肴《さかな》に又酒をのみかけ、せめては半《なかば》を[一三]いさめけるに、はや宿屋には[一四]げんを見せて、手を扣《たゝい》ても返事《へんじ》せず、「[一五]茶のも」といへば、両の手に[一六]天目《てんもく》二つ持て来て、立《たち》ながらさし出し、かへりさまに[一七]蠟燭《らうそく》けして油火《あぶらび》にしかへて行《ゆく》。宵《よひ》からお前《まへ》に罷出《まかりいで》、[一八]軽薄《けいはく》つくして御機嫌《きげん》取《とり》し揚屋《あげや》の男も、勝手《かつて》から呼《よび》もせぬに、「[一九]まッかせ」といひ立《だち》にはいつて後は出ず。台所には吸物[二〇]仕《し》かけかゝつた鍋《なべ》の[二一]下を引て、女郎それ〴〵によびたつる。扨《さて》も〳〵替《かは》るは色宿《いろやど》のならひ、人の情《なさけ》は金あるうちなり。太夫身にしてはかなしく、ひとり跡に残り泪《なみだ》にしづみければ、半も口おしさ胸《むね》にせまり、命を捨るに究《きわめ》しが、太夫が「[二二]同じ道に」といふべき事をかなしく、とや

一　「やる」は軽い尊敬の意を表わす。
二　そちら。
三　今後。
四　支払いについてのいざこざ。
五　親が揚屋座敷で勘当を言い渡すこと、これ以下「涙をこぼし立帰り」辺まで五人女・一の一により、剽窃部に付加あり。
六　正体もなく。
七　ひょうきん者。
八　男は裸でも百貫文の価値あり。
九　がっかりなさるな。
一〇　死が近いので棺桶に入る練習に。
一一　親が死ぬのは道楽息子にとっては遊ぶ金が自由になるのでめでたい。
一二　運が悪い。
一三　元気づける。
一四　ききめを見せる。以後金がとれぬと知ってサービスをしない。
一五　茶を飲もう。茶がほしい。
一六　天目茶碗。浅いすりばち形の茶碗。一度に二つ持つ、立ちながら出すは不作法。
一七　蠟燭は高価ゆえ油火にかえる。
一八　追従(ついしよう)。お世辞。
一九　まかせておけ。合点だ。
二〇　煮たきの支度をする。
二一　火を引く。火を消す。
二二　一緒に死出の旅に。

かく思ふうちに、女郎[二三]色を見すまし、「[二四]かたさまは身をすて給はん[二五]御気色《ごきしよく》、近比《ちかごろ》それは愚《おろか》成《なる》思《おぼ》し立《たち》。此儘《まゝ》にて[二六]無理死《むりじに》あそばしては、恥の上の恥《はぢ》也。子として親御《おやご》の勘当《かんだう》請《うけ》るが、世になき習《なら》ひにてもなし。我身事はいかにしても、世に名残《なごり》あり。[二七]勤はそれ〴〵に替《かは》る心なれば、何事もあはぬ昔《むかし》〳〵。是迄の御縁」と立行《たちゆく》。

さりとは思はくちがひ、半《なかば》も我《が》を折《おつ》て、「いかに傾城《けいせい》なればとて、今迄のよしみをすて、あさましき心底《しんてい》。かうは有《ある》まじき事ぞ」と、涙をこぼし立帰り、其《その》夜は日比《ひごろ》目をかけ置し、[二八]卸《おろせ》が方にてあかし、「とかく生《いき》てはいられぬ所。迚《とて》も死なふなら、心底《しんてい》犬におとりし太夫めをさし殺し、其後いさぎよく腹《はら》かきやぶつて、未来《みらい》迄もつきそひ、此うらみをいふべし」と、覚悟《かくご》をきわめて、身を行水《ぎやうずい》にてきよめ、死ぬるに思ひ詰《つめ》て、あくる日揚屋《あげや》に行て、内義《ないぎ》にあふて、「[二九]先《まづ》親共の機嫌《きげん》なをる迄、[三〇]江戸の手代共方へ立退《たちのく》也。然れば太夫に又あふ事もまれなれば、暇《いとま》の盃《さかづき》せんため参つた。ひそかに是へよふで給はれ」と、昨日《きのふ》に替《かは》る挨拶《あいさつ》、慇懃《いんぎん》にのべれば、内義も涙ながら、「さりとはおいとしい御事。成程《なるほど》太夫さまへもおしらせ申べし。まづ〳〵奥《おく》へ」と、情ぶかふ申《まうす》について、「是等さへかく誠ある心ざしなるに、いかなれば太夫は」と、いよ〳〵にくさもまさりて、酒も胸《むね》につかへて通らず。枕引よせ世をあぢきなふ、ねるより外はなかりき。

太夫其日は[三一]風呂《ふろ》屋の作左方に、藤六と出あい、何か申出して、はな〴〵しき[三二]口舌《くぜつ》仕《し》出

二三 けはいをとっくりと見て。
二四 あなたさま。女が用いる。
二五 御様子。
二六 自殺。
二七 遊女勤は状況により心が変る。
二八 遊里通いの駕籠屋。
二九 親。「共」は謙譲の意を表わす。
三〇 江戸の支店の手代たち。
三一 揚屋風呂屋作左衛門。名寄参照。
三二 痴話げんか。

し、互《たがい》にふんづふまれつ盃微塵《〔みぢん〕》になつて、間鍋《〔かんなべ〕》[一]にさゞなみたつて、座敷は慕風《のあき》[二]の朝《あした》見るごとく、わけもなふみだれ髪《がみ》して、太夫がいふほどの事皆無理《〔むり〕》にして、揚屋《〔あげや〕》一ッ家《け》罷《(まかり)》出《(いで)》、さま〴〵なだむれ共《(ども)》きかず。「とかくかたさまにあきました。向後《けうこう》女郎替《(かへ)》てあふて給はれ」といふ。「そもやそも男たるもの、金《かね》でなる女にきらはれ、何と一分《(いち)〔ぶん〕》[三]立《(たつ)》ものぞ。生《いき》てはいられぬ所」と、藤六は果《はた》[四]し眼《まなこ》になつて立腹《りつぷく》する。所へ遣手《〔やり〕》が参つて、「半《なかば》

さま御越《〔こ〕》し」とさゝやけば、女郎声高《〔こは〕》に、「なんの面目《〔めんぼく〕》があつて、心[五]ぎたなふ半さまにはあいにござつたぞ。「昔《〔むかし〕》のごとくよい身[六]になつてござらぬうちは、千年立《たつ》てもあはぬ太夫じや」と申《(まうす)》といふて、かへしましてたも」と、すげなくいひ切リ、ひとへに狂女《きやうぢよ》のごとくにて、前後《ぜんご》そろはぬ事のみ。一座不思議《〔ふしぎ〕》をなして、物なれたる末社《まつしや》が罷出《(まかりいで)》、まづ大臣をしづめ申《(まうし)》、「是《(これ)》にはいかさま子細《〔しさい〕》の有《(ある)》べき御事。とかく太夫さま思召《(おぼしめし)》の一通りを、繕《〔つくろ〕》いなしにまつすぐに仰《(おほせ)》られいでは、眼前《がんぜん》旦那《〔だんな〕》が生《いき》てござらぬ御心底《〔しんてい〕》にきわまつたる所。此《(この)》里に女日《(をんなひ)》[七]でり

一 酒の燗をする小形の鍋。「たつて」まで一代男・六の六。
二 野分。秋に吹く暴風。用字、原本のまま。
三 面目。
四 相手を殺しかねぬ思いつめた目付き。
五 未練にも。
六 金持。
七 女が不足すること。

はせまじ。お気にいらぬに、無理《むり》にあはふと仰らるゝ大臣にもあらず。只御心の底《そこ》をあかして、様子《やうす》よく旦那《だんな》の一分《ぶん》立《たつ》やうにして、此口舌《くぜつ》まいおさめ給へ。さもなくては百年たつてもすまぬ事」と、八道理をせめて申せば、「さりとはそふじや。九皆わしがあやまりました。藤六さま何事も今迄のよしみに、御堪忍《かんにん》なされて下さんせ」と、人目もはぢず一〇誠の泪《なみだ》をながし、しばらく啼《ない》て申されけるは、「まつたく藤六さまに、あきまして申《まうす》にあらず。皆もぞんじのごとく、かねてふかふ逢《あひ》ます半《なかば》さまと申《まうす》一一お敵《てき》、昨日《きのふ》にわかに一二勘気《かんき》をうけさせ給ひ、当座の恥辱《ちじよく》に跡先《あとさき》の考《かんが》へもなく、死覚悟《しにかくご》きはめさせ給ふと見しゆへ、心に思はぬ詞《ことば》を申て、水くさく思はしまし、さりとては女郎ほどぶ心底《しんてい》なるものはないと、お腹《はら》たつ気につれて、身をすて給ふ覚悟《かくご》も替《かは》り、死《し》にさへなされねば一三あなたのおため、又私の一四心中《しんぢゆう》なり。子細《しさい》は人の親《おや》の子を見かぎりて勘当《かんだう》いたすに、其《その》身をかくして此里迄来《き》て、勘当《かんだう》なさるゝ親御《おやご》はなし。是誠の永《なが》き御勘当《かんだう》にあらず。一五我レ人《ひと》身をかざる色里に来《き》て、恥辱《ちじよく》をあたへられしは、此以後此里へ是を恥《はぢ》て、永《なが》く一六足踏《あしぶみ》し給はぬやうにとの、ふかき親御《ご》の御思案《しあん》にて、し給ふ勘当《かんだう》なれば、しばらく一七我事《われこと》をわすれ給ひ、御出なければ、追付《おつつけ》御機嫌《きげん》なをるにしれた御勘気《かんき》と見ましたゆへに、つれなふ申《まうし》た。なれ共《ども》藤六さまに今迄のごとくあいましては、折角《せつかく》わしが半《なかば》さまへ一八お為《ため》にいたしたぶ心中が、誠の不《ぶ》心中になるがかなしさに、女郎かへてあふて下さんせとは申ました。其思

八 理づめで。
九 私。女性が主に言う。
一〇 遊女の涙は客をだます偽りの涙が常なのに、この場合は。
一一 相方《あいかた》。
一二 勘当される。
一三 あのかた。
一四 心中立て。真実を示すこと。
一五 自分も他人も皆。
一六 足をふみ入れない。
一七 私のこと。
一八 相手のためになること。

はくは、こなさまといふ幅《はゞ》[一]のある男があるゆへ、今迄ふかい半さまを見すてたと、世間の人にいはれては、此云《このいひ》わけ成《なり》がたし。誠わが身事不便《ふびん》と思召下されなば、半さま御勘《かん》気《き》ゆるされ給ひ、昔《むかし》のごとくならせられてのうへに、御心かわらずば今迄のごとく、御不便《ふびん》くわへられ下さるべし。此後かわらぬ心底《しんてい》は、毎日[二]文《ふみ》して申上《まうしあぐ》べし。御《ご》見《げん》[三]に入《いる》事今しばしの間《ま》、遠慮《ゑんりよ》いたし度《たし》」と、泪《なみだ》玉をなしてかたり給へば、大臣にがい顔《かほ》して、「それでは半への心中には成《なり》申さふが、さらに身共へのお心入《こころいれ》[四]はないといふもの」と、せき[五]心にていはるれば、「さ思《おぼ》しめすも断《ことはり》ながら、世上《せじやう》にてぶ心中ものと、我《われ》事あしく評判いたさば、あふてござるこなたさま迄が、御心ようはござるまい。但《たゞし》御懇《ねんごろ》なさるゝ太夫が、ぶ心中なといはれてもくるしうないか。それでは御一分《ぶん》よはし」とあれば、一座「是《これ》は尤《もつとも》」と心入を感《かん》じぬ。

時に根問《ねどい》[六]の又右衛門といふ、物事《ごと》念《ねん》を入る素人《しろと》末社《まつしや》すゝみ出、「扨《さて》太夫さまには、親《おや》の勘当《かんだう》するに、ゆるす勘当《かんだう》、ゆるさぬ勘当《かんだう》といふ、脈《みやく》味《あぢ》[七]、どふして御ぞんじ」といふ。「はて親が子に勘当《だう》するに、所[八]を見立てすべきや。其《その》まゝおぬし[九]の内にて、何《なん》とやうにも、ひそかに勘当《かんだう》のなされやう有《ある》べきに、お年《とし》よられて、身を酒樽の中《うち》にかくし、窮屈《きうくつ》な目《め》をして、此里までござつて、大勢《ぜい》の付合《つきあい》の中で勘当なさるゝは、懲《こら》しとより外《ほか》見へず。それも半さまが主《しゆう》[一〇]にかゝりにて此首尾《しゆび》なれば、親方腹立《ふくりう》のうへにて、せめての腹《はら》い

一 羽ぶりのよい。
二 毎日の行動を男に報ずるのも心中の一つ。
三 お目にかかること。
四 気づかい。配慮。
五 いらだった気持。
六 しつこく事を問う意のあだ名。
七 脈の工合。見込の様子。
八 場所を選んでするだろうか。
九 御自分の家。
一〇 主人に仕えていて。

せに、かく有《ある》べき事にもあらず。さある時には、こなたから半さまをすゝめまして、成《なり》共《とも》、一所に死《し》なねばならぬ場《ば》[一一]也。是は重《かさね》て立身の当《あて》なし。半《なかば》さまはさにあらず。御親子《ごしんし》の中と云《いひ》、ことに御一子[一二]ときけば、しばらく此里遠《とを》ざかり給へば、追付《おつつ》昔《むかし》にかへり給ふ御身成《なる》ゆへなれば、態《わざ》と今日《けふ》も、つれなふ申《まうし》て逢《あわ》でかへしましたも、あなたに気[一三]を持《もた》しまして、無理死《むりじに》なされぬやうに、又此里を見かぎり、重《かさね》てあひに格子《かうし》[一四]へもござらぬやうに、愛想《あいさう》もなふ申《まうし》ましたは、皆あなたのお為《ため》なれど、さぞや今は恨《うらみ》に思しめさん」と、其日は一日泣《ない》てくらされける。これらを誠の心中とやいはん。

半は此心底《しんてい》をしらず。落《おち》[一五]たと見てあはぬと心得、「とかく遊女程水ぐさきものはなし。かくぶ所存《しよぞん》[一六]なる売女《ばいた》[一七]めに、うかうかと心をつくす所にあらず。さふしたつめたき女と死《し》ゝては、跡々迄の笑草《わらひぐさ》[一八]。此里通《がよ》ひも今日切《リ》」と、我[一九]と合点《がてん》の仕時《しどき》おそけれど、今はは[二〇]や取かへしもならず。広《ひろ》き都に身の隠《かく》し所もなく、旧離《きうりきら》[二〇]切れて、便《たより》なき身のかなしさのまゝ、科《とが》なき一門《もん》[二一]を恨《うらみ》、何も知《しら》れぬ町の宿老《しゆくらう》をそしり、「振舞《ふるまひ》[二二]の時大きな焼《やき》物すはるが能《のふ》で、侘言《わびごと》してくれふ共《とも》せいで、さりとは気の付《つか》ぬ」と、無理《むり》な事ひとり[二三]腹《ばら》を立て、帰らぬ昔《むかし》の奢《おごり》の恋風に、吹上《ふきあげ》[二四]られて天竺《ぢく》[二五]牢人《らうにん》と成《なり》、あさましき今日《けふ》の日もはやくれ竹[二六]の、伏見《ふし》の里に、ある人悪所《あくしよ》[二七]の出合《であい》に、頼もしき言葉《ことば》を残されけるを便《たより》に尋行《たづねゆき》、やうやうそこに歎《なげ》きを云て頼めば、主《あるじ》見すてず表《おもて》[二八]の借屋《しやく》をあけさせ、「先《まづ》取あへず此所に身

一一 場合。
一二 一人子。他に後継がない。
一三 その気にさせて。発奮させて。
一四 女郎屋の店さき。
一五 零落した。
一六 不心中な。不真実な。
一七 遊女を卑しめののしって言う語。
一八 嘲笑の種。
一九 自分で合点をした時は遅いが。
二〇 勘当と同意に用いる。
二一 同姓の一族。
二二 接待の時他の者よりも大きな焼魚を膳にすえられるだけが働きで。
二三 自分ひとりで腹を立てること。
二四 熱中してすっかり金を失ってしまう。風・吹く・天と縁語仕立。
二五 浮浪人。
二六 伏にかかる枕詞。日が暮れると掛ける。
二七 遊里。
二八 富家で自家の表通りに面した側を借家にすることがある。

を置給へ」と、[一]おろかならぬもてなし、うれしく半年あまりも爰《ここ》にくらせしが、此門《このもん》前《ぜん》は[二]大坂海道《かいだう》にして、往来《ゆきゝ》の人たへず。ある日[三]面《おもて》の見世《せ》に出て、通りの旅《りよ》人を見れば、[四]町人らしき者共四五人つれだち、「とかく[五]あなたのござる所は、新町ちかくか、[六]道頓堀《だうとんぼり》辺《へん》にて有《ある》べし。先《まづ》此二所を第一に尋《たづね》ん」と云《いふ》声《こゑ》聞《きけ》ば皆手代共也。「[七]是《これ》はしたり。いづくへ行《ゆく》ぞ」と、なつかしさに思はぬ泪をながせば、「お悦びあそばしませ。[八]大《おほ》旦那《だんな》の帰《き》[九]依《ゑ》僧《そう》、[一〇]浄土寺の和尚《おしやう》さま、色〻おわびあそばされ、頃日《このごろ》御勘気《かんき》御ゆるさるゝにきはまつて、諸方へ人をさし遣《つか》はされ御尋《たづね》あそばし、我〳〵も大坂へ御迎《むか》いに参る所に、さいわひ爰で御目にかゝる事、私共が仕合《しあはせ》」と悦ぶ事かぎりなく、主《あるじ》にも一礼のべ、半《なかば》を駕籠《かご》にのせ申《まうし》、都の住所《ぢうしよ》に御供申せば、親父《おやぢ》の機嫌《きげん》母の悦び、親類《しんるい》家来《けらい》出《で》入人《いりにん》迄、祝《いわゐ》の酒盛にぎはひ、それより親父《おやぢ》は、[一一]万事を半《なかば》に渡して、[一二]岡崎に隠居《いんきよ》し給ひ、思ふまゝなる仕合。きくとひとしく藤六尋来りて対面《たいめん》し、「太夫がつらき詞も今此時を、[一三]未然《みぜん》に知《しつ》ての事也」と、具《つぶさ》に語り、扨《さて》其後は[一四]二人《ふたり》づれにて、おなじ太夫に枕をならべながら、下卑《げび》て[一五]首尾《しゆび》する分《わけ》もなく、あぢな事共ばかり、前代未聞《ぜんだいみもん》の傾城《けいせい》買《かい》と、[一六]世上《せじやう》に是沙汰《これざた》、[一七]事知《ことしり》とは是なるべし。

一　おろそかでない。行き届いた。
二　伏見の京橋から淀・大山崎を経て大坂に至る街道。
三　表の通りに面した間。
四　以下「手代共也」辺まで、また勘当を許す使であることなど二代男・一の四。
五　あのかた。
六　東横堀南端より西へ木津川に入る間の堀。現中央区・西区。この東半部の両岸には芝居・色茶屋がある。
七　意外な時に言う。これは驚いた。
八　主人親子を呼びわけて父の方を大旦那という。半は若旦那。
九　信仰している僧。旦那寺の僧。
一〇　浄土宗の寺であることを示す架空名か。
一一　家督を譲る。
一二　京都の町の東北部、現左京区、平安神宮近辺の称。隠棲地。
一三　実現する以前。
一四　以下「傾城買」まで一代男・六の七剽窃、小異あり。
一五　情交する。
一六　世間でもっぱらのうわさ。
一七　通人。男女の機微に通じた人。
一八　自分の身は捨てねばならぬ物と。
一九　軽率に行動すること。打つは太鼓の縁。
二〇　全身は人皆違いなくて。
二一　ここの一句、俗つれ〳〵・二の二。
二二　遊里通いの駕籠。
二三　駕籠を調達し指図をする。
二四　「重宝なし」辺まで永代蔵・一の一によるか。

第三　花崎実《さきみ》のる玉の輿《こし》

[一八]身はすて物命は、ないに[一九]打《うち》つけた太鼓持《たいこもち》

[二〇]五《ご》躰《たい》は違《ちがい》なくて、人程替《かわ》れる物なし。[二一]前生《ぜんしやう》にてよき種蒔《たねまき》置《(おき)》けるにぞ、たとへば[二二]忍《しの》び駕籠《かご》にのる人のあるに、[二三]まはす人あり。[二四]金銀も死《し》すれば瓦石《ぐわせき》のごとくなるが、生《しやう》あるうちは、是にまされる重宝《てうほう》なし。ことさら色里は銀子《〔ゐんつう〕》にては[二五]のきく事、一しほ大臣の威勢《いせい》も[二六]飛鳥中間《とぶとりなかま》とて、上京《(かみぎやう)》に[二七]卸《おろせ》小揚《〔こあげ〕》の者[二八]早使《〔はやづかひ〕》、江戸に[二九]二挺立《てうだち》の小舟、大坂に[三〇]浮世小路《せうじ》の[三一]悪《あく》所駕籠《しよかご》、かくのごとく道のいそがるゝ物をこしらへ置《おき》ぬ。昔《〔むかし〕》は何の書《しよ》にもない事。今の世の自由《じゆう》さ、次第に人賢《かしこ》ふ成りて、万《よろづ》に気をつけ、かゝる事迄たくみ出せり。迚《とても》の事に神鳴《かみなり》を地の底《そこ》でぐはらつかせ、地震《ぢしん》を天へ宿替《やどがへ》させ、[三二]物前《(ものまへ)》に[三三]借銭乞《しやくせんこい》の方《かた》から、[三四]出違《でちが》ふやうにさせば、世界に何か思ふ事有《(ある)》まじと、[三五]花の都にも大晦日《(おほみそか)》に[三六]留主《〔るす〕》つかふ太鼓持《たいこもち》、[三七]形恰《〔なりかつ〕》好《かう》[三八]願西《(ぐわんさい)》に似たとて念西《ねんさい》弥七と云《(いふ)》素人《しろと》末社《(まつしや)》有《(あり)》けり。

折ふし[三九]吾妻《あづま》の大臣始《はじめ》て上方見物に上られしを、さいわひと取付《(とりつき)》、「名所古跡《こせき》は[四〇]お下り品《しな》にも見らるゝ事。先《(まづ)》女郎のうつくしい島原と云《(いふ)》、色所《(いろどころ)》を御《ご》らうじませ」と、中間《(なかま)》の[四一]可《おか》笑《し》男《(をとこ)》共七八人まねき、まんまと色におもむかせ、いづれも[四二]綺羅《〔きら〕》をみがきて、[四三]大門口《(おほもんぐち)》より鳴込《なりこみ》、[四四]万《よろづ》かさ高《だか》に、[四五]気の取《(とり)》のぼる春なれや。陽気《やうき》な男共[四六]わや〳〵と云《(いひ)》て、[四七]丸屋《〔や〕》が方《かた》に

二五 羽振りがよくなる。
二六 威勢のよいことを飛ぶ鳥を落すというのに掛け、遊里へ飛鳥のように速く送り込む連中をいっている。
二七 駕籠かき。 二八 急使。
二九 猪牙(ちよ)舟と呼ばれる吉原通いの快速船。→一〇〇頁挿絵。
三〇 今橋筋と高麗橋筋の間の小路。現中央区内。新町通いの駕籠屋があった。
三一 遊里通いの駕籠。
三二 節季の前。貸借の決算期。
三三 借金取り。
三四 借金取りを避けて入れ違いに外出する。ここは借金取りの方が避けるという。
三五 繁栄している京都。
三六 居留主をつかう。
三七 姿形。なりは太鼓の縁。
三八 願西の弥七。西鶴の時代に都の末社四天王の一人といわれた名太鼓持。
三九 東国。江戸。
四〇 帰途、京から江戸へ下る際。
四一 太鼓持。 四二 華美をこらして。華やかな衣装で。
四三 島原の正面の門から景気よく入る。太鼓の縁で鳴込むという。
四四 費用のかさむさま。
四五 のぼせあがる。春の縁で陽気という。
四六 わいわい。がやがや。
四七 名寄に見えない。後文に一代男・八の三の剽窃があり、その章に名の出る丸屋七左衛門であろう。

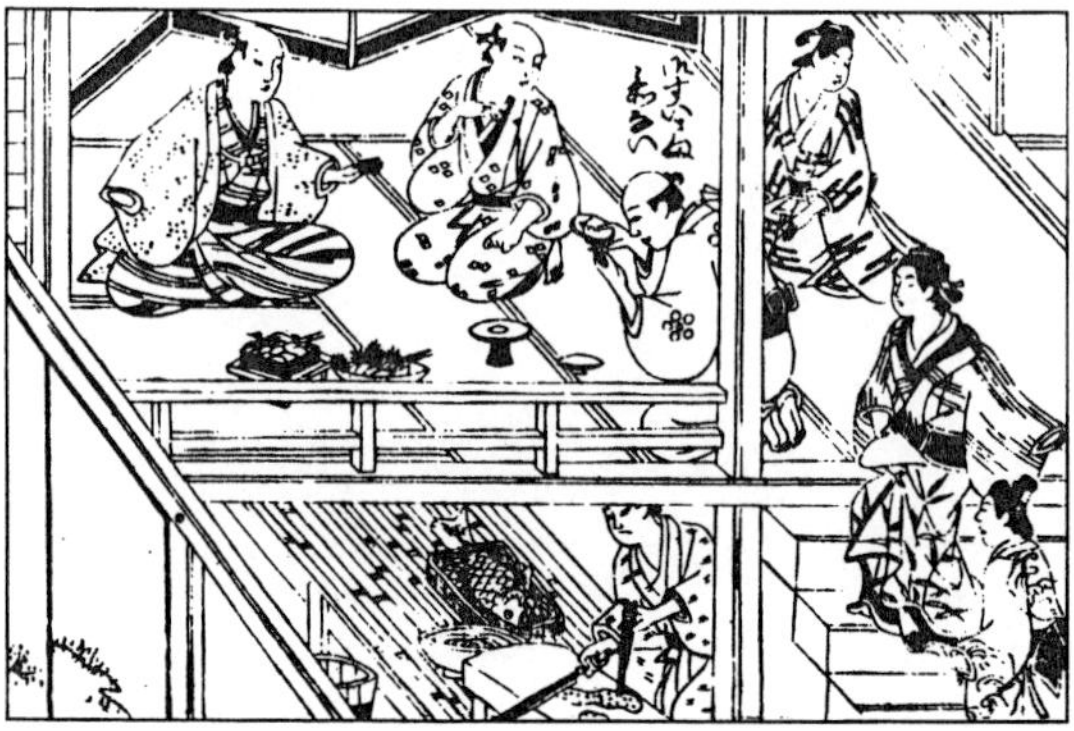

おしこみ、諸事弥七が承つて、幅広《はゞびろ》[一]にしこなし、随分《ずいぶん》粋《すい》自慢《じまん》して、揚《あげ》屋へ内証《ないせう》申《まうす》[二]は、「先《まづ》金銀蒔《まき》に斗《ばかり》、わざ〳〵御上京の大臣、お国にては金も瓦《かはら》も同じ事。とかく人に物やらねば気色《きしよく》[三]の悪《わる》ふ成《なる》旦那《だんな》也。扨此《さてこの》里へは今日《けふ》が始《はじめ》ての御出《おいで》なれば、どなた成《なり》共御意《ぎよい》[四]に入たる女郎様あれば、おつ[五]取《とつ》て当年中は揚詰《あげづめ》[六]になさるゝ事也。とかく今も云《いふ》通り、此度初上《はつのぼ》りにて、諸分未熟《しよわけみじゆく》[七]なお客《きやく》なれば、素《しろ》[八]ひ事共有《ある》べし。必《かならず》わらはぬやうに、上《かみ》[九]する女共にも、よく〳〵云《いひ》つけらるべし。お金《かね》[一〇]の蒔《まき》時分《じぶん》おそくば、我等《われら》迄さしこみ[一一]給ふべし。八幡《まん》[一二]そこらはぬからぬ男、壱歩《ぶ》[一三]といふは初心な事、あたまか[一四]ら小判の花をふらす事じやが」と、亭主《ていしゆ》が悦ぶ上《うへ》[一五]をいへば、「万事は貴公《きこう》を頼奉《たのみたてまつ》る」と、畳《たゝみ》[一六]へ天《あた》窓《ま》を植《うへ》て悦び、「扨女郎さまはいづれにか」と、おうかゞひ申せば、大臣仰《おほせ》らるゝは、「今も弥七がいふごとく、遠国者《をんごくもの》なれば、かさねてのぼるも知《しれ》がたし。只《ただ》国方《がた》の咄《はな》しの種《たね》に、此所の御太夫さまに合《あはせ》[一七]て」とあれば、「まづは夕霧《ゆふぎり》[一八]さま柏木《かしはぎ》さま、長門《ながと》さまさんごさま花崎《さき》さま、惣《そう》じてかやうの太

一　大仰に。以下「上する女共」辺まで好色盛衰記・三の四より剽窃、変改。
二　内内の事情。
三　気分が悪くなる。
四　気に入った。
五　おおよそ。
六　遊女を連日揚げ続けること。
七　遊里の慣習・作法。
八　初心な。野暮な。
九　床の上げ下げ、給仕など客席の用をする女。
一〇　祝儀を出す時期。
一一　入れ智恵すること。
一二　自誓の詞。断じて。
一三　祝儀は金一歩が普通。
一四　のっけから。最初から。
一五　悦ぶ程度を心得ていてそれ以上のことを言う。
一六　畳へ頭をすりつけて。
一七　あわせてほしい。
一八　名寄に夕霧・柏木は一文字屋七郎兵衛、長門は大坂屋太郎兵衛、さんごはきゝやう屋八右衛門、花崎はきゝやう屋喜兵衛抱えのそれぞれ太夫として出るが、揚屋を丸屋とするように時代を以前に設定しており、花崎は代代の名であるので、当時以前の花崎の話にして他の太夫名は適当に当てたか。

夫さま達《たち》、俄《にはか》[一九]には成《なり》がたし」と申ス。「いかにもさこそあるべし。しかし汝《なんぢ》がはたらきにて、もらふとやらは成《なる》まいか。先是《これ》にて見事な智恵《ちゑ》を出し、何とぞ才覚《さいかく》いたすべし」と、小判壱両投《なげ》出されれば、「さりとは旦那《だんな》は京にもまれな御粋《すい》さま。どなた成共《なりとも》命にかけて、もらふて見ません」と罷《まかり》立《たち》、しばらくあつて、「先以《まづもつて》大臣さまの御仕合《おしあはせ》、拙者が満足《まんぞく》は花崎《さき》さま、[二〇]今日[二一]八文字屋方《かた》にござりますが、只今御内証《ないしやう》きかしましたに、ちと様子《やうす》ござりまして、もらひがなりさふな」と申す。「やれそれこそ取にがすな。[二二]人橋《ひとばし》かけよ」と[二三]いらち給へば、畏《かしこまつ》て追〻《おいおい》人をつかはし、いよ〳〵ござるになつて来《き》た。「[二四]是ありがたの影向《やうがう》や」と、一座いさみて待所《まつ》へ、御機嫌《きげん》よく太夫さま入《いら》せられ、[二五]のつしりと座につき給へば、[二六]口鼻《かゝ》出て御引合せ申《まうす》。それより酒おもしろくなつて、「[二七]押《おさ》へた」、「[二八]しもせい」、「[二九]しめた間《あい》、合点《がつてん》か弥左衛門」、「[三〇]心得たんぽゝ、[三一]よめなまじりのかるい吸物《すいもの》、春めいてのめるは」と、無性《むしやう》に飲《のん》で、片端《かたはし》から[三二]行《ゆき》つくを、すぐに床《とこ》へかたづけ、大臣も寝《ね》所に入らせ

一九 急に揚げることは不可能。
二〇 以下「なつて来た」まで一代男・八の三剽窃、変改あり。
二一 揚屋八文字屋喜右衛門。一代男・八の三から出る名。
二二 何度も使を出して催促せよ。
二三 いらだつ。あせる。
二四 影向は神仏が仮に姿を現わすこと。浄瑠璃などの文句の真似。
二五 落着いて。
二六 揚屋の女房。
二七 盃をさされて、受けずに相手に重ねて飲ます時に言う。
二八 勝手にしろ。
二九 「間」は二人が盃をかわす間に入って一方にかわって盃を受けること。間をしてやったぞ、合点かというか。
三〇 心得たの口合。
三一 春若葉を摘んで吸物にする。同じ春の草なのでたんぽぽに続ける。
三二 大酔して倒れる。

られ、太夫としめやかなる物語。初会《しよくわい》[一]のしこなし、此《この》里の目《め》口《くち》[二]かわきのそれしや[三]も、我《が》をおるほどの床《とこ》の首尾《しゆび》にて、諸事をすてゝ此君ならではと、大かたならぬ打込《こみ》[四]やう。「明日《あす》から当月中迄、外へ約束《やくそく》無用」と、亭主《ていしゆ》に仰付《おほせつけ》らるれば、「明日明後日は、京の大臣さま則《すなはち》此所にてのお約束《やくそく》」と申ス。「然らば明ゝ後日からかならず晦日迄、かたくきわめおくべし」とあれば、「其段《そのだん》は明日京のお客《きやく》さまに尋ねましてから、御返事申《まうし》上《あぐ》べし」といふ。時に大臣むつとしたる顔《かほ》にて、「扨《さて》は身を田舎《いなか》者ののび助[五]と思ひ、張《はり》[六]合《あい》をかけ、きしまする[七]と見へたり。愛宕《あたご》[八]白山《はくさん》、出《で》[九]やうがわるいときかぬ気な男」と、むつかしき顔付。「成程《なるほど》御尤《もつとも》ながら、明日のお客《きやく》は、児玉党《こだまたう》[一〇]の何某《なにがし》、立売《たちうり》[一一]の玉《ぎよく》中さまとて、太夫さまとはふかい御馴染《なじみ》、此里にかくれもなき御方。明日《あす》の御機嫌《きげん》次第で、当年中もそのまゝと仰出さるゝ事あれば、あなたの御意《ぎよい》きかずには、お約束《やくそく》成《なり》がたし。何とぞ其日の首尾《しゆび》次第に、又今日のやうに、もらひましてしんぜません」といふ。「いや〱金銀出《だ》しながら、恩《おん》[一二]に着《き》てもらふなどといふ事、大《ゝ》キにいやなる穿鑿《せんさく》[一三]。第一其男め恋しらずめ也。金銀の威光《いくわう》にまかせ、外の恋をさきて[一四]、堺《くるわ》に置《おき》ながら、余《よ》の人の自由《じゆう》にさせず、幅《はゞ》[一五]なき大臣共の胸《むね》をこがさせる段、恋は互《たがい》[一六]といふ事をしらぬ癖《くせ》者に、鼻《はな》[一七]あかせて、[一八]一代思ひをかけて後悔《こうくはい》させせん。さあ此智恵《ちゑ》出して見よ」と、七八人の太鼓《こ》共を、近《ちか》くへよせて仰《おほせ》らるれば、いづれも爰《ここ》は一思案《しあん》と、宵《よひ》の酒の醒《さめ》るほど案《あん》ずるに、「とか

一　遊女が初めての客とあうこと。淡い接触ですますのが普通。
二　他人のあらをさがして口やかましく言う者。
三　その道に通じた者。くろうと。
四　ほれこみよう。
五　鼻毛をのばした者。女に甘い男。
六　客がせりあうように仕向ける。
七　争わせる。
八　自誓の詞。山城国の愛宕権現と加賀国の白山権現に誓って。
九　お前のやりかたが悪いと。
一〇　武蔵七党の一。武蔵国の児玉(埼玉県児玉郡)を根拠地とする武士集団。平家物語、太平記に見え、時代設定を古くした。
一一　数屋町四条西入ルの地。現下京区。
一二　恩を受けたのをありがたく思って。
一三　事の次第。仕儀。
一四　裂いて。
一五　羽振りのきかぬ。
一六　恋をする者は、他の恋をする者の思いや悩みに同情できる。
一七　だしぬいて。
一八　一生気にかけさせて。

く太夫さまを、引《（ひき）》ぬき給ふより外はなし」と、口をそろへて申上る。「成《（なる）》程《〔ほど〕》〳〵、我らが思案《〔しあん〕》も、それにきわめ置《（おく）》べし」と、すこしの事に[一九]気を持て、[二〇]ばつとしたる穿鑿《〔せんさく〕》。[二一]女郎もそれ程に満足がらぬ事に、[二二]八百五十両の内証《ないせう》約束《〔やくそく〕》。亭主《〔ていしゆ〕》[二三]おちつくためとて、紙入《（かみいれ）》に有合《（ありあは）》せの小判わたして、[二四]ふたゝびかへらぬ金子、「残りは四五日に才覚《さいかく》して指越《さしこす》べし。今少しの事にて、跡《（あとあと）》ゝにて[二五]さもしき噂《うわさ》もいやなれば、此上に弐百両三百両余慶《よけい》の入分《（いるぶん）》は[二六]くるしからず。万事分《わけ》あしからぬやうに頼む」と、大場《おほば》に出て、扨太夫置《おき》所は、[二七]樵木《こりき》町の、伊与《いよ》屋裏《〔うら〕》座敷ときわめて、「お内儀《（ないぎ）》、[二八]木屋町《（きやまち）》の[二九]家見《（いへみ）》に何をもつてござるぞ。[三〇]芝居《しばい》見がてら、朝《あさ》とくより御出《お（いで）》を待《（まつ）》なり。おそらく日本広《ひろ》しといへども、初会《しよくわい》から請出《（うけだ）》すといふ事、我ならでは有《（ある）》まいが」と、いづれもよい機嫌《〔きげん〕》で、笑ひ立《（だち）》にして帰りぬ。

翌日《あくるひ》玉《ぎよく》中爰に来りて、様子《〔やうす〕》をきくより胸《〔むね〕》ふさがり、「さりとは無念《〔むねん〕》千万。かねて我請《〔うけ〕》出す所存なりしが、[三一]今少し心得かぬる所あつて、その心底《しんてい》を見とゞくる迄と延引して、今の後悔《〔こうくはい〕》。太夫と我《わが》中《（なか）》、およそ[三二]西三十三ケ国には、誰《たれ》しらぬものもなきに、今外の手に渡しては、[三三]此里知《しり》の男共に、後指《〔うしろゆび〕》さゝるゝ所、生《いき》てはいられぬ首尾《〔しゆび〕》、死《しゝ》ては猶《（なほ）》又此上の恥辱《〔ちじよく〕》」と、大方は乱《らん》気《（き）》のごとく狂《くる》はれしを、亭主《ていしゆ》をはじめ末社《まつしや》共取付《（とりつき）》止《とゞめ》て、「昔《〔むかし〕》より身請に、もらひといふはなき事ながら、是斗《（こればかり）》にはどうぞもらひがなりさふな所あり」と、亭主《〔ていしゆ〕》申出すに力を得、「[三四]金銀づくで成《（なる）》事ならば、墎《くるわ》中に[三五]金を敷《（しく）》べし。随分《〔ずいぶん〕》

一九 意地を張る気持になる。
二〇 派手な。
二一 以下「笑ひ立にして帰りぬ」まで俗つれ〳〵・二の一より剽窃、付加。
二二 八百五十両で身請の内内の約束。
二三 馴染のない客なので亭主に懸念させぬように。
二四 身請をやめても手付金は返らない。
二五 少しのことをけちって心が汚いという噂を立てられるのも。
二六 差しつかえない。
二七 樵木町通。高瀬川東岸沿いの二条より四条に至る通り。伊与屋未詳。
二八 木屋町通。樵木町通に同じ。
二九 新宅見舞に何を祝いに持って来るか。
三〇 芝居見物かたがた。木屋町東の賀茂川東岸の四条辺は芝居町。
三一 太夫の心の真実さに少し納得しかねる所があり。
三二 日本全国を六十六か国といい、その西半分。
三三 島原通の男。島原の事情に通じた男。
三四 金次第で解決するなら。
三五 金を敷並べてみせる。

智恵《ちゑ》を出せ」とあつて、当座[一]に見事な御事。「とかくかやうな事にせいたはわろし」と、子細《しさい》らしくしづめて申《まうす》は、「尤《もつとも》慥《たしか》に請るとの約束《やくそく》ながら、此《この》客始《きやくはじめ》てなれば、あながちなづみ[二]て引《ひき》ぬかるゝとも見へず。酒機嫌《きげん》に少しの事に気を持《もち》、僭上《せんしやう》一遍《べん》に請らるゝ様子《やうす》なれば、何とぞ手を入《いれ》[三]、彼《かの》大臣の膝元《ひざもと》[四]去らずの、弥七と申《まうす》太鼓《たいこ》に、内証《ないせう》[五]からお頼みあらば、十[六]に五つ旦那《だんな》のお手に入《いる》やうに、成《なる》まいものでなし」と申せば、大臣喜悦《きゑつ》あつて、「是《これ》はせめても手がゝりのある相談。どうぞ其《その》弥七にのみこませやうの才覚《さいかく》あるべき事」とあれば、「愚《おろ》かや旦那《だんな》、そこらは小判[七]で頬《つら》はるなり。殊に此者今居《ゐ》る夷《ゑびす》川[八]の借宅《しやくたく》、居成《ゐなり》[九]にもらひたきよし。家代弐貫七百目の願《ねが》ひ、頃日《このごろ》大臣へ訴詔《そせう》[一〇]の最中《さいちう》。是さへつかはさるれば、自身胸《じしんむね》をさいて、生肝《いきぎも》にても指上《さし》るは慥《たしか》な事」と申《まうす》。「それは何よりやすき事。とかくはきやつに片時《へんし》もはやくあふて、先《さき》[一一]さまの所存きゝたし」と、談合《だんかふ》[一二]中《なか》ばへ弥七次の座敷へ参つて、何か内儀とひそかに内談《ないだん》[一三]する躰《てい》。「いよ〱究《きはめ》に参つた物であるべし。爰《ここ》こそ件《くだん》の家買《かふ》代金、皆迄いふな。五十両[一四]の小判に寝刃《ねたば》[一五]合せて待て居《ゐ》る。はやくつれて参れ」の、御意畏《ぎよいかしこま》つて次《つぎ》へ立て、弥七にあふよりはやく機嫌《きげん》取《とり》顔《がほ》にて、「こりや世界《せかい》の仕合《しあはせ》男、家《いへ》でか金《かね》でか望次第に、貴殿《きでん》が心まかせの春じや」と、めつたにのぼら[一六]すれば、「そういふ主《あるじ》が機嫌《きげん》[一七]ほど迷惑《めいわく》な。とかく口先《さき》では、いひ抜《ぬけ》[一八]のやうにて一分《いちぶん》よはし。断《ことはり》は是なり。何事も此心底《しんてい》にめんじて、堪忍《かんにん》してくれ」と、両肌《はだ》ぬげば、

一　即座に祝儀を出した。
二　恋着して。
三　手をまわして。
四　お側去らずのお気に入り。
五　内内に。
六　確率五割。
七　小判の力で屈伏させる。
八　夷川通。二条通の一筋北の東西の通り。寺町より堀川に至る。
九　設備等現状のまま。
一〇　歓願。
一一　先方様。吾妻の大臣を指す。弱気になって様を付けている。
一二　相談。
一三　内内の相談。
一四　前出の二貫七百目に相当。金一両が銀五十四匁の計算になっている。
一五　刀の刃をとぐこと。ここはいつでも役立てるよう準備万全という意。
一六　おだてる。
一七　機嫌がよいとそれだけ自分が迷惑。
一八　言いのがれ。

下《した》に経帷子《[一九]きやう〔かたびら〕》を着《〔ちやく〕》し、左の手に珠数《じゆず》を持《〔もち〕》、右の手にて脇指《わきざし》ぬく時、亭主《〔ていしゆ〕》肝《きも》をつぶして、やにわに取付《〔とりつき〕》、「先《まづ》様子《〔やうす〕》は」ととへど、「死《しん》で跡で知《しれ》る事」と語らず。とやかくいふ声《〔こゑ〕》におどろき、奥《おく》より大臣をはじめ、末社《まつしや》残《〔のこ〕》らずかけ出《〔いで〕》、何かなしに先《まづ》脇指《〔わきざし〕》を引取、「とかく様子《〔やうす〕》をかたりてのうへ、ともかくも汝が心まかせ」といふ。「然らば子細《〔しさい〕》をかたるべし。昨日《きのふ》供して参りし、東《あづま》の大臣、太夫さまを請出すにきわめてかへりしゆへ、いよ〳〵堅《〔かた〕》めに、只今[二〇]知恩院《〔ちをんゐん〕》門前《もんぜん》の旅宿《りよしゆく》に参りしに、朝《けさ》未明《みめい》に宿《やど》をあけて、[二一]釜《かま》の下《した》の塵《ちり》も灰《はい》もないやうにしまふて立退《のき》ける。さやうの[二二]大筈者《おほはづ〔もの〕》共《〔とも〕》しらず、真実《しんじつ》と思入《〔おもひいり〕》、諸事をかさ高《だか》にさばき、おの〳〵を我等が[二三]ちよろまかしたと思はるゝ手前、いかにしても面目《めんぼく》なし。とかくは死《しゝ》て[二四]我等ぐるみに、だまされたる所をお目にかけん」と、泪《〔なみだ〕》をながして申す。おの〳〵[二五]横手《よこで》を打て、「是は各別《〔かくべつ〕》なる首尾《〔しゆび〕》。玉中さまのお為《〔ため〕》には、又なきお仕合《〔しあはせ〕》、さりとは弥七いひ出しやうがはやし。今すこし待て、あなたの事を聞てから、覚悟《〔かくご〕》きわむれば、かねて

一九 死人に着せる経文や題目を書いた白い着物。
二〇 東山の知恩院門前の石橋の西、古門前・新門前の八町をいう。現東山区内。
二一 すべて残らず。
二二 口から出まかせにいい加減なことを言う者。
二三 ごまかす。
二四 自分もともに。
二五 驚きあきれるさま。

の願《ねが》ひの夷川《ゑびす》の家《いへ》が手に入《いる》ものを、とかく果報《くわほう》のない曾我耳《そがみゝ》[一]じや」と、大臣の思召入《おぼしめしいれ》[二]のこらずはなせば、弥七死《し》ぬるをやめて、「さつても残念千万。此方からわび口いわずに、あなたからはわせ[三]ます事じやに」と、大笑ひになつて、いよ〳〵太夫の身請に究《きわま》り、千両の光《ひかり》瑯《くるわ》にかゝやき、栄花《ゑいぐわ》[四]の花崎威《さきい》勢《せい》のさかり、幾千代《いくちよ》かけて御中よく、太夫さま[五]は九十九迄、相生《あひおひ》の松風、小歌の声《こゑ》ぞたのしむ。

第四　花は散《ちれ》ど名は九重《ここのへ》に残る女
身は売《うり》物心は自由自在《じゆうじざい》[六]にならぬ天神

「世に親仁《おやぢ》と名さへつけば、我人《われひと》おそれて、仕掛《しかけ》し色咄《ばな》しをやめて、「当年は麦《むぎ》[七]がようござるの」と、手の裏《うら》[八]をかへすやうに、咄《はな》しも一調子《てうし》ひくうなつて、一座にわかにめいる事、親仁《おやぢ》身にしては迷惑《めいわく》千万。親仁《おやぢ》とても人間《にんげん》の種《たね》にあらずや。本悪性《もとあくしやう》[九]人が、年のよりたるのが皆親仁《おやぢ》といふ、こわきものになれば、あながちめつたに、こわがらふものでもなし」と、後家《ごけ》[一〇]親《おや》にかゝつて、我儘《まゝ》にそだちたる男が、世間《せけん》にきびしき親仁《おやぢ》のある事をしらず申出せど、こわい親仁は、当世の浮《うわ》気男とは、各別《かくべつ》仕《し》[一一]込《こみ》のちがいしもの也。第一若い時から、身過《みすぎ》[一二]を大事にかけて、かせぐ事には夜を寝《ね》ず、気根《きこん》[一三]づよふ勤《つとめ》てき

一　江戸時代の文芸では、曾我兄弟は貧乏とするのが常例。金持になる話が聞けぬ耳。
二　お考え。御意向。
三　はいつくばらせる。歎願させる。
四　栄花の花が咲くと掛ける。
五　「相生の松風、吉野は九十九まで」(一代男・五の一)、「相生の松風、小歌の声ぞたのしむ」(同・八の三)を合わせる。なお右後者は「相生の松風颯々の声ぞ楽しむ」(謡曲・高砂)のもじり。
六　菅原道真の神号を天満大自在天神という。それに掛けて身体は売っても心は客の思うままにはならぬ天神の位の女郎という。
七　麦の出来がよい。
八　態度を一変する。
九　浮気な者。道楽者。
一〇　未亡人になった母親に養われ、父親、後家でない母親より子に甘い。
一一　しつけ。訓練。
一二　生業。
一三　根気よく。
一四　帳簿の記入・点検を中断して。
一五　無駄に。おろそかに。
一六　神仏の加護の御礼。
一七　伊勢の大神宮。
一八　お供え。通例の賽銭十二文に数

た目で、今時[一四]帳相《ちやうあひ》仕《し》さして、あそぶ事に夜をねぬ息子《むすこ》共を見合ては、気にいらぬが断《ことはり》也。「昔《むかし》とても色遊びのないではなけれど、金《かね》のつかひやう各別《かくべつ》也。先《まづ》親より譲《ゆづ》られし銀《かね》など、[一五]あだにつかふ事にあらず。商事《あきなひごと》に自然《しぜん》の仕合《しあはせ》よく、思ひの外に利徳を得し時、まづ[一六]冥加《みやうが》のためとて、[一七]お伊勢さまへ[一八]お初尾銀《はつをぎん》拾弐匁、[一九]りんとかけてのけておき、[二〇]扨《さて》旦那寺《だんなでら》へ盆《ぼん》正月の礼の外に、いまだ遠《とを》き母の[二一]三十三年忌《き》の[二二]布施《ふせ》迄包《つゝみ》、其《その》上に今年《ことし》四つに成《なる》[二三]乙《おと》娘が、よめ入する時の心あてに、[二四]長持をあつらへ、[二五]水風呂《すいふろ》より[二六]湯風呂《ゆふろ》が[二七]徳なれど、こしらへる事を[二八]造作《ざうさ》に思ひ、四五年も案《あん》ぜしに、是《これ》さいわひとして仕舞《しまい》、「こんな仕合一代のうちに、[二九]さい〳〵はなき銀《かね》もうけなれば、思ひ切て、かこい女郎たゞひとつ買て見ん」と、遣《つか》ひ残りし五十匁あまりの銀のうちから、随分《ずいぶん》[三〇]つきの悪《わる》きをゑり出し、[三一]十八匁に少しかるうかけて、ひとりゆくもさびしく、さいわひ[三二]参宮せし時分《じぶん》、[三三]留主《るす》見舞に肴《さかな》くれられし返《へん》礼に、むかいの四郎左をまねき、「揚屋《あげや》の夕食《めし》ふるまひませふ」と、[三四]雨のふらぬ日、朝《あさ》とく起《おき》て、朝食《あさめし》さし急ひで、はやり芝居見物に行《ゆく》にもはやき時分、揚屋《あげや》にゆきて遊びしが、今時の若い者《もの》は、爰《ここ》からあそこの[三五]一またげある島原へ、駕籠《かご》にのつて[三六]行《ゆく》げな。あゝもつたいない事斗《ばかり》」と、[三七]輪珠数《わじゆず》くり〳〵昔《むかし》を語らるゝ年寄あり。

　されば一切《いつさい》の親仁《おやぢ》皆かくのごとく、物堅《かたき》かと思へば、さりとは世界《せかい》はひろし。[三八]東洞《ひがしのとう》院《ゐん》にかくれもなき、うろこがた屋の徳政《とくせい》とて[三九]有徳《うとく》なる[四〇]禅門《ぜんもん》有リしが、六十以後[四一]唐物《たう(もつ)》のあ

を合せ十二匁としたか。
一九 銀貨は目方をはかってやりとりする。きちんとはかって。
二〇 帰依している寺。
二一 死後満三十二年の忌日にする仏事。
二二 僧への施しの金銀。
二三 妹娘。
二四 衣類・調度を入れる蓋のある長方形の箱。
二五 桶で水をわかして入る風呂。
二六 蒸し風呂。
二七 利得。経済的である。
二八 面倒なこと。経済的な負担を思いおっくうになる。
二九 しばしば。
三〇 品質。
三一 かこいの揚代。前出神への初穂はりんとかけるに対し、遊びの銀ゆえ軽くはかり、値切る気持。
三二 伊勢参宮。
三三 主人が旅行中の家に家族の安否を問いに行くこと。
三四 雨が降ると駕籠など余分の費用を要する。
三五 距離の近いことをいう。
三六 行くそうだ。
三七 浄土宗で用いる、輪が二重になっている数珠。それを繰りながら。
三八 東洞院通。烏丸通の東二筋目の南北の通り。
三九 金持の。
四〇 隠居して剃髪した人。
四一 中国渡来の品。その値上りで儲け。

がりを請《うけ》て、[1]俄《にはか》にたのしくなり、それよりいよ〳〵借《か》シ銀《がね》が[2]はたらき、内蔵《うちぐら》にもあまりけるが、若き時より[3]秤目《はかりめ》をせゝりて、朝暮《あけくれ》渡世《せい》に油断《ゆだん》なく、しかも下戸《げこ》なれば、浮世の楽《たのし》みたへて、[4]やくたいもない年月を送《おく》られしが、物には時節《じせつ》あつて、此《この》禅門《ぜんもん》七十と申《まうす》春の比《ころ》より、島原狂ひを心ざし、夢のごとく気をうかして、あたまから[5]一文字屋《や》の名高《だか》い太夫になづみて、其比《そのころ》の[6]至り末社《まつしや》共を召つれ毎日かよはれける。是《これ》かや[7]日くれて道をいそぐに似《に》たり。[8]鐘木《しゆもく》杖《づへ》ついて床《とこ》入《いり》せられしが、腰《こし》は[9]反橋《そりはし》のごとく、[10]誠の事は思ひもよらず、足ののびかゞみさへ成《なり》がたくて、歯《は》もないはぐきをくいしばり、[11]身をもやして無念《むねん》がり、「我せめて廿年前に、此里狂ひの心ざしあらば、したい事をしてたのしむべきに、今となつて口おしや。とかく向後《けうこう》床をやめて、名にきゝし太夫天神を残らずまねき、大鼓《たいこ》におもしろい酒をのませて、金《かね》にあかしてさわいで遊ばん」と覚悟《かくご》究《きわめ》て、[12]人のほしがる物懐《ふところ》より取出し、出《で》るほどのものに五両七両づゝ取《とら》されければ、いづれも悦び、「是は親仁《おやぢ》さまに[13]死花《しに》が咲《さく》」といさみける。それより次第に粋《すい》になつて、一座の[14]酒振《さかぶり》あぢをやられ、[15]かるはづみのおとし咄《ばなし》もしおぼへ、[16]仕掛《しかけ》の虚《うそ》も見出し、七十におよんで[17]分知《わけしり》といはるゝは、誠に[18]おんざの初物《はつもの》なり。

ある時出入《でいり》の素人《しろと》末社《まつしや》をめされ、「我若《わか》く盛《さかん》にし、女郎に[19]鉢《はち》巻《まき》もさする程に、勢《いきほ》ひのつよき時は、揚屋《あげ》の小盃《こさかづき》をだに手にとらず。さもしくも金銀溜《ため》る事に、あたら月日を送

一 裕福になり。以下「死花が咲」辺まで、高齢に及んでの色遊びは好色盛衰記・五の五により、語句も剽窃箇所あり。
二 有効に利を生み。
三 僅かな金のやりとりに心を労する。
四 らちもない。つまらぬ。
五 中の町一文字屋七郎兵衛。
六 第一級の太鼓持。
七 終りごろになって事を急ぐたとえ。
八 頭部が丁字形になった杖。
九 中央が高く上に反った橋。腰のかがんだ形容に用いた。
一〇 性交。
一一 ひどく恨みいきどおる。
一二 金銀貨。
一三 死後にほめられるような死にかたをする。花に祝儀の意を含ませ、死に近い者が祝儀を出してよろこばせるという。
一四 酒席での盃のやりとりの法。「一座の酒振…仕掛の虚も見出し」は俗つれ〳〵・五の一。
一五 軽妙な落し咄。
一六 女郎が手管として言ううそ。原本「しかげ」。
一七 遊里の事情に精通した者。
一八 時期の終りになって成熟し、初物同様に珍重される果物・野菜。
一九 床の疲れが翌日まで残って頭痛がする。

り、今楽《たのし》み至極《しごく》の色遊びに、[二〇]肝心《〔かんじん〕》の分《わけ》のたゝぬ時に至つて、此心ざしの出来《でき》し事、かへすぐ〱も残念《ざんねん》也。然れば色狂ひの盛《さかり》といふは、廿二三より三十五六迄なれば、世悴政《せがれまさ》右衛門にも今[二一]鑓先《やりさき》の丈夫《ちやうぶ》な時、色遊びをさして、人間に生れし甲斐《かい》をしらすべし。是が本《ほん》の親の慈悲《じひ》なり。汝らよつて此道をすゝめ、人にも大臣といわする程の、粋《すい》にして得させよ。金銀は息子《〔むす〕》が心あてに、内蔵《ぐら》一つ手をつけずのけて置《〔おき〕》たれば、かならず始末《しまつ》せずに、ばつとしたさわぎいたすべし。[二二]きたなびれた座配《〔ざはい〕》して、親の名迄をくたすな。女郎は[二三]大坂屋の若むらか、みやまぢよかるべし」と、物なれたる末社三人御子息《しそく》に付《〔つけ〕》られ、親父《おやぢ》[二四]金本《かねもと》しての女郎狂《〔ぐる〕》ひ、[二五]神代此かたない事と、[二六]蔵《くら》の鎰《かぎ》まゝならぬ息子共が、[二七]咽《〔のど〕》をならしてうらやみけるも断《ことはり》ぞかし。

此息子《〔むす〕》当年廿八になつて、器量《きりやう》よく姿は[二八]当世男に生れつきけれ共、正直にて虚《〔うそ〕》つくすべをしらず、律義《〔りちぎ〕》千万にして物堅《がた》く、我妻《わがさい》の外には、女の肌《〔はだ〕》といふ物をしらず。[二九]姨《おば》のもとより給はりし桃《もゝ》色にそめし、[三〇]かきぞめの犢鼻褌《〔ふんどし〕》を今にかきて、後生大事とかまへたる男なれば、末社《まつしや》共がすゝめ、さらに耳《みゝ》に聞入《〔ききいれ〕》ねば、禅門《ぜんもん》[三一]きのどくがられ、「とかく当流の末社は、物がたき風《ふう》にはあはぬ筈《はづ》」と、日比《〔ひごろ〕》息子《〔むす〕》が懇《〔ねんごろ〕》に語る、我より[三二]下《〔した〕》めな友達《〔だち〕》共二三人に、あらましをかたりて頼み、[三三]不食《ふしよく》な病人に、粥《かゆ》をすゝめるやうに、いろ〱と[三四]すかし、「一つは親仁《〔おやぢ〕》の気やすめなれば、[三五]親孝行《かう〱》と思ひ、永《なが》ふとはいふまい。せめて

二〇 情交不能。
二一 陽物。
二二 けちな。未練な。
二三 揚屋町角大坂屋太郎兵衛。ただしみやまぢの名は名寄になし。
二四 資本主。金主。
二五 前代未聞。
二六 蔵の鍵が自由にならぬ。親がかりで自由に金が使えぬ。
二七 ひどく物を欲しがるさま。
二八 当世流の伊達男。
二九 以下「今にかきて」まで置土産・三の二。また親遊蕩、子堅実の趣向もこの章がヒント。
三〇 男子七歳の時初めてふんどしをしめること。
三一 当惑する。困る。
三二 目下の。
三三 食欲のない。
三四 機嫌をとり、すすめる。
三五 世間の常識と逆のおかしみ。

今年《ことし》中、女郎狂ひをしてたもれ」と、やう〳〵と合点《がてん》させ、[一]痛《いたい》ものにさわるやうにして、島原にともない行《ゆき》、揚屋《あげや》へも親仁《おやぢ》から此《この》内証《ないしやう》申《まうし》つかはれ、「常《つね》の客《きやく》とは替り、諸事物堅《がた》うしかけ、何とぞ其《その》里あかぬやうにしてくれ」とのお頼み。それ畏《かしこまつ》て、物に心得たる揚屋《あげや》の亭主《ていしゆ》、[二]下袴着《しもばかまちやく》し表《をもて》迄迎《むか》ひに出、座敷に通しまし、「見ぐるしき所へ忝《かたじけな》き御《お》出《いで》」と、[三]時の旦那の気に入《いる》やうに、慇懃《いんぎん》に手をついて申せば、息《むす》子大臣[四]作《つく》りつけの人形《にんぎやう》のやうに畏《かしこま》り、「私義《わたくしぎ》は東洞院通に罷有《まかりある》、うろこがたやの政右衛門と申《まうす》ものでござる。扨《さて》是《これ》なるは同町、[五]橘《たちばな》屋道西《どうさい》老《らう》の借屋《しやくや》にゐられます、[六]請《うけ》酒屋《ざけや》の五郎兵衛殿と申《まうす》。又それなるは珠数《じゆず》屋の喜助殿とて、[七]誓願寺《せいぐわんじ》前の人。爰《ここ》なは私南隣《となり》に、[八]突《つき》米屋《こめや》の茂平次殿とて、[九]ほこり商売《しやうばい》でござれども、[一〇]七人口ゆるりとの暮《くら》し」と、微塵《みぢん》かくさず有《あり》のまゝに引合《ひきあは》せば、三人の連《つれ》は汗《あせ》をかいて、「さあ〳〵酒にせまいか」とまぎらかせば、亭主《ていしゆ》おかしさを胸《むね》におさめて、「是は委《くわし》いお引合《ひきあはせ》。近比《ちかごろ》よいお[一一]近付《ちかづき》をもとめました」と、[一二]臍《へそ》の緒《お》切て、ついに

一 恐る恐る慎重に。
二 略式の袴。略礼装。
三 その時その時のお客。
四 取りはずしできぬように作った人形のように。しゃちこばったさま。
五 五郎兵衛は家主橘屋の借家人。家持町人の息子政右衛門の下目な友達である所以。
六 酒を醸造元などから仕入れて小売する者。
七 三条寺町下ル東側の誓願寺の前(西側)。現中京区内。
八 搗米屋。精米業。米の小売もする。
九 米を搗くからほこりが立つ。
一〇 七人の生活を支えていること。
一一 知人。知合い。
一二 生れて以来。

申さぬ挨拶《あいさつ》すれば、「一三自然《しぜん》町筋《すぢ》へ御出《おいで》の折から、俄雨《にはか》には何時成共《なんどきなりとも》、一四下駄《げた》傘《かさ》の御用には立《たち》ませう」と、物堅《がた》き口上すんで、扨女郎さまは一五一文字屋の天職《てん》《しよく》、ともへといふ若女郎に内証《ないせう》申《まうし》て、内儀《ないぎ》つれまして出られ、近付《ちかづき》にいたされ、それから一六盃《さかづき》事《こと》はじまつて、座中酒《さか》機嫌《きげん》に、一七文作《もんさく》つくして高笑ひすれど、大臣は一八膝《ひざ》もなをさず、盃手前《てまへ》へ来《く》る時は、一九手習寺《てならひでら》でならふた通り、念入《ねんいれ》ていたゞき、大事にかけて雫《しづく》も酒をこぼさず、二〇一滴《てき》七十五粒《つぶ》が所と、二一過《すぎ》てもあけるといふ事なく、二二指《さゝ》れた方へ二三急《きつ》度《と》もどし、其度《そのたび》ごとに二四肴《さかな》をはさみ、其箸《はし》を我もいたゞいて下に置《おき》、さまぐ〵おかしき身振《ぶり》。一座堪忍《かんにん》しかねて、「二五こりやならぬは」と笑ひ出《だ》せば、二六我事《わがこと》共しらず、同《おな》じやうに大笑ひ、亭主《ていしゆ》夫婦も我《が》をおり、「天地《あめつち》ひらけて、揚屋《あげや》といふものはじまつてより此かた、かやうの珍敷《めづらしき》お客《きやく》はなし。親仁《おやぢ》さまとは各別《かくべつ》二七世界」と申《まうし》あへり。扨膳《ぜん》出れば座の二八詮議《せんぎ》しばらくして、各《おの》〻〵膳《ぜん》にむかへば、大臣亭主《ていしゆ》に亭寧《ていねい》なる時宜《じぎ》二九をのべ、三〇一献《いつ》《こん》過て、三一引《ひい》て焼鳥《やき》蒲鉾《かまぼこ》を、上《かみ》する女が見ぬ内に、三二鼻紙《はな》出して

一三 もし。ひょっと。
一四 足駄や傘を貸そう。
一五 中の町一文字屋七郎兵衛抱えの天神。
一六 酒宴。
一七 即興的に滑稽な文句を作ってしやれること。
一八 膝をくずさない。
一九 寺子屋。
二〇 酒一滴作るに米七十五粒必要と大事に思う。
二一 余分に注がれても捨てない。
二二 盃をさされた人に。
二三 たしかに。
二四 取り肴をとって相手に与える。
二五 おかしくてこらえられぬ。
二六 自分が笑われているとも知らず。
二七 別世界。
二八 座席の順を考えること。
二九 挨拶。
三〇 各人が一盃ずつ飲んでのち。
三一 各人の膳に配られた。
三二 はなをかみ、不時の用のため懐中する紙。

[一]手ばしかく包《つゝみ》、袂《たもと》に入る時、三人の連《つれ》興《けう》をさまして、「とかく此世《このよ》[二]の人ではなし。長居《ながゐ》する程恥《はぢ》[三]のかきあき」と、床《とこ》にも入ずつれかへりし。[四]世には息子《むすこ》もあれば、世界の事一概《がい》にはいひがたし。

ある時[五]越後《ゑちご》の半九といふ大臣の本《もと》より、渋《しぶ》紙包《つゝみ》一つ、職人《しよくにん》らしき、[六]ひ若《わか》い男が揚屋《あげや》へ持《ぢ》参《さん》して、「御亭主《ていしゆ》に直《ぢき》に渡したい」と申す。主《あるじ》罷《まかり》出て請取《うけとり》、「御太儀《ごたいぎ》に忝《かたじけな》し。お茶でもまいつて休《やすみ》てござれ」といへば、「まづそれをあけて見て下され」といふ。「中《なか》あらためて[七]請取《うけとり》書てしんずるにおよばず。追付《おつつけ》[八]こなたからお国もとへ、御返事を申上べし」といへば、「其中《そのなか》に私が金《かね》がござります。あらためて見て、傾城《けいせい》かわして下されませ」と申せば、亭主《ていしゆ》[九]きよつとして、紙包《づゝみ》ほどき見れば、[一〇]島桐《しまぎり》の小箱の中に、金子百両半九大臣の添状《そへじやう》一通《つう》、ひらき見れば、「此吉蔵と申《まうす》男、一文字屋の天職《しよく》、ともへといへる女郎を、去春[一一]御《み》影《ゑ》供《く》のかへるさに、ちよと見しよりも大方《かた》ならぬ思ひとなつて、此度わざ〳〵と、其女郎にあいに斗《ばかり》罷《まかり》のぼるの間、随分《ずいぶん》馳《ち》走《そう》いたさるべし。先《まつ》色狂ひの手付金《てつけきん》に百両相《あひ》わたさるゝ。是《これ》にかぎるべからず。いかほどにても入用《いりよう》次第、[一二]其元《そこもと》我ら[一三]定宿《ぢやうやど》へ申《まうし》つかはれ、其里《さと》の分《わけ》[一四]あしからぬやうに、たのむ」のよし、懇《ねんごろ》に書《かか》れたり。亭主《ていしゆ》俄《にはか》に詞[一五]を替《かへ》て、「よくこそ御入《おいり》。先奥《をく》へ御通りあそばし、御酒《ごしゆ》でもめしあげられましたうへにて、思召入《おぼしめしいれ》も承り奉らん」と、内儀も出られ、槌《つち》[一六]で庭《には》はき紅《べに》はき詞[一七]に色を

一　手早く。
二　常人ではない。
三　十分に恥をかく。
四　世間に息子は多く、さまざまな者がいるから。
五　越後の大臣の添状と大金を持ち女郎買に来ること一代女・二の一による。
六　なま若い。
七　受領書。
八　こちらから。
九　強く驚くさま。ぎょっと。
一〇　細かく柾目の通った桐材。
一一　三月二十一日弘法大師入定の日に行なわれる法会。島原に近い東寺からの帰り。この日は島原の紋日。
一二　そなた。同輩以下にいう。
一三　きまって泊る家。取引先を当てる。
一四　諸雑費。勘定。
一五　言葉遣いを改める。
一六　見えすいた追従をすることを槌で庭を掃くというのに、口合で紅はきと続けた。内儀は紅をつけ。
一七　言葉を飾ること。紅はきの縁で色を付てという。

付《つけ》て、さま〴〵のもてなし。扨《さて》「女郎さま今日《けふ》は[一八]ならしやりませぬ」と、[一九]遣手《やりて》が申《まうす》詞にすがり、今日《けふ》のお客《きやく》のおもはくくわしく語りて、[二〇]主《あるじ》夫婦ひたすら頼めば、此遣《やり》手後[二一]世願《ねが》ひにや、よく聞入《ききいれ》て女郎に申入《まうしいる》れば、情《なさけ》に[二二]まはる巴《ともへ》にて、「お心ざしのうれしければ、こなたのお客に断《ことはり》ゆくべき」よし、[二三]大臣へ文遣《つかは》し捨《すて》て其まゝの御出。かたじけなきは揚《あげ》屋の仕合《しあはせ》、[二四]お引合《ひきあはせ》の酒事《さかごと》過て、床《とこ》へ入共《いれども》吉蔵酔《ゑい》て、何の事なく手さへにぎらず。其夜はあけて其まゝ帰りさまに、又の日から十日つゞけて契約《けいやく》いたし、爰《ここ》に[二五]碇《いかり》をおろさせ申《まうし》、[二六]沖《おき》をこぎたる遊興。末社《まつしや》もなくて一家《いつけ》をあつめ、主《あるじ》に預《あづけ》し百両を、心よく蒔《まき》ちらせば、揚《あげ》屋の座敷《ざしき》は[二七]時ならぬ山吹《ぶき》の岸《きし》かと見へて、[二八]宇治へもきこゆる斗《ばかり》、[二九]辰巳《たつみ》上《あが》りな声《こゑ》を出し、聞《きき》しに増《まさ》る大臣と、笑《ゑみ》をふくみて悦びあへり。されど此吉蔵大臣、床には入レど終《つい》に一度《ど》も分《わけ》[三〇]をたてたる事なし。女郎不審《ふしん》さに、大臣にもおもしろく酒をすゝめ、我《わが》身《み》も酔《ゑふ》ほど呑《のふ》で、「今宵《こよひ》は慮外《りよぐわい》[三一]も酒の咎《とが》にしてゆるし給へ」と、我方《わがかた》から身をよせ、白《しろ》く油《あぶら》づきたる、太股《ふともゝ》を見せかけ、[三二]もだ〱して戯《たわ》れかゝれど、大臣さらに其気色《けしき》なく、「何事も叶《かな》はぬうちこそ恋路《こひぢ》なれ。心のまゝに自由《じゆう》なしては、妻女《さいぢよ》も同前《どうぜん》[三三]。是斗は残し置て、心ざしの互《たがい》にかわらぬこそ、本恋《ほんこひ》なれ」と、誠はとけぬ[三四]帯《おび》の結目《むすびめ》、かたい床とは是なるべし。

ある時女郎申されけるは、「[三五]その事なくては、御心底《しんてい》はかりがたく、万《よろづ》に[三六]心おかれて、

一八 揚げることはできぬ。
一九 遊女を監督し客との応対などに当る女。
二〇 以下「宇治へも」辺まで二代男・六の五剽窃、付加。
二一 信仰心深く極楽往生を願う人。ここは情深いことをいう。
二二 客の気に入るように行動すること。巴の縁。
二三 今日約束のあった客。
二四 初会時客に紹介し盃を交す。
二五 腰をすえる。
二六 豪遊。碇をおろすの縁。
二七 黄金色の小判を蒔いたので時節はずれの山吹という。
二八 山城国宇治(現宇治市)。宇治の歌枕に山吹の瀬があるのでその縁で山吹に続け、喜撰の「我いほは宮このたつみしかぞすむ世をうぢ山と人はいふなり」(古今集・雑下、百人一首)の歌より、下に辰巳と続く。
二九 調子外れのかん高い声。
三〇 情交をしない。
三一 失礼。無礼。
三二 恋に心乱れ興奮のさま。
三三 同然。
三四 誠の心はわからず(解けず)、帯の結目もとかない。とけぬ・結目・かたいと縁ある語を連ねる。
三五 情交。
三六 うちとけられず。遠慮があって。

さらに面白からぬ御事。誠我思召《われおぼしめし》ての御出とはぞんぜず。あいまして廿日《はつか》にあまる添《そい》寝《ね》、夢斗《ばかり》の御戯《たはふれ》は、[一]釈迦《しやか》でもあるまい物でなし。とかく[二]御心の底《そこ》打わりて聞《きき》ましたい」と、巴《ともへ》は[三]浪《なみ》の紋郡内《もんぐんない》の袖《そで》をぬらして、かきくどかるれば、「おろかや思はぬ御身《おんみ》に、大事の日を爰《ここ》にくらして、艶顔《えんがん》を拝《はい》し申《まうす》べきや。誠の心は今日《けふ》ぞしるべし」と、「亭主《ていしゆ》に兼《かね》て申渡せし身請《みうけ》の事も、いよ〳〵今日《けふ》に極《きわ》むべしと、五百両の外に、[四]五貫弐百目の借銀《しやくぎん》迄《まで》持せ来れり」と、供の者共呼《よび》よせ、[五]挟《はさみ》箱《ばこ》あくれば、それにちがいはなかりき。

女郎なを〳〵不審《ふしん》はれず、「此《この》里御出し下さるゝ、御心入《こころいれ》はうれしけれど、あいそめてより今日《けふ》迄の[六]御しなせ、さらに実《じつ》とは見へず。よもや恋にて引《ひき》ぬき給ふにては有《ある》まじ。さあれば[七]かたさまにつれられて参る事、いや」と申切《まうしき》ル。亭主《ていしゆ》夫婦遣《やり》手迄《まで》、「是《これ》は[八]一興《いつけう》なる[九]太夫さまのお詞。此里を出給ふは御身の誉《ほまれ》と申《まうし》、御一生の[一〇]片付《かたづき》、何とか心得給ふ」としかり申せば、大臣きかれて、「いや〳〵是は女郎の道理《だうり》也。今は誠をあかして聞《きか》せん。我レ事実《じつ》は越後《ゑちご》の者《もの》にあらず。皆も知《し》らるゝ、当地においてかくれなき、曲水《きよくすい》と[一一]替《かへ》名《な》を申《まうし》て、此女郎の姉子《あねご》菊《きく》川といふ美君《びくん》を、先《せん》だつて根引《ねびき》にし給ふその大臣の家来《けらひ》、吉蔵といふ者《もの》也。頃日《このごろ》菊川我《わが》旦那にねがい申されけるは、「我身事《わがみこと》御影《おかげ》にて塓《くるわ》の苦患《くげん》をのがれ出、かく栄花にくらし侍る事、ふかき御恩《ごをん》、死《しゝ》てもわすれがたし。しかし御ぞんじのごとくひとりの妹《いもと》を、塓《くるわ》にのこしうき勤《つとめ》をさせぬる事、此身になりて思ひやる程か

一 悟りを開いた仏の釈迦でも。
二 本心を偽りなく。
三 巴の紋を巴浪ともいうので巴に続けて浪という。郡内は甲斐国の郡内(現山梨県都留郡)産の絹織物。白地で織紋のあるものを紋郡内という。
四 身請時にはその女郎の借金も払う。以下「ちがいはなかりき」まで二代男・五の三。
五 衣服などを入れ従者に棒でかつがせた箱。
六 ふるまい。
七 あなたさま。
八 とんでもない。あきれた。
九 前には天職(天神)とある。
一〇 縁付き。
一一 遊里で本名を呼ばず、その人に縁ある語に替えて呼ぶ名。

わゆし。迚《とても》のお情に、妹《(いもと)》巴《ともへ》も我におなじき身となし給ひ、兄弟共に御不便《(ふびん)》くわへられなば、何か此上の望あるまじ」と、一二わりなき心底《しんてい》大臣聞《(きき)》とゞけられ、「それこそ安《やす》き望、早速《さつそく》今日《(けふ)》にも請《(うけ)》てはすべけれど、そなたを請てまだ間《ま》もなきに、又引《(ひき)》ぬきしと世間の人に、奢《おどり》のやうに一三沙汰せられんもむつかし」とあつて、則《(すなはち)》昔《(むかし)》の色《(いろ)》友達《ともだち》、越後の半九さまへ此趣《おもむき》を仰《(おほせ)》つかはされ、一四あなたの添《(そへ)》状もつて、越後者《(えちごもの)》と偽《いつわ》り、表向《をもてむき》は我《(われ)》らが一五つかむ分《ぶん》にして、内証《ないしやう》は御兄弟一所におかせらるゝ心入、かならず外へは沙汰《(さた)》なし」と、一家《(いつけ)》の一六口をかため、すぐに姉子《あねご》の方《かた》へ御乗《(のり)》物をかき入レ、廓《(くるわ)》をはなれて兄弟の対面《たいめん》。是斗《(こればかり)》には一七虚《うそ》のない涙をながし、「一八悦び啼《なき》とは床《とこ》の外《ほか》にもある事か」と、吉蔵が一九一代の出来口《でき(ぐち)》。先取《(まづ)》あへず盃《さかづき》事《(ごと)》しまふて、是から二〇中椀《なかわん》がはじまり、うれしい時の酒は胸《むね》にたゝへず、いつよりは大酒となつて、曲水《きよくすい》大臣もよい機嫌《(きげん)》して、「菊《きく》川といふも二一流《(なが)》れにちかき名なれば、今《(け》日《ふ)》よりして人のほしがる物の色《いろ》によそへて、二二山吹《ぶき》」とめされ、月にも花にも、雪にも蛍《ほたる》

一二　深く思いつめた。
一三　うわさされるのも面倒だ。
一四　あのかた。半九を指す。
一五　身請をする。
一六　口止めする。
一七　女郎の涙は客をだます為が通常。
一八　情交時に女性が喜悦の極に泣く。
一九　一生一度のうまい口上。
二〇　親椀に次ぐ大きさの椀。汁用。盃をそれより大きい中椀に替えて飲む。
二一　遊女。流れは川の縁。
二二　小判の色を山吹色という。

にも尻《しり》[一]つきのよい、兄弟の女郎をながめ、あした夕べの楽《たの》しみに、姉《あね》に色糸弾《いろいとひか》せ妹《いもと》にうたわし、万自由《よろづじゆう》の暮《くら》し、あつぱれ此《この》家の大将木曾殿[二]の顔《かほ》して、右左《みぎひだり》に巴山吹《ともへやまぶき》を置て、床《とこ》の戯《たはふれ》、是《これ》ぞ此世の極楽なるべし。

　されば今の世の人間、仮《かり》[三]の生死《しやうじ》をわきまへ、一日成共《なりとも》色道の遊興、又もなき楽《たの》しみと、短《みじか》[四]ふさだめけるこそ上分別《じやうふんべつ》なれ。申せば堅《かた》うなれど、旦《あした》[五]に紅顔《かうがん》あつて、揚屋《あげや》にほこるゝといへ共、夕べには白骨《はつこつ》となつて、荒言《くはうげん》[六]はいた太夫さま達《たち》、墎《くるわ》を出ずに、たうとい[七]所へ参られしを、思へば夢のうき世じや。仮《かり》の枕に空寝入《そらねいり》して、肌《はだ》にさわりたがる男を、さびしがらせておかるゝ女郎は、内心如夜叉《ないしんによやしや》[八]と申《まうす》べし。それもふられて苦《く》にならぬ大臣、跡引《あとひき》[九]て此恨《うら》みを仕掛《しかけ》、物の見事なさわぎをするわろ[一〇]と、二割半[一一]にまはる借銀《かりがね》の内を、恋なればこそ持て来《き》てつかふ貧《ひん》なる男を、おなじ事にふらるゝは、いぢらしい[一二]事也。後[一三]生こそねがい給はずとも、いやな男にも、摂待《せつたい》[一四]の施主《せしゆ》じやとおもふて、お茶《ちや》[一五]たてゝふるまふてやり給はゞ、大きな功徳《くどく》になるべし。年寄斗《ばかり》が死《し》ぬる物でもなし。色も盛《さかり》の若《わか》女郎、今日《けふ》九重《こゝのへ》[一六]と時めき給ふ美君《びくん》も、名のみ残りて花は咲《さく》比《ころ》、其《その》身はちりて苔《こけ》[一七]の下《した》露、きへて情《なさけ》のふかき事は、今に我人《われひと》申出しておしみ侍《はべ》る。あゝ夢《ゆめ》じやもの〳〵《夢じや…》。

一 蛍の縁で尻という。
二 木曾義仲の二妾を巴・山吹という。
三 この世は仮の世ゆえ生死も仮。
四 手短かに思い定めるのが、よい思案。
五 「朝有㆓紅顔㆒誇㆓世路㆒、暮為㆓白骨㆒朽㆓郊原㆒」(和漢朗詠・下・藤原義孝)。
六 大きな口をきくこと。前項の詩の郊原のもじり。
七 極楽。
八 外面如菩薩、内心如夜叉。外面は菩薩の如くで内心は夜叉のように残忍。
九 女郎に心を残して、振られた恨みを派手に騒いで幅を示すことで消す。
一〇 やつ。
一一 年利二割五分の。
一二 かわいそうな。
一三 極楽往生。
一四 寺参りの人に湯茶を施すこと。
一五 情交の相手をすること。
一六 「いにしへのならのみやこのやへざくらけふここのへににほひぬるかな」(詞花集・春・伊勢大輔、百人一首)。
一七 死去をいう。消ゆは露の縁。本文中の一文字屋の某太夫など指すか。

第五　花にも負《まけ》ぬ三五の月

[一八]身は病《やまひ》の入物《(いれもの)》願《ねがひ》は、先《(さき)》の見へぬ目病《めやみ》[一九]の地蔵

「穐《あき》の夜の長きに退屈《たいくつ》する」とは、色狂ひせずに宵《よひ》から寝《ね》る、しわい奴《やつ》が申せし事也。[二〇]千夜《ちよ》を一夜《(ひと)よ》にくゝり合《(あはせ)》て、其上に[二一]閏月《(うるふづき)》迄こめて、[二二]昼《ひる》のない国に生れても、色さへあれば夜《よる》に飽《あく》といふ事のない、遊び好《ずき》の末社《まつしや》共二三人、御目かけらるゝ大臣、御親類《しんるい》の中に[二三]不祝義な事あつて、一両日か[二四]の里御遠慮《ゑんりよ》につき、不思議《[ふしぎ]》に昨日今日《[きのふけふ]》揚《あげ》屋の畳《たゝみ》をふまず。今宵《こよひ》も又無色《むしき》にて[二五]我宿《わがやど》での夜の長さ、近比《(ちかごろ)》[二六]草臥判官《くたびれはうぐはん》、静《しづか》平入、片岡《かたをか》弥市、伊勢の三ぶなど淋《さび》しさに打《(うち)》より、今迄見つくせし、色里の噂《[うわさ]》を仕尽《しつくし》て、是より末の世の色里の事推量《[すいりやう]》して見るに、次第に瀑《しやれ》て替《かわつ》た事のみあるべし。「既《すで》に今さへ常《つね》なる事を、何によらずふるしとてもちひず。[二七]名《(な)》の木《(き)》も鼻《はな》につくとて、[二八]焼物《たき(もの)》を留《とめ》るなど、薫《[かほ]》りのよきにはあらねど、かわつた事を、しやれたといふて悦ぶ人心なれば、[二九]蕎麦切《[そば](きり)》を酢《す》で饂飩《[うどん]》を茶《ちや》でくふなど、[三〇]あぢにやる斗《(ばかり)》にして、[三一]手重《おも》き事をやめて、万事をかろく[三二]小切《(こぎ)》り目《(め)》にして、繕《[つくろ]》いなく[三三]しらずくにして、[三四]すぐばけな事のみおほかるべし。然れば女郎狂《[ぐる]》ひをして一座がおもしろいの、器量《きりやう》がよいの、意気《いき》がわるいのといへど、[三五]極《きわま》る所は床《とこ》の事ひとつなり。そればかりに一夜の夢に、[三六]七十六匁の銀《かね》を出せば、是第一の遊興《ゆうけう》と、大臣御出其

一八　人間の身体は病気にかかりやすい。
一九　祇園町の仲源寺。浄土宗。四条通に北面する。眼病に効験ありという。現東山区内。先の見へぬは目病の縁。
二〇「秋の夜の千夜を一夜になずらへて八千夜し寝ばやあく時のあらん」(伊勢物語・二十二段)。千夜を一夜に集約して。
二一　旧暦では閏年には閏月を加え一年十三か月となる。
二二「昼のない国をして」(五人女・一の一)。夜国という昼のない国があると考えられていた。
二三　不吉なこと。死など。
二四　遊里。
二五　自宅。
二六　九郎判官の口合。くたびれたという。静平入以下太鼓持、静御前・片岡八郎・伊勢三郎と九郎義経に関係ある人物名をもじる。
二七　有名な香木。名香。
二八　煉香(ねりこう)。
二九　蕎麦切はそば。そば・うどんとも汁は垂れみそなどを用い、薬味はそばは大根おろし、うどんはこしょうなど。
三〇　気のきいたやり方をする。
三一　おもおもしい。ていねいな。
三二　手軽に。
三三　つくり飾らぬこと。
三四　率直に打ちあけること。
三五　結局は。
三六　太夫の揚代。

まゝ揚屋《〔あげや〕》の亭主《〔ていしゆ〕》が挨拶《〔あいさつ〕》もせず、先《(まづ)》床《とこ》とつてねさしまし、女郎も親方《かた》の手前にて、伽羅《きやら》留《とめ》て来《く》るやいなや、すぐに床に入て、万事をしまふて、扨《(さて)》床から出ての酒事《(さかごと)》、是《(これ)》は今に替らずおもしろくのんで、夕食《めし》にもせよ、[一]夜食《やしよく》にもせよ、[二]喰立《くいだち》にして大臣は帰るべし」。

「女郎も今迄さま〲の衣裳《いしやう》しつくし、[三]風俗《ふうぞく》も[四]袖下《(そでした)》のちいさい時もあり、ゆつたりとする今もありて、いろ〱に替《(かは)》れば、此後《(こののち)》の物数寄《ずき》しやれて、髪《かみ》は替らず[五]島田にして、[六]平髻《ひらもとゆひ》に金唐紙《がらかみ》をたゝみ、衣裳《いしやう》も[七]ぐわらりと神鳴小紋《かみなりごもん》などつけて、[八]広袖《ひろ(そで)》ゆたかに、[九]反古《はうご》染《ぞめ》の上下《かみしも》を着《き》て、素足《すあし》に[一〇]沓《くつ》はいて[一一]道中せらるべし。[一二]二布《ふたの》は[一三]紋紗《もんしや》にして、立居《(たちゐ)》に白く、きよら成《(なる)》肌《〔はだへ〕》すきとをつて、[一四]肝心《〔かんじん〕》の所にはゆる毛《け》を、頸筋《〔くびすぢ〕》より大事にかけてぬきそろへ、[一五]むつくりとした肉置《〔しゝおき〕》の所に、金箔《ばく》を押《をし》て、[一六]玉中《ぎよくちう》には[一七]匂《にほ》ひの玉を入《(いれ)》て、[一八]一節切《ひとへぎり》の中を掃除《そうぢ》するやうに、[一九]切ゝ《せつ〱》出《だ》し入《(いれ)》をして、今迄のごとく、裾《〔すそ〕》に伽羅《〔きやら〕》もとめられまじ。扨状文《(じやうふみ)》にも、「[二〇]御身の労《〔いたは〕》り頼みます」などした、あまい事はかゝれまじ。増《まし》て「昨日《〔きのふ〕》はあいまして」などと《〔ゝ〕》は[二一]くだなり。[二二]あたまから御帰《〔かへ〕》りの後は、としてかくしてと、[二三]其品《(その)しな》をかゝるべし。「[二四]御内の御首尾《〔しゆび〕》いかゞきゝましたふぞんじまいらする」は、千年過《(すぎ)》てもやめられまじ。「さりとは是斗《(こればかり)》は気遣《〔きづかい〕》し給ふがうそで有まじ」と、大臣も[二五]誠にうけらるゝ事也。

首尾《〔しゆび〕》そこねては、[二六]現在《〔げんざい〕》[二七]商《〔あきな〕》い旦那を取《(とり)》うしなはるゝが実正《(じつしやう)》なれば、傾城《〔けいせい〕》買の[二八]本阿弥《(ほんあみ)》に見

一 朝夕の食事のほかに夜食う軽い食事。
二 食べるとすぐ席を立つこと。
三 身なり。服装。
四 袖付けの下端から袖の下端までの称。　五 島田まげ。
六 丈長《(たけなが)》紙を平たく畳んだもとゆい。
七 全く変わるさま。これを雷鳴にも利かせて神鳴に続ける。
八 袖口の下部を縫い合せてない袖。伊達風。
九 反古に擬して文字を染めた上下。
一〇 革などで作った足をつつむ履物。
一一 遊女が揚屋まで往復すること。
一二 腰巻。
一三 紋様を織り出した、からみ織りの目の荒い薄い絹織物。
一四 陰部。　一五 陰阜。
一六 女陰を玉門という。
一七 球形の匂い袋。
一八 長さ一尺一寸一分の竹製の縦笛。
一九 しばしば。しきりに。
二〇 御身御大切に。　二一 くどいこと。
二二 最初から。　二三 事の次第。
二四 御宅の反応はどうか。
二五 本当と受取る。
二六 目の前に。実際に。
二七 得意先。遊女の客をいう。
二八 刀剣鑑定の名家。ここは単に鑑定家の意。　二九 鑑定する。
三〇 支払期の節季の前。
三一 できるだけ。
三二 遠国からわざわざよこすのは変事の知らせかと、心配させぬように

せても、是は真《まこと》に究《きわむ》[二九]べし。扨物前《(ものまへ)》[三〇]にやるゝ文は、成程《(なるほど)》[三一]かさびくにして、封《ふうじ》たる上に、「此方《(このはう)》無事」と、遠国[三二]から書て来《く》る格《かく》を以《(もつ)》て、「此内に何も無心事《むしん(ごと)》[三三]なし」と、披《ひらか》ぬ先に、早速《(さつそく)》敵《(てき)》[三四]が安堵《(あんど)》するやうにしてやるべし」。

「又大臣も着類《きるい》の好《このみ》かはつて、表《おもて》は日野《(ひの)》紬《つむぎ》[三五]、又は亀屋島《(かめやじま)》[三六]の細《こまか》いに、裏《うら》に唐絹《からぎぬ》[三七]の美《び》をつくし、歯枝《やうじ》[三八]に磨出《とぎだ》[三九]し蒔絵《まきゑ》を物《(もの)》ずき、延紙《のべ》[四〇]の切口を銀箔《ばく》でだみ[四一]、下帯《した》に昔《(むかし)》[四二]渡りの金入《(きんいり)》か、時代切《じだいぎれ》[四三]の錦《にしき》かして、見へぬ所に結構《けつかう》[四四]をつくし、至り[四五]といふて珍重がるべし。女郎にも髪《かみ》[四六]をきらせ、指《ゆび》をきらさせ、或《あるひ》は爪《つめ》をはなさし、起請《きしやう》[四七]を書《かゝ》する事など、一向初心の至りとて、怪我《けが》[四八]にもさせまじ。此替りには、我逢《(わが)あふ》女郎の親元《もと》を、偽《(いつわ)》りなしにいはせ、今迄の心底《(てい)》に少しにてもちがふた所あるなれば、「そんじやう[四九]何といふ女郎は今太夫風[五〇]をふかせ、公家方《くげがた》のお姫さま顔して、小判[五一]は何の木になる物やら、酒[五二]はどこの井戸で汲《くん》で来る物やらと、世の事しらぬ顔《(かほ)》はし給へ共、あれは西の京の御前《(おまへ)》通り[五三]に、かすかな[五四]扇[五五]の骨削《(ほねけづ)》りの、太郎助といふ者《(ものゝ)》の娘にまがい御座《(ござ)》なく候」と書て、門口《もん(ぐち)》に張《はり》つけ恥辱《(ちじよく)》をあたへて、すぐに外の女郎にのりかゆる[五六]契約《(けいやく)》、是誓紙《せいし》[五七]にまさる心中[五八]堅《(がた)》めと、異《(い)》な事にかわるべし」。

「只《(ただ)》いつ迄も替るまじきは床《とこ》での虚啼《そらなき》[五九]、目付《(めつき)》かすかにして、結髪《(ゆい)がみ》の乱《みだ》るゝもおしまず、枕はづして足《あし》[六〇]の指先《ゆびさき》をかゞめ、両の手にて男をしめつけ、息《いき》づかいあらく、どふも

三二 書いてくるのと同じ流儀で。
三三 金品をねだること。
三四 相手の客。相方。
三五 紬は真綿から引いた糸など太い節のある糸で織った絹織物。日野絹(→一七二頁)と同産地の紬であろう。
三六 練の上糸で織った羽二重で、伊達な縞を織出したもの。
三七 中国産の絹。 三八 つまようじ。
三九 蒔絵の技法の一。
四〇 大和国吉野産を上品とする小形の杉原紙。鼻紙用。 四一 彩色する。
四二 室町時代以前に渡来の金襴。
四三 東山時代以前に中国渡来の高級織物の切れ。 四四 原本「結講」。
四五 最高。至極の趣味。
四六 髪・指・爪・起請まで女郎の真実を試す客の要求。
四七 神仏の名の下に誓わせた文書。
四八 まちがっても。 四九 誰それ。
五〇 太夫としていばって。
五一 一代男・七の四により、小異。
五二 「しらぬ顔」まで好色盛衰記・四の三剽窃、小異。「汲」は原本「扱」。
五三 小川通より西へ北野天神東鳥居前までの東西の通り須磨町通の別称。現在の今出川通の西半部。
五四 みすぼらしい。
五五 扇は京の名産。
五六 取りかえる。相手をかえる。
五七 起請に同じ。
五八 互いの真実の変らぬ誓い。
五九 うそ泣き。絶頂感に達したようにみせかける手管。
六〇 快感時のポーズ。

[一]ならずの森のほとゝぎす、啼《ない》てきかして其後《その》、「頭《かしら》[二]がいたい」とて、しばらく物いはず居《ゐ》て、「悪《にく》や男め」と、背《せなか》をたゝき、[三]人よりおそく床《とこ》をはなれ、座敷に出て、「私のそこなひました鬢付《びんつき》[四]、もとのごとくの殿《との》ぶりに」と、太鼓《こ》女郎もあるに、手づから挿櫛《さしぐし》ぬいて、なでつけさまに、膝頭《ひざがしら》にて腰《こし》をつきなど、[五]心にひとつもない事にして、偽《いつわ》りとはしりながら、是斗《こればかり》は末の世の粋《すい》共も、満足がつて、此《この》[六]仕掛替《しかけかは》るまじ」といへば、

「いや／＼今さへ大臣によつて、中／＼かやうの仕掛《しかけ》などくふ事にあらず。「鼻息《はないき》に合しては、下の湿《うるほひ》がない」の、「それ程よくば、身に汗《あせ》が出さふな物」のと、いそがしき中にも、細《こまか》に気をつけ、「[七]天井《てんじやう》の板数は何べんおよみなされた」と、かへつて[八]悪功《わるごう》いふ人もあれば、今より後は、床《とこ》も[九]偽《いつわ》りとたてゝおいての上に、めづらしき仕掛《しかけ》を仕《し》出してうれしがらせ、おなじ虚言《そらごと》も、律気《りちぎ》に客《きやく》のためになる事斗いふて、すぐばけにして、[一〇]こかさるゝ一手をあみたてらるべし。すでに[一一]今時の[一二]放《はう》下《か》師《し》[一三]品玉取《しなだまとる》にも、種《たね》の隠《かく》し所、[一四]手づまの仕《し》方《かた》を品《しな》

一 不可能の意の秀句。ほととぎすは啼くの縁。
二 頭痛は情交過度の結果。客にほれてそうなったという。
三 客との同床に未練があると思わせる。
四 結髪の側頭部の恰好。
五 本心からの行動ではない。
六 客の心をそそりだます手段。
七 天井板を数えるのは自分の気をそらして興奮せぬ方法。一代女・五の一によるか。
八 悪ふざけ。
九 客をだますものと定めておいての上で。
一〇 だます。
一一 以下「して見せ」まで織留・一の二により小敷衍。
一二 手品や曲芸をする芸人。
一三 手品。
一四 手先のつかいかた。

ゝ《じな》して見せ、其上にて、「かやうに見へぬやうにいたした物でござる」と、秘《ひ》する事から、先へして見せねば、合点《がてん》せぬ時ぞかし」。

「次第に大臣かしこ過て、十四五手づゝ先を見すかし、一五常《つね》に下戸《げこ》を知てゐながら、揚屋《あげや》夫婦遣手《やりて》まじりに、おもしろおかしういふて酒を強《しい》る時は、まだ間《ま》のあるに一六正月の事頼むか、さなくば揚屋《あげや》の一七表替《おもてがへ》か、遣《やり》手が夫《おつと》に商《あきなひ》さする元手《もとで》の訴詔《そせう》か、どうでもしいて酔《ゑは》すは、一八無心いふ下地《したぢ》と、はや合《が》点《てん》して、「一九当暮《たうくれ》は江戸の店《たな》へ勘定《かんぢやう》きゝに下れと、かねて親父がいひつけ、さりとは都の正月せいで残念千万。去《さり》ながら逗留《とうりう》も久しからねば、罷上《まかりのぼ》つては二〇つがとゝにも近付《ちかづき》に成《なる》べし。全盛《ぜんせい》なる太夫殿にお目にかゝれば、諸事に二一気骨《ぼね》がおれいで心よさ、定《さだめ》て正月の事などは御二二内証《ないせう》しめてござらふ」と、二三いひさふな事こちらから以《もつ》て参れば、二四宿屋夫婦遣《やり》手のはつも、はや敵《てき》に先《せん》をこされ、心に籠《こめ》し願《ねがひ》事の二五裏《うら》をかゝれて、あきれていひよるべき手がゝりなさに、「江戸へ御下りなされませ二六うば、太夫さまへさぞ置土産《みやげ》が、二七うなつた事でござ

一五 大臣が下戸ということを普段から知っていながら。
一六 正月買を頼む。正月買は大晦日から三日まで揚詰にする。祝儀その他で多大の費用を要する。
一七 畳の表を取替えること。
一八 金をねだる準備工作。
一九 今年の年末は江戸の支店へ決算を点検するために行け。正月買の言いのがれ置土産・一の三がヒントか。
二〇 遣手のはつの夫。
二一 気苦労がなくて。
二二 諸費の手配りも完了であろう。
二三 相手が頼んできそうな事。
二四 揚屋。
二五 相手にだしぬかれて計略を破られる。
二六 …ますならば。
二七 大層な。

りませふ」といひかゝれば、「餞別《はなむけ》見まして、其《(その)》上の事」と、[一]きよろりとした顔。客《きやく》でなくば頬《つら》へ水がかけたい程に、[二]先《さき》ぐりばかりに智恵《ちゑ》がはしつて、本《ほん》大臣の心の広《ひろ》きが次第にすくなくなるべし」。

「是《(これ)》からは我〳〵が商売迚《しやうばいとて》も心もとなし。今迄の調子《てうし》に、[三]あぢな手付《(つき)》して、「是旦那《(だんな)》」斗《(ばかり)》いふて、盃《(さかづき)》の間《(あい)》したり、軽《(かる)》口いふ分《ぶん》では、よもやつれまじ。[四]算用《さんやう》もしたり、[五]目《(め)》安《やす》もかいたり、少し[六]針《はり》も立《(たて)》ならひ、按摩《あんま》も取て、小料理《りやうり》もきゝ[七]、小刀細工《(こがたなざいく)》も得《ゑ》て、大臣床に入てござる中《うち》に、[八]桃《もゝ》の核《さね》にて猿《さる》を作《つく》つて御目にかけ、竹の切《きれ》にて、耳《みゝ》攪《(かき)》こしらへ当座の御用にたてるやうな、仮初《(かりそめ)》の事にも為《(ため)》に成《(なる)》事せずしては、太鼓《こ》にはつれまじ。かふよつた三人の中、いづれも無芸《げい》にして、何の取得《(とりえ)》なく、たゞ酒をのむと、遊ぶ事に退屈《たいくつ》せぬと、物もらふ事と、[九]かるたわざに目がひかると、大臣の不便《(ふびん)》がらるゝ女郎を、透《すき》をみて[一〇]横《よこ》をいたしたがると、酔《ゑふ》て[一一]刃《は》物三昧《(ざんまい)》すると、精進《しやうじん》料理《(りやうり)》が嫌《きら》ひと、無事で済《(すん)》だ事を引発《おこ》して[一二]腰持《こしもつ》と、人のいやがる程の事は好物《かうぶつ》の男共、思ひつゞける程、此《(この)》後の事心元《(こころもと)》なし。今迄のごとく、よい大臣がかゝらぬとて、此身が余《(よ)》[一三]の商《あきな》ひ物のやうに、[一四]芝居《しばい》過《(すぎ)》に、[一五]廿軒《けん》茶屋の門《かど》口に見世《(せ)》出《だ》しもならず、[一六]盆《ぼん》でもないに、「太鼓《たいこ》持《(もち)》は〳〵」と、揚《(あげ)》屋町の食《めし》時《どき》心がけて、売《(うり)》にもまはられまじ。まだも[一七]温《(ぬくも)》りの有《(ある)》うちに、もらひおきし羽織の一つも始末《(しまつ)》せよ」といふ。近比《(ちかごろ)》めいりし穿鑿《(せんさく)》。

一　けろっとした顔。
二　かんぐり。
三　妙な手付。いわゆる指の股をひろげるという手付。
四　遊里に連れて行ってくれまい。
五　訴状。
六　針の打ちかたを習う。
七　できて。
八　桃の種を刻んでくくり猿の形につくる。
九　かるたばくちというと夢中になる。
一〇　密会する。客の目を盗み情交する。
一一　刃物を振りまわすこと。
一二　そそのかし尻押しする。
一三　他の商品。
一四　当時は日が暮れる前に終演。
一五　大和大路二十軒町所在の水茶屋か。
一六　盆踊には伴奏に太鼓を打ち鳴らすのでこのように冗談に言う。
一七　見込のあるうちに。
一八　鉱山開発に手を出す。投機事業で危険が大きい。
一九　芝居の資金主となる。危険が多い。
二〇　元気をなくする。気落ちする。
二一　勘定高く抜目がない。
二二　当時四条の歌舞伎劇場、早雲長太夫座で大和屋甚兵衛一座が出演。そこの上演狂言を替えて新しく演じ

「太鼓持と金山《かな(やま)》[一八]にかゝる者《〔もの〕》と、芝居[一九]の銀親《かねおや》する者《〔もの〕》とは、気[二〇]をしなしてはならぬ商売《しやうばい》。世界に世知《せち》[二一]がしこい始末《しまつ》大臣斗も有《(ある)》まじ。昨日《〔きのふ〕》伊勢の三太大臣の御供して、大和屋[二二]の替《(かは)》り狂言見に行《(ゆき)》しが、提重《さげぢう》[二三]申付《(まうしつけ)》に、四条の鯛屋《たい》[二四]へ立《(たち)》より、品ゝ中渡して門口《かど》へ出る時、新在家《(しん)ざいけ》[二五]の髭《ひげ》の喜八にゆきあい、「是は久しや、いづくへ行《(ゆく)》」ととへば、「大臣の仰付《(おほせつけ)》にて、目病《めやみ》の地蔵《ちぞう》へ、百日の跣《〔はだし〕》[二六]参りする」といふ。「扨《(さて)》はさんごさまのお敵《〔てき〕》か。慥《(たしか)》に此願成就《ぐはんじやうじゆ》也。かく鯛屋《たい》の門口《かど》であふたからは、目[二七]のよいはしれた事じや」といわへば[二八]、「近比《(ちかごろ)》満足。此太夫さま事、又できまじき上作物《(じやう)さく(もの)》[二九]。塗砥《〔ぬり〕と》[三〇]にかけても、微塵《〔みぢん〕》疵《きず》けのない生れ付《〔つき〕》。さのみ酒事《(さかごと)》に上手をも出し給はず、詞に数なくして只《(ただ)》何となく機嫌《〔きげん〕》よく、角《すみ》〴〵迄気も付《(つけ)》られず、いかにしても一座の大様《(おほ)〔やう〕》なる所、たとへ島[三一]の木綿布子《もめんぬのこ》きせましても、誰目《たがめ》にも太夫さまと見ゆる女郎は此君ぞかし。あはれ人の目がお役に立《(たつ)》ものならば、我《(われ)》らが両眼《がん》つかみ出して、太夫さまの御目御養生《やうじやう》なさるゝ間、掛替《かけがへ》[三二]に進《しん》じまして、大臣お手前から、眼代《まなこ(だい)》として弐百[三三]ぱい程申《(まうし)》うけ、東寺《とうじ》[三四]あたりによい田地《でんち》もとめて、物[三五]前《〔まへ〕》しらずに大晦日《(おほみそか)》[三六]の闇《やみ》も、目くら[三七]蛇《(へび)》におぢず、杖《つへ》一本で、ゆきたい所へゆく身になる事じやに」と、無用の欲咄《よく〔ばなし〕》。「汝ごときの末社《まつしや》の眼《まなこ》を借《か》りて、太夫職《しよく》をつとめ給はゞ、大臣のよい羽織に目がつき、ぬがるゝとすぐに着《き》[三八]取ㇼの胸《〔むね〕》[三九]算用したり、一盃《ばい》うけて、のみにくい顔して、花[四〇]待ッいやな下心《(したごころ)》など、取ㇽ[四一]手引手《(ひくて)》に欲《よく》で仕上《しあげ》た眼《まなこ》なれば、お役に

る狂言。
二三 携帯用の重箱に食物を詰めさせる。
二四 四条川原町東へ入ル丁の菓子所。
二五 一条通と智恵光院通りの交叉点を西へ入った町。現上京区。振仮名原本のまま。
二六 神仏への祈願の方法として一定期間はだしで参詣すること。
二七 鯛は目玉が美味なゆえにこのように言う。また鯛の腸の塩辛は内障虚眼の薬(本朝食鑑・八)。
二八 縁起のよい事を言う。
二九 出来のよい物。刀についていう語であるので、塗砥と続ける。
三〇 刀を磨ぐのに用いる砥石。京北の鳴滝産。
三一 縞の木綿の綿入。
三二 かわり。
三三 小判二百両。
三四 教王護国寺。真言宗。周辺は田畑、藍や瓜その他の果菜を作る。
三五 物前の支払期の苦労知らず。
三六 十二月末日は陰暦では必ず闇夜、それに一年最後の決算日にやりくりのつかぬ苦境の意を持たせる。
三七 無知なるがゆえに向うみずなことをするたとえ。闇は目くらの縁。ここはただ大晦日も恐れぬというだけの意。
三八 着てそのまま自分の物にすること。
三九 心づもり。
四〇 祝儀。
四一 事あるごとに。

たゝぬがまし」とわらふ。いかさまいへばいふとをり、女郎は無欲《むよく》でもつたもの。又大臣も金銀の沙汰なく、賢《かしこ》過《(すぎ)》た方《かた》より、少し[一]鈍《にぶ》き方が、大様《(おほ)やう》にしてよし」。

「されば今目病《めやみ》の地蔵へ代参仰付《(おほせつけ)》られし大臣は、[二]糸屋町にかくれなき、色狂《ぐる》ひの[三]旗《はた》頭《がしら》、[四]熊谷笠《くまがへがさ》の新平と名のつて、[五]島原陣《ちん》に一度《ど》も不覚《〔ふかく〕》をとられず、金銀の矢種《やだね》つきねば、あたるをさいはひに、はらり〳〵と蒔《まき》ちらし給へば、揚屋《〔あげ〕》一ッ家《け》はいふにおよばず、犬《いぬ》迄見しり奉つて、尾《お》を振《ふつ》て、お出《(いで)》をよろこぶ。「[六]同じ人間と生れて、かゝる浮世のおもしろいめにあい給ふは、よく〳〵前《さき》の生《しやう》でよき種《たね》を蒔置《まき》給ひ、今女郎にぬかせらるゝ髭《ひげ》とは生出侍《はへ(いではべ)》るか」と、[七]高足駄《(たか)(あしだ)》はく行人《ぎやうにん》も、此《(この)》大臣を見て、[八]又の世の事頼もしく修行《しゆぎやう》いたしぬ。「こんな大臣に合《(あは)》せらるゝ太夫さまは、大果報者《くわほうもの》といふもの。追付《(おつつけ)》[九]根引《ね(びき)》の花やつて、[一〇]乗物《〔のり〕》の内より東山の春を詠《ながめ》やり給ふべし」と、[一一]四十末社《まつしや》の物共、[一二]大臣の御意に入《(いる)》べしにて、もてはやせば、「さりとは太鼓《こ》持には似合《に(あは)》ぬ、[一三]不物好《ふものずき》な事を申《(まうす)》者共かな。世間の大臣、女郎を請出《(うけだ)》すは、皆しわい心から、[一四]算用づくで請《(うけ)》る也。たとへば一度に千両出して引《(ひき)》ぬけば、当座は大気《たいき》に聞《(きこ)》ゆれ共《(ども)》、[一五]揚詰《あげづめ》の算用《〔さんやう〕》して見た時は、三年過るとたゞになる也。我らが物好《〔ずき〕》は、其《(その)》算用づくにはかまはず、慰《〔なぐさ〕》みを専《せん》にすれば、いつ迄も此里において見るが面白し。[一六]色里はなれて町屋《(まちや)》に置《おい》ては、常《つね》の女の少し[一七]取《(とり)》なりのよい分《(ぶん)》也。[一八]下屋敷において[一九]通《かよ》ひ女にと思ひよれど、是《(これ)》も半分は汝らが物になれば、我《わが》あふ内は人に

一　原本「純」。
二　須磨町通（現今出川通）と大宮通の交叉点の南（現上京区）と、室町仏光寺西入ル（現下京区）にあり。
三　頭株の者。
四　武蔵国熊谷（埼玉県熊谷市）産の大編笠。それを常用した男か。
五　島原遊びを、旗頭・熊谷（熊谷次郎直実）の縁で軍陣用語を用いた。原本「島原陳」。
六　「生出侍るか」まで俗つれ〳〵・二の二剽窃、小異。
七　鳥足の足駄ばき、頭に水を入れた桶をのせて歩き、銭を与えると薄板に戒名を書く行人。
八　今の世で修行すれば来世はあのようなおもしろい目にあえようかと期待して。
九　身請されて栄え。根・花・春と縁語仕立。
一〇　高級の駕籠。
一一　四十人の太鼓持。伊勢の外宮には四十末社ありというのを踏む。
一二　大臣の御気に入ろうと思って。
一三　不趣味。悪い好み。
一四　計算第一で。
一五　遊女をずっと揚げ続けること。
一六　「汝らが物になれば」まで二代男・八の三剽窃、改変あり。
一七　風儀。
一八　別宅。
一九　妾。

あわせず、千年も揚詰《あげづめ》にして遊ぶこそ心よけれ」と、毎日手を替《かへ》品をかへての大騒《さわ》ぎ。殊更《ことさら》過《すぎ》し[二〇]名月の遊び、[二一]月宮殿《げつきうでん》にて、玄宗《げんそう》と楊貴妃《やうきひ》[二二]両吟《ぎん》にして、曲狛《きよくごま》を廻《まは》されしも、[二三]まはりどをき慰《なぐさ》み、ほしがる物ぱつ〳〵とやつて、[二四]人をまはして見るほどの遊び、又外にあるべきや。いつもといひながら、今宵《こよひ》の為《ため》には、わけて[二五]柏屋権右が二階《かい》座敷、[二六]南うちはれて[二七]夕ながめ、[二八]月は手池《ていけ》にして、太夫の[二九]さんご夜《や》中新月《ちうしんげつ》の色《いろ》ふかく、二《じ》千里《せんり》の外迄まはらせ、色糸《いと》ひかせてうたはして、おもしろ過て、[三〇]けうとい程にさわぎぬ」。

「爰《ここ》に此大臣のお友達《だち》、[三一]大文字《だいもんじ》の山《やま》さまといふを知《しつ》てか」。「成《なる》程《ほど》それは瀑《しやれ》たことのお好《すき》な、[三二]一文字屋《や》の井筒大臣か」。「いかにも〳〵、浮世《うき》の遊び事仕尽《しつく》して、万《よろづ》に瀑《しやれ》た物好《ずき》、[三三]酒がちな提重《さげぢう》こしらへ、近所の[三四]のらを誘《さそひ》て、「都一番の月の見所《けんしよ》を、我ら[三五]案内《あない》して見せ申さん」と、島原の南なる揚《あげ》屋の塀《へい》の下成《なる》、畠《はたけ》の中に、酒事《さかごと》始《はじめ》て、「爰《こゝ》の月のおもしろき事、人はしらざりける」といはるゝ声《こゑ》、柏屋の二階《かい》に聞《きこ》へ、大臣耳《みゝ》さとく、「今の声《こゑ》は慥《たしか》に山ではないか。なんとしてそこにはゐるぞ。是へ参つておもしろき酒をのめ」と、詞をかけられしに、「そこへゆけば気がはつて、慰《なぐさみ》に[三六]引《ひけ》口あり。心をそこになして爰での月見。塀一重《へいひとへ》の違《ちが》い斗《ばかり》、物のいらぬ遊興《ゆうけう》、[三七]寝覚《ねざめ》心やすし」といへば、二階《かい》も下もどつとわらふて興になる時、其座に[三八]八塩《やしほ》ゐられしが、声《こゑ》かけて、「是は替《かわつ》た出掛《でかけ》やう、山さま、うまきものをしんじます」と、[三九]一重《いちぢう》に[四〇]芋入《いもいれ》て、帯にてさげられしを請取《うけとり》、

二〇 陰暦八月十五夜の月見。
二一 開元六年（七一八）八月十五夜玄宗は道士らに導かれ月宮殿に至る。楊貴妃・曲狛は作者のふざけ。
二二 ここは二人で行なう意。
二三 まわりくどい。まはるは独楽の縁。
二四 自由にする。独楽の縁でいう。
二五 揚屋柏屋権右衛門。
二六 柏屋は揚屋町東側の南の端ゆえ南方を広く見渡せる。
二七 夕景。
二八 「秋は広沢の月を手池にして」（二代男・六の二）。月をわが物にして。
二九 上の町桔梗屋八右衛門抱えの太夫。「三五夜中新月色　二千里外故人心」（白居易・八月十五日夜禁中独直対ㇾ月憶㆓元九㆒）。
三〇 あきれるほど。
三一 東山の大文字山による名。
三二 中の町一文字屋七郎兵衛抱えの天神の客。
三三 酒を主とした提重箱。
三四 遊蕩者。
三五 原本「安内」。
三六 減退する点。
三七 後で心配することがない。
三八 一文字屋七郎兵衛抱えの天神。
三九 重箱の一重。
四〇 子芋。月見の供え物。また八月十五夜を芋名月という。芋を釣り下ろすこと一代男・七の六に思いつくか。

「近比《(ちかごろ)》お気のついた女郎さま、是忝《(これかたじけな)》し」とかへしさまに、[一]前巾着《ぎんちゃく》より銭十五文取出し、重箱《ぢうばこ》に入《(いれ)》てかへされしに、八塩《やしほ》は[二]紅葉《(もみぢ)》を顔にちらし、赤面《せきめん》して、「此《(この)》銭は」ととはるれば、「慥《(たしか)》当年は一[三]升《(しよう)》が十五文かと存じた」と、又[四]大笑《(わら)》ひに腹《はら》をいためし」。

「其《(その)》夜の事なるに、ある女郎好物《かうぶつ》の由《(よし)》にて、台所《だいどころ》にて芋《いも》をしたゝか、せしめられ、[五]口ぬぐふて二階《かい》へあがりさまに、[六]箱階子《はこばしご》の中《なか》ほどにて、[七]取《(とり)》はづしての高鳴《たかなり》、座敷にひゞきわたり、屁《(へ)》風はげしく、二階《(かい)》のおの〳〵おどろき、「女郎さまそふなが、あつぱれ見事な[八]秋の夕べかな」といふ時、太鼓《たいこ》の吉介下にゐしが、[九]やがて女郎の尻《しり》をつけば、手を合《(あは)》して拝《おが》まるゝ。[一〇]すかさぬ男なれば、「合点《(がてん)》でござるか」と、詞をかけて女郎をおろして、吉助二階《(かい)》にあがれば、「末社《まつしや》の身として人もなげなる振舞《(ふるまい)》」と、大勢《(ぜい)》立かさなつて[一一]胴《どう》をうたされて済《すまし》ぬ。いで其時の[一二]屁《(へ)》をおいし其返報《へんぽう》に、[一三]加賀一疋《(びき)》当座にもらひ、其上に此女郎の[一四]年《ねん》のあく迄、毎夜《まいよ》銭いらずによい[一五]目にあふ事、こんな身替りには、我〳〵とても立《(たち)》たしと、髭《ひげ》の喜八が咄《はなし》聞《(きけ)》ば、又気をしなさふ物でなし。太鼓《たいこ》が[一六]きかずば、随分《(ずいぶん)》男作《つく》つて、生れつきのひくい鼻《はな》を引のばして成共《(なりとも)》、[一七]見世付《(せつき)》をこしらへて、[一八]金後家《かねごけ》に思ひつかるゝ仕掛《(しかけ)》すべし。さりとは世を[一九]せきせばう、思ひ給ふな人〳〵」と、[二〇]いさめて其夜をあかしけり。

一　帯の前にさげる巾着。
二　赤面する。紅葉は八塩の縁。
三　子芋は升ではかって売る。
四　腹が痛くなるほど大笑いした。
五　何もしていないふりをする意あり。
六　箱を重ねた形の階段。
七　放屁する。女郎の放屁は一代男・六の六、この前後語句も類似。
八　陰暦八月は秋。夕べに屁を掛けた。
九　すぐに。
一〇　抜け目のない。
一一　胴上げして下に落す。
一二　他人の屁を自分がしたことにする。
一三　加賀絹一反。
一四　年季が終るまで。
一五　ひそかに情交を許される。
一六　できなくなれば。
一七　店構えをよくする。男の鼻の大きいのは陽物も大と俗にいう。
一八　金持の未亡人。
一九　窮屈に。
二〇　はげまして。元気づけて。

けいせい色三味線《いろじゃみせん》

目録　江戸之巻

第一　月[一]にも増《まさ》る高雄《たかを》[二]の紅葉《もみぢ》

色《いろ》もてりそふ江戸[三]鬼灯《ほうづき》、[四]根《ね》引《(びき)》にして我宿《わがやど》の詠物《ながめ(もの)》、局狂《つぼねぐる》ひ[五]は巾着《きんちゃく》[六]のありぎり、緒《〔お》[七]締《じめ〕》の石の[八]あながちな色好《いろずき》。

第二　月にも花にも只《(ただ)》濃紫《こむらさき》[九]

[一〇]ふりもふつたり、雪の肌《はだへ》にのりかゝつてもがき大臣、恋は外になつて、義理《ぎり》[一一]づめの身請《(みうけ)》。

第三　月より上《うへ》に名は高松[一二]

吉原《よしはら》の噂《うわさ》[一三]いざ事とはん都鳥、飛《とぶ》より早《はや》き二[一四]挺立《てうだち》は色狂《ぐる》ひの重宝《てうほう》、たくんだり

[一五]計案《けいあん》らしき大臣。

一　本巻章題は頭に武蔵野に縁のある「月」の字を置き統一。
二　吉原京町三浦四郎左衛門抱えの太夫。紅葉の紋を付ける。京都西北方の高雄(現右京区内)は紅葉の名所であるので、仲秋名月にもまさるという。
三　ほおずきの一種。他より早くあざやかな赤に色づく。
四　身請。鬼灯の縁。
五　下級の局女郎遊びに溺れること。
六　巾着の小銭のあるだけを使う。
七　巾着の緒を通し束ね締める石。
八　むやみな。緒締には緒を通す穴があるので、その縁でいう。
九　三浦四郎左衛門抱えの太夫。
一〇　客をきらい相手にせぬ。雪の縁。
一一　義理にせまられての。
一二　名は高いと掛ける。高松→一〇二頁注二〇。
一三　「名にし負はばいざ事とはむ都鳥わが思ふ人はありやなしやと」(伊勢物語・九段)。飛は都鳥の縁。
一四　→三七頁注一九。
一五　口入れ・周旋を業とする者のようにうまく言ってにせ大臣に仕立てた。

第四　月に[一]弾《しらべ》る琴浦《ことうら》が三味《しやみ》

[二]ひつかけてのむ酒の上《うへ》の約束《やくそく》、当《あて》にならぬ事実正明白《じつしやうめいはく》[三]、二半《(に)はん》[四]な手形、色は勝山《かつやま》[五]、情はふかき海におよぎかゝる[六]大臣。

第五　月に薄雲《うすぐも》[七]かゝる情《なさけ》

身請の後《のち》の京上《のぼ》り、名所の数《かず》〳〵おもしろい夫婦仲《ふうふなか》、ながめは小倉山《をぐら》[八]、定家《ていか》にもおとらぬ[九]小歌知《し》り。

一 琴の縁でいう。琴浦は三浦四郎左衛門抱えの太夫格子。
二 三味の縁。
三 真実であることは明白。証文に用いる文句。下の手形の縁で用いた。
四 どちらつかずの。
五 色が勝ると掛ける。勝山は新町巴屋三郎左衛門抱えの太夫。
六 次第に遊びに深入りする。海の縁。
七 三浦四郎左衛門抱えの太夫。名寄に「去冬身請」とある。月に雲がかかると掛ける。
八 山城国葛野郡(現京都市右京区)の大井川北岸にある山。小倉百人一首の縁で定家に続ける。
九 定家は歌知り、これは小歌知り。

吉原女郎惣名《そうな》寄《よせ》

▲太夫[1]の部

〇京[2]町三浦四郎左衛門内《うち》

一　太夫　た か 尾　去秋身請
一　太夫　うすぐも　去冬身請
一　太夫　こむらさき　以上三人

〇しん町巴屋三郎左衛門内

一　太夫　かつやま　壱 人

〇角町めうがや吉十郎内

一　太夫　お ぐ ら　壱 人

▲太夫格子《かうし》の部

▲京町　三浦四郎左衛門内

一 みやこ　一 むめがゑ　一 かしう
一 小よし　一 しらぎく　一 こわた
一 すみの江　一 みよし　一 ながと
一 やへぎり　一 わこく　一 しがさき
一 琴うら　一 ふじしろ　一 ちとせ
一 にしを　一 くはてう　一 きてう
一 やへぎく　一 ときは　一 さかた
一 やてう　一 さかくら　一 花さき
一 糸ざくら　一 高くら　一 せきしう
一 なると　一 わかまつ

▲同町　きつかうや三左衛門内

一 たかはし　一 玉かづら　一 たまの
一 せいし

▲しん町　巴屋三郎左衛門内

一 いこく　一 たんしう　一 ちさと
一 さもん　一 まつ山　一 つしま
一 なつ山　一 玉むら　一 ゐづゝ
一 しのはら　一 あきしの　一 きよ川
一 かつら　一 かくやま　一 かほる
一 たつた　一 おうしう　一 玉ざわ
一 大はし　一 たま川　一 やへざき
一 はつざき

▲同町　長さきや平左衛門内

一 ながと　一 高はし　一 はつせ
一 あかし　一 おのへ　一 つまかた
一 からはし　一 せんじゆ　一 せいしゆ
一 みちしば　一 あげまき　一 もとしば
一 なにば

▲角町　めうがや吉十郎内

一 大はし　一 しらぎく　一 やつはし

▲同町　ふじや三左衛門内
一よしの　一くらの　一よしだ
一さかた　一小もんど　一はつね
▲江戸町　山口七郎左衛門内
一まさよ　一左　京　一しらたき
一さごろも　一初ぎく　一しらいと
一なかくら　一大すみ　一おとは
一あふさか　一小けんじ　一かすがの
一わかくら　一はしとめ　一のかぜ
一花ぎり　一春ぎく
▲二丁目　車屋七兵衛内
一小太夫　一万太夫　一雪はし
一夕ぎり　一小よし
▲さん茶の部
▲角町　江戸屋市右衛門内
一ときわ　一そで島　一ふぢしろ
一ひらお　一まんよ　一わかまつ
一いこく　一万太夫　一ときおか
一とざわ　一やへがき　一小ふぢ
一おとは　一そでおか　一わこく
▲同町　おはりや宇兵衛内
一ていか　一めい月　一ゐ　川

一かほる　一かくやま　一山ざき
一さんご　一そめ川　一ちとせ
一花ざと　一ときわ　一金太夫
一そておか　一あづま　一うきはし
▲同町　山屋伝兵衛内
一かしは木　一かしはざき　一しきしま
一もりやま　一しがさき　一市　川
一かしを　一花　月　一小ざつま
一高さき　一いはさき　一わか竹
一くわてう　一わかまつ　一いりゐ
一ゐもん　一ひらの
▲同町　かゞや助十郎内
一花　月　一こゝのへ　一ゆきへ
一くわせき　一小るい　一せ　川
一やまと　一花ゆき　一みなと
一小にし　一小わた　一かよひぢ
一はつぎく　一小　柳　一花むら
一やへぎり
▲同町　まんじや庄左衛門内
一よしきよ　一よし玉　一むらさめ
一玉　川　一しのゝめ　一あかし
一よしの　一ていか　一よし川

一あふさか　一玉ざわ　一山ぶき
一しづか

▲同町　ひしや六兵衛内
一かもん　一うきふね　一おのへ
一きんさく　一まさつね　一山ざき
一ふぢゑ　一かせやま　一はつ雪
一もなか　一きさらぎ　一まつがゑ

▲同町　大まんじや庄三郎内
一よしおか　一小太夫　一万太夫
一ながと　一みちのく　一たむら
一からさき　一いま川　一わかまつ
一左源太　一しつま　一小川
一小げんじ　一いこく　一花むら

▲同町　ふぢや万吉内
一ふじの　一さんせき　一ふぢゑ
一花さき　一おのへ　一みゆき
一ちとせ　一せんじゆ　一ときわ
一しらぎく　一なには　一さころも

▲同町　つたや理兵衛内
一あさづま　一つま川　一金太夫
一小よし　一小ざらし　一あふさか
一わかさ　一みやこ　一玉川

一さらしな　一小ふぢ　一むめがゑ

▲同町　ひしや善兵衛内
一せきの　一せんじゆ　一さんせき
一わかの　一きせ川　一はつの
一こざらし　一せきしゆ　一たかくら
一みよし　一きよ川　一はつ雪

▲江戸町　花屋八左衛門内
一花さき　一はつね　一たくみ
一あやめ　一しのはら　一しづか
一きよはら　一小源太　一よしをか
一からさき

▲同町二丁目　きりや太郎兵衛内
一いはお　一さもん　一きんこ
一高まつ　一小源太　一雪はし
一はつせ　一とやま　一ひらの
一小ざつま　一いち野　一のゆき
一まつがゑ　一しらいと　一小もんど
一初ぎく　一いこく　一おのへ

▲同町　ひやうごや庄右衛門内
一くも井　一きり島　一せんじゆ
一はつね　一みよし　一かくやま
一やへぎく　一りしやう　一たむら

一はつ山　一さつま　一いはさき
一庄太夫　一いづみ
▲同町　いせや伊左衛門内
一みはる　一みかさ　一高くら
一小ざくら　一山ざき　一みよし
一かるも　一みふね　一しらいと
一まさき　一ふぢゑ　一みちのく
一小にし　一小やま
▲同町　花屋半四郎内
一かほひ　一花　月　一さんご
一たかせ　一玉かづら　一玉の井
一つま川　一さかた　一はつ花
一そめやま　一ふなばし　一みちのく
一はなよ　一つまぎ　一やへぎく
一小しきぶ　一いづみ　一かほる
一まさよ
▲同町　かりがねや六兵衛内
一かもん　一みよし　一もなか
一はなよ　一みゆき　一つしま
一かつら　一小よし　一かすがの
一くも井　一はつしま　一ともゑ
一一かく　一からすみ　一かよひぢ

一右　京　一山しな
▲同町　四つめや権右衛門内
一ながと　一山しろ　一はつね
一さかた　一なるせ　一のさわ
一はつしま　一さくら木　一わか山
一よしおか　一わか松　一せんよ
一かくやま　一長くら　一さく花
一いはお
▲同町　ふしみや勘兵衛内
一みはな　一高はし　一る　井
一いま川　一井づゝ　一市　川
一おのさき　一まつ山　一花づま
一つねよ　一とやま　一野　川
一せんじゆ　一ひとゑ　一ゑにし
一松しま　一ゑもん　一みはな
▲同町　きりや清左衛門内
一かしは木　一ゑもん　一あさづま
一小ざくら　一なると　一かたおか
一玉かづら　一いおり　一やつはし
一小もんど　一初ぎく　一とやま
一やちよ　一おのへ
▲同町　ゑいらくや惣左衛門内

一はつ花　一ふぢゑ　一山しな
一わかな　一小しづか　一さくはな
一しのぶ　一みよし　一はなよ
一さゝき　一さゝおか　一はつね
一わかまつ　一山ぶき　一わかさ
一うきしま　一しづま　一かつら
一小ふじ

▲同町　大こくや勘十郎内

一ふじの　一せんじゆ　一こざいしやう
一すま崎　一みやぎの　一わかまつ
一うつせみ　一まさよ　一そでおか
一やちよ　一きんご　一あかし
一わかさ　一みちのく　一まつの
一わかよ

▲同町　小松や吉兵衛内

一くも井　一小やま　一よし川
一かしはざき　一あをやぎ　一うすぐも
一はつせ　一せんよ　一ゑもん
一みはな　一もなか　一くめ川
一いはさき　一みちのく　一しのはら

▲同町　大松や市郎兵衛内

一よし松　一わかまつ　一松しま

一よしおか　一あかし　一かつ山
一こはた　一わかよ　一いこく
一つま川　一せんじゆ　一玉かづら
一さころも　一うきやう　一しがの

▲同町　巴屋五左衛門内

一きよすみ　一ともゑ　一よしだ
一うねめ　一金太夫　一ながと
一る井　一みゆき　一きよはら
一花ずみ　一松はな　一せきしゆ
一ときわ　一おのへ

▲同町　いせや茂兵衛内

一たかを　一まさつね　一小もんど
一ちとせ　一井づゝ　一しら玉
一みなと　一さきやう　一小ざくら
一玉かづら　一はつ山　一たかせ

▲同町　かぎや市郎兵衛内

一ちさと　一むらじ　一あかし
一たかせ　一山しな　一山ぶき
一小よし　一せ川　一とやま
一やな川　一さかた　一小わかさ
一いこく　一きよ川　一よし川

▲同町　大た屋久兵衛内

一　小いづみ　一　こざわ　一　かはち
一　やへぎり　一　野　川　一　みかさ
一　小しきぶ　一　野かぜ　一　はつ花
一　にしを　一　わかさ　一　みなと
一　かつ山　一　からさき　一　たかくら

▲同町　中松や次兵衛内

一　あかし　一　わこく　一　かづま
一　よしきよ　一　わかしま　一　あづま
一　いづみ　一　玉　川　一　若　紫
一　出来島　一　松がゑ　一　とやま
一　高まつ

▲同町　一文字や宗十郎内

一　かづらき　一　もろこし　一　かしはぎ
一　ちとせ　一　いわき　一　小わた
一　わかさ　一　わかくさ　一　わこく
一　からさき　一　きせ川　一　むらさめ
一　はなの

▲同町　中村や十右衛門内

一　やつはし　一　市　川　一　大くら
一　なには　一　ときわ　一　一　角
一　竹　川　一　小よし　一　玉の井
一　大はし　一　やへぎり　一　なかくら
一　小げんじ

▲同町　のしや忠右衛門内

一　きく井　一　きてう　一　た　川
一　はる野　一　いはを　一　小もんど
一　津やま　一　せ　川　一　せんよ
一　さらしな　一　市はし　一　せんじゆ
一　やまと　一　しが野

▲同町　山田や次郎左衛門内

一　わかくさ　一　みゆき　一　さもん
一　いりゑ　一　かるも　一　かし野
一　市はし　一　山しな　一　おのへ
一　さかた　一　あさづま　一　やへぎり
一　つゝ井　一　からさき　一　みさわ

▲同町　まんじや五郎兵衛内

一　みよし　一　はつせ　一　きよはら
一　小もんど　一　はつね　一　からはし
一　よしたか　一　若　紫　一　小太夫
一　わかくら　一　万太夫　一　せいしゆ

▲[3]元かし堺町角　くじやく屋庄右衛門内

一　わかの　一　わかやま　一　せきの
一　わかむら　一　わか島　一　しがの
一　金太夫　一　たか松　一　よしおか

一高くら　一小やま　一ゑもん

▲うめ茶の部

▲京町　いせや甚介内

一たか松　一かはち　一わかよ
一松がゑ　一ちよ川　一せんよ
一せ　川　一高しま　一わかやま
一やへわか　一むめがゑ　一川すみ

▲同町　ふじや又兵衛内

一よしだ　一ふぢゑ　一ふじの
一みなと　一玉かづら　一こふじ
一かづま　一はなの

▲同町　山田や上ほん内

一わかの　一ときわ　一きくの
一いま川　一さかた　一わかさ
一よしの

▲同町　つちや孫九郎内

一はなの　一松しま　一松かぜ
一きりしま　一たつた　一せんよ
一たむら

▲同町　かたばみや百之助内

一金太夫　一きよ川　一さゝき
一市　野　一小太夫

▲しん町　めうがや長右衛門内

一うこん　一あさづま　一小やなぎ
一小太夫　一わかくら　一たじま
一たもん　一いづみ　一小しづか
一小しきぶ

▲同町　長崎や平左衛門内

一ちさと　一たかまつ　一小げんじ
一りしやう　一大くら　一さぬき
一ともゑ　一となせ　一のむら
一きてう　一かわち　一とこよ
一小わた　一まつしま　一小くら

▲同町　かゞや徳右衛門内

一かわち　一かりう　一つしま
一小やま　一大はし　一せきしゆ
一玉かづら

▲同町　かなや庄五郎内

一ちさと　一はつね　一からさき
一からまつ　一小源太　一わかやま

▲同町　升や権右衛門内

一おしほ　一しら玉　一松しま
一万太夫　一しがの　一かしほ
一大くら　一かせ山

▲同町　たてだし平右衛門内
一はつせ　一つ　川　一たかせ
一つしま　一おのへ　一玉かづら
一ともゑ　一むめがゑ
▲同町　ひしや久右衛門内
一万太夫　一なると　一小しづか
一ともゑ　一かしは木　一とやま
一ちよの　一はつ雪　一玉かづら
一小太夫　一はつ花　一とざわ
一はつせ　一はるの　一こゝのへ
一かつら　一市　川　一市はし
一はつぎく　一いはさき　一から松
一たかまつ　一玉　川
▲同町　まんじや六右衛門内
一金太夫　一せんじゆ　一わかよ
一たかせ　一せんよ　一わかな
▲同町　奥田九兵衛内
一きよすみ　一ふぢしろ　一せんよ
一はやぎく　一はやざき　一かしは木
一ふかくさ　一すみの江　一初しま
一もり山
▲同町　きりや庄兵衛内
一うこん　一いくよ　一よしの
一たくみ　一玉の井　一玉ざわ
一小よし　一ながの
▲同町　三浦や清兵衛内
一みな川　一やまき　一きりしま
一山おか　一しのはら　一山しな
一さごろも　一小太夫　一ときおか
一おのへ　一せんよ　一せんじゆ
▲同町　山本介右衛門内
一ときわ　一きよはら　一金太夫
一小太夫　一よしきよ　一わかさ
一わか松　一つしま　一おのへ
一しがさき　一わこく
▲角町　橋本や五郎兵衛内
一玉　野　一玉ざわ　一もり山
一とやま　一うねめ　一いくよ
一玉　川　一ちとせ　一はつ山
▲同町　大和や伝右衛門内
一さくら木　一小ふぢ　一大くら
一おのへ　一玉かづら　一つねよ
一市　川　一かほる　一小ざつま
▲同町　まんじや勘兵衛内

一いづみ　一さく花　一市むら
一かく山　一ゑ川　一あはづ
一きよす　一小ふぢ
▲同町　きつかうや八兵衛内
一高しま　一あかし　一つしま
一はせ川　一たかせ　一やしを
一小にし　一やちよ　一からさき
▲同町　さかいや市兵衛内
一さかた　一小太夫　一花まつ
一初はな　一市川　一小にし
▲同町　まんじや甚右衛門内
一たかの　一きよすみ　一しらぎく
一かく山　一ふぢしろ　一高まつ
一ちとせ　一よしの　一こよし
▲同町　若松や清左衛門内
一花ざわ　一いはお　一きよはし
一からさき　一きよ川　一よし玉
一玉川　一野川　一はなよ
▲同町　玉や四郎右衛門内
一玉の井　一たかまつ　一玉さき
一かほる　一かつら　一きんご
一いさわ　一松しま　一小もんど

一よし玉
▲同町　かぎや甚左衛門内
一まさよ　一わかさ　一たつた
一小もんど　一小川　一小ながと
一あさか　一とこよ　一あさぢ
一わかよ　一かづま　一わかの
一やへぎり
▲江戸町　ゑびすや喜左衛門内
一ゑ川　一ゑぐち　一そめ川
一きんさく　一ときおか　一からさき
▲同二丁目　平野や仁兵衛内
一あさづま　一いはお　一小太夫
一はつね　一こきん　一かしはざき
一くらふず
▲伏見町　かめや京白内
一みな川　一よしの　一みや川
一やちよ　一ちよの　一いなば
一よし川　一ながと　一さくら木
一いづみ
▲同町　かたばみや庄右衛門内
一わかやま　一よしだ　一からさき
一いはお　一玉かづら　一やばせ

▲同町　四つめや金兵衛内
一かもん　一いづみ　一くらの介
一まつ山　一いざわ　一いはさき

▲五寸局の部

▲京町　天満や伊左衛門内
一ていか　一さきやう　一やへぎり
一さもん　一さごろも　一いま川
一さかた

▲同町　ふじや六左衛門内
一にしお　一やしほ　一きよ花
一こにし

▲同町　湊や弥左衛門内
一みかさ　一みなと　一むめがゑ
一かづらき　一つねよ　一松しま

▲同町　きつかうや三左衛門内
一きむら　一うきふね　一さかくら

▲同町　大ゑびや長右衛門内
一きよ川　一きよすみ　一きよ玉
一きよはし　一きよしま　一わかまつ

▲同町　三河や長兵衛内
一まさつね　一いくよ　一小ざつま
一にしきよ　一小やま　一こきん

▲同町　ゑびや孫兵衛内
一かたおか　一やしほ　一市野
一たみや

▲同町　きくや長兵衛内
一花月　一はなの　一さかくら
一大さか　一くはせき　一わか山

▲同町　きりや吉兵衛内
一せんじゆ　一大くら　一もなか
一くめの介　一きんご　一やしほ
一津川　一せんよ　一市川

▲同町　めうがや善兵衛内
一こわた　一みかさ　一うきはし
一小わかさ

▲同町　きりや六兵衛内
一小源太　一ちとせ　一いくよ
一ゑぐち　一金太夫　一ふぢ島

▲同町　泉や佐左衛門内
一小柳　一はつ花　一ふぢなみ
一高くら　一まさよ

▲同町　かゞや吉兵衛内
一あづま　一うねめ　一よしの
一小太夫

▲同町　いせや伊兵衛内
一いをり　一いくしま　一いま川
一もり山
▲同町　まんじや市三郎内
一きよの　一さゝの　一花さき
一かりう　一りしやう
▲同町　つるがや仁兵衛内
一かわち　一きよ川　一かほる
一かよひぢ　一かつら　一かくの
▲同町　山田や伝左衛門内
一はつぎり　一さかくら　一わか松
一桜ざき　一つま川　一せ川
一つねよ
▲同町　もつかうや孫右衛門内
一こぎん　一いはお　一小しきぶ
一ちよ花　一小しづか
▲同町　いせや治兵衛内
一こざらし　一小太夫　一万太夫
一小ざつま　一はつせ　一よしをか
▲同町　ぜにや宗八郎内
一よしの　一花月　一よしむら
一しのはら　一さかた　一わか松

▲同町　たはらや四郎兵衛内
一みゆき　一花月　一花雪
一よしの　一かく山
▲同町　いづゝや太右衛門内
一はつね　一初ぎく　一きり島
一わかさ　一きくの
▲同町　上田や久兵衛内
一わこく　一みよの　一よしをか
一小よし　一よしざき　一いこく
一みちのく
▲同町　山口や嘉右衛門内
一さゝのふ　一いくた　一いくよ
一さかくら　一たかの　一しの崎
一たかよ　一たか川
▲同町　一むらや長右衛門内
一やへぎり　一かや野　一やへざき
一よしきよ
▲しん町　山城や九郎左衛門内
一かつ山　一はつせ　一しげ山
▲同町　さゝや次郎左衛門内
一たむら　一ゐぐち　一わか山
一たつた　一松しま

▲同町　巴や三郎左衛門内
一せ　川　一あをやぎ　一もり川
一いなば　一わかなみ　一かしを
一さくら木　一みなと
▲同町　わかさや伊左衛門内
一わか竹　一かつ山　一かせん
一よし山　一小よし　一玉　川
一やちよ　一まつをか
▲同町　するがや忠兵衛内
一小ざつま　一からさき　一こよし
▲角町　いせや茂兵衛内
一しら玉　一玉　野
▲同町　おもだかや伝九郎内
一かしを　一から津　一かほる
▲同町　かんばやし介左衛門内
一川　野　一にしを　一わかの
一こわか　一わこく　一にしきゞ
一もなか　一あづま　一しらぎく
▲同町　ゑびや五兵衛内
一山　川　一いなの　一ふじの
▲同町　つたや作兵衛内
一わかの　一玉かづら　一わか山

▲同町　ひらのや権右衛門内
一大くら　一さかくら　一ゑもん
一たつた　一みはな
▲同町　すゞきや五郎兵衛内
一ちとせ　一にしお　一あかし
一たむら　一ふぢなみ
▲同町　めうがや吉十郎内
一くらの　一よしおか　一みなさ
一しづか　一のむら　一わこく
一かすみ
▲江戸町　かづさや源左衛門内
一つねよ　一まさよ　一いま川
一このへ
▲同町　松葉や庄左衛門内
一きんさく　一まつよ　一松がゑ
一からさき　一こにし　一あかし
▲同町　ふじや又右衛門内
一ふぢなみ　一みよし　一まさつね
一みはな　一とり山　一山　野
▲同町　ともゑや伊右衛門内
一つしま　一たかせ　一むめがゑ
一よしだ　一きてう

▲同町　いせや長左衛門内
一いくた　一ちとせ　一みよし
一ひとへ　一はつせ　一いくよ
一市　野
▲同町　あふみや仁兵衛内
一きよ川　一の　川　一かしは崎
一みちのく　一そのべ　一やちよ
一あふよ　一わかの　一よるせ
一小ながと　一かほり　一みゆき
▲同町　あづまや清蔵内
一吉十郎　一小太郎　一きぬ川
一左　吉　一きこく　一なると
一小三郎　一うこん
▲同町　ひやうごや源太郎内
一高はし　一きよはし　一しら雪
一玉の井　一いこく　一玉かづら
一わか竹　一ゑもん
▲同町　丁子や宗左衛門内
一玉ざわ　一玉がき　一高しま
一玉の江　一る　井　一花ざわ
一たかせ
▲同町　かたばみや三右衛門内
一かほる　一あわぢ　一みなと
一きよすみ
▲同町　大和や理兵衛内
一あふさか　一ときわ　一はつしま
▲同町　ともゑや玄珍内
一たんご　一たか野　一玉がき
一玉　川　一たもん
▲同町　まんじや小左衛門内
一ちとせ　一はつね　一しのだ
一あかし　一わかよ　一さかくら
一やちよ　一みはる
▲同町　山口や与兵衛内
一すみの江　一金太夫　一ちとせ
▲同町　たまや山三郎内
一まさつね　一あかし　一にしを
一さらしな　一せきや　一おうしう
一わかな
▲同町　ゆふきや又四郎内
一ふぢなみ　一さかた　一左源太
一小ざつま　一やどり木　一袖しま
一小げんじ
▲同町　ひしや七郎兵衛内

一いくた　一いさわ　一やへぎく
一なには　一みかさ　一いくの
一みやこ　一やちよ　一みはな
一こわた　一いわお　一おりべ
一いり江　一よしの　一市おか
▲同町　きつかうや七左衛門内
一松しま　一たつた　一小ざつま
一いくよ　一ゆきへ
▲同町　長崎や八兵衛内
一ながしま　一小ざつま　一こわた
一しのはら
▲同町　ともゑや吉兵衛内
一玉がき　一わかよ　一たんご
一高まつ　一わかやま　一たかの
一せきしう　一玉　川　一きぬがへ
一たもん　一いくしま
▲同町　いづゝや勘兵衛内
一はつね　一こよし　一かつ井
一はなよ　一つゝ井　一ゐづゝ
一玉の江　一よし松　一そつゐ
一こにし
▲同町　かづさや七右衛門内
一かつら　一せんじゆ　一わこく
一八十郎　一つねよ　一かせ山
一やへぎり　一ちとせ　一小ざつま
一かりう　一ことうら
▲同町　くるまや清右衛門内
一あをやぎ　一ふぢおか　一やへがき
一ちさと　一小いづみ　一あふさか
▲同町　いはきや又左衛門内
一ひらの　一花まつ　一小太夫
一花　月　一こゝのへ　一まつかぜ
一はなよ
▲同町　いせや六兵衛内
一わか松　一わか島　一小もんど
一こにし　一ながと　一わかもり
▲同町　あふぎや久右衛門内
一いづみ　一いをり　一さかた
一いわお
▲同二丁目　かづさや後家内
一はつ山　一大いち　一はつぎく
一きよ花　一山しな　一かるも
一初はな　一竹　川
▲同町　くるまや七兵衛内

一 大くら　一 大さき　一 ひとへ
一 かづま　一 小ざつま　一 いさわ
一 かほる　一 金太夫
▲同町　つたや清右衛門内
一 きよ川　一 ともゑ　一 高はし
一 あかし
▲伏見町　大田や久右衛門内
一 ゐづゝ　一 野かぜ　一 せんじゆ
一 いくよ　一 まさつね
▲同町　いせや六左衛門内
一 わか山　一 わか松　一 ちとせ
一 くらの介
▲同町　いせや作右衛門内
一 しらぎく　一 あづま　一 よし川
一 初ぎく　一 玉かづら　一 いわお
▲同町　かりがねや五郎兵衛内
一 もなか　一 かもん　一 もんど
一 はつ花
▲同町　きりや武兵衛内
一 よしだ　一 ながしま　一 いこく
一 かわち　一 たもん　一 みかさ
▲三寸の局の部

▲しん町　むめばちや喜左衛門内
一 つねよ　一 山川　一 玉川
一 たき川
▲同町　長右衛門内
一 こざらし　一 わか松　一 たむら
一 はつね　一 たんば
▲江戸町　たはらや吉兵衛内
一 小しづか　一 小いづみ　一 かよひぢ
一 かすがの　一 こきん　一 きんご
一 はつ花　一 みはる
▲伏見町　つたや与兵衛内
一 はつ山　一 きてう　一 からさき
一 ちとせ
▲同町　ひしや藤十郎内
一 こもんど　一 さらしな　一 高はし
一 玉川
▲同町　丁字や八兵衛内
一 そめ川　一 よしの　一 もんど
一 はつね　一 あふさか　一 おりべ
一 とやま
▲同町　からかさや伝兵衛内
一 かつ山　一 あさづま　一 はるの

一　みよし
　▲同町　丁字や八左衛門内
一　はつね　一　かつら　一　かるも
一　みなと
　▲同町　四つめや市郎右衛門内
一　金太夫　一　のわき　一　からさき
一　市　野
　以上。なみ局《つぼね》は書のせず。
　▲あげ屋の分　一　南がわ　ふじや太郎右衛門
一　北がわ　きりや市左衛門　一　同　ゑびや治右衛門
一　同　きゝやうや権兵衛　一　同　おわりや清六
一　同　いづみや半四郎　一　同　橘屋五郎左衛門
一　同　井筒や彦兵衛　一　同　はしもとや佐兵衛
一　同　ふせたや太右衛門　一　同　かまくらや長兵衛
一　同　まつばや六兵衛　一　同　わかさや庄兵衛
一　同　いせや宗三郎
▲太夫合五人、昼夜七十四匁（昼夜）二つに割《わる》。
　合《(あはせて)》十四間《(けん)》也。
▲太夫かうし合九十九人、昼夜五十弐匁[5]同断。
▲さん茶合四百九十三人、夜斗《(ばかり)》金壱歩（夜ルを専ニする）。
▲うめ茶合弐百八十人、同[6]十匁と云テ壱歩也同断。
▲五寸局《つぼね》合四百廿六人、五匁づゝ[7]（うづらがうしと云《(いふ)》よこのぬき三通有。）
▲三寸局合四十四人、三匁づゝ（つりがうしと云よこのぬき一通有。）
▲なみ局合四百人余有《(あり)》、銭百文づゝ名よせは略之《(これをりやく)》ス。
　惣女郎数合千七百五十人余
あらまし如此《(かくのごとく)》ニ候。
　以上

1 **太夫**　吉原の女郎の位は、太夫・太夫格子・散茶・埋茶・五寸局・三寸局・並局。

2 **京町**　吉原は北東に開く大門より南への中央の通り中之町より左右に入る通りがあり、西側北より江戸町・揚屋町・京町、東側北より伏見町・江戸町二丁目・堺町・角町・新町。

3 **元かし堺町**　廓をめぐる堀端を河岸という。堺町東端の河岸側の角。

4 **あげ屋**　揚屋町にあり、太夫・太夫格子を揚げて遊ぶ。

5 **同断**　太夫と同様に昼夜に二分する。

6 **十匁**　銀十匁と称して金一歩取る、散茶同様夜のみ。小判と銀の相場は変動があるが、元禄十三年には金一両が銀四十七―八匁、一歩は十二匁ほどになる。このような相場なので一歩取るのであろう。

7 **よこのぬき**…　鶉格子の説明。店先が鶉格子になっており、格子の横に貫いた材が三本であるという。

第一　月にも増《まさ》る高雄《たかを》の紅葉《もみぢ》
智恵《ちゑ》をやめて一時成共《(なりとも)》化《ばかさ》[一]れ徳《どく》

月花に心をよする歌人も梅[二]が香《か》を桜の花ににほはせ、柳の枝《えだ》に咲《さか》せて見たき願《〔ねが〕》い、いづれよい事はそろはぬものなり。男[三]はすぐれて然《しか》も分《わけ》の道にかしこく、心も賤《いや》しからずして、女郎にかけたらば、初会から打《(うち)》とげ、二度《ど》めには門《もん》迄おくりて、人にもひけらかすべき器量《きりやう》の男は、揚《あげ》屋に近付《(ちかづき)》さへなく、宵《よい》から寝《ね》ておもしろい酔《ゑい》を知《し》らず。又ぶ男にして片言《かたこと》[四]まじりに物いふ親仁《おやぢ》、金《かね》の威光《いくわう》で、歴歴《れき〔れき〕》の太夫に足さすらせ、宿[五]の口鼻《〔かゝ〕》に酒つがせながらのむもあるぞかし。爰《(ここ)》を以て叶《かな》はぬ浮世《うきよ》と申《(まうす)》なり。されば昔《むかし》より、風[六]俗器《ぞくき》量《りやう》は島原の女郎にして、吉原の張《〔は〕》[七]りを持《(もた)》せ、難波《なには》の九軒《けん》[八]であそびなば、あつた物ではあるまじと、三ケの津の色里をかけめぐり、色道《しきどう》[九]一遍《(いつぺん)》上人といふ楽坊主《らくばうず》[一〇]、藤沢を越《こへ》て江戸に下りしに、吉原はさびしく見へて、内証《ないしやう》の繁昌《〔はんじやう〕》、とかく金沢山《かねだくさん》な所ゆへなり。さるによつて女郎の心ざし、おのづからつよくなりぬ。

すべて遊女は其《(その)》時〳〵の能《よき》男次第にて、一入《〔しほ〕》色を増紅葉《ますもみぢ》、高雄《たかお》はむまれつゐての太夫職風義《しよくふうぎ》[一一]いふ迄もなし。宿[一二]にかへりて衣装仕《いしやうし》[一三]替《かゆ》る事なく常也。いかにしても上方《かみ》の太夫

一 化されたのが利得となること。
二 「梅が香を桜の花ににほはせて柳がえだにさかせてしがな」(後拾遺集・春上・中原致時)。
三 以下「あるぞかし」まで二代男・五の二剽窃、後半変改。
四 訛った格にはずれた言葉。
五 揚屋の女房。
六 以下「あるまじ」まで一代男・六の六により、変改あり。
七 張合。意気地。吉原の遊女の特徴。
八 新町の揚屋町。新町は揚屋が立派。
九 以下「高尾さまおかへり」まで俗つれ〳〵・五の二剽窃、敷衍。そのうち「しれる人…足取」は一代男・七の四。色道一遍上人は一遍上人をもじり色道一筋の人の意。藤沢(現神奈川県藤沢市)は一遍上人の遊行寺のある地。
一〇 気楽に暮している坊主。
一一 みめかたち。
一二 抱主の女郎屋。
一三 常に勤め着と同じ立派な物を着る。

のならぬ事なり。揚屋《〔あげや〕》の昼《ひる》をつとめ、身[一]仕舞《まい》に帰るに、対《つい》[二]の禿《かぶろ》に三[三]味線を、挟《〔はさみ〕》箱のごとくにかたげさせて、二行《ぎやう》に先《さき》へあゆませ、其《（その）》身は道中ゆたかに、しれる人にも詞《ことば》かけず、帯胸高《〔むなだか〕》にして、身[四]をすへての足取《〔あしどり〕》、ねむれるほどしづかに、位《〔くらゐ〕》[五]をとつて、[六]からくり人形の歩行《ありく》ごとし。跡備《〔あとぞなへ〕》[七]は遣手《やりて》[八]てのこわい奴《〔やつ〕》が、いつとても水[九]へいらぬ布子《ぬの（こ）》着《き》て、夕日にまがふ赤前垂《〔あかまへだれ〕》[一〇]かゝはゆきは、太夫とおなじ顔《かほ》して、練《ねつ》[一一]てゆくもおかし。扨《（さて）》宿ちかくなれば、つれたる六尺《（ろくしやく）》[一二]を先《さき》へはしらせ、門《かど》口より「高尾さまおかへり」と、はやり医《い》者《しや》の宿帰りのごとく、ば[一三]つとしたる事、是《（これ）》こそ本《ほん》の太夫なれ。

爰《（ここ）》に神[一四]風や伊[一五]勢町に数《す》年わづかな銭見《（ぜにみ）》世《（せ）》[一六]出し、壱貫と買《（かひ）》[一七]にくれば先《まづ》三百渡して「残りは追付《（おつつけ）》跡《（あと）》から進《（しんぜ）》ませふ」と、其銀《かね》とつて近所をとびめぐりて、やう〳〵七百の銭才覚するほどなせはしき世渡《わたり》にも、恋は分別《ふんべつ》の外にして浅[一八]草の観音参りの友にさそはれ、三谷《さんや》[一九]に行《（ゆき）》て前巾着《まへぎんちやく》の有切《〔ありぎり〕》[二〇]局《つぼね》歩行《ありき》して、取《（とり）》[二一]留《とめ》るを縁《えん》にして、すこしの間に女郎五六人にあふて、随分《〔ずいぶん〕》[二二]強蔵《つよざう》自慢《〔じまん〕》を申《（まうし）》、「汝は鱠何盃《なますなんばい》[二三]もつた」

一　身なりを整えること。
二　二人の禿。禿は上級女郎のもとで見習い中の少女。→挿絵。
三　原本「三味縁」。
四　腰をすえ様子をとって。
五　気位高く構え。
六　ぜんまい仕掛けで動く人形。
七　後方を守る軍勢。後方で目を配るゆえにこのようにいう。
八　「手のこわい」か。「て」は衍字か。
九　洗濯をせぬ。いつも新品の。
一〇　遣手おきまりの風。「かゝはゆき」はまばゆい。
一一　様子をつくって歩く。
一二　女郎送迎に当る女郎屋の下男。
一三　派手で人目をひく。
一四　伊勢の枕詞。
一五　江戸橋の北、西堀留川の西側の町。米問屋が多い。現中央区内。
一六　銭両替。
一七　一貫文(千文)の銭と両替に来る。
一八　吉原は浅草寺裏の北方。
一九　吉原。
二〇　局女郎を物色してまわり。
二一　引き留めたのを縁にその局女郎と。
二二　精力絶倫な者。
二三　性交を何度したか。

と所〳〵のはやり詞《ことば》にて、床《とこ》に入《(いる)》事を鱠盛《もる》とは申《(まうし)》ならはせしが、いづくの[二四]腎張《じんばり》が申出せしやらん都にても一比《ひところ》、うんそどりといひひろめし事久しかりき。

扨取《(とり)》あつめて拾匁《(もんめ)》にたらぬ銀《かね》も[二五]皆になつて、[二六]腰《こし》まはりに気遣《(きづかひ)》なく、うつかりと辻《つじ》に立て、歴《〔れき〕》〳〵の太夫達《たち》の揚屋帰《〔あげやがへ〕》りを[二七]見渡せば、花も紅葉《〔もみぢ〕》もひとつにかためし、高尾が帰り姿《すがた》に、彼《かの》[二八]小銭屋《(こぜにや)》の助四郎[二九]見初《そめ》まいらせ、局《つぼね》の楽《たの》しみをわすれ、禿《かぶろ》にすがりてお名を聞さだめ、[三〇]手遠《てどを》き恋の思ひ立《(たち)》[三一]雲に梯《〔かけはし〕》[三二]霞《かすみ》に千鳥足《〔ちどりあし〕》して、其日は[三三]宿に帰り、必竟銀《ひつきやうかね》次第で埒《らち》のあく恋とは知《しれ》てありながら、商《あきない》の元《もと》手さへ、[三四]かすかな身をして、いろ〳〵分《ふん》別《べつ》して見れ共《(ども)》、天から降《ふら》ず地からもわかず。「とかく此身《(この)》で此世の御見《ご〔げん〕》かないがたし」と、人のしらぬ泪《(なみだ)》をながし、「所詮《しよせん》ながらへてゐるゆへにかゝるうき事もあり」と、戸《と》棚《だな》より脇指《わきざし》取出し思ひ切てぬいては見たれ共、どふやら小気味《〔きみ〕》わろく、「いや〳〵死《しん》でから此恋の便《たよ》りには、ならず」と、まづ刃物《はもの》を、[三五]鞘《〔さや〕》におさめたる智恵《ちゑ》をいだし、「昔《〔むかし〕》よ

二四 性欲の強い者。
二五 皆無になり。
二六 すり取られる心配がなく。
二七 定家の「見渡せば花も紅葉もなかりけり」の歌による措辞。
二八 小資本の銭両替。
二九 一目見て恋心を抱く。
三〇 手の届かぬ。
三一 とてもかなえられぬ望みをいう。
三二 霞に千鳥はあり得ぬことのたとえ。それに千鳥足を掛ける。心うばわれ足もとも定かでない。
三三 自分の家。
三四 資本も僅かな、あわれな身。
三五 鞘におさめて、冷静な、と上下に掛かる。

り叶《かな》はぬ事を神にいのるに、手前の信心《しんぐし》次第《だい》にて、成就《じやうじゆ》せぬといふ事なし。先銀《まづかね》さへあれば自由《じゆふ》に埒《らち》のあく恋なれば、恋の元《もと》は銀《かね》なれば、福《ふく》の神を一祈《いの》り祈《いのつ》て見ん」と、[一]浅草《あさくさ》の稲荷《いなり》の社《やしろ》に日参《につさん》、「追付御影《おつつけおかげ》にて、何程《ほど》つかふても[二]尾《お》の出《で》ぬほどの身躰《しんだい》になりて、[三]背《せ》のはげたる女郎買《かい》、[四]鳥井を越《こへ》し[五]粋《すい》こつぴと、世の人のうらやましがる程《ほど》になしてたびたまへ」と、[六]ちいさき鳥井をこしらへ、毎日是《これ》を立置《たておき》、肝胆《かんたん》くだき、半年ばかり祈《いのり》しうちに、[七]高尾は誰《たれ》か根引《ねびき》にして、里は[八]紅葉《もみぢ》なき三浦の、秋の夕暮さびしかりしが、又めづらかなる[九]花むらさきに、色《いろ》ぶかい男共が[一〇]さはぎで、以前《いぜん》かはらぬ繁昌《はんじやう》と、[一一]御町知《おてうしり》が咄《はなし》を聞《きい》て、はつと胸《むね》せまり、「さりとは其《その》君ゆへにこそ、此社《このやしろ》へも歩《あゆ》みをはこび、さま〲心をつくせし事よ。今は浮世に片時《へんし》もうろついてゐる事、ふつつりといや」と、世を見かぎり、「[一二]煮売《にうり》する家に入て、一盃《いつぱい》のふでの上に、最期《さいご》きはむべし」と、片陰《かたかげ》の旅籠屋《はたごや》に立寄《より》、[一三]小半酒《こなからざけ》を冷《ひや》にて見しらし、ほろ〲酔《ゑい》の来《く》る時、むかふよりどふいわれぬ[一四]美形《びけい》、[一五]人に見られたき風情《ふぜい》もなく、黒羽二重《くろはぶたへ》の[一六]紋《もん》なしに、[一七]竜門《りうもん》の中《ちう》幅《はゞ》帯、目だゝぬやうにて目にたち、[一八]成程《なるほど》かまはぬ歩《あゆ》みぶりなれ共《ども》、[一九]上《うは》がへの蹴出《けだ》し腰《こし》のひねり、素足《すあし》に藁《わら》草履《ざうり》の[二〇]至《いた》り穿鑿《ぜんさく》、いづれかしほらしからざる所なし。

「是は」と死《し》に[二一]覚悟《かくご》の男も、色には目がつき、ちかよるをよふ見るほど、「たれやら見た面影《おもかげ》」と、思い出す時、かの女声《こゑ》をかけて、「助《すけ》さま私《わし》を見知《しつ》てか」といふ。「成程

一 浅草寺内に西宮稲荷・熊谷稲荷がある。
二 破綻しない。尾は稲荷（狐）の縁。
三 年功を積んだ。
四 年功を積んだ。幾度も鳥居を越え背のはげたとは劫を経た老狐にいう。
五 粋の骨頂。真の粋。
六 本物の鳥居は寄進出来ぬので。
七 名寄に「去秋身請」とあり。元禄十三年に水谷六兵衛が千両で身請した。
八 「見渡せば花ももみぢもなかりけり浦のとまやの秋の夕暮」（新古今集・秋上・藤原定家）。三浦は高尾の抱主で歌中の浦のもじり。
九 名寄にはこむらさき。前の紅葉と対をとって花むらさきとした。
一〇 「さはぎで」原本のまま。
一一 廓の消息通。
一二 食物を煮て売る簡便な飲食店。
一三 二合五勺の酒を冷でやっつける。冷で飲むとまわりが早い。
一四 美人。
一五 以下「所なし」まで好色盛衰記・四の三、一代男・五の五を交え利用。
一六 無地の着物。
一七 太糸の平織また紋織の絹織物。
一八 いかにも気どらぬ。
一九 着物のうわまえ。
二〇 最上の凝った好み。
二一 原本「覚語」。

見ましたお顔《かほ》なれ共、どこでお近《ちか》づきになりしや、急《きう》にはおもひ出されぬ」と申せば、「朝夕《あさゆふ》恋したふてくだんすには似《に》やわず、恋人《びと》さへ見知《し》らいで、あの[二二]うつゝない男め。これ高尾が[二三]里をはなれて出し姿なるは」と取《とり》つく。「是はうれしの俤《おもかげ》」と、天に[二四]ものぼり助四郎、[二五]手の舞足《まいあし》のふみつけ所をわすれて、悦ぶ事大方《かた》ならずして、「是への[二六]御来迎《ごらいかう》は、いづれの[二七]衆生をすくはんためにか」と、とひまいらすれば、「おろかや御身我事を恋にして此社に歩《あゆ》みをはこびいのらるゝよし、ある夜の夢に稲荷《いなり》大明神[二八]枕にたゝせ給ひ、[二九]あらたにつげてのたまはく、「銭もたずに太夫をたゞといふ、[三〇]不祥《ふしやう》ながら願《ねが》い事《ごと》、無理《むり》とはしれてありながら、神の役なれば、是もかなへてやらねばならず。汝急《なんぢいそぎ》かの男にま見へ、一夜契《ちぎ》りをこめてとらせよ」との御事。則《すなはち》[三一]ぬしさまに、夢物語をいたしぬれば、「恋は互《たがい》なれば情《なさけ》をかけてやれ」と、すこしのお暇《いとま》、うれしく、是迄しのび参りたり。さいはひ此辺《へん》に[三二]我たのみし方《かた》の、[三三]遊山《ゆさん》屋敷《しき》あれば、是へともないゆるりと御見《ごげん》なりましたき」と、助をともない一町ほどゆけば、日比《ひごろ》は見なれぬ竹[三四]一村《ひとむら》の構《かまへ》見た所はさもなくて、門に入て美ゝ《びゞ》しさ。高尾《お》案内《あない》して幾間《いくま》かながめゆくに、是こそ[三五]極楽《ごくらく》の出店《でだな》なるべし。ひとつ〳〵気をつくるに、[三六]筑《つき》山の物ずきに、たくみに[三七]石をなをし、三谷《さんや》といふ縁《えん》をとりて、三つの谷《たに》をしつらひ、常《つね》は此[三八]三《み》谷《たに》の影《かげ》にあそぶと見へたり。

扨《さて》座敷[三九]になをれば、高尾は勝《かつ》手に入て、しばらくして、有《あり》し[四〇]御町《おちやう》の姿にて、[四一]鬢切《びんぎり》した

二二　正気がない。
二三　廓。
二四　有頂天になることの流行詞。
二五　非常によろこぶさま。
二六　死者を仏・菩薩が迎えに来ること。高尾を菩薩に比していう。
二七　来迎の縁でこの語を用いた。
二八　枕上に。枕の辺に。神の告の文言、五人女・一の四によるか。
二九　霊験あらたかに。
三〇　迷惑だが。
三一　あのかた。高尾を身請した男を指す。
三二　前項と同じ人物。
三三　別宅。
三四　一叢。ひとかたまり。
三五　極楽の支店。結構なことをいう。
三六　築山に趣向をこらし。
三七　庭石をすえ。
三八　高尾身請の水谷六兵衛の名を暗示する。
三九　正座すること。
四〇　廓。
四一　前髪を切り耳の前に垂らした髪風。

る女小性《をんなごしやう》、七八人左右《さゆう》につれてゆるぎ出られ[一]、「先《まづ》お盃《さかづき》」とあれば、畏《かしこま》つて次《つぎ》の間《ま》にひかへし艶女《あんぢよ》[二]、金《こがね》の盃銀《ぎん》の間鍋《かんなべ》持て参りて、酒事《さかごと》を始《はじめ》「お慰《なぐさみ》に」とて、琴三味線《ことしやみせん》の音《ね》をつくし、小歌数《かず》を聞て心もうきたち、気[三]ものぼる程名《な》の木[四]をとめし床《とこ》道具取出せしに、其美《そのび》なる事、つゐに名も聞《きか》ぬ唐絹《からぎぬ》。「此夜具《このやぐ》の中へすくいとられて、有《あり》がたいめにあはば、今《こ》しんでも何か浮世《うき》に、思ひのこす事有《ある》べき」と、思ふ心《こゝろ》をさとりて、「ちとおよりませ[五]」と、助が手を取《とり》床《とこ》に入て、しづかに帯とき白無垢《むく》[六]まがふ、雪の肌《はだへ》を見せかけ、「今日《けふ》一日はそなたさまにまかする此身、どふ成共《なりとも》御心次第」とよりかゝれば、うれし過て不思議《ふしぎ》に思ひ「是《これ》はあんまりうますぎたる事、もしや昼狐《ひるぎつね》[七]にばかされはせぬか」と、心に心経《しんぎやう》[八]となへ眉毛《まゆげ》[九]をぬらせば、白無垢《むく》きたる太夫と見へしは、忽《たちまち》白狐《びやつこ》となつて、高尾《お》といふ尾[一〇]を出して、社《やしろ》の方へかくれぬ。極楽《ごくらく》とおもひし大座敷は、簾《すだれ》かけたる水[一一]茶屋《ちや》の休杌《しやうぎ》[一二]なり。「扨は大明神の御利生《ごりしやう》[一三]有がたし。はじめからかくとしらば、酒事《さかごと》おきて先、床入《とこいり》を

一　悠然と出て。
二　美女。
三　のぼせるほど。
四　名木。名香。
五　寝るの尊敬語。おやすみあそばせ。
六　表裏とも白絹の小袖、それと見まがう白い肌。
七　昼出る狐。昼遊びさせる女郎をもいうので、その効果をも意識していう。
八　般若心経。
九　眉毛を唾でぬらすと狐にだまされぬという。
一〇　正体をあらわす。
一一　通行人を休憩させ茶を供する店。
一二　床(牀)几。用字原本のまま。
一三　ごりやく。

いそぐべきに、肝心《〔かんじん〕》の所で、化《〔ば〕》けのあらはれしは残念《ざんねん》なり。かゝる事ならば[一四]いはれぬ小《〔こ〕》才覚《ざいかく》出して、眉毛《まゆげ》をぬらさふよりは、ぬらさずにゐて、いつ迄《（まで）》もばかされた方《かた》が[一五]徳《とく》ぞかし。しかし茶菓子《ちやぐわし》に、[一六]糝粉《〔しんこ〕》のやうな物が出《（で）》しが」と、今思ひ出して、胸《〔むね〕》をわるがるもおかし。とかく仏神の力《ちから》にも、[一七]銀《かね》づくの事はかなはぬと見へたり。「此男も稲荷《〔いなり〕》へ日参《につさん》をやめて、家業《かげう》に是程[一八]情《せい》を出さば近道《〔ちかみち〕》に利を得《ゑ》る事も有《（ある）》べし」と大笑《わら》ひになつて、[一九]日待《（ひまち）》伽《とぎ》の眠《〔ねぶ〕》りをさましぬ。

第二　月にも花にも只濃紫《たゞこむらさき》

[二〇]百三十里[二一]恋をかせぎに下《くだ》り大臣

[二二]武者《むしや》ぶりよくむまれついて、銀子《〔ゐんつう〕》持《もつ》て浮世を隙《ひま》にしてあそばば今《〔ゞ〕》なりと、万《よろづ》にことの欠《かけ》ぬ[二三]持丸《もちまる》長次とて、上方《かみがた》にての分知《わけしり》、難波《なには》の色《いろ》の[二四]よしあしを見つくし、都の花も実《み》もある男と、[二五]西島《さいとう》にてもちいられ、[二六]二个《か》の太夫を手に[二七]入自《いれじ》慢《まん》して、是より名にきゝし武蔵《むさし》野《〔の〕》の、色《いろ》ふかき[二八]小紫《こむらさき》を見に下り、三谷《さんや》案内《〔あない〕》のために[二九]吉原雀《よしはらすゞめ》の茂吉といふ御町《（おちやう）》知《しり》を先《さき》に立《（たて）》、其外京大坂の口利末社《きゝまつしや》共に、皆定紋《ぢやうもん》のそろへ小袖をきせて、此度此里始《はじめ》て一見《いつけん》、[三〇]万《よろづ》大形《おほぎやう》に[三一]宿《やど》へ金《〔こがね〕》の花をふらし、かしらから[三二]大《（おほ）》たばに出て、当流《たうりう》の手をつくしたる料理《りやうり》、

一四　無用な。
一五　利得。
一六　うるち米の粉で作った餅。狐は人を化かし馬糞を食わすという。
一七　金銭がらみの事。
一八　精を出す。「情」と書くは当時の用字。
一九　日待は正・五・九・十月の十五日、夜寝ずに日の出を拝する行事。その夜の眠気を去るためにする酒宴・歌舞。
二〇　大坂・江戸間のおよその里程。大坂・江戸間百三十二里半十五町。
二一　恋を求めて。
二二　男ぶりよく。
二三　金持を持丸長者というのによる名。
二四　葦は大坂の名物。その一名をよしというので、難波の縁。
二五　都の西方の島原。
二六　新町・島原。
二七　自由にすることを自慢すること。
二八　三浦四郎左衛門抱えの太夫。「紫のひともと故にむさし野の草はみながら哀れとぞ見る」(古今集・雑上)により、武蔵野の色ふかきという。なお上方より小紫にあいに下り、小紫が振ること、一代男・八の二。
二九　吉原の事情に通じている者。
三〇　大げさ。
三一　揚屋。
三二　尊大に。

[一]せゝり箸《ばし》して亭主《ていしゆ》が気を付《つけ》し初《はつ》物[二]もかまはず、諸事引[三]こなせば、いかなる女郎も位《くらい》[四]をのまれ、[五]あちらこちらになつて、おのづから身に嗜《たしなみ》[六]出来《でき》て、見[七]をとされぬ気遣《づかひ》せらるべきに、さすが高上《かうじやう》成《(な)》[八]ル事を見つくせし小紫《むらさき》ほどあつて、さらに、わろびれたる躰《てい》なく、詞《ことば》ずくなに大《(おほ)》様《(やう)》過《すぎ》るほどにゆつたりとやつて、初会《しよくわい》過《(すぎ)》てのあけの日、成程《(なるほど)》心よく床《とこ》に入《いつ》て、すこし我方《わがかた》からいて[九]ゐる風《ふう》してたはれかゝれば、大臣さこそと、ちと自慢《じまん》して鬢《びん》などかきなで、いよ〳〵[一〇]あぢやりだてを申《(まうし)》て、手に[一一]入レて乗《のり》かくれば、小紫《むらさき》むつとして、「[一二]あまり自由《じゆふ》過《(すぎ)》てお慰《(なぐさみ)》にはなるまじ」と、すこし身をひねりて、枕《まくら》の灯《(ともし)》にて煙草《たばこ》のむなど、其《(その)》脇皃《わきがほ》[一三]のうるはしきに、いよ〳〵気がせはしくなるに、雪[一四]をねたむほどの太《(ふと)》股《もゝ》みせかけ、緋無垢《(ひむく)》[一五]の裙先《(つまさき)》おりかへりて、然《しか》も内衣《ゆぐ》[一六]細腰《ほそごし》にまくれあがり、世界《せかい》の恋の水[一七]つき所、あらはに見へてあぢやりだても脇《わき》[一八]になつて、「こりやどふもならぬ」と、上気《(じやうき)》して鼻鳴《はななり》[一九]いで、さすがの大臣手をあはしてもがけ共《(ども)》、いかな〳〵本《ほん》[二〇]の首尾《しゆび》はさせずして、手強《てづよ》き、男をなかせける。

此《(この)》大臣起別《おきわか》れて猶《(なほ)》[二一]恋を残し、其まゝには捨《すて》がたく、あけの日よりつゞけてあいけるに、床《とこ》へ入迄《(いるまで)》は随分《(ずいぶん)》客《きやく》の心にそむかず、自由自在《じゆふじざい》になりて、肝心《(かんじん)》の所で、男次第にはならず。いつとても大臣もがいて素戻《す(もど)》[二二]りいたし、「どふやらなりそふな物」と、ふらるゝにしたがい、「今度は〳〵」と心ひかれて、通ふもかよふ、ふるも振《ふる》、つゞけて廿四日《(にじふ)》と

一 あれこれつついて食べ残すこと。
二 その季節に初に出た野菜・果物。
三 思うままに扱う。
四 圧倒され。
五 あべこべ。女郎が位を示すはずが。
六 つつしむ。注意を払う。
七 見くびられぬ。
八 高貴の。上流の。
九 まいっている。ほれこんでいる。
一〇 小しゃくなことを言い。
一一 自分の思うままに。
一二 「もがけ共」辺まで好色盛衰記・五の三によるか。
一三 横顔。
一四 雪より白い。
一五 表裏無地同色の着物を無垢という。
一六 腰巻。
一七 女陰。
一八 二の次になる。
一九 性的な興奮状態。息づかい荒く。
二〇 実の情交。
二一 未練を残し。
二二 目的の情交をとげずに帰る。

いふものは、物の見事に誠[二三]の分《わけ》をたてざりしが廿五日めにおよんで、大臣気[二四]をつかして、打うらみ申《(まうし)》けるは「我はる〴〵の所を越《こへ》て爰《(ここ)》に来り、大事の銀《かね》をなげうち心をつくすも、そなたをおもふゆへならずや。それに近比《(ちかごろ)》むごきしかた。それも馴《なれ》なじみての上に、互《たがい》の思ひあまりて口舌《くぜつ》などにて、かふした首尾ならばおかしき事もあるべし。然るに初会より今日《(けふ)》迄つゐに誠あるお情にあづからず。是《(これ)》は一向《いつかう》我等に死《し》ねとの事か。それは太夫さま共《(とも)》おぼへぬむごき御事」と、実[二五]事《じつごと》を申出せば、太夫細《こまかい》返答《へんとう》なく、「殿[二六]ぶりはすいた風《ふう》なれ共《(ども)》、おそらくあぢをやるとおぼしめす、一[二七]座のしこなしいやなり。誠我事おぼしめさば、我心のとくる迄かよひ給へ」と、は[二八]なれ切たる詞に、大臣興《(けう)》をさまし、「然らば今日《(けふ)》より女郎替《かへ》てあそぶべし」といへば、「それはどふなり共、御心まかせ上方《かみがた》の、もの和《やわらか》な女郎を、こ[二九]なしたまふ土[三〇]気《つちけ》のおちぬあいだは、打とげ参らする事いやよ」と床《とこ》柱《ばしら》にもたれかゝりて顔《かほ》をそむけ、心[三一]を臍《ほぞ》の下《した》に納《おさめ》て、すこしもさはぎ給《(たまは)》ぬ風情《ふぜい》、惟[三二]持《これもち》のお内儀《ないぎ》さま見る心地《こゝち》。上方《かみがた》とは各別《(かくべつ)》、ぐあいちがいて、手[三三]だれの大臣、此張《(は)》りのつよきに弓矢《ゆみや》八幡《はちまん》きかぬ気ざしもたよわく成て、自然《しぜん》と我方《わがかた》より機嫌取《きげん(とる)》やうになつて、位[三四]取《くらい(とる)》事も上[三五]手《じやうず》ごかしも、中〳〵およばず。

又分《わけ》もなふ宿に帰りて、「爰の太夫を手に入《(いれ)》て、心のごとくまはす大臣あらば、近付《(ちかづき)》になりて、女郎の意気《いき》方買《かたかい》手の仕乎懐《しこなし》、尋《たづね》きゝたし」と吉原雀《はらすゞめ》の茂吉に、詮議《(せんぎ)》させける

二三　実の情交をしない。
二四　うんざりする。
二五　真剣なこと。まじめなこと。
二六　男ぶり。
二七　一座の取りさばき。
二八　突き放した。
二九　自由に取り扱う。
三〇　田舎めいたそぶり。やぼくさい様子。
三一　落着いたさま。
三二　謡曲・紅葉狩の平惟茂。お内儀さまは他人の妻の敬称。「少しも騒がず」(謡曲・紅葉狩)鬼神を退治した惟茂を女性にしたようという。
三三　遊びの上手。
三四　えらそうな態度をとる。
三五　相手の為になるようなうまい事を言ってまるめこむこと。

に、三木《さんぼく》といへる三野《(さん)や》第一の大臣、御町《(おちやう)》我物《(わがもの)》にして、[一]今出《(いまで)》の色知《いろしり》。「是《(これ)》こそ好《この》む友よ」と、初対面《しよたいめん》から互《たがい》に心安《こゝろやすく》申合《(まうしあひ)》、「いざ是から」と[二]いふしほの、[三]引《(ひか)》ぬ気な男共弐挺立《てう(だち)》の舟をいそがせ、[四]目ふる間《ま》に[五]悪所《あくしよ》のあがり場《ば》、船頭《せんどう》共に「太儀《たいぎ》〳〵」と詞のこして、[六]つねの揚屋《[あげや]》に入《(いり)》、「今日《[けふ]》はめづらしき一座、下《(くだ)》り大臣の[七]ぼらして、是迄[八]誘引《いういん》いたした。扨《(さて)》お馴染《[なじみ]》は、小紫《こむらさき》どのとや。お隙《ひま》いりあらば太夫殿に内証《ないしやう》申《(まうし)》て、「何とぞ今日《[けふ]》のお客《きやく》へことはり申されこなたへ御来臨《りん》あらば、一しほ有《(あり)》がたからん」と申参れ」といひ出すより万《よろづ》のしなせ、上方とは各別《[かくべつ]》なる事共随分《[ずいぶん]》京であぢやり自《じ》慢《まん》の男、三木《ぼく》が[九]幅《はゞ》に覆《おほ》はれ、満月《まんげつ》の前の星《ほし》の光《[ひかり]》にて、影《かげ》がなく、するほどの事、初心《しよしん》に見へて、我ながらおかしかりき。しばらく、[一〇]色なき里《さと》の心地《こゝ(ち)》して、先《まつ》何かなしに呑出《のみだ》して素人末社《しろうとまつしや》が[一一]半太夫節《[ぶし]》の習《ならい》のない上るり、[一二]悉皆《しつかい》[一三]染《そめ》物屋《[や]》の絵《ゑ》本見るやうな事を語《かたり》出して、なが〳〵敷待《しくまつ》うちの[一四]転合《[てんがう]》に、「太夫が来《く》るかこぬか」と[一五]畳算《たゝみざん》、半にあたつて、[一六]七つの鐘《かね》のなる時《[とき]》、裾《[すそ]》吹《ふき》かへす[一七]紅裏《もみうら》、[一八]ばつとした姿にて、太

一 現在の。
二 夕汐と言う機会を掛けた語で謡曲に散見。言うのを機会に。引は汐の縁。
三 あとに引かぬ。
四 またたく間に。
五 山谷堀に船を着ける。
六 行きつけの。
七 夢中にさせ。下りの縁でいう。
八 さそって来た。
九 はぶりに圧倒されて。原本、覆の振仮名「おぼ」。
一〇 太夫が来ぬので。
一一 江戸半太夫を祖とする江戸浄瑠璃の一派。その未熟な浄瑠璃。
一二 全く。まるで。
一三 半太夫節に小紋尽あり。これをいうか。
一四 いたずら。戯れ。
一五 かんざしなどを畳の上に投げ、それより畳の縁までの編目の数の丁半で吉凶を判じる占い。
一六 午後四時前後。半(奇数)の縁。
一七 紅染の絹の裏地。
一八 派手な、はなやかな。

夫さま御出、まづはうれしし。「こなたへ」と上[一九]座《ざ》になをせば、座する迄詞なくして、まづ[二〇]ほつやりとわらい出し、「さりとはかはつたお出あい。今日《〔けふ〕》お約束《〔やくそく〕》申せしこなたの御客《おきやく》は、[二一]奥筋《おくすじ》の頑《かたくな》な御方にて、お断《〔ことはり〕》も申がたき首尾《しゆび》なれ共《〔ども〕》、かたさまと長次さまと御一所に御越《こし》のよし。参りませずばお二人《〔ふたり〕》ながら枕《まくら》物語せし、大切《せつ》なるお敵《てき》さまたちなれば、「[二二]指合《〔さしあい〕》の一座と遠慮《ゑんりよ》して来《こ》ぬか」と、上方のお客は各別《〔かくべつ〕》、先《〔まづ〕》[二三]こなさまの必《かならず》こんな事に、[二四]悪《わる》推《ずい》まはすお方故《ゆへ》、[二五]いかふきにくい所をようよびにお越《〔こし〕》たな。そんな初心な太夫かとおもふて、廿《〔にじふ〕》四五度もあいました長次さまを、よふぞつれましてござんして、近《〔ちか〕》比《〔ごろ〕》恥《はぢ》入《〔いり〕》ました。私が心の底《そこ》の底までしつてゐながら、にくや男め」と、三木《さんぼく》が太股《〔ふともゝ〕》に、跡《あと》のつくほどつめ[二六]〳〵せられ、痛《いたい》ほど忝《〔かたじけ〕》な過て、さすり〳〵「それは太夫の、[二七]粋《すい》ばまりといふ物。今日長次を同道せしは、一つはそちをおもふての事なり。そも〳〵長次上方《〔がた〕》にて、小紫《むらさき》といふ名をきゝて恋にし、はる〴〵の海山《うみ》をこへて、そなたにあはんため斗《〔ばかり〕》に此《〔この〕》里に来り、

一九 遊女は客より上座に坐る。
二〇 静かに笑うさま。
二一 奥州方面。東北地方。田舎人は頑固。
二二 遊女が馴染み客の知人を客にせぬこと。二人が以前からの知人であったら指合をおかしたことになる。
二三 あなたさま。
二四 邪推をする。
二五 小紫としては来にくい。
二六 つめること。
二七 粋人ゆえにかえってだまされること。

心をつくすを、いかに風義があはぬとて、廿四五ふるといふ事、情をしらぬむごきしかた。懇《ねんごろ》する我迄も心よからず。其上《そのうへ》長次は上方一番《ばん》の分知《わけしり》。且《かつう》は京大坂の聞《きこ》[一]へも悪《あしゝ》。今日《けふ》は拙者が仲立《なかだち》いたし、心よく長次にあはせん為《ため》つれだつて参つた。此《この》心を無[二]にして、我等手前をおもひやりて、あふまいなどと《ゝ》未熟《みじゆく》な義、仰《おほせ》らるゝと、たちまち今日《けふ》[三]切リといふ男。さあ返答《へんとう》は」と酒気《け》もなくて、誠を申せば、太夫感涙《かんるい》をながし、「それ程迄に私事をおぼしめさるゝ御心、鎌倉《かまくら》[四]に一人《ひとり》ある母を誓文《せいもん》[五]に入《いれ》て、いかほどか〳〵忝《かたじけ》なし。長次さまをふりましたは、われこと聞およばれて、美君《びくん》おほき京をすてて《ゝ》、はる〴〵のお下りとの御事。今の世にはあんまり虚《うそ》らしく、あたまからおもはれたいとの仕掛《しかけ》[六]と、悪推《わるずい》まはり、誠か虚《うそ》かの御心底《ごしんてい》を見きわめんため、つれなくもおほくの日をふり参らせし悔《くや》しさ。何がさてそなたさま御一座の上は、あいませいでおきませふか」とあらめて長次と盃事《さかづきごと》して、はや床《とこ》とらせて、「三木さまねるぞや」と、どこやらに詞のこして、長次が手を取《とり》、「是《これ》恋男おじや[七]」と、手をとれば、長次は昼《ひる》からの酒に心みだれ、いふほどの事前後《ぜんご》[八]して、ひとへにうつゝ[九]のごとし。

太夫も三木も気毒《きのどく》[一〇]の天窓《あたま》をかいて、二人が今日《けふ》の心ざしの、無《む》になる事を、かなしみ、酔《あい》のさめる薬などをなめさせて、聾《つんぼう》に物いふごとく、両方よりさま〴〵いひこめば、[一一]ぎよろりとして、人心地《こゝち》なければ、「さりとは是非《ぜひ》におよばぬ仕合《しあはせ》[一二]、今宵《こよい》は爰《ここ》に留《とめ》て、

一 うわさ。評判。小紫が振ったとなると京大坂で悪評が立つ。
二 むだにする。
三 今日限り絶縁をする。
四 今の鎌倉市。辺鄙ないなか。
五 誓って。
六 たくらみ。だます手段。
七 おいでなさい。
八 順序が逆になること。
九 正気がない。
一〇 当惑し閉口して。
一一 けろっとして。ぼんやりして。
一二 次第。事のなりゆき。

酔《あい》さめなば、あれが心にかなふやうに、なぐさめてくれらるべし。我等は是より帰る」と立《たた》んとするを、太夫引とめ、「今日《けふ》是迄の御誘引《いういん》にて、御連《つれ》といふ名があれば、[一三]貴《き》さま御一所《いつしよ》にあらずしては、[一四]金輪際《こんりんざい》あふ事せぬ」と申切《まうしき》ル。「しからば今日《けふ》が限《かぎ》りじやが」、「中〳〵たとへ此世は扨置《さておき》、ながき来世まで、[一五]御見《げん》ならぬとても、御一座でなくしては、御合点《ごかつてん》の上なれ共《ども》、我身にしてはうしろぐらき[一六]事、[一七]ふつ〳〵いや」と心底《しんてい》きわめて申せば、三木《さんぼく》も道理《どうり》にせめられて、重《かさね》ていふ[一八]ことのばもなき時、長次むくむくとおきて、泪《なみだ》をながし、「さりとは、お江戸の色遊《いろあそ》びのいきかた、傾城買《けいせいかい》の聖人《せいじん》共《とも》申べし。我も実《じつ》は[一九]過《すぎ》ぬ酒に酔《あふ》べきはづはなけれ共、両人の心入《こころいれ》を感《かん》じ、[二〇]態《わざ》と正躰《しやうだい》なく見せて、思ひあいしおの〳〵を床《とこ》に入レべしと、しばらく[二一]狂言《きやうげん》をいたした。[二二]向後《けうこう》此恋やめ申上《まうすうへ》に、一つの願《ねが》いあり。迚《とても》の事に三木《ぼく》きいてたもるまいか」。「してやめての上の願《ねが》いは」。「さればその事。勿論《もちろん》両人の心底《しんてい》をかんじ一旦《たん》思ひきるとはいへど、[二三]恋暮《れんぼ》の道は根深《ねふか》きものなれば、此里に太夫をおきては、[二四]根《ね》が売《うり》物といふ心にて、又ふと心のまよふまい物でなし。願《ねが》いとは爰の事。貴殿太夫を今日《けふ》の内に請出《うけだ》し、[二五]流《なが》れの道をたつて、お内儀さまと人によばしてくれなば、我思ひすみやかにはれて、永《なが》く物おもふ事あるまじ。此願《ねが》いを聞入《ききいれ》ず、[二六]臨終《りんじう》ぎたなく心の残るべきやと、「一夜《や》はあはして其上の事」などと《と》、深切《しんせつ》過《すぎ》たる心づかひあらば、只今爰にて自害《じがい》いたす」と、刃《は》物を取《とり》まはして、誠に思ひ切《きつ》たる顔色《がんしよく》。三

一三 あなた様。
一四 最後まで。とことん。
一五 おあいできぬ。
一六 心がやましい。
一七 全く。断然。
一八 「言の葉」か。
一九 飲みすごしていない。
二〇 原本「態《わざ》と」。
二一 演技をした。
二二 今後。
二三 恋慕。
二四 遊女は根本的に金で買えるもの。
二五 遊女としての境遇を去らせ。
二六 往生ぎわが悪く。未練がましく。

木聞《ぼく》屆《とゞけ》、「爰《（ここ）》は[一]下手《（へた）》くろしういふ所にあらず。先《（まづ）》我等の為には十分よい事。ともかくも」と、則《（すなはち）》私《し》宅《たく》へ、「[二]事の自由《じゆふ》にはたらく、山吹《ぶき》色の物を、馬[三]二駄《だ》につけさせて、只今参れ」と申《（まうし）》つかはし、早速《さつそく》の身請情知リの寄合《（よりあひ）》と、見し事を今申出し、女郎も、[四]とりんぼうも、[五]あまねく色道《しきだう》の鏡《かゞみ》といたしぬ。

第三　月より上《うへ》に名は高松

散茶《さんちゃ》[六]にふられて、咽《（のど）》[七]のかわく男

「世の中に無分別者《むふんべつもの》と、銀《（かね）》の利ほどこはきものはなし」と、[八]朝比奈《あさひな》の三郎が[九]悪所銀《あくしよがね》の利におはれて、物前《（ものまへ）》にはてん〳〵[一〇]と、[一一]舞鶴《まいづる》の直垂《（ひたゝれ）》も汗《あせ》に[一二]しほたれ、「[一三]鉄《くろがね》の門は破《やぶ》れ共《（ども）》、銀なくては、力業《わざ》にも[一四]預り手形の判は破られず」と、[一五]自慢《じまん》の髭《ひげ》もちゞみあがつて、「[一六]当《あ》て所《ど》のない銀をかならずつかひ給ふな」と、[一七]九十三騎《き》の親類中《しんるいぢう》へ、随分《（ずいぶん）》こりて語《かた》りしは尤《もつとも》ぞかし。今時は[一八]身体《しんだい》がらよりは、遊び花麗《くわれい》になりて、思ひの外の[一九]仕過《しすご》しおほし。其《（その）》ために身体相応《しんだいさうおう》の遊びを、色里にも拵《こしら》へおけば、[二〇]細元手《ほそもと》の人、[二一]太夫格子《かうし》におよばぬ恋をせふよりは、[二二]気骨《（ぼね）》のおれぬ散茶《（さんちゃ）》にたはふれ、又は近き比《（ころ）》の[二三]仕出《（しだ）》し、[二四]うめ茶で咽《のど》のかはきをやめ、[二五]当座払《ばらい》の[二六]気散《きさん》じ、それから[二七]五寸[二八]三寸[二九]新町《てう》河岸《（がし）》の[三〇]柿暖簾《（かきのうれん）》は、定《さだま》つて[三一]百宛《づゝ》[三二]ころりとね

一　いかにも拙劣に。下手にぐずぐずと。
二　何でも自由になる黄金色の小判。
三　馬二頭の負う荷。
四　遊女にだまされて金品を取られる客。　五　原本「もも」。
六　吉原で太夫・太夫格子に次ぐ格の女郎。散茶はひき茶のことで普通の茶は袋に入れて湯に振り出すのに、ひき茶は粉を湯に入れるだけで振り出さずに用いるので、客を振らぬ意にこの称を用いた。下文のふるはその縁でいう。
七　茶が飲めずのどがかわくと、散茶女郎に振られ性的なかわきを覚えるとを掛ける。
八　和田義盛の子。母は木曾義仲の妾の巴といわれる。
九　遊里で遊ぶための借金。
一〇　忙しく。てんてん舞の語があるので、下の舞鶴に続く。
一一　曾我狂言の朝比奈は舞鶴の紋。
一二　汗に濡れてみすぼらしく。
一三　義盛が北条氏に対し兵を挙げた時、朝比奈は南大門を破って敵を悩ます。　一四　借用証書。
一五　八の字髭、また頬髭・顎髭のある姿で曾我狂言に登場。
一六　返済するあてのない金。
一七　和田氏の一門九十三騎。
一八　財産の程度。ことと次行のみ原本「身体」。
一九　色遊びに度を過し破滅すること。
二〇　少資本の人。遊興費の少ない者。
二一　太夫と太夫格子。

て咄《はな》した所、さらに生男懐《きおとこだい》て寝《ね》るやうにはあらず。内衣《ゆぐ》も絹《きぬ》物して、[三三]はし切《(きり)》の鼻紙《はながみ》、[三四]口すぼめて物いふ風情《ふぜい》、末ゝ《すへぐ》にても、御町《(おちやう)》の仕出《〔しだ〕》しは各別《かくべつ》也。

爰《こゝ》に[三五]本町《(ほんちやう)》伝《てん》馬町《(まちやう)》の棚《たな》に、旦那《だんな》の為に成《(なる)》手代共十人斗《(ばかり)》寄合《(よりあひ)》、命の洗濯講《せんだくかう》といふをはじめ、[三六]先《(まづ)》あたまに[三七]一人前より、金[三八]壱歩《(ぶ)》宛《づゝ》出し、是《(これ)》を[三九]もとだてとして、毎月壱人に三匁《(もんめ)》づゝ出し、格子《かうし》女郎を[四〇]まはり番《ばん》に、一人宛《づゝ》買《かふ》て慰《なぐさみ》ける。是よりして、[四一]あたま掛《がけ》を、世間《けん》に[四二]枕《まくら》掛と申《(まうす)》は、此《(この)》因縁《いんゑん》と承る。又[四三]無尽《むじん》といへるも、無《ない》なりをして、[四四]尽《つくし》たがるものを、おなじ心の友打寄《より》て[四五]講《かう》をとりむすび、つくさるゝほどに[四六]身上《しんしやう》取立《(とりたて)》て、大尽《だいじん》にしてやるより発《おこつ》て、無尽《むじん》共《(とも)》、又は恋頼母子《こいだのもし》共申ぞかし。其中に[四七]棚預《たなあづか》りのすこし大気《(たい)き》なる男の申《(まうす)》は、「迚《とて》も此講《かう》思ひたつからは、今少しの事なれば、太夫を買《かふ》てなぐさむべし」と、そろ〱奢《おごり》を申出せば、「成程《(なるほど)》それも取[四八]結《むす》ぶ前方に一相談《ひとさうだん》いたせし事なり。上方とちがい、爰《こゝ》の太夫職《しよく》は、初会《しよくわい》などには、身仕舞《みじまい》ぶら〱として、やう〱[四九]八つ前に、揚《あげ》屋に来《き》て、[五〇]そこ〱に盃《さかづき》まはして「またも御見《〔げん〕》」と[五一]床《とこ》なしに立帰るのよし。[五二]然《しか》れば此講《かう》中どれとても、廻《まは》り番《ばん》にして、毎月買手《かいて》の人替《かわ》れば、いづれがあふも初会なれば、銀出《かねだ》しながら年《ねん》[五三]中秘仏《ちうひぶつ》の光堂《ひかりだう》へ参つたごとく、ありがたいとおもふ斗《ばかり》でたうとい肌《〔はだへ〕》も拝《おが》まず帰りて、何かおもしろからん」といへば、棚預《たなあづ(か)》り我《が》をおり、「さりとは太夫といふもの、はした銀《がね》にてかはれぬ物」と、今迄のを[五四]掛捨《かけずて》にして、講《かう》をのきける。

二二 気苦労のない。
二三 新しく作られたもの。
二四 散茶の次の格の女郎。
二五 下級女郎にはその場で遊興費を払う。 二六 気苦労のないこと。
二七 五寸局。 二八 三寸局。
二九 吉原の一番奥の左(東)側、新町の東端の称。吉原東西の河岸と呼ばれる辺は並局をおく店が集まる。これ以下「各別也」まで置土産・四の一剽窃、変改あり。
三〇 並局の店の口に柿色ののれんを掛ける。
三一 ころがり寝るさま。 三二 並局の遊興の代百文。駕籠かきなどの符牒で銭百文をころりというので、上文の百(文)の縁。
三三 端を切りそろえた鼻紙。
三四 おちょぼ口で媚態を示す。
三五 本町は常盤橋より東へ浅草橋に至る通りの西端より一—四丁目があり、隣接して大伝馬町一・二丁目となる。大伝馬町は木綿問屋街。現中央区内。棚は店の意。なおこれらの店は上方の支店で、店員は独身の男ばかりなので講の話を作った。
三六 最初に。 三七 各人の手前から。
三八 原本「壱歩、宛」。
三九 基礎。基金。 四〇 順番に。
四一 頭割りに掛け金を出し合うこと。
四二 あたま掛に同じ。女郎と寝るための金ゆえ枕というとこじつける。
四三 頼母子講。
四四 馬鹿を尽す。遊蕩しすごす。
四五 相互扶助の団体。
四六 金持にならせて。

いかさまそれ一つの思ひ入《いれ》でゆく客《きやく》に、初会《しよくわい》なればとて、寝道具《ねだうぐ》さへ出さず、素戻《すもど》りさするは、何程か心残《こゝろのこ》りにして、銀払《かねばらい》の時、養子《ようし》親《おや》の借銭《しやくせん》なすやうに思ひ、出《だ》しかねけるも断《ことはり》ぞかし。とかく女郎は売身《うるみ》なれば、其《その》日の男に嬉《うれし》がる事あく程させて、しかもなづみたる顔《かほ》付《つき》しかけ、役日《やくび》の外迄勤《つとめ》させるが商《あきな》ひ上手《じやうず》なり。客も是《これ》より思ひ付《つき》、「あの美《うつくし》い姿《すがた》の、高家《かうけ》方《がた》の息女《そくぢよ》なら、金銀にてかなふべき物にはあらず。其道のものなればこそ、親にも見せぬ内衣《ゆぐ》迄ときて、やはらか成《なる》肌《はだへ》を自由《じゆふ》に物しける。是には何かおしからじ」と、ある程は参らせあげける。三浦《みうら》の大助《おほすけ》といへる、末社《まつしや》の老人《らうじん》申《まうし》けるは、「昔《むかし》の女郎は、何心もなくかたちをうるはしくつくるを専《せん》にして叶《かな》はぬ声《こゑ》にても歌をうたひ、三筋《みすじ》の糸《いと》さへならせば、太夫とよばれて其日の男上戸《じやうご》なれば、酒おもしろく汲《くみ》かはし、又は上《じやう》るりずきなれば、いやながら、たび〳〵聞《きき》なれし十二段《だん》の忍《しの》びの所、永閑《えいかん》節《ぶし》のおかしげなるを、折〳〵に三味線《しやみせん》引《ひき》かけ、「是はこまかに御語りなさるゝ」などそやしける。おもへば病《びやう》人の伽《とぎ》するに、かはる事なくそれは〳〵心の苦《くる》しみなるに、今の世は又すいた男ぶりを、気にいらぬ顔《かほ》をして、位《くらい》を取《とり》様ゝ《さま〴〵》に心をなやませ、勤《つと》めなればこそ、こんな男に人中で、あはるゝものかとおもふほどのいやらしきにも、ひた〳〵ともつてまいり、身をそれが物になせる仕掛《しかけ》、たとへ天眼通《てんげんつう》を得られし羅漢《らかん》も、一《ひと》泳《およ》ぎはおよがさるゝ程の賢《かしこ》さ、女郎の智恵《ちゑ》の盛《さかり》とは今此《この》時かや」。

四七 支店の支配人。
四八 講を作る以前に。
四九 午後二時前後。
五〇 せわしく落着かずに。
五一 床入りをせずに。
五二 原本「然(しか)れば」。
五三 以下「拝まず」まで二代男・一の二剽窃。光堂は金箔で荘厳した堂。金色堂。原本「参つた、ごとく」。
五四 それまでの掛け金を無駄にして無尽を中途で脱退すること。

一 床入り。 二 養父の借金を返す。
三 「商ひ上手なり」まで好色盛衰記・四の四により、敷衍。
四 ほれこむ。 五 紋日。
六 家格の高い家。 七 遊女。
八 行なう。する。
九 三浦大介義明は頼朝の挙兵に応じ衣笠城で戦死、時に百六歳。老人の末社ゆえこの名を用いた。
一〇 もっぱらにして。
一一 歌にならぬ声。
一二 三味線。 一三 原本「扱」。
一四 牛若丸と浄瑠璃御前の恋を綴った浄瑠璃。その牛若が姫の寝所に忍ぶ忍びの段。
一五 江戸の虎屋永閑を祖とする浄瑠璃の一派。
一六 技巧的な節まわしで。
一七 ほめる。 一八 看護すること。
一九 気位高く構える。
二〇 べったりと。
二一 全くその男に身をまかせてしまったと思わせる仕掛。

爰《ここ》に[二五]三鳥三木《さんてうさんぼく》とて二人の分知《わけしり》、色道《しきだう》の伝受《でんじゆ》事迄しりぬいて、およそ三ケの色里にかくれなし。「抑《そも》〳〵三木の内、[二六]川な草と申《まうす》は、流《なが》れの女の[二七]さそふ水あらばと、客《きやく》次第に成《なる》を、根《ね》のない草にたとへし事也。[二八]おかさまの木といふは、[二九]松も根引《ねびき》にせられて、お内儀さまに成《なる》事。また三鳥の中の、[三〇]呼子鳥《よぶこ》と申は、迎《むかい》の男の声《こゑ》などのやうに世間では申せど、それは伝受《でんじゆ》せぬ人のいふ事、利口《りこう》な末社《まつしや》が「上方《かみがた》より、[三一]糟漬《かすづけ》の生《なま》鰹《かつほ》を、もらいましてござる。[三二]是一種《いつしゆ》にて御出」とよぶ時、かならずゆかぬ物なり。[三三]霜先《しもさき》の無心《むしん》いわるゝはせつなきもの」と、いまだ[三四]前方《まへかた》なる、[三五]素大臣《しろい》衆へ大事を語りぬ。

此三鳥といふ大臣、都の末社《まつしや》の名鳥《めいてう》、はじめて下り、此里にて[三六]十三替《がは》りをさへづりしを聞《きい》て、「近比《ちかごろ》おもしろき[三七]色くどき、是珍鳥《ちんてう》」と悦《よろこび》いさみ、「爰の諸分《しよわけ》を見せばや」と、[三八]先《まづ》おつとつて京にない[三九]図《づ》、二丁立《にちやうだち》に打《うち》のせて、「あれなる[四〇]都鳥とは汝《なんぢ》が事よ」といへば、「あのごとく終《つい》には[四一]水《すい》が川へはまる事、打見《うちみ》には[四二]ゆたかなれ共《ども》、水の中にて[四三]足取《あしどり》のいそがしさ。我等の身上《しんしやう》も、さりとはあの鳥にかわらず、内のくるしさ」と、はや[四四]耳訴詔《みゝぞせう》、「爰《こゝ》の大臣は、随分《ずいぶん》気がながうて、急《きう》に物やる心つかず。何事もそふ心得たがよし」と、[四五]覿面《てきめん》にもつて参《まいつ》て中〳〵はげしき男気《ぎ》、「上方《かみがた》の大臣とは、各別《かくべつ》のちがい」と、[四六]口をあきけり。「扨《さて》今日《けふ》の趣向《しゆかう》は都の名鳥といふ男を、上方《かみがた》の歴《れき》〳〵の大臣に仕立《したて》、[四七]三谷《さんや》の水《すい》共に、[四八]手をとらして一興《いつけう》」と、三鳥三木申合《あはせ》て、其旨《むね》名鳥に申渡《わた》せば、「仮初《かりそめ》ながら色里

二二 遠近・苦楽などを見通す超人的なはたらき。
二三 小乗の修業を達成した聖者。
二四 一度は遊びにひきこまれる。
二五 古今伝授の中の三種の鳥と三種の木。色道の伝授事を知る者の名とした。三木→九二頁。
二六 三木の一。また三木一草の一草。
二七 「わびぬれば身をうき草の根をたえてさそふ水あらばいなんとぞ思ふ」(古今集・雑下・小野小町)。
二八 三木の一「をがたまの木」のもじり。
二九 太夫をいう。 三〇 三鳥の一。
三一 「生かつほ」は「まなかつほ」の誤記か。その切身を酒粕に漬けたもの。
三二 これ一種を御馳走に。
三三 金づまりの十月ごろに金をねだられるのは。
三四 初心な。未熟な。 三五 初心な。
三六 鳥がさまざまな音色でさえずることを名鳥がいろいろ客の心をひく言を吐くのにたとえていうか。
三七 色遊びに関した言であるのでこのように言う。
三八 さしあたって。 三九 事柄。
四〇 名鳥は京都の者であるので言う。
四一 老巧な者がかえって失敗するたとえ。水は粋の意。
四二 のんびりしたさま。
四三 足をいそがしく動かしている。
四四 耳うち。 四五 まともに。即座に。
四六 驚きあきれる。
四七 吉原の粋な連中。
四八 一ぱいくわせる。

にて、歴々《れき〳〵》の大臣になる事、万事につけてむつかし。此《この》成賃《なりちん》に上方《かみがた》へのぼる路金《ろーぎん》[一]御意《ぎよい》にかけられたらば」と、はや欲《よく》を申せば、「それこそ安《やす》き事」と、三鳥懐《ふところ》より金子五両取出し、早速《さつそく》くるれば、「忝《かたじけ》なし」と、紙入におさめ両人が挟箱《はさみばこ》より、用意《ようい》せし替《かへ》[二]衣装《いしやう》出して、船中《せんちう》にて俄《にわか》に本《ほん》大臣に作立《つくりたて》、舟《ふね》つけばおの〳〵あがりて、いつもの揚屋《あげや》に行《ゆけ》ば、皆待顔《みなまちがほ》に、撥音《ばちをと》を、やめて、二階《かい》よりおりる者《もの》共は、両人が常《つね》につれる若《わか》[三]い者《もの》共、津軽《つがる》才助、出額《でびたい》[四]万吉、平太《ひらた》[五]蜘《ぐも》の勘助、其外《そのほか》可笑《おかし》[六]中間《なかま》共、「お先《さき》へ参《まい》つて御出はおそし、今迄さわいでおりました」と、いづれも下座《しもざ》にかたまる。時に両人の大臣、名鳥を正座《しやうざ》になをし、「あれらは拙者《せつしや》共が常《つね》に遊山所《ゆさんしよ》[七]へめしつれて参る末社《まつしや》共なり。我《われ》〳〵両人同前《どうぜん》におめかけられて下さるべし」と、扨《さて》手をつゐて慇懃《いんぎん》に申せば、才助をはじめ、いづれも「旦那《だんな》さへあのごとく、結構《けつかう》成《なる》御《ご》挨拶《あいさつ》をなさるゝからは、たゞの御方《かた》にてはあるまじ」と、一度《いちど》に頭《かうべ》を畳《たゝみ》にすりつけ、巻舌《まきじた》[八]にて御返事申《まうす》。かくて三木宿《さんぼくやど》の口鼻《かゝ》近《ちか》くまねき、小声《こごゑ》

一 用字・振仮名原本のまま。
二 着替えの衣装。
三 原本「若(わか)い」。
四 額が前に出ているゆえの名。
五 くものようにはいつくばる意の名。
六 太鼓持。
七 遊興をする所。
八 切り口上。

になつて、「あれなるは我等両人をお引まはしなされ下さる、上方《かみがた》のさる御方さま。此度ふと、御下りあつて、ひそかに忍《しの》びの御遊《ゆ》山《さん》常《つね》の客《きやく》とは各《かく》別《べつ》なり。何事も都はやはらかにして、[九]花車《きやしや》を専《せん》にする所なれば、物ごとしめやかに、[一〇]いづれ共さだめず、太夫格子《かうし》を六七人[一一]つかめ」と[一二]小倉《おぐら》、勝山《かつやま》、初尾《はつお》、大橋《おほはし》、きてう、八重霧《やゑぎり》、山の井、まじりに[一三]酒も大かた成《なる》時迄、名鳥も上方《かみがた》にてよい事見つくせし、[一四]物仕《ものし》なれば、成《なる》程《ほど》[一五]大《おほ》へいをさばきかねず、切〻《せつく》手水《てうず》にたつて、[一六]ある水をくみ替《かへ》させいさぎよくつかふ時、山の井といふ女郎、「私[一七]かけてあげません」と、杉柄杓《びしやく》とりて、かけ参らすれば、「近《ちか》比《ごろ》気のついたる[一八]女中、お名は」ととへば、「山の井」と申《まうす》。「断《ことはり》かな。[一九]むすぶ手の、雫《しづく》ににごる山の井の、あかでも人にと貫之《つらゆき》がよみし歌の心にもかない侍《はべ》る。いづれ[二〇]俊成卿《としなりきやう》の、[二一]忠峰《たゞみね》が有明《ありあけ》の歌にも、おさ〳〵おとるまじと称美《しやうび》したまふ歌ほどあつて、幾度吟《いくたびぎん》じてもおもしろし」と、[二二]打あがつたる[二三]歌ばなしなど申出し、随分《ずいぶん》[二四]あぢを、しこなす所へ、勝手《かつて》から宿《やど》の男が、[二五]丸裸《はだか》になつて、

九 上品を第一にする。
一〇 どの女郎をと特定せず。
一一 揚げよ。呼べ。
一二 小倉・勝山は三浦四郎左衛門抱えの太夫、大橋は巴屋・めうが屋二店に格子として出、きてう・八重霧は三浦抱えの格子。
一三 酒も大方まわるころまで。
一四 功者。
一五 尊大に振舞うすべを知っている。
一六 手水鉢にたたえた水。
一七 手にかけてあげましょう。
一八 御婦人。
一九 「むすぶ手のしづくににごる山の井のあかでも人に別れぬるかな」(古今集・離別・紀貫之)。
二〇 俊成が古来風体抄に両歌を上下を付けずにあげていることを指すか。
二一 「ありあけのつれなくみえし別れよりあかつきばかりうき物はなし」(古今集・恋三・壬生忠岑)。
二二 高尚な。
二三 歌道に関する話。
二四 うまくやりこなす。
二五 「金の仏」まで俗つれ〳〵・五の二剽窃。

惣身《そうみ》を金箔《きんぱく》でだみて[一]、其《その》まゝ「金《こがね》の仏《ほとけ》の奉加《ほうが》〳〵」といざりて罷出《まかりいづ》る。「是《これ》は一興《いつけう》[二]なる」と皆〳〵わらへば、「今朝《けさ》朝酒《あさざけ》に[三]たべよい、表《おもて》の二階《かい》からおちまして、惣身をしたゝかに打《うち》まして、難義《なんぎ》いたせしを、金《きん》[四]は打身《うちみ》の薬《くすり》とて台所《だいどころ》で皆がよつて、かやうに此世《この》から、仏にはいたしてくれましたれ共《ども》、奉公《ほうこう》を引《ひい》て養生《ようじやう》いたす飯代《はんだい》[五]の奉加《ほうが》〳〵」と、無《ぶ》遠慮《ゑんりよ》に座敷をいざりまはる。「是は不便《ふびん》成《なる》義。今日の大臣へ取付《とりつい》て歎《なげ》きを申せ。酒興《しゆけう》の上なればゆるさるゝぞ。お懐《ふところ》へ手を入《いれ》、あつうか[六]ゝつて申請《まうしうけ》[七]」と、両人ゆるせば勝《かつ》[八]にのり、「是旦那《だんな》おにげなされな。愛宕《あたご》[九]白山《はくさん》手[一〇]がわるい」と、いざりながら袂《たもと》にしがみ付《つき》、懐《ふところ》に手を入《いれ》、船中《せんちう》にてもらいし、五両の小判に手をかくれば、名鳥《めいてう》[一一]せつなく「こりやならぬ」と、女郎の手前も恥《はぢ》ず、「大臣やめる是[一二]があつてこそ」と、置《をき》[一三]頭巾《づきん》をとれば、「扨《さて》は今日の大臣はつ[一四]くろい物か」と、女郎末社腹《はら》のいたい程笑ふて、又酒になして遊《あそび》ぬ。裸《はだか》仏は云《いひ》[一五]じらけに成て、「せめて白毫《びやくがう》[一六]に成《なる》程、露銀《がね》[一七]にてもほしや」と、いざつて勝《かつ》手へはいるをよびかへし、「両人手前より壱両」となげ出せば、「近比《ちかごろ》殊勝《しゆせう》なお心ざし。永代[一八]裸《はだか》仏の薬代《やくだい》の施主《せしゆ》にお成リなさるゝ事」と、いたゞいて立[一九]て入《いり》ける。

其《その》後三木は、中松屋《や》[二〇]の高松にふかくなれての上に、引[二一]かいで宿[二二]の花となして詠《なが》めくらしぬ。三鳥はかゝるよい事もせずして、無性《むしやう》[二三]と云《いふ》物に成て、いつも有《ある》ものの《ゝ》やうにつかい捨《すて》、指引《さしひき》[二四]残らぬ揚屋《あげや》へも、内証《ないせう》[二五]手うすくなれば、おのづから身に卑下《ひげ》できて、我方か

一　いろどる。
二　あきれた。
三　飲んで酔い。
四　金箔は打身の薬。
五　食費。
六　あつかましく。
七　申請けよ。
八　図に乗る。調子に乗る。
九　誓って。全く。
一〇　やりかたがわるい。
一一　前文の本大臣をよそおうことから、金を惜しんで化けの皮のはがれるこの辺まで俗つれ〳〵・五の一による。
一二　この金。
一三　丸頭巾。→挿絵。
一四　にせもの。
一五　興がさめて話を中止すること。
一六　仏の眉間にある光を放つ毛。裸仏の縁でいう。
一七　祝儀の小粒銀。
一八　永代供養など仏事に用いる語をつかう。
一九　いざって重症をよそおっていたのが、金をもらう目的を達したので立って。
二〇　角町中松屋次兵衛抱えの散茶にこの名があるが、前後から考えて一段格の上の女郎であるべきところ。なお前章には三木が小紫を身請の話があり、整合を欠く。
二一　身請して。

らゆかれぬ気に成《(なり)》、[二六]止《やま》ば今なれ共、一日も色を見ずにはゐられぬ性《しやう》にて、やう〳〵[二七]一《(い)》ッ角《かく》才覚して、[二八]しりはらやまずに散茶《さんちや》にかゝり、其まゝ昔《(むかし)》の気を出して、薄《うす》雲勝《かつ》山など自《じ》由《ゆう》せし[二九]盛《ぜい》ばなし。[三〇]耳に立《(たつ)》て散茶《さんちや》女郎むつとせしをおししづめて、「床《とこ》に入ッて此返報《へんぽう》を以《(もつ)》て参るべし」と、帯の結《(むす)》びめかたくして、[三一]あちら枕にひんとした寝《(ね)》姿、「[三二]近比《(ちかごろ)》あつた物でない」と、[三三]御身にちかより耳《みゝ》のほとりへ口をよすれば、「酒くさい」とて夜着《よぎ》の襟《(えり)》へ顔をさしこむ。「さりとはにくき仕かた。昔《(むかし)》は歴〻《(れき〳〵)》の太夫格子《かうし》にも、こんな事はさせざりしに、無念《(むねん)》千万」とは思ひながら、[三四]世につれて壱歩《(ぶ)》の金《かね》がおしく、「ふられては先《まづ》さしあたつての損《そん》」と、随分《(ずいぶん)》律義《(りちぎ)》に息《いき》づかいやめて、「お手が外《そと》へ出ました」といたわれば、「それ程の事は覚《(おぼえ)》がござる」といふ。男今は[三五]堪忍《(かんにん)》袋《ぶくろ》の口をあけて、「是は歴〻《(れき〳〵)》の太夫達《たち》のなさるゝ、ふるとやらいふ事でござるか。拙者初心者《せつしやしよしんもの》でござれば、散茶《(さんちや)》とはふらぬといふ[三六]心なりと、いへる名によりて、ふられぬ合点《(がてん)》で参つたが、散茶《さんちや》のふらるゝは、扨は[三七]入間《(いるま)》と御出なさるゝか」といへば、「私《わし》が名をうす雪と申せば振《ふり》ます」と云《(いふ)》。「近比[三八]つめたい心いき。是は[三九]北国筋《ほつこくすじ》の大雪よりは、つよい[四〇]ふりやう。ちと橇《そり》にのつてをして見ませふ」と、[四一]いひしな取付《(とりつき)》、なんなく[四二]首尾《しゆび》して立かへり、「さりとは散茶《(さんちや)》にさへふらるゝ身に成《(なり)》くだりて、無用の色狂《(ぐる)》ひ」と、我と[四三]よく〳〵得道《とくだう》して、「もはや今日《けふ》切《ぎり》」と[四四]心誓文《(ぜいもん)》立《(たて)》しが明《あく》れば又[四五]身をつかみ立るやうに思はれて人目も恥《はぢ》ず通ひけるが、後には

二二 自家の花。妻妾としたこと。
二三 無茶苦茶。正体なし。
二四 末払い金のない。
二五 暮し向きがわるくなると。
二六 色遊びを止めるなら今が好機。
二七 金一歩。名寄に「さん茶…夜斗金壱歩」。
二八 あとぐされのないように。
二九 自分をえらくみせようと見栄をはった話。
三〇 耳ざわり。聞いて不快に思う。
三一 客と反対の方を向いて枕をして、取りつきようもないつんとした寝姿。
三二 非常に魅力的だ。
三三 「覚がござるといふ」まで好色盛衰記・二の四より剽窃、中間付加。
三四 境遇の変化に伴い。
三五 がまんできなくなり行動に出る。
三六 意味。
三七 言葉の意味を逆にとること。
三八 冷淡な。薄情な。上文の雪の縁。
三九 北陸方面。
四〇 降ると振るを掛けた言いかた。
四一 言うを機に。
四二 情交をとげて。
四三 以下「通ひける」まで置土産・四の一剽窃。得道は得心すること。
四四 心の中で立てる誓い。
四五 衝動にかられる。

何に成て、いづくへ行《ゆき》しか果《はて》をしらず。

されば昔《むかし》の薄雲花鳥《うすぐもくはてう》など打よりて、賢《かしこ》さすぐれたる、勤《つと》め物語のついでに、心の真《まこと》の[一]異見《いけん》をきくに、「それはさもこそ有《ある》べけれ。惣《そう》じて買手俄《にはか》[二]につかいさかる時は、やがて[三]灯《とも》し火のきゆる恋の[四]闇路《やみぢ》とは、しれてかなしく、其《その》人いとしく、[五]御宿《やど》の不首尾《ぶしゆび》を異見《ゐけん》して、少しは遠《とを》ざかるやうにしかけぬるは、[六]神《しん》ぞ〳〵微塵《みぢん》偽りのなき所なれ共《ども》、男はあし[七]く聞《きき》なし、[八]猶しきつて毎日出、ことによつて外の女郎に替りて、[九]こなたへ見せる全盛《ぜんせい》に、せいでもくるしからぬ大騒《さわ》ぎに、程なく[一〇]身躰《しんだい》た〻みければ、[一一]是斗《こればかり》によい程といふ程はなし。とかくとらる〻程は、[一二]ばた〳〵と取て仕廻《しまい》、[一三]まだしき時に分別《ふんべつ》さすれば、[一四]指替《さしがへ》の一腰《こし》も、[一五]茶入の一つものこる物ぞかし。「[一六]べん〳〵とやりくりする内に、一色《いろ》〳〵[一七]皆になし、[一八]手と身とに成てのおさまりは、[一九]お札《ふだ》おさめの下組《したぐみ》、[二〇]願人《ぐはんにん》の袋《ふくろ》持坊主になれるより外はなし。よく心へて深入《ふかいり》せぬが粋《すい》なり」と、随分《ずいぶん》[二一]恋に取つめられし男のかたりし」。

第四　月に弾《しらぶ》る琴浦《ことうら》が三味《しやみ》
酒につよき事[二二]間鍋《かんなべ》の綱《つな》

[二三]女郎は昔《むかし》と替《かは》り一座かしこく酒事《さかごと》各別《かくべつ》あぢやつて、虚《うそ》も男のすけるやうに云《いひ》て、

一　意見。
二　むやみに金をつかう。
三　破産することをたとえた。下の闇の縁でいう。
四　恋に迷い心がくらむこと。
五　客の自宅。
六　誓って。
七　聞いた意見を悪く解釈する。
八　しきりに。
九　こちらへ。意見した女郎へ。
一〇　破産する。
一一　遊興だけに適当な程度ということは考えられない。
一二　急に。
一三　まだ破滅に至らない。
一四　予備の脇差。
一五　茶を入れておく器。茶道具の一。
一六　だらだらと。
一七　すっかりなくして。
一八　身体一つになる。無一物になる。
一九　年末に旧年の社寺のお札を集めてまわる乞食の配下。
二〇　代参などをする乞食坊主の手下。
二一　おしつめられた。
二二　渡辺の綱の口合い。この語は俗つれ〴〵・一の二にあり。
二三　以下「人並ぞかし」まで好色盛衰記・三の一より剽窃。

慰《なぐさみ》に成《（なる）》事今ぞかし。され共[二四]勤《〔つと〕》め日の外、物前《まへ》の無心、我も人もいそがはしき中へ、迷《めい》惑《わく》ながら[二五]商売《しやうばい》の指引《〔さし〕》は捨置《すておき》、色町の[二六]付届《〔つけとゞけ〕》、身の一大事とおぼへぬ。是ひとりにかぎらず、此《（この）》道に足《あし》を踏込《ふみこみ》て深入《ふか（いり）》をする人[二七]並《〔なみ〕》ぞかし。

爰《こゝ》に[二八]糀町《かうじ》に、[二九]請酒《（うけざけ）》商売《しやうばい》する者《〔もの〕》ありけり。其身上戸《じやうご》なれば、余所《よそ》へ買《（かひ）》にやらず。年中[三〇]呑《のむ》だけをのびにして、朝暮《あけくれ》酒の[三一]かすか成《（なる）》世渡《よわたり》。此酒家《しゆか》の主《〔あるじ〕》が、[三二]昔《〔むかし〕》をしれる人のいへるは、「[三三]あれは[三四]生国宇津の宮にて、弥三郎といゐる大臣の果《はて》なり。今こそあれなれ、以前《〔いぜん〕》は銀《〔ゐん〕》子《〔つう〕》過分に、[三五]もつてひらいて花をやつたる男」。其時は三浦のことうらに、[三六]うらなくちぎり、互に[三七]命切《〔ぎり〕》と申かはして、[三八]かよはぬ日はなし。一日あはねば、女郎も思ひにしづみ、[三九]昼夜《ちうや》に十二の[四〇]一時文《〔いつときぶみ〕》、「もしや御心地にてもあしきや」と、[四一]外の勤《〔つと〕》めも中〳〵心にそまず、[四二]名のたつ程《〔ほど〕》に思ひあいしが、かゝるふかき中も、[四三]かはればかはる川の瀬と、うわき男の心は一時のうちをしらず。比《（ころ）》は七月始《はじめ》つかた、そろ〳〵[四四]秋風の吹《ふい》て来《く》る時、ある女郎にほれかゝつて、ひそかに[四五]宿《やど》をたのみ、文《ふみ》していろ〳〵くどけ共《（ども）》、「御心ざしはうれしけれ共、ことうらさまの思召《〔おぼしめし〕》も迷惑《〔めいわく〕》、此恋さらりと御やめ下さるべき」との返事。

「是は[四六]一通《〔とを〕》り女郎の作法《さほう》なれば、かうあるはづとは元来合《ぐわんらいが》点《てん》してほれ出したものなれば、今さらやめる男でない。此恋首尾《しゆび》能《よく》取持《（とりもち）》なば、どなたでも小判の山を筑《つい》て、[四七]急度《きつと》御礼申《（まうす）》事じや」と、宿《やど》の夫婦若いもの共末社《まつしや》迄申渡してふかくたのめば、末社の中に、ち

二四　紋日。
二五　収支の計算。
二六　金品を届けること。
二七　どの人も同様。
二八　半蔵門より西、四谷見附に至る地域。現千代田区内。
二九　酒の小売業。
三〇　自分の飲む分だけが儲け。
三一　みすぼらしい。酒の粕と掛ける。
三二　以前の身の上。素姓。
三三　「今こそあれなれ」辺まで二代男・三の二による。但し名を弥三郎とするは、宇都宮弥三郎(義経記・六など)による。
三四　下野国宇都宮(現宇都宮市)。
三五　思う存分派手に遊んだ男。
三六　隠しだてなく。琴浦の浦と同音の語を用いた。
三七　命かぎり。
三八　「思ひにしづみ」まで二代男・五の三。
三九　「一時文」まで万の文反古・五の三。
四〇　一時(約二時間)ごとに書き送る手紙。客への真情を示す手段の一。
四一　外の客に対する勤め。
四二　浮名が立つ。うわさになる。
四三　ことわざに「男の心と川の瀬は一夜に変る」という。
四四　飽きと掛ける。
四五　揚屋。
四六　他の女郎の馴染客を客にできぬことをいう。
四七　確かに。ちゃんと。

かのといへる、[一]三寸《(さんずん)》局《つぼね》の年《ねん》の明《(あき)》しを女房にもつて、女郎の心いきを知《しつ》た顔《がほ》する、塩釜《しほがま》の長兵衛といふ男、弥三大臣のほれられし女郎に、[二]きりや市左衛門方《かた》にて[三]一谷《いちがい》のお客《きやく》の御供せし時一座いたし、大酒の上《うへ》にて、よき首尾《しゆび》を見合《みあはし》、ひそかに弥三郎が[四]おもはくをかたるに、「私もあなたならばと、[五]とびたつ斗《(ばかり)》おもひますれど、いかにしても琴浦《ことうら》さまの手前あれば」と、[六]大和心《やまとごゝろ》になつて、大きにやはらいだる口上。「扨《(さて)》はなり[七]寄《よつ》たる商《(あきな)》い」と、上手をつくして申《(まうす)》は、「近比《(ちかごろ)》夫《それ》は初心《しよしん》の至り。

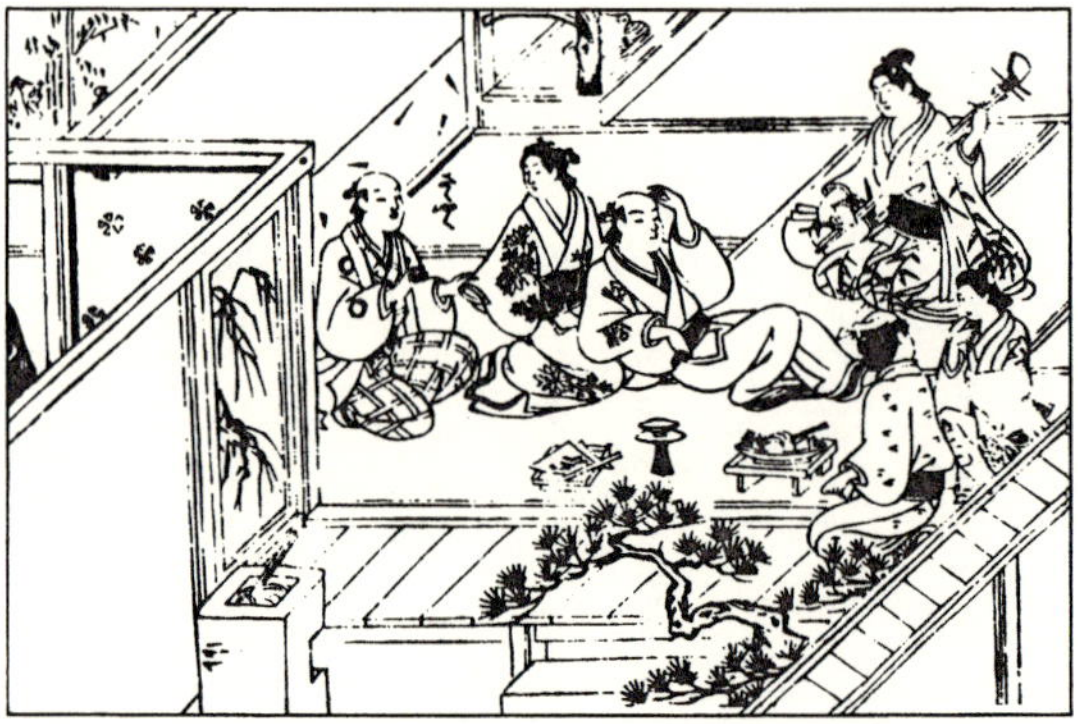

[八]町屋《(まちや)》の実事《じつごと》にさへ、[九]勝手《かつて》づくとて、[一〇]兄の死跡《しに(あと)》へ弟《おとゝ》を入《い》るゝも、ある習《(なら)》ひなり。ましてや、色里の情《なさけ》を商売《しやうばい》に、なさるゝ御身として、外のおもはくおぼしめすは、[一一]前方《まへかた》なる穿鑿《(せんさく)》。恋は[一二]しがちと申せば、[一三]しやれて「[一四]こなたからほれていた男、今日《(けふ)》は[一五]めいよの出合《であい》、今からか[一六]わゆがらざ、つめるぞ」と、[一七]しらけて御あいなされなば、さりとは[一八]名誉《めいよ》の女郎と、情知《なさけしり》の名をとりたまい、[一九]今の間《ま》に、すさまじき御全盛《ごぜんせい》見るやうなり。ことに此事宿《やど》の夫婦をはじめ、我ゝ共迄ふかく隠密《おんみつ》にいたせば、中

一 年季が終ったのを。
二 揚屋町北側の揚屋。
三 市ヶ谷。市谷見附の西方の地域。現新宿区内。
四 恋慕。
五 嬉しく心の進むさま。
六 やさしい気持。「やまと歌は、…男女の仲をも和らげ」(古今集・序)による修辞か。
七 成立する。
八 町家のまじめな事柄。
九 家庭の都合次第に。
一〇 兄嫁と弟を結婚させて弟に死んだ兄の跡を継がせる。
一一 未熟な。野暮な。
一二 遠慮無用、積極的にやれば成就。
一三 意気に。
一四 こちらから。
一五 不思議な。
一六 (自分を)かわいがらなかったら。
一七 うちあけて。おおっぴらに。
一八 珍しい。
一九 たちまち。

〳〵[二〇]うろたへた神も御ぞんじない事」と、口[二一]のすふなるほどあぢをやっていひまはせば、「然《しから》ば外《ほか》へ沙汰《さた》[二二]さへなされぬ事ならば、ひそかに弥三さまにあふてしんじません。此心底《しんてい》御つたへたのむ」とあれば、長兵衛悦び其《その》座を、そこ〳〵につとめ、其日の御客《おきやく》にお暇《いとま》申《まうし》、すぐに弥三郎方《かた》へ参りて、「旦那《だんな》小判の山をおつきなされ。仕《し》おふせて参りました」と、茨木《いばらき》[二三]が腕《かいな》を取リしほどの勢《いきほ》ひも、酒《さか》機嫌《きげん》にて、間鍋《かんなべ》の綱《つな》といふ兵《つわもの》と、きおいか〻つて申せば、大臣おりふし末社をあつめて、「御町《ごちやう》[二四]咄《ばなし》で、無色《むしき》の酒ものめるものじや」と、余程《よつぽど》の機嫌《きげん》なりしが、長兵衛が只今の口上、何共《なにとも》[二五]其意《い》を得られず。「いかにしても、思ふたよりなびき[二六]様早速《やうさつそく》なれば、あはぬ内には小判の山も筑《つか》れず。そのよい返事のあた〻[二七]まりのさめぬうちに、ちがいなくいつ比《ごろ》あふてくれらるべきとの、太夫自筆《じひつ》のたしかな手形[二八]とつて参れ。さふないうちは汝が詞たのまれず」と、忠《ちう》[二九]が不忠《ふちう》になつて、何とやら、つ[三〇]もるやうに思ひ入《いれ》られ、申出しても[三一]とねにしかね、爰《ここ》は一生の大事の場《ば》と、心をしづめ

二〇 万能の神でも知らぬということを強調。
二一 何度も同じ事を繰返して言う。
二二 うわさをせぬなら。
二三 羅生門で渡辺綱が茨木童子の腕を斬落したという。
二四 吉原に関する話。
二五 納得なさらない。
二六 従いかた。心の寄せよう。
二七 余勢の残るうち。気の変らぬうち。
二八 証文。
二九 忠義のつもりが大臣にだますようにとられたので。
三〇 一ぱいくわす。
三一 以前の状態にもどすことができず。

「成程《なるほど》太夫さまに、[一]御好《おこのみ》の通《とほり》かゝせませて参りません。其替《そのかは》りには、又旦那《だんな》からも、お手形取て参《まゐり》たらば、小判何程《ほど》下さるべきと[二]御墨付《おすみつき》を頂戴《てうだい》仕《つかまつり》たい」と申《まうす》。「是《これ》はよい念《ねん》の入所《いれどころ》。いかにも書《かい》てつかはすべし。十日より内にあはふとならば金子五十両取《とら》すべし。廿日《はつか》の内ならば卅《さんじふ》両、来月へかゝらば拾両、それより延《のび》なば、此《この》手形[三]反古《ほうぐ》たるべし」と、早速《さつそく》書《かい》てたびければ、[四]長兵は手形給りて、御前を立て出けるが、立帰り「かた〴〵は、我心を[五]陸奥《みちのく》の会津《あいづ》の蠟《らう》にあらね共《ども》、[六]流《なが》れを立る女郎に、好《このみ》の手形をかゝせずば、[七]二度太鼓《たいこ》持《もち》せぬ法もあれ」と、[八]荒言《くわうげん》はいて宿《やど》にかへり、先《まつ》口鼻《かゝ》に酒の間《かん》申付《つけ》、機嫌《きげん》よくして、「人の仕合《しあはせ》は何時なをらふもしれぬものじや。物前《ものまへ》とさへいへば[九]出違《でちがい》、そなたに斗《ばかり》苦労《くらう》さするに、今度《こんど》はうちに居《ゐ》て、[一〇]当前《たうまへ》の事はおいて、古借銭《ふるじやくせん》まで払《はらふ》て、久《ひさし》ぶりにて[一一]掛乞《かけこい》の笑顔《わらいがほ》を見すべし。まづ[一二]おつとつて、旦那《だんな》から五十両の[一三]御合力《ごかうりよく》ちがいのない所は、[一四]如件《くだんのごとし》」と手形を出していたゞかせ、夫婦[一五]盆仕《ぼんじ》舞《まい》[一六]おちついたる心地《こゝち》にて、「去年の[一七]鯖《さば》はちいさかつた。[一八]蓮《はす》の食《めし》の米は、[一九]白きにあきがない。今年《ことし》は餅《もち》米弐《に》石斗買《こくばかりかふ》て、[二〇]大屋《おほや》殿の[二一]碓《からうす》かつて、[二二]前方《まへかた》から踏《ふま》せおくべし」と、万《よろづ》[二三]大名気《ぎ》になつて悦ぶ所へ、[二四]家主《いへぬし》の若《わか》い者《もの》、[二五]案内《あんない》なしに内[二六]入て、「長兵衛殿[二七]不思議《ふしぎ》に内にござる。いつ参りてもお留守《るす》とあつて、大分宿《や》賃《ちん》の[二八]たゝまりの算《さん》用をなされぬ。それゆへ旦那《だんな》腹立《ふくりう》いたし、今日は右[二九]宿《しゆく》代をのこらず[三〇]皆済《かいせい》なさるゝか、さなくば今日《けふ》の中《うち》に、家《いへ》を明《あけ》て何方《いづかた》へも御出なさるゝか、[三一]二つ一

一 御注文の通りお書かせして参りましょう。
二 証明の文書。
三 無効。
四 「長兵」は原本のまま。以下「法もあれ」まで謡曲・羅生門のもじり。
五 見と掛ける。蠟燭は会津の名産。
六 蠟の縁。
七 再び太鼓持をせぬという誓いの詞。
八 大言。広言。
九 借金取りを避けて外出する。
一〇 今度の物前の払い以外に。
一一 借金取り。
一二 さしあたって。
一三 御援助。
一四 かくのごとくだ。証文の結びのきまり文句を用いた。
一五 盆前の支払いをすませ盆支度を整えること。
一六 結着がついた。
一七 刺鯖。二尾を背開きにし刺し連ねた塩鯖。贈答用など盆の必需品。
一八 盆に仏に供え贈答用にする蓮の葉に盛った強飯。
一九 白く精米すればするほどよい。
二〇 家主。
二一 挺子仕掛けの杵の柄を足で踏んで米をつく臼。
二二 あらかじめ。前もって。
二三 大名のような大様な気持。
二四 借家の差配人。大家に同じ。
二五 案内を乞わずに。長兵衛を軽んじ、また隠れさせぬ用心から。
二六 原本のまま。
二七 皮肉な言いかた。

つの埒《らち》をつけに参つた。後程《のちほど》と申《まうす》様な[三二]手のびな詮義《せんぎ》でござらぬ。お返事がわるふござれば、只今諸道具つまみ出し、[三三]請人《うけにん》方へはこばせ申《まうす》」と、にがりきつて申せば、「徳右衛門殿それ程《ほど》きびしうおつしやれずば、今時の[三四]棚借《たなが》りはさつぱりとはすましますまい。成《なる》程《ほど》[三五]わるうは承はらぬ。久〳〵延引《えんにん》いたした代《だい》[三六]に、滞《とゞこほり》たは申《まうす》に及《およ》ばず、先当年中の宿代は進《しんじ》ておきませふ。拙者《せつしや》もちと此比はよい仕合《しあはせ》をいたし、歩《ぶ》[三七]にもまはる屋敷もござらば、もとめもいたさふかと、存《ぞんずる》程《ほど》の身になつてござれば、今迄の[三八]如在《ぢよさい》屋の長兵衛じやとはおぼしめして下されな。後程《ほど》それへ[三九]軽目《かるめ》なしに、宿代持参《じさん》いたすべし」といへば徳右衛門耳《みゝ》に入《いれ》ず、「こなたの後程と[四〇]紺《こん》屋の明後日《あさつて》とは、[四一]かんざふ弥平で、うけつけない」と、かぶりふつて申《まうす》。「さりとはそれ程《ほど》迄に[四二]御見たてにあづかる所、近比《ちか》心外《ぐわい》に存ずれ共[四三]負《おふ》たが定《じやう》でござればぜひにおよばぬ。我等偽《いつわ》り申さぬ印《しるし》は、先銀子《ぎんす》もつて参る迄、是を代《かは》りに進置《しんじおく》」と、一腰《ひとこし》をわたせば、徳右衛門[四四]とくとあらため、「しからば必《かならず》ちがいなふ、追付《おつつけ》銀子《す》、御持参《ごじさん》有《ある》べし。先《まづ》それまでは此脇指《わきざし》我等預りおき申《まうす》」と、暇乞《いとまごい》してかへりぬ。

「とかくさしあたつて[四五]せはしき方なれば、やつて仕舞《しまふ》て一腰《こし》を取戻《もど》し、其後[四六]三野《さんや》へゆくべし」と、思案極《しあんきわ》めて[四七]材木《ざいもく》町の木曾《きそ》屋の清平《きよひら》といふ、日比《ひごろ》目をかけらるゝ大臣、度《たび》〳〵御無心申掛《かけ》て、愛想《あいそ》をつかして此比は、よびにも下されね共、分知《わけしり》にしてたのも

二八　積り。たまり。
二九　家賃。
三〇　全部残りなく支払うこと。
三一　二つに一つ。二者択一。
三二　手ぬるい。
三三　保証人。
三四　借家人。
三五　そう言われても悪くは思わぬ。
三六　代りに。代償に。
三七　家賃収入が金利以上になる。
三八　いい加減な男。
三九　家賃の銀の目方を正しくはかって。
四〇　約束の期限があてにならぬたとえ。
四一　らちのあかぬこと。
四二　御鑑定。
四三　借金したのは本当。
四四　返す時にいざこざが起らぬように付属品などを確認しておく。
四五　切迫した事。
四六　三谷。吉原。
四七　江戸橋の南西に本材木町、江戸橋北東に新材木町があった。中央区内。木曾屋は信濃の木曾産木問屋を想定。

しき御方と、かの大臣の許《もと》へゆき、大臣に御目《め》にかゝり、件《くだん》の手形を取出し弥三郎の恋の次第、女郎の返事の様子《やうす》具《つぶさ》に語《かた》り、「随分《ずいぶん》わるい仕合《しあはせ》にして、来月迄の中には、廿両もらひますにはきわまつたるお手形、是《これ》を質《しち》に留おかれ来月迄金五両御[一]借《かし》」と[二]歎《なげ》きを申《まうす》。清平手形をひらき見て、「尤《もつとも》是に偽《いつわ》りはあるまじ。しかしその女郎、慥《たしか》に弥三にあはふといふに、証拠《しやうこ》なければ、何共心もとなき証文《もん》なり。五両[三]取替《かへ》てやつた上《うへ》に、もし其《その》女郎、弥三にあはずば、勿論《もちろん》此書物《かき》反古《ほうぐ》となつて、現金《げん》出して損《そん》するものは我等壱人なり。こんな事に金《かね》を借《かそ》ふよりは、[四]請《うけ》のない[五]半季《はんき》居《い》の奉公《ほうこう》人に、壱年分《ぶん》の先金借《さきがねかし》たが、まそつと慥《たしか》さふな物じや」と、いへば、「成程《なるほど》女郎もあはるゝはづに、今日かたふ[六]口をかため参りましたれ共、旦那《だんな》[七]念者《しや》で、いよ〳〵あはふとある、一札とつて参たらば、逢《あい》日の極り次第に、此《この》通りの金子くれらるべき証《せう》文にて、只今是よりすぐに、此女郎に一札かゝせに参ります。此一札さへ旦那《だんな》へとつてしんずれば、私は金を早速《さつそく》もらいます契《けい》約《やく》、跡はあはれふともあはれますまい共《とも》、それからは拙者かまいませぬ」と申《まうす》。「しからば此方より手代を壱人汝《なんぢ》に付《つけ》て、三谷《や》につかはし、[八]其女郎の口《くち》もきかし、一札も見せての上に、いかにも借《かし》てとらすべし」とあれば、「是かたじけなき御事や」と悦びいさみ、木曾屋の手代と同道し吉原に行《ゆけ》ば、はや暮《くれ》におよびて、きりやのお客もお帰りなされ、「太夫さまも[九]身仕舞《まい》にお[一〇]宿へござつたが、今晩《ばん》は[一一]鎌倉《かまくら》やへ御出」のよし、市左衛

一　当時貸・借字を通用。
二　懇願する。歎願する。
三　立て替えて。
四　保証人のない。
五　半年契約の奉公人。一年分の給金を先渡ししては危い。
六　かたく口約束をする。
七　物事に念を入れる人。
八　その女郎の言うことを確かめ、書かせた証文をも見せたら。
九　身支度。
一〇　抱え主の女郎屋。
一一　揚屋町南側の揚屋鎌倉屋長兵衛。

門方の男が申《（まうす）》。「扨《（さて）》は」と鎌倉や方に行て、先《（まづ）》お内儀に対面《たいめん》し、かの女郎の事を聞《（きけ）》ば、「今方[一二]御出にて座敷にございます」との事、「女郎のお為《〔ため〕》によい事申《（まうし）》に参つた。ちよと是迄よびまして下され」といへば、「心得た」とて早速通《さつそくつう》ずれば、自[一三]由《じゆふ》に立《（たつ）》ふりして勝手《かつ》に入て、「是は塩釜殿《しほがま》なんとしてござんした」と立[一四]ながらの挨拶《〔あいさつ〕》。「先下《しも》[一五]にござりませ。昼《ひる》おほせられました、深切《しんせつ》の段《だん》〻弥三さまへあたゝまりのさめぬうちに、すぐに持て参つてきかしましたれば、お悦び共満足共、神[一六]八幡《（しん）まん》余念《〔よねん〕》はござりませなんだ。「しかし全盛《ぜんせい》の御身なれば、ふと其内《（そのうち）》に引かいてのける客《きやく》が、あるまいものでなし。しからばこがれ死《じ》にに《〔ゝ〕》しなふもしれず。とかく情《なさけ》の上からなれば、とても事に急《きう》なる御見《〔げん〕》を頼み奉る」との御返事がてら御使《つかい》に参りました」と少しでもはやきが直打《〔ねうち〕》のある約束《〔やくそく〕》なれば、太鼓《たいこ》[一七]をはやめて申《（まうし）》かくる。女郎、[一八]きよつとしたる顔《かを》つきにて、「長兵衛殿は[一九]つがもない事いわんす。思《おもふ》ても見さんせ、弥三さまは琴浦《ことうら》さまとふかい事は、誰《たれ》しらぬものはなし。其お方にそ

一二 今しがた。ついさっき。
一三 便所に行くふり。
一四 相手が太鼓であることと、長い時間がとれぬこととから。
一五 お坐りください。
一六 全くたわいがない。
一七 けしかける。
一八 驚いた。
一九 とんでもない。

もやそも、どふあはるゝ物でござる。こなたも太鼓もつて、此《この》里へ年中はいりこふで居るやうにもないおろかな事に使する人じや。それも琴浦さまと口舌《くぜつ》でもなされて、[一]手がきれての上に、こなたから琴浦さまへ、[二]のかしやりやうの段《だん》〻聞《きき》につかはし、[三]付《つけ》届《とゞけ》すんでの上には、又あふも習《なら》いなれど、[四]是共《これとも》に取持て、お馴染《なじみ》と中《なか》なをし元へもどすが、女郎の作法でござる。そんな事もわきまへずに、ようも〳〵太鼓はなさるゝ。[五]厚皮《あつかわ》な」と目をすへて腹《はら》を立らるゝ。「是は以《もつ》ての外の相違《さうい》。今日昼《けふひる》こなたさまには、「沙汰《さた》さへなされずばひそかにあふてしんぜふ」と、弥三さまへおことづけを、[六]大誓文《せいもん》でおつしやつた。扨《さて》は我等をおなぶりなされたか。[七]事によつては女を相手《あいて》に、せまい物でもござらぬ」と、大きにせいて申せば、「さりとは[八]笑止《せうし》や。先《まづ》太鼓持は何が役《やく》目《め》ぞ。[九]素《しろい》お客、我《わが》儘《まゝ》大臣などの無理《むり》な事をいわんすか、又は色里の諸分《しよわけ》をしらずに、馴染《なじみ》の女郎ありながら、此やうな[一〇]あだぼれなどあそばすを、ひそかにとめまし、其《その》大臣の名の出ぬやうにさつしやるが、第一の役目《め》でないか。既《すで》に大臣の仕方《しかた》がわるければ、「歴〻《れき〳〵》の太鼓衆がつきそひながら、不調法《ぶてうほう》」と[一一]こなた方外《がたほか》しからぬぞや。其上今日《けふ》のお客はこなたもついてござつて、しつていさしやるとをり、一谷《いちがい》の[一二]蛇之助《じやのすけ》さまといふて、朝《あさ》から翌夜明《あくるよあけ》迄のみつゞけに、さんしても[一三]きよろりとしてござる大上戸《ご》。其お相手《あいて》になつて大分[一四]さゝによふて、[一五]うつゝで居た[一六]私《わし》をとらへて、さゝやかしやるとはおもふたが、何いわんしたやら、

一　関係がなくなる。
二　関係を絶った事情。
三　事情を通知すること。
四　そのようになったとしても。
五　あつかましい。恥を知らぬ。
六　誓文を強調して言う。
七　事情の如何では。ひょっとしたら。
八　(太鼓の作法も知らぬとは)気の毒でまたおかしい。
九　野暮な。未熟な。
一〇　浮気心の恋。
一一　あなた方だけしか叱らない。
一二　大酒のみなので付けた名。
一三　けろりと。平気なさま。
一四　酒。
一五　夢心地。
一六　自称の人代名詞。主に女性が使う。

何いふたやら、神《しん》ぞ〳〵おぼへませぬ。[17]柿暖簾《かきのうれん》かけていさんす、米《よね》さまたちさへ、それ〴〵に[18]指合《さしやい》はくりたまふ。まして[19]私等《わしら》が身の上の事、[20]すいもあまいもしつているこなたの、たとへ[21]酒興《しゆけう》にいへばとて、誠にさんすが[22]聞《きこ》へませぬ。はて、かふいふが無理《むり》じやとおもふて、腹《はら》がたゝば[23]公事《くじ》に成共《なりとも》[24]みやに成共、心次第になされ。エヽ、素人《しろうと》らしい」といひ捨《すて》て、座敷へ立てゆかるれば、長兵衛あきれて今は悔《くやみ》ても埒《らち》のあかぬ手形を取出し、ひろげたりたゝんだりして、何共不首尾《ぶしゆび》千万。木曾屋《きそ》の手代見かねて、「こんな所に長《なが》居《ゐ》は無益《むやく》」とて、[25]ぐんなりとなつてゐる、長兵衛を引立門口《かどぐち》へ出れば、遣手《やりて》のかめが来《く》るにゆきあふ。「是は長兵衛さま[26]色がわるい。[27]お内儀さまへ気《き》に入《いり》やうが過る物であらふ」と、わらへば、「そんなよい機嫌《きげん》でない」と、「腹《はら》立《だち》さふな顔《かを》おかしや。今日《けふ》昼《ひる》きりやにまそつと、お勤《つと》めなさるゝと、[28]見事な、目《め》にあはしやる所を、とかくはやきお帰りのこりおほし。私《わたし》共は蛇《じや》の助さまより、[29]飯櫃形《いびつなり》な物もらいました」と、よい事斗《ばかり》申てはいる。「さて〳〵是程埒《らち》のあかぬ事に身をつかふて、現金《げんきん》にとれる[30]鳥をにがした」と、[31]中の町あたりでは「腰《こし》がぬけた」と、[32]こけそふなるをかゝへ、[33]大門《おほもん》過て籠《かご》を才覚《さいかく》し、「夜《よ》る来《き》て、終《つい》に今時分《じぶん》かへつたためしが、ないにさて」と、泪《なみだ》をながして宿に帰り、いよ〳〵証文役《しやうもんやく》にたゝぬにきはまり、脇指《わきざし》一腰《こし》家主へ渡しだけの損《そん》となつて、家を立退《たちのき》[34]金杉辺《へん》に、何をして[35]おくるやらかすかな暮《くら》し。

一七 局女郎。米は遊女。
一八 支障が起らぬように遠慮する。
一九 原本「私等(わしらが)」を改めた。
二〇 経験豊富で世事・人情に通じた。
二一 酒の上での戯れ。
二二 納得がいかぬ。
二三 民事訴訟。
二四 公事のことを、公事みやともいうので公事に成りともを強調してこのように言った。前の「女を相手に、せまい物でも」に対して言う。
二五 身体の力の抜けたさま。
二六 顔色が悪い。
二七 女房との情交過度が原因。
二八 よい目にあう。過分の祝儀をもらう。普通祝儀は一分なのに、一両もらったのでこのように言う。
二九 楕円形のもの。小判。
三〇 よいえものを逃がした。
三一 吉原中央を南北に貫通する通り。
三二 倒れそう。
三三 吉原正面の門。
三四 増上寺東南方の東海道沿いの地。現港区。場末の地である。
三五 暮す。

そのの《〔ゝ〕》ち琴浦《ことうら》も弥三が心を見かぎり、女郎の方から[一]隙入《ひま（いり）》申てあはざりしが、[二]霊岸島《れいがんじま》の七二とやらに、請られ[三]奥《をく》さまとなつて、三年つゞけて、[四]年子《とし》に男子を三人迄もうけ、世に不足《ふそく》なき暮《くらし》。とかく人の身の上はしれぬものなり。弥三郎はいよ〳〵[五]無性《〔むしやう〕》といふ物になつて、はじめの勝山《かつやま》に恋を仕替《しかへ》て、跡先の志案《しあん》なしに、いかな〳〵金子壱両も残《のこら》ぬほどにつかひ捨《すて》、古郷《こきやう》の宇津《うつ》の宮《みや》も[六]鼻持《はなもち》もならぬほど、悪《わる》い首尾《しゆび》にて、よせつけず、是《〔ぜ〕》非《〔ひ〕》に及《およば》ぬ仕合《（しあはせ）》。昔《むかし》の、悪所《あくしよ》友達富田《とんだ》の酒大臣の、御影《おかげ》を[七]請《（うけ）》ての酒商売《さかしやうばい》、是もまうけよりは大分呑《のん》で果《はたし》、不断《〔ふだん〕》[八]猩ゝ《しやう〴〵》のごとく酔《よふ》て暮《くら》し、夜昼《よるひる》なしに、[九]ねて花をやる、糀《かうじ》町に、今あの姿是《（これ）》もましなるべし。

第五　月に薄雲《うすぐも》かゝる情《なさけ》
[一〇]銀際《かねぎわ》になつて酔《ゑい》のさめる十人の殿原《とのばら》

世に心もとなき物は[一一]鰏《ふぐ》のわたくふと[一二]風吹《ふき》に籠《かご》の中で煙草《〔たばこ〕》のむと[一三]密男《ま》の手柄《〔てがら〕》咄《（ばな）》しとなるべし。[一四]いわねば腹《〔はら〕》ふくるゝとはいへど、たゞ何事もいわぬにこした事はなし。爰《（ここ）》に政都《まさいち》とて[一五]唐人流《たうじんりう》の按摩《〔あんま〕》とつたり、三味《さみ》引たりして、大臣といふ大鳥《とり》の[一六]羽《は》がいの下にてそだつ[一七]座頭《ざとう》ありしが、[一八]旦那《だんな》衆につれられて大方吉原にはいりこふで、「随分《〔ずいぶん〕》腹《〔はら〕》たて

一　時間のかかる用があるのを口実に。
二　日本橋川・隅田川・亀島川に囲まれた島。現中央区内。
三　上流町人の妻の敬称。
四　遊女であった女は子供ができにくいのに、年子にまで生まれるのは男と和合の証拠。
五　正体なし。理性を失い無茶苦茶なことをすること。
六　がまんできぬほど。悪臭を感じることを鼻をうつという。この前後それによる修辞か。
七　庇護を受けると請酒を掛けていう。
八　酒好きといわれる想像上の動物。
九　寝て楽しむ。寝・花は糀の縁。

一〇　銀を払う際。
一一　ふぐのはらわた。食うと毒に当る。
一二　風の強い日。火事の恐れ。
一三　密通成功の自慢話。女の亭主に聞かれると危い。
一四　「おぼしき事言はぬははらふくるるわざ」(徒然草・十九段、そのもとは大鏡・一)。
一五　長崎渡来の流儀をいうか。
一六　庇護を受けて。
一七　遊芸で身を立てる盲人。
一八　富裕な町人連中。

ぬ[一九]坊《ばん》じや」と、女郎共にかわゆがられ、毎日[二〇]食悦《しよくゑつ》いたしぬ。ある女郎「すこしたのむ」とて、肩《かた》をぬぎかけて、うつくしき所をさすらせけるに、政都《まさいち》はうしろよりおぼへず心うごきて、何やら腰《こし》へさしつけしに、是[二一]燃杭《もへくい》のごとし。女郎不便《〔ふびん〕》をかけられ、「よく〳〵おもへばこそ」と、人の気のつかぬ時、ちつと[二二]首尾《しゆび》してとらせ、「外へかたるな」と[二三]口をかためけるに、宿《やど》にかへりてはや此《（この）》事をはなせば、「[二四]男ひでりはあるまじ。おのれにそんなよい目をさする物か。偽《いつわ》り坊主が[二五]いひなし」と、其《（その）》後は大臣共いひ合《（あはせ）》て慰《なぐさみ》所へつれてゆかざりければ、無用《むやう》の手柄《〔がら〕》咄《ばな》しに、其身の[二六]遊山をかくのみならず、[二七]日待にさへよばれぬほどになつて果《はて》けり。大臣の御機嫌《〔きげん〕》とつて世を渡るものの心《〔こ〕》得わるきゆへぞかし。

大鼓の[二八]智恵《ちゑ》だてすると、[二九]色宿《いろやど》の亭主《ていしゆ》が、客《きやく》に大《（おほ）》へいなとは、皆うつけの沙汰《さた》にして、是をよいとは申されず。とかく色の道にかゝつて、[三〇]身をすぐるの人、利発《りはつ》を止《やめ》て、[三一]たらぬ顔《〔かほ〕》して大臣に[三二]まかれるが上手《じやうず》なり。都の[三三]色茶屋の亭主《ていしゆ》に、随分《〔ずいぶん〕》智恵自慢《じまん》して、客御出といへば[三四]花車《〔くわしや〕》おしのけて罷出《（まかりいで）》、「是は旦那よい[三五]衣裳《いしやう》付《（つき）》でござります。[三六]然素《しかしす》みる茶は、今時世間にはやり過て、我等がやうな粋中間《（なかま）》の[三七]目にしみます。とかくいつ見ても、[三八]山の端《は》染《ぞめ》に、[三九]なゝこ織の羽織《はをり》でなければ本大臣とはいわれませぬ。ちと物ずきを替《かへ》てごらうじませ」と、客《きやく》のおかげですぐる奴《やつ》が、来《く》るほどの大臣を、[四〇]おしこなして、「是は三四さ

一九 坊主を親しんでいう。
二〇 食物に満足する喜び。うまいものを食べて悦ぶこと。
二一 一物の勃起のさま。
二二 情交を許す。
二三 口止めする。
二四 男が少く、女が相手を求められぬこと。
二五 もっともらしく言うこと。
二六 遊楽。
二七 前夜から潔斎し日の出を待って拝む行事。眠らぬため酒宴・遊楽する。その席に芸人を呼ぶ。
二八 智恵あり顔に振舞うこと。
二九 色遊びをさせる家。
三〇 渡世をする人。
三一 愚かなふりをして。
三二 言いなりになる。
三三 女を置いて色を売らせる茶屋。
三四 色茶屋の女房。
三五 着物の着こなし方。
三六 黒みがかった茶色。
三七 目に付きすぎて厭わしい。
三八 朧染（おぼろぞめ）に同じかという。朧染は裾に友禅模様を描き、上を朧夜の空のようにぼかし染めたもの。
三九 帯・羽織用の絹織物の一。
四〇 見くびった応対をする。

まには此比《このごろ》御出を見かけませなんだ。[一]盆《ぼん》前が近いとおぼしめしての、[二]身用心と存る。そんなちいさい[三]心では、[四]磯《いそ》ぜゝりも御無用〳〵」と、まだ座敷へもあがらぬ先《さき》に赤面《せきめん》させける。「世間はひろし。こんな所に、何が[五]見込《こみ》あつて、結句《けつく》外よりははやりぬ」と、此茶屋で[六]打《うち》こまれしもの、江戸に来ての物語。

「聞《きけ》ば爰元《ここもと》にもそれに[七]毛頭《もうとう》違《ちがは》ぬ末社《まつしや》あり。あく迄[八]粋《すい》だてをいたし、[九]大臣高ふのぼれば、「旦那も余程よい所あれど、折〳〵あの[一〇]僭上《せんしやう》でくさる」と、しかも大勢の付合《つきあい》の中で、[一一]たか〴〵と申《まうし》、女郎[一二]勝手《かつて》ばいりをしげくして出れば、「節〻《せつ〳〵》勝手への御見舞、[一三]酢《す》かけの鮹《たこ》に湯《ゆ》づけ食《めし》は、[一四]必《かならず》あたる物でござります」と、[一五]よういふ顔《かほ》にて「太鼓の口から、[一六]ばちのあたつたる事」と、皆人にくみて[一七]つれざりしが、今見れば所〳〵の[一八]開帳《かいちやう》場《ば》へ出て、古編笠着《あみがさき》て、大臣粋に成《なり》やうの[一九]相伝書とて、何やら封《ふうじ》たる物を売て[二〇]口を過《すぎ》ける。何をか書て置《おき》けるやと、[二一]とゝのへみれば、「粋には金ばかりつかふてなるものにあらず。はじめから[二二]事知《し》

一 決算期の一つ。
二 身辺の用心をする。身がまえる。茶屋や女にせがまれるのを警戒。
三 度量が狭い。卑小な。
四 素人や下級遊女相手の女遊び。
五 どこによい所があるのか。
六 やりこめられた。
七 少しも。
八 粋人ぶること。
九 のぼせ上った振舞いをする。
一〇 奢った事を言うのでゆううつだ。
一一 声高く言う。
一二 席を外して台所に行くこと。
一三 たこを細くつくり、生のままかゆがいたものを蓼酢・からし酢などで食う。
一四 食あたりする。
一五 うまい事を言ったという得意顔。
一六 太鼓の縁。
一七 供として連れて行かなかった。
一八 寺の秘仏・秘宝を公開する場所。当該寺か出張借用した寺。
一九 秘伝を伝授する書。
二〇 口過ぎをする。暮しを立てる。
二一 買ってみると。
二二 原本「事知(ことしり)り」。

りの末社をつれて、諸事是《(これ)》が粋なるしこなし[二三]を見ならい、それに気をつくれば、つい[二四]粋に成《(なる)》事なり。騏《き》[二五]の尾《お》に取つく蠅《はい》は、一日に千里をゆくがごとし。無性《[むしやう]》に金をまきちらし、影《かげ》でわらはれたまふな〳〵」と、扨《(さて)》もおのれが太鼓持《(もつ)》た時、智恵《ちゑ》だてをいたして、夫《それ》が[二六]かいになつて、今あのざまになりても、まだかし[二七]こだての止《やま》ぬこそ笑止《せうし》なれ。何ほど末社《まつしや》が粋《すい》なればとて、太鼓の座配《[ざはい]》を、大臣が見習《なら》ふて何の役《やく》に立べき。太鼓の粋と申《(まうす)》は、無欲《むよく》な顔《かほ》して大臣に思ひつかれ、あ[二八]なたから心の付様《つくやう》に仕掛《しかけ》るが粋《すい》なり。こんな事大臣が知《しつ》て、其《(その)》心になつてよいものか。[二九]まだ粋な女郎にあふたらば、馴《なれ》てから酒事《(さかごと)》のおもしろい、[三〇]はづみを、見おぼへ座配《ざはい》も能《よく》、気[三一]もこなれて自然《しぜん》と粋《すい》に成《(なる)》事もあるべし。しかし必竟《ひつきやう》此道《みち》の、極意《ごくい》は只金銀なり。かならず粋《すい》になつて色道《しきどう》においては、よく鍛錬《[たんれん]》したる男、ゑ[三二]ては揚《あげ》[三三]屋の門《かど》を、夜《よ》[三四]るも編笠着《あみがさき》て、とおるやうながおほきなり。然ればいづれもあんまり、粋《すい》になる事をよい事じやとおぼしめすな。粋に成《(なる)》と、銀《[かね]》[三五]が皆になるとが一時《いちどき》じやと大笑《わら》ひい

二三　振舞。
二四　すぐに。
二五　すぐれた人を見習って行動すれば物事を成就できるというたとえ。
二六　妨げ。
二七　利口ぶること。
二八　あちらから。大臣の方から。
二九　まだしも。
三〇　調子。
三一　柔軟な考え方をするようになり。
三二　えてして。ともすれば。
三三　「揚屋のかどを闇にさへびく〳〵して」（置土産・一の一）。
三四　暗くて顔が見えぬはずなのに、なお見られぬように編笠を着て通る。
三五　金がすっかりなくなるとが同時。

たせば、其中《その》に大商人《おほあきんど》の心の広《ひろ》き、[一]武蔵野《むさしのゝ》の色里《ざと》、[二]縦横《たてよこ》十文字遣手《やりて》のはつが、[三]私金《わたくしがね》の取《とっ》手《て》おき所迄おぼへたる男のいへるは、「粋にもせよ家暮《やぼ》にもせよ、とかく銀始末《かねしまつ》しては、片時《へんし》もおもしろげのない所なり。世間に商《あきない》がないといへど、爰《ここ》の[四]ぐはらりとしたる事、[五]神鳴《かみなり》も虎《とら》の皮《かは》の犢鼻褌《ふんどし》とき掛《かけ》、[六]太鼓《たいこ》打《うつ》ては[七]大豆《まめ》買気《かふき》になり、散茶《さんちゃ》の[八]見せかけ姿《すがた》を、ながめて、「あはれ一角《いっかく》あらば、今宵《こよい》一夜《や》の[九]稲妻《いなづま》にせん」と、天に[一〇]かへるさをわすれて、終《つい》に[一一]天竺牢人《てんぢくらうにん》と、[一二]なる太鼓《こ》のかはゆい事なり。いわんや地をあゆむ人間、たま〳〵全盛《ぜんせい》の世にうまれ、金銀づくでなる恋を、おもふまゝせぬは無念《むねん》なり。色里も次第に[一三]銀《かね》の位《くらい》詰《づめ》に成ける。此《この》ほど家質《いゑじち》に銀《かね》かるさへ[一四]大方《かた》の吟味《ぎんみ》にてはかさゞりしに、爰でつかふ銀はどこで借《かり》だしてつかひけるぞ。世にない物かとおもへば、たくさんに成《なる》物は銀《かね》ぞかし。此まへ[一五]吉原の太夫其身の重《おも》さを[一六]目《め》替《がへ》にして代銀渡し請出しけるさへ、世界《かい》の取《とり》沙《ざ》汰《た》、又もなき事といひしに、今の世の薄雲《うすぐも》、随分《ずいぶん》[一七]花車《きやしや》づくりな女郎にて、十三貫目はありなしの姿《すがた》を、[一八]金木の三郎重家《しげいへ》といふ大臣、金子千両にての身請《うけ》、[一九]銀につもれば六拾貫目なり。[二〇]五度《いつたび》、目《め》にかけての銀子なり。[二一]時代《ときよ》とて是《これ》にもさのみ肝《きも》をつぶさず。此大臣薄雲《うすぐも》請出して、弐年半目に算《さん》用して、右の[二二]六拾貫目揚詰《あげづめ》にして相済《あひすみ》、「今より末〻《すへ〴〵》大分《ぶん》の銀まうけ」とよろこび、「一日も長生《いき》するが徳《とく》」と、随分《ずいぶん》身の養生《やうじやう》を[二三]専《せん》にして、浮世《うきよ》を[二四]しまふたやの気さんじは、薄雲《うすぐも》願《ねが》いにて「[二五]上方《かみがた》見度《たき》」のよし、「それこそよい気[二六]のばしなり」とて、

一 吉原。広きは武蔵野の縁。
二 四方八方。どこもかしこも。槍の一種に十文字槍があるので遣手に続ける。　三 へそくりの隠し場所。
四 全く異なるさま。神鳴の縁でいう。
五 当時背に太鼓を負った鬼とされた。
六 雷の持つ太鼓。馬が発情して陰茎で自分の腹を打つことをいう語を用い、雷がその気になることをいう。
七 女陰をいう。また大豆は馬の飼料。
八 客の心をひくための飾った姿。
九 妻にしようというを雷ゆえ稲妻という。　一〇 帰る時。
一一 浮浪人。雷の縁で天の付く語を用いた。
一二 成る・鳴る同音なので太鼓・かは(革)と続けた。天竺浪人となるとはかわゆい。
一三 銀の力で相手を制圧すること。
一四 一通りの調査では貸さぬ。
一五 以下「相済」辺まで二代男・七の四。人名・金高等差異また敷衍あり。
一六 体重と同じ貫目の銀に替えて。
一七 ほっそりとして上品な身体つき。
一八 源義経の家来鈴木三郎重家の名をもじる。
一九 銀六十目が金一両の計算で。
二〇 薄雲の体重を五度測った重さの銀。　二一 移り変るその時の風潮で。
二二 廓で揚詰にしたら二年半で六十貫目かかるから、身請して二年半で身請金を回収したことになる。
二三 専一にする。もっぱらにする。
二四 商売をせず金利で暮す人。浮世

同道にて都にのぼり、祇園《ぎおん》[二七]清水[二八]嵯峨《さが》[二九]愛宕《あたご》[三〇]土器《かはらけ》[三一]なげも、墎《くるわ》にて、聞しよりは興《けう》あるながめ。比《ころ》は春ながら昔《むかし》傍輩《ほうばい》[三二]に聞《きゝ》なれし名なればゆかしく、高雄《たかを》[三三]に立寄《たちより》紅葉《もみぢ》の秋を思ひやり、[三四]「なき名のみ、高雄の山といひたつる」と、太夫古歌を思ひ出れば、大臣取あへず、[三五]「君は愛宕《あたご》の、峰《みね》の薄雲」と、かゝる花車《きやしや》[三六]なる事のみ申て、毎日諸所《しよく》に出《で》かけ、よい中[三七]の詠歩行《ながめありき》、又なき楽《たの》しみ」と、聞伝《つたへ》てうらやみぬ。

此大臣の舎弟《しやてい》亀井[三八]の六郎三といふ男、是また兄にまけぬ大臣、ことさら若くして気《き》盛《さかん》なれば、人の下手《したて》につく事をせず、万事上《うわ》[三九]かさにばつとしたる遊び手。不断末社《だんまつしや》十人づゝめしつれ、是を十[四〇]人の殿ばらと名づけ、其身は小栗判官《おぐりはんぐわん》[四一]と名のりかけての大酒、鬼[四二]鹿毛《かげ》と、いふ口[四三]のこはい遣手《やり》にも、小判[四四]の轡《くつわ》をかけぬれば、前膝《ひざ》[四五]おりて「忝《かたじけ》ない」を二三百も申《まうし》ぬ。今日《けふ》も又れいの殿原《ばら》ともない、いつも[四六]ふせたやにて昼《ひる》からのみ出し、夜に入ほど酒事《さかごと》[四七]染《しみ》て、よい機嫌《きげん》過る時、禿蠟燭《かぶろらうそく》[四八]のしんをきるとて、あやまつて火を消《けし》、勝手《かつて》へともしにゆくうちに、池[四九]の庄助といふ太鼓《たいこ》[五〇]頭《がしら》、[五一]すかさぬ男にて、酔《よい》まぎれに、大臣かわゆがらせらるゝ女郎の、内懐《うちふところ》へ手をいれ、まそつとで肝心《かんじん》[五二]の所へ、指先《ゆびさき》のとゞくを、「にくや男め」と、そばなる煙草盆《たばこぼん》引よせ、煙管《きせる》の雁首《がんくび》引ぬき、煙草《たばこ》のやにを左《ひだり》の頬《ほう》へしたゝかつけて、大臣へ此品《このしな》[五三]をひそかにさゝやき、「燭火《ともし》あきらかにならば、左の頬先に煙草《たばこ》のやにのつきたる男こそ、私《わし》を迷惑《めいわく》がらせしもの」と、よういふ顔《かほ》してつ

をしまうと掛ける。
二五 以下二人の上方見物のこと、二代男・一の五による。　二六 気晴し。
二七 四条通東端の祇園社(八坂神社)。
二八 東山麓の音羽山清水寺。
二九 京都西北の大井川東岸の地。現右京区内。
三〇 京都西北、丹波国境の山。山上に愛宕権現鎮座。現右京区内。
三一 愛宕山の茶店でさせる戯れ。
三二 高雄が昔の傍輩の名であったので地名の高雄もなつかしい。
三三 京都西北、高雄山麓の清滝川沿いの地。紅葉の名所。現右京区内。
三四 「なき名のみ高尾の山と云立つる君は愛宕の峰にやある覧」(拾遺集・雑下・八条のおほいぎみ)。
三五 前歌を傍輩高雄を連想して唱えたのでその末に薄雲の名を入れ変えて続けた。　三六 風流上品な。
三七 仲のよい間柄の二人の。
三八 義経の家来鈴木三郎の弟亀井六郎の名をもじる。
三九 他より優位に立って。
四〇 小栗と共に毒殺された十人の家来に擬していう。
四一 説経浄瑠璃・小栗判官の主人公。
四二 小栗が乗りこなした人食い馬の名。
四三 強い口をきく。馭し難い馬のことをいう語でもあるので鬼鹿毛の縁。
四四 小判を与えて黙らせること。「轡をかけ」は鬼鹿毛の縁でいう。
四五 膝をつくことを、馬の縁でこのようにいった。説経に鬼鹿毛が小栗

げられければ、大臣思はれけるは、「誠にうつくしい上《うへ》を、我人《われ》のすくやうにこしらへたる色なれば、人として是《(これ)》にまよはぬはなきはづを太鼓持《(もっ)》役《(やく)》と、家業《かぎやう》を大事に思へばこそ、堪忍《(かんにん)》もいたせ、[一]十盃《じっぱい》機嫌《(きげん)》の上では[二]李下《りか》に冠《かぶり》を整《たゞ》さずとつゝしみたまふ聖人《せいじん》も、人の買《かふ》女郎に、与風《ふと》だきつかれまいものでなし。こんな所を[三]あらためぬが、分知《わけしり》の第一」と、座中の末社《まつしゃ》共にむかふて、「汝《(なんぢ)》ら此《(この)》暗《くら》き中に、左の頬《ほう》先《〔さき〕》に、はやく煙草《〔たばこ〕》のやにをぬつたものに、金子一角《かく》はづむべし。おそきとならぬぞ」との給ふ。声《〔こゑ〕》を聞《(きく)》と、面ゝ《めん〳〵》に[四]長徳寺《(ちやうとくじ)》が仕事《しごと》と、左の頬《ほう》先に手ばやくやにをぬつて、「此しむ事壱歩《ぶ》には安《やす》い物じや」と、大笑《わら》ひする所へ、勝手《かつて》より火をともし参つて、蠟燭《らうそく》へうつせば、一座夜のあけたるごとく、いづれも我先《さき》に罷出《(まかりいで)》、「私は左の頬《ほう》はのこらず念入レてぬつた」と申せば、「拙《せつ》者《しゃ》は左の[五]かけがへに、右の頬まで此ごとく」と、面《〔つら〕》を出してかしこまる。「是も一興《けう》」と約束《やくそく》のごとく、壱角宛《いつかくづゝ》下さるゝ。「何になる事やら」と、人此事をしらず過けり。

其《(その)》後大臣正月の事、気《き》さくにうけあいたまへど、[六]重《おも》手代異見最中《いけんさいちう》の時にて、[七]手前銀《がね》自《じ》由《ゆふ》ならざれば、日比《(ひごろ)》の末社《まつしゃ》共を、ひそかにめされ、此銀才覚《かねさいかく》の内談《ないだん》、いづれも[八]かの里へお供申《(まうす)》時の様《やう》に、「心得た」とは申さず。「先《まづ》承り合《(あはせ)》て御返事申上ん」と、[九]猿丸《さるまる》太夫の顔《かほ》して、何共[一〇]明《あか》りの見へぬ談合《だんかふ》。大臣き[一一]のどくの天窓《〔あたま〕》をわつて、あんじられしに、さあない段《〔だん〕》になつては、前巾着《まへぎんちゃく》に二朱が一つなかりき。末社頭《まつしゃ〔がしら〕》の、池《いけ》の庄助、御[一二]笑止《せうし》に存《(ぞんじ)》

の言に従い前膝を折り小栗を乗せることがある。
四六 揚屋町北側の揚屋ふせたや太右衛門。「いつも伏せる」に掛けるか。
四七 佳境に入る。
四八 蠟燭が正常にもえるように芯の燃えがらを切りとる。なお説経に横山の子が父を諫めて、油火は消えんとしてなお光を増すと言うことがあり、ここの灯火の消えるヒントになったか。
四九 近松の当流小栗判官に小栗の家来池の庄司とあるのをもじる。
五〇 太鼓持の頭。以下は智恵鑑・一の六、堪忍記・二の九などに見える楚の荘王の絶纓の故事による。
五一 抜け目のない。
五二 陰部。　五三 この次第。

一 酒を十盃も飲んで酔った気分。
二 「李下不レ整レ冠」(古楽府・君子行)。嫌疑を受けるような行為はすべきでないといういましめ。
三 吟味しない。
四 金一歩をいう。
五 予備。
六 業務を統括する古参の手代。番頭。
七 自分の手許の銀。
八 色里。吉原。
九 思案投首のさま。当時の歌仙絵・百人一首に頭を前に傾け、右手をかざす姿に描くのを思案のさまに見立てた。
一〇 結末がつかぬ。
一一 心痛し苦心して。

たてまつり、諸方を[一三]韋駄天《いだてん》のごとく聞ありき、色〳〵智恵《ちゑ》を出して、[一四]小田原町より調ふ口《とゝのくち》を聞出し、命にかけて働《はたら》きやう〳〵才覚いたし、正月買《がい》の間《ま》にあはし進《しんじ》ければ、大臣喜悦かぎりもなく、「十人の中にすぐれて、汝壱人此働《はたら》き、末《すへ》に至りて家買《かふ》てもらいたき願ひ有《あり》や」ととはせらるれば、「いかな〳〵さやうの願《ねが》ひ存《ぞんじ》もよらず。いつぞやふせたやにて酔《ゑい》にうかれて、女郎の懐《ふところ》へ手を入《いれ》、左《ひだり》の頬先《ほうさき》へやにをぬられし男なり。其時の御情《なさけ》を報《ほう》じ奉《たてまつ》らんと存て」と、泪《なみだ》をながして申上る。大臣此心をかんじ、「[一五]手前よき首尾《しゆび》の時分《じぶん》、かの女郎を請《うけ》て下さるべき」との御企《くはだて》。「近比《ちかごろ》忝《かたじけ》なき御事ながら、其女郎いかにしても、其[一六]夜のしなし情《なさけ》あるとは申されず。勿論《もちろん》ほれてはおりますれど、[一七]下心《したごゝろ》いや」と申す。「それは粋《すい》なる汝《なんぢ》には不了簡《ふりやうけん》なるべし。我等不便《ふびん》がる内又汝がいふに任《まかせ》て、[一八]うしろ暗《ぐら》ひ事有《あら》ば、今以《もつ》ていやといふ筈《はづ》也。其時は我を大切《たいせつ》におもふ心から、汝《なんぢ》が心任《まかせ》にならぬ所、[一九]婦妻《ふさい》にしては、[二〇]宿《やど》を出歩行《ありく》太鼓の女房に、[二一]打《うつ》てつけた事、留主《るす》の中《うち》に[二二]手むさい事がある

一二　お気の毒。
一三　仏法の守護神。足が速い。
一四　日本橋北詰東、魚河岸の地。現中央区内。
一五　手許が豊かな時。
一六　やり方。
一七　(女郎の)心底が嫌だ。
一八　うしろ暗い事をしたのなら、女郎の浮気を知ってお前が今嫌と言うのは当然。
一九　妻。
二〇　自分の家を指す。
二一　あつらえむき。打つは太鼓の縁。
二二　きたない。卑劣な。

まじ。[一]ひらに持《も》て」とあれば、庄助重《かさ》ねて申《（まうす）》は、「其《（その）》夜の事大臣手前《てまへ》を思召て、拙者《せつしや》心のごとくなり給はぬ所はよし。然しそれもいやならばいやにて、[二]我《わが》心ひとつにておさめおかるゝ筈《はづ》なるを、ほれたといふ男に印《〔しるし〕》をつけて、旦那《だんな》の耳《みゝ》に入らるゝ心根《こゝろね》、いかにしてもむごし。情《なさけ》しらぬ大臣なれば、即座《そくざ》に隙《ひま》下され、重《かさ》ねてつれられぬには究《（きはまつ）》た事。おもへばこそほれもいたせ、それをからき目《〔め〕》を見せんとは恋しらずなり。必竟《ひつきやう》拙者大臣よりまさつたる[三]襟《〔えり〕》の厚《あつ》きものにあらば、[四]私銀《がね》の才覚男にとおぼしめして、其夜《よ》も[五]情あるべきが、いふても太鼓の身なれば、[六]打てもたゝいても、物にならぬといふ所を合点《〔がてん〕》して、大臣への[七]注進《ちうしん》だて、先《（まづ）》は欲《よく》のふかい心から也」と、いやに極《きわ》めて申せば、亀井《かめい》も尤《もつとも》の事に思ふて、夫《それ》よりして女郎替《（かへ）》て、今の[八]小倉《（をぐら）》にあいそめ、かゝる太夫に今迄あはずに過ゆきし、月日をおしみしも断《ことはり》ぞかし。とかく千人の中にすぐれし所あればこそ、多《おほ》くの[九]数《す》女《ちよ》の中より太夫職《しよく》とは成《（なり）》給ふ也。「色有て情あつて面白《をもしろい》事有て、床《とこ》に誠有てよい事揃ふて、いつ迄もかはらぬ御心は、[一〇]松の位《くらい》に有リ」と、買おぼへし人の申《（まうし）》ぬ。

一　是非とも。
二　自分の心の中だけで。
三　富裕な。
四　自分用の内証金を調達してくれる男。
五　情交を許す。
六　どのようにしても。太鼓の縁。
七　すぐに報告して忠実さを示すこと。
八　角町めうがや吉十郎抱えの太夫。
九　下級遊女。
一〇　太夫。

けいせい色三味線《いろじゃみせん》

目録

大坂之巻

第一　[一]梅も[二]松も打交《うちまじつ》て[三]大寄《(おほ)よせ》

[四]九軒《けん》の遊《あそび》は[五]唐《から》にもない[六]ぐはらりとした事、神鳴《かみなり》も心がける女郎の臍《へそ》くり金《がね》、[七]胸《むね》もおどる[八]盆前《ぼんまへ》の付届《つけとゞけ》。

第二　梅より[九]すいた[一〇]荻野《おぎの》が一風《ぷう》

楽《〔たのし〕》みは我宿《わがやど》の[一一]棚《たな》さがし、太夫手づから[一二]夜食《やしよく》の塩梅《〔あんばい〕》、[一三]うまい穿鑿《〔せんさく〕》。

第三　梅の[一四]花山《はなやま》に[一五]登《のぼ》り詰《つめ》る男

[一六]半太夫は歌よまぬ[一七]小町が俤《おもかげ》、[一八]移《うつ》りにけりな[一九]徒《いたづら》女の昼《ひる》の床《とこ》、とりあげられて天《てん》竺《ちく》牢人《〔らうにん〕》。

一　女郎の天神の位の者をいう。本巻目録は王仁の作と伝える難波津の歌により大坂に縁のある「梅」の字を各章題初にすえる。
二　太夫。
三　大勢の客が多数の女郎を揚げて遊ぶこと。　四　→八三頁注八。
五　日本どころか唐にもない。どこにもない。
六　派手で開放的。がらり(雷鳴)・神鳴・臍と縁語仕立。
七　(心配で)胸がどきどきする。おどるは盆(踊り)の縁でいう。
八　盆の前は支払期で、女郎が支払・贈答に胸を痛めるという。
九　酸(す)いと同音ゆえ梅に続ける。
一〇　新町筋扇屋四郎兵衛抱えの天神が名寄に出るが、本目録に太夫とあり、本文に身請後のことをいうから、西鶴諸作に出る中之町扇屋三郎右衛門抱えであった太夫のことであろう。
一一　夜中に台所の残り物をさがして飲食すること。
一二　朝夕二食のほかに夜食べる軽食。
一三　上の夜食の塩梅の縁でいう。
一四　新町筋扇屋栄寿抱えの太夫。
一五　すっかり夢中になる。山の縁。
一六　新町筋茨木屋妙了抱えの太夫。
一七　小野小町。歌人で古来の代表的美人。
一八　「花の色は移りにけりな徒に我身世にふるながめせしまに」(古今集・春下・小野小町)。
一九　右の歌の語句と掛ける。浮気な女。

第四　梅[一]の花笠《がさ》に降掛《ふりかゝ》る村雨《むらさめ》

人並《なみ》にない[二]袖をふる道具《だうぐ》や、ほ[三]り出《だ》しニ運《うん》をひら[四]く封《ふう》じ文《ぶみ》、手[五]のよい間[六]夫狂《まぶぐる》ひ、恋が積《つもつ》て[七]お中《なか》ニ塊《〔かたま〕》り。

第五　梅に名[八]の鳥が啼東路《なくあづまぢ》の別《わかれ》

色[九]につかはるゝ身は七重《なゝへ》[一〇]の膝《ひざ》をおつて八重霧《やゑぎり》[一一]にたのむ恋、日[一二]の本《もと》に様《ためし》なき唐土《もろこし》[一三]が心いき。

第六　梅の匂《にほ》ひ吹《ふき》[一四]わたる大橋《はし》[一五]

か[一六]ゝり口の大きな僭上者《〔せんしやうもの〕》、五人一所に対《つゐ》[一七]の紋《もん》所[一八]つけておく禿《かぶろ》が才覚《さいかく》、太夫のつ[一九]け智恵《ちゑ》。

一 梅の花を笠に見立てていう語。単に笠という場を梅の字で揃えるためにこの語を用いた。
二 無理算段をする。
三 珍物を思いがけず捜し出すこと。
四 運を開くと封じ文を開くを掛ける。
五 やり方がうまい。字がうまい意もあるので上の文に続けた。
六 情夫をこしらえて楽しむこと。
七 腹に塊り。妊娠すること。
八 有名な鳥。鶯。あづまの枕詞「鳥がなく」と掛ける。東路→一六五頁注三一。
九 色恋のために身を労すること。
一〇 懇願することを七重の膝を八重に折るという。それと女郎名を掛ける。
一一 新町筋木屋長右衛門抱えの天神。
一二 下文の唐土と対になる語を用いた。
一三 新町筋扇屋栄寿抱えの太夫。
一四 梅の香があたり一面に香ること。わたるは下の橋の縁。
一五 扇屋四郎兵衛抱えの太夫。
一六 ほらを言う種が大きい。
一七 同じ紋。
一八 紋を付けると客を見張らせておく禿の意とを掛ける。
一九 入れ智恵。

大坂新町女郎惣名《そうな》寄《よせ》

▲新町筋[1]　大坂屋[2]牛之助内

▲一太夫[3]　すみのゑ　引舟[4]　かづさ
一同　ゑぐち　同　大しま
一同　やしほ　同　岩さき
一同　かしわぎ　同　しら川
一同　のかぜ　同　こわた

▲一天神　たちばな　一天神　なにはづ　一同　きよはし
一同　大はし　一同　しが　一同　さもん
一同　おかやま　一同　ふもとぢ　一同　さんご
一同　こゝのへ　一同　とものり　一同　高つの
一同　ゐこく　一同　ありはら　一同　うきはし
一同　たき川　一同　恋づま　一同　きく川
一同　しな川

▲一かこいよしたか　一かこい玉がわ　一同　おのやま
一同　山がわ　一同　岩くら　一同　いわさき
一同　ふなばし　一同　高さき　一同　はなさと
一同　さくらゐ　一同　こわた　一同　小ふぢ
一同　みをの　一同　やまざと　一同　をじま
一同　せんよ　一同　なかやま　一同　あかし
一同　田むら

▲同筋《すじ》　木屋長右衛門内

一太夫　さど　引舟　のせ
一同　きんご　同　はや川
一同　だいぶ　同　しづえ

▲一天神　やへぎり　一天神　ちさと

▲同筋　つち屋彦兵衛内

一太夫　たか田　引舟　せ川
一同　大倉　同　よしの

▲一天神　今川　一天神　絹川

▲同筋　丸屋九郎左衛門内

一太夫　小ふぢ　引舟　くも井

▲一天神　ふぢゑ　一天神　ふぢ山

▲一かこいはつの　一かこいせがわ

▲同筋　扇屋栄寿内

一太夫　若むらさき　引舟　にしを
一同　もろこし　同　もがわ
一同　はなやま　同　さくらぎ
一同　小むらさき　同　つまぎ

▲一天神　かづらき　一天神　大はら　一同　まつ山
一同　あさづま　一同　かわち　一同　山ぎし

▲一かこいつま木《き》　一かこいさわだ

▲同筋　扇屋四郎兵衛内
一太夫　しきぶ　引舟　せいざん
一同　おぐら　同　そめ川
一同　大はし　同　高さき
▲一天神　ちよはし　一天神　おぎの　一同　せやま
一同　みやこぢ　一同　とよ川　一同　はつね
一同　山の井
▲一かこい高さき　一かこいみちしば　一同　小いづゝ
一同　みざわ　一同　きんさき
▲同筋　住吉屋長左衛門内
一太夫　うてな　引舟　はつせ
▲一天神　やへやま　一天神　やまと
▲同筋　ふぢ屋内
一太夫　よしだ　引舟　おとわ
▲一天神　みさやま　一天神　やゑがき
▲同筋　扇屋三郎右衛門内
▲一天神　大しま　一天神　たか尾　一同　とよさき
一同　はつ山
▲一かこいよし川　一かこいきよはし　一同　たかつ
一同　市はし　一同　みやま　一同　かづらき
▲同筋　車屋庄左衛門内
▲一天神　みちしば　一天神　わこく

▲同筋　近江屋後家内
▲一天神　玉かづら　一天神　千種
▲同筋　絵屋吉右衛門内
▲一天神　大倉
▲越後町筋　よしのやさわ内
一太夫　あふ夜　引舟　よし田
▲一天神　からさき　一天神　かりう　一同　大さと
一同　鵜川　一同　はな川　一同　うぢはし
一同　高はし
▲一かこいすみのゑ　一かこい小ざつま　一同　せがわ
▲同筋　茨木屋妙了内
一太夫　かほる　引舟　くずゑ
一同　よしの　同　つまぎ
一同　ことうら　同　いづみ
一太夫　半太夫　引舟　よしざき
一同　わかのうら　同　さこん
一同　万太夫　同　しきつ
一同　小太夫　同　うねめ
一同　しづか　同　はや川
▲一天神　みうら　一天神　わかむら　一同　長はし
一同　小いづみ　一同　しがの　一同　きんざん
一同　かしはぎ　一同　はせ川

▲一かこいよしざき
　▲同筋　丹波屋吉右衛門内
一　太夫　むらさめ　引舟　のかぜ
一　同　うき舟　同　たみの
▲一天神　井づゝ　一天神　小むらさめ　一同　三浜
一同　稲野浜
▲一かこい梅がえ　一かこいいづも　一同　いさご
　▲同筋　さかいや半右衛門内
▲一天神　さわなみ
▲かこいきんご
　▲同筋　茨木屋次右衛門内
一　太夫　あづま　引舟　わかの
一　同　若くら　同　きゑつ
▲一天神　やしう　一天神　木の間　一同　かつしま
一同　とのも
▲一かこいきゑつ
　▲同筋　和泉屋次郎右衛門内
一　太夫　みよしの　引舟　はつの
一　同　みちのべ　同　なかつ
▲一天神　みなぎり　一天神　かよひぢ　一同　むめがゑ
一同　うす雲　一同　かまくら
▲一かこい松さん

▲同筋　京屋玄勝内
一　太夫　御幸　引舟　大さき
▲一天神　おこと　一同　つまぎ　一同　たかま
　▲同筋　京屋喜左衛門内
▲一天神　みちしば　一同　あふさか
　同筋　高島や九郎左衛門内
▲一天神　みやこ　一天神　山路　一同　のかぜ
▲かこいさやま　一かこいきよはら　一同　きしだ
　▲同筋　さど島や与兵衛内
一　太夫　よし田　引舟　よしざき
一　同　つまのべ　同　たがわ
▲一天神　みさ山　一天神　やゑがき
▲一かこいうねめ　一かこいこゝのへ　一同　やちよ
一同　しきつ　一同　ふぢ山　一同　わかを
　▲同筋　伏見屋忠兵衛内
▲一天神　高田
　▲あわざ　ごいしや彦右衛門内
一　太夫　みちとせ　引舟　かづま
▲一天神　いもせ
　▲同　万代屋治兵衛内
▲一天神　あづま　以上
是より端《はし》女郎の部

▲新町筋《すじ》南側《がわ》の分

▲つちや彦兵衛出みせ

一かげ[5] 長ざん　一同 ゐちご　一同 のむら

一月（ぐわち） つまぎ

▲木屋市郎右衛門内

一しほ 右　京　一かげ しづ原　一同 たかせ

▲ふしみや大吉内

一しほ あづま　一かげ いさご　一かげ つま川

一かげ ふぢゐ　一かげ こゝのへ　一同 大しま

一同 まさづま　一同 たかま　一同 わかを

▲ゐなみや治右衛門内

一かげ 正之介　一同 はつはな　一同 正をか

一同 とやま　一同 よしの

▲大和屋宇右衛門内

一かげ なには　一同 はつね　一同 ふぢへ

一同 みかさ　一同 いりゐ　一月 もなか

一月 とやま

▲ゐや吉右衛門内

一かげ 松がへ　一かげ ふぢがへ　一かげ はせ川

一同 みな川　一同 初ふぢ　一同 はつ花

一月 梅がえ　一月 たき川　一月 もなか

▲八木屋武右衛門内

一かげ なか山　一かげ おだまき　一同 たかつ

▲まるや勘右衛門内

一かげ 玉おり　一かげ 市むら　一同 もろこし

▲あわぢや仁兵衛内

一かげ わか山　一同 なるせ　一かげ ふぢなみ

一同 ふぢさき　一同 しら玉

▲まるや九郎左衛門内

一しほ はつせ　一かげ うきはし　一同 玉がわ

▲もずや勘右衛門内

一かげ なるせ　一同 たかつ　一同 もなか

▲しほや三右衛門内

一かげ ふぢゐ　一月 とみ川

▲車屋庄左衛門内

一しほ かつ山　一しほ からさき　一しほ はつざき

一かげ かつらき　一かげ きよ川　一かげ あさづま

▲かしわや次郎右衛門内

一かげ あやめ　一月 かるも

▲くるまや庄三郎内

一かげ よしの　一かげ うき舟　一かげ 岩さき

一同 はつゐ　一同 かけはし　一同 長ざん

▲吉野屋孫太郎内

一しほ 小太夫　一かげ 金太夫　一かげ 万太夫

一かげ よしの　一かげ かづらき　一かげ よるなみ
一同　市しう
▲花田屋庄右衛門内
一しほ かせん　一月 よしおか　一月 さんしう
一月 はや川　一月 みざゝ　一月 吉の丞
▲田中屋おぬい内
一かげ き よ　一かげ いくた　一かげ のかぜ
一月 やちよ　一月 右京
▲久代屋作兵衛内
一かげ かつらき　一かげ かづさ　一月 きよ崎
一月 たかを
▲天王寺や平兵衛内
一かげ おとわ　一同 すみのゑ　一同 まんよ
一同 ちとせ　一同 だいぶ　一同 せがわ
▲田中屋辰之助内
一かげ たき川　一同 はつ川　一同 すみのゑ
一同 さもん
▲ふしみや彦左衛門内
一かげ やそ島　一同 若むら　一同 おだまき
一同 住のゑ　一同 正ちよ　一月 かづらき
一月 みづき　一月 もしほ
▲大和屋宇兵衛内
一かげ くめ川　一同 ふぢ川　一同 みかの原
一同 しき島　一同 あふさか　一月 あり原
▲くるまや庄兵衛内
一月 とよ川　一同 とよ島
▲是より新町北側《がわ》の分
▲かわちや善四郎出みせ
一月 はつね　一同 よしざき
▲つち屋彦兵衛内
一しほ よしの　一かげ はつせ　一かげ みかさ
一かげ わかを　一かげ わかえ　一同 よし松
▲かわちや善四郎内
一かげ のがは　一同 かづらき　一同 川ぎし
一月 右京
▲ゑなみやおいぬ内
一かげ はせ川　一同 くに川　一同 たき川
一同 せ川
▲いせや養庵内
一かげ やへざくら　一同 いくよ　一月 きく川
一同 くめ川
▲ふしみや喜右衛門内
一かげ よしざき　一同 きり島　一同 あやめ
一同 ゑち川　一同 よしをか　一月 よしの

▲やましろ屋妙意内
一月　あふ坂　一月　たかを
一かげ　はせ川　一月　だいぶ　一月　かせん
▲ふしみや八兵衛内
一かげ　きよはし　一かげ　はつざき　一月　かづらき
一同　かわち
▲ふしみや大吉出みせ
一月　きんご
▲京や仁左衛門内
一しほ　よし川　一かげ　のかぜ　一同　おとわ
一同　市川
▲ひらのや伊左衛門内
一かげ　いくよ　一同　おぎの　一同　大なみ
一月　おのしを　一月　おのへ　一月　せんよ
一月　おだ巻　一同　みなと
▲かわちや七兵衛内
一かげ　さくらき　一同　左源太　一同　やちよ
一同　つま川
▲ふしみや五郎吉内
一しほ　梅がへ　一同　おぐら　一かげ　はぎの
一かげ　みさほ　一かげ　むめ川　一かげ　はつの
▲ふし見やめうこ内
一かげ　はせ川　一かげ　わかを　一月　よしざき
▲住吉屋長左衛門内
一しほ　はつせ　一しほ　かけはし　一かげ　住のゑ
一かげ　大ぶね　一かげ　みなと　一かげ　たかま
一月　みさき
▲つたや三郎兵衛内
一かげ　やちよ　一かげ　みなと　一月　おぐら
▲あふみや貞寿内
一しほ　玉ちよ　一しほ　玉むめ　一かげ　玉いせ
一かげ　玉　き　一かげ　玉のと　一かげ　玉ぎり
一同　玉はし　一同　玉ぎく　一同　玉しげ
一同　玉もと　一月　玉きよ　一月　玉くに
▲いづゝや宗佐内
一かげ　こまざき　一月　こまの丞　一同　小ざつま
▲山しろや次郎左衛門内
一かげ　こがわ　一同　やへやま
▲扇屋四郎兵衛内
一しほ　はつざき　一かげ　かづらき　一かげ　よしをか
一かげ　小がわ　一かげ　しなのぢ　一かげ　かづらへ
▲大こくや宇兵衛内
一月　からさき　一月　さくらぎ
▲京屋市兵衛内

一月　いこま　一同　ちくさ　一同　いさご
一同　山ぶき
▲くるまや忠右衛門内
一かげ　きよさき　一月　たつた　一月　小源次
一月　きてう　一月　山　川　一月　きよはし
▲やまとや宇兵衛出みせ
一かげ　こゝのへ
▲新町よこ丁　筆や庄兵衛内
一月　梅がえ
▲同よこ丁　ふしみや市兵衛内
一月　しな川　一同　いづも
▲同よこ丁　この村や治兵衛内
一月　しらふぢ　一同　はつざき
▲同よこ丁　銭屋おせん内
一かげ　いく世
▲越後町南側《がわ》の分
▲さかいや長兵衛内
一かげ　と　ら　一同　みつ山
▲八木屋六右衛門内
一かげ　りせう
▲いづみや治兵衛内
一月　万太夫

▲ふしみや藤左衛門内
一しほ　もりをか　一同　さわなみ　一かげ　たがわ
一かげ　やよひ　一かげ　松がへ　一かげ　かづさ
▲あふぎや甚右衛門内
一しほ　もしほ　一しほ　たきなみ　一かげ　都　ぢ
一かげ　ちよに　一かげ　あふ坂
▲ふしみや忠兵衛内
一かげ　藤しげ　一同　もろこし　一同　川さき
一同　きり島　一月　りしやう　一月　やしう
▲京屋めうせい内
一かげ　みふね　一かげ　左　京　一同　みづき
一同　花の井　一月　市はし　一月　さもん
▲天王寺屋平次内
一月　ふぢおか
▲てんわうじや庄兵衛内
一しほ　やしほ　一月　やくも
▲ゑいらくや平三郎内
一かげ　松ざき　一かげ　松ざわ　一同　まつ山
一同　ちよざき　一月　まつよ
▲ふしみや次郎右衛門内
一月　つね世　一同　まさよ
▲かはちや清右衛門内

一かげ　いくよ　一かげ　あふゐ　一同　梅がへ
一同　いもせ　一同　おざゝ　一同　正きよ
一同　ゐちご　一同　あふよ
▲紙屋八郎兵衛内
一しほ　ぬふてふ　一かげ　住のゐ　一同　ものゝべ
一同　ちよふさ　一同　かづらへ　一月　さくらへ
▲ゐいらくや喜世三郎内
一かげ　とよ沢　一かげ　ときわ　一同　市川
▲きゝやう屋源兵衛内
一しほ　山ぢ　一かげ　沢なみ　一同　まさつね
一同　たかを　一同　山川
▲おりや六右衛門内
一かげ　よづま　一同　たむら
▲高しまや半左衛門内
一月　かづらき　一月　だいぶ
▲是より越後町北側《がわ》の分
▲京屋安右衛門内
一月　小ざつま　一同　をとわ　一同　のしほ
一同　のざわ
▲小くらや牛之助内
一月　つまぎ　一同　花づま
▲かみや清兵衛内
一かげ　みつせ　一かげ　かゞつ　一同　きゐつ
一同　よしだ
▲びぜんや権兵衛内
一かげ　清たき　一同　志賀(が)
▲はりまや助九郎出みせ
一かげ　あづま　一同　小太夫　一同　よしの
一同　みかさ
▲のまや六兵衛内
一月　花がき　一月　みはし　一同　大さき
▲びぜんや六右衛門内
一月　おきつ　一同　つまぎ
▲いつみや次郎兵衛内
一かげ　はせ川　一かげ　のかぜ　一同　とさ
▲さど島や与三兵衛出みせ
一かげ　かめ山　一同　ふぢおか　一月　みよし
一月　きよ川　一月　みさき　一月　もなか
一同　かせん　一同　さがの
▲さかいや半右衛門内
一かげ　とやま　一同　こしう　一月　わしう
一同　長しう
▲たんばや吉右衛門内
一かげ　かめおか　一同　うこん

▲茨木屋次郎兵衛内
一かげ　きん崎　一同　よし沢　一同　吉川
一月　まつざわ
▲あわざ筋《すじ》南側《がわ》の分
▲大和屋久太郎内
一月　山川　一同　せきしう
▲ひめぢや虎市内
一月　よしの
▲九文字や八郎右衛門内
一かげ　おか山　一同　きぬがへ　一同　なるを
一月　みをの
▲八木屋ていゐん内
一月　もがわ　一月　はや川
▲あかしや八左衛門内
一月　とよ川　一同　よしざき　一同　みさき
▲ごいしや彦右衛門内
一かげ　花ぞめ　一かげ　くに山　一同　よしをか
一同　はつせ　一同　せ川　一同　みさほ
一月　ざこく　一月　あさの
▲いばらきや伝右衛門内
一かげ　はずへ　一同　小むらさき　一同　右京
一同　玉のゐ　一月　さほ山　一月　とみ山

▲万代屋治兵衛内
一かげ　井づゝ　一かげ　よしおか　一月　うねめ
一同　玉水
▲山ざきや甚左衛門内
一しほ　みちのく　一かげ　たかを　一同　ふぢゐ
一同　こゝのへ　一月　おとわ　一月　しが
▲小山屋おたつ内
一月　竹川　一同　まつかわ　一同　小ざつま
▲おび屋清兵衛内
一月　川さき　一同　よしだ　一同　みくに
一同　いくよ
▲しほや六右衛門内
一かげ　若くさ　一月　小ざくら　一月　みなと
一月　竹川　一月　おとわ
▲是よりあわざ北側《がわ》の分
▲松原作右衛門内
一かげ　さんか　一同　花のい　一同　くらの助
一同　やへがき　一月　小源太
▲ごいしや彦太郎内
一かげ　大さと　一月　すみのへ　一同　あさしほ
▲金田平左衛門内
一かげ　よしだ　一かげ　みはし　一同　もなか

一同　きんご　一月　かほる　一月　とよをか
一月　よしざき　一月　大さき
▲銭屋彦兵衛内
一かげ　かづらき　一同　なるせ　一同　まつ山
一月　よしの　一月　たき川　一月　はせ川
一月　みさき　一月　小やなぎ
▲大和屋せいゐん内
一かげ　左源太　一同　みづき　一同　大ぎし
一同　さくらぎ　一月　たかを
▲大和屋吉右衛門出みせ
一月　よしの
▲かはちや勘兵衛内
一月　みなと
▲さかいや忠左衛門内
一月　山ざき
▲紙屋与三兵衛内
一しほ　かづらき　一かげ　正やま　一同　かつ山
一同　玉かづら　一月　さわ井
▲住吉屋与左衛門内
一月　さくらぎ
▲京屋八郎右衛門内
一かげ　もろこし　一かげ　こゝのへ　一月　今川

一月　はつ島
▲吉原の分　大かた分《わけ》女郎月斗をしるす
▲かみや徳太郎内
一月　ふぢがへ
▲さかいや六左衛門出みせ
一月　かつら　一同　うきはし
▲びぜんや権兵衛内
一月　えざわ　一同　きてう
▲十九や平右衛門内
一月　あふさか
▲小くらや勘兵衛内
一月　かづらき　一同　やしほ
▲しほは三匁　▲かげは弐匁　▲月は壱匁也。
此外ニ分《わけ》と申て五分《ふん》女郎の分は書のせず。
▲九軒《けん》町あげやの分
一あげや紙屋おまん　一同　川口屋彦市
一同　さかいや市左衛門　一同　井筒屋太郎右衛門
一同　京屋浄清　一同　吉田屋喜左衛門
一同　住吉屋栄心　一同　山口屋勘兵衛
一同　住吉屋四郎右衛門
▲ゐちご町あげやの分
一あげや　いばらきや治兵衛　一同　あふみや善三郎

一　同　折屋伊左衛門　一　同　おりやおまき
一　あげやあふぎや伊兵衛　一　同　とばや幸十郎
一　同　いばら木や長左衛門　一　同　高島や作左衛門
一　同　木屋権左衛門　一　同　いよや弥太郎

▲あわざあげやの分

一　あげや大和や吉左衛門　一　同　川口屋八左衛門
一　同　かわちや亀松　一　同　山崎屋甚次郎

▲よし原あげやの分

一　あげやいばらきや長七　一　同　いばらきや次郎三郎

▲佐渡島《どじま》町茶屋《ちや》の分

一　茶や　住吉屋又兵衛　一　同　中村屋八兵衛
一　同　平地屋甚左衛門　一　同　まつや武兵衛
一　同　さかいや吉兵衛　一　同　井筒屋庄兵衛
一　同　いづみや喜左衛門　一　同　すみや権兵衛

▲新町茶屋の分

一　東ノ入口北　平野や後家　一　同　平のや吉左衛門
一　同　三木屋五郎兵衛　一　同　ならや九兵衛
一　同　まつ屋後家　一　東ノ入口東　京屋利右衛門
一　東ノ入口東　木屋五郎兵衛　一　同　河内屋理兵衛
一　同　日野や久右衛門　一　同　なだ屋勘右衛門
一　同　森口や嘉兵衛　一　同　みのや三郎兵衛
一　三丁目　さかいや伊兵衛　一　三丁目　丸屋清兵衛

一　同　天王寺や善兵衛　一　四丁め南　住吉屋八兵衛
一　四丁め南　かはちや惣兵衛　一　同　あまが崎や庄太夫
一　同　みなとや長兵衛　一　同北　こいや清兵衛
一　同北　おしろいや利右衛門　一　同　いづみや七兵衛
一　同　ゑびすや新兵衛

▲ゑちご町茶屋の分

一　茶や　平のや太郎右衛門　一　同　池田屋治左衛門
一　同　あふぎや嘉兵衛　一　同　久宝寺や作兵衛

▲あわざ茶屋の分

一　茶や　ふしみや長右衛門　一　同　松原屋権太郎
一　同　さゝや太郎兵衛　一　同　かめや九兵衛
一　四丁目　八木屋八兵衛　一　四丁目　川口屋伊兵衛
一　同入口　京屋庄兵衛　一　同入口　島屋惣兵衛

▲よし原茶屋の分

一　入口　高瀬屋利兵衛　一　同　津の国や半兵衛

▲太夫合　三[7]拾九人
▲引舟女郎　同　前
▲天神合　九[8]十三人
▲鹿恋《かこい》合　五[9]十三人
▲端女郎《はし》合　四百卅四人
合六百五十八人　分《わけ》ノ五分女郎入《いれ》八百人余
▲あげ屋合廿五間　▲茶屋合四十五間

一　太　夫引舟共に　六十三匁、内あげやの取廿三匁。
一　天　神　三十匁、同取十匁。
一　鹿　恋　十七匁、同取七匁。
一　[10]端《はし》小天神　廿三匁、同取八匁。
一　同[11]半夜は　十五匁、同取五匁。
一　[12]端《はし》女郎　十弐匁、同取同断。
一　[13]局《つぼね》遊　小天神、十五匁。
一　同　弐匁女郎　十匁（壱匁女郎同前也。）
[14]夜ニ入《(いれ)》ば一　三匁女郎　十匁、一　弐匁女郎　八匁、
一　壱匁女郎　六匁、一　五分女郎は三四匁也。

以上

1 新町筋　新町は東西の大門を結ぶ通りが瓢簞町また新町筋、その北の通りの西部が九軒町東部が阿波座、新町筋の一筋南の西部が越後町東部が佐渡島町、更に一筋南が葭原町。

2 大坂屋　以下囲いまでの女郎名・抱主名は元禄十五年二月印本には大幅に修訂されている。牛之助→しほ、かづさ→こふぢ、しら川→高さき、のかぜ→花さき、こわた→こにし、こわた→こにし、をじま→大しま、〔木屋長右衛門の項〕はや川→さもん、だいぶ→ゑちぜん、しづえ→さかた、〔つち屋彦兵衛の項〕大倉→おぐら、よしの→かせん、〔丸屋九郎左衛門の項〕同（太夫）おうしう　同（引舟）はつの（追加）、せがわ→くも井、〔扇屋栄寿の項〕栄寿→牛之助、もがわ→こにし、はなやま→きちぜう、さくらぎ→もがわ、つま木→もなか、〔扇屋四郎兵衛の項〕せいざん→きてう、おぐら→大くら、そめ川→大浜、一同大はし　同高さき→削去、〔住吉屋長左衛門の項〕はつせ→つまぎ、一かこいつまぎ（追加）、〔ふぢ屋の項〕全項削去、〔車屋庄左衛門の項〕一太夫おうしう　引舟おのへ（追加）、〔よしのやさわの項〕さわ→勘左衛門、よし田→しのぶ、〔茨木屋妙了の項〕くずゑ→もんと、つまぎ→とやま、よしざき→こてう、わかのうら→わかうら、さこん→花前、しきつ→高津、うねめ→つがわ、はや川→いくしま、〔丹波屋吉右衛門の項〕一太夫むらさめ　引舟のかぜ→削去、たみの→ふじたに、〔茨木屋次右衛門の項〕きゑつ→きよしま、〔京屋玄勝の項〕玄勝→千太郎、大さき→左京、〔さど島や与兵衛の項〕さど島や与兵衛→ふぢ屋兵左衛門、よし田→よしだ、一同つまのべ　同たがわ→削去。

3 太夫　新町の女郎の位は、太夫・天神・囲い（鹿恋）・端女郎（しほ・かげ・月・分）。

4 引舟　太夫付きの囲い女郎。

5 かげ　端女郎の等級は端女郎名寄末に説明あり。しほ三匁・かげ二匁・月一匁女郎。

6 分女郎　五分（分《ふ》は一匁の十分の一）女郎。

7 三拾九人　十五年二月印本三拾七人。

8 九十三人　同本九十一人。

9 五十三人　一人追加があり五十四人と訂正すべきものを同本は訂正せず。

10 端小天神　小天神は端女郎の上位の者を格付けたもの。この表によれば揚屋に呼べば鹿恋より高いが端女郎であるので局遊びが出来、その時は鹿恋より安い。

11 半夜　小天神を昼夜に分けて買う時の価。

12 端女郎　通常は茶屋に呼ぶ。色道大鏡にはその時の価は不定といい本名寄には記載がない。この項にいうのは揚屋に呼んだ時の価（あるいは茶屋も同価か）。

13 局遊　端女郎の部屋で遊ぶこと。

14　十五年二月印本にはこの空間に「小天神と云は三匁女郎也」と追補。

第一　梅も松も打交《うちまじつ》ての大寄《(おほ)よせ》
堺《くるわ》では口舌《〔くぜつ〕》[一]宿では[二]女夫《めうと》いさかひ

色遊《いろあそ》びのおもしろいといふは、[三]今此《(この)》時津浪《なみ》打よする大湊《みなと》、人の心も打ひらいて[四]小道《こみち》なる事をしらず、是《(これ)》所繁昌《はんじやう》の故ぞかし。大気《(たいき)》にむまれついたといふても、まうけなくばおのづから遊びもちいさかるべきに、[五]抓取《つかみどり》の心覚へあればこそ、[六]おつぴらいたる穿鑿《〔せんさく〕》。[七]越後町[八]扇風《せんぷう》方の大寄《よせ》、太夫は[九]泉屋のみよしの、[一〇]茨木やのことうらかほる、[一一]丸やの小ふぢ、[一二]天職《しよく》は背山《せやま》、山の井、八重山、ありま、大崎、其外《(その)》鹿恋《〔かこい〕》女郎十九人、手のつゞくほど色《いろ》糸弾《いとひい》て、[一三]小歌は蚊《か》のなくごとく禿《かぶろ》共は[一四]手替りの踊稽古《〔おどりけいこ〕》、[一五]正身《(しやうじん)》の太神《だいじん》も岩戸《いわと》をひらいて出たまふべし。おもしろいといふは大抵《たいてい》の事なり。暮てはそれ〴〵の床の取所、かゝる[一六]揚屋《〔あげや〕》の手広《びろ》き事余所《よそ》には見もせぬ事なり。

此家のみにあらず、[一七]九軒の住吉やには、[一八]八塩、江口、みやまぢ、小藤、浮舟《うきふね》小太夫、名高い太夫職《しよく》、かれこれ六人。梅《むめ》はあり原、井筒、藤崎、其外しらぬ鹿恋《かこい》女郎五六人。次の間は[一九]遠柳風《ゑんりうふう》の小歌、[二〇]利兵衛節《〔ぶし〕》の掛《〔かけ〕》物揃《〔ぞろへ〕》、「抑《(そもそも)》此御仏と申《(まうす)》は、[二一]浄飯《じやうぼん》大王の御子[二二]悉陀《しつだ》太子と申せしが、十九才にて御出家あり」と語り出すより、「さりとは釈迦《しやか》は若い時か

一 自分の家。　二 夫婦喧嘩。

三 今この時と時津浪を掛ける。太平の世のおだやかな波の打ちよせる大湊とは大坂を指す。

四 小心倹約なこと。　五 ぼろ儲け。

六 あけひろげの、寛濶な仕儀。

七 「遠柳風の小歌」まで二代男・七の三により、人名変改、敷衍。

八 越後町の揚屋扇屋伊兵衛。

九 越後町筋和泉屋次郎右衛門抱えの太夫。　一〇 越後町筋茨木屋妙了抱えの二太夫。　一一 新町筋丸屋九郎左衛門抱えの太夫。

一二 天神の位の女郎。背山・山の井は扇屋四郎兵衛抱え、八重山は住吉屋長左衛門抱え。

一三 三味線を伴奏とする俗謡小曲。

一四 交替で。　一五 その面白さに、本当の天照大神でも天の岩戸を開いて出て来られるだろう。

一六 新町の揚屋の建物は立派であった。

一七 九軒町に揚屋住吉屋四郎右衛門・同栄心あり。

一八 八塩・江口(大坂屋牛之助抱え)、小藤(丸屋九郎左衛門抱え)、浮舟(丹波屋吉右衛門抱え)、小太夫(茨木屋妙了抱え)、あり原(大坂屋牛之助抱え)、井筒(丹波屋吉右衛門抱え)、みやまぢは元禄十年(一六九七)ごろふじ屋抱えの太夫。

一九 遠柳は貞享・元禄ごろの大坂の小歌の名手。

二〇 井上播磨掾の門弟清水理兵衛流の浄瑠璃、頼義北国落の中の掛物揃。

ら、無分別な如来ではあつたぞ。此《この》[一]おもしろい事をすてゝ、何のあてが有て[二]檀特山《だんどくせん》へは[三]夜ぬけにせられしぞ。其身《その》大王の御子なれば、よもや金《かね》に事欠《かい》ての事ではあるまじ」と、酒《さか》機嫌《きげん》で申出せば、其座に[四]坊主《ぼうず》堕《おち》の西念といふ[五]按摩《あんま》取が申は、「今の世界にも、金銀大分持ながら、此里のありがたき道をしらず。あたら日を[六]談義《だんぎ》参りしてくらし、無用の僧《そう》をやしない、または[七]突鐘《つきがね》の寄《き》進《しん》して、衆生に[八]恋の別《わか》れをなげきかなします、其罪《つみ》のがれがたし。只慈悲《じひ》心におもむくの第一は、[九]死《し》に一倍《いちばい》の[一〇]請判《うけはん》をしてしんぜまし、此所へ[一一]そゝのかして御供申て参つて、色にすゝむるを大善人とはいへり」と、昔衣《むかし》かけて[一二]出《さ》飯《ば》の文《もん》となへて、食《めし》いたゞひてくふた時を知《しっ》て居るものもあるに、[一三]時〳〵の商《あきない》口を申て、旦那の御機嫌《きげん》を取《とり》ける。

惣じてかやうの繁昌《はんじやう》の所に、つとめたまふ女郎は仕合《しあはせ》ぞかし。「常さへかくはやらせらるれば、物日《ものび》はさぞお隙があるまじ。[一四]三ケの津の内にては、此里の女郎斗《ばかり》は、借銀の事は[一五]おいて、年中によほどづゝ[一六]のびがあるべし。臍《へそ》くり銀《がね》があらば、ひそかに内証《ないせう》で[一七]歩《ぶ》をやすうしてかりたい」と、万にこまかい開帳場《ば》へ銭見世《せ》出す、[一八]細元手《ほそもとで》の男、大臣につれられて、酒呑《のむ》を楽《たのし》みに、宵《よい》から参りて、なんの役にもたゝぬ事を、歴《れき》〻の太夫殿に尋《たづね》かゝれば、「[一九]あのいわんす事はいの。物日《ものび》紋《もん》日[二〇]役日をつとめてもらへばとて、其揚銭《あげせん》は親方の為とこそなれ、私が徳にはならず。衣類《いるい》の外の身ごしらへ、禿《かぶろ》の[二一]仕《し》出し、親里

二　天竺迦毘羅国王。釈迦の父。
三　釈迦。古来十九歳で出家という。

一　色遊び。
二　俗に悉陀太子の苦行の場という。
三　夜逃げ。
四　坊主の堕落し、また還俗した者。
五　按摩を業とする者。
六　寺に談義を聞きに行くこと。
七　釣鐘。　八　明けの鐘は相逢う男女の別れの時刻を告げるもの。
九　債務者の親が死ねば二倍にして返金する条件の借金。
一〇　保証の判。　一一　そそのかして。
一二　出飯は食事の時少しを取り分け鬼神その他に供える飯。その供える時に唱える経文。
一三　その時に応じての客の機嫌を取る話し方。
一四　京都・江戸・大坂。
一五　さておき。　一六　金がたまること。
一七　利息を低く。　一八　小資本。
一九　以下女郎の内情を語ること二代男・二の五がヒントか。
二〇　紋日に同じ。　二一　よそおい。
二二　金銭的な援助。
二三　関係のない氏神に関する事柄。
二四　祇園社(八坂神社)の陰暦六月七日から十四日にいたる祭。関係のない大坂でそれを理由に寄附を取る。
二五　和泉国大鳥郡塩穴下条開口村(堺南荘、現堺市内)の密乗山念仏寺とその鎮守三村大明神を合せて大寺という。その陰暦八月一日の八朔祭。同寺参詣者のみやげにする大寺餅の

への[二二]合力《（かふりよく）》、其外昔《〔むかし〕》にかわりて、人のしらぬ[二三]氏神穿鑿《〔ぜんさく〕》、京の[二四]祇園会《ぎをんへ》を大坂にて渡シ、堺うまれの女郎は、[二五]大寺《（おほてら）》祭《まつり》を喰《くふ》て果《はた》され、新紋《もん》日十二日は[二六]三《み》津寺《つでらの》薬師《〔やくし〕》、廿八日は[二七]北野の石不動《いしふどう》、是等《（これ）ら》迄[二八]売日《うりび》になりて、義理《ぎり》おもふての[二九]身揚《〔あが〕》り、ことさら近年世につれて、[三〇]至り留《とめ》木も、人の[三一]きゝしれる[三二]名の木を焼《たか》ねばならず。[三三]十種香《しゆがう》源氏の道具、[三四]楊弓《やうきう》の一ながれ、読《よま》でも[三五]二十一代集、[三六]宇治に壺《つぼ》をつかはし、[三七]見る事もならぬ能芝居《のうしばい》の桟敷《さじき》を取《（とり）》、[三八]しらぬ国の筑紫《つくし》に石の鳥井がたつの、[三九]東《あづま》の浅香《あさか》山とやらに、裸形《らぎやう》の阿弥陀《〔あみだ〕》が出来《でき》るのと、見ぬ神仏の事迄、縁《えん》をもとめて[四〇]奉加《ほうが》帳、いやとはいはれず信心《しんぐ》なる顔《かほ》つきして、一角《かく》づゝなげだすもかなし。それにかぎらず[四一]高ふはいわれませぬが、町よりわせる[四二]太鼓衆《たいこ》、[四三]染出《そめだ》しの浴衣《〔ゆかた〕》などとらるゝは、惜《おし》き心にもにくからず、たゞ無理《むり》にてかなしきは、脇指《わきざし》を、こしらへるとて、[四四]柄鮫《つかざめ》をもらいかけらるゝ、女にかやうの迷惑《〔めいわく〕》度《たび》〳〵なり。かゝる事にて勤《つとめ》のうちに、太夫といわるゝほどの全盛《ぜんせい》なる女、私にかぎらず、皆借《しやく》銀となるなれば、今時の女郎、随分《〔ずいぶん〕》もらはではすまぬ算用」と、[四五]あり躰《（てい）》を語らるゝ。

「いかさまさもあるべし。去年《こぞ》の七月十日の暮方《くれかた》に、さる女郎懇《〔ねんごろ〕》なる宿[四六]小座敷に入て、揚屋《〔あげや〕》の口鼻《〔かゝ〕》には十露盤《そろばん》おかせ、遣手《〔やりて〕》に手帳を付《（つけ）》させ、[四七]盆《ぼん》の事共を仕舞《しまは》れしを、襖《〔ふすま〕》ごしにきくに、其節の客《きやく》七人ありしに皆無心いはるゝ程の馴染《〔なじみ〕》、拾両五両三両取あつめて、四拾八両もらはれしに、是にては中〳〵[四八]不埒《ふらち》と、「大方の払《はらひ》は半分済《すま》せ」との内談《ないだん》。「さ

縁で食うという。
二六 道頓堀北三津寺筋(現中央区)にある古義真言宗大福院、本尊十一面観音の脇にまつる薬師如来か。十二日は薬師の縁日。
二七 北野の大聖山明王院不動寺。本尊は伝弘法大師作の不動石像。現北区兎我野町。二十八日は不動の縁日。
二八 紋日に同じ。
二九 客がなくても自分で揚代を払うこと。　三〇 贅を示すため衣服にたきしめる香木。
三一 香をかぐを聞くという。においを知っている。　三二 有名な香木。
三三 聞香の競技の十炷香と源氏香に必要の道具。
三四 座敷で坐ったまま小弓で的を射る遊び、その弓一式。
三五 八代集と十三代集を合わせた勅撰和歌集の総称。
三六 茶の名所宇治に茶壷を送って茶を取り寄せる。　三七 女郎が廓外に出るのは制約がある。
三八 筑紫の枕詞「しらぬひの」を転じた。　三九 事実未詳。浅香山は現東京都北区の飛鳥山。
四〇 寺社への寄進を求める帳面。
四一 高い声で言えぬ。公然と言えぬ。
四二 おいでになる。
四三 その女郎用に染めた。
四四 刀の柄に巻く粒状の突起のある鮫皮。
四五 ありのまま。実態。　四六 揚屋。
四七 盆前の支払いの始末をつける。
四八 埒があかぬこと。解決せぬこと。

れ共《（ども）》毎年の[一]御つかひ物、[二]奈良晒《ならざらし》廿五疋《（ひき）》、[三]大鯖《さば》弐百三拾指《さし》、銭七貫素麪《そうめん》百把《ば》、[四]箔《はく》の団《うちは》五十本、[五]ほうづき挑灯《ちやうちん》三十は、[六]火の雨がふつても調《とゝの》へずにはおかれず。太夫さまの外聞《ぐわいぶん》」と、[七]おつ取て遣手《〔やりて〕》がいふ。聞《（きく）》に[八]むつかしき付届《つけとゞけ》、[九]町屋にて手前よろしき人の、[一〇]世間《せけん》もつぱら[一一]やうにするも是《（これ）》ほどの事にはあらず。色道《しきだう》なればこそ今此《（この）》借《かし》かりのふ自由《じゆう》なる銀《かね》を、やう…

はやる事なり。もろふて女郎の身にはつけず。とかく今程女郎のむつかしき事なし。義《ぎ》理《り》は武士《ぶし》のごとく立《（たて）》て、[一二]内証《ないしやう》さぞくるしかるべし」と、気をなぐさめに参りて、[一三]世界《せかい》のせばふなるやうな咄《はな》しを仕《し》出し、次第に調子《てうし》びくになつて、三味《しやみ》の音《をと》たへ、[一四]声売《こゑうる》女郎も小歌機嫌《〔きげん〕》はなくて、[一五]連《れん》歌《が》座敷のごとく一座[一六]しめりて[一七]気のつきる所に、其《（その）》夜の大臣何か女郎とはな〴〵しき口舌《くぜつ》仕出し、「とかく心底《しんてい》のみこまぬ」といふ時、[一八]習《ならひ》の泪《（なみだ）》をこぼし、其上に[一九]小《こ》指《ゆび》切てなげつけ、跡は永《なが》〳〵としたる恨《うらみ》。「是はどふでも旦那《だんな》のが無理さふな」と、末社《まつしや》共取[二〇]あつかひ、ざつと酒にして帰りしが、其中にかの銭見世《〔せ〕》出すこまかい男、此口舌《くぜつ》に[二一]気を移《うつ》

一 進物。贈り物。
二 奈良名産の晒し布。一疋は二反。
三 盆の贈答用の刺し鯖。
四 箔を置いたうちわ。
五 赤い紙で張った丸型の小挑灯。
六 どんな事があっても。火は挑灯の縁でいう。
七 ざっと。大略。
八 厄介な。面倒な。
九 町家で富裕な人。
一〇 世間付合いが広い。
一一 よくも与えることだ。
一二 経済状態。懐工合。
一三 世間がせまくなるような。
一四 歌舞を芸とする太鼓女郎。
一五 連歌を作るには夜など静かな環境がよい。
一六 しめっぽくなる。気分が沈む。
一七 気分がくさくさする。
一八 女郎の手管のうその涙。
一九 女郎の心中立ての一つ。
二〇 仲裁する。
二一 関心をもつ。

して、大臣よりさきへぬけて内にもどり、二二酒機嫌《(きげん)》に内儀を呼《よび》つけ、遊女のごとく宵《よひ》の口舌《くぜつ》を思出して、今更《さら》「我をにくからぬ心中ならば、指《ゆび》を切《きれ》」といひ出す。

女房おどろき、「夫婦となれる身のうち、いづれかこなたの物にあらずや。二三つがもない事」と、二四けうとい顔《かほ》をすれば、亭主《(ていしゆ)》眼色《がんしよく》かへて、「扨《(さて)》は此男を二五ふると見へたり。そふした事なればなをきらさねば一分《(ぶん)》たゝず。さもなくば二六向後《けうかう》御目《(め)》にかゝらぬ。只今爰《こゝ》を出て行《(ゆき)》、親《おや》の許《もと》へ身あがりとやらをせよ」と、いよ〳〵つのりて出れば女心にかなしく、「さりとはそなたに二七物がつゐてくるはすか。指《ゆび》がなふては明日《(あす)》から仕事《しごと》がならぬが、いかに女房なればとて、無理《(むり)》なる事を」と啼《なき》出せば、「そんな前方《(まへかた)》なる二八仕掛《しかけ》の泪《(なみだ)》などに、二九ふわとのる男にあらず。どふでも切《きれ》」と三〇いぢれば、三一相《(あい)》借屋の親父《おやぢ》共目をさまして、「夜ふけての高声《たかごゑ》只事にあらじ」と、夜中に三二家主をたゝきおこし、借屋中八人、三三大屋殿を先にたて、銭屋《(や)》の戸をたゝけば、女房泪ながらに、表《をもて》を明《あけ》て「よい所へ御出、三四大抵《(てい)》の女夫《めうと》

二二 酒機嫌に女房に起請を書かすこと俗つれ〳〵・三の四による。

二三 とんでもないこと。

二四 興ざめな。

二五 以下の男の言は、身あがりその他、女房や相借屋との関係を女郎や廓なみにしている。

二六 今後。以後。

二七 妖怪・霊などがのりうつって。

二八 (女郎常套の)手管の涙。

二九 うっかりと。

三〇 いじめる。

三一 同じ長屋の。同じ借家人同士の。

三二 借家の所有主。

三三 家主に同じ。

三四 通常の。一通りの。

いさかいにあらず」と、始終《しじう》を語れば、いづれも[一]我《が》をおり、「とかく酒に酔《ゑは》れしものならん。何とぞ夫《それ》はなだめやうの有《あり》さふな物」と、いづれも内に入て、色〳〵いわるゝほどきかず。「かやうに廓中《くるわ》[二]一倍《ばい》に、露顕致《ろけんいたし》ては、なを〳〵切《きら》さではおかれず」と、[三]気色《けしき》替《かわっ》て申せば、家主智恵《ちゑ》を出して、「然らばそなたをおもふとの誓紙《せいし》を内儀《ないぎ》にかゝすべし。是《これ》にて堪忍《かんにん》したまへ」と、さま〴〵に侘《わび》れば、「しからばおの〳〵の仰にまかせ堪忍《かんにん》いたすべし」と、女房に起請《きしやう》をかゝせ、其《その》[四]奥書《をくがき》に、「右の通《とほり》内儀《ないぎ》其方を思はれ候所[五]実《じつ》正《しやう》明白也」と、家主を始《はじめ》、借屋中連判《れん》して渡せば、「是ほど慥《たしか》な起請《きしやう》は、[六]唐《から》にも有まい」と、亭主《ていしゆ》悦て取て置《おき》ける。

第二　梅よりすいた荻野《おぎの》が一風《ぷう》
雪の肌《はだへ》は[七]菩提《ぼだい》の障《さわ》り

「[八]当流分里《たうりうわけざと》の興女《けうぢよ》、金《かね》つかふ人斗《ばかり》をよしとはせず。たとへ[九]分限《ぶんげん》なる男も、前方《まへかた》なるを嫌《きら》い、[一〇]徳《とく》のゆかぬ男の[一一]名代《なだい》になつて、一座のさばけるにあひたがる事、[一二]勝手《かつて》はともあれ世間は是なり。今時[一三]新地の茶屋女さへ、不便《ふびん》をかけて[一四]こまがねを取《とら》せ、[一五]京郡内《ぐんない》の着《きる》物をしてとらす男の事は、[一六]さしにあふた時ばかり泣《ない》て見せて、[一七]浮世男の名の高《たか》いもの、[一八]軽《かる》

一　あきれて。
二　全体に。すべての範囲に。
三　顔色が変って。
四　ここは文書末尾に本文を保証する文言を書き加えたものをいう。
五　確かで明らか。
六　どこにもない。
七　悟りの境地に至ること。
八　廓の遊女。
九　金持の男。
一〇　客にしても金銭的な利得のない。
一一　評判なこと。有名。
一二　都合。経済面。
一三　新開地の遊里。
一四　小粒の銀貨。
一五　京都産の、郡内絹の模造品。
一六　差向い。ただ二人で。
一七　当世男。
一八　洒落・冗談。また落し話。
一九　是非とも。きっと。
二〇　内内の金銭面の役に立つ男。
二一　片面。片方。
二二　たいそう。
二三　情交をしてやられるので。
二四　（女郎が）金では自由にならぬ身

口おしゐて帰るは、何の役《やく》に立《（たた）》ぬ事なるに、此《（この）》男にあふた事を客毎《きやくごと》に[一九]是非《ぜひ》に咄《はな》しける。勤《つとめ》の身は、[二〇]内証《ないしやう》の用に立《（たつ）》男を、縦《たとへ》ば[二一]片《かた》つらの耳《みゝ》がなく共、いふ事さへ聞てくるれば、[二二]たんといとしがる筈《はつ》とおもへど、勤《つとめ》なればこそ、いやな男にも[二三]あふてはやらるれ、[二四]金でならぬ身ならば、不器量《ぶきりやう》なる男《（おとこ）》は、美男《びなん》によい事斗《（ばかり）》してとられて無念度〳〵成《（なる）》べきに、有難《ありがたき》は金の威光《いくわう》で、[二五]一代楊枝《やうじ》つかはぬ口をもつて参つて、紅舌《こうぜつ》をなめ侍《はべ》る。女郎もこんな男にあはるゝ時は、よもや人間とおもひてはあわれまじ。小判にあふと思ひたまふゆへに、酒の上にも[二六]むかい気《け》の来《こ》ぬ事」と、随分《（ずいぶん）》[二七]世間へ出されぬ男の申侍る。

爰《（ここ）》に[二八]天満《てんま》に銀《かね》で[二九]自由自在《じゆうじざい》に天神をまはす男有けり。むまれつき[三〇]ふつゝかなる上に、近《ちか》い比《（ころ）》[三一]楊梅瘡《やうばいさう》の出《で》た跡一めんに[三二]くへて、面《おもて》は一皮《かわ》むいたやうになつて[三三]雲紙《くもがみ》を見るにひとしく、[三四]浜芝居《はましばい》の見世《（せ）》物に出しさふな男と人皆「[三五]磯螺《いそら》大臣」と申あへり。是をよい事と心へ、伽羅《きやら》之助といふ替《かへ》名をやめて、「いそら」と申せば喜悦《きゑつ》いたしぬ。ある時酒染《さけしみ》て末《まつ》社《しや》共、よい機嫌《（きげん）》のあまりに、屏風《びやうぶ》をかこいて、其内へ旦那《だんな》をおしこめ、いづれも屏風《びやうぶ》の口に立て、「[三六]さあ〳〵今度《こんど》海中で[三七]仕過《しすご》しいたし、竜宮城《じやう》を夜ぬけにして、始《はじめ》て此里へ出《しゆつ》現《げん》いたした、磯螺《いそら》と申《（まうす）》[三八]島もの。毎日かるもといへる女郎を三づゝくふて命をつなぐ[三九]稀《まれ》ものの生捕《いけどり》。[四〇]銭は戻《もど》りじや、さあ太夫さま方《がた》、[四一]奥《おく》は広《ひろ》い」とわめけば、「麁相《そさう》いふな。女郎さま方《がた》に、奥《（おく）》のひろいは[四二]指合《（さしあい）》じや」と、座中どつといふて大笑ひ。皆する程の事大

であったら。
二五 「もつて参つて」まで一代男・二の一剽窃。
二六 吐き気。
二七 醜男。
二八 大坂城の北、東南を淀川に西を堀川に限られた地域。菅原道真をまつった天満天神がある。
二九 道真の神号を天満大自在天神というのでこのようにいう。
三〇 醜い。
三一 顔面に出る梅毒。
三二 くずれて。
三三 青・紫の雲形の模様のある鳥の子紙。顔面の凹凸と色をたとえる。
三四 道頓堀の川岸にあった小芝居。
三五 磯良は神功皇后の三韓出兵を助けた海神で、五体に貝など付着し醜くかった。元禄十四年春身体に鱗あり貝の付着した男を磯良と称し、大坂道頓堀で見世物にしたのでその名をとった。
三六 見世物の呼込みの口上を真似た。
三七 遊女狂いの度を過し困窮すること。
三八 出所不明の正体の知れぬもの。本来の磯良は海神であるから島はその縁。また下文の「かるも」も同じ縁。
三九 たぐい稀なもの。珍物。
四〇 見物代は帰りに払えばよい。口上を真似る。
四一 小屋の奥は広いからいくらでも入場可能。
四二 言ってはさしさわりのあること。女性器の広いのは下等。

臣をつかふて、太鼓《こ》共が慰《なぐさみ》、「是《(これ)》から磯螺《〔いそら〕》に裸《はだか》で[一]餓鬼踊《〔がきおどり〕》所望」と申出せば、「[二]酒が過たにゆるせ」といふを、「[三]不《ぶ》仕《し》付《つけ》な」と叱《しかる》。ぜひなく大臣裸《はだか》になつて、餓鬼踊《〔がきおどり〕》をいたせば、「旦那《だんな》踊《おどり》の出来《でき》た祝《〔いわゐ〕》に[四]一角《かく》づゝいたさふ」と申せば、「踊《をどり》は何べんでもいたさふが是はゆるせ」と手をあはすを、「太夫さまのござる前で、[五]ひけて見ゆる」と[六]ぼやけば、せんかたなくて親《おや》の借銭《しやくせん》[七]なす様《やう》に、不請不請《〔ふせうぶせう〕》に一角《かく》づゝとらしける。是ほど[八]うらはらなる事はあらじ。たとへば妾《てかけ》に内儀《ないぎ》の機嫌《〔きげん〕》取て給仕《きうじ》して食《めし》くはさるゝに似《にた》り。「いづれ世界はひろし。随《〔ずい〕》分《ぶん》[九]取ぐるしい気を取て、[一〇]つれそふ女房のかくす事迄、人中でいわさせ、其上《(その)》いやな酒のんで、ことさら大臣にわるい癖《くせ》ありて、酒過ると其儘《まゝ》わる理屈《りくつ》を申出られ、其あげくに[一一]刃物《はもの》三昧《〔ざんまひ〕》、[一二]命勝負《せうぶ》をこらへて、五六度も御供申て、漸《やう〳〵》二朱《しゆ》一つ下さるゝ。是にも忝《〔かたじけな〕》い百ほどいふていたゞくに、さりとては磯螺《〔いそら〕》についてありく末社共、果報《くはほう》過て、追付《(おつつけ)》太鼓《こ》冥加《みやうが》につきそふなもの」と、中間《(なかま)》寄《より》ての[一三]是沙汰《ざた》。かく[一四]おもなが成ル大臣にあはるゝ女郎、

一 見世物の磯良の見せた踊か。
二 酒を飲みすぎたから。
三 不作法な。
四 一分ずつ祝儀を出せ。
五 心が臆したように。ひるんで。
六 ぶつぶつ不平を言う。
七 借金を返済する。
八 あべこべ。反対。
九 機嫌を取りにくい人の機嫌を取り。
一〇 「酒のんで」まで二代男・一の四剽窃、小異。
一一 刃物をむやみに振りまわすこと。
一二 命がけの危い場合。
一三 もっぱらの評判。
一四 間抜け。

嘸《さぞ》や心うかるべし。

「しかし今時女郎の気に入《(いる)》大臣は、位《〔くらゐ〕》[一五]斗《(ばかり)》とつて勝手《かつて》にならぬ事いふにおよばず。迚《とて》も勤《〔つと〕》めの身なれば、[一六]二つ取《(どり)》には紋日《もんび》役《やく》日に[一七]へらつかはず、勤《つとめ》てくれる男が[一八]気骨《きぼね》がおれいでお為によかるべし。随分《ずいぶん》しやれたる男自慢《じまん》の人、大坂堺にもあまたあれど、[一九]あぢやりだてに皆になし、[二〇]昼《ひる》中《(なか)》には揚《あげ》屋の門を得とをらぬ男[二一]多《おほ》シ。此比《(このごろ)》も難波《なには》一番の色男、始《はじめ》て女房をむかへしに、是等《ら》は遊女とちがい、一生の詠《ながめ》物なるに、難波《なには》一番の[二二]悪女《あくぢよ》、然もわきがくさく、「ようもあのやうな物にそふてゐる事よ」と、近所《きんじよ》の人我《ひとが》を折《おり》しに、「五十貫目といふ[二三]敷銀《しきがね》の光《ひか》りで、[二四]楊貴妃《やうきひ》に見ゆる」と、気に入《(いる)》やうに宵《よひ》からねてよろこばしける。[二五]町にてさへかくのごとし。増《まし》てや金で[二六]売《(うる)》身の、ぶ男なりとて疎略《そりやく》に思ふ筈《はづ》はなし」と、[二七]後家《ごけ》にかゝつて身躰《しんだい》しなをしたる男の中侍る。

爰《(ここ)》に[二八]西の国にかくれなき男、松の位を[二九]根《ね》引にせし、[三〇]十八公《こう》といふ大臣、しばらく当地に逗留《とうりう》して、扇屋の[三一]荻野《おぎの》をおもしろがり、四五会《くわい》して何の事なく引抜《ぬき》都に住《すみ》所をもとめ、

一五 気位を高く構えるだけで、経済的な面で頼りにならぬ。
一六 二つに一つを選ぶこと。
一七 いい加減な事を言ってごまかさず。
一八 気苦労をせずにすませて。
一九 気のきいた風をして見せることで財産をつかい尽して。
二〇 「得とをらぬ」まで好色盛衰記・四の三による。
二一 原本「多シ《(おほし)》」。
二二 醜女。以下敷銀にほだされ宵から寝てということ、好色盛衰記・五の四による。
二三 持参金。
二四 唐の玄宗の妃。中国の代表的な美人。
二五 町家でも。素人の社会でも。
二六 遊女の身。
二七 未亡人と関係したおかげで暮し向きを立て直した。「後家にかゝつて」の語句は好色盛衰記・五の一にあり。
二八 九州。
二九 身請。松の縁。
三〇 松の異名。松の位(太夫)を身請した人物の替名とした。
三一 以下用字「荻」「萩」混在。「荻」に統一。

月雪の朝《あした》、紅葉《もみぢ》の暮《くれ》にも荻野《おぎの》をながめ、「荻《をぎ》[一]の下露濡《ぬれ》ふかく楽《たの》しみ此家《この》にあり」と、すこし自慢《じまん》して宵《よひ》は色川[二]原の名取《などり》、器量《きりやう》も諸芸も、うちそろふたる具《ぐ》[三]足《そく》屋といふ子を手池《いけ》[四]にして、おもしろく酒のんで夜《よ》ふかくなれば荻野《おぎの》上《うは》風身にあてじと、釣夜着《つりよぎ》[五]の下《した》にだいてねて、結構《けつかう》[六]なる夢を見つくし、目がさめると夫婦起《おき》て、紙燭《しそく》[七]ともしつれ台所《だいどころ》に出て、棚《たな》にさしかゝり、卵子《たまご》五つ、赤貝《あかがい》もにるばかりにして「是《これ》さいわい」と、炉《ろ》の火をおこして薄鍋《うすなべ》[八]をかけ、何もかも打入れて、「此うまき事どふもいへず」と、舌《した》打して、「女房[九]共間《かん》はよいか」と、さしむかいに、さしつさゝれつ、さま〳〵の戯《たわむ》れ、ひとしほ酔《ゑい》もおもしろかるべし。女郎請出しても、こんな事して暮《くら》してこそ、楽《たのし》みもふかゝるべきに、根引《ねびき》にするとそのまゝ、紺《こん》の布子《ぬのこ》[一〇]きせて、万《よろづ》の鎰《かぎ》を腰《こし》にさげさせ一文がつまみ菜《な》[一一]をねぎらせ、味噌《みそ》薪《たきゞ》迄の世話《せわ》さして、然《しか》も昔《むかし》語《かた》[一二]りし人にも、遠慮《ゑんりよ》せず出て挨拶《あいさつ》するなど、何としても其《その》[一三]心は残ル物を、世間《せけん》かまはずお内儀《ないぎ》さまにする事、無分別《むふんべつ》の至り也。

されば此荻野《おぎの》、夕霧《ゆふぎり》[一四]についでの上作《じやうさく》[一五]もの、うつくしいといふて又くらべものなし。ある時座敷踊《をどり》[一六]の仕舞《しまい》、乱姿《みだれすがた》の暮方《くれかた》に、召替《めしがへ》の浴衣《ゆかた》腰《こし》[一七]より下《した》の一重《ひとへ》も、「今日《けふ》の汗《あせ》に」とて、そこ〳〵にとき捨《すて》て、行水《ぎやうずい》の御裸身《はだかみ》、白《しろ》く妙《たへ》にして、彼《かの》驪《り》[一八]山宮《さんきう》の温泉《おんせん》をひかれし昔《むかし》の品《しな》ものも、中〳〵此君にはおよぶまじ。さりとは此里の男共、ようは命があるぞ。是にかぎらず、朝暮《あけくれ》太夫達《たち》の小便《せうべん》をせらるゝ姿を見て居《ゐ》て、目をまはさぬは不思議《ふしぎ》ぞか

一 露は濡の縁で、濡は情交をいう。
二 四条河原の色若衆の評判の者。
三 具足は十分に備わっているという意があるので、「うちそろふ」に続ける。具足屋の抱えの若衆。
四 自由に賞玩するものをいう。
五 重みのかからぬように天井からつるした夜着。
六 原本「結講」。
七 こよりを油にひたし火をともし急のあかりとするもの。
八 鉄製の鍋。厚手の土鍋より火の廻りが早い。
九 自分の妻を親しみをこめていう。
一〇 木綿の綿入れ。
一一 間引き菜。
一二 遊女時代客として情交を持った人。
一三 関係していたころの情。
一四 延宝時代の名妓、扇屋四郎兵衛抱えの太夫。
一五 すぐれた作りの物。
一六 客の所望で揚屋の大座敷で行なう女郎の総踊り。以下「御裸身」まで一代男・七の六剽窃。
一七 腰巻。
一八 中国長安東北の唐の玄宗の離宮。華清宮。その温泉を浴びた昔の美人とは楊貴妃。
一九 新町廓内北西の九軒町。揚屋ばかりの町。
二〇 簡単な料理をするのが上手な。その技で揚屋を手伝うのが業。

し。此夕暮《ぐれ》に九軒[一九]へ出入する、小《こ》料理《りやうり》[二〇]のきいた六兵衛といふ男、ちかき比《ころ》母親相果《はて》しが、「死骨《しこつ》を高野《かうや》[二一]へおさめよ」との、遺言《ゆいげん》にまかせ、浮《うき》世の事共わすれて、目には泪《なみだ》、手には珠数《じゆず》持ながら、二《ふた》人《り》有《ある》子共が事はいひのこさず、「火の用心」と斗《ばかり》いひ捨《すて》、大方《かた》は出家心[二二]になつて、我家《わがいへ》を立出、「暇乞《いとまごい》がてら、留守《るす》の事もたのまん」と、吉田や[二三]喜左衛門方へ立寄《より》しが荻野素肌《すはだ》の面影《おもかげ》を、一目見て、菩提《ぼだい》の道を取はづし、「捴《さて》も」とおもふより、下帯《したおび》はりさける様《やう》に成て、旅装束《たびしやうぞく》の前の方《かた》おかしくなつて、人の見るも恥《はぢ》て、帯《おび》[二四]にはさみ、漸《やう〳〵》として高野《かうや》の麓《ふもと》につけば、此所の在名《ざいみやう》[二五]禿《かぶろ》[二六]といふに付《つけ》て、太夫の裸身《はだかみ》忘《わすれ》ず、猶〳〵いきり出[二七]れば、母の死骨《しこつ》[二八]よりは一物《もつ》に難義《なんぎ》して御廟橋《べうのはし》[二九]渡《わた》れば蛇《じや》[三〇]柳忽《たちまち》、万の借銭乞《しやくせんこい》と変《へん》じ手に書[三一]出し腰《こし》[三二]に帳、財布《さいふ》かたげて顕《あらは》れ、「大節季《おほぜつき》[三三]も今の事じや」とわめく声《こゑ》に、耳《みゝ》[三四]ないやつが聞《きゝ》こんで、ぐなり[三五]となつて、それより心静《しづか》に奥《おく》[三六]の院《いん》に納《おさめ》て下向致《げかういたし》ぬ。草木《さうもく》[三七]心なしとは申せ共《ども》、大晦日《おほみそか》の苦《くるし》き事をば能弁《よくわきまへ》けると、殊勝《しゆせう》に存る。

二一 紀伊国伊都郡の高野山。現和歌山県伊都郡高野町内。奥の院に諸人の遺骨を納める骨堂がある。
二二 浮世を捨てた僧の気持。
二三 九軒町の揚屋。
二四 末尾まで好色盛衰記・一の三により、場合・場所を変改。なお禿・蛇柳のことは椀久一世・上の六による。
二五 在所の名。
二六 紀伊国伊都郡内。学文路とも書く。現和歌山県橋本市内。紀ノ川上流南岸にあり、高野への街道に沿い繁盛。禿から廓の太夫を連想。
二七 一物が勃起する。
二八 死を四にとって四より一という。
二九 高野山の大師廟に至る途中の玉川にかかる橋。みみょうの橋。罪障の深い者は川中に異形のものを見てこの橋を渡り得ずという。
三〇 一の橋と中の橋の間の玉川岸にあった柳。形が大蛇に似るゆえの名。御廟橋よりずっと手前に位置する。
三一 請求書。
三二 腰に掛取帳を下げ、金を入れる袋状の革財布を肩にかついで。↓挿絵。
三三 盆の集金には家に居らずとも、大晦日はすぐやって来るから必ず払わせるぞ。
三四 わめくの縁でいう。蛼の耳がないばかりというようないきった一物。
三五 勢いがなえるさま。
三六 大師廟周辺の称。
三七 「それ草木心なしとは申せども」(謡曲・高砂)。

第三　梅の花山《はなやま》に登《のぼ》り詰《つめ》る男
昼寝《ひるね》の[一]料理《れうり》ごのみ喰《くわ》ぬ先《さき》にさめる夢《ゆめ》

商人《あきんど》の[二]高利《かう》を取ながら「[三]元直《もとね》でござります」と、[四]沢山《たくさん》そふに誓文《せいもん》をたつる。傾城《けいせい》の誠なき心から、起請書《きしやうかい》て、客《きやく》を[五]たらすも、[六]品《しな》こそかはれそれ〴〵の[七]身過《(みすぎ)》。女郎にかぎりて偽《いつわ》りいふやうに、悪《わる》口いへるは無理そふ也。すでに[八]我人《われ》老人《らうじん》は正直《ちき》にして、仮《かり》にも虚《うそ》つかぬものと、律気《りちぎ》に覚《(おぼえ)》てゐれど、年寄ほど偽《いつは》りいふものはなし。寺参《(てらまゐり)》しては、「今でも[九]ぽつくり往生《わうじやう》」とねがい、「[一〇]此《(この)》苦界《くかい》にうか〳〵との長生《ながいき》一日もはやく往生したし」といわるゝ[一一]片《かた》手に、[一二]隠居《いんきよ》の庭《には》に柿《かき》の核《さね》を植《うへ》て、「[一三]八年したらば孫共に[一四]木練《こねり》の[一五]取飽《あき》さすべし」と[一六]七《(しち)》明年《みやうねん》成《(なる)》事をたくみ、常着《つねき》る小袖も、「[一七]憲法〔けんぼう〕はよはき」とて、[一八]花色紬《つむぎ》をこのみ、「子共が[一九]元服《げんぷく》したを見て死ぬれば、もはや此世に思ひのこす事なければ、それからは人にあかれぬさきに、一時もはやう、[二〇]たうとい所へ参りたし」との願〔ねが〕い。程なく月日立て息子《むすこ》成人《せいじん》して、元服《げんぷく》いたせば、「あれに嫁《よめ》を取て」と、其《(その)》願ひも[二一]ずらりとすめば、「孫を見てから」との念願孫が出《で》ければ[二二]彦が見たし。とかく[二三]死《し》にとむないに極《きはま》つたる事を、[二四]いわれぬ口さきで、往生《わうじやう》をいそがるゝ虚《うそ》がにくし。なぜに[二五]天《たう》道次第にしてはおかれぬぞ。

一 料理をえらみ注文すること。
二 大きな利益を得ながら。
三 原価。
四 無雑作に。
五 だます。
六 やりかた。
七 生業。
八 自分も他人も皆。
九 急に死ぬさま。長煩いを嫌い言う。
一〇 苦しみの多い浮世。
一一 その一方では。
一二 隠居所。
一三 柿が実をつけるまでの年数。俗に桃栗三年柿八年という。
一四 木になっているまま熟して甘くなる柿。
一五 あきる程とらせる。
一六 気の長いこと。七は上の八に対する。
一七 憲法染。吉岡憲法が染め出したという黒赤染。
一八 薄藍色に染めた紬。花色は長持ちし染返しがきき、紬は堅実。
一九 男子の成人儀礼。
二〇 極楽。
二一 滞りなく。
二二 孫の子。ひまご。
二三 死にたくない。
二四 無用な。いらざる。
二五 自然のなりゆきに任せること。

[二六]持仏堂《ぢぶつだう》の仏も、毎日の看経毎《かんきんごと》に、「往生したき」との虚言《そらごと》は、さぞおかしうおぼしめさん。歴〻《れき〲》の息子《むすこ》持し親仁、町へ[二七]譲《ゆづ》り状を出さるゝに、「我等儀、若万一《もし》[二八]自然《しぜん》何方にて相果《はて》候共《（とも）》」と、書《か》るゝ心底《しんてい》おかし。若万一《もし》を百弐百かゝれても、死《じ》なずにゐる身ではなし。[二九]心見へてつたなし。世間に此類《るい》おほし。諠譁《けんくわ》の咄《はなし》などするとて、「予《おれ》が事ではないが、爰《（ここ）》をきられて」といへるはおろかにきこゆ。[三〇]予《おれ》が事といへば、そこに口があくべきか。しかも[三一]二本指《さい》た口から猶以《（なほもつて）》見ぐるし。女郎のいひかたにしては[三二]あどなくしてやさしう聞へ侍る。

此前[三三]八木やの最中《もなか》といふ女郎、[三四]京屋の座敷《ざしき》に、堺の古七といふ大臣と、五月雨《さみだれ》の日、しつぽりとはなされしに、稲光《いなびかり》しきりにして、九軒《けん》町もうごくほどの大神鳴《かみなり》。「是《（これ）》はならぬ」と戸障子《としやうじ》を[三五]さゝせ、俄《にはか》に[三六]蚊《か》屋をつらせて、此内へにげこみ、両耳《みゝ》ふさいで大臣は汗《あせ》をながし、引舟女郎に投節《［なげぶし］》やめて、[三七]雲雷鼓掣電《うんらいくせいでん》の文に節《［ふし］》をつけてうたはせ、「太夫にも伽羅《きやら》をおゐて、[三八]護神香《ごしんかう》を裾《［すそ］》にとめて、床《とこ》に入られよ」と、[三九]以て外おぢられしに、最中《もなか》はさらにおそれる躰《てい》なく、さしかけし戸を明《あけ》て「此鳴《なり》のおもしろさ。自由《じゆう》にならば毎日も聞《（きき）》たい」と、[四〇]栖軽《すがる》が顔して、虚空《こくう》をながめてゐられしを、「神鳴より[四一]心玉のおそろしき女郎」と見かぎり、それより終《つい》にあはざりしが、神鳴《かみなり》は[四二]虫《むし》のわざにて、すぐれてこはがる人と、又さもなきとがある物ながら、先《（まづ）》はすかぬものなれば、女郎衆はおそろしか

二六 仏壇。
二七 財産譲渡の文書。
二八 万一。
二九 死にたくないという本心が見すかされてまずい。
三〇 俺の事だったら、そんなに口をきいておれるはずがない。
三一 武士の口から。
三二 あどけなくて。
三三 女郎に名誉な話ではないから、抱主・女郎とも仮名であろう。西鶴の作には太夫など抱える八木屋が出る。それを借りたか。
三四 九軒町の揚屋に京屋浄清がある。
三五 しめさせる。
三六 雷除け。
三七 法華経普門品にある文句で、雷を防ぐ呪文として唱える。
三八 降真香、護真香。雷除けの香。
三九 原本のまま。「の」脱か。
四〇 少子部蜾蠃（ちいさこべのすがる）。雄略天皇の代の人で、雷を捕えたという。
四一 精神。魂。
四二 人の体内にいる意識や感情に影響を与えるもの。

らず共《とも》、[一]こはがらるゝ躰《てい》がよし。

惣じて女の[二]武辺《ぶへん》だて[三]見ぐるし物なり。とかく女郎はやさしうして、花車《きやしや》ながよし。すこしよはきやうにいはふ共、詞数《ことばかず》なく、高声《たかごへ》せず、身をはづるを以て色有《ある》花共いへり。いかに馴染《なじみ》の大臣なればとて、[四]敵《てき》と居《ゐ》ならび膳にむかひ、[五]二の汁も替《かへ》て、[六]杉焼《やき》の目の詮《せん》義《ぎ》して、鮒《ふな》の焼《やき》物引ッかゝゐて、うつくしい口を[七]あるほどあいて、天窓《あたま》から[八]かぶらるゝは、いかに[九]打とげて遠慮《ゑんりよ》なく、喰《くふ》て下さるゝとは思ひながら、興《けう》さむべし。其《その》上床《とこ》の首《しゆ》尾《び》も[一〇]ばれて、[一一]かしらから[一二]帯《おび》とけひろげになつて、男に腹《はら》をつきつけ、はぢらふ気色《けしき》なく足手をうごかせ、[一三]身のくたびれをしらず、鼾《いびき》かしましく、肌着《はだぎ》しどけなくぬげて、[一四]うるさき所の見ゆるも、[一五]其成《それなり》けりに寝かへりなど、ついには恋もさむべし。只いつ迄も、今の行義《ぎやうぎ》にして、たとへ[一六]納戸《なんど》では何を[一七]まいらふと、それは見ぬ事、客《きやく》と一所に物まいらぬこそ見よけれ。

今《いま》の半太夫うつくしい上に[一八]ひすい所なく、歌よまぬ小町のごとし。「[一九]打見《うちみ》には[二〇]おぼこな仕出《しだ》しにして、[二一]取入《とりいつ》て見るほどきつとした、おもしろい所のある女郎」と、[二二]伊《い》丹《たみ》の大盃《さかづき》といふ男、はじめて[二三]御見《げん》なりしより、[二四]どふもうごきがとれず。毎日出かけて、引舟の小蝶《てう》のたはふれ、[二五]荘子《さうじ》が心よりもひろくなつて、大鵬《たいほう》といふ大鳥《おほとり》、随分《ずいぶん》高《たか》ふとんで、此《この》里を我物にしての遊《あそ》び。「末《すへ》は[二六]金《かね》碓《がらうす》踏《ふむ》身にならふとまゝ、つかはふならばあたま

一　こわがる様子をされるのがよい。
二　武勇ある者のように振舞うこと。
三　原本のまま。
四　相方。遊女は客の前では食事をしないのが例。
五　二の膳の汁。すまし汁にする。
六　杉箱に調味した味噌に魚・貝・野菜・木の実等を入れ、焼いた料理。目の詮義とは魚は目を賞翫するので目の有無を問題にするか。
七　開けられるだけ開けて。
八　大口を開けて食いつく。
九　うちとけて。　一〇　遠慮も羞恥もなく、はばからずに事を行うこと。
一一　最初から。のっけから。
一二　帯を解いて前をはだけること。
一三　疲労することを考慮しない。
一四　秘すべき箇所。
一五　そのままにかまわずに。
一六　衣類・調度などを入れておく奥の間。遊女が客にかくれてここで茶漬などを食うのを納戸食(じめ)という。
一七　食うの敬語。
一八　ずるい。　一九　ちょっと見た様子。
二〇　初初しい様子。　二一　関係する。
二二　摂津国河辺郡伊丹村(現兵庫県伊丹市)。酒造の盛んな地であるので酒に縁のある替名を付けた。
二三　お目にかかってから。　二四　魅力のとりこになってしまうこと。
二五　中国戦国時代の思想家。その言行を録した荘子の斉物論篇に、荘子が夢に胡蝶となって楽しむこと、逍遥遊篇に鯤という魚が化してその背幾千里の大鳥鵬となることがある。

から、[二七]ぐわつたりとした遊びこそ心よけれ」と、寄程《よる》の末社《まつしや》共が算用《さんやう》なしに奢《おごら》せける程《〔ほど〕》に、二年半に大盃《さかづき》が身躰《しんだい》[二八]のみ上《〔あげ〕》て、[二九]一滴《てき》七十五粒《つぶ》のこまがねさへない身となりて伊丹《いたみ》を[三〇]昼《ひる》ぬけにして、[三一]玉造《つく》りの出《で》ばなれに、草の屋かりて[三二]世渡る種《たね》もなければ、深編笠《ふかあみがさ》に大《おほ》脇指《わきざし》、日比《〔ひごろ〕》[三三]ぬきあげたる額口《ひたいぐち》、今似《に》せ牢人《らうにん》の為《ため》と成り、家〳〵に入て[三四]舌《した》をなやして、[三五]作《つく》り訛《なまり》、「是《〔これ〕》は[三六]御合力買《ごかうりよくがい》」とて、壱文づゝが耳《みゝ》かき、楊枝《やうじ》の[三七]つきつけ売、扨《〔さて〕》もはかどらぬ事に気をつかして、[三八]新御霊《ごりやう》の椽先《あんさき》に、腰をかけてやすめば、其側《そば》に我にかわらぬ[三九]身躰《しんだい》がらの男、何売《〔うる〕》もの共見へず。あたらかせぎざかりに、[四〇]宰予《さいよ》にはあらねど、いたづらに昼寝《ひるね》して、何をか夢みしやらんよい機嫌《〔きげん〕》の声《〔こゑ〕》して、「亭主《〔ていしゆ〕》が[四一]物見たがましく、何も入《いれ》ずに、[四二]鶏頭《けいとう》の葉《は》の[四三]はしらかし汁《じる》、[四四]割《わり》ずるめに、あらめ置合せたる[四五]酒《さか》びて、是よりは[四六]古代《こだい》[四七]青《あを》鷺塩鴨増《さぎしほがもまし》ぞかし。とかく[四八]手づまのきいたかるい料理《りやうり》よりは、[四九]へたくろしう、うまきがよし」と舌《した》打して寝言《〔ねごと〕》を申《〔まうす〕》。「扨はきやつも[五〇]あぢな事知《しり》過て、あの躰《てい》」とうなづき、「是はよい友」と、ゆすりおこし、寝言《〔ねごと〕》の次第《〔しだい〕》を語《かた》れば、「さりとは起《をこ》してくれてうらめしい。此比喰《くわ》ぬ料理《りやうり》を[五一]すはつて、箸《はし》とつてくいかゝる所を、扨も残念〳〵」と、[五二]奥歯《をくば》をならして申せば、「先《〔まづ〕》其方が昔《〔むかし〕》をかたれ。此身も半太夫をおもしろ過て、我ながら二年半に、ようも皆[五三]あけける大盃といふ、伊丹《いたみ》の大臣のなれの果《〔はて〕》じや」と語《かた》れば、「扨はさふか、昔《〔むかし〕》の像《かたち》はなし。我等は[五四]扇屋の花《はな》山[五五]にのぼりつめし、こんだといふ大臣の[五六]おひがらしじ

なお名寄には半太夫の引舟はよしざきで十五年二月印本にこてうとなる。
二六 綿実油をとるために綿の種をつく臼。そういう臼を踏む労役に従う身になろうとかまわぬ。
二七 思いきった派手な遊び。上文の碓の縁でその音に通う語を用いた。
二八 蕩尽する。盃の縁でかくいう。
二九 盃の縁でこのようにいい(酒一滴は米七十五粒より成る)、粒から粒状の銀貨のこまがねに続ける。
三〇 夜ぬけ(夜逃げ)どころか無一物になったので公然と昼間の退去。
三一 大坂城の南の地。現中央区・天王寺区内。以下「扨もはかどらぬ」辺まで俗つれ〳〵・二の一剽窃、変改。
三二 渡世の業。種は草の縁でいう。
三三 生え際の毛を抜き額を広く見せる。寛濶の風。通常の町人の風と異なるので浪人を真似るに都合がよい。
三四 舌をうまく上げ下げして。
三五 田舎の訛りをよそおい、地方出の浪人と見せる。原本「作ﾘ(つくり)」。
三六 相手の援助のために物を買うこと。　三七 押売り。
三八 淡路町の新御霊社(現中央区内の御霊神社)。「椽」は当時の慣用。
三九 財産状態。暮しの程度。
四〇 孔子の弟子。昼寝をして孔子に戒められた(論語・公冶長)。
四一 心得顔で。
四二 のげいとう(青葙)の若葉を食用にする。　四三 手軽にざっと煮立たせて作った汁。
四四 するめを細く切ったものか。

や」と、かたるほど咄《はな》しがあふて、「それ去ゝ年《おとゝし》の春、扇風方《せんぷうかた》の[一]中《ちう》二階《かい》で、[二]おびたゞしき[三]大笑《わらい》のありし時、汝は奥《おく》座敷にゐた[四]げな。其《その》時の騒《さは》ぎの次第を、あら〳〵かたりきかすべし。いで其比《ころ》は花山《はな》に[五]よい鳥がかゝつて、[六]茨木《いばらき》が方に[七]つかんで、其日もあはせず。「是《これ》では[八]おかしからず。とかく太夫もらへ」といへば、「今日《けふ》のお客《きやく》は、まだふかき御馴染《なじみ》にあらねば、ならぬ」よし遣手《やりて》が指《さし》心得ての返事にくし。「其客《きやく》は」と穿鑿《せんさく》するに、

我等が手代に、[九]長堀《ながぼり》に見世《せ》を出し、蠟燭《らうそく》と紙をあきなふものの《ゝ》、其一番めの悴《せがれ》なり。「扨《さて》は拙者家《せつしやけ》来《らい》の[一〇]太郎助さまの御あいなさるゝ」と、すこしせき心になれ共《ども》、「是を口舌《くぜつ》にすれば太夫が[一一]ひける。何じややら[一二]しらぬが仏《ほとけ》、明日《あす》は[一三]天王寺の薬師《やくし》の縁《えん》日《にち》なれば」とて、[一四]八日つゞけて申てやれば、太郎助聞もあへず、「[一五]十二日つゞけて爰《こゝ》におく」とつのる。「とかくは太夫が仕合《しあはせ》、とても[一六]かぎりのある男、急《きう》に埒明《らちあけ》たも増《まし》」と、[一七]張合《はりあい》かけしに、人の埒《らち》のあかぬさきに、手前の埒《らち》がはやうあいて、此躰《このてい》に成たが、其日のおもしろさ、隙《ひま》なる鹿《しか》[一八]

四五 塩を加えた酒にひたす料理法。
四六 古風に。昔風に。
四七 大形の鷺の一種。夏季汁に作る。
四八 腕前をみせた。技巧をこらした。
四九 いかにも下手な。
五〇 気の利いた事。うまい事。
五一 膳がすえられる。
五二 歯ぎしりをする。
五三 財産をなくす。盃の縁でいう。
五四 新町筋扇屋栄寿抱えの太夫。
五五 (花)山の縁。
五六 追い使われて役に立たなくなった者。遊蕩を尽して零落した者の意でいう。

一 平屋より高く普通の二階建てよりは低く造られた二階。揚屋の通例。
二 原本ここのみ「おびたゞし」。
三 性に関する話。猥談。下文の騒ぎを指す。
四 …そうだ。…ようだ。
五 よい客がついて。鳥は花山の縁。
六 越後町の揚屋に茨木屋治兵衛・同長左衛門がある。
七 遊女を揚げる。茨木に茨木童子を連想してつかむの語を用いる。
八 「埒明たも増」まで二代男・二の三、固有名詞など改変。
九 東横堀川の末吉橋南より西へ、木津川に入る堀と、それに沿う地域。現中央区・西区内。
一〇 あざけりからかう気持でわざと敬語をつかう。
一一 肩身の狭い思いをする。
一二 諺。相手が知らずに居るのが好

斗《(ばかり)》十人取よせ、末社《まつしや》あつめて、勝手口《かつてぐち》[一九]に暖簾《〔のうれん〕》かけ、十筋《とすぢ》の縄《なわ》を十人の女郎にもたせ、「是ぞ縁《ゑん》のいと取《いとどり》、引あふた女をどれでも、すぐにだいてねよ」と、十所《と》に床《とこ》をとらせ、我等筆取[二〇]にて、ひとり〳〵引あふてかたづくものを書付しに、先《まづ》一番に、初野《はつの》とだるまの伝助と、おの山と上絵屋《うわゑ》[二一]の佐次兵衛と、其外きんご、ふなばし、おしほ、かづらき、「夜《よる》[二二]のちぎりを昼中《ひるなか》にみしらす[二三]」と、おの〳〵一度《ど》に下帯《したおび》ときかけ、鼻息揃《はないきそろへ》てもみあいける。「腎虚《じんきよ》[二四]せふなら今日《けふ》じや」と、おかし過るほど笑《わらふ》て、扨床《とこ》〳〵を見てまはれば、我物[二五]いらずに末社《まつしや》共が楽遊《らく〔あそ〕》[二六]び、さま〴〵の曲《きよく》[二七]を好《このみ》、色〳〵の床姿《とこすがた》、おかしき中に、かながしらの作右衛門といふ男、裸身《はだか》に羽織《はをり》[二八]をあちらこちらに着《き》て、胸紐《〔むなひも〕》を後《うしろ》でむすび、頭巾《づきん》を折[二九]かけ烏帽《ゑぼ》子《し》のやうにかづき「我若《わかい》時から、此道好《みちすき》にして、四十八手[三〇]の外の曲《きよく》迄して見し内に、終《つい》に十二[三一]つがいの巻頭《くわんどう》にある、道盛《みちもり》[三二]の図《づ》斗《(ばかり)》しのこしければ、羽織《はをり》を具足《ぐそく》[三三]の心にて、一軍始《いくさはじめ》る」と、栄耀《ゑいよう》の上《うへ》の物好《ずき》。「それは小宰相《こざいしやう》[三四]の局《つぼね》女郎にあふた時仕《(つかまつ)》れ。是は鹿恋《〔かこい〕》女

一三 都合。なお仏は下文の薬師の縁。
一四 薬師の縁日の八日を約束の日数に転じた。
一五 同じく薬師の縁日を日数にした。
一六 財産に限度のある男。
一七 同じ遊女を対抗して買うこと。
一八 囲女郎。
一九 のれんを隔て、末社の引いた縄を持っていた女郎を相手にするくじ引をさせた。織留・三の一がヒント。
二〇 書き役。書記。
二一 布の白く染めぬいた所に紋や模様を描く職人。
二二 「岩橋のよるの契も絶えぬべし明くる侘しきかづらきの神」（拾遺集・雑賀・春宮女蔵人左近）、「葛城の神姿、恥づかしや由なや、夜の契りの」（謡曲・定家）などより上のかづらきに続く。
二三 やらかす。
二四 過淫による心身衰弱。
二五 自分で費用を払わずの。
二六 無礼講。
二七 曲取り。正常でない体位の性交。
二八 あべこべ。前うしろに着た。
二九 折って烏帽子のようにかぶり。
三〇 性交の体位四十八種。
三一 十二の性交場面を描いた春画本。
三二 平清盛の弟教盛の子の通盛。一谷の合戦の前に妻の小宰相と名残を惜しんだ。それを春画にしたもの。
三三 鎧。原本振仮名「ぐぞく」。
三四 小宰相の局に局女郎を掛ける。

郎じや」と、腹《はら》のいたひほど笑《わらい》しが、是《(これ)》も昔《(むかし)》になつて、其《(その)》時よい事仕手取《してとり》しものの仕《(し)》合《あはせ)》なり。さる程《ほど》に「はやう取《とり》つぶせ」と張合《(はりあい)》かけられし太郎助めは、今に花《はな》[一]をやつて、花山《はなやま》にかはゆがられぬる事、合点《がてん》ゆかず。今迄[二]こたゆる身躰《しんだい》でない事、我等よく知《しつ》て居《ゐ》るに、さりとては遣様《つかいやう》上手と見へたり。我親《おや》より譲《ゆづり》[三]を請て、一生栄花《ゑいぐわ》に[四]三十人口《ぐち》など、[五]居喰《いぐい》にしてもあまるべき事成《ことなる》に、[六]悪所《あくしよ》づかひは、思ひの外《ほか》[七]はかのゆく物」と語《かた》れば、大《おほ》盃《さかづき》打笑《わらい》て、「本《ほん》女郎買《かい》といふはそなたや我等が事也。迚《とて》も皆にするからは、ぐはらりとつかふて、[八]今にいひ出す程にせいでは嬉《うれ》しからず。とかく商売《しやうばい》は心ながふ、遊女狂ひは、急《きう》に、[九]くはつとしたがよし。[一〇]家質置《いゑじちおい》てつかふよりは、[一一]頭《かしら》から売《うつ》てのけて大臣めくは智恵《ちゑ》なり。世渡《よわたり》の才覚《さいかく》には、利銀《りぎん》もあげてすむ事も有《(あり)》、[一二]悪所仕出《あくしよしだ》しにかりて、[一三]其家《いゑ》に住《すむ》人《ひと》見たといふためしなし。我人《(われひと)》此道にかゝつて、よい程といふ程をしらねば、遣《つかひ》出すから万の物を、我物とおもはぬが上《(じやう)》分別《ふんべつ》成《(なる)》べし。[一四]下中《なか》の島の藤八といふ大臣、[一五]五年此方《(このかた)》に七千両の有銀《(ありがね)》を、[一六]後家《ごけ》の米の銀を払《はら》ふ様《やう》に、人しれず一度《ど》〳〵に揚《あげ》屋へ渡シけるが、誰《たれ》にあふ共《(とも)》、又は女郎買共《(かふとも)》見へずして、世上へかくすを大事〳〵とおもふうちに、つかい果《はた》して[一七]今といふ今、喰《くわ》ねばひだるいといふ事をしつて、[一八]松屋町の裏《うら》屋へ引込《こみ》一日に五[一九]分宛《(ふん)づゝ》取て、[二〇]素麪《そうめん》の臼《うす》を挽《ひく》事、是等《ら》はおなじ女郎買にも、たわけといふものなり。物の自由《じゆう》な時、[二一]うなつた事をせいでは、つかふた甲斐《かい》はなし」と、暮方《くれがた》迄咄《はなし》て、「さりとは

一 派手に振舞って。
二 持ちこたえるような財産でない。
三 遺産相続をして。
四 家内三十人の生活をささえること。
五 徒食。働かずに生活すること。
六 遊里で金をつかうこと。
七 はかどる。金の無くなるのが早い。
八 今に至るまでうわさになる。
九 思い切って派手に。
一〇 家屋敷を抵当とした借金。
一一 はじめから家を売ってそれで遊ぶ。
一二 遊里遊び。
一三 抵当とした家に住み続けられた人はいない。借金が払えず取上げられる。
一四 中之島の西部。現北区内。
一五 以下「つかい果し」まで俗つれ〴〵・五の二剽窃、年数・金高を変改。
一六 未亡人のつましいさま。
一七 以下「しって」まで好色盛衰記・五の一より剽窃。
一八 松屋町筋。東横堀の東一筋目、天神橋南詰より南へ西寺町に至る南北の通り。
一九 銀一匁の半分の額。
二〇 素麺原料の小麦の製粉作業。下層民の賃仕事。
二一 豪勢な。
二二 清貧の人は俗世に心を煩わされず、いつもやすらか。
二三 馬鹿な事の限りをして。
二四 帷子は端午から八月一日まで着用。
二五 「至りなり」まで置土産・二の三に

此身になつても、此咄しのおもしろさ、[二二]清貧《せいひん》は常《つね》に楽《たの》しむといふは、我〳〵が事成べし」と、[二三]たわけつくして皆にしける事はいはずして、寒《さむ》い時分に[二四]破帷子《やれかたびら》着て、[二五]過し半太夫との口舌咄《くぜつばな》し。「今は無用の[二六]至り也」と、[二七]権五郎殿も片目《かた》ふさいで、笑ふてござるべし。「あの気でなければ皆にはせぬ筈《はづ》」と、若い息子《〔むす〕》を持し親父《おやぢ》共が、[二八]異見《いけん》の引事《(ひきごと)》になつてはたしぬ。

第四　梅の花笠《がさ》に降掛《ふりかゝ》る村雨《むらさめ》

子を捨《すて》て色にまよふ親仁《おやぢ》の[二九]仕果《しはて》

「人の親《おや》の子ゆへに迷《まよ》ふは、常《つね》のならひなればふるめかし」とて、色《いろ》の道に迷ひ、[三〇]心は闇《やみ》にあらね共《(ども)》、不断《ふだん》の大酒に足《あし》もさだめず、昼《ひる》中にも[三一]しるき所へふみこみ、無性《〔むしやう〕》といふものにさはぎくらし、[三二]あたらしやの金太夫にふかくなづみ、[三三]行年《ぎやうねん》六十九才迄、分《わけ》もなふ通《かよ》ひ死《じに》にして、大分の借《しやく》銀を、一子に[三四]おしげもなく譲《ゆづ》られける。此息子《むすこ》迷惑《〔めいはく〕》なる親の跡を請取《(うけとり)》、家蔵諸道具[三五]分散《ぶんさん》にして、住馴《すみなれ》し我《わが》[三六]本町を立退《のき》、[三七]次第にくだり坂となつて[三八]谷町《たにまち》に、わづかの古《ふる》道具見世《〔せ〕》を出し、[三九]ふ目利《めきゝ》の新助とて、[四〇]常住《じやうぢう》[四一]堀《ほり》かづきばかりして、くるしき世渡りをせしが、さすが親の子ほどあつて、ない銀《かね》をつかひたがり、透《すき》さへあれば新

より太夫名を変改。
二六 贅沢。
二七 鎌倉権五郎景政。源義家の臣。後三年の役の時敵に片目を射られたので下文に片目ふさいでという。御霊社には中世末に景政が配祀された。
二八 意見の引例。
二九 遊興に浪費し財産を蕩尽すること。
三〇「人の親の心は闇にあらねども子を思ふ道にまどひぬる哉」(後撰集・雑一・藤原兼輔)。
三一 ぬかるみ。
三二 延宝(一六七三―八一)頃の太夫。当時新屋は下之町に三軒あり。金太夫は西鶴諸作に名が出、ここは死去した親父の馴染として昔の太夫名をとった。
三三 享年。生きていた年数。
三四 遺産でなく嫌われる借金を惜しげもなく譲るというのが滑稽。
三五 破産。全財産を債権者の処分・配当にまかせること。
三六 東横堀の本町橋西詰から西横堀に至る東西の通りの両側の町。現中央区内。
三七 家運の衰えること。谷(町)の縁。
三八 谷町筋。天満橋南から天王寺寺町に至る南北の通り。中心部の本町より周辺部に移った。
三九 道具の鑑定眼のない。
四〇 いつも。
四一 掘出し物の見込違いで損をすること。「堀」原本のまま。以後も同じ。

町に出かけ、[一]阿波《わ》座《ざ》の采女《うねめ》といへる、弐匁取の女郎にあいなれ、「責《せめ》て親仁《おやぢ》が今鹿《か》恋《こい》かふほど、つかひ残しておかるれば、又楽《たのし》みもふかゝるべきに」と、過ゆかれし親父の仕《し》果《はて》をくやみぬ。

かく子の事を思はずにつかひ捨《すて》し親もあるに、又子をおもふ親有て、[二]身に絹《きぬ》物をあてず、口には[三]濃茶《こいちや》もしらず、鼻《はな》に[四]名《な》の木の香《か》もきかず、色道《しき》にうとく、[五]秤《はかり》目にかしこく、[六]桶《をけ》の輪《わ》かへるも、[七]かづらゆひがそばをはなれず、古《ふる》輪の切《きれ》を[八]非《ひ》人とあらそひ、取あつめて焼木《たきゞ》となし、すたる[九]塵塚《ちりつか》迄、[一〇]銭ざしに拵《こしらへ》、年来《ねんらい》銭をつなぎ溜《ため》て、数《す》千両の小判になし、[一一]取《とり》葺屋根《ぶきやね》も瓦《かはら》にしかへ、[一二]赤銅樋《あかがねどゆ》をかけて、末々《すへ〴〵》世悴《せがれ》が[一三]世話《せわ》のなきやうにと、身の娯《たのし》みをこらへて、一子の為に金銀をふやし、[一四]死去《しきよ》の[一五]節《せつ》下寺町の[一六]旦那《だんな》寺へ、五十貫目[一七]祠堂《しだう》にあげて、外は、[一八]釜《かま》の下の灰《はい》までも譲《ゆづり》状ひとつに済《すみ》て、誰《たれ》か七つの内蔵《うちぐら》に[一九]指《ゆび》のさしてもなく、不残《のこらず》請取[二〇]四十九日の朝《あさ》、出家衆を申請《うけ》、仏事仕廻《しま》ふて夕食《めし》より、[二一]精進《しやうじん》あげ箸《はし》を下《した》に置《をく》と、[二二]宿《やど》をかけ出新町に行て、「[二三]山口やの亭主《ていしゆ》合点《がつてん》か。親父《おやぢ》が[二四]所務《しよむ》分《わけ》したぞ〳〵」と、小判を逆《さか》手に持《もつ》てまきちらし、此《この》家内繁昌《はんじやう》とよろこばせける。是《これ》より心のまゝの奢《おごり》、[二五]丹波やの村雨《むらさめ》にぬれかゝり、雨の日も風の日も、[二六]精進《しやうじん》日もかまはず、毎日の里通《がよ》ひ、よろづ花麗《くわれい》にやつて、[二七]名題《なだい》の末社《まつしや》引揃《ひつそろへ》て九人、前後《ぜんご》を守護《しゆご》し、[二八]東の門よりざゞめいて鳴《なり》こめば、お[二九]先《さき》へお敵《てき》より、紋《もん》付の弐つ挑灯《ちやうちん》、揚屋《あげや》から人[三〇]橋《ばし》かけて、[三一]盛砂《もりずな》せぬばかり、「追付

一 新町廓東北部の新京橋町・新堀町を合せて阿波座という。
二 以下「銭をつなぎ溜」まで二代男・五の三剽窃、中間付加あり。
三 茶の分量を多くした挽茶のたて方。
四 有名な香木。
五 経済感覚にすぐれ。
六 桶のたがをしかえる。
七 桶のたがをかける職人。
八 乞食。
九 塵を捨てる所（のごみ）。
一〇 銭の穴に通して束ねる縄。
一一 そぎ板を重ね並べ竹や石を押えにして葺いた屋根。
一二 樋も竹でなく銅の樋を取付ける。
一三 手数がかからぬように。
一四 以下「さしてもなく」まで俗つれ〳〵・五の一より剽窃、寺名等変改。
一五 松屋町筋の南端、生玉社の西の地。浄土宗の寺が集まる。現天王寺区内。　一六 菩提寺。帰依する寺。
一七 祠堂銀。祠堂修復の名目で寺に喜捨する金。　一八 家財全部。
一九 手出しをする者もなく。権利を主張する者もなく。
二〇 死後四十九日の満中陰の法事を行なう日。以下「よろこばせける」まで置土産・一の二より剽窃、固有名詞変改。
二一 精進をやめて魚肉等を食べ。
二二 わが家。
二三 九軒町の揚屋山口屋勘兵衛。
二四 遺産の分配。
二五 越後町筋丹波屋吉右衛門抱えの太夫。ぬれかゝりは情交を持つこと、

是へ[三二]おなり」と、九軒の山口やには[三三]万灯《どう》のごとく、火をかゝやかし、台所《だいどころ》は末那板《〔まな〕》の音《をと》たかく、[三四]摺粉鉢《〔すりこばち〕》なりやまず、[三五]井戸車《いどぐるま》も人も、隙《ひま》なくまわりて外より見るさへ小気味《〔きみ〕》よし。ふ目利《めきゝ》の新助は、阿波座《あわざ》の[三六]弐匁としげり、[三七]腰軽《こしがる》になつてかへるさの慰《なぐさみ》に、一遍《〔べん〕》塓《〔くるわ〕》をめぐりしが、此大臣の威勢《ゐせい》を見て、「さりとは[三八]人間なればあれなり。適《たま〱》色《いろ》の[三九]盛《さかり》なる世に出生《しゆつしやう》して、[四〇]銀《かね》でなる栄花《ゑいぐわ》の自由《じゆう》にならぬ身とむまれける事、無念《むねん》の至《いた》り也。何《なん》ぞ二匁取リの女郎に戯《たわふれ》て、うか〱とくらす事、人と生れし甲斐《かい》はなし」と、[四一]油店《みせ》の筆をもらひて、「我[四二]大丈夫《だいぢやうぶ》な身躰《しんだい》となつて、太夫を自由《じゆう》にまはし、大臣と称美《せうび》せられ、[四三]浮世小《せう》路の[四四]駕籠《ご》にのらずば、此橋を二度《ふたたび》渡るまじ」と、[四五]四《よ》つ橋の橋柱《はしばしら》に書付《〔かきつけ〕》、すぐに宿へ帰り、何の目当《〔あて〕》もなきに、明《あけ》の日早ゝより京へ心ざし、[四六]京橋《ばし》より[四七]枚方《ひらかた》迄駕籠《〔かご〕》をかり、[四八]滅法界《〔めつぽうかい〕》にのぼりしが、[四九]佐田《さだ》の天神前にて[五〇]上《かみ》から来《く》る駕籠《〔かご〕》が、「[五一]替《〔かへ〕》ではないか」と詞《ことば》かくれば、駕籠《〔かご〕》の者《〔もの〕》「どこへじや」ととふ。「ハテ京橋へじや」といへば、「そんな[五二]島《しま》なものは[五三]米のやすい時もいやじや」と、かぶりふるを、[五四]雀《すゞめ》げんこ打《うつ》て替《かへ》るに極《きわ》め、「旦那《だんな》さまおりて下されませい。爰迄《〔ここ〕》とをりましたに、ちと[五五]御合力《ごかうりよく》たのみあげます」と、歎《〔なげ〕》きをいふを、不便《ふびん》におもひ、[五六]つまみ銭をやつて、「替《〔かへ〕》駕籠《〔かご〕》はやうもつてこい」といへば、小腰《こごし》かゞめて「[五七]何も駕籠《〔かご〕》に御ざりませぬ」と、すこしの事にて悦び、先《さき》の人をのせ替《かへ》て、大坂の方《かた》へ行《ゆけ》ば、上《かみ》より来《きたり》し駕籠《〔かご〕》は、乗手《のりて》の男、合力《かうりよく》せぬと見へて、駕籠《〔かご〕》から打《うち》あけるごとくにし

村雨の縁。
二六 親の忌日など精進をすべき日。女郎との同寝などは避けねばならぬ。
二七 以下「九軒の山口やには」辺まで置土産・五の一剽窃、変改あり。
二八 新町廓東口の大門。
二九 太夫からさし向けた定紋付きの対の挑灯を持った者が先導。
三〇 何人も急ぎの使いを出して。
三一 貴人を迎える時、門口の左右などに高く砂を盛ること。
三二 貴人の来臨。
三三 万灯会。懺悔滅罪のため仏前に一万灯をささげて供養する法会。
三四 すり鉢。
三五 井戸の釣瓶を上下させる滑車。井戸車もまわるが、山口屋の者もまわる(客の意のように動く)。
三六 情交し。　三七 原本「腰経」。腰の巾着の銭を払ったのと体内の滞りを放出したのとで。
三八 人間としてあのような身になるのが理想。
三九 原本振仮名「ざかり」。
四〇 銀を出せばできる。
四一 大門そばに伽羅の油などを売る虎屋という店(後出)があった。
四二 ゆるぎのない財産。大金持。
四三 今橋の通りと高麗橋の通りの間の東西の小路。現中央区内。遊里通いの駕籠屋があった。
四四 原本「加籠」。
四五 長堀川と西横堀川の交叉点の四方にかけられた橋の総称。現中央区。新町のすぐ東南に当る。

て、「さて〳〵きたないやつかな。すこしの増《まし》[一]もくれずに、其身《(その)》は何をくらふやら、牛《うし》のやうに肥《こへ》ておつて、肩《かた》も背《せ》もたまる事か。あんな奴《やつ》が、駕籠舁《(かごかき)》の油盗人《あぶらぬすびと》[二]といふものじや」と、物にくさふに、跡からにらみ付《つけ》、「さあ旦那《だんな》めしませ」と、駕籠《(かご)》をなをす[三]。新助のりさまに駕籠《(かご)》の中《うち》を見れば、封《ふう》[四]じ文《ぶみ》一つあり。「是《(これ)》は最前《(さいぜん)》上《かみ》から乗《のつ》て来《き》し、旅人《りよじん》の取忘《わす》れし文成《ふみ(なる)》べし。呼返《よびかへ》して是をやれ」といへば、「中《なか》に銀《かね》さへござらずば、状一つやなどはわすれおつたら大事[五]か。其上もはや尻《しり》[六]かげも見へねば引さいてすてたまへ」と、いひさまに、肩《かた》をそろへて舁《かき》だす。

新助是非《ぜひ》なく、此《(この)》状をひらき見るに、「十兵衛[七]殿下られ候に付《(つき)》、一書申入候。弥《いよ〳〵》御無事に御勤《つとめ》珍重に候。我等事昨晩《さくばん》[八]上下共に息災《そくさい》にて致レ帰宅《きたくいたし》候。然《(しかれ)》ば茶《ちや》[九]入の繕《つくろい》、留守《るす》の中《うち》に出来候て、此方に請取置《(うけとりおき)》候。近日春日膳《かすがぜん》[一〇]指《さし》下《(くだし)》候時分、一所に遣《つかは》し可申《(まうすべく)》候。将又《(はたまた)》此度大和廻《めぐ》[一一]りいたし候て、岡寺《をかでら》[一二]より、多武峰《たふのみね》[一三]へ参リ候道《みち》に、安部《あべ》[一四]と中《(まうす)》所の里《さと》はづれに、草堂《さうだう》[一五]有《(あり)》レ之《これ》連衆《つれしゆ》咽《(のど)》をかはかし立寄《(たちより)》茶《ちや》をも

四六 大坂城の北、旧大和川川口にかかる橋。北詰が京街道の起点。
四七 河内国茨田郡の枚方宿。現大阪府枚方市。京都と大坂の中間の淀川東岸。
四八 やたらに急いで。目当もなく気持ばかりあせる状態。
四九 河内国茨田郡大庭一番村所在。現大阪府守口市内。
五〇 京都の方。
五一 客を交換すること。二つの駕籠が互いに自分達の帰路の方へ向かう客を交換しあう。
五二 えたいの知れぬ物。
五三 物価の安い時。佐田・京橋間は近いので有利な客でないと拒む。
五四 今日のじゃんけんに当るか。
五五 酒手を願う。 五六 わずかの銭。
五七 忘れ物のないのを確認して言う。

一 割増し、酒手。
二 他人の労に報いず自分の利とする者。
三 乗る便のよいようにすえる。
四 封をした手紙。
五 大事か、いや大事無い。かまわぬ。
六 うしろ姿。
七 十兵衛が大坂に下るのでこの手紙を托するという。
八 主人と供の者。
九 茶を入れておく器。茶の湯の道具。
一〇 春日塗の膳。
一一 原本「廻《めぐ》り」。
一二 大和国高市郡の飛鳥(現奈良県高市郡明日香村)の東光山竜蓋寺。

らひたべ[一六]申され候。其茶碗《ちやわん》今上方《かみがた》に賞翫《しやうくはん》致《いたし》候、[一七]三《み》島茶碗《しまぢやはん》の、しかもころよき[一八]にて候ゆへ、いかさま何ンぞ堀《ほり》出しもあるべき所と存《(ぞんじ)》、うそ〳〵[一九]見ありき候所に、仏壇《ぶつだん》の間《ま》の腰張《こしばり》[二〇]、勝手口《かつてぐち》より三枚《まい》めの反古《ほうぐ》慥《(たしか)》に定家《ていか》[二一]の三首《しゆ》物と見申候所、少シも違《ちがい》あるまじく存、早速住持《さつそくぢうぢ》にもらひかけ可申存候へ共《(ども)》、連《つれ》の内に、まんがちなる[二二]欲仁《よくじん》候故《ゆへ》、態《わざと》[二三]其分《ぶん》にて罷《(まか)》リ帰候。此度引返《ひつかへ》し参可申存候へ共、下向《げかう》仕《(つかまつり)》間もなく、又罷立《(まかりたち)》候事も、近所の手前家《け》来《らい》共のおもはくいかゞに候故《ゆへ》我等は参リ不申《(まうさず)》候。貴《き》殿急《でんきう》に彼《かの》所へ参られ、住持《ぢうぢ》の気《き》のつかぬ様《やう》に、少《せう》銀にてもらひ被申《(まうされ)》候様《やう》に、才覚《さいかく》可被成《(なさるべく)》候。尤《(もつとも)》欲《よく》の世の中、此十兵衛[二四]殿などにも、沙[二五]汰御無用に候。此方にても、何の義《ぎ》も不申《(まうさず)》候。急《きう》に御越《こし》可被成候。慥雷《たしかいかづち》[二六]の岡《をか》など〔と〕申《(まうす)》、古所《こしよ》[二七]の辺《へん》かと覚申《(おぼえまうし)》候。道具や太郎助殿まゐる、同太右衛門より」と、読《よみ》もはてず「是天のあたゆる福《さいわひ》」と、心をしづめ四五遍《へん》くりかへして、よんで見るほどうまき事也。まづおしいたゞき懐中《くわいちう》し、扨《(さて)》駕籠《(かご)》の者共にいひけるは、「我大坂に用ある事を失念《しつねん》

一三 十市郡多武峯。現桜井市内。藤原鎌足を葬った多武峯寺があった。
一四 十市郡の安部。現桜井市内。多武峯は岡寺と山を隔てた東方。岡寺から東北方安部へ出、東南方に南下して多武峯というコースをとっている。
一五 庵室。
一六 飲むこと。
一七 朝鮮系の茶碗で、その細かい模様が伊豆三島神社の出す三島暦のようというので名付ける。
一八 大きさが丁度よい。
一九 きょろきょろ。
二〇 障子の下部に張った紙。
二一 藤原定家筆の和歌三首を認めた切。「定家の三首物」(二代男・五の二)。古筆を譲られ儲けるは永代蔵・四の二をヒントとするもの。
二二 自分勝手な欲深い人。
二三 その程度で。見定めただけで。
二四 この手紙を托され駕籠に忘れた男。
二五 話さないようにしてください。
二六 飛鳥所在、岡寺北西の小丘。安部とは少し距離があるが、南都名所集に「安部 附雷岡」とあり、近接地と考えたのであろう。
二七 古跡。旧跡。

して出たれば、是《（これ）》より立かへれば、汝等《なんぢら》には隙《ひま》をやるぞ」と、駕籠《〔かご〕》をおろさす。駕籠舁《〔かごかき〕》共は、「[一]はれそれは御太儀《たいぎ》な」と、[二]笑止《せうし》な顔《かほ》はすれど、[三]から身でかへるをよろこぶ。新助はそれより、一さんに宿《やど》にかへり、妻子《さいし》のなき身は心やすく、俄《にはか》に[四]市をたて《〔ゝ〕》、諸道具のこらず売払《はらい》、何か取あつめて、金十壱両弐歩を腰《こし》にひつつけ、家主に暇《〔いとま〕》こいて、すぐに件《〔くだん〕》の草堂《さうだう》へ尋行《（たづねゆき）》、[五]品《しな》よく住持《ぢうぢ》にもらひかけて、金子拾両相わたし、二色《いろ》の道具を取て、又大坂に立帰り、[六]伏見《ふしみ》町の道具やへ、三島茶碗《ちやはん》を金[七]五枚《まい》に売はなし、扨《（さて）》定家《ていか》の三首《しゆ》物は、京へ持上《のぼ》り、表具《ひやうぐ》をいたし、上《かみ》京の有《う》徳《とく》なる、茶人《ちやじん》の本《もと》へ、大分の銀《かね》に替《かへ》て、[八]一夜検校《やけんぎやう》のごとく、[九]よい身となつて、しばらく[一〇]西寺内《にしじない》に宿《やど》をかり、一両年は色事《いろごと》やめて、堀出《ほりだ》しを心がけしに、必《かならず》よい時は、するほどの事心にかなひ、二年半と申《（まうす）》秋の比《（ころ）》、五千両といふ小判の数《かず》になして、古郷《こきやう》なれば難波《なには》に[一一]帰り花、[一二]錦《にしき》をかざりて親《おや》のすまれし、本町の屋敷を[一三]二双倍《さうばい》で買戻《かいもど》し、「今ははや浮世《うきよ》小路《せうじ》の遊び駕籠《〔かご〕》にのつても、あまり人に笑《わら》はるゝほどの身でもあらず」と、女郎狂《ぐる》ひの心ざし頻《しきり》なりしが、よく思案《しあん》をめぐらすに、「五千両の[一四]幅《はゞ》にては、太夫にかかつて、見事なさばきと、いわるゝ程《〔ほど〕》にはならず。せめて一万両の身躰《しんだい》に[一五]ならでは、太夫を買《かふ》てもおかしからず」と思ひなをして、それより[一六]北浜《ばま》の若い者《もの》と組《くん》で、[一七]米事《ごと》にかゝりしが、仕合《（しあはせ）》のよい時は[一八]吹付《ふきつけ》る風空《ぞら》に、思ひの外の[一九]あがりを得、つゐに願《〔ねが〕》いのごとく、一万両の身躰《しんだい》となつて、「さあ今こそ大臣といはれ

一　やれ。やあ。
二　気の毒なという顔。
三　身一つ。ここは客を乗せぬこと。
四　競売にした。
五　うまく。
六　高麗橋の通りの一筋南の東西の通りの梅檀木筋から心斎橋筋までの間。現中央区内。
七　大判五枚に当る金額。
八　千両の官金を納めてにわかに盲官最高位の検校になった者。
九　金持。富裕者。
一〇　六条通の南の、新町通と大宮通の間の一称。現下京区内。
一一　かえり咲きの花。難波の梅に縁のある語を用い、再度の繁栄をいう。
一二　故郷へ出世して帰ること。
一三　二倍。
一四　威勢。はぶり。
一五　原本「なら、では」。
一六　東横堀より西の、大川(淀川)南岸の地域。現中央区内。振仮名原本のまま。其磧諸作「きたばま」と読む。
一七　米相場。
一八　台風で減収になると米価が上がる。
一九　値段の高騰。

て、二〇四つ橋《ばし》を幅広《はゞびろ》にありきてもくるしからず。あゝうれしや」と、四五年二一はり弓のごとく、ひつぱつたる気ゆるみしより、俄《にはか》に煩《わづらい》出し、さま〴〵医療《いりやう》をつくせ共《ども》、年〳〵二二気《き》を煎《いり》へらし、二三心虚《きよ》といふ病《やまい》のよしにて、二四幾《いく》薬あたへても、いかな〳〵露ほどもきかず、次第〳〵におもりければ、新助泪《なみだ》をながし、「さりとては悔《くや》しや。是ほど短《みじか》き命としらば、五千両の時、くわつとつかふて仕舞《しまふ》べきに、無益《やく》の金《かね》をためて二五仏くさい弔《とふらひ》事に捨《すて》てのけんこそ、かへす〴〵もかなしけれ。我むまれてより以来《このかた》、二六伽羅《きやら》くさい太股《ふともゝ》もしらず、二七三つ蒲団《ふとん》の上《うへ》に枕もならべずして結構《けつかう》なる夢を見ずに、此《この》まゝ死《し》なば、閻魔《えんま》の前にして、二八見る目《め》かぐ鼻《はな》といふ粋《すい》に出合、「汝《なんぢ》〳〵前生《ぜんしやう》にて、二九草津の姥《うば》が餅《もち》をくふたか。太夫と床入したか」と、必《かなら》ずとはれん其《その》時しもせぬ偽《いつわり》をつかば、三〇鏡《かゞみ》にかけてあらはれ、三一かきがへもなき下帯《おび》をはづされ、後の世にはぢかゝん事、三二なんぼう無念の至り也。せめて息《いき》の通《かよ》ふうちに、女郎買《かい》ほどの器量《きりやう》ある養子《やうし》をせばや」と、手代共に此趣《おもむき》をかたれば、いづれもつゝしんで承り、「御養子《ごやうし》をなされなば、幸《さいわひ》三三堺筋《さかいすじ》の甥子《おいご》さまか、三四平野の従《いと》弟子《こご》然《しかる》べし」と詞をそろへて申上る。「いや〳〵汝等《なんぢら》が三五思入《おもひいれ》、我に違《ちが》へり。甥《をい》も従弟《いとこ》も、太夫を自由《じゆう》にするほどの器量《きりやう》なし。然れば我《わが》三六存念を達《たつ》すべきやうなし。三七唐土《もろこし》の尭《げう》王は、九人の皇子《わうじ》をおきて、三八舜《しゆん》の太子に立《たて》たまふ。たゞ何者にもせよ、分知《わけしり》と三九それしや共にいわるゝほどの、器量《きりやう》者を養子《やうし》とし、親まさりといはせたし。是我願《ねが》ひの一つなり」とて、

二〇 四ッ橋をえらそうな顔で歩く。新町至近のこの橋を渡りくり込む。
二一 緊張した状態をたとえていう。
二二 気をもみ神経をすりへらし。
二三 心気不足の症。
二四 幾つもの薬。
二五 自分の葬いにつかうことを言う。
二六 高級の遊女と接したことがない。
二七 太夫の用いる三枚重ねの敷蒲団。
二八 閻魔の傍にあって亡者生前の善悪を判別する男女二つの首。諸事を知り通じているので粋という。
二九 近江国栗太郡草津村―東海道草津宿(現滋賀県草津市)の名物。閻魔と奪衣婆の連想で姥(が餅)を出す。
三〇 閻魔の庁にある死者生前の悪業をうつし出す浄玻璃の鏡。
三一 「(島原は)犢鼻褌の、かき替もなき人、ゆく所にあらず」(一代男・七の二)という。始末人の風。
三二 いかにも。実に。
三三 難波橋南詰を起点とする難波橋筋の一筋東の南北の通り。甥子は甥御。
三四 大坂の町の東南郊平野郷。現大阪市平野区内。従弟子は従弟御の意。
三五 考え。
三六 思い込んでいること。
三七 中国古代の五帝の一。九人の子を舜の臣としたこと太平記・三十二の六にあり。
三八 虞舜。五帝の一。孝をもって聞え、尭の二女を妃とし帝位を譲られた。「舜の」原本のまま。
三九 ここは色の道に通じた人。

広《ひろ》き大坂中を尋しに、[一]茶碗焼《わんやき》出す、高原といふ所に、[二]風の神と相住《(あひずみ)》して、新町の名ある、太夫天神の姿《すがた》を紙幟《(のぼり)》に画《ゑがき》、其《(その)》身はふるき破編笠《やぶれあみがさ》をきて、[三]橋《はし》〳〵をもつてまわり、「さあ〳〵[四]丹波屋の小ざつま、明石《あかし》やのもろこし、あづま、むらさき、かづらき、吉田、瀬《せ》川、奥州《おうしう》小琴《ごと》が、にがみのはしつたを、[五]古釘《ふるくぎ》にかへませう〳〵」と、子共[六]たらして[七]其日おくりにする男、「どふでも[八]色知《いろしり》の果《はて》なればこそ、あの身になつても、女郎の事はわすれず。昔《むかし》をとへ」と、よびいれて、[九]始《はじめ》を聞《(きく)》に、「難波《なには》津に[一〇]我《わが》よしあしは御存知の事なれば、[一一]つゝむにおよばず。譲《(ゆづ)》りを請取てより、[一二]宿に一夜もねずして、新町に通《かよ》ひ詰《づめ》の男。太夫の[一三]金吾《きんご》になづみて、算《さん》用なしにつかひすて、今此《(この)》躰《てい》」と、はづかしげなくかたれば、新助枕をもたげて「さりとは[一四]奇特《きどく》な男、是《(これ)》こそ色神《いろがみ》の引合《(ひきあはせ)》」とよろこび、則《(すなはち)》養子《やうし》と定《さだめ》、一万両の金を、のこらずゆづりて、つゐに其身は過行ぬ。

[一五]紙子《かみこ》大臣思ひもよらぬ跡をしてやり、遺言《ゆいげん》にまかせ、ふたゝび新町に通《かよ》ひて、時めく太夫に、[一六]灸《やいと》の蓋《ふた》をさせる程《(ほど)》に[一七]しこなし、「諸分知《しよ(わけしり)》」と、末社《まつしや》もあがめ奉り、女郎も「[一八]かたさまならでは」と、偽りさつて、[一九]真なる心ざし、かたまり、御腹《はら》次第にかさだかになつて、道中するも見ぐるし。「ねがはくは此里出て、お屋敷でお子さま[二〇]産《うみ》ましたい」との[二一]訴詔《そせう》、大臣聞とゞけられ、吉日を見て根引《ね(びき)》にすべき企《くはだて》。「諸事八百両で埒のあく事、近比《[ちか][ごろ]》心やすき儀」と、お敵《てき》の悦び大方ならず。里《さと》のすまいも今二三日、太夫に名残《[なごり]》の

一　以下「相住して」まで置土産・二の三瓢箪、猿まわしを風の神に変改。高原は長堀東端の東方、谷町筋と松屋町筋の間、安堂寺橋筋より南の一画。高原焼を産出。現中央区内。
二　風邪流行の時、風の神を追い払うと称して門付けして歩く乞食。
三　大坂は橋が多く、橋詰は人の集まる所。
四　以下「にがみのはしつたを」まで置土産・二の三に出る女郎名と批評による。貞享(一六八四―八八)前後の女郎名である。
五　古鉄類を飴や玩具に替えて歩く業の者がいた。
六　だましすかして。
七　その日暮らし。
八　色の道に通じた人。
九　一部始終。
一〇　自分の善悪は大坂中の評判。善悪に葭葦を掛ける。葦は難波津の縁。
一一　隠す必要はない。
一二　自家。わが家。
一三　木屋長右衛門抱えの太夫。
一四　これを奇特というのは常識の反対。
一五　歌舞伎で零落した大臣は古編笠・紙子姿で登場するところから、このようにいった。
一六　灸をすえたところに膏薬をはらせる。
一七　うまく遊びこなす。
一八　あなたさま。
一九　遊女は普通妊娠せず、妊娠するのはその男を本当に思うから。

盃事《さかづきごと》揚屋《あげや》一家罷出《まかりいで》、二二さいつさゝれつ、妹《いもと》女郎禿《かぶろ》迄、「あやかりません」と喜悦の酒盛《さかもり》賑《にぎやか》なる最《さい》中に、此世をさりし新助が声《こゑ》、天井に音《おと》して、「あの女郎請出す事無用〳〵。腹なる子は、二三西横《にしよこ》堀《ぼり》の、二四四の二といへる二五間夫《まぶ》の男が種《たね》にして、汝が子にてはなきぞ。二六切〻《せつせつ》中座《ちうざ》して二七用事かなへに雪隠《せつちん》へゆかれしは、二八厠《かわ》屋を名代《なだい》にして、柴部《しばべ》やへはづし、此子種をつきいれられし、古《ふる》ひ仕掛《しかけ》をくふのみならず、二九ね心のわるい女郎を請出し、三〇身二つになると三一作《つく》り気違《きちがい》になつて、汝にあかれ、間夫《まぶ》の四の二が方へ立のかんとのたくみをしらず、三二鼻毛《はなげ》をよまれしたわけもの。それほどの三三うつそりとはしらいで、養子《やうし》にせし事三四黄泉《よみぢ》のさはり、くやし〳〵」と姿は見へず、声《こゑ》ばかりしてうせにけり。一座の者《もの》共肝《きも》をつぶし、あきれてそらを見れば、女郎は赤面《せきめん》しながら、「近《ちか》比三五悪功《わるごう》な幽霊《ゆうれい》じや」と、天井をうらめしげに、見あげられしは断《ことはり》〳〵。

二〇 お産みしたい。
二一 お願い。嘆願。
二二 盃をさしたりさされたり。
二三 土佐堀川と道頓堀川を結ぶ南北の堀。中之島にかかる肥後橋の下より南に入る。それに沿う一帯の称。
二四 六兵衛など六の字の付く名の男の替名。
二五 情夫。
二六 たびたび。しきりに。
二七 用便のために。
二八 便所へ行くのを名目にして、薪を入れておく小屋で情夫と密会。一代男・七の三にこの密会法あるによる。
二九 根性。
三〇 出産すると。
三一 にせ狂人。
三二 女にあなどられ思うようにされる。
三三 うっかり者。
三四 成仏の妨げ。
三五 悪ふざけをする。

第五　梅に名の鳥が啼東路《なくあづまぢ》の別《わかれ》
男にも[一]血《ち》の道《みち》の煩《わづら》ひ恋に目《め》まい心

「色里《いろざと》の商売《しやうばい》、年中[二]抓《つかみ》取ﾘもあるやうに思へど各別《かくべつ》[三]あはぬ客《きやく》あり。たまさかに鹿恋《かこい》ひとつ買《かふ》男、二三人つれだち、まだ[四]虎屋の[五]梅花《ばいくわ》の油《あぶら》見世《せ》も、出《だ》さぬ時分[六]出《で》立《たち》ぐらいで揚《あげ》屋に行《ゆき》、[七]三つ取合の[八]南蛮《なんばん》菓子《くわし》を、一人に[九]壱斤《いつきん》あてにあらし、[一〇]木枕鼓《づゝみ》に[一一]番謡《うたひ》、腹《はら》のへるをかまはず。中食《ちき》に[一二]切麦《きりむぎ》、程なく夕食《めし》[一三]夜食《やしよく》、ことさらいひあはしたやうに、いづれも上戸《ご》なれば、[一四]中酒《しゆ》から[一五]汁椀《しるわん》で見しらし、[一六]おさめまで是《これ》で廻《まは》し、鼻《はな》紙いれば、女郎の[一七]延用捨《のべやうしや》もなくつかひ捨《すて》、煙草盆《たばこぼん》の煙草《たばこ》迄、打あけて取ていぬる客《きやく》にも、[一八]宿《やど》のならひにて、[一九]花《くわ》車《しや》が二度《ど》ほども出て、「是は[二〇]手織《をり》でござりますか。其《その》まゝ絹《きぬ》のやうなる、[二一]碁盤《ごばん》島《じま》をめしました」と、[二二]軽薄《けいはく》いひける。諸事[二三]丸取ﾘにしてから、揚屋《あげや》の取《とり》が七匁ぞかし。是程《ほど》あはぬものはあるまじ」といへば、「是尤《もつとも》[二四]かなやの金五郎、息災《そくさい》で居《ゐ》し時、罷《まかり》出て申は、「是よりあはぬものあり」。「それは何じや」ときけば、「野郎《やらう》の病中」と申す。「それこそしれた事。商売《しやうばい》やめて[二五]居喰《ゐぐい》にする事、野郎《やらう》にかぎらず、[二六]知行《ちぎやう》とらぬ程《ほど》のものは皆あはぬ筈《はづ》也。[二七]まそつとよい事を申せ」と[二八]打こめば、「是はいづれものきゝやうがわろし。野《や》

一　婦人病の一つ。目まいはその症状の一つ。
二　ぼろ儲け。
三　採算のとれぬ。欠損になる。
四　新町東口の大門左にあった。香油・元結その他化粧品を売った店。
五　梅花香油。頭髪用の水油。
六　出がけに朝食をとる程度で。
七　三種取りあわせ。
八　ヨーロッパ伝来の製法の菓子。
九　通常百六十匁。一人一斤ずつ食いあらす。
一〇　木枕の鼓。木枕を鼓に見立てて使う。
一一　一番の謡を始めから終りまで通して謡うこと。
一二　小麦粉を練りうどんより細く切り、ゆでて多くは冷して食う。
一三　夜分に出す軽食。
一四　食事の時に飲む酒。
一五　盃より大きい汁椀でやらかす。
一六　酒の飲みおさめの時まで。
一七　延紙。多く大和国吉野より産する上等の鼻紙。
一八　揚屋。
一九　揚屋の女房。
二〇　自宅で織った布。
二一　碁盤縞。縦横の縞が碁盤の目のようになったもの。あらい碁盤縞は木綿の単衣に多い。それゆえ絹そのままとほめる。
二二　追従。おべっか。
二三　まるまる取っても鹿恋の時の揚屋の取り分は七匁、提供した飲食費を計算すると採算がとれぬ。

郎《らう》の病中《びやうちう》には、日比《ひごろ》目をかけて、不便《ふびん》がらるゝ大臣ほどあ[二九]はぬもの也。そのゆへは、つねに子共心になつて、あいらしい事のみして、かわゆがられた若衆、病中には白粉《をしろい》けたへて、赤《あか》みがちなる頰髭生出《ほうひげおひいで》其儘《まゝ》[三〇]島ものを見るごとくなれば、姿を恥《はぢ》て誰人にもあはぬ」といふ。それは其筈《はづ》なり。色を売《うる》身は其心掛《がけ》尤ぞかし」。

[三一]高島やのあづまぢ、[三二]十死《し》一生の時、[三三]凡夫《ぼんぶ》の昔《むかし》より不便《ふびん》がられし、半風《はんぷう》といふ大臣、病中五十日余《よ》、雨《あめ》の夜も風の日もかゝさず、一日に三度づゝの見舞。薬《くすり》の様子《やうす》[三四]食事《しよくじ》のすゝみ様《やう》くわしく尋《たづね》、今一度の本復《ぷく》を諸神へいのり、[三五]庚申《かうしん》へ[三六]裸《はだか》参の代参《だいさん》をたて、[三七]住吉へ命乞《ごい》の[三八]庭神楽《にはかぐら》を参らせられ、身をなげうつていのられけれ共《ども》、「次第〳〵に頼《たの》みすくなき」由、遣手《やりて》がつげければ、「一生の暇乞《いとまごい》に対面《たいめん》すべき」由《よし》、太夫方へいひ入たまへ共、「いかな〳〵此《この》世を思ひ切て居る上は、どなたにも御目《め》にかゝる事致《いた》さず。かさねて申とゞくるな」と、さりとては心づよき言分《いひぶん》。妹《いもと》女郎引舟遣手《やり》の久米《くめ》迄、口をそろへ異見《いけん》申けるは、「お馴染《なじみ》おほき中に、半風《はんぷう》さまほど誠ある御方はあるまじ。御[三九]気色《きしよく》わろきとて、引こみたまふ日より今日《けふ》まで、五十日あまり一日もかゝしたまはず、毎日三度の御見舞に、つゐに一度もあはせ給はぬ御事、あまりと申せば、御心《こゝろ》づよき仕《し》かた。[四〇]夢ばかりあはせられ、なき跡の事共、又は兼《かね》ておはなしなされおかれし、[四一]お袋《ふくろ》さまの事迄も、ぢきにおたのみなされおかれなば、いよ〳〵御不便《ふびん》におぼしめし、何かにつきてよろしか

二四 「尤かな」と金屋金五郎を掛ける。金五郎は元禄末京坂にいた中級の役者で額風呂の小さんと浮名を流し病死した。それがまだ元気な時。
二五 働かずに徒食すること。
二六 封禄。これがあれば徒食可能。
二七 もうちょっと。
二八 やりこめると。
二九 ここは逢わぬの意。
三〇 えたいの知れぬもの。
三一 高島屋抱え元禄十年(一六九七)ごろ在廓の太夫。本書刊行前に死去したのであろう。
三二 全く生きる見込のないこと。
三三 太夫になる以前。
三四 食欲の有無。
三五 四天王寺庚申堂。四天王寺の南方にある。現天王寺区内。
三六 寒中に裸で神仏に参ること。
三七 大坂の町の南郊住吉にある住吉神社。現住吉区内。
三八 舞台を設けず庭に篝火を焚いて奏する神楽。
三九 気分が悪い。
四〇 ほんの僅かの間。
四一 お母様。

るべし。[一]ひらさら今日《けふ》は御対面《たいめん》あれかし」と、すゝめ申せば、「[二]さら〳〵そなた方《がた》のおもはくとは、大きなる違《ちが》いあり。今半風《はんぷう》さまのそのごとく、我《われ》事を大切《せつ》におぼしめし、御心をつくさるゝも、我身息災《そくさい》なりし時の姿を愛《あい》したまいて、おぼしめしわすれ給はぬゆへ也。然るに今かく、やみつかれおとろへたるを見たまはゞ、興《けう》さめて恋をさましたまふべし。惣じて色《いろ》を以て人にかわゆがらるゝものは、色おとろへては愛《あい》うすくなる事、つねの人心也。あいまして恋をさまさせませんよりは、あはで死《し》なば次第《しだい》におぼしめし出て、一ぺんの回向《ゑかう》にもあいぬべし」と、つゐにあはずおしや勤《つとめ》ざかりに、此世《この》をさりて新町に花なき心地と、[三]行人《ゆくひと》袖をぬらしぬ。おしきかな情《なさけ》[四]あつて、大気《たいき》にうまれつき、風俗《ふうぞく》太夫職《しよく》にそなはつて、衣裳《いしやう》よくきこなし、一座にぎやかにして、床《とこ》しめやかに、[五]取リ入《いる》程《ほど》よい事おほく、[六]名誉《めいよ》思ひをのこさせ、別《わか》るゝよりはやかさねてあふ迄の日を、いづれのお敵《てき》にも待兼《かね》させ、末社《まつしや》共にもありがたきお言《ことば》。何かにつけて「此君ならでは」と、此里へ来《く》るほどの者《もの》思ひをかけぬはなかりき。

ある時九軒《けん》の住吉《すみよし》やにて、木五《きご》、朝原《あさはら》、柏正《はくしやう》といへる、[七]今出《いまで》の三大臣、[八]東路《あづまぢ》、唐土《もろこし》、八重霧《やゑぎり》、三太夫に手をそろへてあい奉り、毎日の騒《さわ》ぎ。木五がつれし[九]末社《まつしや》は作政《さくまさ》とて、[一〇]黒菊石《くろみつちや》の[一一]きんかあたま、しかも[一二]せい短《たん》にして、片足《かたあし》少しながく、何にひとつ取得《とりえ》のない男なれ共恰好《かつかう》の人に替りておかしきと、[一三]頓瓢《とひやう》な上るり語《かた》るを興《けう》にして、いつもお供につ

一 ひらに。せつに。
二 一向に。全く。
三 「都をば花なき里になしにけり吉野は死出の山にうつして」（灰屋紹益、一代男・五の一にも出）によるか。
四 以下「此君ならでは」辺まで一代男・六の一剽窃、変改あり。
五 馴染む。親しくなる。
六 不思議に。奇妙に。
七 新参の。
八 唐土は扇屋栄寿抱え。八重霧は名寄になし。
九 以下「取得のない」まで二代男・四の一により、変改あり。
一〇 黒みがかったあばた。
一一 禿げ頭。
一二 背が低いこと。
一三 ひょうきんな。
一四 長堀川の、四ツ橋と木津川合流点の中間辺の両岸。現西区内。

れらるゝ。扨《（さて）》朝原《あさはら》につきしたがふ太鼓持《たいこ》は、[一四]白髪町《しらがまち》の留平《るへい》とて、厚鬢《あつびん》にして、色白く、声《〔こゑ〕》よく[一五]端歌《はうた》の名人、女のすく風《ふう》にて、殊更[一六]鼻《はな》の高《たか》い所偽《いつわ》りなく、[一七]口拍子《びやうし》のきゝし若者《わか〔もの〕》。其外《（その）》の末社は、[一八]西の芝居《しばい》の囃子方《はやしかた》一両人打まじつての酒事《（さかごと）》、楽《〔たのし〕》みといふは[一九]大底《たいてい》の事、[二〇]罪《つみ》も報《〔むく〕》ひも、女房子の事もわすれはてて《〔ゝ〕》、おもしろがる中に、留平《るへい》は此内の君達に、[二一]恋すると見へて、[二二]馬刀《まて》の吸物《すいもの》咽《〔のど〕》をとをらず、思ひに胸《むね》をくるしめる躰《てい》。唐土《もろこし》さとい女郎にて早速《さつそく》気をつけ、ひそかにさゝやきしは、「汝恋するを見うけたり」といへば、留平横《よこ》手を打て、「扨はあらはれてはづかし。此いつの比《（ころ）》よりかかたさまの御事を、おもひそめまして」と[二三]手をしめる。唐土《もろこし》大笑して、「[二四]鼻《はな》もうごかさず、ようも〳〵ない事をいへる男め。我に執心《しうしん》いつはりなくば、のちとはいはじ、只今御心にしたがひ奉る。そんな事は[二五]今から五六年も、此里の門《かど》松を見らるゝ、素《しろ》ひ女郎にいわんしたがよひ。[二六]泣《なか》ずに男にうれしがらする程の女に、いかな〳〵[二七]ぞんじ共《（とも）》よらぬ事。そなたの[二八]思ひ人は、[二九]鳥が啼方《なくかた》」といへば、「あつぱれ[三〇]見どをし〳〵。そのあづまぢさまに[三一]なんとも成《（なり）》ませぬ。せめて此事通《つう》じてなり共あらば、又いつぞの時節《〔じせつ〕》もあるべき物を」となげく。「それが[三二]定《〔じやう〕》ならば、神《しん》ぞ此恋我等《ら》[三三]請取《（うけとる）》。明日の別《わかれ》に、腹《はら》いたむとて残り給へ。[三四]お敵《〔てき〕》へはよきにいひなし、あはすべき」と、請合《あい》給へば、うれしく、「今の世のふかき情知《なさけしり》さま。[三五]此君[三六]七代まで太夫冥加《みやうが》あれ」と、心中にねがふも断《〔ことはり〕》ぞかし。

一五　三味線を伴奏に歌う小曲。
一六　鼻の大なる者は一物も大という。
一七　話し方がうまい。
一八　道頓堀の戎橋南詰東角の歌舞伎劇場。道頓堀の劇場中一番西にある。その囃子担当の者。
一九　ひととおりではない。用字原本のまま。
二〇　「罪も報も、後の世も忘れはてゝおもしろや」(謡曲・鵜飼)。
二一　「咽をとをらず」まで置土産・五の二により、蠣(かき)を馬刀に改む。
二二　馬刀貝の吸物。
二三　(唐土の)手を握りしめる。
二四　平然と。ぬけぬけと。
二五　まだ五六年もこの廓での勤めの期間を残す未熟な女郎。
二六　泣き落す、口舌で泣く、閨中で泣くなどは女郎の手管。
二七　思いもよらぬこと。(そんなことを言って喜ばせようなどとは)とんでもない。
二八　恋人。
二九　鳥が啼はあづまの枕詞。東路をさす。
三〇　心の裏まで見抜くこと。
三一　恋して動きがとれぬ。
三二　本当。
三三　引き受ける。
三四　ここは東路を指す。
三五　「ねがふ」まで、一代男・七の六。なお一代男では吾妻が世之介と忍びあうので、吾妻にた名の東路のこととしたのであろう。
三六　いつまでも。

爰《(ここ)》に作政《さくまさ》は、昼《〔ひる〕》からうき〳〵共《(とも)》せず、日比《(ひごろ)》嫌《きら》ひの念仏を口の中《うち》にて、ぼち〳〵と申て、好物《かうぶつ》の酒も、のむ顔《かほ》して打あけけるを、大臣御覧《ごらん》じつけられ、「作政が今日《〔けふ〕》の[一]風俗《ふうぞく》まだ間のある[二]大晦日《(おほみそか)》を案《あん》ずる躰《てい》と見ゆる。近《〔ちか〕》比《(ごろ)》小気《せうき》成《(なる)》男め。[三]廿ぱい迄は[四]此《(この)》鼻《〔はな〕》が合力《かうりよく》して得さすべし。心やすく[五]春のきた心になつて、さわぐべし」との御意、有がたく、「旦那は[六]清明はだし。ざつと是《(これ)》で重荷《おもに》がおりました」と、[七]一花《いつくわ》はさわぐやうなれども、またじ[八]み〳〵とめいりて[九]野辺《のゐ》へちかづく罪《ざい》人のやうに、[一〇]なげ首して、片隅《かたすみ》へよるを、八重霧《やへぎり》[一一]立品《(たちしな)》に、肩《かた》を引て勝手口《かつてぐち》にまねき、「そなたあづまぢさまにほれたと見請し、我目《わがめ》は違《ちが》ふまじ。さもあらばたゞ一度の[一二]首尾《しゆび》は、命にかけて取持べし」と、ふかきお[一三]心入《(こころいれ)》とかふの返答は申上ずして、すゝりあげて男泣《なき》にないて、茶[一四]小紋《〔ごもん〕》の袖をひたす。八重霧いよ〳〵不便《〔ふびん〕》増《まし》て、「しからば大臣御帰りの時分、心地あしきとて跡にとゞまりたまへ。何とぞ思ひ人にたのみまして、心よくあはして参らせん」と、のこるかたなき御心入。「[一五]わたもちの愛染《あいぜん》さま、

一 様子。
二 大晦日の支払いを心配する。
三 金二十両。
四 自分。このおれが。
五 めでたい新年を迎えた気分になり。
六 安倍晴明。平安時代の陰陽道の大家。近世には清明とも書き伝説が多い。その清明も旦那に及ばぬ。
七 一時。暫くの間。
八 じわじわと。次第に勢いを失うさま。
九 「野辺」原本のまま。大坂東北郊の野江村。現城東区内。刑場があった。
一〇 思案にくれるさま。
一一 立つ際。立つ時。
一二 情交。
一三 配慮。気づかい。
一四 小紋は細かい模様を地一面に染めたもの。
一五 生きた愛染明王。愛染明王は愛欲をつかさどる仏として信仰された。

まわりどをき[一六]勝鬘《せうまん》の鉦《〔かね〕》の緒《お》にとりついてたのまふよりは、君が紅《〔くれない〕》の内衣《ゆぐ》の紐《ひも》に、頼《〔たの〕》みをかくればすむこと」と《〔こ〕》、[一七]挑灯掛《ちやうちんかけ》しをくやみぬ。

かくて二人の[一八]ほれ手共、互《たがい》にそれとはしらず、[一九]心〳〵に明方《〔あけ〕がた》を待て、「此いつよりか恋つみし、胸《むね》の思ひを此暁《あかつき》に、はらす事よ。此ごとく病人に[二〇]薬《くすり》がまはれば、死人《しにん》はなき世《よ》なるに、人皆恋にころされけるよ」と、仰にまかせ二人は、俄《にはか》に[二一]作《さく》病《びやう》をおこしける。つれられし大臣は、此[二二]内証《ないしやう》夢にもしらず、「何があたつた」と、とはせらるれば、留《る》平《へい》は「宵《よひ》にたべました、[二三]蛸《たこ》の手が胸《むね》によこたはつて、太鼓持《たいこ》ほどあつて、[二四]腹《はら》が張《はつ》て痛《いたむ》」と申《（まうす）》。「今日《けふ》の料理《りやうり》に蛸《たこ》はつかはぬが」と、亭主《〔ていしゆ〕》不審《〔ふしん〕》そふな顔《かほ》すれば、「なんじやしらぬが、やれ腹《はら》を引さくは」とうめく。「其《（その）》為にこそ」と、柏正《はくしやう》がつれられし、道鉄《だうてつ》といふ[二五]飛《とび》上りの[二六]針立《はりたて》、懐中《くわいちう》せし針《はり》を取出し、片手《かたて》に槌《つち》をもつて、「[二七]腹《はら》の虫《むし》を残らずたいらげ手なみを見せん」と、酒機嫌《〔きげん〕》にわめいてかゝれば、留《る》平はおどろき、「むまれついて針《はり》がきらい」と、勝手《かつて》へにげ入《（いる）》。「作政《さくまさ》は何とし

一六 四天王寺北西の同寺別院勝鬘院。本尊愛染明王。遊女・芸人などの信仰者が多い。その仏前の鰐口の緒を引いて鳴らして祈るよりは。
一七 勝鬘院に紋入の提灯を奉納して祈願する。
一八 ほれた者。恋した者。
一九 思い思いに。
二〇 薬がきく。
二一 仮病。
二二 内情。裏の事情。
二三 蛸の足。
二四 太鼓と張るが縁のある言葉。
二五 とっぴな言動をする者。
二六 鍼医。
二七 腹痛を起す虫。

た。宵《よひ》からうかなんだが」と、木五懇《〔ねんごろ〕》に尋らるれば、「頭痛《づつう》がいたして、あくびが出て、目がまふやうで、どふやら死《し》ぬるやうにござりますが、てつきり血《ち》の道でござりませふ。あゝ目がまふ〱」と、一にへかへる。内儀《ないぎ》心得て、俄《にはか》二によい茶《ちゃ》をいれるもおかし。道鉄《だうてつ》三ぬからぬ顔《かほ》して「血《ち》の道は若衆四にこそあれ」といへば、「それは痔《ぢ》の道《みち》の事ならん」と、五笑ひ立《(だち)》にして、太夫達《たち》に暇乞《〔いとまごい〕》、両人の病人を宿《やど》の男にあらましたのむとあつて、捨《すて》ていづれもかへり給へば、「六八つの鐘《かね》より夜明《よあけ》迄の楽《〔たのし〕》み、大分なり」と悦《よろこぶ》事大方《かた》ならず。

唐土《もろこし》八重霧《やへぎり》は、七面〻《めん〱》にたのまれし、恋男共がおもはく、詞に八品《しな》をつけ情《なさけ》をこめてあづまぢに我事《わがこと》九なげくやうにたのまれければ、あづまぢは二人《〔ふたり〕》一〇がわりなき心ざしを聞て一一「昔《〔むかし〕》生田《いくた》川に身を捨《すて》し弐人も、一人《〔ひとり〕》の女をおもふからの恋死《じに》、おもへばいづれをいづれといひがたし。しかし留平殿にあいます事は、もしもれきこへて、世の人の誹《〔そし〕》りいやなり。是《(これ)》はふつ〱一二思ひ切てもらひましたし。作政《さくまさ》殿事は、おもふ子細《しさい》あれば、ひそかに今宵《こよひ》斗《(ばかり)》はあふてしんずべし。八重霧《やへぎり》さま案内《あない》にて追付《(おつつけ)》我床《わがとこ》へ政《まさ》殿しのばせ給ふべし」とあれば、唐土《もろこし》むつとした顔《かほ》にて「世の人の誹《〔そし〕》りをおぼしめさば、作政《さくまさ》にあいたまふも、留平《るへい》にあい給ふも、一三名の立《(たつ)》はおなじかるべし。とかく一四取持手《(とりもちて)》による恋いとくちおし」と一五不興《ぶけう》して立給ふ。袖をひかへ「それは太夫共《(とも)》いわれさんす、こなさまには似《に》合ぬ一六不水《ぶすい》なる御事。留平殿は一七器量《きりやう》よくして、女のすく風《ふう》、我身《わがみ》とてもいやならず。その方《かた》に

一　大騒ぎをする。
二　感冒頭痛にはよい茶に橘・山椒を入れ熱くしたものを飲む。
三　抜け目のない顔。
四　血の道は婦人病であるが、痔と音が似、痔は若衆のかかりやすい病いなので戯れてこのように言った。
五　笑うのをしおに立つ。
六　八つは午前二時前後、それから夜明まで東路と長い時間楽しめる。
七　めいめい。　八　口実を設け。
九　歎願する。　一〇　どうにもならぬ。
一一　「いひがたし」辺まで一代男・六の七、異同あり。生田川は摂津国矢田部郡生田村(現兵庫県神戸市内)を流れる川。葦屋の菟原処女とそれを恋う血沼壮士・菟原壮士(万葉集・九に出る名)の話。大和物語・百四十七段、謡曲・求塚にも見え、人名・事情に異同がある。
一二　断然。　一三　浮名が立つ。
一四　取持つ者。仲介者。誰が仲介者であるかによって差をつけた恋。
一五　不快に思って。
一六　不粋。　一七　美男子。
一八　始終の事情。　一九　浮き名。
二〇　切ない恋情を理解して。
二一　浮気者。　二二　厄介だ。
二三　気風。気質。
二四　とやかく評判になることはない。
二五　恋の出来ぬ男。恋情を受け入れられることの不可能な男。
二六　承知させて。　二七　ほんの少しの。
二八　色遊びをする所。ここは揚屋。
二九　次男。　三〇　平宗盛。

あいましては、[一八]此《(この)》首尾《しゆび》しらぬものは、こなたから好《このん》であいもせしやうに[一九]仇名《あだな》たてられては、[二〇]折角《(せつかく)》情知《なさけしつ》て、あふてしんぜた甲斐《かい》なく、[二一]いたづらものの《〔と〕》やうに、取沙汰せられんも、[二二]言分《(いひわけ)》むつかし。又作政《さくまさ》はぶ男にして、しかも女のいやがる[二三]片気《かたぎ》。それも大臣ならば、欲《よく》で逢《あふ》た共いわるべけれど、太鼓の身なれば是以て[二四]其《(その)》註《ちう》なし。男ひでりはせまいし、あの男にかぎりて、女郎の方《かた》から、好《このん》であふとはいわれまじ。たゞ[二五]恋のきかぬ男に、あふてやるが情《なさけ》なり」と、唐土《もろこし》に[二六]もうなづかして、[二七]夢斗《(ばかり)》の契《〔ちぎ〕》りをこめて、此世の思ひ出《〔で〕》をさせてやり給ふ。ふかき恋しりと、過行給ふ跡の跡迄、其名高くおしきは此君。

第六　梅の匂《にほ》ひ吹《ふき》わたる大橋《おほはし》
恋は外《ほか》になつて、[二八]色宿《いろやど》は偽《〔うそ〕》のつき所

平家の[二九]二番ばへ[三〇]宗盛《むねもり》といへる本《ほん》の大臣、[三一]六条通《かよ》ひの心ざしはあれ共《(ども)》、第一の太夫職《しよく》[三二]祇王祇女《ぎわうぎぢよ》は、親父《をやぢ》手池《いけ》にしてかよはれぬれば、少し[三三]指合《〔さしあい〕》をくりて、是非《ぜひ》なく[三四]磯《いそ》ぜゝりにかゝつて、[三五]湯屋《あげや》狂《ぐる》ひをせられしが、其比《(ころ)》の[三六]仕出《〔しだ〕》しとて、[三七]千枚形《まいがた》の肌着《はだぎ》黒羽《くろは》二重《ぶたへ》に[三八]かくし裏《うら》、同黒羽織《おなじくろばをり》に、平といふ[三九]古文字《こもんじ》の大紋《おほもん》、[四〇]上絵《うわゑ》なしにいたらせ、袴《はかま》高く裾《〔すそ〕》取て、[四一]大小よしやがゝりにぼつこみ、[四二]朧富士《おぼろふじ》といふ大編笠《あみがさ》ゆたかに着《き》て、懐紙《ふところがみ》も延《のべ》は女めくとて、[四三]小《〔こ〕》

三一 江戸初期の遊里六条三筋町(東本願寺北方の地)を想定するか。以下江戸期の風俗と混淆した記述をとる。また土佐少掾橘正勝の正本の源氏六条通は光源氏・源頼光が登場、前者が六条の色里に通うことがある。
三二 二女は宗盛の父清盛の寵を受けた白拍子の姉妹(平家物語・一「祇王」)。　三三 支障を避ける。
三四 素人女や下級売女相手の色遊び。
三五 振仮名原本のまま。宗盛の寵を受けた女性に三河国池田宿の長者熊野(平家物語・十「海道下」、謡曲・熊野)があるので、同音の湯屋として風呂屋女狂いをしたとした。振仮名は湯と揚の誤認による誤りであろう。
三六 新趣向。　三七 未詳。
三八 着物の裏の見えぬ部分に派手な布を使ったもの。　三九 漢字。
四〇 上絵は白く染め抜いた所に筆で模様などを描くこと。字を染め抜いただけにするのが上趣味というか。
四一 万治・寛文(一六五八—七三)頃の旗本奴よしや組の伊達風俗にならって差し。
四二 頂きの平らな形を富士山頂が霞んで朧ろなのに見立てて名付けた編笠。　四三 上等の鼻紙。

一 有名な香木の厚く割った片。
二 鼻紙・金銭等を入れ懐中する袋。
三 散切はおかっぱ頭。平家物語・一「禿髪」の清盛が情報収集のために使った禿を供の者とした。
四 印伝(鹿・羊のなめし革)の巾着。
五 平安時代の絵師巨勢金岡。その金

菊《ぎく〕》の五折《（いつつをり）》、爪楊枝《つまやうじ》をさしこみ、奉書《ほうしよ》の反古包《ほうごつゝみ》に、[一]名木《なのき》厚割《あつわり》、[二]鼻紙《はながみ》入はさもしきとて、つれたる[三]散切《ざんぎり》の禿《かぶろ》に入《（いれ）》させ、[四]ゐんでんの横《よこ》ひだ、[五]金岡《かなをか》時代《じだい》の、[六]筆捨《ふですて》松の高蒔絵《たかまきゑ》の平印《〔ゐん》籠《ろう〕》に、[七]袋打《ふくろ〔うち〕》の長緒《ながお》[八]あまかわの二つ玉《だま》、[九]廿六夜の瓢簞《〔へうたん〕》根付《ねつけ》もさらにおかしく、[一〇]踏捨《ふみすて》の[一一]桑染《くわ〔ぞめ〕》足袋《たび》に細緒《ほそを》の藁《〔わら〕》草履《ざうり》、[一二]鵜野葭《うどのよし》の細杖《ほそづへ》、[一三]仮粧《〔けしやう〕》について、[一四]喜三太といふ小者に、紫《むらさき》絞《〔しぼ〕》りの[一五]風呂敷《ふろしき》に、替着物《かへぎる》楊弓《やうきう》の道具を包添《つゝみそへ》、替雪踏《かへせった》[一六]逆《さか》手に持せ、きびすにて尻《しり》をたゝくほどに足《あし》をあげて、[一七]ひん〳〵とありかせ、[一八]難波瀬尾《なんばせのお》といふ、[一九]至り末社をつれて[二〇]六原の門口より、[二一]斗《と》鶏仕《けいじ》掛《〔かけ〕》の人形《にんぎやう》のありくやうに、[二二]ねりだし給ふを、其《（その）》時の若《わか》男、[二三]六原流《りう》とて是《（これ）》をまなびぬ。よく内証《ないしやう》知りしものの《〔ゝ〕》いへるは、[二四]「宗州《むねしう》も今[二五]大臣顔したまへ共《（ども）》、あれはもと[二六]清水坂の傘張《かさはり》の息子《〔むす〕》なり。いらざる[二七]盛《ぜい》をやつて無用の奢《おごり》、追付《（おつつけ）》内証は、[二八]ない大臣となつて、つゐには[二九]八島の破《やぶ》れ口にあはるべし」。

惣じての浮《うわ》気男、我より[三〇]上手《うわて》な人のする事をまなびたがれ共、ある袖はふりよく、[三一]ない袖は躰《ふり》のわろき、木綿《〔もめん〕》羽《ば》織《をり》の胸紐《むなひも》しめたは、窮屈《〔きうくつ〕》そふに見へて見ぐるし。天窓《あたま》の物ずきは銭のいらぬ事とて、一年に二度《ど》程《〔ほど〕》づゝ、[三二]置《おい》て見たり剃《そり》さげたり、[三三]撥鬢《〔ばちびん〕》厚鬢《あつびん》糸鬢《いと〔びん〕》とさま〳〵にかわれ共、替らぬものは[三四]日野の[三五]一つ着《〔きる〕》物、心は至れ共姿を[三六]至らず櫂《かい》[三七]がまはらねば[三八]沖漕《おきこい》だ事もならず。[三九]冬気《ふゆき》は有《（ある）》にまかせて、[四〇]夏《なつ》の中ほどより、身のまわりの物ずき、まづはいやな所有《（あり）》。[四一]粋素《すいす》男にかぎらず、帷子《かたびら》は紋付《もんつき》の薄浅黄《うすあさぎ》に極《きわ》まれり。いづれ浅黄《あさぎ》に

岡の時代の作製の。
六 紀伊国の海部・有田郡境の藤白山(現和歌山県海南市内)に二株の松があり、この辺の好景を金岡が写そうとして写せず筆を捨てたと伝える。
七 中が袋になるように編んだ紐。
八 阿媽港(中国の澳門(マカオ))より渡来の珊瑚珠。印籠の緒締にした。
九 細く本末の同大の闇の夜という瓢簞であろう。根付は帯にはさむために緒の端につけるもの。
一〇 はき捨てをいうか。
一一 桑の皮の煎汁で染めた黄茶色。
一二 摂津国島上郡鵜殿(現大阪府高槻市)の淀川堤の葦。笙(しょう)・篳篥(ひちりき)の舌として用いるので有名。
一三 伊達につく。
一四 義経記・四の四に出る義経の下人。
一五 入浴具の一。風呂場に敷いて足を拭ったり、衣類を包んだりした。
一六 以下草履取通例の風。宗盛は風呂屋に通うことにしてある。
一七 勢いよく足をはね上げるさま。
一八 平家の侍の難波次郎経遠・瀬尾太郎兼康。
一九 最上の太鼓持。以上の大臣風俗は一代男・七の二と関連あるか。
二〇 六波羅。現東山区の六波羅密寺辺に平家の邸館があった。
二一 からくり人形。
二二 様子をつくって歩く。
二三 「衣文のかきやう、烏帽子のためやうよりはじめて、何事も六波羅様といひてければ、一天四海の人皆是をまなぶ」(平家物語・一「禿髪」)。

黒羽織《くろはをり》きる人に、草履《ざう〔り〕》取のなきは、四二結構《〔けつかう〕》な振舞《ふるまい》に、後段《ごだん》のなきやうな物にてあとの淋《さび》しきものにて、四三やすう見へける。是でも其心には、大臣とおもひ、四四位《くらい》をとつて、四五過《すぎ》ぬ酒に「酔《ゑい》の醒《さめ》る薬《くすり》たべん」と、紙入あけて、四六ねぢぶくさ取出し、四七一跡《いつせき》に八九匁ある四八こまがねの中へ銭壱弐文入れて、人には壱歩の音《をと》ときかして、がらつかせ、「今朝《けさ》も四九浮世《うきよ》小路《せうじ》の五郎兵衛が口鼻《〔かゝ〕》が、平産《へいさん》いたせしに、はや五〇一角《かく》ねぢられた」と、人ぎゝよい僭上《〔せんしやう〕》。羽蟻《はあり》のわく我家《わがいへ》の門柱《かどばしら》は取かへずして、まだあたらしき、五一柄頭《つかがしら》を巻《まき》なをし、五二年忌《ねんき》前《まへ》に、五三持仏《ぢぶつ》堂《だう》の障子《せうじ》の破《やぶ》れしは張《はら》ずして、夜ありきの盛《ぜい》に、挑灯《ちやうちん》はさつぱりと張《はり》かへ、しかも我《わが》あふ女郎の定紋《ぢやうもん》を付て、よろこぶ心にあらでは、色狂《ぐる》ひおもしろからず。いかさま僭上《〔せんしやう〕》やめて、偽《うそ》つかず、二日寄合《よりあい》に町衆と物語する調子《てうし》では、中〳〵遊女狂《ぐる》ひおかしからず。僭上《〔せんしやう〕》と、偽《〔うそ〕》つくでも五四つた色遊《いろあそび》なり。大臣は死《しな》れたる親父《おやぢ》を、世にあるやうにいひなし、「五五是さへ仕舞《しまふ》てやつたらば、五六鎰《かぎ》請取て其時こそ、五七きつさりと物の見事な、五八さばきをいたすでござる。それ迄は五九手のとゞかぬ所を堪忍《〔かんにん〕》」といへる。女郎は無事《ぶじ》で六〇碓挽《いしうすひか》るゝ母親をころし、「六一隙《ひま》があいたらば一日成共《（なりとも）》、六二世帯《せたい》を見せてよろこばしませふ物を」と、不断《ふだん》仕掛《しかけ》の泪《なみだ》ほしき時にこぼす。雨乞《あまごい》に此人《（この）》たのまば、六三はした銀《がね》つかふ百姓も世の中にあふべし。六四耳訴詔《みゝぞせう》に大臣聞かね、六五石仏《いしぼとけ》代とて、金子五両はとりもなをさず、七月前の六六小払《はらい》となしぬ。「今時《どき》の慰《なぐさ》み、座敷うつかりとはあそばれず。遣手《やりて》が近《ちか》よれば此程六七宿《やど》をもつた

二四 宗盛。州は親愛の意を添える。
二五 宗盛は内大臣であった。また遊里で豪遊する大臣を掛けていう。
二六 清盛の妻は夫の期待に反し女子を産み、清水寺の北の坂で唐笠を張って商う唐笠法橋の男子と取替えた。これが宗盛(源平盛衰記・四十三の四)。 二七 見栄を張って。
二八 財産がなくなって。内大臣の内に無いの意を持たせる。
二九 破産のいと口になろう。八島は讃岐国山田郡屋島(現高松市内)。平家は寿永四年(一一八五)二月ここで源氏に敗退、滅亡の端緒となった。
三〇 自分より金もあり粋な人。
三一 「ない袖は振れぬ」と「ふり(体裁)がわるい」を掛ける。
三二 僅かに鬢を多く残したり(厚鬢)、広く剃り下げたり(糸鬢)。
三三 両鬢を三味線の撥先の形に剃り込んだ風。
三四 日野絹。近江国日野産の絹に似るという上野国藤岡辺の産の絹。
三五 一張羅。いつも同じ着物。
三六 通人の風に及ばず。
三七 物事がうまく行かぬ。
三八 大がかりな遊びもできぬ。漕ぐは櫂の縁。 三九 冬の気候。
四〇 夏は薄着の候で着物に冬ほど金がかからぬ。 四一 普通の男。
四二 後段は饗応時食後に更に他の食べ物を出すこと。立派なもてなしに後段がないと何か欠けたように思う。
四三 安っぽい。
四四 気位高く構え。

る[一]移《うつ》り聞て、無心をいはぬさきにこなたから、「追付《(おつつけ)》家見にまいるぞ。四つ橋《ばし》に大分薪《たきゞ》買置《かいおき》しに、[二]木棚《きだな》は拙者承る」と、しかも[三]たばね木[四]三荷《が》[五]持賃《もちちん》共に、八匁弐分《(ふん)》五リンが物にて、かさ高《だか》に見せ、太鼓末社がちかづけば、汗《あせ》はかけ共《(ども)》[六]羽《は》織《をり》をぬぎおかず、不断《ふだん》[七]兵法《へうほう》の師《し》をする人ほどに油断《ゆだん》なく、心がけねば、女郎狂《ぐる》ひもならず」と、わるがしこき男の粋《すい》顔《がほ》して、[八]手《て》下《じた》の若《わか》いものに語るを聞て、近比《(ちかごろ)》の御たわけ也。銀《かね》つかふて気《き》苦労《ぐらう》せふよりは、銀《かね》つかはずに用心のよい、我《わが》内にました事なし。大臣と色里で称美《せうび》せらるゝ程《〔ほど〕》の身ならば、すこし[九]鼻《はな》の下の長《なが》いこそ、寿命薬《じゆみやうぐすり》なれ。高が[一〇]世間へ出ぬ遊び所なれば、利口《りこう》ばつた方より、気のつかぬといはるる程《〔ほど〕》大様《やう》ながよかるべし。色遊びには銀《かね》を出し、[一一]談合《だんかう》事には智《ち》恵《ゑ》をいだすべし。かならず[一二]内証《ないしやう》の薄《うす》ひ大臣が、万《よろづ》にかしこだてをして、末社《まつしや》が言葉《ことば》の[一三]先をおつて、「皆迄いふな」と、はやのみこんで[一四]先《さき》ぐりをいたし、[一五]かるたの場《ば》で手目させぬやうに、八方へ目をくばつて心をゆるさず、気ぼねをおつて何か[一六]慰《なぐさみ》に成《(なる)》べし。をのづから遊びもちいさふなりて、おかしからぬ事のみおほし。

爰《(ここ)》に[一七]家財《かざい》かけて三拾壱貫五百目の大臣北浜《きたばま》の[一八]根《ね》づよい名題《なだい》男と、おなじやうに連立《つれだつ》て、毎日新町へ[一九]かよふ千鳥《ちどり》と替名《かへな》ついて、[二〇]淡路《あわぢ》町にかくれもなき、僭上者《〔せんしやうもの〕》ありて、名題《なだい》の男共が[二一]上《かみ》にたゝん事を思ひ、万事[二二]かさ高《だか》に出けれ共、高が三拾貫目内外《うちそと》の身代《しんだい》と、いづれも見透《すか》して、是《(これ)》にさからふ事なく、何につけても下手《したて》になつて、心の中で[二三]つもつて「[二四]是

四五 酒を飲み過ぎてもいないのに。
四六 ふくさをねじって金銭を入れたもの。　四七 ありったけ。
四八 小さい粒になった銀貨。
四九 浮世小路(→一五七頁)の駕籠屋。
五〇 祝いに金一歩無理取りされた。
五一 刀・脇指の柄の先の部分。柄を巻く皮や糸を替える。
五二 毎年の死者の命日。　五三 仏間。
五四 維持される。保たれる。
五五 親父さえ死んだら。
五六 家蔵の鍵を受け取り家産を自由にして。　五七 きっぱりと。
五八 処置。　五九 行き届かぬ。
六〇 賃仕事に素麺の臼を挽く。
六一 女郎勤めから離れられたら。
六二 (身請された男との)一家を構えての暮しぶり。
六三 はした銀をつかって雨乞を頼む百姓も、自由に涙の出せるこの女郎を頼むと、雨が降り豊作でよい目を見るだろう。　六四 耳打ち。
六五 (女郎が死んだことにした)母親の供養の石仏を作る代金。
六六 掛けの一部分の支払。盆の支払が不十分と予測し手管で少しでも前に取っておく。　六七 自分の家。

一 様子。事情。
二 薪を積んでおく棚。そこに満たす薪を与えることを引受けると言う。
三 割ってたばねた薪。割らぬものより見た目にかさ高く思う。
四 天秤棒でになう前後二つの荷物が一荷。　五 運び賃。

遊びの外の慰《なぐさみ》」と、影《かげ》にてひそかにわらいぬ。ある時千鳥が申《まうす》は、「何とやら羽織《はをり》[二五]の長《なが》いも医者《いしや》めいてわろく存《ぞんじ》、頃日《このごろ》拙者物ずきにて、仙台島《せんだいじま》[二六]の羽織《はをり》を、成《なる》[二七]程《ほど》みじかくいたし、此里《このさと》へ着《き》て参つたれば、はや大坂中の若《わか》男共が、のこらず羽織《はをり》みじかふいたした。諸事にあぢな思ひ付をいたせば、どふしてしる事やら、早速世間《さつそくせけん》へひろまり、にせらるゝにこまりはてる」と、此類《るい》の僭上《せんしやう》、毎日二三十度も申出して、一座の痞《つかへ》[二八]をおこしぬ。其中《そのなか》に頼田《らいた》といふ、家数《いへかず》持し法師きゝかねて、「惣じて我身ひとつのからだをかざる僭上《せんしやう》は、いたしてからが高《たか》のしれた物ずき。たゞならふ事ならば、家買《いへかふ》僭上《せんしやう》をして見度《みたき》物《もの》」とうちこまれて、是にはさすがの千鳥《ちどり》も音《ね》[二九]をいれて、片隅《かたすみ》へかゞみぬ。

此頼田《らいた》といふ法師幼《をさな》き時、都新在家《ざいけ》[三〇]の、庄兵衛の婆ゝ《ばゞ》の本《もと》にやしなはれて、成長《せいちやう》し、当世男となつて、長崎[三一]の鹿《しか》といふ大臣と前《まへ》の吉野《よしの》の花をあらそひ、つゐに鹿《しか》に手折《たおら》[三二]れ「此里《さと》もおもしろからず」と、京をすてゝ難波の古郷《こきやう》に立帰り、「生国なれ共《ども》つゐに新町を見ぬ事、我ながらあまり成《なる》穿鑿《せんさく》」と、一元《げん》二元《げん》三元《げん》四元《げん》とて、都より召連《めしつれ》られし四人の末社《まつしや》共に、同《おな》じ紋所《もんどころ》を付させ、いづれ甲乙《かうおつ》なしに、身を当流に拵《こしら》へさせ、九軒《けん》に出掛《でかけ》[三三]井筒屋が広《ひろ》座敷太夫は大橋《はし》、其外天職《しよく》あつめて、無性騒《むしやうさは》ぎの乱《みだ》[三四]れ酒《ざけ》、宵《よひ》からふけゆく迄呑明《のみあか》されて、前後《ぜんご》座のさめる事なし。頼田《らいた》物ずきにて、四元《げん》の喜八といふ太鼓《たいこ》に、子細《しさい》を申きかせ、態《わざと》大橋にあはせ、「床《とこ》の様子《やうす》を見たし。枕はならべて首尾《しゆび》[三五]はつかまつ

六 太鼓持にねだり取られぬ用心。
七 剣術の師範。
八 目下の者。未熟な者。
九 女に甘いこと。長寿の相ともいう。
一〇 公けにならぬ。 一一 相談事。
一二 暮し向きのよくない。
一三 出鼻をくじく。
一四 邪推すること。かんぐること。
一五 かるた博奕の場でいんちきをさせぬように。
一六 当時係り結びは守られていない。
一七 家の財産全部合わせ加えて。
一八 家産がしっかりとゆるぎのない有名な家の男。
一九 「淡路島かよふ千鳥のなく声に幾夜ねざめぬ須磨の関守」(金葉集・冬・源兼昌、百人一首)により、淡路町の住人ゆえ千鳥と替名を付けた。
二〇 北浜と長堀の間北より三分の一ほどのところ、平野町の一筋南の東西の通りの両側の町。現中央区内。
二一 「人丸は赤人がかみにたゝむ事かたく」(古今集・序)。
二二 高飛車に。 二三 見すかして。
二四 千鳥の言動を見ることが。
二五 医者は羽織の丈が長い。
二六 仙台地方産出の紬縞。
二七 できるだけ短く。
二八 さしこみ。ここは一座の者を笑止がらせること。
二九 鳴き声を立てなくなる。閉口したことを千鳥の縁でいう。
三〇 宝永以前の御所の南に接する、東西は烏丸通と東洞院通の間、南北は土御門通と出水町通の間の一画の

るな」といへば、「[一]ふればさいわいの事なるが、我等の仕掛《しかけ》にひた〲[二]とやらぬといふ事なし。其時《(その)》は中〲せずにはおかれじ」といふ。「そこを堪忍《〔かんにん〕》する替りには、京にて抱《かゝへ》し、妾《てかけ》の小るいに、[三]弐百ぱいつけて汝《なんち》にすぐに[四]とらするがいやか」。「それならば無分《むふん》[五]別《べつ》おこる所をおしまげて、是非《ぜひ》に堪忍《〔かんにん〕》つかまつるは欲《よく》[六]の世の中に、喜八一人にはかぎらず」と、大笑《わらい》して、「床《とこ》は大臣の身にかわり、太夫に恋の山、峰《みね》[七]迄のぼらせてから、「私

は末社分《ぶん》こなたさまの大臣さまにはもつたいなし」と、よい[八]はまらせ物。ひとつはお慰《〔なぐさみ〕》にも成《(なり)》ます事」と、おの〲内談《ないだん》かため、その通りに申渡し床《とこ》をとらせける。

大橋《はし》は、今宵《こよひ》の客達《きやくたち》の出立[九]、いづれも一様《やう》に揃《〔そろへ〕》着物《ぎる〕》なれば、「此内《(この)》に末社の[一〇]まぎれものあるには極《きわま》れり」と、気《き》をつけて見れ共《(ども)》、[一一]十二人の作《つく》り山伏《ぶし》の中、[一二]判官殿《はうぐはんどの》を見分《わけ》かねたる、佐藤《さとう》が後家《ごけ》のごとく、[一三]いづれを大臣、いづれを末社《まつしや》と見きわめかねて、禿《かぶろ》のしゆんに、何やらひそかに申ふくめて、身拵《〔ごしら〕》へに勝手《かつて》へ立れし間《ま》に、禿《かぶろ》喜八にさゝやき

称。富豪と周辺芸能者が住んだ。現上京区内。庄兵衛の婆ゝ未詳。
三一 二代男・一の五に長崎の鹿が千三百両で吉野を身請の事あり。この吉野は島原上之町桔梗屋八左衛門抱えの太夫かという(野間光辰)。
三二 上の花の縁で身請のことをいう。
三三 揚屋井筒屋太郎右衛門。
三四 酒宴の興に乗じ献盃の順序にこだわらずに酒を飲むこと。
三五 情交に及ぶな。

一 (大橋が)振ったら幸い。
二 (いつも相手の女郎が)ぴったりと親密にならぬということはない。この自慢があとで見事に振られる伏線。
三 二百両。
四 与える。
五 自制できぬ性的な衝動。
六 この世は欲の世だから、欲のためには無理にも辛抱するのは自分一人に限らぬ。
七 絶頂までのぼせ上らせての上で。
八 ぺてん。はまらすはだますこと。
九 服装。
一〇 まぎれこんだ者。
一一 作り山伏はにせの山伏。義経の北国落の一行の人数を十二人とするは謡曲・安宅。「判官殿十二人の作り山伏となつて」(謡曲・安宅)。
一二 謡曲・摂待に、佐藤庄司の後家が十二人の山伏の誰を義経かと見分けかね、継信の子が義経を見分けるとする。
一三 同じ出立の客の中から大臣を見

けるは、「太夫さまにかくれて、お[一四]伊勢さまへ参ります。[一五]お初尾《はつお》の小判十両、[一六]御沙汰《(さた)》なく下されませい」といふ。喜八[一七]びくりして、「それは我等がまゝにもならぬ」といふ。爰《(ここ)》をいわせふとて、太夫智恵《ちゑ》を出し、しゆんに[一八]さもしき事をいひかゝらせ、大臣でない所を見出し、此事太夫にしらせ、段《だん》〳〵[一九]覚悟《かくご》させて床《とこ》に入《いれ》ける。喜八首《かしら》からつよふもつて参れば、中〳〵[二〇]当所《あてど》ちがふて、太夫めつきり[二一]とおろして、いふ程の事を消《けし》てゆけば、[二二]首尾《しゆび》おかしくなつて、喜八身を、もだへ口舌《くぜつ》をしかくるに種《たね》なし。[二三]なづみてかゝれば、偽《いつわり》にしてさらに請ず。どふも[二四]了簡《りやうけん》つきて、[二五]むく起《おき》にして床《とこ》を出る。大臣聞付《(ききつけ)》、大橋《はし》寝間《ねま》に入て、「[二六]何とあるもしらぬ事ながら、京からの執心《しうしん》なれば、[二七]是非《ぜひ》にあしからぬやうに」とたのむ。太夫此男の袖にすがり、「それほどにおぼしめさば、今宵《こよひ》の御しかたさりとては恨《うらみ》あり。うかと心得てあの男に首尾《しゆび》せば、私の一分《(いちぶん)》立がたし。かたさまの恋もすたるといふ物で御ざります。勤《(つと)》めの身ほどあぶなきものはなし。神《しん》ぞ〳〵性悪《しやうわる》大臣」といへば、頼田《らいた》大き

出すこと、そのために禿を使うことは一代男・五の六にあり。以下その変型。

一四 伊勢に抜参りを口実にした。

一五 お供え。

一六 黙って。抜参りなので太夫に内証で。

一七 思いがけぬ事に驚き恐れるさま。

一八 (金銭をねだる)いやしい事。

一九 原本「覚語」。

二〇 目あて、見当。

二一 悪く言う。けなす。

二二 事のなりゆき。

二三 前の強く出るのと反対に惚れた様子で。

二四 方策が尽きて。お手あげで。

二五 急に起きる。むっくり起きる。

二六 どのような事か知らぬが。

二七 原本振仮名「ぜび」。

におどろき、今はあらそふ事ならず。「何として此《(この)》仕《し》懸《かけ》見付給ふぞ。ゆるしたまへ」と、[一]しらけて此床《とこ》にすぐに、無理《むり》共に[二]横《よこ》に寝《ね》てかゝれば、「いかにしても[三]先の女郎の手前あり。明日《あす》からはお心任《まか》せ」といふさばき道理に極《きは》めける。

喜八は[四]中《ちう》にぶらりとして、おちつく所なく、灯火《ともしび》のもとにさびしく、[五]外《ほか》の首尾《しゆび》する音《をと》を聞《きゝ》て、無常《〔むじやう〕》をくはんじ、[六]「夜もすがら、物おもふ比《(ころ)》はあけやらぬ」と、百人一首の歌など思ひ出る所に、[七]定家《ていか》といへる女郎、ふかき分知《(わけしり)》なりしが、「爰《(ここ)》を[八]了簡して我さへ堪《〔かん〕》忍《〔にん〕》すればすむ事也。いとしや男」と、喜八を床につれ入て、[九]「我身かくあるからは、何の子細なし。今宵からあいたまへ」といはれしを、すこし[一〇]ひけたるやうにおもへど、「是《(これ)》かしこさあまつてのさばき」と、各《をの》〳〵ほめて、此首尾珍《めづら》しき始なり。惣じて女郎、男を商売《しやうばい》にしながら、人のほれたといふ事をうれしがるためしには、喜八定家《ていか》に自然《しぜん》と心かよひ、「日の暮《くれ》まぎれに、勝手《かつ》へついて立《(たち)》、[一一]ちつと鼻《はな》の辺《ほとり》をなめをきしが、今の便《〔たよ〕》りになりぬ」と、大笑ひにおもしろき夜も、あけてのお帰《〔かへ〕》り、[一二]「またちかいうちにや」。

一　ありのままにうちあけて。
二　横臥する意に、そのまま無理を通そうとする意を持たせる。
三　以前に馴染んでいた女郎への義理を口実にした。
四　中ぶらりん。
五　「くはんじ」まで好色盛衰記・一の三、小異。
六　「夜もすがら物思ふころは明けやらで閨のひまさへつれなかりけり」(千載集・恋二・俊恵法師、百人一首)。
七　藤原定家撰の小倉百人一首の縁で、女郎名を定家とした。
八　がまんして。
九　私から進んでこのようにするのだから、何の支障もない。
一〇　女郎として弱いように思うが。
一一　接吻。
一二　客の揚屋の者への挨拶。

けいせい色三味《いろじやみ》線《せん》

目録

鄙之巻

第一　女郎の心中を[一]ついて見る[二]鐘木町《しゆもくまち》

[三]ぬれ過《すぎ》て今は[四]竹の子笠《がさ》の[五]骨〔ほね〕仕事《しごと》、[六]命の水をかいほす男、なき人のために姿《すがた》は[七]墨染《すみぞめ》の里。

第二　恋の[八]焼付《たきつけ》[九]柴屋町《しばやまち》の[一〇]門立《かどだち》

小歌の声《こゑ》にこがるゝ女郎、魂〔たましゐ〕通《かよ》ふ枕《まくら》もと、[一一]夢中《むちう》の[一二]誓紙《せいし》うつゝにもわすれぬ男。

第三　[一三]木辻鳴川《きつじなる》に[一四]深入《ふか》する男

まだも壱歩の[一五]角《かど》をたをさぬ男、[一六]ひいたりうたふたり夫婦《ふうふ》[一七]もろかせぎ、我身の恥《はぢ》を壱文づゝに売喰《うりぐい》。

一 相手に行動を仕掛けて試してみる。つくは撞木の縁。
二 撞木町。墨染の西、京町十丁目の西北にあった廓。慶長元年(一五九六)開設。現京都市伏見区内。
三 色事が過ぎて。笠の縁。
四 竹の皮作りの雨天用の笠。竹製品は伏見の特産物。
五 笠の骨を作る仕事と骨の折れる仕事の意を兼ねていう。骨は笠の縁。
六 腎水(精液)を汲みつくす。
七 墨染寺周辺の称。現伏見区内。姿を墨染の衣にやつしたというのと掛ける。
八 炭・薪にすぐ火がつくように用いる柴。柴屋町に続ける。
九 馬場町。三井寺下の大津の廓。現滋賀県大津市内。
一〇 遊女が門に立って客を誘うこと。
一一 男を忘れられぬ女郎が夢に男への恋情を述べ現実の誓紙を男の枕許に残した。→本文。
一二 誓紙が現実にあったことと、夢にもうつつにも男を忘れられぬことを掛けていう。
一三 奈良の町の西南郊にあった廓。北を鳴川、南を木辻という。現奈良市内。
一四 深くはまり込む。川の縁でいう。
一五 元禄十三年(一七〇〇)には金一歩はほぼ木辻の一夜の揚代銀十二匁に相当。一歩は方形なので角を倒さぬと続ける。一歩の揚代で遊んでいた頃のプライドを捨てない。
一六 三味線を引いたり歌を歌ったり。

第四　高洲《たかす》[一]乳守《〔ちもり〕》に茂《しげ》る恋草[二]

扨《（さて）》[三]も其後《（そののち）》[四]初段からやつし[五]上るり、語《かた》[六]り出《だ》すから哀成《あわれなる》[七]太夫が内証《ないせう》、聞《きけ》[八]ばきく程《〔ほど〕》遣手《〔やり〕》のたねは分別者《ふんべつ〔もの〕》。

「打つたり舞ふたり」という成句を意識したいい方。二人で諸役を兼ねていそがしく演ずる。

一七 共かせぎ。

一 堺の町の中央を南北に貫通する大道の北端に近い北旅籠町の東方にあった廓が高洲。南端南旅籠町・南半町の東にあった廓が乳守。現大阪府堺市内。

二 恋心の繁く盛んなのを草の茂るのにたとえていう語。

三 古浄瑠璃の語り出しの常套句。

四 最初から。前後の関係で浄瑠璃の構成単位の段を用いる。

五 歴史的な人物・事件を当世風・好色的に脚色した浄瑠璃。

六 話しのはじめから。語るは浄瑠璃の縁。

七 あわれな太夫本の懐工合。「哀成る」も古浄瑠璃調の語。

八 上文の語るに対し聞くの語を置く。

伏見鐘木町女郎の名寄《よせ》

▲一もんじ屋内

一夕ぎり　一花さき　一しら藤
一うきはし　一今さか　一よしの
一はな川　一中　川　一今　川
一やしほ　一大さき　一かほる

▲ます屋内

一やへぎり　一うす雲　一わかな
一とやま　一つまぎ　一たかを
一さもん　一大はし　一まつゑ

▲かめ屋内

一井つゝ　一花ぎく　一しづか
一わしう　一大ぎし　一おうしう

▲たちばな屋内

一かせん　一ときわ　一はつね
一高はし　一ゑんしう　一とみなが
一たかま　一ありはら

▲八わたや内

一ともゑ

▲扇屋内

一みかさ　一とさ　一うきふね
一うてな　一かつら

▲とんだや内

一せきのと

▲河内屋内

一大くら　一大いそ　一あさき
一かよひぢ　一さわなみ　一高さき
一おほゑ　惣合　四十九人
一あげ屋あかしや伊右衛門　一同　みすや藤兵衛
一同　やわた屋伝右衛門　一同　江戸屋吉兵衛
一同　さゝ屋長八
一右鹿恋《かこい》女郎何れ茂《も》十八匁、太夫天神はなし、半夜《はんや》は九匁、はやり女郎の分は半夜ニ出《で》ず、端《はし》女郎は壱匁も有《あり》、五分《ふん》ノも有。

大津柴屋町女郎の名寄《よせ》

▲井筒屋きうい内

▲一かこいうきはし　一かこいやちよ　一同　うぢはし
一同　ゑにし
▲一半夜　長はし　一半　こまの丞　一半　とよはし
一同　いちはし　一同　うきふね　一同　とよ川
(一同)　おうしう

▲井づゝや藤九郎内
▲一かこい今りしやう　一かこい玉の井　一同　あげまき
一同　もろこし　一同　大ぎし　一同　あけぼの
一同　半太夫　一同　ほのか　一同　りしやう
一同　大はし
▲一半夜　しらふぢ　一半　小ふぢ　一半　つまよ
(一同)　いちかわ

▲つぼ屋勘七内
▲一かこいゑちご　一同　ちくご　一同　夕ぎり
一同　きよはし　一同　かほる　一同　あをやぎ
一同　とのも　一同　なには　一同　きりしま
▲一半夜　さくらぎ　一半　大いそ　一半　みちしば
一同　花さき　一同　わかまつ

▲さわや源六内
▲一かこいもなか　一同　しづか　一同　まつかぜ
▲一半夜　たか尾　一半　わしう　一半　あかし
一同　田むら　一同　ちとせ　一同　なには
(一同)　ともへ

▲井筒屋半左衛門内
▲一かこいやまと　一同　きんご
▲一半夜　かせん　一半　かづらき　一半　おぐら
一同　いくの　一同　三　川　一同　もんど

▲つぼや作兵衛内
▲一半夜　高さき　一半夜　おとわ　一同　いよ

▲かしわやゑいこ内
一同　わこく
▲一半夜　さもん　一同　みなと　一同　やへがき

▲わかさや源右衛門内
▲一半夜　小太夫　一同　こゝのへ　一同　玉ざわ

▲とりや四郎兵衛内
▲一半夜　たまの助　一半夜　やつはし　一同　のせ
一同　高はし

▲さわや六右衛門内
一半夜　今　川
▲一半夜　せんじゆ　一同　いまぎ　一同　はりま

▲かぎや又右衛門内
一半夜　くらのすけ

▲竹屋善四良内
一半夜　みうら

▲ひしや藤兵衛内
一半夜　くめ川

鹿恋《かこい》女郎合　廿八人
半夜女郎合　五十人

▲一あげや井筒屋半右衛門　一同　わかさや源右衛門

一同　鳥屋四郎兵衛　一同　き丶やうや茂兵衛
一同　つぼや作兵衛　一同　ひしや孫兵衛
一同　かぎや利兵衛　一同　竹屋善四郎
一同　扇屋十郎兵衛　一同　まるや茂右衛門
一かこい女郎　拾八匁
一半夜女郎　拾　匁
右之外はし女郎あまた有。壱匁あり、五分《ふん》のあり。

[2]南郎きつぢ女郎の名寄《よせ》

▲中屋三郎兵衛内
一さごろも　一さほやま　一かせん
一いづみ　一もんど　一山ざき
一わか山　一きぬがへ
▲たちばなや九兵衛内
一花　山　一さんご　一れん山
一こ丶のへ　一やへぎく
▲わたぼうしや吉兵衛内
一若むらさき　一きよはら　一玉ぎり
一夕ぎり
▲越前屋権之丞内
一とよしげ　一さをしげ
▲大津屋清左衛門内
一もりおか
▲かんざきや長兵衛内
一みかさ　一高　矢　一のせ
一初ぐさ
▲山がたや六兵衛内
一かほる　一みぎわ　一むらさめ
一大　夜　一玉ざわ　一大ぎし
一玉　山　一高　田　一かしわぎ
▲紙屋久右衛門内
一はな井
▲かぎや嘉兵衛内
一さほ川　一ゑぐち　一みよしの
▲まるや平助内
一うてな　一小むらさき　一うこん
一しきぶ　一よしの　一つしま
一たじま　一おか山
▲中山平兵衛内
一もろこし　一をのしま　一おの川
一初むらさき　一せやま
▲池田屋忠兵衛内
一さがみ　一すみのへ　一玉の井

一 おぐら　一 小もんど　一 のしほ
一 大はし　一 玉の戸
▲京屋庄左衛門内
一 あさぎり　一 きり山　一 よしう
▲平のや後家内
一 とめ川　一 たき川
惣合　六十三人
一 あげや山がたや太兵衛　一 同 平のや四郎兵衛
一 同 かわちや平七　一 同 越前や市郎兵衛
一 同 いづみや善兵衛　一 同 たわらや五郎兵衛
一 同 山城屋庄五郎　一 同 山がたや新六
一 同 天満屋次郎兵衛　一 同 なにわや彦四郎
一 同 さくらや五兵衛　一 同 ふしみや勘兵衛
一 同 大坂屋太郎兵衛　一 同 かわちや
一 同 井筒屋助右衛門　一 合十五間
一 女郎一夜十弐匁、もん日は十八匁也。
一 [3]見せ女郎百人斗有《ばかりあり》、壱度壱匁づゝ、あげやへよべば九匁、もん日は是も十六匁也。

堺ちもり女郎の名寄〔よせ〕

▲くるわ木屋内
一 太夫[4]　くれない　壱人有

▲一 大天神八ゑざわ　一 大天神とう山
▲一 小天神れんざん　一 小天神むさしの　一 小天神のかぜ
一 同 さほ山　一 同 唐はし　一 同 沢むら
一 同 とのも　一 同 いづゝ　一 同 とみおか
一 同 小ぐるま
▲かこいこまの助
▲南帯屋内
▲一 大天神かづさ
▲一 小天神花むらさき　一 小天神ゑにし　一 小天神若むらさき
▲かこいさど
▲大和屋内
▲一 小天神かうざん　一 同 くめの助　一 同 しなの
▲同ゐんきよ内
▲一 大天神さゝ山
▲一 小天神うぢ山　一 小天神かうざん
▲かこいさくらゐ
▲北帯屋内
一 大天神小太夫
▲一 小天神ゑもん　一 小天神玉ぎし　一 小天神竹川
一 同 わかば　一 同 花月　一 同 こむらさき
▲近江屋内
一 小天神ときは　一 小天神小ぎん

▲一小天神かつやま　一同　さわの　一同　きくのい

一同　やへぎく　一同　しばぎく　一同　山しろ

一同　やまと　一同　わかさ　一同　わかの

▲河内屋内

一小天神しなの　一小天神おぐるま

▲一小天神とみ山　一同　もしほ　一同　きんご

▲一かこいいろは　一かこいさわの

▲あげやノ分

一いづみや小左衛門　一中の嘉兵衛

一山本宇兵衛　一天王寺や利兵衛

一さがみや甚吉　一天満や与兵衛

一河内屋九兵衛　一山本勘兵衛

一太夫壱人有、五十三匁。一大天神五人有、弐十八匁づゝ。

一小天神四十人有、弐十三匁づゝ。一かこい五人有、十七匁づゝ。

女郎惣数合　五十壱人　此外見せ女郎あまた有。　以上

1 壱匁も…　元禄十五年二月印本には「も有、五分ノも有」を削去。

2 南郎　原本のまま。「南都」とあるべきところ。

3 見せ女郎　端女郎。

4 太夫　乳守の女郎の位は、太夫・大天神・小天神・囲い・端女郎(見せ女郎)。

一　女郎の心中をついて見る鐘木町《しゆもくまち》

[一]千《ち》とせの松にかゝる[二]藤《ふぢ》の森《もり》の大臣

二三年[三]跡《あと》迄は[四]手前あぢをやつて、[五]お茶《ちや》のよいといひし、[六]上林《かんばやし》のかほるを自由《じゆう》せし身の、世に銀《かね》づまり程《〔ほど〕》かなしき物はなし。異見《いけん》いふ人もなきに、ひとりとやめはやめけれど、揚屋《〔あげや〕》の払分《はらいわけ》もなふしちらかし、[七]西島《さいとう》の道はたへたれ共《（ども）》、遊《あそ》びつけし身なれば[八]たゞもいられず、[九]宿は「伏見《ふし》へ[一〇]屋根《〔ね〕》木見合《（みあはせ）》にゆく」と、普請《ふしん》する銀があれば、色に[一一]しあげるなりをして、子細《〔しさい〕》らしく[一二]軒口《のきぐち》を見あげ、「どふでも来年迄はまたれず」と、よい加減《〔かげん〕》な虚《〔うそ〕》を申て、[一三]七つの鐘《かね》をつく比《（ころ）》鐘木《しゆもく》町へと心ざして、毎日かの里《さと》の噂《うわさ》きく[一四]耳塚《みゝづか》の前なる、九右衛門が所へ立寄《（たちより）》、「すこしもはやく」と駕籠《かご》をいそがせ、[一五]三枚肩《まいがた》にて[一六]おさせける。人此《（この）》道にかゝつてういて来《く》る事科《とが》でなし。すでに九右衛門がかわゆがりし白犬《しろいぬ》、日毎《ひごと》に客《きやく》の御供して、揚屋《〔あげや〕》の座敷迄推参《すいさん》いたし、女郎のあがり[一七]膳《ぜん》を頂《いたゞい》て、尾《お》をふつて悦び、是《（これ）》にあぢしめて、駕籠《〔かご〕》にのる人あれば、喰《くい》かゝつた鯛《たい》の骨《〔ほね〕》をすてゝ、いさんで駕籠《かご》について、[一八]三里の所を熱茶《あついちや》一ぱいのまぬうちに、[一九]京やの七左衛門方につきて、是より駕籠《〔かご〕》をのりはなし、[二〇]八幡屋伝右衛門奥《〔おく〕》座敷に座をさだめ、[二一]女郎目利《めきゝ》といふ事もなく、兼《かね》て聞および

一 千歳は本文に撞木町の女郎名とする。撞木町に太夫(松の位)があったらかかろう(関係しよう)とし兼ねぬ大臣ともあり、それを千歳の松という成語を用いて表現。
二 深草の南、墨染の北の地、藤森社辺をいう。現伏見区内。上文に松にまつわりかかる藤と続ける。
三 以前。
四 金を手際よく遣いこなし。
五 女性器、また床あしらいがよい。
六 島原上之町上林五郎右衛門抱えの太夫。女郎屋・女郎ともに西鶴時代の存在。宇治の茶師に上林家があるので、その縁で上のお茶に続ける。
七 島原。
八 徒然ではおれぬ。
九 自家。自宅。
一〇 伏見には有力な材木屋仲間があった。
一一 入れあげる。
一二 軒端。
一三 午後四時前後。鐘をつく縁で撞木。
一四 方広寺の西にあり、文禄の役に朝鮮人の首の代りに送った耳を埋めたという。東山区内。その正面通に撞木町通いの駕籠屋があった。金屋九右衛門という。
一五 肩替り一人が付いて三人でかつぐ駕籠。
一六 威勢よく進ませた。
一七 食べ終って下げた膳。
一八 三条大橋から伏見(京橋)まで三里。色道大鑑によれば大仏正面より

し、[二二]一文字屋の夕霧《ゆふぎり》を申てやれば、「御約束《やくそく》有よし。[二三]どなたにか」と、[二四]宿の男が罷出《まかり》て極めたがる。「然らば[二五]亀《かめ》やの井筒《いづゝ》か、扇《あふ》子《ぎ》屋の浮舟《うきふね》にか、[二六]のつてみるべし」といふ。「是よいお物ずき」と、[二七]申《まうし》立《だち》にして、しばらく有て「浮舟《うきふね》さま御出」と申。「先《まづ》一だん」と見ぬさきからはや浮舟に[二八]こがれて、待《まつ》うちの退屈《たいくつ》。[二九]肴《さかな》の蒲鉾《かまぼこ》犬《いぬ》に喰《くわ》せて[三〇]さんたさせ、「是も気のはらぬ太鼓《たいこ》とおなじ」と、興《けう》にしてゐる所へ、又男罷出《まかりいで》、「始てのお客《きやく》さまに、何とやら申上るも」と、[三一]もみ手をすると、「皆迄いやるな。浮舟《うきふね》も[三二]つなぎとめる男あつて、もらいたいとの[三三]訴詔《そせう》か」といへば、「八幡《まん》旦那は見どをし。いかにも御意のごとく」といふ。「恋はたがひ事、とかく先《さき》の首尾《しゆび》よき様《やう》に」と、あまり[三四]結構《けつかう》過たる御了《ごりやう》簡《けん》。「此かわりに夢川さまとて、いまだ世間《せけん》のお客の御ぞんじなき、[三五]手いらずの飛切《とびきり》さま、是ばかりは相違なふつれまして参りませふ」と申《まうす》。「成程《なる》〳〵其《その》君見たし」と、是に極めて早速御出忝《かたじけ》なく、[三六]川ゑびの吸《すい》物も所とておもしろく、九右衛門まじりに酒のんで、昔《むかし》に替《かは》る遊《あそ》びながら、「是も宿に居て[三七]女房共が、[三八]世のせはしき咄《はな》し仕《し》かけて、[三九]耳《みゝ》こすりするを聞て、ぬるい茶《ちや》を堪忍《かんにん》してのまふよりは、大きにまし」とたのしみ、床《とこ》とらせて寝《ね》て見るほど、夢川がかわゆらしさ、「こりやどふもならぬ」と、遠慮《ゑんりよ》なく手をやれば、物はづかしがりして、身をすぼめて素人《しろと》めきたる所、「いかにしても不審《ふしん》」と、弥《いよ〳〵》さすりおろしてみれば、やはらかにして手ざわり常《つね》ならず、太股《ふともゝ》のうるはしさ、「も

撞木町までは四十一丁。
一九 撞木町の廓外にある駕籠屋。
二〇 揚屋。
二一 撞木町の風として、抱主の家をまわって女郎を見てまわり相手を決めること。
二二 巻頭名寄の筆頭に出。
二三 どなたにかお替え下さい。
二四 揚屋の男。
二五 次の浮舟とともに名寄にあり。
二六 (浮)舟の縁でいう。
二七 言いながら座を立つ。
二八 あこがれる。漕がれてと同音なので(浮)舟に続ける。
二九 酒のさかなの蒲鉾。蒲鉾は魚のすり身を杉板に盛り蒸し焼にしたもの。
三〇 ちんちん。犬にさんたさせること一代男・六の六にあり。
三一 両掌をもみ合せること。わび言を言おうとする。
三二 舟の縁でいう。
三三 願いごとか。
三四 原本「結講」。
三五 処女。
三六 撞木町の揚屋のお定まりの酒の肴。一代男・六の二による。
三七 「共」は謙譲の意の接尾語。
三八 せちがらい。
三九 あてこすり。

はや堪忍《かんにん》ならぬ所」と取かゝるに、先《まづ》は勤《〔つと〕》めの女とおもはれず、神《しん》ぞ〳〵御所女[1]の、たまく〳〵かゝるめにあへるがごとく、是《〔これ〕》を誠の堀出《ほりだ》しとは申べし。此《〔この〕》女郎表向《〔おもてむき〕》[2]はさもなく、内証《ないしやう》のよろしき事、たとへば取葺《とりぶき》屋根《〔ね〕》の住居《〔すまい〕》して、銀《かね》もつているやうな物なり。瓦《かはら》[3]葺《〔ふき〕》の家作《いへづく》りに借銭《しやく》のある心地は、歴〻《れき〳〵》の太夫達《たち》に、肝心《〔かんじん〕》の所のよろしからぬを、世間《けん》で[4]手前が悪いといひならはせり。此風味《ふうみ》に喰《くい》つき、のこりし、諸道具売払《うりはら》ふて、世《よ》を夢[5]川と渡《わた》りて、うつゝ[6]のごとくつかいなくして、今見れば竹田通《どをり》[7]に、竹の子笠《がさ》の骨《〔ほね〕》を仕《し》て其《〔その〕》日をくらし、不断煮《ふだんに》[8]ぬき食《めし》を好《このみ》し腹《はら》へ、きらず[9]食《めし》もあたらず。腹《〔はら〕》のふくれしまゝに、上林《かんばやし》の元《もと》かほるとの口舌咄《くぜつばな》し、いふ程其身の恥《はぢ》にして、「近比《ちかごろ》[10]しやらくさい事」と、きく人笑《わら》ふて通《とを》りぬ。

爰《〔ここ〕》に丹波橋《たんばばし》[11]の二三といへる分知《わけしり》此里において肩《かた》をならぶるものなく、昔《〔むかし〕》[12]繁昌《はんじやう》の時はしらず、今のせばき所には、気[13]の広《ひろ》き大臣也。「一生《しやう》したい事して、とまり時《どき》[14]にとまるが、色道《だう》の奥義《おふぎ》」と合点《がてん》して、いまだつかひのこりの金《かね》の有《〔ある〕》うち、「此里通《がよ》ひも今日《〔けふ〕》迄」と、鐘木狂《しゆもくぐる》ひの鐘打《かねうつ》[15]て、ふたゝび足《あし》をふみこまず、気《き》さんじ[16]に思ひ切けり。是におとらぬ大臣、風俗《ぞく》しこなし二三に似《に》たとて、二代の二三と名に高《たか》く、手前[17]随分《〔ずいぶん〕》慥《たしか》なる身躰《しんだい》。此里に太夫などあらば松[18]にもかゝる気《き》ざし藤《ふぢ》の森に住所《すみどころ》をかまへ、表向《おもてむき》は藁葺《わら〔ぶき〕》にして、百姓《しやう》の家《いへ》らしく見せかけ、内の美《び》なる事、つど〳〵[19]いふにおよばず、銀《かね》[20]にあかして、工《く》[21]

一　宮方・公家方に仕えている女。町人にとってはあこがれの女性の一。
二　表面はそれほどでなく内実はすばらしい。
三　瓦葺は費用がかかるので当時はお資産のある家に限られた。
四　お茶の立てようが悪い。
五　夢のようにすごすことを女郎の名に掛けていう。
六　夢心地に。
七　伏見西北より竹田を通り京都の東洞院通に通じる街道。「其日をくらし」まで文反古・二の三により、変改あり。
八　湯取飯であろう。本朝食鑑に、水加減を多くし、炊上る前に湯汁をこし去り蒸し上げる、その湯汁を煮抜というと湯取飯を炊く法にあり。
九　飯がふいてきた時、その米と同量の豆腐のからに塩を加えてのせ、炊上った時に両者をまぜる。
一〇　こしゃくだ。
一一　伏見の町の西北寄りの、堀にかかる橋。
一二　伏見は豊臣秀吉が伏見城を築いた頃より近世初まで繁栄したが、当時は京橋近辺以外はさびれていた。
一三　気が大きい。上のせばきに対して広きという。
一四　やめるべき時にやめる。
一五　しなれた事をぴったりとやめること。撞木の縁でいう。
一六　気苦労のないこと。のんきに。
一七　財産。
一八　太夫を松の位という。下の藤は

手間《でま》のかゝりし物ずきの大座敷。外から見ては「一日がりにして、爰であそびなば、心ものびてよかるべし」と、浦山敷《うらやましく》おもへど、我物《（わがもの）》になつてふ断《だん》みれば、鼻《はな》[二二]につくがごとく、手前[二三]に少しも心とめず、間近《あいぢか》[二四]なれば朝暮《あけくれ》十町[二五]めにかよひて、のみかけひつかけ、「楽《〔たのし〕》み此里にあり」と、心のまゝの栄花《あいぐわ》。いづれあらば[二六]せいでは。さながら心もわかやぎて、千歳《ちとせ》といふ女郎に、そも〳〵水上《みづあげ》[二七]の日よりあい初《そめ》、今猶ふかくいひかはして、あさからぬ中となつて女郎も「此人ならでは」と、物[二八]になる客《きやく》を外になして、文[二九]のやりくりさへせざれば、いつとなくあふ人たへて、物日のさびしきを、皆二三請取、至《〔いた〕》[三〇]り穿《〔ぜん》鑿《さく〕》になつて、一人《ひとり》にかたづき、千歳《ちとせ》は少し浮名《〔うき〕》の立《〔たつ〕》に、心のつよき女郎にて、世間なんともおもはず、誓紙《せいし》髪切《かみきり》[三一]、爪指《つめゆび》[三二]入《〔いれ〕》ぼくろ、身を割《きざむ》とは是なるべし。此上は命を捨るの外はなし。段〻《だん〳〵》にくからぬ心ざし、風俗《ふうぞく》しやれごしらへ、其年も勤《〔つと〕》めざかり、女[三三]はさもなくて、うしろつきにうまき所あつて、床《とこ》に玉[三四]の助もおよばぬ、秘《〔ひ〕》曲《きよく》自《し》然《ぜん》とそなはり、逢《あふ》人毎《ごと》に恋をのこせり。

有《（ある）》時二三[三五]絶《たへ》て二月あまりもゆかざりければ、千歳《ちとせ》は心ならず、一日に千《ち》度《たび》文《〔ふみ〕》してとい参らすれど、詞《ことば》[三六]の返事さへなくて、あはぬ思ひにしづみ、大方は泪《なみだ》でくらし、勤《つとめ》も心にそまぬ所へ、二三が連《つれ》の夜《よ》深《ふか》法師といふ、深《ふか》[三七]草辺《へん》の楽人《らくじん》[三八]、難波《なには》の人にさそはれ、大坂の色町見物にゆく門出《かどで》に、此里へ立寄を、ちとせはやくも見つけ、格子《かうし》より声《〔こゑ〕》かけてよ

松の縁。
一九 一つ一つ。
二〇 費用を惜しまず使って。
二一 大工の手数。
二二 飽きていやになる。
二三 自分自身。
二四 まぢか。近距離。
二五 京町十丁目。この辻を西へ折れて撞木町の南口に至る。
二六 金があったら誰もせずにおこうか。
二七 遊女が始めて客に接すること。
二八 為になる客。
二九 手紙でのかけひき。
三〇 恋の極限になって客は二三ひとりにきまってしまい。
三一 男への心中立てに髪を切り与える。
三二 男への心中立てに爪をはなし指を切って与え、相手の名などを入墨する。
三三 容色は大したことはないが尻付きに魅力があり。以下好色盛衰記・二の三敷衍。
三四 当時綾織という曲芸の上手として評判であった芸人。
三五 わざと行かず返事も出さぬこと、二代男・五の三より。
三六 本人が来ぬばかりか手紙での返事もない。
三七 藤の森の北の地。現伏見区内。
三八 気楽な生活の人。

び入《いれ》、二三がみへぬ様子《やうす》をとへば、此《この》法師《ほうし》もすれもの[一]にて、少《すこし》せかして[二]なぐさまんと、[三]けうとい顔《かほ》して、「扨《さて》は[四]貴さまは、二三が此比《このごろ》の事御存《ごぞんじ》ないか。近比それは[五]おそまき也。今は島原通《がよ》ひに隙《ひま》なく、[六]よしうを手に入レ[七]五条の古手《ふるて》大臣とはりあふ最《さい》中爰《ここ》の事などいかな／＼おもひ出す事にあらず。あんな[八]ぶ心中《しんぢう》ものに心をつくさるゝは、大きなる御損《ごそん》。さらりと気を替《かへ》て、当分《たうぶん》物になる客《きやく》の心に入《いり》たまへ」と、誠らしう[九]藁《わら》を焼《たき》て、[一〇]散《ちり》も灰《はい》もつかぬやうに、[一一]にべなしにいひ立《だち》にして大坂へ下りぬ。ちとせはきくと胸《むね》をいため、「今などかふした思《おも》ひをせふとは、ゆめ／＼思はざりしに、さりとは[一二]聞へぬ御仕形《しかた》。とかくこれまで」と心中かためて、最期《さいご》の一句《く》と文《ふみ》したゝめて、御返事次第に[一三]後《のち》とはいわぬ心底《しんてい》。古郷の親達の方へも、此世の別《わか》れの筆《ふで》を残《のこ》し、[一四]万《よろづ》死《しに》覚悟《かくご》に極《きわ》め、二三が返事を待時《まつとき》、[一五]まだ秋ながら[一六]素紙子《すがみこ》を着《き》て、深編笠《ふかあみがさ》に竹杖《づゑ》、たよりなき風情して門口に立しを、「無用の非人《ひにん》の色好《いろごのみ》、往来《ゆきゝ》の邪魔《じやま》じや。あちへゆきや」と、遣手《やり》がはしたなく申せば、此男出て行《ゆく》を、千年《ちとせ》

一 色の世界にもまれ馴れた者。
二 いらだたせて。あせらせて。
三 あきれた。
四 あなた。
五 手遅れ。
六 島原中の町一文字屋次郎右衛門抱えの天神にこの名あり。
七 五条橋を通る京都の東西の通り。古手屋は古着屋、五条通に多かった。
八 誠意のない者。
九 たきつけて。
一〇 散は塵。きれいさっぱり。上の藁を焼くの縁でいう。
一一 そっけなく。
一二 承服できないやりかた。
一三 すぐに自殺をする。
一四 原本「覚語」。次頁一〇行目も同じ。
一五 以下紙子姿で門口に立つ辺、また千歳の心中を試みる話は二代男・七の二剽窃と趣向取り。
一六 柿渋を塗らぬ白い紙子。紙子は冬の物ゆえまだ秋ながらという。

ちらと見て、「今のは慥《たしか》に二三さまなり」と、人をしてよぶ迄もなくかち[一七]はだしにて表《〔おもて〕》にはしり出、紙子の袖にすが[一八]り顔《かほ》を見て、何かなしに泣《なき》出し、爰は人目《〔め〕》もあれば、中戸《(なかど)》[一九]の腰《こし》掛《〔かけ〕》迄ともない、笠《かさ》をとらして、先《まつ》「此姿《すがた》は」ととへば、二三恥《はぢ》をすてて《〔ゝ〕》顔《かを》をあげ、「今爰《とゝ》に来るは、死《し》ぬるほどくるしけれど、今朝《けさ》油《あぶら》やより届《とゞけ》し文を見るに、我等身の上あしざまに、何ものかそなたが耳《みゝ》に入レ、「事[二〇]なき恨《うらみ》の、返事もあらずば、今宵《こよひ》もしれぬ剃刀《かみそり》[二一]わざ」との覚悟《かくご》、極《きわまつ》たる文躰に驚《おどろき》、そなたの命のほど心もとなく、あさましき姿《すがた》をはぢず断《ことはり》に斗《(ばかり)》参つた。扨我事は仮《〔かり〕》[二二]初《そめ》にせまじき夜遊《〔あそび〕》に、身躰《しんだい》のこらずうちこみ、手[二三]と身になつて、今《け》日《ふ》はくらせ共、明日《あす》過る便《たより》なき身となれば、俄《にわか》に思ひ立て、越後《ゑちご》[二四]の村上に母方の伯父《をぢ》あれば、是《(これ)》を頼みに罷《(まかり)》下るなり。然《(しかれ)》ば日比《(ひごろ)》互《たがい》に申せし事も、勤《つとめ》のさはりにもなればなる。今よりは我事死《しに》うせしものと思ひてわすれ給へ。さらに恨《うらみ》に思はず」と、紙子[二五]の糊《のり》のとける程《〔ほど〕》泪《なみだ》をながし語れば、「さて〱かゝる事とは知《し》らずして恨《うら》み申せし段〻《だん〱》御ゆるし

一七 はだしで歩くこと。
一八 原本「ずがり」。
一九 店から奥に通じる土間の入口の戸。女郎密会のおきまりの場所。
二〇 殊なき。殊のほかの。
二一 剃刀で自殺すること。
二二 以下「うちこみ」までと、「日比互に、…恨に思はず」二代男・五の三剽窃。
二三 身体一つになる。無一物になる。
二四 現新潟県村上市。
二五 紙子は四十八枚の紙をはり合わせて作る。

給はるべし。そふした事にて中絶《なかたへ》申《(まうす)》は、世にある習《〔なら〕》い、日比の御心には似《に》ずして、[一]気のよわき御事。縦《たとへ》身を捨《すて》命をかけて、あいませいではおかぬ女也。浮世の習《〔なら〕》いしづむ瀬《せ》あればうかむ瀬有《(あり)》。御身上《(しんしやう)》のつぶれし事さのみ御なげき有まじ。只《たゞ》御身の恙《つゝが》なきこそうれしけれ。とかく[二]命は物種《だね》」とさま〴〵[三]いさめて、[四]宿へかくとしらさるれば、もとより馴染《なじみ》の宿と申《(まうし)》、[五]殊更下〻《ことさらした〴〵》迄もお影《かげ》をわすれず、「是《(これ)》は」と一家驚《おどろき》先《(まづ)》二三さまを四畳《でう》敷の静《しづか》なる方へ入レまし、様〻《さま〴〵》のもてなし。さすが京近《ちか》き所なれば、下〻迄の心和《やわ》らかに情有《(なさけある)》心づかひ、千年《ちとせ》身にしては数《(かず)》〳〵嬉《うれ》しく、「先《まづ》お盃《さかづき》」と心よく呑《のみ》かはし、紙子《かみこ》ぬがしまして、肌《(はだ)》なれし下着《したぎ》をきせまし、三味《さみ》取寄《よせ》て、[六]いつよりは調子《てうし》高《たか》く歌《うた》ふて、[七]昔《むかし》になしていさめる心、魂《たましい》にこたへて嬉《うれ》しく、「[八]扨《(さて)》も〳〵今日《けふ》の[九]首尾《しゆび》、以前《いぜん》に替《かは》らぬ志《こゝろざし》身に余《あま》りて満足《まんぞく》致した。此《(この)》上は妻女《さいぢよ》にしても偽《いつわ》りなき心底頼《しんていたの》もしし。誠は其《(その)》心根《ね》を見て引ぬき、一生《いつしやう》[一〇]宿の詠《なが》め物にせんため、身をやつして来《きた》れり」と、[一一]一年の所を数百両に替《(かへ)》て請出し、宿にも満足致す程[一二]悦ぶものをとらし、万事首尾《しゆび》よく仕舞《しまふ》て、随分《ずいぶん》世を[一三]楽自慢《らくじまん》して、夫婦《ふうふ》よつて毎日の酒事《(さかごと)》、[一四]命を延《のぶ》る千年《ちとせ》も、過れば毒《どく》に極《きわ》まつて、夜昼《よるひる》の楽《たのしみ》に却《かへつ》て命をちゞめ、二三は終《つい》に此世をさりて、千歳《ちとせ》が歎《〔なげ〕》き即座《そくざ》に[一五]髪切《かみきり》、昔《〔むかし〕》の姿《〔すがた〕》はなくて、今は[一六]墨染《〔すみ〕ぞめ》におこないすまして、[一七]今そかりけり。

一　以下「御なげき有まじ」まで二代男・五の三、中間付加あり。
二　命は物事の根元。命さえあれば何事もできる。
三　元気づけて。　四　揚屋。
五　奉公人までも恩を忘れず。
六　二三の心をはげまし浮きたたせるため。
七　昔に変らぬ様子にして。
八　「満足致した」まで二代男・七の二剽窃。
九　工合。事のなりゆき。
一〇　自家の妻。
一一　あと一年年季が残っている所を。年季の残り一年は二代男・五の三。
一二　祝儀の小判。
一三　安楽に暮すことを誇って。
一四　女郎の名の千歳を千年の寿命の意にとった。
一五　出家して。
一六　尼になって墨染の衣を着たことと墨染の地に住むことを掛ける。
一七　「在そかりけり」の宛字。おいでになる。
一八　以前から見知っている者。「わる口」まで一代男・五の二による。
一九　すれ違った者同士が刀の鞘の当ったのをとがめ争うこと。
二〇　落花が土にかえること。
二一　未詳。　二二　せんだんの木。
二三　陰暦四月十六日、三井寺の護法善神社にまつる鬼子母神の祭。千の団子を供え参詣人にも分つ。子供の安全を祈る参詣者でにぎわう。梅檀講ともいうゆえ樗に続ける。

二　恋の焼付柴屋町《たきつけしばや》の門立《かどだち》

[一八]見知《し》り越《ごし》のわる口、いひがち高名《かうみやう》[一九]さやとがめ

東山《ひがしやま》は青葉《あをば》茂《しげ》りて、梅も桜もいつしか[二〇]根《ね》にかへり、[二一]番《ばん》の風も吹《ふき》おさまりて、[二二]樗《あふち》は今を盛《さかり》に[二三]千団子《せんだんご》にぎはひ、取分《とりわけ》子持の嚊《かゝ》共がいのる神とて、[二四]三井寺に[二五]綿《わた》ぬきの袷《あはせ》見せかけ、都よりのまふで車《ぐるま》に[二六]せきあい、「是も替《かはつ》ておもしろし」と、[二七]三条の西に伊三《いさん》といへる男、お出入の米屋吉六とて、[二八]大津《つ》にしるべ有ものとつれて、[二九]大橋《ばし》より駕籠《かご》にのり、[三〇]札《ふだ》の辻《つじ》にておろさし、是より三井寺へはあゆまずして、先柴《まづしば》屋町に立寄《（たちより）》、[三一]南《みなみ》の門《もん》より入レば、京よりわづか[三二]三里のちがいで、端《はし》女郎の風俗各別替《ふうぞくかくべつかは》りて、着物《〔きる〕》じだらくに帯ゆるくし、白《おし》粉《ろい》へげるほど厚《あつ》く塗《ぬつ》て、[三三]よしあし共に三味線《さみせん》をにぎり、すこし顔《かを》をそむけて、なにやら一節宛《〔ふし〕づゝ》[三四]うならるゝ。立寄人《（たちよる）》を見れば、いづれも[三五]いかつらしき男、[三六]大脇指《（わきざし）》さすも有、又懐《〔ふところ〕》に[三七]鼻《〔はな〕》ねぢかくし、仮初《〔かりそめ〕》の事にも[三八]詞とがめして、情《なさけ》らしき事はなくて、[三九]喧嘩《けんくわ》がまへもむつかし。恋も遠慮《ゑんりよ》も、[四〇]無性闇《〔むしやうやみ〕》に鉄炮《てつぽう》はなつごとく、出るまゝの悪口《わるくち》、「花鳥《くわてう》さま[四一]かき餅《〔もち〕》が好《すき》やら、お歯黒《〔はぐろ〕》がはげて見ゆる」と、しかも近付《〔ちかづき〕》さふなが、見知《し》りごしにあだ口《〔ぐち〕》、さりとはやかましさも、うれしや[四二]比叡《ひゑ》の[四三]私雨《わたくしあめ》に四方へにげ散《ちる》。「いざ雨《あま》やどり[四四]がてら」と、揚屋《あげや》にたち寄《より》、何かなしに座敷へとをり、[四五]歌仙《かせん》小太夫など申《（まうす）》君達《たち》をむかへて、

二四 近江国志賀郡(現滋賀県大津市)所在の長等山園城寺。
二五 綿入の着物の中綿を抜いて仕立てた袷。
二六 参詣者の車でこみ合う。大津・京三条間の物資運送に使う牛車利用か。
二七 京都の三条通。
二八 近江国志賀郡の大津。現大津市。北陸米・近江米の集散地で牛車で京都に運ばれるので、米屋は関係の地。
二九 三条大橋。
三〇 大津の中心下八町の北端、幕府の制札場があった。
三一 南北に門があった。以下「あだ口」辺まで一代男・五の二の柴屋町風俗により、変改あり。
三二 三条大橋と札の辻の間三里。
三三 位の高下の別なく皆。
三四 歌うことを軽蔑の気持をこめていう。 三五 無骨な。ごつい。
三六 寸の長い脇指。
三七 馬を制する道具の棒。喧嘩用。
三八 言葉尻を取って咎めること。
三九 喧嘩腰。
四〇 無性闇にと闇に鉄炮を掛ける。滅多無性に目的もなく。
四一 餅を薄く切り乾燥させたもの。
四二 大津の西北方、山城・近江境の比叡山。
四三 限られた狭い地に降るにわか雨。
四四 …かたがた。
四五 名寄には井筒屋半左衛門抱えの半夜にかせん、わかさや源右衛門抱えの半夜に小太夫があるが、少くとも歌仙は架空の人物か。

都風《ふう》の酒事《さかごと》の、あぢな所をのんで見せ、「是《これ》からねる段《だん》じや」。両人が床をとらせて、伊三は歌仙《か》に歌枕《うたまくら》[一]してよひ夢[二]を見ての後《のち》、床《とこ》の中《うち》へ盃銚子《さかづきてうし》[三]取寄《よせ》、さしむかいに酒などのみかはし、随分《ずいぶん》女郎のうれしがる事いひつくして、「又の御見《げん》」[四]と起別《おきわか》るゝ。

そも〳〵此《この》男美《び》男にして、色にかしこく、一座おもしろくて、声《こゑ》能《よく》歌うたふて、三《さ》味《み》も小野川流[五]をぬけて[六]、其上《そのうへ》に銀子《ゐんつう》[七]大分あつて、万そろい過てよい[八]といふ上也。是にて女郎なづむまじきはづなし。先《まづ》恋といひ欲《よく》と申《まうし》、何ぞあらば女郎の方から、やつて[九]なり共あふべき大臣。歌仙《かせん》初会《しよくわい》よりふかく此男に心をうつし、百[一〇]石町《こくまち》のおもはく[一一]を外になして、かたりたるあけ[一二]の日より、毎日都へ伝《つて》をもとめて、はじめのほどは「今一度《たび》あいまして」と、おなじ事斗《ばかり》書続《かきつゞけ》しが、後[一三]には泪《なみだ》といふ字《じ》ばかり百弐百も書て、ある時は爪《つめ》をはなし、指《ゆび》を切て偽《いつわ》りならぬ心底《しんてい》を見せけれど、都の恋に隙なき男、「いつぞは逢《あふ》てとらすべし」とおもふ心から、返事だにせずうち過《すぎ》、「今《け》日《ふ》こそ色[一四]にいとまあり。いでや大津の遊女《うかれめ》に逢《あふ》て、

一 枕して寝ることを歌仙の縁で歌枕といった。
二 情交をすること。
三 長い柄の付いた酒を注ぐ具の銚子の代用に燗鍋を使い、それをも銚子という。
四 またお目にかかろう。別れの挨拶。
五 京都の小野川検校の流儀。
六 会得してその上に抜け出る。
七 金銭。
八 よいという上での色遊び。
九 金をやってでも。
一〇 大津に上百石町・下百石町があった。
一一 情人。恋人。
一二 契った翌日から。
一三 「百弐百も」まで二代男・五の三より剽窃。
一四 京での日日の色遊びのひまのある日。

此比《(このごろ)》つもりし思ひの、算用《さんよう》[一五]済してやるべし」と、思ひ立《(たち)》、駕籠《(かご)》など申て男作《つく》[一六]る内に、昨日《きのふ》の酒気《け》に頭《づ》おもく、何とやら心すゝまず、[一七]それなりけりに枕《まくら》引よせ、「二日酔《ゑい》の息《いき》をぬくべし」と、はりあげて時行歌《はやり》をうたふに、天井《てんじやう》に声《こゑ》有て「一能ゝ《ちよいく》[一八]」と讃《ほむ》る。不思議《(ふしぎ)》さに林才《りんさい》といふ小坊主《こぼうず》[一九]をめされ、「己我歌《おのれわがうた》ふ歌を、賤《いや》しき身として誉《ほむ》るは推参《すいさん》也」と、[二〇]焼煙管《やきぎせる》したゝかに頂《いたゞ》き、「罪《つみ》なくてたゝかるゝお煙管《(きせる)》」とつぶやくを、「腰打《こしうて》」と召《めさ》るれば、是非《ぜひ》なく畏《かしこまつ》てお腰《こし》をうつに、また何となくうたふに、先《さき》のごとく「一能ゝ《ちよいく》」と讃《ほむ》る。林才《りんさい》おどろき、「まさしく今のは女の声《こゑ》なり」と申《(まうす)》。「次の間に女はいぬか」と吟味《ぎんみ》あれど、林才《りんさい》より又人といふものは、屏風《びやうぶ》の押絵《をしゑ》[二一]より外になし。「誠に雲の上人[二二]は、大和歌[二三]にて鬼婆《ばゞ》ゝも哀《あはれ》とおもはせ給ふ。我はまた一節《ふし》の小歌《こうた》にて、目に見ぬ女の声《こゑ》を聞《(きく)》」とうち笑ひ、其後すこしまどろみしに、いつぞや柴屋町にて仮枕《かりまくら》せし歌仙が俤《おもかげ》、其時よりはすこし面《(おも)》やせて、しほ〳〵と泪《なみだ》ぐみ、「我流《ながれ》[二四]を立初《(たてそめ)》八年の日数経《かずふる》うち、揚《(あげ)》銭《せん》に任《まか》す身なれば、貴賤《きせん》

一五 清算してやろう。
一六 男ぶりを整える。
一七 そのまま放置して。
一八 賞讃の掛け声。
一九 坊主頭の少年の奉公人。雑用をする。
二〇 焼けて熱くなった煙管で強く打たれる。
二一 屏風にはった小品の絵。
二二 殿上人。
二三 「やまとうたは、…めに見えぬ鬼神をも、あはれとおもはせ」(古今集・序)。大和歌は和歌。
二四 遊女となってより八年。

一 遊女が懐妊するのはその男を深く思っている証拠。
二 ここは少しの間見た意。
三 天地の差。非常な相違。比叡とともに、竜宮も瀬田の橋の下の水底は

の限《かぎ》りもなく逢《あい》見し中に、馴染《なじみ》を[一]恋の種《たね》かたまりて懐妊《くわいにん》せし程の男も、[二]かいま見し君にくらべては、[三]比叡《ひえ》の雪と竜宮《りうぐう》の井戸ほどの遊《おもはく》ちがい。いかなる御縁《ごゑん》にや、是《これ》ほどにもおもふものか。かく白地《あからさま》に申さば、只悪口《たゞわるくち》の世の中、所から柴屋町の[四]焼手《やきて》にてと、おぼしめしの程もはづかしながら、われ偽《いつわ》らぬ心底《しんてい》は、是にしたゝめ置侍《おきはべ》り。[五]浮世の不祥《ふしやう》に今一度誠の御見《げん》なりたし。さもなくば[六]追付死《し》にます」といふ。「それは[七]みじかし。命ありてこその恋なれ。かならず短気《たんき》な心をもたれな。成《なる》程《ほど》[八]すへかけて懇《ねんごろ》に語るべし」といへば、「近比《ちか》うれしいお詞」と、よろこぶ色みへて四《よ》足《あし》五《いつ》足《あし》音《おと》して、姿はきへて、「さらば」といふ声《こゑ》に夢さめ、あたりを見れば逢初《あいそめ》し日より、今朝《けさ》までの偽《いつわ》りならぬ思《おも》ひ入《いれ》を、[九]一つ書《がき》にして、[一〇]奥《おく》に諸神をちかふておそろしきほど誠をつくし、名書《ながき》の下を[一一]血《ち》にそめて、哀成《あはれなる》筆の跡《あと》をのこしぬ。「かゝる思ひ入深《ふかき》女郎もあるものか」と、其《その》後はおりふしあふて、心をなぐさめける。「世に女の執心《しうしん》と借銭乞《しやくせんこい》ほどおそろしき物はなし」と、[一二]因果経《いんぐわきやう》にもとかれたるよし、物知《し》れる出家《しゆつけ》の申されしも思ひあたれり。

三　木《き》辻《つじ》鳴《なる》川に深入《ふかいり》する色《いろ》男

二千両皆になして、今口[一三]過《すぎ》に[一四]一文《もん》の傾城《けいせい》買《かい》

竜宮に通じるといわれ、大津周辺に縁のあるものを比喩に用いた。
四 客が喜ぶようにうまい事を言うこと。所が焼くと縁のある柴の字を付けた地なので場所柄という。
五 浮世の不祥と思って今一度本当に逢って下さい。
六 ただちに。　七 短気だ。
八 後後までも深く契ろう。
九 箇条書。
一〇 文書の末尾に神神の名を書き入れその神にかけて誓うは誓紙の体裁。
一一 血判。
一二 過去現在因果経。女の執心とは同経「感㆘傷群生耽㆓惑愛欲㆒沈㆗流苦海㆖」を指すか。借銭乞は戯言。
一三 食べてゆく手段。
一四 見物人に一文ずつの投げ銭で見せる傾城買いの真似事芸。→本文。
一五 「知るよしにて」まで一代男・二の四により、小異あり。なお共に伊勢物語・初段のもじり。
一六 「ゆく物ぞかし」まで置土産・三の三により、小異。奢ったら金の減るのがはかどる。　一七 上品な。
一八 「といふ町に」まで俗つれ〴〵・三の四剽窃。ねぢ上戸は酒癖の悪い上戸。「奈良山の児手柏の両面にかにもかくにも佞人(ねぢけびと)の友」(万葉集・一六)を当時「奈良坂や児手柏の両面とにもかくにも佞人かな」の形で広く知られた、その歌による修辞。
一九 興福寺の西方、林小路丁と今辻子丁をつなぐ東西の小路。
二〇 奈良東方若草山による屋号。

[一五]奈良《なら》の京春日《かすが》の里に、諸分知《しよわけし》るよしにて、仮初《〔かりそめ〕》ながら[一六]心やすひ色狂《いろぐる》ひとても、奢《おごれ》ばはかのゆく物ぞかし。京大坂のお[一七]上家《かみけ》な遊びもしらず、意気張《〔いきはり〕》といふ事もなくて、おもしろからぬ酒に長《ちやう》じ、我儘《まゝ》いふて、[一八]とにもかくにもねぢ上戸《じやうご》、[一九]百万が厨子《づし》といふ町に、[二〇]若《わか》草屋の呑《のみ》助とて、木辻鳴川《きつじなるかわ》に大事にかける[二一]箱入の大臣、此《(この)》里の[二二]名取、[二三]秋篠《あきしの》といふ女郎とふかくなつて、三年半に弐千両の[二四]身躰《しんだい》もみつぶし、住宅《ぢうたく》を売て退時《のくとき》も、いかな〱[二五]気をしなさず、其儘《(その)まゝ》昔里通《がよ》ひせし衣裳《いしやう》にて、静《しづか》に町をねつて立退《のく》。「あの気でなければ、あのざまにもならぬ筈《はづ》」と、近所の親仁《おやぢ》ども指《ゆび》ざしをして笑《わら》へば呑《のみ》助見かへり、「[二六]己《をのれ》が銀《かね》はつかふまいし、[二七]身が物ずきでする事を、無用の指ざし。色遊びのおもしろいといふ事を知《しら》ず、一生[二八]黒米の打込茶《うちこみちや》を呑《のみ》、[二九]所から[三〇]奈良漬《ならづけ》の香の物も、[三一]煩《わづら》はねば喰《くわ》ぬなりをして、[三二]鱶《ふか》のさしみに、[三三]生諸白《きもろはく》を呑《の》ふで来《き》た男をそしるは推参《すいさん》なり」と、すこしもおくせず、[三四]手前よい時に引かきし、秋篠《あきしの》を供につれて、[三五]三条通に色里でつきあい、心やすくなつての上に、兄弟の約束せし、[三六]三笠屋の常《つね》といふ大臣、「[三七]まさかの時は見捨じ」との詞をたのみに「[三八]落着《おちつち》慥《(たしか)》」と安堵《あんど》して、この方へ尋ゆけば、此男も算用なしの色狂《ぐる》ひに、[三九]身躰《しんだい》くづれて[四〇]分散《ぶんさん》となり、門口に[四一]負《お》ふせ方より、きびしく番を付置《(つけおく)》折節《ふし》なれば、主《〔あるじ〕》にあふ事もならぬ首尾《しゆび》にて、[四二]頼む木《こ》のもとに、雨もたまらぬ三笠屋の当手《あて》もちがふて、ひとへに[四三]目くらの杖をうしなふごとく、心は闇《やみ》となりて、[四四]くらがり峠《とうげ》の麓《ふもと》に、我幼少《わがようせう》の時、少の間

二一 大切に扱う大臣。　二二 有名な者。
二三 大和国添下郡秋篠(奈良の西北、現奈良市内)による名。置土産にも出る地名。　二四 財産蕩尽。
二五 気落ちしない。元気を失わぬ。
二六 汝。お前。　二七 私。
二八 煎った玄米に湯を注いだ茶。「鱶のさしみ」辺まで置土産・三の三。
二九 場所柄。名物で手近の。
三〇 奈良地方名産の瓜の粕漬。
三一 病中の養生にしか食わぬ。
三二 ゆがいた鱶を刺身にして酢味噌で食う。魚に不便な奈良の馳走。
三三 諸白は麴も米も精白したものを用いた上等酒。生粋の諸白。奈良酒といい奈良は名酒の産地。
三四 富裕な時に身請した。
三五 平城京の三条大路に当る、興福寺前を通る東西の通り。
三六 三笠山の名による屋号。三笠山・若草山は隣接するので若草屋の義兄弟の名とした。　三七 万一の時。
三八 身を寄せる場所は保証されている。　三九「折節なれば」まで俗つれ〲・五の一剽窃。
四〇 破産。全財産を債権者達に任せその処分代金を債権額に応じ分配する。　四一 債権者。
四二「頼む木のもとに雨もりて」(謡曲・朝長)。雨は笠の縁。
四三 頼りとするもののないたとえ。
四四 大和・河内国境の生駒山の南の峠。大坂・奈良間の大坂街道の要地。現奈良県生駒市内。上の闇の縁で出す。原本「挊」。

里[一]にゆきし、五郎作といふ百姓の方を思ひ付て、爰《ここ》に歎《なげ》きをいふて、半年余《あま》りすみしが、いかにしても居喰《いぐい》[二]にはしがたく、一かせぎかせいで見る気ではあれど、何をせふにも元手なくて、いろ〳〵思案して見れ共《ども》、俄に鋤鍬《すきくわ》の荒働《あらばたら》[三]きもならず。

夫婦《ふうふ》談合《だんかふ》して、近郷の麦《むぎ》[四]秋を心当《あて》に、柏[五]の破《やぶ》れ三味線《さみせん》才覚《さいかく》しだして、秋篠にひかせ、其《その》身はあそこ爰《こゝ》[六]きりぬいて覚へし、文弥節《ぶし》[七]の上るりを語り、口過のために大和めぐり[八]を致し、百姓の家〳〵にて半分は偽《うそ》を語れど、聞手《て》が律気《りちぎ》なれば、「あらいたはしや、[九]すてんどうじは」でも合点《がてん》して、一つかみの麦になる事、[一〇]天道人をころし給はぬとは、こんな事をいふべし。往来《ゆきゝ》の人の其事[一一]となく笑へば、「扨《さて》はきやつめは一節《ふし》[一二]なる奴《やつ》か」と、随分《ずいぶん》おぼへし所を語りなをせど、誰足《あし》とめて聞ものもなく、耳梨《みゝなし》[一三]山をすぎて、蘰《かつら》[一四]児《ご》の池といふ有リ。「故[一五]ある事にや」と里人にとへば、「昔《むかし》三人の男ありて、一人の女を思へり。其女の名を蘰児《かつらご》といひしが、三人の思《おも》ひいづれも切《せつ》なりければしたがふべき方を思ひわづらい、此《この》池に身をなげしより名とせり」と語る。「扨も其女素人《しろと》かな。三人の男共に、随分《ずいぶん》[一六]物つかはして、どふやらなる様《やう》[一七]で、ならぬ仕掛《しかけ》[一八]してもがゝし、かた[一九]ひしに身躰かたづけてやれば、手薄奴《てうすきやつ》[二〇]から、そろ〳〵愛想《あいそ》つかしておもひきるものなり。恋も情も古《いにし》へは律気《りちぎ》にして、ようも只[二一]は叶《かな》へてやつた事じや。但《たゞ》シ[二二]業平《なりひら》[二三]時代《じだい》には、男が大切《せつ》で、女の方《かた》から物やつてあいし事か。[二四]あつぱれそんな世にあふて死《しに》たし」と、今

一 里子に行った。
二 居候して徒食しにくい。
三 力仕事。
四 麦の収穫の季節。
五 樫棹の三味線。樫棹は安物。
六 全段ではなく要所だけを覚えた。
七 岡本文弥(元禄七年没)の語り出した浄瑠璃の一派。
八 遊覧のための大和巡覧が普通なのに。
九 酒呑童子を訛り言うか。それをいたわしいというのは滅茶苦茶な語りというか。
一〇 天の慈悲の広大なことをいう。
一一 何ということもなく笑う。それを浄瑠璃が下手なので笑ったと誤解する。
一二 浄瑠璃が語れる奴か。
一三 大和三山の一。大和国十市郡(現橿原市)所在。上の聞ものなしを承けて耳梨(無)という。
一四 耳無(成)山麓の耳無の池。万葉集・十六に出る三人の男に求婚された縵児(かずらこ)が身を投げた池と伝える。
一五 何か由緒があるか。
一六 金を遣わせて。
一七 男の心に従うようで。
一八 あせらせ。　一九 片端から。
二〇 財産の少ない者。
二一 金ももらわず恋を叶えてやった。
二二 原本「但シ(ただし)」。
二三 在原業平の時代。
二四 あわれ。ああ。
二五 「春すぎて夏来にけらし白妙の衣ほすてふ天の香具山」(新古今集・夏・

日の身の上をあんじはせいで、なんの役《やく》に立ぬ事を思へば、昔全盛《むかしぜんせい》[二五]の春も過て、夏来《なつき》にけれど冬装束《ふゆしやうぞく》、汗《あせ》にぬれて、日当《ひあた》りに背中《せなか》ほすてふ、天《あま》[二六]の香久山《かぐやま》といふ辺《へん》に、歴々《れき〳〵》の隠《かくれ》家《が》、表向《おもてむき》は萱軒《かやがのき》[二七]にして、中戸《なかど》より中《うち》のきれいさ結構《けつかう》さ。めつたに奥《をく》ゆかしく、内をはるかにのぞけば、食焼女《めしたき》も[二八]さとびずして、あまたそれ〴〵の召仕女《めしつかい》、紫《むらさき》の後《うしろ》[二九]帯目にたち、「是《これ》は天《あま》[三〇]の岩戸のいか成《なる》大臣のかくれ給ふ屋敷《やしき》ぞ。手力雄《てちからお》[三一]の神力あらば、あの奥《をく》の杉戸《すぎど》[三二]引ひらいて、取《とつ》[三三]て置《をき》の女躰《によたい》の姿おがみたし。[三四]さぞ面白《をもてしろ》かるべし。爰《こゝ》は[三五]いけもせぬ上るり所にあらず」と、秋篠《あきしの》に随分《ずいぶん》間《あい》[三六]の手あぢをひかせて、頭《づ》[三七]をふつて投節《なげぶし》をうたへば、腰《こし》元《もと》らしき女、何やら承りて表《おもて》へ出、「奥《おく》さまの仰らるゝは、何やら夫婦《ふうふ》の人にとわせられたい事あるよし。くるしからぬに奥《おく》へ通り給へ」と、両人をともない打[三八]はれし大座敷へつれ行《ゆき》、「こゝにしばらくまたるべし」と、二人を置て勝手《かつて》へ入ぬ。「是は何共合点《がてん》のゆかぬ事。もしは夫婦《ふうふ》の生肝《いきぎも》[三九]でもとつて、妙薬に入る合点《がてん》で、こんな奥《おく》の間へ引入れし事か。同じくばうまい物喰《くわ》しておいて、[四〇]ともかくもしてくれゝば、まづ食悦《しよくゑつ》[四一]だけの徳也」と、世[四二]につれてさもしき心になつて夫婦《ふうふ》息《いき》[四三]もせず畏《かしこま》る。所へ又最前《さいぜん》の腰元《こしもと》出、「こなた方は何ゆへかやうの浅《あさ》ましき姿には成給ふ。先《さき》より奥《をく》さま物の透《すき》より、ごらんなされ、「いやしからぬ男女若《もし》は色事にてかくはなりはつるや。様子《やうす》を尋《たづね》見よ」との御事にて、是迄まねき申せしなり。自然《しぜん》[四四]恋より[四五]しなくだり給はば《ゝ》、くはしく昔《むかし》を語り給へ。男

持統天皇、百人一首)による修辞。
二六 大和三山の一。大和国十市郡内(現橿原市内)。耳成山の西南、飛鳥の北に当る。
二七 萱葺の家。　二八 田舎くさくない。
二九 帯を後で結ぶこと。素人の若い女の風。ここは腰元の風。
三〇 天照大神が天の岩戸に隠れた神話により、大臣を大神に通わせ、隠れる縁で天の岩戸という。なおこの時岩戸の前に掛けた鏡は香久山で鋳たといわれるので、香久山の縁で天の岩戸を出した。
三一 手力雄命(たぢからおのみこと)。天の岩戸の戸を開き天照大神を連れ出した神。振仮名「て」は原本のまま。
三二 杉板で作った引き戸。
三三 主人が寵愛する女性。天照大神は女性であるのでこのようにいう。
三四 大神が岩戸より顔を出すと世界が明るくなった、もろもろの面(おもて)が白く見えたことより面白しの語がはじまるという。その話によってさぞ顔の白い美女であろうという。
三五 うまく語れぬ。下手な。
三六 三味線の曲で、歌と歌の間に弾かれる部分。
三七 頭を振って。感情をこめて歌うさま。投節を歌ったのは、ここが粋大臣が身請した女郎を置く下屋敷かと推測して、その気を引こうとした。
三八 ひろびろとした。
三九 生きている人間から取った肝。難病の薬にする。　四〇 どうにでも。
四一 たとえ殺されても、最低生活を

つき女の風俗《ふうぞく》両人共に[一]一風《ふう》あれば、定《さだめ》て外の事ではあるまじ。恋であらふ」と[二]おとしつけて申せば、「近比《(ちかごろ)》奥《〔おく〕》さま又はおの〳〵迄[三]目高なり。成程《(なるほど)》此《(この)》ざまになりしも、つれたる女ゆへ」と申《(まうす)》。

「嘸《さぞ》やさふこそあるべし。奥《〔おく〕》方《がた》のお慰《〔なぐさみ〕》に、[四]有様《(あり)やう》に咄《はな》さるべし。あれなる御簾《みす》の中にてお聞なさるれば、ちと調子《てうし》高く語るべし」といへば、呑《のみ》助畏《かしこまつ》て、[五]そゝけし鬢《びん》などなでつけ、「今更申《(まうす)》もお恥《はづかし》い事ながら、私事幼少《ようせう》より[六]有たいまゝに暮《くらし》、十七の春より木辻《つじ》にかよひ初て、さま〴〵の奢《おごり》つのりて、此秋篠《あきしの》を請出し、[七]我宿《わがやど》で遊《あそぶ》は[八]地《ぢ》女と語るにおなじと、身請せし女を、其《(その)》まゝかの里につれゆき、毎日の騒《〔さは〕》ぎ。其時分は[九]親仁《おやぢ》堅固《けんど》にて、さま〴〵異見《いけん》をいたし、「追付《おつつけ》物もらいになるを見るやうな」といわれしが、其詞にたがはず、今[一〇]袖乞《そでごい》いたすも、[一一]親へ孝《かう》の為」と語れば、御簾《みす》もうごくばかりに、あまたの女[一二]中の声《こゑ》して、どつと笑《わら》ふて後《のち》、御簾《みす》をあげて、乳母《うば》めいたる[一三]年がまへの女、十二三成《(なる)》美《うつくし》き男の子の手ひいて出、[一四]我《われ》をゆびざして、「あの人をよう[一五]ごろじやりませ。[一六]大旦那《おほだんな》さまは[一七]堺でかくれもなき、分限者《ぶんげんしや》でござりましたが、新町の[一八]初《はじめ》の夕霧《ゆふぎり》にかゝつて、御身躰《ごしんだい》をつぶし給ひ、お前さまのお四つの年、お袋《〔ふくろ〕》さまと[一九]置捨《おきずて》にして、西国へ共、申《(まうし)》、又は江戸へござつた共聞ましたが、今におゆくゑがしれませぬ。しかれ共《(ども)》手代衆此家督《かとく》つぶす事をおしくおもはれ、お前《〔まへ〕》を取立《(とりたて)》御家相続《さうぞく》せんとて、堺の屋敷は祖父《ぢい》さまの御支配《ごしはい》なさ

していよりはうまいものを食って楽しむだけがもうけ。
四二 境遇の変化にしたがって。
四三 緊張して次に起ることを待つさま。 四四 万一。ひょっと。
四五 落ちぶれる。

一 通常人とちょっと違った態度・風格がある。
二 そうと決めこんで。
三 目が高い。眼識がすぐれている。
四 ありのままに。
五 ほつれ乱れた鬢の毛を撫で付けて様子をつくる。
六 気まま。
七 自宅。
八 素人女。
九 以下「親へ孝の為」まで好色盛衰記・一の四より剽窃、小異。
一〇 乞食。
一一 親の予言通りになったことへの自嘲。
一二 婦人。
一三 年配の女。
一四 呑助。
一五 御覧なさいませ。
一六 二代の主人がいる時大旦那・若旦那という。少年が若旦那に当る。
一七 今の大阪府堺市。堺は歴代の資産家が多かった。
一八 新町の扇屋四郎兵衛抱えの太夫。延宝六年(一六七八)正月六日没。
一九 (若旦那とその母とを)置きざりにして。

れ、「とかく[二〇]瓜《うり》のつるに茄子《なすび》はならぬといへば、此子が成人《せいじん》の末《〔すへ〕》も心もとなし。只色事の自由《じゆふ》なる大坂近《ちか》くにおく事、[二一]千里が野辺《のべ》に虎《とら》の子を養《やしな》ふがごとし。先《〔まづ〕》此子廿才《はたち》になる迄は、傾城《けいせい》町のない、人家《じんか》まれなる里住居《さと〔ずまい〕》さすべし」と、御袋《おふくろ》さまと御一所に、此里に[二二]流《〔なが〕》され者《〔もの〕》の様《やう》にしておかせらるゝも、傾城狂《けいせいぐる》ひの疾《やまい》をこわがりたまいての事なり。是《〔これ〕》長松さま御成長《ごせいちやう》あそばし、堺の屋敷へお帰《かへ》りなされたと[二三]必《かならず》〳〵傾城《けいせい》狂ひを遊《あそ》ばすな。傾城狂《〔けいせい〕ぐる》ひいたしますと、あれあの男がやうに、夏《なつ》も[二四]綿入着《わたいりき》て、米もらいに成《〔なり〕》ます。よう見ておいて、今度《〔こんど〕》迄わすれさせ給ふな」と、[二五]穴《あな》のあくほど指《〔ゆび〕》ざしして、とくと[二六]和子《わこ》に見せまして、「夫婦共に太儀《たいぎ》じや。もはやよいに、[二七]いんでたも」と、御簾《みす》の中《うち》へはいりぬ。

呑《のみ》助夫婦《〔ふうふ〕》あきれて、「是は各別《かくべつ》成《〔なる〕》[二八]おもはくちがい」と、少《すこ》しは腹《はら》がたてど、ねだるべき手がゝりもなく、すご〳〵と爰《〔ここ〕》を立出、其後女は呑《のみ》助に暇《〔いとま〕》もらいて尼《あま》となり、昔《〔むかし〕》の名によりて、[二九]秋篠寺《あきしのでら》のほとりに、[三〇]草《くさ》をむすびて庵《いほり》とし、[三一]二六時中《じちう》の勤《〔つと〕》めおこたらず、後世《ごせ》をいのるの外余念《ほかよねん》なし。

かゝる仏縁《ぶつゑん》あつて、よい出家になり[三二]場《ば》を、何の末《すへ》に頼みもなき身の、坊主《ばうず》をきらふて、十銭《せん》たまれば、すぐに酒にして、呑《のみ》助が今の姿《すがた》の見にくさ。何をかして今日《〔けふ〕》を暮《くらす》ぞとみれば、おなじ様《やう》なる、ならず者《もの》共を語《かた》らひ、[三三]大仏殿《でん》の釿初《てうのはじめ》の群集《くんじゆ》の場《ば》に筵《〔むしろ〕》を敷て、「[三四]辻《つじ》打太鼓《うちたいこ》はじまり〳〵」と、声《こゑ》をたてて《〔と〕》見物あつまれば、「扨《〔さて〕》お断《〔ことはり〕》を申ます。只今仕《〔つかまつ〕》り

二〇 親と全く異なった子は生れようがない。
二一 害を及ぼす恐れのある者を養って、後にわざわいを残すたとえ。
二二 流刑者。
二三 …とも。…としても。
二四 振仮名原本のまま。
二五 よくよく見つめること。
二六 貴人の子を親しんでいう語。以上の話、男が娘に逢わせたいと呼び込まれ、疱瘡を掻くとあのようになるとあばたの手本にされた、軽口露がはなし・二の九の話がヒント。
二七 帰ってください。
二八 予期したことがはずれること。
二九 添下郡秋篠所在の真言宗の寺。現奈良市内。女郎時の名にゆかりの寺。
三〇 草庵を作って。
三一 終日。
三二 なるのによい機会。
三三 東大寺大仏殿再建の手斧始(建築開始の儀式)は貞享五年(一六八八)四月二日より八日までおこなわれた。
三四 辻打は路傍でおこない投銭を乞う演芸。その触れ太鼓。以下女郎買の芸を演ずること俗つれ〳〵・五の三により、語句剽窃、口上部変改。

ますは、木辻鳴川《きつじなるかわ》はやり女郎全盛《ぜんせい》のなりふり、買手《かい》の大臣一座のしこなし、同《おなじ》く一酒《さか》ぶり二口舌《くぜつ》のつめひらき、幷《ならび》に太鼓持のそゝりやう、三壱角《いつかく》もらふて悦ぶ身ぶり。其《その》外色町《いろまち》に有程《ある》の事は、こまかに気をつけていたします。今程は京都に五坂田藤十郎大坂に六嵐三右衛門と申まして、七傾城買《けいせい》の芸《げい》の名人《めい》がござりますれど、それは八狂言躰《きやうげんてい》で、私共がやうに、九手銀《てがね》を皆女郎につかいあげて、大分元手《もとで》を入置ました、一〇正身《しやうじん》の我身の上《うへ》にあつた事を、

いたして御目《め》にかけます」と、世盛《よざかり》の時分《じぶん》に木辻狂《ぐる》ひをして、さま〴〵の遊びせし事を、今仕《し》て見せて口過《くちすぎ》と呑助《のみ》は大臣になれば、おやまの九平次は、鳴川の女郎になる。ひの木玉の権平は末社《まつしや》の左吉になり、一一物にかゝりの虎右衛門は、遣手《やりて》の久《く》米《め》になつて、一二間夫《まぶ》狂ひを改《あらた》め、一三とれぬ客《きやく》を鼻《はな》であしらふ所、女郎は物前に無心の長文章《ながぶんしやう》あんずる躰《てい》、又は一四退《のき》さふな客を取とめる時、恨《うら》みいふ内に、一五芥子《からし》かいで一六俄《にはか》に泪《なみだ》のこぼしやう、一七爪《つめ》をはなつに、細《ほそ》小刀にて一八二枚《まい》にへいで、いたまぬやうにはなつ仕様《しやう》、大臣は一九参りもせぬ、お伊勢さまを、

一 酒宴での盃のやりとりの法。
二 痴話喧嘩の駈け引き。
三 客をおだて上げるやりかた。
四 太鼓持への祝儀は金一歩。
五 初代。京坂を代表する立役。主として京都を根拠地に傾城買の開山と称され、やつし・濡《ぬれ》・口説にすぐれた。宝永六年(一七〇九)十一月一日没。
六 二代。大坂の立役で座本。六方・濡事等に長じた。元禄十四年(一七〇一)十一月七日没。
七 男が廓で傾城を買って遊ぶさまを演ずる芸。当時は、若殿が遊蕩で零落して痴話喧嘩というように演じた。
八 芝居における物真似で。
九 所持金。手許の金。　一〇 正真。
一一 理屈をこね言いがかりをつける者の意のあだ名。遣手の性格にぴったり。
一二 遊女が情夫をこしらえ、勤め以外にひそかに通じること。改めは吟味すること。
一三 利益にならぬ客。
一四 客として通うことを止め縁を切りそうな客。
一五 芥子の刺激臭で涙を出す。
一六 原本「俄(にはかに)に」。
一七 心中立てのため客に爪を与える時のテクニック。「いたまぬやうに」まで俗つれ〴〵・三の二剽窃。
一八 爪の表面を薄く削り取る。
一九 参詣もせぬ伊勢神宮をお参りすると口実にする。これ以下「身ぬけして」まで好色盛衰記・三の二剽窃、地名を変改。

虚《うそ》の相手に頼み、[二〇]堅固《けんど》なる長《なが》池の姨《おば》をころし、又は雪隠《せっちん》の屋根《ね》ふくほどの事を、大普請《ふしん》するなどと《こ》、いろ〳〵に[二一]身ぬけして、盆《ぼん》正月を請とらぬ[二二]前置の偽《いつわ》りだくみ、粋《すい》になつて、遊びのおもしろふなる最中《さいちう》に、手前うすくなつて[二三]はのきかぬ所、親の異《い》見聞ずに追出さるゝ身ぶり、又は身躰《しんだい》皆にしてすみなれし家を立退《たちのく》思入《おもひいれ》、見る人「爰《ここ》がよう似《に》た」と、大笑ひするも断《ことわり》、家売《うり》てのきし事は次第にくやしく身にしみ〴〵と、今もわすれねば[二四]うつる筈《はづ》也。扨《さて》編《あみ》笠をぬぎて、「いづれも[二五]歴ゝ《れき〳〵》さま方[二六]持合《もちあはせ》がござりませふば、すこしの[二七]露をうたしやりませふ。昔《むかし》は[二八]是《これ》がおもしろふて、此躰《このなり》になりましたが、今の[二九]うたてさ、慰《なぐさみ》に汗水《あせみづ》たらしていたしますではござりませぬ。せめては蒔《まい》て置《おい》た種が百分《ぶ》一もはへまして我ゝ四人が口をぬらしたふ存まして仕ります。仮初《かりそめ》ながら、壱人まへに二千両宛《づゝ》入《いれ》ておきました芸《げい》でござります。扨此次に御目にかけますが、かの里の以前《いぜん》の女郎共が方からくれました状文《じやうふみ》、其外さま〴〵替りしもの共を、今日の[三〇]惣切《きり》狂言に仕ります」と、[三一]古《ふる》葛籠《つゞら》

二〇 丈夫でいる長池のおばを死んだと偽り。長池は山城国久世郡内、京都と奈良の中間点に位置する大和街道の宿駅。現京都府城陽市内。
二一 責任のがれ。
二二 盆買・正月買を引請けぬようにたくらむ前口上。
二三 幅がきかぬ。
二四 そのまま真をうつしている。
二五 見物人の機嫌をとっておだてて言う。 二六 持合せている金銭。
二七 祝儀。 二八 実際の女郎買を指す。
二九 いやだ。不快だ。
三〇 一日の上演目の最後の狂言。
三一 以下女郎の形見の諸物を見せること好色盛衰記・三の五により、剽窃関係にある語句諸所にあり。

一 証明の添え手紙。
二 血書の文。起請も心中立てもした後に、男の心をつなぐ手段に書く。
三 名寄の中屋三郎兵衛抱えに名あり。
四 かんざき屋長兵衛抱えに名あり。
五 以前の吉野。まる屋平助抱えの吉野の先代か。
六 小野島は本章が拠った置土産・三の三の仙人坊身請の女郎として出。
七 一昼夜十二時の毎時ごとに男に送る手紙。
八 好色盛衰記・三の五に奈良のきさとして出、一代男に木辻の女郎として出る名。麻の晒し布は奈良の名産。
九 かんざきや長兵衛抱え。
一〇 自分で調合した女性用閨房秘薬。
一一 誠のこもらぬ手管だけの手紙。

より取出し、「先《まづ》是《これ》が前の若紫《わかむらさき》が、外の男は勤《つと》めばかりと、諸神を書込《かきこみ》し起請文、偽《いつわ》りのない所は、今の高橋《たかはし》が[一]添《そへ》状有。扨《さて》是が只今迄不便がりました秋篠《あきしの》が、右《みぎ》の季指《こゆび》、当麻《たへま》が[二]血文《ちぶみ》、香《か》久《ぐ》山が水上《みづあげ》の時ときそめし、緋縮緬《ひぢりめん》の内衣《ゆぐ》、[三]中《なか》屋のさごろもが手なれし盃《さかづき》、[四]三笠《みかさ》が壱人呑《ひとりのみ》の間鍋《かんなべ》、[五]右のよし野が三味線《さみせん》の撥《ばち》、かづらきが根《ね》より切し黒髪《くろかみ》、[六]古小野《ふるおの》島が[七]昼夜《ちうや》に十二の、一時文《ときぶみ》、相模《さがみ》がさし櫛《ぐし》、[八]きさがさらし布の夏帯、[九]野瀬《のせ》が手[一〇]あはせの女喜丹《たん》、此《この》外は皆[一一]偽りの筆の跡ひつさらゐて[一二]反古《ほうぐ》の目三貫目が、百弐拾貫目余《よ》の物。[一三]いづれもちかふよつて、虚《うそ》の塊《かたまり》に御縁《ゑん》のむすばしやりませふ。とかくお立あいの人〳〵、我〻を見ならい給いて、親より譲《ゆづ》りの家業《かげう》をはげみ、その家《いへ》慥《たしか》に繁昌《はんじやう》させて、[一四]世間《せけん》を御子《し》息方《そくがた》におわたしなされ、[一五]浮世ひまになつて、六十過て年月の気晴《ばら》しに、女郎狂《ぐる》ひはする物と御合点なさるべし。わかい時参れば、血《けつ》気にはやつて、万か[一六]さ高になり、漸《ぜん》〳〵につのりは致せど、止《やめ》るといふ事金の有《ある》内にはいたしにくい物で御座ります。爰《ここ》を以て「傾城狂《けいせいぐる》いに、[一七]能程《よいほど》といふ程がない」と申《まうす》は、此事でござります」と、其《その》身の恥《はぢ》を「一文宛《づゝ》には安物《やすい》」と、みる人笑《わら》ふて[一八]なげてゆきけり。

一二 反古の目方三貫目が銀百二十貫目の遊興費に相当する計算。
一三 寺社霊宝開帳の口上を真似た。
一四 身代。家産。 一五 隠居して。
一六 遊びが万事大仕掛になる。
一七 丁度よい程度という規準は設けられない。
一八 一文ずつ投げ銭を投げて行った。
一九 うまいことを言って相手を自分の思うようにさせること。三味線は浄瑠璃の縁。 二〇 金五十両。
二一 ねだりごとを言い出す。語るは浄瑠璃の縁。語るはまただます意があり上ののせるに対する。
二二 継子憎みの継母の演技。
二三 横手を打つ。感心する程に。
二四 一人の男をめぐる、若衆との恋と女の嫉妬の趣向など古いというか。
二五 曲芸・手品を演ずる者。
二六 「おもんみれば」まで古浄瑠璃常套の語り出し。 二七 作り方。
二八 公家の出入など荘重な場面に用いる音楽。
二九 最初から。烏帽子は頭の縁。
三〇 源頼義。満仲の孫、頼光の甥。頼光と四天王に対し坂田金時の子金平(公平)を中心とする子四天王の主君として金平浄瑠璃諸作に登場。
三一 冠も袴もなしの略装。
三二 濃厚な恋の場面。
三三 金平浄瑠璃の子四天王を代表する架空の人物。坂田金時の子。
三四 京都島原の廓での遊女遊び。
三五 一曲の導入部も高潮部も何も考えずに。

四　高洲《たかす》ちもりに茂《しげ》る恋草

[一九]口三味線にのせて五[二〇]十ぱいの、無[二一]心語《かた》り出す上るり太夫

今時の若人《わかうど》、何《なん》ぞ替《〔かはつ〕》た事にあらではおもしろからず。歌舞妓《〔かぶき〕》狂言にも、昔《〔むかし〕》よりありふれたる、[二二]継母《〔まゝ〕》事も、[二三]手をうつ程にかわらねばよいとはいはず。増《〔まし〕》て「[二四]鍔《つば》屋衆道女乱髪《みだれがみ》」などいふ、古めかし事、辻打《つじうち》の放下師《[二五]ほうかし》が咄《〔はな〕》しにもせざりき。上るりも又それにつれて、「[二六]扨も其後《〔そののち〕》それつら〳〵おもんみれば」と、堅《かた》い仕出《[二七]しだ》しにてはゆかず。下《[二八]さが》り破《〔は〕》にての、天王立《〔てんわうだち〕》も取てのけて、[二九]あたまから頼義《[三〇]よりよし》公烏帽子《〔ゑぼし〕》もなくて、着《[三一]き》ながしにてぬれの[三二]所、力自慢《〔じまん〕》の公平《[三三]きんぴら》に、[三四]島原狂《ぐる》ひをさするやうに、序破急《[三五]じよはきう》なしに、初段から[三六]やつさねば、合点《〔がてん〕》せぬ世界の人間《げん》。節《[三七]〔ふし〕》事《〔ごと〕》も、[三八]名所づくし四季《[三九]〔き〕》の段、印《[四〇]〔しるし〕》揃《〔ぞろへ〕》[四一]馬揃は、文句あらたにつくり替《かへ》ても、古《[四二]こ》代めくとて、[四三]もらひ札にて見物に行《〔ゆく〕》子共さへ、「聞て頭痛《づつう》がする」といへり。

さもこそあらめ頃日《このごろ》は、[四四]奉公人の請状《〔うけじやう〕》に、節《〔ふし〕》をつけて橋〳〵浦〳〵迄もかたりなぐさむ、当世の人心。「[四五]此気を知《しつ》て、何ぞかわつた思ひ付もせば、向《[四六]〔むかう〕》桟敷《さじき》の下迄、[四七]入リを取ルはしれた事」と、見て来たやうに芝居《しばい》事には、[四八]神変不思議《〔じんぺんふしぎ〕》の清明もはだし、[四九]道満市郎兵衛といふ名《[五〇]〔な〕》代者《〔だいもの〕》に、堺《さかい》で一芝居して見たき相談しかくれ共、「時節《〔じせつ〕》あしき」とて取[五一]のらねば、長町《[五二]〔ながまち〕》の団屋《うちは》の裏《〔うら〕》に、[五三]山本好《すき》太夫といふて、本《〔ほん〕》文弥風に、にがみのある上るり

三六　当世化・好色化せぬと。
三七　浄瑠璃詞章のうち韻文的で歌謡風に語る部分。
三八　屏風絵の説明などの形で各地の名所を語るもの。
三九　庭園・造り物・造花などの説明の形で四季の景を語るもの。
四〇　閲兵・出陣などの時の諸武士の馬印をつらね語るもの。
四一　右の場合の諸士とその乗馬のさまざまを語るもの。
四二　古くさい。　四三　招待券。
四四　保証人の書いた奉公人の身許引受け書。それに節を付けて語ったのは近松門左衛門作の団扇《だんせん》曾我(宇治加賀掾所演)とそれを改訂した百日曾我(竹本筑後掾所演、元禄十三年か)の二段目の傾城請状。
四五　世間の人心の望むところ。
四六　向桟敷は舞台対面の奥の桟敷。その下は普通は使わぬ。舞台が見にくく声も聞きとりにくい。
四七　大入りになる。
四八　人知ではかれぬ不思議ならないをする安倍晴明も及ばぬ。
四九　晴明伝説に彼と行力を争った人物として芦屋道満が出、浄瑠璃・歌舞伎にも登場する。それによる命名。
五〇　有名な者。　五一　相談にのらぬ。
五二　大坂の日本橋より南へ今宮までの間。現浪速区内。うちわ屋多し。
五三　山本角太夫のもじりか。角太夫は岡本文弥門であったので下文に本文弥風という。また晴明・道満の出る浄瑠璃信太妻を語った。

太夫有しを、[一]少銀にてかゝへ、何かなしに堺の浦《うら》に、[二]櫓《やぐら》幕《まく》をあげて、「近日より」と看《かん》板《ばん》出し、[三]旅芝居《たびしばゐ》の人形役者をまねき、只替《かわ》つた思ひ付の、趣向《しゅかう》をのみ相談すれど、道具すくなく役者たらず。先《まづ》人数不足《ふそく》にて、[四]「今日《けふ》いふて今日《けふ》なる操《あやつ》り、[五]法蔵比丘《びく》が増《まし》」といふ。「それはよい太夫共以前《いぜん》より度《ど》〳〵[六]してとり、今は[七]阿弥陀でも銭の光《ひかり》が、なしの木の花、[八]素見《しろい》物も其《その》やうには[九]くふまじ。とかく世間《せけん》[一〇]傾城《けいせい》事をすく時節なれば、何とぞ是《これ》にたよりて、思案《しあん》して見るべし」と、いろ〳〵と工夫《くふう》して、先大看板《かんばん》に墨黒《すみぐろ》にかゝせしを見れば、「[一一]牛若床《とこ》の達者《たつしや》、傾城《けいせい》千人切、并《ならび》に弁慶《けい》[一二]七つ道具の[一三]売喰《ぐい》」といふ[一四]惣外題《げだい》。「[一五]是はならぬ」と一座の役者、腹《はら》のいたい程わらひ入ㇾば、[一六]勧進本《くはんじんもと》の粋《すい》自慢《じまん》の男腹《はら》を立て、「[一七]内輪《は》から其ごとく[一八]打込《こむ》といふ事、給銀《きう》取ながら[一九]太夫本を、はじめぬ先から[二〇]たをす分別《ふんべつ》か」としかれば、口軽《がる》な役者が申《まうす》は、「まだ[二一]手摺《すり》さへ掛《かけ》ぬうち、七ッ道具の売喰《ぐい》とは、[二二]きつさきのわるい看板《かんばん》」といふ。「是は尤《もつとも》」と又思案《しあん》を仕《し》なをし、「然《しから》ば弁慶七ッ道具の置所《おきどころ》と替《かへ》ん」といふ。「是も聞ぐるし。第一七ッ道具といふが、[二三]質物《しちもつ》のやうで気にかゝる。それに置所はなを〳〵[二四]禁忌《きんき》なり」と、座中にがい顔をいたす。惣じての事気にかけ出しては、とめどのないもの也。太夫本惣外題《げだい》に[二五]情《せい》をつかし、「とかくこんな時は気を替《かへ》て、心の[二六]わつさりとした時思案《しあん》するがよかるべし」と、好《すき》太夫ともない、[二七]津守《つもり》の神社《かみやしろ》に詣《まふ》でて《ゝ》、それより高洲《たかす》の色町、乳守《ちもり》をながめありき、「[二八]あれは鼻筋《はなすじ》通り過てお

一　僅かの給銀。
二　芝居小屋の正面入口の上に櫓を構え座元紋を染めた幕を張る。
三　田舎廻りの人形遣い。
四　即座に上演できる。
五　法蔵比丘阿弥陀御本地。また四十八願記あみだの本地・阿弥陀本地とも。内容に異動はあるが若狭守藤原吉次・伊藤出羽掾・角太夫・文弥等で上演されている。
六　上演して当てて。
七　諺の「阿弥陀も銭程光る」を用い、阿弥陀は法蔵比丘の縁で出す。いくら阿弥陀の事を演じても御利益はないというになしの木と口合で続ける。
八　素人の見物。梨の花が白いと掛けていう。
九　一杯食うまい。梨の縁でいう。
一〇　芝居の傾城買の場面や演出。
一一　牛若丸が父の十三年忌の供養に平家の侍千人を斬る誓を立てたと伝える。本書当時義経は文芸に当世の好色者とされていたので、牛若は傾城千人と情交の床の達者とした。
一二　弁慶は熊手・薙鎌・つげの棒・拈《ねひ》り・刺又・鉞《まさかり》を背負い長刀を持つとされた。
一三　家財・道具を売って生活すること。
一四　全体を総括する題名。
一五　おかしくてこらえられぬ。
一六　興行主。
一七　内部。同一集団内の者。
一八　やりこめる。
一九　興行の責任を負い一座を統括する者。ここは勧進元と同一人。

もはしからず」、「是は物いひが気にいらず」、「そこなは藪《やぶ》[二九]にらみの、白目《しろめ》がちなるがいやなり」、「三味《さみ》弾《ひけ》ば頬《ほう》[三〇]先《〔さき〕》赤《あか》し」、「髪《かみ》[三一]の縮《〔ちゞ〕》みに思ひつけば、手足《〔あし〕》がふとし」、「小歌よくうたへば色くろし」、「出尻《でじり》はいやなり」、「口[三二]のひろきはよろしからず」、「瘦《やせた》[三三]はだきおけがない」と、廿三十ぺんも、ぐる〳〵とありきて見合、後には目[三四]まぎれして、勧進《くはんじん》本も好《すき》太夫も、心[三五]〳〵についあがり[三六]て、しめ[三七]てねた時は、いづれにてもかわゆさかはる事なし。

爰《こゝ》に摂泉《せつせん》[三八]の堺大道筋《さかいだいだうすじ》[三九]に、西太といふ大臣、新町へゆかぬ日は此《〔この〕》里に来《き》ての遊び、「是又替つて面白し」と、難波《なには》の末社《まつしや》一両人めしつれ、今日《〔けふ〕》も昼《ひる》よりぞめき[四〇]て、北[四一]の端《はし》から打こめば、此所のあらゆる天神小天神局《つぼね》女郎迄、「大臣御出」といろめき、面《めん》〳〵によそほひ無理《〔むり〕》に見られ度《たき》風情《〔ふぜい〕》、目にもかけず、いつも[四二]の方へつんざしてゆく時、山本太夫が局《つぼね》[四三]より出るにゆきあい、「是は太夫あぢ[四四]でおじやる」と詞かけられ、赤面仕《せきめんし》ながら、「あまり徒然《とぜん》[四五]にござりましたゆへ、昼食《ちうじき》たべに立よりました」とわらふ。「近比《〔ちかごろ〕》よい所で見かけられた仕合《〔しあはせ〕》男、座付《ざつき》[四六]すんだらば、夕飯拙者《ゆふはんせつしや》が申つくる。用さへなくば参れ」の、「御意忝なし。しかし今日は太夫本《もと》を同道いたしたれば、私売口《〔うれくち〕》[四七]がござりますとて、是からひとりつきはなしてもかへされませぬ。さりとは残《ざん》念至《し》極《ごく》」と申ス。「それさいわひ太夫本ぐるみ[四八]に、今日《〔けふ〕》一日は我らあげるでござる」と、すぐに二階座敷《〔かいざしき〕》に上《あが》らせらる

二〇 損をさせる。
二一 人形浄瑠璃の舞台前面の、人形遣いの全体または半身を隠す板張または幕。それを掛けぬうちとは興行もはじめぬうちの意。
二二 機先—前兆が悪い。
二三 七つに質の連想があり、置くも同じ。　二四 タブーだ。
二五 エネルギーを消耗させ。
二六 さっぱり。
二七 津守明神、また乳守宮という。乳守の廓の東、南宗寺境内にある。
二八 以下「かはる事なし」まで二代男・四の四剽窃、付加・変改あり。
二九 斜視。　三〇 陰部臭しという。
三一 床の味よしという。
三二 下の道具も広いという。
三三 抱き甲斐がない。抱いても満足感を与えられない。
三四 目がちらついて見わけがつかず。
三五 思い思いに。
三六 登楼して。
三七 抱きしめて。
三八 摂津国と和泉国の境の堺の町。
三九 堺の中央を南北に貫通する道。
四〇 騒いで浮かれ歩く。
四一 乳守は北に門があり、そこから繰り込む。
四二 馴染の揚屋をめざして行く。
四三 局女郎の部屋。
四四 うまいことをやっておられる。
四五 退屈。
四六 揚屋に行って落着いたら。
四七 売れる先。呼んでくれる客がある。　四八 …も共に。

れば、山本太夫勧進本《くはんじん》がはいりし、局《つぼね》の戸をたゝいて、「よい事有リ」と表《おもて》よりどよめ[一]ば、太夫本も、もはや帯する段にて、心の残る事もなくて、外《そと》に出て「何事じや」といへば、「おつとつて[二]仕合《しあはせ》は、堺の大臣に二人共にあげられ、晩《ばん》迄はよい目《め》にあふ事、いやではあるまい。何事も我ら影《かげ》[三]じやと思召て、今少し給《きう》銀あげて給はれ」と、はやもた[四]れ口を申せば、「人に折角《せつかく》満足がらせておいて、跡で割付出《わりつけだ》[五]さすやうな事ではないか」と根《ね》[六]をおす。「とかくすかさぬ[七]男共」と、互《たがい》にわらふて内に入リ、二階《かい》へもあがらず、階子《はしご》の下《した》にて山本太夫がさゝやくは、「よい仕合といふは、女郎を買《かふ》てもらふて、我物いらずに遊ぶ事をいふにあらず。上《うへ》にござる今日の大臣は、堺にかくれもない借銀屋《かしがね》[八]、何とぞ今日《けふ》取入ッ[九]て、此《この》度の芝居《しばゐ》に五十ぱい程出《だ》さする、思案《しあん》し給へ」といへば、太夫本《もと》笑《ゑみ》をふくみ、「近比よい気の付《つけ》所、あつぱれの働《はたら》きと存る。人をふずくる[一〇]事我らが得《ゑ》物。随分《ずいぶん》両人心を合《あはせ》、おもしろおかしう酒をしいて、酔《よは》せられた所を見合《みあはせ》、右の願《ねが》ひを申かける合点《がつてん》」といへば、「是《これ》然るべし」と内談《ないだん》きはむるを、台所《だいどころ》に、たねといふて新町の遣手《やり》の開山《かいさん》[一一]、此所の内義《ないぎ》と懇《ねんごろ》にて、咄《はな》してゐたりしが、二人が談合《だんかう》を聞《きい》て笑《わら》ひ出し、「酒しいて酔《よは》す方便《てだて》は昔《むかし》の事。ちかき程《ほど》は京も大坂も、酒を薄《うす》ふ作《つく》るかして、きゝめが見へず。それをなぜといふに、前〳〵は大臣におもしろくのませて、此上に御無心を申せば、夢中《むちう》になつて「拙者正月請取た[一二]」と、跡先《あとさき》[一三]なしにいはるゝを、町よりのおつ

一 大声をあげる。わめく。
二 おおよその次第。大略の事情。
三 おかげ。
四 甘えねだった言葉。
五 割り前を出させる。割り勘にする。
六 念を押す。
七 抜け目のない。
八 金貸し。当時貸・借両字通用。
九 相手の気に入られるようにこびへつらう。
一〇 だますのは自分の得意とすること。
一一 第一人者。
一二 正月買いは引き受けた。
一三 あとさきを考えずに。
一四 目的を達する。

れを証《せう》人に、つい[一四]物になしけるが、此程《ほど》は御客《きやく》の[一五]酔《よい》助を見すましいひかゝれば、[一六]帷子《かたびら》時の事は耳《みゝ》に入ゝて、小袖時分《じぶん》の事はきかぬ顔して、いつも[一七]さだまつて壱歩やらるゝ人に、二朱つき付て、「いかふ予《おれ》は酔たさふな」とはいはるれど、酔《よは》れぬ証拠《しやうこ》には、[一八]蚤《のみ》取眼《まなこ》をして、「太夫殿はどこへ[一九]かしたぞ。[二〇]も二時ほどになるが、一向もらひ手があつてもらふてくるれば、今迄の遊びがたゞになる事じやが、おそいは合点《がてん》がゆかぬ。太夫かへられたらば[二一]行水《ぎやうずい》して、内衣《ゆぐ》も仕替《かへ》て座敷へ出《で》やれと申せ。是は爰《こゝ》においた扇が見へぬ。我らが持しは十一本骨《ぼね》の、[二二]友禅《ゆうぜん》が絵《ゑ》に、ゆく水に茶筅《ちやせん》を書《かい》て、[二三]流《なが》れをたてるといふ古事《こじ》じや。こんな[二四]寺扇ではなかつた。尋て[二五]おこせ」と、こまかな覚へは、酒がうすいゆへに、[二六]本酔の出ぬからなり。皆さまも大臣へ無心おつしやる合点《がてん》ならば、[二七]並《なみ》酒盛《もつ》た分では、我をわするゝ程な、[二八]根《ね》へ入し酔《よい》は出《で》ぬものでござんす」と、「さすがは[二九]大所にすむほどあつて、酒がうすいとはかしこい気のつけ所」と、両人我《が》をおり、主《あるじ》夫婦を頼み、「[三〇]大和屋の[三一]とつて置酒《おきざけ》の中にて、成程濃《こい》のをとゝのへて給はれ」と、一ッ角《かく》出せば、亭主《ていしゆ》もおかしい男にて、「大臣様の酔《よい》のつのりし時分《じぶん》、御案《あん》内頼みます。拙者も御無心の[三二]尻《しり》馬に、のつて見たふござる」と大笑ひして、取につかはせば、二人は二階《かい》にあがり、太夫本を大臣へ引合せ、「万事頼奉る」と、そろ〳〵[三三]つけいりして、どふやらかふやら酒にして、大方[三四]熱《ねつ》もまはる時、太夫本[三五]こらへ情《ぜい》なく、芝居《しばゐ》の事申出し、「五十両の金《かね》がとゝのひませ

一五 酔った者を人名に擬していう。
一六 帷子はあまり金はかからぬが小袖は高くつく。
一七 祝儀をいつもの一歩を酔ったふりで二朱(一歩の半額)にする。
一八 小さな事にも気を配って見ること。
一九 貸す。自分の揚げた女郎を一時他の客のもとに行かせる。
二〇 もはや二時(約四時間)ほど。
二一 帰りが遅いから先方は馴染の客で、女郎が座に顔を見せるだけでなく情交に及んでいると疑って言う。
二二 友禅染の祖宮崎友禅斎の画いた絵。
二三 ゆく水―流れ、茶筅―(茶を)たてるの意と言う。流れを立てるは遊女として世を渡ること。
二四 旦那寺から年玉にくれる粗末な扇。
二五 よこせ。
二六 本当の酔い。
二七 並等の酒、安酒を飲ます。
二八 底までしみ込んだ。徹底した。
二九 大きい場所。大規模な有名な廓。
三〇 「(堺の)大和屋のとつて置酒」(好色盛衰記・四の一)、「酒は堺の大和屋」(懐硯・二の五)。摂津国池田(現大阪府池田市)の醸造元大和屋の分れか。
三一 取っておきの酒。特別製の酒。
三二 他に便乗して物事をすること。
三三 付け込んで。
三四 酔って気分も高揚してきた時。
三五 我慢出来ず。忍耐が続けられず。

いで、[一]日和《ひより》のよいに看板《かんばん》は出しながら、今日迄得《ゑ》はじめませず、大勢《ぜい》あそんでおります段、無念《むねん》千万。何事も旦那《だんな》お影《かげ》で、惣座中うるほひます事。何と太夫そふでないか」。「成程《なるほど》勧進本《くはんじんもと》申されます通《とほり》」と、詞を合して申出せば、大臣[二]胸《むね》につかへながら、女郎共にかねて[三]盛《ぜい》を申て、[四]たからのぼつてゐる最中《さいちう》なれば、むげに返事もせず、[五]五つ〳〵に見へし時、何とぞ慥《たしか》に請合せ度《たく》思ふ所へ、くだんの大和屋が[六]三年酒《ざけ》を、[七]はつたりと間《かん》をいたして、勝手《かつて》から持《もつ》て参れば、「時分《じぶん》はよきぞ[八]はや盛《もれ》」と、大盃《さかづき》は脇《わき》になつて、[九]中椀《なかわん》[一〇]平皿《ひらざら》後は[一一]錫鉢《すゞばち》にて、「[一二]あい」の、「又あい」、「大あい」と申出して、[一三]むすびのしに[一四]小板の焼味噌《やきみそ》、「[一五]漬鰯《つけいはし》に、[一六]穂蓼《ほたで》はありや」と、[一七]さいつさゝれつする程《ほど》に、先《まづ》一番に無心の[一八]頭取《とうどり》いたせし、肝心《かんじん》の太夫本《もと》、大臣より先《さき》に[一九]かたづけられ、[二〇]もんたいがなし。

され共山本太夫跡にひかへて、旦那[二一]乱《みだ》れ姿を見合せ、「最前《さいぜん》太夫本《もと》が申かけて置ました、五十両の金子の事、芝居《しばゐ》つとめます内、[二二]お取リ替《かへ》なされ下されなば、惣座中は申《まうす》におよばず、[二三]木戸[二四]半畳《はんじやう》、

一 天気がよい。田舎の小屋では見物席に屋根がなく、雨天は興行不能なので、晴天の時にかせいでおくべきなのに。
二 困惑して胸苦しい。
三 見栄。高言。
四 尊大に振舞う。
五 成否は五分五分と思われた。
六 醸造後三年間貯えた上酒。
七 十分に燗をする。熱燗の方が酔が早くまわる。
八 用いられずに。
九 親椀に次ぐ大きさの椀。汁椀。
一〇 浅く平たい蓋付きの漆塗りの器。煮物を盛りつける。
一一 錫製の鉢。菓子・水物など取り分けて食べる物を入れるので大型。
一二 酒盃をやりとりする間に第三者が入るを間といい、それを次次と指名して他者に及ぼすこと。間の又間孫間ともいう。なおこの辺二代男・一の五によるか。
一三 熨斗鮑を適当に切って結んだもの。次の小板の焼味噌とともに栄花一代男・二の一に出。
一四 小さいへぎ板に塗って焼いた味噌。
一五 鰯を玄米飯・粕・塩で漬けたもの。
一六 蓼の花穂。塩漬にし付け合せにする。
一七 盃をさしたりさされたり。
一八 音頭取り。
一九 盛り潰され。酔い潰れて。
二〇 他愛がない。
二一 酔って行儀を乱した姿。

[二五]櫓太鼓《やぐらだいこ》を打ます、小坊主《ぼうず》迄が、[二六]うかむ義、はゞかりながら女郎さま方《がた》、御取なしを頼上る」と、長口上申出せば、「成程〳〵其《その》方勝手《かつて》次第に、手形《がた》したゝめ[二七]証人《せうにん》汝《なんぢ》、印判もつて取《とり》に参れ」。「是《これ》忝《かた》じけなし」と悦び、「あまり気さくなる埒《らち》のあきやう、こんな[二八]きおい口には、何《なん》でも云たらなり[二九]さふな物」と、又手をついて「迚《とても》の事に、私[三〇]楽屋《がくや》入の衣裳《いしやう》二重《ふたかさね》、[三一]見事な事にあづかりたい」と申ス。「それ程の事今迄申さぬは、近比《ちかごろ》小気《せうき》な男め。金子請取に参る時分《じぶん》、[三二]染色《そめいろ》定紋《ぢやうもん》書付て参るべし」との御意、有がたく畏《かしこま》る。時に亭主《ていしゆ》も罷《まかり》出て、「太夫殿もはやお願《ねが》いはないか」と、[三三]口をとぢめ「旦那へ申ます。屋根《やね》が殊外《ことのほか》損《そん》じまして、雨降《ふ》りの時分お客《きやく》がいたしにくうございます。お影《かげ》で漏《も》りをとめます訴詔《そせう》と、女房共が私に「[三四]心へて、何ぞ手がるい無心申て見てくれ」と、たしかに言伝《ことづて》仕りました。お前へ出ませぬは、当月[三五]産《うみ》月にて、二階《かい》のあがりおりあぶないと申によつて、私と口鼻《かゝ》と[三六]二軒役《けんやく》の御訴詔《そせう》」と申ス。「屋根《やね》の葺替《ふきかへ》に廿両、[三七]御台《みだい》所に[三八]紬《つむぎ》二疋に、[三九]真《ま》綿《わた》そへ

二一　お貸し下さったなら。
二二　木戸番。
二三　半畳売。見物人に敷物を貸す者。
二四　櫓の上で開・閉場の合図に打つ太鼓。
二五　救われる。
二六　保証人はお前。
二七　調子づいた時。
二八　かないそうなものだ。
二九　楽屋に出勤する時の着物。
三〇　頂戴したい。
三一　着物を染める色と付ける定紋。
三二　（太夫の）口を封じ。
三三　心得て。
三四　出産予定の月。二人分の願いをするのに女房が出ぬことをつくろう口実。
三五　二軒分の夫役（ぶやく）。ここは二人分の意。
三六　揚屋亭主の妻を戯れにいう。
三七　真綿または屑繭からとった糸で織った絹織物。一疋は二反。
三八　絹綿。

てはいやか」とあれば、「是《これ》は結構《けつかう》過ます」と悦ぶ。「然らば明日〳〵」といひながら寝《ね》入給ふを、高間《たかま》といふ女郎、物などきせまして、「此酔《このよい》のさめぬやうに」と、いづれも[一]産所人《さんじよにん》の夜伽《よとぎ》するやうに、「しづかに〳〵」と物音《をと》せずにまもりゐる[二]。しばらく有て水乞《こわ》せられ、「もはや帰りてよい時分」と、すぐに起《おき》て[三]おかへりごしらへ、「こんな大臣様よその風にもあてますな」と、お駕籠《かご》にのせましお供の外に、男二人お宿《やど》ぢかく迄送らせ、山本太夫を始《はじめ》をの〳〵[四]おちつき、勧進本《くはんじんもと》をゆすりおこし、願《ねが》ひ事の[五]首尾《しゆび》せし様子《やうす》をかたれば、[六]寝耳《ねみゝ》へ小判の入し心地して悦び、「とかく[七]果報《くははう》はねてまてじや」と、ぬから ぬ口を申せば、いづれもどつと笑《わらふ》て、「こんな事は急《きう》に[八]手取《てどり》したがよい」と、二人は旅《りよ》宿《しゆく》にかへり、夜が明《あけ》ると其《その》まゝ大道筋《すじ》の、西太方へ参り、「昨日御意なさるゝ通《とほり》、預リ手形したゝめ、印判持参仕《つかまつ》る」由《よし》、[九]年若《としわか》な手代ヲ頼みて申入《まうしいる》れば、大臣二日酔《よい》のさむる程おどろき、[一〇]頭《かしら》をかゝへながら表《をもて》に出て、「そんな事いつ申せしぞ。近比《ちかごろ》それは[一一]云《いひ》かけ」と、大きに[一二]けでんの顔付。両人案《あん》に相違《さうい》し、昨日《きのふ》の段《だん》〳〵申せば、「いかな〳〵一つも覚《おぼへ》ぬ。[一三]公事《くじ》にしたかおしやれ」と奥《おく》に入《いら》るゝ。是を思へばあまり濃酒《こい》をもり過《すご》して、大臣[一四]かつて覚《おぼへ》ぬも尤《もつとも》ぞかし。此後は女郎狂《ぐる》ひ、其外浮気《うはき》事には、仮初《かりそめ》の約束《やくそく》も、[一五]当座手形といふ事になるべし。[一六]仍而如件《よつてくだんのごとし》。

一 産婦の夜の無聊を慰める相手を。
二 そばについている。
三 お帰り支度。
四 安心して。
五 都合よく行ったこと。
六 寝耳に水のもじり。
七 諺。幸運はあせらずに待つべきだ。今まで寝ていて願いごとの力にならなかったのに、ちゃっかりした口をきくのがおかしい。
八 手に入れる。
九 芝居興行に金を貸すのは危険なので年功を経た手代が知ると許さぬ。
一〇 二日酔で頭が重い。
一一 言いがかり。
一二 突然の事に驚きあわてること。
一三 訴訟したかったらおやりなさい。
一四 全く。すべて。
一五 両替で換金でき、小切手としても使える振手形をいうか。後で文句を言わさぬように即座に手形で取ってしまえ。
一六 証文の本文の結びの定型の文言。

一 播磨国揖西郡、現兵庫県揖保郡御津町の内。瀬戸内海の要港で、廓を小野町という。座敷で女郎の歌舞伎踊りが行われた。
二 気を張る(思い切って金を出す)と播磨潟(播磨の海)を掛ける。
三 財産をすっかり失う。麵棒の縁で

けいせい色三味線《いろじゃみせん》

目録　湊之巻

うどんに続ける。好色盛衰記・四の三の語句による。
四 女に甘い男。延びるはうどんの縁。
五 女郎が客が喜ぶようにうまく言いなすことを焼くという。また焼鳥と同音、鶉に続く。鶉野の女郎の仕掛により客を焼いて籠絡する。
六 播磨国加西郡鶉野。現兵庫県加西市南部の地。
七 兵糧攻め。食事を強いること。
八 上方を真似ること。　九 専ら床のサービスで客の心をつなぐ。
一〇 長門国の下関(現山口県下関市)の廓。下関は赤間関ともいい壇の浦の西方の港。
一一 稲荷の眷属の狐の縁でいう。
一二 手管で女郎と密会する男。
一三 上の上方に対していう。
一四 稲荷町では座敷で女郎の歌舞伎を演じた。→本文。
一五 女郎が演じたので髪長といい、弁慶は僧形であるはずだからめずらしいという。髪長は僧のことをもいうのでこの語を選んだ。
一六 眼力が鋭い。強いは弁慶の縁。
一七 豊前国小倉(現福岡県北九州市小倉北・南区)。
一八 下の丸の縁でいう。
一九 肥前国長崎(現長崎県長崎市)の廓。寄合町・丸山町をいう。寛永七年(一六三〇)開創。
二〇 朝鮮・中国東北部産の薬用人参。強壮薬。長崎へ輸入。
二一 気分をよくする薬。後家の気分をよくする男。薬は朝鮮人参の縁。

[1]幡磨室津女郎の名寄《よせ》

▲たじまや市かん内
▲一天神　くれない　一天神　おだまき　一同　井づゝ
一同　いろは
▲一かこいみふね　一かこいたかね　一かこいわこく
一同　きんご　一同　みをの　一同　めいざん
一同　いさご　一同　夕ぎり　一同　いくよ
一同　あげまき　一同　くめの助　一同　あさぎり
一同　くも井
▲一はし女郎　こかわ
▲にしや清助内
▲一天神　くわぜん
▲一かこい若むらさき　一かこいうこん　一かこいつま川
一同　小むらさき　一同　もしほ
▲一はし女郎　山ざき　一はし女郎　あさづま　一はし女郎　はなの
一同　かづらき　一同　梅がえ
▲ひめぢや次郎兵衛内
▲一かこいわかさ　一同　みのり　一同　はや川
一同　やしほ　一同　小ざつま
▲一はし女郎　よ川　一はし女郎　ふじ川

一天　神　五人有、弐十八匁づゝ。
一かこい　廿三人有、十七匁づゝ。
一は　し　八人有、拾匁づゝ也。
右女郎惣数合卅六人　以上

同国鶉《うづら》野女郎の名寄《よせ》

▲[2]くつわ又四郎内
一ときわ　一さくら木　一しのぶ
一くめの助　一わかの　一すがの
▲くつわ又左衛門内
一高はし　一かずま　合　八人
一皆かこい　十七匁づゝ、揚屋《あげや》はなし、国ゝの市へ出見世
にゆく也。　以上

下《しも》の関《せき》稲荷《いなり》町女郎の名寄《よせ》

▲さかい屋内
▲一天神　あげまき　一天神　小源太　一天神　初太夫
一同　千太夫　一同　わこく
▲一かこい小むらさき　一かこいわかさき　一かこいおぎの
一同　こざつま　一同　しら藤　一同　たむら

一同　大はら　一同　いこく　一同　わか松
一同　若むらさき　一同　くわさん　一同　りんこく
▲いわみや内
▲一天神　もんの助　一天神　万太夫
▲一かこいあふさか　一かこいいせき　一かこい玉ちよ
一同　しら玉　一同　さかた　一同　もん太夫
一同　木〻《き》野　一同　かしの　一同　万しう
一同　かしはぎ　一同　まん山
▲ともや内
▲一天神　からはし　一天神　むらのへ
▲かこいしな川　一かこい花むらさき　一かこいおうしう
▲一かこいやしほ　一同　きんせき　一同　はつはな
一同　大はし　一同　きみ川　一同　みちのく
一同　金太夫　一同　れいざん　一同　わしう
一同　いく世
▲まるや内
▲一天神　かつやま　一天神　小太夫　一天神　からまつ
一同　むらまつ　一同　なじを　一同　ときわ
▲みや屋内
▲一天神　吉　女　一天神　のしほ　一天神　うてな
一同　今むらさき　一同　金　山　一同　よしずみ
一同　梅がえ　一同　山ざき

▲大坂屋内
▲一天神　くも井
▲一かこい藤なみ　一かこいふぢがへ　一かこいふぢおか
一同　からいと　一同　花さき
一天神　廿四人有、廿七匁づゝ。
一かこい　四十六人有、十七匁づゝ。　惣合六十五人

長崎丸山女郎の名寄《よせ》

▲丸山町新屋内
一太夫　沢むら　一太夫　せきふね　一太夫　みさほ
▲同町小柳内
一太夫　うきはし　一太夫　村はし　一太夫　ながの
一太夫　長しま
▲同町たはらや内
一太夫　木〻《き》野　一太夫　きりなみ　一太夫　やつはし
一太夫　いおり
一天神　あふさか　一天神　かおり
▲同町さど屋内
一太夫　とやま　一太夫　おかさき　一太夫　金　山
一太夫　あふ山　一太夫　せき山　此二人夏請出され
▲同町あぶらや内

一太夫 山しろ　一太夫 きよ川　一太夫 逢　山
一天神 さこん　一天神 何　川　一天神 きぬがへ
▲同町添島屋内
一太夫 梅むら　一太夫 くれない　一太夫 しうざん
一太夫 村　竹
▲寄合町伊勢屋内
一太夫 みちのく　一太夫 荻　野　一太夫 薄　野
一同 みやぎの　一同 きよ竹
一天神 あふさか　一天神 ていか　一天神 夕ぎり
▲同町はとや内
一太夫 ませがき　一太夫 清たき　一太夫 小ぐら
一太夫 もり山
▲同町引田屋内
一太夫 れん山　一太夫 うす雲　一太夫 むら山
一太夫 高　尾　一同 わこく　一同 うきぐも
一同 いこく
一天神 はごろも　一天神 もしほ　一天神 あふさか
▲同町肥後屋内
一太夫 くらはし　一太夫 さぬき　一太夫 山ざき
▲同町さつまや内
一太夫 あふはし　一太夫 やつはし　一太夫 かほる
一同 大ぜん

一天神 きゝやう
▲同町大坂屋内
一太夫 山しな　一太夫 しやうざん　一太夫 ちやうざん
一太夫 あふせき
▲同町ぶんごや内
一太夫 りやうざん　一太夫 うたか　一太夫 りんざん
一太夫 きんざん　一同 ばいざん　一同 しら玉
一同 千太夫
▲同町ちくごや内
一太夫 するが　一太夫 大はし　一太夫 はごろも
一太夫 ふぢしろ　一同 野　風　一同 出　羽
一天神 みなと　一天神 こゝのへ　一天神 小太夫
一天神 一ッかく
▲揚屋《あげや》の分
一はおりや安右衛門　一加賀屋市右衛門
一きねや勘五郎　一大こくや久左衛門
一ちがねや喜兵衛　一木屋半七 大すい
一万屋町後家 大すい通り物
一太　夫　六十三人有、卅匁づゝ。
一天　神　十六人有、廿匁づゝ。
惣合七十九人 此外女郎あまた有、あらまし此通り也。
以上

此外湊ゝ《みなと〳〵》に

一　備後《びんご》の[3]ともにありそ町

一　安芸の[4]宮島に大坂町

右弐ヶ所女郎位付下の関と同前なり。

一　筑前の[5]博多に柳町

此所の女郎拾匁づゝ也。

あらまし如此《(かくのごとく)》ニ候。

其外は猶重而《(かさねて)》[6]好色本のため略之《(これをりやくす)》。

以上

1 幡磨　播磨。幡は当時の慣用。

2 くつわ　女郎屋。

3 とも　備後国沼隈郡鞆(現広島県福山市内)。瀬戸内の要港として栄えた。有磯町の女郎は天神・囲い・端女郎。揚屋があった。

4 宮島　安芸国佐伯郡宮島(現広島県佐伯郡宮島町)。宮島は四季に大きい市が立ち諸国から人が集まり、またその廓は広島より移したもので広島より船で客が来た。大坂町には大天神・小天神・囲い・端女郎がいた。

5 博多　現福岡市。柳町は博多の町の北方、現御笠川西岸の海寄りにあった。女郎は位に高下なく皆十匁。

6 好色本　当時は浮世草子好色物の他、文学作品でない評判記・色道伝授書などをも含めての称。

一　室の遊女に気をはりま潟《がた》

[一]花前《くわぜん》に蝶《てう》まふ執心《しうしん》の紋《もん》所

「[二]抑《そも〱》是《(これ)》は播州室《ばんしうむろ》[三]の明神につかへ申《(まうす)》、神職《しんしよく》の者のおとし子なり。扨《(さて)》も都の島原《しまばら》と当所《たうしよ》室《むろ》の遊女《ゆうぢよ》町とは、同商売《どうしやうばい》にて御座候へ共《(ども)》、いまだ一見《いつけん》申さず候程に、此度《(この)》思ひ立《(たち)》当地《たうち》の色里《いろざと》へと急《いそぎ》候」。播磨《〔はりま〕》潟室《がたむろ》[四]の[五]色湊《いろみなと》は、西国第一の分里《わけざと》、遊女も昔《〔むかし〕》にまさりて、風義《ふうぎ》もさのみひなびず、多《おほ》くは大坂の女郎共の風《ふう》をまなび、酒《(さか)》ぶりもよく一座《ざ》もしめやかに、意《〔い》気張《きはり〕》もおぼへて、折ふしは口舌《くぜつ》の[六]浪《なみ》も立つゞく、[七]たち花風呂《ぶろ》丁子《ちやうじ》風呂広島《ひろしま》風呂、是皆爰《こゝ》の揚《あげ》屋なり。

かの神主《かんぬし》のおとし子、[八]高砂屋の松右衛門といへる、[九]あてじまいな名を付《(つき)》し[一〇]所知《しり》の末社《まつしや》をともなひ、[一一]情《なさけ》に乱《みだ》るゝ柳《やなぎ》風呂に入て、さつとのみかけ、扨亭主《〔ていしゆ〕》に案内《〔あない〕》させ、[一二]にしやひめぢや但馬《たじま》や是三軒《げん》に、[一三]九十余《よ》人の姿を見つくし、其《(その)》中に風俗《ふうぞく》よく、あぢな所のある女郎「お名は」と亭主《〔ていしゆ〕》にたづぬれば、「花前《くわぜん》さまと申《(まうし)》て全盛《ぜんせい》の[一四]米《よね》さま、[一五]端歌《はうた》名人にして、又なき[一六]座持《ざもち》」と申《(まうす)》に、[一七]はやかたらぬさきにいとしうなつて、「早速抓《さつそくつか》め」[一八]と申てやり、松右衛門にもしなだるゝ[一九]小藤《ことふち》といふ、端《はし》女郎を[二〇]一疋はづみ、先酒《(まづ)》になしてあそぶ所へ、

一「花前に蝶舞ふ紛々たる雪」(謡曲・熊野。杜若、胡蝶にもあり)。本文には花前を女郎名とし、名寄にはにしや清助抱えの天神にこの名があるが、その先代のこととする。
二 以下「播磨潟室」まで謡曲・賀茂の詞章のもじり。　三 室の明神山に鎮座、祭神は加茂別雷神。
四 以下「九十余人の姿を見つくし」辺まで一代男・五の三の剽窃箇所散見。
五 色里のある港。
六 口舌の騒動もあることを港町ゆえに浪立つといい、下文の風呂屋が立並ぶことと掛けた。
七 本書名寄になし。一代男・五の三に三軒とも出、揚屋を兼ねることも同書。
八 室より東、加古川川口の高砂の松による戯名。　九 いい加減な。
一〇 土地の事情に通じた。
一一「柳風呂に入て」まで好色盛衰記・二の三による。「乱るゝ」は柳の縁。
一二 →名寄。
一三 名寄には三十六人とある。あるいは下級の者に省略があるか。一代男・五の三には八十余人。五人女・一の一には八十七人。
一四 遊女。
一五 三味線を伴奏に歌う短曲。
一六 一座の興を取持つことの上手な者。一七 逢って関係を持つ前に。
一八 揚げよ。
一九 松にからまる藤で松右衛門に縁のある名。
二〇 一人おごってやった。端女郎な

「太夫さまお出《(いで)》」といふ。「是忝《(かたじけな)》し」と[二一]床脇《とこわき》になをし奉り、盃《さかづき》事すんでの上に、きゝおよびし歌をのぞめば、京大坂で[二二]蔦四《つたし》遠柳《ゑんりう》がうたふて仕舞《しまい》、[二三]小歌比丘尼《びくに》の手にわたり、末《すへ》のするゐになつた歌も、此里《さと》でおもしろく、あつぱれ[二四]名誉《めいよ》のお上手、[二五]梁《うつばり》のほこりも落ぬる斗《(ばかり)》、虞公《ぐこう》もはだしにて、きく人心うき立《(たつ)》所に、秋の末《〔すゑ〕》にはめづらしき蝶飛《てふとび》来りて、小歌につれて舞《まふ》有様[二六]人間物をしらぬ也。誠や花前《くわぜん》に[二七]蝶舞紛ゝ《てふまふふん〳〵》たる雪の肌《〔はだへ〕》にちかづく事、[二八]柳上《りうしやう》に鶯声《うぐひすごゑ》を出し、妙成《たへ(なる)》歌をうたはせらるゝ故なるべし。「此蝶《てふ》も[二九]片ゝ《へん〳〵》たる金気《きんけ》があらば、花前《くわぜん》をあげてまはすべきに、自身舞《じしんまひ》あるくは[三〇]大臣蝶《てふ》であるまい」といへば、松右衛門が申は、「惣じて蝶《てふ》は太鼓のはて也。既《すで》に[三一]露をなめて命をつなぐからは」とわらへば、亭主《〔ていしゆ〕》おかしい男にて、「あれ小藤《ふぢ》さま蝶《てふ》が我《(われ)》[三二]とゝびあがるさまは、さながら身[三三]あがり虫共《むし(とも)》申べき。あはれ[三四]茶挽《ちやひき》草にとまらして見たし」と、女郎のいやがらるゝ事申つくして、一座是を興《けう》にして、心よき酒をのめど、花前《くわぜん》は更《さら》におかしからぬ風情《ふぜい》にて、かの蝶《てふ》を扇に取うつし、「今日《〔けふ〕》も又ござつたか」と、人に物いふごとく、しかも涙ぐみて「是は[三五]けうとし。[三六]さゝに酔《よは》れてあれか。たゞしはあんな事が此里の習《〔なら〕》ひか」と、大臣不《〔ふ〕》審《〔しん〕》し給へば、松右衛門も合点《〔がてん〕》のゆかぬ顔して、「花前《くはぜん》さま[三七]胸《むね》に手はござりませぬか」と申せば、「成程《(なるほど)》[三八]脇《わき》から見さんしたら、気《き》もちがひしかとおぼしめさん。始《はじめ》てのお客《きやく》に、あさましき我《(わが)》[三九]おもはくの人の姿を見する事」と、遊女にはめづらしき[四〇]本《ほん》の涙をながさ

ので軽んじて一疋という。
二一 床の間のわきに座をお定めする。遊女は客より上座にすわる。
二二 踊口説蔦山節の蔦山四郎兵衛。遠柳→一三七頁注一九。
二三 勧進比丘尼。熊野への勧進と称し、小歌を歌い米銭を乞い、売春もした。
二四 「落ぬる斗」まで二代男・五の三剽窃。
二五 歌のうまいことをいう。虞公が歌うと梁の上の塵まで動いたという中国の故事による。「魯人虞公、発ㇾ声清越、歌動二梁塵一」(劉向別録)。
二六 諺「人間物を知らず」。
二七 前頁「花前に蝶舞ふ紛々たる雪」に雪の肌を掛ける。
二八 「柳上に鶯飛ぶ片々たる金」(謡曲・熊野、杜若)。
二九 右の後半の語句による。
三〇 人間でいえば大臣に当る蝶。
三一 祝儀を露というのでこう言った。
三二 自分自身で。
三三 身揚りは遊女が自分で揚代を払い勤めを休むこと。蝶のことを言っているので虫の名のように言った。
三四 烏麦の異名。遊女が客がなくて暇なことを茶挽というのでこの名をあげた。　三五 興ざめだ。あきれた。
三六 女性語で酒をいう。
三七 胸に手を当てて寝ると息苦しくうなされる。
三八 そば。傍ら。　三九 恋人。
四〇 遊女の流すのは手管の涙のはずなのに。

る〻。「是は[一]奇代《きたい》のためし、扨《さて》は此蝶《このてふ》はお敵《てき》様の執心《しうしん》か。どうやら気味《きみ》のわるい事」と、臆病《おくびやう》なる大臣、すこしふるひ声《こゑ》にて様子をたづねらるれば、「はづかしながら此虫は、当国[二]網干《あぼし》にかくれなき、有徳《うとく》人の三男《なん》、三四さまと申せし人の執心なり。此大臣十七の年、手代衆御供にて此里へ御出、風俗《ふうぞく》当世流にして、しかも[三]角前髪《すみまへがみ》の器量《きりやう》よし。[四]恋のきくさかりに、生れついて大気《たいき》に、お心も[五]広《ひろ》島風呂に入給ひ、[六]我身をとの御指図《さしづ》にて、はじめて御見《げん》なりしより、真実《しんじつ》にいとしうなりて、初会《しよくわい》から互《たがい》の心底《しんてい》をあらはし、起請《きしやう》迄取かはせし事、凡《およそ》[七]江口の君此かた、つゐにはじめたお客がたに、誓紙《せいし》書《かゝせ》しは我斗《ばかり》。それよりふかき中となり、あはぬ日は文してかはらぬ心をしらせ、あへばはや別《わか》れの旦《あした》を思ひやりて、酒事《さかごと》やめて語る夜も、いつよりはつゐ明《あけ》やすく思はれ、[八]「かうした事もいはふ物」と、詞残りて[九]咎《とが》なき鳥をうらみ、お帰《かへ》りの跡はいつとても[一〇]涙の淵《ふち》に、しづみ入《いる》程のおもはくなりしに、世には子にむごき親御《おやご》も有て、[一一]惣領《りやう》次男は所にて、[一二]家業《かげう》の栄花《ゑいぐわ》に仕付《しつけ》給ひ、おいとしや御器量《ごきりやう》お智恵《ちゑ》は、兄さま達にもまさりし物を、跡から生れ給ふとて、父母の仰にて、「[一三]一子出家すれば、九族《きうぞく》天に生《しやう》ずといへば、三四郎には出家をとげ、我〻がなき跡をとふらふべし」と、おしや過つる春の比《ころ》、[一四]十九才にて[一五]押《をし》て出家になし給ひ、[一六]書写山《しよしやさん》の何坊とかやを師と頼み、かの寺へのぼし給ふより、此里への縁《ゑん》切ㇾて、あはぬ思ひに胸《むね》をこがし、恋しゆかしの数かぎりなく、文して寺へ[一七]おとづれしに、[一八]あな

一　世にも不思議な。
二　播磨国揖東郡。現姫路市内。室の東、揖保川川口の港として栄え、富商が多かった。
三　前髪の額のすみを剃り込み角ばらせた元服前の少年の髪風。
四　女の心をとらえやすい真最中。
五　心が広いと掛ける。
六　私を相手に。私を揚げる。
七　江口の遊女。江口は摂津国西成郡、淀川より神崎川の分れる地。現大阪市東淀川区東北隅の地。淀川の要津として平安期より栄え遊女がいた。謡曲・江口にも出。また特に宇多法皇に召された大江玉淵の娘白女(しろめ)を指すともいう。江口の名は出ぬが、室は遊女発祥の地の伝えがある。
八　こんな事も言えばよかった。
九　朝を告げる鶏には咎はないのに、男を帰したのは鶏のせいと恨む。
一〇　涙を多く流すことのたとえ。下の「しづみ入る」は淵の縁でいう。
一一　以下「仕付」まで好色盛衰記・二の三剽窃。
一二　親の家業と同業を盛大にやれるようにして独立させ。
一三　子供が一人出家すれば九代まで天に生まれる。
一四　釈迦が十九歳で出家したと伝えるので、戯作で出家の年齢に当てる。
一五　無理に。
一六　播磨国餝西郡所在の書写山円教寺。性空上人開山の天台宗の寺。現姫路市内。
一七　手紙で安否を問うこと。

たもかはらぬ思ひにて「たとへ此身は出家と成《なり》、あはで此まゝ此山に住《すみ》はつる共《とも》、我一念は以前にかはらず、折ふしごとにまみゆべし」と、御返事有しより、形見にぬぎ置給はりし、お小袖の定紋《ちやうもん》の、[一九]上羽《あげは》の蝶《てふ》にお[二〇]主《ぬし》の一念入《いり》けるや、小歌にひかれていつとても御紋の蝶ぬけ出、かやうにたはふれ給ふ。浅からぬ御思はくを、思へば〳〵流《なが》れをたつるといふ身程、世にかなしき事はなし。我勤《つと》めの身な[二一]らずは、末〳〵あひます思案《しあん》もあれど、[二二]歌の節《ふし》にて籠《かご》の鳥かやうらめしき浮世」と、わけもなふ取みだされければ、大臣慰《なぐさみ》は脇《わき》に成て、きく程哀《あはれ》成《なる》物語。しらぬ事ながらもらひ涙をながし、「遊女町は気を晴《はら》す所かと存じて、大切《たいせつ》な銀《かね》を持ッて来《き》て、是《これ》はわざ〳〵啼《なき》に参つたやうなものでござる。何と太夫さま、御歎《なげ》きの上で申かねてござるが、床《とこ》入はなりますまいか」と、律気《りちぎ》なる大臣にて、[二三]さし足《あし》してうかゞはるゝ。「いかにも〳〵ねませいでは。しかし私が好《このみ》[二四]有《あり》」と、[二五]宿の下男をまねかれ、「[二六]盆《ぼん》の踊《おど》りの嗜《たしな》みに、前髪鬘《まへがみかづら》があらば借《か》りたい」との仰。「幸《さいわひ》当年こしらへましたがござります」と、早速《さつそく》取て参つて奉れば、太夫ことない悦びにて、[二七]三四形見の小袖を取よせ、大臣に断《ことはり》申《まうし》小袖をきせかへ、鬘《かづら》をかけて、「お名をも三四さまと申さば、御[二八]いらへあるべし。さもあらば床の中《うち》にて、御心まかせに成べき」との望《のぞ》み。「銀出《かねだ》しながら、[二九]悉皆《しつかい》それは人の形《かた》[三〇]になつて、[三一]貴さまの持《もち》あそびものに成《なる》やうな物なり。是は太夫殿に我らが買《かは》るゝといふものなれば、今日《けふ》の[三二]造用其元《ざうやうそこもと》から

一八 あのかた。三四郎を指す。
一九 揚羽蝶を図案化した紋。
二〇 所有者の意の「主」に「お」を付けた語。
二一 ならずばと同意。ここのみ「は」に濁点なし。
二二 投げ節に「あいたみたさはとび立ばかりかごの鳥かやうらめしや」。
二三 ここは女郎の機嫌をはかり遠慮しながらの意。
二四 注文。希望。
二五 柳風呂。
二六 盆踊りの用意の物の中に。当地七月十四日より盆踊りのこと後出。
二七 以下客に鬘をかけさせ三四郎と思ってあうこと嵐無常・下の二による。三四郎の名も嵐三郎四郎によるか。
二八 返事。
二九 まるで。
三〇 だし。口実。
三一 あなたのおもちゃに。
三二 諸費用。

なさるゝでござらふ。とはいひながら床で自《じ》由《ゆう》にならふとの事、まづは耳《みゝ》[一]より也。とかくふられふより是《(これ)》もまし」と、御好《このみ》のごとく鬘《[かづら]》もかけ、小袖も着《き》かへて「三四さま」といへば、「心得ました」と床に入てお気に相《(あひ)》[二]ける。其《(その)》後此《(この)》君の事承れば、三四還俗《げんぞく》して引[三]かきし共申《(ともまうし)》、又は讃岐《[さぬき]》[四]の天狗がつかんで、御内儀さまにした共申《(まうす)》。兎《と》にも角にも此女の身の上《うへ》、福[五]徳の百年めよき仕合《(しあはせ)》なり。相[六]かはらず呼《よび》つゞけて今の花前《くわぜん》も、小歌の上手といへり。

始《はじめ》の花前《くはぜん》は情あるやうに見へて、男いくたりか思ひつき、請出す沙汰せし人あまた有《(ある)》中に、塩《しほ》[七]の出る所に正《まさ》といふ男、網干《[あぼし]》の三四とはりあひし最《さい》中《ちう》に、「何ぞ三四より増《まさ》つて上《(うは)》[八]かさ成《(なる)》事をして、女郎に思ひつかせん」と、八月の末つかた、末社《まつしや》共引つれ、椀久磯《わんきういそ》[九]に金銀つかんで、ばつとしたる付届《[つけとゞ]》け、忝き数ゝの酒事《(さかごと)》、随分《[ずいぶん]》とさはげど、醒《[さめ]》際《ぎは》はやく調《てう》子めいりて、きゝなれし三味《しやみ》もおかしからず。「何ぞ替りし事はないか」と申せば、内《ない》儀《ぎ》がさし出て、「色遊びは春夏、扨《(さて)》は盆《ぼん》の大踊《[おど]》り

一 好ましい話。
二 御機嫌にあうようにした。
三 身請した。
四 讃岐国(現香川県)白峯の相模坊。つかむは天狗が人をさらい神隠しにすることと身請を掛けていう。讃岐の某が身請し居処が知れぬのを天狗がつかんだといった。以下「仕合なり」まで好色盛衰記・四の三剽窃、小異。
五 稀な幸運にあうこと。
六 名を継いで変らずに同じ名を呼んで。
七 室の西、播磨国赤穂郡赤穂(現兵庫県赤穂市)が製塩で有名。
八 優った。上を越す。
九 大坂堺筋の椀屋久兵衛。新町での放蕩に破産。貞享元年(一六八四)没。椀久も言うに足らぬ。

也。此所は七月十三日切《ぎり》に[10]万《よろづ》の取遣《やり》を互にすまして、十四日より盆の有様、又興有ておもしろき踊《おど》りぶり、見せませいで残りおほひ」と、くどく申せば、[11]何が奢《おごり》合点《がてん》でわせた大臣、[12]甚気《はなはだき》を持《もち》、「それはなんと銀《かね》づくでは今見られぬ事か」といふ。「成程《なるほど》女郎さま方さへ大勢まねけば、只今もなる事」と申《まうす》。「是はいと心やすき事」と、[13]跡先しらずの大気な末社共にいひつけ、「室津の[14]惣買《そうがい》」と触《ふれ》て、女郎あるほど[15]しきりて、座敷踊《おどり》をもよほし、風も身にしむ時分に、皆〻風《ふう》よき[16]踊帷子《おどりかたびら》を着《き》て、思ひ〳〵の[17]仕出《し》し、ひとりもにくいはなかりき。大臣は床《とこ》の上《うへ》の[18]卓香炉《しよくかうろ》を[19]取《とら》し、紅《くれなゐ》の敷《しき》物しかせ、さも大《おほ》やうに座し給へば、左《ひだり》は追蹤箔安《ついせうはくあん》と云《いふ》、[20]浮気《うはき》医《い》者療治《しやりやうぢ》を捨《すて》て、今日那《だんな》[21]膝《ひざ》もとさらずの末社となり、物下さるゝ[22]脈《みやく》あぢをぞうかゞひける。其外御機嫌《きげん》取の可笑《おかし》中間《なかま》六七人なみゐて、踊《おど》りおそしと待かけたり。先《まづ》[23]但馬《たじま》やのくれなゐ、[24]ばつとしたる出立、裾《すそ》は立《たつ》浪《なみ》に[25]入日の模様《もやう》、一しほ色ぶかい[26]井筒がしやれたとりなり、いかにしてもすいた風《ふう》、「[27]命取とは此君〳〵」と、見

一〇 万事の決算。
一一 何しろ奢りを承知でおいでになった。
一二 乗り気になる。
一三 前後をかえりみぬ。
一四 全部の遊女を買い切って遊ぶこと。なお以下八月末に盆踊りをすること、椀久も四月に正月の真似をしたと椀久一世の物語・上の五に見え、それによる。
一五 契約する。揚げる。
一六 盆踊りの衣装の帷子。
一七 装い。
一八 卓の上に飾る香炉。→挿絵。
一九 取りのけさせ。
二〇 医者の太鼓持は例が多い。
二一 いつも側にいて寵を受けている者。
二二 見込。医者の縁でいう。
二三 但馬屋市かん抱えの天神。
二四 派手な装い。
二五 紅の縁で入日。
二六 但馬屋抱えの天神。なお「あさか山影さへ見ゆる山の井の浅くは人を思ふものかは」(古今和歌六帖・二)などにより色ぶかい—井筒と続けたか。
二七 人を悩殺する美女に対する誉め言葉。

る人鼻毛《はなげ》のある程のばして、くりかへしかへしてもおもしろやおだまき[一]が踊《〔おど〕》りぶり。其《(その)》次は大[二]振《〔ぶり〕》袖をひるがへして、目にたつ風《ふう》ながら、どこやら足《あし》どりに初心な所有て、是《(これ)》ぞ踊《〔おど〕》りの手習《〔なら〕》ひいろは[三]、たゞうつくしく、[四]つま川が、にがみのあるも[五]一子《ひとし》細《さい》有てよし。[六]姫路《ひめぢ》やの若狭《わかさ》が、すらりとしたも見よく、[七]若紫《むらさき》小紫みのりはや川いさご、[八]微塵《〔みぢん〕》程もにくげのない君達、そろふたり手拍子《びやうし》、腰付いづれもうまさふにて、[九]けかへしはねづま引足のうるはしく、大臣をはじめおの〳〵魂《たましい》をとばし見る所に、一きはすぐれて五人一様に、[一〇]住吉踊《をどり》の出立、笠《かさ》につけたる紅《くれない》の絹《きぬ》にかくれて、誰共《たれ(とも)》お顔のしれぬが気の毒《どく》なり。「箔安《はくあん》あれは誰〳〵じや[一一]指《さい》て見よ」との御意。かしこまつて足どり身のひねりに気をつけ、「四人はしれて中一人がしれぬ」といふ。「まづ四人は誰さまぞ」。「[一二]夕霧《ゆふぎり》朝霧、雲井あげまきなり」。「しからば中なは[一三]幾世《いくよ》か久米《くめ》の介なるべし」。「いかな〳〵そんな君にてなし。凡此《をよそ(この)》里に女郎衆百人あらふが千人あらふが、我等のしらぬは一人もなし。暗《くらがり》で足音斗《をと(ばかり)》きいてさへ、何と云《(いふ)》よねじやと合点《〔がてん〕》いたす[一四]法師め。見ちがへる事でない。どふでも是はまぎれものじや」と申《(まうす)》。近《〔ちか〕》比《(ごろ)》粋《すい》自《じ》慢《まん》なる[一五]入道に、「さらば笠《かさ》をとつて、[一六]あの口とめよ」との仰。承はつておそばの末社罷立《(まかりたち)》、かのしれぬ踊《〔おど〕》り子の[一七]菅笠《すげがさ》とつて見れば、[一八]丁子《ちやうじ》の又助めなり。「扨《(さて)》もにくし[一九]やれ[二〇]胴《〔どう〕》うたせ」と、おの〳〵立かゝれば、「こりやならぬ」とにげてかへり、踊《〔おど〕》りも是をかぎりに[二一]くづれて、跡は大勢《ぜい》の女郎、大臣を取ま

一 但馬屋抱えの天神。「しづやしづ賤のをだまき繰り返し昔を今になすよしもがな」(義経記・六、本歌は伊勢物語・三十二段)により、上文の「くりかへし」と縁ある名。
二 若い女性用の袖丈の長い振袖。
三 手習いの最初に習う字であるので初歩の意。但馬屋抱え天神の名と掛ける。
四 にしや清助抱えの囲い。
五 目をひくものがあって。
六 姫路屋次郎兵衛抱えの囲い。
七 若紫・小紫はにしや清助、みのり・はや川は姫路屋、いさごは但馬屋抱えのすべて囲い。
八 少しも。上のいさごの縁。
九 褄を蹴返し褄を撥上げ足を引きと踊りの所作。踊り手の描写よりこの辺まで、置土産・二の三。
一〇 摂津の住吉神社より始まった踊り。踊り子は赤絹の縁を付けた菅笠着用。
一一 指名する。
一二 四人とも但馬屋抱えの囲い。
一三 二人とも但馬屋抱えの囲い。
一四 医者は剃髪している。自分を指す。
一五 同じく剃髪の箔安を指す。
一六 (箔安の間違いを見出して)あのような自慢を言わすな。
一七 原本「管笠」。
一八 丁子風呂の若い者の設定。
一九 やあ。おい。
二〇 胴上げをして地面に落せ。
二一 解散して。

はし御機嫌《きげん》とっての大酒盛《もり》、あっぱれ寛活《くはんくわっ》なる遊《あそ》び最中に、大臣申出さるゝは、「最前《さいぜん》箔安《はくあん》が「此里の女郎何百人あっても、足音《あしをと》で誰じやといふ事を知《し》る」と、[二二]所自慢《ところじまん》いたせし間、此坊主が目をふさいで、足音で誰じやと名を当《あて》るか、いそいで[二三]目無《めなし》どちして名を指《さゝ》すべし。いひあてたらば其君すぐに、此月中だかす事じやぞ」とあれば、箔安《はくあん》悦び、「[二四]六脈《みやく》は取ぞこなふ共《とも》、是斗はちがへじ」と、人もなげなる知自慢《しりじまん》、いづれもにくみて、[二五]紅《くれない》打《うち》の手細《ぼそ》にて目をふさぎ、「[二六]さあ是からが始《はじま》り」と、下張《しもばり》の平助といふ末社、尻《しり》をまくりあげて、箔安《はくあん》が鼻元《はなもと》ちかくよせ、音《をと》なしに二つ[二七]迄すかしければ、「是は鼻《はな》がもげるは。さりとは不嗜《ぶたしな》み成《なる》女郎、口中の掃除《さうぢ》めされ。但《たゞ》し息《いき》のくさきは肺《はい》の臓《ざう》に病《やまひ》あるか、[二八]腸胃《ちやうい》に積熱《しやくねつ》あるかの故《ゆへ》也。[二九]当帰《たうき》連翹飲《れんげういん》などを、二三貼《でう》しんじましたい」と、ぬからぬ顔して[三〇]配剤《はいざい》を申《まうす》。一座おかしさを胸《むね》におさめて見物する。女郎はいづれも聞しられぬやうに、足音《あしをと》を[三一]やつして、さま〳〵の身ぶりおかし。箔安《はくあん》は[三二]五音《いん》の占《うらない》のごとく、小首《こくび》をかたふけ気を付て、「今の大股《また》にあるかれしは、慥《たしか》に金吾どのとはしれて有《あり》ながら、端《はし》女郎に望なければ、態《わざと》名をさゝぬ也。[三三]まそっとよい衆御出なされ」と申《まうす》。「いかさまよく聞しる事よ」と、いづれも我《が》をおり、[三四]みふねに[三五]付声《つけごゑ》さして、淀《よど》川と云《いふ》[三六]悪よねを、しづかに足音させて、「さあどなたじや。さして見よ」といへば、「足音と声《こゑ》とが替りて聞得がたし。今少《すこし》ちかくにてお声聞《こゑ》たし」と申せば、みふねそばちかくよりての付声《ごゑ》、きく

二二　その土地の事情に通じていると自慢すること。
二三　目隠しをした鬼が他の者を追い捕まった者が代って鬼になる遊び。この辺より以下、目隠しして足音で目指す女郎を捕えるが計られて逃すまで二代男・四の一により、剽窃語句あり。
二四　漢方医学で病人の両手六箇所の脈を取り一切の病気の診断をすること。本業の診断違いを引合に出す滑稽。
二五　紅の組み紐の抱え帯。
二六　見世物芸などの開始の口上。
二七　音を立てずに放屁する。
二八　「開ㇾ口則臭気不ㇾ可ㇾ聞者腸胃中有二積熱一也」(万病回春・五)。
二九　前項の症をなおす薬。当帰・生地黄・川芎・連翹・防風・荊芥・白芷・羗活・黄芩・山梔・枳殻・甘草を各等分、細辛を半減、これを水煎する。
三〇　薬の調合。病に適合する薬。
三一　平常と足音をちがえる。
三二　音声の調子による占い。
三三　もう少し。
三四　但馬屋抱えの囲い。
三五　本人に代って傍で声を出すこと。
三六　下級の女郎。

ふりして「足音はかまはぬ。御声《〔こゑ〕》はかくれのないみふねさまにのる気じや[一]」と、やがて[二]取付《〔とりつき〕》目がくしを取て悦び、にが〳〵しくもはなさぬ時、みふねかしこくも、「それ〳〵懐《〔ふところ〕》から、壱歩がおちるは」といはれければ、「どれ〳〵どこに」とわき見するうちに、袖ふり切てにげ給ふ。「いそがしき中にさりとは智恵かな」と、人皆ほめける。箔安《はくあん》は腹《はら》をたてて《〔ゝ〕》、「うそついて成共《〔なりとも〕》、われを嫌《きら》ふてにげたがる君を、とらへてからおもしろからず」と、[三]不興《ぶけう》してやめける。「それは汝が恋より欲《よく》の方がふかき故也。懐《ふところ》に入《〔いれ〕》た覚《〔おぼ〕》へのない壱歩が落るといはれて大事の君を取にがす、さもしい心入《〔こころいれ〕》の法師に、何とて女郎思ひつくべきや。是《〔これ〕》ぞ浮世のはやり詞に、かなはぬ事を[四]いしやぼんといふは、汝が事よ」とわらはれし。大臣も跡先の算用なしに、[五]めつた奢《おごり》におごり、つゐには身躰棒《しんだいぼう》にふつて、うどんやして浦人にすゝらせ、五十過て始《はじめ》て金銀は大切なものと知《しつ》て、「せめて今迄つかひすてし、三分一程まうけたし」と、随分《〔ずいぶん〕》かせげど、[六]のばしたき銀《かね》はのびずして願《〔ねが〕》ひもせぬうどんと鼻毛《はなげ》は今にのびけり。

〔二〕 焼取《やきとり》にする鶉野《うづらの》の仕掛《しかけ》

[七]ほり出しは床《とこ》に入ての誠《まこと》

一 みふねの船の縁で乗るという。情交すること。
二 抱きつく。
三 おもしろくなく思い。不快がり。
四 不可能なこと。
五 滅茶苦茶に奢る。
六 ふやしたい。
七 珍奇な品を安く手に入れること。ここは田舎で思いがけず誠を示す女郎に出会ったことをいう。
八 御師は伊勢神宮の下級神職。諸国に旦那を持ちその参拝・宿泊の世話

同国賀西郡《かさいごほり》、鶉野《うづらの》といふ所に、遊女町あるよし、「都へかへりて咄《〔はなし〕》の種《たね》に」と、上方《かみがた》の小間物や、[八]国廻《まは》りの御師《し》の手代難波《〔なには〕》の米問屋《とひ》の若きもの、かれ是三人西国筋《すじ》[九]の銘々《めい》[一〇]用を仕舞《まひ》、同船《どうせん》して[一一]此《〔この〕》浦ちかくつきしを、さいはひに、案内《〔あない〕》知《し》る人先に立《たて》、色めづらしく[一二]心玉も飛《とび》て、鶉野《〔うづら〕》へ行て見れば、[一三]格子局《かうしつぼね》といふ事もなく、[一四]軒《のき》まばらなる板屋に、六七人居ながれ、無理《〔むり〕》に見られたき風情《ふぜい》、さのみ[一五]そいですつる程の所にもあらず。

爰《〔ここ〕》での[一六]命取、[一七]高橋常盤《ときわ》すがの、「此君達は酒《〔さか〕》ぶりもよく歌もうたひて、[一八]色糸も見事ひかるゝ」と聞て、是は興《けう》に成て一しほ酒も、のんだやうに思ふていふてやれば、「御三人ながら[一九]御隙入《〔ひまいり〕》」と申《〔まうす〕》。「是は思ふたよりは繁昌《〔はんじやう〕》成《〔なる〕》所、しからばどれ成共《〔なりとも〕》、一座の興ある女郎をつかめ」と、重《かさね》て三人申てやり、[二〇]揚屋《〔あげや〕》といふ事もなく、[二一]親方《をやかた》又四郎が奥《をく》座敷へ入て、酒二三盃《ばい》のむと、はや膳《ぜん》もつて罷出《〔まかりいで〕》、「爰元は上方《かみがた》とちがひ、物事ふ自由《じゆう》にござりますれば、御馳走《ちそう》申たふてもならぬが[二二]定《〔じやう〕》でござります。御機嫌《〔きげん〕》よう御食《おめし》あがつて下されませふ」と、[二三]取賄《とりまかな》ひする男が、手をつゐて慇懃《〔ゐんぎん〕》に口上をのべ、扨《〔さて〕》[二四]食次《めしつぎ》を持て出、[二五]ひたとしいるに、いづれもこまり、「とかく[二六]気根《きこん》次第にしやれ」といへば、「後にひだるふないやうに、[二七]したゝめなされませ」と申《〔まうす〕》。されど女郎は[二八]箸《はし》をもとらず。上方の事誰がいふてきかしけるぞいとやさし。小歌もさのみ古《ふる》き事をもうたはず。三味《しやみ》も[二九]所相応《さうおう》に弾《ひい》て、折ふしあぢな事をも申。「いか成《〔なる〕》ものか爰に来《き》て、かくは[三〇]仕入《しいれ》けるぞ」と、案内《〔あない〕》せ

をし、年末には旦那に御祓・暦などを配り歩く。その旦那廻りの手代。
九 九州地方。
一〇 各人の用事。
一一 餝磨より上陸、姫路経由の道を想定している。
一二 心。魂。飛ぶは下の鶉の縁。
一三 格子女郎・局女郎の区別もなく。名寄によれば八人全員囲い。以下「爰での命取」辺まで一代男・三の五剽窃、小変改。
一四 軒の葺き板にすき間のある板葺きの家。
一五 削り落して捨てる程の所でもない。まんざら捨てた所でもない。
一六 男に身を滅ぼさせるような美女。
一七 高橋はくつわ又左衛門、常盤・すがのはくつわ又四郎抱え。
一八 三味線。
一九 今客に揚げられている最中。
二〇 「膳もつて」辺まで一代男・三の五により、変改あり。
二一 名寄にくつわ又四郎あり。
二二 きまっていること。本当のこと。
二三 食事を整え出すこと。
二四 飯櫃。
二五 ひたすらお替りを強いる。
二六 気のむくままに。客の気持次第に。
二七 食べること。
二八 以下「いとやさし」辺まで一代男・三の五剽窃、小異。女郎が客の前で食事をせぬのが嗜み。
二九 田舎には相応に。
三〇 仕込んだか。

し人にとへば、「此《(この)》里の女郎は、諸方へ壱年半年づゝ出見世をいたし、諸国の人に出あひぬれば、おのづからよい事も見おぼへ、めづらしき事も聞おぼへ侍る」とさゝやく。「さぞあるべし」と、しばし酒事《(さかごと)》して後、三所に屏風《びやうぶ》引まはして床《とこ》をとれば、[一]女郎身ごしらへの隙《ひま》をとらず、床に入《(いる)》と其《(その)》まゝ上着下[二]着《ぎ》を枕元《もと》にぬぎ置、肌《はだ》着斗《(ばかり)》に成て寝《ね》所をあたゝめ、男のくる間を待かね、頭《(かしら)》をあげて勝《かつ》手口見る事幾度《(いくたび)》か。是《(これ)》律《りち》気な客にあ

いつけ、虚《うそ》もすくなふついて、誠おほき心からなり。さらにくからず。客《きやく》床へ入《(いる)》とうれしき顔付して、我寝《ね》ぬくもりに男を置て、遠慮《あんりよ》なく肌《はだ》身に添《そい》て、「着《きる》物ごしに見ましたより、お背《せ》中はほそ〴〵として、物やはらかにいとしき殿じや」と、頰髭《ほうひげ》なでゝ、「お前《(まへ)》さまは京でござりますか。さだめてお内儀さまがござりませふが、こんな事を聞《きか》しやりましても、お腹《はら》立られなげ[三]うちなどはなされませぬか。お子さま方はおいくたりござりますぞ。かならずお子さまのお為《(ため)》なれば、悪《わる》ひ事に銀《(かね)》などつかはぬやうになされませい。一度でも

一 以下田舎女郎の情のある床ぶりも一代男・三の五により大幅に潤色。
二 着物を二枚重ねて着、上のを上着、下のを下着という。
三 物を投げつけること。
四 暮らしが立ちゆかない。
五 心配をすると頭がはげる。
六 田舎廻りの行商。

あひました殿達の、[四]御身躰《しんだい》がならぬと聞《(きけ)》ば、中〳〵苦《く》になりまして、頭《〔かしら〕》[五]の毛《け》のぬける程に思へど甲斐《かい》なし。[六]田舎商《いなかあきな》ひなされますなら、随分《〔ずいぶん〕》御情《せい》[七]入《(いれ)》られましてをりのぼりの時分此里へ御出なされまして、[八]私《わし》ばかり買《かふ》て下さんせ」と、いふ程の事ひとつも偽《いつわ》りなく、男よりは[九]我方から待かね、[一〇]もだ〳〵として、さながら[一一]町の女房めきて、繕《〔つくろ〕》ひなしに、[一二]本の喜悦の姿をあらはし、「近所もはゞからず、よく[一三]ふけるといふ心にて、鶉《〔うづら〕》野といへり」と、[一四]啼《なか》して見た人の申侍る。

三　稲荷《いなり》町ニ化《ばけ》を顕《あらは》す手管《〔くだ〕》男

付リ[一五]気のとをつた下の関の[一六]女歌舞妓《〔かぶき〕》

「[一七]女は髪頭《かみかしら》」と申せど、つまる所は臍《ほぞ》より三寸下の[一八]恋の湊《みなと》を心がけ血気《けつき》の大臣[一九]追《おい》手も吹《ふか》ぬに[二〇]帆柱《ほばしら》たて《〔ゝ〕》て、色をかせぎに[二一]磯《いそ》をおさせて、下の関《せき》の遊女町に行て見れば、爰《(ここ)》をば稲荷《〔いなり〕》町といへり。[二二]心は「[二三]鳥井幾度《いくたび》か越《こへ》て功経《こうへ》し女郎あまたのお敵《〔てき〕》をつりよせ、一日も隙《ひま》なくはやらるゝゆへに、親方の為には福神客《きやく》の為には[二四]身躰《しんだい》に尾《を》を出さす迄、伽羅くさい跨《〔またぐら〕》の蹄《〔わな〕》にかけるといふ心にて名付《(なづく)》」といへり。是此里通《がよ》ひにこりた人の悪《〔わる〕》口と、聞ながしにして詠《ながめ》やるに、女郎は[二五]上方《かみ》のしなしあつて取みださず、しとやかに物いひにすこ

七 精を入れる。精力を注ぐ。原本「入られ、まして」。
八 わたくし。主として女性が言う。
九 自分の方から。女郎の方から。
一〇 興奮するさま。
一一 素人の女房らしく。
一二 情交時の歓喜の様が都会の女郎のように手管でなく心からのもの。
一三 鶉が啼くこと。
一四 床で女郎に喜び泣きをさせた。
一五 粋な。通るは関の縁。
一六 本章の女歌舞伎上演のさまを書き込む趣向は御前義経記(西沢一風作、元禄十三年三月刊)八の二・三がヒント。後出「やつし謡」も同書がヒント。
一七 女は髪形の美しいのが第一。
一八 女陰と遊里のある港町との二義をもたせている。
一九 追い風。
二〇 船の帆柱と男の一物の二意をもたせる。
二一 岸近くを船を漕がせる意と上方などに劣る田舎の遊里遊びに行く意を兼ねて言う。以下「行て」辺まで一代男・三の二剽窃、小異。
二二 (稲荷町という名の)意味。
二三 狐は鳥居を越す数を重ねて神変力を得るという。「功経し」まで二代男・二の三による。以下つる・尾を出す・蹄にかけると狐に縁のある語を出す。
二四 家計を破綻させる。
二五 以下「一所にお出」辺まで一代男・三の二剽窃、変改あり。

し、なまる所あつておもしろし。
　今[一]小歌にもうたひて、其《その》名高き全盛《ぜんせい》の女郎、[二]ともやの唐橋、[三]堺やのあげまき、扨《さて》は[四]宮やの金山[五]堀出《ほりだ》しな君達《たち》、[六]京女にさのみかわる事なく、是《これ》三人を約束《やくそく》し、[七]小倉の大臣を先にたてゝ揚屋《あげや》へ行《ゆけ》ば、日比《ひごろ》よろしく[八]さはぎおかるゝと見へて、[九]大座敷をわたし、亭主《ていしゆ》夫婦入替りて、さま〴〵のもてなし。とやかく挨拶《あいさつ》する内に[一〇]君さま達《たち》一所にお出、早速《さつそく》盃《さかづき》事して、馴染《なじみ》のなき都大臣は、[一一]何いわるべき種《たね》もなくて、さりとは[一二]すまぬ顔《かほ》して、[一三]作《つく》りつけの板天神のごとし。[一四]所自慢《じまん》の小倉大臣、此躰《このてい》に[一五]気をつかし「上方人に替りし遊《あそ》びを見せて、[一六]一いさめいさめん」と、亭主《ていしゆ》をまねき「今日《けふ》は大切《せつ》なる珍客《きやく》あれば、此里の女郎歌舞妓《かぶき》をもよほし、御目に[一七]かけ」とあれば、「これは上方《かみ》のお客さまへは何よりの[一八]御馳走《そう》。都にては壱万両でもならぬ事を、[一九]銀壱枚で[二〇]お気のはらぬお慰《なぐさみ》、追付《おつつけ》狂《きやう》言《げん》はじまり」と先《まづ》[二一]番付を御目にかける。

女歌舞妓《かぶき》女郎[二二]役人替名付《かへなづけ》

[二三]当《たう》流《りう》義《よし》経《つね》北《ほつ》国《こく》落《おち》
[二四]付《つけた》リ色狂《いろぐる》ひは身の為に[二五]あたかの湊《みなと》
幷《ならび》ニ[二六]富樫《とがし》が関《せき》を[二七]とおりものの寄《より》合

一　源のよしつねニ　　[二八]からはし

一　未詳。
二　ともや抱えの天神。
三　堺屋抱えの天神。
四　宮屋抱えの天神。
五　金山の縁でいう。「堀」は原本のまま。
六　京都の女。優美・上品とされる。
七　一代男・三の二も小倉の大臣同伴とする。
八　一代男は「さばき」。
九　大座敷に通し。
一〇　遊女をいう。
一一　何も話の種がなく。
一二　気まずそうな。
一三　取りはずし出来ぬように取りつけた板製の天神像のよう。しゃちこばったさま。
一四　郷土自慢。
一五　気疲れして。
一六　一つ元気を出させてみよう。
一七　かけよ。
一八　原本「御地走」。
一九　銀四十三匁。
二〇　気楽に出来る。
二一　芝居の演目・役割などを記した物。
二二　役者それぞれの配役表。
二三　失意の義経が山伏姿で北陸路から奥州の平泉に下った事を現代風・好色風に演ずる意の外題。
二四　以下芝居の内容を要約して外題に添える語りの二行。
二五　謡曲・安宅など安宅の港に据えた新関で義経一行が咎められることがある。安宅は加賀国石川郡の地名。身の為に仇(あた)と掛ける。

一　む二九さし坊弁慶　花まき
一　かめいの六郎　あふさか
一　かた岡の八郎　もんの助
一　いせの三郎　まんざん
一　するがの次良　木ゝ《(ぎ)》野
一　くまい太郎　もん太夫
一　源八びやうゑ　さかた
一　わしの尾の三郎　しら玉
一　かねふさ　からさき
一　とがしの左衛門　かしの

其外女郎衆あまた出三〇さんす

是が此比の仕《し》三一出し狂言、男三二の所作《さ》を女郎のいたさるゝゆへに、色顔《かほ》三三むすんで取あひのせりふにも、「につくいやつでござんす三四」などと《〔ゝ〕》、やさしき所あつて、又外になき替《かは》三五り遊び。六軒の女郎のこらず爰《(ここ)》にあつまり、それ〴〵の役〳〵きわめて、「罷出《(まかりいで)》三六たる者《〔もの〕》は、富樫《〔とがし〕》やの左衛門といふ揚屋《〔あげや〕》にて候。扨《(さて)》も源九郎三七つねさまは、都にてさま〴〵の色狂《ぐる》ひばつと世上三八に名の立《(たつ)》て、こうとう三九こうまつなる頼朝さまのお耳に立《(たち)》、つゐに御《ご》勘《かん》四〇当あそば

二六 安宅の関を守った富樫の左衛門。
二七 関を通ると通り者(通人)を掛ける。
二八 からはしは、ともや抱え天神。以下もんの助はいわみや抱え天神、木々野・もん太夫・さかた・しら玉・かしのはいわみや抱え囲い。その他は名寄になし。
二九 以下義経の家来。武蔵坊弁慶・亀井六郎重清・片岡八郎弘経・伊勢三郎義盛・駿河次郎清重・熊井太郎忠元・源八兵衛広綱・鷲尾三郎経春・増尾十郎兼房。

三〇 お出になります。女郎歌舞伎なので廓言葉で書いてある。
三一 新工夫の歌舞伎狂言。
三二 男の演技。
三三 顔色をかえて争う場合の。
三四 ございます。廓言葉。
三五 趣きの変った遊び。
三六 以下謡曲を当世風に滑稽にもじったやつし謡い風に書かれている。
三七 義経の廓での替名。
三八 世間に浮名がひろまって。
三九 公道を強めていう。非常に地味で着実な。質実な。
四〇 兄弟の縁を切ること。次の旧離も同意に用いられている。

し都の恋草[一]に御身のかくし所もなく、旧離《きうり》切られて行末は、あづまの悪《〔あく〕》所[二]友達《だち》に身躰《しんだい》[三]よしのあるをたのみに、日比《〔ひごろ〕》の末社、貧乏《〔びんぼう〕》神[四]のつきもの迄、今にはなれず。以上十二人[五]のこもう僧《ぞう》とならんして、揚屋《〔あげや〕》の分《わけ》[六]もたてずして、ぬけて[七]お下りあそばすよし、近比とゞ[八]かぬ仕方《しかた》なれば、此所《〔この〕》に催促《さいそく》の関《せき》をすへ、家質《いゑじち》[九]の櫓《〔やぐら〕》をあげ、借銭《しやくせん》の淵《ふち》に高利《かうり》の石垣《〔がけ〕》つみあげて虎落《〔もがり〕》[一〇]の逆茂木《〔さかもぎ〕》[一一]きびしく打《〔うち〕》、書出し[一二]ひつしと立《〔たて〕》ならべ、銀《かね》[一三]取銭取財布《〔さいふ〕》かたげ、断《ことはり》も侘言《わびごと》も聞入れぬ顔付《かほ〔つき〕》にて、くすみかへつて[一四]ゐる躰《〔てい〕》は、さながら大晦日《〔おほみそか〕》にことならず。い[一五]かに誰《たれ》ぞあるかゑ。こも僧立《そう〔たち〕》のお通《〔とを〕》りならば局《〔つぼね〕》[一六]女郎のごとく、無理《〔む り〕》に袖を引てとめましやや[一七]」。〽旅《たび》[一八]の姿は浅黄《あさぎ》無垢《〔む く〕》伽羅《きやら》焼《たく》袖やにほふらん。いたはしや義経《よしつね》は、算用《さんやう》なしの仕過《しすご》しに、都の諸分《しよわけ》[一九]ふ埒《らち》にて、遊び所のあぢわろく[二〇]、大臣ぶれど請《〔うけ〕》つけず。気[二一]じやうを出せど金銀の、光《〔ひかり〕》もうすき星《〔ほし〕》[二二]月夜、鎌倉殿[二三]の勘気《かんき》[二四]を得京の住居《〔すまひ〕》も成がたく、思《〔おも〕》ひもよらぬ旅《〔たび〕》はじめ、行《〔ゆく〕》さきぐ\に負《おほ》[二五]ふせ方《かた》、待かけ居ると聞《〔きこ〕》し召《〔めし〕》、末社もろ共こも僧の、姿に替る浮世かな。かの焼印《やきいん》[二六]の編笠《〔あみがさ〕》も、熊谷笠《くまがへがさ》[二七]に着《き》替りて、過し奢《おごり》の恋風に皆吹上《ふきあげ》[二八]し尺八[二九]の、[三〇]ねてもさめてもわすれぬは、都の遊びなりけらし。扨《〔さて〕》御供の末社には、亀井片岡伊勢駿河《〔するが〕》、鷲尾《〔わしのお〕》の三郎熊井太郎、弁慶は先に立《〔たち〕》、十一人の太鼓持、いまだならはぬこも姿《〔すがた〕》[三一]、墨《すみ》の掛絡《〔くわら〕》[三二]袈裟《げさ》「かけまくも[三三]、我旦那は頼朝殿の御舎弟《ごしやてい》にて、殿《との》[三四]ぶりようてしわからず。天晴《あつばれ》よねのすく風《ふう》にて、色里色町[三五]の詰開《〔つめひら〕》[三六]きに、一度も不覚《〔ふかく〕》を取給はず。色道《しきどう》無類の大臣を、

一　ここは恋人のような意で用いる。草の縁でかくし所という。
二　色里での友達。
三　金持。
四　義経にのり移った貧乏神。
五　合計十二人の虚無僧。謡曲・安宅には主従十二人とあり、その山伏を虚無僧に変えた。
六　支払いもすまさず。
七　逃げる。脱出する。
八　行き届かぬ。配慮を欠いた。
九　以下城郭造りに擬していう。
一〇　ゆすりねだることと竹を筋違いに組合せた柵と両意をもたせている。
一一　とげのある木の枝を結び作った柵。
一二　請求書。
一三　貸金を取り立てようとする者が革袋の財布をかついで。
一四　真面くさって、陰気な雰囲気で。
一五　謡曲の「いかにたれかある」を女郎の口調で言う。
一六　局女郎が客の袖を引き連れ込むように。
一七　助動詞やるの命令形「や」に感動の助詞「や」が付いたもの。…しなさいよ。
一八　謡曲・安宅の次第「旅の衣は篠掛の、露けき袖や萎るらん」のもじり。
一九　遊興費の支払いが埒があかず。
二〇　具合が悪く。　二一　心をしっかりさせる。強気になっても。
二二　鎌倉を導き出す語。上の光もうすきの縁。
二三　頼朝。　二四　お咎め。

おもへば口惜《くちおし》き勘当《かんだう》や」と、年比《(としごろ)》もらふたるものの数《〔ゝ〕》〳〵、思ひ出してぞなげきける。

「扨あてのない旅《たび》なれば、路銀《ろぎん》はあるか」と面ゝ《(めんめん)》が、巾着《きんちやく》紙[三七]入さがしつゝ、拾壱人が其《(その)》中に、取あつめて金子壱両壱歩弐朱、銀が五匁銭弐百、「昔《(むかし)》旦那の世ざかりには、[三八]編笠《あみがさ》茶屋にも是《(これ)》ほどは、露にもうたせ給ひしが」、今大切《たいせつ》な銀《かね》なれば、随分始[三九]末《ずいぶんしまつ》の夜《よ》をこめて、日数[四〇]かさなる山を越《こへ》安宅《(あたか)》の浦に着給ふ。

弁慶「[四一]いかに申上候。しばらく此所に御休《やす》みあらふずるにて候」。判官[四二]「いかに弁慶」。弁慶「なんでござんす」。判官「只今掛乞《かけ〔こひ〕》の申て通りつる事を聞て有《(ある)》か。安宅《(あたか)》の恋の湊《みなと》には、富樫《〔とがし〕》やの左衛門が残り銀をせ[四三]がまんとて、催促《さいそく》人をかたらひ、揚《〔あげ〕》銭《せん》の関《せき》をすへ、似《に》せこも僧を堅《かた》く吟味《ぎんみ》し、是非《ぜひ》に皆済[四四]《かいせい》さすとこそ申つれ」。弁慶「[四五]言語道断《ごんごだうだん》の御事にて候ものかな。扨は御下向《かう》を存《(ぞんじ)》て是非乞詰《〔ぜひ〕こいつめ》[四六]んと存立《(ぞんじたち)》、先へまはりて待懸《まちかけ》たると存候。物《(もの)》前《まへ》のごとく、出《で》ちがふ事もなりがたふ候。先此かたはらにてしばらく銀《かね》の御談合《ごだんかう》あらふずるにて候。皆《〔みな〕》〳〵ちかふよりて[四七]虎落分別《〔もがりふんべつ〕》を出され、此借銀を手[四八]をよくねる思案《〔しあん〕》あらふずるに[四九]て候」。亀井六郎「私《わし》が存ますは家質義理《いへじちぎり》あいの手形[五〇]銀にもあらず。なんぞや証文《しやうもん》もなき揚銭《あげせん》の引[五一]残り、何ほどの事候べき。只書出しを引破《やぶつ》て御通りあれかしと存候」。弁慶「しばらく。近比《(ちかごろ)》それは張[五二]《〔は〕》りのつよき言分《〔いひぶん〕》にて御ざんす。此揚銭《あげ〔せん〕》の書出し一巻《まき》、引やぶつて御通りあらふずるはやすき事にて候へ共《(ども)》、さやうに横[五三]《よこ》と出候はば《〔ゝ〕》、山[五四]こかしの

二五 債権者。本文振仮名とも原本のまま。
二六 島原の廓内に入る時編笠茶屋で貸す編笠。
二七 武蔵国熊谷(現埼玉県熊谷市)産の深く大きい編笠。
二八 すっかり遣い果す。風・尺八の縁。
二九 竹管の縦笛。長さ一尺八寸。虚無僧所用。
三〇 「(尺八の)音」と同音ゆえ尺八に続けた。 三一 虚無僧姿。
三二 袈裟の一種。挿絵の人物の胸前に掛けているもの。
三三 言葉にかけて言うことも(恐れ多いが)。「袈裟を掛ける」と掛ける。
三四 男ぶり。
三五 以下「山を越」まで二代男・二の一剽窃、変改あり。
三六 駈引き。 三七 鼻紙入れ。
三八 廓通いの人に焼印をおした編笠を貸した茶屋。
三九 夜に世を掛ける。倹約を心がけて夜がまだ深い間にも急いで。
四〇 日数が重なると幾重も重なる山を掛ける。
四一 以下謡曲・安宅の安宅着より問答の部分のもじり。
四二 検非違使の尉であった義経を指す。
四三 せびる。強く請求する。
四四 借金を全部払わせる。
四五 とんでもない事。 四六 逃げられぬぎりぎりの所まで請求をする。
四七 ねだりゆする手段を考えること。
四八 うまく借金を返さぬ。寝るは横

やうに申たて、死《し》に[一]一倍《〔ばい〕》はいふにおよばず、おそろしき手形銀《がね》迄おそい来《きた》らば、わづか弐両に足《たら》ぬ路金《ろきん》にて、いかでかふせぎ申さるべき。たゞ何共して無異《ぶい》[二]の義が然るべからふずると存候」。判官「ともかくもそなたはからはれ候へ」。弁慶「畏《〔かしこまつ〕》て候。しからば随分《〔ずいぶん〕》口先《〔さき〕》をもつて、[三]ちよろまかし見申べく候。旦那には御笠《かさ》をふか〴〵とめされ、いかにも貧《〔ひん〕》なるこも僧の様《やう》に、我等より引さがつて御とをり候はば《〔ど〕》、よも大臣とは見申まじく存候。さあ〳〵皆〳〵御通り候へ」。とがしや左衛門「なにとこも僧達《たち》の御通りあると申か。心得てある。なふ〳〵こも僧達、是《〔これ〕》は揚銭《〔あげせん〕》をおひた[四]まふ似《に》せこも僧衆を吟味《ぎんみ》仕り、もし引残りあるにきわまつたるこも僧衆は、身[五]の皮《かわ》をはいで成共《〔なりとも〕》、色里[七]急度《きつと》[六]算用相立させ候。さもなきにおいては、色里の大法《ほう》にまかせ、桶伏《おけ〔ぶせ〕》[八]に仕る事にて候」。弁慶「委細《いさい》承り候。それは揚銭《〔あげ〕せん》をおひちらけ[九]たるこも僧をこそ、吟味《ぎんみ》したまふべけれ。色町の出入《〔でいり〕》[一〇]はいふにおよばず、家質《じち》米屋の銀《かね》迄も終《つい》に壱銭《いつせん》もおふたる事なき誠のこも僧を、いかで桶伏《をけ〔ぶせ〕》にしたまふ

に寝る、借金を返さぬこと。
四九 原本句読「にて、候」。
五〇 証文を入れての借金。
五一 未済の残金。
五二 意地を張ること。強気な。
五三 無理を押す。素直でない出かたをする。　五四 詐欺師。

一 親が死んだ時に二倍にして返すという条件の借金。
二 穏やかな手段を取るのが。
三 ごまかす。
四 借金をする。
五 着物。
六 確かに。
七 廓の慣習法。私刑。
八 借金を返さぬ者を捕らえ風呂桶を逆さまにした中に入れ、借金がすむまで出さぬ廓の私刑。
九 借金をしちらした。
一〇 金銭の貸借、またそれに関するもめごと。

べき。いづれもはやくとをられ候へ」。とがしや左衛門「いや〳〵[一一]其《その》手はくわぬにて候。御身達が[一二]口軽《がる》な物いひ、[一三]あぢな手付《てつき》などのおり〳〵見へ候は、何とつゝみたまふとも、末社達と見申てこそ候へ。[一四]四も五もくはぬ揚屋《あげや》の亭主《ていしゅ》を、偽《いつわ》り給ふは不覚《ふかく》なり。もとより虚《うそ》は我等が[一五]家、[一六]詞《ことば》のあまきうちに、おの〳〵取もちたまひ、大臣のお名の出ぬ様《やう》にいたされ候はば然《ゝ》るべう候」。弁慶「それは粋《すい》ばまりと存候。もつ共《とも》我ゝ[一七]腹《はら》からのこも僧にてもなく候。[一八]たのみし旦那[一九]三ケ津の色里を見めぐりたまへ共、[二〇]御心にかなふ美女《びぢょ》なし。さるによつて[二一]筋目《すじめ》にもかまいたまはず、「美《び》なる娘《むすめ》あらば、それを乞請《こいうけ》、一生の妻《つま》とさだめん。望《のぞ》みは此《この》とおり」と、[二二]姿のしな〳〵一つ書《がき》になされ、「此註文《ちうもん》にすこしもたがはぬ娘《むすめ》を、尋出せしものには、その褒美《ほうび》として、金子千両取《とら》すべし。なんぢら広《ひろ》ひ世界なれば、さがし出せ」と仰をうけて此かた、諸国を尋《たづね》めぐるに、家〳〵ゑ「よい娘はあるか〳〵」ととはれもせず、かくこも僧の姿《すがた》となり、尺八の音《ね》にひかれて聞《きき》に出《いづ》る女を註文にあはせて見てま

一一　そのようなごまかしにはのらぬ。
一二　軽い語調の巧みな話し方。
一三　指の股を開くなどという常人とちがった妙な手つき。
一四　どんな手にものらぬ。
一五　得意のもの。得意芸。
一六　やさしく言っているうちに。
一七　生まれつきの。
一八　頼みとする。主人とする。
一九　京都・江戸・大坂。
二〇　以下「さがし出せ」まで俗つれ〳〵・四の二剽窃、変改あり。
二一　家柄。
二二　美女の条件を箇条書にする。

はり候へ共《(ども)》、一千人の女千人の男の目にいればこそ、壱人もあまらず、それ〲の二語《〔かたら〕》ひをなせば、万人の目によきとさだむる女、いまだ見あたらず、かく尋かね候。貴殿も揚《あげ》屋と有《(あれ)》ば、色の数《〔かず〕》見る商売《しやうばい》なれば、もしおもひあたりも候はば《〔ゞ〕》、御しらせ下さるべし。さもあらば褒美《〔ほうび〕》の千両を三すそわけいたそふずるにて候」。とがしや左衛門「近比《(ちかごろ)》それは御苦労《〔くろう〕》なる御事にて候。さりながら、もし尋あたり給はば《〔ゞ〕》、四一夜撿挍《〔けんぎやう〕》に成《(なる)》事、路銀《ろぎん》も旦那からの五あてがいにて候はば《〔ゞ〕》、どの道にも損《〔そん〕》のゆかぬ事にて候間《(あひだ)》、随分《〔ずいぶん〕》六目の悪《わる》ふなる迄見あるかれ候へ。只今は大臣も七末《すへ》になりて、我等ごときの八揚《あげ》屋商売《しやうばい》九もあはぬ世と成て、たま〲よき客《きやく》とおもへば、一〇人の嫌《きら》ひ手をかづき、一一物にならぬ人あまたにて、揚銭夜食御《あげせんやしよくご》一二所柿《しよがき》迄、一三喰損《くい〔ぞん〕》になるがかなしく、かやうに先〲へ出《で》むかひ、催促《〔さいそく〕》いたす事にて候。一四まだもして見やうならば、おの〲のやうな一五千里一はねなる事にて候。扨《(さて)》一六女見《ぢよけん》に御廻《まわ》り候はば《〔ゞ〕》定《(さだめ)》て美女《びぢよ》の姿《〔すがた〕》註文《ちうもん》御座なき事は候まじ。姿《すがた》の註文をよんで御聞せ候へ」。弁慶一七「何と註文をよめと候や。心得申て候」。もとより註文あらばこそ、懐中《くわいちう》より書出し壱通取出し、姿の註文と名付一八つゝ、たからかにこそよみあげけれ。「それつら〲おもんみれば、一九大臣功者《こうしや》の目利《めきゝ》の色は、二〇直打《ねうち》の高下《かうげ》にかぎらず、二一丁字油《あぶら》のながき髪《かみ》に、二二匂《にほ》ひをかづく人でなし。爰《(ここ)》に中比《(なかごろ)》二三うつけおはします。御名を二四無生《むしやう》とんてきと名付奉る。二五幸《さいはい》の美人《びじん》もなく、二六艶女《ゑんぢよ》ありがたく、二七灸穴背中《きうけつせなか》にあらず、艶顔《がん》玉をあざむく、姿は雪の振《〔ふり〕》袖を

一　以下「見あたらず」辺まで俗つれ〲・四の二の剽窃。
二　男女が契ること。
三　一部分を他に分け贈ること。
四　千両を納めればにわかに盲官最高位の検校になれるのでこのように言った。にわかに金持になる。
五　割当て与えること。
六　前の検校の縁でいう。
七　衰えた時期。
八　以下「喰損」まで置土産・四の三の剽窃。
九　採算のとれぬ。損をする。
一〇　人の嫌う手段にひっかかり。
一一　つまらぬ人。儲けにならぬ人。
一二　大和国葛上郡御所(現奈良県御所市)原産の大ぶり扁平の甘柿。高級品。
一三　俗つれ〲に「喰(はく)れぞん」とあるのが正しい。
一四　まだしも。まだそれでも。
一五　一挙にして成功すること。
一六　女衒をいうが、ここは美女の検分、美女の調査の意。
一七　以下謡曲・安宅の勧進帳のもじり。
一八　原本「づゝ」。
一九　大臣や色道の功を積んだ者の目利にかなう美人は。
二〇　女郎としての価の高下にかかわらない。
二一　丁子の蕾から採取した香油。
二二　その匂いにだまされるような人ではない。
二三　愚か者。
二四　無茶苦茶な飛上り者。

ひるがへして、[二八]花車《きやしや》な育《〔そだ〕》ちを懇望《こんまう》す。かほどのよい女郎の、[二九]あらなん事をかなしみて、可笑中間《おかしなかま》の末社ども、諸国を女見《ぢよけん》さす。[三〇]壱年半年の、奉公人の輩《ともがら》にても、[三一]此《(この)》図《づ》にあいなば、奥《をく》さまにして楽《らく》にほこらせ、汝らには数《す》千両の褒美《〔ほうび〕》をとらせん。[三二]奇妙希有《きめうけう》の註文」と、天もひゞけとよみ上《あげ》たり。催促《さいそく》の人〱[三三]帳をけし、恐《〔おそ〕》れをなして通しけり〱《(恐れを…)》。

時に見物《けんぶつ》の小倉《こくら》大臣、[三四]目はやき男にて、「[三五]跡なる笠《かさ》をかたぶけしこも僧こそ、不思議《〔ふしぎ〕》の者《〔もの〕》なれとまれとこそ」。弁慶「[三六]あふしばらく何とてあの人斗《(ばかり)》とがめさんす」。「されば最前《〔さいぜん〕》より十壱人の女郎衆を見るに、風俗足取《ふうぞくあしどり》いづれも此里の風《ふう》にしてかわらず。此壱人何共の[三七]みこまぬ所あれば、笠《かさ》を取て何屋《〔や〕》の女郎ぞ、対面《たいめん》せんためとめました」とある。「さすがは此里へ数年《すねん》おかよひなさるゝ程《〔ほど〕》あつて、[三八]目《(め)》水晶《〔ずいしやう〕》かな。此とめたまふ女は私《わたくし》の親方《おやかた》のもとにつかはれます、すぎと申ます下女でござんすが、今日安宅《〔あたか〕》の狂言に、面ゝ役わりをいたせし中に、「[三九]常陸坊《ひたちばう》になる事はいや」と、どの女郎衆も役目をきらい給ふゆへに、[四〇]せふ事なさに、此下女を常陸《〔ひたち〕》坊にして、[四一]あたま数《かず》に入《(いれ)》て出ました」とある。「是《(これ)》はいよ〱合点《〔がてん〕》参らず。何のむつかしい役もない、常陸《〔ひたち〕》坊きらはるゝは、[四二]様子《やうす》のある事か」と大臣[四三]根《〔ね〕》をおして尋られければ、「されば遊女はいづくも人さまの評判で、[四四]思《〔おも〕》ひ付のないお客も、お心のむいて来《く》る物でござんす。しかれば「あれは見たよりは[四五]買徳《かいどく》な女郎といはれてこそ、うれしう御ざんし[四六]よけれ、女郎の身で、[四七]かいぞんといわるゝ役

二五 当時の用字で「最愛」とあるところ。深く愛する。
二六 美女はなかなかおらず。
二七 灸のあとが背中になく。
二八 姿がほっそりとして上品な。
二九 いない事を悲しんで。
三〇 一年年季や半年の年季の奉公人。
三一 註文の美女の姿絵。
三二 めったにない珍しい。
三三 帳面の請求事項を抹消し。
三四 目ざとい。すばやく物を見つける。
三五 うしろの。
三六 おう。驚いて発した。
三七 納得できぬ。
三八 よく目の利くこと。
三九 義経の家来常陸坊海尊。それになるのを嫌う理由は下文にある。
四〇 しかたなく。
四一 人数。
四二 事情。わけ。
四三 念を押す。
四四 愛慕の気持のない。
四五 買って得になる。値段以上の価値がある。
四六 文末「しよう」が、上の「こそ」に対して「しようけれ」の形をとり、「う」を省略した表記。意味は、…しようが。
四七 買損と同音なのを嫌った。

目はいや」と、常陸《ひたち》坊になり手《て》がなさに杉を役人にくわへました」との断《ことはり》。「さりとはいひまはしの上手な女郎。そんな事は[一]まそつと前方《まへ》なる男におつしやれ」と、無躰《むたい》に笠をとれば、此辺《このへん》へ商《あきない》に参る小間物売の、丁字《ちやうじ》の小平次なり。「是《これ》は」といづれも肝《きも》をつぶせば弁慶になりし花巻《まき》といふ女郎泪《なみだ》をこぼし、「今は[二]つゝむべきやうなし。はづかしながら此三とせが間、小平次殿とは人しれず[三]あいませしに、此比《ごろ》親方の耳にたちて、かたく[四]せかるれば、あい見る事はおもひもよらず、文《ふみ》の取やりさへたへて、なつかしさもゆかしさも、大方《かた》ならぬ思《おも》ひなりしが、今日《けふ》此家にて狂言あるをさいわいに、傍輩《ほうばい》の女郎二三人を頼《たのみ》、役人の中へ入れて、[五]楽屋《がくや》の首尾《しゆび》を見合、ちよつと成共《なりとも》あいましてと、おもふ心から跡先のわきまへなく、かゝる[六]手管《てくだ》、さぞにくうおぼしめさん。そも〳〵いひかはせし始より、二人共に長《なが》ふ生《いき》る所存にあらず。いかやうにも御心次第になされませ」と、両人共に思ひ切たる気色《けしき》。大臣感《かん》じて、「是社本《こそほん》恋成《なる》べし。男は家業《かげう》を[七]脇《わき》になし、恋にやつるゝ身のしほらしさ。又女郎の心入《こころいれ》、身の為に成《なる》事[八]帰《かへ》り見ずに、[九]情《なさけ》は誠有《ある》仕方《しかた》、彼《かれ》是やさしう思ふから、此事[一〇]沙汰《さた》なしに、末《すへ》〴〵も逢《あわ》する」才覚して、大臣[一一]名代《なだい》にして、内証《ないせう》は小平次を床《とこ》に入《いれ》、此首尾《しゆび》揚《あげ》屋《や》もしらぬ事ぞかし。大様《やう》なる慰《なぐさ》み、ちいさい気《き》からはならぬ事と、知《し》れる人のいへり。

一 もう少し未熟な。
二 隠すことができない。
三 あいましたのに。
四 抱え主が女郎が為にならぬ客とあうことを妨げること。
五 楽屋でよい機会をとらえて。
六 人をだます手段。
七 よそにする。顧りみない。
八 顧りみず。
九 情をかけることは。
一〇 問題にせず。
一一 名目。
一二 互いに知らぬ者同士が大勢乗り合わせる船。本文の三十石をいう。
一三 船中の限られた空間で諸国の噂が交されることを箱にたとえた。
一四 美人。美女。
一五 拘束されて。
一六 京都東山の花見の場で美女を捜しまわること。
一七 大坂の葦は有名であり、葦はまた葭(よし)ともいう。よしやに葭、足に葦を掛ける。
一八 厄年。普通女性の大厄の年とする。
一九 伏見の京橋。大坂との間の船の発着場。
二〇 食事をする。
二一 伏見京橋と大坂八軒屋の間を往

四

詞ニ角《ことばかど》のたゝぬ丸山の口舌《くぜつ》

付リ[一二]乗合舟《〔のりあい〕ぶね》は諸国の[一三]噂箱《うわさばこ》

「[一四]美君《びくん》おほき都に住《すみ》ながら、明《〔あけ〕》暮《くれ》渡《と》世《せい》の営《〔いとな〕》みにくゝ[一五]られて、花に見飽《あく》[一六]東山の女狩《がり》にも行《ゆか》ず、一生《しやう》算盤《〔そろばん〕》枕《まくら》にして、寝《ね》ても起《おき》ても始末《しまつ》の二字《じ》をわすれず、よい事しらずにかせぎ通《どを》して、次第に貧《ひん》になる事、是ばかりは不審《ふしん》はれず。花の都も金銀なくてはおかしからず。[一七]よしや難波《なには》に足《あし》をとめて、死《し》ぬる迄かせぎ見るべし」と、[一八]三十三の年《とし》散《さん》〱の仕合《しあわせ》にて、京を立出伏見へ朝食時《あさめしどき》に着《つき》て、[一九]京橋《ばし》にて[二〇]したゝめし、是より[二一]三十石に乗《の》つて行《ゆく》に、さま〲の旅人《りよじん》、[二二]愛宕《〔あたご〕》参りの下《げ》向《かう》揃《そろへ》の浴衣《〔ゆかた〕》に花に粽《ちまき》をかたしき、「今日《〔け ふ〕》一日の道[二三]の遣《〔つか〕》ひを算《〔さん〕》用するに、[二四]散銭《さんせん》かりておぼへぬ」といふもおかし。あるひは[二五]江戸飛脚《びきやく》、大坂の米屋らしき男、[二六]奈良《なら》の具足《ぐそく》屋、[二七]高山の茶筅師《ちやせんし》、[二八]近江の蚊《か》屋売、[二九]京の小道具売《うり》、山伏藪《ぶしやぶ》医者《いしや》、[三〇]鼠衣《ねずみごろも》着《き》たる出家の傍《〔そば〕》に、茶屋《〔や〕》の[三一]二瀬《〔ふた〕〔せ〕》めく女、[三二]鹿島《〔かしま〕》の事触《〔ふれ〕》、旅芝居《たびしばい》の役者、丹波《ば》の百姓、[三三]拾人よれば十国《とくに》の者、いづれも咄《はな》しかはりて、「当年は[三四]世の中でござる。[三五]うらが国には大分[三六]植出《うへだ》しをいたした」といへば、「大和には[三七]猫《ねこ》またが赤子《あかご》に化《ばけ》て、油をねぶつたと[三八]の」。「いかにも〱[三九]坂田藤十郎は傾城買《〔けいせい〕かい》の名人《めい》でござる」。「とかく念仏《〔ねんぶつ〕》さへ申せば極楽《ごくらく》へ往《ゆく》に疑《うたが》ひはない。近比《〔ちかごろ〕》有がたい事」。「今年《ことし》ほど鰯《いわし》の高事《たかい》もござらぬ」。「此比

来した乗合いの川船。以下「十国の者」までの乗合客の叙述、五人女・一の四剽窃、変改あり。
二二 山城・丹波国境の愛宕山頂の愛宕権現に参詣すること。防火の神で陰暦六月二十四日は千日詣。樒(しきみ)・粽(ちまき)が土産で、本文の「花」は樒のこと。
二三 道中の小遣い。
二四 参った寺や末社が多いので賽銭をいくら借りたか覚えないというか。
二五 月に三度京坂と江戸を往復した飛脚。
二六 具足(甲冑)は奈良の名産。
二七 大和国添下郡高山村(現奈良県生駒市内)は茶筅が名産。
二八 近江国蒲生郡八幡(現滋賀県近江八幡市)近辺は蚊屋が名産。
二九 刀剣の付属品を売買する人。
三〇 鼠色の法衣。
三一 下女奉公と売色を兼ねる女。
三二 常陸国の鹿島明神の神託と称して年の豊凶等を触れ歩く神主姿の一種の乞食。
三三 諺「十人寄れば十国の咄」。十人集るとそれぞれ出身地も違い話題も異なる。
三四 豊作。
三五 おれ。下賤の田舎者などの語。
三六 栽培面積をひろげること。
三七 猫の年老いて化けるもの。
三八 ということだなあ。「の」は感動。
三九 京都を根拠地に活躍した歌舞伎の立役。濡事・傾城買・やつしの名手。宝永六年(一七〇九)十一月一日没。

の[一]咳気《がいき》は敗毒散《はいどくさん》では参らぬ」。「夕べの[二]嵯峨《さが》の大黒屋の品《しな》が肌《はだ》はむつくりとしたぞや」。「[三]西瓜《すいくわ》と神鳴《かみなり》は指合《さしあい》じやとの」。「[四]大坂の間男《まおとこ》は本《ほん》でござつたか」と、思ひ〱に出《で》るまかせに咄し、聞《きく》ほどおかしく[五]乗相《のりあい》の気《き》さんじは、[六]おれそれなしに横《よこ》にねて、[七]そら鼾《いびき》して隣《となり》を聞《きけ》ば、血気《けつき》な男三人[八]旅弁当《たびべんたう》をひらいて酒の最中にて、ひとりがいへるは「[九]雞喰《にはとりく》ふて酒をのめば[一〇]雨降《ふり》に合羽《かつぱ》着《き》てさるくやうな」と、いゑる詞《ことば》慥《たしか》に長崎者とおぼへたり。

「何とぞ是《これ》は[一一]仕《し》掛《かけ》次第で、一盃《ばい》は呑《のめ》さふなもの」と、鼾《いびき》をやめて[一二]火《ひ》縄《なわ》取出し、「[一三]おむつかしながら火をひとつ」とさし出せば、「火も進上いたさふ[一四]ず。まづ此《この》間《あい》をして下され」と、中椀《わん》をあてがへば、望《のぞむ》所とむく起《お》きにして、「[一五]どなたのお盃《さん》でござります。[一六]お手《て》もと見まして、お問《あい》いたさふ」と罷出《まかりいづれ》ば、三人の男共一度に[一七]手を打《うち》、「[一八]そなたは茂太夫ではないか扨《さて》も久しや。先《まづ》其《その》姿はどふした事ぞ。国元にては両親《しん》の歎《なげ》き、お内儀の[一九]愁歎《しうたん》大方ならず。あまねく日本の地をたづねられぬ所なし。いかなる所存ありて、何方にかくれ居《い》られ

一 風邪。敗毒散は漢方の風邪薬。それではなおらぬと言う。
二 京都の西北、大井川北岸の地。現京都市右京区内。そこに泊り奉公人の品という女と一夜戯れたという。大黒屋はその旅籠屋名か。
三 指合はさしさわりのあること。二種以上の食物を同時に食い害を受けること。西瓜と雷とは夕立時に西瓜を食い腹を冷やすは禁物ということをいうか。
四 新色五巻書(元禄十一年八月刊)四の巻に扱う姦通事件(十一年冬上演の歌舞伎平野大念仏の中にも仕組む)あたりを念頭に書いたか。
五 乗合。
六 挨拶なしに。
七 寝たふりをして鼾をかくこと。
八 旅行時携帯の弁当箱。
九 鶏肉は精の付く食物。酒も気持を高ぶらせる飲物。
一〇「さるく」は肥前方言で歩くこと。雨の中を桐油の合羽で歩くと合羽に当る雨音がうるさく、いらいらして落着かぬのを精をつけ高ぶった気持と比べて言ったのであろう。
一一 長崎は海外貿易の地で大気ゆえ、こちらからのもちかけようで。
一二 檜皮・竹の繊維や木綿糸で作った縄に硝石をしませたもの。煙草点火の火を保持するため使う。
一三 御面倒ながら火縄に点火させてほしい。
一四 うず。…う。…しよう。
一五 どなたからのお盃(さかずき)か。

しぞ」と、懇《〔ねんごろ〕》にたづぬるほど合点《〔がてん〕》ゆかず。

「私はさやうの者《〔もの〕》ではござりませぬ。生国は都にて、[二〇]身躰《しんだい》しもじれ、大坂へかせぎのため罷下る」と、誠を申せど、いかな〳〵三人実《じつ》[二二]にうけず。「さりとは茂太夫曲《〔きよく〕》[二一]もなし。親達内儀に[二三]不足あつて、家出《で》をいたされふとまゝ[二四]、[二五]竹馬《ちくば》よりの友達《〔だち〕》に、何の恨《うら》みありて、是ほど迄にはつゝまるゝぞ。其方《(そなた)》は長崎の戸村屋徳甫《とくほう》の一子、茂太夫にまがいなし。三年以前に[二六]菩薩祭《ぼさまつり》見物に出られ夫《それ》よりかい[二七]くれ見へず。[二八]陰陽《おんやう》者にかんがへさすれば、[二九]天狗《ぐ》にさそはれ、[三〇]讃岐《さぬき》の金比良《こんぴら》あたりに、迷《まよい》ゐらるゝ由《〔よし〕》、人をして尋ぬれ共《(ども)》知れず。お袋《〔ふくろ〕》はそなたの事を恋かなしみ、両眼《がん》を啼《なき》つぶされ、徳甫はこがれ死《しに》に、去《きよ》秋相果《はて》られたり。誠に金銀蔵《くら》に満《みち》て、世にふ足なき身をして、何を目当《〔あて〕》に、いづくへにげてはゆかれしぞ。たとへ天狗がさそへばとて、[三一]本心さへ極《きわ》まれば、[三二]魔道《まどう》へ引入らるゝ物でなし。さりとはおろかな男。気をたしかに持替《かへ》、はやく古郷《こきやう》の長崎へかゑらるべし。内儀は貞女《ていぢよ》の道をまもり、[三三]後夫《こうふ》をもとめず、後家《ごけ》をたてて《〔と〕》、手代共

一六 お手並を見てから。
一七 驚きあきれたさま。
一八 以下行方不明者と誤認され、その留守宅に行き行方不明の主人になりすますこと、懐硯・五の一による。
一九 歎き悲しむこと。
二〇 家が傾く。暮しが左前になる。
二一 本当にしない。
二二 すげない。情がない。
二三 不平。
二四 自由だ。勝手だ。
二五 幼少時よりの。
二六 長崎在留の中国人の、唐寺にまつる媽祖堂の祭。毎年陰暦三月・七月・九月の二十三日に興福寺・福済寺・崇福寺が輪番で行なう。
二七 まるで。一向。
二八 占い師。
二九 理由不明の行方不明者は天狗により神隠しにされたと考えられた。
三〇 讃岐国那珂郡琴平(現香川県仲多度郡琴平町)。その象頭山に金毘羅権現をまつる。神像が天狗に似るとも山中に金毘羅坊という天狗が住むともいい、金毘羅と天狗を結びつけて考えられていた。
三一 本心さえしっかりしていたら。
三二 天狗道。
三三 再婚せず。

を引まはし、家相続《そうぞく》いたされ、昔《むかし》に増《ま》る繁昌《はんじやう》、隣《りん》町に肩《かた》をならぶる者《もの》なし。[一]ひらさらかゑりて後家の心もなぐさめ、親の菩提《ぼだい》も[二]とはれかし」と、三人詞をそろへて申《まうす》。「扨《さて》は人たがへにまがふ所なし」と、「して我等を茂太夫とは、いづくに見知《し》りありてのたまふ」といへば、「おろかな事をいわるゝ。幼少《ようせう》より同町にてそだち、片時《へんし》もあはぬ日なく、兄弟よりは心やすくせし其方を、見わするべきか。面躰《めんてい》物ごし、[三]なり恰好《かつこう》、目の上のほくろ迄見おぼへ居《い》る男共に、ま[四]だそのつれな事をいふ」と、すこし腹立《ふくりう》めけば、「成程《ほど》尤《もつとも》なり。いかにも我事茂太夫にまぎれはなけれど、久しく天狗の給仕《きうじ》をして、朝暮鼻《あけくれはな》の高い衆中に出あひ、人間に交《まじは》りうとくなつて、古《いにし》への事曾《かつ》ておぼへず。おの〳〵の名さへわするゝほどの仕合《しあはせ》。何とぞ天狗道をのがれて、古郷《さと》へ帰るやうにいたすべし。[五]其方立《そなたたち》先へ着船《ちやくせん》あらば、母や[六]女共に、爰《ここ》であふたる咄しをして、よろこばして給るべし。此《この》度一所に帰国《きこく》したきものなれ共《ども》、天狗に暇《いとま》もこはで参らば、[七]又つかまれんもしれず。先《まづ》は互《たがい》に息災《そくさい》なる対面《たいめん》うれしし」と、それより酒をくみかはして、つもる物語よい加減《かげん》に[八]返答《へんたう》うつて、日も西山にかたふけば、船は[九]八軒《けん》やに着《つき》、三人は「[一〇]伏見町に用有《あり》」とて、暇乞《いとまごい》して、帰宅《きたく》の事を念《ねん》入て申てわかれぬ。

彼《かの》男寝《ね》耳《みゝ》[一一]へ茂太夫がはいりし心地して、「[一二]雁《がん》は八百[一三]てんぽ長崎へ行て、茂太夫になつて様子を見るべし」と、幸《さいわい》長崎へ下る船に[一四]便舟《びんせん》して、こはき風にもあはず、浪《なみ》しづか

一　ひらに。ひとえに。
二　弔われよ。
三　姿形。
四　そのような。
五　あなた達。
六　女房。
七　捕えられる。さらわれる。
八　返答をする。
九　八軒家・八軒屋。大坂の天満橋と天神橋の間の大川南岸、三十石の船着場。現中央区内。
一〇　高麗橋の通りの一筋南、栴檀木橋筋と心斎橋筋の間の東西の通り両側。現中央区内。長崎問屋があった。
一一　寝耳へ水が入るをもじる。思いがけず茂太夫のことを聞いた。
一二　雁は八百矢は三文。僅かの投資で得るものは大。
一三　出たとこ勝負。
一四　用字・振仮名原本のまま。

にして、心ざす[一五]大湊《みなと》につきて、何かなしに、まづあがつて此地のけしきを見るに「[一六]宝《たから》の島とは爰《(ここ)》の事なるべし。[一七]錦《にしき》の山[一八]白糸の滝《たき》、[一九]流《なが》れ木の伽羅を筏《いかだ》に組《くみ》、[二〇]麝香《〔じやかう〕》犬《いぬ》は和《わ》朝《てう》の猫《ねこ》より見へわたり、[二一]丁字は葉茶の煮《に》がらのごとく捨《すて》ありきて、金銀抓《つかみ》取の所、一夜に長者共《(とも)》成《(なる)》べきは爰なり。しかも好《かう》物《ぶつ》の酒事はやりて、楽《〔たのし〕》みふかき栄花の湊」と見めぐり、扨戸村やの所を聞て、其《(その)》町を[二二]髪《かみ》おしみだき、[二三]すこしそろはぬ事を申て、大道一ぱいになつてありけば、近所《きんじよ》より男女出て是を見、「やれ戸村屋の茂太夫殿、気ちがいになつて[二四]もたられた。天狗《ぐ》がつかみしといひしはげに誠なるべし」と、人あつまりて此沙汰《さた》をいたしければ、戸村や一家はしり出て、「よく〳〵見る程茂太夫さまにまぎれなし」と、内儀の満足《まんぞく》、手代の悦《〔よろこ〕》び。目の見へぬ母迄おどり出られ、無理《〔むり〕》に内へ引こみ、もとより[二五]人参沢山《にんじんたくさん》成《(なる)》所なれば、「正気《しやうき》にならるゝやうに」と、かたはしには[二六]独参湯《どくじんたう》を煎《せん》じかゝる。[二七]祈禱坊《きたうぼん》を呼《よび》にかけ出す。上を下ゑとかへし、先行水《ぎやうずい》にて身をきよめさせ、古《ふる》茂太夫の衣裳《いしやう》を出し、い

一五 長崎の港。
一六 以下「酒事はやりて」辺まで好色盛衰記・二の三剽窃、小変改。
一七 中国渡来の山積された錦。
一八 中国産の上等の生糸の堆積を滝にたとえた。
一九 伽羅は山中で枯れ倒れ谷川に流され下ったものが上等。それが筏に組むほど多量にある。
二〇 麝香を採取する麝香鹿。
二一 その蕾を乾燥して香料とする。それが茶殻のように捨ててある。
二二 髪を乱して。
二三 前後辻褄の合わぬことを言う。
二四 原本のまま。戻られたとあるところ。
二五 朝鮮人参輸入口の土地ゆえ。
二六 人参を煎じた漢方の薬。気付け用。
二七 祈禱をする山伏。

やが上にきせて、王質仙《わうしつせん》[一]より帰りて、七世の孫《まご》にあふ心地して、大方ならずよろこぶ。表《おもて》へは知音《ちいん》近づきの衆中、茂太夫帰宅《きたく》の嘉儀《かぎ》[二]を申《(まうし)》に参らるゝ。千秋万歳悦《せんしうばんぜい》[三]の酒事すんで、二三日も態《わざと》正気でない風《ふう》して、四日めより「祈禱《きたう》の力《(ちから)》にて、狗賓《ぐひん》[四]の見入《(みいれ)》退《しりぞき》し」とよい加減《(かげん)》な事申て、先《(まづ)》其夜から、美《び》成《(なる)》後家《ごけ》を我《(わが)》ものにしてなぐさみ、昔《(むかし)》の事をとゑば天狗《ぐ》にかこつけて「気[五]ぬけがしておぼへぬ」と、しらぬ事は是《(これ)》ですまし、まんまと茂太夫になりきり、次第に奢《おごり》つきて、丸山の色狂《ぐる》ひ心ざし、出入の素人《しろと》末社引つれ、あたまから[六]油《あぶら》[七]やの太夫、山城《しろ》にかゝつて、とめどもなくかよひ、ある時はせき舟[八]みさほ、うきはし木ゝ《(ぎ)》野、外《と》山くれない、ばつと[九]した太夫共を一所にまねき能《のう》[一〇]をさせてよろこび、さま〴〵の奢《(おごり)》つのりて、壱年もたゝぬうちに、金蔵《かねぐら》ひとつからにして、今一つの唐物《たうもの》[一一]の蔵《くら》に、手をかける段《だん》になつて、誠の茂太夫金比良《こんぴら》[一二]の杉《すぎ》の茂《しげ》みよりかへりて、菩薩祭《ぼさまつ》りよりつかまれし段ゝ《だん〴〵》を申せば、内儀をはじめ手代共肝《きも》をつぶし、両人の茂太夫を両方へわけて、二人が顔《かほ》を見るに、さりとては微塵《(みぢん)》ちがはず。「是影《かげ》[一三]の煩《わづら》ひ成べし。いづれにても、影《かげ》[一四]の方《かた》を見出し、それをうしなへば、此《(この)》煩《わづら》ひ治《ぢ》するといへり」と、家内不残《(のこらず)》目《(め)》金《がね》をあて《(こ)》て見れど、いづれを影《(かげ)》と申がたし。時に誠の茂太夫いへるは「汝我に化《ばけ》て家財《かざい》よりは、おのれ茂太夫大事の女房共をおし[一五]はれて自由にいたす事間男《(まおとこ)》[一六]冥加《めうが》につくべき奴《やつ》なり。おのれ茂太夫に究《きわま》つたらば、親仁より家財《かざい》請取、去ゝ年天狗《ぐ》につかまれし前迄の年〳〵の勘定《ちやう》をいた

一　中国晋の代、王質が木を伐るために山に入り童子の碁を打つを見て時を忘れ、気が付いた時は斧の柄は腐り帰れば知人は誰もいなかったという故事。ただし王質は七世の孫にあうことなく他の伝説が混入したもの。「王質ガ仙ヨリ出テ七世ノ孫ニ会ヒ」(太平記・十八の七)によるか。
二　お祝いを述べに。
三　めでたさを祝う言葉。
四　天狗のとりついたのが落ちた。
五　喪心。
六　最初から。あたまは油(髪の油)の縁。
七　丸山町油屋の太夫として名寄に出。
八　せき舟・みさほ―新屋、うきはし―小柳、木々野―たはら屋、外山―さど屋、くれない―添島屋、それぞれ抱えの太夫。
九　くれないの縁でいう。
一〇　丸山では女郎に能をさせ、舞台も所所にある。一代男・八の四にも丸山の能のことを述べる。
一一　中国渡来の品。振仮名原本のまま。
一二　杉は天狗のすみか。
一三　離魂病。病人の姿が二つになって見え、本体の見分けがつかぬ病気。
一四　虚像。
一五　公然と。
一六　間男として御利益に十分に預った。

して見よ。我等は帳[一七]をひかゆる迄もなく、中《ちう》[一八]だめに年〳〵の勘定高をいふて見すべし。此高知《しつ》[一九]た者《〔もの〕》は、重《〔おも〕》[二〇]手代の徳右衛門ならでなし。是を証拠《しやうこ》に茂太夫を極《〔きは〕》むべし」といへば、手代の徳右衛門至極《しごく》[二一]いたし、「成程此儀然るべし」と、似《に》せ茂太夫に算盤《〔そろばん〕》をわたせば、「終《つい》に秤《はかり》[二二]と算盤《〔そろばん〕》、手にとつた事がない。傾城《〔けいせい〕》狂《ぐる》ひする者《〔もの〕》は、算用知ては、遊《〔あそ〕》びに始末《しまつ》出ておかしからず。誠は我人間の種《たね》に、あらずして、又人間にとをからぬ物、傾城買《〔けいせいかい〕》といふ、やくたいなし[二三]の塊《〔かたま〕》りなり。富貴《ふつき》な家の二代目の若代《わかよ》[二四]に、算盤《〔そろばん〕》秤《はかり》[二五]むつかしがり、親の異見《いけん》を、早合点《〔はやがてん〕》する心に入替《かわ》りて、金銀家蔵《いゑくら》諸道具迄、物の見事に皆にさする、我通力《つうりき》を見よや」とて、忽藁人形《たちまちわらにんぎやう》[二六]となつて、焼印《やきいん》の笠《かさ》をかたふけ、日本[二七]の地をはなれて、[二八]あつちものとぞなりけり。

抑《そも〳〵》此傾城買《このけいせいかい》は、「胎卵湿化《たいらんしつけ》[二九]の四生《しやう》の外《ほか》に、色塊《しきくわい》《いろのかたまり》[三〇]といふ一生《しやう》よりわき出る」と、取揚婆《とりあげば》[三一]〻《ゞ》の申侍《はべ》りき。此生に取つかれぬ様《やう》の大事[三二]は、第一家業《かげう》に情《せい》[三三]を出し、算盤《〔そろばん〕》にうとからず、秤目《はかりめ》[三四]せゝりて、始末《しまつ》をわきまへ、衣裳好《いしやうごのみ》[三五]をやめて、大酒をせねば、永代《ゑいたい》傾城《〔けいせい〕》買《かい》に取つかるゝ事なく、子《し》〻孫《そん》〻迄繁昌《はんじやう》し、永《なが》[三六]く家伝《つたわ》り、大福長者[三七]となる事、疑《〔うたが〕》ひあるべからず。目出度《〔めでたし〕》〳〵。

一七 帳面を傍に置いて参看する。
一八 暗誦すること。
一九 勘定高。合計。
二〇 古参の手代で店の業務を取りしきる者。
二一 もっともだと思い。
二二 銀貨の目方をはかる秤。
二三 だらしない人。埒もない人。
二四 若主人。
二五 面倒がる。厄介がる。
二六 冒頭京之巻第一章に対する。
二七 一代男・三の五「こなたは日本の地に居ぬ人」と巻末八の五の女護島渡りを意識して書いたものか。
二八 外国の人。唐土の人。挿絵に「から へ行」とある。
二九 胎生(人・獣など)・卵生(鳥・魚など)・湿生(虫など)・化生(諸天・地獄のもの)の四種の生物。
三〇 戯れにこのように書いた。
三一 産婆。
三二 大切な事柄。秘伝。
三三 精を出し。
三四 銀貨を秤ではかる時に細かく注意し一厘一毛の利をも争うこと。
三五 贅沢な着物を好み望むこと。
三六 家が永続し。
三七 大金持。

けいせい色三味線

色三味《いろじやみ》[一]線終《せんおはり》　扨申上まする

好色《かうしよく》一代曾我《そが》　八巻

付リ　十郎と虎が石《いし》よりかたい契約《けいやく》

丼ニ　五郎と口舌《くぜつ》の泪《なみだ》は少将の夜《よる》の雨《あめ》

右之本来春[二]早ゝ出し申候　御しらせのためこゝにしるす

元禄十[三]四年八月吉日

[四]ふ屋町通せいくはんじ下ル町

八文字屋

八左衛門板

一　この題名では刊行されずに終った。

二　元禄十五年(一七〇二)二月印本には「来春」の二字を「追付」と改める。

三　元禄十五年二月印本は「四」を「五」、「八」を「二」に改め、十五年二月吉日とする。

四　麩屋町通は寺町通の二筋西の南北の通り、誓願寺通は三条通の一つ南の東西の通り。その交叉点を南下、西側に店があった。現中京区内。→解説。

けいせい伝受紙子

元禄十五年(一七〇二)十二月十四日の赤穂浪士の事件は実録・演劇・小説に作られているが、宝永七年(一七一〇)には浄瑠璃・歌舞伎上演をきっかけに赤穂浪士ブームともいえる流行があった。本書はその流行に浮世草子界で第一番に反応した作である。

時は太平記の時代。尊氏の執事高師直《こうのもろなお》は、塩冶《えんや》判官の妻に恋着し、塩冶は師直に刃傷に及び切腹させられる。塩冶の旧臣鎌田惣右衛門の妻陸奥《みちのく》は、遊女となって質素な紙子姿で勤めるが、師直に身請けされ、一味の頭領大岸宮内に内通して情報を得、浪士らを助ける。師直を討った後、陸奥は尼となって色道の談義を行う。

本書は、赤穂浪士の復仇譚を、陸奥を主人公にすえて好色物的色彩を加えたものであり、さらに、軽輩から立身して苛政を行い、本書刊行の直前宝永七年五月に処刑された伊勢国桑名の松平家家臣野村増右衛門を、師直の臣野沢政右衛門として登場させている。

赤穂浪士物の流行につれて、それまで浅野長矩の刃傷・切腹と吉良邸討入の事情にのみ詳細であった情報は、さまざまな浪士の労苦についての虚実とりまぜてのエピソードを加えふくらんでいく。本書についていえば、浪士の妻が遊女勤めをしたり、浪士関係の女性が内通したりする部分は明らかに先行作を受けている。また、石垣町で客をとる私娼「はつねのまん」は、当時大坂で姑を養うために売春した実在の女性の美談をふまえている。この「まん」が足軽八重垣の妹で、大岸の子の力太郎にあうことや、石垣町が祇園に近いことから、忠臣蔵のお軽の原像は、陸奥・まんの二人に求めてよいであろう。

実在の浪士片岡源五右衛門は美男であり、また切腹直前の長矩に会ったという。不破数右衛門は主君の勘当を受け、主君死後に大石により許されたという。本書に登場する鎌田はそれぞれの一面を受けていよう。文芸は合成された人物を描き、さらに新しい説話を生む。そして後発の演劇・小説は変化を出そうとして、挿話は多岐にわたって創作され、一方実録は事実を標榜しながら、文芸界に生まれた虚説を受け入れて増補を重ねてゆく。赤穂浪士説話はこのようにして作られたものなのである。本書が、赤穂浪士関係の説話や文芸の発展・膨張の入口に位置するものとして関心を持たれるように望みたい。

横本五巻五冊。西川祐信画(推定)。

宝永七年(一七一〇)閏八月、八文字屋八左衛門刊。

序

それ[一]約《やく》を堅《かた》ふして、心の変《へん》ぜぬを義《ぎ》とす。是《(これ)》勇士《ゆうし》の学《まな》ぶ所。[二]誓紙《せいし》を取かはして心の替《かわ》らぬを[三]心中として、是女郎の[四]手鏡《てかゞみ》。互《たがい》の真《まこと》[五]うつりゆき、おのづから偽《いつわ》りさりて、是より恩《おん》ある[六]親方《おやかた》を恨《うらみ》、咎《(とが)》なき[七]遣手《(やり)》をしかるは、[八]我恋《わがこひ》の深《(ふか)》くなるゆへぞかし。武《ぶ》の道《みち》に計略《けいりやく》あり。色《いろ》の道《みち》に[九]手管《てくだ》あり。仁《じん》は情《なさけ》の[一〇]上《うは》盛《(も)》り、義《ぎ》は心中の根元《こんげん》。是をまじへて恋も思《おも》ひも恨《うらみ》も[一一]怨《あだ》も、一《ひと》つにからげて[一二]諸分《しよわけ》の道《みち》を[一三]もみこまれし、[一四]伝受《でんじゅ》紙子の[一五]火打石《ひうちいし》、[一六]堅《(かた)》き心をなぐさむる、当世の[一七]色歌舞妓《いろかぶき》。それ〴〵の[一八]思ひ入レを爰《こゝ》に写《うつ》して、見ぬ人の興《けう》となす而已《のみ》。

宝永七ッのとし[一九]閏《(うるふ)》名の月

作者　八文字自笑

一 堅く約束をして変心せぬ。
二 男女の愛の変らぬことを誓う文書。
三 相愛の男女が相手への真実・愛情を貫き通すこと。　四 携帯用の小鏡。鏡に亀鑑(手本)の意を持たせる。
五 うつるは鏡の縁。影響し合い。
六 女郎の抱主。身売は実家の苦難を救うためであるから、恩あるという。
七 女郎を監督し諸事を処理する老女。
八 女郎が客と恋をするのは親方・遣手にとっては商売の妨げ。恋する女郎には親方・遣手が邪魔ゆえ、恨んだり叱ったりすることになる。
九 人をあやなしだます駆引き。武の道の計略に相当。　一〇 最上。第一。
一一 振仮名原本のまま。通例はアタ。
一二 遊里・色道の作法・慣習。ここは計略・手管、武の仁義とそれに相当する情・心中、恋・思い他、武と色二道にわたる諸趣向を盛った作なることをも示す。　一三 しっかりと教えこまれた。もむは紙子の縁。
一四 紙子は和紙に柿渋を塗り、夜露にさらしもみ柔らげて作った着物。これを着た主人公陸奥が諸女郎の手本になったのでかくいう。→解説。
一五 紙子の縫合せ目にほころびぬように当てる小片を火打という。火打石は火をきり出す石。次の「堅き」の語を出すために火打石とした。
一六 (見物人の)堅実な心。
一七 廓場を見せ場とする歌舞伎狂言。
一八 演技。　一九 名の月は名月。ここは仲秋名月の陰暦八月を指す。宝永七年(一七一〇)は閏八月があった。

けいせい伝受紙子《でんじゆがみこ》

目録

一之巻

第一　大切《たいせつ》[一]な千話文《ちわぶみ》[二]書《かい》てやる硯石《すゞりいし》

主《ぬし》[三]ある花折《〔おり〕》[四]を見て云出《いひだ》す仲人口《なこどぐち》[五]、竹に油《あぶら》[六]ぬる夜を待《まつ》[七]あだし男、下戸《げこ》[八]ならぬこそ無分別者《むふんべつもの》の寄合《よりやい》。

第二　大役《たいやく》を思ふて堪忍《かんにん》を胸《むね》に居石《すへいし》[九]

長袴《ながばかま》[一〇]けつまづき[一一]の有ル役目《やくめ》の恥辱《ちじよく》、身躰《しんだい》[一二]に尾《お》の出《で》る印年《しるしとし》の暮《くれ》の古狐《ふるぎつね》、真綿《まわた》[一三]に針包《はりつゝむ》とすれど顕《あらは》れる相手の心。

第三　大身《たいしん》[一四]も事《こと》に臨《のぞん》で命を捨石《すていし》[一五]

表向《おもてむき》は当座の口論根《こうろんね》[一六]のある恋草《こひぐさ》、大門《おほもん》[一七]をさす将棋《しやうぎ》[一八]早馬《はや》[一九]で懸《かけ》付る諸侍[二〇]、最期《さいご》の勘《かん》[二一]当免《だうゆるす》との一チ言《ごん》此《(この)》世の形見《かたみ》。

一　以下五章の章題をすべて「大」で始め「石」で結び、赤穂浪士の頭領大石の名を示す。
二　恋文。艶書。
三　夫のある女性。
四　主ある花を折る（人妻を手に入れる）と機会の意の折を掛ける。
五　仲人が縁談をとりまとめるために程よく取りつくろって言う言葉。
六　「竹に油を塗る」は弁舌にたくみなことのたとえ。仲人口が竹に油を塗るごとくであるという。ぬるは寝ると掛ける。
七　浮気な男。
八　「下戸ならぬこそをのこはよけれ」（徒然草・一段）。上戸だから無分別を起す。
九　庭などにすえておく石。庭石。「胸に据ゑる」（怒りをおさえる）を石の字で結ぶためにかくいう。
一〇　裾を足先をおおって後に長く引くように仕立てた袴。本文に出る長上下の袴。礼服。
一一　長袴は歩きにくいのでその縁でこの語を用いる。失態があった。
一二　身代が傾いてぼろを出す。一年の決算期の年末に多い事なので年の暮に続ける。尾は狐の縁。年末の狐の怪は破滅の凶兆。
一三　表面は柔和で内に害意を含むたとえ。「包む」は下文に続けては、隠そうとしてもの意。
一四　身分の高い人。
一五　庭に趣きを添えるため所所に据えておく石。命を捨てるというのみ。

第四　[二二]大手《おほて》の木戸口《きどぐち》[二三]待懸《まちかけ》ル[二四]腰掛石《こしかけいし》

あけて渡《わた》すも分別《ふんべつ》の[二五]深《ふか》い城《しろ》の堀《ほり》、忠《ちう》と孝《かう》と[二六]一ッ荷《か》ニになふ世帯道具《せたいだうぐ》、睟《すい》な女も[二七]一ッ盃《ばい》はくふ腹切《はらきり》の[二八]所作事《しよさごと》。

第五　大勢《おほぜい》の牢人義《らうにんぎ》を守《まもる》心は[二九]金石《きんせき》

[三〇]思《おも》ひ子《ご》に心をはげます母《はゝ》の書置《かきおき》、[三一]分知《わけしり》の先《さき》ぐり主《あるじ》が智恵自慢《ちゑじまん》、睟《すい》の果《はて》は又[三二]元《もと》の水に帰る流《なが》れの身。

一六 原因。遺恨。根は草の縁。実は恋の遺恨による口論。
一七 館の正門。表門。「さす」は錠をおろす。
一八 諸侍に対し将の意を持たすか。さす・将棋・馬と縁語仕立。
一九 急使の乗る馬。
二〇 多くの侍。
二一 怒りに触れ、主君に縁を切られること。
二二 城の正面。
二三 原本「待懸ル（まちかける）」。
二四 登城した主君を待つ家来の控え坐るのに適した石。
二五 分別が深いと堀が深いを掛ける。
二六 天秤棒で二つの荷を前後にになう。忠と孝を一身に兼ね備えることと世帯道具をになうと二義に働く。
二七 一度はだまされる。
二八 歌舞伎で舞踊的な演技をいう。ここは演技、真似事の意。
二九 きわめて堅いことのたとえ。
三〇 最愛の子。
三一 遊里の事情に精通している人。粋人。先ぐりは先走って推量すること。事実を確かめずにひとりよがりの判断をすること。
三二 水は音読すれば粋と同音。また流れの縁。流れの身は遊女。もとの遊女の環境にもどった。

第一　大切《たいせつ》な千話文書《ちわぶみかい》てやる硯石《すゞりいし》
付リ　竹に油《あぶら》ぬる夜《よ》を待《まつ》あだし男

[一]色《いろ》このまざらん男は玉の卮《さかづき》の底《そこ》[二]ぬけ上戸《じやうご》、[三]酒《しゆ》の党《たう》の呑頭《のみがしら》[四]熊谷《くまがへ》も手浅《あさ》しと、其《（その）》名も[五]高《かう》の[六]武蔵野《むさしの》といふ[七]師直《もろなふ》が[八]仕出《しだ》し盞《さかづき》、[九]一口《ひとくち》なる[一〇]末社《まつしや》あつめして、「[一一]下戸《げこ》ならぬこそおのこはよけれと、つれ〴〵草《ぐさ》といふ草子《さうし》をかける法師も、我とおなじ[一二]上戸腹中《じやうごぶくちう》、今迄近付《（ちかづ）》きにならぬは[一三]おそまきなり。呼寄《よびよせ》て呑友達《のみともだち》に」と、世を遁《のがれ》たる法師を[一四]御機嫌《（きげん）》取の男共と、同じ[一五]一座《ざ》にならびの岡《おか》へ、[一六]人橋《（ばし）》かけて是《（これ）》も[一七]吉田《よしだ》の末社《まつしや》と名をよび、「[一八]花は盛《さかり》に月はくまなきをのみ見るものかは。雨《あめ》にむかひて月をこい、[一九]男をもてる女房に心をかけ、[二〇]常《つね》をはなれてならぬ所を恋慕《こいした》ふは、何とよい物好《ずき》ではないか。傾城《（けいせい）》遊女《ゆうちよ》妾《てかけ》者《（もの）》は[二一]自由過《じゆうすぎ》ておかしからず。亭主《ていしゆ》は田舎《ゐなか》の[二二]前方《まへかた》な堅《かた》いやつなれど、内儀《ないぎ》の[二三]風義《ふうぎ》は今の世の[二四]稀《まれ》もの。[二五]西島《さいとう》の太夫職《しよく》、[二六]吉野《よしの》の桜《さくら》に[二七]難波《なには》の梅《むめ》がえをにほはせ、[二八]吉原の濃紫《こむらさき》の色ふかきに、[二九]身をそめなして、三拍子《さんびやうし》そろふたる美人《びじん》。法師も兼而《かねて》聞およんで、[三〇]濡《（ぬれ）》におもむく雨の夜、草庵《さうあん》の中《うち》の淋《さび》しき寝覚《ねざめ》には、衣の[三一]裾《（すそ）》貧乏《びんぼう》もおこるべきは、[三二]彼先帝《かのせんてい》の御外戚《ごぐわいせき》、早田《さはだ》の宮《みや》の御娘《むすめ》、弘徽殿《こうきでん》の西の台《たい》を、[三三]塩冶判官《あんやはんぐはん》が[三四]一代の詠物《ながめもの》にくだされ、[三五]揚銭《あげせん》なしに昼夜《ちうや》の楽《（たのし）》み、それをこつちへ

一「色このまざらん男は、いとさう〴〵しく、玉の卮の当(こと)なきこゝちぞすべき」(徒然草・三段)。
二 いくらでも飲む大酒飲み。
三 武蔵七党などより思い付いた戯称。
四 熊谷盃という大型の盃があるので大酒飲みの名とし、周知の熊谷直実をにおわす。
五 名が高い。師直の姓に掛ける。
六 野見尽さぬ(飲み尽さぬ)の意で名付けられた大盃。高武蔵守師直の縁で出す。
七 高武蔵守師直。足利尊氏の執事として権勢をふるった。
八 新工夫の盃。
九 酒が飲める。上戸の。
一〇 太鼓持。 一一 →二五〇頁注八。
一二 酒のわかる上戸仲間。
一三 手遅れ。時機に遅れたこと。
一四 太鼓持。 一五 京都北西(現右京区内)の小丘。兼好が住んだと伝える。同じ一座に並ぶと掛ける。
一六 使いを何度もやり急に呼び出す。
一七 吉田兼好というから。末社は吉田神社の縁。
一八 徒然草・一三七段冒頭の文により、「男を」以下を変改。
一九 夫のある女性。
二〇 尋常でない、成就せぬはずの恋。
二一 金で思うままにできて。
二二 野暮な。 二三 容姿。みめかたち。
二四 たぐいまれな美人。
二五 京都西部の島原の廓。
二六 長崎の客に身請された桔梗屋八左衛門抱えの三代目吉野が有名。ま

[三六]ひつかく企《くはだ》て。色事《いろごと》に[三七]口をならす太鼓《たいこ》共の、[三八]文作《もんさく》にかけても此《この》恋の取持《も》ちは、いかな〳〵かなはず。つれなき詞の返事だになければ、[三九]歌まじりの濡《ぬ》らし文《ぶみ》を、御坊《ごぼう》の[四〇]よい手でかゝせ、二三十もやりて見るべし」と、[四一]紅葉《もみぢ》がさねの薄様《うすやう》の取手《とるて》もくゆるばかりにこがれたるに、兼好《けんかう》一代の[四二]歌学袋《かがくぶくろ》の底《そこ》をふるひてかゝせてつかはし、[四三]返事おそしと待《まつ》所に使《つか》ひかへり来《き》て、「御文《ふみ》をば手に取《とり》ながら、あけてだに見給はず、庭《には》にすてられたるを、人目にかけじと懐《ふところ》に入《いれ》かへりたる」と申せば、師直《もろなふ》大きに気を損《そん》じて、「いや〳〵物の用にたゝぬものは[四四]手書《てかき》と[四五]痔《ぢ》のある若衆と也。今日《けふ》より其兼好法師《けんかうほうし》是へ寄《よす》べからず」といかりける。

爰《ここ》に[四六]侍従《じじゆう》とて本《もと》は御所《ごしよ》の[四七]局方《つぼねがた》に奉公して、[四八]角細工《つのざいく》の御用などとゝのへに町歩《あり》きせし女、相応《さうおう》の男もなくて四十《よそじ》にたらずして、[四九]鍋尻《なべじり》をなん焼《やき》、ひとり身の心やすさ、[五〇]口ひとつをお出入申ス先〻《さき〳〵》でやしなひ、世間《せけん》のおかしき咄《はなし》共を聞《きい》て来《き》て[五一]請売《うけうり》し、奥《おく》さまがたの[五二]御意に入リて、すこし按摩《あんま》もなれば、「[五三]盲目《もうもく》の手ざはりよりはやはらかにしてよし」と、奥《おく》方《がた》から[五四]旦那《だんな》どのへ取《とり》いり、[五五]闇娘《くらむすめ》の肝煎《きもいり》腰元《こしもと》中間《ちうげん》の[五六]いたづらの橋《はし》をかけて、世渡《よわた》りの種《たね》となしけるが、いつぞの比《ころ》よりか、師直方《もろなふかた》へも出入、色《いろ》はなけれど女の[五七]大口《おほぐち》きいて、酒のむ事を取得《とりゑ》に、折節《おりふし》はさし所のない[五八]捨《すて》盃《さかづき》の拾《ひろ》い手に、御酒宴《ごしゆゑん》の座《ざ》にまねかれ、[五九]土手《どて》のはるが身持。昔《むかし》も気《き》の軽《かるい》女あつて、[六〇]歴〻《れき〳〵》のお心をなぐさめし事ぞかし。

た大和国の吉野山は桜の名所。以下は太平記・二十一の七の「梅ガ香ヲ桜ガ色ニ移シテ、柳ノ枝ニサカセタランコソ」と弘徽殿の西の台の美貌をほめるをもじる。
二七 梅は難波の縁。梅が枝は遊女名に多い。
二八 吉原の三浦屋四郎左衛門抱えの太夫が有名。「色ふかき」の縁で出す。
二九 そのように色深き身であることを、紫・色深きの縁で染めなしという。　三〇 色事。情事。雨の縁。
三一 性の飢えを感じること。
三二 太平記・二十一の七に出る。塩冶の妻になったこと、兼好が艶書の代筆をしたことも同章にあり。
三三 塩冶高貞。出雲国の守護。
三四 一生の間眺め楽しむもの。
三五 遊女でないから揚げ代不要。
三六 女郎を身請すること。前に揚銭というので迎え取ることをかくいう。
三七 口達者にしゃべる。ならすは太鼓の縁。
三八 太鼓持などが座興を添えるため即興でいう滑稽な文句。
三九 和歌をまじえた恋文。
四〇 上手の筆。能筆。
四一 紅と青の薄手の雁皮紙を重ねた料紙。「紅葉重ノ薄様ノ、取手モクユル計ニコガレタル二」(太平記・二十一の七)。
四二 和歌関係の知識を総ざらえして。
四三 以下「いかりける」まで太平記・二十一の七と小異。　四四 能書家。
四五 男色の契りができぬから。この

師直《もろなふ》さいはひに塩冶《ゑんや》が方へ行ク由《よし》を聞て、此《この》侍従《じじう》を仲立《なかだち》に頼みければ、「是《これ》は[一]よい鳥がかゝつた。おもしろおかしう[二]道行《みちゆき》に隙《ひま》取リ、其《その》間に[三]退屈《たいくつ》の来《く》る程[四]無心《むしん》云《いひ》かけて、仕舞《しまひ》は「男の有《ある》身なれば、心はいやにあらね共《ども》、どふも思ふにまかせぬ」と、[五]ならぬ返事《へんじ》を仕切《しきり》て、表向《おもてむき》は使《つかい》する顔《かほ》で、[六]中《ちう》だめに請返答《うけへんとう》して師直にも[七]がゝせ、[八]取ル程とつてしまふてから、是斗《ばかり》は[九]尻《しり》の来《く》る事にはあらず」と、[一〇]高ぐゝりして[一一]武蔵《むさし》ノ守《かみ》をたばかり、先《さき》様へ参る顔《かほ》しては我内《わがうち》へかへり、心をつくして書したゝめたる艶状《ゑんでう》を中《ちう》にてひらき、「当世こんな古《こ》歌《か》まじりの文章《ぶんしやう》にて、今時の女[一二]なびく物にあらず」と、[一三]呑《のみ》たふもない煎《せん》じ茶呑《ちやのみ》ながら、人の文《ふみ》のよしあしいふて、跡は[一四]引先紙屑籠《ひきさきかみくずかご》へなげこみ、[一五]恩《おん》がましき顔をつくりて師直《もろなふ》方へ立かへり、「今日《けふ》は[一六]女中のお客《きやく》有リてさりとは人しげき中《なか》、[一七]うろたへた物なれば、すご／＼と[一八]素戻《すもど》りする所なれ共、いろ／＼と間《ま》あいを見て、お文《ふみ》をさし上ましたれば、いつよりはお心ようわらはせられ、かの玉章《づさ》を懐《ふところ》におし入レ、「[一九]よいやうにや」と仰られて、

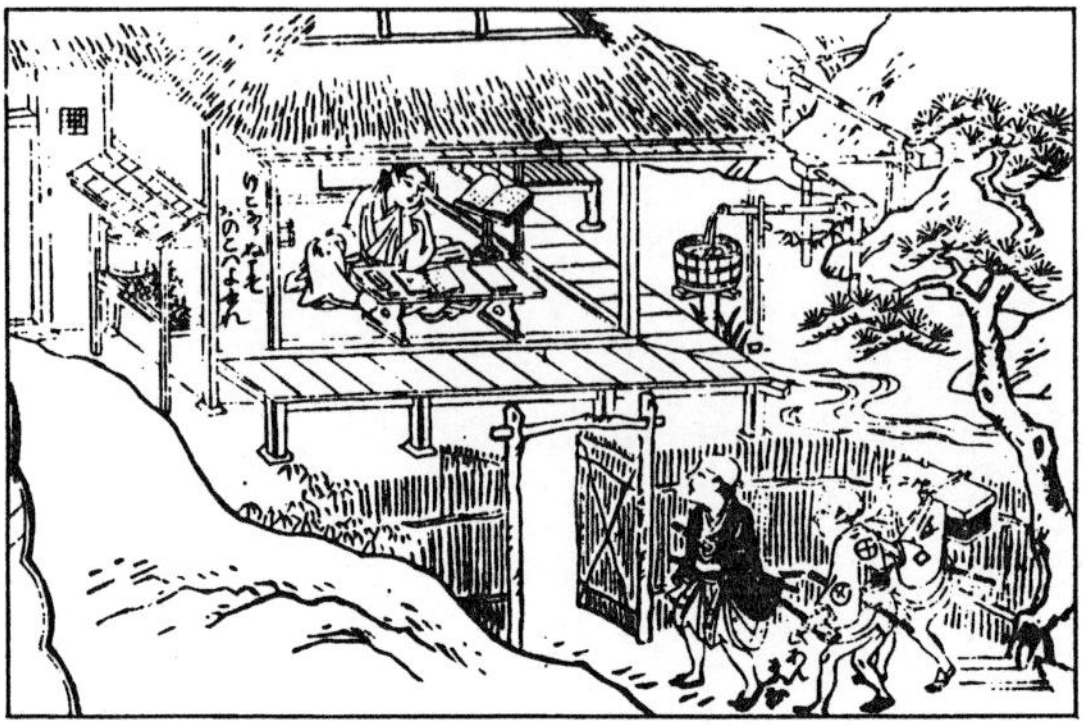

一句は其磧の挿入。
四六 太平記・二十一の七に出、師直に塩冶妻の美を説き媒介をした女。性格を近世的に改変。
四七 局住みの女官のところ。
四八 水牛の角製の擬陰茎。女性自慰用。 四九 世帯を持つこと。
五〇 自分一人の食を出入先で得て。
五一 他から聞いた話を自分の意見・見聞のように伝え話すこと。
五二 お気に入る。
五三 目の見えぬ男性の按摩よりは手ざわりが柔か。
五四 家来が主人を呼ぶ語。
五五 淫売婦を世話すること。
五六 淫行の橋渡しをする。
五七 みだらな話をする。
五八 差す相手がなく酒席で捨ておかれた盃。
五九 宝永末より開けた新三本木辺の遊所で評判になった女駕籠舁。
六〇 身分・家柄のよい人。高位の人。

一 うまく利益をせしめることができる者をつかまえた。
二 途中の経過。
三 うんざりすること。
四 金品をねだること。
五 不可能という返事をきっぱりする。
六 相手に取りつがずに。
七 あせらせ。いらだたせ。
八 しぼり取れるだけ取っても。
九 後になって苦情がもちこまれる。
一〇 高をくってあなどる。
一一 原本「武蔵ノ守《むさしのかみ》」。

お座敷《ざしき》へお出あそばしたが、あの躰《てい》ならば、[二〇]まあ二三度お文《ふみ》しんぜられたら、つゐ[二一]ひた〳〵と参りさふなもの」と申せば、師直[二二]目もなく打わらひて、「そちなればこそそれ程迄の按排《あんばい》には[二三]しこなした。[二四]近比《ちかごろ》情《せい》が出たり。いよ〳〵[二五]さふ心のよは〳〵と成つた所で、[二六]手をぬかず随分《ずいぶん》[二七]せりかけてくどいてくれ。[二八]首尾《しゆび》したらば[二九]駕籠乗物《かごのり》にのつて、歴《れき》〳〵の[三〇]かみさまといはす程《ほど》にしてとらさふ。先《まづ》それ迄の褒美《ほうび》」と[三一]色《いろ》ある小袖十重《かさね》に、[三二]沈《ぢん》の枕を取そへてとらしければ、侍従《じじう》大きに悦び、「先《さき》へいはずに[三三]わらはが中《ちう》での拵《こしら》へ事にさへ、是程の褒美《ほうび》なれば、誠に先様へいひ通《つう》じ、もし首尾《しゆび》したらば、どのやうなよい目《め》にあはふもしれず」と、欲《よく》心《しん》いよ〳〵増《まし》て、それより直《ぢき》に文《ふみ》を参らせ、哀《あは》れをふくみてくどきければ、御台《みだい》しばし物もの給はで、打あんじたる粧《よそほ》ひ。「扨《さて》は首尾《しゆび》あしからず」と悦び、「御返事《おへんじ》はいかに」と申《まうし》ければ、余《よ》の詞《ことば》はなくて只、「[三四]おもきが上《うへ》の小夜衣《さよごろも》」と斗《ばかり》いひすてて《と》、内に入給ひぬれば、立かへりて師直《もろなふ》にかくと申ス。「是は綿《わた》を大分入レて、重《おも》き[三五]小夜着《こよぎ》を拵《こしら》へねあ

一二 女が男の意に従う。
一三 すべきことをせずに飲む必要もない茶を飲み。
一四 用字原本のまま。引き裂き。
一五 恩着せがましい。
一六 ご婦人。敬意を含む言い方。
一七 思慮分別のないうつけ者。
一八 用を達せずに帰ること。
一九 (師直に)よいように伝えてくれ。
二〇 もう二、三度。
二一 ばたばたと解決がつきそうだ。
二二 目が無くなるくらいに細くして。「師直目モナク打笑テ」(太平記・二十一の七)。
二三 うまくやりこなす。
二四 はなはだ精魂をつくしてくれた。
二五 そのように。
二六 手数をはぶかずに。
二七 せまって問いかけて。
二八 うまく事が成就したら。
二九 侍従を乗物(駕籠の高級なもの)に乗るような身分にするという。
三〇 身分ある人の妻の敬称。
三一 色美しい小袖。
三二 沈香(香木名)で作った枕。「色アル小袖十重ニ、沈ノ枕ヲ取副テ」(太平記・二十一の七)。
三三 女性一人称。わたくし。
三四 →二五六頁注三。以下薬師寺の歌の説明辺、太平記二十一の七。
三五 小型の夜着。

たゝまりて待てゐよといふ事か」と、[一]薬師寺《やくしじ》の次郎左衛門といへる、[二]色事《いろごと》に当りつけたる家来《けらい》をまねき此《（この）》事を尋るに、「さらにさふした事でなし。[三]新古《こ》今《きん》十戒《かい》の歌に、「さなきだにおもきが上《うへ》のさよ衣《ごろも》、わがつまならぬ妻《つま》な重《かさ》ねそ」といふ歌の心にて、夫《おつと》のあるうちは、[四]又ことづまをかさねじとの、返事なり」と申せしより、「扨《（さて）》は此恋高貞《たかさだ》が世にあるうちはかなふまじ。とかく塩冶《ゑんや》をなきものにして」と、色《いろ》よりの無分別《むふんべつ》。是《（これ）》を[五]恋の奴《やつこ》気《ぎ》と昔《（むかし）》は申侍《はべ》りき。

第二　大役《たいやく》を思ふて堪忍《かんにん》を胸《むね》に居石《すへいし》
付リ　真綿《まわた》に針包《はりつゝむ》とすれど顕《あらはれ》る相手の心

[六]心《こゝろ》の師《し》とはなるとも心を師とせざれ。近付《ちかづく》ものは[七]御前《おまへ》追蹤《ついしやう》のみをいふて、旦那の非《ひ》をあらためず。心のまゝに挙動《ふるまい》ける師直《もろなふ》が行跡《かうせき》は、たとへば寝《ね》て居《ゐ》て[八]月代《さかやき》そらせ、鼻《はな》も[九]手廻《まは》りの美女《びぢよ》共にかませ、万自由《じゆう》なる中に、[一〇]主《（ぬし）》ある女は人の花とて手折《たおり》がたく、是をながめんとするに夫《おつと》といふ[一一]花守《もり》にさしつかへ、是斗《（ばかり）》は心のまゝには成《（なり）》がたくて、「所詮《（しよせん）》つれあいの[一二]塩冶《ゑんや》をなきものにし、思ふ女を引キ取《（とら）》ん」と大酒の上《うへ》の無分別《むふんべつ》、[一三]押《（おさ）》へ手《（て）》なければ日ゝにつのり、高貞《たかさだ》を[一四]取てしめる思案《しあん》をめぐらしゐるこそ[一五]不道《ぶだう》なれ。

一　太平記に薬師寺次郎左衛門公義。
二　情事の経験が多く馴れている。
三　新古今集・釈教歌中の「十戒歌よみ侍りけるに」とする四首の中の不邪婬戒の歌。原歌の「さらぬだに」を太平記は「さなきだに」とする。そうでなくても夜の衣は重いのに、その上に他人の衣の褄を重ねて寝るな。妻と褄を掛け、人妻と関係することを戒める。
四　つまは配偶者の意。別の夫を重ね持つまい。
五　恋の奴となって奴気を起した。恋に夢中になり無鉄砲な気持になった。
六　涅槃経の語句より出たことわざ。私心をおさえてそれに溺れるな。
七　その人の面前でこびへつらうこと。
八　成年男子の額より頭頂まで髪を剃った部分。
九　常に身辺に仕える者。
一〇　夫のある女。人妻。
一一　花の番人。人妻を人の花というよりかくいう。
一二　原本「塩治」。以下「治」とする箇所がまじるが「冶」に改める。
一三　抑止する者。
一四　やっつける。とっちめる。
一五　道理にそむいたこと。
一六　足利尊氏。

かくて[一六]高氏《たかうぢ》卿の御長男《ごちやうなん》[一七]源《みなもと》の義詮《よしのり》公、[一八]左兵衛ノ督《かみ》直義《たゞよし》朝臣《あそん》の政務《せいむ》に替り、[一九]万国《ばんこく》の政道《せいだう》を執行《しつかう》せらるべきにて、鎌倉《かまくら》より上洛《しやうらく》ある御祝義の饗応《きやうおう》の役目を、高貞《たかさだ》に仰付られ、「諸事武蔵ノ守としめし合《あはせ》て相勤《つとむ》べき」との上意なれば、師直館《もろなふたち》へ[二〇]前廉《まへかど》より度〻《たび〳〵》入来《じゆらい》有て、「諸事[二一]御下知《げぢ》を頼入《たのみいる》」と慇懃《ゐんぎん》に頼《たのま》るゝ。師直は「是さいわいかな。其《その》節塩冶《ゑんや》に[二二]あらぬ事を指図《さしづ》して、諸大名付合《つきあ》いの場《ば》で面目失《めんぼくうしな》はせ[二三]おのれと腹《はら》を切《きる》か、さなくば[二四]役義不沙汰《ぶさ》のやうに[二五]越度《おちど》をこしらへ、上へ[二六]讒《さかしら》を以てあしざまに申上《まうしあげ》[二七]遠流《ゑんる》せらるゝか、[二八]是非《ぜひ》塩冶《ゑんや》を打つぶし高貞《たかさだ》が女房を我が手に入《いれ》ん」と内〻事をはかりしかば、さも頼もしう申なし、「御心つかざる義は遠慮《ゑんりよ》なく諸事申談《だん》ずべし」といつよりは心よく挨拶《あいさつ》すれば、高貞《たかさだ》かれが所存《しよぞん》にかゝる不儀《ふぎ》ある事はしられず、「万端《ばんたん》頼申《たのみまうす》」とて私宅《したく》にかへられ、家中《かちう》不残《のこらず》それ〴〵の役割《やくわり》し、万《よろづ》に気を付《つけ》給ひける。

既《すで》に義詮《よしのり》公上洛《しやうらく》有リ[二九]幕府《ばくふ》の御所へ入給ふ。此嘉義《かぎ》として勅使《ちよくし》入来《にうらい》有ければ、判官武蔵守に尋らるゝは、「今日某《それがし》が装束《しやうぞく》いかゞ有べき」と相尋られければ、「常《つね》の通り」とこたへられける間、[三〇]熨斗目《のしめ》に[三一]半上下にて出仕《しゆつし》せられけるが、同席《どうせき》の大小名いづれも[三二]長上下を着《ちやく》しなみゐられける間、[三三]不都合《ふつがう》にぞ見へたりける。其外[三四]馳走《ちそう》の次第共、兼而《かねて》師直《もろなふ》指図《さしづ》せられしとは相違《さうゐ》して、[三五]急速《きうそく》の事のみ出来て、当惑《とうわく》の赤面再三《せきめんさいさん》におよべ共《ども》、「[三六]大行《たいきやう》は細謹《さいきん》をかへり見ず」とて、其日は[三七]胸《むね》をさすつて宿所《しゆくしよ》にかへられ、家来《けらい》[三八]八幡《はちまん》六郎右衛門笹《さゝ》

一七 尊氏の第三子よしあきら。太平記・二十七の七には長男とし「ヨシノリ」(旧大系古活字本)。この章に直義の政務に替り上洛、勧修寺経顕勅使の事あり。
一八 尊氏の弟。
一九 全国の政治。振仮名「せいだう」は原本のまま。
二〇 あらかじめ。
二一 指図。命令。
二二 間違った。不適当な。
二三 自分から。
二四 役目をなおざりにすること。
二五 ておち。
二六 讒言。
二七 遠国への流罪。振仮名原本のまま。
二八 原本「是悲」。
二九 原本「幕苻」。
三〇 たて糸に生糸、よこ糸に練糸を用いて織った練貫《ねりぬき》の一種で、生地がちぢまず腰の辺に縞を織出したもの。
三一 肩衣《かたぎぬ》に半袴着用の上下。
三二 半上下に対し長袴着用の上下。
三三 ぐあいのわるいこと。
三四 順序。
三五 あわただしい事。
三六 大事業を行おうとする者は小さな事柄にこだわらない。「たいきやう」原本のまま。
三七 怒りをおさえて。
三八 後文には八幡六郎とする。八幡六郎は太平記・二十一の七に塩冶の臣として出る。

岡《をか》藤内を席近《せきちか》く呼《よび》よせ、「高《かうの》武蔵守傍若無人《ばうじやくぶじん》の振舞《〔ふるまひ〕》、無念《むねん》の至り詞《ことば》につくしがたし。所《しよ》詮《せん》きやつを一太刀に討て、此《(この)》憤《いきどをり》をはらさんとおもふはいかに」と[一]牙《〔きば〕》をかんで語らるれば、八幡六郎聞《(きき)》もあへず、「御腹立《ふくりう》の段至極《しごく》いたし候。去《(さり)》ながら、元来《ぐはんらい》高師直《かうのもろなふ》[二]執事職《しつじしよく》を[三]鼻《はな》にあて、不礼《ぶれい》の仕方《しかた》さらにめづらしからずといへ共《(ども)》、[四]仁木《につき》細川《ほそかは》畠山《はたけやま》をはじめ、歴々《れき》の諸武士《しよぶし》[五]時の権威《けんゐ》に胸《むね》をさすり、師直が機嫌《〔きげん〕》成《(なる)》顔《かほ》を見ては[六]千鍾《せんせう》の禄《ろく》、万戸《ばんこ》の侯《こう》を得た

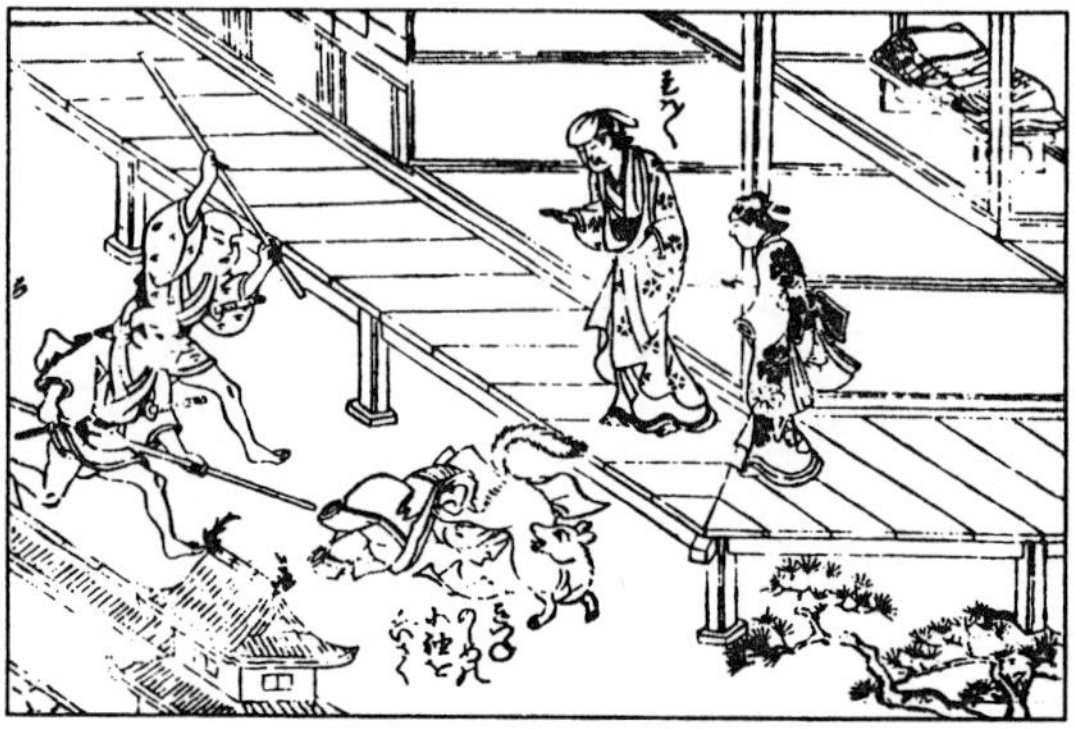

るがごとく悦びの色をつくり、少しも心にあはぬ気色を見ては、[七]薪《たきゞ》を負《お》ふて焼原《やけはら》をすぎ、雷《らい》をいたゞいて大江《おほえ》をわたるがごとく、おそれるさまをして善悪について、口をとぢ、堪忍《かんにん》をしてくらさるゝは、「主君の御大事にたつる一命を、[八]私の宿《しゆく》意《ゐ》にてほろぼすは忠義にあらず」と[九]面々《めん》よけて通し候。君も御憤《いきどをり》をやめられ穏便《おんびん》にすておかるべし。弓矢の恥辱《ちぢよく》にもあらず。是《(これ)》は別段《べつだん》の事にて候。[一〇]「小《すこしき》を忍《しのば》ざる時は大謀《たいぼう》を乱《みだ》し、[一一]一朝《てう》の怒《いかり》に百年をうしなふ」共《(とも)》申せば、たゞ[一二]無異《ぶゐ》の御計《〔はから〕》ひこそあらまほしけれ」と、詞《ことば》をつくしていさめければ、

一 歯がみをして。
二 将軍補佐の職。
三 鼻にかけて。
四 室町幕府の重臣たち。
五 当代の権力ある者。
六 多大の禄や戸数一万もある広大な領地を持つ大名の地位。
七 自ら災いを招くようなことをするたとえ。
八 一私人の遺恨。
九 めいめい。各人。
一〇 小事を辛抱できないようでは大事を成就できない。「小不レ忍則乱二大謀一」(論語・衛霊公)。
一一 一時の怒りのためにのちのちまでの大きい損失を蒙る。「一朝之忿忘二其身一」(論語・顔淵)。
一二 無事な処置。平穏なはからい。

高貞《たかさだ》「げにも」とや思はれけん、すこし顔色《がんしよく》をぞやはらげられける。

抑《そも〳〵》此八幡《はちまん》六郎が母は判官の乳母《めのと》にて、高貞とは乳兄弟《ちきやうだい》、重恩《ぢうをん》の主君《しゆくん》なれば昼夜《ちうや》傍《〔そば〕》をはなれず影《かげ》のごとくにつきそひけるが、今度の遺恨《ゐこん》について、ふかく制《せい》しとゞめけるは、是唯《たゞ》事の故《ゆへ》にあらず。去年《こぞ》の歳末《さいまつ》の祝義のため、六郎が母「主君《しゆくん》判官へ参らすべし」とて、一三台《だい》にのせて差置《さしおき》ける定紋《ぢやうもん》の熨《の》斗目《しめ》、三つの内一つたちまちに失《うせ》たりけり。他人《たじん》の入べき一間《ひとま》にあらねばいよ〳〵不審《ふしん》はれず、かなたこなたとたづねける所に、床《ゆか》の下《した》に狐《きつね》の鳴《なく》声《〔こゑ〕》きこへければ、一四椽《えん》の際《〔きわ〕》よりさしのぞき是を見るに、件《〔くだん〕》の熨斗目《のしめ》をさん〴〵にくひさく。され共此母おどろかぬ女にて、狐《きつね》を追《おひ》出し熨斗目《のしめ》をふかくかくしおさめつれ共、何とや一五らんいま〳〵しく心がゝりなれば、ひそかに貴僧《きそう》をたのみ一六大法《だいほう》を修《しゆ》して、主君《しゆくん》の武運長《ぶうんちやう》久《きう》をぞいのりける。

是をこそ一七希有《けう》の珍事《ちんじ》と思ふ所に、又当元朝《ぐはんてう》の事なるに、出雲《いづも》塩冶《えんや》の居城《きよじやう》の天守《てんしゆ》三重目《ぢう》

一三 進物を載せて贈る台。
一四 縁側。椽は当時の用字。
一五 縁起が悪い。
一六 重い修法を行い。
一七 めったにない。

の程《〔ほど〕》にて、鳩《はと》と烏《からす》しきりにあらそひ喰《くひ》あひ、鳩《はと》すこしいためられて負色《〔まけいろ〕》[一]に見へたる時、いづく共なく鳶《とびす》数十羽《ば》群《むらが》り来り、件《〔くだん〕》の烏《からす》を大地《だいち》へかつぱと[二]蹴《け》おとし行方《〔ゆきがた〕》しらず成《（なり）》にけり。城中の人ゝ是《（これ）》を見るといへ共《（ども）》、元三《ぐはんざん》[三]の事なればさあらぬやうにいひなしけれ共、底心《そこ（しん）》[四]には「いか成《（なる）》凶《けう》をか天よりしめし給ひけん。何さま唯《〔たゞ〕》事にあらじ」と安《やす》き心せざりければ、家中の面ゝ《めん〱》親《したし》き同志《どうし》は打寄眉《よりまゆ》[五]をひそめてさゝやきあへり。是等《これら》の奇怪《きくはい》を兼《かね》てより六郎見《けん》聞《もん》しければ、諸事に心をくばりける間、今日主君の腹立《ふくりう》につきてもおもひあはせて、強《しゐ》て諫言《かんげん》を申せしは断《〔ことはり〕》[六]とぞきこへける。

第三　大身《たいしん》も事《こと》に臨《のぞん》で命を捨石《すていし》
付リ　最期《さいご》の勘当《かんだう》ゆるすとの一言《ごん》此《（この）》世の形見

かくて御祝義首尾《しゆび》よく相済《すみ》、尊氏直義《たかうぢたゞよし》御満足《ごまんぞく》の余《あま》りに御所にして御酒宴《ごしゆゑん》をはじめられ、勅使《ちよくし》をもてなし給ひける。酒酣《〔たけなわ〕》[七]になつて此度の馳走役《ちそうやく》塩冶《ゑんや》判官に勅使《ちよくし》御盃《さかづき》を下さるべき旨《〔むね〕》取次の役人次の間《ま》へ申来る。高貞《たかさだ》冥加《みやうが》にあまり御座敷へ罷《（まかり）》出んとしたりしが、遠国《ゑんごく》の不骨者《ぶこつもの》[八]大内の作法《さほう》はしらず。又師直《もろなふ》が側《そば》により、「御盃《さかづき》下さるべきよし御仰《（おほせ）》を蒙《かうふ》り候。此装束《しやうぞく》にてくるしからず[九]候や、但し大紋《だいもん》[一〇]や着《ちやく》し申べき。御指図《さしづ》頼入《（たのみいる）》」とあれ

一 負けそうな様子。
二 ぱっと。
三 元日。
四 心の奥底。
五 心配して眉のあたりにしわを寄せ。
六 道理。もっとも。
七 酒宴最中。酒宴の最も盛り上った時。
八 無作法者。
九 差しつかえがない。不都合でない。
一〇 布製の直垂（ひたたれ）の一種。

ば、師直《もろなふ》心に塩冶《〔えんや〕》が妻《さい》の美《び》なる事のみ浦山《うら(やま)》しく、偏執《〔へんしう〕》[一一]の思《〔おも〕》ひふかく、我が心にある事とてふと口に出して、「大内の事は其方《(そなた)》が内室《ないしつ》[一二]よく存知《ぞんじ》ゐらるれば、立帰つてうつくしき内義にあふてとふて来られよ」と、につこりともせずいひければ、判官今はたまりかね、「武士《ぶし》たる者にむかひ表《おもて》[一三]だちたる大切《たいせつ》の役義を、かへつて妻《さい》にとひ来れとは、此高貞《たかさだ》をあなどつたる言分《〔いひぶん〕》。もはや堪忍《〔かんにん〕》成《(なり)》がたし」と、小《ちい》[一四]さ刀《がたな》を引《ひき》ぬき真向《まつかう》に切付る。され共師《もろ》直運《なふうん》[一五]やつよかりけん、折烏帽子《おりゑぼし》[一六]に刀《かたな》すべつて薄手《うすで》[一七]すこし負《あふ》たるを、「今一刀《かたな》に」とふり上《あぐ》る所を、山名右衛門ノ佐師氏《すけもろうぢ》[一八]とびかゝつて、高貞《たかさだ》が弱腰《〔よはごし〕》[一九]むんずと抱《だく》。其間《(その)》になみゐ給ふ大小名いやが上にをりかさなり、終《つゐ》に判官を手籠《てごめ》[二〇]にして一寸もはたらかせず。やがてかくと申上れば、御腹立《ふくりう》はなはだしく、「たとへいか成《(なる)》宿意《しゆくゐ》[二一]たり共、かゝる祝義の節といひ、殊に此度の祝《〔いわ〕》ひの義は、政務《せいむ》[二二]執行《しつかう》の沙汰《さた》はじめ、国土《こくど》安穏《あんおん》長久無異《ぶゐ》の寿《〔ことぶ〕》きたるに、[二三]私を以て上《かみ》をかろしめ、祝義饗応《きやうおう》の役人の中《うち》の、其一人《ひとり》としてかくのごとくの刃傷《にんぢやう》[二四]、尤《(もつとも)》罪科《ざいくわ》かろからず。重《かさね》て御沙汰《ごさた》[二五]あるべし」とて、先《まづ》山名右衛門ノ佐《すけ》へぞ預《あづけ》[二六]られける。武蔵守師直《むさしのかみもろなふ》は、「時宜《じぎ》[二七]をかへり見て身命《しんみやう》をわすれ、手向《〔むか〕》ひ不仕《(つかまつらざる)》」の旨《むね》申《(まうす)》条《でう》[二八]、当前《たうぜん》[二九]の申訳《わけ》相立《(あひたち)》、是も則《(すなはち)》同名《どうみやう》[三〇]越後守師泰《もろやす》へぞ御預《あづけ》なされける。

かくて御所に喧嘩《けんくは》出来のよし露顕《ろけん》[三一]ありしかば、門《もん》〳〵馬場《ばゞ》に待居《まちゐ》たる諸大名の党勢《どうぜい》[三二]、面《めん》〳〵主人の身の上心もとなく我一《(われいち)》[三三]とさはぎたち、諸家《しよけ》注進《ちうしん》の早馬《〔はや〕》、頻並《〔しきなみ〕》[三四]にうつて、南北に

一一 他をうらやみねたむこと。
一二 他人の妻を敬っていう語。
一三 公式の。
一四 礼服用の短刀。
一五 幸運に守られていたのであろうか。
一六 烏帽子の頂を右か左に折ったもの。
一七 軽傷。
一八 太平記に師直の讒言により本国に落ちた塩冶の追手を命ぜられた人物として出る(二十一の七)。
一九 腰の両脇の細い所。
二〇 腕力で人を取り押える。
二一 かねてからの恨み。
二二 将軍となってはじめての政務開始の儀式。この語句、太平記・二十七の七にあり。
二三 私意。私情。
二四 刃物で傷を負わせること。
二五 御指図。御命令。
二六 未決の被疑者の身柄を親族・関係者などに預け監視させる。
二七 その時の状勢。
二八 …によって。…ので。
二九 さしあたり。当面。
三〇 同姓また同族。越後守師泰は師直の兄、太平記に出。
三一 知れわたる。
三二 同勢。供の人々。
三三 先を争うさま。
三四 次から次へとたて続けに。「出雲伯耆ノ早馬頻並ニ打テ」(太平記・八の二)など太平記諸所に例あり。

馳違《はせちがひ》、上を下へと騒動《さうどう》す。此《(この)》事塩冶《ゑんや》宿所《しゆくしよ》へも聞へければ、八幡六郎はつと驚《おどろ》き、「扨《(さて)》は主人と武蔵守《むさしのかみ》との此比《(このごろ)》の一義《(いちぎ)》[一]たるべし」と、胸《むね》に[二]ひしとこたへければ、逸物《いちもつ》[三]の駿足《じゆんそく》にて一纉《いつさん》にかけ来れ共《(ども)》、御所の門々[四]ひしと堅《かた》め入《(いる)》べきやうあらざれば、いかゞはせんともだへける所に、[五]佐々木佐渡《さど》の判官秀綱《ひでつな》、内より門をひらかせ立出られ、「先刻塩冶《ゑんや》判官武《はんぐはんむ》蔵守《さしのかみ》、私の宿意《しゆくゐ》を以て刃《やいば》をまじへ、祝義の節狼藉《(らうぜき)》の至り双方《さうはう》共御預《あづけ》に成リ事鎮《しづま》り候《(さふらふでう)》　条、馳集《はせあつま》られたる面々《めんく》、早々《さうく》門々の前を開き候《(さふら)》へ」と大音《だいをん》あげて下知《げぢ》せられければ、六郎は力《ちから》なく獅子《しし》[六]の怒《いかり》をやめて宿所へぞかへりける。

かくて仰出さるゝは、「判官義祝義の節をわきまへず、私の宿意《しゆくゐ》を以て御所中をさはがし、剰《あまつさへ》わがまゝをふるまひ、血《ち》[七]をあへし人をあやむる条、[八]且《かつう》は上《かみ》をかろしむるの働《(はたら)》き、優恕《ゆうちよ》[九]の沙汰しかるべからず」とて、「則《(すなはち)》御預け山名右衛門ノ佐宅《すけたく》において切腹《せつぷく》すべし」とて、[一〇]弥生半《やよひなかば》の事成ルに、花[一一]の盛《さかり》にちりゆく身。兼而《かねて》覚悟《かくご》といひながら、師直《もろなふ》を打損《うちそん》ぜし無念骨髄《むねんこつずい》[一二]にてつし、牙《(きば)》をかんでゐられ

一　例の事。あの一件。
二　強く衝撃を感じる。
三　特にすぐれた駿馬。
四　びっしりと警備し。
五　太平記に佐々木道誉を佐渡ノ判官とし、嫡子源三判官秀綱また近江守秀綱あり。両者を混同しての名か。
六　はげしくたけり怒ること。「獅子の歯噛《(はがみ)》」(太平記・六の六)。
七　血を流し人を殺傷する事は。
八　同時にまた。
九　見のがすこと。大目に見て許すこと。
一〇　浅野長矩の刃傷・切腹は元禄十四年(一七〇一)三月十四日。
一一　長矩の辞世を「風さそふ花よりも又われはなをはるの名残をいかにとかせん」(播磨椙原)と伝える。また長矩三十二歳、壮年の死をも思っての措辞か。
一二　骨の髄までしみ通る。

しが、[一三]時節《じせつ》も今と夕暮《ゆふぐれ》に、[一四]浅黄《あさぎ》上下織目《おりめ》たゞしく着《ちやく》し、錦《にしき》の縁取《へり（とり）》し畳《たゝみ》の上に座《ざ》して、[一五]三宝《さんぼう》の土器《かはらけ》を三度かたふけ、既《〔すで〕》に切腹《せつぷく》と見へし所へ、鎌田《かまだ》惣右衛門とて塩冶《ゑんや》判官の[一六]恩顧《おんこ》の者にて、殊更《〔さら〕》[一七]近習《きんじゆ》しけるが、[一八]聊《いさゝか》勘気《かんき》せられたる事あつて此比出仕《しゆつし》をゆるされず、引籠《ひきこもつ》て居たりしが、君御《ご》切腹《せつぷく》ときくやいなや此屋敷にはしり来り、「最期《さいご》の対面《たいめん》を仕度《（つかまつりたき）》」旨《〔むね〕》思ひ入て[一九]なげきしかば、情ある山名にて暫《しばらく》の対面《たいめん》をゆるし、[二〇]介錯人《かいしやくにん》に[二一]内意《ないゐ》を通《つう》じ、惣右衛門に[二二]人をつけ此所へ入レ給ふ。

主君《しゆくん》の今の躰《てい》を見ける鎌田《かまだ》が心の中《うち》、たとへていわんかたもなし。目くれ足《あし》もなへて、[二三]たへ入《（いる）》ばかりにありけれ共、泣ゝ《なく〱》主君判官の前にかしこまり、先《（まづ）》泪《なみだ》をはら〱とながしければ、判官も「いかにや」とばかりの給ひて、[二四]頓而《やがて》涙にむせび給ふ。惣右衛門泪をおさへ申《（まうす）》やう、「某《〔それがし〕》大勢の御家来《けらい》の中《なか》を[二五]ぬきんで[二六]推参《すいさん》仕る義、此世にては御心にたがい、御勘気《かんき》蒙《かうふ》り罷《（まかり）》有リ候へば、何とぞ此度[二七]来世《らいせ》の御供《とも》仕り、御意《ぎよい》にかない候やうに御奉公仕リ直《なを》し申度《（まうしたく）》是まで参上仕《（つかまつり）》候。此まゝ御[二八]不《〔ふ〕

一三 (切腹の時は今と)言うと夕を掛ける。
一四 死装束。織目は折目とするのが正しい。
一五 三方(白木の折敷に三方に穴のある台を付けたもの)にのせた素焼の盃の酒を三杯飲み。
一六 目をかけられている家来。
一七 主人のそば近く奉仕する役。
一八 おとがめを蒙る。
一九 歎願する。原本「なけぎし」。
二〇 切腹する者の首を打ち落す役の者。次頁所出とともに原本「介惜」。
二一 内内の意向。
二二 事故を警戒して。
二三 息も絶えるばかり。
二四 すぐに。そのまま。
二五 他にさきがけて。
二六 押して参上すること。
二七 あの世までの供。殉死をいう。
二八 疑いを蒙ること。

審《しん)》の身にてむなしく罷成《(まかりなり)》候はば、〔と〕[一]後世《ごせ》の妄念《もうねん》とも成ぬべし。今は御免《ごめん》をかうふりて、
心やすく冥途《めいど》の御[二]先手《さきて》仕ﾘ候《(さふら)》はん」と、用意《やうい》せし懐中《くわいちう》の[三]小脇指《こわきざし》を取出し、既《(すで)》に[四]殉死《じゆんし》と
見へければ判官頓而《やがて》取とめ給ひ、「神妙《しんべう》なる[五]志《こゝろざし》祝着《しうちやく》せり。さりながら、我相手をも討《うち》
得《ゑ》ずして、むざ〱と死《し》する事残念《ざんねん》の至り、[六]遺恨《いこん》すくなからず。おなじ志《こゝろざし》ならば生残《いきのこ》
つて、我此《(わがこの)》無念《むねん》をはらせてくれ。是《(これ)》何よりの忠節《ちうせつ》ならん」と、[七]余義《よぎ》もなくの給へば、

「生《いきる》も死《しぬる》も君の為。「[八]死《し》はやすくしてかろく、生《しやう》
はおもうしてかたし」といへば、御意にまかせ[九]堅《かた》
きにつき、おしからぬ一命をながらへ、いかにも
して師直《もろなふ》をほろぼし、君が[一〇]泉下《せんか》の御恨《うらみ》をはらすべ
し。御心やすくおぼしめし御最期《ごさいご》をきよくあそば
せ」と申上れば、高貞《たかさだ》世にうれしげに打ゑみ給ひ、
「満足《まんぞく》せり。此上は思ひおく事一事《じ》もなし」と、
[一一]剣《つるぎ》をつとり御腹《はら》におしあて給ひ[一二]引廻《ひきまは》さるれば、
介錯人後《かいしやくにんうしろ》へまはり、一刀《いつたう》の下《した》に百年の命《めい》をぞう
しなはれける。
おしむべきかな高貞《たかさだ》は、塩冶《ゑんや》の家《いゑ》の[一三]棟梁《とうりやう》[一四]佐ゝ木

一 来世の成仏を妨げる迷妄。
二 先鋒。道案内することを武士ゆえにかくいう。
三 寸の短い脇指。
四 家来が主君の死を追って自殺すること。
五 喜ばしいこと。満足に思うこと。
六 心残り。
七 他の事は言わずに。
八 死は一時の苦しみで耐えることは容易、苦しみに耐えて生き抜くことは重大で困難。
九 「難き」とあるべきところ。
一〇 あの世。死後の恨み。
一一 取るを強めていう。
一二 腹に突立てた刀を横に引く。
一三 首領。かしら。
一四 塩冶氏は近江源氏佐々木氏の流れ。

の嫡々《ちやく》にて、代々[一五]雲州《うんしう》の城主《じやうしゆ》として、家殊に繁栄《はんゑい》せしが、遺恨是非《いこんぜひ》にしのびがたきは時節場所《じせつばしよ》も有《ある》べきに、さらば武蔵守をうちおふせもせで、弥生《やよひ》の花の一朝《てう》の嵐《あらし》にちりゆき給ふ事、是皆[一六]前世《ぜんぜ》の業因《ごうゐん》の感《かん》ずる所とはいひながら、[一七]流芳《りうはう》百世やいはん、又[一八]遺臭《ゆいしう》万年とやいひつべき。うたてかりける形勢《ありさま》なり。

されば此鎌田惣右衛門は[一九]久米《くめ》の助と云《いひ》し[二〇]前髪立《がみ(だち)》より、御近習《ごきんじう》に相勤分《つとめわけ》て不便《〔ふびん〕》をくはへられし者《〔もの〕》なれ共《(ども)》、元服《げんぷく》の後都に上り色里《ざと》に通《かよ》ひ、[二一]わりなく云《(いひ)》かはせし女郎をうけ出し[二二]宿《(やど)》の妻《つま》となしつる事、高貞《たかさだ》の耳《みゝ》に入《(いり)》それより勘気《かんき》を得ぬれ共、いまだ[二三]今生《こんじやう》にましますうちに御赦免《ごしやめん》をかうふり、本望とは云ながら、正《まさ》しく主君の御生害《しやうがい》をみて、すご〳〵かへる惣右衛門が、心の内こそかなしけれ。

第四　大手《おほて》の木戸口待掛《まちかけ》る腰掛石《こしかけいし》

付リ　忠と孝と一ッ荷《か》ニになふ世帯道具《せたいだうぐ》

高貞切腹《たかさだせつぷく》あつて後、「塩冶《ゑんや》が居城没収《きよじやうもつしゆ》[二四]有《(ある)》べし」とて、[二五]桃井播磨守直常《もゝのゐはりまのかみなをつね》、太平出雲守《おほひらいづものかみ》に小林民部丞《みんぶのぜう》を相そへられ、[二六]上使《じやうし》の趣《おもむき》をぞ仰渡されける。

爰《こゝ》に塩冶《ゑんや》判官代々の家老職《らうしよく》[二七]大岸宮内《ぎしくない》とて、知仁勇《ちじんゆう》の三徳《さんとく》を兼備《けんび》したりし勇士《ゆうし》なるが、

一五「出雲ノ守護」(太平記・七の七)。
一六 前の世の行為の報い。
一七 芳名を後世に伝えること。
一八 悪名を残すこと。
一九 宝永七年四月竹本座上演「心中万年草」の主人公の名をとる。
二〇 前髪を立てている元服前の少年時。
二一 かたく夫婦の約束をした。
二二 自分の家の妻。
二三 この世。
二四 罰として所領等を収公すること。
二五 桃井・太平・小林とも太平記・二十一の七に塩冶の追手として出。
二六 ここは将軍からの使者。
二七 大石内蔵之助に当る。→解説。

主君判官最期《さいご》の刻《きざみ》、「師直《もろなふ》を討損《うちそん》ぜし事、妄執《もうしう》のひとつ」と一言《ごん》をのこされし次第、鎌《かま》田《だ》物右衛門が物語をきくより胸《むね》をこがし、「何とぞ主君の敵《かたき》を討て、亡君《ばうくん》の恨《うらみ》を散《さん》ぜん」とおもひこふだる事なれば、一家《か》中《ちう》心をひとつにして「[一]此《(この)》城を枕《まくら》として討死《うちじに》はする共《(とも)》、[二]おめ〳〵と明《あ》[三]ケては得こそわたすまじ」と、[四]神水《(じんずい)》起請《きしやう》を取かはし討死《うちじに》と胸《むね》をさだめ、上《じやう》使《し》おそしと待かけしを、大岸《ぎし》制《せい》して申けるは、「[五]旁々《かた〴〵》が心底《しんてい》たのもしし。去《(さり)》ながら今城《しろ》請取の大将分《ぶん》の衆中にむかい、弓をひき刀《かたな》をぬくは上《(かみ)》へ対《たい》して敵対《(てきた)》ふ道理。然る上は此場《ば》所《しよ》を切ぬけ、千にひとつ命いきのびたりとも一天下の中《うち》に身をかくすべき所なく、[六]一往《わう》の意地《(いぢ)》ばかりにして亡君《ばうくん》の御為にならず。たゞ某《それがし》が存ずるは、[七]成程《(なるほど)》上使《し》の衆中に礼をつくし、穏便《おんびん》に城内《じやうない》をあけわたし、[八]面ゝ《めん〳〵》いきのばはつて、かさねていさぎよく命をすつる場所《ばしよ》あるべし。此大岸は思ふ子《し》[九]細《さい》あれば命がおしまれ候なり。是《(これ)》を察《さつ》せし輩《ともがら》は随分《(ずいぶん)》命をまつたふし、肝心《かんじん》の所にて役《やく》にたゝんと思はれずや」と、[一〇]心を含《ふくん》で云ければ、大岸が心《しん》底《てい》をのみこみたる輩《ともがら》は、「尤《(もつとも)》」とこそ同《(どう)》[一一]じけれ。事の心をわきまへざる者共は、「大将分の大岸が命をおしむ上《うへ》からは、我ゝ斗《(ばかり)》此城にふみとゞまつて命をすてて《〔と〕》何かはせん。[一二]片時《へんし》もはやく立退《のか》ん」と妻子《さいし》老母《らうぼ》の手を引て夜にまぎれてぞおちゆきける。然る所へ上使《し》の大名御着《ごちやく》あつて使者《ししや》を以て右の趣《おもむき》を仰入《(おほせいれ)》られければ、大岸《ぎし》をはじめ残りし者共、城の門をおしひらき罷《(まかり)》出て、[一三]手をつかね礼義をみださず式台《しきだい》[一四]し、[一五]古例《これい》を引て静《しづか》に城を

一　城と運命を共にする。
二　気おくれしたさま。
三　明け渡すことはできぬ。原本「明ケ《(あけ)》」。
四　神前に供えた水を飲み合い、神仏の名の下に誓いをかわし。
五　あなたがた。皆さん。
六　ひととおりは意地を張ったというだけのことで。
七　できるだけ。
八　めいめい生きのびて。
九　わけ。
一〇　言葉に含みを持たせて。
一一　同意した。
一二　少しでも早く。
一三　両手をそろえて礼をする。
一四　式代。挨拶をすること。
一五　古来の慣例に従って。

渡しける形勢《ありさま》、びゝしくぞ見へたりける。城内の掃除《さうぢ》[一六]諸具《しよぐ》の目録に至ル迄残る所なかりしかば、両大将をはじめ多《おほ》くの諸卒《しよそつ》もろ共に感心《かんしん》あつて、桃井播磨守《もゝのいはりまのかみ》申わたさるゝは、「[一七]城地《じやうち》遅滞《たい》なく相渡スの段神妙《しんべう》なり。各《おの〳〵》退散《たいさん》の後、当地住居《ぢうきよ》の望《のぞみ》、又京鎌倉《かまくら》へ下向《げかう》の志《こゝろざし》あらば遠慮《ゑんりよ》なく訴《うつたへ》出らるべき」旨を申わたされければ、いづれも畏《かしこまつ》て退出《たいしゆつ》し、[一八]異《こと》成《(なる)》事はなかりけり。

かくて塩冶《ゑんや》居城離《きよじやうり》散《さん》の侍共、近辺《きんぺん》の民屋《みんおく》又は所縁《ゆかり》有ル方へ、妻子《さいし》幷《(ならび)》に資財雑具《しざいざうぐ》をはこばせ、思ひ〳〵に[一九]便宜《びんぎ》の国へ立退支《のくし》度《たく》をしたりし中《なか》に、「大岸が城内にていひし一言《ごん》の中《うち》に、「重《(かさね)》て命をすつる場所《ばしよ》あるべし」とは、師直《もろなふ》を討《(うつ)》べきとの事成《(なる)》べし。是臣《しん》たるものの《[ゝ]》ねがふ所。大岸としめしあはせ、亡君《ばうくん》の[二〇]讎《[あた]》を亡《ほろぼ》し、多日《たじつ》の御恩《ごおん》を報《ほう》ずべし。然る上は[二一]まさかの時絆《[ほだし]》とも成《(なる)》べき、女房幼少《おさなき》もの共をも所縁《(ゆかり)》の方へかたづけ、身をやすくしてねらふべし」と、妻子《さいし》には此[二二]思ひ立をふかくかくし、「[二三]奉公かせぎに一先《ひとまづ》都へおもむく也。頓而《やがて》[二四]有付《(ありつき)》迎《むかい》の人を指越《さしこす》迄、さびしく共《(とも)》待べし」と、漸《よう〳〵》[二五]縁類《ゑんるい》の国〳〵へ人をそへてさしつかはし、皆[二六]一党《いつとう》に覚悟《かくご》をきはめ、討死《うちじに》と心ざす忠義《ちうぎ》の程こそけなげなれ。

其《(その)》中に鎌田《かまだ》惣右衛門が女房は、都島原の[二七]太夫職《しよく》陸奥《[みちのく]》といへる傾城《けいせい》なりしを、[二八]古《こ》判官在京《ざいきやう》の節《せつ》、惣右衛門、近習《きんじゆ》せし透間《すきま》に通《かよ》ひ馴《なれ》てしたしく成リ、主君の御用を承る、都[二九]室《[むろ]》町[三〇]出雲《[いづも]》屋といへる[三一]呉服所《ごふくしよ》を相《(あひ)》たのみ、金子に替《かへ》て請出し、妻女《さいぢよ》とさだめて契《ちぎ》りをこ

一六 武具・諸道具などの一覧表。
一七 城と領地。
一八 原本「霊」の異体。
一九 都合のよい。たよりのある。
二〇 敵。かたき。
二一 急に大事が起った時。万一の時。
二二 企て。ある事を遂行しようとする決心。
二三 仕官先を探し求めること。
二四 仕官の口を得る。就職する。
二五 婚姻によってつながりのできた縁者。
二六 一同。
二七 廓勤めの遊女の最高位。
二八 故判官の意。
二九 室町通。京都市中の南北を貫通する通りの一。烏丸通の一つ西。呉服屋・繊維関係の店が江戸時代には多かった。
三〇 塩冶の本国に縁を持たせた屋号。
三一 大名家の衣服を調達する大きい呉服店。融資など会計面にも関係を持つ。

め、夫婦の中むつまじかりしが、傍輩《はうばい》の諸士《しよし》皆女房を離縁《りゑん》して親兄弟の元《もと》へ送り[一]しか共《(ども)》、惣右衛門女房は親とてもなく、親類《しんるい》はいづくに有《(ある)》か所もしれず、送りかへすべき方もなく、其上《(そのうへ)》人なれし女なれば大抵《たいてい》に賺《すか》[二]しては、中〳〵[三]四も五もくはぬ女、かたづくべき方《て》便《だて》なく鎌田も是《(これ)》に当惑《たうわく》し、しばし工夫《くふう》しゐたりしが、「げに〳〵思ひ付たり」と懇《ねんごろ》なる者に[四]似《に》世《せ》状を一通《つう》書《かき》もらひ、[五]白き小袖を着《ちやく》し小《こ》脇指《わきざし》の鞘《さや》をぬいて三宝《さんばう》になをし置《おき》、女房道《みち》のくをまねき「我子《し》細《さい》あつて切腹《せつぷく》すれば、其方《(そなた)》夫婦の好《〔よし〕》みに[六]介錯《かいしやく》し、此《(この)》刀《かたな》にて我首《くび》を打おとし、其後みぐるしからぬやうに[七]死《し》骸《がい》を取おきなき跡を懇《ねんごろ》にとふらひ、其上にて[八]後夫《こうふ》をもとめ一生をやすくらすべし」と、[九]おしはだぬいで脇指《わきざし》をつきたてんとしたりしを、女房おどろきすがりつき、「こはいか成《(なる)》事の出来《(いでき)》てかゝる思召立《(おぼしめしたち)》にて候ぞ。夫婦の好《〔よし〕》みと口にてはの給へ共、ふたりが中に何の遠慮《〔ゑんりよ〕》のさふらひて様子《やうす》をあかし給はぬぞ。相馴《なれ》さふらふはじめより[一〇]二世と契りし約束《〔やくそく〕》は、今とてもちがゐぬ心底《しんてい》。まづ[一一]みづからが[一二]死《し》手《で》の先立《さきだち》を仕

一 原本「しが共」。
二 うまく言いくるめる。
三 どんな手にものらぬ。
四 にせの手紙。
五 死装束。
六 原本「介惜」。
七 死骸を片付ける。埋葬する。
八 再婚をして。
九 肌脱ぎになる。「おし」は接頭語。
一〇 夫婦の縁は二世。
一一 私。
一二 死出の旅の先導をしよう。

らん。子細《しさい》をかたり給へ」と涙をながしかきくどきければ、「されば其方に様子をかたらんとはおもへ共、其心底としつたるゆへ、態子《わざとし》細《さい》をいはざりしが、又いわねば夫婦の中に、へだつる心のあるとうたがはるゝも死後《しご》迄の迷惑《(めいわく)》なれば、始終《しじう》の様子をかたるべし。[一三]御身が心ひとつにて某《(それがし)》が今相果《はて》ね共すむ事ながら、何とやらん此品《しな》[一四]を語れば其方に苦労《くらう》をさせ、我身をかばふやうにおもはれん所もはづかしさに、扨《(さて)》こそ様子をいわざりしが、是此状を見らるべし。殿《との》の呉服所《ごふくしよ》出雲《いづも》屋《(や)》より、日《いつ》外《ぞや》そなたを請出せしたら[一五]ずまへの金子三百両を、出雲《いづも》屋《(や)》より取替《(とりかへ)》[一六]て某に借《か》しぬると思ひしに、其節[一七]くつわの手前へ、[一八]「我ら国元《もと》よりのぼす迄相待くれ」との、出雲《いづも》屋《(や)》が[一九]請合手形をしてつかはし、「其金子万一返弁《へんべん》なき時は、[二〇]先金《(さきがね)》を損《そん》にして何時にても太夫陸奥《みちのく》を又くつは手前へつかはすべき」との証文《しやうもん》をつかはしおけば、「今御浪人《ごらうにん》の御身にて金子の才覚《さいかく》[二一]成まじければ、陸奥《(みちのく)》殿を早ゝ御のぼせ有べし。さなく候《(さふら)》へば我らを相手《あいて》に仕ﾘくつわ揚屋《(あげや)》[二二]都にて御訴詔《そしやう》をいたすべき由《(よし)》。さもあ

一三　あなた。
一四　事の次第。
一五　不足分。
一六　立て替えて。
一七　遊女屋の主人。
一八　一人称。私。
一九　保証の証文。
二〇　手付金。
二一　工面できぬだろうから。
二二　遊女を揚げて遊ぶ家。身請の時揚屋がくつわとの仲介をしている。

らば[一]貴様の御悪名《ごあくみやう》京中に沙汰《さた》をして、御為よろしかるまじ」と、委細《いさい》に[二]書《かき》こす紙面《しめん》を見て、「もはや[三]武士《ぶし》はすたりし」と思ひつめて此《この》[四]仕合《しあはせ》。我内ゝは「[五]上方《がた》にのぼり[六]一家《いつけ》共の縁《えん》を以ていか成《なる》大名へも有つき、此金子を速《すみやか》に出雲屋《いづも》へ[七]相立《あひたて》、行末《ゆくすへ》ながく[八]そいはてん」と思ひしに、其《その》甲斐《かい》もなく今[九]やみ／＼と相《あひ》はつれば、「女はおしし金はなし。町人や傾《けい》城屋《せいや》へ厄介《やっかい》をかけ、死《しに》らせし」と賤《いや》しき奴《やっ》ばらに[一〇]さみせられ、洛中《らくちう》に悪名《あくみやう》を[一一]さへづられん口惜《くちをし》や。命はさらにおしからねど、死後《しど》に[一二]名をながさん事[一三]なんぼう無念《むねん》の仕合」と、拳《こぶし》をにぎり泪《なみだ》ぐめば女房聞て、「是《これ》皆我ゆへ武士道《ぶしだう》をすてさせ申《まうす》事。[一四]女でこそあらふけれ、そひ参らする上からは、侍の女房じやもの、何しに[一五]一分《ぶん》すてさせ申さん。御心やすかるべし。わらは上方《がた》へのぼり出雲屋《いづも》にあい様子を聞て、三百両の替りに此身を廓《くるわ》にしづめ、事すむ事にて候《さふら》はば《ゝ》、しばらくの中《うち》今一度[一六]うき勤《つと》めをいたすべし。其間に御身は随分《ずいぶん》御奉公をかせがれ、首尾《しゆび》よく有付《ありつき》給ひてのち、又みづからを請《うけ》給へば御本《ほん》望《もう》といふ物ならん。今死《しに》給ふは悪名《あくみやう》をまねく道理《だうり》、どの道にもしなしては[一七]私が立《たち》ませぬ」と、達而《たつて》とむれば、もとより鎌田《かまだ》此[一八]首尾《しゆび》にせんため兼《かね》てはかりし所なれば、「誠に以てたのもしき心いき。しからばしばしの中《うち》と思ひ苦労《くらう》成共《なりとも》つとめて[一九]たべ。追付《おつつけ》有リ付[二〇]吉左右《きつさう》せん」と、出雲屋《いづも》へは「京都にていか様共《やうとも》かたづけくれ」と文《ふみ》したゝめて、下人をしたて陸奥《みちのく》に相添《そへ》都へさしのぼせ、「今ははや心やすし」と、いよ／＼討死《うちじに》の支度《したく》を

一　あなた様。
二　書いてよこした。
三　武士としての面目は失われた。
四　事の次第。いきさつ。
五　京都とその近辺。京都に行くことを上るという。
六　一族。親類。
七　払う。弁償する。
八　夫婦として終りを全うしよう。
九　むざむざと。
一〇　あなどられ。
一一　しゃべり立てられる。
一二　悪い評判をひろめる。
一三　なんとまあ。
一四　女ではあるけれども。
一五　面目。
一六　つらい遊女の勤め。
一七　私の面目が立たぬ。
一八　事のなりゆき。結果。
一九　給え。ください。
二〇　よいしらせ。吉報。

ぞしたりける、心底《しんてい》の程こそ比《たぐ》いなき。

第五　大勢《おふぜい》の牢人義《らうにんぎ》を守《まもる》心は金石《きんせき》

付リ　すいの果《はて》は又もとの水に帰る流《なが》れの身

[二一]盛者必衰《しやうじやひつすい》の世の習《なら》ひとはいひながら、一入《しほ》哀《あはれ》なりけるは、八幡《はちまん》六郎が母の身の上なり。古判官在世《こはんぐはんざいせ》の時は御乳母《めのと》とて一家中《かちう》の[二二]歴〻《れき〱》おもき人とてもてなし申《まうし》、世に[二三]観楽《くはんらく》にくらし威勢《ゐせい》さかんなりけるに、古殿《ことの》なく成《なり》給ひ塩冶《ゑんや》の家、時《とき》の間《ま》に亡《ほろ》びしより、いつしか親子《おやこ》浪〻《らう〱》の身となり、あるかなきかの貧家《ひんか》の暮《くら》し、「思へば無益《むやく》の長生《ながいき》して、かゝる物《もの》憂《うき》事を見聞《きく》事のかなしやな。我《われ》男たる身か[二四]、責《せめ》てはかく[二五]老《おい》さらぼへずば、武蔵守《むさしのかみ》に喰付《くひつき》て成共《なりとも》、すこしの恨《うらみ》はらすべきに、まがれる腰《こし》の[二六]梓《あづさ》弓、[二七]ゐる甲斐《かい》もなき世の中に、生て物を思はんよりは」と[二八]徐元《ぢよげん》が勇《ゆう》をすゝめつる昔《むかし》の事を思ひ出し、一間《ひとま》に入《いり》筆をそめ、「夫主《それしう》の讐《あた》、国の敵《かたき》と見て一日たりといふ共安穏《あんおん》にさしおく事、武士の恥辱《ちじよく》是より大《おほ》いなるはなし。[二九]倶《とも》に日月の光《ひかり》をいたゞく、豈《あに》人辱《はぢ》ざらんや。年比《ごろ》の孝行《かう〱》をおもふに、我若《もし》生《いき》て世にあらば、汝が心がゝりの一つとも成べしと、みづから黄泉《くはうせん》の旅《たび》におもむくなり。[三〇]閻王宮《ゑんわうぐう》に至り[三一]浄玻璃《じやうはり》の鏡《かゞみ》にむかひて汝が働《はたら》き師直《もろなふ》が最期《さいご》のよろこばしきを見ん。南無阿

二一　勢い盛んな者も必ず衰える。
二二　家柄・身分の高い人が。原本「暦〻」。
二三　歓楽。
二四　原本「が」。
二五　老衰する。
二六　まがった腰の形容であり、「射る」の枕詞であるので後文の「ゐる」に続く。
二七　生きている甲斐もない。
二八　王陵の誤りか。劉邦に仕えた王陵を味方にしようと項羽はその母を捕えた。母は自害して子を励ました。忠臣略太平記には王陵の母を例示する。
二九　敵を討たず、この世に一緒に生存させておくことは。
三〇　閻魔王が亡者生前の罪を調べる所。
三一　閻王宮にあり、亡者の生前の罪業をうつし出す鏡。

弥陀仏」と書残《かきのこ》し、七十一の老の皺《しは》おしのばし、守刀《まもりがたな》につらぬかれ、うつぶしにぞ臥《ふし》たりける。

六郎暫《しばらく》あつて是《（これ）》を見付《（みつけ）》、「こはいかに主君《しゆくん》におくれ間《ま》もなく、たゞひとりの母又かくのごとし。[一]いか成事《（なる）》の廻《まは》り来《き》てかゝる物思ひをするやらん」と、かつぱとふしてなきけるが、書置《かきをき》とおぼしくて枕もとに一ッ通《つう》あり。涙とともにひらき見て、「某《（それがし）》が主《しう》の讎《あた》を報《ほう》ぜん事大岸《ぎし》に牒《てう》[二]し合せ、昼夜《ちうや》心をつくすといへ共《（ども）》、他《た》の聞へをおそれて母にも知《しら》せざりけるが、御最期《ごさいご》迄も某を、さこそ言甲斐《〔いひかひ〕》なき者とおぼしつらんはづかしさよ」と、読《よみ》てはなき、泣《なき》てはよみ、その有様《〔さま〕》物ぐるはしくぞ見へたりける。「さなきだに女は五障《ごしやう》[三]の罪《つみ》ふかきに、いはんや瞋恚《しんい》[四]の鉾先《ほこ〔さき〕》につらぬかれはて給へば、未来《みらい》[五]の苦患《くげん》も察《さつ》せられたり。主の為《ため》母の為、一かたならぬ怨敵《おんでき》なれば時日《じじつ》をうつさず師直《もろなふ》を亡《ほろぼ》して忠孝の追福《ついふく》[六]に備《そな》へん」ときゆる[七]心を取なをし、漸《やうく》に営《いとなん》[八]でむなしき骸《から》をおくりゆく、船岡山《ふなをか》[九]の夕煙《ゆふけふり》[一〇]たへぬ歎《〔なげ〕》きと成《（なり）》にける。

さればにや鎌田《かまだ》惣右衛門が女房陸奥《みちのく》は、都室町なる出雲屋《〔や〕》が方につき、亭主《ていしゆ》吉六にあい右の段〻をのべ、「三百両の金の替りに、みづからをしばらくの中《うち》くつわの手前へつかはし給ひ、三百両の価《あた》ひほど奉公をつとめなば又惣右衛門殿方へ立かへるやうに御取持《〔もち〕》を頼入《（たのみいる）》」と涙をながし申ければ、吉六何共心得がたく先《まつ》鎌田よりの書中[一一]を抜《ひら》きよみ

一　どのような事のまわり合せで。
二　手紙でしめし合せ。原本「蝶」。
三　女人は梵天王・帝釈・魔王・転輪聖王・仏の身になれぬという。
四　いかりうらんで刃物を突立てて死んだ。
五　瞋恚を発し殺生の血を流したものは叫喚地獄に堕ちるという。
六　追善。
七　絶え入らんばかりの気持。
八　葬いを営んで。
九　京都の北郊紫野の西にある小山。現北区内。古来より葬送の地。
一〇　火葬の煙が絶えぬと歎きが絶えぬを掛ける。
一一　手紙。

て見るに、「様子あつてしばらくの中《うち》其方《(そのはう)》へあづけつかはし候間《(さふらふあひだ)》、我等[一二]身上落着《しんしやうらくちやく》の間はたとへ[一三]勤《つとめ》奉公仕り候てもくるしからず候。上方《かみがた》にさしとめおかれ下さるべし。先《まづ》爰元《(ここもと)》にては[一四]方便《ほうべん》を以て出し候へば、[一五]愚妻《ぐさい》の口上[一六]不都合《ふつがう》成《(なる)》事是有《(これある)》べし。其段は[一七]京の水にそだゝれ候貴殿《きでん》御事、よい程《〔ほど〕》に御挨拶《〔あいさつ〕》たのみ入《(いる)》」の由《〔よし〕》、こま〴〵とかゝれたり。吉六暫《しばらく》思《し》案《あん》せしが、鎌田が書面《しよめん》に「京の水に育《そだ》たれし貴殿《きでん》事」と、睟《すい》といわずに誠に[一八]そだてたる文章《ぶんしやう》に[一九]嗜《たしな》まされ、「爰は智《ち》恵《ゑ》の入《(いり)》さふな所」と、[二〇]自身了簡《じしんりやうけん》をつけて見て、「是は我等が日比《(ひごろ)》の睟《すい》を御存知《ぞんぢ》有て悟《さと》れとの書面《しよめん》。こんな所を推量《すいりやう》せいでは、京の水に育《そだつ》たとはいわれぬ」と、「先ッ爰は端《はし》近《〔ちか〕》なればこなたへ」と、奥《をく》の間《ま》へ陸奥《みちのく》をともなひゆき、「扨《(さて)》[二一]おまへには物右衛門様の仰《(おほせ)》を[二二]真請《まうけ》になされて、遥ゝ《はる〴〵》おのぼりあそばした物と見へましたが、こな様ほどの睟《すい》が[二三]一盃《(ばい)》まいつて是迄のお越《こし》。[二四]町方《がた》の愚癡《ぐち》な女中なればかふあかしては申ませぬ。此《(この)》物右衛門様の御文《〔ふみ〕》を御覧《〔らん〕》なされて御《ご》思《し》案《あん》なされてごらうじませ」と、鎌田《かまだ》が文《ふみ》を陸《みち》

一二　仕官先が決定するまでの間。
一三　遊女奉公をしてもさしつかえない。
一四　たばかり。計略。
一五　自分の妻をへりくだっていう。
一六　道理に合わぬこと。おかしなこと。
一七　生粋の京都人として洗練された。
一八　おだてた。
一九　気配りをさせられる。気を使わせられる。
二〇　自分流に判断をして。
二一　あなた。敬意をこめた言い方。
二二　すっかり本当だと思いこむこと。
二三　一杯くう。まんまとだまされる。
二四　遊女ならぬ町家の人情の機微にうとい婦人。

奥《のく》に見せければ、おしひらきよみて見て[一]くわつと気《き》をあげ、「さりとては口をしや。夫《おつと》にだまされ京迄はるゞ[二]まかれました。[三]日本にもかへまいと大切《せつ》に思ふてゐる[四]わしを、だましてすてられし[五]心入《〔こころいれ〕》の胴欲《〔どうよく〕》さ。今迄副臥《〔そひふし〕》せし好《〔よし〕》みには、わらは事御奉公御拵《かせぎ》の障《さわ》りともならば、「かくゝのわけなれば一先《ひとまづ》京へのぼつてくれ」と、[六]打わつていわれなば[七]何しにいなといふべきや。是《(これ)》吉六殿、わしは男めにだしぬかれました。口をしい事でござる」となきわめけば、「さりとは[八]人にもまれ給ふ太夫職《しよく》の[九]御仕舞《しまい》とは申されませぬ。そふ[一〇]愚癡《ぐち》にござらふとはぞんぜいで、あかしかゝつて迷惑《〔めいわく〕》いたす。私が推量《〔すいりやう〕》には、惣右衛門様此度御奉公拵《かせぎ》にお出なさるゝに、金子の入用これあれ共《(ども)》御牢人《らうにん》の御身なれば、御才覚成《ごさいかく(なり)》がたく、おまへを勤《〔つとめ〕》奉公に成共《(なりとも)》しばらくの中《うち》出しまし、其《(その)》価《あた》ひを御用金《ごやうきん》になされたき[一一]思召立《〔おぼしめしたち〕》なれ共、いかに御夫婦《ふうふ》なればとて、「そちが身を売《うつ》て其金《かね》をつかはせ」とは、私共のやうな[一二]利欲《りよく》を表《おもて》にたてる商人《あきんど》でさへ申《(まうし)》にくければ増《まし》てお侍様のお口から、[一三]打《(うち)》付《〔つけ〕》には仰られにくきによつて、かりもなされぬ三百両、くつわの手前に[一四]引残《(ひきのこ)》り、「其残金《ざんきん》すまぬ時は、おまへを元の墎《くるは》へつかはさるべき」との、私請合証文《うけあいしやうもん》有て其催促《さいそく》のため、私方より書状差《さし》下し申《(まうす)》との、おまへへ《〔と〕》むいてのお偽《いつは》りは、彼用金《かのやうきん》の為に御身を[一五]替《かへ》にしんぜられたきお心根の虚言《うそ》と推量《〔すいりやう〕》仕りました其証拠《せうこ》は、拙者《せつしや》方への御状に、「[一六]女《(をんな)》共《ども》口上とはふ都合《つがう》な事があらふ共、京の水にそだつた貴殿《きでん》なれば、よい程に推《すい》して勤《〔つとめ〕》

一　かっと逆上して。
二　避け遠ざけられた。
三　(夫を)かけがえのない最も大事な人と。
四　私。主として女性が用いた。
五　心持のむごさ。
六　隠さず打ちあけて。
七　どうしていやと言おうか。
八　多くの人に接して苦労を積んだ。
九　処置。決着のつけ方。
一〇　今さらかえらぬことをぐずぐず言ってきっぱりとせぬこと。
一一　お思い立ち。御発起。御決心。
一二　公然と利益を争うのを第一とする。
一三　露骨に。端的に。
一四　一部未返済のままの借金がある。
一五　取りかえるもの。
一六　自分の妻を卑しんでいう語。

奉公に成共構《（かま）》ひはない。奉公かせぐ其間つかはしてくれ」とは、私とおまへ互《たがい》に睟同志《すいどうし》なれば、「上方《かみ（がた）》にて相談し、[一七]どふぞ金《かね》のとゝのふやうにするであらふ」と、[一八]高《たか》をくゝつておまへをおのぼしなされた物と察《さつ》しました。さふなふては「何奉公しても、くるしうない」と申《（まうす）》事は、申《（まうし）》て参らぬはづ」と、自身《じしん》[一九]そこ／＼に気をつけて工夫《くふう》して申せば、陸奥《みちのく》もさすがの睟《すい》にて、「誠に仰らるれば其通り」と、[二〇]夫《おつと》の思はぬ了簡《りやうけん》におとしつけしは是なん[二一]睟《すい》ばまりとやいはん。「此うへは何がさていかやうの所へ成共身を売《うつ》て今御牢《らう》人《にん》の助《たすけ》としたし。急《きう》に墎《くるわ》へござつて相談たのみ入る」と、頻《しきり》にいさんでたのめば、「成程其段はいか様にもよろしくはからひ、[二二]一働《ひとはたらき》仕りて見申べし」と、[二三]先下ゝ《まづ（したじた）》へもふかく此事をかくして、陸奥《（みちのく）》を奥《おく》の間《ま》に入《（いれ）》をき、勤《（つとめ）》奉公の口を聞たてけるこそ、大き成《（なる）》了簡《りやうけん》違《（ちが）》いと聞へける。

一ノ巻終

一七　何とか。どのようにしてでも。
一八　結果を安易に予測する。
一九　そこもここも。あちらこちら。
二〇　原本「夫の（おつと）」、了簡の振仮名「りうけん」。夫の思ってもいない思案をすっかりきめこむ。
二一　粋をきかせすぎて失敗すること。
二二　奮発して働く。一肌脱いでみる。
二三　奉公人たち。

▲各〻様江申上ます

傾城禁短気《けいせいきんたんき》。説法者《せつほうじや》の散切《ざんぎり》。段〻《だん〳〵》のびたいひわけの髪《かみ》。急《きう》ニとき申すニ付。御しらせのためこゝにしるす。

色道大全
并ニ男色破邪顕正記《はじやけんしやうき》
傾城禁短気《けいせいきんたんき》
付リ女色法談之抜書《ほうだんのぬきがき》
全部五巻

第一　島原寺《とうげんじ》にて大尽《だいじん》はつめいの床談義《とこだんぎ》
付リ西方女郎方便《はうべん》の涙一ッ滴《てき》七十六匁になる事
第二　吉原大尽《だいじん》しばい大尽《じん》かなづち論《ろん》
付リなり平流義《りうぎ》の女道にては今の衆生睟《すい》にならざる事
第三　難波の女郎同芸子《げいこ》互《たがい》に立る小腹問答《こはらもんどう》
付リ女道門あながちに勝《かつ》て衆道門尻《しり》から閉口《へいこう》する事
第四　茶《ちや》屋ふろや手かけ者色《ものいろ》の諸末寺《まつじ》友吟味《ともぎんみ》
付リ巾着山白人寺《きんちやくざんはくじんじ》ニしろとゝ云新宗《しう》を取リ立る事

▽宝永八年（一七一一）四月、六巻に編成して刊行。外題は「色道大全」を角書《つのがき》として冠する。→本書五の五。

第五　女郎買五《かいご》重相伝《ちうさうでん》一重《ひとへ》紙子《がみこ》

付リ　分里《わけざと》一ッ遍《へん》上人六十万人色道《しきたう》往生《わうじやう》の事

右の本近日ニ出来申候御買頼上候

八もんじや

八左衛門

けいせい伝受紙子《でんじゅがみこ》

目　録

二之巻

第一　男[一]増《おとこまさ》りの女郎紙子道中の[二]容色《ようしょく》

[三]風俗《ふうぞく》は[四]至《いた》り大臣、本《もと》は太鼓《たいこ》の[五]成《〔なり〕》上《あが》り、身請《みうけ》とは[六]しやらくさい、是《（これ）》ばかりは[七]おいて[八]たま子《ご》のふは〳〵[九]のらぬ亭主《ていしゅ》が顔つき、[一〇]千両の光《ひか》り物[一一]肝《〔きも〕》のつぶれる[一二]穿鑿《〔せんさく〕》。

第二　[一三]男世帯《ぜたい》の[一四]部屋《へや》住《ずみ》は[一五]山寺の気色《けしき》

[一六]兄分《あにぶん》にして恥《はづか》しからぬ[一七]男一疋、犬《いぬ》の媒《なかだち》互《〔たがい〕》の縁《えん》を[一八]引キむすんだ[一九]首玉《くびだま》の色文《ぶみ》、[二〇]あけて見れば軒下《のきした》に[二一]念者《ねんじゃ》の臂《〔ひぢ〕》枕。

第三　男の云出《いひだ》す一チ言《ごん》で見て取ル[二二]目《め》の色《いろ》

[二三]巧《たくみ》ての[二四]ぶ心中とは神ならぬ身、[二五]起請《きしやう》の罰《ばち》も[二六]当《〔あた〕》り眼《まなこ》な兄分が[二七]刃《は》物三昧《〔ざんまい〕》、相手に[二八]後《うしろ》を見せる[二九]若衆の思はく。

一 以下本巻の章題はすべて「男色」の二字を分けて始めと末におく。
二 美貌。　三 身なり。服装。
四 最上の大臣（遊里で豪遊する人）。
五 （太鼓持の）成上り者。成り・鳴り同音なので太鼓の縁でいう。
六 こしゃくだ。　七「おいてたも」（やめてくれ）に玉子を掛ける。
八 といた卵にだし・煎酒などを加え煮てふっくらと仕上げた料理。不注意・軽薄なさまを表わす「ふは〳〵」と掛ける。　九 だまされない。
一〇 千両の輝く小判。光り物は光を発する妖怪の意があるので下に肝のつぶれると続ける。
一一 ひどく恐れたり驚いたりする。
一二 事の次第。　一三 男ばかりの暮し。
一四 親がかりの生活。
一五 女気がないので何のうるおいもない山寺のよう。
一六 男色関係の年長者。念者に同じ。
一七 一人前のしっかりした男。一疋は犬の縁。
一八 縁を結ぶことと首玉に文を結びつけたことを掛ける。
一九 犬の首輪。　二〇 手紙を開くことと夜が明けることを掛ける。
二一 寝ると掛ける。念者→注一六。
二二 眼色。目つき。
二三 計画しての。計画的な。
二四 不誠実。
二五 神仏の名にかけて誓った文言を記した文書。誓紙。心中・神の縁。
二六 不機嫌な目つき。またそういう気持のあらわれた態度。罰が当ると

第四　男同志《どうし》の[一]血判《けつぱん》紅《くれない》の血《ち》の色《いろ》

末期《まつご》の水[二]つめたからぬ若衆の心底《しんてい》、死際《しにぎわ》に見て悦の涙、[三]おちこちの牢人《らうにん》大望《まう》の企《くはだて》　四十余《よ》人一ッ統《とう》の[四]連判《れんぱん》。

第五　男もならぬ女の覚悟《かくご》　[五]顕《あらはれ》ル顔色《がんしよく》

瓜盗人《うりぬすびと》は野中《のなか》に恥《はぢ》を[六]垣根《かきね》のいましめ、[七]縄《なは》にもかづらにもかゝらぬ始末《しまつ》、見るを最期《さいご》の妻子《さいし》が自害《じがい》。

掛ける。
二七 やたらに刃物を振りまわすこと。
二八 背を見せて逃げる。後は男色の関係で兄分・若衆の縁。
二九 男色の対象の少年。

一 盟約に背かぬ印として署名の下に指からしぼった血をおすこと。
二 冷淡でない。水の縁。
三 遠近。あちらこちら。涙が落ちると掛ける。
四 一つの企てに参画・協力する意志表示の連署。
五 原本「顕ル（あらはれる）」。
六 恥をかくと掛ける。
七 縄はいましめの縁。かづらは蔓草。物をからめ縛るのに用いるので縄に続ける。どうにもお話にならぬ事の次第。
八 房付枕は飾りの房のついたくくり枕。共寝をする男が不定なこと。以下「かくこそなれ」まで武家義理・四の四よりの全くの剽窃。
九 思う男が昨日とは異なる。
一〇 遊女を流れの身という。
一一 わが身を苦しめ。
一二 全くうその涙を流し。
一三 その場限り。
一四 近頃の。
一五 浮華軽佻な者。
一六 上の「身を売れて」と対にする。

第一　男増《まさ》りの女郎紙子道中の容色《ようしよく》

付リ　風俗《ふうぞく》は至《いた》り大臣本《もと》は太鼓《たいこ》の成上《〔なりあが〕》り

[八]房付枕《ふさつきまくら》もさだめず、昨日《〔きのふ〕》の夢《ゆめ》今日《〔けふ〕》は又[九]思ひ川の、瀬《せ》に替りゆく[一〇]流《なが》れとて、いとしからぬ[一一]男に身をこらし、[一二]まんざら偽《いつは》りの涙待《なみだまつ》も別《わかれ》も[一三]それからそれ迄。いづれの女か勤《つとめ》そめてうき年《とし》おくるさへくるしきに、[一四]此程《〔この〕》の遊女《ゆうぢよ》は昔《〔むかし〕》のごとく[一五]かぶき者《〔もの〕》にはあらず。まづしき親《おや》の渡世《とせい》の便《たよ》りに身を売《うら》れて、[一六]身を売《うる》女郎とは成《〔なり〕》ぬ。惣《すべ》て賤《いや》しき女にもあらず。是《〔これ〕》に[一七]定《さだま》る筋目《すぢめ》にもなく、時節《じせつ》にしたがひかくこそなれ。

扨《〔さて〕》も鎌田《かまだ》惣右衛門女房陸奥《みちのく》は、吉六が[一八]肝煎《きもいり》にて、西島《さいたう》のくつは方《かた》へ[一九]丸年《どし》三年三百両に身を売《うり》、一度《たび》[二〇]うかみし此身を又元《もと》の流《ながれ》の水にしづめ、[二一]蘭省《らんせう》の花の時、錦帳《きんちやう》のもと[二二]奥《おく》さまとかしづかれし身の、[二三]き丶絶《たへ》し太夫さまとよばる丶事のかなしく、しづみ入ル気を「是皆いとしひ夫《おつと》の為」と、思ひなをしてつとめけるが、親方より[二四]手をつくしたる[二五]結構《けつかう》の衣《ゐ》裳《しやう》は着《き》ずして、[二六]肩当火打《かたあてひうち》に[二七]唐絹《からきぬ》をつけし、[二八]紅裏《もみうら》の紙子《かみこ》を着《き》て[二九]道中する事、「[三〇]物好《ずき》すぎてよろしかるまじ。尤《〔もつとも〕》[三一]傾城《〔けいせい〕》は売《うり》物なれば、[三二]花をかざるこそよかるべきに」と[三三]抱親《かゝへおや》[三四]異見《けん》すれば、「それは女郎の本〆《もとじめ》をして世をわたらる丶親方のふ[三五]了簡《りやうけん》なり。おなじ[三六]つき出し

一七　(遊女と)きまった家柄でもなく。
一八　世話。
一九　満三年。
二〇　遊女勤めの苦しみを脱した。流・しづめの縁。
二一　「蘭省の花の時錦帳の下」(謡曲・芭蕉)。「蘭省花時錦帳下」(白楽天詩集・十七「廬山草堂夜雨独宿寄ニ牛二李七廋三十二員外一」、和漢朗詠集・山家)。蘭省は尚書省。その役人として栄え、春の花の時天子の錦帳の下に侍していると都の友人を羨んだ詩。謡曲では芭蕉の精の化した里の女の言の中に出るので、女性の栄華の時のさまと解したのであろう。
二二　上級武士の妻の敬称。
二三　久しく聞かなかったのに再び太夫様と呼ばれるようになったことが。
二四　染織・仕立に大いに苦心した。
二五　原本「結講」。
二六　紙子の肩の部分に別に付けた布。火打→二四九頁注一五。
二七　中国製の絹。
二八　紅染の絹の裏地を付けた伊達な。
二九　女郎が抱主の家と揚屋の間を往復すること。
三〇　好みが特異で。
三一　遊女。また特に公許のくるわの上級の遊女。
三二　はなやかに装い飾る。
三三　抱え主。親方。
三四　意見。
三五　(親方として)よくない考え。
三六　禿の期間を経ず、いきなり勤めに出された女郎。

女郎にても、我《わ》が身はいにしへ陸奥《みちのく》とて[一]全盛《ぜんせい》をやりし太夫職《しょく》。縁《えん》と金《かね》とにしたがひて一度武士《ぶし》の妻《さい》となり、はからずも夫《おっと》の牢人《らうにん》。此《この》ふ自由《じゆう》さを見かね、暫《しばらく》の助《たすけ》に身を売《うっ》て、[二]本《ほん》意《い》ならぬ面《おもて》をさらす傾城《けいせい》が、[三]思出顔《おもひでがほ》に身をかざるは、睟《すい》のお客《きやく》の弾指《つまはじき》する所。そこを晒《しや》れて、牢人傾城紙子《らうにんけいせいがみこ》道中といふ[四]一躰《てい》を仕出《しだ》し、都の睟達《すいたち》に[五]我《が》をおらす」と、下《した》には美《び》なる小袖を着《き》ても、[六]上着《うはぎ》定《さだま》つて[七]給紙子《あはせがみこ》、是《これ》[八]備《そな》はつて自然《しぜん》とうるはし。前代《ぜんだい》にも江戸の[九]勝山《かつやま》、[一〇]裙《すそ》をほつせし柿帷子《かきかたびら》を、ようは着出《きだ》して其《その》身に似《に》合《あひ》けるとや。今の世の[一一]唐土《もろこし》、[一二]紋紗《もんしゃ》の類《たぐい》もなき物をはじめての大袖、[一三]京さへまばゆし。難波《なには》の[一四]大橋《はし》[一五]無《む》紋《もん》の生《き》平《びらき》着る事も、備《そな》はつて太夫とは[一六]古金買《ふるかねかい》の喜三郎も見るなれば、人も「此物好《ずき》よふござる〳〵《(よふ…)》」といへり。初心《しょしん》な女郎は、いかな〳〵およばぬ事と、昔《むかし》に十倍《ばい》の全盛《ぜんせい》、二月《ふたつき》も前《まへ》から申《まうし》こまでは中〳〵[一七]御見《げん》はならず。是親方の掘出《ほり》しと、くつわ中間《なかま》にうらやみ、「何事も陸奥《みちのく》を見ならへ」と、太夫[一八]天神[一九]見世《せ》の女郎迄、此[二〇]寛闊《くはんくわつ》な風俗《ふうぞく》、心いきをならひぬ。是ぞ[二一]諸色《しょわけ》の伝受紙子《でんじゆがみこ》、女郎一通

一 他の女郎をしのぎ、よくはやった。
二 客に面をさらすことは本意でない。
三 満足そうな様子で。
四 特色のある風。
五 閉口させる。
六 着物を二枚または三枚重ねて着、その一番上に着るものを上着という。
七 裏付きの紙子。
八 よくその身に相応して。
九 もと江戸神田雉子町の紀伊国風呂の湯女、明暦三年(一六五七)より吉原新町山本峰順抱えの太夫。
一〇 裾を解きほぐした柿色染の帷子。柿渋で染めた麻のひとえ物。帷子の通常の染色ではない。このこと新吉原常々草・上にあり。
一一 当時吉原京町三浦四郎左衛門抱え格子太夫にこの名あり。但し以下の事未詳。
一二 模様を織り出した紗。紗はからみ織にした薄い絹布。
一三 衣裳にすぐれた京都でも及ばぬ。
一四 当時新町の新町筋扇屋伊兵衛・忠や吉兵衛抱えの天神にこの名あり。太夫に名なく、以下の事未詳。
一五 生平はからむしの糸で平織にしさらしてない上質の布。無紋は模様のないこと。
一六 古金買は古金具や古道具を買う者。喜三郎は未詳。古金買も評価をするほどだから。
一七 お目にかかること。遊里で言う。
一八 太夫に次ぐ格の女郎。
一九 端(はし)女郎。店先で客を待つ下級の女郎。

りの習《ならひ》事にしらぬといふ事なくて、今[二二]取出《とりで》ての大臣も、此女郎に[二三]もまれてかしこふ成《(なる)》事、まづは堺《くるは》の繁昌《〔はんじやう〕》。

[二四]上身《じやうみ》大臣多《おほ》き中に、高師直《かうのもろなふ》へ不断《ふだん》お出入の[二五]芸者《げいしや》菩薩《ぼさつ》の四郎平《へい》といふ男、近《ちか》ひ比《(ころ)》迄は侍衆の[二六]小太鼓《こだいこ》持しが、今見れば中〳〵[二七]上《かみ》京の[二八]名題《なだい》大臣共《(とも)》はりあふ程の[二九]仁躰《じんたい》、[三〇]万俄《よろずにはか》至りに[三一]口利《くちきゝ》の末社《まつしや》共つれて、[三二]中絶《ちうぜつ》せし此里《さと》へ来り、[三三]揚屋《〔あげや〕》町をのめりて、[三四]柏《かしは》屋が方《かた》に[三五]端居《はしゐ》して、「久しぶりにて此家《や》へ尋《(たづね)》しに、[三六]お内義又うつくしうなられた。亭主《ていしゅ》人の身は養生《やうじやう》が大事」と、悪口《わるくち》の跡《あと》は大笑《わら》ひになして酒のむうちに、「今の日の[三七]出《で》陸奥《みちのく》さまが見へました」をさいわひに、主《〔あるじ〕》夫婦が[三八]働《はたら》き、「はじめて艶《ゑん》顔《がん》を拝《はい》し本望《ほんもう》の至り。迚《とても》の事に[三九]我等式《しき》にもお情《なさけ》ありや」とお袖にすがれば、[四〇]「それにこしらへてある身、いやとはいはじ」との[四一]愚癡《ぐち》ならぬ返答《へんたう》。「是はまああありがたし」と、お約束《〔やくそく〕》のあるうちを、やう〳〵四五日[四二]ぬすみもらひにして来月五日から此所への御出、かたふ御契約《けいやく》申てかへりぬ。

二〇 伊達な。
二一 遊里の作法・慣習。
二二 駆出しの。遊びを始めた。
二三 鍛えられる。仕込まれる。
二四 上身代(しんだい)の大臣が客に多い。
二五 芸達者な者。
二六 けちな太鼓持をしていたが。
二七 京都の町の北半部、二条通あたりより北をいう。家柄のよい金持多し。
二八 有名な大臣。共は、格助詞「と」を強めた言い方の「とも」の当て字。
二九 人柄。人品。
三〇 にわかに粋になり。
三一 幅のきく太鼓持たち。
三二 当分通い止めていた。
三三 島原の廓の一番奥(西)、中央の胴筋を南に入った町。揚屋がかたまっていた。のめるは夢中に遊び歩く。以下「さいわひに」辺まで置土産・四の一より剽窃、改変あり。
三四 揚屋町東側にあった揚屋。
三五 縁などにちょっと坐ること。
三六 女房が美しくなったから、亭主は精力消耗に注意とからかう。
三七 全盛。勢い盛んな。
三八 (陸奥とあう場を作るように)四郎平のために努力する。
三九 私くらいの者。「こしらへてある身」辺まで二代男・六の五の剽窃、小変改。
四〇 遊女は客との情交を予定した存在。 四一 粋な。
四二 先約のある遊女を、その客に断らずに自分の方に呼ぶこと。

惣じて[一]女郎狂《ぐる》ひと相撲《すまう》見るとには力《りき》みが来《き》て跡《あと》に草臥《くたびれ》の来《く》る事[二]我人《われひと》かはる事なく、此《この》四郎平大臣も、わづか四五日の程あいましてから、はや[三]張合《はりあい》が出来《でき》て来《き》て、急《きう》に[四]引ぬく目論《もくろ》み。「あの人の[五]身躰《しんだい》[六]持仏堂《ぶつだう》から女房子迄[七]直打《ねうち》に入レて、[八]高《たか》が百両ありなしの身として推参《すいさん》千万。「あいく」と[九]虚空《こくう》に廻《まは》るゆへに、まんざら揚屋《あげや》には目も耳《みゝ》もないものかと思ふて、大方《かた》物はよいくらゐな事いふたがよい」と[一〇]真請《まうけ》にはせず。「[一一]東山の花も手折《たおり》てから、[一二]家土産《いへづと》の詠《ながめ》さらにおかしからず。世間《せけん》の大臣[一三]手池《ていけ》にし給ひてより、[一四]秋風の吹《ふい》て来りし人幾人《いくたり》か見およびしなれば、いつ迄も[一五]所においての詠《ながめ》[一六]二つ取《どり》には増《まし》でござります」と、請出す事を悦ぶ揚屋《あげや》をはじめ、[一七]引舟《ひきふね》遣《やり》手が[一八]留口《とめぐち》。「是《これ》は我等が力《ちから》にてかなふまじきとおもふゆへに、表《おもて》向《むき》は為《ため》に成《なる》やうにいふて、内心《ないしん》には請《うけ》つけぬと見へたり」と、四郎平[一九]気を持《もち》「先ッ何程で親方《おやかた》がくれふといふぞ。[二〇]聞切ッてくれ」と、家来《けらい》にもたせし[二一]皮財布《かわざいふ》より、百両包《づゝみ》十ばかり出して[二二]付書院《つけじよゐん》の上《うへ》にならべおけば、さすがの亭主《ていしゆ》大きに肝《きも》をつぶし、「是は見事の穿鑿《せんさく》。とかく[二三]思ひ入《いれ》の女郎を、うかくと勤《つとめ》させ万人の客《きやく》様がたに、なぶらしておくは無念《むねん》の至《いた》り。そこをとんと請出し給ふは本《ほん》大臣と申《まうす》物《もの》」と、小判見てから[二四]手の裏《うら》かへすやうないひまはし。「不断《ふだん》こんな[二五]そろはぬ事いふ商《しやう》売所《ばいどころ》なればこそ[二六]耳《みゝ》にもたゝね、扨《さて》も[二七]いかい目《め》のつけかへやう」と心おかしく、「たゞ急《きう》に[二八]つかみたき願《ねが》ひ」「そこらはぬからぬ男」と、親方《おやかた》へはしりゆき、「千両に[二九]手を打て極《きは》

一 女郎遊びに夢中になること。
二 自分も他人も。
三 他の客への対抗心。
四 身請をする。
五 身代。財産。
六 持仏をまつる堂。また仏壇。
七 評価をして。
八 せいぜい百両あるかないか。
九 むやみに気に入るように振舞う。
一〇 人の言うことをすっかり信用すること。
一一 東山の麓、祇園・清水辺の名所の桜。
一二 手折った枝をみやげにしてもすぐにしおれて。
一三 手生けにする。身請して囲って自分の自由にする。
一四 あきが来る。
一五 相応の場所。遊里。
一六 二つの中より一つを選ぶこと。
一七 太夫に付き添い座を取り持った囲《かこい》女郎。
一八 相手の言をさえぎり止める言葉。
一九 相手の言に触発されてかえって積極的になる。
二〇 しっかりと聞き定める。
二一 皮製の袋状の財布。
二二 「つけじよゐん」の訛。床の間の側面に窓を張出したところ。張出し部は床の間の平面より高く、物を置く余裕がある。
二三 気に入った。
二四 がらりと態度を一変する。
二五 前後不一致な。矛盾した。
二六 聞いても気にかからぬ。

めて参りました」と、三〇きをひかゝつて申せば、四郎平《へい》三一あたりの人をのけ、「亭主《〔ていしゆ〕》かならず三二沙汰《さた》なしじや。誠は身どもが請《うけ》はせぬ。師直《もろなふ》公の三三御寝酒《おねざけ》の御伽《おとぎ》にお請なさるゝ。此女郎お気にいらるゝとたとへ塒《くるは》にいられぬとても、末〻《すへ〴〵》そなたがたの為迄がよい事。随《〔ずい〕》分《〔ぶん〕》御気にいらるゝやうにいひふくめてたもれ」とあれば、「是はいよ〳〵よろこばし」と、太夫さまへも此事いさみにいさんでふきこめば、陸奥《〔みちのく〕》はすこし思案《しあん》顔《〔がほ〕》なれど、「身を売て此勤《つとめ》するからは、三四金《かね》にあかしてする事、親方合点《〔がてん〕》して日をさだめておくる手筈《〔はづ〕》、三五いやおふもならず。よしや先《〔さき〕》へゆきて、三六つくり気ちがいにもなりて、はやうあかるゝやうにして、追付《〔おつつけ〕》出てこふもの」と是を三七心頼《〔たよ〕》りに、笑《わら》ひたふもないに笑《〔ゑみ〕》をふくみ、まづ表向《〔おもてむき〕》は四郎平《へい》請出し分《〔ぶん〕》にて、かの方へ取リ入レ夜に入てから、ひそかに師直《もろなふ》の屋敷へ入レませ、それからは三八秘仏《ひぶつ》の如来《によらい》、誰がひとり拝《おが》んだ者もなく、有がたい暮《〔くら〕》し。是偏《ひとへ》に三九仕出《しだ》し紙子《がみこ》ゆへ、四〇手にいれてもむやうに、大事がらるゝ身とはなりけり。

第二　男世《ぜ》帯《たい》の部屋《へや》住《ずみ》は山寺の気色《けしき》

付リ　兄分《あにぶん》にしては四一恥《はづか》シからぬ男一疋犬《いぬ》の媒《なかだち》

大岸宮《ぎしく》内《ない》一子力《りき》太郎はならびなき四二美少《びしやう》、文武《ぶんぶ》の諸芸《しよげい》十四歳《さい》の春はすぐれて、世の人心

二七　大変な着眼点の相違。
二八　身請する。
二九　契約を定める。
三〇　勢い込んで。
三一　人払いをする。秘密を明かすので他聞をはばかる。
三二　うわさをするな。黙っていよ。
三三　寝所の相手。
三四　多くの金を惜しまずに出してする事を。
三五　否とも応とも何の文句も言えぬ。
三六　にせ気ちがい。狂人の真似をして愛想をつかされるようにする。
三七　心だのみ。
三八　秘仏扱いで誰にも会わせぬ。
三九　新趣向の紙子姿ゆえ。
四〇　自分のものにして自由に扱う。紙子を作る時手でもみ柔らげるので、もむは紙子の縁。
四一　原本「恥シ（はづかし）」。
四二　美貌の若衆。

をかけざるはなし。当時《たうじ》美男《びなん》の聞《きこ》へある[一]脇《わき》屋右衛門ノ佐義治《すけよしはる》もおよぶ物ではなく、「凡《およそ》日本国中に又あらず」と、[二]当国大社《やしろ》に神〴〵あつまらせ給ひて此沙汰《このさた》なれ共《ども》、夫婦の縁《えん》事とちがひ男色《なんしよく》は格外《かくぐわい》とて、神達《たち》も影《かげ》ながら見とれてはござれ共、縁《えん》をむすび給ふべき道ならねば、あたら若衆《わかしゆ》にいまだ[三]念友《ねんゆう》のないは、親父《おやぢ》[四]古文《こぶん》がゝりにて、若義《もしぎ》にちがふた振舞《ふるまひ》と、[五]ねちられてはいかゞと、同じ家中《かちう》に随分《ずいぶん》の[六]若衆好《ずき》も、見て[七]咽《のど》をならす分《ぶん》にて、文《ふみ》の一つをもつけざりしに、塩冶存命《えんやぞんめい》にて繁昌《はんじやう》の節《せつ》、「主君の御目に入《いり》て、男色《なんしよく》ゆへに召出されたといはれては、末〻《すへぐ》[八]迄気のどくなる所もあり」と、十三迄[九]別《べつ》屋に母と一所にをき外《そと》へ出さず、内にて軍書《ぐんしよ》をよませ[一〇]兵術《へうじゆつ》をならはせしが、家中の[一一]末《すへ》の奉公人に八重垣《やへがき》村右衛門といふ侍、力太郎に死《し》ぬる斗《ばかり》心をかけ、さま〴〵と心をくだき、何とぞ我執《わがしう》心《しん》のおもはくを、文《ふみ》してしらせたく思ひぬれ共、常《つね》に別家《べつけ》の門をしめをき、是《これ》へ出入の者八人と極《きはめ》て、其《その》外の者は子共《こども》にても出入《しゆつにう》をゆるさゞりしかば、すべきやうなく[一二]手飼《てがい》の斑《まだら》犬《いぬ》に紫《むらさき》の首玉《くびたま》入ㇾて、それに思ひをのべし一ッ通《つう》の文《ふみ》をむすびつけ、[一三]潜《くゞ》りのすこし明《あき》たる所より、そと入ㇾてかへりしに、此犬《いぬ》力太郎が机《つくへ》によりかゝりて、書物《しよもつ》見てゐたるむかふの方へまはり、物いはぬ斗尾《お》をふりて首《くび》をかゞめて、首玉の所をおしゆる有《あり》様《さま》いとしほらしく、「是はいづくより来りしぞ。人の[一四]秘蔵《ひさう》の飼犬《かいいぬ》と見へたり。さりとは毛《け》ざまうつくしや」と膝《ひざ》にのせてやゝさすりてゐたりしに、[一五]ひたと首《くび》玉の所へ首《くび》をかゞ

一　新田義貞の弟は脇屋右衛門ノ佐(後に刑部卿)義助、その子は式部太夫(後に左衛門ノ佐)義治。両者を混同したもの。義治が義貞・義助に従い北国に赴いた時は太平記・十七の十二に十三歳とするので、同書に美男の記事はないが、美少年とした。あるいは義治と彼を預った義鑑房を男色の関係にとりなすか。
二　陰暦十月に出雲大社に全国の神が集り、諸国男女の縁結びをする。
三　念者に同じ。
四　真面目くさって堅苦しい。
五　言いがかりをつける。
六　男色愛好者。
七　非常に手に入れたいと望む。
八　迷惑である。
九　母屋から離れて建てた家。はなれ。
一〇　剣術。
一一　足軽などの末輩。なお八重垣は「出雲八重垣」の歌から出雲に縁のある名。
一二　手もとに飼っている。犬を使に男色の契に至ることは武家義理・四の二により、剽窃関係の語句あり。
一三　くぐり戸。
一四　大事に可愛がっている。
一五　ひたすら。いちずに。

めけるに、「若《も》や蚤《のみ》などのいたくくらいて苦《(くる)》しさにや」と、首玉の周《(めぐ)》りを見れば文《ふみ》一つむすび付《(つけ)》てあり。「是は不思議《(ふしぎ)》」と引ほどきてひらき見るに、我《(われ)》ゆへにあこがれて命もたへ〴〵なる[一六]文《ぶん》続《(つゞ)》き。あはれにいとしくはやその人の思はれけるに、さすが[一七]おちちらん事をおもひてや、名はかゝずして「某《(なにがし)》」と斗あり。「よし誰《たれ》人にもせよ、よく〳〵我事おぼしめせばこそ、かゝる畜生《ちくしやう》に是程迄の心を通《つう》じて、仕入ㇾられし事なみ〳〵の事にあらずば」と、猶《(なほ)》思ひやられて硯《すゞり》引よせ[一八]筆せわしく、「今日《けふ》より父《ちゝ》の手前をはゞからず[一九]御因《ちなみ》を申べし。此御返事に御本名《ほんみやう》御書付《(かきつけ)》下さるべし」と、又首玉《くび》にむすび付《(つけ)》て、「どのかたへいくぞ」と、人にいへるごとく背中《せなか》をさすりていわるれば、尾《お》をふりて表《おもて》の方へかけゆきしが、しばらくありて又来り、右のごとく首玉の所をおしへけるにぞ「扨《(さて)》は今の御返事よ」とほどきて見れば、よく〳〵うれしきと見へて、筆もしどろに[二〇]「かたじけない」の数《かず》かきて「八重垣《やへがき》村右衛門」と名をあらはしてこされ[二一]しより、「扨は軽《かろ》き末《すへ》の奉公人」とはし

一六 文章の続けよう。
一七 手紙が落ち失せて第三者の手に入ることを思ってか。
一八 急いで筆を運び。
一九 御縁を結ぼう。
二〇 乱れて。整わずに。
二一 よこされたので。

られける。

是《これ》より人目をしのびひそかに出合《であい》て、浅からぬ中と成《なり》しが、古《こ》判官京都にて切腹《せつぷく》あり。雲州《うんしう》の城は没収《もつしゆ》せられ、一家中残らず退散《たいさん》せし砌《みぎり》、高恩《かうおん》を請《うけ》し近習《きんじう》の人さへ義をわすれて落失《おちうせ》しに、村右衛門はいまだ妻《さい》もなかりければ、ひとりの母を一家へたのみ、纔《わつか》の道具を売払《はら》ひ金子にして腰《こし》につけ、宿《やど》もさだめず、大岸《ぎし》宮《く》内《ない》[一]当分にのかれし賤《しつ》の屋の門口《かどぐち》にたゝずみ、夜もそこに臂《ひぢ》枕してふせりけるを、ある時宮内用事[二]かなゆるとて、戸をあけ此躰《このてい》を見て、「何者成《なる》ぞ」とあらくとがめしに、「私は八重垣《やへがき》村右衛門にて候が、御存知の通り切米取《きりまいとり》[三]の纔《わつか》[四]の奉公人。今はからずも牢人《らうにん》仕りて、参るべき親類《しんるい》はなく、せめても亡君《ばうくん》の御名代《みやうだい》[五]と存じ、貴公にはなれがたくかくの仕合《しあはせ》[六]」と申す。宮内聞て「我等とても浪牢《らう〳〵》の身となれば、此所に尻《しり》[七]をためておるにもあらず。妻子《さいし》を引つれ一両日の中に上《かみ》方《がた》へ参る心ざし。然れば貴殿《きでん》事は、いまだ若《わか》くして奉公盛《ざかり》[八]なれば、何方《いづかた》へも参られ身上《しんしやう》[九]かせぎ申されなば、しかるべし」といはれし。此問答《もんどう》を力太郎内にて聞てゐたりしが、紙燭《しそく》[一〇]に火をてんじて表《おもて》に立出、「村右衛門殿には同《おな》じ傍輩《はうばい》ながら、今迄しみ〴〵と御意《ぎよい》[一一]得たる事もなく候《さふら》へ共《ども》、只今の御出おいたわしう存れば、今宵《こよひ》一夜は此所にかくまい申べし。明日は今親《おや》[一二]共の申通り、何国《いづく》へも御奉公かせぎに御越《こし》[一三]御尤《もつとも》に存る」と、よそ〳〵しく申ければ、宮内も子の申《まうす》に付て不便《ふびん》に思ひ、「一夜は是にてあかさるべし」と、

一 当座の間立ちのかれた。
二 用便のため。
三 禄米の給与を受ける小身の家臣。
四 小身の。小禄の。
五 代理。
六 事の次第。
七 尻を落ちつける。
八 仕官するに最適の年頃。
九 仕官先を求めること。
一〇 こよりに油をひたし急の灯火とするもの。
一一 お目にかかる。
一二 自分の親を卑しめて言う。
一三 至当と思う。

村右衛門を伴《ともな》ひ内に入ぬ。

第三　男の云出《いひだ》す一言《ごん》で見て取ル目《め》の色《いろ》

付リ　起請《きしやう》の罰《ばち》も当《（あた）》り眼《（まなこ）》な兄分《あにぶん》

何事も一四しらぬが仏《ほとけ》。一五御前《（おまへ）》に御明《（みあか）》しともして、宮内一六看経《かんきん》せらるゝ中《うち》、力太郎村右衛門が傍《（そば）》により、「誠に一七貴様《きさま》とは申かわせし事も有《（あり）》し身なれ共《（ども）》、今此仕儀《〔しぎ〕》なれば何事も偽《いつは》りになりまいらせ千万気の毒《どく》。かゝる事の有《（ある）》べきとかねて存じ候《（さふら）》は《〔ゞ〕》ば、なまなかにお目にはかゝるまじき物を、御身にも思ひをかけ、私も心にかゝり、さりとは今はくやしく存る」など涙をながし、「所詮《しよせん》是迄の縁《えん》と一八おぼしめし切候《（きりさふらひ）》て、互《たがい》に取かはせし誓紙《せいし》をも取戻《もど》し、此以後《いご》心にかゝらぬやうにいたしたき」との願《（ねが）》い。村右衛門大きに一九けでんして、「扨《（さて）》ゝ日比《（ひごろ）》とちがいぶ二〇所存《しよぞん》成《（なる）》若衆。我《（われ）》末《すへ》の奉公人なれば、牢《らう》人とならば末ゞ厄介《（やつかい）》にも成《（なる）》べきと、いやしき心より起請《きしやう》迄取戻《もど》し、兄弟の縁《えん》きるべきとは、見さげはてたる二一心《（こころ）》入《（いれ）》。我此比爰《こゝ》をはなれぬは、汝にあふて親子共におちつく方を聞《（きき）》て、たとへ二二唐高麗《からかうらい》迄成《（なり）》共《（とも）》、見へがくれについてゆき、居《ゐ》所定《しよさだま》りし時分おとづれて、身をくだき二三肩《かた》に棒《ぼう》を置て成共、親子の人の牢人《らうにん》の助《たすけ》にもならんと思ひ、乞食《こつじき》のごとく門端《かどばた》に昼夜《ちうや》を送りしに、某《（それがし）》

一四　知れば腹も立つが知らぬと何事も許す仏のようにしておれる。仏は後文にもかかって、仏の御前にとなる。
一五　仏前。
一六　読経。
一七　あなた様。敬意を含む。
一八　思い切って下さって。
一九　思いがけぬことに仰天して。
二〇　まちがった考えの。
二一　考え。
二二　いかなる遠方に困難をしのいでもという気持をあらわす。
二三　天秤棒をかつぐ行商人になっても。

が心底《しんてい》を反故《ほうご》[一]にし、念友《ねんゆう》の因《ちなみ》を切《(きる)》べきとは、侍《さふらひ》の義《ぎ》にもはづれし人外《にんぐわい》[二]め。もはやいけて[三]はおかれぬ」と、刀《かたな》をぬいて切てかゝれば、力太郎おどろき、一言《いちごん》にもおよばず勝手《かつて》へにげて入けるを、「きたなき[四]逃《にげ》ざまいづく迄も」とぬき刀して台所《だいどころ》迄切入るを、宮内看《かん》経仕《きんし》[五]さし、飛《とび》かゝつて村右衛門をうしろさまにひんだかへ、すこしもはたらかせず刀《かたな》もぎ取《(とり)》おしすくめ「汝は狂気《きやうき》せしか。さなくば何ゆへかゝる狼藉《〔らうぜき〕》をはたらくや。様子《やうす》あるべし。子《し》細《さい》をいへ」とあれば、村右衛門はがみをなし、「近比《(ちかごろ)》無念なる仕合《(しあはせ)》。全《まつたく》某狂気仕《きやうきし》たるにてもなく、又貴《き》公《こう》に対《たい》し遺《い》恨《こん》ありて、かやうに慮外《りよぐはい》[六]をいたすにもあらず。私の一通[七]りを御聞なされて下さるべし。先以《(まずもつて)》御子《し》息《そく》にて候《(さふら)》へ共《(ども)》、御親父《しんぷ》には各別《かくべつ》おとつたる比《ひ》[八]興《けう》至《し》極《ごく》の天性《〔むまれつき〕》、御佳《ご》[九]名《かめい》をよごす仁《じん》と存《(ぞんず)》るは、只今の為躰《ていたらく》いかに若輩《じやくはい》なればとて、武《ぶ》士《し》の振舞《ふるまひ》とは存ぜず。さりとは逃足《にげあし》のはやき少《せう》[一〇]人《じん》にて候物哉《(ものかな)》。扨此《(さてこの)》子《し》細《さい》は、はづかしながら私と力太郎は、前ゝより兄弟の結《〔むす〕》びを仕りおり候処《(ところ)》に、今晩《こんばん》某に「申かわせの誓紙《せいし》を取もどし、連枝《れんし》[一一]

一 無駄にし。
二 人でなし。
三 生かしてはおけぬ。
四 卑怯な。
五 中途で止めて。
六 失礼。無礼。
七 あらまし。ひとわたりの話。
八 卑怯。臆病なこと。
九 父親の不名誉となる。
一〇 少年。若衆。
一一 兄弟の縁を切る。

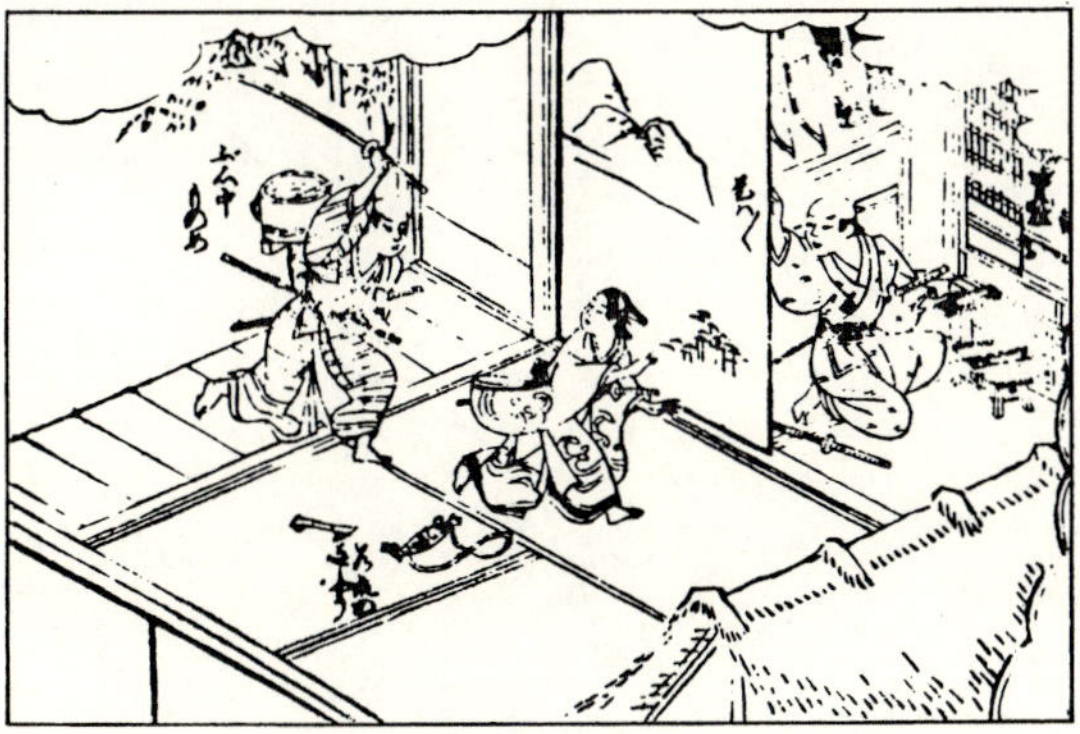

の因《ちなみ》を裂《さき》申べき」との事、[一二]ぶ心底《しんてい》と存じ段〻教訓《けうくん》仕り候へ共承引《せういん》なく、「とかくに起請《きしやう》をかへせ」との事。所詮《しよせん》あの者をさし殺《ころ》し某も相はて申べく存じ、其《(その)》通りを申きかせ刀《かたな》をぬく躰《〔てい〕》を見て、只今のごとく[一三]逸足《いちあし》を出し逃《にげ》ぶりよく、何方《いつかた》へかかゞま[一四]れ候。かゝる[一五]ぶ器用《きよう》者と相果《あいはて》候も、今は無益《むやく》の至りと存ずれば、是《(これ)》より何方へも立退《たちのき》申《(まうす)》所存《しよぞん》に、[一六]分別《ふんべつ》仕替《かへ》申せば、最前《さいぜん》御取なされし刀《かたな》、つかはされ下さるべし」と申せば、宮内段〻を聞て、「力太郎是へ参るべし。只今の村右衛門殿申分《〔ぶん〕》を聞て、其方は生《いき》てゐる所存《しよぞん》か」ときけば、力《りき》太郎襖間《ふすま》をあけて罷出《(まかりいで)》、涙をはら〳〵とながし、「[一七]韓信市《かんしんいち》に胯《また》をくゞりし類《たぐひ》」といふて、声《こゑ》をあげてなきければ、宮内大きにしかりていふやう、「[一八]巨釈《こしやく》なる呟言《〔つぶやきごと〕》、人も耳《みゝ》にとむる物ぞ。牢人《らうにん》となれば心の[一九]臆《おく》せしは、昔《むかし》より名のある武士《ぶし》に多《おほ》き事なれば、汝一人にかぎらず。更《さら》に恥《はづ》る事にあらず。心臆《おく》したる者を、各《おの〳〵》のやうな[二〇]武辺《ぶへん》成ルお方《かた》の、お相手には長気《〔おとなげ〕》なふぞんずれば、御了簡《りやうけん》あつておかへりなされよ」と、最前《〔さいぜん〕》もぎ取し刀《かたな》を村右衛門にかへ

一二　不心中。真情に背くこと。
一三　すばやく走り。
一四　物陰にひそむ。
一五　愚かで役に立たぬ者。
一六　考えをかえたから。
一七　漢の高祖の臣韓信は若い時市中で若者らにあなどられその股をくぐらされた。堪忍記・五には大義を志して小事を堪忍した例とする。
一八　こざかしい。
一九　原本「億」。後出箇所も同じ。
二〇　武勇ある方。

すれば、八《や》重《へ》垣《がき》請取《(うけとり)》鞘《さや》におさめ、「是《(これ)》力太郎さりとはきこへぬ[一]。只今の一言《ごん》の中に、韓《かん》信《しん》が胯《また》をくゞりし堪忍《かんにん》の事をいわれしは、当分の恥《はぢ》を忍《しの》ぶは末《すへ》に至つて、大義の計略《けいりやく》あると見へたり。しからば其《(その)》品《しな》[二]をあかし、かやうの訳《わけ》とあらば、聞とゞけて起請《きしやう》もかへし、互《たがい》に心よく念比《(ねんごろ)》[三]をも切ル品《しな》も有べきもの。今迄の好《〔よし〕》みをわすれ、別心《べつしん》[四]ある段恨《うらみ》に思へ共《(ども)》、それはいふ場《ば》が有べし。先《(まづ)》は是迄」とたゝんとするを、宮内袖を引とめ「是村右殿。只今《〔たゞいま〕》韓信《かんしん》が胯《また》をくゞりしと、世悴《せがれ》が狂言[五]を申《(まうし)》たにお心を付られ、ふ審《しん》なとあつて必《かならずた》他所《しよ》でお咄《はな》しは御無用に頼入《(たのみいる)》」といふ時、村右衛門うなづき「最前《さいぜん》から力《りき》太郎がて[六]にはのあはぬが、只今こなたの御一言《ごん》で知《しれ》たり。さらばお暇《〔いとま〕》申《(まうす)》」と無興《ぶけう》[七]してかへれば、力太郎は跡にて前後《ぜんご》不覚《〔ふかく〕》になげきぬ。誠に男色《なんしよく》の道こそわりなかりけれ[八]。

第四　男同志《どうし》の血判《けつばん》紅《〔くれない〕》の血《ち》の色《いろ》
付リ　末期《まつご》の水のつめたからぬ若衆の心底《しんてい》

いとゞさへ秋の夜風身にしみ、荻《おぎ》[九]の上《うは》風荒屋《〔あばらや〕》の透間《すきま》もりて、何となくものがなしく、いまだねもやらざるに、又表《おもて》たゝく人あり。「誰《たれ》やらん」と宮内父子《ふし》起出《おき(いで)》、「誰人ぞ」ととへば、「いや八《や》重《へ》垣《がき》村右衛門成《(なる)》が、宵《よひ》に失念《しつねん》[一〇]いたせし物ありて、取《(とり)》に参りたれば爰《こゝ》を

一　理解できぬ。得心できぬ。
二　事の次第。
三　縁を切る方法も。
四　わけへだてをする心。
五　たわごと。
六　話のつじつまがあわぬ。
七　不快に思って。
八　どうしようもない。
九　原本「萩」。荻の上を吹く秋風。
一〇　忘れた物。

あけてたべ」といふ。「扨《さて》は此《この》者立帰りても宿すべき所なく、又まいもどりし物ならん。一度《たび》は我子と兄弟の約《やく》をもなせし者《もの》、すげなくはかへされまじ。一夜の事なれば此間《ま》にねさせて、夜あけなばいづかたへもつかはすべし」と、心の中《うち》にて了簡《りやうけん》し表《おもて》をあくれば、村右衛門最前《さいぜん》の所へにじりあがり[一一]、勝手口《かつてぐち》の襖《ふすま》間に身をよせ、息《いき》[一二]をついで申けるは、「貴公御父子《ごふし》は推量《すいりやう》いたすに、亡君《ぼうくん》の相手高ノ《かう》[一三]武蔵守存命《むさしのかみぞんめい》に罷有《まかりある》ゆへ、此者をうたんとある思召入《おぼしめしいれ》[一四]と察《さつ》し申せしは、大方黒星《くろぼし》[一五]かと存《ぞんず》る」といへば、父子《ふし》[一六]きよつとしたる躰《てい》にて、「努〻《ゆめ〳〵》左様の事は思ひよらず」と、以ての外[一七]にあしらへば、「私もし他言《たごん》せんかと、それゆへふかくつゝしまるゝ段尤《もつとも》に存ル。拙者他言《たごん》いたさぬといふ、男の性根《しやうね》をお目にかけふと存じて、又立かへり候」と諸肌《もろはだ》[一八]ぬげば、今外《そと》にてや切リけん、腹《はら》わたわき出るを、下帯《したおび》にて胴躰《どうたい》を自身《じしん》しめつけ、物いふ内に血《ち》は紅《くれなゐ》の滝《たき》のごとくながれ出るぞすさまじき。力太郎村右衛門にすがりつき、涙とともに申けるは、「いかにも御推量《すいりやう》の通り、亡君《ぼうくん》の怨《あた》をほろぼすべき所存あるゆへ、宵《よひ》のごとく起請《きしやう》をも取リ戻《もど》し、兄弟の因《ちな》みを切リしは、こなたの命をかばひしゆへなり。又此企《くはだて》を語り申さば諸共に思ひ立て討《うち》死《じに》せられんは治定《ぢぢやう》[一九]なり。しかれば御身いか程の手柄《てがら》をして切死《きりじに》に果《はて》給ひても、亡君《ぼうくん》の高《かう》恩《をん》を思ひ給ひ、忠義《ちうぎ》の道にて果《はて》給ふとは世の人よもやいはじ。たゞ「男色《なんしよく》の愛《あい》にひかれて討死《うちじに》せし」といはれ給はん。しかる時は武《ぶ》の道《みち》の本意《い》にはあらず。其上存《ぞんじ》[二〇]立《たつ》父宮内

一一 じりじりとひざを擦るようにして上る。既に腹を切っていることをにおわす表現。
一二 大きな息をついて。前注と同様の表現。
一三 原本「高ノ《かう》《の》」。
一四 お志。御念願。
一五 図星。
一六 強く驚いたさま。
一七 とんでもないことというように応待した。
一八 両肌を現わす。着物の上半身部全部を脱ぐ。
一九 きまりきっていること。
二〇 企てを思いたった。

迄に、「我子の念友《ねんゆう》迄の力《ちから》をかりて、本懐《ほんぐわい》一を達《たつ》せんとせし」などと、いはれん事も無念の至りなれば、此《この》ゆへ此間疎意《そい》二にいたし申せし」と、心底《しんてい》をあかしくどきたてゝなげきければ、宮内は勿論《もちろん》今般《いまは》三の村右衛門手を合して、「扨《さて》ゝ感《かん》じ入たる心底祝着《しうちやく》四せり。是《これ》を聞《きく》につけよくも思ひ切《きつ》て、某《それがし》は自殺《じせつ》五せしと何程か満足いたしぬ。迚《とても》の事に其方《そのはう》が手して、末期《まつご》の水をのませくれよ。是を冥途《めいど》の土産《みやげ》に、はやく黄泉《くはうせん》の旅《たび》におもむかん」と、息《いき》六だはしく申ければ、力太郎手づから水をくんで涙とともに参らすれば、心地《こゝち》よげに打ゑみ、一盃《ぱい》の水を半《なかば》のみて終《つゐ》に此世をさりにけり。「誠に以て類《たぐひ》なき侍や」と父子共に涙をこぼし、近辺《きんぺん》の寺より僧《そう》を請《しやう》じてなき骸《がら》を葬《ほうふり》、それより一日を過《すご》して妻子《さいし》を引つれ都へのぼり、しるべあれば岡崎《おかざき》七に隠家《かくれが》をかまへ、「何とぞして主の恥辱《ちぢよく》をすゝがん」と、寝食《しんしよく》共にやすからず、旦暮《たんぼ》八肺肝《はいかん》をぞくるしめける。

爰《ここ》に「義を守り志《こゝろざし》をひとつにして亡君《ぼうくん》の為に命をすてん」と勇《いさみ》ける傍輩《はうばい》の浪人《らうにん》共、五人七人忍《しの》

一 本望。
二 うとんじ遠ざかるようにした。
三 臨終。
四 満足だ。
五 自殺（じさつ）に同じ。
六 息づかいが切迫して苦しげなさま。
七 京都の町の東郊、現左京区内、平安神宮周辺の地。隠棲の地。
八 朝夕非常に苦心をした。

び〳〵に大岸《ぎし》方に尋来り、「武蔵守《むさしのかみ》を討取《うち》リ亡君《ばうくん》の恨《うらみ》をはらし奉らん。早《はやく》思召立《（おぼしめしたち）》給へ。とやかくと延引《ゑんにん》をする間に、若師直《もしもろなふ》病死《びやうし》せば臍《ほぞ》[九]を噛《かむ》共益《ゑき》あるまじ。たとへ敵《かたき》身には鉄《くろがね》をまとひ、千尺《せんちやく》の岩屋《いわや》の中《うち》に籠《こも》るとも、我〻が一念を以ておしやぶり、思ふ敵はたゞ一人武蔵ノ守が首《くび》引ちぎつて、日比《（ひごろ）》の存念《ぞんねん》をはらし申さん」と、詞をそろへて申ければ共《（ども）》、大岸《ぎし》はさらに是に取のらず、「旁《かた〴〵》は若きゆへ血気《けつき》にまかせての給へ共、仮初《〔かりそめ〕》ながら師直《もろなふ》は大名。我〻が牢人の、あるかなきかの力《ちから》にて、何としてたやすく亡《ほろぼ》す事のなるべきや。一旦《いつたん》は我等もさやうの[一〇]存寄《（ぞんじ）より》ありつれ共、「[一一]卒爾《そつじ》に事を起《おこ》して仕損《しそん》じなば、[一二]失銭遭罪恥《しつせんあふざいはぢ》の上《うへ》の恥たるべし」と思ひなをし、悴《せがれ》力太郎は出家共《（とも）》なし亡君《ばうくん》の後世菩提《ごせぼだい》をいのらせ、せめても御高恩《ごかうをん》を報《ほう》じ申さんと存るなり。又某《（それがし）》義は、さのみ[一三]丈夫《ぢやうぶ》の貯《たくはへ》もあらざれば、[一四]仮名付《かなつき》の衆方規矩《しゆはうきく》[一五]回春《くはいしゆん》なり共買求《かいもと》め医者《ゐしや》なり共いたし妻子をすごし申《（まうす）》と渡世《とせい》の軍法《ぐんぽう》より外他事《ほかたじ》なく候。各《おの〳〵》は若《わか》くして一器量《ひときりやう》づゝあれば、よろしき主君《しゆくん》を見たて、有付《ありつき》の御《ご》思《し》[一六]案専要《あんせんよう》に存る」

九 後悔しても間にあわない。
一〇 思いつき。
一一 かるはずみ。
一二 いたずらに失費のみして目的をとげぬは恥、その上に徒党の罪に処せられて恥を重ねる。遭罪は横災の誤りであろう。横災は思いがけぬ災いにあうこと。
一三 確かな。しっかりした。
一四 衆方規矩は曲直瀬道三著の医書。片仮名付きのものあり。
一五 中国明の龔廷賢著の医書。万病回春。仮名付きのものあり。医術の修業もせず、簡便書でにわか医者になろうとする。
一六 もっとも大切なこと。

と、人々の心底強弱《しんていとうじやく》、実不実《じつふじつ》を窺《うかゞひ》ける。思慮《しりよ》の程、誠に浅からずとこそきこへけれ。

されば大岸《ぎし》が方へ[一]此内談《(この)ないだん》をとげんため来れる者共は、皆義心金石《きんせき》のごとくにして、心の変《へん》ぜぬ輩《ともがら》なれば、宮内が人の胸中《けうちう》の真偽《しんぎ》を探《さぐ》つてかくいふとはしらずして、「扨《(さて)》々腰《こし》のぬけたる侍かな。かゝる[二]臆病《おくびやうし》至極《ごく》の者とはしらで、今迄[三]心中を芳《かうば》しう思ひ、「我々が存立《(ぞんじたち)》の大将共あふがん」と思ひしに、さりとては思ひの外成《(なる)》事共かな。此上は仕損《しそん》ぜば是非《ぜひ》もなし。運《うん》を天にまかせ、今宵《こよひ》師直《もろなふ》が館《たち》へふんごみ、[四]死物狂《しにものぐる》ひといふものに、無《む》二《に》無三に切て廻《まは》り、武蔵守《むさしのかみ》が屋形《やかた》に死人《しにん》の山をつ[五]いて、其《(その)》後我々[六]立腹切冥途《たちばらきりめいど》にゆきて、我君の尊顔《そんがん》を拝《はい》し[七]二世《にせ》の奉公いたすべし」と、同志《どうし》の侍《さふらひ》四十余《よ》人、大岸宮内をはたと[八]ねめ、小踊《こおどり》してこそ勇《いさみ》けれ。宮内彼等《かれら》が二心なき心底を見すへ、「[九]近比《(ちかごろ)》たのもしき人々の心根《ね》や。其心中を見んために最前《さいぜん》のごとく[一〇]空事《そらごと》のみ申《(まうし)》候。各《おの〳〵》無二の忠心《ちうしん》見届《とゞけ》候上《うへ》は、某が心中の真《まこと》をあかし申べし。我々城を立退《たちのき》し日より今日迄、敵をうたんと思ふ事、[一一]片時《(へんし)》忘《わす》るゝ事もなし。しかれ共敵《てき》我々が憤《いきどをり》あらん事を知《しつ》て、堅《かた》く用心をする由《(よし)》。是《(これ)》によつて心底をも見定《さだめ》ず[一二]ふか〳〵と談《だん》ぜば、[一三]異儀《いぎ》の企《(くはだて)》敵《てき》に漏《もれ》ん事をおそれ、今迄はつゝみしなり。此上は随分《ずいぶん》事をさとられ給ふな」とて、始《はじめ》て心打とげて四十余《よ》人各《おの〳〵》血判《けつぱん》し、心を同《おな》じうして昼夜《ちうや》大義の計略《けいりやく》を談《だん》じける、志《こゝろざし》こそたのもしけれ。

一　内内の相談。
二　原本「億病」。
三　忠義誠実な人としたわしく思い。
四　必死を覚悟してはげしく働くこと。
五　築いて。
六　立ちながら腹を切ること。
七　此の世に続いて、あの世での。主従の縁は三世という。
八　にらむ。
九　まことに。非常に。
一〇　うそ。
一一　わずかの間も。
一二　うかうかと。
一三　異例の計画。仇討を指す。
一四　歌舞伎若衆。男色をも売った。
一五　はやらなくなった。失職した。

第五　男もならぬ女の覚悟《かくご》顕《あらはれ》る顔色《がんしよく》

付リ　瓜盗人《うりぬすびと》は野中《のなか》ニ恥《はぢ》を垣根《かきね》のいましめ

武士《ぶし》の牢人《らうにん》と、[一四]芝居《しばゐ》の野良《やらう》の[一五]なぐれたとがおなじ物といへり。[一六]秤目算盤《はかりめそろばん》しらずして商《あきない》の道にうとく、すこしの金《かね》ありても[一七]廻《まは》すすべをしらねば、[一八]春の日の氷《こほり》のごとく、いつともなく[一九]じみ〳〵と水になつて、[二〇]湯《ゆ》をのむ力《ちから》もないやうに成《(なる)》物ぞかし。

爰《こゝ》に鳴尾崎船《なるをざきふな》右衛門とて、塩冶《ゑんや》判官代ゝの家臣《かしん》成《(なり)》しが、子細《しさい》あつて十个《か》年以前に御暇《いとま》を申請《(まうしうけ)》、本国出雲《いづも》を立退《たちのき》、[二一]二君《じくん》に仕《つか》ゆる志《こゝろざし》もなく、[二二]伏見《ふしみ》の里に小家《せうけ》をかり、夫婦《ふうふ》浅《あさ》ましき暮《〔くら〕》し[二三]土細工《つちざいく》の鈴《すゞ》つぼ〳〵を仕習《しなら》ひ、是を渡世《とせい》の助《〔たす〕》けと、[二四]随分《〔ずいぶん〕》情《せい》を出してから、正《しやう》真《じん》の[二五]土仏《つちぼとけ》の水遊《あそ》びにて埒《らち》のあく事ではなく、次第に[二六]内証《ないしやう》くるしくなつて喰《くは》ずにゐる事多《おほ》ければ、「今は[二七]袖乞《そでごい》に出るより外《ほか》はなし。かくも武運《ぶうん》につきぬるものか」と涙をながせば、女房も諸共《〔もろ〕》に袂《たもと》をぬらし、「我ゝ夫婦何を待《まち》て命を[二八]たばい、諸人に面《おもて》をさらして乞《こつ》[二九]食非《じきひ》人《にん》の身とは成《(なる)》べき。侍は名こそおしけれ、命は[三〇]夢の間《ま》のありなしもの。いまだ刃《は》物《〔もの〕》の[三一]売残りてあることそさいはひなれ。いざ此子諸共《〔もろ〕》にさしちがへて相果《はて》、此世の苦《〔くる〕》しさをのがれ、[三二]未来《みらい》にて安楽《あんらく》にそひ申さん」と女房にはげまされて、「成程《(なるほど)》[三三]そちがいふ通り、長生《ながいき》してから[三四]花咲《さく》身でもなければ、親子三人自害《じがい》して相果《はて》ん」と、夫婦《ふうふ》覚悟《かくご》をきはめ、

一六　銀貨の目方をはかる秤の目を読むことと算盤をおくことができぬ。
一七　金を運用する。
一八　自然と消え失せるたとえ。
一九　じわじわと無くなり。
二〇　食ってゆくことができなくなる。湯は水の縁。
二一　二人の主君に仕える。再び他の主君に仕えること。二君に仕えぬのは忠義な武士の本意。
二二　京都の町の南の伏見町(現伏見区)。豊臣秀吉の伏見城が廃されてより活況を失い、浮世草子ではさびれた町、零落した者の住む町に描かれる。
二三　伏見の稲荷(伏見稲荷大社)の門前町で売った参詣土産の土器。つぼつぼは小形の壺。以下「土仏の水遊び」辺まで好色盛衰記・五の三より剽窃・敷衍。
二四　精を出すに同じ。
二五　身の程を知らぬことをして自滅するたとえ。土仏は土細工の縁。
二六　暮し向き。
二七　乞食。
二八　惜しみ。
二九　乞食と同意に用いる。
三〇　束の間のはかないもの。
三一　売り食いにすべてを売ったが刃物を売り残した。
三二　夫婦の縁は二世、来世で安楽に夫婦となろう。
三三　おまえ。同輩また目下に対し言う。
三四　繁栄する身。

念仏となへて其《(その)》日の暮《くる》るをぞ待たりけり。

かゝる折節《〔ふし〕こ》古傍輩《はうばい》木村の源三、用事あつて難波《なには》におもむきしが、今日《〔けふ〕》又都[一]へのぼるとて此門《(この)かど》を通りあはせ、火縄《ひ なは》[二]を取出して「火をひとつ給はれ」と、断《〔ことはり〕》いふて内に入《(いり)》、互《たがい》に見合「是《(これ)》は船右殿か久しや。命があれば又あふ事もありや。扨《(さて)》主君《しゆくん》判官殿の様子定《さだめ》てきかるべし。是によつて我ゝも城を立退牢人《たちのきらうにん》の身となり、さまぐ\のうき苦労《〔くらう〕》をするにつけ、貴公《き こう》の事をぞんじ出すが、殊にこなたは永ゝ《ながく\》の牢人猶以《(なほもつて)》ふ自由《じ ゆう》にあるべし」と、物語の中《うち》にも牢人[三]は相身《〔あい〕》互《〔たがい〕》、此人の妻《つま》にあひて渡世《と せい》の頼《〔たよ〕》りの物を送《おく》りたく思ひ、紙入《かみいれ》より壱歩[四]を出し内義の出るを見あはせしに、是も以前の奥住居《おくずまい》わすれず人にあふ事[五]を恥《はぢ》て、間[六]もなき荒屋《〔あばらや〕》の隅《すみ》に、莚屏風《むしろびやうぶ》を引廻《ひきまは》して、其中《うち》にかくれ終《つゐ》に出ざりければ、船右衛門へはさすがにさし出しにくゝ、猶[七]物語に隙《〔ひま〕》を入《(いれ)》けるに船右申けるは、「古《こ》判官殿師直《もろなふ》を即座《そくざ》にころし給ひ、其後切腹《せつぷく》ありしと聞しが、扨は武蔵守《むさしのかみ》はかすり手[八]斗《(ばかり)》にして今堅固《いまけんご》にて世に徘徊《はいくわい》[九]するとや。それを旁《かたぐ\》はよくも今迄は堪忍《かんにん》をしてゐる事ぞ。「君《きみ》[一〇]辱則臣死《はづかしむるときはしんしす》」といへり。何とて師直《もろなふ》をうつ企《くはだて》はせざるぞ。言甲斐《〔いひかい〕》なき人ゝの心や。腰《こし》がぬけたか妻子財宝《さいし ざいほう》に眼《まなこ》くらみて忠義の道を忘れたか。扨ゝ武士《ぶ し》の風上《かざうへ》にもおくものにはあらず。いまく\しいにはやくかへれ」と手元《て もと》の塩灰引抓《しほはいひつつかん》[一一]で源三が足元《あしもと》へまきちらせば、木村は船右衛門に恥《はぢ》しめられ、他言《た ごん》すなと大岸《ぎ し》が口《くち》をとめし約《やく》を忘《わす》れ、「何をか

一 伏見の京橋と大坂の八軒家の間の舟で往来すると、京都へ入るには伏見街道を通る。
二 檜皮(ひわだ)・竹の繊維・木綿糸などをよって作り、硝石をしみこませた縄。火持ちがよいので先に火を付け、煙草の点火用とした。
三 どちらも浪人で相手の境遇もわかるから助け合わねばならぬ。
四 一歩金。一両の四分の一に当る金貨。
五 武士の妻は訪問客にあわぬのが作法。
六 余分の間数もない。
七 内義へ金を渡す機会をうかがって時間をついやす。
八 かすり傷。軽傷。
九 うろうろ歩きまわる。
一〇 「君辱臣死」(国語・越語下)。君が恥辱を受けたら臣は死を決してその恥をすすぐ。
一一 塩花。不浄・不吉をはらうために塩をまくこと。

かくさん大岸宮内が大将にて、我〻をはじめ同志《どうし》の輩《ともがら》四十余《よ》人、近日師直《もろなふ》が館《たち》へ乱入《らんにう》し武蔵ノ守を討取《(うちとる)》筈《はづ》。[一二]あなかしこ相《(あひ)》かまへて人に沙汰《さた》をせられな」と、始終《しじう》の首尾《しゆび》を語りければ、船右衛門[一三]色をなをし、「さうなふてはかなわぬ筈《(はづ)》。しからば我等も其人数《[一四]にんじゆ》へ相くはへて給はるべし。我不幸《ふかう》にして牢人はせしかども、普代相伝《[一五]ふだいさうでん》の主君の敵《かたき》、せめて一太刀《ひとたち》うらみん事をねがふなり。[一六]和殿《わどの》宮内へ此通《(このとほり)》よろしくいひいれ給はれ」と余義《よぎ》もなくたのみければ、「しからば爰元《[一七]こゝもと》をしまはれ早〻宮内方へ来らるべし」と、[一八]手組《てぐみ》をして立わかれぬ。

船右衛門跡《あと》にて女房をちかづけ、「我此所にして飢《うゑ》におよび御身や悴《せがれ》をさしころし、今宵《こよひ》諸《(もろ)》共死《し》ぬべしと契約《(けいやく)》はしたれ共《(ども)》、おなじすつる命を亡君《ぼうくん》の為にせば、末代《まつだい》迄も忠臣の名を残す事。是によつて今宵の最期《さいご》を相《(あひ)》のばし、只今の者共と一所《いつしよ》に討死《うちじに》する合点《(がてん)》。かまへて恨《うらみ》給ふな」と様子を語れば、女房悦びたる気色《(けしき)》にて、「今迄はあたら侍の名を埋《うづみ》てはつべきかと、何程か無念成《(なり)》しに、お主の為に命をすてらるゝは、是武士のねがふ所。はやく其支度《したく》をして都にのぼり給へ」といへば、「さすがは侍の女房程あり。健《(けなげ)》なる一言《いちごん》でかされたり。しかし京のぼりの支度《したく》をせんも銭《[一九]ちやん》が一文あらばこそ。何いふても[二〇]貧《ひん》といふ兵《つわもの》には、いかな武士《ぶし》も手むかいならず」と、[二一]おかぬ棚《たな》をまぶりしが、自然《[二二]しぜん》の事もやとさすが武士の嗜道具《たしなみだうぐ》、[二三]昔威《(むかしおどし)》の具足甲《ぐそくかぶと》を[二四]明長持《あき(ながもち)》より取出し、夜に入つて近所《きんじよ》の質《しち》

一二 必ず十分に用心をして他言するな。
一三 機嫌をなおし普通の顔色になる。
一四 仲間。
一五 代代受け継いで主家に仕えること。
一六 あなた。相手を親しんで言う。大事を打明けられ仲間意識を持った。
一七 この地の始末をつけて。この家をたたんで。
一八 手筈。示し合せ。

一九 銭(ぜに)。
二〇 貧乏には敵しがたい。どうにもならぬことをいう。
二一 置いたはずのない棚を見守る。求めても甲斐のないものを求める。
二二 不慮の事があった時の備え。
二三 昔の作りのよろいかぶと。以下「持てかへりさま」辺まで織留・五の三より剽窃、変改あり。
二四 からっぽの長持。長持は衣類・調度などを入れる蓋のある長方形の箱。

屋《や》へ持ゆき、表《おもて》の戸をたゝけば、内より「たそ」と戸をあくる。時に件《くだん》の具足甲《ぐそくかぶと》をさし出し、「急《きう》に金の入事《いる》ありてしばらくの間是《これ》を質《しち》につかはす。目積《めづも》り[一]してよき程金をかしてたべ」といへば、主《あるじ》中《なか》〳〵同心せず、「持て来《き》た人は侍か」[二]ととへば、「丸腰《ごし》[三]にて日雇取《ひようとり》のやうな男じや」といふ。「それならばいよ〳〵ならぬ。何にても其《その》身相応《さうおう》の物を、もつておじやれといへ」といふを聞て、潜《くゞ》り[四]をあけて顔《かほ》さし入《いれ》、「是ゝ亭主《ていしゆ》、それはさる牢人衆《らうにんしゆ》からたのまれてもつて参つた。其甲《かぶと》は大江《おほゑ》[五]山にて酒呑童子《しゆてんどうじ》がくらいついた、頼光《らいくはう》[六]の余所行甲《よそゆきかぶと》にて世の宝《たから》」といへば、「それならば猶[七]むつかしや。寺へ霊宝《れいほう》[八]によき借物《かし》」といふ。「扨《さて》も口惜《くちをし》や。質種《しちだね》には、木綿布子《もめんぬのこ》[九]にはおとりける」と、悔《くやみ》て、持《もつ》てかへりさまにふ自由《じゆう》からの出来《でき》心、瓜畠《うりばたけ》を見て「是をすこし断《ことはり》なしにもらひて明日市《あすいち》場《ば》に出して銭《ぜに》にせん」と、日比《ひごろ》は瓜田《くはでん》[一〇]に沓《くつ》をなをさずといふ、聖賢《せいけん》の道をもまなびし男、今内証《ないしやう》の苦《くる》しさに、盗跖《とうせき》[一一]よりつり取《とる》ほどの心になつて、や[一二]がて畠《はたけ》へしかけて瓜五つ六つとる所に、運《うん》のつき

一 見て大体の評価をすること。原本「目積り（めづもり）」。
二 質の置き主を吟味し盗品を預からぬ用心をする。
三 帯刀していないこと。武士とは見えぬと使用人が主人に報告する。
四 くぐり戸。大戸の一部に切った戸で大戸を閉じたあとの出入口とする。
五 大江山の酒呑童子の首を源頼光が切った時、童子の首が頼光のかぶとにかみついた。
六 頼光の外出着のかぶと。晴の場に着用のかぶと。戯言である。原本振仮名「らうくはう」。
七 面倒だ。厄介だ。
八 開帳の時の展示に貸す好適品。
九 木綿の綿入れ。
一〇 「瓜田不レ納レ履」（古楽府・君子行）。瓜畑では履物がぬげても瓜を盗むと見られぬように俯して履を取らぬ。
一一 孔子と同時代の大盗。それの上を越すほどの盗心を起こす。
一二 すぐさま。

ぬる悲《（かな）》しさは、此比《（このごろ）》毎夜《まいよ》瓜盗《うりぬす》人つゞきて瓜《うり》とるの
みか、蔓《つる》迄引ちぎり畠《はたけ》をあらす曲者《（くせもの）》、「今宵《こよひ》はと
らへて、一三 田畠荒《でんばくあら》しの掟《おきて》の通《（とほり）》此所に一四 さらすべし」
と、一五 究竟《くつきやう》の百性共七八人かくれゐたりし夜の事に
て、「そりや」といふよりはやく四方より取まい
て、なんの苦《（く）》もなく一六 棒伏《ぼう（ぶ）》せにしてやがて垣《かき》にくゝ
りつけ、具足甲《ぐそくかぶと》を前《まへ》に置《おき》て晒《さら》すこそ是非《ぜひ》なけれ。
「夜あけけれ共《（ども）》船右衛門もどられぬは合点《（がてん）》ゆか
ず」と、女房尋《（たづね）》に出けるが、通りがけに此躰《てい》を
見て、一七 肝《（きも）》きへ心もたへ入《（いり）》しを思ひなをして我家に
立かへり、今年《ことし》五つに成ける子を引よせて申ける
は、「汝が父の船《ふな》右衛門殿は塩冶判官《えんやはんぐはん》の御内にては、肩《かた》をならぶる人もなく、あつぱれ
成武士《（なる）ぶし》なりしが、お主《（しゆう）》に異見《ゐけん》を申上られ御承引《ごせういん》なきによつて、お暇《いとま》を申請《うけ》国を立退《たちのき》、
十年此かたの牢人今日始《はじめ》て畠物《はたけもの》をぬすまれし憎《（にく）》しみに、百性の為《ため》に面《おもて》をさらされ給ふ事、
是妻子《さいし》を一八 はごくみ其身をたすからんとの心にての盗《ぬすみ》にあらず。お主の敵《かたき》をうつて忠臣の
名をあらはさん其支度《したく》の為《ため》、かゝる一九 まさなき業《（わざ）》をせられ、先祖《せんぞ》迄の名をくだされし事、

一三 田畑荒しに対する私刑。
一四 さらしものにする。
一五 きわめて頑丈な。
一六 棒でたたき伏せること。
一七 非常に驚き気も失わんばかり。
一八 はぐくむ。養い育てる。
一九 不都合な。

骨身《ほねみ》にしみてさぞ悲《(かな)》しうおぼされん。されば汝も幼少成《ようせう(なり)》といへ共《(ども)》侍の子なれば、生《いき》て人に面《おもて》はもはやあはされぬぞ。さるによつて今《いま》母が手にかけてころし、其刀《(その)かたな》にて我も倶《とも》に相はつる。一尋常《じんじやう》に相果《はて》よ」と能《よく》いひきかせ、仰《(あふの)》けにふさせ二心元《もと》をさしつらぬき、すぐに刀を取直《なを》して、其身もむなしく成にける。「誠に武士《ぶし》の妻女《さいじよ》程あり。けなげ成《(なる)》有様や」と聞人《(きくひと)》感涙《かんるい》ながしける。

二ノ巻終

一 悪びれず。立派に。
二 胸もと。

▲何《いつ》れ茂《も》様へ申上まする

大和絵師京西川祐信《すけのぶ》ニ筆の命毛《(いのち)げ》ヲ尽《つく》させ肝門《かんもん》の秘書《ひしよ》珍敷《(めづらしき)》趣向《しゆかう》ヲ作り戯画《たはふれゑ》の板行追
付出来それゆへ書印《(かきしる)》シ候

并ニ　上《かみ》は色と情の染分裙《そめわけすそ》は思ひの遠山染《とをやまぞめ》

風《ふう》　流《りう》　色《いろ》　雛　形《ひいながた》　　全部五巻

付リ　睦語《むつごと》は尽《つき》ぬ百品染《(もも)しなぞめ》に心の移《うつ》る色好《いろごの》み

御所風《ごしよふう》の浮世《うきよ》摸様《もやう》

付リ　閨《ねや》の結鹿子《ゆいがのこ》しめつけた寝巻《ねまき》小袖

町風《まちふう》の当世摸様《もやう》

付リ　二人寝《ふたりね》のぬれ衣透通《ぎぬすきとを》る肌《はだ》小袖

曲輪風《くるわふう》の仕出《しだし》シ摸様《もやう》

付リ　口舌《くぜつ》の抓染中直《つかみぞめなかなを》りは本《もと》の白《しろ》小袖

ふ屋町通せいぐはんじ下ル町

八文字屋

八　左　衛　門

▽宝永八年二月刊行。

けいせい伝受紙子《でんじゆがみこ》

目録　三之巻

一 遊女のひく三味線。以下の章題は五章とも「色道」の二字を首尾におく。
二 三味線をひくと引連れて行く(つれだって行く)を掛ける。
三 丹波口(大宮通の六条辺から西へ入る口)より島原の大門に至る野中の道。
四 座敷を借ると仮を掛ける。
五 小宰相は平清盛の弟教盛の子通盛の妻。通盛の一谷での戦死を知り入水死。平家物語・九「老馬」には戦の前に通盛と名残を惜しむことがあり、謡曲・通盛には名残の場が演じられるので、春本に甲冑姿の通盛との情交が描かれる。上文甲冑云々はその縁。また謡曲には小宰相の局とするのでその名と局遊び(最下級の女郎との遊び)を掛ける。
六 下紐を解いて心からうちとける。
七 手生。自分の自由に賞玩するもの。
八 女郎屋。
九 借・貸を当時は通じて用いる。
一〇 おなじは揃への縁。
一一 証文の文言。→三一四頁。
一二 文言を書き付けると肝煎賃を掻き付く(無理取りにする)を掛ける。
一三 仲介料。
一四 借金の仲介料。借用額の一割なのでかくいう。ここはその代りに借主の女郎の一夜の情に預るという。
一五 たくらみ。策謀。
一六 人をだます手段。装置の意があるので繰の縁。
一七 遊女が客をあやつる駆引き。
一八 粋人。矢が通ると掛ける。

第四　一色顔《いろがほ》結《むすぶ》堺《くるは》の諠譁《けんくわ》用心の逃道《にげみち》

さはぎ立て二鳴《なり》はためく三太鼓《たいこ》女郎、不断《ふだん》用意の智恵《〔ちゑ〕》を引出《ひきだ》す四三味線箱《ばこ》の刀脇指《かたなわきざし》、五さすがは武士《ぶし》の心がけ。

第五　色《いろ》から取リ入ル俄《にはか》侍我目《わがめ》ニ見へぬ非道《ひだう》

六普請《ふしん》のかけ引キ七間尺《けんじやく》はさしつけぬ大小、八東辺《ひがしへん》の遊山所《ゆさんじよ》九うつしにけりないたづら女の湯《ゆ》あがりの裸身《はだかみ》。

一 怒りを顔色にあらわす。
二 騒いでばたばたする。太鼓の縁。
三 歌舞音曲で座を取り持つ囲（かこい）女郎。
四 三味線を入れて持ち運ぶ箱。太鼓女郎・引出すと縁語仕立。
五 刀脇指を差すと掛ける。
六 建築工事の臨機の処置。
七 大工が建築現場で用いる長い物さし。普請の縁。また、さすは物さしではかることと大小を差すことを掛ける。
八 賀茂川の東側の縄手・石垣・祇園などの色茶屋の遊興所。
九 「花の色はうつりにけりないたづらに我身世にふるながめせしまに」（古今集・春下・小野小町）をもじる。遊興所の様子をうつして浮気女の。
一〇 原本「引連テ（ひきつれて）」。
一一 内密の歓楽。世間に隠れての歓楽。
一二 浮気な鍼医。次の医者と共に太鼓持が半ば渡世の種であった。
一三 ひまな医者。
一四 大家では台所を上・下にわけ、上

第一　色三味線[一〇]引連《ひきつれ》テ行《ゆく》朱雀《しゆしやか》の細道《ほそみち》

付リ　揚屋《〔あげや〕》の座敷にかりの世帯《せたい》遊び

庭《にわ》には金銀を蒔《まき》ちらし、四方《よも》の門口《かどぐち》はしめさせて、用心《やうじん》きびしく守《まも》らせ、[一一]内証《ないしやう》の歓楽《くはんらく》。[一二]芸者末社浮気《げいしやまつしやうはき》鍼立《はりたて》、[一三]手《て》透医《すきゐ》者《しや》、毎日お座敷へ詰《つめ》て余《よ》の事《こと》なしに好色咄《こうしよくばなし》。揚屋《〔あげや〕》の亭主《〔ていしゆ〕》は上《かみ》[一四]台所《だいどころ》に詰《つめ》かけて、[一五]西島《さいとう》毎日の珍説《ちんせつ》、遣《〔やり〕》手のまんが耳《みゝ》[一六]の根《ね》を蟻《あり》のはふ迄を言上《ごんじやう》申《〔まうし〕》、居ながら色里の[一七]諸分《しよわけ》を聞て此《〔この〕》座敷にうつし、毎日[一八]手がはりの遊興《ゆうけふ》。「師直《もろなふ》様なればこそなれ。外の大尽《だいじん》が[一九]微塵《〔みぢん〕》かなはぬ〳〵」と、軽薄《けいはく》あるほどつくし、「金《かね》にあかして取よせられし[二〇]女中方、いづれかあだに[二一]見へしはひとりもなかりき。是《〔これ〕》ぞまた稀《まれ》[二二]ものとて思ひ[二三]所《どころ》のなき女もなし。とかくはそろふた美女《びぢよ》もなきものと思ひしに、此比《〔このごろ〕》四郎平名代《へいなだい》[二四]にてお請《〔うけ〕》なされた、陸奥《みちのく》さま程《〔ほど〕》な御器量《ごきりやう》は、内ゝ《ないく》承りおよびしよりは、[二五]各別《かくべつ》の山《やま》、高《たか》きがゆへに町人の手がとゞかず、終《つゐ》には[二六]大名道具《だうぐ》とならせられた。[二七]我等も[二八]天からつつたやうな娘ひとりほしや。[二九]夜《よる》の楽《〔たのし〕》みにはせまいが、大金《おほがね》にしてなぐさみたい」と、針立《はりたて》の頓入《とんにう》が[三〇]よまい事。「[三一]今の女房衆では[三二]業平《なりひら》たのんで子種《こだね》おろしてもらふてからも、よい器量《〔きりやう〕》には生《うま》れつくまい。さふして昼夜《ちうや》出《で》あるいても、[三三]密男《まおとこ》の気遣《きづかひ》がなふていかい[三四]仕合《〔しあはせ〕》」と、末社中間《まつしやなかま》の口に

は主人の家族や客の食物を調理する。出入の者はここに御機嫌伺いに詰める。

一五 島原の廓。以下「手がはりの遊興」辺までと「金にあかして」より「美女もなきもの」まで俗つれ〳〵・四の二より剽窃、変改あり。

一六 耳のつけ根。

一七 いろいろな事情。情事に関した情報。

一八 入れ替り。お相手を変えての。

一九 (そんな遊興は)全く不可能だ。

二〇 御婦人方。

二一 いい加減な女に。

二二 (しかし)たぐいまれな美女と思っても。

二三 欠点。

二四 名義。

二五 全く異なった特別の逸品。なお「山高きがゆへに」は「山高故不ㇾ貴」(実語教)の口調を真似た。

二六 大名が愛玩する物。

二七 原本「我等ら」。

二八 天人のような。

二九 自分の夜の相手にはせず、遊女に売るか大名の妾にするか大金に替え。

三〇 世迷い言。愚痴。

三一 頓入の現在の妻。衆は親愛の気持をあらわす接尾語。

三二 在原業平。古来第一の美男。

三三 原本「蜜男」。当時、蜜は密と通用。醜女だから頓入が外出がちでも情夫の気遣いなし。

三四 大きな幸せ。

かけて笑ひをもよほし、師直《もろなふ》も晒《しや》[一]れ仕立《じたて》わるふはおもはず、「其《(その)》まゝ紙子《かみこ》道中おもしろい」とて座敷をねらせ[二]、「あの胴《どう》[三]ぎつた所ひとつで、千両が物がある」と陸奥《みちのく》を見てたわひはなかりき。かく御意《ぎよい》[四]に入《(いる)》程《〔ほど〕》陸奥《〔みちのく〕》うるさく、殊に「外にてもある事か、主人の敵の屋形《かた》へ引ぬかるゝは、大かたの因果《ゐんぐわ》ならず」と、紙子の袖の糊《のり》[五]ばなれする程《〔ほど〕》しのび啼《なき》になきしが、何とぞ此館《(この)たち》にある事夫《おつと》惣右衛門方へ通《つう》じたふ思へ共《(ども)》、便《たよ》りすべき道もな[六]く〳〵[七]それ成《(なり)》けりに打過《すぎ》ぬ。

ある時師直末社《もろなふまつしや》共をあつめていひけるは、「我《(われ)》大名の自由《じゆう》さはしたい事してあそべども、さりとては色里《いろざと》の揚屋《〔あげや〕》にてあそぶやうになく、どこやら内《うち》は気がつまれど、塩冶《ゑんや》が家来《けらい》大岸宮内《ぎしくない》といふ者、無分別《むふんべつ》なる傍輩《はうばい》の家中《かちう》の者をよびあつめて、我等をねらふやうに聞《きゝ》、どこやら小気味《〔きみ〕》がわるいゆへ外《そと》へも出ず。むつかしい[八]養子親《やうしおや》にかゝつてゐるやうな身持で、内にばかり暮《くら》す此退屈《たいくつ》さ。火がないと思へば一[九]倍《〔ばい〕》煙草《〔たばこ〕》がのみたい格《かく》にて、出られぬとおもへば後《うしろ》からつ[一〇]かみ立《たて》るやうに出《で》たふなつて

一 意気な身なり。
二 様子を作って歩かせる。
三 大胆自由なこと。
四 御気に入る。
五 涙で紙をはり合せて仕立てた紙子の糊もはがれるほど。
六 道も無くと泣く泣くを掛ける。
七 それなりに。そのままに。

八 うるさい養父に養われているような窮屈な。

九 一層。
一〇 何かえたいの知れぬものに引っ立てられるような気分で。

此比《〔ごろ〕》是《〔これ〕》に迷惑《〔めいわく〕》する。汝等《なんぢら》見事な智恵《ちゑ》を出して、此退屈《たいくつ》の欠《〔あくび〕》をやめる思案《しあん》をせよ」といへば、満座《まんざ》の太鼓《たいこ》共「是は仮初《〔かりそめ〕》ながら大事の分別《ふんべつ》所」と、子《〔し〕》細《〔さい〕》らしう首《くび》を、ひねつてさのみ[一一]飛《と》んだ趣向《しゆかう》もなく、「一倍《〔ばい〕》情《せい》がつきるは」と師直《もろなふ》も天窓《〔あたま〕》をかいてゐる所へ、四郎平《へい》罷《(まかり)》出て申《(まうす)》やう、「惣じて神仏《かみほとけ》も昔《〔むかし〕》から[一二]居《ゐ》つけ給ふ霊場《れいちやう》にましく〱てこそ、ありがたふも殊勝《しゆせう》にもあれ、手前へむかへ[一三]ませて拝《はい》した時は、参りておがむ程に底真《そこしん》からありがたふはないもの。色《いろ》の道もそのごとく、[一四]里《さと》にあつて「太夫さまく〱」と、引キ舟[一五]禿《〔かぶろ〕》にかしづかれ、揚屋《〔あげや〕》の亭主《ていしゆ》が[一六]虚言《〔うそ〕》八百、[一七]花車《〔くはしや〕》が無理《〔むり〕》に機嫌《〔きげん〕》をつくつて調子《〔てうし〕》ちがひのけら[一八]く〱笑ひ、[一九]下〻《したぐ》が「あいく〱」と間《ま》ぬけの返事、「馴染《なじみ》のお客さまが[二〇]丸屋に来《き》てござつて、明日《あす》[二一]西国《さいこく》へおくだりなさるゝ。暇乞《〔いとまごい〕》に、ちらとの[二二]御見《〔げん〕》[二三]蚤《〔のみ〕》のくふ[二四]程おかしなされて下《くだ》さりませ」と、女郎をかりにくる、「あげておいたお客がござらいでさびしい」とて、はなしにござる[二五]よねさまたち、入かはり立かはり、此[二六]模様《〔もやう〕》のさまぐ〱にかわるでこそ、金《かね》はつかはれた

一一 すばらしい。
一二 いつもおいでになる。
一三 敬譲の助動詞。当期には連用形を「ませ」とすることがある。
一四 色里。遊里。
一五 上級の遊女付きの見習い中の少女。
一六 うそばかり並べたてること。
一七 揚屋の女房。
一八 甲高い声の軽薄な笑い。
一九 揚屋の奉公人ら。
二〇 島原揚屋町西側の揚屋丸屋七左衛門(時代により三郎兵衛とも)か。西鶴の作品には多出するが、元禄末には既に存在せず。
二一 九州。
二二 お目にかかること。ここは遊女にあうこと。
二三 ほんの僅か。
二四 自分のあげている遊女を求めによって一時他客のもとに送ることを貸すという。
二五 遊女をよねという。
二六 様子。有様。

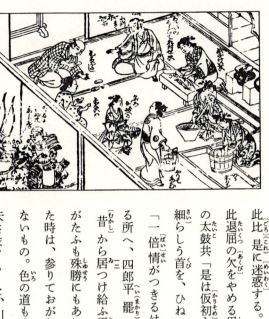

ものなれ。大金《おほがね》出して[一]つかんでから、[二]宿の花にしては、「あちらむけ」「かしこまつた」、「横《よこ》に寝《ね》よ」「心得た」と、こちのいふやうになられた分《〔ぶん〕》では、自由過《じゆうすぎ》ておかしからず。たとへば旦那のやうな御大名様でも、心にいらねば[三]ひんとひぞり、[四]こなしだてすれば、床《とこ》で当《あた》つて物の見事に[五]ふりつけ、鬼《おに》のやうな男にも、手を合《あは》さするやうないきかたでなければ、[六]神《しん》ぞ／＼おもしろふない事はしれてござります。とかく私思案《しあん》には、いづれにても揚屋《あげ》のひろき座敷二間《ふたま》を、[七]月切《〔つきぎり〕》に何程と極《きは》めて借《か》り切《〔きり〕》、一間《ひとま》には具足甲《ぐそくかぶと》を着《き》せて、[八]成程《〔なるほど〕》強衆《つよきしゆ》を四五十人もあそばせ置キ、「すはといはば鑓《〔ゝ〕やり》長刀《〔なきなた〕》の鞘《さや》をはづしてかけつけよ」と、襖間《ふす〔ま〕》一重《ひとへ》へだてて耳《〔ゝ〕みゝ》をすまして聞おかせ、其次《〔その〕つぎ》の[九]一間《ひとま》には、鍋釜《なべかま》すへてめづらしき世帯《せたい》の[一〇]取付《とりつき》。諸道具[一一]雛遊《ひなあそ》びのごとくこしらへ、[一二]前方《まへかた》より請出され置《おか》れたる紙子女郎をはじめ、禿引舟太鼓女郎《かぶろひきふねたいこ》、[一三]九匁取ﾘの三味《〔しやみ〕》ひくわろ迄一ﾄ間《ま》に取よせ、今迄の勤《つとめ》のごとく[一四]蹴出《けだ》し歩《〔あゆ〕》みの道中を見せても、諸人「かりませふ」といはれず。浮気《うはき》な大臣共に咽《〔のど〕》をならさせ、叶《かな》はぬ恋に身をもがかせ、余所《よそ》の女郎はかりてなぐさみ、此方の色達《たち》は[一五]揚屋《〔あげや〕》町をかいどりして[一六]八文字《〔もんじ〕》で[一七]御来迎《らいかう》なさるゝより外《ほか》、いかな／＼おがませぬ事。酒は[一八]舞鶴花橘難波《まいづるはなたちばななには》ぶり、[一九]辛口《〔から〕》なを[二〇]通《かよ》ひにて取よせ、[二一]揚屋《〔あげや〕》酒のうすいをのまず。[二二]宿屋《〔や〕》夫婦[二三]上《かみ》する女《〔おなご〕》、下働《したはたら》きする男共迄に時折節《〔おりふし〕》[二四]黄成《きなる》物をとらせ、[二五]「旦那御出」と小腰《こごし》をかゞめ、したい事する楽《〔たのし〕》み、おそらく[二六]万徳円満《まんとくゑんまん》の釈迦如来《しやかにょらい》も、此界境《かいぎやう》はうらやましうてたまりま

一　身請する。
二　自家の愛すべきもの。家の妻。
三　つんとしてすねる。
四　遊女を自由に扱うような態度を示すと。
五　客を床で相手にせぬこと。
六　ほんとうに。
七　一箇月にいくらと借料を定めて。
八　できるだけ。なるたけ。
九　以下「咽をならさせ」辺まで三所世帯・下の四より剽窃、変改あり。
一〇　始めること。
一一　小ぶりで豪華なものに作る。
一二　以前から。
一三　銀九匁の揚代の三味線をひくやつ。上文の太鼓女郎のこと。
一四　裾よけが見えるほど裾をはねあげて歩くこと。
一五　島原の一番奥西南部の揚屋の並んである町。
一六　着物の褄(まつ)を取り八の字形に足を踏んで。太夫道中の姿。
一七　太夫の来ることを菩薩の来迎にたとえていう。
一八　京都の銘酒名。舞鶴は新町通一条上ルの重衡(しげひら)製。花橘は下立売室町西へ入町の名酒屋名(京羽二重)、また堀川丸太町上ル坂田屋製の酒名(京羽二重織留大全)。難波ぶりは未詳。あるいは北野経王堂前津国屋のこの花をいうか。
一九　上戸は辛口を好む。
二〇　通帳。
二一　揚屋で出す酒は悪酒。
二二　揚屋の主人夫婦。

すまい」と、めづらしき企《くはだて》を申上れば、師直《もろなふき》喜悦《ゑつ》かぎりなく、「誠に汝が申ごとくさふした事では、たとへ酒にいきついて[二七]も気遣《〔きづか〕》いな事がない。あつぱれ上分別《〔じやう〕ふんべつ》[二八]。我《〔われ〕》[二九]は物にならふ物じや」との御褒美《ごほうび》。「[三〇]おなじくはあのお詞を、金《かね》にしてほしや」と大笑《わら》ひして、「さあ其用意仕れ」と万事四郎平請込《〔へいうけこみ〕》[三一]て、花川屋《〔や〕》[三二]といふ揚屋《〔あげや〕》の大座敷二間《ふたま》、かり[三三]の世にやましがりて、「又の世には大名に生《むま》れたき」との願《〔ねが〕》ひ。是《〔これ〕》は大きな色遊《〔あそ〕》び。「いづれ金《〔かね〕》さへあらばしても見たき遊興《ゆうけう》」と、都の大臣中間《なかま》にうらやましがりて、高足駄《たか〔あしだ〕》[三四]はく行人《ぎやうにん》は、こんな事見てかもしらず、「ア丶南無阿弥陀《〔みだ〕》仏金《かね》の世の中」。

第二　色宿《いろやど》ニ金《かね》を借思案《かすしあん》の深欲《ふかいよく》の道《みち》

付リ　女郎に手形の文言《もんごん》かきつく太鼓《たいこ》

堅《かた》い男が傾城買《〔けいせい〕かふ》と、浮気《うはき》な若い者が後生《ごしやう》ねがふとは、さらに[三五]いぬ物ながら、金《かね》[三六]が敵《かたき》の浮世《うきよ》、何か思ひ出して大岸宮内は、都の名代《な[三七]だい》末社《まつしや》御機嫌《〔きげん〕》取の上手者《じやうずもの》にいざなはれて、師《もろ》直《なふ》が借《か》り切《き》つて遊ぶ其隣《〔となり〕》の、丸菱屋《びし〔や〕》と云《〔いふ〕》揚屋《〔あげや〕》にかよひ、太夫の高橋《たかはし》にかゝつて[三八]とめどはなかりき。

此《〔この〕》道の晬《すい》に成《〔なる〕》は何《〔な〕》ン時《〔どき〕》からでも金《かね》次第にて、「堅《かた》いお人じや」と身は売《うり》ながら、はじ[三九]

二三　揚屋で座敷まわりの雑用をする女。
二四　小判や一歩判。
二五　「旦那よくいらっしゃいました」と挨拶をさせる。
二六　あらゆる徳を完全に備えたこと。
二七　酔いつぶれる。
二八　よい考え。
二九　おまえは役に立つ者だ。
三〇　同じことなら褒美を言葉だけでなく金でもらいたい。
三一　引請ける。
三二　次章の丸菱屋と共に仮構の名。
三三　借りと仮の世を掛ける。
三四　鳥足の高足駄をはき白衣姿、頭に水の入った手桶をのせ首から鉦《(かね)》をかけた行人。行人が南無阿弥陀仏に続けて思わず金の世の中と唱えてしまったのは、遊んでいる二階をのぞいているので、背丈が高くなっていてこんな豪遊を見たからかもしれぬ。
三五　全く存在せぬ。
三六　ことわざ。金のためにいろいろ苦を受け忍従を強いられることをいう。
三七　有名な太鼓持。
三八　客として関係を持つ。
三九　はじめは嬉しく思わなかったらしい。以下「相自慢」まで好色盛衰記・一の三より剽窃、小異あり。

めは祝着《しうちやく》にもなかつたそふな太夫も、いつとなく首尾《しゆび》[一]して、[二]もつてひらいて相自慢《あいじまん》。今此《この》娑婆《しやば》に高《たか》[三]なしに、見事なさばき[四]する本《ほん》[五]大臣のきれめな時なれば、揚屋《あげや》女夫《めおと》下々《したぐ〜》迄も、[六]はいまとはるゝ藤《ふぢ》の花、紫《むらさき》の丸頭巾《づきん》[七]に、[八]紫竹《しちく》の細杖《ほそづゑ》、素足《すあし》に藺草履《ゐざうり》[九]、しづかに丹波口《たんばぐち》[一〇]をゆけば、もろ〳〵の末社《まつしや》共左右《さゆう》に取つき、[一一]おかしき手つきして[一二]旦那よばり。「今日《けふ》は国[一三]方《かた》の友達《だち》共四五人揚屋《あげや》にてふるまふが、女郎は誰《たれ》〳〵がよかるべし。指図《さしず》せよ」との御意。畏《かしこま》り奉つて「先《まづ》はそめ山ときは松島、いくへおのへなどでもござりませふか」といへば、「それは太夫天神[一四]には聞なれぬ名共《ども》じやが、我等まだ見ぬ太夫衆もあるか」と不審顔《ふしんがほ》せらるれば、「只今申たてましたよね達《たち》は、皆鹿恋《かこい》[一五]女郎の名でござります」といふ。「是《これ》は京の名代《なだい》末社《まつしや》とて、歴《れき》〻について歩行《ありく》やうにもない。人をふるまひ馳走《ちそう》によんでやる女郎に、鹿恋《かこい》が成《なる》ものか。我等指図《さしづ》を仕《つかまつ》らふ。野風《やふう》[一六]三五長太夫巴《ともへ》、此四天王[一七]をまねいて友達《ともだち》共を睟《すい》にも[一八]みこふでもらひ、国本《くにもと》を忘《わす》れて京に長逗留《ながどうりう》して、身共[一九]が爰《こゝ》[二〇]通《かよ》ひの、連《つれ》にせふと思ふ」とあれば、「是は見事な御馳走《ごちそう》。あはれ此よね様達《たち》にくいつ[二一]かせられて、千年も此地に御逗留《とうりう》あるやうに仕りたし。さすればよい旦那衆が数《かず》〳〵とれて我〻が仕合《しあはせ》[二二]。よい年をとるといふ物」と、はや欲《よく》を申て悦び、彼師直《かのもろなふ》が借《か》り切《きり》し揚《あげ》屋《や》の隣《となり》、丸菱屋へ鳴込《なりこみ》[二三]、今の世の口きく[二四]太夫、手をそろへて[二五]五人まねき、大臣は大岸《ぎし》をはじめ一味の輩《ともがら》同じ茶縮緬《ちやぢりめん》に石餅《こくもち》[二六]の紋《もん》所、下着《したぎ》[二七]から帯《おび》大小の拵《こしら》[二八]へも微塵《みぢん》替らず、宮内

一 男女相会うこと。
二 公然と宮内と会うことを自慢する。
三 限度のないこと。無制限に。
四 揚代・祝儀などの支払い。
五 本物の大臣。
六 はいつくばりまとわりつくこと藤の花のごとく。藤の花の色は紫なので下文に続ける。
七 老人などのかぶる丸型の頭巾。
八 真竹の一種。黒紫色になるゆえの名。
九 藺草を編んで作った草履。以上余情を作った大臣姿。
一〇 大宮通の六条辺から西へ丹波海道町へ入る辺の称。このあたりに茶屋があり、西進して島原に至る。
一一 指の股をひろげてなどといわれる太鼓持独特のポーズをとる。
一二 宮内を指して旦那と呼ぶこと。
一三 本国がたの。郷里の。
一四 太夫に次ぐ格の遊女。
一五 天神に次ぐ格の遊女。
一六 「やふう」は「のかぜ」を気どっていう。当時太夫に野風・三五がいた可能性があるが、あるいは四人とも仮構か。
一七 島原を代表する四人の遊女。
一八 教えこんで。
一九 私。自分。
二〇 島原通い。
二一 心をひかれて離れぬ。
二二 豊かに越年する。
二三 にぎやかに騒ぎながら繰り込む。
二四 羽振りのよい。
二五 すぐれた遊女の数をそろえて。

と同じ出立《(でたち)》にて四人の珍客《ちんきやく》。「さるほどに[二九]髪《かみ》付《〔つき〕》迄を一躰《いつてい》に、ようそろひし旦那達《たち》」と、上《かみ》する女《〔おなご〕》も、どれがどれやら見まがふほどなり。酒もよいくらゐに廻《まは》り、機嫌《〔きげん〕》も[三〇]一調子《いつてうし》高《たか》ふなつて、[三一]何いふたと願《〔ねが〕》ひの叶ひさふな時分、「末社《まつしや》共ゐならびて、[三二]訴詔《そせう》あり顔《〔がほ〕》に見ゆるは、四人始《はじめ》て此里の[三三]口《くち》開《〔ひら〕》きに[三四]太夫づきをした、祝《〔いは〕》ひせいといふ事ならん。大方はこんな物成《〔なる〕》べし」と、宮内心得て五人の太鼓《たいこ》へ、[三五]一盃《〔ばい〕》づゝうつて廻《まは》れば、「旦那はいはねど[三六]四相《しさう》をおさとりなさるゝ。お捌《〔さばき〕》が諸事[三七]あまるは」と、底心《そこしん》から悦《よろこ》ぶ所を見すまし、「何と汝《〔なんぢ〕》ら[三八]世上《〔せじやう〕》に金《かね》ありながら、きつい親仁《おやぢ》をこはがり、つかいたがる血気《けつき》な息《〔むす〕》子共が何程か有《〔ある〕》べし。[三九]家財《かざい》かけて是程と慥《たしか》に見ゆる身代《しんだい》の、金銀まゝならぬ大臣あらばしらせよ。[四〇]二歩《ぶ》半の利にして十年[四一]づゝの長《なが》き切《〔きり〕》をきつて、何程なり共《〔とも〕》我ゝが中間《なかま》からかしてやるべし。たゞし利銀《りぎん》は毎月とらねば、牢人《らうにん》のそれをあてにして長生《ちやうせい》の粮《かて》にする事。随《〔ずい》分《ぶん〕》借《か》り手を聞出《きゝだ》せ。若《もし》や[四二]渡部辺《わたなべへん》の正《たゞ》しからぬ所の金《〔かね〕》と思へば、大臣によりてかりにくがるものなれば、大岸宮内と云《〔いふ〕》牢人《らうにん》が、古今《ここん》にない十年切リといふ金《〔かね〕》の借《か》しやうをして、二歩半の利でかすと世間へ聞《きこ》へてからが、金《かね》かすといふ程[四三]外分《ぐわいぶん》のよい事なければ、かくす事はない程に、京中をかけ廻《まは》り触《ふれ》ありきてなり共、借《か》り手をきゝだせ」といひわたせしは、其身《〔そのみ〕》心に[四四]異儀《ゐぎ》の企《くはだて》なく、長生《ちやうせい》の貯《たくわへ》をするといふ事を、あまねく世上へしらせ、敵に用心させまじき、是も計略《けいりやく》の一手ときこへぬ。太鼓《たいこ》共宮内が計略《〔けいりやく〕》にいふ事はしらず。

二六 白抜きにした円形の紋。
二七 着物を二、三枚重ね着た時の一番下に着たもの。
二八 刀の外装。
二九 髪の結いかたまでを一様に。
三〇 一段と高揚して。
三一 太鼓持が大臣にどんな願いごとをしてもかないそうな時分。
三二 お願い。歎願。
三三 物事のし始め。遊び始め。
三四 相手の太夫がきまったこと。
三五 金一両ずつはなを与える。
三六 出世景清に「(畠山)重忠は四相を悟る」という。万事に通暁し聡明なこと。
三七 過分だ。十二分だ。
三八 世間。
三九 家財を加えて。持金に家財共に。
四〇 月利二分五厘(二・五パーセント)。高利であるが、長く生活をささえるために利息をむさぼると思わせる策。
四一 切は期限。期限十年と言うは無事を願い復仇を考えぬと思わせる策。
四二 大坂の町の西南木津村の内にあった渡辺村。
四三 外聞がよい。
四四 異例の事を企てる。具体的に仇討。

面《(めん)》ゝ心に笑《〔ゑみ〕》をふくみ、「是耳《(これ)みゝ》よりな義を承ります。お前《〔まへ〕》には金[一]があそばず、大臣方へは我ゝが働《はたらき》になり、[二]両為《(りやうため)》と存れば第一が此方《(このはう)》共が為に成事《(なる)》」と悦ぶ時、塗枕《ぬりまくら》の文四郎と云《(いふ)》太鼓が申《(まうす)》は、「私内《(ない)》ゝより金があらば、慥《(たしか)》にしてしかも歩《ぶ》[三]は何程にしてもいやといわぬ、よい借《か》し所がございます。太夫様方のござる前《〔まへ〕》で近比《(ちかごろ)》ぶ遠慮《〔ゑんりよ〕》ながら、一つは又お為[四]にもなりませふかと、忠《ちう》の心で申ます。惣じて此里にかぎらず、いづくの色町でも女郎の御難義《なんぎ》と申は盆《ぼん》正月節供《せつく》〳〵、其外《(その)》の紋日《もんび》[五]に後《うしろ》[六]立《だて》の大臣様のない時は、血《ち》の涙がこぼるゝほどくるしうても、身揚《〔あが〕》[七]りでもなされねば公界《くがい》[八]がつとまりませぬ。其時分は鬼《おに》[九]の臍《へそ》くり金《〔がね〕》にても、かりたそふなお顔《〔かほ〕》でござります時、五両十両でござりませふと、手形なしにお客[一〇]の手前からもらひためなさるゝまで、利は八割《わり》にして成共《(なりとも)》御かしなされませ。今度《こんど》返弁《へんべん》の節《せつ》とゞこほりますれば、いやともおふともいはせぬ質物《しちもつ》[一一]を取て置事《(おく)》。其質物《しち》と申《(まうす)》は女郎様に誓紙《せいし》をかゝせ取ます其文言《もんごん》には、「夢《ゆめ》[一二]〳〵恋穿鑿《〔ぜんさく〕》ありて取ル起請《きしやう》にあらず。たとへば女郎の

一　金が遣われず運用もされず徒らに手許におかれていることを金が遊ぶという。
二　両方の利益になるかと思えばまず第一に太鼓持の利益になる(仲介料もはいるし、大臣客が遊びに来てくれるし)。
三　利息。
四　以下言うことが列座の太夫が困った時の役に立つこともあろうかと。
五　各くるわで定めた特定の売り日。上文の盆・正月・節供の外多くの日を当て、その日の客は祝儀など別の費用を要し、引受ける客のない場合は女郎の負担になる。
六　後援者。
七　遊女が自分の揚代を払うこと。
八　遊女の勤め。
九　貸し手の素姓やひどい条件を問題にせず。
一〇　以下「目にかけて」辺まで織留・五の四より剽窃、変改・付加あり。
一一　担保。
一二　全く恋愛関係があるので書かせた起請ではない。

[一三]身の上すたる所を、其方様に見付られ、しかも内《ない》証《せう》にて年《とし》〳〵[一四]御合力《かうりよく》請申《うけまうし》、その御恩《ごおん》には世間の目《め》をしのび[一五]念比《ねんごろ》いたし候。此心ざし替り申候においては、我が身は申《まうす》におよばず、[一六]西の京に夜番《やばん》いたしゐ申され候父親《てゝおや》を、[一七]奈落《ならく》におとし申シ、此身は仏神の御罰《ばち》をかうふり、[一八]五分《ふん》取リの女郎におろされ申べし」と、一つも[一九]根《ね》のない事をかゝせまし、血判《ちばん》迄おさせて是を質《しち》に取リおき、約束《やくそく》の切《きり》にすまぬ時は、此質物《しちもつ》の起請文《きしやうもん》を[二〇]出口《でぐち》の門《もん》にはつて、廓中《くるはぢう》はいふにおよばず諸大臣、又は[二一]悪《わる》口中間《なかま》の太《たい》鼓《こ》共迄の目にかけて、恥《はぢ》をあたへる[二二]あたまからの契約《けいやく》。しかれば是程慥《たしか》成ルかし物はなし。其身死《しん》でからも此恥辱《ちじよく》はぬけぬにより、明《あ》日《す》揚屋《あげや》へめしてござる、[二三]ひとつの着《きる》物でも[二四]まげて、此方へ[二五]すまされねばならぬ事」と、[二六]よういふ顔《かほ》にて申せば、「いかさま是はたしかなかし物なれど、若《も》し其借《か》り手の女郎[二七]無《む》筆《ひつ》にては、[二八]談合《だんかふ》のならぬ事なり。是斗《ばかり》にはいかな母親《をや》でも、「代筆《だいひつ》してやらふ」とはいわれぬ事」と、跡は大笑《わら》ひにて是を興《けう》にして、「[二九]酒になりすました。しやん〳〵」。

一三 面目を失い勤めも出来ぬようになる。
一四 金品による援助。
一五 情交をすること。
一六 京都の町の北西、西の京村。現中京区西端部。夜番は町村に雇われ夜間の警戒に当る者。女郎実家を貧賤の者とする設定。
一七 地獄。
一八 島原で北向《きたむき》と呼ばれた揚代銀五分(一匁の半額)の最下級の女郎。
一九 根拠のない事。うそ。
二〇 島原の惣門(大門)。
二一 口の悪い太鼓持仲間。
二二 最初からの。
二三 一つしかない着物。
二四 質におく。
二五 借金を返済することをすますという。
二六 うまいことを言ったという顔。
二七 読み書きの出来ぬこと。得意顔。
二八 相談。
二九 酒宴を始める時のかけ声。「しゃん〳〵」はしめて手を打つ音。

第三　色〻《いろ〳〵》の繰仕掛《からくりしかけ》の有ル手管《てくだ》の道《みち》
付リ　案山子《かゞし》の弓《ゆみ》に女郎の智恵《ちゑ》の矢《や》

「[一]見台《けんだい》に眼《まなこ》をさらし諸分《しよわけ》を穿鑿《〔せんさく〕》するに、「色道《しきだう》より外《ほか》に楽《〔たのし〕》みなし」と、代〻《よゝ》の賢《かしこ》き人申おかれしにちがいなく、抑《そも〳〵》　此世《(この)》へ生れ出て、[二]かきぞめの桃色《もゝいろ》の下帯《したおび》してより、[三]鐘木《〔しゆもく〕》杖《〔づゑ〕》つく迄、此道をしばらくもいやと思ふた人なし。しかれば人間[四]栄花《ゑいぐは》の上盛《うは〔もり〕》とは、此遊びにきはまりぬ」と、師直《もろなふ》は昼夜《ちうや》のわかちなく、借切《かりきり》の揚屋《あげ〔や〕》に[五]うつゝのごとくあそびゐぬ。

[六]お傍《〔そば〕》さらずの四郎平《へい》、御意に入ルにしたがひ「何とぞ[七]目に見へし一《ひと》御奉公せば、[八]知行《ちぎやう》取《(とり)》にもなりさふなもの」と、元来巧《もとよりたくみ》[九]ふかく心のひろき男なれば、昼夜《ちうや》此心がけにて、のみたい酒もひかへて万《よろづ》に心を配《くば》りければ、東隣《どなり》の丸菱屋《びし〔や〕》に、訛声《なまりごゑ》にて[一〇]神代《じんだい》の小歌めきたる一ッ曲《きよ》ク、[一一]気を付てきくに正《まさ》しく出雲《いづも》のはやり歌。「是《(これ)》は」と早《はや》心づきて、お座敷を立ッて隣《となり》へゆけば、丸菱屋《びし〔や〕》の亭主《ていしゆ》見るより、「是は旦那《だんな》此方へは[一二]鼬《いたち》の道切ッたやうに、風《ふう》のよいお顔《〔かほ〕》も見せられぬ。[一三]お馴染甲斐《〔なじみがい〕》には隣《となり》へお出なさるゝお大名様を、折節《〔ふし〕》は此方へもお心むけられ、[一四]お腰《〔こし〕》かけらるゝやうにたのみ上る」と、[一五]述懐《しゆつくはい》まぜて申せば、「是は此

一　書見台によって読書・学問に精を出し。以下「楽みなし」まで三所世帯・中の二より剽窃。
二　男児七歳の年にはじめて褌をしめること。
三　丁字形ににぎりの付いた杖。
四　栄華の最上のもの。
五　夢心地で。夢中に。
六　常に主君身辺に侍る寵臣。
七　目立った。
八　俸禄として所領地を分与された上級の家臣。
九　策略にたけて度胸がある。
一〇　古めかしくひなびたことをいう。出雲は素盞嗚尊の「八雲立つ」歌をよんだ地であるので神代という。
一一　原本「曲ク(きよ)」。
一二　行き来の絶えること。
一三　親しい仲のよしみに。
一四　お寄りくださるように。
一五　愚痴。恨み言。

方の心が通《つう》じたといふもの。今爰《こゝ》へ来りしは旦那の御意に、「同じ座敷も気がかはらいでおかしからぬ」と、外《ほか》へ[一六]飛心《とびごゝろ》の思召付《〔おぼしめしつき〕》。「是さいはひ馴染《〔なじみ〕》なれば、丸菱《びし》屋《〔や〕》へ宿《やど》替《〔がへ〕》させませふ」とおもふて其《（その）》相談に来りしが、又[一七]町の随分幅《ずいぶんはゞ》のある大臣より、大名の女郎狂《ぐる》ひは各別《〔かくべつ〕》に[一八]大たば成《（なる）》物。十日つゞけてござつたら、おそらく此商売《しやうばい》やめられても、一代くはるゝ程は慥《（たしか）》にもらひのある事」と、[一九]銀《かね》の切目《〔きれめ〕》な時分にうまふもつて参れば、亭主《ていしゆ》[二〇]舌《した》打して「一代は扨置《（さておき）》、せめて一年ゆるりとした年《とし》をお影《かげ》でとつて見たければ、ひとへに君のお働《〔はたら〕》き、[二一]人に成《（なり）》ます事」とたのむ。「しからば談合《だんかう》あり。そなた達《たち》も兼《かね》て知てもゐられふ。旦那には出雲《いづも》牢人《らうにん》がちとお[二二]指合《〔さしあい〕》なさるれば、そんな者が来らば[二三]揚屋《〔あげや〕》の嗜《〔たしな〕》みをやぶつて、客《きやく》の名を[二四]有躰《〔ありてい〕》にいふてきかされ、此方に[二五]心得をさせてたもらねばならぬが」といへば、「是は仰におよばぬ。お大名様おひとりに、牢人《らうにん》の百や弐百とおもひかゆるものでござりますか。すでに只今も奥《をく》座敷に、出雲《いづも》牢人の[二六]頭取《とうどり》宮内をはじめ、傍輩《はうばい》の牢人三四人打まじりての[二七]酒事《（さかごと）》。第一主人の金《かね》をしたゝかもつて[二八]のいたと見へまして、「墎中《くるはちう》に金《かね》がいらば十年成《（なり）》と廿年なりと、[二九]長年《ながねん》きつてかしたい」と、晩《ばん》もしれぬは人の命。それにいつ迄いきる算《〔さん〕》用やら、欲《よく》な事ばかり申てゐらるゝ」と、大抵《たいてい》は客《きやく》の名をかくすが揚《〔あげ》屋《や〕》の作《さ》法《ほう》なるに、大名といふ大ゝ臣を我客《わがきやく》にせん欲《よく》より、残らず名をあかせば、四郎平は是をきかんばかりに、亭主《ていしゆ》がすく[三〇]問《〔とい〕》薬《ぐすり》をもりかけ、「万事は我等にまかしておけ」と、

一六 外へ移ろうと思う気持。
一七 町人の大層羽ぶりのよい大臣。
一八 大がかり。
一九 金まわりの悪い時分。当時の不景気を反映した書き方。
二〇 うまい話を聞いて喜ぶさま。
二一 世間に認められる人間になれることだからよろしく。
二二 さしつかえ。支障。
二三 客の秘密をもらすのは揚屋の慎むべきこと。
二四 有りのまま。
二五 用心。
二六 かしら。頭目。
二七 酒宴。
二八 立ちのいた。
二九 長い期限を定めて。
三〇 試薬を処方する。相手の意中を探るためにかまをかける。

立かへりて師直《もろなふ》がさはいでゐる袖を引て申《(まうす)》は、「隣《となり》の揚屋《〔あげや〕》にあそんでおりますは、塩冶《えんや》が家老大岸宮内其外二三人づれで、歴〻《〔れき〳〵〕》の太夫一座で、[一]のぼりかゝつてゐる[二]天竺牢人《ちくらうにん》共、慥《(たしか)》に見とゞけ参りたり。此《(この)》者浮世にある中《うち》は、どふでも旦那に[三]御油断はあそばしにくい。其《(その)》根《ね》[四]をたつて上《(あげ)》ませふとぞんじ、私思案《しあん》をめぐらし、お次《つぎ》の間に用心の為にさしおかれし、侍衆の中にていづれにても、[五]武辺《ぶへん》なる力者《りきしや》を七八人、[六]雁金《かりがね》文七手《で》の男伊達《だて》にこしらへ、中間《なかま》諠譁《げんくは》を始《はじめ》墎中《くるはちう》をさはがせ、見に出る人に気を付《(つけ)》、宮内が出たと見たならば、何かなしに大勢《〔ぜい〕》引つゝんで微塵《〔みぢん〕》になし、誰がした共しれぬやうに、我〻は大勢の中へかくるべし。あの者一人御威光《ゐくはう》で[七]せしめらるゝは、鼠一疋ころすよりやすけれど、此者には四十人の余《よ》、[八]命《〔いのち〕》をしらぬ一味《み》の者ある由《〔よし〕》なれば、旦那の[九]手筋《すぢ》からなされたとしれては、残りの奴《〔やつ〕》らに又ねらはるゝがいやなれば、とかく花〴〵しき諠譁をして、墎中《くるわちう》を大きに騒動《さうどう》やらせねば、大勢混乱《こんらん》いたしませぬ。其騒《〔さは〕》ぎの中《うち》でなければ、相手のしれぬやうには働《はたら》

一 夢中になりかかる。のぼるは天の縁。
二 宿なしの浪人。
三 原本「御油断はは」。
四 根源をのぞく。
五 武勇すぐれた力の強いもの。
六 雁金文七風の俠客。雁金文七は元禄十五年(一七〇二)八月に処刑された大坂の無頼漢。雁金五人男の頭として小説・演劇に作られ次第に美化された。
七 奪う。捕える。ここは命を奪う。
八 命知らずの。
九 関係方面。

きがたし」と、[一〇]存付《ぞんじつき》を残らず語《かた》れば師直《もろなふ》大きに喜悦して、「是《(これ)》は究竟《くつきやう》の思ひ付キ。しおふせたら町人やめさせ、我等召抱《めしかゝへ》て歴ゝ《れき〳〵》の侍に取立てとらすべき」との御意、かたじけなく、すくやか成《(なる)》力自慢《じまん》の侍を、大勢の中よりすぐり出し、[一一]作り髭《ひげ》作《〔つく〕》り眉面躰《まゆめんてい》すさまじう見せかけ、四郎平《へい》が指図《〔さしづ〕》にまかせ、[一二]茶筅髪《〔ちやせんがみ〕》に広《ひろ》袖[一三]、脇指《〔わきざし〕》一本で男伊達《〔だて〕》につくりなし、「さあよい時分じや。丸菱《びし》屋の門《かど》で諠譁《けんくは》はじめ」と、其[一四]支《し》度《たく》する中《うち》に、請られてゐる陸《〔みち〕》奥《〔のく〕》は元来《もとより》宮内とは傍輩《はうばい》の、鎌田《かまだ》惣右衛門が妻《さい》なれば、此座にありて是を聞《(きく)》より、大岸に此企《くはだて》しらせたく思ひて、何となく[一五]南請《みなみうけ》の障子《せうじ》をひらき、野中《のなか》にうつる月に心をよせたる躰《〔てい〕》にて、「さりとは町[一六]住居《〔ずまゐ〕》とは各別《〔かくべつ〕》に、月の光《〔ひかり〕》に草《くさ》〴〵における夜露のきらめき、此おもしろさ此まゝにては見すてがたし。どふぞ裏《うら》口へ出て、此景気《けいき》[一七]ちかふ見たし」と師《もろ》直《なふ》への訴詔《〔そせう〕》。「さすが至[一八]りたる女の心ざししほらしい」とて、裏《うら》口の戸の鎰《かぎ》を取よせ早《さつ》速《そく》あけさせて、「是は冷《ひい》やりとして座敷にゐるよりは、各別《〔かくべつ〕》[一九]世界《せかい》[二〇]あつた物ではないは」と、何の心もない引舟 禿《〔かぶろ〕》遣《〔やり〕》手の杉《すぎ》迄、籠《かご》[二一]を出し鳥のごとくに悦びてとんで出る。酒の上に冷ゝ《ひやく》と秋風のしみ、「此心よさは」と見まはす所に、禿《〔かぶろ〕》[二二]がけうとく「なふこはや」と声《〔こゑ〕》をたつる。「こりや何事じや」と人ゝおどろきあたりを見れば瓢簞《へうたん》[二三]に笠《かさ》きせ、手[二四]のものに弓《ゆみ》と矢《や》もたせて、畠中《はたけなか》[二五]にすつくりとたゝせおきたる、案山子《かゞし》にてぞありける。「是はおびへしが道理《だうり》」といふうちに、太夫頓智《とんち》をはたらかせ、隣《となり》の丸菱《まるびし》屋《〔や〕》にさはぎゐ

一〇 思い付き。
一一 墨で髭や眉を描くこと。
一二 髪を頭頂で束ねくくり、先を茶筅のようにした髪風。
一三 袖口の下部を縫い合わせてない袖。伊達な風。
一四 原本「支配（したく）」。
一五 南の方に向いた。
一六 町なかの住居とは全く異なった。揚屋町は廓の西南隅で廓周辺は畠。
一七 景観。景色。
一八 粋な。
一九 別世界。
二〇 最高だ。
二一 解放された喜び。
二二 まわりを驚かすような声を突然あげるさま。
二三 原本「瓢単」。
二四 案山子お定まりの持物。
二五 まっすぐに立つさま。すっくと。

る客共の障子《せうじ》にうつるを見て、「皆の衆あの[一]余念《〔よねん〕》もなふあそんでゐる所を、今禿《かぶろ》の袖野《そでの》がおびへしやうに、おどろかして見まいか」といへば、酒のたらぬ遣手《〔やり〕》は、「諠譁《〔けんくわ〕》のもといいらぬもの」といふ。骸《からだ》一ぱいのんで[二]天窓《〔あたま〕》へ酒ののぼつたる男は、「さあ太夫さま、あいつらに肝《きも》をつぶさす仕掛《〔しかけ〕》あらば、所望《しよもう》〳〵」と申《(まうす)》をさいはひに、案山子《かゞし》が持《もち》たる弓と矢とりて、座敷にて[三]ついしたゝめ、おきし一ッ通《つう》を、矢の先《さき》にむすびつけて、大岸があそんでゐる二階《にかい》座敷へはつしとゐる。此《(この)》矢あやまたず、障子《せうじ》を射《ゐ》ぬいて内にいれば、座中さはぐ躰相《ていさう》うつれば、様子をしらぬ引舟遣手《〔やり〕》、[四]うんつくの男共は、「そりや肝《きも》つぶしたが、跡《あと》にむつかしう[五]ねだる時は、太夫様にまかせて我〳〵は存じませぬ」と、[六]先《まづ》身をのがるゝ覚悟《かくご》。「それは[七]おれにまかせておきや。皆がいれば断《〔ことはり〕》がむつかしい。どふするぞ此太夫が[八]しこなしを見ておきや」と、つき〴〵の者を裏《うら》口迄とをのけ、壁越《かべ〔ご〕》しに「[九]みやさま〳〵」といへば、先達《さきだつて》の矢《や》文《〔ぶみ〕》を披見《ひけん》したる宮内心得て、障子《〔せうじ〕》をあけ「只今は[一〇]内証《ないしやう》をおしらせ、近比《(ちかごろ)》浅《あさ》からぬお心ざし。おつれあい惣右衛門殿へも風聴《〔ふいちやう〕》を仕るべし。此上いよ〳〵御内通《つう》たのみ入《(いる)》」と小声《〔こゑ〕》にて申せば、陸奥聞《みちのくきい》て「お頼《〔たの〕》みなきとても其《(その)》心にて、敵《かたき》師直《〔もろなふ〕》に今迄つきそひゐる身なれば、其段は御気遣《〔きづかい〕》あそばすな。少《(すこし)》の事もおしらせ申さん。扨《(さて)》此文箱《ふ》の中成《(なる)》は、師直が屋形《〔かた〕》、又は寝間《ねま》の様子ども、兼而《かね(て)》委《くはしく》書おき、便りにつけて夫《おつと》の方へ遣はさんとこしらへおきて候《(さふら)》へば、是もよき折《〔おり〕》」と壁際《かべ〔ぎわ〕》の石ふまへ

一　夢中で。
二　酔って理性を失った。
三　ちょっと書いておいた。「したゝめ」の下の句読原本のまま。
四　まぬけ。
五　言いがかりをつける。
六　責任を回避する用意。
七　私。女も用いた。
八　うまく処置すること。
九　宮内のくるわでの替名。
一〇　内密の事。

て、懐中《くはいちう》せし[一一]文箱《ふみ》をさし出せば、宮内請取《うけとり》「是天の助《たすけ》」とおしいたゞき、「申度事《まうしたき》も数《かず》〳〵ながら、敵に[一二]すいせられては跡の智略《ちりやく》の[一三]かい共《とも》なれば、はやお帰《かへり》」と障子《せうじ》をさせば、陸奥《みちのく》は立もどりて、「[一四]いふではないが、いかな男もこちの習《ならひ》の[一五]ぬらしでは[一六]綿のやうにする事」と、[一七]手にいれた言分《いひぶん》。皆〳〵手管《くだ》とはしらず、「爰《こゝ》から見ておりましたが、むつかしさふな男が障子を明《あけ》て、何やらお前《まへ》を[一八]きめる躰《てい》。爰でさへ胸《むね》が[一九]きよと〳〵しました」と、[二〇]所の者でもうまふ一盃《ばい》是は参りぬ。

第四　色顔結《いろがほむす》ぶ堺《くるは》の諠譁《けんくわ》用心の逃道《にげみち》

付リ　智恵《ちゑ》を引出《ひきだ》す三味線箱《ばこ》の刀脇指《かたなわきざし》

月すさまじき程《ほど》てりかゝやき、色〳〵の虫《むし》の声《こゑ》。相手なしの女郎は、客を[二一]松虫のねられぬ恨《うら》み。垣根《かき(ね)》の朝顔《あさがほ》の、[二二]のき心成《なる》大臣をとめんとては、一筋《ひとすじ》もあだにはせざりし黒髪《くろかみ》を、[二三]蟋蟀《きり〴〵す》の小夜《さよ》ふけて、ないてきかせて男を[二四]ころりとさするもあり。あるは[二五]睟《すい》だてのにくさに、床《とこ》で[二六]ふり出《だ》す鈴虫《すゞ》の、声《こゑ》をたてて《ゝ》の[二七]俄口舌《にわかくぜつ》。女郎の我《わが》まゝを[二八]轡虫《くつわむし》にことはると、[二九]酒機嫌《きげん》の言分《いひぶん》。とかく色所《いろどころ》は堪忍《かんにん》が第一成《なる》を、かならず[三〇]十盃機嫌《ばいきげん》にて、やゝもすれば、詞とがめいひつのつて、「やれ諠譁《けんくわ》よ」と出口《でくち》の門《もん》を[三一]手ばしかく[三二]与右衛門がしむれば、

一一　振仮名原本のまま。
一二　察知されては。
一三　妨げ。
一四　自慢をするわけではないが。
一五　色っぽい言動でまるめこむこと。
一六　軟化させてしまう。
一七　相手を自分の思うようにすること。
一八　きめつける。
一九　どきどきした。不安な気持になったこと。
二〇　物なれた廓の者でもうまく一杯くわされた。
二一　客を待つと掛ける。
二二　手を切りたい気になっている。仮名では軒と同表記なので蔓の軒を這う意で朝顔に続けた。
二三　髪を切ると掛ける。髪を切るのは心中立の一つ。当時きりぎりすとこおろぎの別について混乱があった。下文のなく(泣く)はその縁。
二四　あっけなくまいらせる。
二五　粋人ぶること。
二六　客の意に従わぬ。鈴はその縁。
二七　にわかの痴話喧嘩。
二八　轡(女郎屋の主人)を上からの虫尽しにより轡虫という。
二九　酔いにまかせての口論。
三〇　酒を十盃も飲んだほどのよい機嫌。
三一　手早く。機敏に。
三二　島原惣門の番人。異変が起ると門を閉じて出入を止める。

夜《よ》[一]見世《〔せ〕》のぞめき[二]出《で》る事もならずして、塀《くるわ》[三]四筋《すぢ》に人の山をなして、色町の騒動《さうどう》。下《しも》男料理《りやうり》人《にん》[四]小揚《〔あげ〕》卸《おろせ》[五]の類《〔たぐひ〕》迄、手に〳〵棒《ばう》を持出て是《（これ）》をしづめんとするに、両方角《つの》[六]めだつ最中《さいちう》、ふせぐにふせがれぬ水[七]の出ばな。二《に》階《かい》の客は吸物《すいもの》すいさして箸持《はしもち》ながらとんでおりる。表《おもて》[八]の大臣は女郎と床《とこ》で睦言《〔むつごと〕》の最中《さいちう》、寝耳《ねみゝ》に「是は」とはしり出る。奥《おく》からは「太夫様達《たち》に怪我《〔け〕〔が〕》あそばさぬやうに」と、引舟が楫《〔かぢ〕》[九]をとる。まだ切《きり》もせぬさきから、何を見てか「つ[一〇]き通《とを》した」と遣手《〔やり〕》がわめく。揚屋《〔あげや〕》の門《かど》〳〵を「諠譁《〔けんくわ〕》がある」とたゝいて[一一]廻《まは》る太鼓《たいこ》女郎もあり。上《かみ》する女《〔おなご〕》は「酒の間《〔かん〕》[一二]がとをらふ。気を付《（つけ）》て下され」といひずてにして見にはしる。

上《うへ》を下《した》へとかへしければ、大岸聞《きく》より「扨《（さて）》は只今陸奥《〔みちのく〕》がしらせたる、手段《（て）〔だて〕》[一三]の諠譁《〔けんくわ〕》成《（なる）》べし。我は又引《〔ひき〕》[一四]ちがへて此騒動《（この）〔さうどう〕》の紛《〔まぎ〕》れに、師直《もろなふ》があそびゐる花川屋《〔や〕》が座敷へおしかけ、武蔵《むさし》[一五]ノ守《かみ》を討とらん」と、兼《かね》て用意に側《そば》をはなさぬ三味線箱《しやみせんばこ》、是武士《ものゝふ》[一六]の魂《たましい》の入所《いれどころ》。氷《こほり》[一七]のごとく成《（なる）》刀《かたな》共を出し、いづれも揚屋《〔あげや〕》[一八]へ刃物《はもの》をあづけて丸腰《まる〔ごし〕》の人〻にさゝせ、

一 廓の夜間営業。
二 廓をひやかし歩く者。
三 中央を東西に貫く胴筋とその左右に入る上之町中之町・太夫町中堂寺町・揚屋町下之町の三本の筋。
四 駕籠かき。
五 駕籠かき。
六 怒り対立して争う。
七 勢いが盛んで押さえきれぬこと。
八 表座敷。
九 うまく導く。舟の縁。
一〇 遣手のやり（槍）の縁。
一一 太鼓の縁。
一二 酒の燗《かん》がつく。
一三 宮内らを討つ策略のにせ喧嘩。
一四 入れちがえになって。
一五 原本「武蔵ノ守（むさしのかみ）」。
一六 刀は武士の魂。
一七 とぎすまされた刀。
一八 揚屋では登楼時に刀脇指を預かる。

鉢《〔はち〕》巻《まき》しめて裙《〔すそ〕》取《どり》[一九]せしが、つく〴〵思ふに「一味《いちみ》連判《れんばん》の者共、すでに四十余《よ》人五十にちかき与党《よたう》の者、此日比《〔このひごろ〕》約《やく》をかため、亡君《ばうくん》の敵《かたき》をうたんと、我を大将として頼《〔たの〕》みに待《まつ》て居《ゐ》る者《〔もの〕》共、今宵《こよひ》討《うつ》て仕舞《しまひ》なば、さぞ本意《〔ほい〕》なく残念《ざんねん》がり我を恨《うらみ》んは治定《じぢやう》[二〇]なり。旁《かた〴〵》[二一]油《ゆ》断《だん》有《〔ある〕》べからず。今宵廓《くるわ》の喧譁《けんくわ》は武蔵守《むさしのかみ》が、我《〔われ〕》を此紛《〔まぎ〕》れに討《〔うつ〕》べきとの計略《けいりやく》にて、同士《どし》[二二]喧譁《けんくわ》の拵《〔こしら〕》へ物《〔もの〕》。此座敷へなだれこみてよする事もあるべし」と、襖《ふすま》を小楯《〔だて〕》に取て、身繕《〔づくろひ〕》[二三]して待所《まつところ》に、宵《よひ》に裏《うら》にてまみへたる陸奥《みちのく》あはたゞしく来りて、「みづ[二四]からは過《〔あやま〕》ちあればあしきとて、喧譁《〔けんくわ〕》の中《うち》親方桔梗屋《きゝやうや》[二五]の杢《もく》右衛門方へ、師直《〔もろなふ〕》がしばらくあづけるの由《〔よし〕》にて、つかはれし[二六]をさいわひに様子をとくと申さんために、是迄ぬけて参りしなり。もしや此騒《〔さは〕》ぎの中《うち》に武蔵《むさし》[二七]ノ守《かみ》など討《〔うつ〕》べきとの思召《〔おぼしめし〕》たちあるならば、必《かならず》卒忽《そこつ》には御無用也。師直《もろなふ》方には鎧武者《よろひむしや》七八十人、揚屋《〔あげや〕》中《ぢう》に充満《じうまん》して、若《もし》もおの〳〵押《おし》かけ給はんやと、油《ゆ》断《だん》なく用心すれば、今宵《こよひ》は皆様には裏《うら》の塀《へい》を越《こし》て一先《ひとまづ》私《し》宅《たく》にかへり給へ。

一九 着物の裾をからげる。
二〇 必定。
二一 皆さん。
二二 仲間同士のにせの喧嘩。
二三 身ごしらえ。
二四 私。
二五 この名は仮構であるが、当時現実には上之町に桔梗屋八右衛門、下之町に同喜兵衛があった。
二六 原本のまま。「つかはされし」とあるべきところ。
二七 原本「武蔵ノ守《むさしのかみ》」。

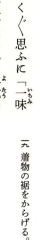

敵は兼而《かねて》よりの催《もよほ》し[一]。おの〳〵不慮《ふりよ》[二]の事に、一つも過《〔あやま〕》ちありては如何《〔いかゞ〕》なり」と、みづからしたる抱《〔かゝへ〕》帯《おび》[三]をほどき塀《へい》[四]の椽《〔たるき〕》にくゝりつけ、「是《〔これ〕》に取つきおり給へ」と退道《のきみち》[五]迄の指図《〔さしづ〕》をし、「又かさねて」といそがしげにかけはしりてかへりければ、大岸悦《ぎしよろこ》び「いづれもよく是を後学《こうがく》[六]にして思惟《しゆい》したまへ。計略《けいりやく》なりとて仮初《〔かりそめ〕》にも、大義を心にかける者《〔ものゝ〕》の、来るまじき所は傾城遊女《けいせいゆうぢよ》の遊興場《ゆうけうば》なり。我身《み》持放埒《もちほうらつ》にして、物の用にたつまじき者と、敵に油断《ゆだん》をさせんため臍《ほぞ》[七]の緒《お》きつて此《（この）》かた、終《つゐ》に見もせぬ遊女《ゆふぢよ》町に至り敵《かたき》と隣《となり》合《（あはせ）》に来《き》て、却《かへつ》て敵の為に虜《〔とりこ〕》とならんとせし事、おもへばあぶなき謀計《はかりごと》。ふたゝび来《きた》るまじきは遊君《ゆうくん》の里」と金《〔かね〕》[八]を打て、裏越《うらごし》[九]にかへらんとせし時、利平次といふ太鼓《たいこ》が百盃《ばい》[一〇]機嫌《〔きげん〕》で、ふかき様子はしらず、諠譁《〔けんくわ〕》をおそれて帰ると心得、「各《おの〳〵》様には以前はお侍さまと承りましたが、いかに身用心あそばすとて、余所《よそ》の諠譁《けんくわ》に聞《きゝ》[一一]おぢしておかへりとは、あんまり成《（なる）》穿鑿《〔せんさく〕》。私は生れついて血《ち》[一二]くさい事と神鳴《かみなり》が好《すき》でござります。成敗《せいばい》[一三]者《〔もの〕》は申《（まうす）》におよばず、心中[一四]があるときけば大坂迄、態《わざ》〳〵夜舟《よふね》[一五]で見に下ります」と強自慢《つよいじまん》[一六]を申せば、「しやきや[一七]つがなめ[一八]過たる一言。礼のいわせ[一九]所有《（あり）》」と、思案《しあん》して、「近比《（ちかごろ）》町人には見あげたる武辺《ぶへん》者《〔もの〕》。汝ゆきて今夜《こんや》の諠譁《〔けんくは〕》の次第、始終聞届《しじうきゝとゞけ》て参るべし。但《たゞ》し「此座敷に一人として上《かみ》[二〇]分《〔ぶん〕》の者見に出ざる」と、揚屋《〔あげや〕》の下《（したじた）》ゞが思ふ手前もあれば、此着物《きるもの》を着《き》て我になりて見て来れ」と、茶縮緬《ちや〔ちりめん〕》に石餅《こくもち》の小袖ぬいで、手づからきせらるれば、「是はかたじけなし。

一 準備。用意。
二 思いがけぬ事。
三 本来の帯とは別に着物の裾をたくし上げるように結んだしごき帯。
四 椽は棟から軒へ幾本も平行におろして屋根板を支える材。島原の塀は築地に屋根を付ける。
五 退去用の通路。
六 将来の為になる知識。
七 生れて以来。
八 金打（きんちやう）。刀を抜いて打ち合わせ誓いを立てる。
九 廓の裏を通って。
一〇 酒を百盃も飲んだような、大酔のさま。
一一 うわさを聞いただけで恐れること。
一二 刃傷・闘争などの血なまぐさい事。
一三 死刑者。
一四 心中死。相愛の男女の自殺。
一五 伏見の京橋より大坂の八軒屋まで夜間航行の舟。大坂までの最も速い通路。
一六 自分が強いという自慢。
一七 さげすみ・憎しみの気持をこめた感動詞。
一八 あなどり無礼な。
一九 返報をする法。思いしらせる法。
二〇 上位の者。頭だった者。

喧譁《けんくわ》の[二一]見《み》賃《ちん》にすぐに[二二]着《き》どりの山といふやうな、[二三]見事な義ではござりませぬか」といふ。「成《なる》程《ほど》其《その》まゝ[二四]とらする」との、御意《ぎよい》ありがたく着《き》替《かへ》て、悦び表《おもて》へ出ければ宮内は同志《どうし》の人々と、彼《か》の陸奥《みちのく》が気を付し抱帯《かゝへおび》に[二五]つらさがりて、やす／＼と裏道《うらみち》よりつゝがなく立かへりぬ。

太鼓の利平次はかくともしらず、よい衣裳《ゐしやう》にて[二六]羽《はね》ひろげ、[二七]大鳥《おほとり》の顔《かほ》して喧譁《けんくわ》の場《ば》所《しよ》へたち出るを、四郎平宵《よひ》より大岸が一躰《いつてい》の茶縮緬《ちやちりめん》、石餅《こくもち》の揃《そろ》へ衣裳《ゐしやう》、おなじ[二八]出《で》立《たち》の染色《そめいろ》迄きゝとゞけおきければ、利平次が[二九]衣裳付《ゐしやうつき》[三〇]月影《つきかげ》にすかして見て、「すはやそれぞ」と見るからに、同じ中間《なかま》の者共にかくと[三一]さしこみ、何かなしにばた／＼とよつてずた／＼に切《きり》さいなみ、はらりとちつて、[三二]喧譁《けんくわ》ははてて《ゝ》の棒乳切木《ぼうちぎりき》。「やれ何者か今の喧譁《けんくわ》に切《きつ》たは」と、又[三三]一《ひと》もざくりにへかへれど、相手もしれず。其夜は「丸菱《びし》屋《や》の出雲《いづも》牢人《らうにん》が切《きら》れた」と[三四]沙《さ》汰《た》して、師直《もろなふ》方には悦び四郎平が手柄《てがら》になつて、[三五]月落鳥啼《つきおちとりない》て、夜明《よあけ》にたゝく太鼓《たいこ》の利平次とは、あけの日になりて人皆知《し》つて、「日比《ひごろ》喧譁好《けんくわずき》せし報《むく》い」と、[三六]罰《ばち》あてがいも太鼓《たいこ》の身にしては迷惑《めいわく》／＼。

二一 見に行った褒美。
二二 着たものをそのまま自分の物にすること。「…の山」と添えるは通言。
二三 見事な事をしてくださるおつもりではありませんか。
二四 与える。やる。
二五 ぶらさがって。
二六 威勢を示して。
二七 大身の者。大臣。羽の縁。
二八 衣裳。装い。
二九 着物を着た姿。
三〇 月の光。
三一 入れ智恵をする。
三二 時機を失して効のないたとえ。そのたとえ通りに、殺し手がす早く逃げたので喧嘩をしずめるために棒を持出したのも後手になったという。
三三 一しきりごたごたと大騒ぎする。
三四 うわさをして。
三五 「月落鳥啼霜満レ天」(三体詩・一・張継「楓橋夜泊」)。ここは原詩とちがえて、月が沈み鳥がなき出し夜明になることとし、夜明を告げる時の太鼓と太鼓持を掛ける。
三六 罰が当ったときめつけること。罰は太鼓のばちと同音で太鼓の縁。

第五　色《いろ》から取入ル俄《にはか》侍我目《わがめ》ニ見へぬ非道《ひだう》

付リ　いたづら女の湯《ゆ》あがりの裸身《はだかみ》

計略《けいりやく》のたがふは其《(その)》人の咎《とが》にあらず、時の運《うん》によるといへど、邪《よこしま》なる巧《たくみ》は智恵袋《ちゑぶくろ》[一]をふるうても、おもふやうに図《づ》[二]にあたらず。折角《〔せつかく〕》たくみてうつたる[三]太鼓《たいこ》の利平次、「何の罰《ばち》[四]があたりてかくはほろびし事よ」と、墎《くるわ》[五]の沙汰《さた》も七十五日、其事もいひやみ、師直《もろなふ》方にては「[六]いはれぬ四郎平がでかしだて[七]の智恵自慢《ちゑじまん》」と、心には思ひながら、御意《ぎよい》[八]に入《いり》の切者《きり〔もの〕》[九]なれば、口出《くちだ》してはいわ[一〇]猿《ざる》の毛《け》を吹《ふい》て疵《きず》をもとむるとは是成《(これなる)》べし。

大岸宮内は其夜より色狂《いろぐる》[一一]ひをやめて、いづくにある共《(とも)》所しらねば、「今宵《こよひ》も屋形《やかた》へおしかけやせん」と、昔《〔むかし〕》[一二]の一倍《〔ばい〕》気遣《きづか》はしかりければ、四郎平が承り[一三]にて、俄《にはか》に屋形《やかた》の間《ま》所《どころ》をちがへ用心《やうじん》の為の仕直《しなを》[一四]し普請《ふしん》残《のこ》らず出来して、武蔵守《むさしのかみ》の心に叶《かな》ひ、「汝は大抵《たいてい》の者にあらず。[一五]一器量《ひときりやう》あれば自然《しぜん》[一六]の時の用にも立《(たつ)》べき者《〔もの〕》」と、今日より大小[一七]をゆるされ、四郎平と云《(いふ)》名《な》を改《あらた》め、野沢政《のざわまさ》右衛門と名字《みやうじ》[一八]を下され、五十石に三人扶持《ぶち》[一九]、有がたき時にあふて、妻子《さいし》を安楽《あんらく》にやしない、「此《(この)》御《ご》恩《おん》にいか成《(なる)》御奉公をも」と、心がけしに天理《てんり》に叶《かな》ひけるや、する程の事御目[二〇]にとまり、次第〳〵に大身《たいしん》[二一]となり、古参《こさん》の傍輩《はうばい》由緒《ゆいしよ》ある家《か》

一　あるだけの智恵をはたらかせる。
二　思うつぼにはまらぬ。
三　太鼓の縁。
四　→三二五頁注三六。
五　ことわざに「人の噂も七十五日」「世の取り沙汰も七十五日」という。七十五日はうわさがひろまっている期間。
六　無用の。余計な。
七　得意顔の。
八　お気に入り。
九　権勢をほしいままにしている者。
一〇　言わぬと掛け、毛は猿の縁。「毛を吹て疵をもとむる」は他人の弱点をあばいてかえって自分の欠点をさらけ出すことのたとえ。誰も口に出して言わぬが、毛を吹いて疵を求むるとは四郎平のこと。
一一　女郎遊び。廓遊び。
一二　以前の二倍も心配。
一三　命令を執行すること。
一四　改築。
一五　すぐれた器量。
一六　万一の時。不慮の時。
一七　帯刀を許される。
一八　姓名。帯刀と共に士分に取立てられたことをいう。
一九　一日玄米五合の給与を一人扶持という。
二〇　注意をひき満足の目で見られる。
二一　禄の多い者。

中《ちう》より上《うへ》[二二]をありき、時世《ときよ》とて万事此政右衛門が指図《さしづ》を受《うけ》るやうになりて、いよ〳〵此家にて威勢《ゐせい》を見せける。

惣じて俄立身《にわかりつしん》は表向《おもてむき》[二三]ばかりにて、急《きう》に取上《あげ》らるゝ物でなし。第一は内証方《ないせうがた》[二四]から贔屓《ひいき》あれば、思ひの外はやくよい[二五]身に成《(なる)》事、楊貴妃《やうきひ》[二六]に取リ入リ養子《やうし》迄になりて、其身を過分《くわぶん》に[二七]取あげし安禄山《あんろくさん》[二八]など、「利口《りこう》なる思ひ付をして鬚《ひげ》[二九]くいそらして、楊貴妃《やうきひ》を母にたのみし巧《たくみ》、今の世のかしこき中《なか》では[三〇]心ながら成《(なる)》まじき事」といひしが、政右衛門は四郎平と云《(いふ)》時分、陸奥《(みちのく)》[三一]に有し時より心やすくなじみ、万事此女が心に[三一]入リてかくは立身《りつしん》しぬれば、「真《まこと》の道《みち》にあらず」と謗人《そしるひと》もおほかりき。又陸奥《(みちのく)》は此者邪智《じやち》すぐれたれば、「是《(これ)》を立《りつ》身《しん》させて我[三二]レ次第に廻《まは》し、夫《おつと》の主君《しゆくん》のお為を思ふ人ゝに、本望《ほんもう》をたつする方便《てだて》にも成《(なる)》べし」と、万《よろず》[三三]よしなに申《(まうし)》なして、俄《にはか》にかくは取あげられ、何によらず「陸奥《(みちのく)》事ならば」と、すこし[三四]心に得《ゑ》ぬ事もいやとはいはず。表向《おもてむき》よりは政右衛門がお為だて[三五]を申《(まうし)》て、新規《しんき》の事のみ取くはだて、さま〳〵の奢《おごり》をすゝめ、内証《ないしやう》からは陸奥《(みちのく)》が味《(あぢ)》にいひまはして、内外《うちそと》より師直《もろなふ》をもてあそびものにしてそゝり[三六]にあげ、大かたならぬ栄耀《ゑよう》人の目をおどろかす事のみおほかりけり。

先屋《まづや》形《かた》まはりの結構《(けつかう)》[三七]美《び》をつくし、庭《にわ》には山を高く筑《つき》、泉水《せんすい》には伊勢島《いせじま》[三八]さいかの大石共をあつめ、風景《ふうけい》をつくして木は月中《げつちう》[三九]の桂仙家《かつらせんか》[四〇]の菊《きく》、吉野《よしの》の桜《さくら》[四一]おのへの松、露霜そめし

二二 他にまさるようにふるまう。
二三 公務の面だけでは。
二四 奥向き。
二五 ここは高禄の武士。
二六 唐の玄宗の妃。玄宗これを寵幸し国の乱れを生じ、安禄山の叛に際し唐軍に殺された。
二七 出世した。
二八 玄宗に寵せられ、楊貴妃の養子となってとりいり、叛して玄宗を走らせ京師に入り皇帝を称した。
二九 沢山に髭を生やした壮年の身で。
三〇 心では思ってもできにくい事。
三一 気に入る。
三二 自分の思うように自由に動かす。
三三 よいように。
三四 了解しにくい。納得できぬ。
三五 もっぱら主君の利益を計ることを名目とした進言をする。
三六 そそりあげる。おだてあげる。
三七 構え作ること。
三八 伊勢・志摩(三重県)・雑賀(和歌山市内)の海岸の石を庭石にする。「島(じま)」は原本のまま。「泉水には」より「難波の芦の」辺まで太平記・二十六の六より剽窃。
三九 月の中に高さ五百丈の桂ありという。
四〇 酈(れき)県の菊の露を飲むと七百歳の寿を保つという。
四一 播磨国賀古郡高砂(兵庫県加古川市)にあった松。歌枕。

[一]紅《くれなひ》の、八入《やしほ》の岡《おか》の下紅葉《したもみぢ》、西行法師が古《〔いにしへ〕》、枯葉《かれば》の風《かぜ》をながめたりし、[二]難波《なには》の芦《あし》の[三]新町《しんまち》の夜見世《〔せ〕》をうつす[四]長局《ながつぼね》、朱雀《しゆしやか》の野辺《のべ》に啼蛙《なくかはず》、[五]ありし御見《〔ご〕〔げん〕》をおもはせり。[六]吉原雀《すゞめ》せはしくも、[七]新丁河岸《しんちやう〔が〕〔し〕》の安《〔やす〕》よねの、東《あづま》の旅《たび》に露《つゆ》わけし、[八]濡《〔ぬれ〕》の姿《すがた》をそのまゝに、屋形《やかた》の中《うち》にうつさしぬ。扨《〔さて〕》東方角《ひがしはうがく》は[九]縄手《なわて》[一〇]石垣《いしがき》[一一]祇園町《ぎおんまち》[一二]二軒茶屋《にけんちやや》までこしらへて、家《いゑ》〳〵に手廻《まは》りにつかふ美女《びぢよ》共を、五七人づゝさしをき、さま〳〵の料理《りやうり》をこしらへおかせ、我心におもむく所に座をかまへ、毎夜《まいや》の遊興《ゆうけう》是《〔これ〕》によつて「[一三]執事《しつじ》の茶《ちや》屋《〔や〕》廻《めぐ》りに、[一四]茶《ちや》をたてぬ女もなし」と、[一五]京童《わらんべ》なんどが笑ひ草《ぐさ》なり。

かやうの事おほき中にも、殊更《〔さら〕》[一六]軽忽《〔けうこつ〕》なりけるは、五間《けん》にあまる[一七]湯舟《ゆぶね》に[一八]掛樋滝《かけとひたき》をおとし、杉の葉《は》の仮《〔かり〕》天井《てんじやう》、青《あほ》〻〳〵として、[一九]高欄《かうらん》付《〔つけ〕》し橋懸《〔はしがゝり〕》をとゞろかし、あまたの[二〇]艶女《ゑんぢよ》師直《もろなふ》に取《〔とり〕》つき、抱《かゝへ》て出て、裸《はだか》身《み》を湯船《ゆぶね》へうつし、数《かず》の女一度《ど》に身のまはりをぬぎすて、[二一]村鳥《むらとり》の浪《なみ》に入《〔いる〕》風情《ふぜい》して、旦那ひとり真中《まんなか》に取まき左右《さゆう》の手先《てさき》をもめば足《あし》の裏《うら》をかく女もあり、脇腹《わきばら》いたくはさすらず、または腰《こし》を打《〔うち〕》、ある

一 「紅のやしほの岡の紅葉葉をいかに染よと猶しぐるらむ」(新勅撰集・秋下・藤原伊光)。八入は幾度も染液にひたして濃く染めること。
二 「津の国の難波の春は夢なれや葦の枯葉に風渡るなり」(新古今集・冬・西行)。葦の芯と新町を掛ける。
三 大坂の西横堀川と長堀川の交叉点の西北にあった廓。現西区内。夜見世は夜も見世を張ること。三月より十月の間許可されていた。
四 大名家の奥方に仕える女性の部屋を長く連ねた建物。
五 昔廓で客にあっていた時のことを思い出させた。
六 吉原にいつも出入する消息通。
七 江戸新吉原の廓の南東の隅。京町二丁目の端をいう。下級女郎をおく店があった。
八 色を売る姿。
九 賀茂川東岸に沿う三条・四条間の通り。大和大路。現京都市東山区内。色茶屋あり。
一〇 賀茂川東岸、四条通下ル。現東山区内。色茶屋あり。
一一 祇園社(八坂神社)石段下西の四条通南北側。現東山区内。色茶屋あり。
一二 祇園社の南の大鳥居の内に東西に対してあった料理茶屋。
一三 以下「笑ひ草なり」まで太平記・二十六の六により、前半はそのもじり。
一四 茶をたてるは茶屋の縁でいうが、女が情交を許すことをいう。
一五 口さがない京都の若者。

ひは頭《かしら》[二二]をひねり、耳《みゝ》をあらへる役《やく》もあり、鼻《はな》をかんで参らするなど、さりとは自由《じゆう》千万湯《ゆ》の中にして女の膝《(ひざ)》をあげさせ、枕にしてねらるゝさま、扨《(さて)》も思ひのまゝなる遊楽《ゆうらく》。不断《ふだん》かく有《(ある)》ゆへに、互《たがい》に女の丸裸《はだか》をはぢあふ気色《(けしき)》もなく、色さはぎて水かけあひ、さま〲の婬楽《いんらく》。古参《こさん》の筋目《すぢめ》[二三]ある、薬師寺《やくしじ》の次郎左梶原《かぢはら》[二四]孫七などいふ忠臣《ちうしん》共再三《さいさん》いさめ申せば、折《(おり)》〱遊びの先《(さき)》[二五]をおられ、情《せい》[二六]つきる穿鑿《(せんさく)》と、政右衛門をめされ、「古《ふる》き者共が遊びを殊《ことの》外《ほか》しかるが、汝は何と思ふ」とあれば、「皆の衆中も御為《(おため)》を存じて申上らるゝにては候《(さふら)》へ共《(ども)》、高《(たか)》[二七]がひろふ世間《せけん》を見られぬゆへにてあり。人間大名の果《くは》[二八]をうらやみ、「あの身におよばずながら成て見たき」とねがふは、朝夕《(てうせき)》[二九]の美食《びしよく》結構《(けつかう)》の衣類《ゐるい》など着《き》る事をけなりがりて[三〇]ねがふにはあらず。衣食住《ゐしよくぢう》の三つは、非人《ひにん》の外は何《いづ》れにてもかけたる事なく、美食《びしよく》も麁食《そじき》も腹《はら》へ入つては同じ事。たゞならぬは艶顔美質《えんがんびしつ》の女をあつめて我まゝの遊び、是下《した》〲のおよばぬ所。是を第一にうらやみて、大名の徳《とく》[三一]をほめたるもの也。此《(この)》遊びをやめられて、

一六 ばかげたこと。
一七 浴槽。五間は約九メートル。この辺より以下「水かけあひ」まで三所世帯・上の二より剽窃、変改あり。
一八 湯を導くために掛け渡したとい。
一九 欄干を付けた通路の橋。
二〇 美女。
二一 群をなした鳥。
二二 頭の按摩をする。
二三 家柄のよい。
二四 太平記・二十九の十に見える師直の臣。師直が殺された時に討手と戦い死す。
二五 出ばなをくじかれ。
二六 精が尽きる。がっかりする。元気がなくなる。
二七 せいぜい。
二八 果報。
二九 毎日の食事に美食をとる。
三〇 うらやましがって。
三一 利得。

外《ほか》に御大名様とならせられたる程の御徳《おとく》やござります。面〻《めん》の所帯《しよたい》に合《あは》して、殿様の事をいはるゝは、大きな違《（ちが）》ひのやうに存じまする」と申上れば、「成程《（なるほど）》[一]汝が云《（いふ）》通りじや。是《（これ）》をやめて外になんぞ慰《なぐさみ》があらばこそ。どふでも汝が了簡《りやうけん》が面白《おもしろ》い。我《（われ）》にあへば胸《むね》の中《うち》がすつきりとして心よい」と、いよ〳〵御機嫌《きげん》に入て段〻の御[二]加増《かぞう》、人目をおどろかす程の立身《りつしん》。常《つね》も[三]引馬《ひきむま》[四]乗物《のりもの》[五]歩行《かち》若党《わかたう》三十人づゝに[六]手をふらせて、世間《せけん》に威勢《ゐせい》を見せけるこそかたはらいたけれ。

三ノ巻終

一 おまえ。汝。
二 禄を増し与えること。
三 貴人の外出時鞍覆いをかけて引いて行く馬。
四 高級な駕籠。
五 武家に奉公して徒歩で行列の先導や供奉(ぶ)を勤めた下級の侍。
六 通行人を制し、行装を整えるためのポーズ。

けいせい伝受紙子《でんじゆがみこ》

目　録

四之巻

第一　奢《おごり》の増《ます》[一]俄《にはか》[二]忽躰《もつたい》鼻《はな》[三]ニかける立身《りつしん》

焼蛤《やきはまぐり》[四]口の開新田《ひらくしんでん》[五]、日比(ひごろ)の悪《あく》を溜池《ためいけ》[六]の水、怨念《おんねん》は一筋《すぢ》[七]にゆく土手道《どてみち》の蝦蟆《かいる》、大《だい》[八]海《かい》をしらぬ内証《ないしやう》の寄合《よりやい》。

第二　禍《わざはひ》は増非道《ますひだう》の大欲自滅《だいよくじめつ》の基《もとい》

仏法《ぶつぽふ》[九]の昼談義《ひるだんぎ》、願《ねが》[一〇]ひ手の多《おほ》きのり物の前後《ぜんご》、本人《ほんにん》は見[一一]ずにすむ訴《うつた》へ、かい[一二]る口ゆへ一ッ家《け》の滅亡《めつぼう》。

第三　恋の増《ます》女の心いき捨《すて》られぬ白人《はくじん》[一三]

京住居《ずまゐ》の面目《めんぼく》をすゝ[一四]ぎ洗濯《せんだく》、よごれた顔《かほ》をほ[一五]し月夜、鎌倉《かまくら》へ宿替《やどがへ》、色《いろ》より義理に打込《うちこむ》金子。

一　本巻章題はすべて「増」字を入れている。モデル野村増右衛門の名の一字。
二　急に体裁を飾り重重しい様子をすること。原本「忽躰」。
三　自慢する。
四　伊勢国桑名(三重県桑名市)の名物。野村は桑名松平家の臣ゆえかく言い、蛤は焼くと口を開くのでそのように新田を開くと続ける。
五　新たに開発した農地。開発者には特権が与えられた。
六　用水を溜めるために掘った池。悪を溜めると掛ける。
七　怨念がひたすら一点に集ることと、土手の道が一本道であることと上下に働く。
八　ことわざ「井の内の蛙大海を知らず」による。見識の狭いこと。
九　仏法の盛んなたとえ「仏法の昼」に昼談義を掛ける。
一〇　談義・願ひ・のり(法、乗物の乗と同じ読み)と縁語仕立。
一一　下文の蛙の縁で水に住むと仮名で同表記の語句をおく。
一二　ことわざ「蛙は口から呑まるる」による。いらぬことを言い破滅を招く。
一三　京・大坂の素人仕立ての私娼。
一四　面目をすすぐとすすぎ洗濯を掛ける。下のよごれた・ほし(干)と縁語仕立。
一五　顔を干すと掛ける。星月夜は鎌倉の枕詞的に用いられる語。

第四　勢《いきほひ》の増盗賊《ますとうぞく》ノ[一]茶碗酒《ちやわんざけ》引掛《ひつかけ》テ[二]取ル代物《しろもの》

睟《すい》らしい夜盗《よとう》の棚《たな》[三]さがし、夜食《やしよく》[四]の喰手《くいて》、主《〔ぬし〕》[五]のしれぬ鼻紙《はながみ》[六]入レは盗人《ぬすびと》の取落《〔おと〕》し。

第五　智《ち》の増《まさ》ル[七]女の方便《てだて》味方《みかた》の助《たすけ》

親《おや》の知《しら》ぬ悪性金《あくしやうがね》[八]、かりに[九]浮身《うきみ》を勤《つとむ》る白人《はくじん》、[一〇]あだ名に替《かへ》ての志《こゝろざし》、[一一]侍はくちてもくちぬ金分別《こがねふんべつ》。

一　原本「盗賊ノ（とうぞくの）」。
二　茶碗酒を引掛ると代物を引掛け取るを掛ける。原本「引掛テ（ひつかけて）」。
三　夜中に台所の残り物を探し出して飲食すること。物馴れた遊客が遊女とすることがあるので粋らしいという。
四　当時は朝夕二食で、夜長の時期には夜食に軽い物をとった。
五　持主。
六　鼻紙・金銭などを入れ外出時懐中する袋。
七　原本「増ル（まさる）」。
八　色遊びに費す金。
九　金を借ると仮を掛ける。
一〇　浮き名。
一一　ことわざ「侍と黄金は朽ちても朽ちぬ」による。金分別は最上の分別。

第一　奢《おごり》の増俄《ますにはか》[一二]勿躰《もつたい》鼻《はな》ニかける立身《りつしん》

付リ　焼蛤《やきはまぐり》口のひらく新田《しんでん》、土手道《どてみち》のかいる

大道《だいだう》に目《め》を付てあるけど捨《すて》てある金もなく[一三]子を土《つち》に埋《うづ》むほどのとんだ思ひ付をしても、[一四]金《こがね》の釜《かま》の堀出《ほりだ》しな事もない世に、[一五]俄分限《にはかぶんげん》に成《(なる)》ものあり。是《(これ)》も[一六]濡手《(ぬれ)で》で粟《あわ》もつかまず、それ〲の[一七]後立《うしろだて》ありて、元手《もとで》の自由《じゆう》になるからおこつて、[一八]相場《さうば》物にあがりを得《え》、めき〲とよい[一九]身上《しんしやう》に成事ぞかし。

政右衛門もたゞ此《(この)》立身《りつしん》をしたるにあらず。[二〇]仁和《にんわ》寺に[二一]志一《しいち》上人といふ[二二]外法成就《げほうじやうじゆ》の人ありて、それに[二三]茶枳尼《[だきに]》天の法《ほう》をならひて[二四]三七日行《おこなひ》けるゆへに、[二五]頓法立所《とんぽうたちどころ》に成就《じやうじゆ》して、今かくのごとく[二六]わづかの町人風情《ふぜい》より、[二七]じや〲馬にのる程の身とはなりぬ。しかれ共《(ども)》[二八]世界《せかい》の人間　必《かならず》足事《たること》をしらず。賤《いや》しき時をわすれ、立身《りつしん》するにしたがひ、まだ此上《うへ》によい身になる思案《しあん》して、却而《かへつて》災《わざはひ》を引出《ひきだ》し、其《(その)》身を亡《ほろぼ》す族《やから》あげてかぞへがたし。政右衛門も今此立身《りつしん》を有がたき事とはおもはずして、此上の願《[ねが]》いいづれ[二九]欲《よく》に切《きり》はなし。

師直領分《もろなふりやうぶん》の内に蛙《かわづ》が池《いけ》とて、十町四方《よはう》の池《いけ》ありしが、是は古《[いにし]》へ日本の[三〇]かいる集《あつま》り合戦《かつせん》をしたる所と世に伝《つた》へてあたら[三一]年貢地《ねんぐち》の大分すたる事を思ひやりて、「迚《とて》も捨《すた》りてある

一二　原本「忽躰」。
一三　二十四孝の郭巨の故事。母をよく養うため子を土中に埋めようとして掘って黄金の釜を得た。
一四　「ない世」まで二十不孝・二の一による。
一五　にわか成金。
一六　ことわざ「濡手で粟」。濡れた手で粟粒をつかむと手に多くくっついてくる。労少く得ること多いたとえ。
一七　後援者。
一八　相場で取引する物品。
一九　身代《(しん)(だい)》。財産。
二〇　京都西北郊御室(現右京区)にある真言宗の寺。以下「成就して」まで太平記・二十六の八より剽窃。
二一　太平記には志一房・志一上人出。伝未詳。
二二　仏教以外の法。
二三　真言密教で行なう呪法。通力を得て諸願成就するという。
二四　行法の一くぎり七日間を三かさね。
二五　すみやかに願いのかなう法の意か。
二六　みすぼらしい暮しの。
二七　武士として立身する。
二八　世間。
二九　欲望に限度はない。
三〇　多くの蛙が集り戦うを蛙合戦といい、古来ニュースとされた。実は蛙の群婚といわれる。
三一　年貢の取れる地が大分無駄になる。

物なれば御訴詔《そせう》申《(まうし)》て拝領《はいりやう》し、水をぬいて田地《でんち》にするか、又は地を筑上《つきあげ》て新地《しんち》[一]となして家をたて、茶屋《ちやや》[二]風呂屋《ふろ〔や〕》[三]何によらず、町屋《〔や〕》にきらふ商売人《しやうばいにん》に売《うり》わたさば、所も賑《にぎは》ひ家の代《しろ》[四]もよく有《(ある)》べし。然れは臨時《りんじ》の蔵入《くらいり》[五]大分ありて、自分《じぶん》の栄耀遣《ゑいようづか》[六]ひ沢山《たくさん》成《(なる)》べし」と、身欲《みよく》[七]なる分別《ふんべつ》して、師直《もろなふ》酒機嫌《〔きげん〕》のよい所を見すまし、蛙《かわづ》が池《いけ》の願《ねが》ひ申出せば、「成程《(なるほど)》汝が願《〔ねが〕》いの事早速《さつそく》にもとらすべきが、あれは前《まへ》〻より十露盤功者《そろばんこうしや》[八]な家来《けらい》共が田畑《たはた》にせふともくろ

みけれ共《(ども)》、所の者もいひけるは、「昔《むかし》より此池《(この)いけ》には主《ぬし》[九]があると申《(まうす)》程に無用《むやう》」と、達而《たつて》[一〇]いひつるゆへ其《(その)》後は其分《ぶん》[一一]にてあの通りにすておく。若田地《もしでんち》になどせふと思ふ心にて願《ねが》ひなどする事ならば、大き成《(なる)》[一二]はまり也。何ぞ外に納《おさま》[一三]りのある事有《(ある)》べし。重而《(かさねて)》気をつけ見出しなばねがい申せ」との御意。「ありがたく畏《かしこま》り奉れ共《(ども)》、同じくは存《(ぞんじ)》[一四]かけたる池《いけ》の義、是非拝領《ぜひはいりやう》」と強《しゐ》て御ねがい申上るゆへ、「然る上は汝に得さす。勝手《かつて》次第に仕れ」と仰《(おほせ)》うれしく御前をたち、私宅《したく》にかへり、「さすがに殿《との》は大名なれば細《こまか》に御心付《(つけ)》られず。「池《いけ》に主《ぬし》がある」

一　新開地。
二　色茶屋。
三　蒸風呂で、湯女《(ゆな)》が入浴を助け売春をもした。
四　家の代金。
五　収入。
六　ぜいたくに金をつかうこと。
七　自分の欲を満たすだけの。
八　算用に明るい。
九　この池に古くから住み、霊力があるといわれる動物。
一〇　切に。しきりに。
一一　その状態で。そのままで。
一二　いっぱい食わされること。失敗。
一三　決着のつくこと。
一四　気にかけた。

と所の者が申《(まうす)》につき、其分にておかるゝこそおろかなれ。此池《いけ》をつぶさるれば、百性共旱天《ひでり》の節《せつ》水に事をかきぬるゆへ、「池に主《ぬし》がある」といふ虚《きよ》説《せつ》を申《(まうし)》て、其まゝ水溜池《ためいけ》にしておく事を、御察《さつ》しなくして其まゝにてさしおかるゝは、今迄に何ほどの費《ついゑ》[一五]かしらず。我此度田地《でんち》か新地にして、子孫《しそん》永〻《ゑい〳〵》の宝《たから》にせん」と笑《〔ゑみ〕》をふくみ、主君《しゆくん》の威《ゐ》をかり、百性共を毎日三十人づゝ夫役《ぶやく》[一六]につかい、其外大勢日雇《ひよう》をかけて急《きう》に池《いけ》をうめんとて、水をかいだし[一七]はこばせて、片端《〔かたはし〕》より埋《うめ》かゝりし時、水漸《やうやく》減《へり》て底《そこ》なる岩穴《いわあな》より、五尺四方のかいる飛出《とび》、眼《まなこ》は月日のごとくひかりかゝやかし、口は耳《みゝ》の際《〔きわ〕》迄きれ、猪《ゐ》の牙《きば》を見るごとく、歯《は》をむき出しいかれる気色《けしき》にて、人夫《にんぶ》共にくらいつかんとせしゆへ、大勢の人夫共鋤鍬《すきくわ》をすてて逃《〔ゝ〕にげ》ければ、政右衛門遥《はるか》に是《(これ)》を見て、人夫《にんぶ》共をねめつけ、「比興《〔ひけう〕》至《し》極《ごく》の奴原《やつばら》かな。たとへ形《かたち》が大きなりとて、元蝦蟆《もとかいる》といふ虫《むし》にあらずや。鋤鍬《すき〔くわ〕》棒《ぼう》を以てたゝきころせ」と下知《げち》すれば、人夫《にんぶ》共是非《〔ぜひ〕》なくこわ〴〵手に〳〵得物《ゑ〔もの〕》をもち、[一八]や声《〔ごゑ〕》を出し大勢寄《より》てたゝきふせんと

一五　無駄。
一六　公用に労働奉仕をさせること。
一七　くみ出す。
一八　「や」という掛声。

する所を手元《てもと》にすゝむ人夫《にんぶ》二三人にくらいつき、泡《〔あわ〕》をはき歯《は》をならしてとんでかゝるを、無《む》二無《む》三にたゝきたて、なんなく寄《よつ》て打ころせば、政右衛門悦喜《ゑつき》して、人夫《にんぶ》共に酒をのませ、其《(その)》日は休《やす》めと隙《ひま》をとらせ、扨《(さて)》件《くだん》のかいるを焼木《たきぎ》をつんで焼《やい》てすて、「扨は所の者共が主《ぬし》といひしは是《(これ)》ならん。きやつさへころせば此《(この)》池《いけ》うめるに苦《く》はあらず。先《まづ》我願《ねが》ひ成就《じやうじゆ》せり」と悦ぶ事かぎりなし。

爰《こゝ》に[一]往来《わうらい》の禅僧《ぜんそう》、[二]嵯峨《さが》より京へ帰りけるが、[三]水無月《みなづき》の比《ころ》にて暑気《しよき》の堪《たゑ》がたさに、仁和《にんわ》寺《じ》の[四]六本杉の前成《まへ(なる)》蓮池《はすいけ》の、あまりに涼《すゞ》しげに見へけるゆへ大暑《たいしよ》を凌《しの》がんとて立寄リしに、多《おほ》くかいるの集《あつま》りて[五]取《(とり)》ぐ[六]評定《ひやうぢやう》しけるをきくに、大将とおぼしき五尺ばかりもあるかいるのいわく、「我年《ねん》ゞ住馴《すみなれ》て[七]領地《りやうち》しける池《いけ》を、此度野沢《のざわ》政右衛門といふ者《〔もの〕》、おのれが[八]得分《とくぶん》にせんため拝領《はいりやう》して、田地《でんち》にせんと大欲《だいよく》をおこし、多《おほ》くの人夫《にんぶ》をかけて水を[九]かいほし、土《つち》を以て我子孫《わがしそん》を埋殺《うめころ》し剰《あまつさへ》我身迄を打ころして骸《から》を焼《やき》てすてたる恨骨髄《うらみこつずい》にてつしたり。されば此池《いけ》を領《りやう》し給ふ師直《もろなふ》さへ主《ぬし》ありとて今迄手をつけ給はざりしに、昨日今日《きのふけふ》の成上《〔なりあが〕》りの分際《〔ぶんざい〕》として、我ゝが子孫《しそん》迄をほろぼせし[一〇]怨《あた》、いかにしてはらすべき。面ゝ《(めんめん)》思案《しあん》して[一一]思ひ寄《より》をきかせてたべ」といへば、[一二]井の中《うち》にすむ者《〔もの〕》は、[一三]大海《だいかい》の僉儀《せんぎ》と遠慮《ゑんりよ》して[一四]かいるの面《〔つら〕》へ水をかけたるごとく、[一五]しろりとして声を出さず、[一六]一池《いつち》しづまりかへつてゐたる中《なか》に、蟇《ひきがへる》[一七]横飛《よことび》して大将の前ちかく参りて申《(まうす)》は、「此者めが子孫《しそん》迄をたやさん事は、

一 以下太平記・二十五の二により、初めの方剽窃語句あり、あと大塔宮らの亡霊の評定を蛙の亡霊のに変改。
二 仁和寺の西方、桂川(保津川)西方の地(現右京区内)。天竜寺等がある。
三 陰暦六月。極暑の頃。
四 江戸時代、仁和寺のすぐ東南、妙心寺北門東がその旧跡といわれた。
五 いろいろと。
六 集って相談すること。
七 領知の意。領有し支配すること。
八 収益。
九 全部くみ出す。
一〇 恨み。
一一 思い当ったこと。考えついたこと。
一二 →三三一頁注八。
一三 大事の相談。井の中のことわざを踏んで大海という。
一四 ことわざ「蛙の面へ水かけたるごとし」。反応のないさま。
一五 平然としたさま。けろっとして。
一六 池全体。人なら一座とあるところ。
一七 鈍重に見えて意外とす速い意で「蟇の横飛」という成句があるいはあったか。

何よりもつてやすき事也。今政右衛門師直《もろなふ》の威《い》をかり、虎《とら》[一八]の勢《いきほひ》をなすゆへに、さま〲の非《ひ》道《だう》の行《おこなひ》これあれば、影《かげ》にてはさま〲のゝしるといへども、表向《おもてむき》へはいひ出さず。されば此《この》政右衛門に恨《うらみ》ある者共に我ゝ取付《とりつき》[一九]、前ゝよりの積悪《せきあく》[二〇]を直義《たゞよし》公へ訴《うつたへ》、即時《そくじ》にきやつらを亡《ほろぼ》すべし。此義はいかに」と申《まうし》ければ、大将の大蛙《おほがいる》ゑくぼを入《いれ》て悦び、「是にこしたる事あらじ。いざ其恨《うらみ》いる者《もの》共に取ついてうつたふべし」といふかと思へば皆水《みな》底《そこ》へ飛《とび》入ぬ。往来《わうらい》の禅僧《ぜんそう》是を聞て肝《きも》をひやし、「誠にはからずもおそろしき事を見つるものかな。扨《さて》は此政右衛門とやらんいふ者《もの》は、近日ほろびうせなんと、滅亡《めつぼう》せぬそのさきにかゝる事の侍れば、今に災《わざはい》来るべし」と、親《したし》き法券《はつけん》[二一]に咄《はな》して、ともに身の毛《け》[二二]をぞ立《たて》にける。誠に奇怪《あやしき》事共也。

第二　禍《わざはひ》は増《ます》非《ひ》道《だう》の大欲《だいよく》自滅《じめつ》の基《もとい》
付リ　乗《のり》物訴詔《ぞしやう》願《ねが》ひ手の多《おほ》き昼談義《ひるだんぎ》

其比《そのころ》夢窓国師《むさうこくし》[二三]の法券《はつけん》、妙吉侍者《めうきつじしや》と申《まうす》名僧《めいそう》ありて、一条堀《ほり》川戻《もど》り橋[二四]の禅林《ぜんりん》にて、七日の法談《ほうだん》ありければ、ひとへに西天《さいてん》[二五]の達磨《だるま》大師二度《たび》我が国に西来《さいらい》[二六]して直指人心《じきしにんしん》[二七]の正宗《しやうしう》をしめさるゝかと信心肝《しんじんきも》にめいじ参詣《さんけい》の輩《ともがら》山をなしぬ。足利左兵衛《あしかゞさひやうゑ》ノ守直義朝臣《たゞよしあつそん》、もと

一八「曾不レ知ミ鼠憑レ社貴、狐藉ニ虎威ニ」(沈約・恩倖伝論)。
一九 のりうつる。
二〇 数重なった悪事。
二一 法眷。同じ法を学ぶ兄弟弟子。
二二 恐ろしさにぞっとする。
二三 名は疎石。臨済宗の高僧で天竜寺の開山。以下「参詣ある」辺まで太平記・二十六の八により、剽窃の語句あり。
二四 戻橋は一条通の堀川にかかる橋。現上京区内。妙吉の開いた寺は大休寺、橋の西北方(また東北方とも)にあった。
二五 西方天竺。達磨は禅宗の始祖。中国に禅宗を伝えた。
二六 西方から来ること。
二七 禅宗をいう。

より禅《ぜん》の宗旨《しうし》に[一]かたふき給ひ、殊に妙吉侍者《めうきつじしや》に御帰依《ごきゑ》あつて、毎日《まいにち》おこたらず参詣ある。

今日《けふ》も未明《みめい》より参られ、説法《せつぽう》おはりぬれば、御乗物《のりもの》にめして[二]一条通りを静《しづか》に御[三]下向《(げかう)》あり所に、僧俗《そうぞく》あまた[四]衣上下《ころも(かみしも)》を着《ちやく》して待《(まち)》かけ御乗物に取付《(とりつき)》、[五]竹の先《さき》に訴状《そぜう》をゆはへさし出すもあり。又は懐中《くわいちう》より取出し御乗物の内へさし上《(あげ)》、口々にうつたへ申《(まうし)》けるは、「愚《ぐ》僧《そう》どもは近辺《きんぺん》の寺〴〵の住持《ぢうじ》にて候《(さふらふ)》が、高武蔵守《かうのむさしのかみ》殿の御家来《けらい》、野沢政右衛門と申《(まうす)》者、茶《ちや》の湯《ゆ》を好《この》み、[六]赤銅《しやくどう》を以て[七]鑵子《くはんす》を鋳《い》んとて、我々共が寺内《じない》の塔《とう》の[八]九輪《りん》をおろして鑵子《くはんす》にゐさせ候ゆへ、一基《いつき》も[九]塔婆《とうば》に直《(すぐ)》成《(なる)》はなく、或《あるひ》は[一〇]升形《ますがた》斗《(ばかり)》残るもあり、又は心柱《しんばしら》迄きられ候も御座候而《(て)》迷惑《めいわく》仕る」と申上れば、「私は北野《きたの》の長者菅《かん》の宰相在登《さいしやう〔ありのり〕》が家来《けらい》にて候が、主人《しゆじん》代々の墓所《はかしよ》[一一]枝橋《ゑだばし》と申《(まうす)》所に、政右衛門指図《さしづ》にて師直《もろなふ》に[一二]遊山所《ゆさんじよ》を立《(たて)》させ申《(まうし)》、主君先祖《しゆくんせんぞ》の墳墓《ふんぼ》をこぼち、[一三]一ッ家《け》の骨《こつ》をほり出し、犬狼《いぬおほかみ》の餌食《ゑじき》とさせ申《(まうす)》段、あまりに情《なさけ》なく存じ、色〳〵断《ことはり》申候《(まうしさふらふ)》へ共《(ども)》聞入《(ききいれ)》申さず。何者が口きゝたる[一四]嗚呼《おこ》の者が仕て立置《(たておき)》候歌に、なき人のしるしの卒都婆《〔そとば〕》ほりすてて《〔ゝ〕》、[一五]はかなかりける家《いゑ》づくり哉《(かな)》、と申《(まうす)》狂歌《きやうか》を、主人[一六]三位《さんみ》仕《(つかまつり)》候ものと政右衛門難題《なんだい》を申《(まうし)》かけ、菅《かん》の三位《さんみ》をさし殺《ころ》し申候。御慈悲《じひ》に主君《しゆくん》の敵《かたき》政右衛門を[一七]御《ご》成敗《せいばい》仰付られ下されなば、有がたく存《ぞんず》べき」旨《〔むね〕》申上れば、つゞいて侍《さふらひ》両人詞をそろへて申上るは、「拙者《せつしや》どもは四条の大納言高陰卿《なごんたかかげ》の[一八]青侍《せいし》、大蔵《おほくら》の少輔重藤《せうゆふしげふぢ》、小見《こみ》の源左衛門と申《(まうす)》者にて御座候。扨《(さて)》も野沢《のざは》政右衛門蛙《かはづ》が池《いけ》を急《きう》に埋《うめ》させ申さんとて、

一　心をひかれる。気持をよせる。
二　東西の通りの一。東は御所に接し、西は紙屋川辺に至る。
三　寺社より帰ること。
四　僧は衣、俗は上下。
五　訴状提出の作法。三四〇頁挿絵参看。
六　銅に金・銀を加えた合金。以下「畚にてはこばせ」辺まで、菅三位・四条大納言の人名とも太平記・二十六による、改削・潤色あり。
七　青銅・真鍮などで作った湯わかし。
八　塔の屋根に立てる金属の飾りのうちの九枚の輪形のもの。
九　塔に完全なものはなく。
一〇　柱の上に置く方形の木。
一一　今出川通の賀茂川東の地という。
一二　遊楽のための別邸。
一三　同族。
一四　愚かな者。
一五　墓が無いとはかないを掛ける。墓を無くして家を作っても永続すまい。
一六　菅の宰相在登。
一七　処刑すること。
一八　あおざむらい。公卿の家に仕えた六位の侍。

くるしがる人夫《にんぶ》を休《やす》めずして、杖棒《つゑぼう》などにて打たゝき、息《いき》もさせずつかい候躰《てい》を、通りがけに見申《（まうし）》あまりに不便《（ふびん）》にぞんじ、「さりとはむごきつかいやうかな。いかに賤《いや》しき[一九]夫《ぶ》なり共《（とも）》、是《（これ）》程迄に[二〇]打はらず共あれかし」と、[二一]とふらふて通り候を、政右衛門聞つけ我ゝ共をよびかへし、「汝らは[二二]慈悲心《じひごゝろ》ある者共哉。それ程に夫《ぶ》をいたはらば[二三]しやつばらを替《かは》りにつかふて得《え》させん」と、賤《いや》しき日雇取《ひようとり》が着《き》申ス[二四]つゞれ共を、無躰《（むたい）》に我ゝに着《き》せ申《（まうし）》、鋤《すき》をつかはさせ土《つち》をかきよせさせて、畚《（ふご）》にてはこばせ申候。此《（この）》段きこしめし上られ、急《きつ》度《と》[二五]曲事《きよくじ》に仰付《（おほせつけ）》られ下さるべし」といへば、其《（その）》跡より「恐《おそれ》ながら申上ます。私めは蛙《かはづ》が池《いけ》の近郷《きんがう》の百性作助《さくすけ》と申ます者でございますが、此蛙が池を埋《うめ》られますにつき、大勢の人《にん》夫《ぶ》私の畠《はたけ》をふみあらし、其うへに真《ま》桑瓜《くわうり》西瓜《すいくは》どもを断《ことはり》もなし蔓《つる》を切《きつ》て[二六]手に〳〵日雇《ひよう》共が取くらいますゆへ、「此段[二七]御政道《（せいたう）》なされて下されませ」と、政右衛門殿へ度《たび》〳〵申ますれば、「それ程大事の畠《はたけ》ならば、[二八]入物《いれもの》をして取ておきはせいで、道端《みち（ばた）》においてやかましうぬかす」とあつて、[二九]其当《（あた）》りに、畠《はたけ》の土を取て池《いけ》をうめられますにより、田畠《でんばく》が大きな谷《たに》に成《（なり）》まして難義《なんぎ》仕ります」と、血《ち》の涙をながしてうつたへ申せば、「つゞいて申上まする。私義は[三〇]茶屋町の名取《なとり》川屋徳蔵と申《（まうす）》[三一]遊女《ゆうぢよ》茶屋でございますが、わしら女夫《めおと》が[三二]隠居《ゐんきよ》料《りやう》にもと心楽《（たのし）》みに仕り、秘蔵《（ひそう）》いたした[三三]養《（やしな）》ひ娘を「女房にせふ」の、「[三四]御台《（みだい）》になさふ」のと申されましたれ共《（ども）》、「とかくそんな結構《（けつかう）》な義は、御縁《ごゑん》次第になされて、只今[三五]がらりに

一九 夫役の人夫。
二〇 気ばらずとも。前文に太平記にない「打たゝき」の語があるので、ここも打ちたたかずともの意に解し用いるか。
二一 慰めて。
二二 原本「慈非心」。後修本「じひ心有もの共かな」。
二三 そやつら。ののしって言う。
二四 ぼろ着物。
二五 処罰。
二六 めいめい。各自に。
二七 取締り。制止。
二八 容器。
二九 返報。しかえし。
三〇 色茶屋のかたまっている町の名称にした。
三一 色茶屋。
三二 隠居時の生活費に当てる資産。
三三 色茶屋では美少女を養女にし、よい客を釣る手段とする者があった。
三四 御台所。将軍など貴人の妻の尊称。
三五 給金・契約金などを全額前渡しにすること。

金弐百両下[一]されませふば、御奉公にしんじませふ」と談合《だんかう》[二]のなるやうに申ましたれば、「近比《(ちかごろ)》わづかな心やすい望《(のぞ)》みじや。成程《(なるほど)》弐百両やらふ」とあつて、娘はあの方へ取て金子は今にこされ[三]ませぬ。一日壱歩《(ぶ)》[四]づゝの花代《はなだい》に仕りましても、もはや一年半おりますれば大分の事でございます。御慈悲《(おじひ)》に娘が疵代《きず》[五]を渡《わた》されますやうに」とねがひ上れば、其《(その)》跡から「拙者は両替屋《(や)》[六]の九之助と申まして、金銀取遣《(やり)》の商売人《しやうばい》でございますが、師《もろ》直公《なふこう》の御用金《やうきん》[七]とございまして、政右衛門殿御取次《とりつぎ》で先年二千両御用に立《(たて)》おきまして、御《ご》返弁《へんべん》[八]の日限《にちげん》相《(あひ)》のびますにつき、御勘定衆《ごかんぢやうしゆ》[九]迄申上しに、「旦那[一〇]の手形《てがた》をもつてこい」と仰られしゆへ、持参《じさん》仕リ御目にかけましたれば、御勘定衆《かんぢやうしゆ》御手形《てがた》を御覧《ごらん》なされ、「是《(これ)》は殿の御判《ごはん》でない」と御意《ぎよい》なさるゝにより、おどろき入《(いり)》、最前《さいぜん》[一一]御取次ゆへ政右衛門殿へ此《(この)》段を申入しに、忽《たちまち》顔色《がんしよく》をかへられ、「成程旦《だん》那《な》内証《ないしやう》の御用ゆへ我等代判《だいはん》[一二]をせし所に、侍《さふらひ》に恥辱《ちじよく》をあたへるやうに、身共《(みども)》に一言《いちごん》の断《ことはり》もなく、勘定《かんちやう》衆《しゆ》へ持出たる過怠《くはたい》[一三]に、此金《かね》すます事はならぬ」と、

一　くださいますなら。
二　相談がまとまるように。
三　よこされぬ。
四　揚代を一日一歩（一両の四分の一）に見積っても。
五　娘を疵物にした代償。
六　金銀銭貨の交換から貸付・預金・手形発行などを行なう業者。
七　領主などの臨時の支出をまかなうために強制的に借用する金。
八　返済の期限がのびる。
九　金銭・年貢などの出納に当る役人。
一〇　主人師直が入れた借用の証文。
一一　最初の取次者だから。
一二　本人に代って証文に印をおすこと。
一三　過失の償い。罰金。

手形《てがた》をやぶりすて申され候。此義政右衛門召出されて御僉義《ごせんぎ》ねがひ奉る」と、追《おひ》ゝに来りなげき申せば、直義朝臣《たゞよしあそん》一ゝ聞召《(きこしめし)》て大きにおどろかせ給ひ、訴《うつたへ》の者共の訴状《そぜう》のこらず乗物《のりもの》の中《うち》にとめおかれ、「重《(かさね)》て僉儀《せんぎ》し得《え》さすべし」と、御意《ぎよい》ありがたく願人《ねがいにん》は皆ちり〴〵にかへりける。

かくて直義公師直《たゞよしこうもろなふ》をめされ、訴状《そぜう》残らず御見せあつて、「かゝる大罪人《だいざいにん》は、早ゝ一家《いつけ》を断《たつ》べし」と、以《(もつて)》の外の御気色《きしよく》にて、師直《もろなふ》もともにおどろき先《まづ》我屋形《やかた》に立かへり、古参《こさん》の武士《ぶし》にひそかに命《めい》ぜられて、政右衛門をはじめ一ッ家《け》幼稚《ようち》の輩《ともがら》迄のこらず仕置《しおき》[一四]にあいけるは、無慙《(むざん)》成《(なる)》事共なり。「ひとへにかいるの執心恨《しうしんうらみ》をなせしゆへぞ」とは、彼禅僧《かのぜんそう》の六本杉の物語にて、聞人《きく》かくとはしりぬ。「たとへ鳥類畜類《てうるいちくるい》たりといふ共《(とも)》、無躰《(むたい)》に命《めい》を取まじき事ぞ」とて、皆舌《した》[一五]をぞふるはしにける。

一四　処刑。

一五　非常に驚き恐れる。

第三　恋の増《ます》女の心いき捨《すて》られぬ白人《はくじん》

付リ　鎌倉《〔かまくら〕》へ宿替《やどがへ》色《いろ》より義理《ぎり》に打込金《こむかね》

高《かう》ノ武蔵守師直《もろなふ》は、家臣《かしん》野沢が積悪露顕《せきあくろけん》して一家滅亡《けめつぼう》しける後、其《(その)》身も世間《せけん》をはゞかり「[一]相州鎌倉《さうしうかまくら》へ一先《ひとまづ》引退《しりぞ》き、直義朝臣《たゞよしあそん》御機嫌《ごきげん》なをりし折を見て又都にかへるべし」と旅《たび》[二]の用意《ようい》をいたさせけるが、「いかにしても大岸宮内我をねらふとの評判《ひやうばん》、奥歯《おくば》[三]に物のはさまりしごとく苦《く》になりて夜がねられず。且《かつ》は内通《ないつう》[四]の為、又は鎌倉《かまくら》迄身請《みうけ》せし女房を具《ぐ》して下りしと、世[五]の人口《じんこう》をとむるためにもよろしき」とて、陸奥《みちのく》を招《まね》き、「我此度《(このたび)》鎌倉へ引籠《ひつこもり》、しばらく世の嘲《あざけり》をいとふなり。彼《かの》地に落着《おちつき》様子を見て追付《(おつつけ)》迎《むかい》をさしこすべし。其間はしばしが内《うち》京都《と》に止《とゞま》り人[六]立多《だちおほ》き所に身をよせ、大岸宮内が我をねらふや、其実否《じつぷ》をよく／＼探《さぐ》り聞《きい》て、我方へ早〻内通《ないつう》いたさるべし。是《(これ)》によつて家来薬師寺《けらいやくしじ》次郎左衛門を御身《(おんみ)》に付ヶて残しおけば、万事是と相談《さうだん》あれ」と、よくいひふくめ、道中前後《ぜんご》の用心《やうじん》して、供廻《ともまは》りに健《すくやか》なる力者《りきしや》数《す》十人召つれ、泊《とま》[七]り／＼にねず[八]の番旅宿《りよしゆく》の門戸《もんと》きびしくしめさせ、日夜少シも油断《ゆだん》なく鎌倉《かまくら》へこそ下りけれ。陸奥《みちのく》は「師直《もろなふ》鎌倉へ下りなば、夫《おつと》方への内通《ないつう》をいかゞすべき」とあんぜしが、「我を身[九]にしてかゝる大事をいひふくめ、都に

一　相模国鎌倉（鎌倉市）。
二　原本振仮名「だび」。
三　心のわだかまりが消えず気がかりで。
四　敵の事情を内内に通報させるため。
五　世間のうわさ。
六　人だかり。
七　原本「泊り(とまり)」。
八　不寝番。
九　味方。
一〇　町奉行支配の町人居住地。
一一　都の東賀茂川の岸辺。
一二　公許の遊廓島原。
一三　歌舞伎の少年俳優、また舞台に出ていない者で色を売る者。

のこすこそさいはひなれ」と、[一〇]町屋敷をかり薬師寺《やくしゞ》もろ共都にとゞまり、大岸方への内通の仕様《しやう》をもくろみゐたりけり。

其比《（そのころ）》[一一]洛東《らくとう》の水辺《すいへん》に石垣《いしがき》町とて賑《にぎは》へる色町あり。軒《のき》をならべて繁昌《〔はんじやう〕》は[一二]墎《くるわ》もおよばぬ姿《すがた》也。夜は灯《ともしび》かゝやかし、白人《はくじん》[一三]野郎《やらう》[一四]歌舞妓《かぶき》者《〔もの〕》、[一五]末社《まつしや》芸者《げいしや》入《（いり）》つどひて昼夜《ちうや》の酒盛《さかもり》、指《ゆび》[一六]のまたをひろげては[一七]壱歩の花を咲《さか》せ、「コレ旦那」の[一八]軽薄声《けいはくごゑ》二階下《かいした》に満《みち》て、一夜に万貫目も心[一九]にひかへなくば、いづれ皆[二〇]にもしさふなる所ぞかし。されば大岸力太郎其身器量《きりやう》[二一]すぐれ、今[二二]角前髪《すみまへがみ》の花の盛《さかり》、女の好最中《すくさいちう》にて、金《かね》のとれる馴染《〔なじみ〕》の客をすて置《おき》、[二三]石垣《いしがき》の女共飯《まゝ》[二四]くいさしてはしり出、此面影《おもかげ》を見れば[二五]水茶屋《〔や〕》の娘《むすめ》共、[二六]天目《てんもく》手からおとして我商売《わがしやうばい》を忘《わす》れ、たゞ力太郎が顔《かほ》に穴《あな》[二七]のあくほど見てゐる[二八]は、「なんの銭一文にもならぬ大臣。あれよりは[二九]芝居《しばゐ》見《（み）》の出家衆《しゆつけ》に気をとり、札[三〇]一枚《まい》よみこみても、よほど銭の徳がある。むつかしい事ではなし笑《わら》ふて見せても物に成事《（なる）》」と、銘々《めいく》の母親《はゝおや》、又は主人のしかるをきけば断《ことはり》ぞかし。是等《（これ）ら》はよき所にすみなれて、諸人の色《いろ》ある男を見るさへ恋をふくみぬ。増《まし》て地《（ぢ）》[三一]女房は[三二]一幅帯《はゞおび》の腰《こし》をぬかしける。「適《たま》ゝ男とうまれ出て、是は[三三]そなはつての果報《くわほう》」と、疱《ほう》[三四]瘡《そう》の時にあの世此世の堺《さかい》を見て、命のかはりに[三五]一むきむいたやうな面躰《めんてい》の男共はうらやましがり、[三六]其身も少《すこし》は心自慢《じまん》に思ひの外の深入《ふかいり》、はつねのまんといふ白人《はくじん》に心をうばゝれ、毎夜かよひてとめどはなかりき。

一四 歌舞伎役者。石垣町の北、四条通に芝居がある。
一五 芸人。
一六 太鼓持が客に対してする軽薄なポーズ。
一七 金一歩の祝儀。さかんにやりとりされることを花の縁で咲かせという。
一八 お世辞の声が二階にも下にも。
一九 抑制する心がなかったら。
二〇 金を遣い果してしまう。
二一 美男子で。
二二 額髪の両すみを角ばるように剃った髪風。元服をひかえた少年の風。
二三 以下「果報」まで置土産・三の一より剽窃、変改あり。
二四 食事を中止して。
二五 客に茶を供し休憩させる茶屋。
二六 天目茶碗。浅い摺鉢形のもの。
二七 じっと見つめる形容。
二八 原本「ゐるば」。「ゐれば」の誤記か。
二九 芝居見物の坊さんがたの機嫌をとり。僧は野郎のひいき客が多い。
三〇 芝居の入場券を一枚売りつける。
三一 素人女。
三二 帯地一幅を二分割した幅(三〇センチ余)の帯。
三三 生れつきの幸せ。
三四 昔は一生に一度天然痘にかかったが、その時死ぬか生きるかの重症であった。
三五 一皮むいたような顔。重症の時はあとがあばたになる。
三六 本人も少しはうぬぼれ。

太鼓《たいこ》一両人めしつれ芝居《しばゐ》[一]過《すぎ》より出《で》かけて、山吹屋《ぶき〔や〕》が表二階《〔おもて〕にかい》に、酒おもしろくのんでゐる最中《さいちう》に、一味《み》の中《うち》の小頭《こがしら》鎌田惣右衛門来りて、案内《あんない》なしにつか〱とあがりて、女共末社《まつしや》共も下《した》へおろし、さしむかいにして小声《〔こゑ〕》にていひけるは、「我等只今此《〔この〕》所へ推参《すいさん》するは別義《べつぎ》にあらず。御自分《ごじぶん》[二]の親御《おやご》宮内殿驕兵《きやうへい》[三]の計《はかりごと》の為墎通《くるわがよ》ひをせられ、敵《かたき》と隣合《となりあはせ》に居《ゐ》られ、既《〔すで〕》に危《〔あやう〕》き事にあはんとせられし砌《みぎり》、「仮《〔かり〕》にも来るまじきは悪所《あくしよ》[四]なり」と一味《み》の輩《ともがら》へもし[五]めされ、其《〔その〕》身はいふにおよばず我等《〔ら〕》をはじめ、一党《いつとう》の者共それよりして色《いろ》所へはふ通《つう》[六]に足《あし》をむけざる所に、貴殿《きでん》一人父《ちゝ》の掟《おきて》をやぶり毎夜《まいや》爰《〔ここ〕》にかよはるゝ事、大将分《ぶん》の子息《しそく》には似《に》あはず、若気《わかげ》[七]の至りと存る。よしや深《ふか》き計事《はかり〔ごと〕》あるにもせよ、先《まづ》此節《せつ》は父の掟《おきて》を守《まも》り、其上にて「かゝる事を思ひ寄《より》て、茶屋《ちや》遊びをはじめんと思ふ」など、我〱へもしめし合してしはし[八]給はず、色通《いろがよ》ひの抜《〔ぬけ》[九]懸《がけ〕》[一〇]出来《でき》の様に存るゆへ、大岸殿の耳《みゝ》にいらぬうちとめ申さんため、人にもかたらず某《〔それがし〕》一人ひそかに参りぬ。今宵《こよひ》を遊《〔あそ〕》びの仕舞《しまひ》にして、明日《あす》よ

一　芝居のはねる時刻ごろ。
二　あなた。敬意を含む。
三　敵におごり油断をさせるための計略。
四　遊里。
五　さとし戒める。
六　全く。たえて。
七　若年者の無分別。
八　するようにはなさらず。
九　味方を出し抜いて先に敵陣を攻撃すること。
一〇　よからぬ事をしでかすこと。

りはふつ〳〵此辺《へん》への御出御無用」と、理をつくして異見《ゐけん》すれば、力《りき》太郎手をつき、「近比《(ちかごろ)》御深切《しんせつ》成《(なる)》御異見忝《(かたじけなき)》仕合《(しあはせ)》なり。我《(われ)》父の示《(しめし)》をやぶり此所へ参る事、あながちに色のみにもあらず。只今は義理にせまりやむ事を得ずしてかくの[一一]仕合《(しあはせ)》。今《こん》夜切《やぎり》との仰に付《(つき)》存念《(ぞんねん)》をあかし御思案《しあん》をかりて、明日より参らぬやうに仕る所存ゆへ、心底《しんてい》をあらはしお物語を申《(まうす)》也。我今不便《ふびん》をくわへ申《(まうす)》、まんと申女、先夜《せんや》是《(これ)》にて宵《よひ》より心よくあそびし所に、奥《をく》座敷より[一二]立売《たちうり》の半七といふ馴染《(なじみ)》の客の由《(よし)》を申《(まうし)》、まんをあの方へ今夜《こんや》は[一三]もらはんとやら申《(まうし)》かけ候を、此女[一四]我《(わが)》手前をたて申《(まうし)》、「今宵《こよひ》にかぎりて参る事はならぬ」と申切《(まうしき)》ッてつかはせしを、此客酔《あい》の上《うへ》に腹立《ふくりう》して、「今宵の客のとゞむるは是非《ぜひ》におよばぬ所なるが、馴染《(なじみ)》をかさね、[一五]くるしがる借金《しやくきん》迄払《はら》ふてやる我方へ、女が口から参るまいとは推参《(すいさん)》なり。しからば内証《ないしやう》で手をあはして、かたじけないを四五百もいふて、借金《しやくきん》をはらふてもらひし、廿両の金子を、今夜《こんや》中《ちう》にかへせ」とのゝしりし程に、恋も色もさめておびたゝしき口論《こうろん》。たとへ

一一 次第。始末。
一二 数屋町四条西入ル。現下京区内。
一三 既に他の客に揚げられている遊女を、了解を得て自分の方に呼ぶ。
一四 自分(話者の力太郎)に対する応接の方を重んじて。
一五 (まんが)苦しく思っている。

金銀の事はおけ、命にても私にはかへぬと申かゝつて、翌日《よくじつ》其《(その)》身の衣類《ゐるい》を残らず質物《しちもつ》におき、半七が手を切リ[一]、綺羅《〔きら〕》[二]をみがく遊女《うかれめ》の古《ふる》き小袖ひとつを着《き》て、たゞ我にあはん事をねがふゆへ、心ざしも不便《〔ふびん〕》に存じ、又此《(この)》質物《しちもつ》を請戻《うけもど》して本《もと》の身になしてやらねば、私の一分《〔ぶん〕》もたちがたく、其廿両の才覚《さいかく》のとゝのふ迄、女の心をなぐさめてとらすべき為《ため》、かやうに心ならず通《かよ》ひ申《(まうす)》事なれば、此御思案《ごしあん》をなされ拙者一分《せつしやいちぶん》をたてて《〔こ〕》、今宵切《ぎり》に参らぬやうの御了簡《りやうけん》頼み入《(いる)》」とあれば、惣右衛門段ゝを聞《(きき)》、「近比《(ちかごろ)》尤《(もつとも)》なる御心入《(こころいれ)》[三]承りとゞけたり」と、懐中《くわいちう》したる紙入《かみ》より金子廿両出し、「今宵《こよひ》是《(これ)》を其女にとらされ、「重て又縁《ゑん》もあらばあふべき」などと《〔こ〕》仰られて、首尾《しゆび》よくしておかへりあれ。是にては貴殿《きでん》の御一分相《(あひ)》たち申《(まうす)》べきと存る」と、件《〔くだん〕》の金を相わたせば力太郎悦び、「成程《(なるほど)》是にては拙者《せつしや》一分《〔ぶん〕》相たち申《(まうす)》。ひとへに御影《かげ》[四]」と満足《まんぞく》し、硯《すゞり》取よせ惣右衛門名当《なあて》にて、廿両の預り手形《あづかりてがた》[五]をしたゝめ、印判《ゐんばん》おして鎌田《かまだ》にわたせば、「是は隔心《きやくしん》[六]なるなされかた。お手形にはおよばぬ」とおしもどすを、「是も私が一分のうちにてあれば其まゝ手形を御とめ下さるべし。手形なしにはこなたの御合力《かうりよく》を請《うけ》て拙者が一分《〔ぶん〕》をたつるに罷成《(まかりなる)》所、是又別而《べつし(て)》迷惑《〔めいわく〕》」と、顔色《がんしよく》かはれば、「いかにも〳〵御尤」と、件《くだん》の手形を紙入《かみいれ》におし入《(いれ)》、「しからば拙者は先《さき》へ罷帰る也。跡にてゆる〳〵なぐさみて帰らるべし」と、暇乞《〔いとまごい〕》して立かへれば、力太郎も女にあい、「しばらく遠国《ゑんごく》へゆく間《(あひだ)》重《(かさね)》てのぼりあふべきなり。先《(まづ)》是は置土産《おき〔みやげ〕》」

一　縁を切る。関係を断つ。
二　服飾に善美をつくす。
三　考え。
四　あなたのおかげだ。
五　借用証文。
六　へだてがましい。他人行儀な。

と廿両の金子をとらし、心よく酒くみかはし、その夜かへり又ふたゝびと出ざるは、「まことに類《たぐひ》なき若者《(もの)》や」と、[七]べん〳〵だらりと[八]跡《あと》を引《ひく》、[九]町人心《ごゝろ》に合《あは》して人皆是を感《かん》ぜし也。

第四　勢《いきほひ》の増[一〇]盗賊《ますとうぞく》ノ茶碗酒《ちやはんざけ》引ッ[一一]懸《かけ》テ取ル代物《しろもの》

付リ　主《(ぬし)》のしれぬ鼻《はな》紙入は盗《(ぬす)》人の取落《(おと)》し

宵闇《よひやみ》の雨曇《あまぐも》り星《ほし》さへなくて、[一二]忠盛《たゞもり》が火ともしの法師《ほうし》をも、鬼と見てつかまへもしさふなる、[一三]祇園町《ぎをんまち》のくらがり。[一四]酒もすぎねば犬《いぬ》も尾《お》をふらず、却而《かへつて》おどすを鎌田惣右衛門、石垣《いしがき》から[一五]帰り品《しな》に、「くらひつかれては」と、小石《こいし》拾《ひろ》ふてなげかけ〳〵ゆく所に、むかふから[一六]小山《こやま》のうごくやう成《(なる)》男四《よ》人《にん》、[一七]ほうどゆきあたりて、[一八]茨木《いばらき》が腕《かいな》見るやうな腕《(うで)》を胸《むな》もとへつきあて「[一九]眼《まなこ》くらみめが」と、まだねめて[二〇]過《すぎ》ゆきぬ。「おのれ身に大望《たいまう》あらずば、四人ながら[二一]生首《いきくび》をさらへおとしてやるべきもの。さりとは無念《むねん》成《(なる)》事共《(ども)》、是を[二二]こたゆるが亡君《ぼうくん》への御奉公」と、こらへぬ胸《むね》をさすりおろすとて、懐《ふところ》へ手を入《(いれ)》見れば、宵《よい》に懐中《くわいちう》せし[二三]鼻紙袋《はながみぶくろ》のなきは、「[二四]南無三宝《さんぼう》今の四人の奴原《やつばら》が取たるにまがいなし」と、引《ひつ》かへして走《はしり》て見れ共《(ども)》[二五]鼻《はな》をつまむもしれぬ闇《やみ》の夜、殊に往来《ゆきゝ》しげき所なれば、「[二六]人たがへしては」

七　だらだらして片付かぬさま。
八　いつまでも関係が断てずきまりがつかない。
九　武士とちがい未練がましい町人の心とくらべてみて。
一〇　原本「盗賊ノ（とうぞくの）」。
一一　原本「懸テ（かけて）」。
一二　平忠盛。白河法皇が祇園女御のもとに通われた供をし、雨夜に鬼とも見えたものを捕えると近くの御堂に灯をささげようとした老法師であったという（平家物語・六）。
一三　原本「祇園」。
一四　酔っぱらいの嘔吐物は犬の好物。
一五　帰る際。帰りがけ。
一六　大男の形容。
一七　はたと。勢いよく。
一八　酒呑童子の配下の茨木童子。羅生門で渡辺綱に片腕を斬られたが、綱の伯母に化けて取戻した。
一九　目の見えぬ奴めが。
二〇　（ののしった上に）にらんで。
二一　首を斬り落す。
二二　こらえる。
二三　鼻紙入れに同じ。
二四　しまった。驚いた時などに発する語。
二五　まっ暗闇の形容。
二六　人違い。

と世の中は分別《ふんべつ》する程むつかしく、口惜《くちおし》ながら明《あ》き懐《ふところ》にて立かへりぬ。

扨《(さて)》も此《(この)》四人の者共は、野沢《のざわ》政右衛門につかはれし下人共、主人滅亡《めつぼう》の後、すべき業《(わざ)》なく、多《おゝく》の[一]野伏中間《のぶしなかま》へはいり、昼夜盗《ちうやぬすみ》をして送《おく》りけるが、今宵《こよひ》此暗《(くら)》まぎれに此比《(このごろ)》の[二]宿借《やど(かり)》と見へて、さのみ家来《けらい》も多《おほ》くは見へず、女まじりに、[三]歴〻《れきれき》者の京遊山《ゆさん》に、他国《たこく》より来る者《(もの)》と昼《ひる》から目を付置《(つけ)》キて、是《(これ)》へ夜盗《よたう》にはいる其《(その)》行《(ゆ)》き品《しな》に、商売《しやうばい》とて[四]すかさぬ、虎蔵《とらざう》といふ男、祇園《〔ぎをん〕》町にて、ゆきあたる拍子《(ひやうし)》に紙入《かみいれ》[五]してやり「[六]門出《かどいで》よし」と悦び、件《(くだん)》の宿借《やど(かり)》の門《かど》の戸をなんの苦《く》もなくこぢあけ、[七]中戸《(なかど)》をたゝいて「たのみませふ」と、[八]声《(こゑ)》をしづめていひければ、[九]腰元《こしもと》が寝耳《ねみゝ》に入て、何の弁《〔わきま〕》へもなく、中戸をあけ「誰じや」と云《(いふ)》を、[一〇]胸《(むな)》ぐらをしつかと取ル。腰元《〔こしもと〕》おどろきて「なふかなしや」とさけぶ口を、握拳《〔にぎりこぶし〕》にてしたゝか[一一]みしらし、「[一二]息骨《〔いきぼね〕》を立ッると只今しめころすぞ」と、うつぶけにどうどけ[一三]こかし、[一四]早縄《はやなは》ほどきしばり上て、「金銀衣類財宝《ゐるいざいほう》の有リ所を、案内《〔あんない〕》せい」と引立入《(ひつたていれ)》ば、[一五]中《なか》の間《ま》に髭《ひげ》くいそらしてねてゐたりしが、此音《おと》を聞て[一六]南無薬師《やくし》寺《じ》次郎左衛門[一七]取リ太刀にて出る所を、[一八]深《み》山《やま》のやうなる大男[一九]甲頭巾《〔かぶとづきん〕》を一チ様《〔やう〕》に、四人ならびて[二〇]強盗挑灯《〔がんだう〕てうちん》さし上《(あげ)》、左右《さゆう》より引取まき何がなしにおつぷせ、[二一]猿縛《さる〔しば〕》りにして[二二]大黒柱《だいこくばしら》にくゝりつけ、猶奥《〔おく〕》へいらんとす。

陸奥《〔みちのく〕》さすが武士《ぶし》の妻女《さいぢよ》のはてとて、[二三]心掛《〔がけ〕》の長刀[二四]かいとりとび出るを、是も四人一所にかゝつて長刀ふみおとして、早速《さつそく》にしばり[二五]上床柱《あげとこばしら》にしつかとからめ付《(つけ)》て、「声《こゑ》を立たら

一　山野に隠れ住み追剝ぎ・強盗などをやった武士や土民の集団。
二　借家人。当時京都では長期滞在者への宿所提供を業とする者があった。
三　原本「暦〻者」。
四　抜けめのない。油断をせぬ。
五　うまくせしめる。
六　本来の目的を前に一仕事に成功したので、目的も達成できる前兆と祝う。
七　店から奥へ通じる土間の入口の戸。
八　声を低くして。
九　良家の妻の側近く使われる女。
一〇　胸もと。
一一　くらわす。
一二　声。
一三　蹴倒す。
一四　捕縄。
一五　店と奥の座敷のあいだの部屋。
一六　南無三宝と同意の南無薬師に薬師寺を掛ける。
一七　おっ取り刀。
一八　大男の形容。
一九　火事装束のかぶと形の頭巾。
二〇　鐘形の外被に回転自在のろうそく立てを付けた挑灯。
二一　猿を縛るようにぐるぐる巻きに縛ること。
二二　家の中心になる最も太い柱。
二三　たしなみの。
二四　抱え取る意か。
二五　床の間の柱。

[二六]なで切」と刀をぬいてひらめかせば、刃《やいば》[二七]もひかり目《め》の光《ひか》りに、其外の家来《けらい》共夜着《よぎ》引かぶり、今を最期《さいご》の油汗《あぶらあせ》。下男食焼《めしたき》[二八]など、階子《はしご》のかげはしり[二九]の下の土《つち》[三〇]にくいつき、身をふるはしてゐれば、「きやつらはくゝる迄もなし」と、四人一所に台所《だいどころ》に居ならび、「殊外《ことのほか》はたらきて腹中《ふくちう》もすきたれば、次而《ついで》に爰《ここ》で夜食《やしよく》をくふべし」と、最前《さいぜん》からめし腰元《こしもと》を引ずり出し、「喰《くい》物はいづくにある。酒ものみたい。肴《さかな》の有ﾘ所も真直《まつすぐ》にぬかせ」と、甲頭《かぶとづ》巾《きん》の中《うち》から目ばかり出してねめ付れば、腰元《こしもと》は生《いき》たる心地《こゝち》はなくて、「お食《めし》はあの膳棚《ぜんだな》[三一]に、酒はそこな手樽《だる》[三二]にお菜《さい》[三三]の分《ぶん》は宵《よひ》のお夜食《やしよく》にあげまして、しまふて、何もあがる[三四]ゝやうな物はござりませねど、煎海鼠《いりこ》[三五]と牛房《ごばう》の煮《にた》が、其入子《いれこ》[三六]鉢《ばち》にすこしと、其上の棚《たな》に鱧《はも》[三七]の皮《かは》のあぶつた、かうばしい所がござりますれど、是は明日《あす》廿八[三八]日の鱠《なます》に入ﾚます。あたまの所はあがつて、よい皮《かわ》は慮外《りよぐわい》[三九]ながら、盗人《ぬすと》[四〇]の取残《のこ》しと申《まうす》事があれば、御用捨《ごようしや》[四一]を頼みます。お精進《しやうじん》[四二]の御方《おかた》があらば、人参《にんじん》[四三]のしたし物の残りが、わしがかさ[四四]に入ｯてござる。明日《あす》の晩《ばん》にはお客《きやく》があれば、なんぞかぞ残りものの《ゝ》肴《さかな》がござりましよ程に、又かな[四五]らず明晩も御出なされませ」と、追蹤《ついしやう》[四六]いはば《ゞ》たすかると、こまかにおしゆるおかしさ。聞すまして酒食《しゆしよく》心のまゝに喰飲《くいのみ》、扨《さて》薬師寺が胸元《むなもと》に刀《かたな》をあてて《ゝ》、「外の道具はいらぬ。銭もおもたければ、金銀と衣裳《ゐしやう》はいづくにあるぞ。置ｷ所をおしゆべし」と、刀あてながら引ずり行て、金銀衣裳《ゐしやう》を所ゝより引出し、「不足《ふそく》なれ共《ども》是で堪忍《かんにん》すべし。[四七]十分はか

二六 片端から斬り捨てること。
二七 刃も光り賊の目の光りも凄く。
二八 飯をたく役の者。大きい家では男。
二九 台所の流し。
三〇 土間にひれ伏しているさま。
三一 食器を納めておくところ。
三二 長い手の付いた樽。
三三 副食物。
三四 食べていただくような物。お口にあう物。
三五 なまこの腸を取り去り煮乾した物。
三六 大小数個の鉢を小さい物から順に大きい物に組み入れるようにした物。
三七 かまぼこ用に肉を取ったあとの鱧の皮を火にあぶったもの。
三八 毎月の二十八日は祝い日で鱠を作って食う。
三九 失礼ながら。
四〇 ことわざに「盗人の取り残しはあれど火の取り残しはなし」という。
四一 許すこと。食べずに残しておいてくれと言う。
四二 仏事などのためなまぐさ物を断つこと。
四三 人参の根部また葉人参を用いる。
四四 椀のふた。
四五 盗賊に再来を願う滑稽。
四六 おべっか。
四七 何事もほどほどにせぬと失敗する。

へつてこぼるゝ。[一]亢竜悔《かうりやうくい》あるといへば此分《(このぶん)》にてしまふべし。汝等《なんぢら》は是《(これ)》を持ッて、いつもの出合《であい》の所迄もつて立のけ。我は跡に残つて、きやつらが声《こゑ》をたてぬやうに、[二]しめして行べし。もはや夜もいとうふけぬべし。[三]寅《とら》の刻《こく》より一陽《やう》きざす。陽《やう》はあらはれ陰《いん》はかくる。主《ぬし》に利あるぞ急《きう》に持ッてのくべし」と、虎蔵一人残りとまつて、三人に金銀衣服《ゐふく》を持せて立のかせ、「もはや此家《や》に心残りもなければ只今帰る。身が帰《(かへ)》り品《しな》に声《こゑ》でもたてば打切《(うちきる)》ぞ」と、ねめまはしてしづかに表《おもて》へ出る所を、性根《しやうね》のすはりし[四]中間《ちうげん》、[五]端《はしに》二階《かい》にふせりしが、最前《さいぜん》より此躰《(てい)》を二階《(かい)》から見とゞけ、三人帰りて一人跡に残りしを、「何とぞとらへて見るべし」と、中戸の口に待《(まち)》かけ、出る所を「[六]とつた」といふてしがみつく。もとより虎蔵したゝか者《(もの)》、「[七]しや推参《(すいさん)》な下郎め」と、ふりはなさんとするを、[八]藤《ふぢ》のまとひしごとくに、帯に手をかけすこしもはなれず、「[九]出《で》あへ〳〵」と声立《(こゑ)》れば、為方無《(せんかたな)》さにぬいたる刀を取なをし、かの中間《ちうげん》を三刀四刀さし通し、よはる所をあたりへけたをし、[一〇]逸足《いちあし》出してにげて行《(ゆく)》。

中間疵《きず》をかうふりながら、「[一一]ヤレおりあへ〳〵」と、歯《(は)》がみをなして[一二]どよむ内に、下女下男くゝられし人〻の縄《なわ》をほどき、手に〳〵火をともしつれて中戸へ出れば、角介朱《あけ》になつて「無念《(むねん)》な事は、今一人かゝればとらまへまするものを」と、じだんだふんで残念《ざんねん》がり、あたりを見れば目《め》なれぬ紙入おちて有リ。「是は正しく今の[一三]組《くみ》あいし盗人《(ぬす)》が、

一　十分に昇りつめた竜はあとは下るしかないという悔がある。「亢竜有レ悔」(易経・乾)、「有二亢竜悔一」(太平記・四の四)。
二　戒めて。
三　午前三時ごろより五時ごろ。寅の一点より陽気生ずという。陽はあらわれるの意があり、盗人の行為があらわれ財物の持主に利があるからその前に立退けと言う。
四　侍と小者《(こもの)》の中間の地位の奉公人。
五　家の端の方に設けた二階。一つの屋根の下の一部分が二階になっているのである。
六　人を捕える時の掛け声。
七　感動詞。ののしって言う。
八　藤蔓がからみ付いたように。
九　急に人を呼び集める叫び声。
一〇　はや足で。
一一　「出あへ」に同じ。
一二　大声をあげて騒ぐ。
一三　格闘した。

取おとして行しものならん。是を以て御僉義《せんぎ》有《ある》べし」と、鼻紙袋《はながみぶくろ》を薬師寺《やくしじ》にわたし、身ぶるひ[一四]して中間《げん》は、うめいてつゐにし〻たりしは、下郎に稀《まれ》なる働《はたら》きと、次郎左衛門も不便《ふびん》に思ひ、先《まづ》死骸《しがい》を近所の寺へかたづけ、其《その》後件《くだん》の紙入をあけ、中《なか》の物を取出し、「何ぞ僉義《せんぎ》の種《たね》にも」とみれば、金子廿両の預《あづか》り手形。「是究竟《くつきやう》[一五]の物」と悦び、名《な》当《あて》を見るに「鎌田《かまだ》惣右衛門殿、大岸力《りき》太郎」と印《いん》判《ばん》慥《たしか》に有《あり》。「扨《さて》は大岸《ぎし》が牢人《らうにん》の内証《ないせう》[一六]につまり、此鎌田と云《いふ》者《もの》に金子預り[一七]たるにまがいなし。然れば今宵《こよひ》はいりたる最前《さいぜん》の盗人《ぬす》は、此鎌田惣右衛門といふ者ならん。此者が所はしれね共《ども》、大岸が隠家《かくれが》かねて聞置キ知ル上は、宮内が方にて僉義《せんぎ》せん。是天のたまもの、武運《ぶうん》につきぬ所」と、右の品《しな》を陸奥《みちのく》にかたれば、「まさしく我《わが》国方《かた》の夫《おつと》の名。扨は永〻《ながく》の牢人《らうにん》ゆへ内証《ないせう》くるしく、是非《ぜひ》におよばずかく夜盗《よたう》には出らる〻よ。是を穿鑿《せんさく》させし時は、夫《おつと》は云《いふ》におよばず、大岸殿迄本望をとげらる〻内〻の思ひ立の、大き成《なる》障《さわ》りなるべし。何とぞ僉義《せんぎ》のなきやうに次郎左衛門へ云て見るべし」

一四 臨終のさま。
一五 手がかりとして最適。
一六 生活に窮して。
一七 借用する。

と、さまぐに品《しな》[一]をつけて「吟味《ぎんみ》無用」とおさゆれ共、「是《(これ)》には二つのよき利あり。一つには盗賊《たうぞく》をしるといひ、二つには此《(この)》盗《ぬす》人の手前より、金銀をかるからは、大岸も同類《どうるい》と、殿の小気味《(きみ)》わるがらるゝ、宮内をも取ッて[二]こかすと云もの。すこし斗《(ばかり)》は此方から賃《ちん》[三]やりても、ぬすまれて成共《(なりとも)》かふしたい物なるに、旦那の仕合《(しあはせ)》我等が冥加《みやうが》にかなひ、盗《ぬす》人にあふて却而禍《かへつてわざはい》をのがるゝといふは是なるべし。然れば世間に夜盗《よたう》にあい、又は思ひよらぬ損《そん》をして、厄払《やくばらひ》[四]といふはこんな事なるべし」と、中く次郎左はうけつけず。「先《(まづ)》鎌田が隠《(かくれ)》が家を聞[五]つくろい、在所《ざいしよ》[六]しれなば究竟《くつきやう》[七]の者共をつかはし、からめ取ん」と、師直《もろなふ》が家来《(けらひ)》共よびあつめて、此用意の外他事《たじ》なしとこそ聞へけれ。

第五　智《ち》の増《まさ》[八]ル女の方便《てだて》は味方《(みかた)》の助《たすけ》

付リ　親《おや》のしらぬ悪性《(あくしやう)》金《がね》かりにうき身の勤《つとめ》

それ迷《まよ》ひの衆生をたすけん為《ため》に、仏《ほとけ》に方便《はうべん》[九]の説《せつ》あり。強敵《がうてき》を退治《たいぢ》せんために、武士《ぶし》に智謀計略《ちぼうけいりやく》の道あり。金銀米銭《べいせん》商《あきない》物を只とらんために、盗賊《たうぞく》[一〇]にかたりといふ術《じゆつ》あり。心同じ事に似《に》て、天地[一一]黒白《こくびやく》善悪の違《ちがい》あり。是皆智恵《ちゑ》をもとにして、思慮分別《しりよふんべつ》よりなす所、善悪共に空気《うつけ》[一二]のならぬ所作《しよさ》ぞかし。

一 理由をつける。
二 尻尾をとらえてやっつける。
三 費用を出す。
四 面倒をのぞいた。
五 あちこち情報を集めて。
六 有りか。居場所。
七 最も頑丈な者。
八 原本「増ル(まさる)」。
九 人を仏の道に導くための折に応じた巧みな手段。
一〇 詐欺。
一一 全く両極端の差異のあること。
一二 愚か者。馬鹿。

されば薬師寺《やくしじ》は鎌田が在所を聞さだめ、急《きう》に[一三]取ㇼ手の者共をつかはす手組《ぐみ》[一四]をいたしぬれば、陸奥《〔みちのく〕》今はすべきやうなく、此品《しな》を書《かき》したゝめ、いつも頼みてつかはす、二心なき出入の商人《あきんど》を頼み、大岸方へ内通《ないつう》をぞしたりける。宮内此密書《みつしよ》を披見《ひけん》して、大きに肝《きも》をつぶし先鎌田をよびよせ、「貴殿《きでん》は夜盗《よたう》をする程に内証困窮《ないせうこんきう》せられなば、など我にはのたまはぬ。貯《たくはへ》の有ㇼ金をすこしなれ共《(ども)》分《わけ》て参らすべきもの。かゝる悪事をなして大望《たいもう》の障《〔さは〕》りをし給ふ事、かへすぐ〳〵も遺恨《いこん》なれ」と気色《きしよく》[一五]をかへて申《(まうし)》ければ、惣右衛門かつて我身におぼへなく、妻女《さいぢよ》よりの内通《ないつう》の書翰《しよかん》をひらき見、「扨《(さて)》ゝ是非《〔ぜひ〕》[一六]もなき仕合《(しあはせ)》かな。全《まつたく》我ㇾ左様の非道《ひだう》なる事《わざ》を仕ㇼたる覚へなし。申《(まうす)》はいかゞに候《(さふら)》へ共、夜盗《よたう》をするほどの内証《ないせう》にて候はば《〔ゞ〕》、何とて廿両と云《(いふ)》金を御子息《ごしそく》に取か[一七]へんや。是我盗賊《たうぞく》をせぬ証拠《せうこ》也。某《(それがし)》夜前《やぜん》[一八]力太郎殿叶《かなは》ざる入用金廿両取替《(とりかへ)》、其《(その)》手形を懐中《くはいちう》せし紙入を、道にてとられ無念ながら帰りしが、扨は我《(わが)》紙入を取《(とり)》し奴《やつ》、すぐに其夜薬師寺が借宅《かりたく》へ夜盗《よたう》に入《(いり)》、落《おと》して帰りし物ならん。し

一三　捕り手。
一四　手筈。
一五　顔色をかえて。怒った様子で。
一六　どうにもしようのない成り行き。
一七　立て替える。
一八　昨夜。

かし紙入をとられし事証人《せうにん》あらねば、盗人《ぬす》の出ざるうちは、我其《その》盗人に一さゝるゝ共《とも》是非《ぜひ》におよばざる所、天道真《まこと》をてらし給はば終《つい》には云《いひ》分《はけ》立《たつ》べけれ共《ども》、先《まづ》さし当《あた》りかゝる災《さい》難《なん》にあふ事、二侍冥加《みやうが》につきたるか」と涙をながし申《まうし》ければ、宮内次第を聞て、「如何様《いかさま》是《これ》は当分の云《いひ》分《はけ》むつかしうは有《ある》べけれど、工夫《くふう》だにせば又何とそのがるゝ道もあるべき也。それはともあれ先悴《せがれ》力太郎某にもしらさず、貴殿《きでん》に金子を借《か》り請申《うけまうす》事、いかにしても心得がたし」と力太郎をよびつけ、「何のゆへに金子入用あつて、鎌田《かまだ》殿へは御無三心申《まうし》て有《あり》けるぞ。子細《しさい》を申せ」と尋れば、力太郎承り「某悪所《あくしよ》に通《かよ》ひ、女の義理によつて入用のよし鎌田殿へは申せしかど、四口がましき悪所《あくしよ》にて実事《じつじ》をいはんもさすがにて、深切《しんせつ》成ル惣右殿に当分虚言《きよごん》を申《まうし》たり。誠は某が不便《ふびん》をくはへし女と申《まうす》は、もと私の兄とたのみし八重垣《やゑがき》村右衛門殿の妹《いもと》にて、村右生害《しやうがい》の以後《いご》、生国を立退《しりぞ》きすべきやうなく、白人《はくじん》と申ス遊女になつてゐられしを、私不慮《ふりよ》に出あひ互《たがい》に面《おもて》を見て肝《きも》をつぶし、段ゝ様《やうす》子を聞《きき》つるに、村右衛門殿老母一人いまだ堅固《けんご》にましますを、やしなひ申さん方便《てだて》なく、やう／＼此《この》一両日このかた此勤《つとめ》に出るとの物語。五血《ち》を分《わけ》ね共村右殿とは兄弟の契約《けいやく》あれば、此女中も六我為《わが》には兄弟分、老母は則《すなはち》我母也。然るに現在《げんざい》兄弟に遊女させ、一人の母を七はごくませ余所《よそ》に見ておりがたく、其上《そのうへ》村右衛門存命《ぞんめい》にてあるならば、中／＼かやうのあさましき事などは、さする男に候《さふら》はねば、我《われ》村右衛門に成替《なりかは》り遊女の道をやめさ

一　名指される。指名される。
二　侍として受ける神仏の加護も尽きたか。
三　金品をねだること。
四　口やかましい。口うるさい。
五　血族関係ではないが。
六　婦人。
七　養なわせ。

せんと、[八]内証《ないせう》を尋れば、「此勤《つとめ》をするかざり道具とて、衣類等《ゐるいとう》の[九]入目《いりめ》、[一〇]廻《まは》しと申《まうす》男が手前より取リ替《かへ》ぬれば、此金子廿両かの廻しにすまさねば、[一一]流《なが》れの道を[一二]止《やむ》ル事今以テなりがたし」と、様子《やうす》を委細《いさい》に聞てから、「金《かね》につかへてさし置ク」と女が思はん所もあれば、[一三]才覚《さいかく》の其間諸事相談《さうだん》をする躰《てい》にて、[一四]一日のばしに隙取《ひまどり》て、心にそまぬ色の道毎日通《かよ》ひ申《まうす》所に、鎌田殿の御深切《ごしんせつ》なる御異見《ゐけん》。今宵《こよひ》をかぎりと存切《ぞんじき》リ、廿両の金子の事御無心申《まうし》て、其金をかの女にあたへ、「是を廻《まは》しにすまされて、[一五]衣類《ゐるい》をしろなし尼《あま》と成《なり》、老母もろ共仏《ほとけ》の道に入給ひ、村右衛門殿なき跡を弔《とふら》ひ給へ」と申含《まうしふくめ》罷《まかり》帰り候」と、真《まこと》をあかし語りければ、宮内も鎌田も[一六]至極《しごく》して、「尤《もつとも》成ル心底《てい》」と金子の不審《ふしん》はやみぬれども、「とかく此盗《ぬす》人のなき難題《なんだい》ののがるゝ方便《てだて》思案《しあん》せではあるべからず」と、宮内は一ト間に取こもり、[一七]肺肝《はいかん》を砕《くだ》き枕をわつて、深更《しんかう》におよぶ迄、[一八]遠慮《あんりよ》をこそはめぐらしける。

四之巻終

八 内内の事情。内情。
九 入費。費用。
一〇 白人の元締め。
一一 遊女の道。
一二 原本「止ル（やむる）」。
一三 工面。調達。
一四 一日一日と解決を先送りにすること。
一五 売って金に代えること。
一六 もっともだと承服する。
一七 苦心して考えをめぐらす。
一八 先先までの思慮。

▲お断申上ます

并ニ　愛染《あいぜん》明王色道秘密《ひみつ》愛敬《あいきやう》ノ占《うらない》

諸《しよ》色《しき》内《ない》証《しやう》鑑《かゞみ》　五　巻

付リ　野《や》白《はく》見通《どを》し色《いろ》の来《く》る間算《まざん》

右の本は一切色道《いつさいしきだう》の善悪、女の心にいかやうに思ひゐるなど、心の底《そこ》迄を考《かんがへ》しる事、ひとへに掌《たなごゝろ》をさすがごとし、占《うらない》やうは右の本ニくわしく書印《かきしるし》あり、則《（すなはち）》先月より本出し置キ申シ候間、御もとめ御覧可被下候

八文字屋

八左衛門

各ゝ様

▽野白内証鑑（外題「諸色見通野白内証鏡」）。宝永七年（一七一〇）八月刊。

けいせい伝受紙子《でんじゆがみこ》

五之巻

目録

一 本巻章題はすべて「武」字ではじまる。
二 隣との間の垣根。夫婦の仲と掛ける。
三 言葉巧みに言う。垣を結いまわすと掛ける。
四 心がやわらぐ。縄がとけると掛ける。
五 商売人。
六 歌舞伎で色男の零落した様などを演ずること。その語を用いてここは商人に変装したことをいう。
七 浪人になったため心のひがむこと。かたぶく・ひがみ・すぐにはたゝぬと縁語仕立。
八 ことわざ「屛風と商人は直ぐには立たぬ」。
九 銀貨をやりとりする時に目方をはかる秤。
一〇 油断をすると駿河を掛ける。駿河国(静岡県)の安倍川辺で製する紙子は名産。
一一 紙子は四十八枚の紙を継ぎ合わせて作る。また赤穂浪士の一味の人数は本により異動があるが、其磧は四十八人とする。
一二 敵を討とうとする心。とぎ立るは鎌の縁。

第四　武功《ぶこう》をかゝやかす一つむの蝋燭《らうそく》

敵方《てきがた》を二つかふて見るあやつり人形《にんぎやう》、三切《き》リ合《あい》じまいは四惣様《そうやう》さまへ此《(この)》世のお暇乞《いとまごい》、なき骸《から》は煙《けふり》と成《(なる)》五柴部屋《しばべ〔や〕》の露命《ろめい》。

第五　武勇《ぶゆう》の働《はたらき》末《すへ》の世の咄《はなし》の種《たね》

臣下《しんか》の六手鏡《てかゞみ》、くもりなき忠孝《ちうかう》の名は七くちぬ石塔《せきたう》、弔《とふらひ》の八四十八夜《や》、紙子《かみこ》比丘尼《びくに》諸分《わけ》の九訛談義《やさだんぎ》。

一 糸繰車の付属具。→三七四頁挿絵。
二 自由にあやつる。あやつり人形の縁。
三 原本「切リ合（きりあい）」。
四 皆皆様。「惣様さまへお暇乞」はあやつり芝居の終幕の口上。
五 薪炭をしまっておく小屋。煙は柴の縁。
六 携帯用の鏡。亀鑑（手本）の意を持たせる。くもりなきは鏡の縁。
七 名が朽ちぬと石（塔）が朽ちぬとを掛ける。
八 弥陀の四十八願にちなむ四十八夜の法会。四十八は紙子の縁。
九 色道の諸分を説いた談義。

第一　武家《ぶけ》に育《そだつ》下人が無二の志《こゝろざし》

付リ　夫婦の中垣《なかがき》いひまはしのよい女房

惣《すべ》て[一〇]武士《ぶし》の身は何国《いづく》を住家《すみか》と定めがたし。自分《じぶん》の外《(ほか)》人の事に義理《ぎり》の一命《めい》をすつるも習《なら》ひぞかし。主人の役《やく》にたち、[一一]武家至極《ぶけしごく》の事に命の果《はつ》るは、毛頭《もうとう》くやむにあらず。或《あるひ》は親《しん》類《るい》の禍《わざはい》、[一二]相役又は傍輩《はうばい》の中に[一三]是非《(ぜひ)》もなき一味《み》、少《(すこし)》の事に身を捨《すつ》るなど、さりとは口惜《くちおし》き仕合《(しあはせ)》、[一四]一分《いちぶん》の理《ことは》りたちがたく其《(その)》家を失《うしな》ひける。其身分際《ぶんざい》相応《そうおう》の[一五]所領《しよりやう》に預り、或《あるひ》は[一六]扶持《ふち》を得、私の事に命を果《はた》すは木石同事《ぼくせきどうじ》の心底《しんてい》なり。其働《はたら》き勝《すぐ》れ、たとへ相手大勢《ぜい》を打て何の高名《かうみやう》には成《(なり)》がたし。誠は自分《じぶん》の[一七]意趣《いしゅ》を堪忍《(かんにん)》して、主命《しうめい》の時進《すゝ》むを侍の本意といへり。しかし戦場《せんちやう》に出て[一八]御馬の先《さき》にて討死《うちじに》するばかりにあらず。主の為に替りて命をはたすを、誠の忠節《ちうせつ》とはいふなるべし。

鎌田惣右衛門本国より召連《めしつれ》し[一九]小者、弥源次といへる[二〇]普代《ふだい》の者、此度《(たび)》主人[二一]一生の難義《なんぎ》の場《ば》と見て、「私が一命を捨《すて》て御為に成《(なる)》事もあらば、日比《(ごろ)》の御恩《ごおん》にさし上たき」との[二二]存念《ぞんねん》面《おもて》にあらはれしかば、鎌田[二三]やさしく思ひて此旨《むね》宮内に語《かた》りければ、大岸感《かん》じて、「是《(これ)》貴《き》殿平生家来《でんへいぜいけらい》に恵《めぐみ》ふかく、[二四]撫育《ぶいく》あるゆへに日比の厚情《かうせい》を有がたく思ひ、今[二五]窮途《きうと》にのぞんで、

一〇 以下「本意といへり」まで新可笑記・四の三より剽窃、小付加あり。
一一 道理至極の事。
一二 同役。
一三 仕方なく企ての仲間に入り。
一四 自分の行為について面目を保つだけの言い開きができず。
一五 領地を与えられ。
一六 扶持米。俸禄として与える米。
一七 恨み。
一八 主君の前で討死する。
一九 武家で雑役に使われる奉公人。
二〇 代代仕えている者。
二一 一生に二度と無い難儀の場合。
二二 堅く思い込んだ気持が顔色に。
二三 殊勝に思い。
二四 かわいがり養う。
二五 せっぱつまった状態の時。

[一]御《ご》辺《へん》が為に命をすてんといへるは、此《(この)》者の只今の心底《しんてい》にて、貴殿の家来《けらい》をつかはるゝ平《へい》生《ぜい》迄を思ひやられ、主従《しゆじう》共の行跡《ふるまい》感心《かんしん》いたす也。[二]今時の武士《ぶし》身を修《おさむ》るとて、小者に[三]髪月《かみさか》代《やき》迄いたさせ、[四]髭《ひげ》は気遣《きづかい》して[五]自身《じぶん》に剃《そり》、又は女房に打任《まか》せたる有様《〔ありさま〕》、此用心おろかなる故《ゆへ》也。子細《しさい》は、家来に気遣《〔づかひ〕》する程の身ならば、自然《しぜん》の時も此下《(したじた)》ゝ逃《にげ》さり何の役にかたつべき。不断《ふだん》に憐愍《れんみん》をくはへおく。大事に及《およん》で主人の命にかはり、おのれと勇《いさむ》は[六]常《つね》を忘《わす》れぬ所也。爰《こゝ》を以て[七]君は船《ふね》、臣《しん》は水といへるも[八]断《(ことわり)》ぞかし。我今宵深更《しんかう》に及《およ》ぶ迄、かく心を労《らう》するも、貴殿《きでん》の禍《わざはい》をのがれらるゝ工夫《くふう》をする所也。しかれば今度の災難《さいなん》のがれ給はんには、其《(その)》下人弥源次が貴殿《きでん》の為に一命をすつる、真《まこと》の志《こゝろざし》にて、速《すみやか》にのがれ給ふ思《し》案《あん》あり」と、其計略《けいりやく》の品《しな》を惣右衛門が耳《みゝ》へ口をよせて、いひきかさるれば鎌田悦び、宮内が計《はかり》ごとを請《(うけ)》て私宅《したく》にかへり、彼《かの》弥源次に方便《てだて》の様子をいひきかせ、弥源次に縄《なわ》をかけ、夜中《やちう》に薬師寺が方へ引《ひつ》たて来り、表《おもて》の戸を[九]きびしくたゝけば、[一〇]夕部《(ゆふべ)》のに驚《おどろ》きたる上《うへ》なれば、昼《ひる》より師直《もろなふ》の屋形より家来少ゝ《けらいせう〳〵》まねきよせ、用心してゐたる折から、「夜陰《やゐん》におよんで[一一]けはしくたゝくは、前夜《ぜんや》に味《〔あぢ〕》しめ又盗賊《とうぞく》めらが来るや」と、皆《〔みな〕》〳〵起出声ゝ《おきいでこゑ〳〵》に「何者ぞ」と尋ぬれば、「されば[一二]夜《(や)》前《ぜん》此内《(うち)》へ夜盗《よとう》に入《(いり)》し、盗人《ぬすびと》の大将を捕《とら》へ来れり。此盗《ぬす》人につき、ちと此内へお尋申度《(たづねまうしたき)》事あつて、是《(これ)》迄引連《ひきつれ》参りたれば、[一三]とう〳〵爰《(こゝ)》をあけられよ」と高声《かうしやう》にいひければ、家来共さはぎあい、「又盗《ぬす》人が[一四]手をかへて来りしは」と、

一 貴殿。あなた。同輩に対し用いる。
二 以下「忘れぬ所也」まで新可笑記・四の三より剽窃、小異あり。
三 髪を結わせ月代を剃らせる。
四 万一のど笛を切られては致命傷。
五 振仮名原本のまま。
六 平常の主人の恩恵を忘れぬ。
七 君と臣の関係をたとえた語。太平記・三十七の二等に見える。
八 道理である。
九 甚だしく。ひどく。
一〇 昨夜。
一一 あわただしく。
一二 昨夜。
一三 早く早く。
一四 手だて。手段。

上《うへ》を下へとかへしければ次郎左衛門是を聞《(きき)》、「かく大勢居合《ゐ(あはせ)》て油断《ゆだん》せぬ上《うへ》には、何かさはぐ事やある。早〻《(さうさう)》戸をあけ是へいれ、様子をきいて[一五]紛《まぎら》はしき者ならば早速《さつそく》にたゝきふせ、次而《(ついで)》に夜前の僉儀《せんぎ》をせん。先《(まづ)》戸を明《あけ》よ」と下知《げち》すれば、家来《けらい》の面〻鑓長刀《やりなぎなた》弓なんど手に〳〵取持《(とりもち)》、挑灯《ちやうちん》あまたともさせ、家内《かない》は白昼《はくちう》のごとくかゝやかして、備《そな》へをみださず、居ならびて、表《おもて》をあくれば惣右衛門おくしたる気色《けしき》なく、件《〔くだん〕》の[一六]縄付《なわつき》引《ひつ》たて入ﾘ[一七]大庭《には》に引ｷすへ、薬師寺にむかつて申《(まうし)》けるは、「某《(それがし)》は鎌田惣右衛門と申《(まうす)》牢人《らうにん》者にて候が、夜前《やぜん》用事有て[一八]祇園辺《ぎをんへん》を通りしに、此者にあやまつて紙入《かみ》をとられ候。其中に金子弐十両の手形あり。きやつばらが[一九]手前にては、反故《ほうご》となりて捨《すた》り申せば、此手形取もどしたく存じ、今宵も又夜前のごとく紙入《かみいれ》を出しかけ、祇園辺《ぎをんへん》を遊《うか》れ歩行《ありき》候《(さふら)》へば、此者夕部に味《〔あぢ〕》しめ、某が懐中《くわいちう》へそろりと手を入ﾚて候処《ところ》を、すぐに其手をひんねぢ、夜前とられし紙入の僉儀《せんぎ》をきびしく仕《(つかまつり)》候へば、夕部我等《ら》が鼻紙入《はながみ》をとりながら、すぐに、こなたへ夜盗《よとう》に入《(いり)》[二〇]諸色《しよしき》を取て逃《にげ》さまに、たしかに家内《かない》にとりおとしかへりしよし、段〻白状《はくじやう》いたすによつてかくのごとく召捕《めしとらへ》て是迄引立《ひつたて》参りたり。此者が申《(まうす)》ごとく、此御家内《かない》に其紙入《かみいれ》おとし置て御拾《ひろ》ひ取候《(とりさふら)》ば《〔ゞ〕》、此盗人《ぬす》と紙入と[二一]代物替《しろものがへ》に仕るべき為《ため》、夜陰《やゐん》におよび候へ共《(ども)》引連《ひきつれ》て参りぬ」と誠《(まこと)》しやかに申《(まうし)》ける。

されば此鎌田惣右衛門は、塩冶《(ゑんや)》秘《ひ》蔵《さう》の[二二]御物《ごもつ》、久米之助《くめ》といひし美《び》少年《せうねん》にて、他《た》の[二三]執心《しうしん》

一五 疑わしい。不審な。
一六 縛った罪人。
一七 広庭。
一八 原本「祇園」。二行後も同じ。
一九 手もと。
二〇 いろいろな物品。
二一 物と物との交換。
二二 主君の寵愛を受ける少年。
二三 執着心。男色の恋着心。

を思ひやりて、高貞《たかさだ》屋敷より外へ出さず。[一]一ッ家《け》の中《うち》にも見知者稀成《しる(もの)まれ(なる)》うへ、[二]元服《げんぷく》して物右衛門と名のり、都にのぼりて程なく勘気《かんき》を得ぬれば、他《た》の者《もの》に判官御内《みうち》に物右衛門といふ家来《けらい》ある事をしらず。増《まし》て見しれる者もなければ、薬師寺《やくしじ》も此《(この)》物右衛門、塩冶《えんや》が家臣《かしん》といふ事をしらずして、物の見事に一盃《(ばい)》喰《くい》、「成程《(なるほど)》其《(その)》紙入はきやつが申《(まうす)》にちがいなく、此内におとしをき某《(それがし)》ひろい置《(おき)》たれば、いかにもしんじ申すべし。先以《(まづもつて)》此方より

[三]地をさいて成共《(なりとも)》僉儀《せんぎ》いたし、さがし出さんと存たる盗人《ぬすびと》めを、よくこそ捕《とらへ》て給りしぞ。是こそ天のあたふる所。[四]是ゝ《(これこれ)》紙入は其儘《まゝ》にてかへし申《(まうす)》。是からきやつを[五]拷問《がうもん》して、夜前《やぜん》とられし物共を一ゝに取戻《とりもど》し、其上にて同類《どうるい》迄を尋聞《きゝ》、残らず首《くび》をはぬべき」とよろこぶ折から、奥《おく》より陸奥《(みちのく)》立出て、鎌《かま》田《だ》と見るよりなつかしく、はつと心ときめきしが、おししづめていふやうは、「是御身《(おんみ)》を鎌田《かまだ》物右衛門と申《(まうす)》かや。顔《かほ》ばかりを知《しつ》て居《ゐ》て、名をきかぬゆへ夕部から其方を、盗人《ぬす》なりと[六]おとしつけ、是成《(これなる)》次郎左殿共、つかまへての、とらまへてのと、さ

一 一家中。塩冶の家来中。
二 男子成人の式。前髪を落し月代を剃り、幼名を実名に改め、通称を称する。
三 徹底的に追及することをいう。
四 呼びかけの語。
五 原本「哮問」。
六 そうときめこむ。

ま〴〵と評義《ひやうぎ》せしが、今見て肝《きも》をつぶせし也。是薬師寺殿、こなたには今迄咄《はなし》はせざりしが、師直《もろなふ》公《こう》の大岸宮内が心底《しんてい》を心もとなくおぼしめし、鎌《かま》倉《くら》へお下りの前《まへ》、「何とぞ宮内が心中に、我をねらふ心あるや、たづねさぐつて内通《ないつう》せよ」と、くれ〴〵仰《(おほせ)》おかれしゆへ、あの仁《じん》は宮内とたしき人とき〻、ひそかに招《まね》き、「大岸が企《くはだて》の実否《じつぷ》を聞《きゝ》七切《きり》、内証《ないしやう》をしらせ給《(たまは)》れ」と、内〻《ないない》より頼置《(たのみおき)》し人なれば、酒でもまいらせ馳走《ちそう》してかへしてたべ」と、誠《(まこと)》しくいへば、鎌田ももとより頓智《とんち》の者、陸《みち》奥《のく》が一言《いちごん》につき、「されば此廿両と申《(まうす)》金子力太郎に取かへしも親《おや》宮内といよ〳〵したしく罷成《(まかりなり)》、内外《ないげ》の事迄世話《せわ》にいたす顔《かほ》をして、心をさぐり見申《(まうす)》に、中〳〵微塵《(みぢん)》も各方《おの〳〵がた》の御主人をねらふやうな、武士《ぶし》めいたる所存《しよぞん》はなく、只弥《たゞいや》が上《うへ》にも金《かね》をつんで、小判をかぞへて長生《ながいき》をする合点《〔がてん〕》なれば、必《〔かならず〕》八向後《けうこう》お屋形に、御気遣《〔づかひ〕》は御無用〳〵」といへば、弥源次いましめられながらねぢむきて申《(まうす)》やう、「各《〔おの〳〵〕》の最前《さいぜん》よりのたまふは、塩冶判官《えんやはんぐはん》の家老《からう》大岸宮内が事成《(なる)》か。しからば必《かならず》御油断《ゆだん》あるな。

七 しっかりと聞き定める。

八 今後。

あの仁《じん》がつい表向《おもて（むき）》一通りの付合《（つきあい）》の分《（ぶん）》にては、中〳〵巧《たくみ》のしれるやうな宮内にては侍《はんべ》らず。成程《（なるほど）》師直公《もろなふこう》をねらい申《（まうす）》は、我〻が中間《なかま》によく存知《ぞんじ》て罷《（まかり）》有る事」と申せば、陸奥《みちのく》はつと思ひて、「やい盗人《ぬす》[一]血《ち》にまよふて何をいふ。[二]たはことといはずと念仏《ねんぶつ》申せ」といひければ、弥源次なをもいひやまず、「いやしき盗人《ぬす》にてこそ候《（さふら）》へ、血《ち》にまよふやうなる性根《しやうね》をさげたる物にてなし。成程《（ほど）》宮内《くない》が師直公《もろなふ》をねらひ申す内証《ないせう》を、私のぞんじたる子細《しさい》は、某《それがし》がやうなる野伏中間《のぶしなかま》と申《（まうす）》が、京近辺《きんぺん》に凡《およそ》一万人もこれあれば、此《（この）》中間さへたのまるれば、いかやうな企《くはだて》も成《（なる）》事ゆへ、大岸も兼而《かねて》我〻が中間をたのみ、大望《たいもう》の企《（くはだて）》専《もつぱら》とはいひながら、今にても師直《もろなふ》公より、此方の中間へ御褒美《（ほうび）》を下されなば、御大名様と素牢人《すらうにん》は[三]見かへ申さず。宮内方への加勢《（か）せい》の事はさておき、却而《かへつて》「大岸《ぎし》方《（かた）》へ夜盗《たう》におし入《（いり）》、宮内親子を打きり、家財《かざい》を[四]ねこぎに仕れば、御褒美《（ほうび）》の上《うへ》に又かゝる仕合《（しあはせ）》も候」と、某《それがし》中間をかけ廻《まは》りかく申《（まうす）》ほどならば、元来欲《ぐはんらいよく》ゆへ非道《ひだう》を働《はたら》く我〻が商売《しやうばい》。早速《さつそく》にのみこみ、大岸親子を即座《そくざ》に討て参らせん。されば某等《ら》が中間をたのみ、本意《ほんい》をとげられし事今にはじめず。先年[五]大塔《たう》の宮《みや》の令旨《りやうじ》を、[六]新田義貞《につたよしさだ》に申請《（まうしうけ）》てつかはせしも、皆我〻が中間《なかま》の働《はたら》き。又[七]両六波羅《はら》に[八]番馬《ばんば》にて腹《はら》きらせしも、宮方《みやがた》にたのまれ道《みち》〳〵をさしふさぎしゆへぞかし。我《（わが）》中間を御頼あらば、大岸親子が自滅《じめつ》遠《とを》かるまじ」と、まのあたり人の知《しり》たる事共を証拠《せうこ》に取ていひければ、もとより[九]物喰《（くい）》のよい薬師寺にて、又是《（これ）》も一

一　血迷う。
二　たわけたこと。
三　大名の師直を捨てて素浪人の宮内に心を移すようなことはせぬ。
四　根こそぎ。
五　後醍醐天皇皇子護良親王。
六　新田義貞の執事船田入道が野伏を捕え、その手引で大塔宮の令旨を得た（太平記・七の三）。
七　京都におかれた南北の六波羅探題、越後守北条仲時と左近将監北条時益。
八　近江国坂田郡内（現米原市内）。元弘三年（一三三三）五月、天皇方の足利高氏の軍に敗北して両六波羅は関東へと脱出するが、時益はすぐ野伏らの矢に死し、仲時は番場の辻堂で自害した（太平記・九の八）。
九　何にでもすぐ食いつく。

盃《(ばい)》くて、「やれ其者《(その)》が縄《なわ》をとけ。衣類《ゐるい》の五十や七十や、小判の百両弐百両ぬすまれたは苦《く》にならず。其宮内親子の者を、主人師直《もろなふ》又は某《それがし》が手をおろさず、汝等が夜盗《よたう》に入て殺《ころ》したる分《(ぶん)》にして、首尾《しゆび》よくしおふせくるゝなら、夕部《(ゆふべ)》取《(とり)》し物はさて置《(おき)》、何成共《(なになりとも)》褒美《ほうび》は望《(のぞ)》みにまかすべし」と、[一〇]正路《しやうろ》なる薬師寺にて、誠と思ひよろこんで、「さあ〱是へ来つて酒のむべし。鎌田殿とやらんも爰《(ここ)》にて[一一]一献《いつこん》いたされよ。それかるい吸物《すいもの》して、よい酒間《(かん)》してもつて参れ」と、底真《そこしん》からよろこびて、さま〲のもてなしは、これや[一二]盗人《(ぬす)》におひなるべし。

第二　武士《ぶし》を止《やめ》て売人《ばいにん》にやつし事《ごと》

付リ　刀《かたな》脇指《(わきざし)》秤《はかり》に替る浮世《(うき)》の中

勇《ゆう》もなく智《ち》もなく、只[一三]結構者《けつかうしや》にて、[一四]毒《どく》にも薬にもならぬ、薬師寺《やくしじ》の次郎左衛門、[一五]頭煎《かしらせん》じから[一六]二番迄をのみこみ、早速《さつそく》きゝめが見《(みえ)》やうと悦んで、惣右衛門弥源次両人を[一七]身にして万事をしめしあはせ、かれらが智略《ちりやく》を[一八]真請《まうけ》にして、此段ゝを鎌倉《かまくら》へ申遣《(まうしつかは)》し、師直《もろなふ》にも安堵《あんど》させ、其身も是より油断《ゆだん》をなし、宮内が事をも聞合《(ききあはせ)》ざりければ、「味方《みかた》には[一九]大理《(たいり)》を得《ゑ》たり」と徒党《ととう》の輩《ともがら》四十余《よ》人、寄合《(よりあひ)》〱勇《いさみ》をなし、悦びあふ事かぎりなし。

一〇 正直な。
一一 一盃飲みなさい。肴一種に酒三盃飲むを一献という。
一二 損をした上に損をすることのたとえ。

一三 好人物。原本「結講者」。
一四 害にも益にもならぬ。可も不可もない。薬師寺の薬の縁でいう。
一五 煎薬の最初の煎汁。
一六 煎薬の二番煎じ。一度煎じたものをさらに煎じること。ここは一度ならず再度だまされることをいう。毒・薬・薬(師寺)・頭煎じ・二番・きゝめと縁語仕立。
一七 味方。
一八 他の言を本当と疑わぬこと。
一九 大利。

然るに此《(この)》徒《と》党《たう》の中鳴尾崎《うちなるをざき》船右衛門は、亡君在世《ばうくんざいせ》の時分勘気《かんき》を蒙《かうむ》りゐたれ共《(ども)》、古《(いにし)》への高恩《かうをん》を忘《わすれ》ず。「一味《み》の人数《にんじゆ》に相加《くは》はり武士の道具《だうぐ》をとゝのへ、本望をたつせん」と貯《たくはへ》のなきにまかせ、[一]「本意ならぬ事」とは思ひながら、畠物《はたけもの》をとらんため田畠《でんばく》を踏《ふみ》あらし、百姓《(ひやくしやう)》共に見とがめられ、暫時《ざんじ》が間野中《のなか》に面《おもて》をさらされしを、女房心うき事に思ひ、一子をころし其《(その)》身も自害《じがい》し果《はて》ければ、「誰《たれ》が為に恥《はぢ》を忍《しの》んでながらへん。妻女《さいぢよ》が塚《つか》の前にして相果《はて》ん」と思ひぬれ共、「古傍輩《こはうばい》と約《やく》をむすび、亡君《ばうくん》の為にすつる一命、今相果《はて》ては弥《いよ〳〵》世の誹《そしり》をまねく道理《だうり》」と、しのびがたき所をしのび、妻子《さいし》が四十九日[二]迄心しづかにとふらひてそれより都にのぼり、大岸宮内が隠家《かくれが》へ尋来り、涙をながし此間の憂難義《うきなんぎ》、妻子《さいし》が最期《さいご》の有様《〔ありさま〕》を語《かた》り出してなきければ、宮内いさめて[三]「惣《(そう)》じて大義に組《くみ》する者は、小《すこ》き恥辱《ちぢよく》なんどは心にかける物にあらず。つたへきく[四]越王勾践《ゑつわうこうせん》は敵《てき》の不浄《ふじやう》を嘗《なめ》て会稽《くわいけい》の恥《はぢ》を雪《きよ》め、[五]韓信漂母《かんしんへうぼ》の一ッ飯《ばん》をもらひ、飢《うへ》をたすかり大功《だいこう》を立テしときく。必小事《かならずせうじ》に心をくるしめ、

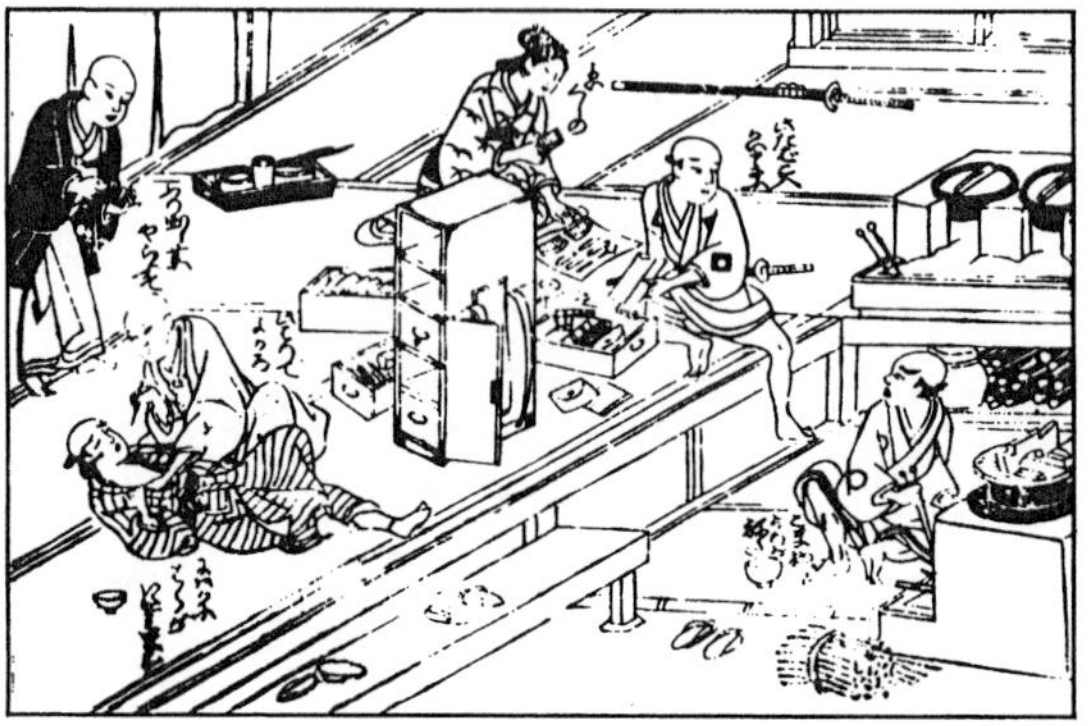

一 すべきでない事。

二 中陰の日数。死者の法事の一つのくぎりの期間。

三 はげまして。

四 越王勾践は会稽山で呉に降参し、呉王夫差の石淋をなめて病を治癒させて許され、再び兵を挙げて夫差を討った(太平記・四の七)。

五 漂母は水中でわたを精製する女。韓信が若年志を得なかった頃漂母に食を恵まれ、立身の後これに報いた(蒙求・漂母進食)。

おくればし[六]し給ふな。其替《かは》りには、此度の大望《たいもう》第一の役目《やくめ》を申渡さん。[七]かまへてぬかり給ふな。今度《こんど》師直相州鎌倉《もろなふさうしうかまくら》へ下りし時分、我〻道に出張《でばり》して討取《うちとら》んと思ひつれ共、旁《かた〴〵》のごとく諸方にありて、集《あつま》り給はぬ輩《ともがら》おほく、残念《ざんねん》がられん所もあり。又ひとつには、「武蔵守《むさしのかみ》用心きびしく、究竟《くつきやう》の者共を数《す》十人[八]すぐり立《たて》、道中の前後《ぜんご》守護《しゆご》させ、中〳〵勢猛《いきほひもう》にして小勢《せうぜい》にては、敵《てき》しがたき」と聞《きき》つるゆへ、千にひとつ仕損《しそん》じては末代《まつだい》迄の恥辱《ちぢよく》と思ひ、[九]胸《むね》をさすつて延引《ゑんゐん》せり。それにつきかれが寵愛《てうあい》の陸奥《みちのく》といふ美妾《びせう》を、近〻《きんきん》鎌倉へ引取《ひきとる》よし。此陸奥《みちのく》は我〳〵が傍輩《はうばい》の鎌田惣右衛門が[一〇]内室《ないしつ》なるが、亡君《ばうくん》又は夫《おつと》の為、敵師直《かたきもろなふ》につかへ心を迷《まよ》はし、身を師直に打まかせ、敵の様子を内通《ないつう》ある忠節《ちうせつ》の女なり。此陸奥《みちのく》が下りつかぬ其間に、貴殿《きでん》は早〻鎌倉に立越《たちこへ》、何にても師直が屋形《かた》に毎日入《いる》べき物を見合せ、商人《あきんど》にさまかへて家来《けらい》に取《とり》いりしたしくなり、陸奥《みちのく》にも心やすく出《で》あふやうに思慮《しりよ》をめぐらし、屋形の様子下〻《したぐ》の振舞《ふるまい》、又は陸奥が内通《ないつう》の書状等《とう》ひそかに[一一]通路《つうろ》し、能時節《よきじせつ》を見合せて[一二]一ッ《い》左右《さう》あらば、某等与党《それがしらよたう》の衆中をともなひて鎌倉に下り、急《きう》に[一三]取かけ一戦《いつせん》に打つぶさん。されば此役目は我身にちかき者ならでは、指図《さしづ》のしがたき事なれ共、[一四]御心入《こころいれ》切《せつ》にあまりて見へ侍《はべ》る間《あひだ》、此役をあて申《まうす》。相かまへて油断《ゆだん》あるべからず」と、路金《ろきん》其外滞留《たいりう》の間、ふ自由《じゆう》ならざる程金銀《きんぎん》を渡し、其日に仕立《したて》てくだしける。

かくて師直《もろなふ》は、薬師寺が鎌田主従《しうぐ》にたばかられて、京都の様子をいひやりし書面《しよめん》を見

六　強調の助詞。
七　決して油断して失敗をするな。
八　特に選び抜き。
九　怒りをこらえる。
一〇　他人の妻の敬称。
一一　連絡し。
一二　一報。
一三　攻撃して。
一四　心づかい。

るより安堵《あんど》して、「今ははや世におそろしき事はなし」と心をゆるめ、又例《れい》の栄耀《ゑいよう》[一]をおこし、陸奥《みちのく》を鎌倉《かまくら》へむかへんと迎《むかい》の人をさしのぼせば、此《この》様子を大岸方へ内通《ないつう》して、都をよそに陸奥《みちのく》は、乗物《のりもの》に打のりて、鎌倉《かまくら》にこそくだりけれ。師直歓悦《もろなふくはんゑつ》かぎりなく、東太鼓《あづまだいこ》[二]の鳴《なり》のよい風《ふう》な末社《まつしや》をよびあつめ、「こりや都より命取《とり》[三]を取《とり》よせしは。何と是《これ》ではのめるでないか」と、陸奥《みちのく》まじりの大酒盛《ざかもり》。上《かみ》[四]をまなぶ下部《しもべ》共、中間《ちうげん》馬取《うまとり》[五]沓籠《くつかご》[六]迄、木枕《きまくら》[七]にて青唐辛子《あをたうがらし》[八]を刻《きざ》み、茶碗酒《ちやわんざけ》をはやらかし、小歌比丘尼《こうたびくに》[九]を肴《さかな》にして、丸太枕《まるたまくら》[一〇]の楽《たのし》みは正躰《しやうたい》もなき有様《ありさま》也。「是師直《もろなふ》が運《うん》の末《すへ》」と、心有《ある》人は笑《わら》ふて果《はて》けり。

第三　武《たけ》き心を和《やわ》らげるは色《いろ》の一ッ徳《とく》
付リ　心の刃《やいば》をとぎたてる鎌倉下《かまくらくだ》り

都《みやこ》に替《かは》りて海《うみ》ちかく、肴《さかな》の沢山《たくさん》なと宿代《しゆくだい》[一一]のやすきに内証《ないせう》[一二]の苦労《くろう》すくなく、何《いづ》くも仮《かり》の宿《やど》りとは云《いひ》ながら、しばしも住《すみ》よく爰《ここ》ぞ極楽寺《ごくらくじ》[一三]の切通《きりどを》しに、裏棚《うらだな》[一四]かりて一《ひと》ッ竃《べつつい》[一五]にて、朝夕[一六]の煙《けふり》をたつる鎌倉《かまくら》[一七]山、頼朝《よりとも》[一八]殿の時代《じだい》に繁昌《はんじやう》せし跡《あと》とて、今も賑《にぎは》ひ上方《かみがた》に替らず。商人《あきうど》多《おほ》く入《いり》つどひ、万《よろづ》売物に花をかざり、それ〴〵[一九]に出入の門《かど》有て、新規《しんき》の取付商《とりつきあきな》[二〇]ひする物、何をしても売門《うるかど》なくて、中〳〵馴染《なじみ》をかさねずしては、口過《くちすぎ》もならぬ所と見ゆ

一　ぜいたく心。わがまま。
二　関東の太鼓持ですぐれた。鳴のよいは太鼓の縁。
三　相手を悩殺するほどの美女。
四　ことわざ「上をまなぶ下」。
五　馬の口を取る者。
六　行列の時履物を入れた籠を持って従う者。
七　板を組んで箱型に作った枕。
八　酒の肴。
九　勧進比丘尼。熊野の牛王を売り、絵解きをする。売春する者があった。三六三頁挿絵左上隅にみえる。
一〇　丸太を引切って作った枕。それを枕に小歌比丘尼と寝る楽しみ。
一一　家賃。
一二　生活費の苦労が少ない。
一三　相模国鎌倉郡、現鎌倉市内。東海道・腰越に通じる鎌倉の西の出入口。太平記・十の四に新田義貞の鎌倉進攻時の要所として出る地名。爰ぞ極楽と掛ける。また「仮の宿り」に対する。
一四　本通りからそれた路地内の小借家。
一五　炊事用に火床一つだけのかまどを持つ、最も簡略な生活。
一六　朝夕の炊煙を立てる。
一七　炊煙を立てる釜と掛ける。
一八　源頼朝が鎌倉幕府を開いた。その繁盛の様は江戸を想定している。
一九　それぞれ出入りの得意先があり。

れば、船《ふな》右衛門思案《〔しあん〕》して、京より小間物を取よせ、是は渡世《とせい》の為ならず、武蔵ノ守が屋敷へ出入斗《ばかり》の方便《てだて》なれば、たとへば[二一]五匁に売《うら》ねばならぬ物も、三匁五分《〔ふん〕》づゝに損《そん》をして、しかも[二二]現銀《げんぎん》ならず。やすふて[二三]銀《かね》がせはしうなふて、一日とめて置《おい》て[二四]背負箱中《せおいばこちう》の小間物《こまもの》を[二五]見さらし、買《かは》ぬとても[二六]不請《〔ふせう〕》なる顔《かほ》をせず。[二七]隙入《ひまいれ》ルさへあるに、いそがしき時は、水も手つだいて[二八]幾釣瓶《いくつるべ》もすけてやり、中間《ちうげん》が[二九]はした酒を買《かふ》て来《き》てやり、其間《〔その〕あいだ》に毛《け》鑷耳《ぬきみゝ》攪《〔かき〕》煙草《〔たばこ〕》入の、二つ三つ見へぬ分《〔ぶん〕》も[三〇]それなりけりにして、「さりとは[三一]心よい商人《あきんど》。今迄出入ル小間物屋《〔や〕》の新助はやめにして、たとへば[三二]楊枝《やうじ》一本[三三]尺長《〔たけ〕なが》の紙《かみ》一枚でも、半助が物を買《かふ》てやれ」と、[三四]若党中間門番《わかたうちうげんもんばん》、下女はした迄に贔屓《ひいき》せられ、朝食《あさめし》が過《すぎ》ると「もはや半助が来《き》さふな時分じや」と、[三五]祭待《まつりまつ》やうに思ひ入られ、明《あけ》るから暮《くる》る迄「半助〳〵」と船右衛門をよびて、今は侍分《さふらひぶん》のおもたる人にも心やすくなりて、大方の密談《みつだん》も「半助は[三六]くるしうない。余所《よそ》ではなすな」と、家来並《けらいなみ》に心ゆるされ、まんまと師直《もろなふ》屋敷へ取リ入《〔いり〕》、「[三七]朔日《〔ついたち〕》十五日には殿様へ[三八]御目見《〔みへ〕》いたせ」と、[三九]御側衆《おそばしゆ》の取持にて、表向《おもてむき》より御目見へ。[四〇]内証《ないしやう》は「都から[四一]御出なされたら奥方《おく〔がた〕》様の、[四二]独笑《ひとりわら》ひの人形あらば」と、女中衆が申出て、是を[四三]綱《〔つな〕》にして、[四四]櫛《〔くし〕》笄《〔かうがい〕》紅白粉《べにおしろい》、歯黒付《〔はぐろつ〕》けの楊枝《〔やうじ〕》の御用迄仰付られ、「冥加《みやうが》にかないて有がたい」と、さま〳〵の追蹤《ついせう》。「是もひとへに[四五]おまへの御《お》取持ゆへ」、「こな様の[四六]御引廻《おひきまは》しのお影《かげ》」と、五匁が商《あきな》ひすれば拾匁が物をやつて、[四七]金《かね》にあかせて人の心を取程《〔とる〕》に、今此屋敷で半

二〇 はじめての営業。
二一 銀五匁。
二二 現金払いでない。
二三 代金の請求が急でない。
二四 小間物屋が商品を入れて背負い歩く箱。→二六六頁挿絵。
二五 すっかりひろげて見る。
二六 いやな顔をしない。
二七 時間を費すまだその上に。原本「隙入ル（ひまいれる）」。
二八 井戸から水を汲む手伝いをする。
二九 少量の酒。
三〇 そのままに問題にせぬこと。
三一 気立てのよい。
三二 歯にはさまったものを除く楊枝。後文にはお歯黒用が出る。
三三 奉書紙の一つ。細く切って元結にする。
三四 武家の小身の従者。
三五 楽しみに待遠しがるさま。
三六 差支えない。
三七 式日で出仕の日。
三八 貴人・主君にお目にかかること。
三九 主君近侍の武士。
四〇 奥方周辺へは。
四一 「御出なされたる」の誤りか。
四二 男女交合の形に作った人形か。
四三 頼みとして。縁を繋ぐものとして。
四四 女性の髪に差す棒状の装飾品。
四五 あなた。敬意を含む。あなたのお世話のおかげ。
四六 目をかけて面倒をみること。
四七 多額の金銭を惜しまず使って機嫌をとる。

助ほど上下《かみしも》共の御気に入《いる》はなくて、屋形の中《うち》の隅ゝ隈ゝ《すみぐくまぐ》迄ゆかぬ所はなく、よく〳〵見すまして都へ此通《このとほり》急《きう》にしらせて、「一刻《いつこく》もはやく仰合《おほせあは》されお下り」との飛札《ひさつ》[一]。

披見《ひけん》するより大岸宮内、一味の輩《ともがら》四十余《よ》人、支度《したく》の武道具《ぶだうぐ》取持て、鎌倉《かまくら》へ下りつき、先《まづ》船《ふな》右衛門に対面《たいめん》して、屋形の様子《やうす》を尋ね聞《きゝ》、「何とぞ是《これ》からは其方《そなた》、敵の屋形《かた》に一《い》ッ宿《しゆく》する方便《てだて》をせらるべし。さなくては我ゝ夜打《ようち》に入《いる》時分、門《もん》〳〵しまりて入《いり》がたし。尤《もつとも》此連衆《れんじゆ》[二]鉄《くろがね》の門《もん》にても踏破《ふみやぶ》りかぬる者共にはあらね共《ども》、夜中に門《もん》をはいらぬ先《さき》にそ[三]うがはしくては、師直《もろなふ》[四]風をくいて、其間《そのま》にいづくへかかくれしのびて[五]おちやしぬらん。ならぬ時は門《もん》をふみくだきてもはいるべきが、同じくは貴殿《きでん》寝泊《ねとま》りをするやうにしなさ[六]れなば、ひそかにしのび入ッて師直を取にがさず、首尾《しゆび》よく本望とげんと思へば、今一《ひ》ト智恵《ちゑ》出して一宿《しゆく》の計略《はかりごと》」と《ゝ》、皆ゝ口を揃へて申せば、「成程《なるほど》心《こころ》へ申たり。先試《こゝろみ》に今晩泊《こんばんとま》りて見るべし」と、すぐに背負箱《せおいばこ》おふて師直が方に行《ゆき》、台《だい》所にて侍衆の御酒《ごしゆ》の相手に成てしばらく隙《ひま》入レ、夕飯《はん》も過て暮《くれ》[七]六つ前から、にが〳〵[八]敷顔《しきかほ》をつくり「腹《はら》がいたむ」と云出してふんぞりかへって[九]うめき出す。「やれ半助が食傷《しよくしやう》[一〇]したは」と、お手廻《まは》り[一一]針立《はりたて》[一二]本道《ほんだう》[一三]、ふり出《だ》し[一四]をふり立てのますなど、色ゝ看病《かんびやう》しても根心《ねごゝろ》[一五]が、是[一六]なりけりに泊《とま》[一七]ル思案《しあん》なれば、何をあたへても快《こゝろよい》とは云《いは》ず。いよ〳〵うめき「是では宿[一八]へは帰りがたし。[一九]御長《おなが》屋の末《すへ》に成共《なりとも》さしおかれ、呑《のみ》かけのお薬《くすり》[二〇]をたべて見たし」と、くるしき声《こゑ》にて申せ

一 急ぎの手紙。
二 連中。仲間。
三 騒がしい。
四 感づいて素早く逃げる。
五 ひそかに逃げる。
六 とりはからわれたなら。
七 夕方の六時前後。
八 苦しそうな顔。
九 そりかえって。
一〇 食あたり。
一一 手廻りの。主君側近の。
一二 鍼医。
一三 内科医。
一四 振り出し薬を熱湯に入れ成分を滲出させて。
一五 真意。本心。
一六 このままずるずると。今の状態のまま。
一七 原本「泊ル《とまる》」。
一八 自分の家。
一九 大名屋敷の家臣居住用の長屋。
二〇 薬をのむことをいう。

ば、侍[二一]分《ぶん》の者共一《い》[二二]ッ同《とう》にいひけるは、「其方事馴《な》染《じみ》はなけれ共、心入《こころいれ》をいづれも知ッて、家来《けらい》同《どう》[二三]前《ぜん》に心やすく不便《ふびん》をくわへ、殿様へ迄御目見へをさすほどの事なれば、此お屋形にとめおき、幸《さいはい》[二四]お手医《い》者《しゃ》もあれば、夜中養生《やうじやう》させたき物なれ共、此屋形《かた》には御用心なさるゝ事あつて、御家来《けらい》の外出入の者は、一人も夜《よ》るとめらるゝ事は堅《かた》き御《ご》法《はっ》[二五]度《と》にて、我ゝが親類《しんるい》とても、他国の者は一夜をさし置《おく》事、きびしくならぬ事なれば、此[二六]向《むかい》町の出入の八《や》百《お》屋方迄駕籠《かご》にてつかはし、[二七]青《あを》物屋《や》方にて[二八]如在《ぢよさい》なく看病《かんびやう》いたすやうに、我ゝが方より人をそへて申《まうし》つかはし、夜中にお医者《いしや》衆にも、是より御見廻《まい》なさるゝやうに頼むべし。それ〳〵暮《くれ》ぬ中《うち》に駕籠《かご》にのせて八百屋迄送らせよ」と、中〳〵一夜もとむる事はせぬ気色《けしき》。是非《ぜひ》におよばず[二九]痛《いたむ》分《ぶん》にして、駕籠《かご》に打のり八百屋《や》が方へ行《ゆけ》ば、「お屋形《かた》から御《お》人のそふた御病人《ごびやうにん》」と、取て置ｷの[三〇]洗濯《せんだく》夜着《よぎ》を出し、「先是へ」と亭主《ていしゅ》夫婦立出《たちいで》、駕籠《かご》よりだして出し心[三一]一盃《ばい》の看病《かんびやう》。[三二]いたふもない腹《はら》をさぐられ、其まゝ[三三]よい顔も成《なり》がたくて其夜の四[三四]

二一 侍の身分。侍の分際。
二二 一統に。一様に。
二三 同然。同様。
二四 お手廻りの医者。
二五 禁制。
二六 向いあっている町。向う側の町。
二七 八百屋に同じ。
二八 手ぬかりなく。
二九 そのまま腹が痛むということにして。
三〇 夜着は襟・袖のある大形の掛け蒲団。来客用の洗濯した夜着。
三一 心かぎり。精一杯。
三二 何もないのに疑いをかけられるたとえ。ここは表面の意そのまま、痛い所はどこかと腹を探し回られ。
三三 癒ったという顔。
三四 午後十時前後。

つ時分に、「もはやすき[一]と腹痛《ふくつう》もなをりましたれば、宿《やど》もとへ帰りませふ」といふを、夫婦いろ〳〵ととめて、「何にても御好《おこのみ》[二]がござらば御遠慮《ゑんりよ》なく仰られて、せまくて御不《ふ》自由《じゆう》にござらふと、今宵《こよひ》御宿《おやど》へ帰しましては、我〻ぶ沙汰《さた》[三]にいたせしゆへ、おかへりなされた物であらふと、お人そへられたお侍様方《がた》に思はれましては、お出入がなりにくうござる。今夜《こんや》一チ夜は是非《(ぜひ)》に是《(これ)》にござつて下され」と、夫婦がとらへてはなさず。迷惑《(めいはく)》ながら一夜明《あか》すに、女夫《めをと》は自身番《じしんばん》[四]するごとく、屏風《びやうぶ》の際《きわ》[五]につきはり、ねがへりするごとに「湯《ゆ》をあがるか。茶粥《ちやがゆ》[六]でもいたさふか」と、心をつけての此《(この)》迷惑《めいはく》。今宵《(こよい)》斗《(ばかり)》は「早明《はやくあけ》がし」と、本《ほん》に煩《わづら》ふよりはくるしき、夜《よ》も明方《あけがた》の鐘《かね》の音《こゑ》ぞ嬉《うれ》しかりけれ。

第四　武功《ぶこう》をかゝやかすつむの蠟燭《らうそく》
付リ　敵方《てきがた》をつかふて見るあやつり人形《にんぎやう》

大岸《ぎし》をはじめ四十余《よ》人の徒党《ととう》の輩《ともがら》、烏《からす》[七]が啼《なく》と其《(その)》まゝひとつ所に寄集《よりあつま》りて、「さあ船《ふな》右衛門が屋形《やかた》に一夜あかしぬるは、もはや本望とげたもの」と悦びゐる所へ船右衛門かへれば、いづれもきおいかゝつて、「なんと屋形の夜《よる》の様子《やうす》はどふなるぞ。いよ〳〵用心せぬ躰《てい》か。貴殿《きでん》はどこにねさしたぞ」と口〻にとへば、「いや〳〵我らが思ふとちがい、

一　すっきりと。
二　注文。
三　なおざりにすること。
四　町内の異変に備え町人が交替で詰めた番所。またその番人。
五　付いて張り番する。
六　煎茶の汁で仕立てた粥。
七　夜が明けるとすぐ。

中〳〵一夜《や》も他《た》の者《もの》はとめず。[八]作病《さくびやう》おこしてか様《(やう)》〳〵迄には[九]味《(あぢ)》にしこなしぬれ共《(ども)》、[一〇]親類《しんるい》にかぎり家来《けらい》の外《ほか》は一宿《いつしゆく》ならぬとて、思ひもよらぬ八百《やを》屋《[や]》に泊《とま》りて夜中の難義《なんぎ》」と、あまりの事に一座《ざ》も後《のち》は大笑《わら》ひして、「扨《(さて)》いかゞすべき」と、とり〴〵評定《ひやうちやう》すれば大岸《ぎし》しばらく思案《しあん》して、「敵用心のなき顔《かほ》はすれど、心をゆるさぬ所あれば、一人二人たとへ一夜《や》宿《しゆく》したり共《(とも)》、此方のおもふやうには成《(なる)》まじ。我ひとつの妙計《めうけい》を工夫《くふう》しぬれば大方《[かた]》是にて[一一]本懐《ほんぐはい》は達《たつ》すべし。日限《にちげん》幸《さいはひ》明〻後日亡君《ばうくん》の御忌日《きにち》なれば、明後晩《ばん》の夜討《ようち》にすべし。いづれも其用意《ようい》あるべし」と、扨船右衛門に陸奥《みちのく》方への[一二]密書《みつしよ》をちいさき紙にしたゝめ、こよりにひねりて[一三]人形筆の中《なか》にさしこみ、小間物箱《ばこ》の内へ入《(いれ)》て、又船右衛門に背負《せおは》させてやりければ屋形の人〻「是は半助。早速《さつそく》の[一四]本腹《ほんぶく》祝《[いは]》ひがなふては成《(なる)》まい」と、[一五]とり〴〵にいひければ、「先《(まづ)》は昨日《きのふ》の御礼旁《かた〴〵》に、いまだすきとはなく候《(さふら)》へ共《(ども)》[一六]伺公《しこう》仕る」の由《[よし]》、[一七]どれ〳〵へも一礼のべて、「扨奥《おく》様へお誂《[あつら]》への[一八]服紗物《[ふくさもの]》出来仕り、持参《ちさん》仕る由《[よし]》御取次たのみ入《(いる)》」と、

八 仮病。
九 うまくやったが。
一〇 親類に隔てをおき、家来以外は親類も一宿はならぬ。
一一 本望。
一二 原本「蜜書」。
一三 軸の起倒により軸端から人形が出入する仕掛の筆。
一四 本復。全快。全快の祝いを半助にねだる言。
一五 それぞれに。
一六 貴人の御機嫌伺いに参上すること。
一七 だれだれにも。
一八 物を包むのに用いる方形の絹布。

日比《ひごろ》[一]つかませおきたる、花井といへる女郎頭《がしら》[二]を以ていひ入《いれ》ければ、元より陸奥《みちのく》此《この》者の事宮内よりの内通《ないつう》にて、兼《かね》て合点《がてん》の事なれば、「誂《あつらへ》もせぬ服紗《ふくさ》出来とは、大岸が文《ふみ》がな持来《もちきた》るものならん」とはや心得て、一間奥《まおく》の色段子《いろどんす》[三]の帳《とばり》の外《そと》迄めされて、お顔《かほ》は見へね共《ども》、互《たがい》にいふ事は両方に聞へて「是《これ》は心のきいた女郎[四]」と船右衛門悦び服紗《ふくさ》物にそへて「此人形筆《にんぎやうふで》にお心をつけらるべし。常《つね》のとはちがい申《まうし》て、細工《さいく》に[五]手をこめたる物」と女[六]房達《たち》にわたせば、かくと陸奥《みちのく》へ申上る。

服紗《ふくさ》は其《その》まゝにして、先《まづ》人形筆をひねくり廻《まは》して、小《こ》[七]よりに気をつけて、「まづ其小間物屋《や》またせておくべし。中付る用事あり」と詞をのこされ、奥《おく》へ入て小よりひねくりかへしてひろげて見て、宮内が状の趣《おもむき》を合点《がてん》して、武蔵《むさし》ノ守《かみ》[八]の常成居間《つねなるゐま》にゆきて訴詔《そせう》[九]がまへの顔付《つき》。いつでも師直《もろなふ》此艶顔《あんがん》を見て機嫌《きげん》のわるい事なく「何ぞ望《のぞみ》があるか。願《ねが》ひがましき顔ばせ」といふ。時節《じせつ》よしと陸奥《みちのく》は、「されば当所《たうしよ》に珍《めづ》らしき繰芝居《あやつりしばゐ》[一〇]のあるよし。あは[一一]れ取よせて見物仕りたき」旨《むね》申せば、「それこそ

一 賄賂の金品を与えておいた。
二 奥方側近の女性の頭。
三 色糸を用い、地の厚い光沢のある、大小の紋を織出した絹織物。もと中国渡来、のち京都で産出。
四 上﨟。身分ある女性をいう。
五 念を入れて作る。
六 奥方身辺に仕える女性。
七 こより。かんぜより。
八 原本「武蔵ノ守（むさしのかみ）」。
九 願い事をしたそうな。
一〇 人形浄瑠璃芝居。
一一 是非とも。

やすき望《〔のぞみ〕》。いかにも其段いひつくべきが、但《たゞ》し一人にても此屋形に一宿《いつしゆく》さする事はならず。[一二]一日切《ぎり》に見物のなる事や。たづねさせて見るべし」といへば、「さやうならば小間物売の半助、かやうの事に[一三]功者《こうしや》成《(なる)》よし。さいはひ御台所《おだいどころ》に参りおれば、おたづねもや」と申上る。「成程《(なるほど)》〱其段半助に尋て参れ」と、近習《きんじゆ》の者を以てとはせらるゝに半助申《(まうす)》は、「[一四]人形廻《にんぎやうまは》しの手摺《てすり》其外[一五]家躰《やたい》廻り幕以下《まくいげ》、人形等《とう》の道具多《おほ》く候《(さふら)》へば、其日に持《もち》はこび、其日にかざりたてて[一六]五《〔ゝ〕》段《だん》六段《〔だん〕》の繰《〔あやつり〕》は、[一七]日《ひ》の中《うち》には成《(なり)》がたく、存候《(ぞんじさふら)》へば、[一八]諸色《しよしき》の道具ばかりを[一九]宵《よひ》にお屋敷《〔やしき〕》迄運《はこ》ばせ置《おき》、翌朝未明《よくてうみめい》に[二〇]役者共お屋形へあがり、其拵《〔こしら〕》[二一]へを仕りて[二二]朝御膳過《あさごぜん(すぎ)》てはじめさせなば、夕御膳《(ゆふ)ごぜん》過には果《はて》申《(まうす)》べき」由《〔よし〕》申上る。師直《もろなふ》聞て「しからばさやうにいたして、宵《よひ》に諸色の道具を取よせ、役者共には早朝《さうてう》より参りて仕るべきよし、汝が存知《ぞんじ》たる繰師《あやつりし》あらば、取持《(とりもち)》いたすべき」の旨《〔むね〕》仰付らるゝ段〻、近習《きんじゆ》の若侍取次して半助に申《(まうし)》わたせば、「今日は[二三]間もなく候。明晩《ばん》道具をお屋形へはこばせ申《(まうす)》べし」と、[二四]手組《〔ぐみ〕》いたして

一二　一日限り。一日を期限に。

一三　熟練している者。

一四　人形遣いがその陰に姿を隠して人形を遣う装置。舞台前面に渡した横板、また人形遣いの姿を見せるため綟《もぢ》布を張った屏風を使った。

一五　建造物の形をした舞台装置とその付属物。

一六　古浄瑠璃の場合は六段、義太夫以降の時代浄瑠璃は五段で構成される。

一七　当日朝から搬入・舞台設置をやると夕までに終演は不能。

一八　諸種の道具。

一九　前夜。

二〇　それぞれの役を勤める者。

二一　支度。

二二　朝食。

二三　時間がない。余裕がない。

二四　手筈。

立帰り、右の様子《やうす》を宮内に申せば、「扨《さて》こそ我 謀《はかりごと》成就《じやうじゆ》しぬ」と悦び[一]損金《そんきん》出し繰師《あやつりし》より人形道具借《か》り調《とゝの》へ、[二]長持七棹《なゝさほ》一つには人形斗《ばかり》入《いれ》、残り六棹《さほ》は人形其《その》外の道具を上《うへ》に積《つみ》て、其下《した》は二重底《ぢうぞこ》にしかけ、一人づゝしのばせ、船右衛門をそへて明《あく》る昼《ひる》の[三]七つ時分に師直館《もろなふたち》へもちかけぬ。[四]吟味《ぎんみ》役人双方《さうほう》に立ならびて、長持をあけさせ見るに、船右衛門人のいらぬ長持をあけて、底迄《そこ》[五]あぜかへしてよく〳〵見せて、次《つぎ》の長持から蓋《ふた》ばかりあけて、「最前《さいぜん》のごとく底迄《そこ》お目《め》にかければ、人形《ぎやう》の[六]しくはせあしくなりて、明朝の間《ま》にあいがたし。御用心あるお屋形ゆへに、殿様から役者共へは直《ぢき》に仰付られず。私に取持《とりもち》仕れとの御意ゆへ、諸事につけ[七]卒忽《そこつ》なきやうに、御門《ごもん》を入レぬ先《さき》に、はゞかりながら改《あらた》めたい程あらためておきぬれば、お気遣《づかい》あそばすな」と、半助が口上にあざむかれて、「いか様そちがやうな[八]律気者《りちぎもの》にはよい[九]仰付《おほせつけ》られもの」と、蓋斗《ふたばかり》とらせ見て、底迄《そこ》吟味《ぎんみ》せず長《なが》屋の前《まへ》にならべおきしは、是《これ》天運《てんうん》のなす所。「扨此《この》大《だい》太鼓《こ》も何ぞに入《いる》か」ととへば、「一段〳〵の[一〇]切《きり》に是

一 損料。借り賃。
二 蓋のある長方形の箱で、道具等を入れかついで運ぶ。→三七一頁挿絵。棹の字、下文とともに原本「椊」。
三 午後四時前後。
四 出入を調べる役の者。
五 かきまぜて。
六 人形の各部分の組合せ。
七 誤りのないように。
八 実直な者。
九 処理を命令されたもの。
一〇 最後。段落。

がなくてはならぬ」と申《（まうし）》て、長持の上になを[一一]して、荷《に》なひ来りし人数《にんじゆ》をかぞへて、船右衛門共に大門《もん》[一二]を出され暮《くれ》六つの拍子木《ひやうしぎ》[一三]打てそれから鼠《ねづみ》も往来《ゆきゝ》はさせざりき。

すでに其夜の子《ね》[一四]の刻《こく》ばかりに、長持の上《うへ》なる太《たい》鼓《こ》の筒《どう》[一五]ふたつにわかれて、中より八幡《〔まん〕》六郎おどり出、傍輩《はうばい》の入たる長持をこと〴〵くあけて、以上[一六]六人出《で》そろひ、面《〔めん〕》〳〵身づくろひして待所《（まつ）》に、表《おもて》の方に相図《あいづ》の唐人笛《たうじんぶゑ》[一七]の音《おと》を聞て、貫木《〔くはんぬき〕》はづし大門をひらけば、大岸宮内をはじめ四十余《よ》人ばた〳〵と込《こみ》[一八]入て、先《（まづ）》寝《ね》入《いり》たる門番共を一ゝにからめ取《（とり）》、「息骨《〔いきぼね〕》たてなばねぢころさん」と、番部《ばんべ》屋の柱《はしら》にくゝりつけて、日比《（ひごろ）》屋形の案内《あんない》をしりたる船右衛門、先立て玄関《げんくわ》の戸を打やぶり、やす〳〵といれば「義《ぎ》[一九]を太山《たいさん》のごとくおもんじ、露命《ろめい》を亡君《ばうくん》になげうち、一足《ひとあし》もひかず討死《うちじに》せん」といさみだちたる四十余人の勇《ゆう》士《し》共、手に〳〵忍《しの》びの火をさしあげ声《こゑ》〳〵にいひけるは、「今宵《こよひ》お屋形へ推参仕《すいさんし》たる我ゝは、塩冶判官高貞《えんやはんぐはんたかさだ》が家臣《かしん》大岸宮内、同名力太郎其外忠義の侍四十八人亡君《ばうくん》の讐《あた》を報《ほう》ぜ

一一 正しく置く。
一二 正面の門。
一三 拍子木で時を報知する。ここでは閉門の時刻になっている。
一四 午前零時前後。
一五 太鼓の木製中空の主部。
一六 合計。
一七 チャルメラ。→三七三頁挿絵。
一八 押し入る。
一九 中国山東省の泰山は重いもののたとえに用いられた。

んがため責寄《せめよせ》候。武蔵ノ守殿の御首《くび》を給はりて主君《しゆくん》判官が黄泉《よみぢ》[一]の闇《やみ》をてらすべき存念にて候」と、高声《かうしやう》によばはり、無二無三に切て入《(いり)》ければ、「すはや夜討《ようち》こそ入たれ」とて、上を下へとかへしうろたへ出てうたるゝ者おほかりけり。

此《(この)》音《おと》に武蔵ノ守肝《きも》をひやして、「一先《ひとまづ》のがれて見ばや」と心臆《おく》[二]してあなたこなたとする所へ、陸奥《〔みちのく〕》起《おき》いで「いかにもして師直《もろなふ》を、宮内又は夫《おつと》鎌田に討《うた》せん」とおもひ、敵のこみ入たる方へ手を引て、「こちへ逃《にげ》させ給へ」と引たつれば、「あれ見よ其《(その)》方には兵《つはもの》共待かけゐれば我レについてこなたへ来れ」と、庭《には》にはいおりかゞむ[三]べきかたなく柴部《しばべ》屋《〔や〕》へかけ込《こみ》、柴《しば》おしのけて陸奥《みちのく》諸《〔もろ〕》共身をちゞめ、上《うへ》には柴《しば》木炭俵《すみだはら》いやが上《うへ》によせかけて、息《いき》をもせずにかゞみゐる。

四十余《よ》人の勇者《ゆうしや》共、かくとはしらず武蔵ノ守が寝間《ねま》とおぼしき所を、天井敷板《てんじやうしきいた》[四]迄をはづして見れ共《(ども)》、師直《もろなふ》はゐざりければ、「南無三宝仕《ぼうし》損《そん》じたり。扨《(さて)》は宵《よい》に風をくい、屋形をぬけて出ぬるか。是《(これ)》程迄に仕寄《しよせ》[五]たるに、大事の敵《かたき》を取にがせし事の無念さよ」と、四十余《よ》人牙《きば》[六]を噛《かみ》、目と目を見合あきれはてて〔と〕立たるは、断《(ことわり)》至《し》極《ごく》と聞へけり。

一　あの世の迷いをはらす。
二　原本「億して」。
三　身をひそめる。
四　床(ゆか)板。
五　攻寄せたのに。
六　歯ぎしりをしてくやしがる。

第五　武勇《ぶゆう》の働《はたらき》末《すへ》の世の咄《はなし》の種《たね》

付リ　石塔《せきたう》の弔《とふらひ》　四十八夜《や》紙子比丘尼《〔びくに〕》訛談義《やさだんぎ》

[七]「王質《わうしつ》が仙《せん》より出て七世の孫《まご》にあへるよりも猶稀《なをまれ》なる敵《かたき》の寝間《ねま》迄来つて肝心《かんじん》の師直《もろなふ》を討もらしぬる事、侍冥加《みやうが》につきたるか」と、四十余《よ》人瞋《いかれ》る眼《まなこ》に涙をうかめ、「此上《うへ》は我ゝ此所にて[八]立腹切《たちばら(きり)》、魂魄《こんぱく》を此屋形にとゞめ、にくかりし武蔵ノ守を取殺《ころ》[九]さん」と、立ならびて既《〔すで〕》に刀《かたな》をつき立《たて》んとせし時、大岸《ぎし》しばしとおしとめ、「此寒夜《かんや》に夜着蒲団《〔よぎふとん〕》あたゝまりさめざるは只今ぬけしに極《きはま》つたり」と、四方を急度《きつと》[一〇]見る所に、馬屋[一一]の側《そば》成《(なる)》柴部屋《しばべ〔や〕》の中《うち》より煙《けふり》ほそく立出れば、各《おの〳〵》是に目を付《(つけ)》、「最前《さいぜん》より屋形の中《うち》、尋《(たづね)》ぬ隈《くま》もあらざりしが、あの小屋《こや》一つ見のこせしに煙《けふり》の立《(たつ)》こそ不審《ふしん》なれ。さがして見よ」と云《(いふ)》声《こゑ》に、内より薪炭《たきゞすみ》なんどを、つかんでなげだしなげ付るを、「すは物こそあれ人ゝきをひ給へ」と、木村八幡《〔まん〕》鎌田大鷲《わし》船右衛門、手[一二]に〳〵割木《わりき》[一三]炭俵《すみだはら》なげのけ〳〵込《こみ》いれば、内より女の声《こゑ》として、「殿《との》さまもはや叶《かな》はねば、御覚悟《かくご》をあそばせ」と殿《との》といふ事人ゝにしらせん為に、声高《こゑたか》く云《(いふ)》を聞《(きく)》より大岸親子いさみ悦び、小屋の口を取まけば、師直《もろなふ》「今はかなはじ」と、とんで出るを「鎌田是に候」と、後《うしろ》[一四]さまにひんだいて炭俵《すみだはら》におし付て、頓而首《やがてくび》[一五]をぞかきにける。

七「王質ガ仙ヨリ出テ七世ノ孫ニ会ヒ」(太平記・十八の七)。王質は晋の代の人。木を伐りに山に入り、童子の棋を囲むを見て帰るを忘れ、斧の柄が爛れるに至るという。但し七世の孫に会うというは太平記のみ。

八 立ったまま腹を切ること。

九 怨霊となってたたって殺す。

一〇 しっかりと。

一一 馬を飼っておく小屋。

一二 てんでに。めいめい。

一三 割った薪。

一四 背の方から抱いて。

一五 すぐに。そのまま。

人〻悦びの[一]時の声《こゑ》、真中《まんなか》に首《くび》を置て、「此日比《(このひごろ)》心をつくし[二]身をこらし、さま〴〵の憂《うき》苦労《くらう》せしも、此首《くび》一つ見ん為也」と、四十余《よ》人の輩《ともがら》[三]手の舞《まひ》足の踏《ふむ》所をしらず、いさみ悦ぶ所へ、陸奥《みちのく》小屋より立出て、大岸鎌田に対面《たいめん》して[四]数《す》行《かう》の泪《なみだ》をながし、やゝ袖をしぼりて申《(まうす)》やう、「最前《さいぜん》此柴《〔しば〕》部《べ》屋《〔や〕》より、煙《けふり》をあげしはみづからが、武蔵ノ守の隠《〔かく〕》れ所《じよ》をしらせん為に用意《ようい》せし[五]火打《(ひうち)》をうつて火を出し、[六]葉《は》柴《しば》につけて[七]くすべし也。我抑《そも〳〵》色里《いろざと》へ立かへり紙子《かみこ》を着《ちやく》して勤《つとめ》をし、師直《もろなふ》に請出され、思はぬ人に枕《まくら》をならべ、貞女《ていぢよ》の道をそむき、敵の[八]気を取《とり》大岸殿へ内通《ないつう》し、今此時迄役に立《(たち)》、本望とげさせ申《(まうす)》事も、元来《ぐはんらい》つれあい鎌田どの、亡君《ばうくん》御存命《ぞんめい》の節《せつ》御勘気《かんき》を得給ふも、みづから廓《くるわ》にありし時心をつくされ、請出されたる科《とが》によつて、[九]御勘当《かんだう》を蒙《かうむ》り給へば、是《(これ)》皆わらはゆへなれば、「何とぞ一度《ひとたび》御勘当をも御赦《ゆる》しあるやうに」と、諸神《しよじん》へいのり申せしが、古《こ》殿御生害《とのごしやうがい》の節《せつ》[一〇]御高免《かうめん》を蒙《かうふ》り給ひ、「いかにもして敵師直《かたきもろなふ》を討取て手向《たむけ》よ」と、御詞を遺《のこ》されしよし。[一一]妻《つま》の惣右殿にはわらはにかくし給へ共《(ども)》、ほのかにきくより何とぞして、此身を砕《くだ》き夫《おつと》惣右衛門殿へ本懐《ほんぐわい》を達《たつ》せさせ、せめては一旦《いつたん》わらはゆへに[一二]御不審《ごふしん》の身と成給ふ、替《かは》り程の御奉公をさせ申さんため、また本《もと》の流《〔なが〕》れの水にうき身をしづめさま〴〵苦労《くらう》をいたせし也。尤《(もつとも)》方便《てだて》といひながら、[一三]貞女《ていぢよ》の道をそむきし上《うへ》は、ふたゝび鎌田殿に御目にかゝるもはづかし。[一四]女をたつるも是迄」と、髪《かみ》おし切てあたりへすて、則《(すなはち)》当所《たうしよ》の尼寺《あまでら》にて[一五]受戒《じゆかい》をし、[一六]法名《ほうみやう》を

一　鬨の声。合戦の時全員で発する掛け声。
二　身を苦しめ。
三　非常に喜ぶさま。「嗟二嘆之一不レ足、故不レ知三手之舞レ之足之蹈二之也」(礼記・楽記)などを源とする語句。
四　「数行虞氏が涙」(謡曲・蟻通、通盛)。
五　火打石。火打金を打ち合わせて火花を出す。
六　葉の付いた柴。
七　けぶらせる。
八　機嫌を取る。
九　主従の関係を絶つこと。
一〇　お許し。
一一　配偶者。ここは夫のこと。
一二　主君の嫌疑を蒙った身となった、その代償ほどの。
一三　夫のある身で他の男に従ったこと。
一四　女としての体面を保つ。
一五　尼となって戒を受けること。
一六　仏門に入った者に授けられる名。

紙残比丘尼《しざんびくに》とあらため、懺悔《さんげ》の為《ため》に色里《いろざと》の伝受《でんじゅ》紙子を其《〔その〕》儘《まゝ》着《ちやく》し、おこなひすましてゐたりける。

かくて四十余人の義士《ぎし》[一七]高《かうの》武蔵守が[一八]首級《しゆきう》を新敷器物《あたらしきうつはもの》に取いれ、古《こ》判官の御菩提所《ぼだいしよ》[一九]光《くはう》明寺《みやうじ》に持ゆき、亡君《ばうくん》の御墓《みはか》に供《くう》じ、おの〳〵一度《ど》に礼拝《らいはい》し、悦び涙の手向《たむけ》の水、「あはれいみじき忠義《ちうぎ》の武士《ぶし》。臣《しん》たる者の《〔ものゝ〕》手《て》本《ほん》や」と、語りつたへて感《かん》じける。

其後四十余人の忠臣《ちうしん》も、残らず腹切《はらきり》此世をさつて、黄泉《くはうせん》の道におもむき、亡君《ばうくん》にまみへ二世迄つかへ奉る。此人〻の[二〇]仏果《ぶつくは》の為、紙残比丘尼《しざんびくに》草庵《さうあん》にて、一七日の弔《とふらひ》、心をつくして執行《しゆぎやう》ある。「[二一]されば高貞師直《たかさだもろなふ》両家亡《ほろ》びし発《おこ》りと[二二]いつぱ、師直塩冶《もろなふゑんや》の妻《つま》に心をかけ、道ならぬ色事《いろごと》よりかゝる大事におよびぬれば、人の身をそこなふは色道《しきだう》よりおこりぬれば、世間《せけん》の浮気《うはき》な若人《わかうど》に此道に迷《まよ》ひて、家をうしなひ身をほろぼす、女郎の[二三]手管《てくだ》といふ、おそろしき[二四]仕掛《しかけ》のある、[二五]奥義《おくぎ》をあまねく説《とき》きかせ、[二六]身を打人《うつひと》をすくひなば、是《〔これ〕》莫太《ばくたい》の[二七]善根《ぜんごん》ならん」と、坓《くるわ》にありし古《〔いにし〕》への、客《きやく》を[二八]やいたり[二九]たらしたり、さま〴〵無量《むりやう》の仕掛《〔しかけ〕》共、残らず説《とき》て[三〇]前方《まへかた》な、[三一]米狂《よねぐる》ひする衆生等《しゆじやうら》に、しめし給ふぞありがたき。

「それ[三二]傾城方便品《けいせいはうべんほん》に曰《いわく》、[三三]根《ね》をひいて来《く》る大臣と見ば、一座[三四]しつぽりとして、[三五]敵《てき》に[三六]なづみたる目つきしてよろこばせ、ちと[三七]見分弱《けんぶんよは》ふ見やうとまゝ、連衆《つれしう》も[三八]目をつけるほど、其大臣に[三九]廻《まは》る風《ふう》をして見せ、[四〇]たんとうれしがらせておいて、床入《とこいり》に自由《じゆう》にならず、二三度《ど》

一七 原本「高武ノ蔵守」。
一八 討ち取った首。
一九 鎌倉の材木座所在の浄土宗の寺。この名は近松の碁盤太平記に見えるが、巻末に師直が誅された記事のある太平記・二十九の五には播磨国の光明寺の名が見え、関連があろう。
二〇 成仏を祈って。
二一 後修本は「誠に一国の主あへなく」と改める。
二二 言うのは。
二三 客をあやつる手段。
二四 だます手段。
二五 極意。
二六 身を滅ぼす。
二七 よい果報をもたらすよい行い。
二八 相手が喜ぶようにうまく言うこと。
二九 うまいことを言ってだます。
三〇 未熟な。
三一 女郎遊び。
三二 女郎が客をあやなす方便を説くのを、法華経第二方便品に擬していう。傾城禁短気・一の二に女郎方便品とある。
三三 あとまで未練を残す。
三四 情のこまやかなさま。
三五 相方。相手の客。
三六 ほれこんだ。
三七 見てくれ。外見。
三八 注目する。
三九 客の気に入るように振舞う。
四〇 非常に。大層に。

四五度[一]ふりつけてやれば、かならずもがいて[二]来《き》て万大《よろづおほ》[三]たばに出、金銀砂《〔すな〕》[四]のごとくまきちらして、女郎の手前ばかりの僭上《〔せんしやう〕》[五]に、大きに出る事、十人の中《うち》八九人は皆かくのごとし。すこし大臣退屈《〔たいくつ〕》[六]の来《く》る時分、女郎ひた〳〵[七]と持《もち》かけて、床《とこ》[八]の首尾《〔しゆび〕》前後《ぜんど》なきもてなしをなせば、此《(この)》男ひよろり[九]として、命かぎりと、つい深入《〔ふかいり〕》をして大水[一〇]をのむ事ぞかし。又根《ね》をひかず「一生《いつしやう》[一一]の語り句《〔かた〕く》に、太夫といふ物ひとつかふて見やうか」と、名聞斗《みやうもんばかり》[一二]にかゝる[一三]男は、あたまから心よふ床《とこ》の首尾《〔しゆび〕》して、起《おき》わかるゝ時手づから大臣の腰《こし》[一四]の皺《しは》をのしてやり、「此帯の仕《し》やうはじだらく[一五]な。たしなまんせ[一六]」と、そこねぬ結《〔むす〕》び目《〔め〕》をなをし、帰り品《しな》に半分立《だち》[一七]して中腰《ちうごし》になつて居る客《きやく》を、あ[一八]のの《〔ゝ〕》ものの《〔ゝ〕》と隙《ひま》を入レて、無理《〔むり〕》にしたるく[一九]見せかけると、帰りに連《つれ》の友達《ともだち》共「太郎右どふじや。始《はじめ》てにはいかい[二〇]太夫をしこなし[二一]頭《づ》巾《きん》、着《き》[二二]て見てから我《が》[二三]をおつた。我らあふ[二四]女郎はよほど馴染《〔なじみ〕》があれど、あのやうにはないが、どふぞ仕掛《〔しかけ〕》があるか。腹《はら》[二五]の中《うち》からの睟《すい》と云《(いふ)》はそちじや。其《(その)》上帰《〔かへ〕》り品《しな》にもどふやらしなだれて[二六]、まそつと[二七]

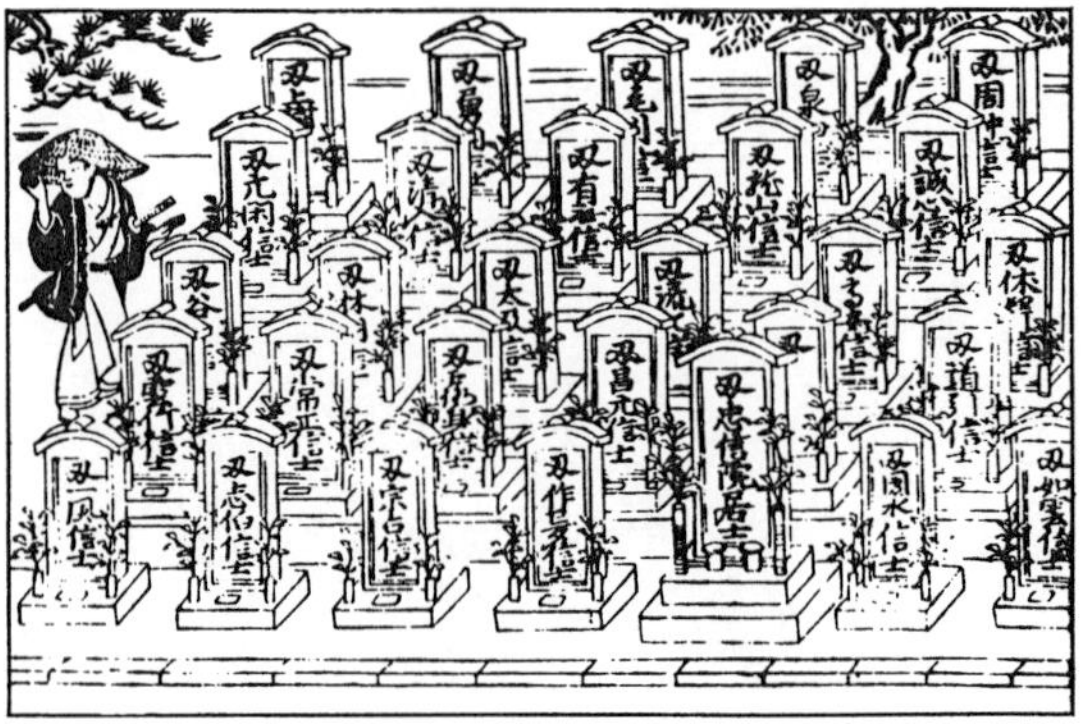

一 客の意に従わない。嫌って相手にしない。
二 あせる。
三 大げさにはでに振舞う。
四 多額に惜しまずに使う。
五 身分不相応の奢り。
六 (女郎が自由にならぬので)飽きていや気がさす。
七 濃厚に親密さを示す。
八 情交。
九 ひょろひょろと軟化して。
一〇 大失費を蒙る。深入の縁でいう。
一一 一生の話の種に。
一二 人に誇るためだけに。
一三 関係する。客になる。
一四 着物の腰のところの皺。
一五 だらしがない。
一六 心がけよ。注意しなさい。
一七 半ば立ちかけていること。
一八 なんのかのと言うこと。あれこれと要領を得ぬこと。
一九 甘えた様子を示す。べたべたする。
二〇 大層に。
二一 しこなすの口合《くちあい》。しこなすはうまく扱いこなす。
二二 着てに来てを掛ける。
二三 閉口した。あきれた。
二四 自分が関係を持つ。契る。
二五 生れながらの粋。
二六 甘えて寄り添う。
二七 もう少し引きとめておきたいような。

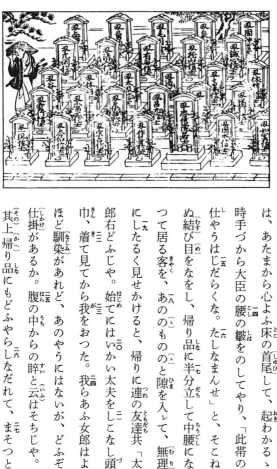

おきたいやうな仕方《し〔かた〕》。あれも[二八]口きく太夫なれば客《きやく》に事はかゝず。そち一人《ひとり》にさうあらふやうはないが、太鼓《たいこ》の左七[二九]がな、[三〇]身代《しんだい》よしなに、[三一]ふきこふでおいた物であらふ」と[三二]評判にのってもくる。我レも又「不審《ふしん》な事じや。女郎といふものは、[三三]初会《しよくわい》にはろく〳〵に笑《わら》ひ顔《がほ》も見せぬものときいたが、どふした縁《えん》やら味《〔あぢ〕》な物じや。ま一度あふたらどのやうにかあらん」と、いやがる友《とも》を無理《〔むり〕》にさそひて、追付《（おつつけ）》来《く》るには極《きはま》つた事。もうさふ[三四]道がつけだしては、いかな賢人《けんじん》でも[三五]こちの物にする事也。惣じて女郎の仕掛《〔しかけ〕》に色〻の術《じゆつ》あれ共《（ども）》、是《（これ）》は此度《たび》さしをき、追付[三六]傾城禁短気《けいせいきんたんき》といふ物に委《くはし》く説《とき》あらはすべし」と、[三七]回向《ゑかう》の鉦《〔かね〕》を打ならし、「是も[三八]弥陀《みだ》の四十八枚紙子《かみこ》の名残《なごり》の弔《とふらひ》の力《ちから》によりてうかみ給へ。南無阿弥陀仏《あみだぶつ》」の[三九]名号《みやうがう》の、[四〇]六七四十八霊成仏《れいじやうぶつ》まさにうたがいもなき世語《よがた》りを、今[四一]爰《（ここ）》に印《〔しるし〕》の石《いし》に名をのこす、忠義《ちうぎ》の道はあきらけき、[四二]君臣水魚《くんしんすいぎよ》の慈悲《じひ》の海《うみ》に、恵《めぐみ》の浪《なみ》も静《しづか》にて、おさまる国こそ久しけれ。

五ノ巻終

二八　幅がきく。

二九　…でも。…あたりが。
三〇　金持のように。
三一　吹き込んで。教え込む。
三二　話題にものぼる。噂にもなる。
三三　遊女が初めての客の相手になること。

三四　糸口が開ける。
三五　自分の物。自分の手に入れた物。
三六　宝永八年(一七一一)四月刊。↓一之巻末予告(二七六頁)。
三七　供養の時に鳴らす鉦。
三八　弥陀の四十八願と同じ数の四十八枚の紙で作った紙子。
三九　念仏の南無阿弥陀仏の六字をいう。
四〇　六字の名号の六、七、(四十)八と数字順に並べた修辞。四十八霊は大岸一味四十八人(↓三五七頁注一一)の霊。
四一　爰にしるすと印の石(塔)と掛ける。
四二　君臣の間の親密なことのたとえ。「君臣水魚ノ忠徳」(太平記・二十二の二)。水魚・海・浪と縁語仕立。

▲扨申上まする

幷ニ 好色《かうしよく》一代訛牢人《やさらうにん》

当《とう》世《せい》御《お》伽《とぎ》曾《そ》我《が》　八　巻

付リ 風《ふう》流《りう》東鑑《あづまかゞみ》

十郎と虎《とら》が石よりかたい契約《けいやく》

五郎と口舌《くぜつ》の泪《なみだ》は少将の夜《よる》の雨《あめ》

粋《すい》は知《し》ル《る》今様姿《いまやうすがた》色里《いろざと》三ケ《が》の秘伝《ひでん》

右之本追付出し申候御しらせのためこゝにしるす

宝永七年閏八月吉日

ふ屋町通せいぐはんじ下ル町

八文字屋
八左衛門板

▽正徳三年(一七一三)正月、当世御伽曾我五巻、同年二月、風流東鑑五巻と前後編十巻にして刊行。

世間娘気質

女性はいつの世にあっても男性にとっては謎の存在である。本書に登場する娘たちも、実にさまざまである。千両の持参金付きの美しい十七歳の花嫁が、乳母の乳を離れられない赤子同然の女性であったという話。不幸にも婿の早死にあい、子を宿し、養育費付きで実家に戻った娘が、欲から虚弱な男や老年の男など、早く死にそうな相手を次次に選んで蓄財する話。心中で生き残った娘が、他家に嫁いで夫婦仲良く多くの子を産み長生きする話。高級武士の娘が不義に不義を重ねる話などが収められている。

赤子のままの十七歳の花嫁を発端においたのは、境遇によって激変する女性たちの話を集めた本書の口あけにふさわしいという意図でもあろうか。娘らしさの極端な誇張、また娘らしからぬ性癖・行為、親の許さぬ恋愛・不倫の誇張などに加えて、反対の性格を持つ者の組み合わせが生む悲喜劇、異なった境遇にある人間のからみ合いから起こる意外な結末など、短編小説の構成法として『色三味線』とは違った技巧に満ちている。例えば、悋気は女性の性とはいいながら、雛人形から両親にまで嫉妬する娘の極端さは笑いを誘い、それを承知で婿入りした男が、自ら父親や奉公人、女房の常住坐臥につけ嫉妬してみせ、かえって女房に色遊びを誘わせるに至るという逆転の構図(三の一)。鼓打の家で、兄は全く音曲の勘がなく針仕事が上手、一方妹は女のする技は全くできずに鼓が上手、親としてはまことに不本意。その妹に恋着した男が、苦労の末に家産まで持って婿入りしたのに、婚礼の日花嫁は疱瘡にかかりひどいあばた面になってしまうという、婿にも不本意な結末になる話(四の一)など、その計算された構成はときに深刻味を殺ぐにせよ面白さは抜群の短編集といえよう。

素材には、町人の女性を集中的に取上げており、誇張と反転の裏に、当時の女性観、女性の社会的地位、女性一般の考え方やモラルを読みとることもできようし、資料の少ない当時の女性風俗の恰好の資料としての利用法もある。

大本六巻六冊。西川祐信画(推定)。

享保二年(一七一七)八月、江島屋市郎左衛門・谷村清兵衛刊。

序

息女化《むすめけ》して新婦《よめ》となり、娌変《よめへん》じて姑《しうとめ》となり姑妖《しうとめばけ》[一]て嫗《ばゝ》となり、持仏堂《ぢぶつだう》[二]とひとつに置所《をきどころ》のない身となつてはてぬ。是等《これら》の嫗《ばゝ》は幼《いとけ》なき時より父母《ちゝはゝ》の寵愛《てうあひ》にあづかり、深閨《しんけい》[三]の中《うち》に我《わが》まゝにそだち、女の道をわきまへずして、一生孫子《しやうまごこ》のもてあつかひもの[四]になれり。是皆三[五]つ子《(こ)》の智恵《ちゑ》八十迄とをるといへる世話《せわ》[六]のごとく、幼少《ようせう》より教《をしへ》を聞《きか》ず心の儘《まゝ》に育《そだち》しゆへなり。すべて女の道《みち》といふは、かならずしも才智《さいち》人に勝《すぐ》れたるをいふにあらず。貞《てい》節《せつ》の心を専《もつぱら》にして、婬乱《ゐんらん》なる心を退《しりぞけ》世《せ》[七]帯《たい》がたに心を籠《こめ》て夫《をつと》によくつかゆる[八]をいへり。されば礼記《らいき》[九]には婚礼《こんれい》の事をのせ、詩経《しきやう》[一〇]には女房の徳《とく》をほめて関雎《くはんしよ》の篇《へん》をはじむ。今[一一]おしへずしてよく知《し》れるは好色《かうしよく》の道ぞかし。たゞ[一二]色《いろ》にかへよと教《おしへ》たき女《むすめ》の容気《かたぎ》をあつめて、すぐ[一三]に題号《だいがう》して世《よ》の慰草《なぐさみぐさ》となす而已《のみ》。

享保二年中[一四]秋吉旦

其磧

[一五]

一 老いて醜怪になる意をこめて、この語、この字を用いた。
二 ことわざ「持仏堂と姑は置所なし」。持仏堂は持仏や祖先の位牌をまつる室、また仏壇。「ひとつに」は同様に。ともに夫婦にとって敬遠したいもの。
三 深窓。
四 もてあましもの。
五 ことわざ。「三つ子の魂百まで」ともいう。
六 ことわざ。世間慣用のいいぐさ。
七 生計面。家政。
八 仕える。ハ行下二段の「仕ふ」を室町期よりヤ行下二段の形で用いる。
九 昏義第四十四の章があり、「昏礼者礼之本也」と説く。
一〇 詩経・周南の一篇に関雎あり、「関々雎鳩在二河之洲一、窈窕淑女君子好逑」とある。
一一 ところが今の女性が教えずともよく知っているのは。
一二 「賢レ賢易レ色」(論語・学而)。ただ好色の道を改めよと。
一三 そのまま容気を題名として。
一四 陰暦八月。
一五 其磧は正徳三年(一七一三)秋冬ごろ一時其磧茂知(しげとも)と称する。その後茂知は印記にのみ用いる。彼の家が老舗の大仏餅屋であったので、もちと音読できる字を選んでつけたのであって、本名ではない。

世間娘気質　一之巻

目　録　　　子息気質追加《むすこかたぎついか》

[一]男《おとこ》を尻《しり》に[二]敷金《しきがね》の[三]威光娘《ゐくわうむすめ》

[四]女房《にようばう》あたりは[五]雨合羽《あまがつぱ》、着《き》て見せる[六]花見小袖《はなみこそで》、裾《すそ》を始末《しまつ》の[七]あづまからげ、[八]肌《はだ》へは[九]八瀬《やせ》の黒木売《くろぎうり》、嫁《よめ》への馳走《ちそう》、聟《むこ》が手づから[一〇]うつたり太鼓《たいこ》、[一一]大神《だいかぐ》楽《ら》の獅子頭《ししがしら》、まふてゐる〳〵。

世間《せけん》にかくれのなひ[一二]寛濶《くわんくわつ》な驕娘《おごりむすめ》

女の女嫌《ぎら》ひは[一三]栄耀《ええう》に餅《もち》の皮《かは》、[一四]むいきな[一五]髪切大臣《かみきりだいじん》、やぼでなひ[一六]西瓜《すいくは》のあばれ喰《ぐひ》、是《これ》はやめに[一七]簫《しやう》の笛《ふえ》、ぶ機嫌《きげん》になる一座《ざ》の客《きやく》、身《み》の上《うへ》を[一八]遊女《ゆふじよ》の懺悔噺《さんげばなし》。

一 夫を尻に敷く。軽んじあなどる。
二 持参金。尻に敷くと掛ける。
三 持参金の威光をかる娘。以下本書章題はすべて末を娘の字でそろえる。
四 女房のあしらい方。
五 甘いと掛ける。甘くて雨合羽を女房が着るのを見許す。以下、着る・花見小袖・裾・あづまからげと着類の縁語仕立。
六 花見の時に着る小袖。掛けて幕の代りにもし、華美を誇った。
七 じんじんばしょり。小袖の裾がすれ痛むのをいとう始末(倹約)心。
八 しかし肌はやせて(八瀬とかける)黒木売のように黒い。
九 京都北郊の八瀬(現左京区内)から京都市中へ売りに来る黒木売。黒木は切り出した生木を蒸焼にしたもの。薪にする。
一〇 以下一人で何でもやる意の「うつたり舞うたり」による文。
一一 獅子舞やいろいろの曲芸をする大道芸。
一二 伊達な。気質や服装の派手な。
一三 ことわざ。度をこしたぜいたく。
一四 かたくなな。上文をうけて皮をむくと掛ける。
一五 髪切は本文のように髪を切り男装したことをいう。大臣は大尽とも書き、遊里で豪遊する人。
一六 上のやぼの反対語の粋と同音。西瓜は上品な食物ではなかった。あばれ喰は無茶食い。
一七 やめにしようと掛ける。
一八 身の上を言うと掛ける。

[一九]百の銭《ぜに》[二〇]よみ兼《かね》たる歌好《うたずき》の娘《むすめ》

世につれて[二一]色《いろ》の替《かは》る[二二]紫式部《むらさきしきぶ》、明日《あす》の貯《たくはへ》に[二三]興《けう》の覚《さめ》た女の[二四]物にかゝり、遊《ゆふ》女《じよ》の文《ふみ》をかき[二五]立汁《たてじる》の[二六]三十一文字《みそじひともじ》、[二七]うたてひお年寄《としより》の分別顔《ふんべつがほ》。

一九 百文の銭。一文銭九十六枚をたばね百文として通用。歌好ゆえ百人一首の縁で百の数を採った。
二〇 銭を数える。歌を「詠む」というから歌好の縁。
二一 (境遇につれて)性質が変る。下の紫の縁で色という。「紫奪レ朱」(論語・陽貨)による修辞か。
二二 →四〇三頁注二五。
二三 今日と同音。上の明日に対する。
二四 言いがかりをつける者。
二五 手早くざっと仕立てた汁。文を書くと掛ける。
二六 味噌と掛ける。振仮名原本のまま。
二七 いやな。上の三十一文字の縁で歌と同音ではじまる語を続けた。

男《おとこ》を尻《しり》に敷金《しきがね》の威光《ゐくわう》娘《むすめ》

[一]往古《むかし》は[二]律気《りちぎ》千万なるを人の娘気質《むすめかたぎ》と申《まうし》侍りき。近年は人の娘内儀《ないぎ》もおとなしからずして、[三]傾城《けいせい》遊女《ゆうじょ》芝居《しばゐ》の女形《がた》の[四]なりさまをうつし、籠持《かごもた》ぬ[五]霊照女《れいしやうじょ》の絵《ゑ》を見るやうに、[六]胸《むな》高《だか》に帯《おび》して[七]男のすなる袖口ひろく、[八]居腰《すへごし》蹴出《けだ》しの道中我身を我儘《わがまゝ》にもせず、[九]人の見るべくを大事にかけ、[一〇]脇顔《わきがほ》にむまれつきし瘤《あざ》をかくし、足《あし》くびのふときを裙長《すそなが》にしてつゝみ、口の大きなるを俄《にはか》にすぼめ、いひたい物をもいはず、思ひの外なる苦労《くらう》をするは今時の女ぞかし。[一一]つれさふ男さへ堪忍《かんにん》せば、鼻《はな》の穴《あな》の[一二]内つら迄みがきをかけず[一三]とくるしかるまじ。生《はへ》たがる首筋《くびすじ》の[一四]おくれをにくみ、産毛《うぶけ》迄《まで》をぬきそろへて、[一五]立砂《たてずな》もらぬばかりの掃除《そうじ》。見るを見真似《まね》に[一六]上《かみ》をまなぶ下とて、つき〴〵の[一七]腰元《こしもと》中居《なかゐ》、右の手に[一八]酌子《しやくし》の跡《あと》ある[一九]食焼《めしたき》迄、[二〇]鰹《かつほ》かきの小刀に[二一]寝刃《ねたば》をあはせ額《ひたい》をすりあげ、ぼんのくぼの[二二]芋毛《いもげ》を刈《かり》て、[二三]茶袋《ちやぶくろ》の古《ふる》きに[二四]米糠《こぬか》を入《いれ》て、入《いり》たがつて待《まつ》てゐる傍輩《ほうばい》の手前《てまへ》かまはず、[二五]湯風呂《ゆふろ》に長入《ながいり》してめつたみがきにみがけど、[二六]きめ所をしらぬゆへ結句《けつく》たゞれたやうにてむさくろし。古《いにし》へは女の[二七]伽羅《きやら》の油をつくるといふは、遊女《ゆうじょ》の外稀《ほかまれ》なる事成《なり》しを、今は娘の子の[二八]臍《へそ》の緒《お》迄《まで》に伽羅《きやら》

一 「男さへ堪忍せば」辺まで一代女・三の四より剽窃、多少の変改あり。　二 きわめて律儀なこと。　三 廓勤めの上級女郎。　四 有様。風体。　五 唐代の人、龐居士の娘。禅に帰依し、竹籠を売って父を養う。　六 唐人女の風俗に似ると考えた。　七 「男もすなる日記といふものを」(土左日記)。男物の袖口の広いのを伊達とし、それを真似た。　八 腰をすえ上体をくずさず、裾を蹴出して歩く、遊女の道中姿の真似。　九 人目を気にし。　一〇 横顔。　一一 連添う夫。　一二 内面。内側。　一三 かけなくても支障はないだろう。　一四 おくれ毛。　一五 立砂は車寄せ前両側に高く盛り上げた砂。この辺完璧に仕上げた化粧をいう。　一六 ことわざ。下の者は必ず上に立つ者の真似をするもの。　一七 腰元と下女の中間の奉公女。　一八 常に飯をもる杓子を手にしていることをいう。　一九 飯をたくことを仕事とする奉公人。　二〇 鰹節をかく小刀。鰹かきの小刀と古茶袋の利用は二代男・一の五による。　二一 刃物の刃をとぐ。　二二 短くまばらに生えた毛。　二三 葉茶を入れて煎ずる袋。ここは糠袋代用。　二四 米ぬかを布袋に入れ、入浴・洗顔時に用いる。　二五 蒸風呂。家族数が多い家では水風呂より経済的。以下「むさくろし」までと、「生地にて」以下、好色敗毒散・一の二より剽窃。　二六 要点。　二七 生蠟・胡麻油などに香料を加えて製した鬢付

の油をぬる事にして、毎朝《まいてう》頭《あたま》に[二九]五両入《いり》の曲物《まげもの》一《ひとつ》づゝ、[三〇]飯米《はんまい》の外の入目《いりめ》と算用《さんよう》せねばうつかりと女房はもたれぬ浮世《うきよ》ぞかし。[三一]色《いろ》の白きは十難《なん》かくすとて、生地《きぢ》にて堪忍《かんにん》のなる顔《かほ》にも白粉《おしろい》をぬりくり、目のゆかぬ所はそれなりけりにして、皃《かほ》と首筋《くびすじ》と[三二]安楽庵《あんらくあん》の袋《ふくろ》見るやうに、[三三]片身《かたみ》がはりなるも見苦《ぐる》しかりき。

されば当世の娘の風俗晒過《ふうぞくしやれすぎ》て、遊女《ゆうじよ》のごとく[三四]端手《はで》になれるは[三五]母親の[三六]鼻《はな》の先智恵《さきぢゑ》にて、[三七]大方《かた》なる器量《きりやう》なれば娘自慢《じまん》して、めだつ衣裳《いしやう》をきせて人立《ひとだち》おほき寺社《じしや》へつれゆき、浮気《うはき》男の[三八]見かへし立《たち》とまるを悦び、「[三九]おそらくこちのやうな娘持《もつ》た者《もの》は[四〇]世界《せかい》に有《ある》まい」と鼻《はな》高《たか》ふしてゆかるゝはにくからず。[四一]十三をかしらにして五人迄年子《までとしご》にまふけて、[四二]母者《ははじや》人《びと》といはるゝ[四三]家主《いわらじ》の身を持《もち》、物見《ものみ》物参りに遊女《ゆうじよ》のごとく[四四]品《しな》つくり、端手《はで》なる衣裳着《いしやうき》かざり、「かゝさまゆかふか」と声〳〵に啼《なき》わめいて、跡追《あとお》ふ子共を内にすて置《おき》、子のない皃《かほ》して世間の男に見られにゆくなど、たとひ心は貞《てい》女にしても、子にかへて伊達《だて》を好《この》み、人立多《おほ》き所を心がけてゆく気からは、[四五]内の事も子の事も親の事もわすれはてて〔ゝ〕、大臣めきたる当世の美男《びなん》に、自然《しぜん》と心は[四六]うつりにけりないたづらの浮名《うき》たつ基《もとい》ぞかし。

惣《そう》じて今時の女の風俗猫《ふうぞくねこ》[四七]の目と同じ事にて、時〳〵にかはるといへり。気を付て見るに今朝《けさ》[四八]出立《でたち》の姿《すがた》とかはり、花見帰りの夕暮《ゆふぐれ》手ばしかく[四九]木綿足袋《もめんたび》をぬぎて袂《たもと》に入レ、銀の[五〇]笄《かうがい》を楊枝《やうじ》にさし替《かへ》、[五一]玳瑁《たいまい》の櫛《くし》も[五二]鼻紙袋《はながみぶくろ》におさめ、緋縮緬《ひぢりめん》の[五三]内衣《ゆぐ》を内懐《うちふところ》にまくりあげ、

二八 誇張していう。 二九 両は薬・香などをはかる単位。一両は四匁(十五グラム)。曲物は杉・檜の薄板をまげて作った容器。ここは伽羅の油用。 三〇 米代以外の入費。女房の費用を食費プラス伽羅油代と見積る。 三一 ことわざ。色白の女性は多少の容貌上の欠点も目立たない。 三二 京都の誓願寺の安楽庵伝来の古金襴の名物切れで作った茶入れの袋。 三三 縫目を境に布地・模様などを異にすること。 三四 派手。華美。 三五 以下娘自慢、一代女・四の一による。 三六 ことわざに「女の智恵は鼻の先」という。目先だけの浅はかな智恵。 三七 世間並の。 三八 振りかえる。 三九 私。男女とも用いる。 四〇 世間。 四一 以下三行ほど五人女・三の一による。 四二 母。少し敬愛の情をこめた言い方。 四三 主婦。女房家主ともいう。 四四 あだっぽいしぐさで。 四五 「罪も報も、後の世も忘れはてておもしろや」(謡曲・鵜飼)。 四六 「花の色はうつりにけりないたづらに我身世にふるながめせしまに」(古今集・春下・小野小町、百人一首)。いたづらを浮気・好色の意に転ずる。 四七 移り変りのはげしいことのたとえ。 四八 出発。家を出た時の姿。 四九 以下「首筋をとりのけ」まで男色大鑑・一の二より剽窃。夜人目に気がねする必要がなくなったので衣類・笠紐など汚れ・傷みをさけるけちな様。 五〇 棒状の女性の髪飾り。

[一]上着《うはぎ》の衣裏《ゑり》をかなしみ、[二]首筋《くびすじ》をとりのけ[三]衣被《きぬかづき》は[四]挟箱《はさみ》に入《いれ》させ、[五]加賀笠《かゞ》につきたる[六]白ぬめのくけ紐《ひぼ》は、汗《あせ》づかぬ鼻紙手拭《はながみてぬぐひ》まきそへて供《とも》の下女にもたせ、宵闇《よひやみ》うれしく[七]植女《さをとめ》の田の草取《くさとり》にゆくごとく裙《すそ》まくりあげ、どれが[八]奥《をく》さまやら食焼《めしたき》やら打まじりて[九]風俗乱《ふうぞくみだ》れ、酒《さか》機嫌《きげん》に[一〇]黄《き》なる声音《こはね》の[一一]歌《うた》祭文《ざいもん》、[一二]八坂《やさか》八軒縄手《けんなはて》の茶《ちや》屋の戸をたゝきて、遊女《ゆうじよ》の[一三]見《けん》して帰るなど、男《おとこ》に増《まさ》つて京の女ほど大胆《だいたん》なる事はなし。昔《むかし》は八瀬《やせ》[一四]小原《おはら》の黒木《くろぎ》売《うる》女ならでは、脚絆《きやはん》といふものははかざる事なりしに、近年の女[一五]世智《せち》がしこくなつて、[一六]歴〻《れき〳〵》の奥様《おくさま》まで小袖の[一七]裙《すそ》をいとはせられ、紅《もみ》の脚絆蹴《きやはんけ》[一八]返《かへ》しに見へて、其《その》[一九]女中の[二〇]下心おもひやられてさもしかりき。後は[二一]花色紬《つむぎ》の首巻《くびまき》して、衣裏《ゑり》のよごれぬ用心し、油堅《あぶらがため》の[二二]笄《かうがい》曲《わげ》の髪《かみ》に、ほこりのかゝらぬ工夫《くふう》して[二三]合羽《かつぱ》の烏帽子《ゑぼし》こしらへて、人の見ぬ野中《のなか》ゆく時は[二四]鹿島《かしま》の事触《ことふれ》見るやうに着《き》てありかふもしれず。ちかき比《ころ》は武家方《ぶけがた》の女中を見ならひ、都に[二五]雨合羽《あまがつぱ》着《き》る女も見へける。

五一 鼈甲(べっこう)。 五二 鼻紙・小遣銭・丸薬・耳かきなど入れて持つ袋。
五三 腰巻。

一 上・中・下着または上・下着と着物を二—三枚重ねて着る。
二 襟が汚れぬように、首を襟に触れぬように前にさし出す。
三 婦人の外出時に頭から背にかぶる衣。かずき。挿絵左下の女性参照。
四 外出時必要品を入れ、従者にかつがせた箱。
五 加賀国(石川県)産の菅笠。
六 白い紕(ぬめ)=絹織物の一種)のくけ縫(糸目を表に出さぬ縫い方)の笠の紐。白地で汗に汚れやすい。
七 田植をする少女。 八 金持の町人の妻を呼んでいう。 九 身なりでは区別がつかない。 一〇 甲高い声。
一一 俗謡化した祭文。歌詞に市井の事件や風俗を綴る。
一二 八坂は祇園の南、八坂の塔(法観寺)辺。八軒は祇園石段下の南方西側、藪(やぶ)の下とも。縄手は賀茂川東岸に沿う三条・四条間の通り。大和大路とも。ともに現京都市東山区内。それらにある色茶屋見物をする。
一三 素見。ひやかし。
一四 大原とも。京都北郊八瀬の北に当る。現左京区内。 一五 勘定高い。 一六 身分・家柄等のよい人。 一七 裾が切れ痛まぬようにかばう。
一八 歩行時、着物の裾の開くこと。
一九 婦人を敬っていう語。 二〇 本心。 二一 縹(はなだ)色(薄い藍色)の

とかくはさかしき世とて七つ八つになる小娘も[二六]人まかせの髪結姿《かみゆひすがた》気にいらず。「[二七]髩《〔つと〕》なしの投《〔なげ〕》島田《しまだ》に、[二八]隠《〔かく〕》し結《〔むす〕》びの浮世《うきよ》元結《〔もとゆひ〕》をかけて」と、こましやくれたる[二九]物好《ずき》、[三〇]古代《こだい》は[三一]縁付《えんづき》の首途《かどで》には親里《おやさと》の別《わか》れをかなしみ、泪《なみだ》に袖をしたしけるに、今時の娘[三二]おとなしく仲人《なかうど》をもどかしがり、身拵《〔ごしら〕》へ取いそぎ[三三]乗《〔のり〕》物待かね[三四]尻軽《しり〔がる〕》にのりうつりて、悦喜《えつき》鼻《はな》の先《〔さき〕》にあらはなり。殊更《ことさら》都育《〔そだ〕》ちの娘は、外の国より心はやくしやれて、[三五]情《なさけ》の道をわきまへ誰《た》がをしへねど前後《まへうしろ》を見て、身をたしなむ事ひとり知《し》れり。かゝる盛《さかん》の世に、「かゝさま赤子《やゝ》はどこから産《うま》れます」と、十六七になつても親の[三六]懐《ふところ》育《〔そだ〕》ちとて恋《こひ》の道にうとく、男はおそろしきものとばかりおぼへて、かりそめに[三七]人手をとれば上気をし、[三八]袖妻《そでつま》引《〔ひく〕》にも遠慮《えんりよ》なく声高《こはだか》にして其男[三九]手持《てもち》わろく、「今の世の恋しらずめ」と是《〔これ〕》をそしれど、[四〇]人たる人の小女《こむすめ》はかく有《〔あり〕》たき物ぞかし。

爰《こゝ》に[四一]室町《むろまち》の呉服《ごふく》屋の[四二]秘蔵子《ひさうご》、器量《〔きりやう〕》すぐれて見る物魂《たましゐ》をうしなひ、諸方から[四三]言《〔いひ〕》入《〔いれ〕》ある

紬(絹織物の一つ)。首巻は女性は用いない。 二二 女性の髪形の一。笄を芯にして結うゆえの称。 二三 合羽用の桐油紙で作った烏帽子。挿絵右面に見えるが、現実にはない。 二四 常陸国(茨城県)の鹿島明神の神託を諸国に触れ歩く神官。またそれを真似た物貰い。 二五 近世前期は一般に町家の婦女は合羽を用いない。挿絵烏帽子の女の着るのがそれ。 二六 以下「浮世元結をかけて」まで一代女・一の一より剽窃。 二七 つとを張り出さず、まげを低く後へそらして結った島田髷。遊女風。 二八 当世流行の元結の、黒いもので目立たぬように結ぶ。 二九 好み。趣味。 三〇 近世初期ごろを指す。以下「あらはなり」まで一代女・一の一より剽窃。 三一 嫁入。 三二 おとなびて。 三三 高級な駕籠(かご)。 三四 身軽に。 三五 恋の道。色の道。 三六 親もとで大事に育てられること。 三七 人が手をにぎるとのぼせ。一代女・三の一剽窃。 三八 袖や褄を引く。以下「有たき物ぞかし」まで五人女・二の一より剽窃、小変改。 三九 何もできずに具合が悪い。 四〇 堅実な人。 四一 室町通。京都市中の南北を貫通する通りの一。烏丸通の一つ西。二条辺より南に呉服屋、繊維関係店が多い。 四二 大事に育てられた子。 四三 結婚の申込み。

中に、新町[一]の酒屋へ縁《えん》さだまつてちか〴〵[二]に送《をく》[三]らるゝはづ。此人《（この）》の聟《むこ》になるもの前生《ぜんしやう》にして、よく〳〵よい恋の種《たね》を蒔《まき》いてかゝる仕合《（しあはせ）》にはあひけるぞ。しかも美人《びじん》に千両の敷金《しきがね》、どこの国にも有《（ある）》まじ。唐《から》[四]へ投金《〔なげ〕がね》するも、これは商《あきなひ》の手廻《てまは》し利《り》を得る事もあるに、娘の子につける物ははじめからうせ物[五]にたつぞかし。定紋染込《でうもんそめ〔こ〕》みの覆《おほ》ひかけたる長持簞《ながもちたん》司《す》、五六町もつゞきて近所《きんじよ》目をおどろかし、美人《びじん》にかゝる美々《びゝ》敷《しき》拵《〔こしら〕》[六]へして、千両の敷金《しきがね》付るはあんまりよい事過《すぎ》て、却《かへつ》て娘に贅《さん》[七]がつき、「内証《ないしやう》[八]にわるい病《やまひ》があるか、さては[九]ろくろ首《くび》かいかさまにも[一〇]子細《しさい》なくては」と、法界悋気《ほうかい〔りんき〕》[一一]の世の中、いろ〳〵に評判《ひやうばん》しけるに、病《〔やま〕》ひ者《〔もの〕》でもろくろ首《くび》の類《たぐ》ひでもなく、三十二相[一二]打そろふたる美人《びじん》微塵《〔みぢん〕》疵気《きずけ》のなひ様子《〔やう〕〔す〕》、内証しつた者の話《〔ものゝはなし〕》に、きく人咽《〔のど〕》[一三]をならしぬ。

扨《（さて）》[一四]祝言の夜の寿《〔ことぶ〕》き、献《こん》〴〵[一五]の盃事《さかづきごと》おさまり、御部屋《〔おへや〕》にはお床《とこ》とりて長枕《ながまくら》[一六]釣夜着《つりよぎ》[一七]の下に嫁君《よめぎみ》ふし給へば、つゞいて乳母《うば》も御傍《〔そば〕》はなれずまもりゐる所へ、聟《むこ》はすこし男自慢《おとこじまん》[一八]の生《〔むま〕》れ付《〔つき〕》、鬢先《びんさき》かきなで今宵《こよひ》[一九]を千世《ちよ》のはじめと、釣《〔つり〕》夜着《よぎ》の下にはいつて、「姥《うば》気遣《〔きづか〕》ひせず[二〇]といてねやれ。祝言《しうげん》の夜をいかゞと心元《〔もと〕》ながるは百年以前《〔いぜん〕》のとつと[二一]気のとをらぬ昔《〔むかし〕》の事。今時ついてゐるなどと《〔ゝ〕》は初心《しよしん》の至《いた》り」と、はや我《〔わが〕》物にしてちかよれば、嫁御《よめご》はむく〳〵と起《をき》あがりて、「乳母《うば》モウいなふ」とあるを、「お道理《だうり》〳〵お乳《ちゝ》あがつておよりませ[二二]」と、おさなひ子をするごとく膝《〔ひざ〕》の上にかきよせ、乳房《ちぶさ》出せば十七になる娘御《むすめご》、大振《〔ぶり〕》[二三]袖を着《き》

一 新町通。下長者町から三条間の衣棚通を間におき、室町通の西隣の南北を貫通する通り。なお新町通一条上ル町には名酒屋の重衡がある。 二 以下、嵐無常・上の一よりの剽窃と、嵐にこがれて初夜に聟を拒む話の趣向取りがある。 三 嫁入させる。
四 鎖国以前の朱印船貿易への投資。成功すれば大利を得るが、海難で大損の可能性が大きい。 五 占の卦に失物と出ること。 六 嫁入り支度。
七 悪口をいわれる。 八 うちわの事情。 九 首が長くのびて、遠方まで遊行するという想像上の異人。
一〇 どうみても理由がなくてはすまぬ。 一一 自分に関係のない事に嫉妬すること。 一二 女性の一切の美相をそなえた。 一三 はなはだしく欲しがるさま。
一四 婚礼。当時の嫁入は夜。
一五 祝言の盃。 一六 夫婦用の枕。
一七 重みのかからぬように夜着を天井より釣る。 一八 男前自慢。
一九「おし照やうのはふきける昔もやこよひはちよといはひそめけん」(夫木和歌抄・三十六・源兼昌)。
二〇 あちらに行って寝なさい。
二一 ずっとさばけぬ昔の事。
二二 およるは女性語、おやすみになる。おやすみなさいませ。
二三 袖丈を長く仕立てた振袖。近世中期以後二尺五寸(約七十五センチ)以上。若い女性の風。
二四 勢いよくすうさま。
二五 興ざめだ。あきれたことだ。

ながら乳母が乳《ち》くはへてずい[二四]〳〵とすはるゝこそけう[二五]とけれ。

聟殿あんまり興《けう》さめて、「姥《〔うば〕》こりやどふじや。いつもかふした事か」とあれば、「成《(なる)》程《〔ほど〕》御両親さまおちいさいときより御[二六]秘《ひ》蔵《さう》あまり、万《(よろづ)》此お子のお心にさからひ給はず。御幼少《ようせう》の時の御癖《くせ》がやまずして今に此通りのお[二七]身持《(みもち)》。お五つの年お[二八]乳《ち》の人を縁《えん》[二九]に付《(つけ)》られましたれば、御乳母《〔うば〕》をしたはせ給ひ、[三〇]当座《たうざ》にお目を見つめられてから「とかく乳《ちゝ》をはなしてはならぬ子じや」と、それから五年[三一]三年づゝ今に至《いた》る迄、乳《ちゝ》のある者《〔もの〕》がお傍《〔そば〕》に添乳《〔そへち〕》いたさねば、御機嫌《〔きげん〕》がわるふございます。[三二]お前にもあんまり声高《〔こはだか〕》に物仰《(おほせ)》られて下さりますな。ひよつと寝付《〔ねつき〕》[三三]に[三四]わやくが出ますと、[三五]石臼箸《いしうすはし》にさそうでござります。コレいと[三六]さまわやくおつしやれずとしづかにおよれ。ねんね[三七]こ〳〵」と背中《〔せなか〕》を[三八]ほと〳〵たゝいていれば、聟は大かたならず肝《きも》をつぶし、「こりや女房《ばう》[三九]よふだではなふて、乳《ち》のみ子《(こ)》を養子《やうし》にしたやうな物じや。こんな事なりや[四〇]思《し》案《あん》がある」とすこし腹立《ふくりう》めいた顔付《かほ〔つき〕》。「そこを[四一]御不祥《〔ふせう〕》なされますかはりには、此御器量《きりやう》に千両といふ[四二]土産《〔みやげ〕》がござります。三十にもおなりなされましたらかふはござりますまい」といふにぞ、此聟《むこ》も[四三]見分《けんぶん》よりは内証《ないしやう》にたらぬ所あるか、千両の土産《みやげ》といふに[四四]胸《〔むね〕》をさすり、乳母《〔うば〕》と同じやうに[四五]むかし〳〵ぢいとばゝとのはなしなどして、とも〴〵に嫁御《よめご》を[四六]すかすぞおかしかりき。

嫁《〔よめ〕》は父母《ちゝはゝ》の[四七]あひだてなくそだてられし、いとけなき時の調子《てうし》今にあらためず。聟《むこ》が耳《みゝ》

二六 あまり大事に育てすぎて。 二七 平生のふるまい。行状。 二八 乳母。 二九 嫁入をさせられたところ。 三〇 即座に気絶をなさってから。 三一 乳母が乳の出る間勤めては交替。 三二 対称代名詞。敬意を含む。 三三 就眠時。 三四 わがまま。 三五 無理な事を言うたとえ。 三六 幼児に対する敬称。当時は男女児ともにいう。 三七 子供をあやし眠らせる時にいう語。 三八 軽くたたく音をあらわす。 三九 よんだの転。嫁に迎えた。 四〇 考えがある。 四一 御辛抱。御堪忍。 四二 持参金を指す。 四三 みかけより内内の経済状態に不足な所があるのか。 四四 怒りや不満の気持をおさえる。 四五 幼児に聞かせるお伽話の語り出し。当時既に桃太郎の話はあった。 四六 機嫌をとる。 四七 盲目的にかわいがり育てた。

一 いじめ始めるのは困った事だ。 二 台所。 三 寝そびれて。 四 一緒に起きて。 五 夜中に目をさましやすいこと。「の」は終助詞。 六 文様を高く肉上げして蒔絵をほどこしたおまる(便器)。嫁入道具なので蒔絵をほどこしたという滑稽。 七 小便の幼児語また女性語。 八 大神楽の真似。 九 慰める。 一〇 金箔をおいた太鼓。嫁入道具なので箔をおいたとする。 一一 あやつる。 一二 婚礼の翌日、親族の婦人が祝い

やかましういふをきらふて、「乳母《うば》あの人をあつちへやりや」といじり出す[一]こそきのどくなれ。「先《〔まづ〕》御機嫌《〔きげん〕》のなをる迄は御勝手《かつて》[二]へ御出なされて下さりませ。お腰元《〔こしもと〕》衆いとさまのねそゝくれて[三]御機嫌《〔きげん〕》があしひ。起《おき》てござれ」といへば、ふしたる腰元《〔こしもと〕》共起《をき》[四]あはせ、「いとさま是《〔これ〕》は夜《よ》[五]ざといの」と、塗《〔ぬり〕》長持《ながもち》から高蒔絵《たかまきゑ》[六]のおかわとり出し小便《しゝ》[七]やるなどけうとかりき。「いざ御機嫌《〔きげん〕》なをしに大神楽事《だいかぐらごと》[八]していさめ[九]ませふ」と、御手道具の中《うち》から箔《はく》[一〇]をきの太鼓《たいこ》出して、獅子頭《しゝがしら》[一一]つかふてさはぎまはる。台所《だいどころ》には是をしらず明日《あす》部屋見舞《へやみまひ》[一二]のお衆へ、御馳走《ちそう》の料理《りやうり》をこしらへゐたりしが、太鼓《たいこ》の音《おと》をきいて、「よい衆[一三]の祝言《しうげん》の作法《さほう》は、お部屋《へや》へおいりなされても各別《かくべつ》、太鼓《たいこ》[一四]うつたらの故実《こじつ》」と、物知顔《ものしり〔がほ〕》する番頭《ばんとう》が感《かん》ずるも又おかしかりき。

世間《せけん》にかくれのなひ寛濶《くわんくわつ》な驕娘《おごりむすめ》

「朝白《あさがほ》[一五]の盛《さかり》は朝詠《あさながめ》[一六]こそ一しほ涼《すゞ》しさも」と、宵《よひ》より奥《をく》さまの仰《〔おほせ〕》られて、家居《いへゐ》はなれし裏《うら》の垣根《かき〔ね〕》に、腰掛《こしかけ》をならべ花氈《はなせん》[一七]しかせ、重菓子入《ぢうくはし〔いれ〕》[一八]に切食品々《きりめししなぐ》[一九]の肴《さかな》このませられて、「杉《すぎ》[二〇]楊枝《〔やうじ〕》に蒔絵《まきゑ》の小盆《こぼん》、茶瓶《ちやびん》に栂尾《とがのお》[二一]の出し茶を入《〔いれ〕》よ。明《〔あけ〕》[二二]六つのすこし前に行水《ぎやうずい》するぞ。髪《かみ》は

の品を持って新婦を見舞うこと。
一三 身分・家柄・経済状態のよい人。
一四 (平人と違い)太鼓の拍子で夫婦の交りをする(と誤解した)。
一五 以下「うはかぶきなる事是にかぎらず」まで五人女・二の三より剽窃、少改。 一六 早朝眺めてこそ。
一七 花模様を織出したり染めたりした毛氈。 一八 重箱の菓子入。
一九 型で押し出し、適当の大きさに切った飯。 二〇 杉の小片を削って作った楊枝。 二一 京都の北西郊(現右京区内)、煎茶の名産地。出し茶は煎じ茶。 二二 当時は不定時法で、この季なら午前五時前後。 二三 髷を三つ折にして元結で締めた簡単な髪形。 二四 端午より九月一日まで着用する夏用のひとえ。 二五 袖口下を綴じぬ仕立の衣服。 二六 鼠色の地に、丸の中に文字を入れたり、草花を丸く模様化した繻子(絹織物の一)。 二七 とびとびに模様を織出した白い腰巻。 二八 原本「憐」。
二九 京都三条通新町西入ル(現中京区)の町名。釜座関係者居住。
三〇 勝手向きを取締る、古くから奉公の女性。 三一 四隅や小縁(へり)に金銀・さんごの飾りや鈴を付けた豪華な蚊帳があった。
三二 もったいぶること。 三三 交替に。
三四 表面を派手に見えをはる。
三五 高く構えた高級席を三区画予約。
三六 祇園の東、円山(現東山区)にある時宗の寺。本尊千手観音は洛陽三十三観音の随一。正徳六年(一七一六)二

[二三]三つ折《おり》に帷子《かたびら》[二四]は広袖《ひろそで》[二五]に、桃色《もゝいろ》の裏付《うらつき》をとり出せ。帯《おび》は鼠繻子《ねずみじゆす》[二六]に丸づくし飛紋《とびもん》[二七]の白き二布《〔ふたの〕》物。万に心をつくるは[二八]隣《となり》町から人ものぞくものなれば、つきぐ〵の腰元《〔こしもと〕》共にもつぎのあたらぬ帷子《〔かたびら〕》を着せよ。釜《かま》[二九]の座《ざ》の妹《いもと》が方へは常《つね》の起時《をき》に乗物《のり》むかひにつかはせよ」と、台《だい》[三〇]所賄《どころまかな》ふ家《いへ》久しき女房にいひ付られ、ゆたか成《（なる）》蚊帳《かちやう》に入《（いり）》給へば、四[三一]つの角《すみ》の玉《たま》の鈴音《すゞをと》なしてね入《（いり）》給ふ迄、番手《ばんて》[三二]に団《うちは》の風しづかなり。我家《わがいゑ》の裏《うら》なる草花見るさへかく様躰《〔やうだい〕》[三三]なり。

惣《（そう）》じて世間の女のうは[三四]かぶきなる事是にかぎらず。はやり芝居《しば〔ゐ〕》に三軒《げん》[三五]つゞきの桟敷《さじき》とらせ置《をき》ながら、長楽寺《らくじ》[三六]の開帳場《かいちやうば》の歌祭文《〔ざいもん〕》に立寄《たちより》、是に聞入て芝居《〔しばゐ〕》は見ずにかへり、十炷《しゆ》[三七]香歌《がうた》賀留多《〔がるた〕》琴《こと》三味線《さみせん》絵《ゑ》かき花むすび[三八]、すべて女のなぐさむ程の事は見はて仕《し》つくし、「今日《〔けふ〕》は真葛原《まくずがはら》[三九]の相撲《すまふ》の初日《しよにち》、七五郎[四〇]雷電《らいでん》[四一]が勝負《せうぶ》是は見ずにはおかれまい」と、内に金《きん》[四二]砂子《すなご》に秋の野《の》かきし乗物《のり》にのりはしらかし、女の相撲《〔すまふ〕》見るといふ事　昔《〔むかし〕》は沙汰にもきかざりし事ぞかし。世間一切《さい》の男女房に甘《あま》ふなりて、何をいふても細目《ほそめ》[四三]してうなづくゆへ、成敗者《せいばいもの》[四四]見に粟田口《あはたぐち》[四五]へ弁当《べんたう》してゆくなど、興《けう》のさめたる穿鑿《〔せんさく〕》[四六]なり。是を思ふに殷《いん》[四七]の紂王《ちうわう》の后妲己《きさきだつき》は慰《なぐさみ》[四八]につきて、炮烙《ほうらく》[四九]の法《ほう》を見て目をよろこばしめ、周《しう》[五〇]の幽王《ゆうわう》は褒似《ほうじ》にのびて[五一]烽火をあげて見せられしも、皆女房になづみて目の見へぬゆへぞかし。奥《〔おく〕》さまの御用とて西瓜《すいくわ》[五二]の代三百六十五匁、新《しん》[五三]小判《ばん》にて八百屋《やをや》が請取《うけとつ》てかへれば、ところてんの代弐拾八貫三百廿六文、大男がさし[五四]になひにして四条《でう》[五五]の弥吉が所へ[五六]すましにゆくなど、是を以《（もつて）》外

月二十八日より開帳があった。その歌祭文語りの様は次頁挿絵右端。　三七 予め聞かせた三種の香を三包ずつ、別の香一包を順序を乱し十度にたき、鑑別を競う遊び。　三八 衣服・調度の装飾として糸でいろいろの花形を結び作る女子の技芸。　三九 真葛原はほぼ現在の円山公園一帯の原。正徳六年、光福寺寺内破損修復の理由で晴天十日の間勧進相撲を興行。　四〇 玉の井七五郎か。　四一 雷電源八。大坂出身、大兵美男で婦人の贔屓が多かった。　四二 慈鎮他真葛原をよむ秋の歌が多い縁でいう。　四三 女に甘い様。　四四 処刑される者。　四五 現東山区内。その東端東海道沿いの辺に刑場があった。　四六 事の次第。　四七 殷の最後の王。妃妲己とともに暴虐、淫楽に耽り、周の武王に滅された。　四八 慰みがなくなって。　四九 銅柱に油を塗り炭火の上にわたし、罪人を渡らせ火中に焚死させた。　五〇 周十二代の王。寵妃褒似を笑わせるため度度のろしを上げ、犬戎に攻められた時危急ののろしを上げたが、諸侯が集まらず殺された。　五一 鼻毛がのびる。　五二 代価銀三六五匁は常識外れ。　五三 正徳四年五月の令により改鋳の小判。それ以前通用のものより良質。　五四 荷物を棒を通し二人でかつぐこと。　五五 四条河原にところてん売の商人がいた。西瓜とともに奥様の食べ物に似合しくなく、購入量も多い。　五六 買掛り金を支払う。

の驕《おごり》を思ひやるべし。昔《〔むかし〕》は女の煙草《〔たばこ〕》のむ事遊《ゆう》女の外は[一]怪我《けが》にもなかりし事なるに、今煙草《〔たばこ〕》のまぬ女と、精進《しやうじん》する出家《しゆつけ》は稀《まれ》なり。

爰《こゝ》に町人ながら能衆《よいしゆ》とよばれて、其《(その)》名都《みやこ》に[二]立売《たちうり》の[三]有徳仁《うとくじん》、[四]代〻家職《かしよく》もなく[五]名物《めいぶつ》の道具つたへて、雪《ゆき》に茶《ちや》の湯《ゆ》花に歌学《かがく》朝夕世の事業《わざ》をしらず。亭主《ていしゆ》は万事[六]大名《みやう》気《ぎ》にて台所《だいどころ》を見ず。内儀は[七]やごとなき御方の殞《おと》し子《(こ)》にてならびなき美人《びじん》。歌道《かだう》は其家の流《ながれ》に心ふかく、しかも音曲《おんぎよく》の業妙《わざたへ》にして簫《しやう》の名人《めいじん》、[八]六月に[九]冬の調子《てうし》をふきて霜をふらし、[一〇]寿命《じゆみやう》の調子《てうし》をふいては夫《おつと》の鼻毛《はなげ》をのばさせ、[一一]芸《げい》といひ気分《きぶん》といひ万《(よろづ)》を[一二]花車《きやしや》でかためし身。[一三]夏《なつ》の夜は蚊《か》除《よけ》の間《ま》とて薄絹《うすぎぬ》の障子《しやうじ》の中に、五尺四方の[一四]盆石《ぼんせき》に[一五]水行灯《みづあんどう》をしかけ、[一六]宇《う》治《ぢ》勢《せ》多《た》の蛍《ほたる》をとりよせ、暑気《しよき》をしらずにくらし、冬《ふゆ》は[一七]八人詰《づめ》の火《こ》燵《たつ》にあたりて、[一八]鬢切《びんきり》したる女《め》童子《どうし》に足《あし》の裏《うら》をさすらせ、夫婦ねながら[一九]名所香《めいしよかう》をきいて、[二〇]富士《ふじ》浅間《あさま》室《むろ》の八《や》島《しま》煙《けふ》りさまぐ〵袖にとまりて、匂《〔にほ〕》ひ[二一]立売《たちうり》の伽羅《きやら》さまとあがめて

一 まちがっても。全然。
二 麩屋町四条西入ルの地。現下京区内。名が都に立つと掛ける。 三 金持の人。 四 以下「事業をしらず」まで二代男・六の四の剽窃。 五 茶道で古くから伝わる由緒あるすぐれた道具をいう。 六 寛濶・大様な気質。 七 以下「殞し子」までと「歌道は…心ふかく」、男色大鑑・四の一による。 八 「霜をふらし」まで、篳篥(ひちりき)の名人鄒衍(すうえん)の事として名残の友・三の三、織留・三の二にほぼ同文あり。 九 黄鐘(おうじき)調。 一〇 上文と対にした戯文。寿命の調子は長生楽などの名によるか。 一一 この女性像、「気分といひ万を花車でかためし身」及び、「火燵にあたりて」以下「願ひはあるまじき事なるに」辺まで、好色盛衰記・四の一により、長文剽窃あり。 一二 上品で優雅なこと。
一三 以下「蛍をとりよせ」まで二代男・六の一の剽窃。 一四 鑑賞用に自然石や砂で盆上に趣ある風景をつくったもの。 一五 水からくりの行灯。
一六 山城国宇治郡及び近江国志賀郡の地名。現宇治市・大津市内。琵琶湖より南流する勢多川とその下の宇治川はともに蛍の名所。 一七 八人用の火燵。 一八 前髪を切り耳の前へ垂れた髪風。少女や禿(かぶ)の風。
一九 名所の名に因んだ名香。 二〇 名香の一に富士煙がある。以下煙に関係のある名所名(俳諧では三所とも煙の付合語)。室の八島は下野国都賀郡(現栃木市)所在の歌枕。

[二二]常住《じやうぢう》寛潤《くはんくわつ》なる暮《〔くら〕》し。此《〔この〕》人の親仁《おやぢ》いかなる富貴《ふうき》の種《たね》をまきをきて、今子《こ》の代《だい》に銀《かね》のなる木の山をなし、[二三]利《り》銀請取《〔うけとる〕》[二四]針《はり》口の音《おと》いやしき物ながら、貧家《ひんか》に鼓《つゞみ》の音《おと》を聞ておもしろからず。此[二五]宿《やど》[二六]大節気《せつき》に[二七]懸《かけ》帳をさげたる者ひとりもみへず、万事[二八]霜月のはじめに正月の来て門松たてぬばかりなり。此暮《〔くら〕》しにてしかも夫《おつと》は[二九]分知《〔わけし〕》りの美男《びなん》にて、[三〇]廿四孝《かう》の中《うち》にもない、母よりは女房《ばう》に孝行《かうく》なる男是《〔これ〕》[三一]諸果報《もろくはほう》なれば、何か此上に外なる願《ねが》ひはあるまじき事なるに、女の身にて我《わが》女の姿《すがた》をきらひ、「なんの因果《ゐんぐわ》に女と生れて、痩《やせ》たる男ひとりをまもり、自由《じゆう》なる遊《〔あそ〕》びをせぬ事ぞ」と、是のみ案《あん》じてゐられしが、思ひ切て亭主《ていしゆ》に[三二]訴詔《そせう》し、笄曲《かうがいわげ》の髪《かみ》を切て、[三三]二つ折《〔をり〕》に髻出《つとだ》して[三四]若衆《わかしゆ》めきたる[三五]立懸《〔たてかけ〕》にゆはせ、ふ断《だん》の風俗《ぞく》も裙《すそ》みじかに裏《うら》を[三六]ふかし、[三七]八反掛《たんがけ》の羽織《はをり》に[三八]金拵《〔こしら〕》への[三九]中脇指《ちうわきざし》、[四〇]朧《〔おぼろ〕》富士《ふじ》といふ大編《〔あみ〕》笠《がさ》きて亭主《ていしゆ》とつれだち、毎日諸方への[四一]遊山長じて、「[四二]高野《かうや》へのぼつて女めづらしがる法師《ほうし》の心だまをうかして見たい」の、「[四三]熊野《くまの》浦《うら》で鯨《くじら》つ

二一 匂ひが立つと掛ける。伽羅は香の中の優品。匂ひの縁でいうとともに、伽羅さまは人を褒めていう語。　二二 いつも。不断。　二三 利子。利息。　二四 針口は銀貨を量る天秤の棹の中央にあって、上下の針先のかみあいで平衡を示す所。計量時には小槌でたたいて調節する。金銭に関することなので「いやし」という。　二五 主人公の住居。　二六 大節季。大晦日（みそか）。　二七 掛売りの品名・代金などをひかえた帳面。これをさげた者は掛取り。　二八 陰暦十一月初めにはもういつ正月が来てもよい状態。　二九 粋人。通人。　三〇 中国古来の二十四人の孝子。またその伝を記した書。室町期に伝来、江戸時代を通じて多くの刊本がある。　三一 好運の重なること。　三二 願いたのむこと。　三三 髷を長く出し二つに折った髪風。　三四 少年。特に男色の対象の少年。　三五 髻を大きく髷を後頭部に立てかけるようにした髪風。　三六 袘（ふき）をふくらますこと。着物の袖口や裾に裏地を出し出す。　三七 八丈島産の八丈絹の高級品。　三八 刀剣付属の金具を金無垢に作ったもの。　三九 一尺八寸（五四チセン）以下一尺以上の長さの脇指。　四〇 頂の平らになった編笠の称。富士山頂の霞んだ様に見立てるという。　四一 行楽。　四二 紀伊国（和歌山県）伊都郡の高野山。女人禁制の地。　四三 紀伊半島の南東側の海。太地を中心に捕鯨が行なわれた。

くを見せて下され」のと、さま〲の願《ねが》ひ。いづれ夫《おつと》の威《ゐ》なくして、今時の奢《おごり》女房の心任《まか》せに[一]まかれなば、「入唐《につたう》して今はやる[二]国姓爺《こくせんや》が城《しろ》構《がまへ》見たい」といはふもしれず。男は元来《もとより》女房にあふて目のなひ[三]わろなれば、内儀が男の風をまなぶを「替《かは》つた物好《ずき》」とよろこび、女房つれて[四]島原へ出かけ、[五]花菱屋《はなびしや》が座敷へとをりて、「[六]我等[七]御台所《みだい》がしやれたる姿《すがた》を拝見《はいけん》せよ。をそらく唐《から》にもない物好《ずき》。なんとかふした器量《きりやう》は[八]口きかるゝ[九]太夫衆にも有《ある》まいが。しやれるか〱」と内義にも[一〇]名取《どり》の女郎よんであてがひ、余念《よねん》なき遊《あそ》び、[一一]天上の婬楽《ゐんらく》も是《これ》にはおよばじ。

ある日[一二]女夫《めをと》づれにて[一三]祇園《ぎをん》町のはやり茶屋にゆきて、[一四]太鼓《たいこ》まじりにさま〲の大騒《さは》ぎ。亭主《ていしゆ》内義の芸自慢《げいじまん》して、「[一五]女房共に簫《しやう》をふかして聞《きか》すべし。汝《なんぢ》ら[一六]黒白《こくびやく》の粋共《すいども》につきあひ、いろ〱の音曲《おんぎよく》はきかふが、名人《めいじん》の簫《しやう》をきいたる事、をそらく祇園町《ぎおんまち》はじまつて有《ある》まいが」、「[一七]中〻《なかなか》天竺《てんぢく》から[一八]祇園《ぎおん》殿此所《この》へ[一九]宿《やど》ばいりあそばしてからつゐにない事。縁《えん》によつて稀《まれ》なる奥《おく》さまの簫《しやう》を承る事。よい時節《じせつ》にむまれあはせて有がたい仕合《しあはせ》」と、主《あるじ》夫婦[二〇]畳《たゝみ》へ額《ひたい》を植《うへ》ければ、大臣調子《てうし》にのつて、「さあ御台所《みだい》迚《とても》の事に奇妙《きみやう》をふいて聞されよ」と、[二一]玄宗《げんそう》の顔《かほ》して床柱《とこばしら》にもたれかゝり、[二二]鼻高《はなたか》ふしてゐらるれば、内儀は元来《もとより》簫《しやう》の名人《めいじん》、時は秋なり「[二三]秋風落葉《しうふうらくえう》して旅人古郷《りよじんこきやう》を思ふ」と云《いふ》、漢楚《かんそ》の戦《たゝか》ひの時九里《きうり》山《ざん》にて張良《ちやうりやう》が嘘《ふい》たる一手《て》、上手《づ》をつくしてふかれければ、隣座敷《となりざしき》に今まで[二四]高《たか》なしにさはぎたる血気《けつき》の客《きやく》共、

一 言いなりになる。　二 近松作の浄瑠璃国性爺合戦は正徳五年(一七一五)十一月より本書刊行の享保二年(一七一七)までの長期興行に成功。　三 人をあなどりののしっていう語。　四 京都の西南郊の廓。　五 島原揚屋町の揚屋花菱屋善兵衛。　六 私の。　七 将軍・大臣などの妻の尊称。妻にのろい男の言。　八 幅のきく。　九 遊女の最上位。衆は複数、親愛の気持をこめる。　一〇 有名な。　一一 天上界。　一二 夫婦一緒に。　一三 祇園石段下西の四条通南北側。　一四 太鼓持。　一五 女房。共は謙遜の接尾語。女房に簫を吹かせて汝等に聞かせよう。　一六 あらゆる遊里の世界に通じた粋。　一七 いかにも。　一八 祇園社(八坂神社)の祭神牛頭天王。天竺の北九相国の王(堀河之水)。　一九 奉公人が独立して一家を構えること。俗にくだいてかくいう。　二〇 畳へ額をすり付けて礼をする。　二一 楊貴妃にのろい玄宗同様。　二二 自慢顔で。　二三 漢の韓信が九里山を囲み楚の項王を攻めた時、張良がこのように言い、簫を吹き一曲を歌い、楚兵は望郷の思いに耐えず四散した(通俗漢楚軍談・十二の四)。　二四 遠慮なく。　二五 辛苦する。　二六 もったいない。　二七 朝夕二食の他に夜にとる軽食。　二八 陰間(かげま)、また少年俳優で色を売る者。　二九 荷をかついで徒歩で運ぶこと。　三〇 京坂で官許の廓、色茶屋などの抱え以外の上級の私娼。「親方がゝり」は親方に抱えられてい

俄《にはか》に陰気《ゐんき》になつて、「親父《おやぢ》が身[二五]から脂《あぶら》を出してまふけられた金《かね》を、わけもなひ事につかひはたすは冥加《みやうが》[二六]もなひ事」と、いひ付《〔つけ〕》し夜食喰《やしよくくは》[二七]ずに帰りたい心になつて来るこそ奇妙《きみやう》なれ。座敷の興《けう》によばれたる冶郎《やらう》[二八]は、実《じつ》の親のかち[二九]荷持《にもち》して、今日《〔けふ〕》をくらし兼《かね》らるゝ古郷《こきやう》の事を思ひ出して、三味線《さみせん》抱《かゝへ》ながら泪《なみだ》ぐめば、親方《おやかた》がゝりの白人《はく〔じん〕》[三〇]はよぶ人もなくて、[三一]三十日ながら内にゐる時の事思ひ出せば、茨《いばら》[三二]の上に腰懸《こしかけ》たる心地して、「よその女共は[三三]二つならしにゆくに、こちの[三四]は尾《お》の多《おほ》い烏賊幟《いかのぼり》で尻《しり》があがらぬ」と、嚊《かゝ》[三五]が当言《あてこと》[三六]いふもき[三七]かざるの稗《〔ひへ〕》もんだ皃《かほ》して、無念《〔むねん〕》ながらうご[三八]〳〵として「油火《あぶらび》[三九]も費《ついへ》」と、暗《〔くらが〕》りにおひこまれて煎《せん》じ茶《ちや》のみたきにも、遠慮《えんりよ》してをのづから肩身《かたみ》すぼりて、かなしき隙日《ひまび》の時をかたつて泪《なみだ》をながせば、自前《じまへ》の白人《はくじん》は相撲取《すまふとり》ほど裸《はだか》になつてはたらいても、付食《つけめし》[四〇]の飯料《はんりやう》と呉《ご》[四一]服《ふく》代に引れて、際《きは》ゞ[四二]の苦《〔くるし〕》み「是でなければ世渡《よわた》りはない事か」と、よんだ客《きやく》の手前もかまはず、互《たがひ》に身の上をかたりあふての忍《しの》び啼《なき》。太鼓持《たいこもち》は間《ま》[四三]のある節季《せつき》をおもへば、「此暮《くれ》は欠落《かけおち》[四四]か首縊仕舞《くびくゝりじまひ》[四五]」と、文作《〔もんさく〕》[四六]やめて、「アゝ、あぢきなひ浮世《うき》じや。太鼓持《〔たいこ〕もち》[四七]の役《やく》とて無《〔む〕》[四八]理《り》酒の間《〔あい〕》をさせられ、埒《らち》[四九]もあかぬ大臣の端歌《はうた》[五〇]を讃《ほめ》、我《われ》よりは鈍《にぶ》い客《きやく》にたはけものといはれ、虫《むし》[五一]に入《〔いら〕》ぬ事にも笑《わら》ひをつくり、女房共のかくす事まで人中でかたらせ世に身過《〔みすぎ〕》ほどかなしき物はなし。かくお気に入ても五度程めしつれられた上《うへ》で一[五二]角《かく》、よう下されて二角《かく》じや。此広《ひろ》い世界《せかい》に小判の降国《ふるくに》はなひか」と、指《ゆび》[五三]のまたすぼめて無常《むじやう》を観《くわん》ずれば、欲《よく》[五四]

る者。後文の「自前」は独立の者。　三一 一か月全く客がない。　三二 つらい苦しい気持。　三三 一日平均遊興の単位の二区切ずつ。　三四 自分の抱えの白人は尾を多く付けた凧(こた)と同じで尻があがらぬ(客がないので家に座りきり)。　三五 親方の女房。以下「肩身すぼりて」まで好色盛衰記・五の二より剽窃。　三六 あてこすり。　三七 三猿の聞かざるにことわざの「猿が稗をもむ」(わけもわからずに人真似をする)を掛けた。言われた事もわからぬ、聞えぬさまを装う。　三八 うじうじ。　三九 灯油代も無駄と行灯も使わせぬ。　四〇 賄付の宿所の食費。　四一 営業用の衣類等の損料。　四二 盆暮や節句前の貸借決算期毎の。　四三 一年の総決算期である年末まで間はあるが今から払うあてなし。　四四 駆落ち。無断の逃亡。　四五 首つりの結末。　四六 即興で警句・しゃれなどをいうこと。　四七 以下「無常を観ずれば」辺まで二代男・一の四より剽窃、付加・変改あり。　四八 間は酒席で盃をさされた者に代って盃を受けること。飲みたくもない酒を間をさせられて飲む。　四九 下手な。　五〇 歌詞短く、三味線伴奏で歌う俗曲。　五一 気に入らぬ。癇にさわる。　五二 一両の四分の一の一歩金の異称。長方形をしていたのでいう。　五三 指のまたをひろげる、は太鼓持が客に軽薄をいう時の姿。その反対のしおれた意の造語。　五四 原本振仮名「ふく」。

のふかひ主《〔あるじ〕》夫婦も何となく[一]むじやうに[二]後生気《ごしやうぎ》になつて、「[三]どふぞ虚言《うそ》つかぬ商売《しやうばい》もがな」と、簫《しやう》の一音《こゑ》をきいて心乱《みだ》れて、おもはぬ涙《なみだ》をこぼせば、[四]奥口《をくくち》の客共は「いつもおもしろひ座敷が、今日《〔けふ〕》はいな事で[五]鬼界《きかい》が島《しま》へながされた心地がする」と、折角《〔せつかく〕》金出《かねだ》して慰《なぐさみ》に[六]よふだ白《はく》人と、[七]浮世のならぬ世帯咄《せたいばな》しして、不便《〔ふびん〕》さに[八]二朱《しゆ》ひとつ[九]合力《かうりよく》して袖をぬらして茶屋《〔や〕》から帰りぬ。

百の銭《ぜに》よみ兼《かね》る歌好《〔ずき〕》の娘

「[一〇]関ゝ《くはん〳〵》たる雎鳩君子《しよきうくんし》の徳《とく》を助《たす》く」といへり。唐土《もろこし》の宣帝《せんてい》は[一一]無塩君《ぶえんくん》といへる醜《みにく》き女を后《きさき》と定《さだめ》られ、此智《〔この〕ち》を借《か》つて政道《せいたう》をとりおこなひたまふに、斉《せい》の国《くに》大きに治《おさま》れり。是《〔これ〕》を今時は[一二]爺嚊《とゝかゝ》とて笑《わら》ふ事にしてたま〳〵女房《ばう》がよい事いふても、女の[一三]鼻《はな》の先《〔さき〕》智恵《ちゑ》と[一四]あたまから打《〔うち〕》こみ、妻女《さいじよ》のいふ事をもちゆるは恥辱《ちじよく》のやうに思へるは大なるあやまりぞかし。世に女房をやしなふ顔《かほ》して、女房にやしなはるゝ亭主《〔ていしゆ〕》多《おほ》し。

をのれが[一五]智恵《ちゑ》の曇《くも》りを磨《とが》ぬ、鏡屋《かゞみや》の愚平次《ぐへいじ》とて[一六]久しき町人、代ゝ小家《せうけ》をもちくずさず、落《をち》もせず秀《ひいで》もせず、いつも[一七]一尺の鏡《かゞみ》の中《うち》を廻《まは》つてちいさい弟子《でし》二人に[一八]腰《こし》をつかはせ、借《しやく》

一 濁点まま。無性か。　二 後生を願う気持。仏心。　三 色茶屋がうそをつかないと商売にならない。　四 奥座敷と門近い座敷。すべての客。　五 薩摩国河辺郡の硫黄島(薩南諸島の一、現鹿児島郡三島村)。流人俊寛で有名。同島に流された心地とは俊寛のような心細いさびしい気持。　六 呼んだ。　七 渡世のままならぬ暮し向きの話。　八 金一歩の半分の価値の金貨。普通なら一歩やるところを、日常生活の苦労を思い出してけちった。　九 金銭的・物品的な援助。　一〇 →三八七頁注一〇。　一一 本名鍾離春。無塩邑の人。無類の醜女であったが、斉の宣王の夫人となり国政をたすけた。　一二 妻が夫よりいばっていること。かかあ天下。　一三 →三九一頁注三六。　一四 はなからやりこめる。　一五 正常な判断を失う意のことわざに「智恵の鏡も曇る」という。鏡・曇り・磨ぐと縁のある語をつらねた。　一六 町内に代代長く住んでいる町人。ここの町人は土地・家屋とも自己所有の者。　一七 一尺(約三十センチ)は鏡の直径。没落もせぬが繁盛もせず、活動範囲が狭少なことをいう。　一八 座って腰をうかせ、鏡を磨ぐ姿勢。　一九 御所に奉仕する高級女官。　二〇 和歌の御蔵書保管係の。　二一 女性の美しい髪。また美しい女性。面影にかかる枕詞でもあり、その縁で下に面影の語を用いる。　二二 紫無地の。　二三 帯を後で結ぶこ

銭《せん》せぬを手柄《てがら》に世をわたる律気者《りちぎもの》あり。縁《えん》とて此者《〔ものゝ〕》の妻《さい》は[一九]御所方《ごしよがた》のお歴ゝ《れき〳〵》の末《〔すへ〕》にめしつかはれて、[二〇]歌書《かしよ》の御文庫《おぶんこ》あづかりし、四人の中の其《〔その〕》ひとりの女なれば、今町人のせはしき世に住《すみ》ながら、ありし昔《〔むかし〕》の玉[二一]かづら色《いろ》つくれる面影常《おもかげつね》にかはり、ふ断《だん》[二二]紫《むらさき》に紋《もん》なしの小袖いくつも同じ重《〔かさ〕》ね着《ぎ》して、其色《いろ》の[二三]後帯《うしろおび》[二四]朝見る姿殊《すがたこと》にうるはしく、諸人何《しよにんなに》となく気を移《うつ》して、「鏡屋《かゞみ〔や〕》の[二五]紫式部《むらさきしきぶ》」といへり。[二六]大内《うち》山の花の香《か》どこやら自然《しぜん》と備《そなは》りし所ありて、もとより琴《こと》をひき歌《うた》の道に心ざしふかく、[二七]万花奢《きやしや》なる行《ゆき》かた。摺鉢《すりばち》のうつぶせなるを「[二八]富士《ふじ》をうつせし焼物《やきもの》か」とながめ、[二九]釣瓶取《つるべとり》を「小船《おぶね》の碇《いかり》か」とやさしく見なし、同じ[三〇]油火《あぶらび》も「松明《せうめい》すゝむる」といひ、[三一]一文菜《さい》の鰯《いわし》[三二]をおむらさきのおぼそのと、[三三]首筋《くびすじ》もとばかりせゝり箸《ばし》して、手元《てもと》に[三四]延紙《のべがみ》おいて一口喰《くふ》ては口のごふなど、物毎《〔ものごと〕》やさしく糠味曾《ぬかみそ》迄も「酒麈《さゝちん》」と見るを見真似《〔まね〕》に弟子小童《でしこわろ》まで言葉《ことば》あらたまり、亭主《ていしゆ》が[三五]片言《かたこと》も女房《ばう》を恥《はぢ》て大かたの事はいはずにくらし、我ばかりよい物持た顔付《〔かほつき〕》にて、妻女《さいじよ》を浮世《うきよ》の楽《〔たのし〕》みと、[三六]手の物の[三七]髭《ひげ》ぬき鏡取《かゞみとつ》て見れば、「[三八]跡《あと》の月より鼻毛《はなげ》もよほどふとくなつた」と、女房自慢《じまん》にいつとなく家業無沙汰《かげう〔ぶさた〕》に成行《なりゆき》、[三九]内証《ないしやう》はからの鏡《かゞみ》屋となつて、[四〇]花奢事好《きやしやごとこの》んで嗜《〔たしな〕》みふかく、[四一]寝《〔ね〕》所から鏡見《かゞみ》て亭主《ていしゆ》に寝顔《〔ねがほ〕》も見せぬ、紫式部《むらさきしきぶ》も[四二]身代《しんだい》にからまかされて、[四三]うば玉とよみし我黒《わがくろ》[四四]髪《かみ》もそこ〳〵にして、諸肌《もろはだ》ぬぎて脇腹《わきばら》にある瘤《あざ》を見出され、ある時は[四五]様子《やうす》なしにありきて、[四六]伊勢《いせ》が歌《うた》のみじかき足《あし》をあらはし、[四七]古《〔いにし〕》への遊楽《ゆうらく》の琴《こと》の音《ね》も[四八]碓《いしうす》にひきかへ、小麦《こむぎ》の粉《こ》

と。武家方の女や町家の娘の風。町家の成人の女は前帯。御所風を残した風か。　二四 枕草子・初段の「春はあけぼの、…紫だちたる雲の」によるか。　二五 御所奉公の経歴があり、紫ずくめの装いをするゆえのあだ名。
二六 宮中。内裏。御所。
二七 以下「碇か」まで万の文反古・二の三より剽窃。なお同書も御所勤めの女を女房にしての事とする。
二八 富士山をかたどった陶器か。
二九 井戸の釣瓶が落ちた時、ひっかけて取る縄付きの鉄製の鉤。
三〇 以下松明・酒麈の箇所、男色大鑑・一の三より剽窃。松明は御所詞。酒麈は女房詞。　三一 安価なおかず。
三二 女房詞で鰯をおむら・おぼそ。
三三 魚はその辺が美味。　三四 大和国吉野で多く産する上等の鼻紙。
三五 不完全・不正確な言葉。訛言。
三六 お手の物。　三七 小形の鏡。
三八 先月。昨月。　三九 暮し向きはすっからかんの鏡屋。鏡屋の縁でからを空と唐とに掛けた。唐の鏡は中国渡来の鏡。　四〇 風流な遊びや芸事。
四一 起きるとすぐ形を整えて寝ぼけた様子を見せぬ。女性の嗜み。
四二 家計不如意にからみつかれて。
四三 黒・髪の枕詞。かつては和歌にそうよんだ。　四四 「みじかき足」辺まで一代女・三の一より剽窃。
四五 行儀をつくらずに。気どらずに。
四六 藤原継蔭の娘、三十六歌仙の一人。「難波潟みじかき蘆のふしのまもあはでこの世をすぐしてよとや」

の白きを富士《ふじ》の雪と見たてしも、いつしか[一]かのこまだらに[二]上置食《うはをきめし》を引かゝへて、五六ぱいとは女の食《しよく》にけうとし。

夫《をつと》はもとより[三]下地からたらぬわろなれば、なを此節《(この)せつ》[四]内外《ないぐわい》共に不足《ふそく》して[五]百の口の尻《しり》からぬける身代《しんだい》。「[六]分別《ふんべつ》せふなら今じやが」と、女房が[七]気をもたすれど、さしあたつて商《しやう》売《ばい》かへて挊《かせい》で見やうも望姓《もとで》なく、一倍智恵《ばい〔ちゑ〕》の鏡《かゞみ》屋も[八]くもりはてて[九]水《〔ゝ〕》かねさへなくなり、「是《(これ)》では此まゝくちはつるといふもの、こなたの思案《しあん》を待《(まつ)》うちには、[一〇]身代《しんだい》の日がくれて[一一]夜ぬけにして此所を立さらふより外はなし。爰《こゝ》は[一二]わらはが一智恵《(ひとつ)ちゑ》出し働《はたらい》て見るべし」と、[一三]表《〔おもて〕》の柱《はしら》に「[一四]女筆指南《によひつしなん》」の張紙《〔はり〕がみ》して近所の女子をあづかり手習《てならひ》をおしへけれど、俄《にはか》に弟子《でし》もあつまらず。「是も急《きう》なる助《たすけ》にはならず」と猶《なを》又思慮《しりよ》をめぐらし、[一五]無筆《むひつ》なる[一六]茶屋《ちや》[一七]風呂《ふろ》屋《〔や〕》、白《はく》人が客《きやく》の方への届《〔とゞ〕》けの文の[一八]祐筆《ゆうひつ》して、[一九]奉書《ほうしよ》で五[二〇]分《(ふん)》[二一]杉原《すぎはら》で三分、[二二]物前《(ものまへ)》の無心《むしん》の長《なが》文章《ぶんしやう》は客《きやく》から合力《かうりよく》の金高《かねだか》にあはし

(新古今集・恋一、百人一首)の蘆を足に転じた。 「親里の碓(からうす)の音も。 四七 男色大鑑・一の三「聞替」を逆に書いた。今は玉琴にらうすをいしうすにしたのは、後文小麦の粉を引き出すため。 四八 前項のか

一 「時知らぬ山は富士のねいつとてかかのこまだらに雪のふるらん」(伊勢物語・九段)により前文の富士の雪に続け、上置飯の飯の上に菜をおいた様がまだらであると下文に続く。
二 副食物を上にのせた飯。
三 素質からしておろかなやつ。
四 家計も商売の資金も。
五 一人前に足らぬおろか者を形容する「百の口が抜ける(百文の銭が幾らか欠ける)」と、「尻から抜ける」を合せた。おろかでしまりなくずるずると貧になる暮し向き。
六 決断するなら今がその時期だが。
七 そそのかす。
八 資本がないので一層判断力も衰え。
九 鏡を磨ぐのに水銀を用いるので、鏡の縁で金のなくなることをこのようにいった。
一〇 身代は財産。没落することを下の夜の縁で日が暮れるという。
一一 夜逃げ。借金踏み倒し法。
一二 私。女性語。町人は用いぬ語で、御所奉公をした女性の感じを出す。
一三 柱に女筆指南の張紙の事、一代女・二の四。以下一代女の男の恋文代筆を遊女の客への文代筆に変える。
一四 女文字。仮名文字。

て[二三]十分一をとる約束《やくそく》。元来《もとより》女筆は勝《すぐ》れて自由《じゆう》なる筆の歩《あゆ》み、[二四]いさぎよくながるゝ水のごとく、[二五]宮川筋《みやがはすじ》[二六]石垣祇園《いしがきぎおん》の遊女《ゆうじょ》より隙《ひま》なくたのみて、人のしらぬ銀《かね》をまふけて、亭《てい》主《しゆ》をはじめ[二七]五人口をゆるりとやしなふてとをりけるに、愚平次《ぐへいじ》[二八]一家《け》の堅《かた》い親仁《おやぢ》ひそかに鏡屋《かゞみや》をまねきて、「そなたの[二九]内方は近所の若《わか》ひ衆と一人ならず、大勢《ぜい》と密通《みつつう》して数通《すつう》の文の取かはし、[三〇]我等内義の能筆《のうひつ》を見知《しつ》ておれば、見そんずる事でなく、たしかに見とゞけをいたゆへそちに今[三一]耳《みゝ》をうつ。いかにしても一門の[三二]頬《つら》よごし。離別《りべつ》こそいたされず[三三]と是ばかりはやめらるゝやうに、ひそかに[三四]異見《いけん》をせられよ」と[三五]小声《こごゑ》になつてしらさるれば、愚平次《ぐへいじ》胸《むね》にこたへ、「御しらせの段《だん》かたじけない」と一礼いふて立帰り、「女房共もはや此商売《しやうばい》も末《すへ》になつた。やめねばならぬ子細《しさい》あり」と、[三六]おもはくちがひの文の沙汰《さた》をはなして、「世間《せけん》でかふとなへられてはやめずにはをかれまひ。今日《けふ》からさらりと遊女《ゆうじょ》の祐筆《ゆうひつ》やめにして、なんぞかはつた思ひつきで銭《ぜに》

一五 読み書きのできぬこと。
一六 茶屋女。色茶屋抱えの手軽な遊女。　一七 風呂屋者。風呂屋で浴客の世話をし、売春もする女。
一八 筆をとって文を書くこと。
一九 奉書紙。楮(こうぞ)で製したきめ細かで厚手の高級紙。茶屋女などの手紙には不相応。御所奉公の癖を出す。
二〇 銀五分。一分は一匁の十分の一。
二一 杉原紙。播磨国(兵庫県)の杉原産紙を源流とする奉書に似て薄手の紙。
二二 貸借決算をする節季の前に出す、客に金をねだる長文の手紙。
二三 十分の一。売買・貸借などの仲介の手数料の定額。
二四 自由に筆を走らせる形容であるが、下の宮川の縁でいう。
二五 賀茂川東岸、石垣町南端より松原通までの間の通り。石垣町とともに色茶屋・蔭間茶屋あり。現東山区内。
二六 賀茂川東岸、四条通下ル。南を宮川筋に接する。
二七 食を必要とする人数が五人。家内五人。　二八 親類。
二九 他人の妻に対する敬称。ウチカタともナイホウとも。
三〇 一人称。私。　三一 耳打ちをする。
三二 恥さらし。世間に体面を失うこと。　三三 接続助詞。…とも。…ても。　三四 思うところを述べて諫める。忠告。
三五 密通と思いこみ他聞をはばかって。　三六 目算ちがいの手紙の噂。

もふける思案《しあん》して、我等をやしなふて給はれ。其《(その)》かはりには食焼《めしたい》てすへそなへ、洗濯物《せんだく》も我等してあてがひ、寝《(ね)》道具のあげおろしも拙者《せつしや》いたして、そなたの手にはかけまひ。どふぞ[一]此《(この)》城のもてるやうにたのむ」といへば、「古《(いにし)》へ[二]兼好《けんかう》の高《かう》の師直《もろなを》にたのまれ艶書《えんじよ》を書《かき》て名をたてられしといふ事、今身におぼへて尤《(もつとも)》」とひとりうなづき、是《(これ)》より願《ねが》ひ訴《そ》詔《せう》の[三]目《め》安《やす》を書《かき》ならひて、[四]女案者《あんじや》と名をとり、事にもならぬすこしの言分《(いひぶん)》を手がゝりにして、[五]公事沙汰《くじさた》の[六]腰《こし》をおし、後にはさまぐ\の[七]虎落分別《もがりふんべつ》、女には又ためしなき行跡《ふるまひ》なり。

是も「[八]根《ね》が世間しらぬ女の案《あん》なれば、我儘《わがまゝ》なる思案多《しあんおほ》し」とて、次第にたのむ人なくて今は筆の[九]命毛《いのちげ》もきれる折節《(ふし)》、町の[一〇]年寄《としより》先月はてられ、其[一一]跡《あと》がはりの役目《やくめ》をつとめさせふ人なし。「智恵才覚《ちゑさいかく》ある人じやとて[一二]新規《しんき》の人にはもたされず。とかく町久しき人なれば、鏡屋《かゞみ(や)》殿を無理《(むり)》に今からのお年寄《としより》様に頼入《(たのみいる)》」と、[一三]袴代《はかま(だい)》とて[一四]銀五枚《まい》つゝみて、[一五]家持《いゑもち》[一六]借屋《しやくや》迄[一七]御見世《(み)(せ)》へ来《き》ていやといはさぬ頼みかた。「文盲《もんもう》な私《(わたくし)》で[一八]くるしからずは何がさて」と、明《あ》日籠《すろう》の[一九]食《めし》くはふとまゝ、まづ五枚の包銀《つゝみがね》にとびつき、其日から[二〇]正座《しやうざ》になをつて焼《やき》物の大きなるをすはつて、俄《にはか》に分別《ふんべつ》らしい顔付《かほ(つき)》おかし。

或《ある》時町内[二一]檜物屋《ひものや》へ壱貫《くわん》五百匁の[二二]預《あづ》け銀[二三]不埒《らち》につき、「近日[二四]表向《おもてむき》へおねがひ申《(まうす)》」との[二五]届《(とゞ)》けによつて、俄《にはか》に寄会《よりあひ》ふれさせ、[二六]会所《くわいしよ》へ[二七]町衆あつまり「[二八]外様《とざま》事になればまづむつかし。とかく先様《(さきさま)》を侘《わび》て[二九]内証《ないしやう》ですましたがよからふと思へ共《(ども)》、お年寄《としより》様の御思案《しあん》をしらね

一　ここは生活の本拠の家をいう。
二　太平記・二十一の七「塩冶判官讒死事」にある。なお伝受紙子・一の一参照。
三　訴状。　四　諸事によく通じた女性。
五　訴訟一件。公事は民事訴訟。
六　後押しをする。
七　人をゆすろうと考えをめぐらすこと。織留・六の一に官女が町人の妻となり落ちぶれ、邪心を起し女虎落といわれるに趣向を得た。
八　もともと。根本。
九　命毛は筆の穂先の長い毛。字を書くのに最も大切なのでいう。訴状を書く筆の必要もなくなったのと、そのため生命の綱も絶える両意を含ませる。
一〇　町役人の長。　一一　あとがま。
一二　新しく町の住人になった者。
一三　町年寄の手当。
一四　銀貨は四十三匁を一枚という。
一五　自己所有地に自家を建てて住む者。狭義の町人で、町役に預るが義務をも負う。　一六　借家人。家持のような権利・義務がない。
一七　年寄に推挙する人の店であるので御を冠した。
一八　「くるしからずば」と同意。当時の語法。支障がないならともかくも。
一九　牢獄の飯を食うようになってもかまわぬ。
二〇　会合の時に上座に座り、膳も焼魚の大きいのをすえられて。
二一　檜・杉の薄板の曲物を作り、また商う店。

ば、我〻が分別《ふんべつ》にも定《さだめ》がたし。いかゞ仕《(つかまつり)》ませふ」と組《くみ》中うかゞひ申せば、鏡屋《〔や〕》子細《〔しさい〕》らしふ打きいて「三〇曖《あつか》ふたもよから三一ふづ、又三二出たもよからふづ。爰《(ここ)》は宿老《しゅくらう》三三の三四一世一代の分別《ふんべつ》の入所《(いる)》。をの〱ざは〱おつしやるな」と、硯《すゞり》とりよせ鼻紙《はながみ》に一筆かいて、「仁介《(にすけ)》〱」と用人《(ようにん)》三五よび付《(つけ)》、「宿《やど》に失念《しつねん》せし事あれば、はやく此状《でう》女房共にわたして返事とつて来れ」と、三六事有《(あり)》さふに我方へやりければ仁介彼状《かのでう》もつて鏡屋《〔や〕》へゆき、内儀にわたせば女房ひらき見るに、「町衆はわびたがよからふとあるが、我等は爰《こゝ》にて何といふたる物にて有《(ある)》べく候や。分別御申越《(まうし)こし》」と書てあり。女房心得あらまし思案《しあん》を書付《かき(つけ)》て「是を三七主《(ぬし)》へそつとわたせ」と仁介へやれば、急《いそ》ぎ会所《くわいしょ》へ立帰りお年寄《としより》にわたせば、其まゝ用三八事にゆくふりして背戸《せど》三九口《くち》にてひらき見、随分《〔ずいぶん〕》わすれぬやうに四五返《へん》よみて懐《〔ふところ〕》へ入《(いれ)》扨《(さて)》もどり、「四〇身共は若《わか》い時からわるひ癖《くせ》で、四一雪隠《せっちん》へ参らねばよい思案《しあん》が出ませぬ。いづれも曖《あつか》はふと仰らるゝが、借主《かりぬし》の檜物屋《(ひものや)》殿は何程でわびてもらひたい心ぞ。先《(まづ)》其四二侘《わび》銀の員数《ゐんじゅ》を聞て其上で侘《わび》をする相談《さうだん》にいたさふ」といへば、いづれも「是はお年寄《としより》様の御意《ゐ》御四四尤《(もっとも)》」と、檜《(ひ)》物屋《〔や〕》をよびよせ其段《そのだん》をたづぬれば、「元《もと》此銀は百五十匁に四三て四割《わり》半の利足《りそく》を、五節句《せっく》に一度《ど》づゝ四五おどり、七年以来《このかた》になつたと申され、当春《たうはる》手《て》四六形《がた》もあの方からしたゝめて参られ、判《はん》をおしたばかりで算用《さんよう》はどふあるかも私《〔わたくし〕》もしかとは覚へませぬ。とかく元《もと》銀百五十匁なれば、是を三四七分《ぶ》にして四十五匁で、おわびなされて下さりませ」

二二 借銀。貸主の要求次第に返す約束の借金。
二三 埒があかぬ。不都合。不返済。
二四 表向は役所を婉曲にいう。裁判に持込むという。
二五 債権者より町役人への届け。裁判前に町に届け、債務者の逃亡を防ぎ、町役人の介入を求めた。
二六 町役人の事務所。
二七 年寄・五人組などの町役人。
二八 表向の事になれば面倒。
二九 内済にする。
三〇 調停する。示談にする。 三一 助動詞「うず」。…だろう。 三二 公事の場に出る。 三三 年寄の俗称。
三四 一生に一度の。大袈裟に言った後の処置が滑稽。 三五 町用人。町の雇人で雑用に当る事務員。
三六 いかにも用事ありげに。
三七 夫を親愛の情をこめていう代名詞。 三八 用便。 三九 裏口。
四〇 一人称。私。 四一 便所はよい考えの出る所と俗にいう。
四二 債権者の許諾を求めて差出す金額。要求額の何割かで済ますのが通例。「ゐんじゆ」は「ゐんずう」に同じ。
四三 元金が銀百五十匁で年利四割五分。高利である。
四四 人日(じんじつ=一月七日)、上巳(じょうし=三月三日)、端午(五月五日)、七夕(七月七日)、重陽(九月九日)。
四五 利息を二重にとること。
四六 預り手形。借用証書。
四七 三〇《パーセント》。要求額一貫五百匁の三割なら承諾の可能性はある。

と達《たつ》てたのめば、町衆詞《ことば》をそろへ「内証《ないしやう》[一]のわけはとも角《かく》も、先《(まづ)》手《て》形《がた》のおもてが壱貫五百匁なれば、四十五匁ですまして下されと髭《ひげ》[二]くひそらして、町中の口からはどふも申されぬ。しかしお年寄《としより》様にはいかゞおぼし召ますぞ」ととへば、年寄《としより》は彼《かの》女房が返事《へんじ》のおもはくとは相談《さうだん》ちがふて当惑《たうわく》し、「仁介〳〵又太儀《たいぎ》ながら女房共かたへ取《(とり)》につかはす物あれば、此《(この)》文一つ持《もつ》てゆけ」とさら〳〵と書《かい》てひんねぢ用人にわたせば、役人《やく》[三]もおかしき奴《やつ》にて「今からお寄会《よりあひ》は、会所《くわいしよ》では御無用にあそばし、御思案《しあん》の勝手《かつて》のよいやうに内[四]かたでなされたらばよふござりませふ」といへば、「推参《(すいさん)》[五]な。下[六]として上《かみ》をはからふ慮《りよ》外者《ぐわいもの》。一町の束《(たば)》[七]ねもする者《(もの)》[八]が女房の智恵《(ちゑ)》をかつてなるものか。たはこといはずとはやふいてこい」と、赤面《せきめん》[九]してにが〳〵しうしかりければ役《やく》人小[一〇]わきにわかして、「にくさもにくし。こまらしてくれふ」と、鏡屋《(や)》へゆかずして上の辻《つじ》[一一]までゆき戻《もど》り、「内かたへ参りましたれば、「御内義さまは遠方《えんぱう》へ御用があつてござりましたが、中〳〵急《きう》にはお帰りなされまい」と、御家来衆《けらいしゆ》が申されまして、御状をとつて帰りました」とさしをけば、年寄《としより》頭《(あたま)》をかいて、「「身共《(みども)》が寄会《よりあひ》へゆく時はどんな用でも宿《やど》にゐよ」と、日比《ひごろ》いひ付《(つけ)》をくに公用《こうよう》[一二]をかいていづくへゆきし事ぞ。いづれも相談《さうだん》は明日《あす》の事にいたさふ。女[一三]共が何用でいづ方へ参つたぞ、内が心もとなふござれば拙者《せつしや》は罷立《まかりたち》ます」と、のみかけし煙管《(きせる)》下におゐてかへられければ、町衆あとに残り「是《(これ)》では諸事の相談《さうだん》が埒《らち》あかず。「向後《きやうこう》[一四]寄

一 高利の上におどりをかけ内情はひどいけれど、とにかく証書面は一貫五百匁だから。
二 威張ったさま。
三 役に当る者。ここは用人がそれ。
四 他人の家の尊敬語。おたく。
五 無礼だ。
六 ことわざ「下として上をはからうことなかれ」。この戒めを犯す失礼な者だという。
七 取締り。支配。
八 語るに落ちた言い方。
九 内状をつかれたので。
一〇 小は接頭語。大いに腹を立てて。
一一 一つ北の四つ辻まで往復し。
一二 女房には公用でないのにかく言うおかしみ。
一三 女房共に同じ。自分の妻を卑しめていう。
一四 今後。以後。

会に御年寄は女夫《めをと》づれでよらしやれ」と、お宿老殿《しゆくらうどの》の気[一五]のたゝぬやうに、仁介にいはしたらばよからふ」と、重《かさね》ての寄合[一六]には御年寄様より、先《まづ》御内義さまを先《さき》へよびて談合《だんかう》[一七]を極《(きはめ)》ぬ。後《のち》には御白洲《しらす》[一八]へも女房がかいぞへ[一九]して、「年寄是におります」と、尻《しり》[二〇]をついてゐはしけると、笑《わら》ひ種《ぐさ》となつてはてけり。

世間娘気質一之巻 終

一五 気にさわらぬように。
一六 原本ここのみ寄合とする。
一七 相談。
一八 法廷。町内の者の関係する裁判には町役人も付添う。
一九 付添って世話をすること。付添って行く年寄に更に女房が夫の世話に付添う。
二〇 夫の尻をつついて合図をする。

世間娘容気　二之巻

目　録

子息形気追加

世帯《せたいもつ》持ても銭銀《ぜにかね》より命《いのち》を惜《おし》まぬ侍《さふらひ》の娘《むすめ》

[一]牢人《らうにん》の[二]楊枝《やうじ》けづり、[三]手足もおのづから荒《あれ》たる宿《やど》、思《おも》ひは薄《うす》からぬ[四]乞女《こひによう》房《ぼう》、[五]我《われ》と心を臆病者《をくびやうもの》、盗人《ぬすびと》も[六]舌《した》を[七]巻物《まきもの》屋の妻女《さいじよ》の働《〔はたら〕》き。

[八]小《こ》袖簞笥《そでだんす》引出《ひきだ》してい[九]はれぬ[一〇]悪性娘《あくしやうむすめ》

[一一]替《かは》り目《〔め〕》の芝居《しばゐ》見物《けんぶつ》は亭主《ていしゆ》を[一二]腰《こし》に提重《さげじう》の酒《さけ》、[一三]呑込《のみこみ》にくい[一四]小袖おしみ、[一五]如《じよ》在《さい》は内儀《ないぎ》の下《した》心、[一六]一門《もん》づきあひも今から[一七]をくさまの賃仕事《ちんしごと》。

哀《あはれ》なる浄瑠璃《じやうるり》に[一八]節《ふし》のなひ材木《ざいもく》屋の娘《むすめ》

嫁御《よめご》の気の[一九]よはひに嘘《うそ》のなひ[二〇]尉《ぜう》と姥《うば》への御挨拶《ごあいさつ》、聞《きい》て悦《よろこ》ぶ[二一]神子《みこ》の口《くち》、[二二]問《とふ》てたもつて愁《うれ》ひの根元《こんげん》、[二三]啼口《なくくち》へははいりよい[二四]茶碗酒《ちやわんざけ》、今ぞ望《のぞ》みの[二五]笑《わら》ひ上戸《じやうご》。

一 浪人。　二 武術以外能のない浪人の内職。　三 手足が荒れたと荒れた住居と上下に掛かる。
四 恋してもらい受けた女房。上の薄からぬを受けて、乞に濃いを掛ける。
五 自分から心を置く(遠慮をする)と臆病者を掛ける。
六 舌を巻くと巻物屋を掛ける。舌を巻くは恐れあきれる。
七 反物などを売る店。
八 原本「簞笥」。小袖を入れる簞笥。→四二三頁挿絵。
九 むちゃな。　一〇 不身持な娘。
一一 上演狂言が替る度ごとの。
一二 腰に下げると提重を掛ける。腰に下げるは人を自由に扱うこと。提重は徳利・食器なども組み入れた携帯用の重箱。酒の縁。　一三 呑込むは納得する。酒の縁。　一四 小袖を貸すのを惜しむこと。　一五 如在ないと内儀を掛ける。　一六 親類との交際。
一七 今からはおく(やめる)と奥様を掛ける。
一八 浄瑠璃・材木の縁。節がないはしまりがない。また節無しは木材・板の上等品。
一九 気が弱いと齢に嘘がない(掛値なく高齢である)を掛ける。
二〇 島台の尉と姥。→四二九頁注三四。　二一 口寄せの神子の言葉。
二二 口寄せの時「問てたもってうれしやな」などという。愁ひはこのうれしと掛ける。　二三 愁ひの縁。
二四 茶碗で酒をあおること。
二五 酒を飲むとよく笑う癖のある者。

世《せ》帯持《たいもつ》ても銭銀《ぜにかね》より命《いのち》を惜《をし》まぬ侍《さふらひ》の娘《むすめ》

[一]上野《うへの》の桜《さくら》咲《さい》て人の内儀《ないぎ》の容躰《ようす》自《じ》慢《まん》、[二]色《いろ》ある娘《むすめ》は母《はゝ》の親《おや》ひけらかしてひと[三]つある着物《きるもの》の裙《すそ》のきるゝをもいとはず、花は見ずに見られにゆくは今の世の人心なり。いづれ器量《きりやう》さ[四]へよくは連《つれ》て歩行《ありき》まじきものにもあらず。[五]美目《みめ》は果報《くはほう》の基《もとひ》といへば、[六]歴〻《れき〲》人に見そめられて、思はぬ[七]仕合《しあはせ》に乗《のつ》て来《く》る[八]玉の輿《こし》、氏なふても奥《〔おく〕》さまになるは[九]美形《びけい》の一徳《とく》。嫁入盛《よめりざかり》の娘は商《あきな》ひ物と同じければ花をかざつて見するも又にくからず。

[一〇]爰《(ここ)》に呉服町の巻物屋の半四郎とて、[一一]有徳《うとく》人の息子《〔むす〕》、[一二]店商《たなあきなひ》は[一三]手代にまかせて毎日の[一四]野遊山。今日《〔けふ〕》も桜《さくら》の盛《さかり》に愛《めで》、[一五]樽の前によい機嫌《〔きげん〕》して帰らん事をわすれ[一六]末社まじりにうたひかけて、[一七]見帰る女中をこちの肴《(さかな)》に、「[一八]是《(これ)》はのめるは」とどよみつくつて余念《〔よねん〕》なき中《うち》に、[一九]昔《〔むかし〕》鹿子《がのこ》に金糸《きんし》の[二〇]縫《〔ぬひ〕》紋[二一]振《〔ふり〕》袖のちいさきを其《(その)》まゝ着《き》せて、年は十六ばかりと見へて[二二]白歯《しらは》の娘《むすめ》、面躰《めんてい》いふばかりなく上〻飛切《とびきり》、風俗《ふうぞく》しやんとして端手《はで》めかずさりとは万そろふたる生《〔むま〕》れ付《〔つき〕》。母親らしき人、いくたびか洗濯《せんだく》せし[二三]日野の〔ゝ〕着《〔きる〕》物着て娘の尻《しり》について脇目《わきめ》もふらず、[二四]男の声《こゑ》をきいて足ばやに通るを半四郎見初《(そめ)》て、「世界に女房といふものあの娘ならでは」

一「人心なり」まで五人女・一の三より剽窃、地名変改、「ひとつある着物…」挿入。上野は現在の東京都台東区の上野公園の地。当時寛永寺境内。江戸の桜の名所。
二 器量のよい娘。 三 一つしかない。
四「よくば」と同意。よかったならば。
五 ことわざ。顔かたちの美しいのは幸運のもと。
六 家柄・身分の高い人。
七 永代蔵・一の一に「初午は乗てくる仕合」という。
八 ことわざ「氏無くして玉の輿」。
九 美貌の一利得。
一〇 呉服橋の東に接する町。江戸草創時呉服屋が多かった。現中央区。
一一 金持。 一二 店頭での商売。
一三 商家で丁稚(でっち)の上の一人前の店員。 一四 野山での遊楽。
一五「花下忘レ帰因二美景一 樽前勧レ酒是春風」(白楽天詩集・十三「酬二歌舒大見一レ贈詩」)。
一六 太鼓持をまじえて。
一七 振返る美人をこちらの酒の肴に。
一八 美人が肴なので酒が進むぞと大声をあげて騒いで。
一九 流行遅れの鹿子絞。貞享・元禄頃江戸で行われたという小太夫鹿子などを指すか。母親の若年時の衣装を娘に転用しているのである。
二〇 模様を縫取りにしたもの。
二一 昔風。 二二 おはぐろを付けぬ。未婚の。
二三 日野絹。上野国藤岡(群馬県藤岡市)辺産の上州絹をいう。

と、しきりになづみ[二五]、出入の者をあとからつけて宿元《やどもと》[二六]を見させけるに、「本郷《ほんがう》[二七]の裏店《うらだな》[二八]かりて楊枝《やうじ》けづりて其日ををくる牢人者《らうにん(ものゝ)》の娘《むすめ》。母親《(おや)》も歴〻《れき〳〵》の侍の息女なるが、昔《(むかし)》[二九]をすてて《(ゝ)》朝夕《てうせき》[三〇]の米をかしき、手足もおのづから荒《あれ》たる宿《やど》に娘をやしなひ、此子《(この)》が出世《しゆつせ》をねがふばかりに夫婦《ふうふ》手いたひ働《(はたら)》きをしてをしからぬ命《いのち》をながらへ、うき年月をおくる由《(よし)》」とつぶさに聞て帰りて物語すれば、半四郎手代共に中付《(まうしつけ)》、「万事《ばんじ》こなたより嫁入道具美〻《ぐびゝ》敷《しく》こしらへさせて、むかひとりたき願《(ねが)》ひ」思ひ入て段〻いひつかはしければ、親父《しんぷ》きゝとゞけて娘おいくを半四郎方《(かた)》へよめらせけるに、貧家《ひんか》にそだちぬれ共《(ども)》さすが武士の娘とて町人の子とはちがひ、行義たゞしく、かりにも賤《いや》[三一]しき業《わざ》なければ、多くの手代共も奥《(おく)》さまとかしづき、親里のわびしき暮しを誰いひ出す者もなくて、人[三二]は氏より育《そだち》といへど、姓《しやう》[三三]はもとをあらはし、爺親《てゝおや》の由緒《ゆいしよ》ある形気《かたぎ》を継《つぎ》て、聟《むこ》の一家の内儀達に出合《であひ》てもすこしもわろびれたる躰《てい》もなく、自然《しぜん》と位あつて人皆種姓《すじやう》をかんじぬ。

馴染《なじむ》にしたがひ心やすふなるは世界《せかい》[三四]の女夫《(めをと)》の中ぞかし。ある時半四郎女房《ばう》おいくをつれて、堺町《さかい》[三五]の歌舞妓芝居《(かぶきしばゐ)》を見物にゆく催[三六]し常《つね》の女ならば「此[三七]思ひ立《(たち)》やまぬやうに」と、[三八]いつになひしほの目して亭主《ていしゆ》が機嫌《(きげん)》をとるべきに、おいくは人に替つてき[三九]のどくなる顔《かほ》付《(つき)》にて、「お言葉《ことば》をそむくはぶ礼ながら常〴〵《つね》親[四〇]共の中付《(まうしつけ)》しは、「月[四一]雪花のながめは各《(かく)》別《(べつ)》、其外の見物事は四座《よざ》[四二]の能《のう》の外は女の見る物にあらず。殊さら当世の歌舞妓《かぶき》狂言、い[四三]

二四 前の振返る女性と対蹠的な昔気質。
二五 深くほれこむ。恋着する。
二六 住所。　二七 現在の文京区の本郷辺。江戸の町はずれの辺鄙の地であった。
二八 表通りから路地をはいったところにある長屋式の小家。細民の住居。以上、往来の女の中より美女を見染める事、跡を付けさせて住居・身の上を探らせる事、五人女・三の一によるか。
二九 以前の身分・境遇などに対するこだわりをすてて。
三〇 朝夕の炊事をする。当時は基本的には一日に朝夕二食。
三一 下品な、さもしい振舞いをせぬ。
三二 ことわざ。人間の形成には血統より教育が大事。
三三 ことわざ。前項とは逆に、血統の影響は人柄にあらわれるの意。
三四 世間の夫婦の間柄。
三五 江戸橋より東の方角、現中央区日本橋人形町辺。歌舞伎の中村座があった。
三六 計画。準備。
三七 この計画が中止にならぬように。
三八 いつもはしたことのない媚を含んだ目つきをして。
三九 当惑した。迷惑な。
四〇 共は謙譲の意をあらわす接尾語。実家の親を指している。
四一 月・雪・花は風流なものの代表。
四二 観世・宝生・金春・金剛の流派。
四三 ふしだらなこと。好色なこと。

たづら事を第一にたてて不作法《ぶさほう》なる行跡《ふるまひ》をして見すれば、人たる者《〔もの〕》の娘の見る事は勿論《もちろん》、[一]又《(また)》咄《ばな》しもきく物でなし」と堅き戒《(いましめ)》。是《(これ)》ばかりは御免《めん》あれ」と達而《たって》辞退《じたい》すれば、半四郎大きに腹立《ふくりう》して、「夫《おつと》がつれてゆかふといふ芝居《〔しばゐ〕》を見まいとは我儘《わがまゝ》千万。今の世に芝居《しばゐ》を嫌《きら》ふは生《〔むま〕》れぞこなひといふ物。たはけた事をいはずともはやくこしらへよ」[二]と詞荒《ことばあら》にいひければ、女房聞《ぼうきい》て顔色《がんしよく》かはり、「いかに男なればとて諸侍《(しよさふらひ)》[三]の娘を生《〔むま〕》れぞこなひと悪《あく》名《みやう》を付らるゝ段《〔だん〕》、いかにしても女の一分《(いちぶん)》[四]すたつて、先祖《せんぞ》の佳名迄《かめいまで》よごす事口おしき次第也。[五]身ふ肖《せう》なれ共《(ども)》わらはが先祖は、[六]長尾《ながお》景虎《かげとら》入道謙信《けんしん》の家臣《かしん》、[七]三輪《みわ》兵部太輔俊貫《ひやうぶのたゆふとしつら》が子孫《しそん》。世につれて町人風情《ふぜい》[八]の女房になるさへ無念《むねん》なるに、[九]売人《ばいにん》に生《〔むま〕》れぞこなひのたわけ者《〔もの〕》のと[一〇]さみせられては、親達迄《おやたちまで》の恥辱《ちじよく》なれば、[一一]近比《ちかごろ》相手《あひ》にはふ足《そく》には存《(ぞんず)》れ共、夫婦《ふうふ》の好《〔よし〕》みに相手にいたしてしんずれば、うれしひとおぼしめし最期《さいご》の御用意《ようゐ》なさるべし」と、[一二]長持《ながもち》より刀とり出し、「さあ此方から打かけませふか。但《たゞ》しそなたから打かけらるゝか」と[一三]鍔《つば》元《もと》くつろげ[一四]居合《〔ゐあひ〕》腰《ごし》になつてつめかくれば、元来《もとより》半四郎臆病《おくびやう》者《〔もの〕》、「是《(これ)》は迷惑《〔めいわく〕》女《め》夫《をと》の中の[一五]心やすだて。何事も堪忍《〔かんにん〕》」と手をあはすを、「さて〳〵未練《〔みれん〕》の振舞《〔ふるまひ〕》。相手より果《はた》[一六]し状《でう》を付られ返事《へんじ》の遅《おそ》きさへ武士道《ぶしだう》には[一七]おくれたりと笑《わら》ふ事なり。ましてこなたの女房に「討《うち》はたさふ」といひかけられ、「堪忍《〔かんにん〕》せい」とは男に似合《にあは》ぬ比興《ひけう》[一八]の至《いた》り。尋常《じんじやう》に勝負《せうぶ》あれ。[一九]女なれ共《(ども)》まさかの時首《くび》をくゝり[二〇]剃刀《かみそり》わざなど見ぐるしとて、爺親《てゝおや》の秘蔵《ひさう》の刀《かたな》、[二一]男子なけ

一 間接の話。
二 身支度せよ。
三 れっきとした侍。
四 面目を失う。
五 愚かなわが身。自分をへりくだっていう。
六 上杉謙信。
七 未詳。虚構の人物か。
八 接尾語。いやしめの気持を加える。
九 商人。
一〇 あなどられる。軽んじられる。
一一 はなはだ。まことに。
一二 嫁入道具を入れ持参の長持。
一三 すぐに刀が抜けるようにして身構える。
一四 居合はすわったまます速く刀を抜く術。その術を使う身構え。
一五 親しさになれて、遠慮や配慮に欠けること。
一六 決闘状。
一七 気おくれがする。こわがる。
一八 臆病。卑怯。
一九 二代男・七の一による。
二〇 剃刀でのどを突いて死ぬこと。
二一 「ゆづりをかれ」まで胸算用・一の二より剽窃。
二二 もしもの時。万一の時。
二三 鎌倉時代の刀工。山城国の人。
二四 有名な工人の製作物。
二五 信濃国の小県郡と埴科郡境（長野県松代町・真田町境）の峠。天文二十一年（一五五二）三月武田の兵と上杉方の長尾政景の兵がここで戦った。これを地蔵峠の合戦とも時田合戦ともいう。但し三輪某の事は雑史・記録類

ればみづからにゆづりをかれ、「[二二]自然《しぜん》の時には是にていさぎよく相はつべし」と給つたる一腰《こし》、[二三]来国俊《らいくにとし》が百日精進《しやうじん》してうつたる銘《めい》[二四]の物。先祖《せんぞ》三《み》輪《わげ》の何某《なにがし》信州地蔵峠《しんしうぢざうとうげ》[二五]の合戦《かつせん》に、さしも手強《ごは》き武田《たけた》方《〔がた〕》の甲兵《かうへい》[二六]を引請《〔ひきうけ〕》、たゞ一人ふみとゞまつて此《〔この〕》刀をもつて大勢《ぜい》を三度《ど》迄《まで》、峠《とうげ》より下へおひおろし、武勇《ぶゆう》の誉《〔ほまれ〕》をあらはし給ふ高名《〔かうみやう〕》の刀にて、素町人《すまちにん》[二七]を切て刀をよごさふかとおもへば、正月小袖《そで》[二八]の紅裏《もみうら》の裙《すそ》のきるゝよりはかなしひ」と泪《なみだ》をながし「今は是迄」と引ぬいてふりまはせば、「こりやたまらぬは」と半四郎二階《かい》へ逃《にげ》あがりおり口の戸[二九]をさして口には観音経《くわんおんぎやう》[三〇]からだには大汗《あせ》、生《いき》たる心地はなくしてふるひゐるこそ断《〔ことはり〕》なれ。家内《けない》[三一]の者《〔もの〕》おどろき馳《はせ》あつまりておいくをさま〴〵なだめけるに、「生《〔むま〕》れぞこなひとあるからはわらはを片輪者《かたわもの》にし給ふといふもの。女の身にかゝる疵《きず》を付られてどふ堪《かん》忍《にん》がなる物ぞ」と中〳〵聞《〔きく〕》べき様子《やうす》見へねば、町中をたのみ名主《なぬし》[三二]年寄《としより》[三三]月行事[三四]不祥《〔ふしやう〕》[三五]の下袴《しもはかま》着《き》てさま〴〵の嗳《あつか》ひ「向後亭主《きやうこうていしゆ》に口過《すご》[三六]させまい」と一札[三七]かいて町中連判《れんばん》[三八]して、是を以てやう〳〵に侘《わび》てすましぬ。

それより亭主《ていしゆ》は女房《ばう》に強《こは》[三九]みつきて睦言《むつごと》も鬼《おに》とざれ言《〔ごと〕》いふやうで打とけて転合《〔てんがう〕》[四〇]もいはれず。ひとへにばてれん組《ぐみ》[四一]の男伊達《だて》[四二]と同船《どうせん》する心地にて、夜《よる》[四三]の楽《〔たのし〕》みつきて女房を仕替《しかへ》たい心なれど、「暇《〔いとま〕》[四四]といはば又《〔と〕》弐尺三寸[四五]をひらめかしてよもや我等《われら》を生《いけ》てをかふとはいふまじ。とかく前生《ぜんじやう》[四六]であれをいためた報《むく》ひでがな[四七]あらふ」と思ひあきらめ、主《しう》の子あしらふ

に見えず。
二六 武装した兵士。甲越の抗争を扱う雑史に甲州(山梨県)の兵の意に使われており、ここはそれか。
二七 素は軽んじののしる意の接頭語。けちな町人。つまらぬ町人。
二八 正月の晴着の裏に付けた紅染の絹地の裾がすりきれるよりも。せめてもの女らしい言い方。
二九 戸締りをする。
三〇 法華経第二十五品観世音菩薩普門品。法華経のうちこれだけを独立させて唱えることが広く行なわれた。女房という災厄を免れるため唱えた。
三一 一家中。 三二 江戸では数町の支配をする頭役の者の称。世襲。
三三 江戸では各町には年寄と称する町役人はない。
三四 町人が期間を定めて順番に町の事務に当る役。またその人。
三五 いやいやながら御義理で下袴を着用して。下袴は男子の略儀用の袴。町政に関する事として袴を着けた。
三六 言いすごさせまい。余計な事を言わせまい。
三七 一通の証文。
三八 連署。連名で保証をした。
三九 恐み。恐ろしさ。恐ろしいと思う気持。 四〇 冗談。
四一 当時実在の侠客のグループか。
四二 侠客。 四三 夫婦共寝の楽しみ。
四四 離縁。
四五 刀。その長さで刀を示す。
四六 前世。 四七 副助詞。一例としてあげる意。…でも。

やうに朝《あさ》から晩迄《ばんまで》女房の機嫌《きげん》とつて、さりとては気のつまる穿鑿《せんさく》[一]なり。適〻《たま〳〵》小袖の談合《だんかう》しかけぬればけうとい顔《かほ》して「諸侍《しよさふらひ》の娘が手ぬるひ針仕事《はりしごと》などするものか。其為《その》に[二]お物《もの》師《し》とて針手《はりで》[三]のきいた女に切米《きりまい》[四]やつてかゝへをきぬれば、縫《ぬひ》物の事ならばおゐまと[五]相談《さうだん》なさるべし。いかに牢人《らうにん》の娘にて貧家《ひんか》にそだちたればとて自身糸針持《じしんいとはりもつ》て手づから物などぬふた事はござらぬ。近比口惜《ちかごろくちおしふ》御ざる。自身《じしん》物をもぬはふ女じやとお見立《た》てにあづかる所がはづかしひ」と眼色《がんしよく》かはれば「ハテそなたにぬふてたもれといふ事ではなひ。人の女房ともあらふものがなんの自身物ぬやらふにや。そりや聞様《ききやう》がわるひ」と[六]口すぼめて機嫌《きげん》をとるこそきのどくなれ。すべて女のするわざはせずして、平《へい》[七]生軍《ぜいいくさ》の沙汰《さた》して大裏《おほうら》[八]の庭《には》に真砂《まさご》を聚《あつめ》城取《しろどり》[九]して軍《いくさ》の懸引《かけひき》、魚鱗《ぎよりん》[一〇]鶴翼《くはくよく》[一一]の備《そな》へ。正月着《きる》物の模様《もやう》の事はいはずして具足《ぐそく》[一二]屋の岩井《いは》[一三]大和《やまと》をよびよせ、春の晴《はれ》に花見[一四]鎧《よろひ》をあつらへ「小桜縅《こざくらおどし》[一五]こそ見よけれ」と、具足《ぐそく》の嗜《たしな》み神事《じんじ》[一六]の練物《ねりものゝ》役《やく》にたつより

一 事の次第。仕儀。
二 縫物専門の女奉公人。
三 縫物の巧みな。
四 給金。
五 お物師に同じ。
六 下手に出た物言いをする。
七 「懸引」まで武家義理・一の二より剽窃、小変改あり。
八 商家の裏庭の奥。
九 築城の設計。
一〇 魚の鱗のように中央を突出させ山形にした陣形。
一一 鶴が翼を広げたような、魚鱗と反対の形に兵を配置し敵を包囲しようとする陣形。
一二 甲冑を製作し、商う店。
一三 岩井は具足師の有力な一派。当時幕府の御用達として西河岸の岩井与左衛門がいたが、大和と同人かどうか未詳。
一四 普通の女性なら花見小袖というところ。
一五 藍地に白く桜の小紋を染めた小桜革で縅(おど)した鎧。花見の縁でこれを注文。
一六 祭礼の行列。

外はなし。

比《ころ》は十月廿日[一七]恵美酒商人《えびすあきんど》のいはふ日なれば旦那《だんな》をはじめ手代[一八]小者《もの》まで終日《しゅうじつ》酒機嫌《きげん》にて門《かど》の戸《と》のあいてあるをもしらず、[一九]半太夫節《ぶし》に頭《づ》[二〇]をふって語《かた》[二一]り寝入《ねいり》にする折《をり》をかんがへ、[二二]面躰《めんてい》を墨《すみ》ぬりにして究竟《くつきやう》[二三]の夜盗《よとう》八九人ばた〳〵とおし入《いり》亭主《ていしゅ》をはじめ、小者《もの》下男下女迄に縄《なは》をかけて猿《さる》[二四]繋《つな》ぎにして[二五]大黒柱《こくばしら》にからめつけ、中にもなま[二六]酔《ゑひ》の手代一人をくゝらず胸元《むなもと》へ刃物《はもの》をおしあて「金銀《きんぐ》の有《あり》所まつすぐに申《まうし》我〻を案内《あんない》して其金《かね》共をわたすべし。さ[二七]もなくはたゞ今さしころすが」と白眼《にらめ》ば手代わな〳〵ふるひて「旦那《だんな》の居間《ゐま》の戸棚《とだな》[二八]にも入《いつ》てござる。又蔵《くら》の中にも幾箱《いくはこ》かかさねてござれば力次第《ちからしだい》どちらの金《かね》から成共《なりとも》[二九]御機嫌《きげん》ようおとりなされて、わたくしが命《いのち》をおたすけなされて下され」と泣声《なきごゑ》にて申せば、[三〇]我《わが》も「さらば先《まづ》土蔵《どざう》の銀《かね》からかたづけん」と蔵《くら》の鎰《かぎ》を取出させ手代を先《さき》へおしたて、我《わが》ものいらずに蠟燭《らふそく》あまたともしたてて蔵《くら》の戸おしあけこみ[三一]いる所へ、内儀《ないぎ》件《くだん》の嗜《たしな》[三二]み具足《ぐそく》

一七　夷講《えびすこう》ともいう。陰暦十月二十日に商家では夷神を祭り、一門集り歌舞遊宴にすごす。
一八　丁稚《でっち》。
一九　江戸半太夫を祖とする江戸浄瑠璃の一派。
二〇　いい気になって語るさま。
二一　浄瑠璃を語りながら眠りこむこと。
二二　人相をかくす用意。
二三　屈強。きわめて力の強いこと。
二四　縛って縄を柱などにつなぐこと。
二五　家の中央に立てる一番太い柱。
二六　少し酔っていること。
二七　さもなくば。そうしなかったなら。
二八　金戸棚。
二九　命惜しさに夜盗にお愛想をいう。
三〇　自分の費用はかけずに。
三一　大勢が押入る。
三二　身だしなみのための嗜み衣装ならぬ嗜み具足。前出の小桜縅。

着《ちゃく》して長刀《なぎなた》よこたへ奥《〔おく〕》座敷よりおどり出、「命しらずの盗《ぬす》人共一人もあまさじ」と蔵の戸外《そと》よりしやんとたてて《〔こ〕》、台所《だいどころ》へ出て見れば亭主《ていしゆ》朝からの酔《えひ》さめて一高手小手にいましめられ、二なげ首《くび》してゐられしが内義《ないぎ》の躰《てい》を見て三六道《だう》の辻《つじ》で地蔵菩薩《ぢざう〔ぼさつ〕》に四御意得《ゐ》た心地《こゝち》して「こりや女共油断《ゆだん》すな。五味《み》曾《そ》部《べ》屋に弐人のこつておるぞ。日比《〔ひごろ〕》の軍法《ぐんぽう》此《〔この〕》時なれば、あつぱれな働《〔はたら〕》きして六爺《とゝ》が難義《なんぎ》をすくふてくれ。まづ縄《なは》といて水一盃《〔ばい〕》のませてくれ」と蘇《よみ》生《がへつ》たる気色《けしき》にて、七じだんだふんでよろこべば、女房やがて亭主《ていしゆ》をはじめ手代小者のいましめ切ほどき用心にかけたる棒《ぼう》共おろさせて味《み》曾《そ》部《べ》屋《や》をかり出せば、八つくり髭《ひげ》の大男最前《〔さいぜん〕》の九気色《きしよく》とかはり手をあはしておがみゐるをたゝきふせていましめ、蔵《くら》の前《まへ》へ引すへ、此「さあ尋常《じんじやう》に是《〔これ〕》へ出て勝負《せうぶ》をせよ」と女房長刀かまへ蔵《くら》の戸明《あけ》させまちかけゐれば、勢《〔いきほ〕》ひに蔵の中の盗人《ぬすびと》共も手一〇をつかねて命の願《〔ねが〕》ひ、「かさねて此辺《へん》に一一徘徊《〔はいくわい〕》せばのこらず首《くび》を切ならぶべし。先《〔まづ〕》此たびはゆるす」とて、残らずつくり髭《ひげ》とらさして一二首《くび》代に棒《ぼう》にてしたゝか打擲《てうちやく》して追《おひ》はらひ、門の戸とくとしめさすれば亭主《ていしゆ》悦び「日来《ひごろ》は麁抹《そまつ》におもひしが今といふ今女房の徳《とく》あらはれし。重宝《てうほう》の一三おかさま」と一四扇《あふぎ》をもつてあふぎたつれば、女房さらに満足《まんぞく》なる躰《てい》もなく、正月の一五蓬莱《ほうらい》かざる一六三方《ぼう》を取出し、其《〔その〕》上に一七紙巻《かみまき》の脇指《わきざし》のせていさんでゐる亭主《〔ていしゆ〕》が前になをし、「男と生れ夜盗《よとう》の手にかゝつていましめられ、一八のめ〳〵と生《いき》て永《なが》く人に顔《かほ》を見られんとは口惜《くちおしき》御所存《しよぞん》かな。もはやこなたは男の一分《ぶん》すたつ

一 両腕をうしろ手にし、首から肘・手首にかけて厳重に縛ること。
二 うなだれたさま。
三 死者が生前の業(ごう)に従い赴き住む六つの世界(地獄・餓鬼・畜生・修羅・人間・天上)を六道、そこへ行く分岐点が六道の辻で、地蔵はそこにいて衆生を導くとされている。
四 お目にかかった。
五 味噌を仕込んだ桶をしまう部屋。
六 父の幼児語。ここは自分を指す。
七 今日の用法と異なる。
八 墨でかいた髭。
九 顔色。気持の顔にあらわれた様子。
一〇 抵抗せず屈服して助命を願う。
一一 歩きまわること。うろつくこと。
一二 首を斬る代償。
一三 通常は他人の妻に対する敬称。
一四 ほめそやすさま。
一五 正月の祝儀の飾り物。三方に海老・熨斗(のし)・昆布・榧(かや)・橙(だいだい)などを盛ったもの。主に関西の風。
一六 檜の白木製の四角い折敷(おしき)に三方に穴をあけた台を付けたもの。供物を盛り、儀式に用いる。
一七 三方の上に紙に巻いた短刀または小脇指をのせたものをすえるのは、切腹をすすめる時の法。
一八 おめおめと。恥を知らぬさま。
一九 世間の評判となる。
二〇 切腹をすすめる。
二一 肝をつぶす。驚きうろたえる。
二二 代理。　二三 感動詞「あら」の宛字。
二四 原本「箪司」。本文中も同用字。
二五 「稀なり」まで永代蔵・一の五より。

たればせめていさぎよく爰《こゝ》にて切腹《せつぷく》なされ縄目《なはめ》の恥辱《ちじよく》をすゝぎ給はねば「武士《ぶし》の法をしつた三《み》輪《わけ》の何某《なにがし》が娘が妻《さい》と成《(なり)》ながら、夫《おつと》に切腹《せつぷく》すゝめざるか」と世[一九]の人口《じんこう》にあづかるも無念《むねん》なり。跡《あと》の事は気遣なされな。わらはがいきのこつて家には疵《きず》を付《(つけ)》ませぬ。はや〱[二〇]腹《はら》を」とすゝむれば亭主《ていしゆ》大きにけ[二一]でんして、「町人のかたじけなさはふまれても恥《ち》辱《じよく》にならぬ。無念ならば太儀《たいぎ》ながら男のかはりにそなた切腹《せつぷく》の名代《みやうだい》[二二]たのむ。荒《あら》[二三]いま〱しひゆるし給へ」と、いふかとおもへば夢《ゆめ》さめて同じ枕《まくら》に内儀は鼾《いびき》の最中《さいちう》。「扨《(さて)》もうれしや。夢《ゆめ》なればこそ女房がだまつてゐれ。誠《まこと》ならばおそろしや〱」。

小《こ》袖箪司《そでだんす》[二四]引出していはれぬ悪性《あくしやう》娘《むすめ》

今の世[二五]の風義《ふうぎ》[二六]を見るに手前《てまへ》[二七]よき人表向《おもてむき》[二八]をかるふ見せるは稀《まれ》なり。諸事[二九]其分際《ぶんざい》[三〇]よりは花《くわ》麗《れい》を好《この》み随分《〔ずいぶん〕》[三一]世をはつて子[三二]に能《のう》をさせ、娘にふ断物鹿子《だんそうがのこ》[三三]をきせ鞠楊弓《まりやうきう》[三四][三五]に日をくらし大[三六]様《〔やう〕》に見せかけばかりさりとはおそろし。同《おな》[三七]じ丁銀《ちやうぎん》を天秤響《てんびんひゞき》わたる程日には百度もかけ、[三八]広庭《ひろには》には延米《〔のべ〕》[三九]をかりて積《つみ》かさねまだ[四〇]堪忍《〔かんにん〕》のなる面向《おもてむき》の屋根《〔ね〕》を葺《ふき》かへ慥《たしか》[四一]に思はせ、手形《てがた》[四二]借《〔がり〕》の金銀《きんぐ〱》を取《(とり)》こみ、人目《〔め〕》には大様《〔やう〕》なる顔付《かほ〔つき〕》内証《ないしやう》[四三]は氷《こほり》の上《うへ》に炭火《すみび》おこして田楽《でんがく》やいてく

二六 風習。風潮。
二七 富裕な人。金持の人。
二八 世間に対して簡素に地味にみえるように暮す。
二九 「好み」まで永代蔵・一の四より。
三〇 身の程。身分。分限。
三一 みえをはる。世間体をつくろう。
三二 以下「人目…楽み」を除き「ざゝめかし」まで椀久一世・下の一より剽窃、小改変あり。
三三 全面を鹿子絞にして余地を残さぬもの。贅沢品として度々禁令が出た。 三四 蹴鞠。
三五 座敷で座ったまま小形の弓矢を使い的を射る遊び。 三六 外見だけはゆったりと暮すと見せ。
三七 丁銀は海鼠(なまこ)形をした重さ四十三匁前後の銀貨。一枚の丁銀を一日に百度も天秤ではかり、針口の音を高く響かせ、取引の多いをよそおう。
三八 民家の家の中の土間。
三九 代金支払を後日に延ばす約束で買う米。時価より高いが転売して急場の入費に当てたりする。ここは多くの米を現金で買い余裕があると見せかける。
四〇 人目につく外面の屋根だけを、差当り必要もないのに葺きかえ。
四一 財産状態が確実と思わせ。
四二 証書を入れての借金。
四三 家計はいつ破綻しても不思議でない状態での贅沢。田楽は豆腐を串に刺し、味付けをした味噌を塗り火にあぶった食物。

ふやうなあぶなひ楽《たのし》み。か様《やう》の人もわざとたくみて[一]身代《しんだい》をつぶすにはあらず。其《その》[二]分限《ぶんげん》に物毎《ごとし》仕過《すご》し大かたは[三]女房家主《いはらじ》奢《おごり》て無用の腰元中居《こしもとなかゐ》をかゝへ歩行《かち》でゆく方へも[四]大乗物《のりもの》をざゝめかし、花見紅葉《もみぢ》見[五]開帳《かいちやう》参《まい》り、扨《さて》は芝居《しばゐ》の[六]替《かは》り〳〵に桟敷《さじき》をとらせ、[七]手前からこしらへさせてもたせ来た[八]提重《さげじう》の外に茶屋《ちや》へさま〴〵の料理《りやうり》をいひ付《つけ》、[九]提煙草盆《さげたばこぼん》の[一〇]火入《ひいれ》に[一一]伽羅《きやら》を焼《たき》かけ、[一二]朝日山といふ煎《せん》じ茶を[一三]台天目《だいてんもく》にてはこばせ[一四]狂言《きやうげん》の善悪《よしあし》いふて、内には亭《てい》主《しゆ》が借銀《かりがね》返弁《へんぐ》の日限相違《にちげんさうゐ》と催促《さいそく》つけられ[一五]留守《るす》つかふて[一六]仏壇《ぶつだん》の間《ま》にとぢこもり、胸《むね》をいためてゐるもしらず、「[一七]おもはくの役者見て気がはれた」と機嫌《きげん》よくおかへり其まゝお風《ふ》呂《ろ》にいらせられ、[一八]小豆《あづき》の粉《こ》に麝香《じやかう》入たる洗粉袋《あらひこぶくろ》[一九]へちま瓜《ふり》のおかしげなるを取そへて持てまいれば白《しろ》きが上《うへ》の身の中《うち》を[二〇]二時ばかりかゝってあらはせられ、おあがりなさるゝと御部屋《へや》に入て夕化粧《げしやう》なさるゝと、はや日も入て御居間《ゐま》に[二一]蠟燭《らふそく》たてつゞけ、お夕食あげるなど商《あきなひ》事は次《つぎ》にして「奥《おく》さまの御用大事にかけねば旦那《だんな》殿の御機嫌《きげん》わろき」と、万事をすて《ゝ》て上下共に[二二]にへかへる事ぞかし。すべて[二三]盆《ぼん》正月[二四]衣更《ころもがへ》の外臨時《りんじ》に衣装《ゐしやう》をこしらへ用捨《ようしや》なく着《き》ぶるし、ほどなく針箱《はりばこ》の継《つぎ》[二五]切《きれ》となりてすたり、又はお出入の[二六]尼嚊《あまか》ゝに[二七]着《き》おろしを下され万《よろづ》大様《やう》なる[二八]至《いた》り穿鑿《ぜんさく》。亭主《ていしゆ》も「是《これ》ではならぬ」と思ひながらも、かふ取《とり》ひろげては中〳〵我身代《わがしんだい》ながら自由《じゆふ》には成《なり》がたし。

是身上善悪《しんしやうぜんあく》の[二九]堺町《さかい》に材木《ざいもく》屋の木工《もく》兵衛とて有徳《うとく》なる町人、今[三〇]世盛《よざかり》の棟《むね》高く内儀は立《たち》

一 破産する。　二 身の程を越えてやりすごし。　三 主婦。女房家主で一語。　四 大形の引戸のある上等の駕籠。　五 寺の秘仏を期間を限って一般に拝ませること。　六 上演狂言がかわる度ごとに。　七 自家。　八 料理を入れた箱のほか食器・徳利などを組み入れてさげて運ぶ遊山用の重箱。　九 さげて運べるように把手をつけた煙草盆。以下「はこばせ」まで織留・一の三より剽窃、小改変。　一〇 煙草を吸うための炭火を入れる器。　一一 香木の名。沈香（じんこう）。火入に入れるのは贅沢の至り。　一二 山城国宇治（現宇治市）産の高級の煎茶の銘。　一三 台子（だいす）にのせた天目茶碗。貴人に供するようで大げさ。　一四 上演狂言の批評をして。　一五 居留守をつかう。留守をよそおう。　一六 原本「仏檀」。　一七 好きな役者。ひいきの役者。　一八 赤小豆や緑豆の粉は洗粉として上質。麝香入は贅沢。布袋に入れて使う。　一九 へちま瓜の枯れて繊維だけになったものを入浴時のあかすりにする。　二〇 四時間ほど。　二一 油火にくらべ贅沢。　二二 大騒ぎをする。　二三 陰暦七月十五日の盂蘭盆（うらぼん）の日。以下「すたり」まで永代蔵・四の五より剽窃。　二四 陰暦四月一日・十月一日に季節にあった衣服に着かえること。　二五 着物の破れをつくろう布切れ。　二六 女性を卑しんでいう語。　二七 着古した着物。　二八 贅沢を極めること。

売《うり》の[三一]呉服所《ごふくしよ》の[三二]惣領《そうりやう》娘[三三]身代《しんだい》半分入《（いれ）》ての拵《［こしら］》へ[三四]時代蒔絵《じだいまきゑ》の手道具《（ぐ）》に小袖は[三五]手の物とて[三六]工手間《くでま》のかゝりし[三七]素縫《すぬひ》[三八]織紋《おりもん》[三九]地なし鹿子《がのこ》の美《び》をつくして[四〇]仕付《（しつけ）》られける。夫婦中よく五年の馴染《［なじみ］》をかさね一子をもふけて寵愛《てうあひ》かぎりなかりき。身代よくなるにしたがひ歴ゝ《れきく》の親類縁者《しんるいえんじや》ひろくなり、日毎《ひごと》の一門付合《もんつきあひ》に互《たがひ》に花をかざりぬ。さればいづれの家にもそろふてよい親類ばかりあるものにもあらず。其中には[四一]虫喰《むしくひ》の一家ありてかならず世話《せわ》にせねばならぬ浮《うき》世《よ》とて此《（この）》材木《ざいもく》屋の姉《あね》の娘におつやとて[四二]嫁入盛《よめりざかり》の美形《びけい》の娘、[四三]爺親《［てゝおや］》ふ仕合にて[四四]江戸の土《つち》となられ後家《ごけ》の手にて人並《なみ》にはそだてがたく、万事材木屋の[四五]厄介《［やつかい］》になつて今年《ことし》十八[四六]十人なみにすぐれたる器量《きりやう》の由聞《［よし］》およびて「[四七]筋目《すぢめ》さへよくは拵《［こしら］》へなしにもらひたい」と[四八]伊丹《いたみ》にて名高き酒屋《［や］》の[四九]身代《（しんだい）》よしから申《（まうし）》かけ、其家の[五〇]乳母《うば》と[五一]重《［おも］》手代娘御《むすめご》の器量《きりやう》見に斗《ばかり》わざ〳〵のぼれば材木屋木工兵衛[五二]ためには一人の姪《めい》近き比《（ころ）》より手前へ引とり養育《やういく》せられしかば、是をきいてさいはひの縁《［えん］》と悦び、「自分《じぶん》の[五三]娘分にして拵《［こしら］》へも大概《たいがい》にしてやるべし」と約束《やくそく》大かた[五四]なりよりて、「今日《［けふ］》姪《めい》が生《［むま］》れ付《［つき］》をあの方より見に来れば随分《［ずいぶん］》かざりて目に入《（いる）》やうにしたし」と、内儀を招《まね》き右のわけをかたり「[五五]人形《にんぎやう》にも衣裳《いしやう》といへば其方《（そなた）》の織紋《［おりもん］》と[五六]地なしの小袖を、すこしの間姪にかして着《き》せてたもれ」とあれば「成程《（なるほど）》やすき事ながら其小袖どもはわたくしが乳母《うば》が娘近き内に御所方へ御奉公《ほうこう》に出る其[五七]お目見へに入《（いる）》由《［よし］》にて昨日《［きのふ］》かしてつかはし、[五八]手前にはござりませぬ」と迷惑《［めいわく］》さふに申さるれば、「しからば[五九]地赤《ちあか》の

二九 京都の堺町通。烏丸通より東へ五筋目の、丸太町より五条に至る南北の通り。御池上ル・下ル辺に材木屋があった。上文を受け、身上が善くなるか悪くなるかの境と掛ける。三〇 全盛で家が富み栄え。三一 禁裏や将軍・大名家出入の大きい呉服屋。大名家では金融面に関与することもあった。三二 長女。惣領は男女にかかわらず最年長の子をいう。三三 財産を半分投入しての嫁入支度。三四 時代物の蒔絵。室町中期東山時代ごろ製作のものを指した。三五 お手の物。呉服屋であるから自由に思う通りの物が調達できる。三六 職人が作製する手数。三七 染を用いずもっぱら刺繡だけで模様をあらわしたもの。三八 紋柄を織出したもの。三九 すき間なく全面を鹿子絞にしたもの。四〇 嫁入らせる。四一 欠点のある親類。四二 適齢期。四三 父。父親。四四 江戸で客死した。四五 生活の面倒を見てもらう。居候になる。四六 十人並は容貌が一般の水準程度であること。その水準を抜いた美人。四七 家柄。血筋。四八 摂津国河辺郡伊丹村(現兵庫県伊丹市)。近世前期における酒造とその江戸販売の最有力地。四九 資産家。金持。五〇 聟になる青年を育てた乳母。五一 営業面をとりしきる重だった手代。番頭・支配人に当る。五二 …にとっては。五三 娘に準じる身分。仮の娘。五四 なりをりての訛。できて。五五 馬子にも

着《〔きる〕》物と紫《むらさき》鹿《〔が〕》の子の[一]縫入《〔ぬひ〕（いり）》の小袖を」とあれど「それも[二]此中《（このぢう）》妙安《めやうあん》さまの[三]法躰《ほったい》振舞《〔ふるまひ〕》の時[四]油《あぶら》と酒《さけ》がかゝりまして今[五]ときほどきてあれば俄《にはか》の用には立《たち》がたし」と、とかく[六]かしとむなひ口ぶり。亭主《〔ていしゅ〕》むつとせしがをししづめて、「[七]大事にかきやる小袖をおれが姪《めい》にかしてやりやといふがわろひ。こりや[八]油小路の妹《いもと》が所へ此文をもつてゆき、小袖二つ取てこい。[九]久三に挿箱《はさみばこ》なり共《（とも）》[一〇]柳行李《〔こり〕》成共《（なりとも）》もたせてつれてゆけ」と[一一]年季《ねんき》の腰元《〔こしもと〕》に口上あらまし申《（まうし）》ふくめてつかはしけるに、妹《いもと》から内儀へむけての返事《へんじ》に「兄《〔あに〕》さまより小袖の事共仰《（おほせ）》こされ候《（さふら）》へども、爰元《こゝもと》は此比《（このごろ）》[一二]押込《〔おしこみ〕》はやり用心あしく候ゆへ[一三]常住着《じやうぢ（ゆうぎ）》ばかりのこして、皆〳〵御隠居《ゐんきよ》さまの方へあづけ置《をき》候へば急《きう》なる用には立がたく候間《（さふらふあひだ）》、御機嫌《〔きげん〕》そこね申さぬやうによろしく御取成《〔とりなし〕》たのみ入《（いる）》」の由《〔よし〕》こま〴〵申来れば、亭《てい》主此返事見て、「[一四]おのれが為にも姪《めい》の事なれば[一五]自分《じぶん》に持《もた》ずはかりとゝのへても役《やく》に立べき道理《だうり》なるに、女の性《しやう》はいひあはさね共《（ども）》いづくもおなじ事」と内義へ

衣装と同意。　五六 全面を刺繡と箔で埋めた模様のもの。　五七 奉公人が雇い主にあい、契約に至る前に試みに使われること。　五八 自分の手もと。　五九 赤色の地に模様をおいた祝儀用の女性着。

一 刺繡入り。
二 このあいだ。
三 剃髪し妙安などという法名を称し、隠居したことを披露する宴。
四 灯し油。
五 和服は洗濯時縫いをほどいて解体する。
六 貸したくない。貸すのを惜しむ。
七 大切にしている。やるは助動詞。同輩・目下の動作を丁寧にいう。
八 油小路通。烏丸通より四筋西の南北通り。北は元誓願寺通より南は七条通に至る。
九 下男の通称。
一〇 行李柳の若枝の皮をはぎ干し、麻糸で編んで作った行李。衣類を入れる。
一一 年季奉公の腰元。妹に馴染のある者を当てたのであろう。
一二 強盗。
一三 不断着。平常着。
一四 自分のためにも。
一五 自分の所に持っていなかったなら。

[一六]耳《みゝ》こすりいふて「[一七]柳馬場《（やなぎのばゞ）》の姨御《おば》の娘おかん事は日来《ごろ》の生れつき寛《くわん》濶《くわつ》にして物をしみせぬ大気《（たいき）》な女、殊更《ことさら》[一八]衣裳持《〔いしやうもち〕》なれば、此方《〔かた〕》へ申《（まうし）》つかはすべし」と文したゝめて取《（とり）》にやられけるに、是《（これ）》からの返事にも「仰下され候小袖共は、先日おぎんさま[一九]膝直《〔ひざなを〕》しの[二〇]円山《まる》振舞《ふるまひ》の時[二一]庭阿《ていあ》弥《み》の筑《つき》山へ腰元《〔こしもと〕》のりんをおひかけあがり、躑躅《つゝじ》の枯枝《かれえだ》に裙《すそ》引かけて、[二二]三つながらさらりと引さき昨日《〔きのふ〕》[二三]かけ物屋へつかはし今の用には立がたし。たま〳〵の御用にお役にたゝざる残念《ざんねん》さ」と、是からも断《〔ことはり〕》ばかりにして小袖おしみしてこされぬこそ[二四]きのどくなれ。

姪《めい》はかしこき娘にて「一家の内儀《ないぎ》達《たち》我に衣裳《いしやう》をかす事[二五]ふ同心」と見きはめ、俄《にはか》に「気《き》[二六]色《しよく》あしき」とて一間《ま》に引込《こみ》、「今日伊丹《いたみ》の衆へ見へられまいらする事、此《（この）》気色にてはなりがたき」由《〔よし〕》亭主《ていしゆ》に断《〔ことはり〕》申さるれば、主《〔あるじ〕》此[二七]心入《（こころいれ）》をさとつて不便《〔ふびん〕》に思ひ、「しからば迚《とても》の事に気分のすぐれし時あふたがまし」と、見に来《く》る伊丹の人の方へ断《〔ことはり〕》申つかはし、

一六　当てこすり。
一七　柳馬場通。寺町通より西へ四筋目の、丸太町より五条に至る南北の通り。
一八　多くの着物を持っている人。
一九　里帰り後、新婦の実家で新郎を招き一家一門への披露宴を行なうこと。
二〇　円山は祇園の東、長楽寺隣の時宗の安養寺内の小丘、また安養寺を指す称。安養寺の六塔頭は阿弥号を称し、遊楽に座敷を貸した。そこでの馳走の宴。
二一　安養寺の塔頭の一、花洛庵清阿弥。
二二　上着・中着・下着の三つ。小袖は二枚または三枚を重ねて着る。
二三　掛継(着物の破れを目立たぬように繕う)を業とする店か。
二四　こすはよこすこと。よこされない。
二五　不承知。不同意。
二六　気分がわるい。
二七　考え。思い。

扨《さて》妹《いもと》をよびにつかはし我《わが》女房とならべをき「ひとりの姪《めい》に[一]衣裳《いしやう》をしみしてかさぬ卑劣《ひれつ》の心入をきびしく異見《いけん》すべき」とて奥《おく》の間へ引よせ額《ひたい》に皺《しわ》よせ[二]談義《だんぎ》の口あけせらるゝ所へ柳《やなぎ》の馬場《ばゝ》の姨御《おばご》さま[三]お見舞《まひ》と申《まうす》程に先《まづ》異見事《いけんごと》やめにして内義も妹御《いもとご》も台《だい》所まで出むかひ、「よくこそ御出なされました」と奥座敷《をくざしき》へともなへば姨御《おばご》は[四]奥《おく》におしなをり亭主《ていしゆ》をまねき、「姨《おば》が今参つたはそなたと姪《めい》のおつやとへ侘言《わびごと》に来ました。今朝《けさ》娘がかたへ小袖かりにこされしにかさぬ様子《やうす》を聞しゆへ、「それは外とちがひ一家の事なれば此度《このたび》姪の祝言《しうげん》にはそちにも小袖の十ばかりも[五]ぬがし[六]夜の物の三流《ながれ》も進上にさせふとおもふてゐる所に、借《か》りに来た小袖をかさぬ心底《しんてい》不届《ふとゞき》の至り」と段〻しかつて[七]僉議《せんぎ》したれば[八]九十貫目入《いれ》て何にひとつふ足《そく》のないやうにこしらへしてよめらしたに、廿ならんだ小袖簞《たん》笥《す》に[九]衣裳《いしやう》の事はおゐて白紙《しらかみ》が一枚なくおそろしひほど[一〇]肝《きも》がつぶれ数〳〵の長持《ながもち》共をあけさせて吟味《ぎんみ》せしに[一一]夜着《よぎ》蒲団《ふとん》[一二]生絹《すゞし》の蚊《か》屋《や》天鵞絨《びろうど》の[一三]長枕《まくら》、手道具《ぐ》迄どこへやりしか一つもなく高蒔絵《たかまきゑ》の文筥《ふばこ》の[一四]蓋《ふた》のならぬ程《ほど》[一五]質の札の入《いつ》たを見て、「扨《さて》は亭主《ていしゆ》が[一六]内証《ないしやう》ならず女房の道具を質物《しちもつ》につかはせしか」と身代《しんだい》の様子をうかゞひ見るに、今日《けふ》も[一七]西国《こく》のお大名さまから急《きう》なるお金《かね》の御用《ごよう》とて、時の間に弐万両、とゝのへ出し、見世も居間《いま》も小判《ばん》の山をなす事、「よもやかふした[一八]身上《しんしやう》にて女房の物を質《しち》にはをかれぬはづ」とおもひ、「[一九]声《こゑ》山たて〔ゝ〕てよしない事を穿鑿《せんさく》仕出し夫《おつと》にまで見かぎられては」と[二〇]此上ながら娘不便《ふびん》にしかりさ

一　着物を借す事を惜しむこと。小袖惜しみに同じ。
二　意見を開始。
三　訪問。
四　上座に正座する。「おしなをり」の語に、彼女の決意を示す。
五　脱がせ。小袖を譲らせる意。
六　夜具三組。
七　詮議。吟味。
八　銀九十貫目の費用をかけて。
九　衣装の事はさておき紙一枚もない。
一〇　非常に驚く。
一一　襟・袖のある掛け蒲団と敷蒲団。
一二　練らない糸で織った軽く薄い絹布。
一三　夫婦二人寝用の長いくくり枕。
一四　蓋ができないほど。
一五　質屋の預り証。
一六　家計不如意。家の経済状態悪化。
一七　九州。
一八　身代に同じ。資産。財産。
一九　大きな声を出して。
二〇　このような不始末をしでかしたのではあるがなお。

へせずして是《(これ)》迄断《[ことはり]》にまいつた。女の身でかゝるわざは詞《ことば》にもつくされぬ」と歯《は》[二一]のなひはぐきをくひしばり涙《なみだ》をこぼして腹《はら》たてらるれば、亭主《ていしゆ》是を聞て「こちのわろ[二二]もさふした事かしらず」と、内儀《ないぎ》の道具に僉義《せんぎ》しかゝり、簞司《たんす》共吟味《ぎんみ》せらるゝに紙《かみ》が一枚入てなし。「是たゞ事にあらず」と油小路《あぶらのこうじ》の妹《いもと》が方も穿鑿《せんさく》あるに、いづ方も着《き》のまゝにて夏冬《なつふゆ》の物一つもなかりき。

「扨も我《が》[二三]のおれた穿鑿《[せんさく]》」と年季《ねんき》の腰元《[こしもと]》[二四]せたけて様子《やうす》をきくに、「近年御親類《しんるい》の女中[二五]付《[づき》合《あひ]》夥《おびたゞし》き奢《おごり》にて、替《かは》り目《[め]》の狂言《きやうげん》に[二六]六間続《[つゞ]》きの桟敷《さじき》あけさせ、役者子共[二七]への付届《つけとゞけ》仕出《しだ》[二八]し茶屋《ちや》のしはらひ、万事の物入《(ものいり)》[二九]かふあるはづ」と申《(まうす)》程に、一門の亭主《ていしゆ》共手[三〇]を打て肝《きも》をつぶし、「向後《きやうこう》親類付《[づき]》合《あひ》はいふにおよばず、親《おや》の日に墓参《はかまいり》も無用」と乗《のり》物に封《ふう》[三一]をつけ、「扨此質物面ゝ《しちもつめんく》[三二]が働《はたらき》にて、もふけ出して一色成共《いろ(なりとも)》請《うけ》もどすべし」と申渡《わた》され、歴ゝ《れきく》の奥《[おく]》さまたち洗濯物《せんだく(もの)》を請取《(うけとり)》、冬《ふゆ》の日のつめたひもいとはず打《(うち)》[三三]かけして糊《のり》[三四]つけ物をなさるれば、[三五]紙雛《かみ[びいな]》の首《くび》くゝつて千を十文づゝの賃仕事《ちんしごと》、摘綿《[つみわた]》[三六][三七]かけ物仕立《したて》[三八]物、尻《しり》[三九]もむすばぬ糸《いと》ぞかし。「何成共して銭《ぜに》もふけせよ」といひわたされし中《うち》に「真苧《まを》[四〇]うむ事は無用」と亭主《[ていしゆ]》[四一]のいみしはおかしかりき。

二一 若ければ歯をくいしばるところ。
二二 人を卑しめていう語。老若男女にかかわらない。
二三 あきれた。
二四 責めたてる。
二五 婦人同士の交際。
二六 六区画続けて桟敷をとらせ。
二七 歌舞伎の少年俳優。ひいきの子供に祝儀を送る。
二八 観劇時の食事を作り届ける茶屋。
二九 入費。費用のかかること。
三〇 驚きあきれたさま。
三一 封印して使用を禁止する。
三二 めいめい。各人。
三三 上着の上に打ち掛けて着る裾の長い婦人用の礼服。上流婦人のアルバイト姿の滑稽。
三四 洗濯物に糊をつける作業。
三五 紙製のひな人形の首をつくって。
三六 衣類に入れるための、真綿を塗桶にかぶせて引きのばしたもの。ここはその作業。
三七 →四二三頁注一三。
三八 裁縫。
三九 端に結び玉をつくらぬ糸では裁縫のできぬことから、物事にしまりのないことのたとえ。上の仕立物の縁で言い、とてもそんな内職では収拾不可能と言う。
四〇 からむしの茎の繊維で作った糸を巻きとること。転じて間男を持つ意にも用いられるので、このアルバイトは禁止と言い渡した。
四一 忌む。きらい避ける。

哀《あは》れなる浄瑠璃《じやうるり》に節《ふし》のなひ材木屋《ざいもく》の娘《むすめ》

[一]因幡《いなば》の国に何《なに》の入道とかやいふ者《〔ものゝ〕》の娘、かたちよしときゝて人数多《あまた》[二]いひわたりけれども、此《（この）》娘たゞ栗《くり》をのみくひてさらに[三]よねのたぐひをばくはざりければ、「かゝることやうの者《〔もの〕》人に[四]みゆべきにあらず」とて、親ゆるさざりけりと、つれ〲草に兼好《けんかう》がかゝれしが栗よりは[五]丙午《ひのへ（うま）》の女は男をくひ、傾城《〔けいせい〕》遊女《ゆうじよ》は歴〻《れき〲》人の身代《しんだい》をくふてしまひ、男を[六]虚《から》大名にするぞかし。惣じて婦人《ふじん》には[七]気鬱《きうつ》よりして医書《ゐしよ》にもなひさま〲の異病《ゐびやう》を煩《わづら》ひ、医者《ゐしや》に[八]枕をわらす事なり。栗《くり》ばかりくへばとて嫁入《よめり》させずに[九]持《（もち）》くさらかしにする親父《おやぢ》こそ無分別者《〔もの〕》なれ。容《かたち》さへよくてつれそふ男が堪忍《〔かんにん〕》せば、たとひ火《ひ》をくはふと[一〇]まゝ婚礼《こんれい》して男をもたせて見たきものなり。かならずかやうのもの堅《がた》き親父《〔おやぢ〕》が美形《びけい》の娘を持て大事にかけ過《すご》し、「若《わか》ひ娘の度《たび》〲出ありくは浮名《うきな》のたつ基《もとひ》じや」と二階《かい》へおいこめ、[一一]縫《ぬひ》物摘綿《つみわた》の外は今時の[一二]はやり草紙《ざうし》はいふにおよばず、[一三]伊勢《いせ》物語さへ[一四]いたづらの智恵《ちゑ》つけと、半枚もよませず[一五]罪《つみ》なくて配所《はいしよ》の二階《かい》に糸屑《いとくず》そろへてゐるがごとく、むざんや陽気《やうき》の盛《さかん》の娘に当世の日の目《〔め〕》さへおがませずしてつゐ[一六]癆咳病《らうがい〔や〕》みにしてのけ[一七]臍《ほぞ》をかんで悔《くや》む親父《〔おやぢ〕》、何

一 鳥取県。以下「ゆるさざりけり」まで徒然草・四十段全文そのまま。 二 求婚する。 三 米の類。 四 結婚すべきではない。 五 丙午の女は夫を殺すとの俗信。 六 外見は富裕に見えても内実は無一物の者。 七 気がふさぐこと。 八 苦心をさせる。 九 役に立つものを持ちながら、有効に使わずにおくこと。 一〇 どうでもかまわない。 一一 裁縫。 一二 流行の小説本。浮世草子。 一三 好色誨淫の書と考えられていた。 一四 浮気心を教えこむもの。 一五 「配所の月、罪なくて見ん事」(徒然草・五段)。罪もないのに娘は二階で島流し同然。 一六 肺病。また気鬱症。 一七 後悔する。 一八 粋だ。また気がきく。 一九 婦人科の医者。 二〇 以下「目にたち」まで嵐無常・上の一より剽窃、小異あり。 二一 大坂、東横堀川と木津川を東西に結ぶ堀。現中央区・西区内。 二二 長堀沿いでは長堀十丁目・白髪町に尾張材木問屋があった。 二三 当世風の、髷を上方に釣るようにして結った島田髷。 二四 針金を入れて末がはね上がるようにした女性用の元結。 二五 頭(頭髪)からと最初からの二義をもたせる。 二六 よそおい。服装。 二七 尾形光琳の装飾的画風を応用した模様。 二八 技巧をこらす。 二九 すべてを紅裏にせず、裾など人目に付くところに別布を継いだもの。 三〇 色替りに各種の縞模様を織った帯。ここは十三種。 三一 どんな結び方か未詳。

程か此粋《すい》の世におほし。「異様《ことやう》なる煩《わづら》ひも、男もたせば大かたはなをる物」と[一八]気の通りたる[一九]女医《ゐ》者《しや》の申されしは断《〔ことはり〕》と思ひ侍《はんべ》る。

[二〇]爰《こゝ》に[二一]長堀《(ながほり)》の流《〔なが〕》れの末《すへ》に、[二二]木曾《きそ》山の材木屋せし有徳《うとく》人の息女《そくじよ》、[二三]美形《びけい》当流《たうりう》の釣《つり》島田、[二四]針《はり》金《〔がね〕》入の匕髻《はねもとゆひ》[二五]かしらから常《つね》の[二六]仕出しに替《かは》り、[二七]光琳《くわうりん》模様《〔もやう〕》に[二八]手をこめ、[二九]紅《もみ》の隠《〔かく〕》し裏《うら》ほのかに十三がはりの[三〇]寄《よせ》島帯、[三一]おまんさま結《〔むす〕》びも、[三二]よしや[三三]花車《きやしや》づくしの[三四]抱《かゝへ》帯、紅《〔くれなゐ〕》の[三五]二重《ふたえ》内衣《ゆぐ》気をつけてよき上《うへ》をかく[三六]作れば、すぐれて目にたち[三七]所から[三八]難波《なには》のよしあしいふ悪口《わるくち》中間の若い者も[三九]魂《たましゐ》をとばしぬ。

此《(この)》娘きはめて哀《あはれ》なる事が好《すき》にて、ちいさい時から[四〇]日暮《〔ぐらし〕》太夫が[四一]歌説経《ぜつきやう》をきいてまたなくあはれがり、それより[四二]出羽《では》芝居《〔しばゐ〕》の[四三]阿波《あは》太夫がうれい[四四]節《〔ぶし〕》に打こみ、[四五]四十八願記《ぐわんき》の三段目《〔め〕》をおぼへて、ひとり慰《〔なぐさ〕》みにかたつては泪《(なみだ)》をこぼし[四六]延《のべ》の紙《かみ》さへ一日に一[四七]束《そく》づゝ入て、「不《〔ふ》断《だん〕》[四八]目のはた[四九]おもばれてよからぬ事」と、母親《はゝおや》の異見《ゐけん》其《(その)》身も尤《もつとも》とは思ひながら、半日にても泪《なみだ》をこぼさねば食《しよく》がすゝまず、頭痛《づつう》がして目眩《めまい》心《(こころ)》にて気《き》もうかざれば、「[五〇]煩《わづら》ひには替《かへ》られぬ」とて後は親達《たち》もゆるして、あはれなる浄瑠璃《じやう〔る り〕》小歌《うた》をきかせけるに、次第にあはれなる事[五一]高上《かうじやう》になつて来《き》て、「浄瑠璃《じやう〔る り〕》小歌《うた》[五二]祭文《さいもん》は元来《ぐわんらい》作《つく》り物にて真《まこと》の愁《〔うれ〕》ひ事にあらず。悲《〔かなし〕》みの至《いた》つて悲《〔かなし〕》きは、人間死《し》の道《みち》の別《わか》れに越《こし》たる事なし」と、思ひきはめて門《かど》を葬《そう》礼《れい》が通ると、「是《(これ)》こそ真《まこと》の哀《あは》れが通るは」と[五三]乗物舁《のりものかき》俄《にはか》によびよせ、いそがしさふに打の

三二 上文に続き、「よしや」で切れるべきところ。　三三 上品ずくめ。　三四 帯の下に別に着物をたくし上げるようにして結んだしごき帯。　三五 二枚重ねの腰巻。　三六 飾る。よそおう。　三七 場所柄。　三八 難波の葦は有名であるが、東国などでは葭(よし)という。葭葦を問題にする、善悪をあげつらう。　三九 夢中になる。　四〇 説経節の太夫。当時京都に日暮小太夫・八太夫がいた。　四一 正保(一六四四—四八)前後より行なわれた操(あやつり)に合わせ仏教の因果を説いた語り物。初めはささら・胡弓、後には三味線を使う。哀切の調べが特徴。　四二 大坂道頓堀の相合橋(日本橋の一つ西の橋)南西角にあった浄瑠璃操劇場。伊藤出羽掾(じょう)の創始。　四三 鳴渡(なると)阿波太夫。大坂の浄瑠璃太夫。岡本文弥の門弟で阿波太夫節の流祖。哀切の曲風で享保前後人気があった。　四四 悲しく哀調を帯びた節。　四五 四十八願記あみだの本地(岡本文弥正本)。浄瑠璃の三段目は愁歎の場。四十八願記三段目は主人公が妻子に別れる場面がある。　四六 延紙。鼻紙用。ここは涙を拭う。　四七 紙を数える単位。産地・種類により異なり、吉野延紙では一束二百八十枚。　四八 目のふち。目縁。　四九 腫れる。むくんだようになる。　五〇 病気をするよりは泣く方がまし。　五一 高級。高尚。　五二 →三九二頁注一一。　五三 自家雇の駕籠舁。六尺。

つて此《（この）》葬礼《そうれい》の跡《あと》について、あるひは[一]飛田《とびた》[二]千日《（せんにち）》の[三]焼場《やきば》へゆきて、死《し》人の一類《るい》なげくを見て其《（その）》身も袖をぬらし、「是《（これ）》ぞ真《まこと》の哀《〔あは〕》れなり」と、心《しん》から泪《なみだ》をこぼして悦び、葬礼《そうれい》の通らぬ日は手代にいひ付《（つけ）》、大坂中をありかせ、[四]門《かど》さして敷居《しきゐ》に薦《こも》のかけたる家を見せさせ、「こなたの御葬送《ごそう〱》は今日何時でござるぞ」と、ゆくさきの寺迄《てらまで》とはせて、其時分《じぶん》に乗《のり》物にのつて[五]先《〔さき〕》の旦那寺《だんなでら》へゆきて、葬礼《そうれい》の来《く》るを待てゐる心の楽《〔たのし〕》み、月花芝居《〔しばゐ〕》にはかへぬ程の悦び。二親も興《けう》をさまし、「あのごとく[六]葬礼虫《そうれいむし》がついては、嫁入《よめり》させても聟《むこ》の[七]手前《てまへ》いなものなり。何とぞ葬《そう》礼見ずに哀《あはれ》な咄《はな》しばかり聞て、泪《なみだ》をこぼして慰《なぐさ》んでくれまひか」と、気に障《さは》らぬやうにあしらふて教訓《けうくん》せらるれば、「しからば御異見《ゐけん》をもちひて葬《そう》礼場《ば》へは参るまじ。其替《かはり》には大坂中の死《しん》だ人の方へ、直《じき》に訪《とふら》ひにやつて下され」とあるを、乳母《うば》が[八]中分《ちうぶん》に入て、[九]天王寺《わうじ》の神子《みこ》町にて[一〇]内証《ないしやう》を頼み、「随分《〔ずいぶん〕》涙《なみだ》のこぼるゝやうに[一一]口よせにて[一二]御湛応《たんなう》なされて下され」と、やう〳〵神子《みこ》の口よせに葬礼《そうれい》を替《かへ》て、毎日神子町へゆきて、一家一門はいふにおよばず、[一三]水茶《ちや》屋の同じ床机《しやうぎ》に腰《こし》かけたる人迄思ひ出して、口をよせて泪《なみだ》をこぼしけるが、「葬《そう》礼程《〔ほど〕》にしみ〴〵と真底《しんそこ》から、哀《あはれ》にかなしふ泪《なみだ》がこぼれぬ」とよほどふ足《そく》なるを、「それ程の御堪忍遊《かんにんあそ》ばす所が、親御《おやご》への御孝行《かう〳〵》と申《（まうす）》物じや」といひなだめける。

「とかく[一四]哀傷《あひしやう》を好《この》んで泪《なみだ》をこぼすは心気《しんき》の疲《〔つか〕》れなるべし」と、老功《らうこう》の医《ゐ》者《しや》が考《かんがへ》て、[一五]益《えき》

一 今宮の南、住吉街道東側に沿う地。現西成区内。刑場・墓地があった。
二 道頓堀南岸の劇場街の裏の地。現中央区内。刑場・墓地があった。
三 火葬場。　四 忌中の家。
五 先方の菩提寺。旦那寺は、帰依し、墓・過去帳などのある寺。
六 未婚の娘に愛人ができるのを虫が付くというが、ここは葬礼にとり付かれたので葬礼虫といった。
七 異なもの。変なもの。　八 仲裁。
九 四天王寺の北、綿屋町の裏。現天王寺区内。梓巫子が住んでいた。
一〇 内内の事情を話して頼み。
一一 死霊を巫子につかせて、その言葉を巫子に語らせること。
一二 満足すること。
一三 通行人を休憩させ、湯茶を供する店。たまたまそこで同席しただけの関係の人まで。
一四 人の死をいたむこと。
一五 漢方の煎薬の一。心気の疲れには補中益気湯を処方する。
一六 東横堀にかかる橋の一。今橋の南隣。またその橋より西にのびる町。現中央区内。紙産地の藩の蔵屋敷のある中之島に近い北浜・今橋・高麗橋辺に蔵本・問屋・中買などの店があった。
一七 涙をぬぐう紙に事欠かぬ。
一八 白無垢に白綾などを着用。真綿をのばして作った顔までおおう綿帽子をかぶる。
一九 骨あげ。葬礼時の女性の礼服も白無垢ゆえに連想した。

気湯《きとう》に加減《かげん》してもつて見るほど、いよ〳〵泪《なみだ》しきりなれば、「祝言《しうげん》して男をもたせなば夫《おつと》の手前を恥《はぢ》てなをる事もあるべし」と、一門談合《だんかふ》して[一六]高麗橋《かうらいばし》の紙屋へ縁《えん》につくる約束《やくそく》。「何程泪《なみだ》こぼされても、商売《しやうばい》が紙屋なればさい[一七]はひの所」と、吉日をえらみをくりけるに、[一八]白き小袖に綿帽子《わたぼうし》着《き》たる我姿《わがすがた》を見て、「やがてとゝさまかゝさまのお果《はて》なされて[一九]灰《はい》よせにゆく時、かふした姿《すがた》でゆくであらふがかなしや」と、ばら〳〵と泪《なみだ》をこぼし「はあ気がはつきりとして心よい」と、乗物《のり》に打のつて出れば、跡《あと》には[二〇]門火《かどび》焼《たい》て[二一]下〻《したぐ》が声《こゑ》して、「ついでに娘御《ご》に此門火をお目《〔め〕》にかけて、お慰《〔なぐさ〕》み[二二]になかしましてやらふ物」と笑《わら》ひぬ。

紙屋には[二三]待女郎《まちじよらう》花をかざつてなみゐたりしが、「それ嫁御《よめご》の御入《(おいり)》」と[二四]乗物《のり》すぐに[二五]手ぐりにして、奥《をく》座敷へかき入《(いれ)》て[二六]愛敬《あひきやう》の守《まも》り取《(とり)》かはすなど、[二七]貝桶《かひおけ》わたし[二八]奉公雛《ほうこうひいな》の置《をき》所、[二九]腰巻《こしまき》したる女[三〇]長柄《ながえ》[三一]加《くは》への品《しな》[三二]を盛《もり》、[三三]千代重《がさ》ねの白無垢《〔む　く〕》皆《(みな)》紅《〔くれなゐ〕》の小袖に着替《きかへ》させ、御祝義の[三四]島《しま》台姪御《だいよめご》の御側《そば》へ持て出れば、嫁《よめ》は台《だい》の物の尉《ぜう》と姥《うば》との人形《にんぎやう》を見て、「此年まで手助《てだすけ》の子がないかして、[三五]自身木《じしんこ》の葉《は》か[三六]きかたげて、松の木下《このもと》を掃除《さうじ》せらるゝ、年寄夫婦《としよりふう》の心入《(こころいれ)》がさぞあぢきなからふと、思ひやられてかなしふござる」と、待女郎の見るをもかまはずさめ〴〵と啼《なき》出せば、座中の諸一門肝《きも》をつぶし、あまりの事に挨拶《〔あひさつ〕》もなくて互《たがひ》に顔《かほ》を見あはせ「是はけうとい行跡《ふるまひ》」といはぬばかりの気色《けしき》。娘の親達気《おやたちき》の毒《どく》がり、「いづれも

二〇 花嫁の乗物が家を出る時、門前でたく火。葬礼時出棺の時も門火をたくので、下文の奉公人の言がある。
二一 しもじもの者。当家に関係を持つ身分の下の者。
二二 お泣かせしてやろうものを。
二三 婚礼の時、花嫁に付添って世話をする女性。
二四 以下「着替させ」まで二代男・四の二より剽窃、小変改。
二五 順繰りに手から手へ渡すこと。花嫁が乗ったまま座敷に運び入れる。
二六 嫁入の時花嫁が胸にかけて持参、夫にわたす守り札。
二七 貝合の貝を入れた桶を道具の最初にわたすのが作法。
二八 這子。はう幼児にかたどった人形。花嫁の出生時守りに作ったものを持参する。
二九 女性の礼服。小袖風のものの腕を通さず腰に巻きつけるもの。
三〇 長い柄のついた銚子。
三一 提子(ひさげ)。つると注ぎ口のある鍋状の器。婚礼の盃事の時、銚子で酒を注いだ後提子で酒を注ぎ足す作法がある。
三二 三々九度の酌をすること。
三三 幾重にも重ね着た白小袖を紅一色の小袖に着替える。色直し。
三四 蓬萊山を模した祝儀の飾り物。洲浜台の上に尉・姥・松竹梅・鶴亀などの形を飾る。
三五 落ち葉を掻き集める道具。こまざらい。
三六 肩にかつぐ。

さぞけうとくおぼしめさん。娘事《こと》幼少《ようせう》より小気《せうき》に生れつき、見る事きく事につけて涙もろく只今の[一]仕合《しあはせ》なり。かふ[二]取《とり》結《むす》びいたすうへは聟殿《むこ》を頼入《たのみいり》ます。心を付られ何とぞ形《かた》気《ぎ》の大胆《だいたん》に成《なる》やうに、そろ〳〵と御異見《ゐけん》をたのみまする」とあれば、是《これ》にて座中安堵《あんど》して、「泪《なみだ》もろきは仁心《じん〳〵》のふかきゆへなれば、下〻出入の者迄に慈悲《じひ》ふかかるべし。女中の形気には[三]重畳《てう〴〵》の御事」と[四]取《とり》なし申《まうし》て、[五]盃《さかづき》もおさまりめでたく婚礼《こんれい》とゝのひぬ。

馴染《なじみ》かさなり異見《いけん》しても此《この》癖《くせ》やまねば、聟《むこ》はさま〴〵工夫《くふう》して、「とかく生れつきの小気《せうき》を、大気にもたす方便《てだて》より外有《ある》まじ」と思案し、「惣《そう》じて人の心を大気にするは酒に増《まし》たる事なし」と、手代の女房出入の嚊《かゝ》共に、すこしも[六]酒のなる者どもをよびあつめ、内証《ないしやう》をいひきかせ、「随分《ずいぶん》女房共におもしろおかしうしかけて、酒をすゝめ啼《なき》さふな時分は、[七]脇《わき》から[八]無性《むしやう》に笑《わら》ひ出して、愁《うれ》い事をおかしひ事に転《てん》じかへて見る療治《りやうち》なるぞ」とひそかにいひふくめて、朝から晩まで[九]酒事《さかごと》にして泣出《なき》しさふなれば、おかしからぬ事にいづれも手をうつて腹《はら》をかゝへて笑ふて見すれば、娘は[一〇]呑《のむ》にあがつて次第に酒がなり出《いで》、[一一]啼《なき》上戸へ[一二]こけさふな所を[一三]相伴《しやうばん》の女共爰《こゝ》こそ大事と笑ひかけて、つゐに笑ひの方へ心をかたぶけさせ、後には泣《なく》事笑ひにうつりて、年来《ねんらい》の泣病《なきやまひ》大かた笑ひになつて、親《おや》達姑《たちしうとめ》聟の悦び。娌《よめ》も年のゆくにしたがひ泣《なく》事を恥《はぢ》て、「どふぞ是をなをさん」と我心《わが》からも[一四]たしなみて、心しほれて愁《うれ》ひ気《ぎ》になる時は、酒取《とり》よせて茶碗《ちやわん》にて引《ひつ》かけ無理《むり》に笑

一　事の次第。
二　縁をかたく結ぶ。
三　この上もないこと。好都合なこと。
四　よいように取り繕う言葉。
五　盃事がめでたく終る。
六　酒がのめる者。
七　傍ら。そば。
八　むやみ。やたら。
九　酒宴。酒盛り。
一〇　酒をのむにつれて酒量があがって。
一一　酒をのむと泣くくせのある者。
一二　倒れる。泣き上戸になりそうな。
一三　正客の相手として共に馳走にあずかる人。ここは女房の酒の相手の者。
一四　気を使う。注意する。

ふて見る心になつておのづからいつともなく、[一五]定癖《でうぐせ》やみて会釈《あしやく》にあまり、はじめとは各別《かくべつ》にこやかな娵御《よめご》さま、「御家繁昌《はんじやう》の瑞相《ずいさう》[一六]」と、家内の外[一七]出入《いでいる》者《もの》迄悦びあへり。

ある時お里[一八]より手代の半兵衛[一九]けはしくはしり来りて、「[二〇]お袋《ふくろ》さま俄《にはか》に持病《ぢびやう》のお痞《つかへ》[二一]さし発《おこり》、灸鍼薬《きうはりくすり》の験《しるし》もなく、只《たゞ》今御臨終《りんじう》と見へますれば、はやく御出あそばし此世のお暇《いとま》乞《ごひ》なされませと旦那《だんな》の仰付られ」と、口上[二二]もあとさきにせき切て申《まうし》ければ、嫁御《よめご》は是をきいて昔《むかし》ならば人一倍《ばい》もなかるべき所を、今は以前と心の持《もち》やうかへられ形気《かたぎ》各別《かくべつ》に、愁《うれ》ひを聞《きく》と其《その》まゝ無性《むしやう》におかしふなつて「何かゝさまはそれほど急《きう》に取[二三]つめしか。今にもおはてなされたら、とゝさまのさぞさびしひとて、よい年をして跡[二四]おふておいくといふてなかしやらふとおもへば、おかしふてたまらぬ」と手を打てわらへば、「是は[二五]けうがる。笑ひの段《だん》ではござりませぬ。[二六]お乗物《のりもの》にめさずとも、はやくお出《いで》」とせりたつれば、「ハテやかましひ。母さまのつねぐ、「あの子がなかずに機嫌《きげん》よふわらふ顔《かほ》を見て死《し》にたい」とおつしやつたは、そなた達《たち》もきいてゐやつたでないか。おかしかろは今年《ことし》の暮《くれ》じや。極楽《ごくらく》で年《とし》[二七]とつてござつて、其身は仏になりながら、「此際《きは》[二八]の鏡餅《かゞみもち》はちいさかつた。鰤《ぶり》[二九]も丹後《たんご》ではなさそふな」と、[三〇]蓮花《れんげ》の上にのつてゐておつしやつたら、たまらぬほどおかしふは有《ある》まいか。こりやどふも堪忍《かんにん》がならぬ」と腹《はら》をかゝへて大笑ひ。手代半兵衛我《が》[三一]をおつて「是はあまり俄事《にはかごと》ゆへお聞なされて、はつとおぼしめしお気がみ

一五 ことわざに「女は会釈に余れ」(譬喩尽)という。いつもの泣き癖がやんで、反対に愛想がよくなって。
一六 めでたいしるし。
一七 出入の者。
一八 御実家。
一九 あわただしく。
二〇 他人の母に対する敬称。
二一 癪(しゃく)。胸部または腹部に発作性の激痛を起す病気。
二二 話の順序をとりちがえて。
二三 容態が危機に瀕する。
二四 恋しがって。
二五 あきれた。
二六 駕籠を準備する時間を惜しんで、歩いて。
二七 新年を迎えて。
二八 年末。
二九 鰤は丹後(京都府)の海で冬とれるものが最上品。京坂で正月に珍重。
三〇 仏の座る蓮台。
三一 あきれて。閉口して。

だれた物ならん。まづお心をしづめられよ」と制《せい》すれば、聟《むこ》は此様子《このやうす》をきいて奥《おく》より出られ、「半兵衛〳〵きづかひせられな。女共《ども》は狂気《きやうき》もいたさぬ。愁《うれ》ひの持病《じびやう》の療治《りやうぢ》がきいてあの笑《わら》ひは[一]養性《やうじやう》の祈《いの》り過《すご》しじや」と、聟《むこ》もあんまりでもらひ笑《わら》ひをして、「まづ此たびはわらはふとまゝ。[二]其分《ぶん》にしてつれてかへつて暇乞《いとまごひ》をさせらるべし。かさねて此方母[三]者人《じやひと》の死に際《ぎは》には、あつぱれ見事に啼《なか》して見せふ」といな事に自慢《じまん》をせられぬ。

世間娘容気二之巻　終

一 養生のし過ぎ。養生の反動。
二 その状態のまま。
三 自分の母親を敬愛の情をこめて言う語。母親の死に泣くのは当然なのにこのように言う滑稽さ。

世間娘形気　三之巻

目　録　　　子息気質追加

悋気《りんき》はするどい[一]心《こゝろ》の剣《つるぎ》[二]白歯《しらは》の娘《むすめ》

[三]迷惑《めいわく》な雛《ひな》の首《くび》、[四]抜目《〔ぬけめ〕》のなひ和尚《おしやう》の異見《ゐけん》、聞《きか》ぬは親《おや》の[五]育《そだて》からあまやかし
た[六]甘草子《かんざうご》、今ぞ女房が[七]廻《まは》りのよひ薬屋《くすりや》へ入聟《いりむこ》が[八]匕加減《さじかげん》。

不器量《ぶきりやう》で身《み》を[九]搥《はたく》[一〇]抹香屋《まつかうや》の娘《むすめ》

同《おな》じ所《ところ》には[一一]尻《しり》のすはらぬ[一二]舞子《まひこ》の三味線《さみせん》嫌《ぎら》ひ、呉服所《ごふくしよ》より[一三]抱《かゝへ》にござつた
〳〵お[一四]大黒《こく》の殞子《をとしご》、[一五]内証《ないしやう》はあたゝかな饅頭《まんぢう》の[一六]あんまとり。

[一七]物好《ものずき》の染《そめ》小袖《そで》心の花《はな》は[一八]咲分《さきわけ》た兄弟《きやうだい》の娘《むすめ》

祝言《しうげん》の夜《よ》に婿《むこ》を[一九]ふる材木屋《ざいもくや》の花娵子《はなよめご》、[二〇]悪性《あくしやう》な妹《いもふと》娘果《はて》は[二一]尼棚《あまだな》へ千両の
敷《〔しき〕》金《がね》、表《おもて》の間《ま》の[二二]ねだり者《もの》、番頭《ばんとう》はむつと[二三]脇指《わきざし》に[二四]剃下奴《そりさげやつこ》。

一 自他を害する心の迷い。 二 おはぐろをつけぬ未婚の。白刃と同音ゆえ剣に続ける。 三 首を抜かれて雛人形は迷惑。 四 首を抜くと掛ける。 五 育てかたの必然の結果。 六 親の愛する子。あま(やかす)の縁。 七 意に逆らわぬことと薬がよく効くことの二義。入聟の手加減が効を奏して女房が聟の意に従う。 八 薬を調合する加減。また手加減。薬の縁。 九 砕いて粉にすること。抹香の縁。(醜いゆえに)損をする。 一〇 抹香は樒(しきみ)の葉・皮を干して粉末にしたもの。焼香用。それを製し商う店。 一一 落ち着かない。舞うの縁。 一二 上方で小歌をうたい、踊り、酒の相手もする少女。 一三 雇いにおいでになった。「ござつた〳〵」は大黒舞の文句。お大黒の縁。 一四 僧侶の隠し妻。 一五 経済的に豊かなことをあたたか饅頭という。 一六 按摩(あんま)。饅頭の餡と掛ける。 一七 風流な趣向の。 一八 一株の木にさまざまな花が咲くこと。 一九 意に従わない。「ふる」はまた柵などを設ける意があり、材木の縁。 二〇 身持の悪い。 二一 江戸の日本橋北詰室町一丁目西側の俗称(現中央区内)。塗物屋が多かった。悪性女の果は尼と掛ける。 二二 金品をゆする者。根太と同音で上に続ける。 二三 わかすと掛ける。わかすは怒る。脇指を指した奴に番頭はむっとして怒った。 二四 月代(さかやき)を広く剃り、鬢(びん)を細く残した奴の髪風。

悋気《りんき》はするどい心の剣白歯《つるぎしらは》の娘

[一]大坂は思ふより人心大気《き》にして末《すへ》の算用《さんよう》[二]あふもあはぬも花麗《くわれい》を好《この》めり。娘の親《おや》は相応《さうおう》[三]よりよろしき聟《むこ》を望《のぞ》み、息子《むすこ》の親は我より棟《むね》[四]の高き縁者《えんじや》を好《この》み、取《(とり)》[五]むすぶより無用の外《ぐわい》聞《ぶん》斗《(ばかり)》を繕《つくろ》ひ、聟の方には俄普請《にはかぶしん》、娌《よめ》の方には衣類《いるい》の拵《こしら》へ、[六]一門の女談合《だんかう》。親父《おやぢ》が高利《かうり》の銀借《かねかつ》て身代《しんだい》[七]の間《ま》をあはす、内証《ないしやう》の事はしらず、「それでは成《(なる)》まい」「是《(これ)》ではをかれぬ」と、[八]塗《〔ぬり〕》樽《だる》が[九]斗樽《とだる》になり鯛《たい》をやる所が雁《がん》になりて、膝《ひざ》直《〔なを〕》しせぬ中《うち》に[一〇]横《よこ》にねねばならぬやうに成《(なつ)》て来るこそぶ思案《しあん》なれ。娌《よめ》をとるも子孫相続《しそんさうぞく》のためなれば、相応《さうおう》よりかろくして[一一]幾久敷《いくひさしく》家をつたゆるこそ人たる者《もの》の本意《ほんゐ》なれ。

こゝが分別《ふんべつ》の[一二]堺《さかい》筋に、近年《きんねん》商《あきなひ》物に利[一三]の廻《〔まは〕》りのよい[一四]木薬《きぐすり》屋道斎《だうさい》とて、[一五]五十に及《およ》んで始《はじめ》而《て》女子をまふけ、大かたならぬ[一六]重宝《てうほう》名さへ[一七]おいと付《〔と〕つけ》て、夫婦のいつくしみ。五つの年《とし》[一八]被初《かつきぞめ》せしより、天性《むまれつい》て[一九]悋気《りんき》ふかく、乳母《うば》をはじめ物[二〇]縫《〔ぬひ〕》腰本《こしもと》中居《〔ゐ〕》下女に至る迄、[二一]色《いろ》つくるを腹《はら》たて鏡《かゞみ》なしに髪《かみ》ゆはせ、身に白粉《おしろい》ぬらせず、いやしからぬ生れつきをあしくなし、此《(この)》勝手《かつて》しらぬ新規《しんき》の下女、世間なみに身嗜《だしなみ》すれば、此娘まだろくに舌《した》もまはらぬ形《なり》を

一 以下「女談合」まで一代女・四の一より剽窃、小変改。 二 合おうが合うまいがかまわず。 三 自家の身分相応以上の。 四 富裕な姻族を望み。 五 縁談が成立する。 六 女たちが集っての相談。 七 家政のやりくりをする。暮し向きを取り繕う。 八 両手のついた漆塗りの祝儀用の酒樽。以下結納の祝儀として贈る品が、一段ずつ高級のものに決まるという。 九 平たい盥(たらい)形の一斗入りの酒樽。 一〇 借りた金品を返さぬこと。膝直し(→四二三頁注一九)とは、膝を直す(楽に座る)・身体を横にして寝るの意にとって縁がある。 一一 いつまでも変らず。永遠に。 一二 難波橋南詰(現在より一筋西に当る)より始まる難波橋筋の一筋東の筋。北浜より南下、長堀まで。薬種荒物中買・拵薬店が多い。分別の境と掛ける。 一三 よい利益をあげている。薬屋なので廻りのよいの語を用いる。 一四 生薬(漢方で調剤以前の薬材)を売る店。 一五 老年になっての子は殊にかわいい。 一六 大切にすること。 一七 愛児を上方語で「いと」という。 一八 上方で行なわれた、女子の五歳または七歳の年の正月・十一月の吉日にはじめて被衣をかぶらせる儀式。 一九 以下「あしくなし」まで一代女・三の二より剽窃、語句変改あり。 二〇 裁縫の役の女奉公人。 二一 化粧する。 二二 以下「合点がゆかぬと」まで二代男・一の五より剽窃。 二三 様子をつくって

して、「そちは二二たがゆるして二三尻《しり》ふつてありくぞ」、「二四食鍋《めしなべ》をみがき過《すぎ》て白ひが気にいらぬ」、「二五我《わが》二六際墨《きはずみ》の仕様《しやう》はどこにはやるぞ」、「二七手足《てあし》の指《ゆび》がほそふなるが合点《がてん》がゆかぬ」と、ふ断《だん》の遊事《あそびごと》を二八脇《わき》にして是を慰《なぐさみ》にいひくらし、二親《ふたおや》機嫌《きげん》のよい時分打《うち》よつて寝《ね》酒などのみてむつまじき躰《てい》を見ては、はやむつとして母親《おや》に二九顔《かほ》ふくらかして見せ、二日も三日も三〇ふりくすべて物をもいはず。雛祭《ひいなまつり》すれど女雛《おなごびな》の分《ぶん》は首《くび》をぬき、あるひは結構《けつかう》にみがきたてたる三一衣裳《いしやう》雛《ひいな》の顔《かほ》に墨《すみ》をぬりて、「是ではよもや三二殿《との》の心がうつるまい」と悦《よろこび》、羽子《はご》板の絵《ゑ》に殿《との》と三三女郎の中よきさまを見ては、無性《むしやう》に機嫌《きげん》わろく、小刀にて女郎の鼻《はな》をそぎ、三四出入《いでいる》手代の女房が三五こちの人よばはりをきいては、奥《おく》からはしつて出て、「何もしらずにおまんのこちの人〳〵とうれしがりやれど、こちの腰本《こしもと》のはつに、来ては三六転合《てんがう》いやる。あんな男は三七急度《きつと》三八仕付《しつけ》して、三九きかずは蔵《くら》へいりや」と余所《よそ》の事まで悋気《りんき》して、静《しづか》なる家内《かない》此娘ひとりにて四〇朔日《ついたち》廿八日も、それは〳〵やかましき事ぞかし。

父母も此躰をみて次第に我《が》をおり、「是では成人《せいじん》してから聟《むこ》を四一せがみころすで有《ある》べし」と、いろ〳〵教訓《けうくん》せらるれ共《ども》中ゝ聞入《ききいれ》ず。いよ〳〵悋《りん》気ごとのみいひつのれば、二親こまりはてて《ゝ》寺《てら》の和尚《おしやう》を頼みて、四二五つ子《こ》に嫉妬《しつと》の異見《ゐけん》、四三神武《じんむ》以来《このかた》ない図《づ》なり。和尚《おしやう》此子に近づきて、「昔《むかし》四四六条《でう》の御息所《みやすどころ》は死《し》して鬼《おに》となり給ひ苦《くるし》みをうけられ、四五髭黒《ひげぐろ》の大臣《おとゞ》の北の方は物ぐるはしくなられしも、是皆物妬《ねたみ》ふかき例《ためし》とて、今の世までも名をながされぬ。

歩く。 二四 飯をたく鍋。鍋墨を際墨などに使うので鍋尻が白い。 二五「わ」は二人称。おまえの。相手を軽んずる気持がある。 二六 髪の生え際に墨を塗り、額の形を整えること。 二七 指の細いのは美人の一条件。水仕事で指が太くなって当然なのに。 二八 そっちのけにする。二の次にする。 二九 不平そうな顔をする。 三〇 腹を立てる。 三一 美しい衣装を着けた雛人形。 三二 女性から男性をさしていう語。男雛を指していう。 三三 上臈の意。身分の高い女性。 三四 出入りをする手代の女房。年功を積み世帯を持って通勤する手代の女房が主家に出入りをする。 三五 妻が夫を呼ぶ称。夫の手代を指してこちの人と呼ぶこと。 三六 ふざけたことを言いやる。やるは助動詞。同輩・目下の動作を丁寧にいう。 三七 しっかりと。厳しく。 三八 礼儀作法などを身に付けさせる。 三九 言いつけに従わぬ時は蔵に閉じこめる仕置をせよ。子供への仕置。子供らしい言で嫉妬とちぐはぐの滑稽。 四〇 毎月一日・十五日・二十八日を三日《さんじつ》また式日《しきじつ》といい、馳走をして祝う。そういうめでたい日でも騒動が絶えぬ。
四一 責め殺すだろう。 四二 五歳の子。
四三 神武天皇以来ない事柄。大昔から決して見られなかった光景だ。
四四 光源氏の愛人で、死後成仏できず物怪となって紫の上を危篤に陥れ、妄執の苦しみを訴える（源氏物語・若

女の第一たしなむべきは此道なり。[一]唐《から》の法には女を離《さ》別《る》其《その》一つの[二]言《いひ》立《たて》にする事なれば、[三]かまへて〳〵今の心をあらためて、悋気嫉妬《りんきしっと》の心をやめられ、成人《せいじん》してのち聟《むこ》をむかへられた時、中よくして外の女に夫《おっと》が心をかよはすとも、大目《おほめ》に見てゐたがよい」と、[四]三十女房に異見《ゐけん》するごとく[五]引言《ひきごと》いふて教訓《けうくん》せられしに、娘きいて「其《その》御異見を同じくはかゝさまにして下さりませ。夕部《ゆふべ》もとつさまの仮寝《うたゝね》してござれば、かゝさまのよい年《とし》をして、[六]いやらしひ裙《すそ》へ小袖きせて、「腰《こし》うつてしんぜふか」と、いかにわしがちいさいとて鼻《はな》の先《さき》にゐるに、あんまり[七]ふみ付《つけ》た仕形《しかた》でござんす。是《これ》がなんと腹《はら》がたてずにゐらるゝ物ぞ。[八]胸《むね》がもえて乳《ちゝ》もろくにのまれませぬ。腹《はら》がたてたいとてひとりたてらるゝ物でもなし。[九]相手《あひて》のもたす気じやによつて、とかくかゝさまの[一〇]わしをないがしろになさるゝからじや。今朝《けさ》も[一一]起《をき》〳〵とゝさまとらへて何やらさゝやいておじやつたは合点《がてん》がゆかぬ。いふ事があらばおれが聞《きく》前《まへ》でいはしやればうたがはぬに、向後《きやうこう》はわしが[一二]気のたゝぬやうに、かゝさまへとくと御異見《ゐけん》頼みます」と、[一三]ひんとして[一四]ひぞつたる顔付《かほつき》、こましやくれてけうとかりき。和尚《おしやう》大かたならず我《が》をおられ、二親にむかひ「段〻異見申《まうし》たが、とかくお袋《ふくろ》へきつひ悋気《りんき》でござれば、あの子が心のひがみのなをるまで、夫《ふう》婦別《べつ》〻になられ、しばらくお袋には[一五]借《かり》座敷して成共《なりとも》、親父殿の傍《そば》にござらぬやうになされ。もはやをの〳〵もよい年なれば、すこしは娘御の手前も遠慮《えんりよ》なされたがよいはづ」

菜下)。 四五 式部卿宮の女を北の方としていたが、玉鬘を強引に手に入れ、嫉妬した北の方は狂乱、実家に去る(源氏物語・真木柱)。

一 中国でいう、妻を離別しうる七つの条件、すなわち七去(大戴礼)の一つに嫉妬がある。
二 口実。
三 必ず。
四 三十歳の女房。中年の女房。
五 説明のために古言・故事などを引用すること。
六 性的にいとわしい。
七 ないがしろにしたやり方。
八 嫉妬の情の激しいさま。「乳も…」は幼児らしく嫉妬とは釣りあわない。
九 こちらの気持は相手の出方次第。
一〇 私。当時は主に女性が使う。
一一 起きるとすぐ。起きぬけ。
一二 気持がいらだたぬように。
一三 つんとして。つんつんして。
一四 腹を立てた。すねた。
一五 見物・保養などのため短期間座敷を借りること。

と、和尚も異見《いけん》にうろたへが来て、思ひもよらぬ二親にしみ〴〵と異見《いけん》して帰られぬ。

成長《せいちやう》するにしたがひ物妬《ねたみ》ふかく、つき〴〵の女どもはいふにおよばず、[一六]出入者《いでいる》までいひたてければ、此《この》[一七]沙汰《さた》大坂中にひろまり、欲《よく》の世の中なれど此家へ養子《やうし》聟《むこ》に来《く》る者《もの》なくて、[一八]十八の春迄祝言《しうげん》の沙汰《さた》なく、[一九]此家《や》継《つぎ》さだまらず。二親六十にあまりて明日《あす》をもしらぬ老の身、今はよろしき聟の願《ねが》ひをやめて、「貧家《ひんか》の息子《むす》成共《なりとも》此家の聟《むこ》になつて、娘を不便《ふびん》がりてくれる者《もの》あらば、[二〇]土産《みやげ》にも[二一]筋《すぢ》目にもかまはぬ」と、諸方の[二二]仲人嚊《なかうどかゝ》をたのまれしに、[二三]谷町の古道具屋《や》の息子《むす》当年[二四]廿五に成《なり》けるが、悋気《りんき》づよきを合点《がてん》にて、聟《むこ》にならんといふやいなや、吉日撰《えらみ》て聟入《むこいり》の祝義《しうぎ》とゝのへ、一家一門悦びの盃事《さかづきごと》おさまり、娘の部屋《へや》に入て幾千代《いくちよ》かけての[二五]閨《ねや》の盃、取結《とりむす》びの折《をり》から聟は娘にちかづき、「そなたが座敷で三番目《め》にゐられた男に盞《さかづき》さしたは何とも合点《がてん》がゆかぬ」といへば、娘けうとがり「あれはわしが伯父《おぢ》さまで、万事今から家のお世話《せわ》をたのまねばならぬお人ゆへに、盃《さかづき》をさしましたに、お疑《うたが》ひのふかひ」と笑ふを、「いや〳〵心得がたい事共おほし。尤《もつとも》親父さまの事なれば別条《べつでう》は有《ある》まいと思へ共《ども》、宵《よひ》からそちが親父を見る目《め》はいかにしてもの[二六]みこまぬ目付《つき》じや。親《した》し過《すぎ》て合点《がてん》がゆかぬ」と[二七]いぢれば、娘きのどくがり「さりとては[二八]日本の神〳〵さまを誓文《せいもん》に入《いれ》、とつさまと何の[二九]わけがあるものぞ」と、真顔《まがほ》になつて断《ことはり》申シ、其身の悋気《りんき》すべき段《だん》迄にはおよばず。聟《むこ》に悋気《りんき》の[三〇]先《せん》をこされて、日比《ひごろ》いひつけた

一六 出入りの者にまで焼餅を言う。
一七 うわさ。評判。
一八 婚期遅れを心配する年ごろ。
一九 跡継ぎ。跡取り。
二〇 持参金。
二一 家柄。
二二 仲人をして持参金の十分の一の礼金を取る事を業としている女性。
二三 谷町筋。天満橋南詰京橋二丁目より南下、四天王寺に至る南北の筋。
二四 男の厄歳。かえって女を食う滑稽。
二五 婚礼の夜、夫婦が寝所で三々九度の盃事をすること。近世の風。
二六 合点がいかぬ。納得できぬ。
二七 いじめる。
二八 誓詞を書く時、誓いの文の末に背いた時には日本中のあらゆる神の罰を受けるとしるす。日本中のあらゆる神様に誓って。
二九 情事。情交。
三〇 機先を制する。先手をとる。

る我《わが》悋気《りんき》の所へはゆかず、却《かへつ》て聟への言分《いひわけ》、物には仕様《しやう》もあらふ物なり。聟はそも〳〵此《この》家へはいりてより以来《このかた》、万事をやめて朝起《あさをき》るからねるまで、娘をとらへて「今の小[一]者に物の言付《いひつけ》やうがうたがはしひ」、「手代の九兵衛と目を見合《みあはせ》たがうさんな[二]」と、毎日〳〵いぢりゐれば、娘は家来に物いふ事もならず、耳《みゝ》やかましうこまりはて、ちいさい時から仕《し》[三]付《つけ》し悋気《りんき》心さらりとやんで、たゞ夫《おつと》のうたがふ断《ことはり》のみに打くれて、後には女どもちか付《づけ》、「同じ男持《もつ》[四]ならまそつと[五]悋《りん》気せぬ殿子《とのご》[六]を吟味《ぎんみ》してもたふものを」と、時節《じせつ》[七]とて悋気《りんき》にこまりはてしはおかしかりき。

聟は元来《ぐわんらい》悋気《りんき》の先手《せんて》を打て見る合点《がてん》なれば、娘を傍《そば》に引付置《ひきつけおき》、一寸もいご[八]かさず「人にすぐれて悋《りん》気《き》づよい男なり」と口出して触《ふれ》ながし、用事[九]にゆくにも跡からついて行程《ゆくゝ》にすれば、増《まし》てや物見遊山《ゆさん》芝居《しばゐ》の替《かは》り目《め》などは、いかな〳〵思ひもよらぬ穿鑿《せんさく》。平生《へいぜい》[一〇]羽子《はご》板《いた》の絵《ゑ》を見るごとくならびゐれば、娘

一 丁稚。
二 怪しい。疑わしい。
三 し慣れた。
四 夫。
五 もう少し。
六 殿御。女が夫を呼ぶ敬称。
七 悋気をやめるべき時機が到来して、今まで人を悩ました身が逆に悋気に困り果てたのは。
八 動かさず。
九 →四〇七頁注三八。
一〇 四三五頁六行目辺の叙述に対応。

一一ほうど情《せい》をつかし、「是《これ》ではどふも命がつゞかぬ。何とぞ主《ぬし》一二の目一三に入たる女もあらば、給分《きうぶん》一四の外に我等が着《き》ぶるしの小袖帷子《かたびら》は何程もやるべし。どふぞ主《ぬし》にたはふれ気に入《いる》やうにして、わらはが手替《がは》一五りとなりすこしの間成共《なりとも》傍《そば》をはなれて息《いき》一六がしたし」と、手廻《てまは》一七りの物縫《ぬひ》腰本《こしもと》を頼《たのみ》聟へ濡《ぬれ》一八をしかけさせ、其上《その》にまだ「道頓堀《だうとんぼり》一九新地二〇の色《いろ》二一茶屋へ、慰《なぐさ》みにござつて下され」と臍《へそ》二二くり銀《がね》を出して、夫《おつと》に侘言《わびごと》して色狂ひ二三をすゝめ、妾《てかけ》二四にみづから膳《ぜん》をすへて聟《むこ》に気に入《いる》やうに、随分《ずいぶん》たのむとうつて替《かへ》二五ての心入《こころいれ》、「世には術《てだて》の仕様《しやう》もあらふ物」と、聞《きく》人手を打て是を笑ひぬ。

一一 ほとほと元気を失ない。情は精に通じ用いる。
一二 夫を尊び親しんでいう語。
一三 目にかなった。気に入った。
一四 給金。給料。
一五 代理。
一六 緊張をといてくつろぎたい。
一七 身辺の。
一八 色事。情事。
一九 道頓堀川の北、畳屋町・中橋筋六軒町・太左衛門橋筋・笠屋町筋などに色茶屋があった。現中央区内。
二〇 北の新地。中之島北方対岸。現北区内。
二一 私娼を抱えている茶屋。
二二 主婦が内密に貯え持っている金。
二三 色遊び。
二四 妾は奉公人扱い。主婦がこれを丁重に扱うのは転倒の処置。
二五 うって変っての心づかい。

一 以下「胴あいみじかく」まで真実伊勢物語・二の四より剽窃、変改あり。
二 費用を投じ。 三 持参金。 四 箱入娘。 五 離婚されぬように。
六 男の奉公の都合などで晩婚となり、年齢差の大きい結婚が稀ではない。
七 目上の人にこびへつらうさま。
八 見えすいたおべっかを使う。
九 妊娠期間。 一〇 産婆。 一一 産婦に力をつけるため、味噌汁に餅を入れ、鰹節のだしの味噌汁を作り、後腹の痛みを止めるため乾松茸の石突を入れた味噌汁を吸わせる。
一二 男子出産時と失費は同じ。

ぶ器量《きりやう》に身を魃《はたく》抹香《まっかう》屋の娘

[一]人の親の習《なら》ひ、我娘のかはゆさに顔《かほ》付《つき》のむつかしき聟《むこ》の機嫌《きげん》をとり、大分の物を[二]入《いれ》[三]敷銀《しきがね》まで付《つけ》て、しかも[四]懐《ふところ》子《ご》にして寒《さむ》き風にもあてざる娘を、夜《よる》のもてあそびものにやりながら、[五]さられぬやうに[六]年寄《としより》男のお[七]髭《ひげ》の塵《ちり》をとり、[八]横槌《よこづち》で庭《には》はく事、是《これ》を思へば母親[九]十《と》月《つき》の苦《くるし》みも、むまるゝ時[一〇]取揚婆《とりあげば》ゝの骨折《ほねおり》も、[一一]餅《もち》も鰹《かつほ》も味噌《みそ》汁も同じ[一二]物入《ものいり》なるに、すこしの[一三]思ひ入《いれ》にて娘の子を[一四]よろこぶ程、一代の損《そん》になる物はなし。せめて人並《なみ》にそだちて[一五]裸《はだか》で成《なり》とももらひたいといふほどなれば仕合《しあはせ》なり。かならず意《い》地《ぢ》のわるひ浮世《うきよ》とて男の子はうつくしく、女の子は大かた顔《かほ》ふくれて[一六]胴《どう》あいみじかく、尻《しり》大きにだゝ[一七]広《びろ》く[一八]無景《むけい》にして[一九]千丈《せんじやう》が嶽《だけ》をあらはし、[二〇]鬼《おに》の住家《すみか》へは人倫《じんりん》さらにゆく事なく、縁《えん》遠《どを》くして[二一]幾春《いくはる》か桜《さくら》に恥《はぢ》をさらし、廿二三まで[二二]白歯《しらは》に振《ふり》袖、一生親の[二三]気づくしになる事なり。

さはいへ昔《むかし》[二四]玄宗皇帝《げんそうくわうてい》の時代《じだい》には、[二五]万民《ばんみん》女子をもふくることをたつとみ、男の子がむまるれば[二六]切《きり》のなひかるたに虫持《むしもつ》た心地して、人のお助《たす》けを待てゐるばかりぞかし。是を

一三 思ひ入の差、見込ちがいの意。 一四 出産すること。 一五 嫁入支度や持参金なしをいう。 一六 胴の長さ。 一七 並外れて広い。 一八 殺風景。 一九 丹波国（京都府）と丹後国（同）の境の大江山（現大江町・加悦町・福知山市境）。酒呑童子の伝説がある。その縁で次に鬼の住家という。 二〇 鬼の住家は女性の秘所を暗示し、人倫は人間の意の辞書や連歌の術語。男性と全く接した事がないという。 二一 毎年花見に未婚の姿をさらし。 二二 ともに未婚のかたち。 二三 気をもむこと。 二四 唐第六代の皇帝。楊貴妃を愛し国政を誤った。白楽天の長恨歌で知られ、当時、唐玄宗軍談（宝永元年序）も読まれていた。 二五「遂令天下父母心、不重生男重生女」（長恨歌）。 二六 めくりかるたは手札と場札を合わせ獲得点数を競うが、きりは十二、虫は一の札。きりを持たぬのに虫の札を得て、他の者が自分に有利な札を出してくれるのを待つ以外に勝つ見込なしというのであろう。 二七 楊貴妃が殺された所。「ばぐわい」は原本のまま。 二八 人をだまして仲介をする女という意の、中国人名めかした戯称。 二九 遊女・女奉公人などを周旋し、保証人となり手数料を取る事を業とする女。 三〇 奉公人を周旋する。 三一 この前後当世の京都風俗めかす。 三二 立身出世する。 三三 ぴんはねをする。 三四 あれこれ理屈をこね、

思ふに皆欲《みなよく》の世界《せかい》にて、其比《(そのころ)》楊貴妃《やうきひ》といふ美形《びけい》の娘を持て、[二七]馬嵬《ばぐわい》が原の裏《うら》屋かりてゐる、[二八]偽媒女《ぎばいじよ》といふ人[二九]置《〔をき〕》の嗅《かゝ》が[三〇]肝煎《きもいり》、玄宗《げんそう》へ[三一]妾奉公《てかけぼうこう》に出し、それより一家一門[三二]うかみあがりて、男伊達《だて》の[三三]上米《うはまい》とつて[三四]物にかゝりの[三五]楊国忠《やうこくちう》が俄《にはか》大名になりしをうらやみ、欲《よく》から女子をうむ事を悦びぬ。いかさま下々《(したじた)》は力《ちから》のつよい男の子をもたふよりは、[三六]大かたに生れついた娘の子をもてば、思はぬ[三七]老《(おい)》の入米《〔いりまい〕》よく、昨日《〔きのふ〕》迄は我肩《わがかた》にかけて舁《かい》てまはりし[三八]辻駕籠《つじかご》に、今日《〔けふ〕》は紫《むらさき》蒲団《〔ぶとん〕》敷《しい》て[三九]置頭巾《をきづきん》に、花色紬《いろつむぎ》の首巻《くびまき》して[四〇]のつて来る仕合《(しあはせ)》。[四一]うまずの嗅《かゝ》は顔立《〔かほだ〕》ちのよい[四二]疱瘡《ほうそう》までしまふた、二三歳《さい》の女子をやしなひ、是を末《すへ》の楽《たのし》みに女夫《めをと》は艦褸《つゞれ》着ても、此《(この)》娘には[四三]絹《きぬ》の小切《こぎれ》つぎ合せ、肌《はだへ》のやはらかなるやうにと万《(よろづ)》に心をつけて、[四四]判《はん》金廿枚の鶯《うぐひす》を飼《か》ふよりも二親の世話《せわ》大かたならず。七つ八つより琴三味線《ことさみせん》をならはせにつかはし、朝夕《あさゆふ》[四五]糠袋《ぬかぶくろ》の底《そこ》のぬけるほど磨《みがき》たてて《〔ゝ〕》、あたりもかゝやくばかりの娘となして、「[四六]をそらく万石《まんごく》取《〔ど〕》りの[四七]御大名を聟《むこ》にとつて、若殿《わかとの》の祖父《ぢい》さま祖母《ばば》さまとうやまはれ老《おひ》の楽《〔たのし〕》みをきはめん」と、夫婦心うれしく世にない宝《たから》を持たやうに秘蔵《〔ひさう〕》するも断《〔ことはり〕》ぞかし。

其隣《となり》に[四八]花抹香《まつかう》をして売《う》る女夫在《めをとあり》しが、是にもひとりの娘あつて末々物《(もの)》[四九]にせんと隣《となり》を見ならひ、五つ六つから手入《(ていれ)》をしけるに[五〇]天性顔《てんせいかほ》の道具共置《おき》所違《ちが》い、[五一]名所古跡《めいしよこせき》の多《おほ》き面躰《めんてい》。第一地《ぢ》[五二]色楽焼《いろらくやき》の茶碗《ちやわん》にひとしく口広《ひろく》[五三]おさなひには稀《まれ》なる大食《しよく》、しかも[五四]あぢなひ物の煮《にえ》

言いがかりをつける者。三五 玄宗軍談に、楊貴妃の従祖兄楊釗(しょう)、不学無行、大酒・博奕にふけり借りては返さず、また宮中に入って右相兼文部尚書に至るとする。三六 人並み。三七 老後の生活。三八 辻待ちの駕籠。三九 袱紗(ふくさ)様の布を二つ折にし頭にのせるもの。隠居など余裕ある者の姿。四〇 駕籠に乗って出歩く身分になった幸せと、運に乗じて得た幸せを掛ける。四一 不生女(うまずめ)。四二 天然痘。昔は皆一度はかかったが、重症の時はあばたが残り醜い顔になる。既に罹患して軽症ですみ免疫も得た子供なら、醜くなる心配なし。四三 絹物は肌がよくなると下着に着せる。四四 大判二十枚、小判で百五十両前後。飼鳥は当時の流行。四五 糠を入れた布袋。入浴・洗顔用。四六 はばかりながら。四七 大名は妻を江戸に置いたままにせねばならぬので、参観交代で帰国時のため領国に妾を置く。京都はその供給地。四八 樒(しきみ)製の抹香。樒は枝葉を呼んで花という。四九 計画を成就しよう。五〇 目・鼻・口などの配置がバランスを失なっている。五一 いろいろ目立つ欠点のあること。五二 京都の楽長次郎にはじまる陶器。茶器用。ここは赤黒い肌色をいう。五三 幼児にしては。五四 ことわざ。まずい物に限って煮ると量がふえる。悪い事に限ってひろがる。

ぶとりと、七つの年疱瘡《としほうそう》おもく、やう〳〵命はとりとめぬれども其跡《(その)あと》一面《めん》に雲紙《くもがみ》[一]を見るごとくなつて、物食《(くひ)》[二]のよい古金買《ふるかねかい》[三]に見せても潰《(つぶ)》[四]しと外《(ほか)》みへぬ娘。両親《ふたおや》思ひの外に思案《しあん》ちがひて、「とかく[五]一升入袋《(いる)ふくろ》には一升の抹香《まつかう》に、樒《しきみ》[六]ならぬ余《よ》の葉《は》をまぜて、業《がう》[七]をはたきける報《(むく)》ひか」と過去未来《くわこみらい》の事迄思ひやりて、隣家《りんか》の娘日〻にうつくしくなれるを見て羨《うらやみ》、「迚《とて》もこちの娘はたゞの奉公《ほうこう》に出しても、中〳〵悋気《(りんき)》[八]づよい女房の所にさへをかぬほどのぶ器量《きりやう》なれば」、両親《ふたおや》[九]筆をすてて《(ゝ)》手習《てならひ》綿《わた》摘《(つみ)》針仕《はりし》事、すべて女の業《わざ》をやめさせ、近所の名を得し腹《はら》[一〇]さすりの上手の方へ按摩《あんま》ならはしにかよはせ、「高《(たか)》[一一]が身についた貧乏神《びんぼうがみ》」と覚悟《かくご》きはめて、捨《すて》[一二]物にしてやしなひける。

隣《となり》の娘は「よい[一三]仕合《(しあはせ)》の釣竿《つりざほ》にめでたいがかゝつた」と、夷川《えびすがは》[一四]の妾肝煎《てかけきもいり》[一五]のなべが嗅《かゝ》がきおふ[一六]て来《き》て、立売《たちうり》[一七]の呉服所《ごふくしょ》へともなひゆき、召抱《めしかゝへ》にのぼられし侍衆《さふらひしゅ》に目見へさせけるに百三十五人の中の勝《すぐれ》ものとて、早速《さつそく》に此《(この)》娘きはまり、俄《にはか》に乗物《のり》しつらひ[一八]縫箔《ぬひはく》[一九]の小袖の中から目を見出し、今といふ今仕合《(しあはせ)》の花開《ひら》き西国へ下り[二〇]しなに、暇乞《いとまごひ》がてら抹香屋《まつかう》が方へ乗物《のり》にのりながらおとづれ、二親《(おや)》[二一]はひくい鼻《はな》をいからして、両傍《(はた)》についてひけらかし、「こなたの娘御もあのやうにしてをかずとも、手入をなされよ。とかく何の道にも、元《もと》[二二]手《で》と気骨《(きぼね)》をおらずしては、こんなよい目《(め)》にはあはぬ浮世《うきよ》。追付《おつつけ》おさんが若殿《わかとの》もふけて、我〻をお国[二三]のぢいさまばゝさまと、迎《(むか)》ひの乗物《(のり)》来る時にこれ[二四]の娘も介添《(かいぞへ)》につれて下りま

一 雲形の模様をすき出した鳥の子紙。あばたの痕跡と色の形容。　二 何でもより好みせずに買う。　三 古い金属器具を買い集める事を業とする者。屑屋。　四 金属の細工物などをとかして地金にもどすこと。潰しにしかならぬと評価する。　五 一升入る袋には一升。物には用途に応じた限度があるという意のことわざ。　六 樒に似た葉をまぜて抹香の量をふやして儲ける不正手段。　七 一升なら一升ときまった量しか出来ぬ抹香を、他の葉をまぜて砕いて粉にしたというのと、そんな不正をして悪業をすっかりさらけ出したというを掛けていう。　八 嫉妬深い女房なら、夫が手をつけるのを警戒して女奉公人は醜いのを採用するはずだが、そこでさえ嫌うほどの醜さ。　九 断念する、計画を放棄することを下の手習の縁でこういった。　一〇 按腹(腹をもみさする按摩)を業とする人。　一一 たかだか離れぬ運命の貧乏神と思えばすむこと。　一二 期待をかけずに放置するもの。　一三 よい運をつかんでめでたい事になった。めでたいに鯛を掛け、その縁で釣竿という。次の夷もその縁。　一四 夷川通。京都の丸太町通より南へ二筋目の寺町より堀川の間の東西の通。　一五 妾の周旋業。　一六 意気込んで。　一七 →三九八頁注二。呉服所は出入の大名家のこのような用をも足す。　一八 ととのえる。　一九 刺繡をし、金銀の箔を摺りつけ

せう。たのもしう思ふて待てござれ」と、いさみいさんで二親は[二五]稲荷《いなり》の前迄送《をく》つてかへり、[二六]捨金《すてがね》にて万の質物《しちもつ》を請戻《うけもど》し、[二七]心祝《いは》ゐの鱠《なます》して[二八]相《あひ》借《じやく》屋の婆ゝ嬶《ばゝかゝ》よんで、[二九]小半酒《こなから》でもてなしぬ。

「同じ娘をもちながら、器量《きりやう》の善悪《よしあし》によつて[三〇]むやくしい事をきく」と、人のしらぬ[三一]心腹《はら》たてて、ひとへ《ゝ》に[三二]焔魔《えんま》のくやつた抹香屋《まつかうや》女夫《めをと》は顔《かほ》ふくらかし、「牛《うし》は[三三]牛《うし》づれがよい。わづかな賃《ちん》とつて[三四]索麪《さうめん》の磨挽《うすひき》にゆく身で、大名聟《みやうむこ》にとつたとの[三五]広言《くわうげん》。かならず罰《ばち》のあたる物じや。ぶ器量《きりやう》な娘もつたとて、[三六]宿替《やどかへ》といふ[三七]家主もなひものじや。捨銀《すてがね》とつてぱつ〳〵とつかやつたら、跡に算用《さん》があふまひ。笑止《せうし》な事じや」とつぶやきしが、まだ二《ふた》月《つき》もたゝぬうちに隣《となり》の娘、「西国からかへつた」と両《ふた》親きのどくの頭《あたま》をかいて、外聞《ぐわいぶん》わるさに戻《もど》つた沙汰《さた》もせずに、すぐに[三八]丹州《たんしう》の歴ゝ《れき〳〵》の方へ、又妾奉公《てかけぼうこう》に出しけるに、此所《この》にも半月ろくにゐずして[三九]ぐるりと立戻《もど》れば、「是《これ》ほど十人並《なみ》にすぐれたる美女《びじよ》の身として、行先《ゆくさき》〴〵に[四〇]尻《しり》もためず其まゝ帰るは[四一]内証《ないしやう》にあしひ所が有《ある》か」と、父母懇《ねんごろ》なる人をたのみて[四二]僉議《せんぎ》してもらふに、「さる程に[四三]兎《う》の毛《け》でついた程も疵《きず》のなひ娘を、いかなれば早速《さつそく》につきもどすぞ」と、吟味《ぎんみ》せし懇《ねんごろ》なる人も不審《ふしん》をなしけり。

いづれ女の[四四]都《みやこ》ながら美女《び》は稀《まれ》なると見へて、[四五]北国の大名より[四六]御国上臈《おくにじやうろう》をたづねさせられ、[四七]上下京をさらへて見せさせらるゝに、此[四八]戻《もど》り娘ほどの器量《きりやう》なくして又此娘にきは

た小袖。「目を見出し」は豪華な小袖を重ね着し、小袖に埋れたような仰山な姿であることをいう。 二〇 下りがけ。赴く際に。 二一 「鼻をいからす」は鼻をふくらませ誇る様子。ひくい鼻に素姓のよくないことを示す。 二二 資本を投じ気苦労をしなくては。 二三 お国もとの。 二四 この家。 二五 伏見の稲荷社。九州へ下る道として、五条橋口より伏見街道を南下、伏見より淀・山崎のコースが想定されている。 二六 雇入れの時の支度金。 二七 心ばかりの祝。内輪の祝。なお鱠は祝いの日の食物。 二八 同じ長屋の借家人。 二九 一二合五勺の酒。小量の酒。 三〇 くやしい。癪にさわる。 三一 ひとりでにむかむかと腹を立てる。 三二 苦虫をかみつぶしたような顔のことを、焔魔が抹香をなめたよう、という。「くやつた」は食ったを丁寧にいう。 三三 ことわざ。似た者同士が自然に群をなすことをたとえる。 三四 そうめん用の粉を挽く労働。 三五 人をはばからず大きな事をいうこと。 三六 転宅。引越(をせよ)。 三七 上方では借家の所有者。 三八 丹波国(京都府・兵庫県)・丹後国(京都府)。 三九 円を描いてまわるさま。 四〇 尻を落着けない。一つ場所に長く居ない。 四一 身体的な欠陥があるかと疑った。 四二 詮議。吟味。 四三 極めて小さいことのたとえ。

まつて、脇明《わきあけ》[一]の大袖を振《ふつ》て雪国《ゆきぐに》のお大名へありつき[二]、二月[三]に瓜《ふり》を喰《くひ》[四]六月に桜をながめ、[五]華清宮《くはせいきう》の楽《〔たのし〕》み。殿様《とのさま》此《〔この〕》娘の器量《〔きりやう〕》御心にかなひ、昼夜《ちうや》御側《そば》におかせられて[六]御出頭《しゆつとう》の近習《きんじう》衆《しゆ》、お出入の町人をめされて御酒宴《しゆえん》をはじめらるゝに、[七]浮気《うはき》の町人軽薄《〔けいはく〕》ある程、申《〔まうし〕》て、「京の君さまおそれながら殿様《との》へ爰《〔ここ〕》は[八]ひとつあげさせられて下さりませ」といへば、此娘子細《〔しさい〕》[九]らしひ顔《かほ》して、「たゞもさへ[一〇]飲酒《おんじゆ》といひて仏《ほとけ》はいましめ給ふ。増《まし》てやおいやとある物をしゐてまいらするは、[一一]三世の諸仏《しよぶつ》の心にそむき、大きな罪《つみ》なる事。[一二]飲酒《おんじゆ》をやぶれば、邪婬妄語《じやゐんもふご》諸共《〔もろ〕》にやぶるゝと仏《ほとけ》の戒《〔いましめ〕》、御無用になされませ」と真顔《まがほ》になつて申さるゝ。「是《〔これ〕》は堅《かた》ひ穿鑿《〔せんさく〕》。今此世界《せかい》に酒のまずに、何が外になぐさむわざのござりませふ。のめやうたへや[一三]一寸先《〔さき〕》は闇《やみ》の夜《よ》」と、扇《あふぎ》を[一四]かざへて音頭《おんど》をとれば、うつくしひ唇《くちびる》をうごかし、「酒をのみて心もたゞしう慈悲《じひ》をもなし、善道《よきみち》に入《いる》人には仏在世《ほとけざいせ》の時にも、ゆるされたると見へて、[一五]祇陀太子《ぎだたいし》[一六]末利夫人《まつりぶにん》

四四 女性のすぐれたことで評判の都だけれど。 四五 北陸道の諸国。 四六 大名が領国に置く妾。 四七 上京・下京すなわち京都中の美女をすべて。 四八 出戻りの娘。

一 腋の下を明けた大振袖の着物を着る。未婚の少女の風を装う。脇を塞ぐのは女子は結婚後か十九歳の秋。
二 奉公する。就職する。
三 「二月中旬已進レ瓜」(三体詩・一・王建・華清宮)。楊貴妃同様の贅沢。なお国性爺合戦初段目にもこの詩による語句あり。
四 北国ゆえ開花が遅い。
五 玄宗が楊貴妃のために驪山に造った離宮。
六 主君のお気に入りの、側近く仕える家来達。
七 うわついた気分の。
八 盃を一つ差すことを望む。
九 もったいぶった。
一〇 仏教でいう五戒の一。五戒は後出の邪淫・妄語の他に殺生・偸盗(ちゅうとう)。
一一 前世・現世・来世。
一二 「仏説二身口意三業之悪行一、唯酒為二根本一」(譬喩経)。
一三 前途は少しも予知できないというたとえ。
一四 かざして。
一五 天竺舎衛国の国王波斯匿王の太子。須達長者に協力し祇園精舎を建立。
一六 天竺劫比羅衛城の人。波斯匿王

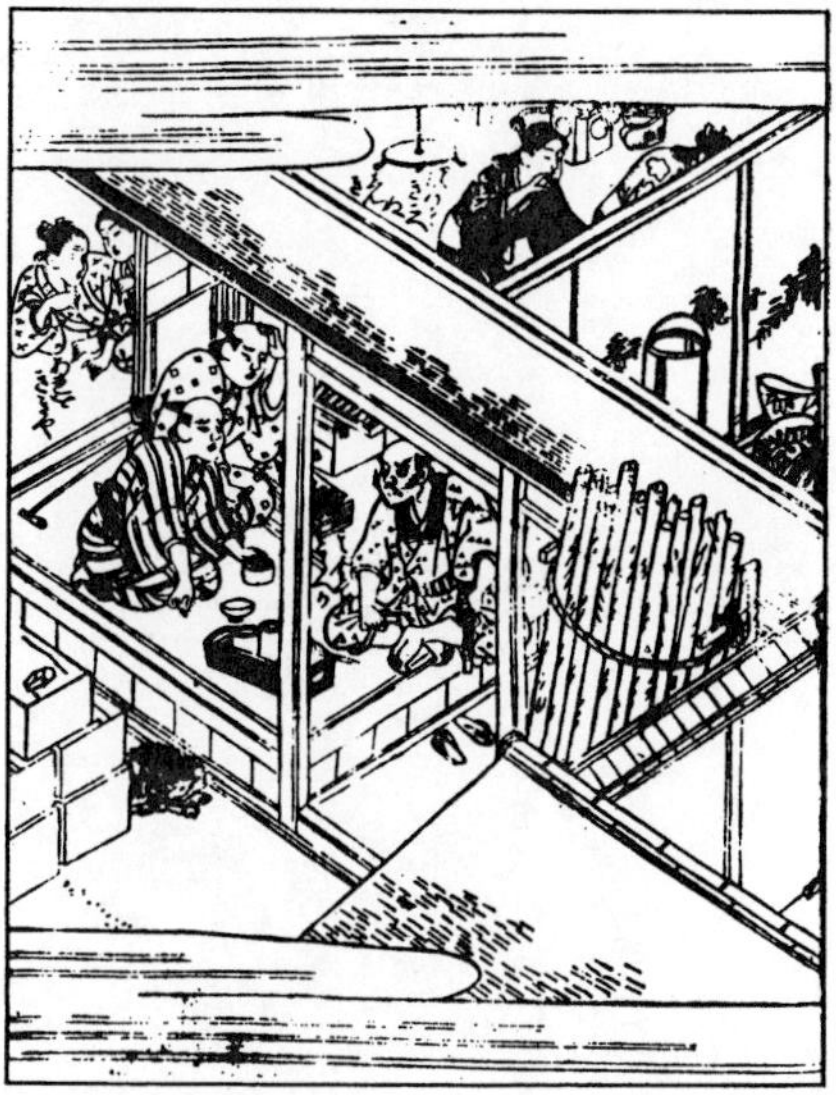

などは、常《つね》に酒をのみたまふと一七未《み》曾《ぞ》有経《うきやう》にも侍《はんべ》れば、過《すぎ》ず心も乱《みだ》れぬ程は仏《ほとけ》もゆるしたまふ。いやが上《うへ》に一八おさへたの一九間《あい》のと、無性《むしやう》に進《しん》ぜらるゝはさらに善道《ぜんだう》とは思ひませぬ」と、実《じつ》から腹《はら》のたつやうな顔付《かほつき》。殿《との》さまけうとくおぼしながら、おしかりあらば時の興《けう》もさむべしと、その二〇色目《め》も出されず、

「らんは京育《そだ》ちにはかたひ事いふ。二一身が心をなぐさむるが役《やく》じや。ちとやはらぎ給へ」と振袖《ふり》よりお手を入られてたはふれ給ふを、おらんおさへて「近比《ちかごろ》あさましき御遊興《ゆうけう》。二二男女《なんによ》の婬楽《ゐんらく》は互《たがひ》に臭骸《しうがい》をいだくと、二三東坡《とうば》居士《こじ》の申されしごとく、人の身ほど穢《けが》らはしきむさき物はなし。皮一重《かはひとえ》下は臭《くさ》くたゞれたるものにて、中〳〵きよきものにあらねば、此慰《なぐさ》みにてなくとも、何とぞ濁《にご》らぬ清浄《しやうじやう》なる遊《あそ》びもあるべき物を」と、仏説《ぶつせつ》引出し御異見《ゐけん》申せば、殿今はこたへかねさせ給ひ、「二四推参《すいさん》なり。女の身として一国《こく》一城《じやう》の主にむかひ、経文《きやうもん》ひいての二五異見《ゐけん》だて。をのれらごときのいやしき女をはる〴〵よびくだすは、

第一夫人となる。原本「夫利」とあるを改める。
一七 未曾有因縁経・下に、祇陀太子・末利夫人が飲酒を許された事がある。
一八 さされた盃を受けずに、相手に盃を重ねさせる。
一九 他の盃の献酬の間に入って盃を受けること。
二〇 様子。そぶり。
二一 私。
二二 「男女淫楽互抱㆓臭骸㆒」（九相詩）。九相詩は蘇東坡作と俗にいう。
二三 蘇軾。東坡居士は号。宋代第一の詩人。
二四 無礼。
二五 ことさらに諫めてみせること。

我心をなぐさめんためなるに、歴ゝ《れき〳〵》の家老《からう》共さへ身が前では遠慮《えんりよ》していはざる異見を、[一]緩怠《〔くわんたい〕》なる女め。早ゝ屋敷を追立《おつたて》よ」とすぐに其《(その)》日に追《おひ》出され、ぶ首尾《しゆび》にして都へまた帰りぬ。

惣《(そう)》じてゆくさき〴〵の大名方をしそこなひて、又しても〳〵立戻《もど》りしは、慰《〔なぐさ〕》み者《〔もの〕》の身としてとかく[二]仏沙汰《ほとけざた》いふて、一座の興《けう》をさますわるひ癖《くせ》があつて、つきもどされてかへれば、親一門打寄《より》てさま〴〵と異見するに、其身も得心《とくしん》しながらとかく酒盛婬楽《さかもりゐんらく》の時に至つては、我しらず仏経《ぶつきやう》を[三]囀《さへづ》る事、つゐに止《やま》ずして大名奉公の手[四]がきれて、あたら器量《きりやう》をうづもらしぬ。是《(これ)》一朝《てう》一夕《せき》の事にあらず。此《(この)》娘もと養子《やうし》にて実《じつ》の親の[五]穿鑿《〔せんさく〕》すれば、断《〔ことはり〕》なるかな去《さる》お寺《てら》の大黒《こく》のうみすてし娘とかや。誠《まこと》に[六]念《ねん》は生《しやう》をひくといへり。其後は妾《てかけ》奉公の口もなくて、[七]裏寺《うらでら》の墓守《はかもり》の女房となつて、[八]昔《〔むかし〕》の形《かたち》かはり浅黄《あさぎ》の古袷《ふるあはせ》の、右の[九]片袖紙子《かたそでかみこ》ぬひつぎたるに、霜《しも》月比《(ごろ)》の風をしのぎ、[一〇]観世《くわんぜ》ごよりの帯《おび》して髪《かみ》は[一一]ならずまげに爪《つめ》きらず[一二]かねつけず、声付《〔こわつき〕》も[一三]舌《した》ばやにうらがれ、かくもいやしくなる物かな。

又抹香屋《まつかう〔や〕》の悪《わる》娘は其身面躰《めんてい》にて銭《ぜに》のまふけられぬといふ事を我《(われ)》と合点《〔がてん〕》して、按摩《あんま》に心をつくし、[一四]十四経《けい》をよく覚へて其上に[一五]天性苦手《てんせいにがで》といふものにて、小児《せうに》の[一六]虫痞《むしつかへ》をさするに妙《みやう》を得て、上手《ず》の名をとり、お歴ゝ《れき〳〵》より乗《のり》物にて迎《〔むか〕》ひに来り、療治《れうじ》に隙《〔ひま〕》なく次第に金銀たまりて、昔《〔むかし〕》の貧家《ひんか》を去《さつ》て今は[一七]長者《ちやうじや》町に[一八]玄関作《げんくわんづく》りの大屋敷をもとめ、門前《もんぜん》に療治《りやうぢ》人[一九]市を

一　失礼。不届き。　二　仏教に関する論議。　三　べちゃくちゃとしゃべる。　四　縁が切れる。　五　細かく調べること。　六　思い込んだ一念は子孫にも及ぶ。ことわざ。　七　裏通りにある貧寺。墓守は底辺の職。その女房になるは大黒の縁。　八　以下「いやしくなる物かな」まで織留・六の一より剽窃、小省略あり。　九　右の片袖だけ紙子を縫い継ぎ。　一〇　こよりを帯の代りにする。　一一　ぐるぐる巻にひっつめて結った髪。　一二　お歯黒をつけず。　一三　早口でかすれて。　一四　漢方で人体の気血運行の通路十四をいう。その要所に六百六十六があり、これがつぼで鍼灸・按摩の治療にはその知識が必要。　一五　爪が苦く、毒があるという手。この手で押さえると腹痛がおさまり、蛇を捕えると動かなくなるといわれた。　一六　疳の虫によるさしこみをいうか。　一七　御所の西側、上長者町通と下長者町通の間の、室町・油小路間の東西の通り中長者町通りに沿う町。長者町中ノ町ともいう。現上京区内。当時小児医者があったが、上文の貧家に対してこの町名を選んだのでもあろう。　一八　普通の町家は玄関を作れず、これは大医の屋敷。　一九　多くの人が群れ集まる。　二〇　贈り物。　二一　物質的な援助。　二二　住所不定の浮浪者。大黒の縁。　二三　天竺の人だから此の世間の人ではないという。　二三「二」に俵ふまへて」

なし、酒肴《さけさかな》くだ物菓子《くはし》の[二〇]音物《ゐんぶつ》たへず、二親を安楽《あんらく》にやしなひぬ。是を思へばぶ器量《きりやう》なる娘を持《もち》しとてなげく事なかれ。美女《びじよ》持たる両親はあさましき姿《すがた》となつて、昔《むかし》相《あひ》借屋の好《よし》みをしたひ、此按摩取《あんまとり》の方へ[二一]合力《かうりよく》の願《ねが》ひはかどらず、次第〳〵に見にくうなりしが、さすが大黒《こく》の娘養子《やうし》にした所縁《ゆかり》とて、今は親父《おやぢ》は此界の人でなし、[二二]天竺《てんぢく》浪人《らうにん》となつて、其後は[二三]一に俵《たはら》ふまへて、六十にあまつて[二四]碓《からうす》踏《ふみ》して[二五]三条の裏《うら》町に[二六]一枚《まい》敷《じき》かつてござつた〳〵。

物好《ものずき》の染《そめ》小袖心の花は咲分《さきわけ》た兄弟《きやうだい》の娘

所から[二七]武蔵野《むさしの》の広《ひろ》き心の商人《あきんど》、少望姓《せうもとで》の時より大きなる[二八]請取《うけとり》普請《ぶしん》にかゝつて、年〳〵大分まふけためて、今世盛《よざかり》の[二九]金《かね》の光《ひか》り、軒《のき》にかゝやく星月夜《ほしつきよ》、[三〇]鎌倉柯枝《かまくらがし》の材木《ざいもく》屋の[三一]木曾《そ》右衛門とて、かくれもなき新長者《いまちやうじや》、十六と十五になる兄弟《きやうだい》の娘を持《もち》しに、二人共に[三二]都にも稀《まれ》なる器量《きりやう》。惣領《そうりやう》娘おはるには[三三]通《とをり》町の中橋辺《なかばしへん》の有徳《うとく》人、[三四]亀松屋の次男久米《くめ》三郎を養子聟《むこ》にして、家督《かとく》をゆづる契約《けいやく》。妹《いもふと》おなつは姉《あね》の婚礼《こんれい》すみてのち、身代《しん》よろしき方を聞《きき》たて縁《えん》につくる思案《しあん》にて、まづ惣領娘の祝言《しうげん》をいそぎしに、久米三郎病気《びやうき》によつて

「ござつた〳〵」は上の大黒の縁で大黒舞の歌詞による。　二四 碓は米を搗く踏臼。柄を足で踏んで杵を上下させる。俵の縁。米搗の賃仕事。　二五 三条通。三条大橋に通じる東西の通り。東海道と連絡するので商業地として栄え、旅籠屋も多いので、米搗の仕事も多い。　二六 一枚敷は一畳敷。小家。かつては借りての意。「ござつた」は大黒舞と意を異にし、居られたの意。この末尾大黒舞の文句をもじるので、一・六十・三・一と数字を多用。
二七 武蔵国の平野。広大なものの形容。またその繁栄都市江戸をも示す語。武蔵野のように広い、大気な江戸の商人。　二八 土木建築の請負。利益が大きく、また江戸は武家の町、火事頻発の町で仕事量も多い。
二九 光り・かゝやく・星月夜と縁語仕立。　三〇 神田堀が江戸城外堀に入る口の竜閑橋北詰より西、神田橋に至る間の外堀北岸の称。現千代田区内。なおこの地の材木屋とするのは、永代蔵・三の一に箸屋甚兵衛がここに住して金持となり、材木町で材木問屋をしたというのを誤読しての設定か。また相模国鎌倉には星月夜の井あり、星月夜の縁。　三一 木曾材の問屋に設定しての名。　三二 美人の産地京都にも稀な。　三三 日本橋南詰より南への大通りの京橋との間の真中辺。現中央区内。　三四 めでたい屋号で、後の若死を意識した逆の命名。

延引《えんゐん》を親父《おやぢ》迷惑《めいわく》がられしは、「盛《さかり》だちたる妹《いもと》をいづかたへとも縁《えん》定《さだ》めなく、嫁入《よめいり》させぬ内に[一]脇《わき》ふさぐ程の年にもならば」と、跡のつかへるをきのどくがり、「大かたに[二]本腹《ほんぷく》あらば、先《まつ》[三]表向《おもてむき》の聟入の祝義をすまし、其《その》上にて心まかせに[四]養性《やうじやう》いたされよ」と、親と親《おや》との[五]談合《だんかう》にて、[六]日柄《ひがら》見るにもおよばず、俄《にはか》に今宵《こよひ》祝言《しうげん》と諸《しよ》一門をよびあつめ、出入の手代数十人[七]麻上下《あさがみしも》を[八]ぐはりつかして、家《か》内は[九]万灯《どう》のごとく灯《ともしび》をかゝやかし、聟《むこ》殿お出をまつ所へ、聟の所より追ゝ《おひ〳〵》手代はしり来りて、「久米《くめ》三郎殿 此間《このあひだ》 聟入の御[一〇]心ごしらへに気をもまれしゆへか、但し四五日養性《やうじやう》薬[一一]たべられざる加減《かげん》か、只今門《かど》口にて目をまはされしが、[一二]気付《きつけ》も鍼《はり》も叶《かな》はず、聟入の行《ゆき》所ちがふて、[一三]地の下へ永くゆかるゝ身とはなられし」と、泪《なみだ》と共に申《まうし》てかへれば、家《か》内あきれて詞《ことば》もなく、「手代共が今宵《こよひ》を[一四]晴《はれ》と[一五]三井《みつゐ》が店《たな》で仕《し》立させたる麻《あさ》上下直《すぐ》に葬礼《さうれい》の用にたつとは、[一六]ふ定《でう》世界とはいひながら、あんまり変《かは》りし事共」と、親父胸《むね》をいためらるゝも 断《ことはり》ぞかし。姉《あね》娘はかくと聞《きく》より涙《なみだ》両袖をひたし、「[一七]つまにをくるゝも世の習《なら》ひとはいひながら、[一八]是《これ》程はかなきうきめにあふは、前世《ぜんぜ》の因果《ゐんぐわ》なるべし。たとひ[一九]一夜もそはぬとて、夫婦の契約《けいやく》するからは、[二〇]女をたつるはづはなし。[二一]姿《すがた》をかへて過《すぎ》さりし夫《をつと》のための[二二]後世菩提《ぼだい》の道に入《いる》べし」と、一筋《すぢ》に思ひさだめて、[二三]下《さげ》髪《がみ》の中程を思ひ[二四]切《きり》かゝる所を、二親乳母《めのと》取つきて「是非《ぜひ》思ひつめたらば、[二五]四十九日目《め》にいかにも尼《あま》になすべし」と、やう〳〵いさめて其夜は過《すぎ》ぬ。是より姉は髪《かみ》

一 女子は十九歳の秋に脇をふさぐ。 二 本復。病気全快。 三 公式。 四 養生。 五 相談。 六 日の吉凶を暦で調べることもせず。吉日を選ぶこともせず。七 上下は麻が正式。礼装。 八 糊でこわばらした上下に、ガリガリ音を立てさせて。厳重に居並ぶさま。 九 仏前に万灯を捧げて行なう法会の万灯会のように。祝いの麻上下は葬礼の役に立ち、盛観の万灯は法事の万灯会にかよい、後の不幸の前兆のようになった。 一〇 心づもり。心構え。心の準備。 一一 薬をのむことも食べるという。 一二 気付薬。 一三 冥途。 一四 晴の場。晴れがましい祝儀の場。 一五 駿河町の三井八郎右衛門の店。永代蔵・一の四に繁盛の様を描く。 一六 この世は無常の世とはいえ。 一七 結婚相手。配偶者。 一八 以下「孫がおそひ」辺まで大幅に俗つれ〳〵・二の三より剽窃、省略・変改あり。趣向としても祝言当日の聟の死は同書による。大きな変改は第一の聟が挙式後死ぬを実家を出る時死ぬに、第二の聟は一度も契りをこめず、父母死去後夫婦出家というのを、腰元を代りに寝屋に送る事にし、出家に及ばぬこと。 一九 添ふは夫婦となる、連れそうこと。 二〇 通常の女性としての立場・生活を保ってゆくべきではない。 二一 尼になって。 二二 来世の冥福を祈る道に。 二三 通例の結髪のように髻(とつ)をも出し、元結で髪を束ねたあ

容《かたち》にもかまはず、一間《ま》の奥《をく》に取籠《とりこも》り、外なく念仏申《まうし》て暮《くら》しける。

親たちは「とても[二六]跡目《あとめ》を入《いれ》ねばならぬ」と、又聟取《むこどり》の[二七]内談《ないだん》有《あり》しに、[二八]はなれきつての出家の望《のぞ》み、いろ〳〵とめても聞入《ききいれ》ざれば、後には異見《ゐけん》の[二九]品《しな》をかへて、「汝《なんぢ》孝行《かう〳〵》の心ざし偽《いつは》りなくば聟《むこ》をもとめて此家をたつべし[三〇]。妹おなつははや[三一]本町の呉服《ごふく》屋へ契約《けいやく》し、[三二]頼《たの》みまでとりたれば、[三三]変改《へんがい》して此跡《あと》をつがすべき事もならず。そちが心ひとつにて此家を[三四]退転《たいてん》させ、親迄に[三五]先祖へのふ孝《かう》をさするか。家を潰《つぶ》し親の心をそむき、身をたすかる仏法ありや」と道理にせめられ、あやまつておもひとまり、其後[三六]霊巌《れいがん》島より歴〻《れき〳〵》人の三男を[三七]入縁《いりえ》にとり、[三八]万事をわたして親達は近所に隠居《ゐんきよ》屋敷を建《たて》、是へ引込《こみ》世におもひのこせる事もなし。姉《あね》娘は入聟に[三九]はじめの夜心底《しんてい》の程《ほど》を語りて、「親孝行《おやかう〳〵》の為かく[四〇]夫婦の語《かたら》ひなすといへ共《ども》さりとは心にそまざりき。まつたくお主《ぬし》さまを嫌《きら》ふにあらず。[四一]身を観《くわん》ずれば夢なるかな。錦《にしき》の褥《しとね》をかさねても、人間《にんげん》つゐの煙《けふり》はのがれがたし」、とかく[四二]後世の心入《こころいれ》[四三]つど〳〵にかたり、[四四]至極《しごく》の涙にしづめば、入聟是を感《かん》じ「心やすかれ。そなたの望《のぞ》みにまかせ、二親一生の中は随分《ずいぶん》懇《ねんごろ》にあたり、死去の後勝手《かつて》次第に出家《しゆつけ》さすべし」と、表向《おもてむき》は夫婦分にて内証《ないしやう》はきびしく、かりの転合《てんがう》さへいはず、姉《あね》の手廻《まは》りに久しくつかはるゝ、もんといふ[四五]美目《みめ》よき腰元《こしもと》を替《かは》りに寝屋《ねや》へつかはし、それは〳〵行義正《ぎやうぎたゞ》しき身の[四六]取置《とりをき》。「[四七]いな事で孫《まご》がおそひ」と二親内証《ないしやう》しられねば、待兼《まちかね》らるゝも断《ことはり》ぞかし。

と、髷に結わずに後に長く垂らした女の髪風。公式の席に臨む時などの風で、ここは結婚式であるのでこの髪を結っている。三九二頁の挿絵の左上花嫁の髪参照。　二四 思ひ切ると、(髪を)切かかる(切ろうとする)を掛ける。　二五 人の死後四十九日目。中陰を経てこの日までに次の生を受けるという。四十九日の餅を搗いたりして法事を行なう。
二六 家のあとつぎ。　二七 内内の相談。
二八 きっぱりとした態度をとるさま。
二九 方法。やり方。　三〇 立てよ。家名を存続させよ。　三一 江戸城外堀の常盤橋より東に通ずる通りを一丁目より四丁目にわける。途中日本橋より北上する室町の通りと交叉する。一丁目・二丁目に呉服屋があった。現中央区内。　三二 結納。　三三 約束を変えること。　三四 とだえること。
三五 家を絶えさせ、先祖を祀る者をなくさせる事は不孝。　三六 隅田川の川口、隅田川・日本橋川・亀島川に囲まれた島。越前福井の松平家下屋敷の他、材木屋・解船屋などがあった。現中央区内。　三七 入聟。
三八 家督を譲り。　三九 祝言の夜。
四〇 夫婦の契り。　四一 わが身の無常なことは夢の如く、栄華に誇っても死をのがれることはできない。
四二 来世を願う考え。　四三 こまごまと。　四四 感きわまって流す涙。
四五 美貌の。　四六 振舞。
四七 おかしなことに孫のできるのが遅い。

是《(これ)》にかはつて妹のおなつは、本町の呉《ご》服《ふく》屋《〔や〕》へ縁《えん》につきしが、下ゝ《(したじた)》と密通《みつつう》あらはれ「堪《〔かん〕》忍《にん〕》せぬ」と血気《けつき》づよき息子《〔むす〕》[一]が、血眼《ちまなこ》になつて腹《〔はら〕》をたつるを、親ゝ[二]異見し其上《(その)》に谷中《やなか》[三]の旦《だん》那《な》寺の和尚《おしやう》までをかけて[四]、さま〳〵侘言《わびごと》して世間沙汰《さた》なしに暇《〔いとま〕》[五]の状もらふて立帰り、すこしも是を恥《はち》たる粧《けはひ》[六]もなく、若《わか》い手代をとらへてはじやら〳〵[七]との転合口《〔てんがう〕〔ぐち〕》。両親《ふたおや》の目にあまり又も浮名《うきな》のたゝぬうちにと、縁《えん》の口のあるをさいはひに、其まゝ振《〔ふり〕》袖きせてすこしも年のひねぬ[八]様《やう》子に見すべきとて、細眉《ほそまゆ》[九]つくらせ白粉濃紅《おしろいこくべに》つけて尼《〔あま〕》棚《だな》[一〇]の塗《〔ぬり〕》物屋へ、明日《あす》の夜よめらす契約《けいやく》。二度目《〔め〕》なればとて千両の敷金《しき(がね)》にて、前ゝ〳〵《まへ〳〵》[一一]の疵《きず》を埋《うめ》、拵《〔こしら〕》へも大概《がい》にして送《をく》らるゝ用意《ようゐ》半《なかば》へ、紺《こん》[一二]の単物《ひとへ》着《き》たる剃下《そりさげ》の草履《ざうり》[一三]取、角鍔《かくつば》[一四]の大脇指《わきざし》[一五]さして案《あん》内なしに台所《だいどころ》へつつとはいり、「おなつにあひませふ」と大平《おほへい》[一六]に申せば、手代共興《けう》をさまし、「こちの内におなつといふ食焼《めしたき》はなひ」といへば、「イヤサこれの妹《いもと》娘のおなつにあはせて下され。身はおなつと二世[一七]迄の夫婦の約束《やくそく》いたした、角助といふおなつが夫《おつと》。承れば明晩《ばん》何方へやら嫁入《よめいり》いたす実説《じつせつ》[一八]でござれば弓矢《ゆみや》[一九]白山《はくさん》堪忍《〔かんにん〕》いたさぬ。おなつをお出しなされ」と脇指《わきざし》ぬき出しむつかしう[二〇]かゝれば、番頭《ばんとう》の木工《もく》兵衛腹《〔はら〕》にすへかね、「推参《すいさん》千万。をのれらがやうな下郎《らう》にはお詞《ことば》をかけらるゝ事はおゐて[二一]、かりにお姿《すがた》さへ見せられたる事もなき主人の娘御と、二世の約束とは大それたるねだれもの[二二]。長居《ながゐ》すると棒伏《ばう〔ぶ〕》[二三]せにして、御上《おかみ》へ申上るが」と肘《ひぢ》[二四]まくりしてかゝれば、角助打わらひ、「推参《すいさん》といふはう[二五]

一　呉服屋の息子、すなわちおなつの夫。
二　両親。
三　上野の北西、駒込の東に当る地。寺が多い。現台東区内。
四　ひきあいに出す。
五　離縁状。
六　様子。そぶり。
七　ふざけるさま。
八　年齢が老けない。
九　既婚者は眉を剃っているので、短期間に応急に。
一〇　尼棚に塗物屋の多いこと→四三三頁注二一。皺かくしに白粉を濃く塗ったり、一時を糊塗する縁で塗物屋にする。
一一　以前の失態をうめあわせる。
一二　奴の服装。
一三　武家で主人の草履を持って供をする召使。
一四　角形の鍔。侠客風。
一五　脇指のもっとも長尺のもの。一尺八寸(五十四$^{セン}_{チ}$)以上。これを指すのも侠客風。
一六　横柄に。尊大に。
一七　現世と来世。夫婦の縁は二世という。
一八　本当の話。確かな話。
一九　自誓の語。断じて。誓って。弓矢八幡とも。
二〇　わざと事を構えて交渉をする。
二一　さておいて。
二二　ゆすり。言いがかりをつけてゆする者。
二三　棒でたたき伏せること。

ぬらが事なり。[二六]をのれが主《しゆ》の娘と夫婦の約束《〔やくそく〕》ある[二七]身共なれば、此《(この)》角助も[二八]主筋《しゆすじ》ならずや。それに腕《うで》まくりして[二九]緩怠《〔くわんたい〕》千万。[三〇]主《〔ぬし〕》ある女を縁《えん》につけんといふ、道にそむきし仕方《しかた》をだまつてゐる男でない。此方より[三一]表向《おもてむき》へ断《ことはり》申上て、おなつも聟《むこ》も[三二]木の上へのぼせて見せう。是からはおなつにあふ迄もない。祝言するが実《じつ》か虚《きよ》か、真直《〔まつすぐ〕》に申せ。真《まこと》なればすぐに是から[三三]名主年寄《なぬしとしより》へとゞけて帰《かへ》るが、さあ実《じつ》ふ実《じつ》を急度《きつと》申せ」と眼《まなこ》をむき出しいひければ番頭聞《ばんとうきい》て、「先《(まづ)》おのれがおなつさまと夫婦じやといふ証拠《しやうこ》を出せ。証拠《しやうこ》がなくはねだりものにきはまつたゆへ、たゞはかへさぬ」と、[三四]和《わ》藤《とう》内《(ない)》が虎《とら》をとりひしぎし勢《いきほ》ひのごとく、肩肘《かたひぢ》をいきらしねめつくれば、「番頭《ばんとう》顔《〔がほ〕》してびこ〳〵とやかましひ。主人おなつが[三五]手跡《しゆせき》は見しつてゐつらん。本町の呉服《ごふく》屋で二つなき命にかへて契約《〔けいやく〕》した、印《しるし》の[三六]起請《きしやう》是が証拠《しやうこ》にならずは[三七]浮世《うきよ》は闇《やみ》じや。よく見をけ」と晒《さらし》の[三八]守袋《まもりぶくろ》より一通《つう》を出し見すれば、妹《〔いもふと〕》 娘の自筆《じひつ》にて「其方と密通《みつつう》せし事あらはれ、いかなる憂《〔う〕》き目にあひまいらせ候とも、互《〔たがひ〕》の心かはらず来世《らいせ》迄もそひ[三九]申《(まうす)》べく候」と、[四〇]諸神《しよじん》を書籠《かきこめ》たる起請文《きしやうもん》。番頭《ばんとう》見て[四一]赤面《せきめん》し、[四二]張《はつ》たる肘《ひぢ》をすぼめて、是より手をつきさま〴〵侘《わび》して、「此誓紙《せいし》を廿両にして私《わたくし》へ下され」ともらひかくれば、「[四三]金銀づくにはあらず。おなつをつれて[四四]宿《やど》ばいりを仕る。[四五]女房共を此方へわたされよ。さなくば[四六]御町へおことはり申《(まうす)》」とかさ[四七]高《(だか)》に出れば、二親は物影《かげ》から此様子《やうす》を聞《きい》て、[四八]一身《しん》に汗《あせ》をながし、「さりとては外聞《ぐわいぶん》わろし。百両が弐百両で

二四 腕まくり。
二五 汝ら。
二六 おまえ。　二七 私。
二八 主人筋。主人に近い関係の者。
二九 不届き。失礼。　三〇 夫。
三一 官辺。役所。
三二 はりつけの刑に処せられるようにしてみせよう。自分が夫であるから、二人は姦通罪で処刑されるべきであるという。
三三 →四一五頁注三一・三三。町役人に届けるのは裁判に持込む第一段階。
三四 和藤内は国性爺合戦の主人公。二段目に大明国に渡った和藤内が千里が竹で虎を伏させることがある。
三五 筆跡は見知っているだろう。
三六 偽りのないことを神仏にかけて誓約した文書。後出の誓紙に同じ。
三七 この世に道理が存在しないも同然。
三八 守札を入れて肌に掛ける袋。起請など大事にするものも入れる。晒の袋は奴風俗か。
三九 連れそう。
四〇 起請には日本国中の大小神祇にかけて誓う文言がある。
四一 恥じ入って赤面した。
四二 元気を失うさま。
四三 金銭次第で済む問題ではない。
四四 奉公を退き、家を持って世帯を張ること。
四五 女房に同じ。おなつを指す。
四六 町役人に訴える。
四七 威圧的。
四八 冷汗を流す。

もあの者《もの》めが満足《まんぞく》するほど金をとらして、書《かい》[一]た物をとりもどせ」と、余《よ》[二]の手代にいひふくめ番頭《ばんとう》が耳《みゝ》へふきこますれば、「無念《むねん》なる金を十分にとらるゝ事の口をし」と、歯《は》がみをなせども性悪《しやうわる》[三]の娘のしぞこなひ。今さらとりかへしがならず。だん／＼[四]つけあげ弐百五十両にして起請《きしやう》の外にかまひないといふ一札《〔いつさつ〕》[五]させて、此《〔この〕》上の口留《くちどめ》[六]して酒までもつてかへしぬ。

同じ胤《たね》[七]腹《〔はら〕》ひとつの兄弟《きやうだい》とても、姉《あね》とは各別《〔かくべつ〕》の生《〔むま〕》れぞこなひ、是《〔これ〕》とても親の身で指《ゆび》[八]がきたなひとて切てもすてられず。家内《かない》出入《いり》の下ゝ《〔したじた〕》までに「沙汰《さた》するな」といひふくめ、契約《〔けいやく〕》の尼棚《あまだな》へよめらせしが、夜ふけて門《かど》の戸《と》の鳴毎《なるごと》に、「妹《〔いもふと〕》めは何事も仕出来《しでかし》[九]はせぬか」と、二親肝《ふたおやきも》[一〇]をひやさるゝも断《〔ことはり〕》ぞかし。

世間娘形気三之巻 終

一 証文。ここは起請。
二 別の手代。ほかの手代。
三 身持の悪いこと。悪性。
四 金高を次第に高くする。
五 証文を書かせ。
六 酒まで飲ませて。
七 実父母が同じ。
八 ことわざ。肉親に悪人がいても簡単に見放すわけにはいかぬ。
九 騒動を起しはせぬか。
一〇 ぞっとする。

世間娘容気　四之巻

目　録

子息容気追加

[一]器量《きりやう》に[二]打込聟《うちこむむこ》の[三]内証《ないしやう》[四]調《しらべ》て見る鼓屋《つゞみ〔や〕》の娘《むすめ》

親仁《おやじ》が異見《ゐけん》に[五]耳《みゝ》をつく、[六]針手《はりで》のきいた兄子息《あにむすこ》、替《かへ》てやりたひ妹《いもと》が[七]隠芸《かくしげい》、是《〔これ〕》も二目とは[八]菊石頰《みつちやづら》、愛想《〔あひそ〕》も[九]月夜に釜《かま》ぬかれた婿《むこ》が心底《〔しんてい〕》。

[一〇]胸《むね》の火《ひ》に伽羅《きやら》の油解《あぶらとけ》て来《く》る[一一]心中娘《しんぢうむすめ》

嫁入《よめいり》を[一二]日待《ひまち》の浄瑠璃《じやう〔る り〕》、[一三]語《かた》るにつきぬ二人《ふたり》が中《なか》、道理《だうり》といはれぬ[一四]無理殺《むりごろ》し、迷惑《めいわく》な[一五]浮名《うきな》をおひ女房《にようばう》、仕合《しあはせ》の長生《ながいき》は[一六]八十八の升《ます》かけ、[一七]切《きら》るゝ場《ば》を遁《のが》れた娘《むすめ》。

身《み》の悪《さが》を我口《わがくち》から[一八]白人《はくじん》となる浮気娘《うはきむすめ》

聟《むこ》との中《なか》は[一九]初《はじめ》よし、後《のち》のわるひ[二〇]作病《さくびやう》やみ、[二一]頭斗《あたまばかり》に血《ち》の多《おほ》ひ[二二]先斗町《ぽんとちやう》、金銀《きんぐ》を[二三]借座敷《かりざしき》の無分別《むふんべつ》、[二四]思《おも》ひ入《いれ》の役者《やくしや》に[二五]魂《たましゐ》は置《をい》て来《き》た質《しち》、[二六]果《〔はて〕》は流《なが》れの女。

一 原本目録は章の順序が本文と異なり、三・一・二の順になっているのを正した。 二 ほれ込む。打・調・鼓と縁語仕立。 三 財産状態。 四 調査する。楽器の調子を整える意もあるので、鼓の縁でこの語を用いた。 五 耳が痛い。下文に続けて、「耳に針を刺す」ということわざによる行文。 六 裁縫に巧みな。 七 他人の知らぬ上手な技芸。 八 重症の天然痘によるあばた。二目とは見(ず)と掛ける。 九 非常に油断をしていることのたとえ。愛想も尽きと掛ける。 一〇 恋慕の思い。火・油・解てと縁語仕立。 一一 男に真実を尽す娘。ただし本文では心中死をはかった娘でもある。 一二 人人が集り、潔斎して夜を明かし、日の出を拝する行事。眠らぬために終夜歌舞遊宴する。後には遊興の会合となる。嫁入を待つと掛ける。 一三 浄瑠璃の縁でいう。 一四 無理やりに殺すこと。上の道理と対をとる。 一五 浮名を負うと老女房を掛ける。 一六 升かけは升掻(かき)。升に盛った穀類などを、縁と同じ高さに平らにならす短い竹の棒。八十八歳になった老人に切ってもらい、縁起を祝う。 一七 升掻を切ると切殺されるを掛ける。 一八 自分の口から吐くと白人を掛ける。 一九 暦の用語。 二〇 仮病。 二一 感情的で激しやすいこと。血は病の縁で出す。 二二 京都の賀茂川の西岸、三条大橋西詰より一筋南下した辺より四条までの間の南北の通

器量《きりやう》に打込聟《こむむこ》の内証《ないしやう》調《しらべ》て見る鼓《つゞみ》屋の娘

[一]浅《あさ》草の[二]御下《した》屋形にて殿様[三]七十の賀《が》の御祝《(いはゐ)》の御能首尾《のうしゆび》よく相《(あひ)》すみ、[四]太夫[五]役者《やくしや》[六]狂言師《きやうげんし》迄御金を下され益《ます〳〵》御機嫌《(きげん)》よく御酒宴はじまり[七]御肴《(さかな)》に[八]御扶持《ふち》人の[九]小鼓打《こつゞみうち》、[一〇]松林音《はやしおと》右衛門を召出され[一一]一挺《てう》御所望[一二]冥加《しよもうみやうが》にかなひ、首尾《(しゆび)》よく打おさめて御褒美《ほうび》の御言葉《ことば》数〳〵のうへ、「音《おと》右衛門も五十有余《ゆうよ》と見ゆれば悴《せがれ》に芸《げい》を伝《つた》へて折節《(をりふし)》は替《かは》りをつとめさせ、休息《きうそく》仕るべき」の旨《むね》有がたき[一三]御意《ゐ》「[一四]生前《しやうぜん》の面目《めんぼく》」と[一五]袖にもあまる身の悦び。拝領の[一六]五十枚をもたせ[一七]白銀《しろがね》町の宅《たく》に帰り先《(まづ)》神棚《かみだな》へあげて此上《(この)》の仕合《(しあはせ)》をいのり、さて惣領の音《おと》五郎をよびよせ有がたき殿の御意《ぎよゐ》を申聞《(まうしきか)》せ、「いよ〳〵鼓の稽古《(けいこ)》をはげむべし」といひわたし、翌《よく》日より暫時《ざんじ》も[一八]只居《(たゞゐ)》させず、をしへけるに[一九]羽衣の曲舞《くせまひ》一番何ほどをしへても覚へず。親音右衛門も鼓《つゞみ》の外に手を[二〇]打てあきれ、「さて〳〵親に似《に》ぬぶ器用者《きようもの》。是《(これ)》では[二一]芸者《げいしや》の家たゝず。所詮《しよせん》他所より養《やう》子をして、おのれは打切てしまはふか」と、おどしの[二二]掛《(かけ)》声かけてもいかな〳〵覚への甲斐《(かひ)》ないよりは、[二三]生得《しやうとく》ぶ[二四]拍《ひやう》にて間にあはず。親父きのどくの首《あたま》をかいて寝《しん》食《しよく》をわすれ、起《をき》るからねる迄おしへて見れ共《(ども)》[二五]聾《つんぼう》に物いふごとく、一つも役《やく》にたゝざり

り。現中京区内。ぽんとはポルトガル語由来の語で、先端の意があるので頭の縁。「町(ちゃう)」は原本のまま。 三三 金銀を借ると掛ける。 三四 恋慕すること。上文の分別の縁。 三五 夢中になること。置くは魂を置いて来たと質を置くと上下に掛かる。 三六 最後は遊女となった。質(七)に果(八)と続け、質は流れの縁。

一 江戸の浅草。現台東区内。
二 下屋敷。郊外に設ける別邸。
三 七十歳の賀の祝。
四 座の棟梁。
五 太夫以外の座の衆。
六 能狂言を演ずるのを業とする者。
七 酒宴に興を添える歌舞などの芸。
八 扶持米を給与されている出入の者。
九 能楽の囃子の小鼓を打つ者。
一〇 松林は松囃子を姓に相応する字に変えたもの。小鼓の縁で松を吹く風の音を名とした。
一一 鼓を数える語。一手打つことを所望された。
一二 神仏の思し召しにかない。
一三 御命令。仰せ。
一四 存命中のまたとない面目。最大の名誉。
一五 嬉し涙が袖にもあまるほどの。
一六 銀五十枚。銀一枚は四十三匁。
一七 江戸城外堀に入る神田堀南岸に沿う町。現中央区内。能楽関係の居住者があった。(銀)五十枚と縁のある町名。
一八 何もせずにいること。

き。

然るに此音五郎が妹におむめとて今年十五の月[二六]の顔《かほ》、花の容《かたち》又ならびなく兄に増《まさ》つて天性《てんせい》拍子よく鼓《つゞみ》をすきて、親の打《(うつ)》ほどの事をならはずしてよくおぼへ、乱《みだれ》[二七]道成寺の伝受《でんじゅ》事迄聞覚へて、うたせて見るにしかもよく鳴《なり》て間《ま》のよい事親もおよばず。「さりとは浮世とてまゝならず。その器用《きよう》を音五郎に半分やれば家はめでたふ続《つゞ》くといふ物なるに何程上手にうてばとて女の小鼓は、出家《しゅつけ》の兵法《(ひやうほふ)》[二八]鍛煉《たんれん》して印可《いんか》[二九]をとつたと同じ事にて表向《おもてむき》[三〇]へ出されねば、名人に成《(なる)》ほどつらし。あつたら[三一]芸《げい》をうづもらする事の残念さよ」と女房にしみ〴〵と語《(かたり)》ければ、内義聞て「兄より妹を讃《ほめ》させらるゝは大きなるお目ちがひ[三二]。妹のむめは縁付《えんづき》させても世帯《せたい》など中〻持《もつ》者《〔もの〕》にはあらず。あのやうなぶ器用な娘《〔むすめ〕》の子は、ひろひ世界に又有《(ある)》まじと産《うみ》出した母が目にあまれば、他人はさぞや指《ゆび》さして笑ふべし。女は貴《たつとき》も賤《いやし》きも針《はり》持《(もつ)》すべしらずしては一生立《(たち)》がたし。さるによつて十《とを》の年《とし》から我膝《わがひざ》もとへ引付置《つけおき》針仕《はりし》事《ごと》をおしゆるに、今にふくろび[三三]一つぬふ事ならず。女の役にもたゝざる鼓に聞入《(いり)》、[三四]「あれではなひ」と末〻は米にも[三五]せうと思ふて稽古《けいこ》さつしやる歴〻《れき〲》[三六]の弟子衆をそしり、女の口からひとこなし[三七]にいひまするが、其《(その)》手間でせめて兄の音五郎が三分一《(さんぶいち)》[三八]針《はり》手《で》がきけばわらは[三九]が気だすけ[四〇]、ぶ器用《〔きよう〕》なとこなたはしからるれ共《(ども)》音五郎ほど器《き》用《よう》者《〔もの〕》はござらぬ。誰《たれ》にならはねど我《(わが)》着《きる》物は人手にかけず、我《(われ)》[四一]と仕《し》立《たて》てきるのみか此中《(このぢう)》[四二]こなた

一九 初歩段階の曲。
二〇 驚きあきれた時の動作。鼓を打って教えるその上に手を打って。
二一 芸をもって身を立てる者。
二二 おどしの声をかける、おどかすことを、鼓の縁で掛声といった。
二三 生まれつき。
二四 不拍子。拍子があわぬこと。拍子の感覚がないこと。
二五 役に立たぬことのたとえ。
二六 満月のように美しい顔。十五は年齢をいうとともに、十五夜の意をもたせている。
二七 乱は猩猩・鷺のみに演じられる特別な舞。道成寺は秘曲。
二八 剣術などの武術。
二九 弟子に武術の奥義を許し授ける免許状。
三〇 坊主が殺生の法に熟達することは公然にはできない。
三一 惜しい。もったいないことに。
三二 見あやまり。人物評価のあやまり。
三三 ほころび。衣服の縫い目が切れ解けること。
三四 あの鼓の打ちかたはおかしい。あのように打つべきではない。
三五 その技芸で扶持をもらおう。
三六 高弟。弟子中の先輩格。
三七 十把一からげに悪く言う。
三八 三分の一。
三九 女性の使う一人称。私。
四〇 安心させること。
四一 自分で。
四二 先日。

のお屋敷へ着《き》てござつた裏付《うらつけ》の上下《かみしも》は音五郎が仕立ましたが、口利《きゝ》の羽織屋《はおり》が手際《ぎは》にもおよばぬほどの仕立際《ぎは》、世界の重宝《てうほう》といふは兄が事。たゞ苦《く》になるは妹が手槌《てづち》、うつてもたゝいても役にたゝずで行末が案《あん》じらるゝ」と、額《ひたい》に皺《しは》よせしんきさふにいはるれば、音右衛門かぶりをふつて「そなたと我等とは大分のおもはくちがひ、妹が針手のきかぬよりは兄めが鼓《つゞみ》を打《うち》おらぬは、先《まづ》さしあたつて此《この》家の退転《たいてん》。其《その》家に生れて曲舞《くせまひ》ひとつきかるゝ程に得うたぬこそ道理なれ。男と生れて縫針《ぬひはり》の道に心をよせるからは、本道の人間といふものにあらず。燕石《えんせき》を玉と見て琢《みがく》ごとく百日千日芸《げい》をみがき入《いれ》ても元《もと》が光《ひか》りなき石なれば世話《せわ》やき損《ぞん》といふもの。とかく急《きう》に器用《きよう》なる鼓《つゞみ》に心がけある若《わか》い者《もの》を養子《やうし》とし、妹《いもふと》のむめとめあはせ我《わが》跡《あと》をつがせ、兄の音五郎はをのが得手《えて》の羽織屋《はおりや》へ弟子《でし》奉《ぼう》公《こう》につかはすべし」と所存《しよぞん》きはめて入縁《いりえ》の事を聞立《きゝたて》しに、八丁堀《ちやうぼり》の薪《たきゞ》屋の息《むす》子、此おむめを過つる十八日に浅草《あさくさ》の観音《くわんおん》参《まいり》に見初《そめ》、うか〳〵と物をもくはず思ひこがれしを、後見《うしろみ》の手代十右衛門此訳《わけ》をきいて娘の親商人《あきうど》にあらねば、ちとふ同心《どうしん》ながら、「あれ程に旦那の思入《おもひい》られし上はたとひ駕籠舁風情《かごかきふぜい》の娘でも、よびむかへずはなるまじきに、増《まし》てや扶持《ふち》人の芸者《げいしや》一門にならせられてもはづかしからず」と、さいわひ弟子の中に主人の友達《ともだち》ありけるを頼《たの》みて、「自然嫁入《しぜんよめいり》の拵《こしら》へなどに屈沢《くつたく》あらば其入用《いりよう》は手前から何程もつかはすべし」と懇《ねんご》ろにいひつかはせしに、「此方へ聟《むこ》をとる所存《しよぞん》なれば他《た》へ縁組《えんぐみ》は思

一 上下は単(ひとえ)の麻を式正とし、武家平常の勤仕などは裏付のものを着用。　二 有力者。顔きき。　三 羽織・袴・足袋などの仕立を業とする者。
四 仕立の手際。衣服縫製の出来ばえ。
五 手づつ。下手。無器用。
六 どんなに手段を講じても。うつ・たたくは槌の縁でいう。
七 もどかしそうに。じれったそうに。
八 不承知のさま。　九 その道の家。
一〇 本当の人間。まともな人間。
一一 中国燕山から出る玉に似て玉でない石。似て非なるもの、真価のないもののたとえ。
一二 自分の得意の。自分の上手な。
一三 考えをきめて。
一四 京橋の東、白魚橋から東へ隅田川に至る堀。その両側に本八丁堀・南八丁堀がそれぞれ五丁目まであった。現中央区内。南八丁堀の東の本湊町に薪炭問屋が多かった。
一五 浅草の観音の縁日。　一六 浅草の金竜山浅草寺。現台東区内。
一七 落着かぬさま。ぼんやりしたさま。　一八 後見人。主人が少年であるので、この場合手代が財産管理に当っている。
一九 不賛成。不同意。
二〇 奉公人が主人を呼ぶ語。
二一 駕籠舁の如き者。風情は軽蔑した意を示す。
二二 嫁として迎える。　二三 松林の弟子の中に薪屋の息子の友人がいる。
二四 万一。ひょっと。　二五 気にかけて心配すること。困ること。

ひよらず」との返事を、薪屋《たきゞ〔や〕》の息子《〔むす〕》聞《〔きく〕》とひとしく、なを〳〵こがれて「あの娘とそはで[二六]は此まゝ思ひ死《じに》にするといふ物。しかれば命にはかへられず所詮《しよせん》商売《しやうばい》を後見《こうけん》の十右衛門にとらせ、鼓打《つゞみうち》の養子《やうし》になつて芸者《げいしや》になる分《〔ぶん〕》[二七]。入聟《むこ》に肝煎《きもいつ》[二八]て給はれ」と肝煎《きもいり》かけし友達《ともだち》をたのめば、音《おと》右衛門方へゆきて右の段々《だん〳〵》はなして「聟《むこ》[二九]に参らんとの事、同じ養子をなされふならば御息女《そくじよ》にあれほど思入《〔おもひいり〕》、身代《しんだい》[三〇]さらへて持てこふと申《〔まうす〕》深切《しんせつ》[三一]なる者《〔もの〕》を、聟《むこ》になされたがお為《〔ため〕》[三二]かと存る」と達《たつ》[三三]てすゝむれば、「いかにも拙者《せつしや》身分には少々過たる聟なれば祝着《しうちやく》[三四]にも存れども、宗旨《しうし》[三五]を承れば法花宗《ほつけしう》[三六]ではなきよし。それなれば千両万両持参《ぢさん》金があつて、何程に器用《きよう》な生れつきでも、聟にとる事はいやでござる」といひきれば、立帰つて薪屋《たきゞ〔や〕》へ此由《〔よし〕》をかたれば、「ハテあの娘ゆへに地獄《ぢごく》へ落《をち》たらまゝよ。代々浄土《じやうど》[三七]なれど宗旨《しうし》を今日《〔けふ〕》からかへませふ」と、俄《にはか》に妙法寺[三八]をたのみて総《ふさ》[三九]の長き珠数《じゆず》に持《もち》かへて、是《〔これ〕》を又音《おと》右衛門が方へ友達《ともだち》をつかはして、「今朝《けさ》御経《おきやう》[四〇]を頂《いたゞ》き改宗《がいしう》せられし」といはすれば、音《おと》右衛門ふせう〳〵に「根《ね》[四一]ぬきの法花《ほつけ》でなければ信心《しんぐ》うすく、自堕落《じだらく》な物なれど、それ程までに娘が事を忍《しの》[四二]ばるゝ上は成程《〔なるほど〕》聟《むこ》にとりませふが、ふ断《だん》一所にゐては互《たがひ》に窮屈《きうくつ》にて、[四三]あきめも見ゆればいかゞなり。さいはひ此裏《うら》に明地《あき》もあれば我々夫婦が気休《きやす》[四四]め所をあの[四五]方から急《きう》に建《たて》らるゝやうにたのみまする」と、是より内外《ないぐわい》の入用共書付《かきつけ》にて取よせ、吉日ゑらみて聟《むこ》取の日限《にちげん》もはや一両日になれば薪屋《たきゞ〔や〕》の息子《〔むす〕》は灸《きう》[四六]すへて山見る心になつてう

二六 連れ添わなかったなら。
二七 …だけのことだ。
二八 世話をすること。
二九 原本「聟」。後出一三行目の聟も同じ。 三〇 財産をすっかり集めて。
三一 思い入れが深く切実なこと。
三二 為になること。利益になること。師匠の家に関する事であるので、尊敬語を用いる。 三三 強いて。切に。
三四 喜ばしいこと。 三五 以下「信心うすく」の辺まで懐硯・四の四より剽窃、改変あり。 三六 日蓮宗。その信者は、他宗の者と縁を結ぶことをせず、また強情我執の者に描くのは当時の文学作品の通例。 三七 浄土宗の信者。 三八 武蔵国多摩郡堀ノ内村(現杉並区内)の日円山妙法寺。開山日円上人。当時より今日まで有名な法花宗の寺。ただし寺名は懐硯のまま。懐硯は筑前国太宰府の話。ここは江戸のことにしても通じるので、寺名をそのままにしたのであろう。 三九 法花宗では首から掛けれるほどの長い珠数を持つ。
四〇 法華経。 四一 生え抜き。生粋。
四二 思いしのぶ。 四三 相手にあきるような状況。 四四 安心してくつろげる場所の意か。隠居所を指すのであろう。原本「気休め(きやすめ)」。
四五 あちら。薪屋を指す。ここまで、結末を利かすために、無理な要求を重ねさせる。 四六 灸治で灸所がふくれて快方にむかうこと。ここは困難をしのぎ目的に達する喜びにたとえていう。

れしく、男つくつて[一]悦ぶを、一門さては後見《うしろみ》の十右衛門詞《ことば》[二]をつくし、「芸者《げいしや》と医者《ゐしや》は商《あきん》人《(ど)》とはちがひ其《(その)》身むまれついて其道にはまり[三]、天性《てんせい》の器用《きよう》にて名をとる[四]事なるに十露盤《そろばん》の外芸能《げいのう》もたしなみ給はぬ田夫《でんぶ》[五]の身をもち、名人《めいじん》の芸者《げいしや》の世継《よつぎ》にならんとは無分別《むふんべつ》の至《いた》り。其上代ゝ仕《し》[六]付《つけ》来られし家職《かしよく》をすてて〔ゝ〕金銀《きん〴〵》入《(いれ)》て他所への入聟、拙《つた》なき世話《せわ》[七]に「小糠《こぬか》[八]三合持てさへ入聟すな」とは中《(まうす)》に、かた〴〵[九]ぶ思案《しあん》の至り」と異見《ゐけん》すれ共《(ども)》聞入《(いれ)》ず。

其日になれば思ひこがれし美形《びけい》の娘の顔《〔かほ〕》見ん事を悦び、いさみすゝんで聟入せしに、音右衛門夫婦兄の音五郎出て祝義の盞《さかづき》取むすび、肝心《〔かんじん〕》[一〇]の姫君の出られぬを不審《〔ふしん〕》すれば、「一昨日より大熱《ねつ》にて今に枕《まくら》があがらぬ」由《〔よし〕》。「是《(これ)》は」と自身《じしん》懇《ねんごろ》なる医者《ゐしや》の方へはしりゆき同道して見するに、「疱瘡《ほうさう》の山[一一]をあげてしかも大分《〔ぶん〕》の出《(で)》もの。随分《〔ずいぶん〕》大事にかけられよ」と薬おいてかへられぬ。聟は疱瘡《〔ほうさう〕》と聞《(きく)》よりも万事をすてて〔ゝ〕おむめに「かゆく[一二]と随分《〔ずいぶん〕》顔《かほ》をかきやるな」と此《(この)》政道《〔せいたう〕》[一三]をするも断《〔ことはり〕》、

一 髪かたちなど外貌を整え、男ぶりをよくする。
二 あらん限りの言葉をもって説得しようとする。
三 うまくあてはまる。適合する。
四 有名になる。評判を得る。
五 教養なく粗野な者。
六 しなれて来た。仕事になれ地歩を築いて来た。
七 ことわざ。
八 わずかでも財産があれば、独立して家を持ち、入聟になるな。
九 どちらにしても、いずれにしても、たいへん無思慮なことだ。いずれにしても、とんだ考えちがいだ。
一〇 恋いこがれた相手であるのでかくいう。
一一 天然痘の発病後九日目ごろより、発疹が化膿し発熱することをいう。下文の大分の出ものは、その発疹が沢山であることをいう。
一二 山を上げる期間三日を過ぎると、発疹部がかせてかさぶたを作るようになる。この時期は非常にかゆいが、かくとあばたがひどくなる。
一三 制止。

一四ゑぐ瘡《いも》とやらんにて一面《めん》に跡《あと》つき、昔《〔むかし〕》の美《び》なる容《かたち》はなくて面躰黒菊《めんていくろみつ》一五石引《ちや》つりひとへに一六炭火《すみび》で手水《てうず》をつかひしごとく、広《ひろ》き武蔵《〔むさし〕》野に又なき一七悪女《あくじよ》、しかも針手《はりで》はきかず、疱《はう》瘡《さう》のたまりゆへ一八か左《ひだり》の足《あし》までみじかふなり恋こがれたる所一九へはゆかず、しばらくも傍《〔そば〕》にゐがたく、「金銀《きんぐ》大分《〔ぶん〕》打こむばかりか、数年《すねん》しにせし家業《かげう》をすてて日来《〔ゝ〕ひごろ》そしりし法花宗《ほつけしう》にまでなつて、是は何たる報《〔むく〕》いぞや。アヽ南二〇無妙法蓮華経〱」。

胸《むね》の火《ひ》に伽羅《きやら》の油《あぶら》解《とけ》て来《く》る心中《しんじう》娘

二一世の中に見せまじきものは道中の二二肌付金《はだつけがね》と、二三短気《たんき》な酒《さけ》の酔《えい》に脇指《わきざし》と、それよりわけて二四

一四 いもはあばたのこと。あばたのひどいもの。
一五 紫褐色を呈するひどいあばた。
一六 炭火で顔を洗ったよう。
一七 醜女。
一八 毒が一箇所に集中すること。
一九 とてもそれどころではない。
二〇 法華信者の唱えるお題目。法華信者は強情なものなのに、にわかの法華信者なので題目で弱音を吐く。
▽原本の挿絵は、本巻前半部に第三章の、後半部に第一・二章のものが入れられているが、相当位置に正した。
二一 「脇指」まで五人女・四の三より剽窃、小異あり。
二二 肌身はなさず持っている金。旅の途中で人に見せると、ごまの灰などにねらわれる。
二三 短気者が酒に酔って一層思慮を失った状態にあるのに、脇指を見せると刃傷のおそれ。
二四 ことさらに。とりわけて。

あぶなきものは、若《わか》[一]ひ後家《ごけ》と嫁入盛《よめいりざかり》の娘の宰領《さいりやう》[二]に、器量《きりやう》のよい音曲《おんぎよく》[三]のなる手代を付《（つけ）》て、湯治《とうぢ》[四]につかはすはひとへに獺《かはうそ》[五]をとらへて骶《かめのを》[六]の灸《きう》の蓋《〔ふた〕》をさするやうな物で、しばらくも油《ゆ》断《だん》のならぬものぞかし。

爰《こゝ》[七]に泉州《せんしう》[八]の堺《さかい》は千代《ちよ》[九]の松原、万歳《ばんぜい》の浦風《うらかぜ》しづかに人[一〇]の住《すみ》なしも表向《おもてむき》よりは内証奥《ないしやうおく》ぶかにして、京にまされる楽人《らくじん》[一一]あり。是《（これ）》皆唐《たう》へ投《〔なげ〕》銀《がね》して時代《じだい》[一二]もふけの分限《ぶんげん》、高麗《かうらい》[一三]屋の仙徳《せんとく》とてかくれなき福《ふく》[一四]人、惣領源吉に母屋《〔おもや〕》わたして其《（その）》身は隣家《りんか》に隠居《ゐんきよ》を建《たて》、仙徳《せんとく》夫婦妹《〔いもと〕》娘おるいとて今年《ことし》十六艶顔《えんがん》はひとへに遠山《とを》[一五]に見初《そむ》る月のごとし。髪《かみ》は声《こゑ》なき宿鳥《しゆくう》[一六]にひとしく芙蓉《ふよう》[一七]の眦《〔まなじり〕》鶯舌《わうぜつ》[一八]の声音《〔こはね〕》、きく人五臓《ざう》[一九]にこたへて立《〔たち〕》所に気をうしなふほどの器量《きりやう》。両親《ふたおや》娘自慢《じまん》にて諸方より縁付《えんづき》の事いひ来れ共《（ども）》「中〱大抵《たいてい》の所へはやるまじ。我よりまされる身代《しんだい》のたしかなる近国《きんごく》にかくれなき商売人《しやうばい》、宗旨《しうし》は東本願寺宗《ほんぐわんじしう》[二〇]にて聟《むこ》の器量《きりやう》すぐれ諸《しよ》芸《げい》に達《たつ》し、色狂《いろぐる》[二一]ひせぬ始末者《しまつ〔もの〕》[二二]にて、身過《〔みすぎ〕》[二三]にかしこく世間にうとからず、舅姑《しうとしうとめ》に孝《かう》ありて人ににくまれぬ聟の方へならではつかはすまじ」と、見合せ聞《（きき）》あはすに年月をおくりて、十七迄いたづらに深窓《しんそう》にやしなはれ、さいの川原[二四]の講尺《かうしやく》[二五]聞て世をあぢきなくくらせしが、とかく盛立《さかりたち》たる娘の子を、親の手前に長置《〔おき〕》するは南風《ようず》[二六]の吹時生魚《ふくときなまうを》[二七]たばひてくさらしてすつるがごとく、塩《しほ》[二八]せぬ娘に虫《むし》がついては跡《あと》へも先《〔さき〕》へもゆかぬものなり。

其《（その）》町に伽羅《きやら》の油《あぶら》屋の弁《べん》七とて店借《たな〔がり〕》[二九]の若《わか》ひ者《もの》あり。元《もと》は大坂本町[三〇]の古手《ふるて》[三一]屋の息子《〔むす〕》にて新[三二]

一 若後家と適齢期の娘は、ともに男を恋しく欲しく思う存在。 二 多人数の旅行の時、世話・監督に当る者。 三 音楽・歌謡。なるはその芸に巧みなこと。 四 温泉での療養。 五 獺は老いて河童になるとか、獺と河童を同一視する俗信があった。河童は人間の尻子玉を抜くという。 六 亀の尾は尾骶骨（びていこつ）。灸穴の一。灸の蓋はやいとをすえた箇所に膏薬をはること。肛門に近いから尻子玉を抜かれる危険あり。 七「分限」まで好色盛衰記・四の一より剽窃。小異あり。 八 和泉国の堺（現大阪府堺市）。 九 千代・万歳は寿く意をこめた言いかたで、住吉神社より堺北端に至る松原と堺浦をいうか（野間光辰）。 一〇 家構えも表向は質素で、内部は奥深く。 一一 富裕者。 一二 昔からの金持。堺は中世末・近世初貿易港として栄えた。 一三 海外貿易にたずさわっていたことをあらわす屋号にしている。 一四 富裕者。 一五「声音」まで男色大鑑・二の二より剽窃。 一六 枝にとまった鳥。髪の黒いをいう。 一七 蓮の花のように清らかで涼しげな目もと。 一八 鶯のような美しい声。 一九 心臓・肝臓・肺臓・脾臓・腎臓。また広くはらわた。 二〇 浄土真宗東派。堺には東本願寺派の南御坊がある。 二一 女郎遊び。 二二 倹約家。 二三 生業。 二四 子供が死ぬとゆくという、冥途にある川原。長じても結婚せずに死ぬとここにやら

町の半太夫[三三]にたはふれ過《す》し、勘当《かんだう》[三四]せられて堺《さかい》の塩《しほ》[三五]をふむ為に此所《（この）》に姨《おば》の有《（あり）》しをたのみ、わづかの油見世《〔せ〕》を出しおけども、商《あきなひ》は仮令《けりやう》[三六]にして明暮《〔あけくれ〕》男つくりて、ないもせぬ[三七]日野《ひの》のひ[三八]とつ着物《きるもの》きて近所をありきしが、いづれ女の好《すけ》る風俗《ふうぞく》しかも義太夫[三九]節《〔ぶし〕》が上手《づ》にて、高麗《〔かうらい〕》屋《〔や〕》の日待《（ひまち）》によばれ道具[四〇]屋《〔や〕》心中の浄瑠璃《じやう〔る　り〕》かたりてより、娘のおるい思ひつきそれから明暮《あけくれ》[四一]心をつくし、魂《たましゐ》身のうちをはなれ、弁七が懐《ふところ》に入て我は現《うつゝ》[四二]が物いふごとく春[四三]の花を闇《やみ》となし、秋の月を昼《ひる》となし、雪の曙《あけぼの》もしろくは見へず、夕[四四]ざれの時鳥《ほとゝぎす》も耳《みゝ》に入《（いら）》ず、盆《ぼん》も正月もわきまへず。後は我をおぼへずして恥《はぢ》[四五]は目よりあらはれ、いたづらは言葉《ことば》にしれて母親《〔おや〕》さとく気を付出《（つけだ）》し、月待[四六]日待にも弁七をやとはず、あまつさへ贔屓買《ひいきがい》にせし伽羅《きやら》の油さへかはせず。弁七が方へ便《〔たよ〕》りすべき橋《はし》[四七]さへたへて、文の取遣《〔とりや〕》り成《（なり）》がたく、思ひの火《ひ》に互《たがひ》の胸《むね》を燃《もや》し両方恋にせめられ次第瘦《やせ》にあたら姿《すがた》のかはり行《（ゆく）》月日の中に、弁七胴《どう》[四八]をすへて闇《やみ》[四九]になる夜を待て裏《うら》の高塀《たかべい》を越《こへ》、身をすてて《〔ゝ〕》かよへば娘も恋より大胆《だいたん》になつて、猿戸《さるど》[五〇]の鎰《かぎ》をぬすみ出し、人しれず我寝間《わがねま》に引入《（ひきいれ）》、「ふたりが命をかけて二世迄かはるなかはらじ」と、互《たがひ》に小指《こゆび》[五一]を喰切《くひきり》、其血《ち》をひとつに絞《しぼ》り出し、娘は男の肌着《はだぎ》に誓詞《せいし》をかけば、男は女の下着《したぎ》にかきかはして、後には恋の詞《ことば》もつきてあふたびに物はいはず泪《なみだ》[五二]に更《ふけ》て別《わか》れをおしみ、次第につのるは此道[五三]の習《〔なら〕》ひぞかし。

情《なさけ》[五四]の日《ひ》数《かず》かさなるを房付《ふさつき》[五五]の枕《まくら》より外に知者《しるもの》もなかりしに、思[五六]ひの種塊《たねかたま》りて八九月に青《あを》[五七]

れるという俗信があった。　二五 講釈。　二六 春に吹くなまぬるい雨もよいの南風。物を腐らすという。　二七 貯える。大切にしまっておく。　二八 うぶな娘。生魚の縁でこのようにいう。　二九 借屋住みの。　三〇 東横堀にかかる本町橋西詰より西へ、一丁目より五丁目にわかれる東西の通り。一丁目から四丁目の間に呉服屋・古手屋があった。現中央区内。　三一 古着屋。　三二 大坂の公許の廓。現西区内。　三三 越後町茨木屋長三郎抱えの太夫。　三四 親子・主従の縁を切って、家を追い出すこと。　三五 苦労して世間を知る。堺の縁。　三六 かりそめ。　三七 ありもせぬを強めていう。　三八 一枚しかない着物。　三九 竹本義太夫を祖とする浄瑠璃の一派。　四〇 近松門左衛門作の卯月の紅葉(宝永三年夏、竹本座上演)は、道具屋の娘お亀と入聟の与兵衛の心中。与兵衛は死におくれ後追い心中をするのが卯月の潤色(いろあげ)(同四年四月上演)。義太夫(筑後掾)の段物集鸚鵡ヶ杣(正徳元年序)に、卯月の紅葉の二十二社廻り・末後の道行、鸚鵡か園(同二年序)に、末期の道行を収める。この浄瑠璃を出すのは、心中当事者の一方が死におくれるという点に本章の趣向のヒントがあることを示していよう。　四一 以下「言葉にしれ」まで五人女・一の二より剽窃、人名を改む。　四二 物を言うのも夢心地。　四三 雪月花の美しさも

梅《むめ》を好《この》み出《（だし）》、食《しよく》を見て嘔吐《からゑづき》[一]し、ぶら〳〵おかしき病《やま》ひの容躰《ようだい》。母の親は気遣《きづかひ》がり「縁《えん》にも付《（つけ）》た娘ならば、悪阻《つわり》[二]じやと思ふて安堵《あんど》もなるべきが、懐《ふところ》[三]子《（ご）》のかふした煩《わづら》ひは皆鬱証《みなうつしやう》[四]にて、後《のち》は癆咳《らうがい》にもなるもの。随分《（ずいぶん）》[五]心で養性《やうじやう》し、はやく息災《そくさい》[六]になるやうにしてたもれ。[七]御講衆《おかうしゆ》の中の大道筋《だいだうすぢ》[八]の和国屋《わこくや》塵入《じんにう》殿嫁《よめ》[九]に、旦那《だんな》殿が約束《やくそく》なされて、明日《あす》頼《（たの）》みが来《く》るはづにて、近ゝ《きん〳〵》嫁入《よめり》さする心ごしらへ[一〇]するなれば、そなたも心をいそ〳〵[一一]もち、はやう孫《まご》を[一二]でかして祖母《ばゞ》さまといはしてたも」と、神ならぬ身ははや人しらず、お中《（なか）》[一三]に孫《まご》のあるをもしられず、娘が気をいさめんため[一四]に縁辺《えんぺん》[一五]のきはまりしをはやく耳《みゝ》に入《（いれ）》らるれば、おるいはつと胸《むね》にこたへ、なをさら食もすゝまず部屋にとりこもりて案《あん》じわづらひゐたりし所へ、弁七方より「今宵《こよひ》あはでならぬ事あり」とひそかに文していひこしければ、「さだめて外への縁組《えんぐみ》の沙汰《さた》[一六]がなほのかに聞給ひ、我をうたがひ心の底《そこ》を聞《（きか）》んとの事なるべし。おろかやたとひ親同胞《（はらから）》の勘当《かんだう》はうくる共《（とも）》、外へとてはゆく気なきわらはが心をうたがひ給ふは曲《（きよく）》[一七]もなし」と、暮《くる》るを待て寝《（ね）》屋の戸の懸金《（かけがね）》はづし、ねもやらず嵐《あらし》の音《おと》もそれかと待わびて、夜半《やはん》の鐘《（かね）》をかぞへゐる時、いつものごとく弁七は高塀越《たかべいこえ》てしのび来り、おるいにあふて泪《（なみだ）》をながし、「我事《（われこと）》親の勘気《かんき》[一八]をゆるされちかき内に大坂の親の家へかへるにつき、母の姪《めい》[一九]とひとつにして母屋《（おもや）》をわたさんとの相談《さうだん》きはまり、明日《あす》母と重《（おも）》手代我等を迎《（むか）》ひに来らるゝと今朝《けさ》乳母《うば》が方より内証《ないしやう》[二〇]をしらせしが、勘当をゆるさるゝはう

目に入らず、茫然として。

四四 夕方の時鳥の声。時鳥の声は趣あるもの。 四五 親の目を盗む恋情は、目つきにあらわれ、言葉の端にも知れ。 四六 特定の月齢の夜、人人が集まって月の出を待っておがむ行事。酒宴遊興を楽しむものであった。 四七 通路。 四八 度胸を定める。

四九 以下「思ひの種塊りて」辺まで武道伝来記・二の一より剽窃、変改あり。 五〇 路地・庭などの入口の簡単な木戸。 五一 誓いの堅い印に血書にした。 五二 涙を流すのみで夜がふけて。 五三 恋の道。 五四 情事。情交。 五五 房の付いたくくり枕。

五六 恋慕の枕を重ねて妊娠して。

五七 時季はずれの青梅をほしがるのはつわりの症状。

一 からえずきは吐き気をもよおしながら何も吐かぬこと。これもつわりの症状。

二 妊娠初期に、吐き気・食欲不振や酸い物を好むなどの嗜好の変化を起す容体。

三 箱入娘。

四 気やみ。気がふさぐ病い。証は原本のまま。

五 病いを克服するしっかりした気持を保って。

六 達者。

七 親鸞の忌日が陰暦十一月二十八日なので、浄土真宗では十一月二十二日から二十八日まで法会を行なう。これを御講という。御講の同行の同

れしひといひながら、そなたと別れ思はぬ女房をもたふかと思へば、[二一]胸算用《むなざんよう》ちがふてさらに古郷《こきやう》へ帰る心底《しんてい》微塵《〔みぢん〕》もなし。何とそなたは我と縁《えん》をきり明日《あす》にも親の仰《おほせ》にまかせ、いづ方へも嫁入《よめいり》する心底か[二二]極意《ごくゐ》をきいて思案《しあん》せんため、今宵《こよひ》しのびて来りしが心の底《そこ》はどふぞ」ととへば、「我身はなをさら[二三]只《たゞ》ならぬ身。祝言《しうげん》もちかづくよし、迚《とて》も生《いき》てはゐられぬ所。今夜何方《こよひいづかた》へも立のき、諸《〔もろ〕》共野辺《のべ》の露《つゆ》ときへたき願《〔ねが〕》ひなるが、御身は何とおぼしめす。いきてはとかくそはれぬ身じやに、一所に死んで先《さき》の世でながうそふてくれふとは思ふて下されぬか」と、男の膝《ひざ》に顔《〔かほ〕》をしつけて忍《〔しの〕》び音《ね》になく娘が有さま、魂《たましゐ》にこたへてうれしく「浅《あさ》からぬ心ざし。しからば今宵《こよひ》是《(これ)》よりすぐに立のくべし」と、此《(この)》世の名残《なごり》にしばし枕《まくら》かはしてついむく[二四]起《をき》にして、「[二五]丑《(うし)》の刻《(こく)》の時計《とけい》をふたりが[二六]知死期《ちしご》と観念《くわんねん》し、高塀《たかべい》のりこし今夜の中に飛田《とびた》の墓所《むしよ》迄あゆみゆき、あれにて[二七]きよくはつべし」と[二八]北をさして行《(ゆく)》程に、比《(ころ)》は[二九]師走《しはす》の五日の夜、闇《くら》さはくらし雪《ゆき》はしきりに今死《し》ぬる身にもつらくおぼへ、「[三〇]一向爰《かうこゝ》にて死《し》ぬまいか」と野《の》中《なか》の雪を手して[三一]はきやり、おるいはそこに[三二]座《ざ》をくみて懐《ふところ》の中をさがし、「かなしや未来迄《みらいまで》もとたのみに思ひし[三三]血脈《けちみやく》をわすれ来れり。[三四]さなきだに女は罪《つみ》ふかしときくに、ましてやかゝる[三五]無理死《むりじに》、後の世とてもおそろしし。せめては此血脈《けちみやく》をあの世の土産《みやげ》とおもひしに、是なくては後世の事おぼつかなし。さあればとて取《(とり)》にかへらば中〱とらへてはなすまじ。さいはひ明日《あす》は[三六]味噌《みそ》搗《〔つ〕》きとて、下女のす

八 堺の町を南北に貫通する中央の通り。
九 息子の妻。
一〇 心構え。心づもり。
一一 心が勇むさま。心が浮きたつさま。
一二 こしらえて。
一三 腹の女性語。　一四 元気づける。
一五 縁組。　一六 …でも。
一七 つれない。なさけない。
一八 勘当。　一九 結婚させて。
二〇 内内の事情。　二一 心の中で立てた見積り。心づもり。
二二 心の奥底。真実の気持。
二三 妊娠している身体。
二四 むっくりと起きること。
二五 午前一―二時頃。丑の刻の時計の音を相図に家を出ると言う。
二六 生年月日の干支によって計り知ることのできる死亡時刻。ここはただ死期の意。
二七 いさぎよく死のう。
二八 堺の大道筋を北へ飛田へは一筋道。
二九 陰暦十二月五日。この時刻では月は西に没した後。
三〇 ひたすら。全く。
三一 掃いてのけて。　三二 座って。
三三 在家の者に結縁のために与える法門相承の略系譜。常に守りとして持ち、死時には棺に納める。
三四 そうでなくてさえ。　三五 自殺。
三六 味噌を作るために煮た大豆をつくこと。

ぎは夜《よ》半《なか》から[一]豆《まめ》をしかけて只ひとり起《おき》てゐるはづなれば、[二]近《(ちか)》比《(ごろ)》わりなき事ながら是《(これ)》よりわらはが方へ御越《こし》あつて、すぎをよび出し何とぞ偽《いつは》り部屋《へや》にある血脈《けちみやく》を取出させ、持《もつ》て来《き》て給はれ」と泪片手《なみだかたて》にたのむにぞ、一しほふ便《びん》に思はれ、「よしや立帰りいかなる憂目《うきめ》にあへばとて、我ゆへ死《しん》でくれる者《(ものゝ)》、最期《さいご》の望《のぞみ》をかなへさせぬも無慙《(むざん)》なる事なり」と、「いかにも取て来て参らせん。さいはひあれに[三]すかし見れば、菜《な》大根《こん》の[四]市場《いちば》と見へて藁葺《わらぶき》のひとつ屋あり。戻《もど》る迄は是にしのびてゐたまへ。[五]今の間《ま》に立帰り思ひこふだる最期《さいご》の場《ば》所《しよ》、飛田《とびた》迄はどふして成共《(なりとも)》今夜《こんや》中にともなひゆき、[六]無縁法界《むえんほうかい》の墓《はか》の前《まへ》にてさしちがへて死《し》ぬべし」と、市場《いちば》の小屋におるいを入《(いれ)》をき、其《(その)》身ひとり引返《ひつかへ》して娘が家へはしりゆきぬ。

いづれ世の中の有様《(ありさま)》いろ〳〵ある中に、[七]遠里《(をり)》小野《おの》の油《あぶら》屋わづかの事に此《(この)》[八]節季《せつき》を仕廻《しまひ》かね、[九]をしつめぬさきに思案《しあん》きはめて、借銭《しやくせん》の方《かた》へ[一〇]有物《(ありもの)》をわたし、「たとへ[一一]何歩《なんぶ》にまはらふ共《(とも)》[一二]身すがら出て参る上は、[一三]御了簡《ごれうけん》たのみ入《(いる)》」と書置《かきをき》 認《したゝめ》[一四]雑物《ざうもつ》にそへ、九十一にならるゝ母親を背中《せなか》におひ、くらまぎれに[一五]欠落《かけおち》して、京の[一六]北野《きたの》ぢかくの姉聟《あねむこ》の方をたのみに、「[一七]八軒屋《けんや》からまだ舟《ふね》があらばのりてゆくべし」と出かけぬるに、あまりの大雪に負《おひ》たる老母《らうぼ》のこゞへらるゝをいたましく思ひ、是も市場《ば》の小屋に母をおろし「此雪に笠《かさ》なくしては中〳〵半町も参られず。さいはひ此辺《へん》に佐五兵衛とて存《(ぞんじ)》たる百姓《しやう》あれば、其かたを

一　大豆を火にかけて煮て。
二　まことに無理な願いながら。
三　闇をすかして見ると。
四　市の立つ場所。
五　ちょっとの間。すぐに。
六　縁もゆかりもない。
七　住吉の南、大和川の南北岸にまたがる地。現大阪市住吉区・堺市内。灯し油の生産地。
八　節季の支払いをすましかね。
九　年の瀬が近くならぬさきに。
一〇　現にある物。
一一　残した財物が借金の何割に当ろうとも。残した物が借金の僅かな割合しかつぐなえなくても。
一二　身体ひとつ。一物も持たず。
一三　堪忍すること。許すこと。
一四　がらくた。
一五　ひそかに逃亡すること。
一六　京都の町の西北、北野天満宮近辺の地。現上京区内。
一七　大坂の、天神橋と天満橋の間の淀川の南岸の船着場。伏見(京都市伏見区)との間を上下する船の発着場。現中央区内。

た〻きおこし、笠《かさ》をかりて夜のあけぬうちに八軒屋迄参るべし。しばらく待てござれ」と母を市場に休《やす》めをき、佐五兵衛方《(へ)かた》をやう〳〵尋《たづね》て[一八]竹の子笠《がさ》を[一九]一蓋《(かい)》かりて立帰り、「さあ〳〵とつてまいつた。夜あけぬさきにはや〳〵」といふ声《こゑ》、母は年寄《としより》の[二〇]耳疎《みゝうと》くしてさらにきかれず、おるいは弁《べん》七が血脈《けちみやく》取《とつ》て来《き》て飛田《とびた》へともなひゆくと心得さぐりよるを母と心得、何かなしに背中《せなか》にかい負《おひ》、八軒《けん》屋を心ざしてはせゆきける。

其跡《あと》へ弁七はあやふひ場所《ばしよ》をさま〴〵として下女のすぎをたばかり、血脈《けちみやく》取出させて請取《うけとる》より一趲《さん》に馳来《はせ》りて、「何かと思はぬ隙《ひま》をとつて東がしらみ、もはや飛田《とびた》までゆくうちには夜もあくべし。しかれば往来《ゆきゝ》の人に見とがめられては一大事の最期《さいご》の障《さは》り、爰《こゝ》こそ我〻が死《し》すべき過去《くわこ》よりの約束《(やくそく)》の場所《ばしよ》ならん。念仏申給へ」といとしや耳《みゝ》も聞へぬお婆《ばゝ》〻を引起《をこ》して[二一]相口《(あひくち)》ぬいて[二二]心もとをさしとをし、すぐに其刃物《はもの》にて我身も同じく自害《じがい》し、思ひもよらぬ最期《(さいご)》の有様《(さま)》。[二三]男は廿二おば〻は九十一、ためしなき[二四]心中と夜明《よあけ》ての評《ひやう》判《ばん》。「さぞや来世で胸算用《むなざんよう》がちがふて、年寄《としより》女房に[二五]もてあつかふべし」と知《しつ》た程の者《(もの)》は手をた〻いて笑《わら》ひぬ。

かく共しらず弁七お袋《ふくろ》は重《(おも)》手代作兵衛つれて、「親父《(おやぢ)》の勘当《かんだう》せられ久しく顔《かほ》見ぬ我子にあふべき」と悦《よろこ》びいさみ、堺《さかい》へゆかる〻道にて、「心中した者《(もの)》あり」と大勢《ぜい》人群《むれ》てさま〴〵の噂《うはさ》。何心なく立寄《たちより》て見て、「これはまさしく我子の弁《べん》七なるが、どこに見[二六]込《(こみ)》あ

一八 苦竹《(まだけ)》・淡竹《(はちく)》の竹の皮で作った笠。前者が粗製で雨天用。
一九 笠を数えるのに用いる語。
二〇 耳が遠い。
二一 短刀。鍔のない短刀。
二二 胸もと。
二三 けいせい風流杉盃・京の二に七十九の男と島原の女郎の心中、風流曲三味線・三の二に九十近い老人と十四の娘の心中未遂がある。それを男女を逆にした趣向。
二四 心中死。情死。
二五 もてあますだろう。
二六 思いをかけること。

つて百にちかい婆《ば》ゝとは死《し》んだ事ぞ。若《わか》い者《〔もの〕》なればいひかけられてひかれぬ義理《ぎり》にせまつてしんだ事もあらふが、よい年をして盛《さかり》の息子《〔むす〕》をたらし扨《(さて)》もにくや」と、不祥《〔ふしやう〕》な最期《さいご》の相伴《しやうばん》せられて、なき跡《あと》までの無実《むじつ》の恨《うらみ》、草《くさ》の陰《かげ》にてさぞ迷惑《〔めいわく〕》に思はるべし。

扨かの遠里小野《をりおの》の油《あぶら》屋は母と取《(とり)》ちがへてやさかたの娘をおふて、八軒《けん》屋迄来《く》るうちに、夜があけ見てから大きに動顚《どうてん》しおるいに次第をつぶさにきゝ、すぐに件《〔くだん〕》の市場の小屋へ立かへつて見れば、老母は朱《あけ》になつてむなしくなられぬ。相手《あひて》も死ぬればねだるべきかたもなく、「かふならるゝも前世《ぜんぜ》からの約束《やくそく》ならん」と思ひあきらめ弁《べん》七母とひとつになつて高麗《〔かうらい〕》屋へつれだちゆき、娘の不義《ふぎ》を侘言《わびごと》し、すぐに弁七お袋は娘分《むすめ〔ぶん〕》におるいをもらひ、腹《はら》なる子を無事に産《うま》せしに玉のやうなる男子《なんし》なれば、弁七と名を付《(つけ)》油屋に後見《うしろみ》を頼みおるいは北浜《きたはま》の米問《とい》屋へ縁《えん》に付《(つけ)》しに、心あらたまりて聟《むこ》と中よく、年子《とし(ご)》に男女《おとこをんな》の子を十一人までもふけて、しかも八十八の升《ます》かけ迄きつて、畳《たゝみ》の上《うへ》にてめでたふ往生《わうじやう》せられぬ。あぶない最期《さいご》をのがれて栄花《えいぐわ》の長生《ちやうせい》、かへすぐ\もお婆《ば》ゝと先《〔さき〕》へいたひ目《〔め〕》してしんだ者《〔もの〕》こそ現当《げんたう》二世のそんの損《そん》なり。

一 だまし。
二 とんだ災難で自殺の巻きぞえになって。相伴は正客の相手として接待を受けること。
三 しとやかで美しいさま。
四 びっくり仰天すること。
五 無理を言ってゆする。
六 男女の道ならぬ関係。ここは親の許しを得ぬ恋愛。
七 仮の娘として。
八 大川(淀川)南岸、東横堀の西方の川岸と次の東西の通り両側の町。現中央区内。其磧の作では「きたばま」とすることが多いが、ここは「きたはま」。
九 不慮の事故死などでなく、尋常の病死をしたこと。
一〇 痛い目。前出の刃物で死んだことを指す。
一一 現世と来世と。現世は痛い目をし、二世を契ったおるいは他の男との縁を全うした。
一二 以下「真綿ひくこそあれ」まで、途中「姑の…やすめ」を除き、二代男・四の二より剽窃、小付加・変改。
一三 容貌に目を付けられて。
一四 姉が死んだあと、その夫のもとへ後妻にゆく。
一五 もっぱら商売の都合だけ考えて。
一六 使用人を昇格させ、娘と夫婦にする。

身の悪《さが》を我口《わがくち》から白人《はくじん》となる浮気娘《うはきむすめ》

浮世《うきよ》の習《〔なら〕》ひとて[一二]いやしき者《〔ものゝ〕》の娘も[一三]容《かたち》にひかれて[一四]姉《あね》の死跡《しにあと》へゆきて、年寄《としより》男持《もつ》もあり。[一五]商売《しやうばい》の勝手《かつて》づくに[一六]下人を引あげひとつにする家もあり。[一七]敷金《しきがね》見かけ[一八]在所《ざいしよ》より[一九]色の黒《くろ》い養《やう》子《し》をするもあり。[二〇]七明年《みやうねん》なる親どもいそがぬ事におさなひ時から言名付《〔いひなづけ〕》して、年《とし》たけて娘は思ひの外美形《びけい》にそだち、男は禿頭《〔はげあたま〕》にてすこし[二一]おいてきたわろと、妻《め》あはすも[二二]末《すへ》は見へぬ事ぞかし。これらの娘の身にしては当世男の伊達を好《この》む[二三]風俗中折《ふうぞくちうおり》の髪先《かみさき》、[二四]ぬぐひ白《おし》粉《ろい》の地顔《ぢがほ》など見て、[二五]「あんなをほしや」と思ふもにくからず。それさへ[二六]隠居《ゐんきよ》さまおそろしく、姑《しうとめ》の[二七]気をかね随分《〔ずいぶん〕》[二八]さられぬ用心して、[二九]朝《あさ》とく起《をき》て髪《かみ》ゆふかたちを見せず、[三〇]夜《よる》の行《ぎやう》水《ずい》くらきをおそれ、夫《おつと》の疑《〔うたが〕》ひをやすめ、それ〴〵に[三一]腰元《〔こしもと〕》づかひもあるに、自《じ》身茶《しんちや》[三二]の下の薪《たきゞ》をへしたり、[三三]真綿《まわた》ひくこそあれ、朝夕《てうせき》の[三四]膳にすはりても箸《はし》も[三五]あたふたとはとらず、鱠《なます》せゝらず[三六]焼《やき》物に手もかけず、万嗜《〔たしな〕》みふかく針仕事《はりしごと》の[三七]透《すき》には、灯《〔ともし〕》火のかげをすこしそむきて、伊勢《いせ》物語《がたり》[三八]薄雪《うすゆき》の草紙《さうし》などを[三九]中音《おん》によみてゐて、外へは心をうつさず。[四〇]我《(わが)》男のうたゝ寝《〔ね〕》に気をつけ、裙《すそ》へ蒲团《〔ふとん〕》打《(うち)》きせ夏《なつ》の夜《よ》もすがら夢《ゆめ》もむすばず、枕《まくら》ちかくゐて団《(うちは)》の風をたやさず。鼻《はな》のひくい夫《おつと》を大事にかけて人の目にかゝらぬ程の稀《まれ》なる白髪《しらが》をなげき

一七 養子の持って来る持参金を目当に。
一八 いなか。
一九 農業をしていたので日に焼けている。
二〇 気の長いこと。
二一 おろかなやつ。
二二 将来の事はわからぬゆえである。
二三 髷を二つ折りにして刷毛先を出した男の髪の風。
二四 白粉を塗り、軽く拭いとって目立たぬようにすること。
二五 あんな男が夫にほしい。
二六 隠居をしている姑。
二七 気がねする。遠慮する。
二八 離縁されぬ。
二九 以下「やすめ」まで新可笑記・三の四より剽窃。
三〇 暗がりで行水をして夫に疑われるようなことを避ける。
三一 腰元づかひで一語。腰元に同じ。
三二 茶釜の下の薪を無駄にくべぬように、余分の薪を減らす。
三三 着物などの中入れ綿として、真綿を薄く平均に引きのばす。
三四 以下「蒲団打きせ」辺まで椀久一世・上の二より剽窃、付加・変改あり。
三五 あわてて取らない。
三六 焼き魚。
三七 ひま。あいま。
三八 薄雪物語。薄雪と園部の衛門の往復の艶書で、恋愛の成就までを構成する仮名草子。
三九 中位の声で音読して。
四〇 自分の夫。

てぬき、[一]宿《やど》を出れば帰る迄夜着《よぎ》にもたれて床《とこ》に待《まち》わび、うつゝにも男の事を忘《わす》れず。さすが懐《ふところ》子のあさましさは、「世界《せかい》の男はこんな文盲《もんもう》な不器量《〔ぶきりやう〕》なものじや」など思ひくらして、外を見ぬ気[二]さんじは、一途《づ》に「こちの人のやうなは日本にないもの」と、はじめの程は有がたふ思ふて、[三]朝鮮人参《てうせんにんじん》のごとく大事にかけぬ。

[四]されば一切《さい》の女移《うつ》り気《（ぎ）》なる物にして、次第に心しやれて来て、浮世《うきよ》のうまき[五]色咄《いろばな》しにうつゝをぬかし、芝居《〔しばゐ〕》の[六]濡《〔ぬれ〕》狂言をまことに見なし、いつともなく心をみだし、[七]二軒茶《けんちや》屋の葭簾《よしず》から[八]安井《やすゐ》の藤見帰りのうるはしき、[九]立役《たちやく》[一〇]子共の笠《かさ》の内を見て、うかれ帰りては今[一一]迄大事にかけたる男うるさく、定《でう》[一二]紋《もん》のつきし扇子手拭《あふぎてのごひ》、又は[一三]下着《したぎ》に二つならべの隠《〔かく〕》し紋《もん》、腰元《〔こしもと〕》相手に其《（その）》役者《やくしや》の噂《うはさ》のみして、一代やしなふ男の事を嫌《きら》ひ出し、とかくさ[一四]らるゝ分別《ふんべつ》より、[一五]万の始末《しまつ》心をすてて《〔ゝ〕》、[一六]大《（おほ）》焼《たき》する竈《かまど》を見ず、[一七]いらぬ所に油火《び》ともすもかまはず。[一八]麻《あさ》上下の皺《しは》は寄《より》次第にして簞司《たんす》へをし

一家。夫が外出すると。　二 気苦労のないこと。気楽。　三 朝鮮や中国東北部産の薬用人参。白頭山に自生のものや咸鏡道産が高級。強壮薬。高価・貴重のもの。上文の「日本にないもの」に対していう。　四 以下「男うるさく」辺まで五人女・二の四より剽窃、付加あり。　五 好色話に夢中になって。　六 男女の情事を仕組んだ劇。　七 京都の祇園社の南の大鳥居の内に東西に対してあった料理茶屋。　八 安井門跡。祇園社の南西にあった蓮華光院。境内の藤で有名。　九 歌舞伎で、壮年の善人の役を専門とする俳優。　一〇 歌舞伎若衆。なお茶屋の店頭に居て安井の藤見帰りの女の目利をすること、五人女・三の一にあり。　一一 大事にしていた夫がいやになり。　一二 ひいき役者の定紋の付いた。　一三 二枚または三枚重ねて着る一番下の着物に、役者の紋と並べて自分の替紋を人に知られぬように付ける。　一四 離縁される計画で、夫に愛想をつかされるように計る。　一五 以下「かまはず」まで五人女・二の四の剽窃。始末心は倹約心。　一六 必要以上の薪をさかんに燃すこと。　一七 注意を払わない。　一八 「寄次第」まで織留・一の三により、袴を上下に変改。　一九 一月七日の人日、三月三日の上巳(じょうし)、五月五日の端午、七月七日の七夕、九月九日の重陽(ちょうよう)。祝い日に下文の態度は不謹慎。　二〇 以下「菜好して」辺まで織留・二の

込《こみ》、[一九]五節供《せつく》にも[二〇]朝寝《あさ〔ね〕》して髪《かみ》ゆはず、[二一]「気がつきて立《（たち）》ぐらみがする」とて、昼《ひる》も[二二]高枕《たかまくら》して物いはず。[二三]朔日《（ついたち）》廿八日にも機嫌《〔きげん〕》わるふ顔《かほ》ふくらかし、[二四]「口がわるひ」とて[二五]朝夕菜好《てうせきさいこのみ》して、[二六]はだてて《〔ゝ〕に》煮焼《たき》させ、[二七]襖障子《ふすましやうじ》引さきて小《（こ）》よりにし、[二八]色付《いろ（つけ）》の柱《はしら》に歯黒《〔はぐろ〕》ふきかけ、[二九]床《とこ》の塗縁《ぬりぶち》にあてて《〔ゝ〕》楊枝《やうじ》けづり、[三〇]書院《しよゐん》の軒端《のきば》は洗濯物《せんだく》の[三一]竿《さほ》もたせとなし、接木《つぎ》の[三二]初咲《はつさき》を用捨《ようしや》なくへしをり、[三三]香《かう》の物桶《をけ》の塩入時《しほいれとき》を[三四]芝居《しばゐ》沙汰《さた》に取まぎれて打わすれ、あたら瓜茄子《ふりなすび》をくさらかし、[三五]替《かは》り狂言《きやうげん》の番付売《ばんづけうり》を[三六]久三[三七]丁児《〔でっち〕》を跡《あと》から追《おひ》かけさせて買《かい》もとめ、[三八]門立《かどだち》の歌《うた》祭文《〔ざいもん〕》に銭《ぜに》米をつかんでとらさせ、[三九]なんの事もなひ座敷を[四〇]「家鳴《やなり》がする」と云《いひ》出し、「夜《よ》半過《なかすぎ》から[四一]おれが所へ[四二]狐殿《きつねどの》が見まはしやる」と、亭主《〔ていしゆ〕》が[四三]浅黄《あさぎ》羽二重《はぶたえ》の股《もゝ》引はいて[四四]城墎《じやうくわく》きびしくかまへ、とかく[四五]あかれる魂魄《こんたん》。

男見かねて[四六]物いひする時、「お気に入《（いら）》ぬ女房を一日も見てござるがわるひ。何が執心《しうしん》でこちがやうなものを[四七]おかさまに持て、[四八]まだら〳〵と気にあはぬ事をながめてござる」

二より剽窃、変改あり。 二一 気力がなくなって、立った時に目まいがする。 二二 悠悠と寝ること。 二三 →四三五頁注四〇。 二四 食欲がない。 二五 おかずにえり好みをすること。おかずに好き嫌いを言うこと。 二六 別に菜を作らせる。 二七「小よりにし」まで一代女・五の四より剽窃。 二八 以下「へしをり」まで新可笑記・三の四より剽窃、変改あり。 二九 床の間の漆塗の縁。 三〇 縁側に張り出し、文机を作りつけにした設え。付(け)書院。 三一 竿をささえるもの。 三二 接木をした後最初に咲いた花。 三三 漬物桶。以下「とらさせ」辺まで万の文反古・二の三より剽窃、付加・変改。 三四 芝居のうわさ。 三五 歌舞伎の上演劇の替り目に配布する、劇の外題・配役などを記した印刷物を売り歩く者。 三六 下男の通名。 三七 商家の小僧。 三八 家家の門口に立って米銭を乞うこと。 三九「云出し」まで織留・一の三より剽窃。 四〇 家が不気味な音を立てること。 四一 私。男女ともに用いる。 四二 稲荷の使者として霊獣視するとともに、人にとりついたり、化かしたりする妖獣として恐れる意識から、殿を付けていう。 四三 薄藍色。 四四 狐に襲われるのを防ぐためと称し、実は夫との共寝を避ける用意。 四五 夫からいやがられようという計画。 四六 言い合い。言い争い。 四七 他人の妻の敬称。ここはわざと他人行儀

と、是《(これ)》から二つ三ついひあふて下〻《(したじた)》の耳《み〻》に入《(いる)》ほど泣《なき》出し、[一]髪先《かみさき》すこし切て[二]辻駕籠《つじかご》に打のり、[三]尻《しり》に帆《ほ》かけて親里へ立帰り、「今迄は随分《〔ずいぶん〕》とこらへてしんぼうしておりましたが、もはや是にては命もつゞくまじく親達《おやたち》に此世《(この)》の名残《なごり》に顔《かほ》見せに、ちよつとかへりました」と泣《なき》出せば、両親《ふたおや》心もとながりて「いかなる事ぞ。娘の子とてはそちひとり。いづくの浦《うら》にゐても息災《そくさい》なといふ便《たよ》りをきけば満足《まんぞく》じやに、心にかゝる言分《〔いひぶん〕》様子《やうす》をいへ」と尋られて、「何をか今はつゝみ申さん。つれそふ男大酒を好《この》み毎夜《まいよ》酔《えひ》て帰つての慰《なぐさみ》に、刃物《はもの》をぬいてわたくしが胸《むな》もとへあてらるゝ時は、もはや親達《おやたち》には二度《ふたゝび》お目《〔め〕》にはかゝるまいかと魂《たましゐ》きへ〴〵として生《いき》たる心地はいたさず、夜に三度づゝの苦《〔くるし〕》み。毎夜の事なればアヽ癖《くせ》じや物と随分《〔ずいぶん〕》こらへておりましたに、此中《(このぢう)》は荒縄《あらなは》にて裸身《はだか》をいましめられ、床《とこ》柱《ばしら》にくゝり付《(つけ)》て、わしを[四]科人《とがにん》にして[五]責《せめ》る真似《〔まね〕》じやとて、玄関《げんくわん》に用心《ようじん》のためかけをかるゝ鑓《やり》の鞘《〔さや〕》をぬいて、[六]脇章門《わきじやうもん》のあたりをひィやりとさせらるゝ時は、真《まこと》の事では有《(ある)》まいとはおもひながら、一度《ど》〳〵で肝《きも》にこたへそのおそろしさ、[七]かふおはなし申《(まうす)》やうな事ではなし。是は嫁入《よめり》して参りたるにてはなく、たゞ罪人《ざいにん》がせめられに万の道具に[八]物入《(ものいれ)》て持て参つたやうなもの。[九]姫《ひめ》御前《〔ごぜ〕》の祝言《しうげん》してから立かへるは[一〇]世間《けん》の唱《〔とな〕》へもはづかしく、是まではこたへて見申せしが、酒の上にてひよつと[一二]手がまはり、どんな所をつかれてしぬまい物でもないゆへに、[一三]今生《こんじやう》の暇乞《〔いとまごひ〕》にしのびて参りました」と跡《あと》かたもない[一四]狂言《きやうげん》こしらへ、

に、自分のことをあなた(夫)のおかさまという。　四八 ぐずぐずと。まだるっこく。

一 髪を切るのは、夫の家を去るのは再婚の気があっての事でないのを示す。ただ先を少し切るというところに、女の別の思わくを表現する。
二 辻待ちの駕籠。いつもの自家用の乗物でなく、辻で客を待つ駕籠に乗る。
三 急いで立去ること。
四 罪人。
五 拷問する。
六 脇腹の肋骨の下端に近い辺。つぼの一。
七 その恐しさは話で伝えられるような生やさしいものではない。
八 費用をかけて。
九 若い女性を指していう。
一〇 世間のうわさ。
一一 こらえる。
一二 手もとが狂って。
一三 この世。
一四 本当らしく構え作ったうそ。

しく／＼泣《ない》てかたれば親父《おやぢ》[一五]牙《（きば）》をかみて、大きに腹《（はら）》をたて出し、「秘蔵《ひさう》の娘《むすめ》を責《せめ》てもらはふとて大分の拵《（こしら）》へしてよめらしたか。去年《こぞ》の師走《しはす》[一六]にも調《とゝの》ひにくい銀《かね》なれ共《（ども）》、適〻《たま／＼》聟《むこ》の方からたのんでこされた[一七]事と思ひ、手代共を手配《てわけ》して廿九日[一八]の八つ時分に、三十貫《くわん》目といふものをとゝのへてつかはし、あの方の身代《しんだい》の、間《ま》[一九]をあはす程にする舅《しうと》をふみつけ、毎夜《まいや》娘を責《せめ》さいなむ事、手前でやしなふ事がならぬ、貧家《ひんか》のすてるやうな娘にしても、さやうの事をさせてをかふか。弓矢《ゆみや》八幡《（まん）》[二〇]町中はいふにおよばず、御上《おかみ》[二一]へ此段《だん》訴《うった》へて、白昼《はくちう》に取戻《とりもど》し、今の聟《むこ》に十倍増《ばいまし》た所へ縁《えん》につくるぞ。きづかひすな」と、じく／＼[二二]おどつて腹《はら》をたて、重《（おも）》手代をよびつけ聟の町へ断《（ことはり）》にやらるゝを娘をしとめ、「御耳《おみゝ》に入《（いつ）》たらさやうに御腹《はら》を立られんとそれがかなしく今までだまりゐ申せしが、理非《りひ》をもわきまへぬ腹立上戸《はらたてど》[二三]にて、かやうの事をきかるゝと抜《（ぬ）》き刀をして親であらふが打《（うち）》つける無法《むほう》な男。とかく何事も仰られず、わらは病気《びやうき》づきしゆへ養性《やうじやう》[二四]がさせたければ、まづ本腹《ほんぷく》[二五]いたす迄当分の暇《（いとま）》をやつて下されと、[二六]うつくしう隙《ひま》をとつて、あと／＼迄もあんな無法な人にはうらみられぬやうになされたらば、此上わしが又いづ方へ縁《えん》につく共《（とも）》、禍《わざはひ》が御ざりますまい。かゝさま爰《（ここ）》は大事の[二七]分別所じや。とゝさまをなだめられて浪風《なみかぜ》のたゝぬやうに、とかくさらりと埒《らち》のあくを此方の勝《かち》になされたら、[二八]代《よ》とりの兄《あに》さまのためまでがよからふと存《（ぞんじ）》ます」といへば、二親《（おや）》うなづき「ヲヽそなたが思《し》案《あん》若《わか》けれ共《（ども）》、至極《しごく》[二九]じや。[三〇]どふし

一五　歯ぎしりをして怒る。
一六　陰暦十二月の称。
一七　よこされた。
一八　享保元年(一七一六)の十二月は小の月。刊行前年の年末を想定すると二十九日は大晦日。その午後二時前後に。
一九　間に合わせる。適当に取り繕う。
二〇　町役人。聟の住む町の町役人。
二一　町奉行所。
二二　興奮して身体を動かすさま。
二三　酒に酔うとわずかの事に腹を立てる癖の者。
二四　養生。
二五　本復。全快。
二六　きれいさっぱりと離縁を認めさせて。
二七　分別をめぐらすべき場合。
二八　跡取り。跡継ぎ。
二九　道理至極。まことにもっとも。
三〇　どうして(どのような手段で)…どうした(どんな)怨をするかも、の意。

て又外へ縁付《えんづき》さする身じやによつて、をのれが非道《ひだう》はいはずして、却而《かへつて》そちを恨《うら》み先ゝへどふした怨《あた》をせふもしれぬ。とにかく爰《こゝ》は上手《づ》をつかふて暇《いとま》をとるが上分別《ふんべつ》」と、神ならぬ身とて二親は如在《じよさい》もない聟をうらみて、娘をもどさずさま〴〵の拵《こしら》へ事をいひつかはし、隙《ひま》をねがひてつゐに埒明《らちあけ》、扨《さて》両親は「手前の惣領《そうりやう》にも近き内に嫁をとれば、それより先に此《この》娘をよろしき所へ仕付《しつけ》たい」と方ゝをきかさるゝに、元来《もとより》娘は芝居者《しばゐもの》に思ひ入《いれ》あつての男憎《にく》みなれば、外へゆく気は微塵《みぢん》なく、「そこは法花宗《ほつけしう》。爰《こゝ》は姑《しうとめ》むつかし。それは商売《しやうばい》が気にいらぬ。是《これ》は男が鈍《にぶ》ひげな。今度《こんど》戻《もど》つてはわたくしはもはや名がたちて浮世をたてて《ゝ》はゐられぬ場《ば》。今迄の縁組《えんぐみ》より大事の所なれば、父母の無性《むしやう》にせいて念も入《いれ》ずにはやう仕付たがらしやるが聞へぬ」と、是より作病《さくびやう》かまへ、腰元《こしもと》としめし合《あはせ》て、朝晩昼《あさばんひる》三度の喰《くひ》物時分には、膳《ぜん》にすはりながら「とかく気相《きあひ》がわるふて、食事《しよくじ》を見るもいや」と箸《はし》をもとらず、二階《かい》へあがり打臥《ふし》てゐる所へ、腰元《こしもと》そつとつくね食《めし》してあてがひ、かくして兵粮《ひやうらう》つめをけば、十日たつても表向《おもてむき》、何喰《くは》ひでもくるしからず、ふ断鉢巻《だんはちまき》して頭痛《づつう》がするとの作《つく》り顔《がほ》。親の因果《ゐんぐは》とて大方《かた》ならず気遣《きづかひ》がり、針立《はりたて》よんでいたうもない腹《はら》をみせ、「とかくに是は久〳〵《ひさびさ》気をつめ、聟にせめなやまされし、情《せい》のつき出たる物」と了簡《れうけん》して、先《まづ》嫁入沙汰《よめりざた》をやめにして、東山の見ゆる景気《けいき》よき先斗町《ぽんとちやう》の座敷《ざしき》をかりて養性《やうじやう》に出し、「心次第に毎日何方《いづかた》へ成共《なりとも》遊山《ゆさん》に出よ」と、家久《いへひさ》しき年寄《としより》の手代を付《つけ》

一　聟が自分の。
二　危害。
三　うまく御機嫌をとって。
四　何の抜かりもない。
五　離縁を望んで。
六　嫁入りさせたい。
七　役者。
八　夫を嫌い避けること。
九　日蓮宗は他宗の信者と縁組を嫌う。
一〇　愚かだそうだ。
一一　世俗的な暮しができない。
一二　得心できない。納得できぬ。
一三　仮病をよそおいたくらみ。
一四　食事の時。
一五　気分。
一六　握り飯。
一七　食料を十分に腹に入れておくので。
一八　差支えがない。
一九　鉢巻は頭痛療養時の姿。
二〇　不快な顔をよそおうこと。
二一　鍼医。
二二　病気でもないのに診察させる。ことわざ「痛うもない腹を探られる」をもじっていう。
二三　気がねをする。
二四　精力の消耗が症状としてあらわれたものだ。
二五　賀茂川の東方に南北に連なる山の総称。
二六　景色のよい。

置《をき》、心儘《まゝ》の養性《やうじやう》。親をたばかりかゝる仕業《しわざ》、悪《あく》人の女大将《しやう》といふなるべし。

[二七]件《〔くだん〕》の腰元《〔こしもと〕》召つれて毎日の芝居行《〔しばゐゆ〕》き。茶屋をたのんで彼《かの》[二八]思《〔おも〕》はくの役者の方へ文をやれば、すべてかやうの色《いろ》の道、役者中間《やくしやなかま》の[二九]法度《はつと》にて、互《たがひ》に[三〇]嗜《たしなみ》吟味《〔ぎんみ〕》仕《し》あふ作法《さほう》なれば、町方からの艶書《えんじよ》は手にもとらぬを、媒《なかだち》する茶屋が[三一]中《ちう》にて返事《へんじ》をこしらへ、あはぬ先《〔さき〕》から[三二]絹《けん》布《ぶ》の無心《むしん》、又は金子の[三三]合力《かうりよく》など、さま〴〵の事いひかけて娘のかたから取《〔とり〕》こめば、「役者に恋するは大分物の入物《〔いるもの〕》」とおもひながらも、仕懸《しかけ》た恋を今さら止《やめ》られもせず。親本《〔おやもと〕》へいかに養性《やうじやう》なればとて、ゆき所のしれぬ大分の金をとりにはやられず、お出入の絹《きぬ》屋をちか付《〔づけ〕》、親が[三四]譲《ゆづ》りもせぬ[三五]衣棚《ころものたな》の家を「今度《こんど》嫁入《〔よめり〕》すれば二度《ど》目《〔め〕》ゆへに、此家をわらはにつけて近日縁《きんじつえん》に付《〔つけ〕》らるゝはづなれ共《〔ども〕》、家がついてゆくといふ欲《よく》を目がけてもたふとある、聟の方へはいかにしても[三六]実《じつ》がなふて、わらはがさらにそんな所へゆく気はなし。しかればあの衣の棚《たな》の家を質《しち》に入《〔いれ〕》て、金《かね》を百両ばかりとゝのへ、おれが思ふやうな当世模様《〔もやう〕》の衣裳《いしやう》をこしらへ、毎日《まいにち》〳〵着《き》かへて出ありき、あの娘なら何が付《つか》ずとほしひといふやうな、男の方へ嫁入《〔よめり〕》する心ゆへ、かふしてゐるうちに思ふやうな小袖を[三七]好《この》み、そなたと談《だん》合《かう》してこしらへたひに、[三八]家質《かじち》にして百両[三九]かつてたもれ」とたのまれ、「是は[四〇]一商《〔あきな〕》ひした物」と、呉《ご》服《ふく》屋の手代[四一]請込《うけこみ》、主人《しゆじん》の金《かね》を百両持て来て、衣棚《たな》の家[四二]書入《〔かきいれ〕》たる証文《しやうもん》とつて、小判わたして立帰れば、是から算用《さんよう》なしに[四三]水《〔みづ〕》づかひといふものにつかひはたして、其身

二七　前出の握り飯を差入れた腰元。
二八　恋着している。思いを寄せている。
二九　禁制。
三〇　つつしむ。
三一　中間で、先方に取次がずに返事を偽造して。
三二　絹物の衣服をねだること。
三三　援助。
三四　譲与もせぬ。
三五　衣棚通。室町通と新町通の間、北は下長者町通より南は三条通までの南北の通り。上の絹屋の縁。
三六　まごころ。実意。
三七　注文する。誂える。
三八　土地・家屋を抵当にして借金をすること。
三九　借りて下さい。
四〇　相当利益の見込める商売。
四一　引受ける。
四二　抵当とした。
四三　金銀を浪費すること。

も後《のち》には常着物《つねきる》[一]さへなくて是《(これ)》より二親気《ふたおやき》をつけだして僉儀《せんぎ》[二]して見らるゝに、女の悪性《あくしやう》[三]さまぐ〵なる中に、ゆづらぬ家《いゑ》を書入《かき(いれ)》しての金《かね》の才覚《さいかく》、「世間に息子《〔むす〕》の性悪《しやう〔わる〕》が死《しに》[四]一倍《ばい》をかるといふはなしはきいたが、女の身としてかゝる行跡《ふるまひ》、又ためしなき娘」とて親一門見かぎりはてて《〔ゝ〕》、衣裳《いしやう》をはいで一重紙子《ひとえがみこ》[五]に着替《きかへ》[六]さへ、勘当帳《かんだうちやう》[七]に迄つけて、旧離《きうり》[八]切《きつ》て追出《おひ》しければ、此身《(この)》になりても恋《こひ》をやめず。それからつき出し[九]の白人《はくじん》となつて、其役者《やくしや》と一座《ざ》する事をよろこび、「[一〇]とをから此身であつたもの」と身をぞんざいにしたひ事[一一]して世をわたりぬ。

世間娘気質四之巻　終

一　普段着。
二　詮議。吟味すること。
三　身持の悪いこと。
四　親が死んだ時、その遺産で借金の額の二倍の金を返すという条件の借金。
五　ひとえの紙子。紙子は和紙に柿渋を塗り、夜露にさらし揉み柔らげて作った着物。歌舞伎では遊蕩の末勘当され零落した男の着類。
六　原本のまま。「させ」とあるべきか。
七　町奉行所に届け、この帳面に記載されると、内証勘当とちがって法的に認められたものとなる。
八　勘当と同意に用いている。
九　幼少よりの訓練を経ずに、いきなり遊女の勤めに出ること。
一〇　以前からこの身分であったらよかったもの。ずっと前から白人になるべきであったものを。
一一　したい事。やりたい放題の事。

世間娘形気　五之巻

目　録　　子息気質追加

嫁入小袖《よめいりこそで》妻《つま》[一]を重《かさ》ぬる山雀娘《やまがらむすめ》[二]

五躰《ごたい》[三]鰏汁《ふぐじる》で仏《ほとけ》[四]となる魚屋《うをや》の亭主《ていしゆ》、度〻《たび〳〵》の平産《へいさん》[五]は年中一所《ねんぢうひとところ》で礼銀《れいぎん》を取揚《とりあげ》[六]婆〻《ばゝ》、諸方《しよほう》よりの形見《かたみ》の金置《かねをき》[七]たてて《〔ゝ〕》見る[八]まゝ子算《ざん》。

傍輩《ほうばい》の悪性《あくしやう》[九]うつりにけりな徒娘《いたづらむすめ》

閙敷中《いそがしいなか》へのお客《きやく》は不請不請《〔ふしやうぶしやう〕》[一〇]に聖霊祭《しやうりやうまつり》[一一]、貧家《ひんか》の苦《〔くるし〕》みは此世《〔この〕》から借銭《しやくせん》を[一二]わび地獄《ぢごく》、娘《むすめ》が不孝《ふかう》今ぞ思ひ白《しろ》[一三]づきの米屋《こめや》がつげ口、善悪《ぜんあく》は目前《もくぜん》の鏡《かゞみ》美《〔うつく〕》しひ嫁《よめ》が心底《しんてい》。

一 小袖の褄を重ねると夫(つま)を重ねるを掛ける。 二 山雀は仕込むといろいろの芸を覚え、その芸を見世物にしたりする。その芸の一つに中(ちゅう)返りとかもんどり打つとかいうものがある。嫁に行くとすぐ戻るのをそれにたとえていった。 三 五躰は全身。五体不具の語があるので、鰏汁と続けた。鰏汁はふぐを味噌仕立の汁にしたもの。毒に当てられるおそれがある。 四 死ぬこと。 五 安産。 六 産婆。礼銀を取ると掛ける。上文の意は、たびたび女主人公の家一箇所で礼を取るという。 七 しっかりと計算してみる。 八 まま子だてともいう。先妻の子十五人、後妻の子十五人を円陣に並べ、数えて十番目に当る子を除き、最後に残った子に後を譲ると称し、後妻の子が残る並べ方の数学の課題。本文の子は皆父親が違うので、継子という。 九 「花の色はうつりにけりないたづらに我身世にふるながめせしまに」(古今集・春下・小野小町、百人一首)により、原歌と意味をずらして、友人の不身持がうつってふしだらな娘になったとした。 一〇 いやいやながらするさま。 一一 盂蘭盆会(うらぼんえ)。盆のたままつり。いやいやながら客をしよう(客を迎えよう)と掛ける。 一二 わびるは借金が返せず、嘆きあやまる。阿鼻地獄をもじって、その苦しみはこの世からの地獄だという。 一三 白く搗いた米。白米。思ひ知ると掛ける。

嫁入《よめいり》小袖つまを重《かさ》ぬる山雀娘《やまがらむすめ》

[一]去《さる》ものは日ゝにうとき習《〔なら〕》ひとて、[二]二世と契《ちぎ》りし夫《おっと》の若死《わかじに》せし時は、即座《そくざ》に命《いのち》をすてんと思ひし女房も、泪《なみだ》の中にはや欲《よく》といふ物[三]つたなく万の財《たから》に心をうつし、あるは又[四]出来《でき》分別《ふんべつ》にて、息《いき》も引《（ひき）》とらぬうちより[五]後夫《ごふ》の穿鑿《〔せんさく〕》を耳《みゝ》にかけ、其《（その）》死人の弟《おとゝ》をすぐに[六]跡《あと》しらすなど、又は一門より似合敷入縁《にあはしきいりえ》とる事、[七]心玉《（こころだま）》にのりて馴染《〔なじみ〕》の事は外になし、義理《ぎり》一遍《〔べん〕》の念仏《ねんぶつ》、[八]香花《かうはな》も人の見るためぞかし。[九]三十五日の立《（たつ）》をとけしなくしのび〳〵の薄白粉《うすおしろい》、髪《かみ》は品《しな》よく油にしたしながら[一〇]結《ゆひ》もやらずしどけなく下着《したぎ》は色をふくませ、上《うへ》には[一一]無紋《むもん》の小袖目にたゝずしてなを心にくき物ぞかし。折節《〔おりふし〕》は無常《むじやう》を観《くはん》じはかなき物語の次而《ついで》に「髪《かみ》を切《（きり）》、浮世《うきよ》を野寺《のでら》にくらして、朝《あした》の露《つゆ》をせめては草《くさ》のかげなる人に手向《たむけ》なん」と、縫箔《ぬひはく》鹿子《かのこ》の衣裳《いしやう》取《（とり）》ちらし、「是《（これ）》もいらぬ物なれば[一二]天蓋《てんがい》[一三]幡《〔はた〕》[一四]打敷《うちしき》にせよ」といふ、[一五]心には今すこし袖のちいさきをかなしみける。女ほどおそろしきものはなし。何事をも[一六]とめる人の中にては空泣《そらなき》しておどしける。されば世の中に[一七]疝気《せんき》もたぬ男と、[一八]後家《ごけ》たてずます女は稀《まれ》なり。

一 ことわざ。嵐無情・上の二、置土産・五の二等にも見える。 二 以下「女は稀なり」まで五人女・五の三より剽窃。「妻の若死」を「夫の若死」にするなどの変改あり。 三 見苦しく。
四 出来心。その場の思いつき。
五 後添いの夫。 六 跡をとらせる。跡を継がせる。ここは夫の弟と再婚し、家の主とする。 七 乗り気になって、今までなじんだ死んだ夫の事は顧みず。 八 香花を手向けるのも体裁を考えてだけのこと。 九 五七日。人の死後七日目ごとに法事をし四十九日に至る。このうち初七日・五七日・七七日を重視する。七七日までどころか五七日のたつのももどかしく。 一〇 わざときれいに髷を結わず、乱れたままにしているが、油を付けているところに下心が見えすく。 一一 無地。 一二 仏像の上にかざす絹蓋。 一三 法会の時に本堂などに飾る幡。 一四 仏壇・仏具などの敷物。以上死者の衣服などで作り、供養のために寺に寄進するもの。ここは自分の着物を、浮世を立てる気がないから寄進すると言っている。
一五 内心では、その着物の袖がわずかに小さく流行遅れなのを悲しんでいる。 一六 留めてくれる人がいると、死ぬとか尼になるとかいって、泣くまねをしておどす。 一七 漢方医学で、腸や睾丸など下腹部一帯の所所に痛みを感じる病気の総称。
一八 未亡人の生活を一生貫く。
一九 殊勝そうに見せかけるためだけ

一九名聞《みやうもん》の寺《てら》参り見せ二〇かけ珠数《じゆず》の二一玉にもぬける二二柳原《やなぎはら》のあたりに、米屋の二三俵《ひやう》左衛門後家《ごけ》とて廿六の年夫《おつと》に別《わかれ》、惣領俵《そうりやうひやう》七妹《〔いもふと〕》おゆき、五つと三つになる兄弟の子共を養育《やういく》して、若《わか》ひには奇特《〔きどく〕》に二四なさかもたゝで、下女下人と同じなみにはたらき、亭主死《ていしゆし》なれて十三年の春秋を挊《かせぎ》とをして、心のおよぶたけ亡夫《ばうふ》の二五遠忌《おんぎ》をとふらひ、兄俵七を二六元服《げんぶく》させ親の名にあらため、俵左衛門とよびて二七公界《くがい》をさばかせ、昔《〔むかし〕》よりは金銀《きん〲》もたまりて二八相応《さうおう》より過《すぐ》るほどに嫁入《よめ》道具をこしらへ、妹《〔いもと〕》娘おゆきを縁《えん》に付《〔つけ〕》る拵《〔こしら〕》へ。器量《きりやう》すぐれぬれば二九我人《〔われひと〕》嫁《よめ》にほしがる中にも、上野《うへの》の花見の折から見初《そめ》て、「あの娘を女房共といふて、枕二《まくらふたつ》を浮《うき》世の楽《〔たのし〕》みにねて花を三〇やりたい」と、三一糀町《かうじまち》の乾物《かんぶつ》屋の与吉郎しきりに仲人《なかうど》を以てもらひかくれば、聟《むこ》の人柄《〔がら〕》三二身上《しんしやう》のたしかなる内証《ないしやう》を聞て、米屋《〔や〕》後家は幸《さいはひ》の縁《えん》と悦び、頼《〔たの〕》み取かはして霜月朔日《〔ついたち〕》に娘をおくりぬ。

与吉郎は元来《もとより》おもひかけぬる女房なれば、「世界《せかい》に我程果報《くはほう》な者《〔もの〕》はあらじ」と、万事をやめて女房の顔《かほ》をながめて、三三片時《へんし》も傍《そば》をはなれずまもり三四つめて、三五五十年の楽《〔たのし〕》みを三十日に三六取越《とりこし》、一門一家《け》の膝直《〔ひざなを〕》し振舞《ぶるまひ》の場《ば》にて、吐血《とけつ》してより三七夢中《むちう》になつて翌日《あくるひ》おしい女房を跡《あと》にのこして此《〔この〕》世をさりぬ。おゆきは当座《たうざ》に自害《じがい》をもする程の悲《〔かなし〕》み。一門殊《こと》には母の親とゞめて、いまだ三八祝言《しうげん》して二月《ふたつき》もたゝざれば、後家《ごけ》たてさすべき馴染《〔なじみ〕》もなく、此《〔この〕》跡《あと》三九とる者《〔もの〕》なくて、親類《しんるい》それ〴〵に配当《はいたう》して身代《しんだい》をわけ取にし、「四〇後家《ごけ》にもだまつてはおか

三〇 人に見せるためだけの。 二一 珠数。 二一 「浅緑いとよりかけて白露を珠にもぬける春の柳か」(古今集・春上・僧正遍昭)。五人女・四の二に「玉にもぬける柳原のあたり」とあり、直接には五人女による。珠数の玉に縁のある、玉にもぬけるとよまれた柳を地名とする柳原。 二二 江戸、筋違橋(今の万世橋)から浅草橋の間の、神田川の南岸の地。現千代田区内。 二三 俵左衛門・俵七・おゆき(白米の白いの縁)と米に関連の命名。 二四 悪評。 二五 死者の死後長い年月を経て行なう遠い年忌。ここは十三年忌。 二六 男子成人の儀式。庶民では前髪を取り、月代(さかやき)を剃り、袖形など成人の服に改める。 二七 表向きの町用とか交際とかを勤めさせる。 二八 身分相応以上に。 二九 自分も他人も。皆。 三〇 楽しい事をしたい。花は下の糀の縁。 三一 江戸城の西、半蔵門から四谷見附また赤坂見附に至る間の、内堀と外堀に囲まれた地域。大名・旗本の屋敷が多く、それを相手の商家があった。現千代田区内。 三二 身代。財産状態。 三三 わずかの間。 三四 見つめ続けて。 三五 人間の一生。 三六 期日を繰り上げる。 三七 意識を失い。 三八 おゆきも結婚して二箇月たたぬから、後家を通して家を守らせることを強制するほど家に馴染んでいない。 三九 相続すべき男子がない。 四〇 配当に後家のおゆきを無視できぬ。

れぬ所」と、おゆきに百両そへて親里へもどしぬ。

廿年余《よ》も後家の按排《あんばい》覚へたる母親、「若い娘を後家にして賢《さか》[一]しひ浮世《うき》にしばらくもをく物にあらず」と、急《きう》に縁《えん》の口を聞《きゝ》しに是《これ》ぞ渡《わた》[二]りに船町《ふなちやう》[三]の魚屋《うをや》、去年《きよねん》内義死《し》なれて台《だい》所[四]とりじめなく、「器量《きりやう》さへよくは裸《はだか》[五]で成《なり》ともはやくよび[六]入《いれ》たい」と、何かなしに早速聟《さつそくむこ》[七]にとりすましたと、しやん[八]と祝義おさめて五ケ月もたゝぬうちに、嫁御《よめご》の腹躰《はらなり》[九]おかしく、「是は」と亭主肝《ていしゆきも》をつぶせば、乾物《かんぶつ》屋与吉が仕入《しいれ》[一〇]の胤《たね》なりと言分《いひわけ》たちて、表向《おもてむき》は病気《びやうき》分《ぶん》にして母の方へ引取《ひきとり》平産《へいさん》させて誕生《たんじやう》せし男子《なんし》は与作と名をよび、母の手前にて育《そだて》

おゆきは七十五日[一一]もまたで魚《うを》屋へかへり、姑《しうとめ》の気をとり内外《うちと》の下人下女迄も、詞《ことば》[一二]にて湛応《たんおう》させ、夫《おつと》の友達《ともだち》に挨拶《あひさつ》するも利発《りはつ》を鼻《はな》へ出さずぼつとり[一三]と見せかけ、世帯方《せたいがた》[一四]の始末野菜《しまつやさい》かふ迄も抜目《ぬけめ》なければ、をのづから徳《とく》[一五]に隣《となり》ありて、一門中の賢女《けんじよ》の鑑《かゞみ》とあふがれ、先妻《せんさい》の事いひ出す人もなく、気[一六]に入《いり》すまし

一 口うるさい。若い娘を後家にしておくと、何かと悪いうわさを立てられる。原本「堅しひ」。
二 渡りに船は丁度都合のよい状態になることのたとえ。船町と掛けている。
三 四谷見附の西、内藤新宿に至る途中の北側の町。現新宿区内に舟町(ふなちやう)の名をとどめる。魚に縁のある町名を採った。なお近くの四谷見附西には肴棚があった。
四 しまりがない。
五 嫁入支度の全くないこと。
六 嫁に迎えたい。
七 婚礼の祝宴の時にうたう小歌、「三国一ぢや、聟にとりすました、しやん〳〵」による。原本「督」。
八 右のしやん〳〵と、確かにの意のしゃんとを掛ける。
九 腹の形がおかしい。妊娠も末の大きい腹になる。
一〇 しこんだ子種。仕入は商人に縁のある語を用いたもの。
一一 出産後養生し、性交を禁ずる日数。それを待たずに帰るところに、夫への気遣いがあらわれている。
一二 いたわりの詞をかけて満足させる。
一三 柔和で愛敬のあるさま。
一四 生計に関した方面。
一五「徳不レ孤、必有レ隣」(論語・里仁)。おゆきの人徳によって、従う者、助ける者が出て。
一六 完全に一家一門の気に入られて。

て[一七]「もはや是では」とお雪もすこし安堵《あんど》する時分に、亭主《ていしゆ》[一八]手の物と料理自慢《りやうりじまん》の庖丁《はうてう》の焼《やき》[一九]がむねへまはり、[二〇]鰏汁《ふぐじる》の仕ぞこなひに客《きやく》も其《(その)》身も大きにあてられ、「是は〱」といふうちに[二一]河豚《ふくと》の汁椀持《しるわんもち》ながら、すぐに[二二]新精霊《あらしやうりやう》となつて母の歎《(なげ)》き、お雪が悲《(かなし)》み大かたならず、尼《あま》にも成《(なる)》べき覚悟《かくご》なりしを、一門さま〲異見《ゐけん》くはへて[二三]中陰《ちうゐん》を無事《ぶじ》につとめさせ、捌《(さて)》[二四]跡目《あとめ》の穿鑿《せんさく》するに、一家の内にお雪とめあはすべき相応《さうおう》の人もなくて、姑《しうとめ》の弟の子、今年《ことし》十になるを養子《やうし》として家相続《いえさうぞく》の談合《だんかう》に相《(あい)》極《きはまり》、「はたちにもならぬ人に後家たてさせ、此《(この)》子が後見《うしろみ》さする事も行末心もとなし。さあればとて[二五]身持になられてはや七月の腹《はら》をかゝへてゐる人を、其まゝも戻《もど》しがたし」と、親類相談《しんるいさうだん》して「腹《はら》なる子たとへ男子《なんし》にても女子《によし》にても、すぐに其方にて[二六]成人《ひとならせ》いづかたへも[二七]つかはして下さるべし」と、銀五貫目懐妊《くわいにん》のおゆきに付《(つけ)》て、段ゝ《だん〱》の断《ことは》りいふて里へかへせば、母の後家せん方なく又手前にて平産《へいさん》させ、此子にも乳母《うば》とりてやしな

一七 後妻であるが、もはや主婦の座は安定。
一八 お手の物。最も得意なもの。
一九 腕前がにぶること。焼き・むね(刀背)は庖丁の縁。
二〇 ふぐの皮をはぎ、よく洗った切身を濁酒をさして味噌汁にする。
二一 ふくとはふぐに同じ。
二二 新仏。
二三 七七日。死後四十九日間をいう。
二四 家督相続。
二五 妊娠して。
二六 成人させ。一人前にさせ。
二七 養子に出して。

ひ、最前《さいぜん》乾物屋《かんぶつや》にてもふけたる子と兄弟分《きやうだいぶん》にしてそだて置《おき》、「花の盛《さかり》のお雪を又ひとり身にして抱《かゝへ》ゐるも年寄《としより》て政道《せいたう》[一]むつかし」と、諸方を聞て、此《この》度は前〻《まへ〱》の男にこり、器量《きりやう》はあしく共《とも》随分《ずいぶん》丈夫《じやうぶ》な、若死《わかじに》[二]しそむなひ聟の所を聞立《ききたて》しに、世界《せかい》はひろし好《この》みのごとくたしかなる生れつき、筋骨《すじぼね》ふとく肉《しゝ》のつて、鬼鹿毛《おにかげ》[三]のやうな伝馬《てんま》[四]町の綿《わた》屋の息子《むす》、無病《びやう》にして灸《きう》のあとさへなく、赤子《あかご》の時分五香《かう》[五]を七夜[六]が内のみたるより外、薬《くすり》といふもの小田原《おだはら》[七]の外郎《うゐらう》さへつゐに歯《は》にのせたる事もなく、名《な》さへ腎《じん》八[八]とて健《すこやか》なる若い者、しかも身上《しんしやう》よければ重畳《てうてう》[九]と両方に悦びて、近所へ沙汰《さた》なしによびむかへ、二親の満足《まんぞく》大方《かた》ならず。腎八に母屋《おもや》わたして近き内に本庄[一〇]へ隠居《ゐんきよ》せらるゝ談合半《だんかうなかば》に、腎《じん》八三野《さんや》[一一]へかよひそめ、一日も宿《やど》[一二]にいねば親達おどろきさま〲異見《ゐけん》せらるれ共《ども》中〱耳へも入《いれ》ず、結句《けつく》逆《さか》[一三]ふて始《はじめ》よりしげくかよへば、今ははや異見もつきて、外様《とざま》[一四]沙汰になつて勘当《かんだう》帳に付て追《おひ》うしなひ、跡へは日本橋《ばし》[一五]の妹聟《いもとむこ》を夫婦よび入《いれ》て、家をたつる相談《さうだん》にきはまり、又爰《ここ》にもおゆきに断《ことはり》いふて戻《もど》す談合《だんかう》。つれあひ勘当せらるゝ上は是非《ぜひ》におよばぬ首尾《しゆび》なれば、帰るまい共いはれず。此所でも懐《ふところ》に祝言《しうげん》[一六]の塊《かたまり》だかへてたゞならぬ身、「平産《へいさん》いたさば此子はこなたへ、御請取なされて下され」と涙ながらに申せば、「妹《いもふと》夫婦を跡目《あとめ》にたつれば、そなたもしらるゝ通《とほり》年子《としご》に五人迄、屈強《くつきやう》[一七]成《なる》子共あれば、其《その》上に養《やしな》へとはいかに親なればとて、聟の手前もあればどふもいはれず。腎《じん》八が形見《かたみ》と思ふてそなた一生養《やう》

一 監督が面倒だ。　二 しそうもない。
三 説経節の小栗判官に出る人喰い馬。なおこの時期、赤穂浪士の事件を小栗の世界に仕組む歌舞伎・浄瑠璃が行なわれ、外題に鬼鹿毛を称するものがあった。
四 前出の船町より東、四谷見附寄りにこの町名があるが、綿屋というから、木綿問屋の多かった大伝馬町であろう。大伝馬町は常盤橋より南へ通る本町通の本町四丁目に続く両側の町。一丁目に木綿問屋がある。現中央区内。なお鬼鹿毛の縁。
五 赤子の胎毒下しの薬。
六 赤子が生まれて七日目の夜の祝い。ここはそれまでの七日間。
七 小田原の虎屋で売った丸薬透頂香。痰の薬、口臭を消すという。
八 腎は腎臓。精力・性欲に関係のある臓器と考えられていたので、精力の強そうな名とした。
九 しごく好都合。この上もないこと。
一〇 本所。竪川の辺より北、両国橋辺より上流の隅田川の東一帯の地。現墨田区内。
一一 新吉原の廓をいう。
一二 自分の家。　一三 さからう。
一四 外様事。表向きのこと。
一五 現中央区内の日本橋川にかかる橋。その近辺の地を指す。
一六 結婚の結果を腹中に抱いて。
一七 頑丈な。丈夫な。
一八 隠居の生活費として母屋の財産とは別にわけられた資産。
一九 一度の嫁入。嫁入一回ごとに。

育《いく》して給はれ。それ程の心付は我〻がいたさふ」と、一八隠居銀《ゐんきよがね》の内から銀百枚そへてかへされ、又其子をやすく産《うん》で母の苦労《くらう》にさせけれ共、一九一《ひと》嫁入《よめり》に銀子をしたゝか取て帰れば、二〇欲《よく》といふ兵《つはもの》に出あふては二一老《おひ》の辛労《しんらう》もわすれはて、其まゝ一所に二二抱娼《だきうば》とつてそだてぬ。

されば世の中に二三借銭負《しやくせんおふ》も嫁入《よめり》するも同じ事にて、外聞《ぐわいぶん》わるひの恥《はづ》かしひのといふはず二四んと前方《まへかた》の穿鑿《せんさく》。度《たび》かさなれば二五面《かほ》の皮《かは》あつうなつて、近所のおもはく二六世の人口《じんこう》二七いかな〳〵耳《みゝ》にかゝらず、「かゝさま太儀ながら子共が世話《せわ》をやいて下され。今四五軒《けん》嫁入《よめり》して帰りなば、をよそ二八都合《つがふ》百貫目《くわんめ》ぢからはとらふと思ひますれば、今度嫁入《よめり》の口きいて下されうなら、二九随分病者《ずいぶんびやうじや》なわろか、扨《さて》は六十過てちと腰《こし》のかゞんだ、三〇あの世へ片足《かたあし》ふんごんでゐるやうな年寄《としより》男望《のぞ》み」といへば、母も同じ気になつて、「血気《けつき》な若《わか》ひ者《もの》は子をうましてあと迄の厄介《やつかい》かゝれば、三一大黒屋の肥後方へ内証《ないしやう》たづねにつかはし、地黄丸《ぢわうぐわん》を三二通《かよ》ひでとる所へやるべし」と、又仲人を頼みて「娘も「たび〳〵亭主《ていしゆ》の別《わか》れに憂《う》ひ目《め》を見て、大ぶん三三病《やま》ひづいたれば、男の達者《たつしや》な所へは遠慮《えんりよ》してくれ」といふ。親の身にしていふも断《ことはり》と、心入《こころいれ》がふ便《びん》さに此度《たび》は三四廿三十年《とし》がゆきて、たとひ頭《あたま》がはげてあらふが、鬢先《びんさき》が白かろが男つきにはかまはぬ。三五薬鍋《くすりなべ》を枕《まくら》にしてゐるやうな聟《むこ》もあらば、三六肝煎《きもいつ》てたもれ」といへば、「さいはひ三七六月にも三八皮足袋《かはたび》はなさず、いまだ卅にもなられぬ身で、一町ゆかるゝにも杖《つゑ》をつき、追付《おつつけ》三九親に跡やらるべき生れつき、しかも片目《かため》四〇神田筋違橋辺《かんだのすじかいばしへん》に、

二〇 人間の欲望の強いことを武士の強いのにたとえた言い方。
二一 赤子を育てることは老人の母親にとっては苦労であるのに、欲から苦労もすっかり忘れて。
二二 抱き守りをするだけの乳母。
二三 借金をするのも。
二四 ぐんと以前の問題。 二五 あつかましくなる。ずうずうしくなる。
二六 世間のうわさ。
二七 どうしてどうして。 二八 総計。
二九 病人のようなやつ。病弱なやつ。
三〇 半分死んでいるような。
三一 続江戸砂子に、地黄丸を製する薬店として石町一丁目の大黒屋播磨がみえる。この店か。地黄丸は地黄を主薬とした強精剤。
三二 通帳をつくって取り寄せる。買うのが頻繁で上得意。
三三 病身になる。
三四 二十歳三十歳も年長で。
三五 薬を煎じる、つると注ぎ口のついた鍋。漢方薬は銅・鉄の鍋は不適で、当時は唐金(銅と錫の合金)製のものが多い。
三六 世話をしてほしい。
三七 陰暦六月は夏の暑い盛り。
三八 鹿のなめし皮で作った足袋。
三九 親に家督をつがせるような。即ち親より先に死ぬような病弱な。
四〇 神田川にかかる橋の一。現在の万世橋に当る。現千代田区内。かんだは片目(片方の目しか見えぬこと)のことで、上の片目を受けて掛け詞になっており、筋違も片目の縁。

上丸屋とてかくれもなき質《しち》屋から、廿四五の[一]発明《はつめい》なお内義さまをほしきとのお頼《たの》み。[二]お年恰好《かつかう》と申シ御器量発明《きりやうはつめい》[三]あなたのお望の通《とほり》なれば」と、つゐいひ出して早速[四]首尾《さつそくしゆび》し、[五]千《せん》秋万歳《しうばんぜい》とうたひしまふて半年もたゝぬうちに、願《ねが》ひの通ころりと往生《わうじやう》めさるゝと[六]帯《おび》の祝《いわ》ゐが一時にて、又是《これ》にても[七]所務分《しよむわけ》拾貫《くわん》目[八]あたゝまりて、立帰るとはやさだまつて[九]得《とく》意《ゐ》の取揚婆《とりあげば》ゝがお見舞《まひ》申《まうし》て、「お雪さまのお帰りと聞《きき》まして、さだめて[一〇]お土産《みやげ》がお中《なか》にあらふと存じて参りました」といへば、お袋《ふくろ》も粋《すひ》になつて「うるさい事はまた[一一]喰溜《くいため》て もどりましたが、此度《この》は質《しち》屋の子なれば、同じくは[一二]ながれてしまへかしと思ひます」と笑《わら》ふて打過《すぎ》、ほどなく安産《あんざん》して七十五日の忌《いみ》もあかぬ内に、又も嫁入《よめり》を[一三]するが町の[一四]銭《ぜに》屋へゆきて、間《ま》もなく孕《はら》めば亭主《ていしゆ》は都へ用事あつて花の三月から七月迄逗留《とうりう》して、帰らぬこそ断《ことはり》京の[一五]祇園《ぎおん》の茶屋《や》の娘を請出し、[一六]宿《やど》の妻《つま》にと[一七]のぼりつめて、[一八]くだる気色《けしき》はなくて出入の嚊《か》ゝをた[一九]のんで、此分《わけ》をお雪にいひこみ、「迚《とて》も[二〇]末かけて思はぬ人にそはぬ所存なれば、[二一]腹《はら》な子ぐるみに弐百両つけて、首尾《しゆび》よくもどしたいとの京からの御状」と段ゝことはり、皆迄きくにおよばず弐百両請取てさらりとそこも立戻《たちもど》り、又産《うみ》おとして[二二]須田《すだ》町の[二三]青《あお》物屋の親仁《おやじ》所へ縁《えん》について、爰《こゝ》でもめでたふ年寄《としより》男を仏《ほとけ》になして、わすれ形見《がたみ》を持《もち》てかへつて、年中産《ねんぢうゝむ》と嫁入《よめり》する[二四]程にかゝつて、抑《そもく》糀町の乾物《かんぶつ》屋より[二五]口切して、今四十六才迄廿七所縁付《えんづき》して、男女の子共廿七人もふけて、我内《わがうち》は[二六]継子《まゝこ》だての絵《ゑ》を見るご

一　利発。　二　としごろ。年配。　三　あのかた。上丸屋を指す。　四　事が都合よく整うこと。　五　祝言の席に千秋万歳と謡い。　六　妊娠五箇月目に腹帯をしめる祝。　七　遺産の分け前。　八　儲けて。　九　いつも取引関係にある相手。産婆が得意であるというのがおかしい。　一〇　ここは夫の忘れ形見として実家に持ち帰った胎児を指す。　一一　腹の中に入れてためて。妊娠したことを指している。　一二　流産してくれたら。流れは質屋と縁があるという。　一三　駿河町。日本橋を北へ、室町二丁目の西側。現中央区内。嫁入をする、と掛ける。　一四　銭の両替をして手数料をとるのを主とする小資本の両替屋。　一五　祇園社の石段下より西、四条通の南北の遊所。茶屋で少女を養い、娘と称して押しつけて金にする。　一六　家の妻。家をまかす女房。　一七　すっかりのぼせあがる。　一八　江戸に下る様子はなく。上文ののぼると対語にしている。　一九　原本「ためんで」。　二〇　末長く連添いたいと思わぬ人と夫婦でいたい考えはないから。　二一　腹にある子供をひっくるめて。　二二　日本橋より北へ、通町末、筋違橋手前に当る。現千代田区内。果物の問屋が多く、その西隣の連雀町に青物問屋が多かった。なお永代蔵・三の一には須田町の青物屋あり。　二三　八百屋。　二四　そのことだけに関係して。　二五　物事を始めること。　二六　塵劫記に先腹の子と

とく、卅畳敷《でうじき》の二[二七]階《にかい》に四方一ぱいの蒲団《(ふとん)》二つに綿厚《わたあつ》く入《(いれ)》、ひとつの蒲団《(ふとん)》の上に子共をぐるりと丸《まる》くならべてねさせをき、其《(その)》上に今ひとつの蒲団《(ふとん)》をきせ、夜《よる》もあたゝかにねさせて、扨《(さて)》夜があけるとひとり〳〵起出《をきいで》て、「茶漬《ちやづけ》くはふ」といふもあれば「汁かけ食《(めし)》を」とのぞむもあり、「酒[二八]をのまふ」といへば、「おれものまふ」といひ出し、蚊[二九]《か》のなくごとく口〴〵に好[三〇]《この》みくひて、腹[三一]《はら》のよいうちは外《そと》へかけ出しあそびありき、暮《くれ》がたに帰る時分《じぶん》母親《(おや)》[三二]帳をひかへて、「太郎松はもどつたか。五郎介はおせんおかや岩之介は」と、答《(こた)》へを聞て帳面《ちやうめん》の名をけし、「以上廿七人都合[三三]《つがう》があふた。二階《かい》へあがつてやすめ」と、大勢《ぜい》を[三四]かひそだてて段〻《(ゝ)だん〳〵》に成《せい》長し、盆[三五]《ぼん》の魂祭《たままつり》とて精霊棚[三六]《しやうりやうだな》をかざるに、廿七人ながら腹《はら》はひとつにて皆父《ちゝ》がかはりて、卒都婆[三七]《そとば》さへ廿七本戒名《かいみやう》もまぎらはしく、「[三八]こなたのとつさまは法誉《ほうよ》道《だう》三といひます」、「方誉《はうよ》道円《だうえん》とはおれがとゝ様じや」と、蓮[三九]《はす》の飯《めし》をせりあひ、麻[四〇]《あさ》がら持《もつ》ての戦《たゝか》ひ殊勝《しゆせう》にも又おかしかりけり。

傍[四一]《ほう》輩の悪性《あくしやう》うつりにけりな徒娘《いたづらむすめ》

「桃[四二]《もゝ》や柿《かき》や梨《あり》の実《み》」是ぞ蓮[四三]《はす》の葉《は》商《あきな》ひ、[四四]七月十三日より諸一門の聖霊《しやうりやう》、亭主《ていしゆ》が払[四五]《はらひ》の心当《あて》

後妻の子を、白黒の着物で区別して円陣に並ばせている絵がある。
二七 原本「仁階」。 二八 二十七人の子で、おゆきが四十六歳であるから、早く生まれた子はこう言うはず。
二九 騒がしいさま。 三〇 注文して食って。 三一 空腹でない間。 三二 帳面を手にして。 三三 合計。 三四 養い育てて。 三五 陰暦七月十五日の盂蘭盆（うらぼん）。先祖の霊を迎え供養して冥福を祈る行事。 三六 盂蘭盆の時、迎えた霊をまつるために設ける棚。 三七 細長い板の上部を塔形にし、経文や戒名を書いて、死者への供養として墓に立てるもの。
三八 一人称。私。 三九 蓮の葉に包んで蒸した糯（もち）米の飯。盆の供え物。
四〇 麻の皮をはいだあとの茎を干したもの。盆の供え物をする時の箸や敷物に用い、十三日の迎え火、十六日の送り火はこれを焚く。手近にある長い物で斬り合いの真似。
四一 本章は娘を未婚としたことと、末尾の娘の自堕落な生活以外は、構成・文章とも二十不孝・五の一に全面的に拠っており、潤色・付加・変改がある。 四二 大坂ではこの三菓をみいろと称して、盆に食用にならぬ貧弱なものを供え物として売る。またこの時だけ梨をありのみという。
四三 際物商い。祝儀不祝儀などの一時の用に使う粗末な物を蓮の葉物というが、盆なので正に蓮の葉の語がふさわしい。 四四 この日に迎え火を焚く。 四五 盆前は決算期の一。

ちがふて[一]馳走《ちそう》機嫌《きげん》でなひ所へ、心なくも来《き》て造作《ざうさ》[二]になる合点《がてん》は、「近比《ちかごろ》仏達《たち》には聞[三]へぬ仕形《しかた》」と思ひながら、聖霊《しやうりやう》とらへて物前《ものまへ》に借銭乞《しやくせんこひ》と一口《ひとくち》[四]に言分《いひぶん》[五]もならず、つい出来合《できあひ》[六]の念仏《ねんぶつ》振舞《ふるまひ》、「[七]あゝ南無阿弥陀仏」迚《とて》もあはぬ算用《さんよう》。いくたび十露盤《そろばん》おいて見ても、三[八]五の十八角豆《さゝげ》、茄子《なすび》青瓜《あおふり》[九]せめても煮焼《にやき》せずに其《その》まゝそなへ、銭《ぜに》なき宿《やど》にも門徒《もんと》[一〇]の外は、家なみに世になき玉を祭《まつ》る業《わざ》の[一一]あはれは秋こそまされと、ひとしほ物がなしく、過《すぎ》ゆかれし夫《おつと》の事を思ひ出して、[一二]露に泪《なみだ》に両袖《そで》の湊難波《みなとなには》[一三]橋筋《ばしすじ》に、福岡《ふくおか》屋の五右衛門後家《ごけ》とてふ[一四]つゝかなる生れつきなれ共《ども》、心正路《しやうろ》[一五]にして人ににくまれず、夫《おつと》の仕付《しつけ》[一六]し西国《さいこく》[一七]への小間物《こまもの》商《あきな》ひ、惣領《そうりやう》五兵衛につとめさせ、毎年宮島《みやじま》[一八]の市より近国《きんごく》を売《うり》まはりて、盆前《ぼんまへ》にはさだまつて宿《やど》[一九]にかへり半季《はんき》[二〇]の買《かい》がゝりを算用《さんよう》してすます事なるに、今年《ことし》は七月十四日迄文の便《たよ》りさへなくて、母の親心もとなく、娵《よめ》のおそめ妹娘《いもとむすめ》のおたつもろ共、いかゞとあんじやるほど[二一]波の上の仕合日和《しあはせひより》さだめがたく、

一 先祖の霊に供養するなどという気分にとてもなれぬ。 二 もてなしを受ける心づもりなのは。 三 納得がいかないやり方。 四 同様に。同じ扱いで。 五 口論もできず。 六 既製の。お座なりの。 七 南無阿弥陀仏は聖霊への念仏であるとともに、「あゝ」と嘆息付きで払いのできぬ悲鳴でもある。 八 三五の十八は勘定の合わぬたとえ。これを十八角豆（ささげの一種、十六ささげの関西での称）と掛けて、盆の供え物に筆を転じる。 九 煮焼せず燃料の節約になるのがせめてものこと。 一〇 浄土真宗の信者。 一一 「もののあはれは秋こそまされ」（徒然草・十九段）。なお陰暦七月は秋。 一二 露と泪に両袖を濡らす。ここは二十不孝によるが、二十不孝は舞台を福岡のこととしているので、袖の湊は縁のある古地名で働いているが、大坂も港であるとして難波に続けると、袖の湊の語の働きはない。下に屋号を福岡屋とするのはそれを補うつもりであろうか、安易な処理。 一三 大坂、東横堀より西へ五筋目の南北の通り。難波橋南詰（現在よりは一筋西）より南へ、道頓堀川の南まで。 一四 不恰好な。 一五 正直。 一六 し慣れた。 一七 畿内以西の国。下文によれば中国地方を想定しているようである。 一八 安芸国（広島県）の宮島では、毎年三月・六月・九月に市が立った。歌舞伎・浄瑠璃や見世物の興行があり、近国の商人が

心にまかせぬ海路《かいろ》とはおもひながら、[二二]此《（この）》際《（きわ）》のあぶなさ[二三]阿波《は》の鳴渡《なると》よりわたりかね、悴《せがれ》が留守《るす》じやとて[二四]借銭《しやくせん》の淵《ふち》はゆるさず。売懸《うりがけ》したる人〻庭《には》に立ならび、「[二五]節供前《せつくまへ》とは各別《かくべつ》。いやでも応《おふ》でも[二六]百貫に塗《ぬり》笠《がさ》一蓋《（かい）》」と母親[二七]せがむにぞ、身も置《をき》所なくかなしくもどらぬ息子《（むす）》を恨《うら》み、「せめて[二八]断文《ことはり》なり共《（とも）》のぼしぬれば、をの〳〵さまのお腹《はら》のたゝぬ事ぞ」と、手を合して侘言《わびごと》やう〳〵にきゝわけ、四十五六人の掛乞《かけこい》「とても済《すま》ぬ事に[二九]隙《ひま》ついやし」と立帰りぬ。

其中《なか》にきかぬ[三〇]生平《きびら》の島屋《しま（や）》町のつき[三一]米《（こめ）》屋、「朝夕《てうせき》の飯米《はんまい》代なれば、中〳〵とらではかへらじ」と、一人跡《ひとりあと》にのこり[三二]角《つの》なき鬼《おに》の皃《かほ》つきして、「埒《らち》があかぬと[三三]鍋釜《なべかま》ぬく」と、[三四]広敷《ひろしき》に座をくみていつとなく眠《ねふり》の出、人の物いふもうつゝにきゝぬ。母親他人のある共しらで、「[三五]日本第一の大湊《みなと》に住《すみ》ながら、我ほど浅《あさ》ましき者《もの》また有《（ある）》べきか。つれあいの仏棚《ほとけだな》もかざらず、蓮《はす》の飯《いひ》を祝《いは》ふべき始末《しまつ》もなく、[三六]把木《たばね》も絶《たへ》て今朝《（けさ）》から[三七]簀子《すのこ》の竹をぬきて焼《たく》など、

集り、西国一の大市と称するにぎわいを見せた。六月の市が一番にぎわうが、ここは三月の市であろう。 一九 自分の家。 二〇 半年間の掛買い代金。 二一 船による仕事であるから、天気次第で思うように行動できぬ。 二二 決算期。 二三 阿波国（徳島県）の鳴門（鳴渡とも書く）は航海の難所であるが、盆前の決算期を乗り切るのは鳴門を越える以上に困難。西鶴は一目玉鉾・四に「世の中を渡りくらべて今ぞしる阿波の鳴門は浪風もなし」の歌（伝兼好作、兼好作とする根拠未詳の歌）をのせるが、この歌による発想。 二四 借金の多いことのたとえ。淵は鳴渡の縁。 二五 端午の節供前とはちがい、半年間の決算をする時だから。 二六 損得のつりあわぬたとえに「百貫のかたに編笠一蓋」などという。ここはたとえわずかでも借金を取りたてて行くと言っている。 二七 （母親に）ねだる。 二八 事情を説明する手紙。 二九 時間の無駄。効果のないことに時間をつぶすこと。 三〇 生平は晒さぬ麻糸で織った夏の衣類用の布。きかぬ気と掛ける。島屋町は生平の縞（島の字を用いるのが普通）と掛け、縞の生平の着物を着ていたことにする。島屋町は大坂城の西、谷町筋から西に、高麗橋に通じる通りへはいったところ。通常島町という。現中央区内。 三一 米を搗くことを業とする人。精白米の小売をもする。 三二 借金を責める

煎《せん》じ茶《ちや》きれて煙草《たばこ》なく灯火《ともしび》の油《あぶら》も事かき嫁《よめ》の[一]轆轤《ろくろ》引《(びき)》より雫《しづく》[二]をしたみしが、今の間《ま》の光《ひか》りにてたのみなし。是《(これ)》より先《〔さき〕》に命消《いのちきへ》たし」と、母の歎《なげ》きをかまはず、娘のおたつは庭《には》におりて身振《ぶり》に[三]色科《いろしな》やりて、明日《あす》の晩《ばん》からの[四]躍《おどり》の稽古《〔けいこ〕》。「いかに若《わか》きとてさりとては心なし。人の手前[五]世のおもはく、身の程もはぢぬべし。そちが年《とし》も十七嫁《よめ》も十七なれど、[六]世間の思ひやりありてあのごとく身をすてて内証《〔ゝ〕ないしやう》を隠《かく》し、親里へも是をしらせずかゝる前後《ぜんご》を凌《しの》がるゝは、[七]女の鑑《かゞみ》にも末〻迄しらすべきいとをしき人なり。いまだ此《(この)》春縁組《〔えんぐみ〕》して半年もたつやたゝぬに、衣類《いるい》手道具迄をなくして、嫁《よめ》なればとて面目《めんぼく》なし。そちとあの人がやうに心ざしもかはる物か」といひもはてぬに、娘ははきたる[八]席駄《せきだ》を親になげつけ、ふ断《だん》の寝間《〔ね〕ま》にゆくを母も今は堪忍《〔かんにん〕》ならず、手元《てもと》にありし[九]爪切《つまきり》持てたゝれしを、娵《よめ》のおそめおどろきていだきとめ、漸《やうやう》に是をわびすまして、片陰《かたかげ》に立忍《しの》びうつくしき髪《かみ》おさへの挿《〔さし〕》櫛笄《くしかうがい》をぬき出し、[一〇]玉子色《いろ》の帯《おび》をほそき[一一]組帯《くみおび》に仕替《しかへ》て、此三色持《いろもち》て出しがしばらく有て帰り、右の袂《たもと》より銭《ぜに》百四五十取出し、左の手に刺《〔さし〕》[一二]鯖《さば》三つ索麪《そうめん》二把《は》、懐《ふところ》より白き餅《もち》を出し姑《しうとめ》にあたへければ、四五度もいたゞき泪《なみだ》をながし「此恩《おん》いつ報《ほう》ずべき。うれしやそなたの御志《こゝろざし》」と[一三]丸団《まるうちは》にて嫁《よめ》をあふぎ立《(たて)》〳〵よろこばれしを、掛乞宵《かけこひよひ》より段〻《だん〳〵》見て袖をひたし、「かゝるやさしき嫁《よめ》の有《(ある)》べきか。扨《(さて)》も〳〵」と感《かん》じ闇《くらがり》より出ければ、をの〳〵是[一四]を忘《わす》れておどろき、「夜《よ》の明《あく》る迄まし〳〵てから、只今才覚《たゞいまさいかく》もならず」と、又断《〔ことはり〕》を申《(まうす)》

恐しい顔。三三 借金の代りにかまどから鍋釜を持去る。三四 台所の上り口。半分は板敷になっている。三五 大坂をいう。三六 割った薪を束ねたもの。三七 竹を並べて作った床または縁。

一 ろくろで挽いて作った髪油入れ。原本「轆驢」。なお二十不孝も轆驢とする。
二 しずくほど残っている油をしたたらして、一滴も残さぬように移し取る。
三 色っぽく嬌態を示し。
四 盆踊。盆踊は陰暦七月十四日の夜から始める。
五 世間の批判。
六 嫁は世間体を考えて。
七 女性の手本として末末まで伝えるべき。
八 竹皮草履の裏に牛皮を張りつけたもの。
九 つめきり。爪を切るための小刀。四八四頁挿絵参照。なお挿絵には「はゝおやころさんとする」とある。
一〇 鶏卵の黄身のような淡黄色。
一一 真田紐の帯。
一二 背開きにし、塩漬けにした鯖二尾を刺し連ねたもの。下のそうめんとともに盆の食物。
一三 扇であおぐのは人を賞讃する動作。ここは季節のうちわで。
一四 掛取りが残っていたのを忘れて。

時、掛乞泪《かけこひなみだ》にくれて「ふ孝《かう》なる娘もあるに、此嫁御《よめご》の心入《（こころいれ）》さりとては肝《きも》に銘《めい》じて何《なに》と讃《ほむ》べき言葉《ことば》もなし。此上ながら懇《ねんごろ》にし給へ」と、財布《さいふ》の口をあけて銭《ぜに》弐貫と小判壱両あるにまかせ、「此嫁《よめ》に進《しん》ずる」といひすてて《〔ゝ〕》帰りぬ。

孝《かう》あるゆへに天の与《〔あた〕》へうき所を凌《しのぎ》しうちに、息子《〔むす〕》の五兵衛例年《れいねん》より仕合《（しあはせ）》して立帰り、[一五]買懸《かいがゝ》りこと〴〵く[一六]済《すま》して、件《〔くだん〕》の島屋《〔や〕》町のつき米屋へも、弐貫壱両に[一七]日算用《ひざんよう》して利足《りそく》相《（あひ）》そへ自身持行《じしんもちゆき》「御情《なさけ》ゆへに、母人《（ははびと）》にせつなき盆《ぼん》をゆるりとさせましたる此御礼、[一八]車《くるま》につみてもあきたらず」と、段ゝ《だん〴〵》の礼をのぶれば、米屋曾《かつ》て此銭金を請とらず、「是は嫁御《よめご》の姑《しうとめ》へ孝心《かうしん》のふかきを感《かん》じて、合力《かうりよく》したる銭金なれば、取戻《とりもど》すべき道理なし。留主《す》中の米代百拾五匁二分《（ふん）》五リン、残らずわたさるれば出入《（でいり）》[一九]ない」と、何程いふても請取《うけとら》ず、「仕合《しあはせ》は真《まこと》ある女房をもたれてたのもし。しかしぶ遠慮《えんりよ》ながらこなたの妹御《いもとご》は内儀にかはつて又なきふ孝者《かうもの》。[二〇]田舎《いなか》商《〔あきな〕》ひなされうなら、[二一]お袋《ふくろ》の側《そば》につけて永留主《ながるす》は御無用」と、[二二]目顔《めかほ》に皺《〔しわ〕》よせいひければ、五兵衛我《が》をおり「母は私《わたくし》の手づよく折檻《〔せつかん〕》いたさふかと、それ程のふ孝《かう》の娘なれ共《（ども）》親の慈悲《じひ》とて申されず。女共はなをもつてよしなに取つくろふてあしき事を耳《みゝ》へいれねば、微塵《〔みぢん〕》も留主中の妹《〔いもと〕》めがふ孝の次第を存ぜなんだ。近比《（ちかごろ）》[二三]御《ご》真味《しんみ》の御しらせ」と悦び、立帰つて「引よせきびしく異見《ゐけん》をもせん」と思ひしが、「[二四]生得《しやうとく》のふ孝者《かう〔もの〕》。なまなか異見《ゐけん》して口答《〔ごた〕》へなどしおらば、だまつてはゐられぬ首尾《しゆび》。志《こゝろざし》のなを

一五　掛買いの未済代金。
一六　借りを返す。
一七　七月十三日以後の借用日数を計算してその利息を添えて。
一八　どれだけ御礼をしても、し尽せない。
一九　過不足がない。
二〇　田舎を廻っての行商。
二一　娘を母親の側に付けたままで、あなたが長く不在になることはやめたがよい。
二二　顔をしかめて。
二三　親切な。
二四　生れつき。

る程打擲《てうちやく》せば[一]片輪《かたわ》にならふもしらず。さある時は母に[二]思ひをかくる道理」と異見をやめて、「とかく[三]人中《なか》を見せなばをのづからひとり世間《せけん》を知《しつ》て、孝行《かうく》なる心ざしも出来《いでく》べし」と、人頼《〔だの〕》みして[四]北浜《ばま》の[五]大所《おほどころ》へ中《（なか）》居《〔ゐ〕》奉公《ほうこう》に出しければ、傍輩《ほうばい》の[六]すりがらしの下女共が悪《あく》性《しやう》を見ならひ、誰がをしへねどいたづらの道を知《しつ》て、二度の[七]藪入《〔やぶいり〕》にも親元《おやもと》へは帰らず、[八]小宿《こやど》こしらへて爰《こゝ》にはいり、盆《ぼん》正月に母の顔《かほ》さへ見ずに、昨日《〔きのふ〕》は[九]嵐《あらし》が芝居《〔しばゐ〕》見に、今日《〔け　ふ〕》は[一〇]集銭出《しゆせんだ》しの[一一]浜焼《はまやき》。焼《〔やき〕》たての[一二]蒲鉾《〔かまぼこ〕》に[一三]生醤油《きじやうゆ》つけて[一四]板ぐち噛《かぶり》、腹《はら》ふくるゝまゝの昼寝《ひるね》。夜《よる》は[一五]男狂《ぐる》[一六]ひたれともさだめがたき血落《ちをろ》し、罪《つみ》ともむごひとも[一七]命勝負《いのちせうぶ》とも、跡先《あとさき》しらずの身となつて、後《のち》は[一八]浪人《らうにん》して[一九]口をもきかず。主《しゆ》なしの思ひ[二〇]出《で》に毎日《まいにち》の浮《〔うか〕》れ歩《〔あり〕》き、身をぞんざいに持《（もち）》なし、女ながら[二一]針持《はりもつ》すべさへしらず。気をつめて[二二]ぢゝめなる奉公《ほうこう》は迚《とて》もせぬ心なれば、[二三]上問屋《かみどい》[二四]下問屋《しもどい》へ[二五]蓮葉《はすは》女といふいたづら奉公つとめ、諸国《しよこく》の商人《あきうど》の夜《よる》の慰《〔なぐさ〕》みものになつて、果《はて》は新地《しんち》[二六]堀《ほり》江の[二七]二瀬《ふたせ》にながれわたり、仕舞《しまひ》は[二八]白人《はく（じん）》まはしの駕籠《かご》の者《〔もの〕》とひとつになつて、辛《から》き[二九]鍋尻《なべじり》を焼《やい》て半分は嘘《うそ》で浮世《うき》をわたりぬ。

[三〇]福島《ふくしま》屋は女夫《めをと》中よく母に孝《かう》をつくせし天理《てんり》によつて、次第に仕合《（しあはせ）》よく家に家を買《かひ》ならべて豊《〔ゆた〕》かなる暮《〔くら〕》し。母を願《〔ねが〕》ひのまゝに安楽《あんらく》にやしなひ、めでたふ往生《わうじやう》さしぬるに、妹《いもと》のたつは道ならぬ奉公をせめても恥《はぢ》て、我方《わがかた》から[三一]敷居《しき〔ゐ〕》高《たか》くなりて、母の[三二]死目《しに〔め〕》にさへあはず。冬《ふゆ》も木綿《もめん》の[三三]ときあけひとつ着《き》て、夫《おつと》に見はなされて今日《〔け　ふ〕》の命《いのち》をつなぎかね、夜歌《よるうた》うたふ

一　不具。
二　心配をかける。
三　世の中。世間。
四　其磧の作では「きたばま」と読ませるのがほとんど。
五　大家。富家。北浜は大坂の経済の中心。
六　人中ですれて性質の悪い者。すれっからし。
七　奉公人が一月・七月の十六日にひまをもらって実家に帰ること。
八　奉公人が身を寄せる宿。しばしば密会の場所となった。ここは親・兄の干渉を嫌って実家を避ける。なおこれ以下「浮れ歩き」まで二代男・一の五より剽窃、付加・変改あり。
九　当時の大坂で嵐というと三世嵐三右衛門であるが、享保元年（一七一六）は新地桜橋北の芝居の座本が嵐三右衛門、同年十一月よりは大坂九左衛門座で座本を甥の嵐五三郎として、三右衛門は休演。
一〇　割前を出し合って飲食すること。
一一　鯛を塩で蒸焼にしたもの。
一二　白身の魚をすりつぶし、板に盛って蒸した食物。
一三　他のもので割ったり、煮たてたりしてない醬油。
一四　板ごと食う。かぶるは遠慮なしに食う。
一五　女が男と情事にふけること。
一六　男親が誰ときめることのできぬ子を堕胎。
一七　命がけの勝負。堕胎は危険。
一八　庶民の失業者をも浪人という。

三四 て浜側《はまがわ》の納屋《なや》のかげからそつと出て、往来《ゆきゝ》の袖《そで》をひかへて拾文づゝに情《なさけ》の切売《きりうり》、ふ孝《かう》の身の果《はて》隠居《ゐんきよ》もしそふな年《とし》ばへにて、振《ふり》袖着《き》ての戯《たはふ》れあさましの身やさて。

世間娘気質五之巻　終

一九 奉公の口を問い求めることをもしない。
二〇 後まで心に残るほどの無上の楽しみをいう。
二一 裁縫のわざ。
二二 まじめな。地道な。
二三 大坂より京・伏見方面に米を輸送する仲買。
二四 大坂で中国・四国・九州地方の商人相手に米取引をした小規模の問屋。
二五 問屋に奉公し、宿泊する諸国の商人の世話をし、夜の相手もする女。
二六 長堀川・西横堀・道頓堀川・木津川に囲まれた地域の称。現西区内。芝居・茶屋などがあった。
二七 下女の仕事をし、売色をも兼ねる女。
二八 客席に出る白人の送迎に当る者。
二九 世帯を持つ。
三〇 前には福岡屋とある。
三一 不義理・不面目で訪問しにくくなる。
三二 死にぎわ。臨終。親の死目にあわぬは不孝。
三三 綿入れの中綿を抜いて仕立てた袷(あわせ)。
三四 河岸(かし)を大坂で浜という。川端の納屋の陰にいて客を引くのは、惣嫁(そうか)また夜発(やほつ)と呼ばれる最低の売春婦。一度の情交代十文。

世間娘容気　六之巻

子息形気追加

目録

心底《しんてい》は操的段々《からくりまとだん〳〵》[一]に替《かは》る仕懸娘《しかけむすめ》[二]

男《おとこ》[三]の鼻毛《はなげ》は長持《ながもち》の錠前《でうまへ》、おそろしひ女の巧《たくみ》、夫《おっと》を思ふ顔付《かほつき》は正真《しやうじん》でなひ、にせ懸《かけ》[四]た夫婦《ふう》あひ、互《たがひ》の恥《はぢ》を懺悔噺《さんげばなし》、しらぬが仏《ほとけ》見ぐるしひ友達《ともだち》中《なか》。

貞女《ていじょ》の道《みち》を守《まも》[五]り刀切先《がたなきつさき》[六]のよひ出世娘《しゅつせむすめ》

宿《やど》さへ春日野《かすがの》[七]の《〔ゝ〕》里《さと》に一夜《や》あかされぬ勘当《かんだう》の身《み》、咎《とが》なき親《おや》に恨《うらみ》[八]をいひ名《な》付《づけ》の娘《むすめ》が家出《いえで》、夫婦《ふうふ》の中は按排《〔あんばい〕》よふ仕合《しあはせ》のまはり時《どき》、積重《つみかさ》ねた銀箱《かねばこ》、数《かず》[九]〳〵の悦《よろこ》びは千秋万歳楽《せんしうばんぜいらく》[一〇]。

一 粗製の竹の弓矢で的を射て、当ると次次と仕掛でいろいろな人形があらわれるもの。
二 男を誘惑してだます娘。仕懸に前項の意をも持たせ、心は操的の如く、仕掛で次次と人形が替るように男を替える仕懸娘。
三 鼻毛は長いと掛ける。男は鼻毛をのばして、長持に入って錠前をかけられた。
四 二世をかけた夫婦の仲と思いきや、正真でない似せかけた夫婦仲であった。
五 「道を守る」と「守り刀」を掛ける。
六 刀の刃の先端。上の守り刀の縁で幸先のよいというに切先の語を用いた。
七 春日社大鳥居より東、春日山麓に至る春日社一帯の野。宿さえ貸すと掛ける。貸すという名の春日野に宿も借られず、一夜も明かされぬ。
八 「恨を言う」と「言い名付」を掛ける。
九 銀箱の数数と、数数の悦びと上下に働かせる。
一〇 めでたさを祝福することば。

心底《しんてい》は操的段《からくりまとだん》〳〵に替《かは》る仕掛娘《しかけむすめ》

[一]千早振神代《ちはやふるかみよ》には[二]鹿芦津姫《かあしつひめ》、一夜かはせし新枕《にゐまくら》にたちまち御懐妊《ごくわいにん》なされしを、[三]天孫《てんそん》は「[四]筒《つゝ》もたせにてやあるらん」といぶかしがらせ給ひ、[五]人の代となりては[六]采女《うねめ》なりける女の、まだ十六の[七]春の夜の夢《ゆめ》ばかりなる仮寝《かりね》の初床《はつどこ》に、其《(その)》まゝ皇子《わうじ》やどらせ給ひしを、[八]雄略天皇《ゆうりやくてんわう》「[九]その手はくはぬ」と[一〇]綸言《りんげん》有《(あり)》しとかや。偽《いつは》りしらぬ古《〔いにし〕》へさへ色《いろ》には[一一]心のまはるもの、ましてや今の奢《おご》女房、一代やしなふ男を尻《しり》にしきて、[一二]自由《じゆふ》なる遊《あそ》び。「こちの嚊《かゝ》は嘘《うそ》つかぬ者」とばかり心得て、[一三]下《(した)》ぬき喰《くは》るゝ人おほし。「[一四]七人の子中はなす共《(とも)》女に肌《はだ》をゆるすな」と、[一五]悪《あく》七兵衛景清《かげきよ》が観音経《くわんおんぎやう》[一六]よみさしてのよ[一七]まい言《ごと》、今もつて断《〔ことはり〕》ぞかし。

爰《こゝ》に生国《しやうごく》[一八]播州《ばんしう》に武家奉公《ぶけぼうこう》をつとめし伝七といふ男、[一九]たまかにつとめて[二〇]切米《きりまい》のばし、すこしの金《かね》にしてお隙《〔ひま〕》申請《うけ》、難波《なには》にしるべあつて[二一]谷町《たにまち》に住居《ぢうきよ》を定《さだ》め、鍋尻《なべじり》やいて夫婦《ふう》世を心やすく暮《くら》しけるが、古郷《こきやう》をさつて五年目《〔め〕》に古《〔いにし〕》への主人の娘御《むすめご》[二二]中間《げん》の角平《かくへい》一人御供《とも》にて尋《たつ》ねさせられ、是《(これ)》はと伝七肝《きも》をつぶし、「[二三]かろ〴〵敷《(しき)》御なりにてはる〴〵の御出心得がたし」とふ審《しん》すれば、娘御おとわ泪《なみだ》ながら「口おしやおれが嫁入《よめり》した所の[二四]舅《しうと》太夫殿、と[二五]

一 神の枕詞。以下「ましてや」まで好色敗毒散・二の三より剽窃。 二 木花開耶姫(このはなさくやひめ)。天神と大山祇神(おおやまつみのかみ)の娘との間の子。天照大神の孫瓊瓊杵尊(ににぎのみこと)の幸を受け一夜ではらんだので尊は疑い、姫は無戸室(うつむろ)に入り、尊の子でなかったら焼け死ぬであろうと誓い火を付け、三子を生んだ。 三 天照大神の孫瓊瓊杵尊。 四 有夫の女が夫と共謀して、他の男を誘惑し、金をゆすること。天孫は姫に既に夫があるかと疑った。 五 人皇の代。神武天皇以後の代。 六 采女は天皇の食事の給仕に当った女官で、郡の次官以上の者の美人の娘を選び当てた。ここは春日和珥臣深目(かすがのわにのおみふかめ)の娘童女君(おみなぎみ)のこと。雄略天皇に一夜幸せられてはらみ、春日大娘皇女を生む。天皇は疑ったが、容儀が天皇に似るのを見て皇女にした。 七 「春の夜の夢ばかりなる手枕にかひなくたたむ名こそ惜しけれ」(千載集・雑上・周防内侍、百人一首)。春は十六の春(十六歳の女のさかり)と春の夜と上下に掛かる。 八 二十一代の天皇。 九 そのような策略にはだまされぬぞ。 一〇 天子の言葉。 一一 気がまわる。 一二 気まま。 一三 人をごまかし迷わして利を得ること。 一四 「衛之淫風流行、雖㆘有㆓七子㆒之母㆖、猶不㆑能㆑安㆓其室㆒」(詩経・邶風凱風序)によることわざ。子供が七人できるほど長く連れ添った女にも心を許すな。

つさまと口論《こうろん》して[二六]闇討《やみうち》にして立のかれ、難波《なには》に所縁《ゆかり》あつて此処《このところ》へ立のかれし由《よし》。其口《こう》論《ろん》の発《おこ》りは皆みづからが事ゆへよりと聞つれば、舅《しうと》なれどもわらはが敵《かたき》を打《うた》ずしては、武士《ぶし》の娘の一分《ぶん》たゝず。それゆへ此角平《かくへい》はそなたも知《しつ》てのとをり、[二七]季《き》をかさねて久しき家来《けらい》、たのもしくも[二八]後見《うしろみ》して親《おや》の敵《かたき》を討《うち》おほせて参らせんと、かひ〲しくも是迄ついて来りしが、敵を見出すその間当地《たうち》に借宅《しやくたく》したき願《ねが》ひ。其才覚頼《さいかくたの》む」とあれば、伝七泪《なみだ》をこぼし「御幼少《ごようせう》より畳《たゝみ》の上からすぐに御乗物《のりもの》にめして、つゐに土《つち》をふませられたる事もなき御身にて、しかも[二九]御供《とも》まはりさへなく、此所まで御出のお心ざし、近比《ちかごろ》おいとおしき御事。わたくし為にも御主《しゆ》の敵《かたき》、とも〲心を合し御本望《ほんまう》をとげさせ奉らん」と、たのもしく、[三〇]夫《おつと》は[三一]煙草《たばこ》切《きり》さし徳利《とくり》さげて酒《さか》屋にゆけば、女は[三二]木綿島織《もめんじまをり》すて[三三]茶の下焼付《したたきつけ》、心一ぱいもてなしけるに、「一夜をあかして見しに中〱[三四]気遣《きづかひ》たへねば、何とぞ[三五]我宿《わがやど》とさだめてすこしのうちも暮《くら》したき願《ねが》ひ」とあれば、「さいはひ近所《きんじよ》に此程《ほど》迄[三六]鍼立《はりたて》の住《すま》れし[三七]明家《あきや》[三八]南請《みなみうけ》に[三九]菱垣《ひしがき》のきれいに、[四〇]相借《あひじやく》屋なくて[四一]人の目のゆかぬ所、是にしばらくござりませ」と、[四二]二つある鍋《なべ》をぬいて持ゆき、米味噌《こめみそ》までの世話《せわ》をやいて主従《しゆじう》二人を移《うつ》しまいらせ、大方《かた》は商売《しやうばい》やめて朝晩《あさばん》御機嫌《きげん》うかゞひに参りけるが、一月あまり過《すぎ》て播州《ばんしう》の古主《こしゆ》につかへし傍輩《ほうばい》の侍《さふらひ》二三人、伝七方へ尋寄《たづねより》「主人の娘御《むすめご》おとわどの、[四三]同じ家中《かちう》の[四四]歴《れき》〱ゝへ縁《えん》につかれしが、出入《でいり》の玉都《たまいち》といふ声《こゑ》のよい[四五]座頭《ざとう》と、度ゝ《たび〲》のふ[四六]義《ぎ》あらはれ、すでに

一五 平家方の武将。平家の仇源頼朝を狙い苦心のことが、謡曲・古浄瑠璃・義太夫節などに作られた。清水観音の信者で、近松の出世景清三段目に、訴人をした阿古屋を「子中をなせし阿古屋めは男の訴人をしたりしに」と言い、四段目に牢内で観音経を読誦し、小野の姫に阿古屋への恨みを言うことがある。　一六 誦するのを途中でやめて。　一七 愚痴。
一八 播磨国。兵庫県の山陽側。
一九 実直。　二〇 給金をためる。
二一 →四三七頁注一三。　二二 武家で侍と小者の中間の地位の奉公人。
二三 供も連れず簡略な様子で。
二四 舅に同じ。　二五 実父を指す。
二六 闇にまぎれて不意を襲って討つこと。　二七 一季(一年)または半季契約の奉公人が、同じ主人に続けて奉公すること。　二八 背後にいて助ける。　二九 従者の人人。　三〇 以下「菱垣のきれいに」まで武家義理・四の一より剽窃、小異あり。なお章初旧下人の許を訪ねる所より武家義理による趣向。　三一 挿絵にこの家が煙草屋であることを示す。煙草の葉を庖丁で刻む作業を中途で止めて。
三二 木綿縞。当時の大坂近郊河内辺は木綿の主産地。内職の機織を中絶し。　三三 茶を沸かしにかかる。
三四 狭い家の同居であり、敵を狙う身で人目につくのをはばかるので。
三五 自分の家。　三六 鍼医。　三七 空家。　三八 南向き。日を受けて明るい。　三九 細い竹を菱形に組合せて

手《て》討《うち》にもせらるべき所なりしを、侍《さふらひ》の女房を目のない者《〔もの〕》に盗《ぬす》まれたと家中《かちう》に沙汰《さた》あつては、武士《ぶし》の一分《ぶん》すたるをかなしみ胸《むね》をさすつて何となくふ縁《えん》の由《〔よし〕》にて、穏便《おんびん》に戻《もど》されければ、主人も内〻此《（この）》噂耳《うわさみゝ》に入てあれば、心よくおとわ殿を請取《（うけとり）》、近〻《（きんきん）》南都《なんと》法花寺《ほつけじ》へつかはし尼にせんと、御両親相談《さうだん》なかばに中間《ちうげん》の角平《かくへい》と狂《くる》はれ、夜ぬけにして二人《ふたり》づれで所を立のかれしが、我〻に「近国《きんごく》を尋《たづ》ねめぐり、見合《（みあひ）》次第に両人共に討《うつ》て来れ」との仰《（おほせ）》付《（つけ）》なり。若《もし》や此所へなどうろついては来《き》られぬか」ととひければ、伝七女夫《めをと》目を見合てきよつとせしが、伝七をししづめて、「我《わが》口ひとつで眼前《がんぜん》二人迄の殺生《せつしやう》」と、そらさぬ顔《かほ》にて「堅《かた》ひ旦那《だんな》の娘御《〔むすめご〕》に、そんないたづら者《〔もの〕》も有《（ある）》物か。此辺《へん》へ来らばたゝき出してやるべし」と、にがりきつて申せば、討手《うつて》の侍詞《さふらひことば》をそろへ、「此所へ見へなば賺《すか》しをいて早〻国元《くにもと》へ飛脚《ひきやく》をたてて《〔と〕》しらさるべし」と、よく〳〵たのみて立帰りぬ。

伝七「今迄よしなきふ義者共に一ぱいくはされ、此間をしき骨《ほね》をおつたる事のくやしさよ」と、其《（その）》後は二人が来ても物さへいはねば、「扨《（さて）》は身の悪しれたる物よ」とがんづきて、をのづから此所に尻《しり》するゐがたく、夜の間《ま》にぬけて高原《たかはら》といふ茶碗焼《ちやわんやく》あたりに、わづかなる賤《しづ》の家《や》かりて風の神放下師《かみほうかし》と相住居《〔あひずまゐ〕》してかくれゐたりしが、近所の紙屋の息子《〔むすこ〕》すこし男自慢《じまん》にて、鬢付《びんつき》の厚《あつ》き若《わか》い者《〔もの〕》角平《へい》が女房を見て、「貧家《ひんか》の妻《さい》にはしほらしひ生れつき」と、通《とを》るたびに目を付《（つけ）》しを女房見とめて、夫《おつと》の角平にさゝやきけるは、「我〻

作った垣。四〇 一つ棟の下に共に借家する住人がいなくて。四一 人の目の届かぬ所。四二 二つしかない鍋の一つを。四三 同藩中。四四 家柄も俸禄もよい家。四五 盲人の音曲の芸で身を立てている者。四六 密通。

一 武士が目下の者を斬殺すること。二 怒りをおさえて。三 離縁。四 奈良。五 法華寺。大和国添上郡(現奈良市)所在の律宗の尼寺。奈良時代の国分尼寺以来の伝統を持つ。奈良法華寺としたのは、武家義理が郡山・奈良・西の京と奈良近辺を舞台とするより思い付くか。また法華寺は淀君再興の大寺であること、宝永四年(一七〇七)に創建時の東塔が地震で倒壊したことなどで、世人に知られていたからでもあろう。六 常軌を逸した行動をとる。わるふざけをする。ここは密通をいう。七 夜逃げ。夜半人目をしのび立去ること。八 出合ったら直ちに。九 強いショックを受けて驚く。ぎょっと。一〇 心の動揺を鎮めて。一一 自分の口のきき方一つで。一二 そ知らぬ顔。一三 行ないが正しい。一四 奉公人が主人を呼ぶ称。一五 うまく言いくるめる。一六 まんまとだまされ。一七 したことが残念に思われるような骨折りをした。一八 気付いて。一九 落付いて居ることができず。

[二五]世間せばく成て思ふやうに拵《かせ》がれぬゆへ、朝夕の煙《〔けふり〕》さへたてかね、大かたは餅買《もちかふ》て一食《じき》で暮《くら》し、はや明日《あす》のをくりやうを案《あん》ずる身なれば、[二六]道ならぬ事ながら、紙屋の息子《〔むす〕》がわらはになづみたる目つき、是《(これ)》に恋をしかけて筒《つゝ》もたせで、[二七]かたまつた銀《かね》をとるまいか」と、女の智恵《〔ちゑ〕》からおそろしき巧《たくみ》。貧《ひん》につれて角平も[二八]同心し、「是は仏さまの[二九]付《(つけ)》智恵《〔ちゑ〕》なるべし。[三〇]究竟《くつきやう》一の思案《しあん》。しからば是へ何とぞ[三一]つりよせ、[三二]帯紐《おびひぼ》とかせて[三三]いやのならぬ所を、[三四]我等是なる売残《うりのこ》しの長持《ながもち》の中にかくれゐて、そちが相図《あひづ》をきいてとび出、隣家《りんか》へ聞ゆるほどに[三五]声《〔こゑ〕》山たてて《〔ゝ〕》[三六]物にせん」と夫婦しめし合《(あはせ)》、どふやらかふやら紙屋の息子《〔むす〕》を[三七]ふづくり出しまんまと我家の内へまねき入れば、亭主《〔ていしゆ〕》の角平「心得たり」と明《あき》長持の中にかくれて、女房が相図《づ》を待ゐたるこそ非道《ひだう》なれ。

女は元来《もとより》紙屋の息子《〔むす〕》に[三八]おもはく心底打あけ「[三九]どふもならぬ」と寄添《よりそへ》ば、若《わか》けれども息子《〔むす〕》すこし[四〇]思案《しあん》あつて、「[四一]男のある身で[四二]こなたからのおもはくとはうま過《すぎ》て気味《きみ》わろし。世間に筒もたせといふ事はやれば、[四三]神《かみ》〲入《いれ》ての誓言《せいごん》でも[四四]肌《はだ》がゆるされぬ」と[四五]かぶりふれば、「さりとはお若《わか》けれ共《(ども)》粋《すい》さまなり。成程《(なるほど)》御《ご》推量《すいりやう》の通《(とほり)》夫《おつと》非道《ひだう》の欲心《よくしん》をおこし、こなたさまを是へよびこみ、枕《まくら》をかはすを相図《づ》に、あの長持から出らるゝ約束《やくそく》。是は[四六]お前にあひたさゆへに亭主《〔ていしゆ〕》と同意《どうゐ》の顔《かほ》して、ゆつくりとあふておはなし申さふ為に、長持に錠《ぢやう》をおろしおいたれば、亭主《〔ていしゆ〕》を[四七]籠《ろう》へ入《(いれ)》をきしよりたしかな事。是見給へ」と立《たつ》てゆき

二〇 東横堀と長堀川の接合点東岸、松屋表町・南瓦屋町の東方の地。現中央区内。ここの土を取って瓦が焼かれ、また高原焼と称する茶器を焼く者があった。谷町筋の西に接する。
二一 風の神払い。風邪の流行る時、面をかぶり太鼓を打ち、風の神を追い払うと称して門付けをして歩く乞食。
二二 曲芸・手品を演じる大道芸人。
二三 月代(さかやき)を狭く、鬢(頭の側方の髪)を広く残した髪の風をした。上品・地味な風。
二四 愛らしい。可憐な。
二五 肩身が狭い。主・親の追跡を受け、伝七の信用を失った。
二六 道にはずれた。不道徳な。
二七 まとまった金。密通の内済金は銀三百目(金五両)。
二八 同意する。
二九 入れ智恵。悪人が悪事を思い付くのを仏の加護と考えるおかしさ。
三〇 最もすぐれた。
三一 おびき寄せて。
三二 共寝をさせて。
三三 否定ができない。
三四 密通に長持を使う本章の趣向→解説。
三五 大声をあげて。
三六 目的を達しよう。
三七 計略にはめておびき出し。
三八 恋心。
三九 恋心をどうしても抑えられぬ。
四〇 分別があって。
四一 夫のある身。
四二 あなた。
四三 神神を証とした。神神に誓っての。
四四 気を許すことができぬ。
四五 拒否する。
四六 あなた。敬意がある。
四七 牢屋。

長持の錠《ちやう》前《〔まへ〕》、おろしをいたる偽《いつは》りなひ所を見すれば、無慙《〔むざん〕》や亭主《ていしゅ》はかうした嗅《か丶》が思《し》案《あん》とはしらず、「女房共相図《づ》の時分ではないか。随分《〔ずいぶん〕》一ぬれかけあぢをやれ」と息《いき》もせずだまりゐる。紙屋の息子《〔むす〕》偽《いつは》りなひ女房の心底《しんてい》見さだめ、扨《〔さて〕》はと打とけ枕《まくら》かはして、「又かさねて」と出んとする袖をひかへ、「夫《おつと》と見かへてかふした我なれば、此所《〔この〕》にはもはやゐられぬ二首尾《〔しゅび〕》なれば、いづ方へもつれて三のき給へ。四さもなくは長持あけて亭主《ていしゅ》にねだらすが」と、いやおふのならぬ言《〔い〕》ひ方《〔かた〕》。息子《〔むす〕》五ものりかゝつた女房なれば、是非《〔ぜひ〕》におよばず。「しからば是《〔これ〕》より六尼《あま》が崎《さき》にしるべあれば、一先《〔ひとまづ〕》たちのくべきが、亭主《〔ていしゅ〕》が跡《あと》にて七おそろしひ所へ願《〔ねが〕》ひ申さば、我〱は八磔《はりつけ》道具《だうぐ》」と九二の足《あし》ふむを、「それもきづかいなされますな」と、硯《すゞり》取出し「此角平と申《〔まうす〕》者、主人の娘をたぶらかし無躰《〔むたい〕》一〇につれのき候《〔さふら〕》へども、女の身のかなしく刃物《はもの》ぬいておどし候ゆへ、心ならず只今迄一一透《すき》を見て打過申候《〔うちすぎまうしさふらふ〕》。さいはひの時《じ》節《せつ》酒に酔《ゑは》せ一二たばかり長持に入《〔いれ〕》を

一　色仕掛で誘惑してうまくやれ。

二　事のなりゆき。

三　去る。逃げる。

四　さもなくば。そうしなかったなら。

五　一旦はじめた事は途中では止められないという意のことわざ「乗りかかった舟」を転じ、乗るに情交した意をも持たせた。

六　摂津国川辺郡尼崎。現兵庫県尼崎市。大坂高麗橋より三里。この地名前出法華寺で尼になるはずよりの連想で、尼になると置手紙をして尼崎に逃げる皮肉。

七　お上。奉行所。

八　磔にかけられる物。姦通した男女は磔刑に処せられる。

九　ためらう。

一〇　無法。無理。

一一　よい機会をうかがって。

一二　だまして。

き、[一三]みづからは元来《もとより》出家《しゆつけ》になる志《こゝろざし》ゆへ、是よりすぐに尼寺《あまでら》をたのみに罷出《(まかりいで)》候。播州《ばんしう》何の何某《なにがし》が娘とわ」と書付《(かきつけ)》、長持にはつて心しづかに立さりぬ。

角平はかくともしらず鳴《なら》ぬ[一四]神鳴《かみなり》におそるゝごとく長持の中に大汗《あせ》になつて待《まて》どくらせど相図《づ》の音《おと》もせざれば、「内よりあけて様子を見ん」と蓋《ふた》をおして見れ共《(ども)》、いかな〳〵うごかねば、[一五]せふ事なくてうちから声《こゑ》たて、「隣《となり》のおばさまたのみたい〳〵」とわめけど、桶《おけ》の底《そこ》から物いふごとく微塵《(みぢん)》も外《そと》へひゞかず。日の暮《くれ》る迄[一六]升《ます》おとしにかゝつた鼠《ねずみ》のあばれるごとく、[一七]ぐはたつかしても明《あか》ばこそ。其《(その)》内に相借屋《あひじやくや》の者共《ものども》暮《くれ》ても[一八]戸さへさゝず、夫婦の声《こゑ》もせざれば、[一九]家主《いえぬし》へかくととゞければ「欠落《かけをち》にきはまつた」と、町中立会《たちあい》わづかの道具[二〇]あらためて書付る時、長持の内に人音《おと》、「是盗《(ぬす)》人《(ひと)》にきはまつた」と手に〳〵棒《ぼう》にて[二一]取まはし、錠《ちやう》をしあけて内を見れば、亭主《ていしゆ》の角平夜の明《(あけ)》たる心地して出るを、町中長持の書付見て、「主人の娘を[二二]かどはかし

一三 私は。
一四 雷。
一五 どうにもしようがなくて。
一六 ますを使った鼠を捕る仕掛。ますを下向けに棒で立てかけ、下にえさを置き、鼠が触れると落ちてますで伏せる。
一七 がたがたと音を立てる。
一八 戸じまりをせず。
一九 借屋の持主。
二〇 点検して。
二一 取りまき。
二二 誘拐して。

て来る[一]横道《わうだう》者《（もの）》、後《のち》の災《わざはひ》[二]一町の難義《なんぎ》」とすぐに[三]請人《（うけにん）》へわたして[四]家を明《あけ》させてしまひぬ。

すべて此《（この）》娘にかぎらず世の浮気《うはき》女、[五]隠《（かく）》し紋《もん》の下着《したぎ》[六]ほころび[七]我《（わが）》つまならぬ妻《つま》をかさね、一門までの名をよごす事ひとつは夫《おつと》が愛過《あひすぐ》るより事おこれり。[八]江戸堀に松原屋《〔や〕》藤八生野《いくの》屋《〔や〕》の与五三郎とて、[九]他人ながら兄弟《きやうだい》よりもしたしく、内外《ないぐわい》共に懇《ねんごろ》なる者《〔もの〕》有《（あり）》しが、[一〇]行者《ぎやうじや》講《かう》の中間《（なかま）》へ入《（いり）》大勢《ぜい》づれにて[一一]山上《さんじやう》をしけるに、藤八与五三は此度がはじめなれば、[一二]新客《しんきやく》とて[一三]先達道〻《せんだちみち〱》の世話《せわ》をやき、高山深谷《かうざんしんこく》を誘引《ゆういん》せしが、[一四]鐘懸《かねかけ》といふ岩壁《がんぺき》になつて、[一五]同行皆《どうぎやうみな》[一六]信《しん》をとつてのぼる中に、「新客二人は此所におゐて心に微塵《みぢん》でも非道《ひだう》のおぼへあらば、つゝまず懺悔《さんげ》し[一七]業障《ごつしやう》の垢《あか》をすゝいでのぼるべし。少しにても隠《かく》し玉へば鼻《はな》の先《さき》へ天狗《てんぐ》来つて、首筋《くびすじ》もとをつかんで数千丈《すせんじやう》の谷《たに》へなげ捨《すて》、又は引さき木の枝《えだ》にかける事偽《いつは》りならず。はやく懺悔《さんげ》をし給へ」と先達《せんだち》の教《〔をし〕》へおそろしく、与五三郎生《いき》たる心地はなくて、「私《わたくし》むまれてより只《たゞ》今までつゐに悪《あく》といふ物はどんな[一八]色《いろ》やら存じませぬ。しかし爰《こゝ》にひとつ心にかゝるは、[一九]おつしやつては下さるゝな、此度同道《たびどうだう》いたした松原屋《〔や〕》の藤八内義おゆかと申《（まうす）》はにくからぬ生れつき、「どふぞいふたらば[二〇]情《なさけ》も有《（あり）》さふな物」と、ふとぞんじついたが因果《ゐんぐは》にて、さしも兄弟同前[二一]に懇《ねんごろ》なる藤八が[二二]目をぬいて、京へのぼりし留守《るす》をかんがへ、おゆかにたはふれ跡《あと》にも先《〔さき〕》にもたゞ二度《ど》、[二三]道ならぬ事をいたした。南無[二四]行者《ぎやうじや》様天狗《さまてんぐ》様、是《（これ）》は同じ盗《ぬすみ》でも[二五]恋といふ曲者《〔くせもの〕》。御了簡《れうけん》にて怪我《けが》のなひやうに御通《〔とを〕》したのみ奉

一　悪人。邪悪な者。　二　犯罪者を出すと町役人にいろいろ面倒がかかる。　三　保証人。家を借りた時の保証人に身柄を預ける。　四　家を立退かせて空家にさせた。これで町とは無関係。　五　→四六八頁注一三。　六　着物の縫い目が解けはずれる。下着・つまの縁でいう。ぼろを出す意をもたせ、この前後、隠していた恋慕の情を押さえきれず、不倫の仲となることをいう。　七　「さらぬだにおもきがうへのさよ衣わがつまならぬつまなかさねそ」(新古今集・釈教歌)。この歌は初句を「さなきだに」とする太平記・二十一所出の形が江戸時代には知られる(→二五六頁注三)。つまは褄と妻を掛ける。　八　西横堀に接し、土佐堀川の南に同川と平行して西流、百間堀川に入る江戸堀川の両岸一帯の地。現西区内。　九　ことわざ「兄弟は他人の始まり」の逆を言った。
一〇　大和国吉野郡の山上ヶ岳山頂の金剛蔵王権現を信仰し、参詣することを目的とする団体。　一一　右の蔵王権現に参詣すること。→解説。
一二　始めて山上する者。二度以上の者を度衆といい、新客はこれに対し行作・服装などに差を付けた。
一三　山上の先導・指揮をする者。
一四　金峰山中にある大岩。新客はこの上でおどされ、懺悔を強要される。
一五　山上の同行者。　一六　信心する。
一七　悪業を犯し、正道の妨げとなること。　一八　「色を見て灰汁(あく)を差せ」ということわざがあるが、あく

る」と、一身《しん》に汗《あせ》をながして懺悔《さんげ》すれば、先達聞て「此霧《きり》のふかき事中〳〵常《つね》ならぬ様子なればそればかりでは有《ある》まじ。かくさるゝと只今あの[二六]杉《すぎ》の茂《しげ》みから、あれ〳〵」と指《ゆび》させば、与五三顔色土《がんしよくつち》[二七]のごとくなつて、「三度とは申《まうし》ましたが誠《まこと》は十三度あひました。是より外には身におゐて非道《ひだう》といふ事おぼへなし」と涙をながし懺悔《さんげ》すれば、先達行者《せんだちぎやうじや》へおわび申てつゝがなく此難所《なんじよ》をとをりぬ。

扨次《さて》は藤八が懺悔《さんげ》の番《ばん》、[二八]恰好《かつかう》より気《き》のほそい男にて、[二九]あたまからがた〳〵ふるふて、「ちいさい時親父《おやぢ》の[三〇]巾着銭《きんちやくぜに》ぬすんで、[三一]連飛《れんとび》買《かい》しより外、[三二]芥子《けし》ほどもわるひ事をいたさぬが、罪《つみ》にもならふと存《ぞんず》るは懇《ねんごろ》にいたしてくれる与五三郎が女房おはるを、五年以前の[三三]餅《もち》つきの夜手伝《つだ》ひにまいつて、[三四]荒神《くわうじん》の鏡《かゞみ》を二人《ふたり》して[三五]こなせし時、ひよつと手がさはつて出来心《できごゝろ》で、[三六]取粉《とりこ》ぐるみにじつと[三七]しめましたれば、かたじけないはしめかへされまして、それから[三八]やみつき、大かた月に十七八度人しれずの[三九]隠《かく》し喰《ぐひ》。かふした私《わたくし》を[四〇]仏のやうに存じて、内外《ないぐわい》共に心やすふいたしてくれる与五三が手前面目《てまへめんぼく》なし。殊《こと》さら与五三は私《わたくし》とはちがひ、平生堅《へいぜいかた》ひ者《もの》なればこんな事など聞たらば、目前《もくぜん》の天狗《てんぐ》殿よりは我等を引さいてもすてうやうに申《まうし》ませふ。其段《そのだん》は先達様《せんだちさま》お慈悲《じひ》に[四一]沙汰《さた》なし〳〵」と、手をあはして拝《おが》みしは[四二]しらぬが仏なるべし。

はどんな色か知らぬ。悪という事をした覚えがない。　一九 以下の事は他言無用と先達に頼む。　二〇 情を掛けてくれそうだ。　二一 同然。　二二 目を盗む。目をごまかす。同様。　二三 道にはずれた事。ここは姦通。　二四 金峰山を開いた役(えん)の行者。　二五 「今の世までも絶えせぬものは、恋といへるくせもの、げに恋はくせもの」(謡曲・花月)。　二六 杉の木は天狗のすみか。　二七 極度の恐怖におそわれた時の顔色。　二八 外見はそれほどに見えぬが、内心は気が小さい。　二九 最初から。　三〇 巾着に入れている小銭。　三一 高足に乗ってする曲芸。ここはその芸人を模した人形。また私娼にこの名のものがあるので少年時に買ったというのに滑稽感を伴う。　三二 ほんの小さな悪事もせぬ。　三三 年末の迎春のための餅搗き。　三四 かまどの神の荒神様に供える鏡餅。　三五 鏡餅をまるめ作る。　三六 搗いたばかりの餅にまぶす米の粉。　三七 手をにぎりしめる。　三八 悪いくせが付く。　三九 ひそかに情交すること。　四〇 正直・温厚な人のたとえ。私を仏のようとか、与五三は平生堅い者というのに、知らぬがゆえの滑稽・皮肉がある。　四一 うわさをしてくれるな。他言無用。　四二 知らなければどんな事があっても動揺することがないというたとえ。仏のように思われていると言うが、仏は仏でもしらぬが仏だ。

貞女《ていじょ》の道《みち》を守《まも》り刀切先《がたなきつさき》のよい出世娘

奈良坂《ならざか》[一]や時雨《（しぐれ）》に菅《すげ》笠もなく、手《て》貝《がひ》[二]といふ町より夜[三]をこめての旅出立《たびでたち》。昨日《〔きのふ〕》迄は木辻《（きつじ）》[四]の里《さと》にて二三[五]さまとて名題《（な）だい》[六]の大臣今日《〔け ふ〕》は切先《きつさき》[七]のわるひ刀《かたな》[八]屋の宗斎《そうさい》といふ者《〔もの〕》の一子五三郎、諸芸《しょげい》に器用《きよう》なりしが、鋼鉄反《はがねむね》[九]へまはり抜《〔ぬけ〕》[一〇]鞘持《ざやもつ》ての喧嘩好《けんくわずき》、親に幾度《〔いくたび〕》か袴《はかま》[一一]を着《き》せ常《つね》にもふ孝《かう》なれば、目[一二]せばき所よりいひたて旧里《きうり》きらせて、其里《（その）さと》を追出《おひだ》[一三]しの鐘《かね》の鳴時《なる〔とき〕》、春日野《かすがの》の跡《あと》にいつか仕合《（しあはせ）》よく、かへり[一四]三《み》笠《かさ》山も今が見おさめとなりなん事もと、何とやらかなしく大明神[一五]を恨《うら》み、氏《うち》子《こ》は千金にもかへ玉はぬとの御事なるに、今弐朱《しゅ》[一六]ひとつなくて寒空《さむぞら》に綿《わた》入の布子《ぬのこ》[一七]さへ、木津《づ》[一八]川のわた

一 京街道が山城国木津より奈良の町に入る手前にある坂。現奈良市内。以下「勧進して」まで二十不孝・五の四より剽窃、変改あり。奈良坂や時雨は「神な月時雨ふりをけるならのはの名におふ宮のふるごとぞこれ」(古今集・雑下・文屋ありすゑ)、「時雨降りおく奈良坂や」(謡曲・千手)などによる修辞。 二 京街道に沿う、東大寺の転害門以北の地域。現奈良市内。 三 まだ夜が深いうちの旅への出発。 四 奈良の町の南郊。北に隣る鳴川とともに遊廓。現奈良市内。 五 廓での替名。五三郎の五を分解して付けた。 六 有名な大尽客。 七 刀の縁でいう。昨日までに比べ今日の五三郎は廓で幅が利かぬ。 八 奈良は中世における刀の名産地。近世では奈良刀といわれる数物の刀の販売地。 九 刀の切れ味が鈍くなる。思慮分別が鈍くなる。刀の縁。 一〇 喧嘩の加勢をする。刀の縁。 一一 事が公になって、礼服を付けて謝罪に行かせ。 一二 人の目のうるさい。狭い土地であるので近所から文句が出た。 一三 明六つの鐘。その里を追出すと掛ける。 一四 「奈良の都を立ち出でて、かへり三笠山」(謡曲・百万)。顧みると三笠山を掛ける。三笠山は春日社の東背の山で山頂に同社本宮がある。 一五 春日大明神。 一六 一両の八分の一。上文の千金の対。 一七 木綿の綿入れ。 一八 伊勢・伊賀国境辺を源に、山城国南部を通り淀川に入る川。山城国

しにのつて遥〻《はる〴〵》の東路《あづまぢ》にくだるを、あはれととふ人もなしと、ひとりごとの[一九]浪《なみ》に声《こゑ》ありて「[二〇]佐保《さほ》の川を打わたりて」と、[二一]謡《うたひ》を門〻《かど〴〵》にて唄《うた》ひ、[二二]勧進《くわんじん》してやう〳〵袂《たもと》に[二三]米ばかり、[二四]おあしといふ物は一文さへなき[二五]膳所《ぜゝ》の昼休《ひるやす》みに、旅人《りよじん》の[二六]したゝめするを見て腹《はら》をふくらかすより外なき所へ、[二七]抜《〔ぬけ〕》参りの娘と見へて、十四五なるうつくしきが菅笠《すげがさ》かたふけたゞひとり、うろついて来るを「さいはひ是《(これ)》を賺《すか》して道づれとなり、伊勢《いせ》迄《まで》の泊〻《とまり〴〵》の[二八]旅籠《〔はたご〕》代を払《はら》はし其上で[二九]ぬれかけ、[三〇]手にもいらば路銀《ろぎん》のあまりを望姓《もとで》とし、此《(この)》海道《かいだう》で[三一]蒟蒻《〔こんにやく〕》の田楽《〔でんがく〕》なりと売《うり》て、しばし成共《(なりとも)》命をつなぐべし」と、身の苦《〔くるし〕》きまゝ道にあらぬ[三二]横《よこ》なる思案《しあん》を仕出《しだ》し、「こなた始《はじめ》ての[三三]抜《〔ぬけ〕》参宮《さんぐう》と見へたが、此道筋《みちすぢ》には[三四]ごまのはいとてをの〳〵のやうな、小うつくしひ娘はかどはかして[三五]茶屋《ちや》[三六]風呂《ふろ》屋へ無躰《〔むたい〕》にうつてやる事なり。[三七]正直《じき》正路《しやうろ》の我にゆきあひ玉ふはこなたの信心《しん〴〵》つよきゆへ、[三八]太神宮《(だい)じんぐう》の加護《ど》にて我等《われら》にお引合《(ひきあはせ)》とおぼしめせ。伊勢《いせ》の[三九]太夫衆へ用あつてゆく身なれば、

(京都府)相楽郡の木津の北に舟渡しがある。布子さへ着ずと掛ける。 一九 川波の中に声がして。 二〇 謡曲・百万に前出の詞に続いて「佐保の川をうち渡りて」とある。佐保川は奈良の町の北を西南に流れる川。奈良坂に至る前に渡る。佐保川を渡ったことと、このように謡をうたったと両方に働かせている。 二一 謡をうたい門付けをする。 二二 物乞いする。素手で銭を得る簡易の法。 二三 つかみ米しかもらえず。 二四 銭の女房詞。 二五 近江国(滋賀県)志賀郡膳所村。本多氏の城下町。現大津市内。奈良―伏見―大亀谷―山科―大津のコースで東海道に出た。ぜぜは銭の幼児語であるので上文に続く。 二六 食事をする。 二七 主・親の許しなく伊勢参りをすること。 二八 宿泊料。 二九 恋をしかけ。 三〇 自分の女としたなら。 三一 こんにゃくを串に刺し、または串なしでゆでて、味を付けた味噌を付けた食物。 三二 よこしまな。 三三 抜参りに同じ。 三四 道中で旅人をだまして財物をかすめとる者。 三五 色茶屋。女を抱え売春をさせる。 三六 客を蒸風呂に入れ、抱えの風呂屋女に世話をさせ、売春をさせる業者。 三七 正直を強めていう。三社託宣の天照皇太神宮の託宣に「正直雖レ非二一旦依怙一、終蒙二日月憐一」とあるから、正直を強調させた。 三八 天照皇太神宮。 三九 伊勢の下級神職、御師(おし)。地方に檀家を持ち、

[一]下向《げかう》迄世話《せわ》してつれて参つてしんぜふ」といへば、此《この》娘会釈《ゑしやく》して「伊勢へ参るやうな身なればうれしけれど、行衛《ゆくゑ》もしれぬ人を尋《たづ》ねに吾妻《あづま》の方へ先《まづ》参つて見まする」と、心ぼそき答《こた》へに自然《しぜん》と胸中《けうちう》[二]しは〱となつて[三]いとしぼく、「女性《によしやう》なれば何の様子《やうす》も御存《ごぞんじ》なく、はる〲の吾妻路《あづまぢ》へ、[四]ついもゆかるゝ事かとおぼしめしての思ひたち。是《これ》より末には[五]荒《あら》居《ゐ》[六]筥根《はこね》といふ所に御関所《ごせきしよ》あつて、[七]御切手《きつて》なくては女のゆく事かなひがたし。立帰つて親達共《とも》相談《さうだん》あつて[八]町中へも披露《ひろう》の上《うへ》、御切手《きつて》を申請《うけ》てかさねて下り給へ。様子《やうす》をかたられ[九]くるしからずは尋《たづね》らるゝ人の名苗氏《なみやうじ》をきかさるべし。我等はお江戸へ[一〇]薪《たきゞ》の能《のう》にのぼられし小鼓打《こつゞみうち》と、南都《なんと》に逗留《とうりう》の中心《こころ》やすく[一一]噺《はな》したるを便《たよ》りに、身の上をたのみに罷下《まかりくだ》れば、名さへ承つてまいらば心がけて尋て参らせん」と、懇《ねんごろ》に申《まうす》詞《ことば》を聞《きい》て、「おまへは[一二]奈良《なら》のお生れか」ととはれて、「いかにも〱親一門にうとまれ、銭を一文[一三]かすがの里に[一四]取替《とりかへ》てくるゝ人さへなく、[一五]向《むか》ふ臑《ずね》から[一六]飛火《とぶひ》の野守《のもり》も出て見よ、あの[一七]やくたいなしが[一八]武《む》蔵野《さしの》のひろき心の友《とも》を頼《たの》みに、只今《たゞいま》下る」との物語《がたり》。「去《さり》とては世に似《に》たる事あり。わたくしも南都《なんと》の[一九]花園《はなぞの》と申《まうす》所の者《もの》なるが、十三の年同じ所の手貝《てがひ》の刀《かたな》屋へ[二〇]縁辺《えんぺん》の約束《やくそく》。頼《たの》みの印迄《しるしまで》請取《うけとり》、来年の春は嫁入《よめいり》して参るはづなるに、聟《むこ》殿色狂《いろぐる》ひと喧嘩好《けんくわずき》にてたび〱の異見《ゐけん》もちひ給はぬゆへ、近《ちか》き比勘当《ころかんだう》の由《よし》にて、わらはが親たちの方へも其《その》断《ことはり》

御祓・暦などを配り、その参宮時には宿泊・案内などの世話をする。衆は丁寧な気持を添える接尾語。

一 神仏参詣の帰り。
二 胸がしめつけられるようになる。せつなくなる。
三 いとおしく。
四 ちょっと。簡単に。
五 遠江国(静岡県)敷知郡新居宿。浜名湖出口の西側、現新居町。この宿と東の舞坂の間、新居寄りに新居また今切(いまぎれ)の名で呼ばれる関所があり、女の通行を殊に厳重に改めた。
六 相模国(神奈川県)足柄下郡箱根宿。芦の湖南岸。現箱根町。その小田原寄りに関所があり、西方へ通行の女を殊に厳重に改めた。
七 女性の関所通行には女手形と称する証明書を要した。
八 町役人。
九 差支えがないなら。
一〇 奈良興福寺南大門前で、陰暦二月七日から十四日の間、大和の猿楽四座の奉仕で行なわれた能。薪のあかりの中での演能ゆえの名。
一一 付き合う。交際する。
一二 原本「南良」。
一三 貸すと掛ける。
一四 金銭を立て替える。
一五 「向臑から火が出る」(貧乏なことのたとえ)による。金を貸してくれる人もなく、貧乏になって、皆見よと指さされた。
一六 「春日野のとぶひののもりいでて

の人参り、「悴《せがれ》勘当《〔かんだう〕》いたし追《おひ》うしなひ申上《（まうすうへ）》は、今日《〔けふ〕》より契約《けいやく》の縁《えん》きれ申せば、何方《いつかた》へも外へ縁組《えんぐみ》下さるべし」との口上。二親《〔おや〕》聞れて「幸《さいはひ》〳〵兼《かね》て物[二一]にならずと聞て、[二二]おそからぬ事をはやくきはめて今さら変改《へんがい》[二三]はならず。[二四]あつたら娘ひとりすてたと思ひしに、あの方よりの断《〔ことはり〕》、ひとへに大明神の御影《かげ》有がたし。[二五]三条通《でう》の布屋《ぬの〔や〕》[二六]織《をり》右衛門内ゝほしきとの望《のぞ》み、刀屋《かたな》よりは各別《〔かくべつ〕》身代《しんだい》よし。[二七]高畠《たかばたけ》の勘太夫殿たのみて刀屋の縁《えん》[二八]きれたる様子《やうす》を布《ぬの》屋《〔や〕》方へしらすべし」と、二親の悦《よろこ》びきくに浅《あさ》ましく「女の身の枕《まくら》をならべねばとて、一度《〔たび〕》頼みの印《〔しるし〕》をとつて、夫婦《ふう》の縁《えん》をむすぶ上《うへ》はわらはが夫《おつと》にまぎれなく、親達《おやたち》の為《ため》には[二九]現在《〔げんざい〕》の聟《むこ》。実《じつ》の親が勘当せられたらば此方へ引取《（ひきとり）》、わらはと夫婦《ふうふ》になして、[三〇]布の中買《なかがい》なりともさせられ、一生世話《しやうせわ》をせらるゝこそ道なるべきに、勘当《かんだう》をさいはひにして他《た》所《しよ》へ縁《えん》に付らるべきとは、親ながら道ならぬ御志《〔こゝろざし〕》」と、再《さい》三申せど聞入《（ききいれ）》なきゆへ、所存《ぞん》を書置《かきをき》にのこし、あひも見もせぬ夫《おつと》の行衛《ゆく》を、かくうろ〳〵と尋《たつ》ね出ました」と、泪《なみだ》両袖をぬらしての物語。五三郎[三一]横手《よこで》をうつて、「扨《（さて）》はそなたは花園《はなぞの》の墨《すみ》[三二]屋の娘おそめか。我こそ今はなされしいひ名づけの聟刀《むこかたな》屋の五三郎。其方真《まこと》の心ざしの縁《えん》くちずして今此姿《すがた》で始《はじめ》てあふ事、うれしひやらはづかしひやら」、[三三]まづいはふていだきついて互《たがひ》の泪《なみだ》。[三四]「をちやうてかふ寄《よる》からは、すぐにそなたを伴《ともな》ひ、[三五]草《くさ》をむすびて成共《（なりとも）》ふたりが住《〔すみ〕》所をこしらへ、ともかせぎにして[三六]夫婦のかたらひを楽《〔たのし〕》みにくらすべきが、我勘当《かんだう》をせられ南都《なんと》

みよ今いくかありてわかなつみてん」(古今集・春上)。飛火野は春日山麓の野。

一七 しまりのない者。だらしない者。

一八 武蔵野(前出)の広いを、代表都市江戸人の太っ腹にたとえていう。

一九 奈良の町南方、元興寺の西。現奈良市内。

二〇 婚約。

二一 一人前でない者。役にたたずの者。

二二 まだ婚約せずとも時期遅れではない。

二三 破約。

二四 もったいないことに。

二五 興福寺の南に接する東西の通り。

二六 名産の奈良晒を扱う業者。

二七 春日社南の地域。現奈良市内。

二八 刀の縁。

二九 明白な。本当の。

三〇 奈良晒の仲買人。

三一 驚いたり感心したりした時の動作。

三二 墨は奈良の名産。おそめは墨に縁のある命名。

三三 祝って。縁の尽きぬのを祝い。

三四 落合って。行き合う。

三五 粗末な小屋を作り住むこと。

三六 夫婦の契り。

を立さる時分《じぶん》、江戸に行《ゆき》て大金《おほがね》をもふけ、親の身上《しんしやう》に百倍増《ばいまし》の身にならずは、古郷《こきやう》へとては帰るまじと、大明神へ誓《ちか》ひをたて立出たる事なれば、そなたをつれては心のまゝの拵《かせぎ》ならず。其《その》上ふたりが[一]そふてゐたらば兼《かね》てから両方の親の[二]目をぬき、忍《しの》び〳〵に出あひ古郷《こきやう》を出る時節《じせつ》いひあはせてつれて立退《たちのき》しかと疑《うたがは》れては、[三]手前《てまへ》の親其方《そなた》の親達の憎《にく》しみ。又そちが真《まこと》なる心底《しんてい》も前方から人知《しら》ず、かふしたいひあはせ有《あり》しゆへに、他所への縁組《えんぐみ》もきらひ、親《おや》の詞《ことば》をそむひて男に[四]そゝのはかされて家出《いへで》をしたと思はれ[五]たまひては、貞女《ていじよ》の道とはいはでいたづら者《もの》と悪名《あくみやう》をとり給はん。真実《しんじつ》其《その》心ざしたがふまじき心底ならば、我出世《しゆつせ》してふたゝび古郷へ立かへる迄、[六]ひとり身となつてしんぼうして待給へ。念願《ぐわん》とゞかず此《この》まゝにて病死《びやうし》せしときかれなば、尼法師《あまほうし》ともなりて我後《ご》世を[七]とふてたべ。我又出世して立帰りそなたが死《し》んだときいたらば、たとひいかなる富貴《ふつき》の身となり栄耀《ゑよう》の暮《くら》しするとても、一生《しやう》女といふものは奉公人にもつかふまじ」と、互《たがひ》に心底《しんてい》かため、旅籠屋《はたごや》の見世《せ》にて[八]契約《けいやく》の盃《さかづき》して、[九]怪我《けが》に手さへ握《にぎ》らず[一〇]行義《ぎやうぎ》づよく立別《わか》れ、娘は南都《なんと》の親の許へ帰つて刀屋にあふたる事はいはず。それから[一一]つくり聾《つんぼう》となつて奥《をく》に取こもり、夫《おつと》の出世《しゆつせ》の便《たよ》りを心待《ま》ちしてくらせば、はじめもらひたがりし人〳〵も[一二]かな聾《つんぼう》になりし様子をきいて、それでは世帯《せたい》がまかされぬと、[一三]よばふといふ者《もの》もなければ、親も一生[一四]喰《くひ》つぶしの娘と算用《さんよう》して、嫁入沙汰《よめりざた》なく我内《わがうち》にさし置《をき》ぬ。

一 添うていたら。夫婦になっていたら。
二 目をごまかす。欺く。
三 自分の親。
四 そそのかされて。
五 原本「たまひて、は貞女の」。
六 独身。
七 弔ってください。
八 夫婦約束の盃事。
九 あやまちにも。仮にも。
一〇 行儀正しく。
一一 にせつんぼ。耳がきこえぬようによそおうこと。
一二 全く耳がきこえないこと。
一三 嫁に迎えよう。
一四 食う以外に何の役にも立たぬ者。役に立たずの寄食者。
一五 →四五四頁注一七。なおこの町名はもと銀細工人が多かったことにより、この町周辺御濠端の町には、目貫・小柄・鍔など刀剣関係の業者が多い。
一六 生まれ出る前から知った職。親代代の職。
一七 刀剣の外装を行なう業者。
一八 武家屋敷。江戸は武士の町。
一九 御蔭。恩恵。
二〇 老後の安楽。
二一 一旦婚約の娘を他に縁付かせようとしたことを指し、下の直なると対になっている。
二二 政道の正しく行なわれている世。以下末尾まで二十不孝・五の四の剽窃。
二三 世渡りする。暮して行く。下の

それより五三郎は[一五]白銀《しろがね》町の細工人にしるべありて、尋行《(たづねゆき)》此度《たび》の子細《しさい》かたれば、哀《あは》れをかけ「男の働《はたらく》べき所は爰《こゝ》なり。一挊《かせぎ》」といふにぞ力《ちから》を得て[一六]腹《はら》の中《うち》から知《しつ》たる道とて、刀脇指《かたなわきざし》の[一七]拵《(こしらへ)》所《どころ》の看板《かんばん》出し、[一八]御屋敷方へ出入十ケ年たゝぬ内に一万両の分限《ぶんげん》になつて、南都《なんと》より契約《けいやく》のおそめはいふにおよばず、舅《しうと》姑《しうとめ》ぐるみに江戸へむかへ、朝夕《てうせき》女夫《めをと》孝行《かう〱》をつくし、心のまゝの暮《くら》し。是皆貞女《(これ)みなていじよ》の道をたてる娘の[一九]影《かげ》にて、栄花《えいぐわ》の[二〇]老《おひ》の入《(いり)》まひ[二一]邪《よこしま》なる古《〔いにし〕》への心を悔《くや》み、今[二二]直《すぐ》なる世を[二三]わたりて[二四]日本橋《につぽんばし》のほとりに[二五]角屋《かどや》敷隠居《しきゐんきよ》母屋《〔おもや〕》ともに家《いゑ》さかへ、[二六]昔《〔むかし〕》の奈良刀《ならがたな》今金作《こがねづく》りにして[二七]箱《はこ》におさめ、[二八]永代《ゑいたい》松の朶《えだ》をならさず、此御時江戸に安住《あんぢう》してなを悦《よろこ》びを重《かさ》ねける。

世間娘形気六之巻 終

寺[二九]町
[三〇]谷村清兵衛板

[三一]四条縄手
[三二]江島屋市郎左衛門板

日本橋の縁。
二四 振仮名原本のまま。
二五 町角にあり二方が道路に面している屋敷。通常の屋敷より高く評価された。
二六 ことわざの「昔の剣今の菜刀」をもじった。奈良刀は奈良で販売の数物の粗製品。奈良出身の刀屋で落ちぶれた身であったのでかくいう。金作りは外装の金具に黄金を用いたもの。拵所として出世したことを示す。
二七 金作りの刀を大事に箱にしまう。刀を箱にしまう、刀を使わぬのは平和の印で、下文に続く。
二八 松は本姓松平氏である徳川氏を暗示。幕府の善政でいつまでも世の中が平穏であることをいう。
二九 谷村の住所は、寺町仏光寺下ル町、享保二年(一七一七)末までに寺町通四条上ル二町目に移転。そのいずれか未詳。
三〇 京都の本屋で、正徳三年(一七一三)頃より其磧と協力関係にあった。屋号八幡屋。
三一 江島屋の住所は、八幡町室町西入ル、誓願寺通柳馬場角、四条御旅町と移り、本書刊行前までに四条縄手に転じた。
三二 其磧の長男。書肆江島屋は宝永七年(一七一〇)頃開業、主として其磧の作を刊、享保八年(一七二三)頃廃業。

▲御断申上候[一]

娘容気追加

丼　後世《ごせ》の為《ため》より現世《げんぜ》の髪結賃助《かみゆいちんたすけ》る法躰《ほったい》

[二]浮世《うきよ》親仁《おやぢ》形気《かたぎ》　全部六巻

附　老木《おいき》の再花《かへりばな》鬢髭《びんひげ》は白毛《しらげ》の姤《よね》ぐるひ

右近〻本出し申候御求御覧可被下候

丼　色道極銭《しきどうごくせんや》也父《ちゝ》は日本《にっぽん》母《はゝ》は異国《いこく》

[三]天性《てんせい》大名《だいみやう》気質《かたぎ》　全部五巻

付　二代《にだい》の大臣《たいじん》は嘉藤内色男《かとうないいろおとこ》

右は好色一代男後日西鶴《さいくわく》廿五回忌追善《くわいきついぜん》手向草《たむけぐさ》九月下旬出来

[四]色曲三味線同作

作者　其　磧

丼　むまいもの瓜実顔《うりざねがほ》ぼつとりと島田曲《しまだわげ》

[五]好色《かうしよく》琉球《りうきう》芋《いも》　全部五巻

付　喰《くひ》ついてはなれぬ足《あし》の裏《うら》の食焼女《めしたきおんな》

一　以下の広告は本書初印本一之巻見返しにあったと推定され、上下二段のものを、線で前後に限って一段に組んだ。

二　五巻五冊。享保五年(一七二〇)正月刊。

三　享保三年正月、谷村清兵衛刊の和漢遊女容気がこれに当る。

四　けいせい色三味線・風流曲三味線と同じ作者であることを強調。

五　未刊に終ったか。

好色三世相　現世《げんせ》の色果報《いろくわほう》を見て
過去《くわこ》未来《みらい》の手管《てくだ》を知《し》ル

[六]風流色めど木　全部三巻

陰陽之占　野傾《やけい》のちまたに
此書付をはり置申候

右は西川[七]筆珍敷趣向をあつめ近日本出し申候御求御らん可被下候

各様

谷村清兵衛
江島や市郎左衛門

六　刊行年未詳。

七　西川祐信。

坤廓《こんかく》之図（京・島原）

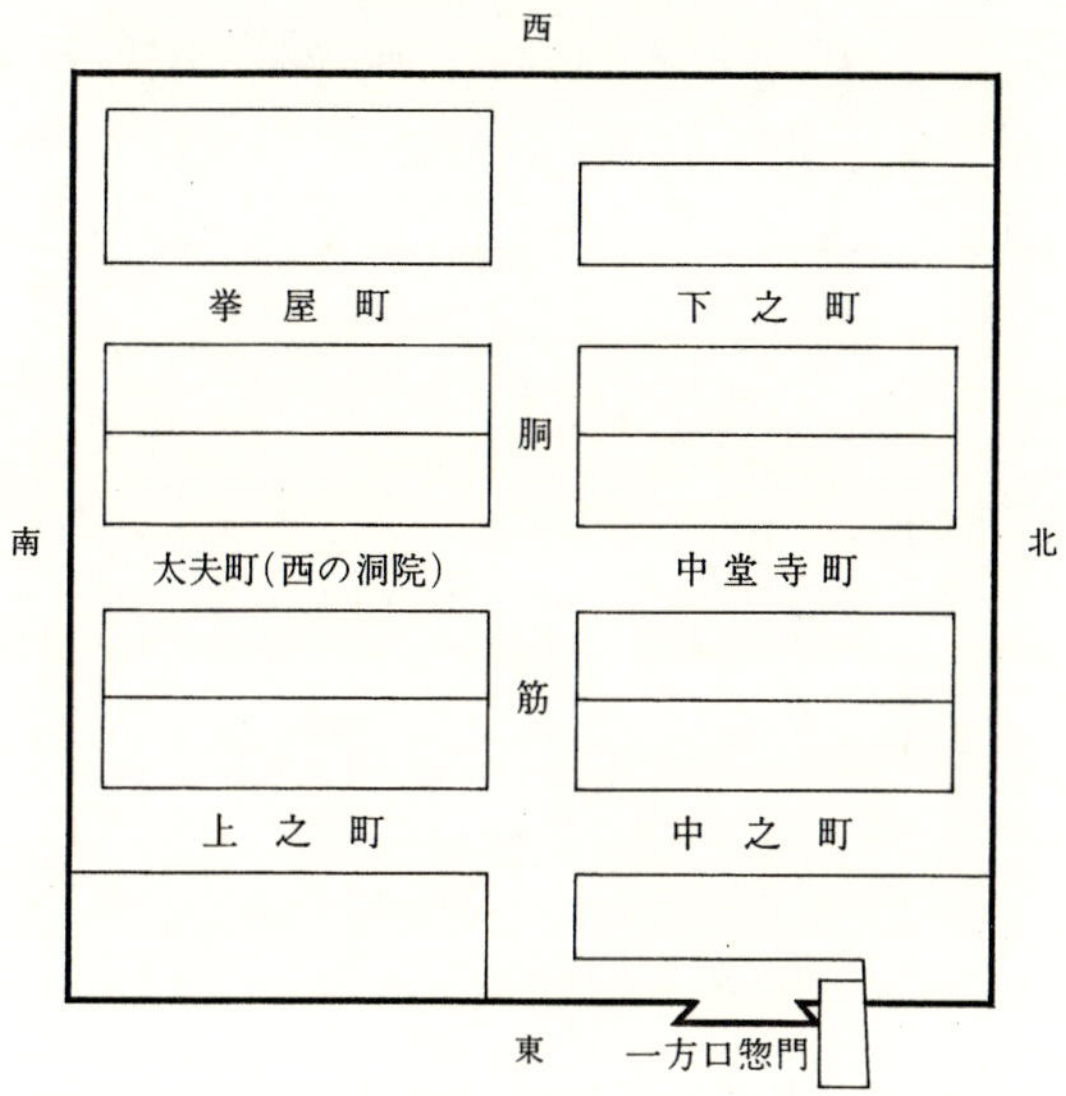

江戸葭原《よしわら》廓中之図（江戸・吉原）

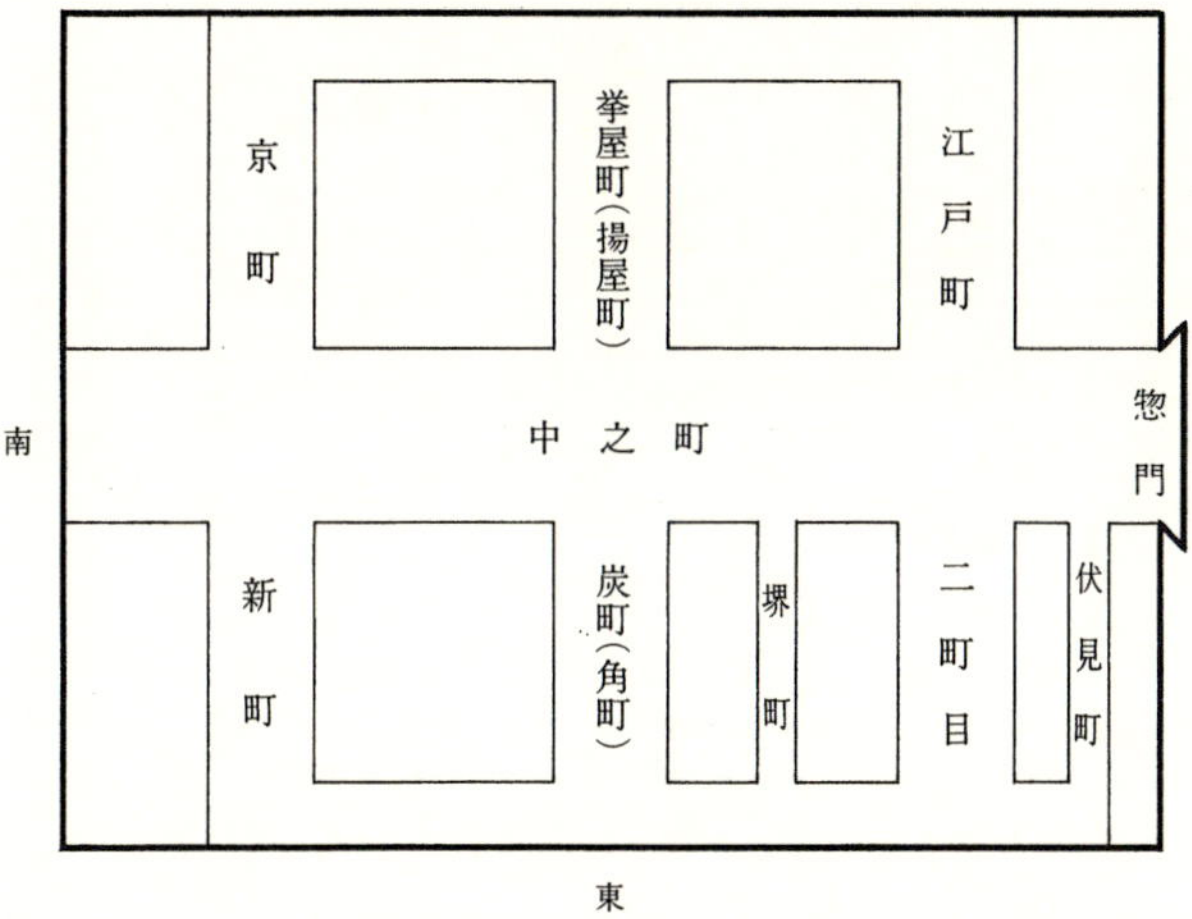

原図『色道大鏡』

大坂遊廓瓢箪町《ひょうたんまち》之図（大坂・新町）

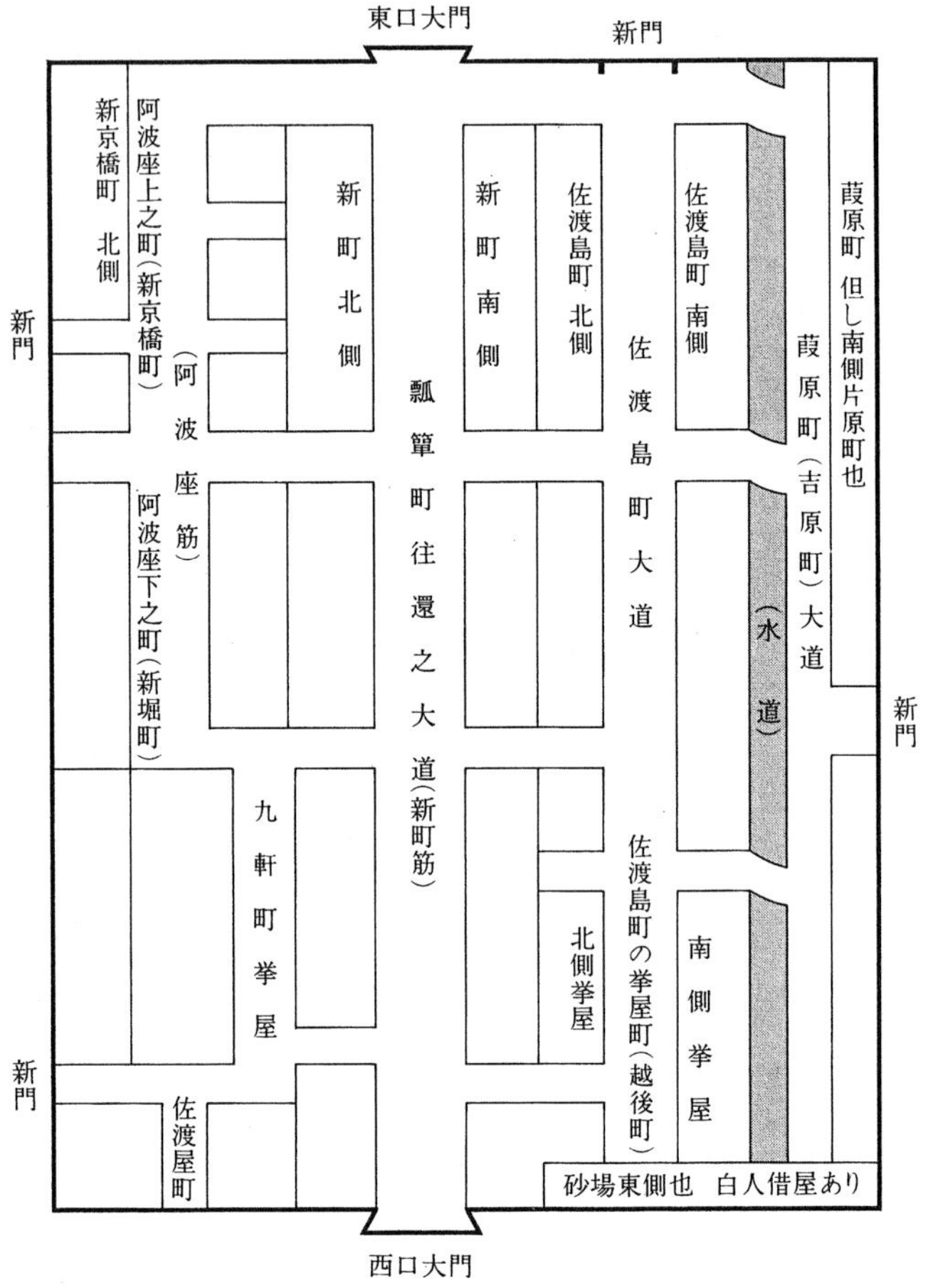

原図『色道大鏡』

解説

江島其磧—浮世草子に起こす新風

本巻に収める三作は、浮世草子のうちで特に八文字屋本と称せられるもので、その代表作者江島其磧の作である。彼の代表作『傾城禁短気《けいせいきんたんき》』は既に校注があるので除き、『けいせい色三味線』は浮世草子の処女作、『けいせい伝受紙子』は赤穂浪士を扱う浮世草子早期の作、『世間娘気質』は気質物の一で注解のない作という基準で選んだ。

浮世草子

今日の文学史の術語としての浮世草子は、井原西鶴作の『好色一代男』(天和二年刊)にはじまり、天明初年に至る約百年間、主として上方で刊行された一類の小説群を一括する称として用いられる。しかし西鶴執筆当時にはこの称はなく、『一代男』は当代の好色の種種相、廓の風俗を取上げるがゆえに好色本と呼ばれ、遊女評判記や性の指南書などと同類に扱われた。しかし彼の強烈な個性を備えた目と筆は世人の関心を集め、小説界に新しい情勢を生む。西鶴はさらに当代への旺盛な興味をもって執筆を続け、好色では廓に対をなす歌舞伎界へ関心を向け『男色大鑑《なんしよくおおかがみ》』を成し、仮名草子の百物語系統の作を『西鶴諸国ばなし』などの雑話物として新生せしめ、従来正面切って取上げられなかった町人の経済生活を『日本永代蔵《にっぽんえいたいぐら》』などの町人物として結実させ、武士の倫理・行動をこれも仮名草子に見る抽象的な提言・教訓を離れて具体的な事実・事件として描く武家物へと対象をひろげた。それらの好色を離れた作については、当時は従来のストーリーを持った草子の類として、町人物・武家物についてはそれぞれの階層に対する教訓書とか武士の実践倫理や作法指南の書として扱ったりする。しかし今日の文学史ではそれらを通じて、強烈な当代への関心と当代の風俗描写を基調とする点を認めて一括して浮世草子として扱う。

その浮世草子という名称は、当時にあっては西鶴没後十年ほどして好色本とほぼ同意の語として時に用いられるようになったが、やや一般化するのははるか後年のことである。しかもなお好色に重点のかかった語として用いられたが、明治以後、浮世の語に当世・現世の意に重点をおいた理解をして、前記のような好色本の称だけでは覆いきれぬ諸作品を一括する称とするようになったのである。

西鶴は元禄六年(一六九三)八月十日に没して後もなおその名は高く、遺作を称する作が五作も出た。そしてこの間浮世草子界は西鶴諸作の中で一番印象の強い、しかも何時の時代も人の心をひく好色物の亜流の作が多くは無名の俳諧師のアルバイトとして執筆され、本屋にとっても確実に売れる商品と見られて続出する。しかし元禄末年には転回の兆が見られるようになる。そのきっかけを作り以後の浮世草子界の進路を開いたのが西沢一風と江島其磧である。

前者は大坂の本屋正本屋九左衛門で、歌舞伎・浄瑠璃・歌謡関係書の出版に関係し、後年には豊竹座の浄瑠璃作者となり、浄瑠璃故実書を述作したりした演劇愛好家であり、後者は京都の富商の当主、旦那芸として浄瑠璃・歌舞伎関係書を執筆していた。当時の演劇界は歌舞伎には坂田藤十郎・中村七三郎などの名優がおり、御家騒動劇の中に仕組まれる濡事・傾城事・やつしにおいて殊に上方では藤十郎が名を成し、また実際の心中・姦通・殺人事件を取上げた世話狂言が大いに流行していた。浄瑠璃は京の宇治加賀掾と大坂の竹本義太夫の競演の時代で、歌舞伎の影響は世話味・好色味の勝った作の上演となり、やがて「曾根崎心中《そねざきしんじゅう》」を生む前夜の時期である。

一風は若年より好色本への関心を有していたが、進んで西鶴以来の浮世草子に新機軸を出すという野心をもって筆をとった時、演劇色の導入は必然のことであった。処女作『新色五巻書《しんしきごかんしょ》』(元禄十一年八月刊)は、西鶴の『好色五人女』にならい五つの実際の愛欲事件を取上げる。当時の世話狂言は事実そのままをうたい文句に、同様の事件をなまなましく演じていた。その風潮を反映し、『五巻書』は興味本位の扱いでどぎつく、舞台上の展開法に則して因果の脈絡を付け、散文的に筆を運ぶ。続く『風流御前義経記《ふうりゅうごぜんぎけいき》』(同十三年三月刊)は、主人公が当時演劇界で遊治郎としてその行動を好色的にやつして演出されていた源義経の当世版であり、その遊里遍歴には『一代男』の世之介の色道遍歴の型が移されている。各章には義経関係の謡曲・舞曲・浄瑠璃・説話さまざまなものが、もじり、付会され、その間に当代諸芸能が書込まれる。要するに構想・文体ともに演劇の影響を受け、『御前義経記』が人気を得て、趣向の奇が関心を集めるようになる。西鶴を意識しながらその上に新しい動きが生れて来たのである。

八文字屋本

京都の本屋八文字屋八左衛門は安藤氏で、慶安(一六四八―五二)ごろ六角通大黒町に浄瑠璃正本屋を開業、万治(一六五八―六一)初年よに入って麩屋町通誓願寺下ル町西側南寄に移った。二代目(三代目説もある)八左衛門に至り、元禄(一六八八―一七〇四)初年より歌舞伎の絵入狂言本で同業者を抜いた。元禄半ばごろ其磧の作の浄瑠璃を出してより、彼の作を出版する縁ができ、同十二年三月彼の作の役者評判記『役者口三味線《やくしゃくちじゃみせん》』三巻を出したところ大好評を博し、続いて彼の作の浮世草子を計画、十四年八月に出したのが『けいせい色三味線』五巻である。これも好評を博して八文字屋は商運上昇の機を得たらしく、元禄末には家を向い側の東側北寄に移す。続いて一風と競い其磧は『風流曲三味線《ふうりゅうきょくじゃみせん》』(宝永三年七月刊)、『野白内証鑑《やはくないしょうかがみ》』(同七年八月刊)、『けいせい伝受紙子』(同年閏八月刊)を経て、代表作の『傾城禁短気』(同八年四月刊)を出す。一風の諸作は宝永には京都の菊屋七郎兵衛から刊行され、一風・其磧の競争は、本屋の菊屋・八文字屋の競争でもあるという形勢になったが、宝永末を区切として其磧・八文字屋の勝利に帰する。

この八文字屋の主人八左衛門は野心家で、其磧が富家の主人として草子作りという逸民の業に作者と名乗ることを好まず、無署名で作を出していたのを署名を促し、其磧のすすめにより宝永五、六年(一七〇八―〇九)より自ら八文字自笑と筆名を称し、其磧の作にその名を署した。一方其磧の方は、宝永五年の京都の大火で罹災したということもあってか左前になり、八文字屋に利益の分配を求め、無署名・自笑名の諸作が自作であることを主張して、宝永末より息子の名で江島屋市郎左衛門という本屋を開き八文字屋と対立する。江島其磧の筆名はこの抗争中にはじめて用いる。彼は町人物・時代物・気質物と分野をひろげ、『世間娘気質』はその成果の一である。しかし八文字屋の巧妙な戦略と信用・資本の前に妥協を余儀なくされ、享保三年(一七一八)末に和解に至る。この抗争中には、作者として八文字屋側に未練と号する人物、本屋としては八文字屋側に中島又兵衛、江島屋側に谷村清兵衛などの協力者があったが、和解後は作者は其磧、本屋は八文字屋が浮世草子界を制し、実作者其磧の作を自笑・其磧連署で出し、其磧の死に至るのである。この八文字屋の寡占状況から当時八文字屋刊の小説を指して八文字屋物と称した。

自笑は延享二年(一七四五)十一月十一日八十余歳で没する。その子の三代目八左衛門其笑は寛延三年(一七五〇)八月十九日に没し、孫が八文字瑞笑(後に白露、また一時二代自笑を称する)と三代自笑で、当主としては八左衛門を称し、述作には右の筆号を用いた。この間其磧没後は、多田南嶺を代作者に、自笑・其笑・瑞笑等の名で浮世草子を刊行し、南嶺没後は瑞笑が筆を執ったが、明和三年(一七六六)十二月十九日四十歳で死去する。弟の三代自笑は蕪村門の俳人で、小説より俳書の出版に手を着け、元禄末以来の役者評判記とともに、歌舞伎関係の考証書、筋書本といったものに重点を移す。しかし営業は必ずしも順調でなく、安永九年(一七八〇)後半期に東洞院二条上ル町に、天明三年(一七八三)初に東洞院錦小路上ル町にと移転し、天明八年正月晦日よりの大火に類焼という打撃を受け、やがて大坂に移る。この時期は劇書の出版に力を注ぎ、大坂の本屋仲間にも加入するが、結局時に利あらず文化八年(一八一一)本屋仲間を脱退して故郷の京都に帰り、文化十二年六月六日七十八歳で没し、八文字屋は事実上ここに終焉を迎える。

八文字屋が浮世草子の新刊を出すことは明和初まででほぼ終ったが(以後三代自笑作が散発的に二三ある)、その版木は升屋・和泉屋などの本屋を転転とし、新興の洒落本・読本などの陰で、貸本屋の手で地方の読者を持った。また其磧の作は当時は西鶴に劣らぬ評価を受け、洒落本・滑稽本・草双紙などに影響を与え、八文字屋本の称はこの間に用いられるようになる。役者評判記は元禄末以来八文字屋が抜群の評価を得て、その独占的出版物となり、八文字屋退転後も形式的に評判記に名をとどめた。明治に至るまで歌舞伎以外の分野でも、その形式にならった浄瑠璃から野郎・娘・商店・名物いろいろの評判記が出されており、八文字屋の名を人人の脳裡にとどめた。

今日文学史で八文字屋本と称する時は、狭くは八文字屋刊の浮世草子及びその主要作者其磧の作で江島屋その他の店で刊行されたもの、広義には同時期同傾向の作を含めていうのである。

江島其磧

其磧は本名村瀬権之丞、家を相続して庄左衛門と称する。京都の誓願寺通柳馬場角の大仏餅屋の主人で、その先祖は宇多源氏の流れを汲み、近江国の豊浦より京都に移り、酒屋を業とし、曾祖父の新左衛門頼広(元和三年没)の代に餅屋に転じた。方広寺前に住したのでその大仏に因んで大仏餅を称し、慶長後半期には京都の名物であった。庄左衛門正長・庄左衛門正孝を経、この間正長の代に家を前記の所に移し、其磧はその大仏餅屋の四代目に当る。系図によれば、享保二十年(一七三五)六月一日没、行年は『其磧置土産《きせきおきみやげ》』序によれば七十歳、逆算すれば寛文六年(一六六六)生れである。ただし右の序の記述は翌元文元年没と解しうるもので、それなら寛文七年生れとなり、死後まもなく息子の書いたものだけに問題を残す。系図を見ても富家の縁戚が多く、祖父正長は連歌、父正孝は俳諧を嗜む文学に遊ぶ余裕のある富家であった。

其磧は、元禄八年(一六九五)前後よりまず浄瑠璃を執筆、松本治太夫正本の『大伽藍宝物鏡《だいがらんほうもつかがみ》』(同九年五月刊)等がその作と推定されており、治太夫のパトロンであったと考えられている。また右の正本を刊行したのが八文字屋であった。その後、前述のように元禄十二年三月刊の役者評判記『役者口三味線』を八文字屋のために執筆、同十四年八月には浮世草子『けいせい色三味線』を八文字屋より出して、浮世草子作者としての第一歩を踏出した。ともに好評で、評判記は毎年執筆し、浮世草子も前述のように『風流曲三味線』から『傾城禁短気』へと至る作を出し、競争相手の一風をも圧倒した。

その直後、前述のように八文字屋との抗争に入り、『けいせい伝受紙子』延長線上の時代物『鎌倉武家鑑《かまくらぶけかがみ》』(正徳三年正月刊)や町人物『商人軍配団《あきんどぐんばいうちわ》』(同二年冬刊)、気質物『世間子息気質《せけんむすこかたぎ》』(同五年冬刊)、『世間娘気質』(享保二年八月刊)を出す。この間に本格的に小説作者として立つ覚悟もでき、正徳三年(一七一三)秋冬ごろ其磧茂知《しげとも》(音読すれば餅に通じる)、同四年初より江島其磧の筆名を用いる。当初暫くは「ギセキ」と読ませたが、やがて「キセキ」に落着く。

しかし本屋経営には苦労し、正徳四年二月には大仏餅の家督を叔母聟の永楽屋治右衛門に譲り、四条御旅町、四条縄手、綾小路通柳馬場西入ルと移転を重ねる。八文字屋と和解後、享保八年(一七二三)には江島屋を閉じ、以後の生活は窮迫したものであったらしい。

自笑と連名で、八文字屋より『浮世《うきよ》親仁《おやじ》形気《かたぎ》』(享保五年正月刊)、『役者色仕組《やくしゃいろしぐみ》』(同年三月刊)、『桜曾我《さくらそが》女時宗《おんなときむね》』(同八年正月刊)、『出世握虎《しゅつせやっこ》昔物語《むかしものがたり》』(同十一年正月刊)などを出し、八文字屋以外の本屋からの単独名の作には『武《ぶ》道近江八景《どうおうみはっけい》』(同四年正月刊)他がある。その作は、彼に浄瑠璃の作があり、役者評判記執筆の第一人者であったことを反映し、長篇の構成力にすぐれ、文章は平明、思想穏健で、筋の運びはややくどいが理詰めで、一風の散漫さと好対照をなす。西鶴以後の浮世草子界を代表する存在で、当時の評価は西鶴以上とするものもあり、後世への影響も大きく、明治前半期にまで及ぶ。

けいせい色三味線

横本五巻五冊、元禄十四年(一七〇一)八月、八文字屋八左衛門刊。同十五年二月刊の後修本がある。無署名の序があるが、後年の其磧自身の証言により其磧の作と認める。挿絵は西川祐信筆(推定)。

五巻を京・江戸・大坂・鄙・湊之巻に分ち、各巻頭に、京之巻は島原、江戸は吉原、大坂は新町、鄙は伏見撞木町・大津柴屋町・奈良木辻・堺乳守《ちもり》、湊は播磨国室・同国鞆野・下関稲荷町・長崎丸山の各廓の遊女名寄《なよせ》を掲げ、本文はそれらの廓を舞台とする短篇計二十四篇より成る。

其磧は元禄十二年(一六九九)三月刊の『役者口三味線』より役者評判記の執筆をはじめたが、同書は横本仕立で京・江戸・大坂の三巻より成る。それ以前の小説・評判の類の本は、美濃紙・半紙二つ折りやその半分の縦長の型が普通で、仕上りが半紙四つ折りの横長の型を採用したのがまず目新しかった。地域別に巻を分け、それぞれの巻頭にはその地の劇場に出演の役者を、立役・敵役・若女形などの役柄別に、上上吉・上上・上・中ノ上などの等級をつけた名寄が掲げられる。次に、序とか開口と呼ぶ短篇小説の体の導入部があり、役者各人を頭取の評をもとに衆人が褒貶する形の芸評部となる。構成の整正、等級の妥当、開口の面白さ、芸評の見巧者ぶりと、衆評の体をとる進め方の巧みさで、この書は歓迎され、以後明治に至るまでの評判記の基本的な体裁を定めることになったのであるが、『色三味線』は書型、地域別の巻構成、巻頭名寄と『口三味線』に通う点が多い。

其磧の発意か八文字屋の発意か、この好評に乗じ、同年元禄十二年十一月には「けいせい色三尾線」が翌十三年正月刊行と予告される。京島原・江戸吉原・大坂新町の三廓より成り、各廓に通じた大尽が島原は諸分《しよわけ》、吉原は張《はり》、新町は口説《くぜつ》と各廓の特色に沿った女道論を述べ、各廓の遊興に関した小説集にする計画であったようである。ここに評判記の役者批評を色道に及ぼそうという姿勢が見られる。しかし凝り性であったらしい其磧の筆は進まず、元禄十四年七月に、やっと三都以外の鄙・湊之巻を加え、今見られるような『色三味線』の形になった。

この完成遅延には一風の『御前義経記』が関係するらしい。『色三味線』が後発の『御前義経記』に先んじられ、その好評に影響されたらしいことは、刊本『色三味線』の所所に、麻生殿・下六《げろく》・藤六(京の二)、児玉党の何某(同三)、草臥《くたびれ》判官・静《しずか》平入他と色狂いの旗頭熊谷笠の新平(同五)、朝比奈三郎(江戸の三)、宇都宮の弥三郎(同四)、金木の三郎重家・亀井の六郎三・小栗判官・池の庄助(同五)、平宗盛・頼田と四末社(大坂の六)など、何らかの『御前義経記』流のやつしを企てた痕跡のような名が見られ、後に加えられた湊の三の下関の女郎歌舞伎は明らかに同書によっていることなどでわかる。しかしそのようなやつしでまとめられぬままに、同書の諸国遊里遍歴を移して三都以外に及び、鄙・湊之巻を加えてまとめたのである。

其磧が三都のみでまとめようとしていた段階では、三廓に関する資料を集め、その中には名寄もあったであろう。しかし執筆資料としての名寄は、刊行された本に見る、下級女郎の名まで網羅したものを必ずしも必要とはせぬであろう。本文脚注に記したが、大坂の三に、半太夫の引舟を小蝶とするが名寄にはよしざきとする。名寄注に記したように元禄十五年二月後修本には小蝶に改まっている。即ち小蝶が正しく、初印本の名寄と関係なく本文が書かれたことを示している。

前記のように当初の計画には名寄付載は見えない。その色道論のまとめが成らず、『御前義経記』流のやつしでもまとまらなかった段階で、元禄十三年三月『役者万年暦《やくしやまんねんごよみ》』、同十四年三月『役者略請状《やくしやりやつしうけじよう》』と役者評判記が順調に刊行され、それに追随する動きも同十四年三月の正本屋九兵衛刊『役者万石船《やくしやまんごくぶね》』などのように現れたため、名寄掲載に至ったのであろうと思われる。

役者評判記の場合は名寄掲出中の主要役者の評は必ず本文に用意されており、名寄は一種索引の役を果している。『色三味線』の場合は必ずしも本文との関係は密ではないが、役者評判記の名寄を承知している者には、正に本文の話が名寄の廓の女郎の話であるという現実感を与える効果があり、京・江戸・大坂等の各巻をまとめる役割を荷わせ得ると考えたのであろう。好色本が歓迎された当時にあっては、名寄は正に現代の指標であったのであろう。

この名寄のうち、大坂之巻については刊行半年にして大幅の改訂が行われる。刊記を元禄十五年二月に修訂した本がそれである。この改訂は初印本の大坂の名寄作製の資料が古かったか杜撰であったかによるものであり、刊年を埋木で改めているのは、あるいはこの名寄改訂に合せて改訂時点を保証する処置であったかと思われる。それなら少くとも元禄十五年二月印本所掲の新町名寄は、その時点で細見として実用できるものであり、したがって、訂正していない八文字屋地元の島原の名寄も、元禄十四年八月時点でそのような用に供しえたのであろう。

今日の目から見て、小説としては無用、あるいは純一性を妨げると思われる名寄に、意外に重点がおかれているのであり、以後『遊里《ゆうり》様太鼓《さまだいこ》』(作者未詳、元禄十五年九月刊)、『傾城辻談義《けいせいつじだんぎ》』(目黒露白、同十六年二月刊)、『けいせい洗髪《あらいがみ》』(井上軒流幾、同年六月刊)、『遊女懐中洗濯《ゆうじょふところせんだく》』(其磧、宝永六年秋刊)、『御《ご》入部伽羅女《にゅうぶきゃらおんな》』(湯漬翫水、同七年九月刊)、『けいせい折居鶴《おりすえづる》』(作者未詳、享保二年刊)、『けいせい新色三味《しんいろじゃみ》線《せん》』(『様太鼓』改題改竄、同三年正月刊)など、名寄を巻頭におき、あるいは本文中に書込む作が続く。地域別に、あるいは一廓に限っての好色物をまとめる趣向として有効と認められていたと思われ、この『色三味線』の名寄は、全く現実と関係のなくなった、はるか後年の印本にもそのまま残され、本文と不離の趣向となっているのである。

『色三味線』ではさらに、京の一に傾城買《けいせいかい》の心玉《こころだま》に取りつかれた鎌倉屋の源の話があり、全巻の最末章、湊の四に、その心玉が海彼の境に去るとする。その間の色遊びに関する諸事件は、この心玉に乗り移られたゆえの悲喜劇と思わせる用意をして、全篇のまとめとしている。これも『口三味線』各巻首尾に、芸評の導入部と終結部を設けるのにならうのである。

名寄といい、このような趣向といい、其磧が構想を立てる時にもっとも腐心するのが全篇を統括する趣向であった。前述のように『色三味線』は、当初三都三廓の特徴に重点をおいた色道論の構想があり、次いで『御前義経記』流のやつしでまとめようとしたが、結局その構想が後退した形でまとめられた。しかし巻末に「好色一代曾《こうしょくいちだいそ》我《が》」八巻を予告してやつし作への未練を残すが、この「一代曾我」は元禄十五年三月にはまた色道論的な構想の作として予告され、それが翌十六年四月には「風流曲三味線」に変り、野郎・傾城二道の諸面を扱う作と予告され、その構想は元禄十七年春の予告よりは「諸色大全」をうたうようになる。

しかし『風流曲三味線』宝永三年(一七〇六)七月刊本では、巻初二章に野郎と傾城の優劣論争をおくが、以下は必ずしも諸色大全としては整備されていない。『遊女懐中洗濯』は五巻中一巻を野郎に当て、『野白内証鑑』では野郎と白人を等量に扱うというような、とにかく女若二道に目を配った作を出した後に、『傾城禁短気』に至ってやっと色道大全を称する作として成立し、其磧の代表作となる。そして『曲三味線』の場合は、野傾優劣論が以下の話を例話とする導入部をなしているが、それらの登場人物の容姿・言行などに人気俳優の容姿や役柄を書込む。『内証鑑』は銭占に各章を対応させる。『禁短気』は宗論・談義・説法の体をとる。全篇を統括する趣向を構え、さらに内容を整理し一定の方向付けをするというのが其磧の好色物に通じた特徴であるといえる。『色三味線』は彼の処女作としてそういう方法を示し、以後の進路を定め、『禁短気』の完成への出発点となった作なのである。

一方彼と宝永期を通じ競争した一風は、終始やつしにこだわっている。『平家物語』『曾我物語』『通俗三国志』などを、町人社会、好色の世界に転じることが彼の主な方法である。其磧も前の「一代曾我」構想を『曲三味線』にも「当世御伽曾我」八巻として予告し、その予告を『伝受紙子』にまで残している。この間、当時実在の女郎今川に関する事件を「今川状」に結びつける計画もあったが実現を見ず、そのうちに一風は、宝永末には浮世草子より手を引く。同じころ『伝受紙子』など赤穂浪士関係作の流行をきっかけに長篇の時代物が書かれはじめ、『当世御伽曾我』は曾我兄弟の復仇の苦心を扱う十巻の長篇として正徳三年(一七一三)正・二月に出る。今川一件も、柳沢吉保陰謀という巷間の噂に結びつけた時代物の長篇として、正徳三年正月『鎌倉武家鑑』として出て、やつしを離れた結末が付けられるのである。

『色三味線』は其磧の浮世草子処女作であるが、同期の他作者に比べても格段に筋の立て方がうまい。彼の作は、以後を通じて西鶴の模倣・剽窃が多く、西鶴のほとんどの作に及ぶ。彼の戯作生活は西鶴諸作を研究するところからはじめられ、その奇警な言いまわしや巧みな描写、珍奇な趣向などを、時・所に応じ引き出せる用意がなされていたと思われる。一風と同じく西鶴を出発点とするのであるが、一風に見られる、西鶴に対抗しようという気負いがなく、すんなりと西鶴を受入れながら、彼の資質・嗜好や時代の流れから、それを組上げるのに芝居がかりになっているというのが『色三味線』であろう。

京の二に、遊蕩息子の現場に踏込むために親父が酒樽に入って来て勘当する話がある。これは『俗つれ〴〵』一の四に、到来物の酒樽を開くと遊蕩の果に死んだ息子の死骸であったというのによる。大坂の一に、廓の口説を見た男が女房に心中立に指を切れという話があるが、これは『俗つれ〴〵』三の四による。前者は『俗つれ〴〵』からして奇談であるが、遊蕩に死んだ息子を生きた親父、開く者を親父から遊蕩息子に変えて、西鶴と異った珍奇なケースを設けた。後者は、『俗つれ〴〵』に、酒癖の悪い男が大酔の上で、女房の詫言をきかず、髪を切らせ、翌朝覚めて後悔するという話を、女房の詫を許さず、家主の仲裁で女房に誓紙を書かせ、家主らに保証をさせたというように変える。西鶴の奇を採ってさらに奇を加えようとするのである。そのゆえに観念的な遊びに堕する話があり、西鶴の作の一部に見られる深刻・緊張に乏しい。

次に人情・義理・欲望・策略などによるトラブルの解決策を丁寧に描く章がある。鎌倉屋の源が、乳母の夫を父親に仕立てての借金返済延期策(京の一)、柏木が、親父が半六を勘当するのはただ当座の懲しめと考え、その勘当の許されるまで藤六と遠ざかることを願う(京の二)、上方の持丸長次が江戸に下り、小紫に振られ続けて三木が取持つのに対する小紫・長次の態度(江戸の二)、頼田が、新町の大橋のもとに太鼓四人と同じ身なりで行き、太鼓の喜八を代りに床入させるが、大橋は事前に禿に命じて正体を見破る(大坂の六)。この鎌倉屋の源の話は、あるいは『永代蔵』三の四末に、大坂の伊豆屋が分散し、伊豆の大島に帰ってかせいで再び帰坂し借金を返済したとあるのに、借金延期の奇策を加えたものであろうか。小紫のことは、『一代男』八の二に、十歳が賭けで江戸まで小紫にあいに下る、小紫は愚か者と見てあってやるというのを、反対に転じたものである。大臣と太鼓が同じ身なりなのを見分けるのは、『一代男』五の六を書替えているのである。これらを読み比べると、前後の事情、事件の推移、策略の具体、当事者の心理などが詳しく述べられ、筋の展開に断絶がなく、読者は抵抗なしに作者の意図通りに読み進み、義理・人情、金にからまる人間の弱味といったものを感じ取るのである。これも彼の頭の中で組立てられた観念の産物ではあるが。

本書が大いに歓迎され、浮世草子界に新しい機運をひき起したことは、書型を横本にし、巻を地域別に分け、題名に「けいせい(傾城・契情)」また「三味線」の語を含ませた作が続出したことによって知られる。当時の評価は西鶴と同等で、大坂の二の磯《いそら》蝶の餓鬼踊、湊の三の下関の女郎歌舞伎などを好趣とするところに当時の評価の規準もうかがえよう。少し時代は下るが、柳里恭の『ひとりね』上に「色三味線・曲三味線類の二書は、古今独立の文章也」といい、其磧の文章の妙は「なにはのもと西鶴に出て、西鶴よりも又一だんあたらしき所あり」と、西鶴以上との評もある。

今日の評価では其磧は西鶴に及ばない。それは正しいのであるが、この後の近世小説の流れを見ると、西鶴の簡潔・鋭利・現実描写より、其磧の委曲・常識的・趣向重視の姿勢がかえって優勢であるかの観がある。近世の小説を考える場合柳里恭の意見を再検討してみる必要があるのではなかろうか。そして『色三味線』は明和(一七六四―七二)末ごろまで少くとも七十年間は、そのままの形で後印本が出されていたのである。
なお従来の翻刻で、巻の排列を京・大坂・江戸としていたのを正し、元禄十五年二月の修訂以後の後印本を底本にしていたのを、同十四年八月の初印本により、その異同箇所を指摘した。

けいせい伝受紙子

横本五巻五冊、宝永七年(一七一〇)閏八月(他本所掲広告によれば二十一日)、八文字屋八左衛門刊。八文字自笑の序があるが其磧の作。挿絵は西川祐信筆(推定)。

本書は元禄十四年(一七〇一)三月十四日、江戸城における播磨国赤穂の城主浅野内匠頭長矩の吉良上野介義央に対する刃傷と、大石内蔵助ら浅野の旧臣の、翌十五年十二月十四日の吉良邸討入に、宝永七年五月に処刑された伊勢国桑名の松平越中守の家臣野村増右衛門の一件を結んだ作である。高師直《こうのもろなお》の塩冶《えんや》判官の妻への横恋慕から、判官の刃傷・切腹、浪士の妻陸奥《みちのく》の遊女勤め、師直に身請されての内通、太鼓持四郎平が師直に取入って立身し、野沢政右衛門となっての横暴ぶり、復仇後陸奥は尼となり詑《やさ》談義をする、という構成をとる。その題名は、陸奥が夫のために本意ならずも遊女勤めをするのであるから、身を飾るのを避けて紙子を着て勤めて全盛を極め、その心意気は他の遊女の模範になった、即ち諸分《しょわけ》を伝授する紙子というべし、というのによる。この理由付けはいささかこじつけの感がある。

本書は宝永七年の二、三月ごろ、八文字屋刊の絵入狂言本・役者評判記に予告がある。それによると前年十一月一日の坂田藤十郎の死を当込む計画であった。坂田藤十郎は京都を根拠地に、当時の代表的な立役として濡事・傾城事・やつし芸の名手で、若殿などが傾城買のため勘当され、紙子姿で馴染の傾城を訪うなどの舞台姿は、見物の脳裡に刻まれていたのであった。彼はその前宝永四年、京都早雲座二の替り「石山寺誓湖《いしやまでらちかいのみずうみ》」に夜番久助となり、その舞台で若殿百太郎に扮した大和山甚左衛門に傾城買を指南し、紙子を譲る場面があった。題名はこれならぴったりであり、三巻に藤十郎の百箇日、江戸の代表的な立役で宝永五年二月没の中村七三郎の三年忌、元禄十七年二月十九日に殺害された初代市川団十郎の七年忌を当込み、前二者を偲ぶ女性ファン、後者を弔う若衆にからませた好色物にする構想があったのである。宝永七年二月に出せば三者の忌日当込みとして時宜を得たものであったが、完成に到らず時機を逸した。

この予告された題名を赤穂浪士復仇に結び付けて生かしたのは、この年急に文芸界に見られた赤穂浪士物ブームともいえる現象による。この前年宝永六年二月十六日、将軍家宣が綱吉廟に詣でた時に勅使が派遣され、接伴役の前田利昌が高家の織田秀親を刺殺、自尽を命ぜられた事件、同七年五月将軍宣下の時、蹴鞠につき難波家と飛鳥井家の者が争い、一方は討たれ一方は切腹、という浅野内匠頭の刃傷を思い起させる事件の継起と、浅野長矩の弟大学が宝永六年八月に赦免され、同七年六月に将軍に謁し、九月に五百石を与えられるとか、浪士の子らが綱吉の死、家宣の就位に際し赦免されるなど、赤穂浪士を世人に思い起させる事柄が続いたのによるのであろう。

まず浄瑠璃に『太平記』の世界の事に仕組んだ近松作の「碁盤太平記《ごばんたいへいき》」(宝永七年上演説あり)がある。次に歌舞伎に宝永七年六月十日より九月十一日まで百二十日間(八月は閏あり)興行という人気を博した、小栗判官の世界に仕組んだ「鬼鹿毛無佐志鐙《おにかげむさしあぶみ》」(大坂の篠塚庄松座上演)があり、続いて秋(七月か)京の夷屋座上演の「太平記さゞれ石」、その後日の「硝《さざれいしご》　後太平記《たいへいき》」があった。なお秋に京の都万太夫座、大坂の榊山座でも赤穂浪士劇を上演したといわれる。また上演年月未詳の紀海音《きのかいおん》作の浄瑠璃「鬼鹿毛無佐志鐙」もこれらに続く上演であろう。

このうち本書の構想変更のきっかけになったのは「太平記さゞれ石」の上演である。『伝受紙子』刊行の前月八月刊の『野白内証鑑』に本書を予告するが、題名右傍の語りに「太平記細石《さゞれいし》巌となる思ひの念力」とある。五巻の内容をしるして、第一不礼講、第二吝気《りんき》講、第三仁義講、第四礼知講、第五武勇講とあり、「さゞれ石」が三番続を上仁義講、中礼智講、下武勇講とするによる。この狂言とは、高師直・塩治判官の他、侍従・大岸宮内・力太郎・鎌田惣右衛門などの名が一致し、鎌田は小姓時に近習の女と通じ主の勘気を得、判官切腹時に参上を許されること（本書一の三）、笹岡藤内の妻を離別する方便に鎌田妻と密通をよそおう（同一の四、鎌田離別の方便）、鎌田妻遊女勤め（同二の一）、宮内の遊女遊び（同三の二）、梶の葉右衛門が一味に加わることを許されず、復仇の計画がもれた時にはそれを知る葉右衛門が疑われるのを避けるため切腹しようとする（同二の四、八重垣の切腹）など、本書への影響が考えられる。また「後太平記」で宮内の相家老の大田大膳に復仇の志なく、かえって亡君の許婚者をくどくが、それを防ぐために鎌田妻が下女奉公する、というのは、本書の陸奥が師直妾になるのと何らかの関係があろうし、浪士が大名に預けられて後、鎌田がかるた賭博の銭三百文を落し、それを端緒に一悶着あって力太郎と男色の契りを結ぶことは、本書四の四、鎌田が紙入をすられる前後の事件と力太郎・八重垣の契りに投影していよう。なお浪士の人数を四十八人とするのはこの二狂言で、其磧もそれを受けている（「さゞれ石」「後太平記」は西沢一鳳の『脚色余録三編』参照、「後太平記」はこれと別本の絵入狂言本伝存）。

一方、八幡六郎の名は「碁盤太平記」に出、その前篇の「兼好法師《けんこうほうし》物見車《ものみぐるま》」には侍従も出る。「碁盤太平記」に八幡改め大星由良之介の母と妻が自害してはげますこと（本書一の五）があり、「碁盤太平記」の岡平の内通は陸奥の内通と、力弥が岡平を切るのは本書二の三の八重垣が力太郎を切ろうとするところと、岡平の死は八重垣の死と、討入って師直の夜具にぬくもりの残るところ、腹を切り怨霊となって師直を取殺さんというところ、小屋から煙が上り内より炭などを投出すところ、と、「碁盤太平記」と本書との関係が指摘できよう。篠塚座の狂言については、大岸宮内・鎌田惣右衛門などの名が出、廓場もあったことは知られるが、全体の筋はわからない。

本書は近松や「さゞれ石」が『太平記』の世界にしていたところから、もとの『太平記』に遡り、師直・兼好・侍従・判官などその記述により、判官妻の名も『太平記』に戻す。以下人名その他『太平記』によった箇所については脚注に指摘した。

野村増右衛門の事件は、小身より成上り、新地を開いて遊女屋・茶屋を建て増税をはかったりし、この年宝永七年五月晦日に一類処刑にあった。この事件も本書刊行と前後する時期に歌舞伎で上演された。小説に取上げたのは本書がもっとも早い。三の五より四の二に当込みをしている。

陸奥の紙子傾城は、当初構想の藤十郎との関係の他に、宝永のころ大坂の新町に、髪を巻立に結い、白歯で上着なしで勤め、若衆女郎の名をとった市之丞(摂陽奇観・二十四の上)などがヒントになっていようか。

四の五で力太郎が通う白人まんは、八重垣の妹が老母を養うために身を落したということになっている。元禄末年大坂の堀江阿弥陀が池辺に住む女が、夫が死去したので姑を養うために賤業に従った事実があり、宝永初年より再三浮世草子の趣向として用いられ、其磧も『野白内証鑑』一の四に用いる。歌舞伎では「けいせい安養《あんよう》世界」(宝永三年二の替り、都万太夫座上演)中に見られる。この事実による趣向である。

西鶴の模倣・剽窃は多いが脚注に記した。本書最大の趣向の、敵の妾となって内通して敵討をさせるということも、西鶴の『武道伝来記』八の一により思いつくのであろう。『伝来記』は御伽草子の『あきみち』や仮名草子の『大倭《やまと》二十四孝』の「山口秋道」による。ただ『伝来記』の場合は、女は愛人のために奉公し、心ならずも敵の愛を受けるのであり、本書は夫のため遊女姿で近づいた『あきみち』に遡っての趣向ともいえる。『伝来記』には敵が長持に隠れて外出する話があり、本書の師直邸に入込むために長持を利用するのとの関連が考えられる。

宝永七年上演の近松作の浄瑠璃「吉野都女楠《よしののみやこおんなくすのき》」第二に、足利尊氏の家来で、主の不興と父の勘当を受けた小山田太郎高家の妻が、夫を合戦に出そうとして青麦を盗み刈って捕えられることがあるが、本書二の五はこれによる。同年四月上演近松作の「心中万年草《しんじゅうまんねんそう》」の主人公久米之助の名を、本書は鎌田の少年時の名として用いる。

本書執筆のきっかけになった、あるいは利用した作品や事実は右のようであるが、これ以前に赤穂浪士一件を取上げた、演劇・浮世草子及び記録の体をとる実録初期のものがある。このうち本書と関連のあるものをあげてみると、浮世草子に、宝永二年八月刊の一風作『傾城武道桜《けいせいぶどうざくら》』と、作者未詳、同四年正月刊の『傾城播磨石《けいせいはりまいし》』がある。前者は大坂新町、後者は京都島原における女郎や色遊びをめぐるトラブルが刃傷に及び、命を失った男のために女郎が敵の男を討つという話にする。

この『武道桜』には、二見浅間之介の死後、倉橋が再度遊女勤めをすることと、家来伝助が小間物売となって敵を探り求めること(二の三、伝受二の一・五の三)、敵の頭振吉高が倉橋をよぶこと(身請には至らず。三の三、伝受二の一)、伝助の馴染の女郎吉田が吉高の鼻紙入を拾い、その縁で吉高の家を見届けようとすること(三の四、伝受四の四・五の一)、吉高が危んで家にこもり用心のため剣術を学ぼうと思い小間物売の伝助に問い、伝助が仲間の女郎岡山を、赤穂浪人の娘で今は白人勤めをしているが剣術の心得があると推薦する(四の三、伝受三の一・五の四・四の五)、討入の女郎たちが夜着にぬくもりありと言う(五の三、伝受五の五)などがある。

『播磨石』には、夫に死別し姑を養うために唄うたいの物乞女となる(一の四、伝受四の五)、敵の吉郎次が庭園を美に、廓の様をうつし女をおく(一の六、伝受三の五)、死んだ浅香名所之助の手代小野屋の十が手だての色遊びをし、名所之助の愛人小倉にあい身請する(二の一、伝受三の二)、女郎の姉崎・吉田・大崎を内通のため吉郎次方へ入れる(四の二、伝受三の四)、寺吉が親類より借用の百両を出し、その利息で暮そうと言う(四の二、伝受三の二)、その金は実は戸島屋の落した金を寺吉が拾い礼金として得たものであるが、戸島屋の手代から届けた金はにせ金だと無実を言いかけられる(四の二、伝受五の一)、吉郎次が用心を怠り、下の者も自堕落、年忘れに遊女を呼び入込む好機となる(五の二、伝受五の三・四)などの箇所を指摘でき、それらを変容・反転して『伝受紙子』に生かしたものがあると思われる。なお『播磨石』は外題に角書して「宝永四の春大あたり」とあり、歌舞伎上演によるかとも思われるが未詳。

実録の類は、後年になる程挿話などいろいろ尾鰭が付くが、宝永期までのものは記録類を集録し、また事件を叙するにも浅野長矩の刃傷から赤穂の城地収公に至る間と、討入より浪士切腹の処分に至る事情に詳しく、後代の物に見る、浪士の苦心の挿話をほとんど欠く。これらのうち『伝受紙子』と関連のあるものをあげてみよう。

まず赤穂における凶兆であるが、元禄十六年正月の序のある、都の錦作とされる『赤穂《あこう》精義《せいぎ》内侍所《ないしどころ》』は五巻本があるようであるが、伝存の四十巻また五十巻に分った本には、蜂の争う凶兆をしるし、享保四年の序のある片島深淵子の『赤城義臣伝』にも見える。しかし同じ都の錦の宝永五年執筆の『播磨《はりま》椙原《すぎはら》』には見えず、『伝受紙子』以前に凶兆を伝えたものの存否は未確認である。

『多門《おかど》伝八郎覚書(筆記)』には片岡源五右衛門が長矩切腹直前にあうことがあり(なおこの片岡を美男と伝えるものがある)、長矩の乳母の自害は、『播磨椙原』に乳母間喜兵衛の妻の自害、『忠誠後鑑録《ちゅうせいこうかんろく》』に乳母武林唯七の母の自害とする。

大石の遊興は『江赤見聞記《こうせきけんぶんき》』に京都で遊山見物、行跡宜しからず、そのため吉良方の隠し目付退去といい、『後鑑録』には洛陽に出ては妓女に戯れ男色に耽り、吉良方の間者退去という。『播磨椙原』には祇園の柏屋の小まんと遊興のことがある。浪士関係の女性が吉良邸に奉公し内通ということは初期の実録類には見えない。『内侍所』五巻本の零本智之巻所見本(『内侍所』初期の形を伝えると思われる本)には討入の後に「評曰」として、一説に大石が計略で女奉公人を入れ、夜討の時に案内させたというが「是附会の説也」と否定する。噂としてはあったのであろう。

浪士の動静では、『赤穂鍾秀記』に不破数右衛門が浪人していたが、大石に頼み長矩墓前で勘気を許され、一味に加入したことがあり、『播磨椙原』に間十次郎・新六兄弟の小間物商いの話があり、吉良方の用心が次第にゆるみ、安売にひかれて出入を許し、奥方の女中を相手に芥子人形《けしにんぎょう》から御用の物(女性自慰具)まで売ったという。『伝受紙子』に鎌田の身替りになろうとする忠僕が描かれるが、『鍾秀記』に片岡の草履取が江戸まで従うことなどが見える。

討入については、『介石記』に、つむのような物を削り作り、蠟燭を立てて壁に刺したとあり、『介石記』『見聞記』『後鑑録』『椙原』などは吉良の夜具のぬくもりを検して近くにひそむと思うとする。討った場所は納戸(椙原)・炭部屋(内侍所五巻本)・寝間(浅吉一乱記)・炭部屋らしき部屋(見聞記)・小部屋(後鑑録)・隠れた所より池田炭を投出す(介石記)などとなっている。

以上を見ると、女性の内通とか浪士個個人の苦心・尽力などの、刃傷と討入の中間の部分の話題を増し、またふくらませて行くのに、浮世草子・浄瑠璃・歌舞伎といった文芸があずかることが多かったことが知れよう。内通は『武道桜』『播磨石』『碁盤太平記』にあり、前二者はこれを女性のこととする。遊女勤めのことは『武道桜』『播磨石』や歌舞伎にあるが、前二者が浮世草子の好色物系の作として執筆されていること、歌舞伎には脚色の約束事として必ず廓場が設けられるべきであることから遊女勤めが必然的に出るのであって、『伝受紙子』は女性の内通と遊女勤めを結び付け、前述の『伝来記』よりのヒントもあって、敵に身請されての内通という趣向になった。其磧はこの後正徳二年(一七一二)に赤穂浪士一件を、『伝受紙子』の好色味を去った『忠臣略太平記』に書いているが、浪士の妻の師直邸への奉公にしている。浪士関係の女性の内通が以後の小説・実録に出る端緒は、右のような作によってこの時期に作り出されたのである。

また『伝受紙子』の力太郎の相手の白人はつねのまんは、『播磨椙原』に小まんの名が出るのに注意してよいし、『武道桜』に白人が出、『播磨石』には前述の賤業に従い姑を養う女という実事を当込んだ箇所がある。大石の遊興がなお何程か京の町の噂に残っていたとして、これらを合せて力太郎とまんの趣向が構えられたのであろう。「仮名手本忠臣蔵」で有名なお軽は、『伝受紙子』より後、たとえば『義臣伝』に大石の妾として出る。『伝受紙子』の、夫のために身を売った陸奥と、浪士と同藩の軽輩の妹のまんを合せたものに「忠臣蔵」のお軽の原像が求められるのではなかろうか。一方浪士仲間関係の女性が親を養うため賤業につくという趣向は、後年の近松半二等の作の浄瑠璃「太平記忠臣講釈」第六にも見られ、「東海道四谷怪談」もこれらの作につながるのである。

本書に続いて赤穂浪士を取上げた小説には、『忠義武《ちゅうぎぶ》道播磨《どうはりま》石《いし》』(宝永八年正月刊)、『高名太平記《こうみょうたいへいき》』(白梅園鷺水、正徳ごろ刊)、『忠義太平記大全』(享保二年正月刊)、それに前掲の『忠臣略太平記』などがあり、外伝をなすものに

『西海太平記』(正徳三年九月刊)、『諸国勇力染《しよこくゆうりきぞめ》』(正徳ごろ刊)、一部の巻章に取上げたものに『近士武道三国志《きんしぶどうさんごくし》』(正徳二年正月刊)、『当世智恵鑑《とうせいちえかがみ》』(同年三月刊)他がある。それに海音の「鬼鹿毛無佐志鐙」も加わって、勘平や寺坂像も次第にできてくるのであるが、『伝受紙子』は小説において赤穂浪士一件を傾城の敵討にやつしたりせず、武士の敵討とする最初のもの――それによって武士の節義を強調できるし、虚構を浪士の挿話として繰込むことが可能になる――であるところにその意義を認めてよいであろう。

本書には赤穂浪士ブームに合せて何度か版木に手を入れた本がある。まず脚注に示すように、五の五「されば高貞師直両家」を「誠に一国の主あへなく」と埋木で改めた本がある。この作業は刊行後あまり時をおかず、宝永七年九月十六日に長矩の弟大学が五百石の旗本になり、それなら浅野の家は亡んだのではないというので行われたのではなかろうか。次に正徳二年後半期ごろ、一の一より一の二初までを縮約して四章にして上巻に、四之巻の野沢の悪行を直義に訴える部分の三丁を除き四章にして中巻に、五の一と末の詫談義部分を除き結末部を補い四章にして下巻にして、『評判太平記』として出した。好色物色を薄め赤穂浪士物の新版をよそおったのであるが、売行きがよくなかったか再び原形・原題に戻した。その後享保十七年十月豊竹座上演の「忠臣《ちゆうしん》金《こがねの》短冊《たんじやく》」が人気を得ると、各巻四章に仕立て、師直を横山庄司、塩冶を小栗と人名を埋木で改めて『忠臣金短冊』を享保二十年(一七三五)二月に出している。『伝受紙子』初印本→同五之巻一部修訂本→『評判太平記』三巻→『伝受紙子』原題・原形復帰→『忠臣金短冊』五巻各巻四章という変遷を経るのである。本書の紙子傾城の内通という趣向が当時大いに歓迎されたことが知れよう。そして本書は『忠臣金短冊』の時点で享保二十年五月十一日絶版を命ぜられた。明和八年(一七七一)の『禁書目録』にも他の赤穂浪士関係の浮世草子とともに絶板之部に掲げられており、今日の我我は好色物臭を感じるが、当時は赤穂浪士物としての扱いを受けていたことがわかる。

本書は当初構想との関係もあり、それまでの好色物同様、横本の体裁をとり、傾城陸奥が大きく扱われているし、末尾の談義において『禁短気』との関係を説くなど好色物の色彩を残しており、大岸の策略も師直方の対応も、陸奥の内通方法も甘い。しかしこの強引と見られる本書での転換が、其磧に歌舞伎・浄瑠璃や古典に改めて目を向け、長篇の時代物の執筆にむかわせる端緒となるのであり、其磧自身の作品の展開の上でも意味のある作といえる。

世間娘気質

大本六巻六冊、享保二年(一七一七)八月、江島屋市郎左衛門・谷村清兵衛刊。挿絵は西川祐信筆(推定)。題名は「世間娘容気」ともしるす。序文の年月を削った本、刊記の江島屋名を削り谷村単独名にした後印本がある。

目録に「子息気質《むすこかたぎ》追加」とあるが、正徳五年(一七一五)冬刊の『世間子息気質』に次ぐ気質物の第二作で、『子息気質』に「追加娘気質」五巻として予告していたものである。一―四之巻までは各巻三章、五―六之巻は各巻二章で変則であり、五の二は西鶴の『本朝二十不孝』五の一全章をほとんど剽窃利用しており、六の一は一章が二話に分れている。六の一の短い主要部に大峰山上の話を密通の関連で加えて長さを補い、五の二を剽窃で補充するという手段で予定の五巻を六巻に仕立てる工作をしたようである。四之巻は脚注に指摘したように、本文に対して目録の記載、挿絵の挿入箇所が前後しており、出版を急ぐ事情もあったように思われる。前述のようにこの時期其磧は八文字屋と抗争最中で、そのあせりのようなものがあったのであろうか。

浮世草子の気質物は其磧にはじまるが、題名に気質の語を含む作としては『寛濶役者片気《かんかつやくしゃかたぎ》』半紙本二巻二冊がある。

この作は前述の『伝受紙子』当初の、坂田藤十郎・中村七三郎・市川団十郎の忌日を当込む計画を継ぐもので、上之巻には藤十郎の死とそれを悼むファンのことを四章に、下之巻では四章に冥途での名優たちの在世時の悪性話として、団十郎・七三郎と二代嵐三右衛門を登場させる。特定の役者とファンに関する好色物と見るべき作で、推定宝永七年十一月刊、江島屋を開店させて早早の急作であろう。

実質的な気質物の第一作は『子息気質』である。十五章中十三章までは町人のことにしてあり、世の息子通有の性格・性癖の血気・放埒・逸脱が、町人の行為としては好ましくない武辺・医療・仏道・芸事・歌道・大酒・虚言・大気などと結びついた常軌を逸した話、一方町人にふさわしい倹約も行きすぎて吝嗇になり勘当されるケースなどを描く。

其磧は『役者片気』と『子息気質』との間に町人物として正徳二年冬刊の『商人軍配団《あきんどぐんばいうちわ》』、同三年正月刊の『渡世《とせい》商軍談《あきないぐんだん》』を出しており、町人の種種相、ことに後者は手代に限り手代気質ともいうべき作になっていることに注目させられる。「軍配団」「軍談」題は、当時流行の中国の通俗軍談にならうのであるが、内容も前者は町人の貧と富を対蹠的に、後者は手代の性質・行為の善悪を対蹠的にまた対抗・競争として描く意味をもたせており、『娘気質』の方法に系を引くものである。また西鶴の影響が見られるが、『永代蔵』『二十不孝』の利用が多く、善悪をこの二作の整理によって描いていることにも注意してよい。

『子息気質』は序文に『二十不孝』の影が見え、やはり『永代蔵』『二十不孝』を多用している。其磧は町人物執筆の間に『二十不孝』を通して新しい手法のヒントを得たのであろう。『二十不孝』は世の子女をして孝に赴かせる作を標榜し、本文中にも教訓的言辞を弄する。教訓的言辞を弄することによってかえって不孝を誇張し、勧善懲悪を標榜することによって思い切った悪業を描くことができた、そんな計算の下に成った奇異談集であるが、この『二十不孝』から息子を列伝するというアイディアを得たのである。『子息気質』では其磧は、右の町人物二作の持つ町人の経済行為、また手代という職階の制約から自由になり、『二十不孝』の視点を逆に、子の放埒は親の甘やかしが原因だと冒頭章に述べることによって、不孝という一面的な見方からくる制約をも離れ、息子の常軌を逸した行動・性癖をもっと広く描く可能性を摑んだのである。

『娘気質』は、まず『子息気質』の侍気質(一の二)に対し侍の娘(二の一)、出家気質(二の二)に対し哀傷を好む娘(二の三)、歌に執心の息子(三の一)に対し歌に嗜みのある女房(一の三)、上戸で酒を飲めば気弱になる息子(三の二)に対し、酒を飲みなれて笑い上戸に転じた娘(二の三)などと、『子息気質』と題材に通じるものがある。町人の息子の侍気質は話になるが、町人の娘は取上げにくいので浪人の娘のこととする。町人の息子の和歌に凝るのは商売の妨げであるが、女性の教養としてはあながち指弾すべきではない。そこで亭主が愚鈍なので世間智に走るように話を仕立てる。通じる題材を男女の差によって転じているのである。

しかし女性の場合は男性に比べて社会的な活動・交渉の面で制約が多いから、取材範囲は狭くならざるをえない。そこで『子息気質』以上の極端な誇張を行う。一の一に、十七になっても乳母の乳を飲む花嫁が出、嫁入りの夜婿を寄せつけぬという。これは『嵐は無常物語』上の一の、嵐三郎四郎にこがれて嫁入の夜に婿を拒む娘の話を転じたのであって、この娘は即座に離縁になるが『娘気質』の方は婿が持参金に辛抱する、と反対の結末をつける。五の一の、二十七度嫁入して二十七人の子を生み、その度に子に付けられて持帰った金で豊かになる、というのは、『万《よろず》の文反古《ふみほうぐ》』二の三の、十七年のうちに二十三人女房を持ちかえ、貧窮に陥った男を裏返した趣向である。

次には対蹠的な性格・行為を組合わせる。一の三の和歌の教養のある女房と愚か者の亭主、二の一の浪人の娘の女房と町人で臆病者の亭主、四の一の針仕事の上手な兄と女の技は何もできぬが鼓の上手な妹などがそれで、一の三は『織留《おりどめ》』六の二に、御所に仕えた鶯の局が町人の生活をうらやみ結婚したが、町家の妻として役に立たず離婚を重ね、太鼓持の妻となり貧から取込詐欺で世をすごすという話によるが、性格・性癖を際立たせることによって原拠より面白くなっている。

五の二は『二十不孝』五の一のほとんど全章を盗んだ章であるが、『二十不孝』の場合は母親と息子夫婦・娘夫婦となっており、息子と娘婿が不在の間の話で、娘十八と嫁十六、息子帰宅後娘を追出して婿に別に嫁を迎えるとするが、『娘気質』は母親・息子夫婦・娘としており、娘と嫁は同年である。兄の帰宅後は妹を世間を見せるためにと奉公に出すが、奉公人の自堕落な風にそまり、惣嫁(街娼)にまで落ちぶれ、兄夫婦は孝行の報いで栄える、とする。対蹠的に描くには娘婿を出すことは何の効果もないから、娘を未婚とすることで嫁と対立させ、両者を同年にするのもその用意であろう。そして盆の事件後、妹は彼女と反対にやさしい兄の配慮にかかわらず堕落し、孝行な兄夫婦は栄えるという終結部を加えることによって、性格・境遇・行動すべて対蹠的に整理された構成は完結する。この『二十不孝』をほとんど丸取りしながらの変改に、『娘気質』の手法の特徴がかえってよくあらわれているといえる。

次に二つのケースをからませて意外な葛藤・結末に導くものがある。三の二は駕籠舁の家で美しい養女を大事に育て、隣家の抹香屋は娘が醜女なので女の技芸を教えても役に立たないからと按摩を習わす。前者は目的通り大名の妾となり、親も浮み上がるが、意外の結末に両者の盛衰は逆転する。四の二はその典型的な話で、弁七とおるいは心中を企てて家を出る。一方全く無関係に、窮乏した油屋が老母を連れて夜逃げをする。雪の闇夜、偶然同じ所に女をおいて二人の男はその場を離れる。油屋が間違っておるいを背負い去り、弁七は気のせくままにこれも間違って老母を殺して自分も死ぬ。事情・境遇を異にする二組の男女をからませて巧みに構成された章である。

西鶴の模倣・剽窃は右にあげた他にも目につくが、脚注に記した。西鶴以外に夜食時分の作の『好色敗毒散《こうしよくはいどくさん》』（元禄十六年正月刊）による箇所も注したが、それ以外に趣向を得たと思われる一二を以下にしるす。右の四の二は本文中に「道具屋心中の浄瑠璃」という箇所があるから、脚注にしるしたように近松作の「卯月の紅葉」「卯月の潤色《いろあげ》」が趣向の出所であろう（ただ挿絵の弁七は丸に卍《まんじ》の紋を付けており、女性ファンの多かった大和山甚左衛門の紋が扇の地紙形の中に卍なので、何か別の意図があるかとも思うが未詳）。弁七が心中を決意する事情は「曾根崎心中」を思わせ、二十二の男と九十一の婆というのは、『傾城風流杉盃《けいせいふうりゆうすぎさかずき》』（宝永二年三月刊）京の二、『風流曲三味線』三の二などのもとになった、老爺と若い女の心中が宝永初にあったようで、それよりの思い付きと思う。六の一の、貧窮から美人局《つつもたせ》で近所の息子を陥れようと夫としめし合せ、実は夫も長持に入れ錠を下して息子と逃亡した話は、姦通の話を集めた『好色《こうしよく》堪忍記《かんにんき》』（宝永六年四月刊）四の五を変改したものであろう。勘八の女房が和尚と密会のところへ勘八が帰る。女房は和尚を長持に隠す。勘八は怪しみ長持に錠を下し、女房を責めて白状させ、女房も長持に入れて寺に運び、二十両を取る。これは『御伽物語《おとぎものがたり》』（延宝六年九月刊）五の十二により、女房に白状させること、女房も共に長持に入れることなど無用の潤色があるが、刊行時の近い『堪忍記』によったものであろうか。『娘気質』では和尚を中間に、長持に入る姦夫を夫に、利を得たのを夫から姦婦にと変えて原作と異った効果をあげている。しかもこの話は前半に『武家義理』四の一の、敵討のためにもとの家来を頼る武士の話を女性に変えており、敵討実は姦夫姦婦の駆落、さらに姦婦の心変りと逆転に次ぐ逆転の話となっている。なおこの章後半の大峰山上時の密通懺悔は、善教寺猿算作の『色道《しきどう》懺悔《さんげ》男《おとこ》』(宝永四年正月刊)四の二・三で、主人公千助が大峰山上をして色懺悔をする辺から、山上時の懺悔という話の枠を思いついたものか(平成元年六月の日本近世文学会での佐伯孝弘発表では、二の一は岩井半四郎の芸や出演狂言を趣向に生かしているという)。

以上のような短篇小説の手法は、『色三味線』また『子息気質』に比べても巧みといえる。それと気質という視角で類集するというのも新奇の感を与えたのであろう。『諸国武道容気《しよこくぶどうかたぎ》』(享保二年刊)、『寛濶大臣気質《かんかつだいじんかたぎ》』(一洞、同三年正月刊)と追随作が出、其磧自身『娘気質』に「天性大名気質《だいみようかたぎ》」を予告し、『和漢遊女容気《わかんゆうじよかたぎ》』として享保三年正月に出し、同じころ「役者不断容気《やくしやふだんかたぎ》」を予告、これは『役者色仕組《やくしやいろしぐみ》』(同五年三月刊)になったらしい。『浮世親仁形気』(同年正月刊)も出している。西鶴の『好色五人女』改題本『当世女容気《とうせいおんなかたぎ》』が出たのも享保五年正月である。

本書の後期文学への影響としては、式亭三馬の合巻『女房気質異赤縄《にようぼうかたぎおつなえんむすび》』(文化十二年刊)が全五話で本書四の二・一の一・四の三・一の三・二の一、後篇の『合鏡女風俗《あわせかがみおんなふうぞく》』(同十三年刊)は全四話で本書一の二・三の一・五の一・三の二を盗用し、人名・地名・風習等を改めたものであり、『天理善本叢書・近世小説稿本集』所収の振鷺亭の合巻『針供養御事始《はりくようおことはじめ》』には、本書五の一による、十七回結婚して十七人の子を生む話があることなどがあげられる。

気質物また気質題の作に、その後浮世草子では其磧自身のものとして『世間手代気質』(享保十五年正月刊)等の数作、時を隔てて多田南嶺に数作があり、明和・安永(一七六四―八一)期に上田秋成の作の他に、永井堂亀友等二三流作者により一時の流行を見た。江戸の談義本・滑稽本・草双紙にも気質題の作があり、明治に至っても十八年五月より発表された坪内逍遥の『当世書生気質』、十九年三月より発表された饗庭篁村《あえばこうそん》の『当世商人気質』というように、近代小説の門口までその命脈を伝えたのである。戯作者気質の其磧、以て冥すべしであろう。

参考文献

山口　剛　浮世草子集（日本名著全集9）　同刊行会
一九二八年
水谷不倒　新撰列伝体小説史・前編　春陽堂　一九二九年
藤井乙男　浮世草子名作集（評釈江戸文学叢書2）
大日本雄弁会講談社　一九三七年
中村幸彦　「八文字屋本版木行方」（中村幸彦著述集5）
中央公論社　一九八二年
中村幸彦　「自笑其磧確執時代」（同右）
中村幸彦　八文字屋本集と研究（未刊国文資料一期6）
同刊行会　一九五七年
中村幸彦　近世小説史（中村幸彦著述集4）　中央公論社
一九八七年
野間光辰　「大仏餅来由書」　近世作家伝攷　中央公論社
一九八五年
野間光辰　「江島其磧とその一族」　同右
野間光辰　浮世草子集（日本古典文学大系91）　岩波書店
一九六六年
長谷川強　浮世草子の研究　桜楓社　一九六九年
長谷川強　浮世草子集（日本古典文学全集37）　小学館
一九七一年
長谷川強　浮世草子考証年表　青裳堂書店　一九八四年
長谷川強　「八文字屋の末路」　国文学研究資料館紀要13
一九八七年
長谷川強　「板木の修訂」　調査研究報告8　一九八七年
林　望　「八文字屋刊行浮世草子書誌解題稿㈠㈡」
㈠斯道文庫論集19　一九八三年、㈡東横国文学20
一九八八年
篠原　進　八文字屋集（叢書江戸文庫8）　国書刊行会
一九八八年

新 日本古典文学大系 78
けいせい色三味線 けいせい伝受紙子 世間娘気質

1989年 8 月18日　第 1 刷発行
2024年11月 8 日　オンデマンド版発行

校注者　長谷川《はせがわ》 強《つよし》

発行者　坂本政謙

発行所　株式会社 岩波書店
〒101-8002 東京都千代田区一ツ橋 2-5-5
電話案内 03-5210-4000
https://www.iwanami.co.jp/

印刷／製本・法令印刷

ISBN 978-4-00-731495-7　　Printed in Japan